열하일기 연구

저자 **김명호**(金明昊)

1953년 부산에서 출생했다. 서울대 국문과를 졸업하고 동 대학원에서 문학박사 학위를 받았다. 덕성여대 국문과와 성균관대 한문학과의 교수를 거쳐 서울대 국문과 교수를 역임했다. 정년퇴임 후 필생의 과제인 연암 박지원 평전과 환재 박규수 연구의 완성에 힘쓰고 있다. 저서로 『열하일기 연구』, 『박지원 문학 연구』, 『초기 한미관계의 재조명』, 『환재 박규수 연구』, 『연암 문학의 심층 탐구』, 『홍대용과 항주의 세 선비』 등이 있으며, 국역서로 『연암집』(전3권, 신호열 공역)과 『지금 조선의 시를 쓰라』(편역)가 있다.

열하일기 연구

김명호 지음

수정증보판 1쇄 2022년 1월 10일
초판 1쇄 1990년 3월 10일

펴낸이 한철희 | 펴낸곳 돌베개 | 등록 1979년 8월 25일 제406-2003-000018호
주소 (10881) 경기도 파주시 회동길 77-20 (문발동)
전화 (031) 955-5020 | 팩스 (031) 955-5050
홈페이지 www.dolbegae.co.kr | 전자우편 book@dolbegae.co.kr
블로그 blog.naver.com/imdol79 | 페이스북 /dolbegae | 트위터 @Dolbegae79

편집 이경아
표지디자인 민진기 | 본문디자인 이은정·이연경
마케팅 심찬식·고운성·한광재 | 제작·관리 윤국중·이수민·한누리
인쇄·제본 상지사P&B

ISBN 979-11-91438-45-1 (94810)

책값은 뒤표지에 있습니다.

돌베개 한국학총서 22

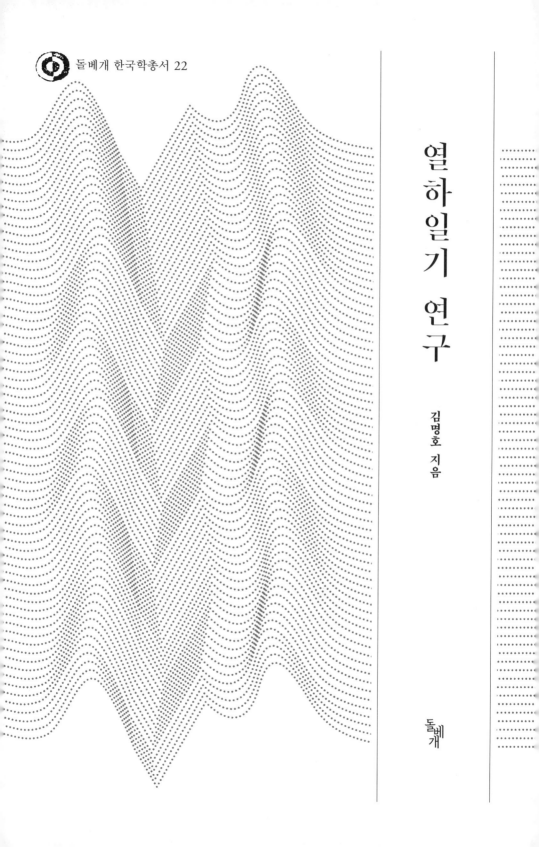

열하일기 연구

김명호 지음

돌베개

수정 증보판을 내며

연암 박지원이 중국의 열하를 방문한 지 240여 년이 지난 오늘날, 그가 남긴『열하일기』는 한국문학의 고전이자 세계 기행문학의 걸작으로 높이 평가되고 있다. '열린 마음으로 드넓은 세계를 보라'고 역설한『열하일기』는 21세기 지구화 시대에 '살아 있는 고전'으로 갈수록 빛을 발할 것이다.

나는 1990년 창작과비평사에서『열하일기 연구』초판을 간행한 바 있다. 당시까지 학계에서는『열하일기』를 주로 북학론을 피력한 사상서로 간주하거나, 그중의 「호질」과 「허생전」 같은 소설만을 선별하여 논하던 실정이었다. 그와 달리 이 책에서는『열하일기』전체를 하나의 완결된 문학작품으로 보고 그 문예적 탁월성을 다각도로 해명하는 한편, 역사와 철학 분야를 포함한 더욱 광범한 맥락에서『열하일기』를 종합적으로 연구하고자 했다. 문학 연구에 머물지 않고 18세기 중국의 사회 현실과 북학론의 사상적 기반까지 파고든 것이다. 그리고 그 사전 작업으로『열하일기』의 텍스트에 대한 정밀한 연구를 시도하였다.

이 책이 출간된 뒤 많은 호평을 받았고 학술상을 수상하기도 했다. 풍경화를 통해 풍경의 아름다움을 발견하듯이 이 책을 읽고 나서야『열하일기』가 얼마나 흥미진진한 작품인지 알게 되었다든가, 소설 읽는 것처럼 연구서를 재미있게 읽기는 처음이라고 한 칭찬들이 특히 기억에 남는다. 또한 이 책의 출간이 한 계기가 되어 연암의 『열하일기』에 대한 관심이 고조되면서 번역본들과 대중 교양서들이 잇달아 나오고, 심지어 작품의 배경인 열하가 한국인들이 즐겨 찾는 관광지로 부상하게 된 것은 실로 보람을 느끼게 하는 일이었다.

그런데 출간 이후 상당한 세월이 경과한 현재까지도 이 책은 『열하일기』에 대한 "거의 유일한 본격 연구서"로 남아 있다. 이 같은 영예를 기뻐하기에 앞서, 『열하일기』를 다룬 교양서들은 많은데 정작 학문적 연구는 부진한 현실을 안타까워하지 않을 수 없다. 그 때문에 나는 주위로부터 『열하일기 연구』의 재출간을 종종 권유받았으나, 다음 과제로 연암의 손자이자 문학적·사상적 계승자인 박규수(朴珪壽) 연구에 전념하는 동안 그럴 여유를 갖지 못했다. 2000년대에 들어서는 『연암집』 번역과, 새로 공개된 『열하일기』 이본들에 대한 연구, 그리고 현재도 진행 중인 연암 평전 집필 등으로 인해 시간을 내기 어려웠다. 게다가 그러한 과제들을 수행하면서 연암 문학과 『열하일기』에 대한 나의 이해도 한층 깊어졌기에, 초판을 조금 손질하는 선에서 재출간하는 일은 내키지 않았다.

그리하여 『열하일기 연구』의 수정 증보 작업은 숙원 사업으로 남아 있다가, 대학에서 정년퇴임한 뒤에야 비로소 착수할 겨를을 얻게 되었다. 수정 증보판은 돌베개 출판사에서 간행하기로 하였다. 나는 이미 국역 『연암집』과 연암 선집인 『지금 조선의 시를 쓰라』, 그리고 『연암 문학의 심층 탐구』를 돌베개에서 간행했으므로, 나의 연암 연구의 성과를 한 곳에 모으고 싶었기 때문이다. 마침 김혈조 교수의 국역 『열하일기』도 같은 출판사에서 간행되었기에 그와 짝을 이루면 좋겠다는 생각도 했다.

초판과 달리 수정 증보판은 1부와 2부로 나누어져 있다. 이 책에서 나는 초판 간행 이후 지금까지 이루어진 나 자신과 학계의 연구 성과를 적극 반영하면서도 가급적 초판을 온전하게 살리고 싶었다. 따라서 1부는 원래 7장으로 구성된 목차를 6장으로 조절한 것 외에는 초판의 틀을 거의 그대로 두었다. 그리고 소소한 수정 보완이나 연구사와 관련된 추가적인 논의 등은 모두 주석으로 돌렸다. 단, 그중 연암의 사상을 논한 3장은 서학(西學)의 영향을 좀 더 강조하는 쪽으로 논지를 수정했으며, 정조의 문예정책과 문단의 반응을 논한 5장은 새로운 자료들을 추가하여 대폭 보완했다.

2부는 초판 간행 이후 발표한 『열하일기』의 문체와 사상에 관한 논문, 그리고 이번에 새로 집필한 『열하일기』 이본에 관한 논문으로 구성되어 있다. 이를 통해 초판에서 미진했던 논의들을 보완하고자 했다. 「「도강록」 '호곡장론'의 문체 분석」은 광활한 요동 벌판을 처음 본 소감을 피력한 명문인 '호곡장론'(好哭場論)의 분석을 통해 『열하일기』의 문체적 특징을 예각적으로 드러내고자 한 논문이다. 「「일신수필」 서문과 동·서양 사상의 소통」은 미완성의 문제적인 글인 「일신수필」 서문에 대한 심층 분석을 통해, 서학을 주체적으로 수용함으로써 유학을 혁신하고자 한 연암의 사상적 노력을 규명해 본 논문이다.

2부에 수록한 논문들 중에서 내가 가장 고심하고 심혈을 기울인 것은 「『열하일기』 이본의 특징과 개작 양상」이다. 초판에서 『열하일기』의 주요 이본 7종을 고찰하기는 했으나, 그 뒤 새로운 이본들이 대거 공개됨에 따라 더욱 철저하게 자료를 수집·검토한 위에서 이전의 고찰을 대대적으로 수정 보완한 논문을 집필하여 2부에 배치한 것이다. 총 58종에 달하는 국내외의 『열하일기』 이본들을 계열별로 나누어 정밀하게 검토한 결과 본문과 주석을 합쳐 160면이 넘는 장편 논문이 되었으니, 책 속에 작은 책 하나가 포함된 셈이다. 본격적인 학술 논문이기는 하나, 세세한 논의를 따라 읽다 보면 『열하일기』의 구석구석을 답사하는 실감과 재미를 느낄 수 있으리라 믿는다. 부록인 「연암 박지원 연보」도 좀 더 정확하고 풍부하게 내용을 보완했으며, 한 편의 전기처럼 읽힐 수 있게 서술하려고 노력했다.

이상과 같이 명실상부한 수정 증보판을 만들고자 애쓰는 동안, 나는 젊은 시절 나의 지도교수가 되어 그의 글을 자상하게 고쳐 주고 있는 듯한 착각을 느꼈다. 당시 30대의 신진 학자였던 나와 시공을 초월하여 학문적 대화를 나누는 듯한 기분도 들었다. 한편 문학 연구를 통해 시대적 과제 해결에 기여하려는 문제의식과, 문학을 중심으로 하되 역사와 철학 분야를 포괄하는 종합적 연구 방법이 그 시절에 이미 확립되었음을 깨달았다. 이 수정 증보판은 나의 『열하일기』 연구를 총결산한 책이다. 이 책이 새로운 세대의 독자들에게 받아들여지고, 의욕적인 후학들에 의해 더욱 수준 높은 『열하일기』 연구서가 나오기를 기대해 마지않는다.

『열하일기 연구』의 초판은 구식 활판 인쇄로 간행되었기에 원고를 전부 새로 입력해야 했으나, 예전에 성균관대 한문학과 대학원의 제자들이 분담하여 입력해 준 파일이 있어 노고를 크게 덜 수 있었다. 사제 간의 옛정을 생각하며 김용태·서한석·배기표·신로사·이성민·김새미오 님 등에게 고마운 마음을 전하고 싶다. 또한

『열하일기』의 희귀한 이본들을 열람하는 과정에서 숭실대 한국기독교박물관 한명근 학예팀장, 국립중앙도서관 고문헌과 김효경 학예연구사, 중국 원저우(溫州)대학 쉬팡(許放) 교수, 고려대 정우봉 교수, 영남대 김혈조 명예교수와 정은진 교수 등 여러 분의 도움을 받았음을 밝히며 깊이 감사드린다.

이번에도 간행을 흔쾌히 맡아 주신 돌베개 한철희 사장님과 편집에 정성을 다한 이경아 인문고전팀장 덕분에 오래토록 소망했던 수정 증보판을 낼 수 있었다. 기쁘고 감사한 마음으로 책의 출간을 기다린다.

2022년 1월

각심한재(覺心閒齋)에서 김명호

초판 머리말

이 책은 연암 박지원에 대한 연구의 중심을 그의 한문소설로부터 『열하일기』로 전환함으로써 그의 문학과 사상에 대해 새로운 조명을 가하려는 의도에서 씌어진 것이다. 내가 이 주제에 착안하게 된 것은 80년대 초의 일이다. 현대 한국 사회가 안고 있는 문제들에 대해 근원적으로 접근하기 위한 방도의 하나로서 고전문학을 연구하겠다는 다소 막연한 생각을 품고 있던 당시의 나는 우전(雨田) 신호열(辛鎬烈) 선생님 문하에서 본격적인 한학(漢學) 수업을 받게 되면서부터 동양 고전과 우리 국학의 무진장한 유산에 대해 새로이 눈뜨게 되었다. 특히 매주 토요일마다 열리는 『연암집』 강독회에서 우전 선생님의 자상하신 지도를 통해 연암 문학의 진수에 접할 수 있었던 것은 실로 커다란 행운이었다. 그리하여 나는 『열하일기』를 중심으로 연암 문학을 연구함으로써 우리의 근대문학과 근대사상의 원류를 규명해 보려는 뜻을 세우게 된 것이다.

그 후 『열하일기』에 심취하여 연암과 더불어 희소노매(嘻笑怒罵)하면서, 수년간을 칩거하다시피 하며 그의 문학과 사상을 파고든 결과를 정리한 것이 바로 이 책이다. 그러나 본격적으로 연구에 착수한 1985년 이후 탈고한 지금에 이르기까지의 기간은 나 개인으로서나 사회적으로나 매우 다사다난했던 시기였다. 이제 완성된 모습의 이 책을 대하고 보니 그간의 시련이 떠오르면서 일말의 감회가 없지 않지만, 한편 우리 사회의 일대 격동기에 씌어진 책으로서는 너무도 시대의 흔적을 반영하고 있지 못한 것 같아 부끄러움을 느끼지 않을 수 없다. 이는 무엇보다도 고전에 대한 충실한 해석에 급급한 나머지 자신의 문제의식을 학문적인 차원으로 충분히 승화시키지 못한 나의 능력 부족에 기인한 것이다. 아울러 이 책이 학위논문의 형태로 집필되었다는 사정도 좀 더 자유로운 서술을 제약하는 한 요인이 되었다고 할 수 있다.

오늘날 연암의 문학과 사상은 국내뿐만 아니라 해외에서까지 널리 연구되고 있는 실정이다. 이 책을 준비하면서 이러한 국내외의 수많은 연구 논저들을 최대한 섭렵하려고 노력했지만, 김하명 교수의 『연암 박지원』을 비롯한 북한 학계의 연구 성과들을 거의 접하지 못했음을 안타깝게 생각한다. 연암은 남과 북에서 아울러 높이 평가되고 있는 대표적인 작가요 사상가에 속하는 인물이다. 휴전선 바로 이북의 장단(長湍)에 있는 그의 묘소는 문화적 유적지로서 관리되고 있다고 한다. 한편 그가 현감으로 재직하면서 주옥같은 작품들을 썼던 지리산 밑 안의(安義)의 옛 관아 자리에는 몇 년 전에 비로소 민간의 발의로 사적비가 세워졌다. 동서독의 지도자들이 서로 만나 괴테 시집을 선물로 교환했듯이, 우리의 민족적 화합에 연암 문학과 그에 관한 연구가 일조할 수 있는 날이 오기를 고대해 마지않는다.

이 책이 완성되기까지 많은 분들의 지도와 도움을 받았다. 특히 우전 선생님의 학은에 대해서는 이루 감사를 표할 길이 없다. 학위논문의 지도와 심사를 맡아 주신 이상택 선생님을 비롯한 서울대학교 국문과의 여러 교수님들께도 깊이 감사드린다. 그리고 한문투성이의 까다로운 원고를 한 권의 훌륭한 책으로 만들어 주신 정해렴 선생님과 창비사 편집부 여러분의 노고에 대해서도 감사드리고 싶다.

1990년 2월

김명호

차례

1부

1장 | 서론

한국사에서 조선 후기는 왕조 체제의 완강한 틀 안에서 근대를 지향하는 주목할 만한 변화들이 태동했던 시대로 평가되고 있다. 특히 임병(壬丙) 양란을 겪은 뒤 100여 년의 세월이 경과한 18세기에 이르면 전후의 극심했던 피폐와 혼란도 어느 정도 극복되면서, 농업 생산력과 상품화폐경제의 발전, 민중의 사회적 성장과 민중 문화의 발달 등 근대 지향의 계기를 머금은 새로운 변화들이 대두하기 시작했다. 이와 더불어 청(淸)이 대제국으로 발전하여 극도의 융성을 누리는 한편 서양 제국주의 세력이 동점(東漸)해 오던 새로운 국제 정세는 종래의 존명배청주의(尊明排淸主義)와 소극적인 쇄국정책만으로는 대처할 수 없는 사태임이 점차로 분명해지고 있었다. 그럼에도 불구하고 당시의 집권층은 이 같은 시대적 전기를 맞이하여 과감한 개혁에 착수하기는커녕, 갈수록 치열한 당쟁을 벌이면서 구태의연한 지배체제를 고수하기에 급급했다.

그리하여 새로운 것과 낡은 것의 충돌이 근대를 향한 암중모색으로 나타나던 시대에 오늘날 '실학파'라 일컫는 일군의 진보적 문인 학자들이 출현하게 되었다. 대개 재야의 지식인이었던 그들은 왕조에 대한 충성을 넘어선 민족적·민중적 차원의 문제의식과, 동아시아를 중심한 세계정세에 관한 폭넓은 식견을 가지고 사회개혁의 방도를 진지하게 모색했다. 이러한 점에서 그들은 종래의 관료 학자군과는 구별되는 새로운 유형의 지식인들로, 근대적인 지식인층의 탄생을 예고하는 존재였다고 할 수 있다. 그러므로 진정한 근대화가 우리의 민족적 과제로 남아 있는 한 실학파의 사상과 문학은 조선 후기의 역사와 더불어 부단히 문제시되면서 그 현재적 의의를 잃지 않을 것이다.

조선 후기의 대문호 연암(燕巖) 박지원(朴趾源)은 이러한 실학파의 한 중심인물로서, 그의 문학에 대해서는 지금까지 실로 활발한 연구가 이루어져 왔다. 더욱이 최근 들어 조선 후기의 한문학 유산에 내포된 근대지향적인 요소들을 적극적으로 부각하려는 연구 경향이 대두함에 따라, 연암 문학에 대한 연구열은 가일층 고조되고 있는 실정이다. 그 결과 연암 문학이 지닌 예술성과 그 문학사적 의의는 상당 부분 해명되었다고 볼 수 있다. 그러나 이러한 성과에도 불구하고, 기존의 연구는 「양반전」 「호질」(虎叱) 「허생전」 등 수 편의 단편적인 작품들에 국한되다시피 하여, 연암 문학을 총체적으로 파악하는 수준에는 아직 이르지 못하고 있는 것도 부인하기 어려운 사실이다. 이는 무엇보다도 연암 스스로 필생의 역작으로 자부했으며, 조선조 말에 이르도록 그의 대표작으로 명성을 누려 온 방대한 분량의 『열하일기』(熱河日記)가 종래의 연구에서는 논의의 중심 대상이 되지 못해 온 점에서 단적으로 드러나고 있다.

주지하다시피『열하일기』는 1780년(정조 4년) 청나라 건륭(乾隆) 황제의 70수(壽)를 축하하기 위한 외교 사절단에 그 일원으로 참가했던 연암이 자신의 중국 견문을 기록한 여행기이다. 청조 중국의 수도 연경(燕京)에 다녀온 기록이라고 하여 연행록(燕行錄)이라 통칭하는 이러한 종류의 기행문학은 물론 연암의『열하일기』이전에도 이미 존재하여 그 나름의 전통을 이루고 있었다. 그러나 이와 같이 수많은 연행록 중에서도『열하일기』는 단연 이채를 발하는 작품으로서, 풍부한 견문과 진보적인 사상, 참신하고 사실적인 표현 기법 등으로 인해 당시 문단에 커다란 파문을 일으킨 바 있다.

연행록으로서『열하일기』가 지닌 특색은 우선 그 표제에서부터 엿볼 수 있다. 그는 자신의 연행록에 '～연행록' '～연행잡록' '～연기'(燕記) '연행일기' 등의 평범하고 상투적인 표제 대신에 '열하일기'라는 이색적인 표제를 붙임으로써 이 저작이 종래의 잡다한 연행록들과는 다르다는 점을 은연중 강조하려 했던 것으로 보인다. 대다수의 당시 독자들에게는 매우 생소했을 이 '열하'라는 지명은 강희(康熙) 이후 역대의 청조 황제들이 거처했던 여름철 별장의 소재지를 가리킨다. 오늘날 승덕(承德)이라 불리는 이곳은 북경에서 약 230킬로 떨어진 하북성(河北省) 동북부, 난하(灤河) 지류인 무열하(武烈河) 서안에 위치하고 있는데, 열하라는 원명은 이 무열하 연변에 온천들이 많아 겨울에도 강물이 얼지 않는 데에서 유래한 것이다.

중국 역사상 한족(漢族)과 이민족 간의 격전지로 유명했던 열하는 청 건륭제의 치세에 이르러 국경도시로서 극도의 융성을 보게 되었다. 건륭은 강희의 사업을 이어 이곳에 '피서산장'(避暑山莊)이라 명명한 장대한 별궁을 완성하고 거의 매년 순행(巡行)하여 장기 체류함으로써, 열하를 북경에 버금가는 정치적 중심지로 발전시켰던 것이다. 그리하여 청나라의 국력이 최고조에 달했던 그의 재위 중에 열하는 황제를 알현하러 모여든 몽골족·티베트족·위구르족 등 주변 이민족의 지도자들과 라오스·베트남·버마 등지의 외교 사절들로 일대 성시를 이루었다. 연암이 참여했던 1780년의 진하별사(進賀別使)는 이곳을 방문한 최초의 조선 사행이라는 점에서 특기할 만한 것이었다.[1] 그러므로 연암은 자신의 중국 여행 중 열하 방문이라는 이 희유의 경험을 매우 중시하여, 자신의 연행록에서 「막북행정록」(漠北行程錄) 「태학유관록」(太學留館錄) 등 10여 편이나 할애하여 이에 관해 집중적으로 서술했을뿐더러 그 표제까지도 '열하일기'라 명명했던 것이다.

이러한 『열하일기』의 첫머리가 압록강의 장관에 대한 인상적인 묘사로부터 시작되고 있음은 주목할 만하다. 의주(義州)에 머물던 일행이 방물이 모두 도착하기를 기다려 강을 건너려던 차에, 한때의 호우로 크게 불어난 강물은 나흘이 지났건만 더욱더 거세어져, 나무와 돌이 함께 굴러 내리고 혼탁한 파도는 하늘과 맞닿을 듯이 날뛰었는데, 이는 다름 아니라 천 리나 떨어진 압록강의 발원지 백두산 일대에 장마가 진 때문이었다는 것이다.[2] 이와 같이 아득히 먼 곳에서 발원하여 갈수록 그 기세를 더하면서 변화무쌍한 장관을 펼쳐 보이는 거대한 강물의 이미지는 작중에 누차 나타나고 있거니와, 이는 바로 『열하일기』의 주조(主調)를 표상한 것이라 할 수 있다. 그 도도한 강물과 마찬가지로, 광대무변한 중국의 산천 풍물과 번영을 구가하고 있는 청조의 사회상을 다채롭고도 힘찬 필치로 그려 나가는『열하일기』앞에 독자들은 압도되지 않을 수 없다.

따라서『열하일기』가 발표되자 당시 문단에 공전의 반향을 불러일으켰던 것은 당연한 현상이라 하겠다. 특히 문체 개혁 정책을 추진하던 국왕 정조(正祖)까지 이 작품을 주목하고 문제시했던 것은 유명한 일화에 속한다. 연암의 작가적 명성은 이로써 절정에 달했으며, 조선조 말에 이르기까지 그는 무엇보다도『열하일기』의 저자로서 평판을 얻었던 것이다. 그러나 이 같은 문단의 성가와 영향력에도 불구하고,『열하일기』는 연암의 생전은 물론 사후 오래도록 공간(公刊)되지 못하고 필사본으로만 유포되었다. 순조 이후의 반동적인 세도 정치와 그로 인해 더욱 굳어진 보수적 문풍 하에서는, 시대착오적인 반청(反淸) 사조를 풍자하고 조선을 낙후시킨 양반 사대부의 책임을 추궁하는『열하일기』의 현실 비판적인 내용과 신랄한 표현이 용납되기 어려웠던 때문이다.

연암과『열하일기』에 대한 적극적인 평가는 20세기 초에 이르러서야 비로소 대두하게 된다. 연암의 손자인 박규수(朴珪壽)·박선수(朴瑄壽) 형제가 각기 우의정과 판서까지 역임했음에도 불구하고 조부의 문집을 공간할 엄두를 내지 못했던 시절은 지나가고, 소위 개화를 추진하는 시대가 열리자, 일찍이 청나라의 선진 문물 수용을 통한 사회개혁을 역설했던 연암은 개화사상의 선구자로서 재평가받기에 이른 것이다. 운양(雲養) 김윤식(金允植)이 연암을 "태서선법"(泰西善法)의 선각자로까지 찬양했던 것은 그 좋은 예라 할 수 있다.[3]

이 같은 시대 분위기의 변화에 따라 1900년(광무 4년) 창강(滄江) 김택영(金澤榮)의 주도로『연암집』이 처음으로 공간될 수 있었으며, 이듬해에는 다시 『연암속집』(燕巖續集)이 발간되었다. 이러한 선집들에다 김택영은 「야출고북구기」(夜出古北口記)「일야구도하기」(一夜九渡河記)「상기」(象記)「차제」(車制)「허생전」「호질」「곡정필담」(鵠汀筆談)4「환희기」(幻戱記) 등 『열하일기』 중의 명문들을 대거 발췌·수록했다. 그러나 『열하일기』가 단독으로 출간된 것은 1911년 최남선이 고전 보급을 목적으로 창설한 조선광문회 발행의 『연암외집 열하일기 전』(燕巖外集熱河日記全)이 최초이다.

창강 김택영은 연암의 작품을 국내외 문단에 적극 소개하고 연암을 조선 한문학사상 최고의 산문 작가로 평가함으로써 연암 문학의 문학사적 지위를 견고하게 만든 공로자이다. 그는 『연암집』과 『연암속집』에 이어, 1917년 이 양자를 합하여 개편한 『중편 박연암 선생 문집』(重編朴燕巖先生文集)을 망명지 중국에서 간행하고, 아울러 1921년에는 조선 한문학사상 저명한 산문 대가들의 작품을 엄선한 『여한십가문초』(麗韓十家文鈔)를 간행하면서 연암의 글을 대폭 수록해 놓았다. 뿐만 아니라 그는 「박연암선생전」과 문집 중의 연보 등을 통해 연암에 관한 전기적 사실들을 밝히는가 하면, 『소호당문집』(韶濩堂文集) 중의 「잡언」 등에 귀중한 평어들을 남김으로써5 향후 연암 문학 연구의 초석을 놓았다고 할 수 있다.

그러나 김택영은 그 자신 사마천(司馬遷)에서 한유(韓愈)와 소식(蘇軾)으로 이어지는 소위 고문(古文)의 정통을 고수하는 문인이었기 때문에 연암 문학이 표현 면에서 이룩한 진보적 성과들을 정당하게 파악할 수 없었다. 예컨대 그는 오늘날 높이 평가받고 있는 「양반전」 등 소설적인 요소가 다분한 연암의 전(傳)들을 초기의 습작에 불과한 것으로 치부했으며, 『열하일기』 가운데서도 「도강록」

(渡江錄) 이하의 수 편은 순전히 패관소설체(稗官小說體)로 되어 있다고 하여 수록 대상에서 제외했던 것이다.[6]

조선왕조의 멸망과 일제강점기를 맞아 일시 쇠퇴하는 듯했던 연암 문학에 대한 관심은 1930년대 들어와 아연 활기를 띠게 되었다. 신간회 해체 이후 민족운동의 활로를 모색하던 일단의 민족주의자들이 전개한 이른바 조선학운동의 영향으로, 연암 문학도 학문적 관심의 대상으로 부상하게 되었던 것이다. 여기에 1932년 부호 박영철(朴榮喆)의 재력에 힘입어 연암전집이라 할 수 있는 전17권 6책의 신활자본 『연암집』이 간행됨으로써, 완벽하다고는 볼 수 없으나 학술 연구를 위한 기초 자료가 비로소 구비된 셈이다.

이 시기에 연암 문학을 논한 대표적 학자로는 김태준(金台俊)을 들 수 있다. 그는 앞서의 김택영과는 달리, 「양반전」「호질」「허생전」 등 연암 문학 중 비교적 서구의 근대 단편소설에 가까운 몇몇 작품들을 중시했으며, 그 주제 역시 반봉건적인 것으로 해석하여 높이 평가했다.[7] 한편 홍기문(洪起文)은 연암 탄생 200주년 기념 논문인 「박연암의 예술과 사상」에서 연암 문학 전반을 논하면서 그의 작품들이 한문학(漢文學)이면서도 민족문학적인 개성을 의식적으로 추구한 점을 강조하여, 그와 좋은 대조를 이루었다.[8]

1945년 8·15 광복 이후의 연구는 고문의 전통 속에서 연암 문학을 이해하려는 김택영이나 조선문학으로서의 개성을 중시하는 홍기문의 관점보다는 근대적인 소설론의 견지에서 접근한 김태준의 관점을 계승하여 이를 더욱 심화시켜 나간 과정이었다고 할 수 있다. 그중 특히 리가원(李家源)의 『연암소설연구』는 학계의 연구 방향을 소설 방면으로 선도(先導)해 나갔을 뿐 아니라, 그와 관련된 문헌 자료들을 광범하게 소개한 점에서 연암 문학 연구의 한 이정표가 되었다.[9] 또한 이우성(李佑成)은 「실학파의 문학과 사회관」 등을 비롯한 일련의 논문에서 연암의 '한문소설'들에 대해 조선 후기의 실학의 한 유파로서 상공업과 도시의 발달을 배경으로 출현한 북학파의 문학을 대표하는 것이라 규정함으로써, 그 역사적 성격을 보다 분명히 하고자 했다.[10] 이리하여 형성된 소설 위주의 사상사적 연구 경향은 오늘날까지 대부분의 연암 문학 연구를 틀지어 왔다고 해도 과언이 아니다.[11]

그러나 이와 같은 경향의 기존 연구는 그 풍부한 성과에도 불구하고 적지 않은 문제점을 내포하고 있는 것으로 보인다. 우선 지적할 것은 대부분의 논자들이 「양반전」을 비롯한 연암의 초기 전들과 『열하일기』 중의 「호질」과 「허생전」, 그리고 「열녀함양박씨전 병서」(烈女咸陽朴氏傳幷序)를 일괄하여 소설로 다루고 있는 점이다. 이러한 장르 규정은 다분히 이론적 근거가 박약하며, 작품의 실상과도 잘 부합하지 않는 면이 있다. 또한 통틀어 10여 편에 불과할 뿐아니라, 창작 시기상으로도 연암의 작가적 생애 초기에 편중되어 있는 이들 작품에 대한 연구만으로, 연암 문학의 전체상과 그 본질을 온전히 파악할 수 있을지 의문이 아닐 수 없다.

이와 아울러 작품의 해석에 있어 사학계의 연구 성과를 적극 수용하는 과정에서 실학 내지 북학에 대한 일면적인 파악과 과도한 평가가 일종의 선입견으로 작용함으로써, 연암 문학의 역사적 성격을 좀 더 섬세하고 역동적으로 파악하지 못한 경우도 없지 않았던 것으로 생각된다. 물론 조선 후기의 진보적 사상으로서의 실학에 대해서는 다각적인 학문적 조명을 가하여 그 역사적 의의를 높이 평가해야 할 것이다. 그러나 실학이 그 이전 시대의 사상적 전통과 맺고 있는 복합적인 관련을 간과하고 이를 반(反)주자학적인 것으로 지나치게 단순화한다거나, 또는 실학이 반봉건적 내지 반주자학적 요소를 내포하고 있다고 해서 이를 곧 근대적인 사상으로 간주하는 것은 재고의 여지가 있을 것으로 본다.

기존 연구에서 드러난 이러한 한계들은 무엇보다도 『열하일기』를 연구의 중심 대상으로 삼음으로써 극복될 수 있을 것이다. 앞서 언급했듯이 『열하일기』는 그 방대한 규모와 진보적 사상, 그리고 탁월한 표현력으로 인해 명실공히 연암 문학의 대표작으로 공인되었던 작품이다. 뿐만 아니라 『열하일기』는 연암을 중심으로 한 이른바 북학파의 사상적·문예적 성과를 총괄하고 있는 저작이다. 따라서 지금까지의 연암 문학 연구에서 『열하일기』가 주로 연암 '소설' 연구를 위한 부차적 자료로 간주되어 상대적으로 등한시되어 온 현상은 시정되어야 하리라 생각된다.

이렇게 볼 때 1980년대 이후 『열하일기』 자체에 대한 문학적 관심이 점차 대두하고 있는 것은 바람직한 경향이라 할 수 있다. 그 중 강동엽의 『열하일기 연구』는 이 방면의 선구적인 업적으로서, 저작 방법과 편차(編次) 구성, 연암의 문학관, 표현 기법과 문체, 해외 사정에 대한 견문과 지전설(地轉說), 명청 시대 문예사조와의 관계 등 『열하일기』에 대해 다각도로 고찰하고 있다.[12] 그러나 전반적으로 연암 문학에 관한 기존의 연구 성과들을 종합한 위에서 『열하일기』에 나타난 현상적인 특징들을 정리하는 수준에 머물고 있으며, 이 저서에서 새로이 시도한 것이라 볼 수 있는 『열하일기』에 대한 서지적 검토 역시 편차를 비교하는 기초 작업에 그친 점이 한계라 하겠다.

이종주의 「열하일기의 인식 논리와 서술 방식」은 『열하일기』에 나타난 연암의 문체를 그의 인식론과 결부시켜 해명하려 한 논문으로, 연암의 상대주의적 인식론이 『열하일기』의 서술에 허구적인 삽화의 도입과 시점(視點)의 복선화(複線化)로 나타나 있다고 본 것은 참신한 주장이라 생각된다.[13] 다만 현대소설 이론의 한 지류에 속하는 소박한 시점론으로써 『열하일기』의 한문 문장이 지닌 문체적 다양성이 제대로 분석될 수 있을는지는 의문이다.

임형택의 「연암의 주체의식과 세계인식—『열하일기』 분석의 시각」은 부제 그대로 『열하일기』에 대한 본격적인 연구에 앞서 그 서설로서 씌어진 시론(試論)이다. 그러나 이 논문은 『열하일기』에서 청나라의 선진 문물 수용을 역설한 측면만을 보아 온 종래의 연구 시각을 비판하면서, 천하의 대세를 전망함으로써 역사의 주체로 살아가려는 사의식(士意識)이 나타나 있는 면을 중시하고, 표현상의 주요 특징으로서 다양한 인간 군상을 생생하게 묘사하는 형상화의 수법을 지적한 점 등 향후의 『열하일기』 연구에 시사하는 바가 적지 않다.[14]

한편 김윤식·김현의 『한국문학사』는 근대 의식의 성장을 보여주는 대표적인 저술로 『열하일기』를 들면서, 『열하일기』 전체를 하나의 탁월한 문예작품으로 평가하고 있는 최초의 문학사라 할 수 있다.[15] 조동일의 『한국문학통사』는 『열하일기』에 대한 최근의 연구 성과들을 서술에 적극 반영하고 있을 뿐 아니라, 나아가 『열하일기』를 해외 기행문학인 조천록(朝天錄)·연행록·해사록(海槎錄) 등의 전통 속에서 논하고 있는 점에서 『열하일기』 연구에 중요한 관점을

제시한 것이라 본다.[16]

본서에서는 이와 같은 선행 연구의 성과와 한계를 염두에 두면서『열하일기』연구에 임하고자 한다. 그런데『열하일기』의 문예적 특질을 올바로 인식하기 위해서는 이를 우선 연암 문학의 전체적 맥락 속에서 고찰할 필요가 있다. 연암의 차남 박종채(朴宗采)가 부친의 생전 언행에 관해 기록한『과정록』(過庭錄)에 의하면, 연암의 작가적 생애는 세 시기로 나눌 수 있다고 한다. 초년에 연암은 진·한(秦漢)과 당·송(唐宋)의 고문을 익히다가, 과거를 포기하고 은거하던 중 연행을 다녀온 중년에 이르러서는 우언(寓言)과 해학으로 된 유희적인 작품들을 창작했으며, 관직에 있던 만년에는 다시금 작풍을 달리 했다는 것이다.[17] 이러한 구분에 따르면『열하일기』는 연암의 중기 문학에 속하는 작품으로, 초기 문학의 성과들이『열하일기』에 합류하는 한편『열하일기』로부터 만년의 문학적 성과들이 파생되어 나간 과정이 곧 연암의 작가적 생애였다고 할 수 있다. 그러므로 이와 같이 연행을 전후한 연암 문학의 시기적 변모와 연속성에 유념하면서『열하일기』의 분석에 임해야 하리라 생각된다.

다음으로,『열하일기』는 연암 문학의 대표작일 뿐 아니라 북학파의 사상과 문학을 대표하는 저작인 만큼, 이를 북학파에 속하는 여타 문인 학자들의 저술과 대비해 볼 필요가 있다. 특히『열하일기』의 사상사적 의의를 정당하게 파악하기 위해서는 박제가(朴齊家)의『북학의』(北學議), 이희경(李喜經)의『설수외사』(雪岫外史), 유득공(柳得恭)의『고운당필기』(古芸堂筆記)와 아울러, 홍대용(洪大容)의『담헌서』(湛軒書)와 이덕무(李德懋)의『청장관전서』(靑莊館全書)에 수록된 여러 글들을 적극 참조해야 하리라 본다. 이러한 작업을 병행할 때

비로소『열하일기』는 시대적 조류를 초월한 한 천재의 소산이 아니라, 조선 후기에 새로이 대두한 진보적 학풍과 문풍의 표출로서 객관적으로 조명될 수 있을 것이다.

뿐만 아니라『열하일기』는 연행록의 범주에 속하는 기행문학이므로, 17세기 이후 조선조 말에 이르기까지 면면히 이어져 온 연행록의 전통 속에서 이해될 필요가 있다. 연암은 그의 처남이자 지우(知友)인 이재성(李在誠)에게 답한 한 편지에서 "멀리로는 목은(牧隱: 이색李穡)을 흠모하고, 가까이로는 가재(稼齋: 김창업金昌業)를 본받아" 중국 여행에 나섰던 것이라 술회하고 있거니와,[18]『열하일기』에는 실제로 그보다 앞서 중국에 다녀온 인사들의 행적이 자주 거론되고 있는 것을 볼 수 있다. 이는 연암이 그들의 연행록을 숙독한 위에서 중국 여행과『열하일기』의 저술에 임했음을 말해 주는 것이다. 이처럼『열하일기』는 그 이전에 씌어진 연행록들의 영향을 적지 않게 받았을 뿐 아니라, 다른 한편 후대의 연행록들에 대해 깊은 영향을 끼친 저작이기도 하다. 따라서 김창업의『연행일기』(燕行日記)를 위시하여 홍대용의『연기』(燕記), 이덕무의『입연기』(入燕記), 유득공의『열하기행시주』(熱河紀行詩註: 일명 난양록灤陽錄)와『연대재유록』(燕臺再遊錄), 그리고 김경선(金景善)의『연원직지』(燕轅直指) 등 주요 연행록들과 비교해 본다면,『열하일기』의 특징은 더욱 선명히 부각될 수 있을 것이다.

본서에서는 이상과 같은 삼중(三重)의 시각에서『열하일기』를 고찰하고자 한다. 이와 관련하여 끝으로 언급해 둘 것은 본서의 서술 방식과 서지적인 측면에 대해서이다. 주지하다시피『열하일기』는 단순한 여행기가 아니라, 사상적 논설, 시화와 잡록, 문서나 서적으로부터의 발췌 등 다종다양한 내용을 포함하고 있는 저작이다. 본서에서는 이와 같은『열하일기』의 백과전서적인 체제를 해체해서, 청조 중국의 현실에 대한 연암의 인식과 이에 기초해서 전개된 그의 북학론으로 재구성하여 논하고자 한다. 그리고 이러한 논의와 밀접한 관련 아래『열하일기』의 문예적 표현 기법을 다각도로 고찰해 보려 한다. 따라서 본서에서는『열하일기』의 문예적 측면을 중심으로 하면서도, 문(文)·사(史)·철(哲)을 포괄하는 종합적 서술을 지향하게 될 것이다.

『열하일기』의 이본(異本)으로는 현재 50여 종의 필사본들과 아울러 신활자본으로 광문회 간행본 및 박영철 편『연암집』중의『열하일기』가 전하고 있다. 본서에서는 이러한 수많은 이본 중에서 체제가 정비되어 있으며 영인본으로 널리 보급되어 있는 박영철본을 기본 텍스트로 삼았다. 그러나 이는 현전하는 이본 중 가장 후대에 이루어진 것일 뿐 아니라 다른 이본들과 중요한 차이를 드러내는 부분이 적지 않으므로,『열하일기』에 대한 본격적인 논의에 앞서 반드시 서지적인 고찰을 해 둘 필요가 있다고 본다.

이와 아울러『열하일기』의 원문을 정확히 독해하자면 명말 청초를 중심한 중국의 역사, 청조의 대외정책, 중국과 조선의 문화 교류 양상 등 다방면에 걸친 사전 지식이 요구된다. 이는 특히『열하일기』에서 상당한 비중을 차지하고 있는 필담의 묘미를 이해하기 위해서는 필수적인 것이라 할 수 있다. 지금까지 여러 종의『열하일기』번역본이 나와 있으나, 완벽한 주해 작업은 향후의 과제로 남아 있다. 이에 본서에서는 원문 인용시 보다 엄밀한 주해에 입각하여 번역의 충실을 기하는 데에도 유의하고자 한다. 이상과 같은 견실

한 기초 작업 위에서만 자의적 해석을 피하고『열하일기』의 진정한
가치를 온전하게 드러낼 수 있으리라 생각되기 때문이다.

2장 | 저작의 형성 배경

1. 연행 이전의 저술

『열하일기』를 본격적으로 연구하기 위해서는 그에 앞서 우선 초기 이후 연행을 다녀오기 이전까지의 연암 문학에 대해 살펴보고, 이를 통해『열하일기』와 같은 웅편 거작의 출현을 가능케 한 문학 내부적 요인을 규명해 볼 필요가 있을 것이다. 연암의 초기 문학을 대표하는『방경각외전』(放璚閣外傳)을 중심으로 한 이른바 연암 '소설'에 대해서는 지금까지 많은 연구가 시도되었으며, 이와 관련하여 연암의 문학론에 대한 연구도 활발하게 이루어져 왔다. 그러나 종래의 연구는 이러한 연암의 초기 작품들에서 이루어진 사상적 문예적 성과들이 그의 대표작인『열하일기』에서는 어떻게 발전적으로 계승되고 있는가, 그리고 연암의 독특한 문학론이『열하일기』에서 구체적으로 어떻게 실천되고 있는가 하는 중요한 문제들을 해명하는 데에는 다소 미흡했다고 생각된다. 본서에서는 이와 같은 문제의 해명을 위한 사전 작업으로서 연행 이전의 연암 문학에 대해 고찰해 보고자 하는 것이다.

연암은 1737년(영조 13년) 음력 2월 5일에 한양 서소문 밖 반송방(盤松坊) 야동(冶洞)에서 박사유(朴師愈, 1703~1767)와 함평 이씨(1701~1759) 사이의 2남 2녀 중 막내로 태어났다.[1] 그의 가문은 명문대가로 손꼽히던 반남(潘南) 박씨가로, 중종 때 사간(司諫)을 지낸 야천(冶川) 박소(朴紹) 이후 세신(世臣) 귀척(貴戚)을 허다히 배출하여 왔다.[2]

연암의 조부 장간공(章簡公) 박필균(朴弼均, 1685~1760)은 신임사화를 피해 일시 은둔해 있다가 영조 즉위 후 정계에 진출하여, 30여 년간 청요직(淸要職)을 두루 역임하며 노론 측의 맹장으로 활약한 인물이었다. 또한 장간공은 족형 박필성(朴弼成)이 효종의 부마 금평위(錦平尉)요, 종손(從孫) 박명원(朴明源, 1725~1790)이 영조의 부마 금성위(錦城尉)인 등으로 왕실과도 깊은 인척 관계에 있어, 국왕 영조로부터 두터운 신임을 받았다. 그러나 그는 그럴수록 척신(戚臣)의 혐의를 피하고자 노력했으며, 대단히 청렴한 생활을 하여 사대부들 간에 칭송이 자자했다고 한다. 이러한 조부와는 대조적으로, 연암의 부친 박사유는 평생을 벼슬하지 못한 선비로 지내며 부모 슬하에서 지극히 평범하고 조용한 일생을 보내었다.[3] 그러므로 연암의 정신적 성장에는 집안의 기둥이던 조부 쪽이 부친보다 훨씬 더 강한 영향을 끼쳤던 듯하다.

연암은 1752년 유안재(遺安齋) 이보천(李輔天, 1714~1777)의 딸과 결혼한 이후, 장인과 처숙인 영목당(榮木堂) 이양천(李亮天, 1716~1755)의 지도 아래 본격적인 학업을 시작했다. 이 당시 유안재로부터는 『맹자』를, 영목당으로부터는 『사기』(史記)를 교수받았다고 한다. 특히 홍문관 교리를 지낸 영목당은 시문(詩文)의 대가로서, 그에게서 배운 『사기』의 심대한 영향은 연암 문학에서 지속적으로 발견된다.[4]

한편 장인 유안재는 주로 사상과 처세의 면에서 연암에게 심각한 영향을 끼쳤던 것으로 짐작된다. 그는 세종의 별자(別子) 계양군(桂陽君)의 후손으로, 농암(農巖) 김창협(金昌協)의 고제(高弟)인 종숙부 이명화(李明華)의 문하에서 수학했다. 또한 유안재는 그와 마찬가지로 농암의 제자이자 독실한 우암(尤菴) 숭배자인 기원(杞園) 어유봉(魚有鳳)의 사위가 되어 그에게서도 사사를 받게 됨으로써, 우암에서 농암으로 이어지는 학통을 충실히 계승한 산림처사였다. 연암은 이러한 장인으로부터 깊은 감화를 받고, 시속과 결코 타협하지 않으며 선비의 진정한 본분을 잊지 않는 자세를 배웠던 것으로 보인다.[5]

20세 무렵부터 연암은 김이소(金履素, 1735~1798), 황승원(黃昇源, 1732~1807) 등과 함께 산사를 찾아다니며 과거 준비에 전념했다. 1756년에 지은 시 「원조대경」(元朝對鏡)에는 당시 학업에 정진하던 그의 모습이 잘 그려져 있다. 또한 그가 봉원사(奉元寺)에서 윤영(尹映)이란 이인(異人)을 만나 그로부터 허생(許生)에 관한 이야기를 들었던 것도 이 무렵의 일이다.[6] 그런데 다른 한편 당시의 연암은 며칠씩이나 잠을 자지 못하는 등 심한 우울증으로 고생했다고 한다.[7] 이는 아마도 장래의 거취 문제에 직면한 청년 연암의 내면적 위기와 깊은 관련이 있는 것으로 짐작된다.

앞서 언급했듯이 연암의 조부 장간공과 장인 유안재는 모두 노론으로서, 영조의 탕평책에 대해 노론과 소론의 대립을 미봉하려는 고식책이라 하여 극력 반대한 인물들이었다. 게다가 연암의 처숙 이양천은 소론 강경파의 지도자인 이종성(李宗城)을 영의정으로 발탁한 데 항의하여 상소한 일로 영조의 분노를 사서 귀양살이를 한 뒤에 병사했다.[8] 그러므로 이들의 영향 속에서 성장한 연암은 국왕의 탕평책에 적극 호응한 일파들이 정국을 주도하면서 점차 권귀화(權貴化)하는 당시의 정치 현실과 이에 따른 양반 사회의 염량세태에 대해 자연히 비판적인 견해를 품게 되어, 번민을 거듭한 끝에 과거를 통한 입신출세의 길에 대해서도 점차 회의적으로 되어 간 것으로 추측된다.

연암의 초기 문학을 대표하는 『방경각외전』은 이와 같은 정신적 상황에서 창작된 것이었다.[9] 여기에 수록된 작품들은 대부분 연암이 자신의 우울증을 달래기 위해 이야기꾼들을 청해다 시정의 기이한 인물이나 사건에 대한 소문들을 듣던 과정에서 취재된 것이다. 이러한 소재들을 빌어 연암은 당시의 양반들이 명리만을 좇아 이합집산함으로써 선비 사회에 우도(友道)가 타락한 현상을 풍자하고, 오히려 시정의 하층 민중들 속에서야말로 진정한 우도를 찾아볼 수 있다고 주장하고 있다.

『방경각외전』에 집성된 작품들은 일반적으로 한문소설로 간주되고 있으나, '외전'(外傳)이라는 그 표제가 말해 주듯이 기본적으로 전(傳) 양식에 속하는 것으로 보아야 할 것이다.[10] 문체의 유사성이나 고사성어의 출처는 물론, 입전(立傳) 동기로서의 현실에 대한 강렬한 비판의식 등으로 보아, 『방경각외전』은 『사기』 열전을 모범으로 삼고 있음이 분명하다. 이 점은 또한 『방경각외전』에 『사기』의

「태사공자서」(太史公自序)와 마찬가지로, 사언(四言)의 운문 형식을 취한 「자서」(自序)가 첨부되어 있는 사실에서도 단적으로 드러난다.

주지하다시피 『사기』 열전에서 파생되어 나온 전은 실재했던 인물의 생애를 다루는 전기문학이다. 그러므로 『방경각외전』의 경우에도 「우상전」(虞裳傳)의 이언진(李彦瑱), 「광문전」(廣文傳)[11]의 광문, 「민옹전」(閔翁傳)의 민유신(閔有信), 「김신선전」(金神仙傳)의 김홍기(金弘基) 등 대다수의 입전 인물들은 조선 후기의 실존 인물이었다.[12] 그런데 종래의 인습적인 전들에서는 입전의 대상이 대체로 작자 주변의 달관귀인(達官貴人)에 제한되어 있을뿐더러, 이들의 삶을 통해 제시되는 주제 역시 유교적인 교훈의 틀에서 벗어나지 않았다. 이러한 관행에 비추어 볼 때 『방경각외전』에서는 이례적으로 떠돌이 거지, 천인 역부(役夫), 몰락한 무반, 불우한 위항인(委巷人), 무식한 농부 등 이름 없는 하층의 서민 군상을 입전의 주요 대상으로 삼고 있으며, 또한 이들의 가식 없고 건실한 삶에 비추어 당시 양반 사회의 윤리적 타락상을 풍자하고 있는 점에서 특색을 보여주고 있다.

이와 같이 입전의 대상을 무명의 민중으로 설정하고 이들의 삶을 통해 현실 비판적인 주제를 부각시키고자 한 결과, 『방경각외전』은 그 표현 형식에서도 통상의 전들과는 상당히 다른 면모를 띠게 되었다. 이름 없는 하층 민중들의 생애를 서술하자면 관련 문헌이 있을 리 없으므로 거의 구전 설화에 의존하지 않으면 안 되며, 이에 따라 허구성이 개재될 여지가 생기면서 소설화의 경향이 나타나게 된다. 뿐만 아니라 작자의 주제의식이 강렬한 데다가 양반 사회의 허위를 통매하는 그 내용이 시휘를 범할 우려가 다분하므로,

「마장전」(馬駔傳) 「예덕선생전」(穢德先生傳) 등에서 보듯이 가공적인 인물들 간의 문답 형식을 빌려 작자의 견해를 우의적으로 피력하는 파격성도 드러내고 있다.

한편으로 『방경각외전』은 종래의 인습적인 전들과는 달리, 『사기』 열전에 고도로 구현되어 있는 사실주의적 묘사의 전통을 충실히 계승하고 있다. 예컨대 거지 출신으로 각종 직업을 전전하던 광문이라든가, 박식하고 구변 좋은 민영감과 같은 인물들의 개성을 탁월하게 형상화하고 있는가 하면, 한양 근교 일원의 농가에 똥거름을 공급하던 역부 엄행수(嚴行首)의 생활상을 그린 「예덕선생전」에서 볼 수 있듯이 하층민들의 활기찬 삶을 대단히 구체적이고도 생생하게 묘사하고 있다. 그리고 이처럼 민중들의 실생활을 여실히 묘사하고자 힘쓴 결과로, 이들의 생기발랄한 생활 감정이 투영되어 전 고유의 격조를 깨뜨리는 골계적인 요소가 작중에 스며들게 되며, 속어·속담 등 서민들의 일상 어투의 재현에 따라 한문 문체에서도 독특한 변화가 일어나게 되었다.

연암의 초기작 가운데 또 하나 주목되는 작품은 시 「총석정 관일출」(叢石亭觀日出)이다. 이 시는 연암이 1765년 가을에 벗 유언호(兪彦鎬, 1730~1796), 신광온(申光蘊, 1735~1785)과 함께 금강산 일대를 유람했을 적에 총석정에 이르러 동해의 해 돋는 장관을 보고 지은 작품이다. 이 당시의 여행이 그에게 자못 깊은 인상을 주었던 듯, 「김신선전」을 비롯하여 「금학동별서 소집기」(琴鶴洞別墅小集記) 「풍악당집서」(楓嶽堂集序) 「관재기」(觀齋記) 등의 글뿐 아니라 『열하일기』에서도 거듭 당시의 체험이 회상되고 있다. 또한 이 「총석정 관일출」은 일찍이 판서 홍상한(洪象漢, 1701~1769)으로부터 격찬을 받은 바 있는 작품으로, 연암 자신도 득의작(得意作)으로 자부하여 『열하일기』에 전편을 재수록해 놓고 있을 정도이다.[13]

7언 70행의 장편 고시인 이 작품은 하평성(下平聲)인 증자(蒸字)의 험운(險韻)을 여유 있게 구사하고 있으며, 이와 아울러 일출과 관련된 각종 고사를 종횡으로 활용하여 작시법상 뛰어난 기량을 보여주고 있다. 뿐만 아니라 이 작품은 한시의 일반적인 작풍으로는 예외적일 만큼 정밀한 묘사를 추구하고 있는 점에서도 특색을 보여준다.

> 길손들 한밤중에 서로 주고받는 말이
> 멀리서 닭 울었나 아직 울진 않을 텐데
> 멀리서 닭이 먼저 우니 어디메서 난 것일까
> 맘속에만 있는 거라 파리 소리마냥 희미하네
> 마을 안의 개 한 마리 짖다 도로 고요하니
> 고요하다 못해 찬기 일어 마음조차 으스스
> 바로 그때 소리 나니 귀울림이 아닐까
> 자세히 듣자 하니 집닭이 따라 우네

> 行旅夜半相叫應, 遠鷄其鳴鳴未應.
> 遠鷄先鳴是何處, 只在意中微如蠅.
> 邨裏一犬吠仍靜, 靜極寒生心兢兢.
> 是時有聲若耳鳴, 纔欲審聽簷鷄仍.[14]

이와 같이 유람객들이 행여라도 해 돋는 모습을 놓치고 못 볼

세라 첫닭 울음소리를 들으려고 귀 기울이며 조바심하는 모양을 그린 서두 부분을 비롯하여, 해가 막 돋을 무렵 해상의 미묘한 풍경 변화를 묘사하고 있는 대목들은 놀라우리만큼 사실적인 표현을 보여 주고 있다. 이러한 점에서 「총석정 관일출」 시는 『방경각외전』과도 일맥상통하는 경향을 보여 주는 작품이라 하겠다.

또한 최근에야 그 존재가 알려진 7언 54행의 장편 고시 「사약행」(司鑰行)도 주목할 만한 작품이다. 이 시는 액정서(掖庭署)의 사약(司鑰) 벼슬을 지낸 한 사내가 한때 한양의 유흥가를 주름잡던 왈짜였으나 영락하여 늘그막에는 비천한 거지가 된 사연을 노래한 점에서 『방경각외전』의 「광문전」과 뚜렷한 유사성을 보여 준다. 여기에서 연암은 추위와 굶주림을 견디지 못한 늙은 거지가 절을 찾아가 중들에게 자신의 일생 내력을 털어놓는 방식을 통해 젊은 시절 그의 무뢰배 행태를 실감나게 묘사한 다음, 지난날의 방탕한 생활을 후회하는 그의 목소리를 호소력 있게 전하고 있다.

인간세상 희로애락 백발 되어 알았고
세상의 인정 실태 황금 통해 깨달았소
살아생전 황금이 다시 오기 원치 않고
머리 위 터럭이 다시 검어지기만 바라오
하지만 늙은 이 몸 세상을 오래 겪어 보니
인간사란 번복이 많음을 익히 보았다오
세간의 부귀한 자들에게 말 전해 주오
대문을 꼭꼭 닫아 걸고 먹지는 말라고

人間悲樂白髮知, 世上情態黃金得.

不願生前金復來, 但願頭上髮再黑.

老我但是閱世久, 貫看人事多翻覆.

寄語世間富貴者, 莫要緊緊關門喫.[15]

이와 같이 「사약행」은 「광문전」과 마찬가지로 거지나 왈짜와 같은 여항(閻巷)의 특이한 인간 유형을 매우 온정적으로 형상화하고 있다. 양반 사대부의 보수적 시각에서 그들을 '불온 세력'으로 보지 않고 그들이 지닌 야성과 인간미를 생동감 있게 표현한 것이다.[16]

* * *

장래의 거취 문제로 오랫동안 번민하던 연암은 1771년경 마침내 과거 응시를 폐하고 재야의 선비로서 살아가기로 결심했다. 연암이 과거를 포기하고 은둔해 살 생각을 구체화하기 시작한 것은 아마도 1767년 부친상을 당한 이후부터로 짐작된다. 탈상을 얼마 앞둔 1769년 가을에 벗 황승원이 보내온 위문편지에 대한 답신에서, 그는 이제 겨우 부모를 알아볼 줄 아는 어린 아들이 조부모에 대해 철 없이 묻는 바람에 가슴 아파한 일화를 전하면서 가족을 이끌고 시골로 가서 조상의 무덤을 의지하며 살 계획으로 장차 단양(丹陽)과 영동(永同) 사이에 전답을 구할 뜻을 밝히고 있다.[17]

이듬해인 1770년에 연암은 감시(監試: 소과 초시)의 초장(初場)과 종장(終場) 두 번의 시험에서 모두 일등으로 뽑힌 데다 영조로부터 격외(格外)의 칭찬까지 받아 장래가 매우 촉망되는 처지였다. 그럼에도 불구하고 그는 회시(會試: 소과 복시)에 응하지 않거나, 마지못해 응시해도 시권(試卷: 시험 답안)을 제출하지 않는 등으로 과거에 소극적인 태도를 보이다가, 드디어는 이를 포기하기에 이렀다.[18]

연암이 이와 같이 벼슬길에 나서기를 단념한 것은, 아마도 영조 말년의 혼탁한 정국에 직면해서 비관적인 견해를 품게 되었던 때문으로 보인다. 영조 즉위 후 신임사화의 사후 처리 문제를 중심으로 치열하게 전개되었던 노론과 소론 간의 권력투쟁은 결국 노론 측의 주장이 대부분 관철되는 방향으로 귀결되었다. 그러나 노론 일당의 독주를 염려한 영조가 탕평책을 폄으로써 그의 노련한 통치 하에 정국이 소강상태를 누리던 차, 사도세자 사건이 발생하여 당쟁이 다시 격화되기 시작했다. 노론과 소론, 탕평파와 반(反)탕평파 간의 알력에다 왕세자에 대한 영조의 처분을 에워싸고 새로이 시파(時派)와 벽파(僻派)가 분립하여 정계의 주도권을 다투는 한편, 자파 세력을 확장하기 위한 술책의 일환으로 과거 부정을 자행하여 마지 않았다.

연암은 이와 같이 문란해진 과거제도에 대해 지극히 비판적이었다. 예컨대 그는 이웃에 사는 아무개가 과거에 합격한 것을 축하한 한 편지에서 수만 명의 응시자들이 운집하여 서로 짓밟는 북새통 속에 겨우 스무 명을 선발하는 데 끼였으니, 그대는 10분의 9의 사망률에서 벗어나 만분의 1의 요행을 얻은 셈이라면서, 당시의 과거제도를 신랄하게 풍자하고 있다.[19] 또한 연암은 「염재기」(念齋記)라는 기발한 소품문(小品文)에서도 당시 한양의 소문난 광사(狂士) 송욱(宋旭)이 번번이 낙방할 줄 알면서도 과거에 응시하는 기행(奇行)에 빗대어, 선비들이 과거에만 급급한 나머지 진정한 자아를 상실하기에 이른 현실을 통렬히 비판하고 있다.[20] 이로 미루어 볼 때 연암은 당시와 같이 문란한 과거제도 아래에서는 급제하기도 힘들 뿐더러, 그러한 관문을 거쳐 혼미스러운 정계에 진출해 본들 선비로서의 포부를 제대로 펼 수 없으리라고 비판했던 듯하다.

여기에 가세하여 1767년 부친의 장지(葬地) 문제로 인한 분규가 발생하자, 과거를 포기하려는 그의 결심은 더욱 굳어졌다. 연암 집안과 녹천(鹿川) 이유(李濡)의 후손가 사이에 묏자리를 두고 소송이 벌어져, 국왕의 중재로 시비는 가려졌으나 이로 인해 상대측의 상소인이 자책 끝에 관직을 사퇴한 사실을 나중에 알게 된 연암은, 본의는 아니나마 남의 장래를 막아 버리게 된 데에 책임을 느껴 스스로도 벼슬길을 단념했다는 것이다.[21]

뿐만 아니라 절친한 벗 이희천(李羲天)이 조선 왕실을 모독하는 내용이 포함되어 있는 줄도 모르고 『명기집략』(明紀輯略)이란 중국 책을 구입했다가 1771년 그 책을 소지한 사실이 문제가 되어 졸지에 참수형을 당한 사건은 연암에게 엄청난 충격을 가져다주었다.[22] 게다가 1772년에는 홍문관 응교로 재직하던 벗 유언호가 왕세손의 외조부인 홍봉한(洪鳳漢) 중심의 척신 정치를 비판하다가 당류(黨類)로 몰려 흑산도에 유배되고, 그 이듬해에는 사간원 정언으로 재직하던 벗 황승원이 신임사화를 일으킨 소론계 대신들의 관작을 복구하라는 왕명을 거스르는 당파적 행동을 했다는 죄목으로 역시 흑산도에 충군(充軍)되었다.[23] 이처럼 가까운 벗들이 잇달아 정쟁에 휘말려 고초를 겪는 현실을 목도하면서, 연암은 관직 진출에 대해 더욱 깊은 혐오감을 품게 되었을 것이다. 과거를 폐한 직후 연암은 심신을 가다듬을 겸 북으로는 송도·평양을 거쳐 천마산·묘향산까지,

남으로는 속리산·가야산 및 화양·단양의 여러 명승지를 두루 유람했다. 그가 벗 백동수(白東修)와 함께 황해도 금천군(金川郡)의 연암협(燕巖峽)을 답사한 후 장차 여기에 은거할 뜻을 굳히고 자호(自號)를 '연암'이라 지은 것도 이 당시의 일이다.[24]

1772년에서 1773년 사이에 연암은 아내와 자식들을 경기도 광주(廣州) 석마(石馬: 돌마면, 지금의 성남시 분당구)의 처가로 보낸 뒤, 한양 전의감동(典醫監洞: 약칭 전동典洞, 지금의 서울시 종로구 견지동)의 우사(寓舍)에 혼자 기거하면서, 홍대용·정철조(鄭喆祚)·이덕무·박제가·유득공·이서구(李書九) 등 여러 우인(友人) 문생들과의 친밀한 교제 속에 자신의 사상과 문학을 심화시켜 나갔다.[25] 이 전동 시절에 연암은 특유의 참신한 문학론을 확립하는 한편, 조선의 낙후된 현실을 타개하기 위해 청조 치하의 발전된 중국 문물을 연구하며 연행에 대한 꿈을 키워 갔던 것이다.

* * *

연암이 전동 시절에 확립한 문학론의 골자는 '법고창신'(法古創新) 즉, 고문을 본받되 이를 현대에 맞게 창조적으로 변용시켜야 한다는 명제로 요약될 수 있다.[26] 그가 이러한 이론을 주장하게 된 이면에는 중국 명대 문단의 동향이 다분히 의식되고 있었던 것으로 보인다. 예컨대 「초정집서」(楚亭集序)에서 연암은 명나라의 작가들이 '법고'를 주장하는 파와 '창신'을 주장하는 파로 갈리어, "서로 비방하다가 둘 다 정도(正道)를 얻지 못하고, 함께 말세의 쇄설(瑣屑: 자질구레한 폐단)로 타락했다"고 비판하고 있다.[27] 여기서 말하는 법고파란, 산문은 반드시 진(秦)나라 이전과 한(漢)나라 시대의 산문을 본받고 시는 반드시 성당(盛唐)의 시를 본받아야 한다는 "문필진한(文必秦漢), 시필성당(詩必盛唐)"의 의고주의(擬古主義) 문학을 주창한 이반룡(李攀龍)·왕세정(王世貞) 등 이른바 전후(前後) 칠자(七子)를 가리킨다. 창신파란 그에 대립하여 성령(性靈)을 독자적으로 표현하고 상투적인 표현에 얽매이지 말아야 한다는 "독서성령(獨抒性靈), 불구격투(不拘格套)"의 개성적인 표현을 강조한 원굉도(袁宏道) 형제 등 주로 공안파(公安派) 문인들을 지칭한 것이다. 그중 명나라의 의고주의 문학은 선조조 이후 국내에도 널리 소개되어, 윤근수(尹根壽)·최립(崔岦) 등을 비롯한 많은 작가들에게 깊은 영향을 끼쳐 왔다. 뒤이어 공안파의 문학도 점차로 유입되는 한편으로, 청나라 초에 발간된 전겸익(錢謙益)의 『열조시집』(列朝詩集)과 주이준(朱彝尊)의 『명시종』(明詩綜) 등이 국내에도 수입됨으로써 명대 문학 전반에 대한 비판적 조감이 가능하게 되었다.[28]

이와 같은 국내외 문단의 추이 속에서 연암도 초기의 습작 시절에는 그 당시에 풍미하던 의고주의적 작풍을 추종했던 것으로 보인다. 예컨대 그는 「서광문전후」(書廣文傳後)에서, 자신이 18세 때 「광문전」을 지어 "여러 어른들께 돌려 보였더니, 하루아침에 고문사(古文辭: 고전적인 산문)를 잘 짓는다고 크게 칭찬을 받았다"고 술회하고 있거니와, 이 작품은 사실 『사기』의 「위공자전」(魏公子傳) 「만석군전」(萬石君傳) 등으로부터 적지 않은 영향을 받은 것이다.[29]

또한 연암은 이덕무에게 지어 준 시 「증좌소산인」(贈左蘇山人)에서도 "내 보았노라 세상 사람들이, 남의 문장을 예찬할 때면, 산문은 꼭 양한(兩漢)을 본떠야 하고, 시는 꼭 성당(盛唐)을 본떠야 한다네. (…) 내 또한 이와 같은 예찬을 들은 적 있지, 처음 들을 땐 낯가죽이 에이는 듯싶더니, 두 번째 듣고 나니 도리어 포복절도, 여러 날 허리 무릎 시큰거렸다네. 이름이 널리 알려질수록 더욱 흥미 없어, 흡사 아무 맛 없는 밀 조각을 씹는 듯했네"라고 당시를 해학적으로 회고하고 있다.[30] 그러므로 전동 시절에 연암이 법고창신의 문학론을 제창한 것은, 자신의 초기 문학을 포함하여 당시 문단의 주류를 이루고 있던 의고주의 문풍을 극복하는 데 주된 의도가 있었던 것이라 할 수 있다.

의고주의에 대하여 연암은 무엇보다도 그것이 '법고'의 올바른 방법이 될 수 없다는 점에서 비판했다. 의고주의자들은 고문의 용어·제재·분위기 등을 모방함으로써 고문을 재현하려고 하지만, 이러한 외형적인 것의 모방을 통해서는 사이비 고문만을 낳을 따름이다. 이는 마치 관왕묘의 관우(關羽) 소상(塑像)이 무섭게 생겨 학질을 떼는 데 효험이 있다고 하나, "의관(衣冠)을 빌린 가상(假像)이라, 진솔한 어린애들을 속이지는 못하는" 것과 일반이다. 그러므로 고문으로부터 진정으로 모방해야 할 것은 '형'(形)이 아니라, 바로 그 '심'(心)이다. 그리고 이는 창작의 경우뿐만 아니라 독서에 있어서도 마찬가지이다. 예컨대 『사기』를 읽고 나면 그중의 유명한 고사나 흥미로운 삽화 따위만을 상기하지 말고, 이면에 관류하고 있는 사마천의 '심' 즉 발분저서(發憤著書)의 정신을 간취할 수 있어야 하는 것이다.[31]

「공작관문고 자서」(孔雀館文稿自序)는 이러한 연암의 문학관을 극명하게 표현하면서, 그 자체가 또한 연암다운 문체를 잘 보여 주고 있는 글이다. 여기에서 그는 "글이란 자신의 뜻을 그려 내면 족할 따름"이므로, 글을 지을 때 구태여 거창한 말만을 골라 쓸 필요가 없으며 "오로지 그 참(眞)을 그릴 뿐이다"라고 주장했다. 그런데도 작문에 임하면, 초상화를 그릴 때 평상시의 모습과는 달리 낯빛을 고치고 부동자세로 화가를 대하는 사람처럼, "홀연히 고어(古語)를 생각해 내고 억지로 경서(經書)의 뜻을 따온다거나, 일부러 근엄한 척하고 글자마다 장중하게만 쓰려는" 사람들이 있다.[32] 전자는 오묘한 표현을 자기만 알고 남들이 몰라 줄까봐 항상 걱정이요, 후자는 자신은 자각하지 못하는 허식을 남들이 먼저 알아채는 것을 아주 싫어한다. 그리하여 연암은 당시의 의고적 문풍을 대변하는 이러한 유형의 문인들을 각각 이명증(耳鳴症)에 걸린 아이와, 자기가 코 고는 버릇이 있는 줄도 모르는 촌사람에 비유하여 신랄하게 풍자하고 있다.

> 小兒嬉庭, 其耳忽鳴, 啞然而喜, 潛謂隣兒曰: "爾聽此聲. 我耳其嚶, 奏鞸〔篳〕吹笙, 其團如星!" 隣兒傾耳相接, 竟無所聽, 悶然叫號, 恨人之不知也. 嘗與鄕人宿, 鼾息磊磊, 如哇如嘯, 如嘆如噓, 如吹火, 如鼎之沸, 如空車之頓轍, 引者鋸吼, 噴者豕狗, 被人提醒, 勃然而怒曰: "我無是矣." 嗟乎! …豈獨鼻耳有是病哉? 文章亦有甚焉耳.

한 아이가 뜰에서 놀다가 제 귀가 갑자기 울리자, 입을 다물지 못한 채 기뻐하며 가만히 이웃집 아이더러 말하기를, "너 이 소리 좀 들어 봐라. 내 귀에서 앵앵 하며 피리 불고 생황 부는 듯한 소리가 나는데 별처럼 동글동글하다!"[33]

하였다. 이웃집 아이가 귀를 기울여 대어 보았으나 끝내 아무 소리도 듣지 못하자, 그 아이는 안타까워 소리치며 남이 몰라주는 것을 한스럽게 여겼다.

전에 어떤 촌사람과 동숙한 적이 있는데, 그 사람의 코 고는 소리가 우람하였다. 마치 토하는 것도 같고 휘파람을 부는 것도 같고, 한탄하는 것도 같고 숨을 크게 내쉬는 것도 같고, 후후 불을 부는 것도 같고 솥의 물이 끓는 것도 같고, 빈 수레가 덜커덩거리며 구르는 것 같기도 했다. 숨을 들이쉴 때면 톱질하는 소리가 나고 내쉴 때는 돼지처럼 씩씩대었다. 그러다가 남이 일깨워 주자, 발끈하여 성을 내며 "난 그런 일이 없소" 하였다.

아아! …어찌 코나 귀에만 이런 병이 있겠는가? 문장에도 있는데 더욱 심할 따름이다.[34]

진정한 법고가 고문의 '심'을 본받는 데 있는 것이라면, 다음으로 문제되는 것은 이 고문의 '심' 곧 내적 본질은 무엇인가 하는 점이다. 연암은 이 문제를 가장 근원적인 상황으로 소급시켜 생각해 볼 것을 제의한다. "창힐(蒼頡)이 문자를 만들 때 그 무슨 옛것을 모방했겠는가?" 포희(庖羲)는 팔괘(八卦)를 창제할 때 "위로 하늘을 살피고 아래로 땅을 관찰하여"(仰觀俯察) 이를 그림으로 나타낸 것이며, 창힐은 사물의 "속과 겉을 곡진히 살펴서"(曲情盡形) 이를 문자화한 데에 불과하다. 그렇다면 고문의 진정한 본질은 현실 세계를 예의(銳意) 관찰하고 그 "소리와 빛깔과 감정과 풍경"(聲色情景)을 생생하게 표현한 데 있는 것이다. 또한 바로 이 현실 세계야말로 진정으로 모방해야 할 대상이라고 한다면, 고문을 피상적으로 읽느니 오히려 "문자화되지 아니한 문장"(不字不書之文)인 천지 만물 그 자체를 관찰하는 것이 참된 독서라는 역설(逆說)도 성립될 수 있다.[35]

그런데 이 현실 세계는 끊임없이 변화한다. "하늘과 땅이 아무리 오래 되었어도 끊임없이 생명을 낳고, 해와 달이 아무리 오래 되었어도 그 빛은 날마다 새롭다."[36] 뿐만 아니라 언어 문자는 이처럼 변화해 마지않는 현실을 남김없이 표현하는 데 일정한 한계를 지니고 있다. "문자는 말을 다 표현하지 못하고, 그림은 뜻을 다 표현하지 못한다."[37] 예컨대 '조'(鳥) 자가 아무리 새를 상형한 것이라 하나, 그 한 글자로 공중을 훨훨 날며 지저귀는 실제의 새를 형용하기에는 지극히 불충분하다. 그러므로 "하늘을 보면 새파란데 하늘 '천'(天) 자는 파랗지 않아요"라고 하면서 그래서 천자문을 배우기 싫다고 한 마을 아이의 총명함은 "창힐이라도 기가 죽게 만들 것이다."[38]

이와 같이 현실 세계의 부단한 변화와 이를 표현하는 언어 문자의 근원적인 한계에 대한 인식으로부터 참다운 문학은 법고에만 머무를 수 없으며 창신의 경지로 나아가야 한다는 논리가 필연적으로 도출된다. 한나라·당나라 시대와 오늘의 현실은 다를 수밖에 없으므로, 고문이 그 시대의 현실을 진실되게 표현했듯이 오늘의 문학은 고문이 미처 묘파하지 못한 현실의 신생 국면을 묘사하는 데 그 존재 이유가 있는 것이다. 의고주의자들처럼 현실과는 맞지 않는데도 고어를 차용하기에만 급급하여, 예컨대 "황제가 거처하는 곳이나 제왕의 도읍지를 모두 '장안'(長安)이라 일컫고, 역대의 삼공(三公)을 죄다 '승상'(丞相)이라 부른다면, 명칭과 실상이 뒤죽박죽되어 오히려 속되고 지저분해질" 따름이다. 이와 같이 시대착오를 무릅쓰고 고문을 표절 답습하는 데만 주력하는 의고주의자들이란 "이웃 사람의 담비 털옷이 부럽다고 한여름에 이를 빌려 입는 사람"과 마찬가지로 어리석은 자들이다.[39]

또한 의고주의자들은 고대를 이상화하면서 고대문학과 현대문학 간에도 질적으로 현격한 차이가 있는 것으로 간주한다. 그러나 이러한 귀고천금(貴古賤今)의 복고사관은 역사의 변화에 반하는 그릇된 생각이다. 도도한 역사의 흐름에 비추어 보면 고금의 구분은 어디까지나 상대적이고 유동적인 것이다. 현재의 시점에서 볼 때는 '고'(古)인 시대도 그 당시의 시점에서는 '금'(今)인 것이며, 현대 역시 천추만세 후면 '고'로 간주될 것이다. 이와 같이 '금'이란 '고'의 대비적 명칭일 뿐이므로, 자기 당대의 현실을 표현한 고문은 다름 아닌 그 시대의 금문(今文)인 것이요, 오늘의 현실을 충실하게 그린 금문도 후세에는 고문으로 간주될 것이 분명하다.[40]

주목할 것은, 오늘의 문학이 법고에 그칠 것이 아니라 창신을 해야 한다는 연암의 주장 가운데 비록 맹아적이기는 하나 민족문학에 대한 자각이 내포되어 있는 점이다. 예컨대 그는 "지금의 시이지 옛날의 시가 아니다"라는 비난을 듣고 있는 이덕무의 시를 옹호하면서, "무관(懋官: 이덕무의 자)은 조선인"이라는 점을 강조하고 있다. 오늘의 조선은 "산천과 기후"나 "언어와 풍속"이 옛날의 중국과는 판이하므로, 고문을 모방하기에만 힘쓴다면 "그 글 짓는 법이 고상하면 할수록 내용이 실로 비속해지고, 그 문체가 비슷하면 할수록 표현이 더욱 거짓이 됨을 볼 따름이다." 우리나라는 변방에 처해 있으나 "천승지국"(千乘之國: 제후가 다스리는 나라)이요, 부유하지는 못했어도 아름다운 풍속을 허다히 계승해 왔으므로, "우리말을 한자로 적고 우리 민요를 한시로 표현하기만 하면, 저절로 문장이 이루어지고 그 속에 진기(眞機: 오묘한 이치)가 나타나게 될 것이다." 이렇게 본다면 우리나라의 동식물들을 소재로 하고 조선 남녀의 성정(性情)을 읊은 이덕무의 시야말로, 고대 중국의 새와 짐승과 초목들의 이름을 노래하고 당시 서민 남녀들이 주고받은 말들을 기록한『시경』(詩經)의 본질에 충실한 작품이라는 것이다.[41]

또한 연암은 문학에서 중요한 것은 사상 내용이므로, 이를 효과적으로 표현하기 위해서도 창신이 필요하다고 주장한다. "글을 잘 짓는 사람은 아마 병법을 알 것이다. 비유하자면 글자는 병사요, 글 뜻은 장수이다." 전쟁의 승패는 병졸을 지휘하는 장수의 능력에 좌우되는 것이며, 훌륭한 장수란 병졸을 가리지 않고 이를 적재적소에 잘 활용하는 사람이다. 이와 마찬가지로 훌륭한 작가는 문자를 가려 쓰지 않는다. "집에서 늘 쓰는 말"이나 "동요와 속담"이라도 잘만 쓰면 고전의 문자와 같은 효과를 발휘할 수 있는 것이다.

또한 한나라 초의 명장 한신(韓信)이 종래의 병법에서 금기시하는 배수진을 쳐서 승리했고, 후한(後漢)의 장수 우후(虞詡)가 전국 시대 제(齊)나라 장수 손빈(孫臏)의 감조(減竈: 밥 짓는 아궁이 수를 줄임) 전술과는 정반대로 증조(增竈: 아궁이 수를 늘림)의 기만술을 써서 이겼듯이, 훌륭한 장수는 예전의 병법을 답습하지 않고 변화된 상황을 고려하여 이를 창의적으로 적용하는 법이다. 이와 마찬가지로 문학 창작에서도 사상 내용을 보다 효과적으로 전달하기 위해서는, 고문의 상투적인 모방을 지양하고 과감하게 창의적인 변화를 시도할 줄 알아야 한다는 것이다.[42]

다른 한편 연암은 창신에 치우친 작풍에 대해서도 경고했다. 그는 박제가의 글에 대해 "진부한 말을 없애려고 애쓰다 보니 근거 없는 표현을 쓰는 실수를 범하기도 하고, 내세운 주장이 지나치게 고원하다 보니 법도에서 벗어나기도 한다"고 지적하면서, "새롭게 지어낸답시고 재주 부리기보다는 차라리 옛글을 본받다가 고루해지는 편이 낫다"고 충고했다.[43] 또한 연암은 부친상을 당해 상중에 있던 이서구(李書九)에게 보낸 위문편지에서, 그에게 지엽말단인 문장 공부에 심력을 허비하지 말고 '독서궁리'(讀書窮理)함으로써 '실지'(實地)에 착심하여 '본령'(本領)을 파고드는 공부를 하라고 권하면서, 문학에 대해서도 다음과 같이 충고했다.

> 平日於文學, 好看批評小品, 探索者, 惟是妙慧之解, 深味者, 無非尖酸之語. 此等雖年少一時之嗜好, 漸到老實, 則自然刊落, 不必深言, 而大抵此等文體, 全無典刑, 不甚爾雅. 明末文勝質弊之時, 吳·楚間小才薄德之士, 務爲弔詭, 非無一段風致, 隻字新語, 而瘦貧破碎, 元氣消削, 則古來吳儈·楚儂之畸蹠窮跡, 麃唾淫咳, 何足步武哉?

> 평소 문학에 있어서는 비평소품(批評小品)을 보기 좋아하여 애써 찾는 것은 오직 오묘한 지혜의 깨달음이요, 자세히 음미하는 것은 모두 신랄하기 짝이 없는 어휘들인데, 이런 것들은 비록 젊은 시절 한때의 기호(嗜好)이기는 하지만 차츰 노숙해지면 저절로 없어지게 마련이므로, 심각하게 말할 것까지는 없네.

그러나 대체로 이런 문체는 전혀 법칙이 없고 그다지 고상하지 못한 것이네. 명나라 말의 문식(文飾)만 성행하고 실질은 피폐해진 시대에 오·초(吳楚: 중국 양자강 이남) 지역의 잔재주는 있으나 덕이 부족한 선비들이 기괴한 설을 짓기에 힘써, 한 문단의 풍치(風致)나 한 글자의 참신한 말이 없는 것은 아니지만, 내용이 빈곤하고 자질구레해서 원기라고는 찾아볼 곳이 없는 것이네. 그런즉 예부터 내려오는 오·초 지역 촌뜨기들의 괴벽스런 짓거리요 추잡스런 말투이니, 어찌 본받을 만한 가치가 있겠는가?[44]

이처럼 명청 소품문을 혹평하고 이를 본받지 말기를 당부한 연암은, 그 밖에 상례(喪禮)에 있어서는 『주자가례』(朱子家禮)에 따라 절충할 것이며, 『소학』(小學)을 독실히 읽어 학문의 바탕을 닦도록 조언했다.

이상과 같이 '법고창신'을 주장한 연암의 문학론이 전적으로 독창적인 것이라고 볼 수는 없다. 국내에 전후(前後) 칠자(七子)의 문학이 유입된 이후, 이들의 의고주의에 대한 비판은 허균(許筠)을 비롯하여 장유(張維)와 이식(李植), 그리고 특히 농암 김창협 등에 의해 계속 제기되어 왔다.[45] 따라서 연암은 이러한 선배 문인들의 견해를 계승하여 더욱 명쾌하게 논리화한 것이라고 볼 수도 있다. 그런데 이와 아울러 만명(晚明)의 공안파 문학이 뒤이어 소개됨에 따라, 의고주의의 폐단을 극복하는 문제와 관련하여 이를 어떻게 수용할 것인가 하는 문제가 새로이 대두되기에 이르렀다. 그리하여 예컨대 이덕무는 『이목구심서』(耳目口心書)에서, 의고파(擬古派)의 '웅건(雄

建)함'과 공안파의 '초오(超悟)함'을 종합하되 양자의 병폐는 지양해야 한다고 주장하고 있다.[46] 연암의 법고창신론은 이러한 이덕무와 동일한 문제의식에서 출발하고 있으나, 이덕무의 견해가 지닌 절충론적인 한계에서 벗어나 수미일관한 논리를 갖춤으로써, 각기 '법고'와 '창신'에만 치우친 의고파와 공안파의 한계를 변증법적으로 지양한 진정한 종합에 도달해 있다고 하겠다.

연암은 "창신을 주장하는 자는 상도(常道)에서 벗어나는 병통이 있다"고 하여 공안파의 작풍에 대해서도 일정한 비판을 가하고 있다.[47] 그러나 전체로 보아 그의 문학론은 의고주의의 비판적 극복에 치력하고 있으며, 이러한 점에서 특히 원굉도(袁宏道)의 문학론과 인상적인 유사성을 보여 주고 있다. 즉, 고문의 피상적인 모방과 복고적 문학사관에 대한 비판, 그리고 현실의 '진'(眞)과 이를 포착하기 위한 표현상의 '변'(變)에 대한 강조 등 기본 논지뿐만 아니라, 구체적인 표현에 있어서도 양자는 비슷한 점이 많다.[48] 이러한 사실로부터 원굉도를 위시한 공안파의 문인들과 연암 사이의 영향 관계를 상정(想定)해 볼 수도 있을 것이다.

그러나 원굉도가 태주학파(泰州學派)의 양명학에 의거하여 '성령'(性靈) 곧 주관적인 개성의 표현을 극단적으로 강조한 데 비하여, 연암은 이에 대해서는 비판적인 반면 민족적인 개성의 표현을 역설한 점에 한 특색이 있다고 하겠다. 또한 고문의 본질이 당대의 사회 현실을 사실적으로 표현한 데 있음을 분명히 함으로써, 법고와 창신을 단순히 대립하는 것으로 보지 않고 통일적으로 파악할 수 있었던 점에서는 연암의 문학론이 진일보한 면을 지니고 있다고도 평가할 수 있을 것이다.[49]

* * *

전동 시절의 연암은 이상과 같은 법고창신의 문학론을 확립하는 한편으로, 이를 실제의 창작 방면에 적극 실천했다. 이 시기에 그는 기(記)·서(序)·발(跋)·척독(尺牘)·묘지명 등 소품 산문들을 왕성하게 창작했는데, 여기에는 연암 문학의 특징들이 잘 드러나 있다. 우선 이 시기의 글 중에는 작자의 개성과 생활을 생생하게 드러내고 있는 '문중유인'(文中有人)의 우수한 작품들이 많다. 연암과 담소하던 추억을 적은 이서구의 「하야방우기」(夏夜訪友記)에 응수하여 예속(禮俗)에 구애됨이 없이 자유방달(自由放達)하게 지내는 자신의 전동 생활을 그려 보인 「수소완정 하야방우기」(酬素玩亭夏夜訪友記), 그리고 하루 종일 혼자서 자신의 좌우 손을 편 갈라 쌍륙 놀이를 하거나 "회여지지(誨汝知之), 지지위지지(知之爲知之)"라고 『논어』를 읽듯이 지저귀는 제비를 손님삼아 소일한다고 한 「답남수서」(答南壽書) 같은 글들을 보면, 속사에서 초탈하여 살아가는 그의 평소 생활상이 대단히 사실적이면서도 해학적인 필치로 그려져 있는 것이다.[50]

그러한 작품 가운데 특히 「취답운종교기」(醉踏雲從橋記)는 연암과 그 우인들의 정신적 상황을 암시적으로 그리고 있는 점에서 주목을 요하는 글이다. 이덕무, 박제도(朴齊道: 박제가의 적형嫡兄), 이희경(李喜經)·이희명(李喜明) 형제 등과 어느 달밤에 운종교 일대에서 노닐던 추억을 회상한 이 작품에서, 연암은 낙척한 자신들의 처지를 밤거리에서 마주친 이국종(異國種) 맹견에 가탁하여 우의적으로 표현하고 있다.

인적이 드문 깊은 밤거리에는 개들만이 떼 지어 다니며 짖어대는데, 홀연 '오'(獒)[51]가 나타났다. 이 개는 본래 몽골산으로 크기가 말만 하고 사나운 종자인데, 중국에 들어온 것은 그중 작고 순한 놈이요, 우리나라에 나온 것은 그보다도 더욱 작은 놈인데도 불구하고 조선의 토종견에 비하면 엄청나게 크다. 해마다 중국을 다녀오는 사행 편에 국내에 수입되지만, 항상 풀이 죽어 혼자 다니며 대개는 굶어 죽고 만다. 속칭 '호백'(胡白)이라 하므로, 만취한 이덕무가 이 개를 보고 '호백'(豪伯: 호걸의 우두머리란 뜻)이라는 자(字)를 지어 주었다. 그런데 잠깐 사이에 그 개가 사라지자, "무관(懋官: 이덕무의 자)이 서글피 동쪽을 향해 서서, '호백이!'라고 친구라도 되는 듯이 자를 세 번이나 외쳐 부르"므로 일행은 모두 폭소를 했으며, 이에 놀란 뭇 개들은 달아나면서 더욱 시끄럽게 짖어대었다는 것이다.[52]

이 글에서 왜소한 토종견의 무리와는 동떨어진 채 고고하게 떠돌아다니다 굶어죽고 마는 외래종 맹견 '오'(獒)는 곧 연암과 그 우인들의 처지를 상징하고 있다. 우물 안 개구리처럼 조선의 후진성을 알지 못하고 자고자대(自高自大)하던 대부분의 동시대인들과는 달리, '되놈 오랑캐'의 나라인 청나라의 눈부신 발전상을 연구하고 이를 통해 남다른 경륜을 갖추게 된 자신들은 오히려 그 때문에 더욱 별 볼 일 없는 신세로 살고 있다. 그러므로 이덕무가 어디론가 사라진 '호백'을 안타까이 부른 것은 바로 자기 연민의 외침이었다고도 할 수 있을 것이다.

연암의 전동 시절 산문들이 보여 주는 또 하나의 특징으로는, 좀 더 진실되게 표현하기 위해서라면 종래의 창작 규범에 얽매이지 않는 그 파격성을 들 수 있다. 이러한 특징은 예컨대 연암의 문인으로서 비명횡사한 이한주(李漢柱)를 추모한 「이몽직 애사」(李夢直哀辭)

라든가, 형수의 부친인 처사 이동필(李東泌, 1704~1772)의 영전에 바친 「제오천처사 이장문」(祭梧川處士李丈文)과 같이, 사랑하는 우인이나 친지의 죽음을 애도한 감동적인 글들에 두드러지게 나타나 있다.[53]

그중에서 「백자 증정부인 박씨묘지명」(伯姉贈貞夫人朴氏墓誌銘)은 고인에 대한 자신의 추모의 감정을 여실히 표현하고자 격식에 구애받지 않는 파격성을 약여하게 보여 주고 있는 글이다. 출가한 뒤 가난과 병으로 고생하다 죽은 맏누님을 위해 지은 이 묘지명에서, 연암은 고인의 성명, 가문, 생전 경력, 졸일(卒日), 수년(壽年), 가족 관계, 장일(葬日), 장지(葬地) 등 묘지명에서 항례적으로 기술하는 사항들에 대해서는 극히 간략하게만 적고 있다. 그런 반면 생전의 누님에 관한 한 토막의 옛 추억과, 장지로 떠나는 누님의 영구를 강 언덕에서 전송하는 장면을 중심으로 서술하고 있다. 20여 년 전 새색시 시절의 누님이 화장을 하다가, 그 곁에서 개구쟁이 짓을 하며 떼를 쓰던 자신을 다정스레 달래 주던 일을 회상하면서 고인의 영구를 싣고 가는 배를 떠나보내노라니, 강가의 먼 산은 그 옛날 화장하던 누님의 '쪽 진 머리'처럼 검푸르며, 강물 빛은 '거울' 같고 새벽 달은 '눈썹'을 그린 듯이 보였다는 것이다.[54] 이와 같이 이 작품은 묘지명의 상투적인 기술 방식을 피하고, 인상적인 삽화와 극적 장면을 위주로 사실적인 묘사를 추구함으로써, 작고한 누님에 대한 작자의 애정과 슬픔을 한층 더 감동적으로 전달하고 있다.

이와 같은 파격성은 홍낙임(洪樂任, 1741~1801, 영의정 홍봉한洪鳳漢의 아들)의 부인인 숙인(淑人) 조씨(趙氏)의 죽음을 애도하여 지은 5언 70행의 장편 고시 「만조숙인」(輓趙淑人)에서도 확연히 드러난다. 조 숙인은 남편의 벗인 연암이 부친상을 당했을 때 가체(加髢: 다리)를 전당 잡혀 마련한 돈으로 몰래 장례를 도와주었다. 이러한 은혜에 보답하려는 뜻에서 지은 「만조숙인」에서 연암은 값비싼 가체를 애지중지하던 당시 부인네의 행태를 염정시풍(艷情詩風)으로 여실하게 묘사하는가 하면, 조 숙인의 모습을 수놓은 비단 족자를 만들어 아내와 함께 날마다 절을 올리려고 했다는 기발한 보은책을 장황하게 노래했다. 그에 비해 정작 고인을 애도한 구절은 마지막의 8행에 그치고 있다. 부친상 때 큰 도움을 준 친구 부인이 병사했는데도 부조를 갚을 형편이 못 되었던 연암은 문학적 상상력을 한껏 발휘하여 가상적인 보은책을 노래함으로써 마음의 빚을 조금이나마 덜고자 한 것이 아니었을까 한다. 그 결과 「만조숙인」은 상투적인 형식에서 과감하게 탈피한 "만시(輓詩)의 변체(變體)"가 되었다.[55]

이와 같이 전동 시절의 산문과 한시에 두드러지게 나타나 있는 표현 형식상의 파격화 경향은 당시 연암의 사상적인 변화와도 깊은 관련이 있다. 예컨대 그는 「하야연기」(夏夜宴記)에서 홍대용의 집에 모인 사람들이 아무 말 없이 조용하게 음악을 감상하는 모습을 "단가(丹家: 연단술을 행하는 도사)가 장신(臟神: 오장五臟에 깃든 신)을 내관(內觀: 관조)하고, 참선에 든 승려가 전생(前生)을 돈오(頓悟)하는 것"에 비유하고 있다. 또한 도화동(桃花洞: 한양의 북악北岳 아래 있던 동네)의 복사꽃을 구경하면서 벗들과 시주(詩酒)를 즐긴 일을 기술한 「도화동 시축발」(桃花洞詩軸跋)의 말미에서는 '관도도인'(觀桃道人: 복사꽃을 보고 깨우친 도인)이라 자칭하며 '게어'(偈語: 게송)를 덧붙이고 있다.[56] 이는 전동 시절의 연암이 도가나 불교와 같은 이단 사상에도 상당한 관심을 가졌음을 말해 주는 단적인 사례들이라 할 것이다.

　연암은 그중에서도 특히 『장자』(莊子)로부터 깊은 영향을 받았던 것으로 짐작된다. 아무개에게 답한 편지에서, 그는 파리가 사슴보다 작다지만 개미보다는 크고, 사슴이 파리보다 크다지만 코끼리보다는 작듯이, 사물의 크기란 어디까지나 상대적인 것이라고 말하고 있다. 그리고 이러한 크기의 상대성은 시점의 원근에 따른 가상(假象)일 뿐이라고 주장한다. 개미가 눈앞의 코끼리를 알아보지 못하는 것은 개미의 시점에서 볼 때 거리가 너무 멀기 때문이고, 마찬가지로 코끼리가 개미를 알아보지 못하는 것은 코끼리의 시점에서 보자면 너무 가깝기 때문이다. 따라서 훨씬 큰 안목을 가진 자가 100리 밖에서 바라본다면 크기에 상관없이 아무것도 보이지 않으리라는 것이다. 이와 같은 상대주의적 인식론은 연암이 장자의 사상에서 영향받은 명백한 증거라고 할 수 있다.[57]

　또한 연암은 유득공의 문집에 써 준 「영재집서」(泠齋集序)에서 석수장이를 뜻하는 '장석'(匠石), 각자장(刻字匠)이란 의미의 '기궐'(剞劂), 무덤과 그 앞의 석상을 각각 의인화한 '마렵자'(馬鬣子)와 '석옹중'(石翁仲) 간의 논쟁 형식을 빌려, 이 세상에 영구불멸하는 것은 존재하지 않는다는 점을 역설적으로 주장하고 있다. 그리고 유득공의 숙부인 유연(柳璉: 개명 유금柳琴)의 시집에 써 준 「낭환집서」(蜋丸集序)에서도 그는 가공인물인 '청허선생'(聽虛先生)과 그 제자들 간의 문답을 통해 불교적인 진리관을 피력하고 있다. 즉, 똑같이 비단옷을 입은 두 사람 중에 한 사람은 밤에 다니므로 남이 이를 몰라주고 다른 한 사람은 장님이라 스스로 볼 수 없다면 그중 어느 편이 나은지를 '자무'(子務)와 '자혜'(子惠)가 묻자, 스승인 '청허선생'은 옛날

황희(黃喜) 정승과 시인 임제(林悌)의 해학적인 일화를 인용하면서, 진실은 "떨어져 있지도 않고 붙어 있지도 않으며, 오른쪽도 아니고 왼쪽도 아닌"(不離不襯, 不右不左) 중도(中道)에 있노라고 훈계하고 있는 것이다. 이처럼 가공적인 인물이나 의인화된 사물들 간의 궤변적인 문답 형식을 빌려 상식에 반하는 역설적 주장을 펴는 수법도 『장자』에서 연원한 것으로, 이 시기 연암의 산문에서 흔히 발견된다.[58]

그런데 전동 시절 연암의 산문에서는 불교나 도가뿐만 아니라 심지어 서학(西學)의 영향도 엿볼 수 있다. 홍대용은 북경에서 사귄 중국 항주(杭州) 출신의 선비 엄성(嚴誠)·반정균(潘庭筠)·육비(陸飛)와의 필담 및 왕복 편지들을 모은 『간정동 회우록』(乾淨衕會友錄: 개제 『간정동필담』)을 편찬했다. 여기에 붙인 서문인 「회우록서」(會友錄序)에서 연암은 "홍군은 벗을 사귀는 데 통달했도다! 내 이제야 벗 사귀는 도리를 알았노라. 그가 누구를 벗하는지 살펴보고, 누구의 벗이 되는지 살펴보며, 또한 누구와 벗하지 않는지를 살펴보는 것이 바로 내가 벗을 사귀는 방법이다"라는 말로 글을 맺었다.[59]

이러한 「회우록서」의 결론은 마테오 리치(Matteo Ricci, 중국명 이마두利瑪竇)가 『교우론』(交友論)에서 제시한 벗 사귀는 방법과 상통한다. 『교우론』의 제7장에서 "벗하기 전에는 살펴보아야 하고, 벗한 뒤에는 믿어야 한다"고 했고, 제52장에서 "벗의 벗과 벗이 되고, 벗의 원수와 원수가 되면, 두터운 벗이 된다"고 했으며, 그에 대한 주에서도 "나의 벗은 반드시 어질므로, 사람을 사랑할 줄 알고 사람을 미워할 줄 안다. 그러므로 나는 그에게 의지한다"고 했다.[60]

또한 홍대용의 중국인 벗 등사민(鄧師閔)의 요청을 받아 그의 동향 친구인 곽집환(郭執桓, 호 회성원繪聲園)의 시집에 대한 발문으로 지어 준 「회성원집발」(繪聲園集跋)을 보아도 마테오 리치의 『교우론』의 영향이 뚜렷이 드러나 있다. 이 글의 첫머리에서 연암은 "옛날에 붕우를 말하는 사람들은 붕우를 '제2의 나'라 일컫기도 했고, '주선인'이라 일컫기도 했다. 이 때문에 한자를 만든 자가 날개 '우'(羽) 자를 빌려 벗 '붕'(朋) 자를 만들었고 손 '수'(手) 자를 겹쳐서 벗 '우'(友) 자를 만들었으니, 붕우란 마치 새에게 두 날개가 있고 사람에게 두 손이 있는 것과 같음을 말한 것이다"라고 주장했다.[61] 그런데 이는 바로 『교우론』을 인용한 것이다. 마테오 리치는 『교우론』의 제1장에서 "나의 벗은 타인이 아니라 나의 반쪽이요, 바로 '제2의 나'이다. 그러므로 벗을 자기처럼 여겨야 마땅하다"고 주장했다. 또 제56장의 주석에서는 "'우'(友) 자는 전서(篆書)로는 'ꙮ'로 쓰니, 이는 곧 두 손으로서, 사람은 두 손이 있어야지 없어서는 안 된다. '붕'(朋) 자는 전서로는 'ꙮ'로 쓰니 이는 곧 양 날개로서, 새는 이를 갖추어야 바야흐로 날 수 있다. 옛날의 현자들은 벗을 어찌 이와 같이 여기지 않았으랴?"라고 하여, 벗을 뜻하는 '붕우'라는 글자가 각각 '우'(羽) 자와 '수'(手) 자에서 유래했다는 어원설을 제기했다.[62] 전동 시절에 연암은 서학에도 상당한 관심을 기울였으며, 마테오 리치의 『교우론』을 읽고 깊은 공감을 느꼈던 듯하다.[63]

* * *

1777년 연암은 전동 생활을 청산하고 솔가(率家)하여 연암협에 은둔했다.[64] 이서구가 송별 시에서 "명성이 드높은데도 세상을 피하고, 늙은 몸으로 장차 농사를 지으려 하네"라고 했듯이,[65] 연암의 이러한 의외로운 거취에는 곡절이 없지 않았다. 1776년 영조에 뒤이어 세손인 정조가 즉위하게 되자, 사도세자에 대한 처벌에 찬성하고 정조의 왕위 계승을 방해했던 세력들이 대거 숙청되는 한편, 세손의 보호와 그 즉위에 공이 컸던 홍국영(洪國榮)이 정계의 실력자로 부상하여 국정을 좌우하다시피 했다. 이와 같은 왕위 교체기의 불안한 정세 속에서, 연암과 절친했던 삼종형(三從兄: 팔촌 형) 박재원(朴在源, 1723~1780)이 사간원 헌납으로서 상소를 올려, 누이동생을 후궁으로 들이려는 홍국영의 음모를 저지했으며, 삼종질(三從姪: 구촌 조카)인 이조 판서 박종덕(朴宗德, 1724~1779) 역시 홍국영과 불화 끝에 향리로 방축되었다. 그러한 와중에 연암도 홍국영에 대해 비판적인 언사를 서슴지 않았으므로, 위기를 감지한 벗 유언호 등이 그에게 피신할 계책을 세우도록 충고했다.[66] 뿐만 아니라 1777년 장인 이보천이 별세하여 그간 장인의 시골집에 맡겨 두었던 가족들의 생계도 모색해야 할 형편이었다. 그리하여 마침내 연암은 이전부터 은둔을 위한 적지(適地)로 물색해 둔 연암협으로 떠나기로 결심한 것이다.

황해도 금천군(金川郡: 현재 북한의 개성직할시 장풍군)에 속한 연암협은 화장산(華藏山) 동편 불일봉(佛日峯) 아래에 있는 골짜기로서, 송도로부터 30리쯤 떨어진 곳이었다. 동구(洞口) 좌측의 절벽에는 제비들이 둥지를 틀고 있어 이를 제비바위라는 뜻의 '연암'(燕巖)이라 불렀으며, 골짜기를 따라 흐르는 맑고 깊은 개울을 '엄화계'(罨畫溪)라 했다. 이 일대는 일찍이 고려 말에는 목은 이색, 익재 이제현 등이 살았던 곳으로, 부근 지금리(只錦里)에는 익재의 묘와 익재를 제향하는 도산서원(道山書院)이 있는 유서 깊은 곳이었다. 그러나 당시에는 황폐해져 이웃집이라고 해야 가난한 숯장이의 집 서넛이 있을 뿐이고, 호랑이와 사슴이 출몰하는 대단히 외진 곳이었다. 여기에다 연암은 두어 칸 초가집과 돌밭 약간을 장만하고 손수 뽕나무도 심었다.[67]

이때 마침 유언호가 개성 유수로 부임해 와서, 연암에게 물심양면으로 큰 힘이 되어 주었다. 유언호의 제안과 도움으로 연암은 연암협에서 송도로 나가 양호맹(梁浩孟)의 금학동(琴鶴洞) 별장에 머물면서, 그의 고명을 듣고 찾아온 이현겸(李賢謙)·이행작(李行綽)·양상회(梁尙晦)·한석호(韓錫祜) 등 송도의 유수한 청년 선비들을 가르치며 지냈다. 유언호는 1779년 3월 이조 참판에 임명되어 송도를 떠날 때까지 종종 금학동 별장으로 연암을 찾아와 우정을 나누었다.[68] 그 뒤 다시 연암협으로 돌아온 연암은 그를 따라온 송도의 문하생들을 지도하는 한편, 사색하고 집필하는 정진(精進)의 나날을 보냈다. 이 무렵에 지은 시 「산중지일 서시이생」(山中至日書示李生)을 보면, 문하생들을 가르치며 은거하던 그의 외로운 산중 생활이 잘 드러나 있다.[69]

한편 이와 같이 연암이 홍국영의 전횡을 비판하다 위험을 느껴 연암협에 칩거해 지내는 동안에도, 홍대용은 연암을 비방하는 세론에 개의치 않고 계속 편지를 보내어 그를 격려해 주었다. 1779년 홍대용에게 보낸 답신에서, 연암은 이덕무·유득공·박제가가 함께 검서관(檢書官)으로 발탁된 사실을 경하하고, 아울러 이덕무가 그 전년에 북경을 다녀오면서 반정균(潘庭筠)으로부터 받아온 '연암산거'(燕巖山居)라는 글씨를 새겨 산중의 서재에 걸어 놓았음을 알리고

있다.[70]

그러는 동안에 혼미하던 정국도 1780년 2월 홍국영의 급작스러운 실각과 더불어 진정되는 기미를 보이기 시작했다. 하지만 그해 연암이 상경하여 평계(平溪: 현재 종로구 평동)에 있던 처남 이재성의 집에 머물면서 돌아보니, 그간의 정치적 격변 속에서 전날의 노성하고 뛰어난 인물들은 거의 몰락했으며, 선비 사회의 분위기도 일변하여 예전 같지 않았다. 이에 항상 울울하여 어디론가 멀리 떠나고픈 생각이 간절하던 연암은, 중국 사행의 정사로 임명된 삼종형 박명원의 권유를 받고 숙원이던 북경에의 장도에 오르게 된 것이다.[71]

2. 연행의 경위

1780년(정조 4년, 건륭 45년) 음력 5월 25일 진하(進賀) 겸 사은(謝恩)을 위한 별사(別使)가 북경을 향해 출발했다. 그 사행은 청 고종(高宗) 건륭제(재위 1735~1796)의 70회 탄신을 축하하는 것이 주목적이었다. 아울러, 앞서 파견된 동지사가 만수(萬壽)를 경하하는 표(表)를 바친 데 답하여 황제가 각별한 조서(詔書)를 내리고, 북경 숙소의 실화(失火) 사건에 대한 조선 사신의 책임을 관대하게 면제해 준 조치 등에 대한 감사를 표하기 위한 목적도 겸하고 있었다.

사행의 정사에는 금성위 박명원, 부사에는 대사성 정원시(鄭元始), 서장관에는 조정진(趙鼎鎭)이 임명되었다. 정사의 군관(軍官)으로는 연암의 서삼종제(庶三從弟)인 박내원(朴來源),[72] 주부(主簿) 주명신(周命新),[73] 진사(進士) 정각(鄭珏), 참봉(參奉) 노이점(盧以漸)[74] 등이 수행했다. 이 밖에 부사와 서장관의 군관들 및 어의(御醫) 변관해(卞觀海),[75] 홍명복(洪命福)·조명회(趙明會)·조달동(趙達東)·윤갑종(尹甲宗) 등 역관들, 그리고 수많은 마두(馬頭: 사람이 타는 역마의 몰이꾼)와 쇄마구인(刷馬驅人: 짐 싣는 삯말의 몰이꾼) 및 의주(義州) 상인 등이 일행을 이루었다. 연암은 그 사행에 정사 박명원의 '반당'(伴當) 즉 자제군관(子弟軍官)의 자격으로 참여했으며,[76] 장복(張福)과 창대(昌大)가 그의 말을 모는 하인으로 뒤를 따랐다.[77]

사행은 6월 24일 압록강을 건넌 뒤, 국경의 소읍인 책문(柵門)을 거쳐 요양(遼陽)·성경(盛京)·산해관·통주(通州) 등지를 통과하는 지정된 조공로를 따라 8월 1일 북경에 도착했다. 도중에 폭우를 만나 여러 날 지체하기도 하고, 하루에도 몇 차례나 급류를 건너야만 했으며, 만일의 경우에 대비하여 서두르느라 무더위 속을 강행군한 매우 고된 여정이었다. 그런데 당시 청 황제는 열하의 별궁에 머무르고 있었으므로, 만수절(萬壽節) 행사도 열하에서 호종한 신하들만 참석한 가운데 거행되고, 조선 사행은 북경에 남아 있는 신하들을 따라서 망하례(望賀禮)에 참석하는 줄로 알고 있었다. 그러나 8월 4일 뜻밖에도 열하의 만수절 행사에 참석하라는 황명이 하달되어, 다음날로 삼사(三使: 정사·부사·서장관)를 위시한 사행의 일부가 열하로 떠나게 되었다. 이에 연암은 이전의 조선 사행이 한 번도 가 본 적 없는 열하 일대를 여행할 수 있는 천재일우의 기회를 맞게 된 것이다.

북경으로부터 만리장성을 통과하는 관문의 하나인 고북구(古北口)를 거쳐 열하에 이르는 도정은 450리의 험준한 산길인데다 시일

마저 촉박하여, 일행은 하룻밤에도 아홉 번이나 강물을 건너는 등 밤낮을 가리지 않고 강행군하지 않으면 안 되었다.[78] 8월 9일 열하에 도착한 일행은 태학(太學) 즉 승덕부학(承德府學)에 묵게 되었다.[79] 이날, 만수절 식전에 조선의 정사와 부사는 각각 청나라의 이품(二品)·삼품(三品) 대신과 반열(班列)을 같이하도록 하라는 황제의 특별 지시가 내림에 따라, 조선 사신은 이러한 파격적인 우대 조치에 감사하는 정문(呈文)을 바쳤다.[80]

8월 10일 정사와 부사는 별궁인 피서산장에 나아가 궁궐 문 밖에서 전날 황제가 내린 특별 지시에 대해 감사를 표하는 절을 올렸다.[81] 그런데 이날 갑자기, 황제의 초청으로 지난 7월 하순부터 열하의 타실훈포사(札什倫布寺: 수미복수묘須彌福壽廟)에 묵고 있던 티베트 불교의 지도자 판첸 라마(班禪喇嘛)를 예방(禮訪)하라는 황제의 명령이 내렸다. 이에 큰 소동이 벌어지고 논란 끝에 사신이 막 출발하던 도중, 이미 날이 저물었다는 이유로 판첸 라마 예방을 연기하라는 황제의 명이 하달되었다.[82]

8월 11일 삼사는 서(西)몽골 토르구트 부족의 칸(토르구트 칸土爾扈特汗) 일행과 함께 피서산장 궁문에서 황제를 알현했다.[83] 당시 황제는 조선 국왕의 안부를 물은 뒤, 수행한 역관 중에 만주어를 할 줄 아는 자가 있는지 물었다. 이어서 시위 무사들의 활쏘기 시범이 있은 뒤 황제는 피서산장으로 돌아갔다. 환궁하기 전에 황제는 군기장경(軍機章京)을 시켜, 조선에서도 불교를 숭상하는지, 절은 몇 곳이나 있으며 관제묘도 있는지를 물었다.[84] 그 직후에 조선 사신은 황명에 따라 졸지에 타실훈포사로 판첸 라마를 예방하게 되었으며, 판첸 라마로부터 동불(銅佛) 등을 하사받았다.[85]

8월 12일 조선의 삼사는 황제가 피서산장 내 권아승경전(卷阿勝境殿)에서 판첸 라마를 위해 베푼 연회에 청나라 왕공·대신 및 몽골의 왕공·부마·귀족과 두르베트(杜爾伯特)·토르구트·우랑카이(烏梁海)의 왕공, 회부(回部)의 백극(伯克), 금천(金川)의 토사(土司) 등과 함께 참석했다. 이어서 연희 무대인 청음각(淸音閣)에서 판첸 라마도 참관한 가운데 묘시(卯時: 오전 5~7시)부터 미시(未時) 정각(오후 2시)까지 황제의 탄신을 축하하는 연희인 '구구대경'(九九大慶)을 관람했다.[86]

만수절인 8월 13일 삼사는 피서산장의 담박경성전(澹泊敬誠殿)에서 거행된 성대한 하례식에 참석했다.[87] 판첸 라마는 여기에는 참석하지 않고, 별도로 궁내에서 황제를 모시고 장수(長壽)를 기원하는 불교 의식을 거행했다.[88] 하례식을 마친 뒤 삼사는 권아승경전에 베푼 잔치에 참석하고, 전날에 이어 청음각에서 공연하는 '구구대경'을 관람했다.[89]

8월 14일 삼사는 또 청음각에서 '구구대경'을 관람하고 미시 정각에 물러났다가, 다시 황명에 따라 피서산장의 후원(後苑)인 만수원(萬樹園)에 가서 건륭제와 판첸 라마가 나란히 앉아 참관한 가운데 일몰 때까지 불꽃놀이와 등불놀이를 구경했다. 그 직후에 조선 사신은 북경으로 되돌아가라는 황명이 내림에 따라, 일행은 밤중까지 황급히 행장을 꾸려야 했다.[90]

8월 15일 열하를 떠나서, 20일 북경에 돌아와 잔류 인원과 합류한 일행은 근 한 달 동안 북경에 체류하다가, 9월 17일 북경을 출발하여 10월 27일 한양에 도착했다.

박제가의 『북학의』에 붙인 서문에서 술회하고 있는 바와 같이, 연암에게 연행이란 단순한 유람이 아니라, 전동 시절에 우인들과 함께 노상 연구하고 토론했던 것을 현지에 가서 직접 확인해 본다는 '실사구시'(實事求是)의 의미를 지닌 것이었다.[91] 연암과 그 우인들로 하여금 중국 연구에 몰두하게 하고, 잇따라 연행에 나서도록 직접적인 자극을 준 인물은 담헌 홍대용(1731~1783)이었다. 홍대용은 1765년 동지사 서장관인 숙부 홍억(洪檍)의 자제군관으로 중국에 가서 북경의 천주당과 유리창(瑠璃廠)을 비롯한 명소들을 두루 구경하고, 육비·엄성·반정균·등사민(鄧師閔)·손유의(孫有義) 등 중국인들과 교분을 맺었다. 1766년 귀국한 이후 그는 당시의 견문을 기록하는 데 착수하여, 동년 6월에 우선 육비·엄성·반정균과의 필담과 왕복 서신들을 정리한 『간정동 회우록』을 완성했다.[92] 이 책에 붙인 서문에서 연암은 홍대용이 중국의 선비들과 화이(華夷)의 차별을 초월하여 우정을 맺은 사실을 찬탄해 마지않고 있다. 또한 박제가 역시 서상수(徐常修)에게 보낸 한 편지에서 『간정동 회우록』을 읽고 난 뒤의 감격을 토로하고 있는 것을 보면, 이 저술이 연암과 그 주변 인사들에게 끼친 영향을 충분히 짐작할 수 있다.[93]

한편 홍대용은 귀국 이후에도 서신 왕래를 통해 중국에서 사귄 선비들과 우정을 더욱 돈독히 했을 뿐 아니라, 그의 중개로 양측의 우인들에게까지 교분이 확대되어 갔다. 1773년 연암과 박제가·이덕무 등이 등사민의 동향 친구인 곽집환(郭執桓)과 교분을 맺게 되어, 연암이 동국(東國) 명사의 글을 구하는 곽집환을 위해 그의 시집인 『회성원집』(繪聲園集)에 발문을 써 주고, 그의 별장인 담원(澹園)의 팔경(八景)을 노래한 「담원팔영」(澹園八詠)을 지어 준 것은 대표적인 사례라 할 수 있다.[94]

1776년 11월에는 유득공의 숙부 유금이 사은사행(謝恩使行)에 참가하여, 이덕무·유득공·박제가·이서구 4인의 시를 묶은 『한객건연집』(韓客巾衍集)을 지니고 북경으로 떠났다. 그리고 같은 달 정사 박명원의 인솔 하에 떠난 동지사행에는 우인 나걸(羅杰)이 참여하게 되어, 연암은 그를 개성까지 전송했다.[95] 1778년 3월에는 사은 겸 진주사행(陳奏使行)을 함께 수행하게 된 이덕무와 박제가가 손유의에게 보내는 홍대용의 소개 편지와 이서구·유득공의 작품 등을 지니고, 연암을 비롯한 여러 우인들의 환송을 받으며 길을 떠났다. 북경에서 반정균·이정원(李鼎元)·당낙우(唐樂宇)·축덕린(祝德麟) 등의 명사와 교제하고, 유리창에서 『통지당경해』(通志堂經解) 등 천하의 기서(奇書)들을 박람하고 돌아온 이덕무와 박제가는 각각 『입연기』(入燕記)와 『북학의』를 통해 자신들의 견문을 정리했다. 또한 같은 해 가을에는 유득공이 문안사(問安使)의 일원으로 심양(瀋陽)을 다녀왔다. 연암이 이러한 우인들의 잇따른 연행으로부터 많은 자극과 정보를 얻었으리라는 점은, 무엇보다도 『열하일기』의 도처에서 홍대용과 이덕무 등의 연행 경험에 관해 언급하고 있다는 사실로 알 수 있다.[96]

뿐만 아니라, 『열하일기』에는 연암의 우인들보다 훨씬 이전에 중국을 다녀온 인사들의 사적도 빈번히 언급되고 있다. 이는 연암이 연행에 오르기에 앞서 그들이 남긴 저술들도 숙독했음을 말해 준다. 그중에서도 가장 자주 인용되고 있는 것은 김창업의 『연행일기』이다.[97] 1712~1713년 동지사의 일원으로 북경에 다녀온 김창업은 저명한 척화파 대신 김상헌(金尙憲)의 증손임에도 불구하고, 『연행일기』에서 놀라우리만큼 편견 없는 태도로 청조의 번영상을 소상히 전했다. 이와 같이 김창업의 연행록은 만주족 치하의 중국을 객관적으로 인식하려는 새로운 시야를 열어 보인 저술로서, 『열하일기』뿐 아니라 홍대용의 『연기』나 이덕무의 『입연기』 등 그 후의 연행록들에 지속적인 영향을 끼쳤다.[98] 이러한 사실로부터 김창업 이후 홍대용을 거쳐 연암과 그 우인들에 이어지는 노론계의 진취적 인사들의 연행 전통 속에서 새로운 중국상이 형성되어 감을 감지할 수 있을 것이다.

요컨대 연암은 사전에 선배와 우인들의 연행 경험을 충분히 연구 검토한 위에서 연행에 임했다. 그리고 여행의 도상에서도 그에 앞서 중국을 다녀온 인사들의 행적을 부단히 의식하면서, 자신의 이번 연행이 그러한 역대의 중국 여행과 비교하여 어떠한 의의를 지닐 수 있을 것인지에 대해 자문을 거듭했다.[99] 연암은 반당(伴當) 즉 자제군관이라는 직분 없는 한가한 존재이기는 했으나, 일행 중의 그 누구보다도 치밀한 사전 준비와 투철한 역사의식을 가지고 연행에 나섰던 것이다.

또한 그는 일행의 대부분이 연행 도중에 청조 중국의 현실에 대해 무관심하고 배타적인 자세를 드러낸 것과는 달리, 종래의 적대적인 대청관(對淸觀)에서 벗어나 중국의 실정을 적극적으로 탐구하고자 했다. 예컨대 사신들은 '오랑캐'인 청국인과 접촉하기를 꺼려하여 현지의 명사들과 교제하기는커녕, 청나라 예부와의 교섭, 정세 탐문 등 모든 외교 업무마저 역관들에게 일임하다시피 하는 실정이었다. 이러한 반청(反淸) 자세는 조선 사행의 상하층을 막론하고 공통된 것이어서, 하천한 마두들조차 청국인의 복식을 비웃으며 누더기일망정 제 옷을 자랑스레 여길 정도였던 것이다.[100]

그에 반해 연암에게 연행이란 노린내 나는 오랑캐의 땅을 밟아야 하는 고역이 아니라, 광대한 세계 문명의 중심지로 나아가는 환희에 찬 여정이었다. 「도강록」 중 끝없이 펼쳐진 요동 벌판을 처음 본 감격을 표현한 대목에서, 연암은 이곳이야말로 통곡하기 좋은 장소라는 기론(奇論)을 펴고 있다. 사람들은 슬픔만이 통곡을 유발하는 줄로 생각하지만, 인간의 칠정(七情)은 그 어느 것이든 극에 달할 경우 통곡으로 표출될 수 있다. 그러므로 갓난아이가 오랫동안 태 속에 갇혀 지내다가 드넓은 세상에 처음 나와 너무도 기쁜 나머지 한바탕 울어 젖히듯이, 자신도 이 일망무제(一望無際)의 요동 벌판에 임한즉 한바탕 통곡하지 않을 수 없다는 것이다. 연암의 이러한 '호곡장론'(好哭場論)에는, 뜻을 펴지 못한 채 반평생을 변방 소국에서 움츠리고 지내다가 드디어 문명개화한 중원 대륙에 들어서게 된 해방의 기쁨이 잘 드러나 있다.[101]

그러나 다른 한편 연암은 청나라의 발달한 문물에 접할 때마다, 조선의 낙후된 현실과 그로 말미암은 민중들의 고통을 생각하며 울분을 감추지 못하고 있다. 예컨대 「도강록」에서 책문을 통과하던 그는 변경의 소읍인 그곳조차 가옥과 도로·수레·기물 등이 우리보다 월등히 발달한 데에 기가 꺾이면서, 끓어오르는 울분을 자제하려 애쓰고 있다.[102] 또한 그는 중국의 캉(炕)이 우리의 온돌보다 우수한 난방 제도임을 논하면서, "가난하나 글 읽기 좋아하는 우리나라의 수백 수천 형제들이 유월에도 코끝에 수정 구슬 같은 콧물을 달고 지내니, 캉 만드는 법을 연구하여 삼동(三冬)을 나는 고통을 면케 되기를" 염원한다든가, "우리네 부녀들이 몇 말 안 되는 밀가루를 한번 체질하자 해도, 하루아침에 머리털과 눈썹이 하얗게 되고 손과 팔이 나른해지는"데 비해, 밀가루 치는 중국의 삼륜요차(三輪搖車: 사면차篩麵車)가 대단히 편리한 기계임을 역설하고 있다.[103] 여행의 도상에서 연암은 이러한 애민(愛民) 정신으로 조선의 후진성을 극복할 수 있는 방도를 부단히 모색했다.

한편 연암은 몇 년 전에 우인 나걸이 연행에서 행동에 통제를 받아 제대로 관광도 못하고, 한 사람의 명사도 만나지 못한 사실을 잊지 않고 있었다.[104] 따라서 그는 필요하다면 거짓말이나 암행도 불사할 만큼, 양반의 체모에 구애됨이 없이 적극적인 자세로 연행에 임했다. 성경(盛京)에서 출입이 금지된 행궁에 기어코 들어가 구경을 하고 나온다든가, 야간 외출이 금지되었음에도 불구하고 이틀 밤씩이나 숙소에서 몰래 나가 현지의 상인들과 통음(痛飮)하며 필담을 나눈 것 등은 그 현저한 사례라 할 수 있다.[105] 이러한 그의 행동은, "실로 볼만한 것이 없소. 비유컨대 처음 상경한 광주(廣州) 생원(生員)이 좌우를 두리번거리고 응접하기에 바빠 서울 사람들의 조소거리가 된다더니, 지금 우리들이 이와 뭐 다르겠소? 나는 두 번째 오는 길이라 더욱 흥미가 없소"라는 박내원이라든가, 정각·변관해 같은 동행들의 무심한 태도와는 무척 대조적이다.[106]

그리고 "국내에서는 경학(經學)에 밝고 품행을 갖춘 인물로 이름이 있으며, 평소에 『춘추』의 존양의리(尊攘義理)에 엄격한" 노이점이 "노상에서 사람을 만나면 만인(滿人)·한인(漢人) 할 것 없이 싸잡아 '되놈'이라 부르고, 경과하는 산천과 누대들은 노린내 나는 곳이라며 보지도 않는" 것과는 달리,[107] 연암은 무엇 하나 놓치지 않고 보려고 열심이었다. 예컨대 그는 가다가 조는 바람에 낙타를 못 보고 지나치게 되자 장복과 창대를 꾸짖으며, "이제부터 처음 보는 사물이 있거든, 비록 내가 잠을 자거나 밥을 먹을 때라도 반드시 보고 하라"고 단단히 일러둘 정도였다.[108] 또한 열하에서는 사행이 판첸 라마를 예방하러 갑자기 타실훈포사로 떠나자 뒤늦게 그 사실을 안 연암이 허겁지겁 쫓아갔는데, 뜻밖에 나타난 연암을 발견한 일행들이 그를 관광벽(觀光癖)이 지나치다고 조소하기도 했다.[109]

홍대용을 비롯한 그의 우인들과 마찬가지로, 연암이 중국 여행에 나서게 된 데에는 중국의 일류 명사들과 만나 학문적 교류와 우정을 추구하고자 하는 동기도 크게 작용하고 있었다. 우선 연암은 그간 연마한 자신의 학식을 중국의 명유(名儒)들과 겨루어 보는 한편, 그들에게 조선의 높은 문화 수준을 알리고 싶었다. 「도강록」의 서두에서 그는 자신의 그러한 심경을 『사기』 「자객열전」(刺客列傳)에 나오는 형가(荊軻)의 고사를 빌려 암시적으로 표현하고 있다. 그 옛날 협객 형가가 한 자루의 비수(匕首)만을 품고 강대국 진(秦)을 향해 예측할 수 없는 길을 떠났듯이, 그 역시 붓대 한 자루를 지니고 청에 들어가 그곳의 기라성 같은 문인 학자들과 대적하게 될 터였다. 이에 대비하여 그는 중국 학자들을 놀라게 할 만한 새로운 학설로서 김석문(金錫文)·홍대용 등 국내의 일부 학자들이 제기한 바 있는 지구지전설(地球地轉說)에 관한 이론을 마상(馬上)에서 숙고를 거듭하며 다듬기도 했다.[110]

또한 그는 중국 선비들과 교우를 갖고자 적극 노력했다. 육비·엄성·반정균 등의 소식을 탐문하기도 하고 손유의와 당낙우의 자택을 몸소 찾아갔으나, 모두 만나지 못했다. 그리하여 연암은 「관내정사」(關內程史) 중 북경의 유리창을 방문한 소감을 피력한 대목에서 드디어 세계 문명의 중심지에 들어선 자유롭고도 해방된 기분과 아울러, "천하에 한 사람의 지기만 얻어도 한이 없겠다"면서 자기를 알아주는 이 하나 없는 고독한 심정을 토로하고 있다.[111] 그 후 그는 열하에 가서 전(前) 대리시경(大理寺卿) 윤가전(尹嘉銓), 산동도사(山東都司) 학성(郝成), 거인(擧人) 왕민호(王民皡), 귀주 안찰사(貴州按察使)인 만주인 기풍액(奇豊額) 등과 교유했으며, 특히 왕민호와는 과거를 포기한 불우한 선비로서의 공감이 작용하여 흉금을 털어놓는 사이가 되었다. 그리고 북경 체류 중에는 한림(翰林) 초팽령(初彭齡)·고역생(高棫生)·왕성(王晟)과 문사 유세기(兪世琦)·능야(凌野)·풍병건(馮秉建)·진정훈(陳庭訓)·서황(徐璜)·선가옥(單可玉) 등과 사귈 수 있었다.[112] 이들과의 교유를 통해 연암은 청조의 새로운 지적 분위기의 일단을 엿볼 수 있었다. 그러나 후에 박제가와 유득공이 기윤(紀昀)·완원(阮元)·옹방강(翁方綱) 등 당대의 석학들과 교유하는 행운을 누렸던 데에 비하면 소망했던 바에는 다소 미흡했던 것이 사실이라 하겠다.[113]

이와 같은 연암의 연행 자세와 관련하여 주목할 것은, 그가 중국의 실정을 파악하는 데 자기 나름의 투철한 방법론적인 자각을 가지고 이에 임했다는 사실이다. 예컨대 그는 「황교문답」(黃教問答)의 서문과 「심세편」(審勢編)에서 연행에 있어 "오망(五妄) 육불가(六不可)" 즉 다섯 가지 망령된 처신과 여섯 가지의 불가한 일에 대해 논하고 있다.[114] 종래의 연행 인사들은 자신의 하찮은 지벌(地閥)을 내세워 중국의 유서 깊은 가문들을 능멸하며, 중국인의 만주식 의

관(衣冠)을 들어 그 문화 수준을 얕보며, 오랑캐 조정의 신하라 하여 관원들에 대해 외교상의 무례를 다반사로 범하며, 과문(科文)이나 짓던 보잘것없는 글 솜씨로 중국에는 볼만한 문장이 없다고 속단하며, 중국 선비들이 잠시 만난 외국인에게 속사정을 토로하지 않는다고 해서 중국에는 춘추의리가 쇠퇴하고 비분강개하는 선비를 더 이상 보기 어렵다고 단정하기 일쑤였다. 그러나 이와 같은 '오망'은 존명배청주의에서 유래한 선입견의 소치로, 청나라의 실정을 올바로 파악하기 위해서는 무엇보다도 먼저 불식되지 않으면 안 된다는 것이다.[115]

또한 연암은 연행 인사들 중에는 중국의 실정을 쉽사리 간파할 수 있다고 자만하는 이도 있으나, 여기에는 여섯 가지의 근본적인 제약이 따름을 알아야 한다고 주장하고 있다. 우선 노상에서 만난 행인을 상대로 중요한 일을 물어볼 수는 없으며, 언어가 다르니 창졸간에 의사를 소통할 수는 없으며, 외국인이라 자연히 행동에 혐의를 받기 쉬우며, 슬쩍 물어서는 실정을 알 수 없고 캐어 묻자니 기휘에 저촉되기 쉬우며, 물어서는 안 될 것을 묻는다면 정탐하는 것으로 오해받기 쉬우며, 끝으로 그 나라의 주요 금령에 저촉되는 사항들은 묻지 않는 것이 예의이다. 요컨대 외국인으로서 짧은 여행 기간에 청나라와 같은 대국의 실정을 엿본다는 것이 얼마나 어려운지를 철저히 자각해야 한다는 것이다.[116]

뿐만 아니라 그는 이민족의 지배하에 언론과 사상 면에서 통제를 받고 있던 당시 한인(漢人) 사대부들의 생리를 잘 파악하고, 그에 따른 용의주도한 필담술을 터득하고 있었다. 그에 의하면, 중국 선비들의 환심을 얻고 그들로 하여금 안심하고 진정을 토로하도록 만들기 위해서는 먼저 대국의 위엄과 교화력을 아낌없이 칭찬하고, 중국과 우리나라가 한 몸임을 은근히 드러내어야 한다. 그런 연후에 예악(禮樂)과 같은 비정치적인 화제로부터 점차 정치적인 화제로 대화를 유도하며, 과거의 역사를 빌려 우회적으로 현시국에 대해 언급하며, 겸손과 무지를 자처함으로써 상대방의 발언을 자극해야 한다는 것이다.[117] 연암은 이와 같은 오망육불가론(五妄六不可論)과 노련한 필담술에 의거하여 청조의 사회 현실을 관찰했으므로,『열하일기』에서 피상적인 견문 전달을 탈피하여 그 실정을 좀 더 심층적으로 그려 낼 수 있었던 것으로 보인다.

이상에서 살펴본 바와 같이 연암은 사행에 따라나서는 문사들이 흔히 그러하듯이 단순히 유람을 하기 위해서가 아니라, 청나라의 발달된 문물을 관찰함으로써 조선 사회의 낙후성을 타개할 수 있는 방책을 모색하기 위해 연행에 오른 것이었다. 그리고 이를 위해 그는 사전에 다년간에 걸쳐 중국의 실정을 연구했을 뿐 아니라, 연행에 임해서는 연로에서 마주치게 된 중국 사회의 면면을 객관적이고도 심층적으로 관찰·기록하고자 노력했다.『열하일기』는 여느 연행록처럼 유람의 부산물이 아니라 이와 같은 뚜렷한 목적의식과 남다른 노력의 소산인 것이다.

3.『열하일기』의 저술 과정

『열하일기』는 그 방대한 분량이 말해 주듯이 단시일에 저술된 것이 아님은 물론, 일단 탈고된 연후에도 작자에 의해 누차 수정·보완되었을 것으로 보인다. 중국 여행에서 돌아온 즉시 저술에 착수한 연암이 이를 미처 완결하기도 전에 그중 일부 원고들이 유출되어 널리 전사(傳寫)되었을 정도로『열하일기』는 당시 문단에서 커다란 관심과 인기를 모았던 작품이다. 그런 반면『열하일기』에 대한 보수적인 문인들의 비방이 점차로 거세어지는 가운데, 복고적 문예 정책을 추진하던 국왕 정조로부터 연암이『열하일기』로 인해 견책을 받기에 이르렀던 것은 주지의 사실이다.

이 같은 문단의 비판적 반응과 보수화 추세에 직면하여 연암은『열하일기』에 거듭 손질을 가했으나, 끝내 자신의 손으로 정본을 간행하지는 못했던 것으로 짐작된다. 이러한 사정은『열하일기』의 이본들 사이에 내용상의 차이가 적지 않을뿐더러 그 자체로도 미흡한 부분이 없지 않은 이유를 해명해 주는 것으로,『열하일기』를 고찰할 때 반드시 유념해야 할 사항의 하나라고 할 수 있다.

『열하일기』의 저술 과정은 크게 세 단계로 나누어 생각해 볼 수 있을 것이다. 그중 첫 단계에 해당하는 것은 1780년 중국 여행 당시 현지에서의 기술(記述)이다. 이 시기에 씌어진 글로는 우선 여행의 경위를 날짜별로 적은 비망록이 있었을 것이며,[118] 아울러 중국인들과 나눈 필담의 초고, 각종 문건·비문(碑文)·서적류로부터의 발췌, 그리고 그때그때의 견문을 적은 단편적인 기록들과, 한시와 기(記) 등의 창작들이 이에 포함될 것이다.

『열하일기』「환연도중록」(還燕道中錄) 중의 한 해학적인 삽화는 연암이 여행 중에 얼마나 부지런히 일기를 쓰고 필담을 시도했던가를 단적으로 말해 주고 있다. 즉, 열하에서 다시 북경으로 돌아온 연암의 방 안에 커다란 보따리가 놓여 있어 그 방에 놀러 온 사람들은 갖가지로 추측하며 몹시 궁금해했으나, 풀어놓은 것을 보니 어지러운 필담 원고와 유람을 기록한 일기 뭉치뿐이라 실소하지 않을 수 없었다는 것이다.[119] 또한 연암은 현지에서 가치 있다고 판단되는 자료들을 끊임없이 수집하고 기록하려고 노력했다. 건륭제의 칙서와 청나라 행재소(行在所) 예부의 상주문 등과 같은 공문서들을 전사(轉寫)하는가 하면, 신간 서적들을 소개한 유리창 명성당(鳴盛堂) 서점의 군서목록(群書目錄)이라든가, 열하의 피서산장에서 공연된 만수절 축하 연희의 레퍼토리 등 각종의 목록을 기록해 두었다. 또한 그는 산해관 부근의 강녀묘(姜女廟)나 북경의 국자감(國子監) 같은 명승고적에 접할 때마다 그곳의 비문과 주련(柱聯) 따위를 채록해 두기를 잊지 않았으며, 왕사정(王士禎)의 『향조필기』(香祖筆記)나 중국판『동의보감』(東醫寶鑑)과 같이 새로 접한 서적들의 내용을 발췌해 두는 등 자료 수집에 대단한 열의를 보였다. 유명한「호질」의 원문도 아마 이러한 노력의 일환으로 채록되었을 것이다.

이 밖에도 연암은 자신의 여행 체험 중 일기 형식으로 정리하기 힘든 다양하고 인상적인 내용들에 대해서는 무수한 단편적 기록들을 남겼던 것으로 보인다. 예컨대 북경에서 고북구(古北口)를 거쳐 열하까지 왕래할 동안의 복잡다단한 견문을 기록해 둔 것이『열하일기』중「피서록」(避暑錄)과「구외이문」(口外異聞)의 저본이 되었다고 한다면, 북경에서 관광한 궁전·태학(太學)·사찰·도관(道觀)들에 관한 인상기를 집성한 것이 곧「황도기략」(皇圖紀略)「알성퇴술」(謁聖退述)「앙엽기」(盎葉記) 등이었던 것이다. 한편『열하일기』에는 독립된 작품으로 보아도 좋을 글들이 다수 수록되어 있는데, 연암은 이를 여행 도상에서 창작했음에 틀림없다.「산장잡기」(山莊雜記)

편에 실려 있는 「야출고북구기」(夜出古北口記), 「일야구도하기」(一夜九渡河記) 같은 명문들은 아마도 현지에서 완성된 작품이라 추측된다.[120] 또한 그는 여정(旅情)을 노래한 한시들을 적지 않게 지었을 것이다. 그중 『열하일기』에는 「마상구호」(馬上口號) 한 편만이 포함되어 있으나, 『연암집』에는 「압록강을 건너며 의주성을 돌아보다」(渡鴨綠 回望龍灣城) 등 여러 편이 수록되어 있음을 볼 수 있다.[121]

이상과 같이 중국 현지에서 기록하고 창작한 많은 자료와 작품들을 지니고 귀국한 연암은 당시 한양의 평계(平谿)에 살던 그의 처남 이재성의 집과 황해도 금천 연암협의 우거(寓居)를 왕래하면서 이를 정리하고 편집했던 것으로 보인다.[122] 「황도기략」 편의 서두에서 연암은 그의 벗 정철조에게 부탁하여 그려 받은 북경 지도를 참조했음을 밝혔는데,[123] 정철조가 1781년에 별세한 점으로 미루어 보아 이러한 정리·편집 작업은 귀국과 동시에 착수되었음이 분명하다.

『열하일기』 중의 일기체 서술 부분을 살펴보면, 연암은 『열하일기』를 저술하면서 현지에서 얻은 자료들을 바탕으로 하되 이를 철저히 재구성했음을 알 수 있다. 『열하일기』는 그 표제가 말해 주듯이 일기 형식을 근간으로 한 연행록이지만, 이러한 유형에 속하는 대부분의 연행록들처럼 한양에서 출발하여 다시 한양으로 돌아오기까지의 전 여정을 서술하고 있지는 않다. 즉, 압록강을 건너 중국 땅에 발을 들여놓을 때부터 시작하여, 북경을 거쳐 열하까지 갔다가 북경에 되돌아올 때까지의 부분만 일기체로 서술되어 있고, 북경에서 체류하며 관광하던 시기는 잡록의 형식으로 처리되어 있으며, 북경에서 조선으로 돌아오기까지의 과정은 전혀 서술되어 있지 않은 것이다.

이러한 사실은 연암이 『열하일기』의 주제를 더욱 효과적으로 부각하기 위해 출발에서 귀환에 이르기까지의 일정을 그대로 따라 적는 연행록의 상투적인 형식에서 과감히 탈피하고자 했음을 시사 한다. 이와 아울러 예컨대 만주 일대가 고조선과 고구려의 영토였 다는 주장을 펴면서 『삼국사기』 『당서』(唐書) 『자치통감』(資治通鑑) 『금사』(金史) 『문헌통고』(文獻通考) 『요사』(遼史) 등과 같은 역사서들 을 인용한 대목에서 볼 수 있듯이,[124] 연암은 도처에서 많은 관련 서적들을 구사하여 역사·지리에 대한 상세한 고증을 첨가함으로써 일기의 내용을 더욱 구체화하고 풍부히 하고 있다.

또한 이 시기에 연암은 귀국할 때 가지고 온 원고들을 내용별 로 분류하고, 분류된 편(編)들에 각각 서문 또는 후지(後識)를 덧붙 여 해당 편의 내용, 저술 동기, 편명의 유래 등을 해설하는 작업을 했을 것이다. 특히 「심세편」(審勢編) 같은 글은 여행 당시에 씌어진 것이 아니라, 그가 연암협에서 「망양록」(忘羊錄)과 「곡정필담」(鵠汀筆 談)을 교열하고 난 뒤 이 두 편의 내용에 대한 이해를 돕기 위해 그 서문 격으로 추가 저술한 것이다.[125]

그리고 각 편의 세부에 있어서도 적지 않은 배려가 행해진 자 취를 찾아볼 수 있다. 예컨대 필담 부분을 보면, 「속재필담」(粟齋筆 談)의 서두나 「경개록」(傾盖錄)에서 볼 수 있듯이 인명록을 첨부하여 필담의 상대를 일목요연하게 소개해 둔다든가, 본문 또는 소주(小 注)를 통해 필담 당시의 상황을 구체적으로 묘사하거나, 필담 중 전 후 맥락이 잘 이어지지 않는 부분을 명시하는 등등으로,[126] 독자들 이 필담의 내용을 좀 더 잘 이해할 수 있게끔 자상한 조치를 베풀어 놓고 있는 것이다.

* * *

이상과 같은 과정을 거쳐 아마도 1783년경에는 『열하일기』가 일단 탈고되었으리라 판단된다. 현전하는 『열하일기』의 초기 필사본 중 하나를 보면 「동란섭필」(銅蘭涉筆) 편에서 "건륭 임진년"(1772년)에 홍대용의 양금 연주를 들은 지 "지금 9년"이 되었다고 했으므로, 연암은 「동란섭필」의 초고를 1781년에 이미 집필했음을 알 수 있다. 그리고 이 필사본 『열하일기』에 이덕무가 첨가한 두주(頭註) 중 하나를 보면 "나는 금년 여름에 『내각시강의』(內閣詩講義)를 교열했다"고 밝혔는데, 이는 1783년 5월(이하 음력) 그가 『내각모시강의』(內閣毛詩講義)를 교열한 사실과 부합한다. 이덕무는 가장 이른 시기에 필사된 『열하일기』 「동란섭필」 편을 1783년에 읽고 자신의 감상 평을 두주와 비점(批點)으로 남겼던 듯하다.[127] 뿐만 아니라 『열하일기』 「도강록」의 서문에서 연암은 "숭정(崇禎) 156년 계묘(癸卯)" 즉 1783년에 이 글을 썼노라고 밝히고 있다.[128] 첫째 편인 「도강록」을 포함한 가장 이른 시기의 『열하일기』가 바로 그해에 1차 탈고되었음을 짐작할 수 있다.

다만 『열하일기』가 「도강록」 이하 모두 24편 혹은 26편의 체제를 완비한 것은 연암 사후의 일로 추정된다. 가장 초기의 일부 필사본들에서 보듯이, 『열하일기』의 최초 제목도 '연행음청'(燕行陰晴) 또는 '연행음청기'(燕行陰晴記)였다. 『연암집』과 『과정록』에 의하면 연암은 연암협 거주 시에 『열하일기』 "몇 권"(幾卷) 또는 "몇 편"(幾

編)을 지었다고 한다.[129] 남공철은 1786년경 유득공과 함께 연암을 방문하고 지은 시에서 "오직 『열하기』(熱河紀) 3권이 있어, 그대의 이름을 천하에 전할 줄 알겠노라"라고 노래했는데, 이는 『열하일기』가 초기에는 '열하기'라는 표제에 전 3권으로 된 필사본으로도 유통되었음을 증언한다.[130] 이규상(李奎象, 1727~1799)은 연암이 "『열하일기』 5권을 저술했으며 나중에 5권을 증보하였다"고 전했다.[131] 또한 1792년경의 기록으로 추정되는 유득공의 『고운당필기』(古芸堂筆記)에는 『열하일기』가 모두 20권이라고 명기하고 있다.[132] 이와 같은 사실들은 연암이 자신의 연행록의 제목을 나중에야 '열하일기'로 확정하고 『열하일기』를 구성하는 편(編)들도 점차적으로 늘려 간 결과, 필사본들에 따라 권수 또는 책수가 상당히 달라졌음을 말해 준다.

「도강록」의 서문에서 연암이 청나라의 연호를 사용한 문제에 대해 변명하고 있음을 보면, 그는 이미 그 당시부터 『열하일기』의 내용이 국내에 만연해 있는 반청(反淸) 풍조에 저촉되어 물의를 빚을 것을 염려했던 듯하다. 그 후 『열하일기』로 인해 연암의 작가적 명성이 점차로 드높아지던 시기는, 동시에 천주교에 대한 탄압이 시작되고 중국으로부터의 서적 수입이 규제되는 등 정국이 경색되면서, 문단에서도 도문일치(道文一致)의 주장 아래 소위 패관소품적인 신문체(新文體)의 유행에 대한 비판이 대두하던 시기였다. 그리하여 『열하일기』의 명성이 조정에까지 알려지자, 이를 친히 을람(乙覽)한 국왕 정조는 연암을 이러한 신문체를 유행시킨 장본인으로 지목하고, 1792년 그에게 자송문(自訟文: 반성문)을 지어 바치라는 처분을 내리기에 이르렀다. 그리고 정조의 이러한 견책 조치에 편승하여 문단의 일각에서는 『열하일기』를 '오랑캐의 호칭을 쓴 원고'(虜號之稿)라고 비방했던 것이다.

이와 같이 난처한 상황에 직면한 연암은 처남 이재성에게 보낸 편지를 통해 『열하일기』에 대한 세간의 비방에 대해 반박하면서, 자신이 『열하일기』를 탈고한 이래 잇따라 집안의 우환과 상사(喪事)를 만난데다 벼슬살이를 시작하여 그 원고를 뜻대로 수습할 수 없었음을 한탄하고 있다.[133] 이러한 자탄(自歎)의 이면에는 자신이 그간 원고의 손질에 진력하지 못해 『열하일기』에 대한 오해를 자초한 점이 없지 않다는 반성의 의미도 다분히 함축되어 있으므로,[134] 이는 연암이 『열하일기』를 탈고한 이래 그 원고를 수정·보완할 의도를 품고 있었으나 이를 위한 충분한 겨를을 얻지 못한 채 단속적(斷續的)으로 이에 임했으리라는 점을 말해 주는 것이다. 다시 말해 연암은 연행에서 체득한 풍부하고 다양한 견식을 남김없이 표현하고자 이미 이루어진 원고를 계속 보완해 나가는 한편, 앞서 언급한 바와 같은 문단의 비판적 반응에 직면하여 가급적 물의를 피하고자 문제가 될 듯한 부분에 대해서는 개고(改稿)를 거듭했을 것으로 보인다.[135]

이와 같은 여러 차례의 수정 보완 과정을 거쳐 연암은 그의 만년에 『열하일기』의 정본이라 할 수 있는 최종적인 원고를 마련했으리라 짐작된다. 그러나 그는 이를 자신의 손으로 직접 교열하여 공간하는 기회를 갖지 못한 채 서거했으며, 따라서 이러한 작업은 그의 사후에 가인(家人)들에 의해 생전의 글들이 수집되어 『연암집』으로 정비될 때 그 일환으로 이루어졌을 것이다. 그리하여 최후로 정비된 『열하일기』는 「도강록」 이하 총 25편의 체제를 갖추었을 것으로 짐작된다.

1901년에 간행된 『연암속집』(燕巖續集)에서 편자인 창강(滄江) 김택영(金澤榮)은 『열하일기』가 모두 24권이라고 했으며,[136] 현전하는 『열하일기』 중 정본에 가까운 필사본들 역시 모두 24권으로 편성되어 있다. 반면 어떤 필사본들은 모두 26권으로 편성되어 있다. 하지만 이러한 혼란은 『열하일기』 중 「희본명목기」(戲本名目記)와 「금료소초」(金蓼小抄)에 대한 편집상의 차이에서 빚어진 것일 따름이다. 즉, 전자에서는 다른 서적으로부터의 발췌 위주로 되어 있어 연암의 순수한 저술이라 보기 어려운 「금료소초」편을 탈거했기 때문에 24편으로 줄어든 것이고, 후자에서는 「산장잡기」편에 수록된 9편의 기(記) 중의 하나인 「희본명목기」를 따로 떼어 독립된 한 편으로 만들었기 때문에 26편으로 늘어난 것뿐이다.

『열하일기』가 모두 25편으로 구성되어 있음을 명기하고 있는 『과정록』은 연암의 차남 박종채가 1826년에 탈고한 책이다.[137] 이와 아울러 1829년 가을 익종(翼宗: 효명세자)이 박종채에게 『연암집』을 진상하도록 하명했던 사실을 감안한다면,[138] 『열하일기』의 최종적인 수습은 늦어도 1820년대에는 이루어졌을 것으로 추측된다.

* * *

『열하일기』는 뒷사람들이 『연암집』을 편집·간행하면서 연암이 남겨 놓은 원고들을 정리하는 데 완벽을 기하지 못했던 관계로,[139] 다소의 미비점들을 지니게 되었다. 그중 첫째로 들 수 있는 것은 부분적으로 편차의 착종(錯綜)이 발견되는 점이다. 『열하일기』의 편차는 이본들마다 차이가 적지 않으나, 24권 또는 26권으로 완질을 갖춘 필사본들은 내용상의 시간적 선후 관계와 연관성에 따른 편성 원칙에 충실함을 보여 주고 있다. 즉, 압록강을 건너 북경과 열하를 거쳐 북경으로 되돌아오기까지의 여정을 차례로 서술한「도강록」「성경잡지」「일신수필」「관내정사」「막북행정록」「태학유관록」「환연도중록」은 거의 모든 이본들에서 그 순서대로 배치되어 있어, 연행의 전모를 파악할 수 있게 해 준다. 또한「황교문답」「반선시말」「찰십륜포」는 당시 열하를 방문 중이던 티베트의 판첸 라마에 관한 내용이고,「망양록」과「곡정필담」은 연암이 열하에서 중국 사대부들과 나눈 필담의 기록이므로 각각 함께 묶여 있으며,「경개록」은 여기에 등장하는 인물들을 사전 소개하는 구실을 맡고 있기 때문에 「황교문답」이하의 편들 앞에 배치되어 있는 것이다. 그리고「행재잡록」「산장잡기」「환희기」「피서록」「구외이문」은 주로 열하 체류 중의 각종 견문을 정리한 것이며,「황도기략」「알성퇴술」「앙엽기」「동란섭필」「금료소초」는 북경 체류 시의 각종 견문을 정리한 것이므로 두 개의 계열로 묶여 있다.「옥갑야화」가 이러한 양 계열의 중간에 배치되어 있는 것은 이 작품이 열하에서 북경으로 돌아오던 도중의 사건을 그 배경으로 하고 있기 때문이다.

이와 같이『열하일기』의 체제는 대체로 기술된 내용의 시간적 순서와 상호 관련성에 따라 이루어졌으나, 일부 부적절하게 편성된 경우도 없지 않다. 예컨대「심세편」은 처음 제목이 '필담의례'(筆談義例)였던 사실에서도 알 수 있듯이,[140] 원래「망양록」과「곡정필담」이라는 두 필담의 서문 격으로 집필된 글인데도「망양록」의 서두에 놓이지 않고 두 필담의 사이에 배치되어 있는 것은 아무래도 부적

절하다 하겠다. 또한 「구요동기」(舊遼東記) 「관제묘기」(關帝廟記) 「요
동백탑기」(遼東白塔記) 「광우사기」(廣祐寺記)는 모두 연암이 1780년
7월 8일 하루 동안 구요양(舊遼陽)에서 백탑(白塔)을 거쳐 요양에 입
성하기까지 구경한 명승고적들을 차례로 서술한 것인 만큼, 「도강
록」 편의 말미에 그 순서대로 배치되는 것이 바람직할 것이다. 그런
데 대다수의 이본들에서는 이 글들이 요양을 출발하여 심양(瀋陽)에
이르는 기간의 여정을 기술한 「성경잡지」 편 중의 여러 글들 속에
혼입되어 있다. 온당하게도 이 글들을 「도강록」에 수록한, 정본에
가까운 필사본들과 박영철 편 『연암집』 중의 『열하일기』에도 「관제
묘기」와 「요동백탑기」의 순서가 뒤바뀌어 있음을 볼 수 있다.

다음으로 들 수 있는 것은, 본문에서 다른 곳에 수록되어 있다
고 밝힌 작품들 중 일부가 누락되어 있는 사실이다. 예컨대 「관내정
사」 7월 26일 기사에서 "따로 「이제묘기」(夷齊廟記) 「난하범주기」(灤
河泛舟記) 「고죽성기」(孤竹城記)가 있다"고 했으나, 그중 「고죽성기」
는 어느 이본에도 수록되어 있지 않다. 또한 「막북행정록」 8월 9일
기사의 말미에서도 "따로 「승덕태학기」(承德太學記)가 있다"고 했으
나, 박영철본 및 정본에 가까운 필사본들의 총목차에 "보유"(補遺)
라고 하여 장차 찾아내어 보완해야 할 글 중의 하나로 그와 유사한
'열하태학기'(熱河太學記)라는 제목만 소개되어 있을 뿐이다.[141]

박영철본 및 정본에 가까운 필사본들의 총목차에 『열하일기』
의 "보유"로 소개된 글은 「천애결린집」(天涯結隣集) 「양매시화」(楊梅
詩話) 「금료소초」 「열하궁전기」(熱河宮殿記) 「열하태학기」(熱河太學記)
「단루필담」(段樓筆談) 등이다. 또한 성균관대 소장 『연상각집』(煙湘
閣集) 중의 「열하일기 보유목록(補遺目錄)」에는 이 6편의 글 외에도

「제이사룡문」(祭李士龍文)이 제목만 추가되어 있다. 그중 「금료소초」를 제외한 나머지 글들의 행방은 근년에야 일부 밝혀졌다. 단국대 연민문고 소장 『양매시화』는 『열하일기』「양매시화」의 초고로 판단되고, 『연암산고』(2)에 수록된 「태학기」(大學記: 大는 '太'의 고자古字이기도 하므로 '태학기'로 읽음)와 「천애결린집」은 각각 『열하일기』「열하태학기」와 「천애결린집」의 초고로 판단된다.[142]

또한 날짜별 서술에 일부 혼란이 있는 경우도 발견된다. 조선 사신이 열하의 타실훈포사로 가서 판첸 라마를 알현한 사건은 「태학유관록」 8월 11일 기사와 아울러 「찰십륜포」에 자세히 기록되어 있다. 그런데 「찰십륜포」의 후반부를 보면,[143] 건륭제가 판첸 라마와 회동하여 피서산장의 후원(後苑)에서 매화포(梅花砲) 불꽃놀이를 감상한 사건은 8월 14일의 일이었음에도 불구하고,[144] 판첸 라마 알현에 뒤이어 날짜를 명시하지 않은 채 연속적으로 서술함으로써 같은 날인 8월 11일의 일로 오인하기 쉽게 되었다.

그리고 「태학유관록」 8월 14일 기사를 보면 그날 오후에 삼사(三使)가 태학의 대성전(大成殿)을 배알한 것으로 기술되어 있으나,[145] 이 역시 사실과 어긋난다. 그날 삼사는 새벽부터 일몰 때까지 피서산장에서 황제의 생신을 축하하는 연희를 관람한 뒤 불꽃놀이를 감상했다.[146] 뿐만 아니라 8월 13일 윤가전·왕민호와 나눈 필담을 기록한 「망양록」에 이어 8월 14일 왕민호와 나눈 필담을 기록한 「곡정필담」에서 "어제 삼사를 따라 대성전을 배알했다"고 밝히고 있으므로,[147] 삼사의 대성전 배알은 8월 13일의 사건이었을 것이다.[148]

이와 아울러 지적할 것은, 같은 내용이 중출(重出)·부연되는 경우가 적지 않다는 점이다. 강녀묘(姜女廟)와 망부석(望夫石)에 관한 한시들, 소동파가 고려의 사신을 비난한 사실, 훼절(毁節)한 명말 청초의 문인 전겸익(錢謙益)에 대한 비판, 연암이 열하에서 사귄 전 대리시경 윤가전의 시, 판첸 라마의 하사품인 동불의 처리 문제에 대한 기사 등이 편(編)과 조(條)를 달리하여 중언부언되고 있는 것은 그 현저한 사례가 될 것이다.

그 밖에도 사소한 오류가 더러 발견된다. 「관내정사」 8월 1일 기사에서 연암이 북경에 입성하면서 그 소감을 피력한 대목을 보면, 황성(皇城) 구문(九門)의 방위와 명칭에 대해 일부 잘못 기술하고 있다.149 『열하일기』의 후반부에 속하는 「황도기략」의 서두에서는 정철조가 그려 준 북경 지도에 의거하여 이를 정확히 서술하고 있음에 반해, 「관내정사」에서 그러한 오류를 남기고 있음은 결국 『연암집』 간행 때에 교열 작업이 온전히 이루어지지 못했음을 말해 주는 것이라 하겠다.150 또한 「곡정필담」에서 연암이 왕민호와 필담을 나누는 도중에, 출타한 것으로 되어 있던 윤가전이 느닷없이 끼어들어 발언하고 있는 대목 등은, 필담 초고의 정리에 있어서도 약간의 혼란이 남아 있음을 보여 준다.151 이와 더불어 「일신수필」(馹汛隨筆) 편의 서문이 미완성인 채로 수록되어 있는 점도 『열하일기』가 완벽하게 정비되지는 못했음을 드러내고 있는 단적인 사례라 할 수 있다.152

이상의 논의에서 알 수 있듯이, 연암은 『열하일기』를 탈고한 연후에도 누차 개고하여 다듬었으나, 자신의 손으로 이를 완벽하게 교열하여 간행하지는 못한 채 타계하고 말았다. 그러는 사이에 다양한 경로를 통해 여러 종의 필사본들이 전파되는 한편 『열하일기』

의 원고는 그의 문집을 정리할 때 최종적으로 수습되어 오늘날 보게 되는 대체적인 모습을 갖추게 된 것이다. 이러한 사실은 『열하일기』를 연구함에 있어 어느 한 이본에 전적으로 의거해서는 안 될 뿐 아니라, 현전하는 여러 이본들 간에 나타나는 의미 있는 차이에 대해 각별히 주목해야 한다는 점을 일깨워 주고 있다.

3장 | 중국 현실의 인식과 북학론

1. 청조 통치의 실상

청 고종 건륭제가 통치하던 18세기의 중국은 당시 '세계 최대의 문화국가'였다. 60년간에 걸친 그의 치세 중에 중국은 대외적으로는 10차에 달하는 정복 전쟁을 통해 사상 최대의 영토 확장에 성공했으며, 그 결과 오랫동안 국제 정세의 안정을 누릴 수 있었다. 또한 대내적으로는 상공업의 발달과 재정 수입의 증대 등에 힘입어 대대적인 문화 사업들을 추진할 수 있었으며, 학문과 예술의 각 방면에서도 눈부신 발전을 이루었던 것이다. 연암이 중국에 갔을 당시인 1780년은 이러한 건륭 치세의 말엽이자 청조의 최전성기에 해당된다.[1]

『열하일기』는 기행문학의 범주에 속하는 작품인 만큼, 그 의의도 일차적으로는 이 시기의 청조 사회를 얼마나 정확하고 풍부하게 관찰·보고하고 있는가에 크게 좌우되지 않을 수 없다. 뿐만 아니라 연암은 『열하일기』의 도처에서 당시로서는 혁신적인 경세책을 제시하면서, 그때마다 자신의 직접적인 중국 견문을 원용하여 그 타당성을 뒷받침하고 있다. 따라서 『열하일기』에 피력된 연암의 사회개혁 사상을 더욱 깊이 있게 파악하기 위해서도 그의 대청(對淸) 인식을 검토하는 작업이 선행되어야 하리라 본다.

당시 청나라의 정치 실정에 대해서는 『열하일기』뿐 아니라, 어느 연행록을 막론하고 강한 관심을 드러내고 있다. 이는 그 당시 조선과 청나라의 특수한 관계를 생각하면 당연한 현상이라 할 수 있다. 청나라를 중심으로 한 사대주의적 국제질서가 유지되어야만 조선의 대외적인 안정이 가능하다는 현실론의 견지에서든, 전(前) 명나라에 대한 의리를 지키고 실추된 국가적 위신을 회복하기 위해 북벌을 도모해야 한다는 명분론의 견지에서든, 청나라의 정세 변화는 조선의 안위에 직결되는 문제로 널리 인식되고 있었기 때문이다.

그런데 김창업의 『연행일기』를 비롯하여 『열하일기』와 직접적인 영향 관계에 있는 여러 연행록들을 검토해 보면, 하나의 공통된 견해가 드러나 있음을 보게 된다. 이들은 문자옥(文字獄)과 금서(禁書), 가혹한 정령(政令)이나 사치 풍조 등 황제의 독재정치가 빚어낸 일부 현상들에 대해서는 비판적으로 언급하면서도,[2] 대체적으로는 청조의 통치를 긍정적으로 평가하고 있다. 이를테면 중국 역사상 최대로 영토가 확장되고 장기간 국제평화가 유지되고 있으며, 관리들의 부정부패가 적고 조세 부담이 가볍다든가 국가 재정이 풍부한 점 등을 들어, 역대 왕조에서 보기 드문 선정(善政)이 구현되고 있음을 인정하고 있는 것이다.[3]

청조 통치의 실상에 대해서는 『열하일기』도 위의 연행록들과 대체로 일치된 견해를 보여 주고 있다. 『열하일기』에서도 건륭 치하의 일부 부정적인 정치 현실이 포착되어 있는 것이 사실이다. 예컨대 연암은, 조선 사신에게 황은(皇恩)에 감사하는 글을 바치도록 종용할 뿐 아니라, 황제의 비위에 맞도록 그 글의 내용을 멋대로 개첨(改添)하는 예부의 행태를 통해, 황제의 장기 집권 하에 아첨 풍조가 조정에 만연해 있음을 꿰뚫어보고 있다.4 또한 열하의 피서산장 밖에서 황제의 총신(寵臣)인 호부상서 화신(和珅)을 목격한 연암은 황제의 비호를 믿고 탐학을 자행하는 그가 바로 그 때문에 조만간 몰락하고 말 것임을 정확히 예견하고 있기도 하다.5 그러나 『열하일기』에서 연암은 청나라가 이러한 일부 현상들에도 불구하고 번영 중에 있는 최강국임에 틀림없다는 사실을 다각도로 증언하고 있는 것이다.

연암은 청나라가 건국 이후 100여 년간 전란을 잘 방비한 결과 중국 전역이 태평을 구가하고 있음을 자주 언급하고 있다.6 특히 천고의 전쟁터였던 만리장성 부근의 고북구(古北口) 일대가 이제는 "뽕나무와 삼이 우거지고 개·닭 소리가 사방에 들리는" 평화 지대로 변한 것은 그 단적인 사례로서, 이는 "한(漢)·당(唐) 이래 일찍이 없었던 바"라고 감탄하고 있다.7 또한 연암은 관(官)의 기강과 법도가 엄중하여 행정이 신속 정확하게 이루어지고 있는 점에 대해서도 호감을 가지고 기술하고 있다.8 심지어 열하에서 거행된 만수절 축하 연희를 보더라도 엄숙한 기율 하에 일사불란하게 진행되니, "이 법으로 군진(軍陣)에 임할 것 같으면 천하에 누가 감히 대들 것인가?"라고 묻고 있다.9 이 밖에도 그는 북경의 태학에 있는 대규모 학사(學舍)가 훌륭하게 관리되고 있다든가, 과거 제도가 공정하게 시행되고 있는 등의 사례를 통해,[10] 청조의 문물제도가 잘 정비되어 있음을 전하고 있다.

그러나 『열하일기』는 다른 연행록들처럼 청조의 정치 현실에 대한 피상적인 관찰이나 찬탄에만 머물지 않고, 나아가 한층 더 예리한 통찰을 보여 주고 있다. 『열하일기』에서 연암은, 청조의 눈부신 번영과 정치적 안정의 이면에는 한인(漢人)의 민족적 저항과 변방 민족들의 발호(跋扈)를 제압하려는 고심에 찬 노력이 경주되고 있음을 파헤쳐 보이고 있는 것이다.

당시 청나라의 통치도 한 세기를 넘어 표면적으로는 만·한일체화(滿·漢一體化) 정책이 성공한 듯이 보였지만, 이민족의 지배에 대한 한인들의 저항은 소멸한 것이 아니라 잠재되어 있을 뿐이었다. 연암은 『열하일기』의 곳곳에서 그러한 한인들의 반청 감정이 표출되는 순간을 놓치지 않고 묘사하고 있다. 예컨대 열하에서 만난 강소성(江蘇省) 출신의 불우한 선비 왕민호는 한인 여성들이 전족을 고수하는 것은 강요된 호속(胡俗)에 대한 반항의 표시로서 "오랑캐 계집과 혼동되는 것을 수치로 알기 때문"이라 말하고 있으며,[11] 그의 친구 중에는 뛰어난 학식을 지니고도 청조에 출사하기를 거부하고 상인으로 숨어 지내는 사람도 있다는 사실을 전하고 있다.[12] 한편 연암은 안찰사인 만주인 기풍액과 전 대리시경 윤가전 간의 불화에서 청조에 종사하는 만(滿)·한(漢) 관원 사이에도 뿌리 깊은 반목과 알력이 남아 있음을 발견하고 있으며,[13] 더욱이 생활고에 시달리는 하급 관리인 한인 출신의 필첩식(筆帖式)과 서반(序班)들은 조선 사행에게 정정(政情) 불안에 관한 유언비어를 날조하여 발설하고 있음을 지적하고 있다.[14]

연암은 청조가 이와 같은 한인들의 불만과 반항을 억압하고 무마하기 위해 구사하고 있는 교묘한 통치 수법에 대해 매우 날카롭게 관찰하고 있다. 청조가 누차 문자옥을 일으키고 금서 조치를 내려 한인들의 비판적인 언론과 사상을 탄압해 온 것은 당시의 조선에도 익히 알려진 사실이었으나, 『열하일기』는 청조의 그러한 탄압책에 한인 사대부들이 얼마나 위축되어 있는지를 어느 연행록보다도 생생하게 보여 주고 있다. 연암과 대화를 나눈 중국인들은 하나같이 조금이라도 문제가 될 듯한 내용에 대해서는 답변을 기피한다든가, 필담 초고를 지우고 찢고 태우는 등의 과민한 반응을 드러내고 있는 것이다.[15]

그런데 연암은 청조의 탄압이 이에 그치지 않고 한층 더 교활한 방식으로 가해지고 있는 것으로 파악하고 있다. 첫째로 들 수 있는 것은 주자학의 장려이다. 일찍이 김창업은 그의 『연행일기』에서, 강희제가 주자를 승격시켜 공자 문하의 십철(十哲: 뛰어난 십대 제자)에 추가하여 배향하도록 명하는 등 주자학을 적극 숭상한 것을 그의 선정의 하나로 칭찬한 바 있다.[16] 이에 반해 연암은 그러한 조처야말로 청조가 정학(正學)을 수호한다는 명분으로 한인 사대부들의 환심을 사고 권력의 정통성을 확보하려는 고차원의 술책에서 나온 것이라 본다. 그리고 당시 중국 학계의 일각에서 일고 있는 주자학 비판 풍조의 이면에는, 바로 이와 같이 주자학이 청조의 관학으로 어용화된 데 대한 반발이 작용하고 있는 것이라고 주장하고 있다.[17]

이와 관련하여 또 하나 들 수 있는 것은 충효 사상의 고취이다. 연암은 『열하일기』의 곳곳에서 건륭제가 전 명나라의 충신들을 표창하고 간신들을 부관참시하는가 하면, 효자와 장수(長壽) 노인들에게 특전을 베푸는 등의 조치를 빈번히 취해 왔음을 소개하고 있다.[18] 그리고 그는 "청나라는 나라를 세움에 있어 오로지 어진 이를 표창하고 악한 이를 징벌하는 의전(儀典)으로써 천하의 민심을 다스려 왔다"고 하여, 이러한 일련의 조치들에 담겨 있는 정치적 저의를 암시하고 있다.[19]

또한 연암은 청조의 대대적인 도서 편찬 사업에 대해서도 의혹의 눈길을 던지고 있다. 강희제 때의 『고금도서집성』(古今圖書集成) 편찬이나 건륭 38년에 착수된 『사고전서』(四庫全書)의 편찬과 같은 문화 사업들을 단순히 우문(右文: 문화 우대) 정책의 소산으로 볼 수만은 없다는 것이다. 청조는 이러한 도서 편찬 사업들을 벌이면서 주자가 군서(群書)를 집주(集註)하던 그 유지를 받들어 이를 완수한다는 명분을 내세우고 있으나, 실은 대(對) 사대부 정책의 일환으로 『영락대전』(永樂大典) 편찬 사업을 벌였던 전 명나라의 정책을 답습하고 있는 것에 불과하다. 다시 말해 한인 사대부들로 하여금 방대한 고금 서적을 교감하는 작업에 몰두케 함으로써 그들의 비판적인 의식을 둔화시키는 한편, 이를 위한 도서 수집을 빙자하여 금서를 색출하려는 것이다. 따라서 연암은 청조의 도서 편찬 사업을 진시황의 악명 높은 분서갱유(焚書坑儒)에 비기면서, "오호라, 천하를 우롱하는 그 술책이 교활하고도 깊은 속에서 나왔다고 하겠다"고 논평하고 있다.[20]

한편으로 『열하일기』는 청조가 대 한인 정책에 못지않게 주변 민족들의 발호를 억제하기 위한 변경(邊境) 정책에도 부심하고 있는 실정을 적나라하게 보여 주고 있다. 연암은 당시의 조선인으로서는 전인미답의 국경 도시인 열하까지 여행하는 행운을 얻어, 그곳에서 격동하는 국제 정세를 조감할 수 있었다. 황제의 만수절을 축하하기 위해 사방에서 무수한 진공품(進貢品)들이 열하로 답지하고 있다든가, 열하에는 궁전과 불교 사찰들을 비롯한 장려하고 호화로운 건물들이 즐비한 가운데 만수절 행사에 참석차 찾아온 몽골인·위구르인·티베트인 등이 북적대고 있는 사실은[21] 청조가 주변의 이민족들에 대해 종주국으로서 확고한 영향력을 행사하고 있음을 단적으로 말해 준다. 그러나 연암은 여기서도 이러한 대외적 안정의 이면에 작용하고 있는 국제적 역학 관계와 청조의 외교 책략을 놓치지 않고 관찰하고 있다.

연암은 청 황제가 피서의 명분 아래 거의 매년 열하로 행차하는 것은 다름 아닌 몽골을 견제하기 위해서라고 본다. 몽골은 원(元)나라의 유풍을 보존하여 그 문화 수준이 중국과 거의 대등할 뿐 아니라, 지리적으로 가장 근접해 있고 병사와 군마가 대단히 강하다. 반면 청은 중원을 차지한 지 100년이 넘는 사이에 한문화(漢文化)에 동화되어 점차 문약해지고 있다. 따라서 연암은 몽골이야말로 주변 이민족 중 가장 위험한 존재로서, 멀지 않은 장래에 몽골에 의한 대동란이 일어날 것이라고 예견하고 있다.[22] 청조는 이처럼 강성한 몽골이 중원으로 진출하는 것을 막기 위해 국경 요지인 열하에 일대 도회를 건설했으며, 황제가 열하를 정기적으로 순시하는 것도 그 때문이라는 것이다. 또한 연암은 청조가 몽골을 48부(部)로 쪼개고 각 부의 수령들을 황제에 직속되는 왕으로 봉(封)하여 후대하는 분할 통치의 수법을 구사하고 있을 뿐 아니라, 친청적(親淸的)인 몽골 부대를 열하에 주둔시켜 "오랑캐로써 오랑캐를 제어하

는"(以胡制胡) 국방의 효과를 노리고 있는 점도 지적하고 있다.[23]

몽골을 제어하려는 고심에서 나온 청조의 외교 책략과 관련하여 또 한 가지 주목할 것은 티베트 불교에 대한 종교 정책이다. 티베트 불교는 홍교(紅敎: 카르마파)와 황교(黃敎: 겔룩파)의 양대 교파로 나뉜다. 황교는 15세기 초에 구파(舊派)인 홍교의 타락으로부터 티베트 불교를 구하려는 총카파(Tsong Kha pa, 宗喀巴, 1357~1419)의 개혁 운동에 의해 창설되었으며, 총카파의 2대 제자로부터 유래한 달라이 라마(Dalai Lama, 達賴喇嘛)와 판첸 라마(Panchen Lama, 班禪喇嘛)가 교단의 최고 영도자로서, 이들은 세습이 아니라 전생(轉生)에 의해 법통을 계승한다 하여 활불(活佛)로 추앙된다. 황교는 16세기 후반 이후 몽골 전역에 걸쳐 전도에 성공함으로써 그 교세가 비약적으로 신장되어, 마침내는 홍교를 물리치고 티베트를 장악하여 신권정치(神權政治) 체제를 확립하기에 이르렀다. 청조는 개국 이래 이러한 티베트의 황교 정권을 적극 후원하고, 몽골과 중국 내지에서의 포교 활동을 장려하는 정책을 취해 왔다. 1653년 순치제(順治帝)가 5세 달라이 라마를 북경으로 초빙하여, 그를 위해 신축한 서황사(西黃寺)에 모시고 대대적으로 환대한 것은 그 대표적인 사례의 하나라고 할 수 있다.[24]

그 이후 백 수십 년 만에 처음으로 1780년 티베트 불교계의 제2인자인 6세(일설 3세) 판첸 라마(로상 뻴덴 예셰blo-bzang dpal-ldan ye-shes, 1738~1780)가 건륭제의 만수절을 축하하기 위해 열하를 방문하는 경사가 벌어졌다. 이에 황제는 막대한 공사비를 들여 판첸 라마가 거주하는 티베트 시가체(shigatse, 日喀則)의 타실훈포(bkra-shis lhun-po, 札什倫布)사를 모방한, 같은 이름의 장대한 사원을 열하에 신축한 후 그를 영입하여 극진한 대접을 베풀어 주었다.[25] 연암은 요행히도 이러한 역사적인 사건의 현장을 목도할 수 있었던 것이다. 이를 계기로 연암이 청나라와 티베트 불교의 관계에 대해 얼마나 각별한 관심을 쏟았던가 하는 것은, 『열하일기』 25편 중 「황교문답」 「반선시말」 「찰십륜포」 세 편의 전 내용이 이 문제에 할애되어 있는 사실로도 잘 드러나 있다. 그는 열하에서 판첸 라마와 황교에 관해 견문할 수 있었던 것을 자신이 중국 여행에서 얻은 가장 진귀한 체험으로 생각했음이 분명하다.

황제의 명으로 강제로 판첸 라마를 알현케 된 사신 일행을 허겁지겁 뒤쫓아 가 열하의 타실훈포사를 구경할 수 있었던 연암은, 황금 기와로 덮인 사원의 찬란한 건축미에 압도되어 그 내부 시설에 대한 상세한 묘사를 남기고 있다.[26] 이어서 연암은 타실훈포사의 길상법희전(吉祥法喜殿)에 기거 중인 판첸 라마를 망견(望見)하고는, 그의 외모를 자세히 묘사하고 그에게 예배하는 의식 절차에 대해서도 구체적으로 기술하고 있다.[27]

또한 연암은 며칠 뒤 피서산장의 후원(後苑)에서 황제 탄신 축하 행사의 하나로 벌어진 불꽃놀이와 등불놀이에 황제보다 먼저 와서 황제를 기다리고 있던 판첸 라마가 청조 고관들의 고두례(叩頭禮)를 받을 뿐 아니라, 황제와 상면해서도 아무런 격의 없이 대등한 예를 취하는 충격적인 광경을 전하고 있다.[28] 즉, 황제가 탄 가마가 당도하자, 판첸 라마는 "천천히 일어나 걸음을 옮겨 평상(平床) 동편에 서서 흔연히 미소 띤 얼굴로" 맞이하는 데 비해, 황제는 "네댓 칸 떨어진 곳에서 가마를 내려 빨리 달려와서는 두 손으로 판첸의 손을 부여잡고 서로 끌어안고 마주 보며 담소한다." 이어서 판첸 라마는 황제와 대등하게, 금실로 짠 두터운 요 위에서 "무릎이 서로 닿을" 지경으로 마주 앉아 환담을 나누다가, 행사가 파할 적에도 "황제와 마주 서서 서로 악수를 나누며" 헤어지는 것이었다.[29] 연암은 이러한 장면들을 일절 논평 없이 그려 보이고만 있으나, 그 점에서 오히려 그가 얼마나 깊은 충격을 받았는지 짐작할 수 있다. 천자의 절대적 권위가 먹혀들지 않는 별개의 세력권이 존재하며, 이에 대해서는 중국의 황제도 타협하며 회유하지 않을 수 없는 현실을 목격하게 된 것은, 그로 하여금 중화주의적 세계관에서 깨어나게 하는 하나의 계기가 되었을 것으로 보인다.

연암은 북경에서 사귄 한림(翰林) 서길사(庶吉士) 왕성(王晟)과 열하에서 만난 몽골인 강관(講官) 경순미(敬旬彌)로부터 얻은 정보에 주로 의거하여, 티베트의 지리와 역사, 티베트 불교의 분파와 중국으로의 유입 경위, 원나라 이후 지속되어 온 역대 중국의 티베트 불교 우대 정책 등에 관해 소상히 소개하고 있다.[30] 그리고 열하의 숙소에서 윤가전·왕민호·기풍액·학성(郝成) 등과 나눈 필담을 통해서는, 활불로 추앙되는 판첸 라마의 전생(轉生)이나 각종 신통력에 관해 난무하는 소문들과 그에 대한 중국 사대부들의 비판적인 반응을 전하고 있다.[31] 이와 같은 견문을 바탕으로 연암은 청조가 판첸 라마와 황교를 극도로 우대하는 것은 강성한 티베트와 몽골을 그들이 독신하는 종교를 이용해서 통치하려는 술책이라고 결론짓고 있다.[32]

이상에서 검토해 본 청조의 정치 현실에 대한 연암의 관찰 중에는 일면적이거나 상식적으로 보이는 내용도 없지는 않다. 예컨대 『사고전서』의 편찬을 오로지 대(對) 한인 사대부 정책의 일환으로만 간주한다든가, 주자학에 대한 비판 풍조가 주자학의 어용화에 대한 반발에서 유래한 것으로만 본 것은, 새로이 대두한 고증학풍과의 관련을 경시하고 있는 점에서 비판의 여지를 남기고 있다 하겠다.[33] 그리고 전통 연희의 하나인 직업적인 마술의 성행조차 청조의 '어세지술'(御世之術: 통치술)과 관련지어 이해하고 있는 것 등은 지나친 견해라 할 수 있을 것이다.[34] 또한 청조가 몽골과 티베트에 대해 분할 통치와 종교 정책을 구사했다는 것은 오늘날에 와서는 상식에 속할 만큼 널리 알려진 사실이기도 하다.

그러나 여기서 간과해서는 안 될 사실은, 이러한 비판들은 현대 역사학의 성과에 힘입어 비로소 가능해진 것이라는 점이다. 18세기 후반 당시에, 그리고 외국인으로서 단기간의 체류 중에 청나라의 내정과 국제 정세를 이만큼이나 폭넓고 깊이 있게 파악할 수 있었던 연암의 통찰력은 높이 평가되어야 할 것이다. 그리고 이러한 통찰은 연암이 지녔던 투철한 선비 의식, 즉 "천하의 근심을 누구보다 앞서 근심하는"(先天下之憂而憂) 독서인(讀書人)으로서의 사명감에 의해 가능했던 것으로 보인다.[35]

이와 아울러 『열하일기』에서 연암이 판첸 라마와 황교에 관해 서술한 내용들이 대단히 풍부한 사료적 가치를 지니고 있는 점도 주목될 필요가 있다. 당시의 조선에서 『열하일기』는 청나라와 티베트 불교를 에워싼 국제정세에 대해 관심을 촉구하고 그에 관해 본격적으로 소개한 최초의 저서였다.[36] 또한 청조 측 문헌은 중화주의적 자존심으로 인해 판첸 라마가 순치제 때의 달라이 라마와는 달리 자청해서 중국을 방문한 것으로 기술하고 있을뿐더러 그에 대한 건륭제의 파격적인 환대 사실에 대해서는 거의 언급하지 않았으므로, 이에만 의거해서는 당시의 실상을 제대로 알기 어렵다. 이런 점에서 『열하일기』는 청조의 대외 교섭사의 한 측면을 보완할 수 있는 희귀한 자료로서의 의의도 지니고 있는 것이다.[37]

* * *

연암은 청조의 사회 현실을 파악하면서 정치적인 측면에 못지않게 경제적인 측면에 대해서도 깊은 관심을 기울이고 있다. 조선 사행이 왕래하는 교통로를 따라 많은 역참(驛站)과 성시(城市)가 산재해 있었던 관계로, 연암은 상업을 중심한 청조의 눈부신 경제적 번영상을 도처에서 목격할 수 있었다. 그리하여 그는 『열하일기』에서 요양·성경·광녕(廣寧)·산해관·통주(通州)·북경 등 연도변의 대소 도시마다 시장이 발달하여 극히 번화함을 경이에 차서 보고하고 있다. 심지어 변경 소읍인 책문조차 "좌우에 시전(市廛)들이 찬란하게 늘어서 있는데, 하나같이 아로새긴 창문과 비단 문에다 그림 그린 기둥과 붉게 칠한 난간이며, 푸른빛과 황금빛 현판들을 갖추었다" 면서 "중국이 이처럼 번성한 줄은 생각지도 못했다"고 경탄하고 있다.[38] 또한 그는 시장마다 인파를 이루고 물자가 풍성하며 전당포와 술집들이 성업 중이고 점포들은 모두 규모가 크고 시설이 화려함을 소상히 전하고 있다.[39]

이와 아울러 연암은 중국의 상인들에 대해서도 매우 호감을 갖고 관찰하고 있다. 그들은 대개 깨끗한 용모에 사치스런 복장을 하고 있으며, 그중에는 연암이 성경에서 만나 필담을 나눈 적 있는 몇몇 상인들처럼 상당한 학식을 갖춘 이들도 적지 않았다. 이들은 상업에 종사하는 것이 농사나 벼슬살이보다 훨씬 자유롭고 여유가 있으므로 객지 생활을 마다 않고 이 길을 택한다고 했다. 또한 연암은 중국 상인들이 의리가 있고 신용을 중시하며 악착스럽지 않다는 점에서 그 상도덕을 높이 평가하고 있다.[40]

한편 그는 「앙엽기」(盎葉記)에서 북경 융복사(隆福寺) 앞의 유명한 시장에 대해 기술하면서, 몇 해 전에 이덕무가 그곳을 구경 갔다가 내각학사(內閣學士) 숭귀(崇貴)[41]가 손수 물건을 고르고 있는 것을 보고 놀랐다는 일화를 소개하고 있다. 이어서 연암은 우리나라에서는 어린 종 하나 없는 가난한 선비일지라도 몸소 시장에 가서 장사치들과 물건 흥정하는 것을 몹시 비루한 일로 아는 데 반해, 중국에서는 이처럼 공경(公卿) 사대부들도 직접 시장에 와서 물건을 고르고 흥정하는 데 대해 적지 않은 호감을 표시하고 있다.[42]

상업의 발달은 교통의 발달을 수반한다. 연암은 당시 중국의 곳곳에 도로와 교량이 잘 정비되어 있으며, 수레와 선박의 왕래가 활발한 데 대해 깊은 관심을 드러내고 있다. 예컨대 진흙벌이 된 요동 벌판의 200여 리에 걸쳐 통나무 다리를 이어 만든 길을 보고는, 그 규모가 굉장할 뿐 아니라 재단한 나무 규격이 일정하여 "200리의 양 끝에 하나의 먹줄을 퉁긴 것 같으니, 그 제작이 얼마나 정일(精一)한지 알 만하다"고 말하고 있다. 그리고 황제의 동릉(東陵) 행차를 위해 보수 중인 치도(馳道)에 대해서도 "『시경』에 '주(周)나라 도로가 숫돌과 같다'더니, 이제 이 도로 공사야말로 진실로 숫돌 같기를 추구하고 있다"며 감탄하고 있다.[43] 또한 통주의 유명한 영통교(永通橋)를 비롯하여 중국의 교량들은 대개 아치형으로, 그 아래로 배가 드나들 수 있을 정도로 대규모이며 각종 조각이나 단청으

로 장식된 아름다운 난간을 갖추고 있다고 전한다.[44]

한편 연암은 번잡한 통주 시가를 묘사하면서, "수레와 말이 길을 메워 갈 수가 없으며, 동문에 들어서니 서문까지의 5리 사이에 독륜차(獨輪車) 수만 대가 꽉 메워 몸 돌릴 곳도 없다"고 말하고 있다.[45] 그는 이와 같이 중국에 수레가 널리 보급되어 있는 사실에 큰 감명을 받고, 사람을 태우는 태평차(太平車), 화물 운반용 대차(大車), 손수레인 독륜차 등 각종 수레의 구조와 효용을 자세히 소개하고 있다. 뿐만 아니라 수레바퀴를 이용한 기계들, 그중에서도 특히 수레에 소화용(消火用) 밀펌프를 탑재한 수총차(水銃車), 중앙의 동력(動力) 톱니바퀴에 의해 여덟 개의 맷돌이 회전하게끔 된 제분기(製粉機)인 연마(連磨), 발로 페달을 밟아서 면라(麵羅: 가루체)를 움직이는 제분기인 각타라(脚打羅: 일명 각답면라脚踏麵羅), 누에고치에서 명주실을 뽑아내는 톱니바퀴 식 소차(繅車: 물레)에 대해서는 극히 치밀하게 그 구조와 작동법을 기술하고 있다.[46] 그리고 연행 중에 누차 크고 작은 강을 건너고, 더욱이 통주에서는 노하(潞河)에 운집해 있는 거대한 선박들을 목격한 바 있는 연암은 중국의 선박 제도에 대해서도 관심을 가지고 관찰하고 있다. 예컨대 중국의 큰 배들은 선실과 선창(船艙)을 상하로 구분하여 곡물을 바로 선창에 부릴 수 있게 되어 있으며, 선실은 육상의 주택같이 쾌적하게 꾸며져 있고 배 전체에 방수가 철저히 되어 있음을 전하고 있다.[47]

다음으로, 연암은 중국의 수많은 궁전과 사찰, 도관 등 각종 건축물에 대해서도 경이에 차서 보고하고 있다. 『열하일기』 중 「황도기략」 「알성퇴술」 「앙엽기」 등의 여러 편은 북경의 유명한 건축물들에 대한 기술로 채워져 있다. 이와 관련하여 그는 북경의 시가에 대해 "구문(九門)이 정향(正向)을 이루고 구가(九街)가 직통한다. 한번 도읍을 방정(方正)하게 만드니 온 천하가 바르다"고 찬탄하고 있으며, 자금성 내의 전각(殿閣)들과 종묘사직의 배치가 전후좌우로 꼭 들어맞으니 "이에서야말로 왕자(王者)의 제도가 크게 갖추어졌다"고 평하고 있다. 다시 말해 연암은 자금성을 남북으로 관통하는 중축선(中軸線)을 중심으로 바둑판처럼 정연히 형성된 북경의 도로망과, 이 중축선을 따라 대규모의 화려한 건물들이 대칭적으로 배치되어 있는 도시 설계에 깊은 감동을 드러내고 있는 것이다.[48]

연암은 중국의 특색 있는 민가(民家) 구조에 대해서도 자세한 관찰을 하고 있다. 예컨대 그는 중국의 주택에 대하여, 좌우에 측실(側室)을 거느린 채 앞뒤로 나란히 배치된 여러 채의 장방형 집들을 공동의 담벽이 에워싸고 있는 하나의 복합체 곧 사합원(四合院)으로 되어 있는 점을 그 특징으로 지적하고 있다. 따라서 중국의 주택은 그 집들의 정중앙에 난 문을 일제히 열면 중축선을 따라 일직선으로 전망이 트이게끔 되어 있을 뿐 아니라, 이를 닫으면 저절로 성벽과 보루를 이루어 외부의 침입에 잘 방비할 수 있게 되어 있다는 것이다.[49]

연암은 중국 건축의 일반적인 특징으로 벽돌을 널리 활용하는 점을 들고 있다. "허다한 토목(土木)을 필요로 하지 않고 대장장이나 미장이를 수고롭게 하지 않고서도, 벽돌만 한번 구워 내면 집은 이미 다 이루어진 셈이다"라고 벽돌 사용의 이점을 역설하면서, 그 제조법과 쌓는 법을 자세히 소개하고 있다. 중국에서는 주택 건축 이외에 축성(築城)에도 돌 대신 벽돌을 사용하여 노동력을 크게 절약하면서도 훨씬 견고한 성을 쌓는다고 하며, 가마(窯)를 만드는 데에도 진흙 대신 벽돌을 사용함으로써 시설 비용을 절감하고 화력을 더욱 세게 할 수 있다고 한다. 이 밖에 캉(炕)도 벽돌로 만들기 때문에 우리나라의 온돌과는 달리 기울거나 내려앉지 않으며, 불길을 잘 빨아들여 고루 따숩다는 것이다.[50]

끝으로, 연암은 중국의 수준 높은 서민 문화에 대해서도 각별히 주목하고 있다. 그는 여행 중에 유숙한 연도 변의 민가들이 대부분 각종 화초·과수(果樹)·기석(奇石) 등으로 잘 가꾸어진 아름다운 정원을 갖추고 있으며, 실내의 가구와 집기들도 고급품으로 아취가 있음을 자주 언급하고 있다.[51] 예컨대 무녕현(撫寧縣)의 일개 부자인 서씨가(徐氏家)는 "동국(東國) 재상(宰相)"보다도 훨씬 많은 서화와 골동품을 소장하고 있으며, 밀운성(密雲城) 안의 한 서리(胥吏) 집은 사치하고 화려하기가 "행궁(行宮)과 다를 바 없더라"는 것이다.[52] 또한 연암은 서민들을 상대로 한 연희가 발달하여 도처에서 연극뿐 아니라 각종 곡예와 『삼국지』, 『수호전』 같은 소설의 구연(口演)이 성행하고 있음을 전하고 있다.[53] 연극 구경에는 여자들도 열성이어서 화장을 하고 잘 차려 입은 여자들이 수레를 타고 몰려온다고 하며, 노소를 막론하고 꽃으로 머리를 치장하고 패물을 차며 분을 바르는 중국 여자들의 이색적인 풍습에 관해서도 빈번히 기술하고 있다.[54]

이상과 같이 청조 사회가 경제적인 번영을 바탕으로 다방면에 거쳐 눈부신 발전을 이루고 있다는 인식은 『열하일기』에만 특유한 것은 아니다. 관찰의 폭과 깊이에서 차이는 있을망정, 『열하일기』 이전의 여러 연행록들도 도시마다 시장이 번성 중이며, 도로와 교량이 발달하여 수레와 선박에 의한 교통이 원활한 점, 궁전을 비롯한 각종 건축물들이 벽돌을 사용하여 견고하며 규모가 크고 화려한 점 등을 소개하고 있다.[55] 따라서 다른 연행록들과 비교해 볼 때, 『열하일기』의 특징은 무엇보다도 먼저 중국의 사회적 발달상을 생생하게 보여 주는 그 탁월한 묘사력에서 찾을 수 있을 것이다. 또한 『열하일기』는 이와 같이 인상적이고도 실감나게 묘사된 청나라의 번영상에 비추어 수시로 조선의 낙후된 경제 현실을 부각시키면서, 이를 타개하기 위한 구체적인 방안들을 제시하고 있다. 다시 말해 청조 사회의 발전을 치밀하게 관찰하는 데 그치지 않고, 그에 기초하여 당시 조선의 후진성을 극복하기 위한 실천적인 결론을 끌어내고 있는 점에 『열하일기』의 또 다른 주요 특징이 있는 것이다.[56]

뿐만 아니라 『열하일기』에서 연암은 경제적인 측면을 중심으로 청조 사회를 파악하면서도 현상의 배후에 놓인 더욱 근원적인 특질들을 인식하고자 노력했다. 그는 청조 문물의 일반적인 특장(特長)으로, "대규모(大規模) 세심법(細心法)" 즉 규모가 크고 용심지법(用心之法)이 세밀한 점을 들고 있다. 일찍이 홍대용은 벌채된 수많은 아름드리 재목들이 요동의 태자하(太子河) 연변에 크기별로 정연하게 쌓여 있는 모습이라든가, 영평부(永平府) 일대의 드넓은 밭에 무수한 닥나무·뽕나무가 일사불란하게 줄맞추어 심어져 있는 광경 등을 보고 감동하여, 중국 문물의 특질을 '대규모 세심법'으로 규정했다.[57] 연암은 이러한 홍대용의 견해에 공감하여 책문의 번화한 거리나 200리에 걸친 요동 벌판의 양로(樑路: 나무다리)를 목격할 적마다 이를 상기하고 있으며, 크게는 북경의 도시 구조와 건축에서부터 작게는 완구나 벽돌에 이르기까지 바로 이 '대규모 세심법'의 정신이 관철되어 있는 것으로 파악하고 있다.[58]

이와 아울러 연암은 중국 서민들의 여유 있는 살림살이가 근검절약하는 착실한 생활 자세로 뒷받침되어 있는 사실을 주목하고 있다. 책문의 한 술집을 보아도 모든 기물이 단정하게 배치되어 있어, "한 가지 일도 구차스레 미봉(彌縫)하는 법이 없고, 한 가지 물건도 허술하거나 난잡스런 형태를 취하고 있지 않다"는 것이며, 그 집에 딸린 외양간이나 돼지우리조차 "모두 번듯하니 법도가 있고, 장작더미와 거름 무더기까지도 그림처럼 곱게 쌓여 있다." 또한 통원보(通遠堡)의 숙소에는 수백 칸의 너른 뜰에 쓸모없는 조약돌을 형태와 색깔 별로 깔아서 "아홉 빛깔 날개로 날아가는 봉황의 무늬를 만들어 진흙탕이 되는 것을 막았으니, 그들에게는 무엇 하나 버릴 물건이 없음을 이로 미루어 알 수 있다"는 것이다.[59] 요컨대 연암은 중국의 경제적 번영의 이면에는 이처럼 깨어진 기와 조각이나 부스러진 자갈, 가축의 분뇨같이 지극히 하찮은 물건 하나라도 버리지 않고 실생활에 이롭도록 적극 활용하는 '이용후생'(利用厚生)의 정신이 그 원동력으로 작용하고 있음을 지적하고 있다.[60]

이상과 같은 청나라의 경제적 발달상에 대한 연암의 관찰이 당시의 실상을 얼마나 심층적으로 보여 주고 있는지에 대해서는 다소 이론(異論)의 여지가 있을 수 있다. 이를테면 연암은 청나라의 경제 실태를 묘사하면서 상품 유통의 확대라는 현상적인 면에 치중한 반면, 그 배후에서 이를 가능케 한 은(銀) 경제와 아울러 농업 생산력의 발전에 대해서는 거의 주목하지 않고 있다. 물론 북부 중국 일대에 농가의 부업으로 방목(放牧)에 의한 대규모의 목축이 성행하고 있음을 지적하는 등 농업 면에 대한 관찰이 없지는 않으나, 상업 발달과 관련된 서술에 비하면 양적으로 상당히 미흡한 것이 사실이다.[61] 또한 농민을 상대로 고리대를 놓는 전당포업의 성행을 호의적으로만 묘사하고 있는 데서도 엿볼 수 있듯이, 상업자본의 발달이 초래할 수 있는 사회적 역기능에 대해서는 거의 고려하지 않은 점도 지적될 수 있을 것이다.[62]

이러한 점들에서는 연암의 관찰이 청조 사회의 경제적 실상에 대한 포괄적이고도 균형 잡힌 지식을 제공한다고 보기는 어려울지도 모른다. 다시 말해 당시 중국의 상업자본이 봉건적이고도 전제적인 수탈 아래에 있는 농민의 존재를 기반으로 해서 존립하고 있는 측면까지 눈을 돌리지 못하고, 상업 발달을 일방적으로 예찬하기만 한 점은 근시안적이라고 비판될 수도 있을 것이다. 그러므로 『열하일기』에서 청나라의 경제적 번영상을 묘사한 부분은 현실 반영의 측면보다는, 연암의 상업중시적인 경제관을 은연중에 보여 주고 있는 점에 더 큰 의의를 부여할 수 있으리라 본다.

2. 학술과 문예의 동향

건륭제와 그 뒤를 이은 가경제(嘉慶帝)의 치세는 이른바 '건가성세'(乾嘉聖世)라 하여 청조 문화의 난숙기요 대성(大成) 시대로 일컬어진다. 양명학의 치성(熾盛)과 의고주의 문학의 유행으로 대표되는 명나라 시대의 학풍과 문예사조에 대한 격렬한 비판과 반동을 거쳐, 이 시기에 와서는 신흥 학풍으로서 고증학이 본격적으로 발달했으며, 창작계에서도 다채로운 시론(詩論)들과 아울러 육경(六經)과 당송팔가문(唐宋八家文)을 모범으로 하는 새로운 산문 이론이 주창되었던 것이다.[63] 『열하일기』에서 연암은 이러한 당시 중국 학계와 문단의 추세를 그 나름으로 충실하게 소개하는 한편, 그에 대한 논평을 통해 자신의 학문관과 문예관을 피력하고 있다.

연행에 앞서 이미 청조의 학술과 문예에 관해 상당한 식견을 갖추고 있었던 연암은 북경과 열하에서 사귄 중국 사대부들과의 필담을 통해 이를 더욱 심화할 수 있었다. 다만 아쉬운 것은, 반정균 등 중국의 우인들과 연락이 닿지 않은데다가 열하 여행으로 북경 체류 기간이 더욱 짧아져 당대 일류의 문인 학자들과 교유하는 기회를 얻지 못한 때문에, 전성기에 달한 건륭 시대의 고증학을『열하일기』에서 충분히 소개할 수는 없었던 점이라 하겠다.

연암은 당시 중국의 학풍과 문예사조를 진단하면서, 열하 체류 중에 매일 만나다시피 하면서 장시간의 대화를 나누었던 왕민호·윤가전 등의 소견에 크게 의거하고 있다. 거인(擧人) 왕민호(1727~?)는 회시(會試) 응시를 단념한 채 열하의 태학에 기거하며 노학구(老學究: 늙은 글방 선생)로서 궁색하게 지내고 있던 불우한 인물이었다. 연암이 보건대 그는 경사자집(經史子集)을 종횡무진 자유자재로 인증(引證)하는 "굉박호변지사"(宏博好辯之士: 아주 박식하고 변론을 잘하는 선비)로서, 만주족 지배하의 정치 현실에 대해 은근히 불만을 품고 있었으며, 주자학에 관해서도 고증학적 견지에서 신랄한 비평을 서슴지 않았다.[64] 또한 왕민호와 함께 태학에 기거 중이던 산동(山東) 출신의 거인 추사시(鄒舍是)는 비분강개를 잘하고 기탄없이 말을 함부로 해서 주위 사람들로부터 "광사"(狂士)로 지탄받던 인물이었다. 그는 이러한 위인답게 초면의 외국인인 연암을 상대로 청조의 학풍에 대한 과격한 비난을 토로함으로써, 당시 중국의 사상계가 겪고 있던 심각한 분열과 갈등을 단적으로 보여 주었다.[65]

반면에 윤가전(1711~1781)은 출세한 한인 사대부의 한 전형이라 할 수 있다. 그는 옹정(雍正) 말 건륭 초의 명신이자 학자인 공부시랑(工部侍郎) 윤회일(尹會一)의 아들로, 통봉대부(通奉大夫) 대리시경(大理寺卿)으로 은퇴하기까지 순탄한 관료 생활을 보냈다. 시에도 자못 능하여 건륭제의 평생 시우(詩友)였으며, 성령설(性靈說)의 제창자로 유명한 시인 원매(袁枚)의 친구였다고도 한다. 윤가전은『대청회전』(大淸會典)의 속찬(續纂)에 참여한 경력을 과시한다든지, 건륭제와 동갑이라 하여 특별히 열하의 만수절 행사에 참석할 수 있는 은전(恩典)을 입고 이에 감사하는「구여송」(九如頌)을 지어 바치는 등, 청조 통치에 지극히 순응적인 인물이었다.66

그럼에도 불구하고 윤가전은 연암과 작별한 이듬해에, 외람되게도 자기 부친의 시호(諡號) 하사와 공묘(孔廟) 종사(從祀)를 황제에게 탄원한 것이 화근이 되어, 문자옥에 걸려 교수형을 당하고 경학(經學)을 중심으로 한 그의 저술 90여 종이 모조리 금서가 되었다. 그는 전겸익(錢謙益)·굴대균(屈大均)·여유량(呂留良)과 더불어 청나라 때 가장 집중적으로 금서의 대상이 되었던 인물이다. 이와 같은 윤가전의 문자옥안(文字獄案)은 1782년(정조 6년) 귀환한 동지사 서장관의 보고를 통해 국내에도 전해졌으나, 연암은 끝내 이 사실을 알지 못했던 듯하다.67

연암이 왕민호·윤가전과 벌인 토론의 내용은 중국 고금의 음악과 역대의 치란(治亂) 등을 중심한 광범위한 주제를 포괄하고 있다. 앞서 언급한 바와 같이, 연암이 이처럼 비정치적이거나 지나간 역사에 속하는 일들을 화제로 삼는 것은 어디까지나 청나라의 현시국에 관해 거론하기를 꺼려하는 중국의 사대부들로 하여금 우회적으로나마 그 실정을 암시하게 하고 그들의 진심을 토로케 하기 위한 방편이었다. 그렇기는 하지만 이러한 논의는 그 자체로서도 대단히 흥미로우며 높은 수준을 보여 주고 있다.

예컨대 중국의 역대 아악(雅樂)에 대한 윤가전의 해박한 논의와, 『악경』(樂經)의 유무(有無)에 관한 왕민호의 유창한 변증 등은 당시의 조선에서는 보기 힘든 참신한 음악론이라 할 수 있다.[68] 또한 여진(女眞)에 대해 굴욕적인 강화 정책을 취한 송조(宋朝)를 혹평하는 반면, 명조(明朝)에 대해서는 호원(胡元)을 격퇴하고 건국했을 뿐 아니라 최후까지 장렬하게 싸우다가 멸망했다 하여 칭송해 마지않는 왕민호의 사평(史評)은 당시 한인 사대부들의 민족의식을 노출하고 있는 점에서 주목할 만하다. 그러나 한편으로 "우리 유가에서 말하는 천명이란 기껏해야 '운수'라는 두 글자에서 벗어나지 못한다"고 자조하면서, 왕조의 교체를 대세의 변천에 따른 불가피한 것으로 보는 그의 운명론적 역사관을 통해서는 한인 사대부 계층의 다른 일면, 즉 청나라의 통치를 받아들이고 체념하며 살아가는 순응주의적 자세를 엿볼 수 있다.[69] 또한 이러한 역사에 관한 일련의 논의 중에, 왕민호가 사마광(司馬光)과 주자의 정통론에 대해 비평하면서 이들의 한계를 극복한 새로운 학설로 명말 종우정(鍾羽正)과 청초 송실영(宋實穎)의 정통론을 소개하고 있는 것도 당시 사학(史學) 사상의 조류를 짐작할 수 있게 한다.[70]

그러나 연암은 이러한 학술적 토론을 통해 무엇보다도 당시 청조 학계에 주자학 비판과 고증학풍이 성행하는 사실에 각별히 주목하고 있다. 우선, 그는 「황교문답」의 서두에서 당시 중국의 학풍을 매도(罵倒)하는 '광사' 추사시의 충격적인 발언을 소개하고 있다.

즉 당시의 학자들은 이기(理氣)니 성명(性命)이니 하는 따위만 강론할 뿐 실사(實事) 실무에는 전혀 무능한 '이학선생'(理學先生)이거나 케케묵고 고루하기 짝이 없는 '도학군자'(道學君子)요, 그도 아니면 반쯤은 주자학 반쯤은 육왕학(陸王學)을 빙자하되 실은 경전에 대한 고증과 훈고를 무기삼아 이설(異說)을 강변하고 남의 학설을 공격하기에 급급한 자들이라는 것이다. 따라서 추사시는 "오늘날의 유학자들이야말로 대단히 두려운 존재랍니다. 무섭고말고요. 저는 평생토록 유학을 배우고 싶지 않습니다"라는 극언까지 서슴지 않았다.[71]

이와 같은 추사시의 다소 감정적인 비판에 비하면, 왕민호의 주자학 비판은 일층 학리적(學理的)이다. 그는 먼저 주자가 경전을 해석하면서 고경(古經)을 의심하고 고증에 불철저한 점을 들어 비판한다. 예컨대 주자는 『시집전』(詩集傳)에서 『시경』의 정풍(鄭風)과 위풍(衛風)을 모두 음란한 시로 간주하면서 이러한 판단의 근거로 『논어』「위령공」(衛靈公) 편 중의 '방정성'(放鄭聲: 정나라의 소리를 추방하라)이란 구절을 들었다. 그러나 고대에는 오늘날과는 달리 시를 반주에 맞추어 가창했으므로, 공자의 이 말은 정나라의 음란한 음악을 금하라는 뜻이지 그 가사인 시의 내용을 가리켜 한 말은 결코 아니라는 것이다.[72] 또한 주자는 『대학장구』(大學章句) 서(序)에서 고대에 소학에서는 육예(六藝)의 '문'(文)을 가르치고 대학에서는 궁리(窮理)·정심(正心)·수기(修己)·치인(治人)의 '도'(道)를 가르쳤다고 했으나, 이 역시 후세의 관점에서 기인한 억설이라 본다. 즉 고대에는 육예만을 직접 강습했으며 이것이 곧 궁리·정심하는 방법이었으니, "상세(上世)에 무슨 도학선생이 주교(州校: 고을의 학교)·이숙(里塾: 마을의 서당)에 앉아 있었을 것이며, 무슨 이학전서(理學全書)를 펴 놓고 이런 것은 형이상자(形而上者)요 이런 것은 형이하자(形而下者)라고 가르쳤을 것인가?"라며 통박하고 있다.[73]

이 밖에도 왕민호는 "소위 '무극이태극'(無極而太極)이란 무슨 이야기인지 모르겠으니, 일필(一筆)로 그어 버림이 가하다"고 하여, 주돈이(周敦頤)의 『태극도설』(太極圖說)과 이에 근거한 주자의 형이상학적 우주론을 일축해 버리고 있다.[74] 뿐만 아니라 그는 주자가 소식(蘇軾)을 비롯한 촉당(蜀黨)의 인사들을 혹독하게 비방한 것을 들어 "군자로서도 불편부당하기란 역시 어렵다"고 하면서, 은근히 주자의 당파성을 비난하고 있다. 그리고 송대의 치란(治亂)에 관해 논하면서도, 남송 말의 이종(理宗)은 역대에 드문 호학(好學) 군주로 평생 도학에 힘썼건만 나라를 패망으로부터 구하지는 못했다고 혹평한다든지, "한아(漢兒)가 문약해진 데에는 주자에게도 책임이 있다"고 하여 중국이 이적(夷狄)의 침략에 굴복하고 만 요인의 하나를 주자학의 폐단에서 찾고 있다.[75]

『열하일기』 중 청조의 학술과 관련한 이상의 논의에서 비교적 자주 언급되고 있는 학자로는 고염무(顧炎武)·주이준(朱彝尊)·모기령(毛奇齡) 등을 들 수 있다. 주지하다시피 고염무(1613~1682)는 명말 청초의 대유(大儒)로서 청조에 출사하기를 거부하고 경세치용의 학문에 전념했으며, '실사구시'를 제창하여 고증학의 개조(開祖)로도 간주되는 인물이다. 『일지록』(日知錄)을 비롯한 그의 저서들은 당시 국내에도 점차 소개되고 있었으며, 연암 역시 연행 이전부터 그에 관해 알고 있었던 것으로 보인다.[76] 「막북행정록」에서 연암은 북경에서 열하까지의 거리를 논하면서 고염무의 『창평산수기』(昌平山水記)를 참조하고 있다. 또한 「피서록」(避暑錄)에서도 그는 광녕(廣

寧) 북진묘(北鎭廟) 부근의 거대한 바위에 새겨진 '삼한인(三韓人) 김내(金鼐)'의 시와 관련하여, 중국에서도 요동(遼東)을 '삼한'(三韓)이란 옛 호칭으로 부르는데 "고염무가 관명이나 지명에 옛 호칭을 차용하는 병폐를 질책했는데도 역시 이를 흉내 내는 자들이 많다"고 했다. 이는 바로 『일지록』 권29, 「삼한」(三韓) 조의 고증에 의거한 것이다.[77]

『열하일기』에서 연암은 당시 중국 사대부들 간에 고염무의 『일지록』이 널리 애독되고 있으며 그의 실증적 방법론이 숭상되고 있음을 보여 주었다. 예컨대 연암이 유리창에서 만난 거인(擧人) 유세기(兪世琦)는 그의 『구당시화』(毬堂詩話)에서 『일지록』을 인용하여, 『명시종』(明詩綜)에 수록된 연암 오대조(五代祖) 박미(朴瀰)의 시 중 한 구절이 사실(史實)과 어긋난 점을 고증해 보였다.[78] 왕민호도 고염무가 정인지(鄭麟趾)의 『고려사』를 칭찬한 사실과 아울러, 『일지록』에서 기자조선본(箕子朝鮮本) 『고문상서』(古文尙書)가 위작(僞作)임을 밝힌 그의 논증을 소개했다.[79]

주이준(1629~1709)은 강희 시대의 대표적 문인이자 학자로서, 시문으로는 동시대의 왕사정(王士禎)·왕완(汪琬)과, 경학에서는 모기령과 비견하는 인물로 평가된다.[80] 그가 편찬한 『명시종』은 명나라 시대의 시를 종합적으로 개관한 지침서로서, 전겸익의 『열조시집』(列朝詩集)과 더불어 당시의 조선에도 이미 유입되어 있었다. 연암은 『열하일기』에서 주이준의 『일하구문』(日下舊聞)의 일부 내용을 발췌하여 소개하고 있으며, 또한 왕민호가 앞서의 『고문상서』 위작설에 관한 논의 중에 그에 대한 주이준의 명쾌한 고증을 인용하고 있음을 전하고 있다.[81]

모기령(1623~1716)은 청조 고증학의 선구자의 한 사람으로 손꼽히는 경학의 대가로서 방대한 저술을 남겼으나, 논쟁벽(論爭癖)이 심하고 특히 주자의 학설을 극력 비방하는 등으로 인품과 처신에 있어서는 별로 호평을 받지 못한 인물이었다.[82] 이러한 모기령의 저서들이 언제부터 국내에 유입되었는지는 분명치 않으나, 연암은 연행 이전에 이미 그의 우인들과 더불어 모기령에 대해 상당히 알고 있었음에 틀림없다. 그러나 청나라의 사대부들이 국초의 대학자요 과격한 주자 비판론자인 모기령을 어떻게 평가하고 있는지에 관해 구체적으로 소개한 것은 아마도 『열하일기』가 처음일 것이다.[83]

『열하일기』 「망양록」에서 왕민호는, 모기령이 평소에 "나를 알아줄 것도 나를 죄줄 것도 주자를 반박한 데 있다"고 자부했으나, 그 반박 중에 합당한 경우보다는 억지가 많으며, 그 합당한 것도 유문(儒門)에 반드시 유공(有功)하다고 볼 수 없는 반면에 억지를 부린 경우는 도리어 세도(世道)에 유해하다고 혹평하고 있다. 그리고 「곡정필담」에서는, 당시의 식자들이 모기령이 천성적으로 남을 공박하기 좋아한 점을 조롱하여 그를 '뇌공'(雷公: 천둥을 맡은 신)이니 '위공'(蝟公: 고슴도치)이니 하는 별명으로 부르며, 그의 출신지인 절강성의 소산(蕭山)은 붓끝으로 농간을 일삼는 서리(書吏)들이 많이 사는 고장이라 그의 문장에도 이러한 소산 기질이 남아 있다고 비판하고 있는 사실을 전하고 있다.[84]

이 밖에도 연암은 당시 중국에서 주자의 경서(經書) 주석에 대한 고증학적 비판이 성행하게 된 데에는 모기령의 영향이 크다는 점을 지적하고 있다. 특히 주자가 『시경』을 해석하면서 『모시』(毛詩) 소서(小序)의 가치를 전면 부정한 데 대해 청나라 유학자들은 소서를 절대로 폐기할 수 없는 것으로 보아 이를 공박한다고 하면서, 그중 정풍(鄭風)과 위풍(衛風)의 시들은 그 음악이 음(淫)하다는 것이지 시가 음한 것은 아니라는 주장은 바로 모기령의 설이라고 보았다.[85]

그런데 『열하일기』에서 이러한 『시경』 소서 논쟁에 대해 소개한 부분을 검토해 보면, 이상에서 살펴본 당시의 고증학풍 및 그에 따른 주자 비판과 관련한 연암의 학문적 입지(立地)를 알 수 있어 자못 흥미롭다. 그는 우선 주자의 소서 배제를 공박하는 것이 청나라에서 "당세의 거대한 여론"(此世一大時論)이 되었다고 하면서, 주이준의 『경의고』에서 주자를 비판한 사실과 아울러, 주자의 『시경』 해석에 대한 구체적 비판 사례를 소개하고 있다. 즉 "『시경』 위풍의 「모과」(木瓜)는 제(齊)나라 환공(桓公)을 찬미하고 정풍의 「자금」(子衿)은 학교가 폐지된 것을 풍자한 시이며, 정풍의 「야유만초」(野有蔓草)와 소아(小雅) 중 주(周)나라 유왕(幽王)을 풍자하고 정풍 중 정(鄭)나라 태자 홀(忽)을 풍자한 시들은 모두 경(經)과 전(傳: 주석)을 살펴보면 확실한 증거가 있음에도 불구하고, 주자는 그러한 해석에 모조리 반대하고 자기 생각대로 단정하여 소서를 모조리 폐기했다"는 것이다.[86]

이와 같은 청나라 유학자들의 '소서불가폐론'(小序不可廢論)에 대해, 연암은 일단 주자의 견해를 옹호하는 입장을 취하고 있다. 연암은 정설(定說)인 공자산시설(孔子刪詩說)을 부정하고 『시경』에는 한(漢)나라 유학자들이 항간의 경박한 구전 가요를 끌어와 메꾸어 놓은 것들도 있다고 본 남송의 학자 왕백(王柏, 1197~1274)의 설을 들어, 청나라 유학자들이 독신(篤信)하는 소서에도 한나라 유학자들이 견강부회한 내용이 전혀 없지는 않을 것이라고 주장한다.[87] 그리고 그 증거로서, 『시경』의 시란 당시 여항의 무명 남녀들이 그네들의 절실한 생활 감정을 표현한 민요이므로 작자 불명일 터인데도 소서에서는 반드시 작자를 명기하고 있는 점을 지적하고 있다.[88] 또한 그는 『시집전』이 주자의 자필(自筆)이 아니라 그의 문인의 손에서 이루어진 것이라는 주장도 있으나, 이는 주자보다는 만만한 문인을 상대로 하는 것이 공격하기에 편하다는 계략에서 나온 것이라고 통박하고 있다.[89]

연암의 이러한 비판 중에서, 『송사』(宋史) 「유림전」(儒林傳)으로부터 인용한 왕백의 설은 청나라 유학자들을 납득시킬 수 있는 논거로서는 적절치 못한 것으로 보인다. 왕백이야말로 주이준·모기령 등과 청조 고증학자들에 의해 한나라 유학자들의 설을 마구 공박하고 심지어 고경(古經)을 멋대로 뜯어고친 대표적인 인물로 지탄받았기 때문이다.[90] 그리고 『시경』 시의 본질을 여항 민요로 본 것은 연암 자신의 「영처고서」(嬰處稿序)에서도 이미 피력한 견해로서, 다름 아닌 주자의 설에서 연원한 것이다.[91] 뿐만 아니라 연암은 「피서록」에서도 강희제의 산장시(山莊詩)에 신하들이 온갖 전고를 끌어다 전주(箋註)를 붙인 것을 비판하며, "주자가 가라사대, '관관저구'(關關雎鳩: 『시경』 「관저」關雎의 첫 구)에 무슨 출처가 있더냐' 하셨으니, 이야말로 시학(詩學)의 대성(大成)이라 하겠다"고 말하고 있다.[92]

이와 같이 연암이 주자학을 자신의 사상적 입지로 삼고 있음을 보여 주는 사례는 『열하일기』에서 적지 않게 찾아볼 수 있다. 예컨대 「환연도중록」에서 그는 전형적인 주자학적 학문관에 입각하여, 당시 중국에서 관우(關羽) 숭배가 극에 달해 심지어 그를 큰 학문을 갖춘 인물로까지 받드는 경향에 대해 비판을 가하고 있다. 『중용』(中庸)에서 말한 바와 같이, 학문이란 곧 신사(愼思)·명변(明辯)·심문(審問)·박학(博學)이며, "존덕성"(尊德性: 덕성을 고양함)은 "도문학"(道問學: 학문에 의거함)에 의해 뒷받침되어야만 한다. 아울러, "극기복례"(克己復禮)하여 "객기"(客氣)를 제거하고 지(知)·인(仁)·용(勇)의 "삼달덕"(三達德: 세 가지의 보편적인 덕)을 갖추어야만 학문이 있다고 볼 수 있는데도, 중국의 사대부들이 관우를 학문 있는 이로 숭상함은 부당하다는 것이다. 그리고 이러한 사례에서 보듯이, "성인(聖人)의 도"가 더욱 아득해지고 "이적"(夷狄)들이 번갈아 "중하"(中夏)의 주인 노릇을 하는 동안에 "정학"(正學)이 갈수록 쇠퇴하고 있으니, 이런 식으로 가면 "천년 뒤에는 『수호전』을 정사(正史)로 삼지 않을는지 어찌 알겠는가?"라며 개탄하고 있다.[93]

　이 밖에 연암은 「심세편」(審勢編) 중 청조의 주자학 장려 정책을 비판하는 대목에서도, "주자의 도란 중천의 해와 같아서 사방 만국이 모두 우러러 바라보는 바이니, 황제가 사사로이 존숭한다 한들 주자에게 무슨 누를 끼치겠는가?"라고 말하고 있다. 그리고 일찍이 소식(蘇軾)이 고려를 비방한 데 대해 그 부당성을 통박하는 연암에게, 왕민호가 주자보다 더 심하게 소식을 배척한다고 농담을 하자, 연암은 "주자와 같은 당(黨)이라 함은 진실로 감심(甘心)하는 바입니다"라고 응수하고 있다.[94] 이러한 발언들은 연암이 지닌 주자학도로서의 면모를 명백히 드러내 보여 주고 있다. 이와 같이 연암이 자신의 사상적 기반을 주자학에 두고 있는 것은, 주자학 일색이다시피 한 당시 조선의 일반적 사상 풍토, 그리고 현석(玄石) 박세채(朴世采)와 여호(黎湖) 박필주(朴弼周)를 배출한 그의 가문의 학풍

과 장인 이보천의 영향 등을 감안할 때 지극히 자연스러운 현상이라 할 수 있을 것이다.[95]

그러나 연암은 결코 완고한 주자학도는 아니었다. 이는 무엇보다도 『열하일기』에서 자신의 학문적 입장과 배치되는 당시 중국의 고증학풍과 주자학 비판 풍조를 배척하지 않고 가급적 충실히 소개하려 한 그의 포용적인 태도를 통해 입증되고 있다. 예컨대 연암은 북경에서 사귄 한림 초팽령·고역생 등과 『시경』 소서 문제에 관해 토론을 벌였을 적에 그들을 설복시키지는 못했음을 시인하고 있다.[96]

뿐만 아니라 그는 명나라 학자 정효(鄭曉)가 그의 저서 『고언』(古言)에서 구양수(歐陽修)·사마광(司馬光)·왕안석(王安石)·정자·주자가 고경(古經)의 일부를 의심하고 배척한 것은 이해하기 어려운 처사라고 한 말을 인용한 뒤, 이에 공감을 표시하고 있다.[97] 정효의 이 말은 원래 청나라 초기의 대 시인 왕사정의 『향조필기』(香祖筆記)에 수록된 것인데, 왕사정은 또한 같은 책에서 모전(毛傳: 『모시』의 주석)을 근간으로 한 절충적인 견해를 제시하고 있다. 즉, 주자가 정자를 학문적으로 존중하면서도 유독 그의 소서 중시론(重視論)만은 따르지 않은 점을 이해할 수 없다면서, 모전을 위주로 하되 모전으로도 통하지 않는 경우에 한나라 유학자 정현(鄭玄)의 주(註)를 활용하며, 모전과 정현의 주로도 통하지 않는 경우에야 주자의 주를 활용하고, 모전과 정현·주자의 주로도 모두 통하지 않는 경우라야 온갖 학설을 망라한 뒤 자기 의견으로 절충해야 한다고 한 명말의 대유(大儒) 고대소(顧大韶)의 주장을 『시경』 해석에 관한 가장 공정한 논의로 소개하고 있다. 그런데 연암은 이러한 왕사정의 설을 인용하

면서, 이를 매우 공정한 견해로 평가하고 있는 것이다.[98]

더욱이 연암은 당시 중국의 학계에 주자에 대한 고증학적 비판 풍조가 대두하게 된 사회적 요인의 하나로, 주자학을 통치에 이용하려는 청조의 술책에 대한 한인 사대부들의 반감을 들고 있다. 이러한 고증학풍은 예전의 육왕학과는 본질상 다른 것인데도 연행에 나선 인사들은 중국 선비들이 필담 중 주자를 약간만 비판해도 육왕학도(陸王學徒)로 단정하고 대화를 기피한다. 또한 이들로부터 중국에 육왕학이 성행해서 사설(邪說)이 그치지 않더라는 말을 전해 들은 국내인들도 본말을 따져 보지도 않은 채 화부터 먼저 낸다. 왜냐하면 "사문난적(斯文亂賊)에 대한 성토가 비록 멀리 중국에까지 미치지는 못할지라도, 이단을 묵과하는 허물을 범했다가는 실로 사림(士林)에서 용서받기 힘든" 까닭이다.

이와 같이 당시 조선의 편협한 사상 풍토를 개탄한 연암은 대담하게도, 주자를 신랄하게 공박하는 사람일수록 오히려 비상한 선비일 것이니, 중국에 가서 이러한 이를 만나거든 이단이라 배척하지 말고 적극 대화해야 한다고까지 말하고 있다.[99] 바로 이러한 진취적이고도 포용적인 자세야말로 연암으로 하여금 청조 학술의 새로운 동향에 대해 남다른 이해를 할 수 있도록 한 원동력이 되었을 것이다.

* * *

한편 『열하일기』 중 「피서록」 「구외이문」 「앙엽기」 「동란섭필」 등 편에는 청조 문예의 동향 및 이와 관련한 연암의 문예관이 집중적으로 드러나 있다. 이들은 전통적인 양식 개념에 의하면 시화와 잡록에 속하는 것으로서, 그중 문학과 관계되는 내용은 다음과 같이 크게 나누어 볼 수 있다. 우선, 우리나라와 중국의 역대 문학 교류에 관한 것으로, 최치원(崔致遠)·이제현(李齊賢)·김상헌(金尙憲) 등 중국 측에 알려진 우리나라 문인들의 시와 아울러, 소식 등 중국인이 조선과 관련하여 지은 시를 그에 얽힌 일화와 함께 소개하고 있다. 특히 주목되는 것은 『명시종』, 『전당시』 등 청조에 들어와 간행된 시선집(詩選集) 중 조선과 관련되는 내용의 오류를 시정하고자 노력하고 있는 점이다.[100] 다음으로는 국내의 유득공·이덕무·나걸(羅杰) 등과 중국인 반정균·곽집환 등 연암 자신과 친분이 있는 국내외 문인들의 시를 다수 소개하고 있다. 이와 아울러 건륭제의 어제시(御製詩)를 포함하여, 왕평(王苹)·오조(吳照)·원매(袁枚) 등이 지은 청조 시단의 최근 작품들에 대해서도 소개하고 있다.

그런데 『열하일기』 중 이와 같은 시화와 잡록 가운데에는 이덕무의 저술을 참조한 내용이 적지 않게 눈에 띈다. 예컨대 연암은 이제현의 시에 대해 평하면서, 그의 생애와 대표작을 소개한 부분은 『청비록』(淸脾錄)에서 인용했음을 밝히고 있다.[101] 이처럼 연암 자신이 명시한 경우 외에도, 우통(尤侗)의 「외국죽지사」(外國竹枝詞) 중 조선을 노래한 부분의 오류에 대한 지적이나, 의고문(擬古文)의 대가인 최립(崔岦)이 명나라에 갔다가 왕세정(王世貞)에게 무안당한 일화 등은 『이목구심서』(耳目口心書)와 『청비록』에서 유래한 내용임이 분명하다.[102] 이러한 사실은 연암과 이덕무가 서로 밀접한 영향 관계에 있었음을 말해 주는 동시에, 『열하일기』를 이해함에 있어 연암이 그의 우인들의 견해를 수용한 측면에 대해서도 소홀히 해서는 안 되리라는 점을 시사하고 있다.

『열하일기』에서 청조 문예와 관련하여 비교적 큰 비중으로 언급되고 있는 문인은 전겸익과 왕사정이다. 전겸익(1582~1664)은 명말 청초 문단의 일인자로 군림하면서, 의고주의 문학을 맹공(猛攻)하고 경서에 근거한 문학을 주창함으로써 청조 시문(詩文)의 새로운 기풍을 선도한 인물이었다. 그러나 다른 한편으로 그는 명말 동림당(東林黨)의 지도자 중의 한 사람이었고 남명(南明) 정부에서 고위 관직에 있었음에도 불구하고, 강남이 청나라 군대에 함락되자 즉시 항복하여 청나라의 관직을 받는 등으로 처신과 인격에 있어서는 후인들의 혹평을 면치 못했다.[103] 전겸익의 문집인 『초학집』(初學集)과 『유학집』(有學集)은 그가 편찬한 『열조시집』과 더불어 일찍부터 조선에 유입되어 널리 읽히고 있었다. 그러나 훼절(毀節)하여 청조에 출사한 사실과 같은 그의 생애에 관한 구체적인 정보라든가, 최근 청조 문단에서의 평가 등에 대해서는 충분한 소개가 이루어지지 못했던 것으로 보인다.[104]

연암은 우선 전겸익이 우리나라를 부당하게 비방한 점을 들어 그를 비판하고 있다. 조선이 "황명"(皇命)에 충순(忠順)하여 300년 간 "일심모화"(一心慕華)했음에도 불구하고, 전겸익은 동림당의 괴수가 되어 조선을 멸시하는 것으로 청론(淸論)을 삼았으니 통분스럽기 그지없다는 것이다. 뿐만 아니라 그는 1539년(중종 34) 조선에 칙사로 파견된 화찰(華察)과 조선 문인들이 주고받은 시문을 모은 『황화집』(皇華集)에 붙인 발문에서, "國內無戈坐一人"('國' 자 안에 '戈' 자가 없고 '坐' 자 안에 '人' 자가 하나뿐이네)이라는 희작시(戲作詩) 한 구절을 들어 "이런 것이 그 나라의 소위 동파체(東坡體)라는 것이니, 여러분들은 그네들과 시문을 화답하지 않음이 좋을 것"이라며 조선의 시문을 폄하했다.[105] 그러나 전겸익이 당시 명나라 사신과 접반(接伴)에 종사한 조선의 문인들 사이에 한자(漢字) 두 글자로써 일곱 글자의 뜻을 함축하도록 하는 칠언시 짓기 시합을 벌였던 관행을 알지도 못한 채, 그러한 제약 하에 지어진 시의 단 한 구절만으로 조선 시의 수준을 단정하고 업신여긴 것은 용납하기 어려운 처사라는 것이다.[106]

또한 『열하일기』에서 연암은 건륭 40년(1775)에 내린 한 조서(詔書)를 소개하고 있는데,[107] 그 조서에서 건륭제는 순국한 명나라 말의 충신들을 표창하라고 명하는 한편 청나라를 비방한 금서의 작가들을 지목하여 통렬히 질책하고 있다. 즉 "스스로 청류(淸流)임을 뽐내다가 뻔뻔스럽게도 항복하여 이 편에 붙은" 전겸익과 같은 자들은 나라를 위해 순절하기는커녕 "언어 문자를 빌려서, 욕되게 살기를 탐낸 자기네 행실을 엄폐하고 가식(假飾)하기를 도모"했으므로 그 실상을 드러내어 엄벌에 처해야 한다는 것이다. 연암은 이와 같은 건륭제의 질책에 대해 전적으로 공감을 표시하면서, 전겸익이 구차스레 살아남은 자신의 행적을 저술을 통해 은폐하려 한 단적인 사례로서 그의 「발고려판유문」(跋高麗板柳文)을 들고 있다. 이 글에서 전겸익은 조선 세종 때 간행한 유종원(柳宗元)의 문집인 『당유선생집』(唐柳先生集)의 발문에 명나라 연호가 적힌 것을 보고 조선이 존명사대(尊明事大)의 의리를 나타낸 것이라 하여 감격해 마지않았다. 그런데 연암은, 이미 절개를 더럽힌 전겸익이 이 글에서 이처럼 망한 명나라를 사모하는 뜻을 완곡하게 드러내고 있는 것은 후세의 지탄을 교묘히 모면하려는 수작일 따름이라고 매도하고 있는

것이다.108

그런데 연암은 이와 같이 전겸익을 비판하면서 그의 문학사적 공적에 대해서는 거의 무시하고 있다. 전겸익은 명대에 유행한 의고주의 문학을 무내용(無內容)·무개성(無個性)·시대착오의 문학이라 통렬히 비판함으로써, 청조 문단에서 이를 완전 종식시키는 데 크게 기여한 인물이다. 또한 그는 문학을 포함한 여러 학문의 근본으로서 경서를 중시할 뿐 아니라, 그의 『두공부집전주』(杜工部集箋注)에서 보듯이 작품 해석에 철저히 실증적인 훈고의 방법을 적용한 점에서 고증학풍의 선구자의 한 사람으로도 평가되고 있다.109

이와 아울러 연암이 전겸익에 대한 건륭제의 비난에 아무런 단서 없이 동조한 점도 비판의 여지가 없지 않다. 건륭제는 일찍이 심덕잠(沈德潛)의 『국조시별재집』(國朝詩別裁集)에 수록된 전겸익의 시들을 삭제토록 지시했으며, 그 후 금서령을 내려 그의 저서를 소장하는 것은 물론 거론하는 것조차 엄금했다.110 연암이 소개한 건륭 40년의 조서 역시 그 연장선상에서 나온 것이다. 전겸익의 문학을 말살하고자 한 이러한 조치를 취할 적마다 건륭제는 그 명분으로서 그의 인격상의 하자를 들어 집중 공격했지만, 실은 반청적(反淸的)인 내용이 많은 그의 시문에 대한 불만이 그러한 조치들의 배후에 놓인 진정한 동기였던 것이다.111

왕사정(1634~1711)은 강희 시대의 문단을 영도한 대 시인으로, 청신하고도 고담(古談)한 시와 아울러 신운설(神韻說)을 통해 청조 시의 새로운 방향을 제시하여 그 추종자들로부터 '금세(今世)의 이백(李白)·두보(杜甫)'로까지 추앙받았다.112 그의 문학이 조선에서 주목을 끌게 된 것은, '해내(海內)의 시종(詩宗)'인 그가 청음 김상헌의 시를 청조 시단에 소개하면서 우리나라 시의 수준을 고평한 사실과 무관하지 않다. 왕사정은 1626년(인조 4년; 명 희종熹宗 천계天啓 6년) 김상헌이 사신으로 명나라에 갔을 때 결교한 남경(南京) 도찰원(都察院) 좌도어사(左都御使) 장연등(張延登)의 손녀 사위였다. 장연등은 사행을 다녀오는 도중에 지은 시문을 모은 김상헌의 『조천록』(朝天錄)에 서문을 써 주었을뿐더러 중국에서 이를 출판하기까지 했다. 이와 같은 인연으로 김상헌의 시를 잘 알고 있던 왕사정은 이를 자신의 『감구집』(感舊集)과 『지북우담』(池北偶談), 『어양시화』(漁洋詩話) 등에 소개하고 칭찬해 마지않았던 것이다. 그 덕분에 중국에서 김상헌의 시명(詩名)이 드높아진 사실은 조선의 문인들을 고무시킴과 동시에, 이들로 하여금 왕사정의 문학에 저절로 호의를 가지게 했을 것으로 보인다.[113]

연암도 『감구집』과 김상헌의 시에 대해 깊은 관심을 드러냈다. 그는 북경에서 만난 유세기(兪世琦)에게 1776년 유득공이 그의 숙부 유금의 연행을 송별하며 지은 시를 소개했는데, 이는 왕사정의 『감구집』 등에 인용되어 널리 알려진 김상헌의 시구를 전고로 삼은 것이었다. 유세기도 『감구집』에 김상헌의 시가 선록된 사실을 잘 알고 있었다.[114] 또 연암은 왕사정이 『지북우담』에 소개한 김상헌의 시 일부를 소개했는데, 이는 이덕무의 『청비록』 중 왕사정을 논한 항목에서 전재한 것이다. 그리고 이에 덧붙여 연암은 '해내의 시종'인 왕사정의 『감구집』에 시가 선록된 덕분에 중국의 사대부들 중 김상헌을 모르는 이가 없건만, 정작 그의 "고금에 드문 위대한 절의"를 아는 이는 없음을 개탄했다.[115]

뿐만 아니라 연암은 앞서 『시경』에 관한 논의에서도 보았듯이 왕사정의 저술들을 크게 참조하고 있다. 그중에서도 특히 빈번히 인용하고 있는 것은 『향조필기』로, 『열하일기』 중 각종 질병의 치료법을 소개하고 있는 「금료소초」 편은 연암이 그 서문에서 밝히고 있는 바와 같이 거의 대부분 『향조필기』로부터 발췌한 것이다.[116] 그리고 출처를 명시하고 있지는 않으나 「구외이문」 중 양주한(梁周翰)과 주앙(朱昻)의 고사라든가 「동란섭필」에 소개된 『양산묵담』(兩山墨談)의 강하론(江河論) 등 주로 잡록에 속하는 내용들 가운데 『향조필기』를 참조한 것이 상당수에 이른다.[117] 그러나 연암은 이와 같이 왕사정의 저술을 대폭 인용하고 있음에도 불구하고, 정작 그의 시와 문학론에 대해서는 별반 적극적으로 소개하고 있지 않다. 다만 『향조필기』 중 고려의 송연묵(松煙墨)이나 중국 고대의 희성(稀姓)에 관한 한두 기사를 들어 왕사정의 고증이 철저하지 못함을 지적하고 있을 따름이다.[118]

이상의 논의에서 알 수 있듯이, 청조 문예의 동향에 대한 연암의 소개는 대체로 단편적인 것에 머물고 있으며, 전겸익이나 왕사정의 경우조차 문학적인 측면에서의 논의는 많지 않은 것이 사실이다. 그러나 이는 연암이 청조 문예의 새로운 조류에 대해 배타적이거나 둔감했던 탓이라기보다는, 연행 이전에 이미 그 나름의 문학관을 확고히 정립하고 있었던 때문이라 생각된다. 연행을 통해 자신의 평소 문학관을 더욱 구체화시킬 수 있었던 연암은 『열하일기』에서 다각적인 문학론을 피력하고 있다.

연암이 중국 여행에서 절실히 깨닫게 된 것 중의 하나는, 중국과 조선의 언어 차이가 바로 양국 문학의 수준 차이를 낳고 있다는 사실이다. 우선 중국의 문학 교육을 보면, 조선과는 달리 초학 단계에서는 사서(四書)를 구송(口誦)만 하게 하고 문의(文義)를 함께 가르치지는 않는다. 따라서 능히 암송은 하되 그 뜻을 잘 모르거나 문자로 옮기지 못하는 폐단은 있지만, 일상 회화에서 자연히 고사숙어를 능숙하게 구사할 수 있게 된다.[119] 뿐만 아니라 중국에서는 구어와 문어가 밀착해서 발달해 왔기 때문에 중국의 구어에는 고도의 문학성이 내재하게 되었다. 그러므로 "패관기서(稗官奇書)가 모두 입안에 든 상용 예어(例語)"요, "경사자집(經史子集)이 모두 입에서 말로 되어 나온다"고 해도 과언이 아니다. 「도강록」 중 연암을 업고 강을 건네다 준 일자무식의 한 중국인이 비만한 그를 『수호전』에 나오는 흑선풍(黑旋風) 이규(李逵)의 어미에 비긴 멋진 농담을 할 수 있었던 것도 이 때문이다. 또한 문장의 대가인 연암조차도 응수하기 급급할 때가 있을 만큼 중국인들의 필담이 대개 유창하고 예리한 것도, 그들의 경우 문학성이 풍부한 구어를 그대로 문자화하기만 하면 훌륭한 글이 되는 까닭이다.[120]

이에 비하여 조선인은 언어와 문자가 상응하지 않으므로 창작상 여러 가지로 훨씬 불리한 처지에 놓여 있다. 예컨대 산문의 경우 "생각과 잘 맞지 않고 어긋나기 쉬운 고자(古字)를 가지고, 다시 음(音)과 훈(訓)으로 거듭 풀이해야 하는 방언(우리말)을 번역하자니 그 글 뜻이 애매하고 표현이 모호할 수밖에 없다." 이러한 난점은 시의 경우에도 마찬가지이다. 연암이 소개한 나걸의 시에 대해 기풍액(奇豊額)이 "실로 명구(名句)가 많으나, 간혹 운율이 맞지 않는다"고 평한 사례에서도 보듯이, 우리나라의 한자음이 중국의 한자음과 다른 경우가 적지 않아 한시 창작에 있어 운율에 어긋나는 결함을 피하기 어렵다는 것이다.[121]

이와 같이 연암은 조선인이 한자를 표기 수단으로 택함으로써 초래하게 된 창작상의 근원적인 난관과, 이로 인해 조선의 한문학이 중국에 비해 현격한 수준 차이를 모면하기 어렵게 된 실정에 대해 중요한 지적을 하고 있다. 그러나 연암은 대다수의 국내 인사들이 이 문제의 심각성을 깨닫지 못함을 개탄할 뿐, 이에 관해 뚜렷한 대책을 제시하고 있지는 않다.[122] 언어와 문자의 불일치야말로 과거 우리 문학의 발전을 가로막은 가장 근원적인 모순으로서 애국계몽기의 국문 운동 이후 비로소 해소되기 시작한 점을 감안할 때, 연암이 일찍이 이를 통찰하고서도 문제 제기에만 그치고 있는 점은 아쉬운 일이라 하겠다.

한편 연암은 『열하일기』의 도처에서 인상적인 시평(詩評)들을 통해 자신의 문학관을 드러내고 있다. 예컨대 그는 강을 건너면서 피안의 탑을 바라보고는, 명나라 초의 시인 고계(高啓, 1336~1374)의 "강성(江城)이 가까웠소 어부가 가리키니, 뱃머리의 탑 하나 볼수록 길어지네"라는 시구가 이런 광경을 마치 그림에서 원근의 형세를 나타내듯이 사실적으로 묘사했음을 새삼 감탄하며, "그림을 모르는 사람은 시를 알지 못한다"고 말하고 있다.[123] 그리고 고려 시대 시인 김황원(金黃元, 1045~1117)의 유명한 대동강(大同江) 시에서 40리에 지나지 않는 들판을 두고 "동편 머리에 점 같은 산들"(東頭點點山) 뿐인 "대야"(大野)로 표현한 것은 너무도 과장이 심해, 진짜로 드넓은 평야를 본 중국 칙사(勅使)들의 비웃음을 살 것이라고 평하고 있다.[124] 또한 연암은 이제현을 "동방 2천 년 내의 명가(名家)"로 고평한 이덕무의 견해를 "철론"(鐵論: 확고 불변한 논의)이라고 칭찬하면서, 이제현의 시가 우수한 이유의 하나로 우리나라 시인들이 시를 지을 때 거의 모두가 중국 고사를 차용할 뿐인 데 비해 그만은 실제로 중국 본토를 두루 답사할 수 있었던 점을 들고 있다.[125]

이상의 사례에서 보듯이, 연암은 한시 창작에서 실제 경험의 사실적 표현을 매우 중시하고 있다. 이러한 시론이 '법고창신'을 골자로 하는 그의 평소 문학관과 맥을 같이하는 것임은 물론이다. 현실 세계를 생생히 표현하려 한 고문의 정신을 본받아 오늘의 우리 삶을 진실되게 묘사하는 데 창의를 발휘해야 한다는 그의 지론에 따르면, 무엇보다도 배격해야 할 것은 모방에 의한 상투적인 표현이었다.[126] 그러므로 연암은 난하(灤河)에서 뱃놀이하던 일행 중의 한 사람이 "강산이 그림 같다"고 감탄하자, "그대는 강산도 모르고 그림도 모른다"며 반박하고 있다. "무릇 무엇과 '비슷하다', '똑같다', '닮았다', '그대로다'라는 말들은 동일성(同一性)을 나타내는 표현이지만, 비슷한 것을 가지고 비슷함을 비유한다면 비슷할 성싶어도 실은 비슷하지 않다"는 것이다.[127]

또한 연암은 북경의 어느 주루(酒樓)의 기(旗)에 "서로 만나 의기투합해 한잔하고자, 높은 누각 옆 수양버들에 말 매어 두네"라고 씌어진 시구가 실제의 정경과 너무도 방불함을 보고는, "고인(古人)이 지은 시는 즉사(即事: 눈앞의 사실)를 따서 쓴 데 불과함에도 그 안에 진의(眞意)가 뚜렷이 표현되어 있음을 더욱 깨닫게 된다"고 감탄하고 있다. 이처럼 좋은 시란 다름 아닌 눈앞의 사실을 진실되게 표현한 시라는 견해는, 그가 「증좌소산인」(贈左蘇山人)에서 "즉사(即事)에 진취(眞趣: 참된 멋)가 담겨 있는데, 하필이면 먼 옛것을 취해야 하나?"라고 노래한 시구의 의미와 그대로 일치하는 것이다.[128]

끝으로, 청조의 학예와 관련하여 『열하일기』 중 서학에 관한 내용을 검토해 보고자 한다. 명말 청초의 중국에 예수회 선교사들이 소개한 서구 문명의 학문적 측면으로서의 서학은 가톨릭의 신학과 르네상스 시대의 과학 기술을 그 중심 내용으로 하고 있다. 이러한 서학은 궁중과 일부 사대부들에 의해 수용되어 청조 문화의 이색적인 한 지류를 이루고 있었으므로, 조선의 연행 인사들도 이에 대해 일찍부터 관심을 표명해 왔다.

연암에 앞서 홍대용은 연행 중에 북경의 천주교 남당(南堂)을 세 차례나 방문하여 서양인 신부 유송령(劉松齡, 본명 F. A. Hallerstein, 1703~1774)과 포우관(鮑友管, 본명 A. Gogeisl, 1701~1771)을 직접 만나 역법(曆法)과 천문 관측법 등에 대해 토론하고 천주당의 벽화와 파이프 오르간·자명종·망원경·나침반 등을 구경했으며, 관상대(觀象臺)를 탐방하여 천문 관측기구들을 살펴보고자 했다. 그는 마테오 리치(Matteo Ricci, 중국명 이마두利瑪竇, 1552~1610)를 비롯한 예수회 선교사들이 전래한 서양의 천문 역법이 수학에 의거하고 천문 관측기구로 정밀하게 관측함으로써 중국보다도 월등하게 우수함을 인정했다.[129] 한편 홍대용은 유송령에게 천주교 교리에 관해 질문했으며, 천주교 신자인 상인 진가(陳哥)와도 종교에 관한 진지한 대화를 나누었다.[130] 하지만 그 뒤에 만난 엄성과 반정균은 천주교를 불교와 마찬가지로 인륜을 해치는 종교라고 공박했으며, 이들로부터 청나라가 천주교에 대해 선교 금지령을 내렸으며 중국의 사대부들은 천주교를 전혀 믿지 않는다는 사실도 알게 되었다.[131] 그 결과 홍대용은 서양의 과학 기술은 적극 수용하되 서양의 종교는 배척하게 되었던 듯하다. 그는 서양의 천문 역법은 극찬하면서도, 천주교는 불교와 유사한 '오랑캐'의 종교라고 혹평했다.[132]

연암 역시 『열하일기』에서 서학에 대해 대단한 관심을 드러내고 있다. 예컨대 그는 왕민호에게 황제를 수행하여 열하에 와 있을 서양인 선교사들을 소개시켜 달라고 부탁하는가 하면, 열하에서 북경으로 돌아온 즉시로 천주교 남당을 찾아갔다. 예전에 홍대용이 자세하게 설명해 주었던 파이프 오르간을 꼭 보고 싶어서였으나, 수년 전에 교당이 화재를 겪는 바람에 소실되어 실망했다. 한편 그는 서양인 선교사들의 공동묘지로 마테오 리치의 묘를 애써 찾아가기도 했다.[133]

그중 연암에게 깊은 인상을 준 것은 천주당이었다. 『열하일기』에서 그는 특히 천주교 남당 내부의 장대한 벽화와 천장화를 보고 받은 충격적인 인상을 어느 연행록에서보다도 생생히 표현하고 있다. 연암은 서양화의 특질이 투시도법(透視圖法)과 명암법(明暗法)에 있음을 직관적으로 파악하고 있으며, 이러한 르네상스식 회화 기법이 자아내는 박진감과 입체감에 압도되고 있다. 예컨대 "천장을 우러러보면 채색(彩色) 구름 사이에서 뛰놀던 무수한 아기들이 줄줄이 허공에서 내려오는데, 살갗은 따스하게 보이고 팔다리는 졸라맨 듯이 포동포동하여, 갑자기 구경하게 된 사람 치고 놀라서 소리치며 고개를 젖히고 손을 뻗치지 않는 이가 없으니, 떨어지는 것을 받을 양으로 그런다"는 것이다.[134] 그러나 벽화 중의 여인상을 송나라 때 항해를 수호한다 하여 순제묘(順濟廟)에서 제사했던 여신 마조(媽祖)로 억측하고 있음을 보더라도,[135] 연암은 그림들의 종교적 내용에 대해서는 제대로 이해하지 못한 듯하다.

한편 그는 천주교의 교리에 대해서는 매우 비판적으로 소개하고 있다. 연암이 열하에서 만난 몽골인 강관(講官) 파로회회도(破老回回圖)는 예수회 선교사들이 불교를 애써 공격하면서도 불교의 조박(糟粕)인 윤회설과 다를 바 없는 천당지옥설을 논하는 것은 모순이라고 공박했다.[136] 그리고 왕민호도 천주교의 성립 경위와 그 주요 교리를 자기 나름으로 해설한 다음, "불교를 배격하면서도 윤회를 독신(篤信)한다"고 천주교를 비판했다. 또한 왕민호는 천주교란 본래 불교의 아류에 불과한데도 중국에서 숭유배불(崇儒排佛)함을 보고는 이를 모방하여 불교를 배척하고 유가 경전에서 '상제'(上帝) 등의 용어를 찾아내 유가에 아부하는 것이며, 그 본령은 유교에서 제이의적(第二義的: 부차적)인 것으로 치부하는 명물도수(名物度數: 박물학과 수학)에서 벗어나지 못하는 것이라 비판했다.[137] 연암은 이들의 견해를 수용한 위에서, 천주교에 대해 "입지(立志)가 지나치게 고원(高遠)하고 교설(教說)이 교묘한 데로 치우치다 보니, 하늘과 사람을 모두 속이는 죄과(罪科)에 귀착하고 의리와 윤리를 손상시키는 구렁에 저절로 빠지는 줄을 모르고 있다"고 하여 단호히 배격하고 있다.[138]

이상에서 볼 수 있듯이, 연암이 중국 여행을 통해 서학에 접한 범위와 깊이는 홍대용의 경우에 훨씬 미치지 못한 것이 사실이다. 하지만 그는 홍대용과 마찬가지로 서학의 과학 기술적 측면에 대해서는 강한 지적 호기심을 드러내는 반면 그 종교 윤리적 측면에 대해서는 유교적 입장에서 배격하는 태도를 분명히 하고 있다. 앞서 청조 고증학의 경우에서 본 바와 같이, 자신의 사상적 주체를 견지하면서도 새로운 사조에 대해 개방적인 자세를 잃지 않는 그의 일관적 태도를 서학 수용의 문제에서도 다시금 확인할 수 있는 것이다.

다만 주목할 것은 『열하일기』에서 연암이 『기하원본』(幾何原本)이나 『천주실의』(天主實義)와 같은 한문 서학서의 영향을 은연중 드러내고 있는 점이다. 「도강록」 6월 24일 기사에서 연암은 조선과 청나라의 국경인 압록강을 건너면서 수역(首譯) 홍명복(洪命福)을 상대로 '도'(道)에 관해 논했다. 이 '도강논도'(渡江論道) 대목에서 그는 '도'란 강물이 언덕과 경계를 접하고 있는 것과 같아서 대립하는 사물의 어느 한쪽이 아니라 양자의 경계에서 찾아야 한다는 '경계(境界)의 철학'을 피력하면서, 서양인이 기하학의 선(線)이란 "빛이 비친 부분과 비치지 않은 부분의 경계"(有光無光之際)와 같다고 설명한 것과 마찬가지라고 했다.[139] 이는 바로 마테오 리치가 한문으로 역주(譯註)한 유클리드의 『기하원본』에서 "선은 길이만 있고 폭은 없다"는 '선'의 정의에 대해 "시험 삼아 한 평면에 빛을 비추면, 빛이 비친 부분과 비치지 않은 부분의 경계에는 어느 것 하나도 허용되지 않는다. 이것이 선이다"라고 한 주해(註解)의 일부를 인용한 것이다.[140]

또 「도강록」 7월 8일 기사에서 연암은 동행인 진사 정각을 상대로 요동 벌판이야말로 통곡하기에 좋은 장소라는 '호곡장론'(好哭場論)을 폈다. 정 진사가 도대체 요동 벌판을 보고 어떤 감정이 격앙되었기에 통곡하려 하느냐고 묻자, 그는 갓난아이가 태어나자마자 우는 까닭과 마찬가지라고 답했다. "인간이란 제왕이든 어리석은 백성이든 예외 없이 죽게 마련이고, 살아 있는 동안에는 실수나 죄를 저지르고 온갖 근심 걱정을 겪게 되니, 아이가 제가 태어난 것을 후회하고는 미리 스스로 통곡하며 애통해하는 것이라고 생각할 수도 있다"는 것이다.[141] 이와 같이 갓난아이가 태어날 적에 우는 까닭은 인생을 미리 비관한 때문이라는 염세주의적 인생관은『천주실의』에서 기원한 것이다.『천주실의』에서 마테오 리치는 현세의 고통을 논하면서 만물의 영장이라는 인간의 삶이 실은 짐승의 삶보다 더 고달프다고 주장했다. 짐승은 태어나면서 바로 자립할 수 있고 본능에 따라 욕구를 충족하며 여유 있게 사는 데 비해, "사람은 태어날 때 어미가 고통을 맛보고, 모태에서 벗어난 갓난아이는 입을 열자 먼저 울어대니, 세상살이가 힘들다는 것을 이미 스스로 아는 것처럼 보인다"고 했다.[142]

앞서 전동 시절의 산문인「회우록서」와「회성원집발」에서도 보았듯이, 연암의 글에서 서학의 영향은 문면에 잘 드러나 있지 않다. 이는 무엇보다 연암이 서학을 주체적으로 수용하여 자기 사상의 일부로 용해한 결과이다.「도강록」중 '도강논도' 대목에서도 그는 주자학의 인심도심(人心道心)설을 '경계의 철학'으로 재해석하면서, 이 같은 새로운 해석의 보편타당성을 입증하고자『기하원본』의 한 구절을 원용했을 따름이다. 또한 '호곡장론'에서는『천주실의』의 염세주의적 인생관을 하나의 기발한 견해로 간주하면서도, 갓난아기가 태어날 때 우는 진정한 이유는 드넓은 세상으로 나오게 된 해방의 기쁨 때문이라고 하여, 주자학의 '생생적'(生生的) 세계관에 바탕을 둔 낙천주의적 인생관을 설파했다. 이와 같이 연암은 불교나 도가의 경우와 마찬가지로 서학에 대해서도 이를 수용하되 자기 사상의 일부로 완전히 용해했으므로, 그의 글에서 서학의 영향을 읽어 내려면 매우 세심한 독해가 요구된다.[143]

3. 북학론과 그 사유 구조

『열하일기』는 청조 중국의 실상에 비추어 당시 조선의 현실을 진단하고 그 개혁 방안을 적극 제시하고 있는 점에서 연행록의 형식을 빌린 일종의 경세지서(經世之書)라 할 수 있다. 『열하일기』에서 연암은 청조 문물의 발달상을 묘사함으로써 조선의 낙후된 현실을 더욱 예각적으로 드러내고자 한 것이다. 『열하일기』에 제시된 경세책은 연암이 전동 시절부터 홍대용·박제가·이희경 등 여러 우인 문생들과 더불어 진지하게 모색해 온 것을 그 나름으로 체계화한 결과였다. 연암을 중심으로 한 이러한 문인 학자들이 조선의 사회개혁에 대해 품고 있던 공통의 사상을 '북학론'(北學論)이라 한다면, 『열하일기』는 박제가의 『북학의』와 더불어 이러한 집단적 사상으로서의 북학론을 극명하게 논리화한 대표적 저술인 것이다.

연암은 『열하일기』에서 조선 사회의 낙후성을 타개하기 위한 구체적인 방안들을 제시하고 있다. 첫째로 들 수 있는 것은 '벽돌 사용론'이다. 그는 일반 주택뿐 아니라 성곽·가마〔窯〕·난방 시설 등에 이르기까지 중국처럼 벽돌을 널리 활용함으로써 시설 비용을 절감하고 능률적이며 영구적인 효과를 도모하자고 주장하고 있다.[144]

다음으로, 그는 『열하일기』 중의 유명한 「차제」(車制)에서 '수레 통용론'을 역설하고 있다. 당시 조선의 산업 발전을 저해하는 주요인이 상품 유통의 부진에 있으므로, 이를 극복하기 위해서는 중국과 마찬가지로 수레를 전국적으로 통용하도록 하는 일이 급선무라는 것이다.[145] 이와 아울러 연암은 쇄국정책에 따른 종래의 극히 제한된 무역 방식이 밀무역과 중간 상인의 폭리를 조장할 따름임을 지적하면서, 중국에 대한 적극적인 통상론을 펴고 있다. 고려 시대나 당시의 일본처럼 중국과 적극 통상한다면 국내의 산업을 촉진할 뿐 아니라, 문명 수준의 향상과 국제 정세의 파악에도 큰 도움이 되리라는 것이다.[146]

한편 연암은 연행 중에 청나라의 발달한 농업에 대해서도 주의 깊게 관찰했으나, 『열하일기』에는 그에 관한 견문을 충분히 기록하지 못했다. 노년의 저술인 『과농소초』(課農小抄)에서 그는 연행 당시의 견문을 바탕으로, 뇌사(耒耜: 쟁기)와 역택(礰礋: 써레)·철탑(鐵搭: 쇠갈퀴)·앙마(秧馬: 걸터앉아 모 심는 기구)·우서(耰鋤: 곰방메)·대(碓: 방아)·양선(颺扇: 풍구) 등 중국 농기구의 도입을 역설하게 된다.[147]

연암은 마정(馬政) 개혁론을 중심으로 국방 문제에 대해서도 일가견을 피력하고 있다. 그는 중국과 달리 당시의 조선에서는 목마(牧馬)를 등한시한 결과 항상 양마(良馬)가 부족하여 왜소한 토종 말을 타고 전투에 임할 수밖에 없는 실정임을 개탄하면서, 말의 사육법과 증식법을 개선하기 위한 세부적인 방안을 논하고 있다.[148] 이와 관련해서 연암은 어마법(御馬法)에 대해서도 자세한 비판을 가하고 있다. 우리나라와 같이 폭넓은 긴 소매의 거추장스런 옷을 입고 반드시 견마를 잡힌 채 말을 모는 것은 위험천만하므로, 특히 전투시를 고려할 때 이는 시급히 개혁되어야 할 폐습이라는 것이다.[149] 그 밖에도 연암은 우리 측의 변경 수비가 지극히 허술한 점과, 사신들의 소극적인 외교 자세 때문에 청나라의 국정(國情)을 제대로 탐지하지 못하고 있는 점을 비판하고 개선을 촉구하고 있다.[150]

이상과 같이 연암이 제시한 경세책으로서의 북학론은 청조 문물의 적극 수용을 근간으로 한 부국강병의 방법론이었다. 그런데 국정(國政)에 있어 유교 도덕의 사회적 실천이 최우선시되는 한편, 소중화주의에 입각한 적대적 대청관(對淸觀)이 통념화되어 있던 당시의 조선에서 이러한 북학론이 설득력을 지니려면, 적어도 두 가지 사항이 전제되지 않으면 안 된다. 그 하나는 국정의 세 가지 중대사인 '정덕'(正德) '이용'(利用) '후생'(厚生) 중에서 종래 상대적으로 소홀시되어 왔던 이용·후생의 중요성을 납득시키는 일이며, 다른 하나는 청나라가 요순(堯舜) 이래의 중화 문명을 발전적으로 계승하고 있음을 인정하도록 하는 일이다. 그중 이용·후생을 우선적으로 강조하는 것은 유교 사상의 일부로 흡수된 관중(管仲)의 사상과도 통하므로[151] 당시의 식자층에게 큰 저항 없이 용인될 수 있는 반면, 청나라를 중화 문명의 계승자로 보는 관점은 심한 반발이 예상되는 것이었다. 이에 대처하는 문제야말로 연암이 북학론을 주장하면서 가장 고심한 부분이다.

　존화양이(尊華攘夷)의 춘추 의리를 들먹이며 청나라에 대한 복수설치(復讐雪恥)를 부르짖는 국내의 선비들이 청나라 문물의 우수성을 일거에 묵살하는 풍조에 대해, 『열하일기』에서 연암은 다음과 같은 논리로 비판한다. "존주(尊周: 주나라 왕실에 대한 존숭)는 존주고, 이적(夷狄)은 이적이다." 즉, 주나라 이래 명나라까지 이어진 정통 한족 왕조를 존숭하는 것과 몽골·여진과 같은 이민족을 배격하는 것은 별개의 문제라는 것이다. 청나라 치하에서도 명나라의 궁성과 인민, 정덕·이용·후생의 도구, 최(崔)·노(盧)·왕(王)·사(謝) 등의 명문 씨족, 주자(周子: 주돈이周敦頤)·장자(張子: 장재張載)·정자(程子: 정호程顥와 정이程頤)·주자(朱子)의 성리학, 역대의 훌륭한 법제 등 중화 문명을 구성하는 요소들은 그대로 온존되어 있다. 만주의 "호로"(胡虜: 오랑캐)들은 이러한 중국의 발달된 문물을 제 것인 양 차지했을 따름이므로, 청나라는 배격하더라도 삼대(三代: 하夏·상商·주周) 이래의 중화 문명을 계승한 그 문물마저 이적시(夷狄視)하여 배척하는 것은 도리어 춘추 의리에도 어긋나는 처사이다.

뿐만 아니라 진실로 북벌을 도모하자면 부국강병으로 실력을 길러야 한다. 이를 위해서는 청나라를 통해 중국의 선진 문물을 철저히 배워 우리의 "이속"(夷俗: 오랑캐 풍속)부터 먼저 변혁하는 것이 최선의 방법이다.[152] 요컨대 연암은 '청조와 청조 문물의 분리론'에 입각해서 청조 문물 수용의 근거를 마련하고자 한 것이다.

그런데 청나라는 '이'(夷)지만 그 문물은 '화'(華)라는 이러한 주장은 종래의 화이관(華夷觀)에서 일체시되어 온 중화 민족 즉 한족(漢族)과 중화 문명의 분리를 동시에 전제하고 있다. 연암은 『열하일기』 중 북경에 처음으로 입성한 소감을 피력한 대목에서, 요순 이래 인류를 위해 문명을 창시한 선왕(先王)의 도(道)가 역설적으로 진시황 같은 후세의 군주들이 사욕(私慾)을 채우기 위해 이룩한 사업들을 통해 구현되어 왔음을 논하고 있다. 이어서 그는, 이와 같이 선왕의 도로써 천하를 통치한 것은 "또한 어찌 중화 민족만이 그러했겠는가? 이적(夷狄)으로서 중국의 군주 노릇을 한 자 치고, 그 도를 이어받아 제 것으로 삼지 않은 적이 없다"고 말하고 있다.[153] 여기서 연암은 '화'의 개념 중 인종적인 측면보다는 문화적인 측면을 강조함으로써, 출신 민족에 상관없이 중화 문명을 계승하고 발전시키는 자는 '화'의 군주 곧 천자로 보아야 한다는 논리에 도달하고 있다.[154] 청조 통치의 현실을 있는 그대로 긍정하려는 그의 현실적인 대청관은 바로 이러한 새로운 화이관에 의거한 것이라 할 수 있다.

본래 한족과 그 이외의 민족을 엄격히 차별하는 인종주의를 핵심으로 하는 화이관은 한족이 지리적·문화적·정치적으로 여타 민족보다 우월하다는 주장으로 이루어져 있다. 즉, 지리적으로 세계의 중심부에 살고 있는 우수한 민족인 한족은 고도로 발달한 문화를 소유하고 있으며, 그들의 정치 지도자인 천자는 그 위대한 문화력으로 전 세계를 통솔하고 있다는 것이다. 천원지방설(天圓地方說)과 유교의 왕도사상(王道思想)에 의해 뒷받침된 이러한 화이관은 중국 주변의 여러 민족들에게도 유교의 도입과 더불어 전파되었다.

그러나 주변 민족들의 처지에서 보자면, 이처럼 '화'와 '이'를 절대적으로 변별하는 차등주의적 세계관을 저항감 없이 수용하기는 어려웠을 것이다. 그러한 고충에서 자신을 중화 민족의 방계(傍系) 혈족으로 날조하는 궁여지책이 나오게 된다. 조선의 기자동래설(箕子東來說)은 예컨대 일본에서 천황의 조상이 주나라 문왕(文王)의 백부(伯父)인 태백(泰伯)이라고 주장한 것이나, 베트남에서 건국 시조를 신농씨(神農氏)의 후손으로 설정한 것과 동일한 발상에서 나온 것이라 할 수 있다. 이를 통해 이들 민족은 자신을 '화'에 가장 가까운 '이'로 자부하면서 '동방군자국'(東方君子國)이니 '소중화'(小中華)니 하는 미명 아래 화이론적 세계관에 안주할 수 있었던 것이다.

단, 중국 주변의 민족들에게 이와 같은 화이관은 중국과의 평화적인 관계에서만 존립할 수 있는 것이었다. 이러한 전제 조건이 무너지면서 민족의식이 고조되는 시대가 되면 그들의 화이관에도 이에 상응하는 변화가 일어나지 않을 수 없다. 명나라가 멸망함으로써 실체로서의 '화' 역시 더 이상 존재하지 않는 상황에서, 이적 왕조인 청조 중국과 대치하게 된 주변 민족들은 종래의 화이관에 대한 새로운 해석을 통해 자신을 '화'로서 주장하고 나서게 되는 것이다. 완조(阮朝) 베트남이 청나라에 맞서 남쪽의 중화제국(中華帝國)으로 자처한 것이라든가, 일본의 후기 수호학파(水戶學派)나 국학파(國學派)가 일본이 곧 중화라고 강변한 것은 인종적·지리적 측면보다 문화적 측면을 화·이 변별의 기준으로 강조할 때 비로소 성립가능한 주장이다. 이러한 문화 중심적 화이관에 의하면 중화 문명을 누가 더 순수하고 충실하게 계승했다고 보는가, 그리고 중화 문명의 본질을 어떻게 규정하는가에 따라 화·이의 구분이 유동적으로 되며, 논리적으로는 어느 민족이든 '화'로 자처할 수 있다는 점에서, 이는 종래의 화이관을 상대적·보편주의적인 것으로 수정한 것이라 할 수 있다.[155]

이와 같은 화이관의 변모 과정에서 조선 후기 북벌론자들의 소중화주의는 과도적인 형태에 해당된다. 이들은 조선을 박제화(剝製化)된 '화'인 옛 명나라와 각별한 관계에 있는 '동이'(東夷)로 전제하고 있는 점에서는 종래의 화이관을 답습하고 있다. 그러나 다른 한편 청나라는 중화가 아닌 이적이며, 따라서 조선이야말로 중화 문명을 보존하고 있는 천하 유일의 '소중화'라는 이들의 주장에는 실질적으로는 조선이 곧 중화라는 논리가 함축되어 있는 것이다.

연암의 북학론에서 전제하고 있는 새로운 화이관은 북벌론자들의 소중화주의에 내재한 이러한 문화 중심적 화이관의 계기를 극대화한 것으로 볼 수 있다. 청나라는 비록 '이'이지만 그 문물은 '화'라는 연암의 주장은, 조선은 비록 '이'이지만 그 문물은 '화'라는 북벌론자들의 주장을 뒤집어 놓은 것으로, 사실은 동일한 문화 중심적 화이관에 입각해 있는 것이다. 뿐만 아니라 연암은 『열하일기』의 도처에서 청나라의 선진 문물을 조선의 낙후된 문물과 대비해 보임으로써, 중화 문명의 계승 면에서 볼 때 청나라가 '화'요, '화'로 자부하는 조선은 '이'에 불과함을 폭로하고 있다.

* * *

화이관에 대한 이상의 검토를 통해서도 드러나듯이, 지금까지 북벌론과 북학론의 관계는 상호 대립적이라고만 여겨 왔으나 이는 재고의 여지가 없지 않다. 물론 조선 후기 사상사에 관한 기존 연구에서 강조되어 온 바와 같이, 『열하일기』에서 연암이 북벌론의 관념성과 그에 전제된 비현실적인 대청관을 비판하고 있는 것은 엄연한 사실이다. 예컨대 「관내정사」 중 이제묘(夷齊廟)를 지나게 되면 백이(伯夷)·숙제(叔齊)를 추모하여 고사리 국을 끓여 먹던 조선 사행의 관례와 관련한 일련의 소화(笑話)에서, 연암은 현실성을 상실한 북벌론을 완곡히 풍자하고 있다.[156] 그중 특히 연암이 십 수 년 전, 명나라의 마지막 황제인 숭정제(崇禎帝) 의종(毅宗)의 순사일(殉社日)에 있었던 일화를 해학적으로 회고한 대목은, 그가 북벌의 대의에 공명했던 청년 시절의 자신으로부터 얼마나 멀어져 있는가를 잘 보여주고 있다.

본래 이 일화는 연암이 일찍이 1764년(영조 40년)에 지은 「초구기」(貂裘記)에도 언급되어 있던 것이다. 「초구기」는 당시에 명나라 의종의 순사 120주년을 맞아 마을의 부형들이 우암 송시열의 후손이 거처한 집을 찾아가, 효종이 우암에게 북벌 때 입으라고 하사한 초구(담비 가죽옷)를 배알하고는 감격하여 연암에게 위촉하여 짓도록 한 글이다. 여기서 청년 연암은 장중하면서도 비감 어린 어조로 효종과 우암을 추모하면서, 북벌의 원대한 계획이 끝내 좌절되고 만 것을 애통해하고 있다. 그리고 그 말미에 붙인 시에서도 "우리 선왕(先王: 효종)에게도, 위에 임금이 계셨나니, 위대한 명나라의 천자님, 우리 임금의 임금이시라. …선왕에게 원수 있었나니, 저 건주(建州: 여진족의 발상지)의 오랑캐라, 어찌 사감(私憾)만으로 복수하리오! 대국의 원수였다네"라고 하여 존명 사상과 청나라에 대한 적개심을 표출하고 있다.[157]

그러나 이와 상응하는 『열하일기』 중의 일화에서는 북벌론에 대한 그와 같은 공감을 찾아보기 어렵다. 이에 의하면, 그날 향선생(鄕先生: 은퇴하여 향리에서 글을 가르치는 노인)과 그를 뒤따른 한 마을의 어른과 아이들은 우암의 후손이 거처하던 집을 방문해서 우암의 초상 앞에 참배하고 효종이 하사했다는 초구를 구경했으며, 귀로에는 청나라가 있는 서쪽을 향해 주먹질을 하며 "되놈들!"이라고 외쳤다는 것이다.

그런데 연암은 바로 그 앞과 뒤의 삽화를 통해 백이·숙제로 상징되는 춘추 의리를 신랄하게 풍자함으로써, 이 일화가 지닐 수도 있는 비장한 여운을 차단해 버리고 있다. 즉, 그 앞의 대목에서는 이제묘(夷齊廟)에 이르러 예전에 어느 건량관(乾糧官: 사행의 식량 담당 마두)이 고사리를 챙겨 오지 않은 실수로 인해 곤장을 맞고는 백이·숙제를 원망했다는 이야기를 하고 있는데, 참봉 노이점의 마두 태휘(太輝)가 '숙제'를 '숙채'(熟菜: 삶은 나물)로 잘못 알아듣고는 "백이·숙채가 사람 잡네!"라고 외쳐대어 웃음바다가 된 일화를 소개하고 있다. 그리고 뒤의 삽화에서는 명 의종의 순사일에 우암의 후손 집을 예방한 뒤 향선생이 주관한 음주례(飲酒禮) 자리에서 아이들이 춘추 의리와 백이·숙제의 절사(節死)를 풍자하는 시를 지어 좌중을 폭소하게 했다는 일화를 소개하고 있는 것이다.[158]

다만 간과할 수 없는 사실은, 연암이 이와 같이 존화양이를 부르짖는 북벌론에 대해 분명히 비판적인 거리를 두고 있음에도 불구하고, 다른 한편 『열하일기』의 도처에서 망한 명나라에 대한 사모의 감정과 호란 당시의 수난에 대한 비분강개를 짙게 드러내고 있다는 점이다. 조선 사행이 왕래하는 요동 일대는 명말 청초의 격전지였다. 따라서 대다수의 연행록들은 연도의 수많은 전적지(戰迹地)와 관련하여 명나라의 멸망을 애도하고, 그 당시 청나라에 끌려간 봉림대군(鳳林大君)과 김상헌·삼학사(三學士) 등이 겪은 수난을 회고하며 비분강개한 심정을 토로하고 있다.[159] 『열하일기』 역시 이러한 면에서는 마찬가지의 서술 태도를 보여 주고 있다. 예컨대 연암은 중국인들이 김상헌의 시만 훌륭한 줄로 알고 청나라에 맞서 결사적으로 척화를 주장한 그의 "고금에 드문 위대한 절의"에 대해서는 무지함을 안타까워하면서, 자신은 김상헌의 호(號)만 들어도 감격하여 "머리털이 솟구치고 맥박이 뛴다"고 술회하고 있다.[160]

또한 그는 「막북행정록」 중 열하로 떠나면서 북경에 잔류하는 일행들과 작별하는 슬픔을 표현한 대목에서는, 세상에서 가장 고통스러운 이별은 이국 타향에서 한쪽은 떠나는데 다른 한쪽은 남아 있어야 하는 생이별이라고 하면서 소현세자(昭顯世子)의 고사를 회상하고 있다. 그 옛날 신하들이 심양에 인질로 억류된 소현세자 곁을 떠나 귀국할 적의 애절한 심정을 상상하며, "임금이 욕을 당하면 신하로서는 죽는 것이 오히려 당연한 일에 속하거늘, 누구는 머무르며 누구는 떠나간단 말인가? 누구는 참고 견디며 누구는 버려둔다는 말인가? 이것이야말로 우리나라에서 가장 통곡해 마지않았을 때"였으리라고 비통해하고 있는 것이다.[161]

『열하일기』에서 연암이 명나라 말의 비극적인 역사를 회고하며 애도의 심경을 피력한 대목은 이루 열거하기 힘들 정도로 많다. 예컨대 그는 1640년 청나라의 요청으로 출병한 조선 군대의 포수(砲手) 이사룡(李士龍)이 송산(松山) 전투에서 명나라 군대를 향해 공포(空砲)를 쏘다가 청나라 군대에 발각되어 처형되었던 고사를 소개하면서, 송산을 지날 적에 제문(祭文)을 지어 그의 원혼을 위로했노라고 밝히고 있다.[162]

나아가 연암은 「행재잡록」의 서문에서 사대적(事大的)인 대명관(對明觀)을 표명하고 있기조차 하다. 여기에서 그는 "황명"(皇明)이야말로 진정한 '중화'로서 역대 조선의 국왕들이 수명(受命)한 "우리의 상국(上國)"인 데 반해, 청나라는 힘으로 우리를 굴복시킨 "대국"(大國)에 지나지 않는다고 보고 있다. 따라서 청나라가 비록 조선의 사신들을 후대하고 해마다 공물과 사신 파견을 줄이도록 조처하는 등 명나라 때에 비해 훨씬 조선을 우대하고 있지만, 이는 외교상의 회유책에 지나지 않으므로 청나라가 우리에게 우호적이라 하여 경계를 게을리 해서는 안 된다는 것이다.[163]

종래의 북벌론과 연암의 북학론의 관련 양상을 논할 경우에 조(朝)·청(淸) 양국의 풍속, 특히 의관(衣冠) 제도의 차이에 대한 연암의 견해를 함께 검토할 필요가 있다. 당시의 중국 사회는 청나라 지배층이 한족에게도 호속(胡俗)을 강요하는 동화정책을 실시함에 따라 대체로 옛 명나라의 제도를 준수해 온 조선과는 풍속 면에서 이

질화되어 있으므로, 대다수의 연행록들은 이러한 풍속상의 변화에 대해 커다란 관심을 가지고 관찰하고 있다. 즉, 연행 인사들은 거의 하나같이 자신들이 주자가례(朱子家禮)와 명나라의 의관 제도를 고수하고 있는 점에 대해 자부심을 감추지 못하면서, 중국인들이 주자가례를 제대로 지키지 않음을 비난하거나, 중국 고유의 복식이 이제는 연극배우의 의상으로만 남아 있음을 서글퍼하고 있다. 그런 반면에 중국인들은 도리어 조선 사행의 복장이 배우나 걸승(乞僧) 또는 도사(道士)의 복장과 흡사하다고 조소하는 실정임도 전하고 있다.[164]

이와 같이 중국의 변모한 풍속에 대해 비판적인 점에서는 『열하일기』도 다른 연행록들과 크게 다르지 않다. 예컨대 연암은 『열하일기』에서 일부 한인들이 조선 옷을 부러워하고 자신의 변발(辮髮)을 부끄러워하는 등 강요된 호속에 대해 반발심을 드러내는 순간을 놓치지 않고 포착하고 있다. 또한 그는 중국의 관원들이 수치스럽기 짝이 없는 만주식 홍모(紅帽)와 소매 좁은 옷을 착용한 데비하면 우리나라 사신의 의관은 "신선처럼 훤하다"고 극찬하고 있다. 그리고 조선 사행 중의 마두들조차 청나라의 관복을 비웃으며 남루한 제 옷을 자랑스레 여기는 것을 보고는, "이 어찌 우리나라에서 존화양이의 대의(大義)가 비천한 하인배에게도 뿌리박혀 있으며, 도의심은 누구나 똑같다는 것이 속일 수 없는 진실임을 말해 주는 것이 아니랴!"라며 감동하고 있다.[165]

그런데 연암은 여기에서 한걸음 더 나아가, 우리의 풍습도 역시 '이속'(夷俗)을 전적으로 탈피한 것은 아님을 지적하고 있다. 즉, 그는 갓 쓰고 도포 입는 조선의 풍속이 실은 중국의 승복을 모방한 신라의 의관 제도를 천여 년이나 고수해 온 것이라 중국인들이 걸 승 같다고 조롱하는 것도 무리는 아니라고 보면서, 더욱이 "한겨울 에 갓을 쓰고 눈 속에 부채를 쥐고 있는 것은 다른 나라의 웃음거리 가 될 것"이라며 풍자하고 있다.166 뿐만 아니라 연암은 조선인들이 토속에 불과한 상투를 뽐내며 중국인들의 만주식 의관을 능멸하는 것은 망령된 처사로서, 청나라가 조선에게는 호속을 강요하지 않은 것은 전투에 불리한 전래의 거추장스런 의관 제도를 고수하도록 허 용함으로써 조선을 문약화(文弱化)하려는 저의에서 나온 것일 따름 이라 주장하고 있다.167

명나라의 유제(遺制)를 계승하고 있는 자신들의 의관에 대한 조 선인의 자부심은 조선만이 중화 문명을 보존하고 있다고 자처하는 북벌론적 사고의 전형적인 발현이라 할 수 있다. 그러나 '소중화'인 조선의 의관제도 중에도 사실은 고려조 이후 '호원'(胡元)의 풍속을 답습한 부인의 복식이나 동자(童子)의 변발처럼 화화(華化)되지 못 한 누습이 적지 않았기 때문에, 중국의 고례(古禮)에 의거하여 이를 개혁함으로써 조선을 더욱 철저히 화화(華化)하려는 노력이 나타나 게 되었다. 일찍이 조헌(趙憲)이『동환봉사』(東還封事)에서 제기한 바 있는 이러한 '의관 제도 개혁론'은 우암 송시열과 반계 유형원 등에 게 적극 수용되었으며, 그 후 우암학파인 도암(陶菴) 이재(李縡)의 문 인 송문흠(宋文欽) 등에 의해 꾸준히 계승되어 왔다.168

뿐만 아니라 이에 영향받아 부인의 복식을 화제(華制)로 고치 려는 노력은 당시 반남(潘南) 박씨 가의 독특한 가풍을 이루고 있었 다.169『열하일기』에서 연암이 조선의 의관 제도에 대한 자부심을 드러내면서도 그중에 남아 있는 이속(夷俗)을 인정하고 그 개혁의 필요성을 시사하고 있는 것은 이상과 같은 배경에서 우러나온 견해인 것이다. 그러므로 이 의관 제도 개혁론은 북학론이 우암 이후의 노론계 학맥을 따라 전승되어 온 북벌론적 사고를 수용하고 있는 일면을 단적으로 증명하는 사례라 할 수 있을 것이다.[170]

뿐만 아니라 연암은 『열하일기』에서 우리의 고대사에 대한 재해석을 통해 실지(失地) 회복의 당위성을 강력히 시사하고 있다. 이는 소중화주의에 따라 기자(箕子)를 건국 시조로 숭배하는 북벌론적 사고를 계승함과 동시에, 이에 맹아적으로 내재한 민족주의적 계기를 발전시킨 것이라 할 수 있다. 조선이 현 세계에서 유일하게 중화 문명을 보존하고 있는 '소중화'이므로 실질적으로는 '중화' 그 자체라고 자처하는 북벌론에는 자국의 문화 수준에 대한 자부심을 바탕으로 한 그 나름의 민족적 자존 의식이 배태되어 있음을 부인할 수 없다. 일찍이 기자(箕子)로부터 중화 문명을 전수받은 이래 이를 나름대로 착실히 발전시켜 온 조선 민족은 명나라가 망한 이후 중화 문명을 수호해 나가야 할 세계사적 사명을 짊어진 존재로 간주되고 있는 것이다. 이에 따라 더욱 고조된 국내의 기자 숭배 경향은 명말 청초의 격동하는 국제 정세 속에서 드높아진 변경 지역에 대한 관심과 결합하여, 기자가 통치했던 조선의 옛 영토와 그 후의 변천사에 대한 학문적 관심으로 나타나게 되었다.[171]

잃어버린 우리의 북방 영토에 대한 연암의 지대한 관심은 이러한 당시 학계의 동향을 첨예하게 반영한 것이다. 그는 「도강록」에서 봉성(鳳城) 부근 봉황산(鳳凰山)의 석성(石城) 또는 봉성(鳳城: 봉황성鳳凰城)이 곧 고구려의 안시성(安市城)일 것이라는 전래의 설들을 비판적으로 소개하면서, 『명일통지』(明一統志), 『신당서』(新唐書) 「배

구전」(裵矩傳), 『금사』(金史: 원사元史의 오류임) 지리지(地理志), 『문헌통
고』(文獻通考), 『요사』(遼史) 지리지 등 중국 측 문헌들에 봉성을 비롯
한 광녕(廣寧)·요양(遼陽) 등이 기자의 도읍지인 '평양'(平壤)이라 지
칭되고 있음을 지적하고 있다.[172]

　그의 고증에 의하면 이는 처음에 영평(永平)과 광녕 사이의 지
역에 터전을 잡고 있던 기자조선이 연(燕)나라의 세력에 밀려 요동
을 거쳐 한반도로 이동하는 동안 정주했던 도읍들을 모두 '평양'이
라 일컬었던 결과이며, 이와 유사하게 '패수'(浿水)라는 명칭도 고구
려의 판도 변화에 따라 동점(東漸)하게 되었다는 것이다. 이와 아울
러 연암은 종래의 설과는 달리, 한사군(漢四郡)이 국내가 아닌 요동
과 동북 만주에 걸쳐 존재했던 것으로 추정하고, 따라서 이 일대는
바로 기자조선 이후 고구려와 발해에 이르기까지 장악되어 온 우리
의 옛 영토라고 주장하고 있다.[173]

　연암은 이러한 역사지리적 고증에 의거하여, 고려가 요동과 발
해의 영토를 포기하고 만 것을 애석해하는 한편, 지금까지 국내의
평양만이 유일한 '평양'인 줄 아는 우리나라의 고루한 선비들이 '패
수'의 위치 역시 한반도 안에서만 찾으려는 데 대해 통렬히 비판하
고 있다. 이는 스스로를 소국시(小國視)하는 '자소지론'(自小之論)이며
그 결과 "조선의 옛 땅은 싸우지도 않고 저절로 줄어들었다"는 것
이다.[174] 또한 연암은 예전에 고구려의 국내성(國內城)이었다는 구련
성(九連城) 부근을 지나면서 무인지경이 된 광활하고 비옥한 토지에
대해 관심을 표명한다든가, 요동이 본래 조선 땅이라 그곳에 있는
냉정(冷井)이란 한 샘물은 조선 사행을 맞이할 때만 솟아난다는 전
설을 소개하고 있는 것도 실지 회복에 대한 그의 강한 관심을 보여

주는 사례라 하겠다.[175]

　이상에서 살펴본 바에 의하면, 북학론은 종래의 북벌론을 비판적으로 계승한 사상이라 할 수 있다. 따라서 연암의 북학론을 북벌론과 전적으로 대립한, 청나라와 그 문물에 대한 단순한 숭배론으로 파악해서는 안 될 것이다. 물론 연암은 청나라 치하에서 중화 문명이 지속적으로 발달하고 있으며, 그러한 점에서는 이적(夷狄) 출신인 청 황제라 할지라도 중화 문명권의 최고 지도자인 천자로 인정되어야 한다고 주장하고 있다. 또한 그는 명·청의 왕조 교체를 역사의 불가피한 추세에 의한 것으로 보며, 당시 청나라의 국운이 융성 일로에 있음을 인정하고 있다. 연암의 북학론은 이러한 엄연한 현실을 올바로 인식하려는 현실적인 대청관에 입각해 있는 점에서 종전의 북벌론과 분명히 결별하고 있음이 사실이다.

　그러나 유의해야 할 것은, 이와 같이 이민족이 지배하는 중국의 현 체제를 기정사실로 받아들인다는 것은 이를 지지하는 것과 명백히 다르다는 점이다. 「호질」(虎叱)의 후지(後識)에서 연암은 당시의 중국을 "기나긴 밤"의 시대요 "이적(夷狄)의 화(禍)가 맹수보다 더 심한" 시대로 규정하고 있다. 그리고 그는 이러한 암흑시대에도 문장으로 출세를 꾀하는 선비들에 대해 "맹수들조차 잡아먹고 싶어 하지 않을" 추악한 존재로 매도하는 한편, 청나라는 한족에게 호속(胡俗)을 강요하는 무리한 강권 통치로 인해 언젠가는 타도되고 말 것임을 예언하면서 "중국이 맑아질 날을 고대"하고 있다.[176] 중국의 현 시국에 대한 이러한 전망 아래 연암은 한인 사대부들의 내심을 타진하려고 노력하는가 하면, 열하에서는 청나라를 위협하는 주변 민족들의 동태에 각별한 관심을 두고 국제 정세를 조감하려 했던 것이다.

연암이 청년 시절에 젖어 있던 북벌론적 사고로부터 벗어나 북학론에 도달하게 된 것은, 홍대용을 필두로 잇따라 연행을 다녀온 측근 인사들과의 다년간에 걸친 사상적 모색 끝에 비로소 가능했던 일이다. 홍대용과 연암, 이덕무 등은 모두 송시열을 매개로 하여 서인(西人)에서 노론(老論)으로 이어지는 당파와 학통 속에서 성장한 인물들이었다.[177] 이러한 여건은 자연히 이들의 사상에도 영향을 끼쳐, 북학론으로 하여금 어느 의미에서는 북벌론의 공소화(空疏化)를 막고 그 내실화를 지향하는 사상으로서의 성격을 지니도록 한 것이라 생각된다.

따라서 북학론에는 이러한 사상사적 맥락에서 기인하는 일정한 한계와 진보성이 동시에 존재하고 있다. 연암은 당시 조선의 낙후성에 대해, 중화 문명을 창시한 선왕(先王)의 도(道)가 온축되어 있는 경서를 건성으로 읽고 실무를 등한시해 온 사대부의 책임으로 돌리고 있다.[178] 이러한 견해에 따르면 낙후성을 타개하기 위한 사회개혁의 주체도 양반 사대부로 한정되고 만다. 예컨대 연암은 중국과의 적극 통상을 주장하면서도 이를 실제로 추진하자면 반드시 요청되는, 상인이나 역관들의 능동적 역할에 대해서는 거의 배려하지 않는 등으로, '위로부터의 개혁'만을 전제하고 있는 것이다.

뿐만 아니라 조선의 낙후성을 철저하게 극복하자면, 사대부의 안이한 독서법이나 비실무적인 자세에 못지않게 심각한 장애가 되는 사회제도나 관습상의 모순들에 대해서도 투철히 인식할 필요가 있다. 예컨대 유득공이 지적하고 있는 바와 같이, 국내에 수레가 제대로 통용되려면 무엇보다도 먼저 신분이 높은 자와 마주치면 반드시 하마(下馬)하거나 도피해야 하는 엄격한 신분 차별 제도부터 개혁되지 않으면 안 되는 것이다.[179] 그런데 연암은 이러한 인식에 도달하지는 못했다.

이와 같은 한계에도 불구하고 연암의 북학론은 그 나름으로 진지하게 시대의 요구에 부응하려 한 진보적 사상임에 틀림없다. 연암은 종래의 문화 중심적 화이관을 청조 출현 이후의 새로운 국제 환경에 좀 더 유연하게 적용함으로써 막연한 북벌론을 대신하여 한층 더 현실적인 경세책을 제시할 수 있었다. 그리고 그가 주장한 '벽돌 사용론'이나 '수레 통용론', '적극 통상론' 등은 부국강병을 위한 방안들이기는 하나, 거기에는 또한 종전의 북벌론에서는 찾아보기 힘든, 당시 조선 민중의 궁핍한 삶을 개선하고자 하는 애민(愛民) 정신이 깃들어 있었다. 아울러 우리의 고대 영토에 관한 그의 고증이 과연 타당한지에 대해서는 학술적으로 논의의 여지가 다분하겠지만,[180] 연암의 '실지 회복론'은 북벌론에 배태되어 있던 민족주의적 계기를 발전시켜 민족 역량의 확대를 꿈꾸어 본 점에서 긍정적으로 평가될 수 있다고 본다.

* * *

『열하일기』와 『북학의』의 경세책이 보여 주는 인상적인 유사성으로도 알 수 있듯이, 연암의 북학론은 그가 자신과 뜻을 같이하는 일단의 문인 학자들과 더불어 공유한 사상이라 할 수 있다. 그러나 그의 북학론은 청조 중국의 실상에 대한 예리한 통찰과 실감나는 참신한 묘사에 의해 뒷받침됨으로써, 다른 북학론자들의 주장에 비해 훨씬 더 강한 설득력과 사상적 활력을 지니고 있다. 이와 같이 『열하일기』에서 연암이 중국 현실의 인식과 그 표현 면에서 남다른 성과에 이르렀고 이를 통해 자신의 사상을 힘 있게 제시할 수 있었던 근원적인 요인은 무엇보다도 그의 독특한 사유 방식에서 찾아야 되리라 본다. 다시 말해 연암의 북학론이 지닌 사상적 호소력은 그 근저에 작용하고 있는 특유의 사유 구조에 크게 힘입고 있는 것으로 생각되는 것이다.

　연암은 사물을 올바로 인식하려면 "명심"(冥心) 즉 선입견과 감각적 인식에 좌우되지 않는 차분한 마음가짐을 견지해야 할 것으로 보고 있다. 만리장성을 지나 열하로 강행군하면서 한밤중에 위험한 강물을 아홉 번이나 가로질러 건너야 했던 고생담을 서술한 「일야구도하기」(一夜九渡河記)에서, 그는 똑같은 강물이건만 그 소리가 때에 따라 갖가지로 다르게 들리는 것은 마음속에 자리 잡고 있는 선입견 때문임을 설파하고 있다. 이와 같이 우리의 감각적 인식이란 선입견에 크게 영향받으므로, 이에 현혹되지 말고 차분하게 성찰하지 않으면 자신의 이목(耳目)에 충실할수록 도리어 그릇된 인식에 빠지게 된다. 연암은 상황을 냉철히 판단한 후 전심(專心)하여 도하(渡河)에 임했더니 공포를 자아내는 요란한 강물 소리조차 전혀 들리지 않았던 놀라운 체험을 통해 이러한 진리를 깨달았다는 것이다.[181]

　여기에서 연암이 강조한 '명심'(冥心)이라는 핵심어가 구체적으로 무엇을 뜻하는지에 관해서는 구구한 해석들이 제기되었다.[182] 그런데 『열하일기』의 몇몇 초기 필사본 중의 「일야구도하기」를 보면, 우(禹)임금이 강을 건널 적에 타고 가던 배를 용(龍)이 등에 업는 바람에 위험에 처했으나 죽고 사는 문제에 초연한 마음가짐으로 용을 도마뱀붙이처럼 하찮게 여기자 그 기세에 눌려 용이 달아났다는 고사를 말한 다음에, "이천(伊川: 정이程頤) 선생이 부강(涪江)을 건널 때에도 이와 같았을 따름이다"(伊川先生之渡涪, 若是而已矣)란 문장이 추가되어 있다.

이는 바로 정이(程頤)의 고사를 인용한 것으로, 그는 부주(涪州: 사천성四川省)로 좌천되어 강을 건널 적에 배가 전복될 위기에 처했어도 평소처럼 단정한 자세를 잃지 않았는데, 그럴 수 있었던 비결에 대해 "마음에 성(誠)과 경(敬)을 보존했을 뿐이다"(心存誠敬耳)라고 답했다고 한다. 즉, 정이는 '한사존성'(閑邪存誠: 사악함을 막아 성실한 마음가짐을 보존함)하고 '거경집의'(居敬集義: 공경한 마음가짐을 유지하며 도의道義에 부합하는 선행善行을 쌓아 감)하는 평소의 수양법으로써 마음을 차분히 다스렸을 뿐이라는 것이다. 이로 미루어 보면 연암이 말한 '명심'은 주자학의 수양법에 뿌리를 둔 개념임을 알 수 있다.[183]

또한 그는 열하에서 본 중국의 현란한 마술들을 묘사한 「환희기」(幻戲記)의 후지(後識)에서도, 관중들이 마술사에게 속고 마는 것은 마술이 눈에 안 보이기 때문이 아니라 오히려 너무 잘 보이는 탓이라고 주장하고 있다. 마술사가 장님을 속이지는 못하는 점을 보더라도, 마술사가 관중들을 속였다기보다는 관중들이 자신의 시각(視覺)에 현혹되어 제 스스로 속아 버린 셈이라는 것이다. 그리고 여기에서 연암은, 갑자기 개안(開眼)하게 되자 눈앞의 눈부신 광경에 당혹한 나머지 제 집을 찾지 못해 울고 있던 어느 장님이 화담(花潭: 서경덕徐敬德) 선생의 충고에 따라 평소대로 눈을 도로 감고 걸었더니 제 집을 곧바로 찾을 수 있게 되었다는 고사를 인용하면서, 감각

적 인식에 교란됨이 없이 사물을 주체적으로 인식하는 사람을 역설적으로 '장님'에 비유하고 있다.[184]

이 역설적인 '장님'의 비유는 「도강록」에도 나온다. 국경의 소읍에 불과한 책문조차 문물제도가 몹시 발달한 데에 기가 꺾이면서 울분을 금치 못하던 연암은 이내 자신의 이러한 반응이 질투심의 소치라고 반성하고는, 하인 장복에게 중국 땅에 태어나고 싶지 않느냐고 묻는다. 그러자 장복은 단번에, 중국은 '오랑캐'라 싫다고 대답한다. 그때 마침 지나가던 한 장님 악사를 보고 크게 깨우친 연암은 저 사람이야말로 "평등안"(平等眼)의 소유자일 것이라고 말하고 있다.

여기에서, 배청사상(排淸思想)이 골수에 박혀 중국의 선진 문물을 보아도 전혀 부러워할 줄 모르는 장복은 편견에 사로잡혀 중국 실정에 대해서는 눈뜬장님이나 다름없던 당시 조선인들의 한심한 실태를 대변한 것으로 볼 수 있다. 그러나 한편으로 청조 문물의 일단(一端)에만 접해도 경탄한 나머지 주체성을 잃고 선망과 질투에 빠지는 태도 역시 경계해야 한다. 눈앞의 실정을 충실히 보려다가 도리어 청조 문물에 대한 맹목적인 숭배에 빠지지 않으려면, "시방세계(十方世界)를 바라보는 여래(如來)의 혜안(慧眼)"처럼 세상만사를 평등하게 보는 차원 높은 안목을 견지해야만 한다. 연암은 앞 못 보는 장님이 월금(月琴)을 연주하며 태연히 지나가는 모습에서 이러한 '평등안'의 경지를 깨우친 것이다.[185]

뿐만 아니라 그는 현실 세계란 광대무변하고 변화무쌍하므로, 이러한 세계의 경이로움 앞에 개방적인 자세로 임해야만 진실을 인식할 수 있을 것으로 보고 있다. 유득공이 "천하지기지문"(天下至奇

之文: 이 세상에서 가장 기이한 글)이라 격찬한 「상기」(象記)에서[186] 연암은 매사를 '천'(天)과 '리'(理)로써 합리화하는 고루한 사고방식을 신랄히 풍자하고 있다. 사람들은 조물주가 '리'와 '기'(氣)를 용광로의 풀무처럼 도구로 삼아 만물을 만들어 냈다고 보는데, 이는 '천'(天)을 '솜씨 좋은 장인(匠人)'으로 간주하는 셈이다. 그렇다면 '천'은 만물을 일일이 만들어 내느라고 무척이나 바빴을 터이다. 하지만 밀을 빻을 때 맷돌은 회전운동을 할 따름이고 이에 따라 쏟아지는 밀가루는 그 크기나 거칠기에서 각양각색이듯이, 이 세계가 속속들이 '천'의 의도대로 창조되었다고는 볼 수 없다. '천'이 창조했다는 이 세계는 스스로 운동하면서 부단히 변화하는 것이다.

이와 같이 연암은 하늘이 솜씨 좋은 '장인'처럼 만물을 질서 있게 창조했다는 설을 풍자하고, '맷돌'의 비유를 들어 만물은 무질서하게 자연적으로 발생할 뿐이라고 주장했다. 이는 천주(天主)가 만물의 창조자임을 논증하면서 그를 '장인'에다 비유한 『천주실의』의 천주만물창조설을 암암리에 비판한 것이다. 『천주실의』에서 마테오 리치는 토마스 아퀴나스(Thomas Aquinas)의 논증에 의거해서 천주가 우주 만물의 주재자(主宰者)일 뿐 아니라 창조자라고 주장하면서, 집을 짓거나 그릇을 만들거나 수레를 제작한 '장인'에다 천주를 거듭 비유했다. 이에 대해 연암은 만물을 생육(生育)하는 천지자연을 '맷돌'에 비유한 주자학설을 끌어와 비판을 가했다. 그는 "하늘이 만물을 태초의 혼돈 속에서 만들었다"(天造草昧)는 『주역』에 근거하여, 하늘이 일정한 목적에 따라 만물을 질서 있게 창조했다는 설을 반박하고, 나아가 『장자』(莊子)의 「제물론」(齊物論)에서 주장한바 만물을 동등하게 보는 도가의 상대주의적 세계관을 비판하기 위해

'맷돌'의 비유를 들어 '만물부제'(萬物不齊)를 주장한 정자(程子)와 주자의 설을 끌어와, 서학에 대한 비판 논리로 활용한 것이다.[187]

그럼에도 불구하고 세상만사를 '천'이 명한 '리'로써 설명하려 드는 사람들을 향해, 연암은 코끼리를 예로 든다. 코끼리가 먹이를 씹는 데는 전혀 쓸모없는 기다란 어금니를 지닌 것이나, 범도 일격에 쳐 죽일 수 있는 '천하무적'의 코를 가졌건만 콧구멍으로 기어들까 봐 쥐에게는 꼼짝 못하는 사실을 어떻게 합리적으로 설명할 수 있겠는가? '이설'(理說)[188]을 고수하는 사람들이 이처럼 코끼리에 관해 제대로 설명하지 못하는 이유는, "정량(情量: 범인凡人의 분별력)이 미치는 대상이 오직 소·말·닭·개와 같은 가축들이요, 용·봉황·거북·기린 같은 영물(靈物)에는 미치지 못한 때문이다." 그러나 눈으로 빤히 볼 수 있는 코끼리에게도 이처럼 불가사의한 면이 많은데, 그보다 수만 갑절 되는 천하 사물의 이치에 대해서는 더 말할 나위가 없다. 따라서 연암은 국한된 경험 세계에 기인한 모든 선입견을 버리고, 개방적인 자세로 만물의 무궁한 변화를 탐구해야 한다고 결론짓고 있다.[189]

이와 아울러 그는 『열하일기』의 도처에서 이 세계가 좁은 식견으로는 도저히 이해할 수 없는 현상들로 가득 차 있음을 보여 주려 하고 있다. 예컨대 연암은 이미 언급한 중국의 각종 신비스런 마술뿐 아니라, 하인 창대의 말마따나 "말이라고 하기에는 발굽이 두 갈래인 데다 꼬리는 소와 같고, 소라고 하기에는 머리에 두 뿔이 없는데다 낮짝은 양과 흡사하며, 양이라 하기에는 털이 곱슬곱슬하지 않고 등에 봉우리가 두 개"인 낙타를 비롯해서, 사람 말을 알아듣고 온갖 재주를 피우는 납취조(蠟嘴鳥)며, 열하에 답지한 진공품 중 러

시아산 맹견과 타조, 극소마(極小馬) 등 "사해 만국의 기금괴수(奇禽怪獸)"를 소개하고 있다.[190]

이 밖에도 그는 부인(婦人) 행세를 하는 유인원(類人猿)이나 형언하기 힘들 만큼 해괴하게 생긴 난쟁이 따위를 소개한 뒤, 이름도 모르고 문자로 형용도 할 수 없어 열하에서 목격한 기이한 구경거리 중 많은 것들을 기록하지 못했음을 안타까워했다. 그리고 '대월국'(大越國)이나 '흑진국'(黑眞國) 같은 나라들의 이상한 동물을 소개하면서 "천하가 크다 보니 별별 것이 다 있음을 더욱 알겠다"며 감탄하고 있다.[191] 광대한 세계의 경이로움을 편견 없이 탐구하려는 이와 같은 개방적인 인식 태도는, 앞서 언급한바 서학과 신흥 고증학풍에 대해 강한 지적 관심을 표명한 연암의 진취적인 학문 자세에도 일관되고 있는 것이라 하겠다.

그런데 주체적이자 개방적으로 사유한다는 것은 동시에 대상을 인식할 때 어느 한 관점만을 고정시켜 절대화하지 않음을 의미하는 것이기도 하다. 「일신수필서」(馹迅隨筆序)에서 연암은 일찍이 묘향산의 한 암자에서 바로 그 하계(下界)에서는 폭우로 대홍수가 난 줄도 모른 채 명월을 즐기며 유숙했던 자신의 체험을 예증삼아, 이 광대무변하며 변모해 마지않는 세계 속에서 제한된 시공밖에 감지할 수 없는 우리의 인식이란 어디까지나 상대적이며 일면적인 타당성만을 가지는 것임을 역설하고 있다. 그럼에도 불구하고 자기의 좁은 견문만을 믿는 사람들은 "태산에 올라 보니 천하가 작아 보였다"고 한 공자의 말씀에도 반신반의하며, 나아가서는 "부처가 시방세계를 두루 본다"든가 "서양인들이 거대한 선박을 타고 지구를 일주한다"고 하면 망언이라며 일축해 버린다. 그러나 태산에 비하면

언덕처럼 조그만 묘향산조차 고하에 따라 그 경계가 현격히 다름을 보더라도, 그러한 편협한 안목으로는 '천지의 대관(大觀)'을 올바로 인식할 수 없다는 것이다.[192]

그러므로 연암은 인간의 인식이 지닌 불가피한 상대성·일면성을 극복하기 위해서는 자신의 제한된 관점을 철저히 자각하고 이를 더욱 고차원의 관점으로 부단히 지양해 나가는, 관점의 일대 전환이 필요하다고 본다. 유명한 지구지전설을 중심으로 『열하일기』에 제시된 그의 우주론은 이러한 인식론적 입장을 잘 보여 주고 있다. 연암 스스로 밝히고 있듯이, '지'(地)가 구체(球體)일 뿐 아니라 자전(自轉)하고 있다는 주장은 그 자신의 독창적인 견해가 아니라 선배 학자 김석문(金錫文, 1658~1735)과 특히 우인 홍대용의 견해를 그 나름으로 부연한 것이다. 따라서 지금까지 학계에서는 연암이 그들의 지구지전설에 공감하고 이를 소개한 데에 지나지 않는 것으로 간주해 왔다. 그러나 우선 연암은 지구지전을 논한 김석문의 『역학도해』(易學圖解)에 대해서는 전혀 알지 못한 채, 아마도 홍대용을 통해 그의 학설을 전문(傳聞)했을 것으로 보인다. 이러한 관계로 연암은 김석문의 장대한 우주론 중 그 일부에 불과한 '삼환부공지설'(三丸浮空之說), 즉 태양·지구·달이 모두 허공에 떠 있는 구체라는 견해만을 소개하고 있는 것이다.[193]

따라서 연암이 소개하고 있는 지구지전설은 대부분 홍대용의 견해에 의거한 것으로 볼 수 있으나, 문제는 그것이 「의산문답」(毉山問答)에 집약되어 있는 홍대용의 우주론과 완전히 합치하는 것은 아니라는 점이다.[194] 이와 같은 「의산문답」과 『열하일기』 간의 차이는 홍대용의 학설에 대한 연암의 이해와 전달이 미흡했던 탓으로 보지 않는 한, 연암 나름의 독특한 해석이 개재된 결과로 보아야 할 것이다. 중국을 향한 여행 도상에서 지구지전설에 대해 사색을 거듭하여, "흉중의 문자화되지 않은 글과 허공의 소리 나지 않는 글이 하루에도 여러 권이 될 정도였다"는 그 자신의 술회대로, 연암은 홍대용의 학설을 바탕으로 하되, 이를 자신의 견지에서 철저히 재음미하여 자기 사상의 일부로서 개진하고 있는 것이라 생각된다.[195]

연암은 일찍이 김석문이 제기한바 태양과 지구·달이 모두 허공에 떠 있는 별이라는 주장을 논증하기 위해, 천체란 관점에 따라 달리 보인다는 점을 지적하고 있다. 달의 본체는 항상 둥글며 일광을 두루 받고 있으나 "이 지구에서 바라보기 때문에" 찼다 기울었다 하는 것이며, 온 세계가 똑같이 바라보는 달이건만 "지역에 따라 달 그림자를 관측하다 보니" 달 모양이 갖가지로 달라 보이는 것이다. 또한 별이 달보다 크고 태양이 지구보다 큰데도, 오히려 그 크기가 반대로 보이는 것은 지구에서 본 그 천체들의 원근 때문이다. 따라서 "별에서 지구를 바라본다면" 지구 역시 바늘구멍처럼 빛나는 작은 별일 것이며, 태양과 달은 동쪽에서 떠올라 서쪽으로 지는데 "태양에서 지구를 바라본다면" 지구도 또한 그렇게 보일 것이다.[196] 나아가서 "하늘에 가득 찬 저 별들로부터 이 세 구체를 본다면" 태양·지구·달도 광대한 우주 공간에 점점이 늘어선 "하찮은 작은 별들"에 불과할 것이다.[197]

이와 같이 연암은 달이나 별·태양 등 다른 천체로부터 지구를 바라본다는 관점을 실정함으로써, 종래의 지구 중심적인 편협한 사고로부터 탈피하고 있다.[198] 이 지구가 우주의 중심이 아니라 "태공 (太空) 속의 일개 소성(小星)"에 지나지 않는다면, 다른 천체에도 지구와 마찬가지로 생물이 존재할 가능성을 배제할 수 없다. 예컨대 처지를 바꾸어 생각해 보면 달에도 이 지구와 흡사한 세계가 있어서, 우리가 달을 바라보듯 그 세계의 어떤 생물이 지구를 바라보고 있을지도 모른다. 지구 역시 달처럼 일광을 받아 빛나므로 지상에 월광이 고루 비치듯이 월중(月中)에도 '지광'(地光)이 가득 찰 것이며, 누군가가 "만약 월중세계로부터 이 빛나는 지구를 바라본다면" 지구도 달 모양이 변하듯이 주기적으로 달라 보일 것이 분명하다는 것이다.[199]

이어서 연암은 월세계에도 생명체가 존재하리라는 상상을 뒷받침하고자 만물이 먼지로부터 생겨났다는 대담한 가설을 제기하고 있다. 그는 먼지라는 물질적인 원소의 조성 방식에 따라 각기 흙·모래·돌·물·불·쇠·나무·바람 따위가 형성되며, "먼지가 뜨거운 김에 쪄지면 마침내 온갖 벌레로 변한다"고 주장한다. 그리고 우리 인간도 이와 같이 해서 발생한 "온갖 벌레 중의 한 종족"이라는 것이다. 따라서 "우리가 사는 이 진계(塵界)로 미루어 저 월세계를 상상해 보건대" 그곳에도 어떤 근원적인 물질이 쌓이고 응집된 결과 생물이 발생했을 것으로 본다. 뿐만 아니라 이 지구상에는 중국과 그 주변 세계 이외에 또 다른 생물들의 세계권이 있어서 '어류(魚類) 황제'와 '모족(毛族) 황제'가 몇이나 되는지 알 수 없으며, 이러한 "지구의 사정으로 달을 헤아려 볼 때" 이치상 달에도 생물들이 사는 세계가 있으리라고 보아야 한다는 것이다.[200]

이러한 연암의 '만물진성설'(萬物塵成說)에 따르면, 종래의 인간 중심적인 사고는 더 이상 성립될 수 없다. 지구상의 모든 존재는 먼지라는 동일 물질로 구성되어 있으므로, 인간 역시 만물의 영장이라는 특권적인 지위를 상실하고 먼지에서 발생한 '벌레' 즉 생물의 일종으로 간주될 따름이다. 그와 아울러 중화세계권 밖에 이와 마찬가지로 황제가 통치하는 생물들의 별세계가 존재함을 인정한다면, 중국 중심적인 세계관도 근저에서부터 흔들릴 수밖에 없다. 연암은 관점에 따른 인식의 상대성을 철저히 자각하고, 관점의 대담한 전환을 통해 지구 중심, 인간 중심, 중국 중심의 고정된 관점에 얽매인 종래의 편협한 사고를 초극하고 있는 것이다.

한편으로 연암은 지구가 구체로서 자전하고 있다는 홍대용의 학설을 부연하고 있다. 그는 지구가 둥글다는 증거로서 지상의 만물뿐 아니라 우주의 모든 천체들이 원형을 취하고 있다는 점과, 월식 때 달을 가린 지구의 그림자가 활 모양을 이루고 있는 사실을 들고 있다. 그리고 이와 같이 지구가 허공에 존재하는 구체라면 지구에는 고정된 사방(四方)이나 상하가 있을 수 없다고 본다.[201] 다만 연암은 그렇다고 해서 '지'(地)가 방형(方形)이라는 종래의 천원지방설(天圓地方說)을 완전히 부정하지는 않고 있다. '지'가 우주에서 부동(不動)의 중심에 자리 잡고 있어 그 '의'(義) 또는 '덕'(德) 즉 도덕적 의미에서 방정(方正)하다는 뜻으로 해석한다면, 지방설(地方說)은 '지'가 자전하는 구체라고 보는 지원설(地圓說)과 양립할 수 있다는 것이다.[202]

또한 연암은 전통적인 천운설(天運說)에 맞서 지전설(地轉說)을 옹호하고 있다. 그는 태양과 달이 정지하고 있는 지구를 북극을 중심으로 보았을 때 왼쪽 방향으로 돌고 있다고 보는 좌선설(左旋說)을 "우물 안에서 보는 관점"이라며 혹평하고 우선설(右旋說)을 주장한다. 태양과 달은 지구 둘레를 오른쪽으로, 즉 서에서 동으로 회전하고 있다. 다만 그 궤도의 크기와 운행 속도가 다르기 때문에 각각의 공전 주기가 1년과 한 달로 차이 날 따름이다.[203] 이와 같이 태양과 달이 지구를 우선(右旋)함에도 불구하고, 지상에서는 동에서 서로 '좌선'하는 것처럼 보이는 이유는 지구가 그보다 훨씬 빠른 속도로 하루에 한 번 '우선'하기 때문이다.[204] 주야의 교체는 바로 이러한 지구의 자전에 의해 일어나는 현상이다. 따라서 태양과 달이란 본시 승침(昇沈)이나 왕래(往來)가 있는 것이 아닌데도, '지정'(地靜)을 독신(篤信)하고 지구가 '동전'(動轉)하지 않는다고 보는 것은 잘못된 생각이라는 것이다.[205]

그런데도 지정설(地靜說)을 고수하려는 사람들은 사계절의 변화를 전래의 사유설(四遊說)에 의거하여 설명한다. 즉, '지'가 춘·하·추·동에 따라 각각 서·남·동·북 방향으로 상승 또는 하강하므로 절기가 바뀌게 된다는 것이다. 그러나 이처럼 한편으로 지구의 '진퇴' '승강' 운동을 인정하면서, 회전운동만을 부인하는 것은 모순이다.[206] 또한 그들은 만약 지구가 돈다면 지상의 만물은 지금과는 달리 죄다 전도되고 추락하고 말 것이라는 점을 들어 지전설을 비판한다. 그러나 이러한 비판은 천동지정설(天動地靜說)에도 마찬가지로 적용될 수 있다. 하늘에 붙어서 기(氣)에 따라 돈다는 저 별들과 은하는 왜 전도·추락하지 않는가? 뿐만 아니라 지구가 만물을 온전히 싣고 하해(河海)를 수용할 수 있는 것은 정지하고 있기 때문이 아니라, 오히려 회전하고 있기 때문이다. 광대한 이 우주 공간에서 끊임없이 운동하지 않는 물체는 즉시로 부패해서 산산이 흩어지고 말 것이다.[207]

나아가서 연암은 지구설과 지전설을 결합함으로써 자전운동의 원리를 도출해 내고 있다. 왕민호나 기풍액의 지적대로, 지구설을 처음 주장한 것은 물론 서양인이다. 그러나 연암에 의하면 서양인은 지구가 둥글다는 것만 알았지 "둥근 것은 반드시 돈다"는 점을 알지 못했다는 것이다.[208] 단, 그렇다고 해서 지정설의 의의가 완전히 부정되는 것은 아니다. 연암은 지구의 '사공'(事功: 자전운동)이 '동'(動)이라면, 그 '성정'(性情: 본래 우주의 중심에 거처함)은 '정'(靜)이라고 본다. 또한 그는 서양인이 지전설을 주장하지 않은 이유는 아마도 이 지구가 정지된 것으로 전제해야만 천문 관측에 편리하기 때문일 것이라고 하여, 지정설의 유용성을 제한적으로 인정하고 있다.[209]

이상과 같은 연암의 우주론은 종래의 미신적인 사고들을 타파하는 데 커다란 위력을 발휘하고 있다. 그의 우주론에 의하면 이 지구는 둥그런 구체이므로 본시 음양의 구분이 있을 리 없다. 자전함에 따라 햇빛을 받으면 '화'(火)가 되고 달빛을 받으면 '수'(水)가 되니, 이처럼 한 번은 '화'로 되었다가 한 번은 '수'로 되는 것을 음양의 변화라 일컫는 것일 뿐이다. 따라서 만사에 억지로 오행을 배당하여 이들의 상생상극으로써 만물의 변화를 설명하려는 음양오행설은 잘못이라는 것이다.[210] 또한 연암은 전통적인 분야설(分野說), 즉 중국을 구주(九州)로 나누고 이와 상응하여 구방(九方)으로 나뉜 하늘의 천문 현상을 통해 해당 지역의 운세를 점칠 수 있다고 믿는 일종의 점성술적 사고에 대해서도 비판을 가한다. 그에 의하면 이 지구는 광대한 우주 속의 일개 작은 별에 불과하며, 중국은 마치 "얼굴에 난 사마귀"처럼 이 지구 세계의 극히 작은 일부에 지나지 않는다. 그러므로 "안계(眼界)도 넓지 못하고 정량(情量: 인식 능력)도

제한된" 우리 인간이 이 조그만 지구의 한 끝에 앉아 "주제넘게 별들을 파악하여 이를 구주에다 분배하는" 것은 어불성설이라는 것이다.[211]

당시로서는 기상천외한 그의 우주론에 관한 이상의 검토로도 알 수 있듯이, 『열하일기』에서 연암은 관점의 일대 전환을 통해 기존의 통념들이 지닌 한계를 폭로하면서 더욱 고차원의 진정한 인식에 이르고자 노력하고 있다. 이러한 그의 노력은 고원한 천문학설의 영역에 국한되지 않고, 중국의 현실에 대한 인식과 그에 기초한 북학론에도 일관되게 나타나 있다. 우선 연암은 조(朝)·청(淸) 양국의 풍속을 비교 관찰하면서도, 여느 연행 인사들과는 달리 자국의 풍속만을 지선(至善)한 것으로 자만하는 독선적 관점에 사로잡히지 않는다. 오히려 그는 여행 도상에서 한인(漢人)·만인(滿人)·몽골·위구르·티베트 등 각 민족의 이색적인 풍속을 접할 때마다, 그들의 관점에 서서 조선의 풍속을 객관화해 봄으로써 풍속의 상대성에 대한 자각과 그에 따른 포용적인 태도를 보여 주고 있다.

예컨대 연암은 열하의 한 주루(酒樓)에서 대면한 몽골인들과 위구르인들의 우스꽝스런 관복(冠服) 제도를 상세히 묘사하면서, 다른 한편 자신이 자제군관으로서 쓰고 있던 갓벙거지도 "저 두 오랑캐들의 안중에는 어떻게 보일는지?" 하고 자문하기를 잊지 않는다.[212] 또한 그는 조선 사행이 귀국 후의 물의를 염려하여 판첸 라마가 하사한 동불(銅佛)을 비롯한 선물들을 물리치려 한 처사에 대해서도 은근히 비판을 가하고 있다. "우리나라에서는 한 가지라도 불교와 교섭한 일이 있으면 반드시 종신의 허물이 되고 마는데, 하물며 이것을 준 자가 티베트의 중임에랴!" 그러나 이 동불은 호신불(護身佛)

로서 중국에서는 먼 길을 떠나는 사람들에게 으레 선물로 주는 것이며, 판첸 라마도 조선 사행의 무사함을 기원해서 이를 하사했던 것이다. 이처럼 관례에 따른 상대방의 호의를 무시하고 동불은 귀국 도중 묘향산의 절에다 송치해 버렸으며, 정사와 부사가 받은 나머지 선물들도 북경으로 돌아온 뒤 역관들에게 모조리 주어 버렸으나 역관들조차 이를 더럽게 여기고는 팔아서 마두배(馬頭輩)에게 은자(銀子)로 나눠 주고 말았으니, 이는 "깨끗하다면 깨끗한 처사이겠으나, 다른 나라의 풍속으로 보자면 꼭 막힌 시골뜨기의 행동임을 면치 못하리라"는 것이다.[213]

뿐만 아니라 연암은 「막북행정록」 8월 6일 기사에서 이와 같은 관점의 전환을 통해, 소중화라고 자부하는 조선의 풍속 역시 이속(夷俗)에 불과함을 폭로하고 있다. 여기에서 그는 숙소를 구하여 한밤중에 갑자기 제집으로 들이닥친 조선 사행을 자다가 얼결에 맞게 된 어느 중국 청년의 시점을 빌어 일행의 모습을 묘사하는 풍자적 수법을 취하고 있다. 조선 사행을 생전 처음 본 이 청년의 눈에는, 둥그런 갓양태가 하도 넓어 "머리 위에 검은 우산을 편 것 같은" 그들의 관모(冠帽)라든지, 도포 소매가 몹시 너른 나머지 "너풀너풀 춤추려는 듯이 보이는" 그들의 의복, 그리고 "제비가 우짖는 듯 개구리 떼가 우는 듯한" 그들의 언어가 모두 괴상하기 짝이 없는 것으로 비칠 것이 분명하다. 더욱이 그들은 사신 이하 역관·비장·군뢰 등 신분별로 각양각색의 복색을 하고 있을 뿐 아니라, 반나체에 극히 초라한 행색을 한 역졸(驛卒) 마두배는 어지러이 떠들면서 분부에 답하여 너무도 소리를 길게 빼니, 이것은 또 어디의 예법인지 참으로 이상하다. 따라서 이 중국 청년은 "필시 그들이 한 나라에서 같

이 온 줄 모르고, 남만(南蠻)·북적(北狄)·동이(東夷)·서융(西戎)이 제
각각 한꺼번에 자기 집으로 들어온 줄 알았으리라"는 것이다.[214]

이상에서 살펴본 연암의 독특한 사유 구조를 가장 집약적으로
보여 주는 것은 그의 유명한 '중국 제일 장관론'(中國第一壯觀論)이
다.[215] 종래의 연행 인사들은 중국의 장관이라면 으레 각종 명승고
적이나 산천 풍물, 또는 웅장한 건축물과 번성 중인 시장 따위를 꼽
아 왔다. 이와 같이 연행을 다녀온 인사들이 중국에서 본 장관들을
논란하면, 국내의 고명한 상급 선비는 청인(淸人)들은 변발을 했으
니 오랑캐요, 오랑캐는 곧 짐승인데, 짐승에게 무슨 볼만한 것이 있
느냐고 통박하는 것으로 일등 의리(義理)를 삼는다. 그다음의 중급
선비도 오랑캐로 변한 중국에는 볼 것이 없으니 북벌을 성취한 뒤
라야 장관을 논할 수 있다고 주장한다.[216] 이처럼 선입견에 사로잡
혀 중국 실정을 알려고조차 하지 않는 극단적인 경우에 비긴다면,
앞서의 연행 인사들과 같이 청나라의 안정과 번영을 인정하고 그
문물의 장관에 탄복하는 것은 진일보한 개방적 인식 태도라 할 수
있다. 그러나 이 경우에도 이목을 끄는 현상들에 현혹된 나머지 그
배면에 은폐되어 있는 본질을 간과해서는 진실을 충분히 파악했다
고 하기 어렵다.

그러므로 하급 선비임을 자처한 연암은 관점을 전혀 달리하여,
지극히 하찮고 더럽기 때문에 거의 관심을 끌지 못하는 사물들에
서 중국의 진정한 장관을 발견하고자 한다. 이에 그는 일견 역설적
으로, 중국의 첫째가는 장관은 곧 '와력'(瓦礫: 기와 조각과 자갈)과 '분
양'(糞壤: 똥거름 섞은 흙)에 있다고 주장하고 있다. 중국인들은 깨어
진 기와 조각이나 부스러진 자갈들을 잘 활용하여 담장과 뜰 안을

아름답게 장식하니, 중국의 '문장'(文章)과 '도화'(圖畵)를 바로 여기에서 볼 수 있다. 또한 그들은 거름으로 이용하고자 가축의 분뇨를 남김없이 수거하여 알뜰하게 비축하니, 그 거름 쌓아 둔 것만 보아도 중국의 '제도'가 확립되어 있음을 알 수 있다는 것이다.[217] 요컨대 연암은 청조 중국의 장관을 겉으로 드러난 그 번영상에서 찾을 것이 아니라, 오히려 이를 가능케 한 배후의 추동력, 즉 보잘것없는 물건 하나라도 생산력과 생활수준의 향상을 위해 철저히 활용하려는 그 이용후생의 정신에서 찾아야 할 것으로 보고 있다.

* * *

연암의 사유 구조에서 확인되는 이상과 같은 특징들은 우선 도가 사상과 뚜렷한 친근성을 보여 주고 있다. 특히 『장자』의 「소요유」(逍遙遊)나 「제물론」(齊物論), 「추수」(秋水) 등 편에서 볼 수 있는 바와 같이, 감각적 인식의 한계를 비판하면서 피차·대소·원근·고저·귀천·시비 등 일체의 차별성을 관점의 차이에 따른 가상(假象)으로 간주하는 상대주의적 인식론은 연암의 사유 구조에서도 골간을 이루는 것이라 할 수 있다. 그리고 『장자』에서 이러한 인식상의 한계를 초극하여 진리에 도달하기 위한 방법으로서 만물을 동일성의 차원에서 인식하는 '대지'(大知)를 중시하는 점 역시 연암이 '평등안'(平等眼)을 강조하고 있는 것과 상통하는 면이 있다. 또한 중국 제일의 장관을 기와 조각이나 자갈 부스러기 또는 거름흙에서 찾으려는 연암의 발상법도 실은, 도(道)란 없는 곳이 없으니 '땅강아지나 개미', '돌피나 피' '기와나 벽돌', '똥이나 오줌'처럼 지극히 하찮은 사물에

도 존재한다고 한 『장자』「지북유」(知北遊) 편에 연원을 두고 있는
것이라 볼 수 있다.[218]

뿐만 아니라 종래의 인간 중심, 중국 중심, 지구 중심적인 사고
에 대한 연암의 비판은 광활한 우주 내에서의 인간과 중국과 지구
의 왜소함을 강조한 『장자』의 견해와 맥을 같이하고 있다. 예컨대
『장자』「추수」 편에 의하면 사물의 대소란 어디까지나 상대적인 것
으로, 관점을 달리하면 '사해'(四海)도 "거대한 못 속의 작은 구멍"이
요, 중국도 "큰 창고 속의 돌피 싸라기"에 불과하며, 만물 가운데 처
한 인간 역시 "말의 몸에 붙어 있는 잔털"과 흡사한 것으로 보고 있
는 것이다.[219]

이러한 사실들은 연암이 자신의 사상을 정립하는 과정에서 도
가 사상으로부터 깊은 영향을 받았으리라는 앞서의 논의를 다시금
뒷받침해 주는 것이라 하겠다.[220] 하지만 연암은 세속적인 욕망을
절제함으로써 명철보신(明哲保身)하려는 도가의 개인주의적 윤리설
이나, 국가 생활과 문명 발달을 혐오하고 현세를 초탈하여 영원한
정신적 자유를 추구하는 염세적 세계관 등에 대해서는 전혀 관심을
표시하지 않고 있다.

연암의 사유 구조에서는 도가 사상이 서학으로부터 영향받은
진보적 천문학설과 융합함으로써 한층 더 과학화된 새로운 차원의
사상으로 발전하고 있다. 『장자』에서와 같이 "도(道)로써 보자면 물
(物)에는 귀천이 없으되, 물(物)로써 보자면 제가 귀하고 상대는 천
한 법"이라 하여 만물의 차별성을 형이상학적인 '도'의 관점에서 해
소하려는 대신에,[221] 연암은 무한한 우주 공간인 '천'(天)의 관점에
입각하여 사물을 차별 없이 인식하려는 노력을 보여 주고 있는 것

이다. 또한 "육합지외"(六合之外) 곧 천지 사방 너머의 우주에 대해서는 논하지 않는다고 하여 불가지론(不可知論)을 취한 『장자』의 경우와는 달리,[222] 연암은 더욱 대담하게 태양이나 달 또는 다른 별들로부터 이 세계를 조감한다는 새로운 관점을 추가하고 있다. 이러한 관점에서 볼 때 지구는 "태공(太空) 속의 일개 소성(小星)"에 불과하며, 따라서 우주 내에서 지구와 인간의 특권적인 지위는 더 이상 존립할 수 없다. 게다가 지리상으로 사방이니 상하니 하는 구별이 본래 있을 수 없는 이유도 장자류(莊子流)의 상대주의적 인식론에 의해서뿐 아니라, 지구가 허공 중에 위치한 구체이기 때문이라는 논리에 의해 더욱 설득력 있게 해명될 수 있다.

이와 같이 도가 사상과 진보적 천문학설에 바탕을 둔 연암의 사유 구조는 일단 주자학과 대립하는 것으로 볼 수 있다. 이 점은 연암이 소개한 지구지전설에 대해, 하늘은 둥글며 움직이나 땅은 모나고 정지해 있다는 "방원동정(方圓動靜)은 우리 유가의 명맥(命脈)"이라고 한 왕민호의 비판적 반응에 잘 드러나 있다.[223] 주자학은 인성론과 우주론, 윤리(倫理: 도덕규범)와 물리(物理: 자연법칙)를 즉자적(卽自的)으로 통합하고 있어 일견 정연한 이론 체계를 갖춘 듯하지만, 도리어 그러한 체계적 완결성 때문에 그중의 어느 한쪽이라도 흔들리면 전 체계가 붕괴하는 취약성을 안고 있다.[224] 그러므로 왕민호가 우려한 것처럼, 만약 지구지전의 새로운 천문학설을 타당한 것으로 받아들인다면, 인간 사회의 불평등한 윤리적 질서를 중국 중심, 지구 중심의 우주적 질서에 의거해 합리화하는 주자학은 근저에서부터 동요하고 말 것이다. 또한 연암은 지전설을 논증하면서 일월이 하늘과 더불어 좌선(左旋)한다는 설을 혹평하고 있거니와, 이 좌선설은 다름 아닌 장재(張載)와 주자의 견해로서 그 후 유가의 공인된 학설로 받아들여진 것이다.[225]

　뿐만 아니라 「상기」에서 연암이 신랄히 풍자하고 있는바, 매사를 '리'(理)로써 견강부회하는 고루한 사고방식이란 곧 경직된 주자학적 사고를 가리키는 것으로 볼 수 있다. 『주자어류』(朱子語類)에서 "천하에 아직 리(理)가 없는 기(氣)는 있지 아니하며, 또한 기 없는 리는 있지 아니하다"고 했듯이,[226] 주자학은 일체의 경험과 사실을 이론적으로 설명할 수 있다고 믿을 뿐 아니라 이론으로 환원될 수 없는 경험적 사실의 존재를 근본적으로 인정하지 않는다.[227] 이와 같이 과도한 무한정의 합리주의 때문에 주자학은 자신의 좁은 경험 세계에 안주하는 보수적 사고로 전락할 위험성을 다분히 안고 있다. 따라서 광대무변한 세계의 경이로움 앞에 일체의 선입견을 버리고 개방적인 자세로 임하라는 연암의 주장은 이러한 주자학 말류의 폐단을 경고하는 의미를 함축한 것으로 보아도 무방할 것이다.

　그러나 다른 한편으로 연암의 사유 구조에서 주자학을 발전적으로 계승하고 있는 측면 역시 간과해서는 안 되리라 본다. 연암의 지구지전설은 김석문과 홍대용의 학설을 그 나름의 견지에서 부연한 것이거니와, 김석문과 홍대용은 이러한 새로운 학설을 제기하면서 서학서에 소개된 천문학설을 일방적으로 수용했던 것은 아니다. 이 두 사람의 지구지전설은 예수회 선교사들이 중국에 극히 단편적이고 비판적으로밖에 소개하지 않았던 코페르니쿠스의 지동설 등 서양의 근대적 천문학설에 자극을 받고, 장재의 『정몽』(正蒙)이나 『주자어류』 등에 암시되어 있는 지구지전설의 단초를 창의적으로 발전시킨 것이었다.[228]

또한 연암은 「상기」에서 '맷돌'의 비유를 들어 '만물부제'(萬物不齊)를 주장한 정자와 주자의 설을 끌어와, 만물의 창조자인 천주(天主)를 솜씨 좋은 '장인'에다 비유한 『천주실의』의 주장을 비판하기도 했다. 이 경우에는 주자학을 서학 비판의 논리로 활용한 셈이다. 그리고 연암의 독특한 '만물진성설'(萬物塵成說)도 주자학적 자연관을 전제로 해서만 출현할 수 있었던 것임에 유의할 필요가 있다. 그의 만물진성설은 주자학으로부터 무생물에서 생물에 이르기까지 일체의 사물이 '일기'(一氣)로부터 생성되었다는 만물의 동질관(同質觀)과 연속관을 계승하면서, 만물의 원소인 '기'(氣)를 좀 더 물질적인 '진'(塵)으로 치환한 것이라 볼 수 있기 때문이다.[229]

이 밖에도 만물을 차별성보다는 동일성의 차원에서 인식하려는 연암의 사고방식에서는 도가 사상뿐 아니라, 당시 조선의 노론계 주자학파 중 호론(湖論)에 맞서 인성(人性)과 물성(物性)의 동일을 주장한 낙론(洛論)의 영향도 엿볼 수 있다. 인간의 특권적인 우위를 전제하고 인간 이외의 모든 사물을 이와 대립시키는 것은 전형적인 유가적 발상으로, 우암 학파 내의 호론과 낙론은 이러한 '인'(人)과 '물'(物)의 대립관계에 있어 차별성과 동일성 중 어느 쪽을 중시하는 것이 주자의 사상에 좀 더 부합되는가로 논쟁을 벌였던 것이다. 연암이 『열하일기』 중 「호질」에서 "무릇 천하의 리(理)는 하나이니, 범이 실로 악하다면 사람의 본성도 악할 것이요, 사람의 본성이 선하다면 범의 본성도 선할 것이다"라고 한다든가, "하늘이 부여한 본성으로 보자면 범이나 사람이나 만물의 하나일 뿐"이라고 한것은 낙론의 영향을 드러내는 단적인 증거이다.[230] 뿐만 아니라 청조 문물의 본질이 기와 조각과 부스러진 자갈이나 똥거름 섞은 흙과 같은 하찮은 현상에도 존재한다고 한 그의 주장 역시 '리'의 보편적 실재성에 근거하여 인물동성(人物同性)을 주장한 낙론과 상통한다.[231]

이상에서 살펴본 바와 같이 연암의 사유 구조가 선행하는 여러 사상들의 복합적인 영향 속에서 형성되었다고 해서, 결코 그 독자적 의의가 훼손되는 것은 아니다. 연암은 기존의 사상적·학술적 전통 가운데에서 진보적인 요소들을 그 내면적인 연관에 따라 통합함으로써, 일관된 구조를 갖춘 특유의 사상을 정립할 수 있었던 것이다. 물론 일체의 차별성을 가상(假象)으로 보는 상대주의적 인식론과 지구지전설을 주장하면서도, 종래의 화이관 즉 천원지방설에 기초한 차등주의적 세계관을 완전히 타파하는 데까지는 이르지 못하고, 지정(地靜)·지방(地方)의 설을 타협적으로 인정하고 있는 점 등 연암에게도 사상적으로 불철저한 면이 없지는 않다. 그러나 시대적 제약에서 유래하는 이러한 한계에도 불구하고, 연암의 독특한 사유 구조는 『열하일기』에서 청조 중국의 현실을 심층적으로 관찰하는 방법론이자 북학론을 뒷받침하는 사상적 철학적 기초로서 탁월한 기능을 발휘하고 있는 것이다.

4장 | 표현 형식상의 특징

1. 연행록으로서의 전반적 특징

『열하일기』의 형식을 문예적으로 어떻게 규정할 것인가 하는 문제는 지금까지 하나의 문제로서조차 충분히 부각되지 못해 온 실정이다. 그간 학계에서는 『열하일기』를 주로 조선 후기의 북학론과 청조의 사회상을 전하는 자료들로 해체하여 연구하거나, 그중 근대적인 소설 형식에 가까운 「호질」과 「옥갑야화」 중의 「허생전」 등 일부 내용들만 선별적으로 논의해 온 관계로, 총체로서의 『열하일기』는 거의 주목의 대상이 되지 못했던 것이다.

『열하일기』는 그 풍부한 내용과 다채로운 표현 형식에도 불구하고, 연행록의 범주에 속하는 한 편의 통일된 작품이라 할 수 있다. 주지하다시피 1637년(인조 15년) 청과 정식 국교를 튼 이후 조선조 말인 1894년(고종 31년)까지 250여 년 동안 조선 정부는 공식 외교사절단을 북경과 기타 심양(瀋陽)·열하·천진(天津) 등에 500회 가까이 파견했으며, 이러한 활발한 대청(對淸) 외교의 부산물로서 현재까지 알려진 것만도 500종이 훨씬 넘는 수많은 연행록들이 쏟아져 나왔다.[1] 『열하일기』는 그와 같이 도도한 흐름을 이루어 온 연행록의 전통 속에서 출현할 수 있었던 기행문학상의 웅편 거작인 것이다. 그러므로 『열하일기』에 나타난 표현 형식상의 여러 특징들은 연행록 일반의 서술 관습에 비추어 볼 때 더욱 잘 이해될 수 있으리라 생각된다.

1832년(순조 32년)에서 1833년 사이에 동지사의 서장관으로 중국에 다녀온 바 있는 김경선(金景善, 1788~1853)은 그의 연행록 『연원직지』(燕轅直指)의 서문에서, 이전의 연행록들 가운데 『열하일기』를 김창업의 『연행일기』, 홍대용의 『연기』와 아울러 가장 뛰어난 저술로 들면서 이들 세 연행록을 비교하고 있다. 실제로 『열하일기』는 18세기 말 이래 『연휘』(燕彙)라는 제하에 김창업·홍대용의 연행록과 함께 묶여 필사본으로 널리 유포되었다.[2]

김경선에 의하면, 이 세 사람의 연행록은 그 체제와 문체상 각기 특장을 지닌 것으로, 연행록의 세 가지 유형을 대표한다고 할 수 있다. 즉 김창업의 『연행일기』는 대다수의 연행록들과 마찬가지로 여정을 날짜순으로 적는 일기 형식을 취하고 있는데, 이처럼 "날을 달에 연계하고 달을 해에 연계하는" 점에서 그것은 역사서의 '편년체'에 가깝다. 이에 비하면 홍대용의 『연기』는 인물·명소·사건·풍속 등 주제에 따라 항목별로 나누어 기술하는 특이한 체제를 취하고 있으며, "각 사항마다 본말을 갖추고 있는" 점에서 '기사체'(紀事體)를 따른 것으로 볼 수 있다는 것이다.[3] 『연행일기』와 같이 편년체적 서술 방식을 취할 경우 여행의 전 과정을 충실히 기술할 수 있는 이점이 있는 반면, 중요한 사항들에 대해 집중적으로 서술하기는 어려우며 중복되는 내용이 많아 산만하고 지리한 느낌을 주기 쉽다.⁴ 한편『연기』처럼 기사체적 서술 방식을 택한다면 주제에 따른 집중적인 논의가 가능해지나, 대신에 여정의 전모를 제대로 전하기는 어렵다고 할 수 있다.⁵

『열하일기』는 이와 같은 두 유형의 연행록이 지닌 장점들을 종합하면서, 아울러 그 나름의 창안을 가미한 독특한 체제를 갖추고 있다. 즉 주요 여정은『연행일기』와 같이 편년체적인 방식으로 서술함으로써 여행의 경위를 날짜별로 충실히 전하되, 해당 일자의 기사에 포함시키기 힘든 중요한 사항들은 기(記)나 설(說) 등의 형식으로 독립시켜 편중(編中) 또는 편말(編末)에 적절히 배치함으로써『연기』와 같은 기사체적 방식의 이점 또한 살리고 있는 것이다. 예컨대『열하일기』「일신수필」편을 보면 소흑산(小黑山)에서 산해관에 이르는 아흐레 동안에 걸친 여정을 일기 형식으로 적은 다음, 연도에서 목격한 명승고적들과 선진 문물들에 관한 기사는 「북진묘기」(北鎭廟記)「차제」(車制)「산해관기」(山海關記) 등으로 따로 수습하여 편중 또는 편말에 수록하고 있다.⁶

뿐만 아니라『열하일기』는 일기체 부분에서도 한양을 떠나 북경에 갔다가 다시금 한양으로 돌아오기까지의 전 여정을 그대로 따라 적는 상투적인 방식을 피하고 있다. 대부분의 편년체적 연행록들과는 달리,『열하일기』는「도강록」이하「환연도중록」에 이르는 7편에서 국경을 넘어선 이후 북경을 거쳐 열하에 갔다가 북경으로 되돌아오기까지의 여정만을 일기 형식으로 기술하고 있다. 이와 같이 연암이 한양에서 의주에 이르는 국내 여행의 견문처럼 진부한 부분이나, 북경에서 같은 길로 귀환하는 과정의 서술처럼 내용상 중복되기 쉬운 부분을 거두절미해 버린 데에는, 당시의 연행 인사로서는 예외적으로 열하까지 다녀온 사실을 중점적으로 부각시키고자 한 그의 의도가 적지 않게 작용했을 것이다.

이와 함께 『열하일기』에서 또 하나 주목되는 것은, 북경과 열하 체류 중의 잡다한 견문들을 종래의 연행록에서는 보기 드문 다양한 형식들을 구사하여 수습하고 있는 점이다. 날마다 새로운 지역들을 통과하는 경우와는 달리, 수십 일 동안을 한 곳에서 묵게 되는 북경에서의 견문을 일기 형식으로 서술하는 것은 비효율적이라 할 수 있다. 그러므로 『열하일기』에서 연암은 중국 사대부들과의 교제와 필담이라든가, 각종 명소에 대한 관광 등 북경 체류 중의 견문을 일기 형식에 맞추어 단속적(斷續的)으로 기술하는 대신에, 각 주제별로 통합하여 시화·잡록·초록(抄錄)의 형식으로 정리하고 있다. 또한 북경 다음으로 오래 머문 열하에서의 다양한 견문 역시 「태학유관록」에서 일기체로 간략히 서술한 것과는 별도로, 시화·잡록·필담의 형식으로 집성하고 있다.

『열하일기』에서 시화와 잡록에 해당하는 부분은 「행재잡록」(行在雜錄) 「피서록」(避暑錄) 「구외이문」(口外異聞) 「황도기략」(黃圖紀略) 「알성퇴술」(謁聖退述) 「앙엽기」(盎葉記) 「동란섭필」(銅蘭涉筆) 등이다.7 이 중 문학과 관련된 내용들에 대해서는 앞서 언급한 바 있거니와,8 그 밖에도 연암은 이러한 편들에서 문헌 고증을 통해 정사(正史)를 보유(補遺)·정정한다든가 우리말과 외국어의 어원을 논하는가 하면, 역대 중국과 조선의 진기한 야사와 전설들을 풍부히 소개하는 등 대단히 광범위한 주제에 걸쳐 흥미로운 고찰들을 보여 주고 있다. 그중 특히 야사나 전설 가운데에는 외설적이거나 황당무계한 내용들도 적지 않은데 이러한 패관잡기적 취향은 『열하일기』가 당시 문단의 일각으로부터 비난받게 된 한 원인이 되었을 것이다.

또한 『열하일기』에서는 열하에서 사귄 청나라 사대부들과의 필담을 수습한 「황교문답」(黃敎問答) 「망양록」(忘羊錄) 「곡정필담」(鵠汀筆談)과, 성경(盛京)의 상인들과 나눈 필담의 기록인 「속재필담」(粟齋筆談) 「상루필담」(商樓筆談) 등 필담 형식이 시화·잡록에 못지않게 큰 비중을 차지하고 있다.9 종래의 연행록들에서는 이러한 중국인들과의 필담을 크게 취급하지 않고 일기체 기사 중에서 간략히 언급하고 지나가는 것이 상례였다.10 그러나 청나라의 실정을 알고자 열망하는 당시의 식자층에게는 현지의 중국인들과 직접 나눈 대화의 기록보다 더 생생하고 흥미로운 자료란 있기 어려울 것이므로, 연암은 다양한 신분의 중국인들과 폭넓은 주제를 놓고 나누었던 방대한 양의 필담을 『열하일기』에 의도적으로 수록한 것이다. 그런데 필담의 경우 독자의 흥미를 끌기 위해서는 그 초고를 평면적으로 나열할 것이 아니라 현장감을 살린 대화록으로 재구성할 필요가 있다. 따라서 연암은 『열하일기』 중의 필담들에서 가급적 필담 초고의 본색을 살리면서도 그 내용을 주제나 순서에 따라 재편성하는 한편, 필담의 상대인 미지의 중국인들을 독자에게 자상히 소개하는가 하면,11 대화를 주고받는 사이에 그들이 드러낸 반응 등 필담 초고에는 포착되어 있지 않은 필담할 때의 상황을 보충하여 입체적으로 서술하고 있다.12

『열하일기』에 포함된 또 하나의 독특한 형식으로, 희귀한 서적들로부터 필요한 부분을 뽑아 모은 초록을 들 수 있다. 「금료소초」

는 평소 조선의 낙후된 의약(醫藥) 수준을 안타까워하던 연암이 왕사정의 『향조필기』 중 의약에 관한 내용을 초록하고, 거기에 자신의 경험방(經驗方)을 덧붙인 것이다.[13] 이와 같이 민생 문제의 개선에 기여하고자 중국의 최신 서적들로부터 필요한 지식을 적극 소개하고 있는 점에서 「금료소초」는 연암의 만년 저술인 『과농소초』와 맥을 같이한다. 다만 이 「금료소초」는 『열하일기』의 여타 편(編)들에 비해 연행 체험의 문예적 표현과는 거리가 멀기 때문에, 이를 『열하일기』에서 제거해 버린 이본들도 있다.[14]

이상과 같은 『열하일기』의 체제에 대해 김경선은 견문을 보고하는 도중에 "간간이 자기 의견을 펴는 것"이 그 특징으로서, 편년체적인 『연행일기』나 기사체적인 『연기』와는 달리 '입전체'(立傳體)와 유사하다고 보고 있다. 여기서 말하는 '입전체'란 다름 아닌 『사기』 이후 중국 정사의 체제로 계승되어 온 기전체(紀傳體), 그중에서도 특히 열전(列傳) 형식을 가리키는 것이다. 본기(本紀)와 더불어 기전체 역사서의 근간을 이루는 이 열전은 대상 인물의 생애를 서술한 전기 부분과 작자의 부수적 논평으로 구성됨이 통례이다. 그런데 사마천과 같은 대가의 경우에서 볼 수 있듯이, 작자가 대상 인물의 생애를 교묘히 재구성하여 그의 개성을 여실히 형상화하는 데 성공할수록 열전은 단순한 기록의 차원을 넘어서 문학예술에 근접하게 되며, 또한 논평 부분은 대상 인물의 생애와 관련하여 작자의 인생관이나 역사관 등을 효과적으로 피력할 수 있게 해 준다.

김경선이 『열하일기』를 이러한 입전체의 특징들을 갖춘 독특한 유형의 연행록으로 파악한 것은 실로 탁견이라 생각된다. 『연원직지』의 서문에는 이에 대한 더 이상의 설명이 없지만, 아마도 그는

『열하일기』가 단순한 여행 기록이 아니라 그 여행 도상에서 마주친 수많은 인간들과 그들의 삶을 생생하게 형상화한 일종의 '열전'이기도 하다는 점을 통찰했던 것으로 보인다. 또한 그는 『열하일기』에서 연암이 청조 중국의 실상을 이처럼 인간 중심으로 묘사하면서, 그와 관련된 논평 형식을 빌려 자신의 진보적인 사상을 적극 개진하고 있는 점에 대해서도 올바로 인식하고 있다. 이 밖에도 연암의 문학적 성장에 끼친 『사기』의 심대한 영향을 감안할 때, 『열하일기』를 입전체적 연행록으로서 이해하는 것은 문예적인 표현 기법의 면에서 이를 분석하는 데 소중한 관점들을 제공해 줄 것으로 기대된다.

2. 문체의 다양성

연암의 문학을 전통적인 문장론의 견지에서 논한 인사들은 그 주요한 특징으로서 『좌전』(左傳), 『장자』, 『사기』와 같은 선진(先秦) 양한(兩漢)의 고문과 아울러, 한유(韓愈)와 소식(蘇軾) 등의 당송 고문에 나타난 여러 문체들을 종합하여 독특한 일가를 이루고 있는 점을 들었다. 다시 말해 연암은 글을 지을 때 어느 특정한 문체에 구애됨이 없이, 필요에 따라 다양한 문체들을 자유자재로 구사했다는 것이다.[15] 연암 문학 전반에 대한 이와 같은 제가(諸家)의 평은 『열하일기』의 경우에도 타당한 것이라 생각된다. 그러나 다른 한편 『열하일기』에는 소설적 형상화의 수법과 관련하여 이른바 '패관소설'(稗官小說) 식의 문체 또한 뚜렷이 나타나 있는 점을 간과해서는 안 될 것이다. 고문만을 모범적인 산문으로 간주하던 당시 조선의 문단에서 『열하일기』 중의 이러한 소설적인 문체가 참신한 충격과 함께 격렬한 반발을 야기했음은 물론이다.

이 같은 사정 때문에 그 당시에는 『열하일기』의 예술적 성과를 적극 옹호하는 인사들조차 『열하일기』가 정통 고문체로 씌어진 우수한 산문이라는 점을 일방적으로 강조하지 않으면 안 되었다. 그런 반면, 현대의 연구자들은 『열하일기』 중의 소설적인 요소를 중시한 나머지 『열하일기』가 지닌 고문으로서의 우수성에 대해서는 충분한 주의를 기울이지 않고 있는 실정이다.[16] 그러나 『열하일기』의 문체적 특성과 그 의의는 연암이 자신의 여행 체험과 청조 중국의 실정을 보다 생생히 전달하고 혁신적인 북학론을 더욱 설득력 있게 개진하기 위해, 정통 고문체와 패관소설체를 망라하여 다채로운 문체를 구사한 점에 있는 것으로 보아야 할 것이다.

『열하일기』에서 소설식의 문체는 우선, 연암이나 일행 중의 조선인이 현지의 중국인들과 대화하는 장면들에 두드러지게 나타나 있다. 그러한 경우에 연암은 이를 반드시 백화체(白話體)로 표현함으로써, 생생한 중국어 회화를 현장에서 듣는 듯한 실감을 자아내고 있다. 「환연도중록」 8월 17일 기사 중 고북구(古北口) 부근의 일소사(一蕭寺)라는 절에서 뜰에 널린 오미자 몇 알을 무심코 맛보았다가 그 절 중에게 좀도적으로 몰린 연암을 마두 춘택(春宅)이 구해 주는 대목은 그 좋은 예라 할 수 있다.[17] 여기에서 춘택은 연암에게 눈을 부릅뜨고 고함치면서 행패를 부리려는 중을 보자, 벌컥 화를 내며 곧장 다가가서는 마구 욕설을 퍼붓는다.

吾們的老爺暑天裏思喫涼水, 這一席東西狠多, 不過嚼數粒,
自然生津止渴, 你這賊光頭無良心! 天有天之高 水有水之深.
這賊驢! 不辨高低, 不量深淺, 如此無禮. 你賊驢, 甚麼貌樣?

우리네 어르신께서 몹시 더운 날씨에 찬물 마시고픈 생각
이 나시던 차, 이 자리에 있는 것들이 매우 많기에 불과 몇
알을 씹어 저절로 침을 나오게 해서 갈증을 멈추고자 하신
것인데, 너 이 양심 없는 까까머리 중놈아! 하늘에는 하늘
대로 높이가 있고 물에는 물대로 깊이가 있다. 이 당나귀
같은 놈아! 고저도 알지 못하고 심천도 헤아리지 못하면서
이처럼 무례하다니. 너 이 당나귀 같은 놈아, 그러는 너는
무슨 꼬락서니냐?

그러자 이러한 춘택의 욕설을 듣고 격분한 그 중 역시 입에 거
품을 물고 대든다.

你們的老爺, 關我甚麼? 天之高, 你雖怕也, 吾則不怕也. 甚麼
關老爺顯聖, 太歲臨門, 怕他恁地?

너네 어르신네가 나와 무슨 상관이냐? 하늘 높은 것이 너
는 무서울지 모르나, 나는 하나도 무섭지 않다. 제아무리
관우(關羽)님이 나타나고 태세신(太歲神)이 문에 든다 한들
그 무엇이 무섭단 말이냐?

이에 춘택은 냅다 그 중의 뺨을 후려친 뒤, 연암의 만류에도 불구하고 죽기 살기로 싸우려는 듯 또다시 주먹을 휘두르며 욕을 해댄다.

吾們的老爺奏聞萬歲爺, 你這賊腦剛也賴不得, 這廟堂蕩蕩的淨做了平地.

우리네 어르신께서 황제님께 말씀을 올려설랑, 네놈의 대가리를 작살내더라도 시원치 않을뿐더러, 이 묘당을 싹 쓸어 깨끗이 평지로 만들어 버리겠다.

이와 같은 춘택의 허풍 섞인 위협에 그 중도 지지 않고 끝까지 말대꾸를 한다.

你們的老爺白賴他五味子, 更要幫子還俺如鉢兒暴拳, 是甚道理?

너네 어르신은 저 오미자 건(件)을 시치미 떼고는, 게다가 종놈을 시켜 내게 또 바리때 같은 주먹을 휘두르게 하니 이게 무슨 도리냐?

중의 기세가 이렇듯 차츰 수그러드는 것을 보자, 춘택은 더욱 분을 내어 한바탕 욕설을 퍼붓는다.

甚麼白賴? 這個卽呷下了一斗麼, 一升麼? 眼睛似一粒, 羞殺
我老爺邱山的! 皇上若聞這樣時, 你這顆光頭快快的開開也.
吾們的老爺去奏萬歲爺時, 你雖不怕吾老爺, 還不怕萬歲爺
麼?

무슨 시치미를 뗀다는 거냐? 이것을 한 말을 삼켰다는 거
냐 한 되를 삼켰다는 거냐? 눈곱처럼 작은 한 톨 가지고
우리 어르신을 산더미같이 부끄러워 죽게 만들다니! 황제
께서 만약 이 같은 일을 들으신다면, 너 이 까까머리 통은
순식간에 두 쪽이 날 것이다. 우리네 어르신께서 황제께
가서 아뢴다면, 네놈이 우리 어르신을 무서워하지 않는다
지만 또한 황제도 무섭지 않다는 거냐?

말끝마다 황제를 들먹이는 춘택의 욕설에 드디어 그 중도 겁을
집어먹고는 달아나 버리니, 이를 본 연암은 "만세야(萬歲爺)도 이날
이 시간에는 아마 두 귀가 꽤나 가려웠으리라"고 농담을 덧붙이고
있다.

그런데 이와 같이 유창한 백화체는 대화 장면뿐만 아니라, 부
분적으로는 필담에서도 발견된다. 「속재필담」 「상루필담」 「황교문
답」 「망양록」 「곡정필담」 등을 보면 대부분 문언체(文言體)로 되어
있으나, 일부 대목에서는 "打了一宵佳話"(한밤 내 정담을 나누다), "看車
掌匱的都會了"(수레 끄는 자나 점방 주인도 모두 할 줄 안다), "這個一樣轉
身"(이도 매한가지로 환생을 한다), "天下何人道個'不'字?"(세상에 누가 아니
'不'[불] 자를 말하리오, 즉, 아니라고 말하겠는가), "這是一套笨話"(이는 하

나의 어리석은 이야기이다) 등과 같이 구어체 문장이 적잖이 섞여 있는 것이다.[18] 이 점에서 「망양록」 중 왕민호가 청초의 저명한 경학가 모기령(毛奇齡, 改名改名 모신毛甡)을 비난한 대목은 특히 인상적인 사례라 할 만하다.[19]

毛之駁朱, 雖日自居以功臣, 打得見血, 孰信其愛? 朱門結隣, 宜不得不忙投臨安府, 告了一道狀. 包閻羅不問曲直, 拿了毛甡, 先賞了三十竹箆, 這毛甡忍過了, 一看不攢, 都呼'打得好!' 包公大怒, 更喚壯健做公的加力猛下, 這毛甡終不承了. 毛甡平生自認'知我罪我在駁朱'. 朱子獨於春秋, 都不著手, 大是通曠. 補亡一章, 消受了小兒輩許多利嘴. 盡去小序, 未免毒遭老拳.

모(毛)가 주자를 공박하면서, 비록 스스로는 공신으로 자부한다지만, 때리면 피를 보고야 마니 누가 그 애정을 믿겠습니까? 주자의 문도들은 결집해서, 부득불 임안부(남송의 수도)로 바삐 달려가 소장(訴狀) 한 통을 올렸어야 했습니다.

그러면 포염라(북송 때 법을 준엄하게 집행한 것으로 유명한 포증包拯의 별호)는 불문곡직하고 모신(毛甡)을 잡아다가 우선 30대의 죽비를 맛보였을 것이고, 이 모신은 꾹 참고 눈썹 한 번 찡그리지 않으면서, 심지어 '사람을 잘도 친다!'라고 소리쳤을 테지요. 이에 포공(包公)은 몹시 화가 나서, 또 다시 건장한 아속(衙屬)을 불러 힘껏 맹타하도록 했을 것이나, 이 모신은 끝끝내 승복하지 않았을 겁니다.

모신은 평소에 "나를 알아줄 것도, 나를 죄줄 것도 주자를 공박한 데 있다"고 자부했지요. 주자는 유독 『춘추』에 대해서만은 전혀 손을 대지 않았으니, 대단히 통달하신 분이라 하겠습니다. 다만 『대학』의 빠진 한 장(章: '격물치지'格物致知 장)을 보충하는 바람에 소아배에게 무수한 공격을 받았고, 『시경』의 소서를 모조리 제거한 탓에 혹독한 타격을 면치 못했지요.

이처럼 『열하일기』 중 중국인의 필담에 일부 백화체가 나타나게 된 것은 필담도 대화의 일종인 관계로 자연히 구어적인 표현이 스며들게 된 결과일 뿐 아니라, 다른 한편 송대 이후 생겨난 주소어록체(註疏語錄體)의 영향과도 무관하지 않은 것이라 할 수 있다. 연암은 이러한 필담 원고 중의 백화투를 문언체로 고치지 않고 그대로 살림으로써, 중국인들과 필담을 나누던 현장의 분위기를 재현하려 한 것이다.

그런데 『열하일기』에서 백화체는 대화와 필담뿐 아니라 사건을 서술하는 지문(地文)에서조차 찾아볼 수 있다는 점에서, 소설적인 문체와의 상관성을 더욱 분명히 드러내고 있다. 『열하일기』 중 대부분의 기사가 문언체를 취하고 있는 가운데, 장면 중심적인 사건 묘사를 지향하는 대목에서만큼은 지문까지도 은연중에 소설적인 구어체를 띠고 있는 것이다. 그러한 경우, 이를테면 다음과 같은 백화체 문장들을 쉽사리 발견할 수 있다.[20]

- 主人大怒, 指着卞君道. (주인은 몹시 화가 나, 변군을 가리키며 말한다)

- 主人堆着笑臉道. (주인은 웃는 얼굴로 말한다)

- 那田中跳出一個漢子, 一手把銃, 一手曳猪後脚, 猛視店主, 怒道. (저 밭 가운데에서 한 남자가 뛰쳐나오는데, 한 손으로 총을 쥐고 다른 한 손으로는 돼지 뒷다리를 질질 끌면서, 점방 주인을 사납게 쏘아보며 성이 나서 말한다)

- 盖老是粧婆乳溫, 少的是丫鬟也. (대개 늙은이는 화장해 주는 노파와 유모이고, 젊은이는 여종인 듯하다)

- 尋那廟堂裡來, 寂無人聲. (그 묘당을 찾아왔지만, 적막하여 사람 소리조차 들리지 않는다)

- 珠帳下列椅坐着五六簿莽漢, 見余起揖請坐, 勸了一椀涼茶. (구슬 장막 아래 열 지은 의자에 앉았던 대여섯 명의 우락부락한 사내들이 나를 보고는 일어나 절하면서 앉기를 청하고서, 냉차 한 잔을 권한다)

- 瓜田裏走出一個老者, 跪了馬前, 指着三五間獨戶老屋道. (참외밭에서 늙은이 하나가 달려 나와 말 앞에 무릎을 꿇고, 삼오 간 되는 낡아빠진 외딴집을 가리키며 말한다)

- 門裏走出一個喪人號哭, 突至面前, 放了竹杖. (문 안에서 상제 하나가 달려 나와 소리쳐 곡을 하면서, 불쑥 면전에 이르러 대지팡이를 내던졌다)

- 余心裏暗忖道, (나는 마음속으로 몰래 추측하여 말하기를)

- 店主們齊道, (점방 주인들이 일제히 말하기를)

- 簾裏有一老漢, 披簾而立, 向再鳳道. (주렴 너머에 한 늙은 남

자가 있다가 주렴을 걷어 올리고는 재봉에게 말한다)

• 兩個養漢的皆稱, (두 창기娼妓가 모두 말하기를)

그중에서도 특히 「성경잡지」 7월 13일 기사 중 연암이 신민둔 (新民屯)의 한 전당포에서 액자를 써 주는 장면의 지문 같은 것은 완연한 소설식 구어체라 할 수 있다.[21]

> 余於沿路上市舖, 每見‘欺霜賽雪’四個字揭在門楣上, 意內以 爲做個賣買的, 自衒其本分心地 皎潔, 與秋霜一般, 乃復壓過 白白的雪色. 又想數日前, 過爛泥堡時, 一舖門楣上這個四字, 筆法甚奇, 余立馬一玩, ‘霜雪’兩字, 該是米海嶽體, 今可倣此 這樣字來.

나는 연도의 시장 점포들에서 매번 ‘기상새설’(欺霜賽雪) 넉 자가 문미 위에 걸려 있는 것을 보고는, 속으로 생각하기를 장사치들이 자기네 본분과 마음씨가 희고 깨끗한 것이 가을 서리와 마찬가지이며, 또 희디흰 눈빛을 압도한다고 자랑하는 뜻이려니 여겼다. 또한 생각해 보니 수일 전 난니보를 지날 때 한 점포 문미 위에 걸린 이 넉 자의 필법이 매우 남다르기에 말을 멈추고 감상한 적이 있었는데, ‘상’(霜)과 ‘설’(雪) 두 자가 미불(未帯)의 서체(書體)임에 틀림없었으니, 이제 이 글자 모양을 모방하면 되겠다.

『열하일기』에서 확인되는 이상과 같은 백화체는 연암이 의도적으로 소설적인 문체를 시도한 결과라고 생각된다. 물론 그중 這·那·個·了·麼·着(著)·做·你·怎·們·這個·這樣·那個·那裏·做個·知道·多少·除非·恁地·甚生(怎生)·甚麼·了了·打圍·鹵莽·生受·幫子 등과 같은 구어적 표현은 『주자어류』 등 성리서(性理書)의 어록체에 대한 소양만 있으면 구사할 수 있는 것들이다.[22] 또한 好·位·該·休·也·要·罷·過·會(不會)·還·去·老爺·相公·大哥·哥哥·好好·好啊·起身·瞧瞧·客官·伴當·兩口兒·掌匱的·托主人洪福 등과 같은 표현 역시 『노걸대』(老乞大), 『박통사』(朴通事) 같은 초보적인 중국어 학습서를 통해서 습득할 수 있는 것들이다.[23] 예컨대 「도강록」 초두에서 책문에 당도한 조선 사행을 향해 중국인들이 다투어 인사를 건네는 대목에 나오는바,

> 你在王京那日起程? 在途時得免天水麼? 家裏都是太平麼? 充得包銀麼?

> 당신은 서울에서 어느 날 출발했습니까? 오는 도중 비나 겪지 않았습니까? 가내 두루 평안하십니까? 포은을 넉넉히 가지셨습니까?

와 같은 문장들은 『노걸대』 초두에 나오는

> 大哥你從那裏來? 我從高麗王京來. …你幾時離了王京? 我這月初一日離了王京.

형님, 당신은 어디서 오셨습니까? 나는 고려 서울에서 왔
습니다. …당신은 언제 서울을 떠났습니까? 나는 이달 초
하루에 서울을 떠났습니다.

등의 문장들을 연상시키며, 이들을 응용하면 쉽게 지어낼 수 있는
단순한 구문들임에 틀림없다.[24]

　그러나『열하일기』에는 이와 같은 어록체에 대한 소양이나 초
보적인 중국어 실력만으로는 구사하기 힘든 소설적인 표현들이 적
지 않게 나타나 있다. 이를테면, 潑皮(무뢰배)·面皮(얼굴)·魆舩(尷尬,
수상함)·白喫(공짜로 먹다)·這厮(이놈)·一遭(한 번, 한 바퀴)·親隨(시종)·
歹人(나쁜 사람)·衝撞(주제넘게 실례하다)·賊驢(남을 욕하는 말)·白賴(딱
잡아떼다)·殺威棒(죄수의 기를 꺾기 위해 때리는 형벌)·一道烟(연기처럼 재
빨리)·店小二(주막의 사환)·悄悄地(가만가만)·鴛鴦脚(두 발로 차는 발길
질)·面面相覷(서로의 얼굴을 쳐다보다)·頭勢不好(형세가 좋지 않다)·笑容
可掬(애교가 넘치게 웃음 짓다) 등의 어구들은『수호전』과 같은 명대 소
설에서 주로 애용하는 백화체 표현인 것이다.[25]

　연암은『열하일기』의 도처에서 중국어에 대해 깊은 관심을 드
러내고 있으며, 여행 도상에서 몇 마디 중국어를 배우기도 했지만,
그 스스로 인정하고 있듯이 관화(官話)를 할 줄은 몰랐다.[26] 이러한
그가『열하일기』에서 그와 같이 능숙하게 소설적인 용어들을 구사
해 가면서 유창한 백화체 표현을 할 수 있었다는 것은, 평소『수호
전』과 같은 작품을 탐독하여 그 문체에 숙달되지 않고서는 불가능
한 일이라 생각된다.

　이러한 백화체 표현과 아울러,『열하일기』에는 한편으로 조선

식 한자어와 조선 고유의 속담 등도 적지 않게 나타나 있다. 백화가 중국의 '이어'(俚語: 속어)라면 이것들은 조선의 '이어'로서 격조 높은 표현을 추구하는 문언체의 정통 고문에서는 모두 금기시하는 것들 인데도, 연암은 이를 대담하게 구사하고 있는 것이다. 그중에서, 月乃(다래: 말안장 양쪽에 흙이 튀기는 것을 막고자 늘어뜨린 것)·白巖(배암)·笠範巨只(갓벙거지)·犬座(개자리: 구들 윗목의 움푹 팬 고랑)·罡鐵(강철이: 가뭄을 몰고 오는 악룡)·不祥(불쌍하다)·排打羅其(배따라기)·帖裡(철릭)·若大多利(낙타교)·哥吾里(홍어), 기타 傑傲(거룻배)·捏傲(나룻배) 등을 비롯한 배 이름 따위는 우리말 어음을 충실하게 표기하기 위한 조치에 불과한 것들이지만,[27] 문언체로 표현되어 있는 우리말 대화 가운데 使道(사또)·書房主(서방님)·兄主(형님)·伈伈(심심하다)·令監(영감)·父主(아버님)·大監(대감)·勸馬聲(권마성: 귀인 행차 시에 하인들이 외치는 소리)·茶啖(다담)·入丈(장가들다) 등의 표현이 섞여 있는 것은 다분히 의도적이라 하지 않을 수 없다.[28] 즉 『열하일기』에서 연암은 소설적 형상화를 위한 조치의 일환으로, 중국어 대화는 백화체로 표현하는 한편 우리말 대화에는 가급적 조선식 한자어를 섞어 씀으로써 한층 실감을 자아내고자 한 것이다.

이와 함께 『열하일기』에는 조선 속담 역시 빈번히 등장한다. 예컨대, "三日程一日未行"(사흘길 하루도 아니 가서) "觀光但喫餠"(굿이나 보고 떡이나 먹는다) "廣州生員初入京"(광주 생원의 첫 서울이라) "罡鐵去處秋亦爲春"(강철이 간 데는 가을도 봄이라) "笑臉不唾"(웃는 낯에 침 뱉으랴) "曉夜行不及門"(밤새도록 가도 문 못 들기) "石人回頭"(돌부처도 돌아앉는다) "奪小兒染涕餠"(어린애 코 묻은 떡 뺏기) "踢矮痤頤"(난쟁이 턱 차기) "官豬腹痛"(관돝 배 앓기) 등과 같은 속담들은 조선식 한자어와 마찬가지로 우리말 대화 가운데에 섞여 토속어의 정취를 돋우는 구실을 할뿐더러, 때로는 적재적소에서 해학적인 효과를 고조시키는 데에도 기여하고 있다.[29]

이와 같이 작품 중에 즐겨 당시 민간의 속담을 섞어 쓰는 것은, 『방경각외전』을 비롯한 초기작 이래 연암 문학 전반에 나타나는 한 특징이기도 하다. 그리고 이는 '노복의 상말'이나 '동요와 속담'이라도 적절하게만 쓴다면 현실을 여실히 묘사하고 자신의 사상을 표현하는 데 고전의 문자에 못지않은 효과를 거둘 수 있다고 본 그의 진보적인 문학관의 발로인 것이다.[30]

＊ ＊ ＊

다른 한편 『열하일기』는 고문체로 씌어진 탁월한 산문이라는 점에서도 높이 평가되어야 할 저작이다. 『열하일기』에는 「도강록서」를 비롯한 「일신수필서」 「황교문답서」 「환희기서」(幻戱記序) 등 여러 편의 서(序), 「구요동기」(舊遼東記)를 위시해서 「북진묘기」(北鎭廟記) 「장대기」(將臺記) 「난하범주기」(灤河泛舟記) 「황금대기」(黃金臺記) 「문승상사당기」(文丞相祠堂記), 그리고 「산장잡기」 편의 여러 기(記) 등 수십 편에 이르는 기(記), 기타 「차제」(車制)와 같은 설(說), 「호질」과 「환희기」의 후지(後識) 등 각종의 우수한 소품 산문들이 허다히 포함되어 있다.

그중에서도 특히 「야출고북구기」(夜出古北口記) 「일야구도하기」(一夜九渡河記) 「상기」(象記) 같은 기문들은 고문체의 명문으로 널리 알려진 작품들이다.[31] 또한 「도강록」 중 형가(荊軻)의 입진(入秦) 고사에 가탁하여 중국 대륙에 들어서는 감회를 토로하고, 벽돌 사용을 역설하며, 요동 벌판을 처음 본 감동을 피력한 대목들이나, 「일신수필」 중 중국 제일의 장관에 대해 논하며, 「관내정사」 중 북경에 입성하는 소감을 피력하고, 유리창(琉璃廠)에서 우정을 논하고 있는 대목들, 그리고 「막북행정록」 중 하인 장복과 이별하는 슬픔을 토로하거나, 조선의 어마법(御馬法)의 여덟 가지 위험성을 논한 대목들처럼,[32] 연행에 관한 기사 가운데에도 한 편의 독립적인 글로 간주해도 좋을 명문장들이 적지 않게 내포되어 있음을 볼 수 있다.

『열하일기』의 전반에 걸쳐 나타나 있는 이러한 뛰어난 고문체 문장의 특성을 요약·설명하기란 결코 쉬운 일이 아니다. 그러나 연암의 문학에 대해 논한 인사들이 공통적으로 지적했듯이, 『사기』에서 한유와 소식의 산문으로 이어지는 정통 고문의 정수를 훌륭히 체득한 글인 동시에, 기존의 작법에 구애됨이 없이 종횡무진으로 변화를 추구해 마지않는 "소탕"(疏宕)하고 "기기"(奇氣) "기변"(奇變)에 넘치는 글이라는 평은[33] 『열하일기』에도 그대로 적용될 수 있을 것이다. 이 점을 기본적으로 전제하면서 『열하일기』 중의 대표적인 고문체 문장을 살펴보고자 한다.

『열하일기』 「산장잡기」 편에 수록되어 있는 「야출고북구기」는 연암이 북경에서 열하로 향하던 도중 고북구란 곳에서 한밤중에 만리장성을 통과하며 느낀 소감을 적은 글이다.[34] 이 글의 후지(後識)에서도 밝히고 있듯이, 당시의 조선인으로서는 생전에 한 번 좁은 강토에서 벗어나 중국 문명에 접할 수 있는 것만도 대단한 행운으로 여겼거니와, 연암은 게다가 열하까지 여행하는 더욱 희귀한 행운을 만났기에 전인미답의 지역을 최초로 답사한다는 흥분과 기대감을 안고 이 고북구를 지났던 것이다. 그럼에도 불구하고 「야출고 북구기」에서 연암은 이러한 일체의 감정을 억제하고, 고북구의 지리에 관한 차분하고도 간명한 서술로 글을 시작하고 있다.

自燕京至熱河也, 道昌平則西北出居庸關; 道密雲則東北出古北口. 自古北口循長城, 東至山海關七百里; 西至居庸關二百八十里. 中居庸·山海而爲長城險要之地, 莫如古北口. 蒙古之出入, 常爲其咽喉, 則設重關以制其阨塞焉.

연경에서 열하까지 가는데, 창평으로 길을 취하면 서북쪽으로 거용관을 나서게 되고, 밀운으로 길을 취하면 동북쪽으로 고북구를 나서게 된다. 고북구에서 장성을 따라 가면, 동쪽으로는 산해관까지 700리가 되고, 서쪽으로는 거용관까지 280리가 된다. 거용관과 산해관의 중간에 있는 만리장성의 험준한 요충지로는 고북구만 한 곳이 없다. 몽골족이 중국을 드나들 적에 항상 그 길목이 되었으므로, 겹겹의 관문을 설치하여 그 험준한 요충지를 통제하였다.

이어서 연암은 나벽(羅璧: 송말宋末 원초元初의 학자)의 『지유』(識遺)와 아울러 주로 고염무(顧炎武)의 『창평산수기』(昌平山水記)에 의거해서 고북구의 지명에 대한 유래를 소개하는 것으로 첫 단락을 맺고 있다.[35] 이와 같이 「야출고북구기」의 서두부는 사실에 대한 객관적인 서술로 일관하고 있으며, 약간의 대구적(對句的) 표현을 제하고는 별다른 문식(文飾)을 찾아볼 수 없는 평이한 문장으로 되어 있다.

余循霧靈山, 舟渡廣硎河, 夜出古北口, 時夜已三更. 出重關,
立馬長城下. 測其高, 可十餘丈. 出筆硯, 噀酒磨墨, 撫城而題
之曰: "乾隆四十五年庚子八月七日夜三更, 朝鮮朴趾源過此."
乃大笑曰: "乃吾書生爾. 頭白一得出長城外耶?"

나는 무령산을 따라 돌고, 배로 광형하를 건너, 밤중에 고
북구를 나섰다. 때는 밤이 이미 삼경(자정 무렵)이었다. 겹
겹의 관문을 벗어나, 장성 아래에 말을 멈춰 세웠다. 성의
높이를 가늠해 본즉, 10여 길은 됨 직하다. 붓과 벼루를 꺼
내고 술을 뿜어 먹을 갈고는, 성벽을 쓰다듬고 나서 이렇
게 글씨를 썼다.
"건륭 45년 경자년 8월 7일 밤 삼경에 조선인 박지원이 이
곳을 통과하다."
그러고 나서 크게 웃으며 말했다.
"나는 한갓 서생일 뿐이다. 머리가 허옇게 되어서야 장성
밖을 한번 나가 보는 건가?"

둘째 단락의 첫머리에서 연암은 오언절구와 흡사히 5자구를
네 번 반복함으로써, 단락의 전환을 알림과 동시에 시적이고 낭만
적인 분위기를 자아내고 있다. 난생 처음 목도한 만리장성의 위용
(偉容)은 단 한마디, '10여 길'이라는 까마득한 높이로 집약·표현된
다. 연암은 이 역사적인 명소를 그냥 지나칠 수 없었다. 「막북행정

록」의 관련 기사를 보면, 그는 물을 구할 수 없어 때마침 밤길에 마시려고 사 두었던 술을 따라 먹을 갈았으며, 차고 있던 칼로 성벽에 덮인 이끼를 긁어내고 거기에 대자(大字)로 기념 글씨를 썼던 것으로 되어 있다.³⁶ 그러나 여기서 연암은 그러한 세세한 설명을 생략하고, 단지 "술을 뿜어 먹을 갈고는, 성벽을 쓰다듬고 나서 글씨를 썼다"고만 표현하고 있다.³⁷ 이같이 간결한 표현은 글씨 쓰는 행위에 장중함을 더해 줌과 동시에, 글씨 쓰는 행위 자체보다는 뒤이어 소개되는 벽면의 글씨 내용에 관심이 집중되도록 한다.

그런데 연암은 만리장성의 벽면에다 '조선인 박지원'이라고밖에는 적을 수가 없었다. 연행 도중에 지은 한 시에서 "백발 서생이 북경에 들어서니, 옷차림은 영락없는 노병(老兵)이로다. 다시 또 열하로 말 타고 떠나기를, 가난한 선비가 공명(功名) 쫓듯 하는구나"라고 자조적으로 노래했듯이,³⁸ 마흔 살이 넘도록 아무런 벼슬을 하지 못했던 그는 사행에도 자제군관의 신분으로 참가했을 뿐이기 때문이다.

이어지는 문장에서 유의할 것은 거듭 나오는 '乃'(내) 자의 의미이다. '乃大笑'의 '乃'는 시간적인 간격을 나타내는 조자(助字)로, '마침내'라는 의미를 함축하고 있다. 연암은 글씨를 다 쓰고 난 뒤, 만감이 교차하는 심정으로 이를 한동안 응시한다. 그러고 나서 크게 웃는다. "乃吾書生爾"의 '乃'는 범위의 한정을 나타내는 조자로 '겨우'라는 의미를 함축하고 있는데, 동일한 의미를 함축한 '爾'(이) 자가 구말(句末)에 옴으로써 한정의 의미가 더욱 강조되고 있다. 원대한 포부를 안고 중국 문물을 연구하던 시절에 언젠가는 이런 날이 오기를 염원했건만, 드디어 이 거대한 역사의 현장을 마주하고 있는 나는 여전히 일개 서생일 따름이다. 어찌하여 하늘은 나로 하여금 머리가 허옇게 세어서야 장성을 나설 수 있게 하는 것인가? 이러한 자신의 역설적인 운명에 생각이 미치는 순간, 허허로운 웃음이 터져 나오는 것이다. 이와 같이 '乃' 자는 연암의 심중에 일어난 무한한 감개를 함축적으로 표현하고 있다.

昔蒙將軍自言:"吾起臨洮, 屬之遼東, 城塹萬餘里, 此其中不能無絶地脈?"今視其塹山塡谷, 信矣哉!

옛날에 몽염 장군은 독백하기를,
"내가 임조에서 시작하여 요동까지 계속해서 성 쌓느라고 산을 파헤친 것이 만여 리나 되었다. 이와 같이 했으니 그 중간에 지맥을 끊는 일이 없을 수 있었으랴?"
하였다. 그런데 지금 그가 산을 파헤치고 골짜기를 메운 자취를 살펴보니, 과연 그렇도다!

『열하일기』의 도처에서 연암은 책으로만 익힌 지식이 현지에서 실제 견문을 통해 사실로 판명될 때마다 탄성을 발하고 있거니와, 여기서도 그는 자신이 일찍이 애독했던 『사기』 중의 「몽염열전」(蒙恬列傳)에 나오는 고사를 떠올리며 감회에 젖고 있다.[39] 그리하여 자연스레 그의 생각은 만리장성을 에워싸고 전개되었던 과거의 역사로 비약한다. "噫! 此古百戰之地也."(아! 이곳은 예전에 수많은 전투가 벌어졌던 지역이다) 이어서 연암은 대구(對句)로 된 구문을 반복하고, 이를 통해 후당(後唐)·요(遼)·금(金)·원·명의 여러 왕조에 걸친 유

명한 전투들과 텡기스(唐其勢)·사돈(撒敦)·투겐 티무르(禿堅帖木兒)·
알탄(俺答) 등 이색적인 인명들을 열거함으로써, 고북구를 무대로
끊임없이 벌어졌던 전쟁의 역사를 집약적으로 표현하는 효과를 거
두고 있다.[40] 단 이와 같은 고북구의 전쟁사에 관한 서술 역시 고염
무의 『창평산수기』에 의거한 대목이다.[41]

글의 종결부에서 연암은 고북구의 지나간 역사에 대한 회상으
로부터 현재의 시공으로 되돌아온다. 저 성 아래는 치열한 전쟁터
였건만, 지금은 천하가 태평하여 더 이상 전쟁을 하지 않는다. 그럼
에도 불구하고 험준하기 짝이 없는 고북구의 야경을 바라보노라면,
저절로 이 일대가 역대의 격전지임을 상기하지 않을 수 없다.

> 時月上弦矣. 垂嶺欲墮, 其光淬削, 如刀發硎. 少焉, 月益下嶺,
> 猶露雙尖, 忽變火赤, 如兩炬出山. 北斗半揷關中, 而蟲聲四
> 起, 長風肅然, 林谷俱鳴. 其獸嶂鬼巘, 如列戟摠干而立. 河瀉
> 兩山間, 鬪狠如鐵馳金鼓也. 天外有鶴鳴五六聲, 淸憂如笛聲
> 長嗌(嫋). 或曰:"此天鶩也."

마침 달은 상현이었다. 달이 고개에 걸려 막 넘어가려는
데, 그 빛이 싸늘하고 예리하기가 마치 칼을 숫돌에 갈아
날을 세운 것 같았다. 조금 지나자 달이 더욱 고개 아래로
넘어갔으나, 그래도 뾰족한 두 끝은 여전히 드러나 있더니
갑자기 불처럼 빨갛게 변해서 마치 두 개의 횃불이 산에
출현한 것 같았다.
북두칠성이 관문 위로 기울어 반쯤 가려지자 풀벌레 울음

이 사방에서 일어나고, 멀리서 세찬 바람이 으스스하게 부니 숲과 골짜기가 모두 울었다. 저 맹수 같고 귀신같은 멧부리들은 마치 창을 늘어놓고 방패를 한데 모아 세운 듯하며, 강물이 양쪽 산 사이에서 쏟아지며 거세게 다투는 것은 마치 철갑 입은 기병들이 치닫고 징과 북이 울리는 듯하였다. 하늘 너머에서 두루미가 대여섯 번 울음을 울었다. 맑고 곱기가 마치 피리 소리가 길게 여운을 남기는 듯하다. 어떤 이가,

"이것은 천아(天鵝: 고니)다."

라고 하였다.

여기서 연암은 일련의 직유법을 구사하여 고북구의 경관을 대단히 인상적으로 묘사하고 있다. 시시각각으로 기우는 상현달은 시퍼렇게 날이 선 칼과 신호를 알리는 횃불로, 험준한 산봉우리들은 열 지어 늘어선 창과 방패, 산 사이로 쏟아지는 격류는 전장으로 내닫는 기마와 요란스런 군중(軍中)의 징과 북 소리로 비유되고 있다. 이와 같이 기발하면서도 절묘한 비유와 함께, '淬削'(쉬삭: 싸늘하고 예리하다), '雙尖'(쌍첨: 두 끝이 뾰죽하다), '火赤'(화적: 불처럼 빨갛다), '鬪狠'(투흔: 거세게 다투다), '獸噂鬼爐'(수장귀헌: 맹수 같고 귀신 같은 멧부리들) 등과 같은 강렬한 어구의 구사는 고북구가 지닌 유명한 격전지로서의 면모를 부각시키는 데에 탁월한 효과를 발휘하고 있다.

그런데 단락의 마지막에 가서 연암은 이러한 살벌하고 현란한 이미지의 흐름을 차단하고, '천외'(天外)에서 들려오는 아련한 두루미의 울음을 묘사하면서 그 새는 '천아'(天鵝)일지도 모른다고 덧붙

이는 말로 글을 맺고 있다. 서술상의 이 같은 돌연한 변화에 의해 이 글은 시적이고 낭만적인 분위기를 회복하면서 여운을 남긴 채 끝날 수 있게 된다. 하늘 밖을 고고히 날며 천고의 전쟁터를 굽어보는 한 마리의 고니는, 비록 일개 서생에 불과하지만 역사의 현장에서 세계사의 격동을 초연하게 회고하고 있는 연암 자신을 상징하는 것으로 볼 수도 있을 것이다.

여기에 등장하는 '천아'를 고니라는 새가 아니라 '천아성'(天鵝聲) 즉 군대에서 부는 나팔 소리로 해석해야 한다는 주장이 있다. 연암은 청에 의한 통치가 진정한 평화는 아니며 또 다른 전쟁을 예비하는 불안한 평화에 불과하다는 점을 말하려는 의도로 절묘하게 '천아성'을 언급했다는 것이다.[42] 북경으로 귀환하고자 고북구를 다시 통과할 적에 연암은 청나라가 100여 년 동안이나 태평성세를 누리고 있음을 찬탄하면서도, 백성들이 오랜 평화에 안주한 나머지 장차 전란이 나면 여지없이 무너지지 않을까 우려했다.[43] 이 같은 「막북행정록」의 관련 기사는 '천아'를 천아성으로 해석해야 한다는 주장에 힘을 실어 주는 것처럼 보인다.

그러나 「야출고북구기」에서 고북구의 밤 풍경을 자못 살벌하게 묘사하다가 홀연 공중에서 들려오는 새의 울음으로 글을 맺은 연암의 수법은 바로 소식(蘇軾)의 「석종산기」(石鐘山記)를 다분히 염두에 둔 것이었다. 소식은 이 유명한 기문에서 정체불명의 굉음을 낸다는 신비로운 석종산을 달밤에 찾아갔더니,

大石側立千尺, 如猛獸奇鬼, 森然欲搏人, 而山上栖鶻, 聞人聲亦驚起, 磔磔雲霄間. 又有若老人欬且笑于山谷中者. 或曰:

"此鸛鶴也."

거석이 비스듬히 천 길이나 솟았는데 사나운 짐승이나 기
괴한 귀신 같아서 으스스하여 사람을 후려칠 것만 같았다.
그리고 산 정상에 깃든 송골매가 사람 말소리를 듣고 저도
깜짝 놀라 날아가 높은 하늘에서 소리 내어 울었다. 게다
가 노인네가 기침을 하다가 웃는 듯한 소리가 산골짜기에
서 났다. 어떤 이가,
"이것은 황새다."
라고 하였다.

라고 서술하고 있다. 뿐만 아니라 고니를 뜻하는 '천아'나 '홍곡'(鴻
鵠)은 한시에서 흔히 혼탁한 세속을 초월한 고고한 인물을 상징한
다. 예컨대 이색(李穡)의 시 「환가」(還家)에서 시인은 원나라에서 귀
국하는 기쁨을 노래하며, "온 천하를 돌아보니 전란으로 어지러운
데, 나는야 구름 너머 높이 나는 한 마리 고니"(回頭四海煙塵暗, 雲表高
飛一箇鴻)라고 하였다. 이익(李瀷)의 시 「천아행」(天鵝行)에서도 속세
의 탐욕에 사로잡히지 않는 명철하고 현덕(賢德)을 갖춘 새로 천아
를 예찬했다.[44]

한편 이와 대조적으로, 「막북행정록」 8월 5일 기사에서 일행
들과 헤어져 열하로 떠나게 된 연암이 이별의 슬픔을 토로하고 있
는 대목은 「야출고북구기」와는 현저히 다른 문체적 특색을 보여 준
다.[45] 이날 그는 북경의 숙소 밖에서 변(卞) 주부·정(鄭) 진사 등과
이별의 악수를 나누었으며, 여러 역관들도 다투어 그의 손을 부여

잡고 잘 다녀오기를 빌어 주었다. 마두들은 첨운패루(瞻雲牌樓) 앞까지 따라와서는 다투어 과일을 사서 바치며, 몸조심하시라고 당부하면서 눈물을 뿌렸다. 지안문(地安門)과 종루(鐘樓)를 거쳐 성문 밖을 나서자, 여태까지 따라오던 박내원도 침통하게 작별하고 돌아갔는데, 장복만은 연암의 말등자를 붙잡고 흐느끼면서 차마 떨어지지 못한다. 연암이 그에게 그만 돌아가도록 타이르자, 다시 장복은 연암을 따라가게 된 창대의 손을 잡고 서로 슬피 우는데, 눈물이 비 오듯 한다. "萬里作伴, 一行一留, 情所固然."(만리 길에 동무가 되었다가 하나는 떠나고 하나는 남게 되었으니, 인정상 그럴 수밖에 없으리라) 그리하여 마상(馬上)에서 연암은 이별에 관한 상념에 잠기게 된다.

人間最苦之事, 莫苦於別離; 別離之苦, 莫苦於生別離. 彼訣別 於一生一死之際者, 無足言苦.

인간 세상에서 가장 괴로운 일로는 이별보다 더 괴로운 것이 없으며, 이별의 괴로움으로 말하자면 생이별보다 더 괴로운 것이 없지 않을까. 하나는 살아 있고 하나는 죽어 갈 적의 결별이란 괴롭다고 말할 것이 못 된다.

연암은 요컨대 생이별이야말로 인생에서 가장 고통스러운 일이라는 주장을 단도직입적으로 말하는 대신에, 대구(對句)와 점층법을 구사하여 표현하고 있다. 그리고 이러한 자신의 주장을 강조하기 위해 일견 상식과 상정(常情)에 반하는 견해, 즉 사별이란 별반 고통스러운 일이 못 된다는 기발한 견해를 제기함으로써 흥미를 자아낸다.

千古慈父孝子, 信男宜婦, 義主忠臣, 血朋心友, 奉訓於易簀
之時, 受命於憑几之際, 握手揮涕, 遺托丁寧. 此天下父子·男
婦·主臣·友朋所同有也; 此天下慈孝·宜信·義忠·血心所同出
也. 此旣人人之所同有·所同出, 則此事也天下之順理也.

아득한 옛날부터 인자한 아버지와 효성스런 아들, 믿음직
한 남편과 정숙한 아내, 의로운 임금과 충직한 신하, 혈성
을 바친 벗과 진심을 허락한 친구라면, 대자리를 바꾸어
유훈(遺訓)을 받을 때나 안석에 기대어 유명(遺命)을 받을
적에, 손을 부여잡고 눈물을 뿌리며 뒷일을 부탁하기를 간
절히 한다. 이는 천하의 부자와 부부와 군신과 붕우가 공
통으로 지닌 바요, 이는 천하의 인자와 효성, 정숙과 신뢰,
인의와 충직, 혈성과 진심에서 공통으로 나오는 바인 것
이다. 이와 같이 이미 사람마다 공통으로 지니고 공통으
로 나타나는 것이라면, 이 일은 곧 천하의 순리가 아닐 수
없다.

원문 중의 '역책'(易簀)은 『예기』(禮記)에 나오는바, 임종할 때
증자(曾子)가 침석으로 쓰던 대자리가 지나치게 화려하다 하여 아들
에게 명해 이를 바꾸도록 한 고사에서 유래한 표현으로, 임종을 뜻
하는 말이다. 이와 호응하고 있는 '빙궤'(憑几)는 임금이 안석에 의
지하여 신하에게 유명을 내린다는 뜻으로, 『서경』(書經) 「고명」(顧

命) 장에 출처를 두고 있다. 이 절의 논지는, 사별의 슬픔이란 인간 이라면 누구나 순응할 수밖에 없는 보편적 감정이므로 고통스러울 것은 없다는 단순한 내용이다. 그런데도 연암은 이를 한층 설득력 있게 개진하고자, 4자구를 나열하고 고전을 이용한 대구를 만들며, 다시 '慈父孝子', '信男宜婦'와 같은 앞서의 4자구들을 분해해서 새 로이 '父子男婦', '慈孝宜信'과 같은 구로 만들어 대구 문장 가운데 에서 반복하는 등 자못 장황한 웅변조의 표현을 구사하고 있다.

> 以言乎生者之苦, 則性可滅, 明可喪, 盆可鼓, 絃可斷, 炭可呑, 城可崩, 至於鞠躬盡瘁, 死而後已, 而無關死者, 則死者無苦 也.

산 자의 고통으로 말하자면, 생명이 위태롭고 두 눈이 멀 며, 질장구를 두드리고 거문고 줄을 끊어 버리며, 숯을 삼 키고 성을 무너뜨리며, 심지어는 심신을 다 바쳐 죽게 되 어서야 그만둔다 한들, 죽은 자와는 아무 상관이 없으니 죽은 자에게는 고통이 없는 것이다.

다음으로, 연암은 산 자가 아무리 고통스러워한다 할지라도, 죽은 자는 이를 알 리 없으니 고통스럽지 않다고 말한다. '성가 멸'(性可滅)은 생명이 위태로울 정도로 부모의 죽음을 슬퍼한다는 뜻으로『효경』(孝經)에 출처를 둔 표현이고, '명가상'(明可喪)은 자하 (子夏)가 아들을 잃은 충격으로 실명했다는『예기』중의 고사를, '분 가고'(盆可鼓)는 상처한 장자(莊子)가 질장구를 두드리고 노래를 불렀다는 유명한 고사를 끌어온 표현이다. '현가단'(絃可斷)은 자신의 예술을 알아주던 지우(知友) 종자기(鍾子期)가 죽자 백아(伯牙)가 거문고 줄을 끊어 버렸다는『여씨춘추』(呂氏春秋) 중의 고사에서, '탄가탄'(炭可呑)은 예양(豫讓)이 죽은 임금의 복수를 위해 숯을 삼켜 병어리가 되었다는『사기』「자객열전」중의 고사에서, 그리고 '성가붕'(城可崩)은 기량(杞梁)의 처가 전사한 남편을 애도하여 열흘을 통곡하자 성이 무너져 버렸다는 민간 고사에서 유래한 표현이다. '국궁진췌, 사이후이'(鞠躬盡瘁, 死而後已)는 제갈공명의「후출사표」(後出師表)에 나오는 표현을 따다 쓴 것이다. 이와 같이 연암은 고사성어를 이용한 어구들의 병렬을 통해 사별에 임한 산 자의 고통을 극도로 강조한 뒤, 이와 대조적으로 죽은 자는 전혀 고통을 알지 못한다는 역설적인 결론을 돌연히 끌어냄으로써 충격을 준다.

이어서 연암은『진서』(晉書)와『당서』(唐書)『자치통감』등에 나오는 고사를 들어, 사별의 경우에 죽은 자뿐 아니라 때로는 산 자도 그다지 고통을 못 느낄 수가 있다는 점을 첨언한다. 전진(前秦)의 부견(符堅)은 승상 왕맹(王猛)이 죽자 통곡해 마지않았으나 그의 유언을 따르지 않고 진(晉)을 공격하다 망했으며, 당 태종은 위징(魏徵)이 죽자 손수 비문까지 지어 주었다가 나중에 이를 후회하고 그 비를 쓰러뜨리지 않았던가. 이러한 역사적 사례를 끌어와서, 연암은 사별의 경우에는 고통을 말할 것이 못 된다고 재차 단언하고 있다.

苦莫苦於一行一留之時. 其別離之時, 地得其苦. 其地也非亭非閣, 非山非野, 遇水爲地.

괴롭기로 말하자면 하나는 떠나고 다른 하나는 남게 될 때보다 더 괴로운 것은 없다. 그렇게 이별할 때, 장소야말로 그 괴로움을 돋우는 것이다. 그러한 장소란 정자도 아니요 누각도 아니며, 산도 아니고 들도 아니니, 물을 만나야만 적지(適地)가 된다.

이제 연암은 앞서의 논지를 발전시켜, 물가에서 이루어지는 생이별이야말로 인생에서 가장 괴로운 일이라고 주장한다. 여기서도 그는 이별의 배경으로서는 물이 제격이라는 주장을 강조하기 위해, 이에 앞서 "非亭非閣" "非山非野"의 4자구를 반복하고 있다. 이는 '非亭閣山野'로 좀 더 간략히 표현될 수도 있는 문장이다.

이와 유사한 표현 수법은, 물가에서 이루어진 처절한 이별의 대표적인 예로 한(漢)나라 때 소무(蘇武)와 이릉(李陵)의 이별사(離別事)를 거론한 다음 절의 문장에서도 거듭 구사되고 있다. 『문선』(文選)에 수록된 「여소무」(與蘇武) 시는 이릉이 지었다는 이별시(離別詩)의 명작으로, 흉노에게 억류되어 있던 이릉이 그와 마찬가지로 장기 억류되어 있다가 귀국하게 된 소무에게 지어 준 시로 전해지고 있다. 연암은 그중의 "携手上河梁, 遊子暮何之"(손을 이끌고 강가의 다리에 오르노니, 나그네는 저물녘에 어디로 가야 하나)라는 시구에 근거하여, 이 두 사람의 이별을 천고에 가장 슬픈 이별로 치는 이유는 이들이 다름 아닌 강가의 다리에서 이별했기 때문이라는 기발한 논의를 편다.

彼河梁, 我知之矣. 不淺不深不穩不急之波, 抱石而鳴咽; 不風

不雨不陰不暘之暑, 轉地而曀霾. 河上有橋, 可久而將崩; 河畔
有樹, 可老而欲禿; 河外有沙, 可坐可立; 河中有禽, 可沈可浮.
于斯有人, 非四非三, 無語無言. 此天下之至苦也.

나는 아노라, 저 강가의 다리를. 그곳에는 얕지도 깊지도
않고 잔잔하지도 거세지도 않은 물결이 바윗돌을 껴안고
흐느껴 울고, 바람도 비도 없고 흐리지도 밝지도 않은 햇
빛이 대지를 감돌아 몹시도 음산했으리라. 강 위에는 오
래 되어 무너질 듯한 다리가 있고, 강변에는 늙어서 가지
만 앙상한 나무가 있고, 강 건너에는 앉거나 거닐 만한 모
래톱이 있고, 강 가운데에는 잠겼다 떠올랐다 하는 새가
있었으리라. 바로 여기에 넷도 아니고 셋도 아닌 사람들이
말도 하지 않고 입도 열지 않은 채로 있었으리라. 이야말
로 세상에서 더할 수 없는 괴로움이 아니었을까.

연암은 그 옛날 소무와 이릉이 이별하던 정경을 상상한다. 흐
느껴 우는 듯한 물결과 음산하기 짝이 없는 날씨, 낡아빠진 다리와
강변의 고목, 아담한 모래톱과 한가로이 노는 물새들, 그 가운데에
서 더도 아닌 단 두 사람이 묵묵히 이별을 나누고 있다. 이러한 상
상 속의 애절한 정경을 묘사하면서, 연암은 지극히 서정적인 표현
과 아울러 거의 운문에 가깝게 된 문장들을 유창하게 이어 나감으
로써 커다란 정서적 호소력을 얻고 있다.
　이어서 그는 물가에서 맞는 이별이야말로 가장 괴로운 이별이
라는 자신의 기발한 논의를 보강하기 위해, 이별을 노래한 강엄(江

淹)의 「별부」(別賦)를 비평하고, 『장자』 「산목」(山木) 편에 나오는 웅의료(熊宜僚)의 말을 끌어오며, 당나라 시인 유우석(劉禹錫)이 지은 시 「중지형양 상류의조」(重至衡陽傷柳儀曹)의 한 구절을 인용할 뿐만 아니라, 우리 민요 「배따라기」까지 끌어들이고 있다. 땅이 협소한 조선에서는 멀리 떠나는 생이별이란 있을 수가 없어, 우리나라 사람들은 그에 따른 깊은 고정(苦情)을 알지 못한다. 단지 뱃길로 중국에 사신 갈 적만은 원별(遠別)의 고통을 맛보게 되므로, 이를 애달프게 노래한 「배따라기」라는 민요가 있다는 것이다. 그리하여 연암은 중국으로 향하는 사행선(使行船)이 떠날 적에 기생들이 이 노래를 부르는 광경을 자세히 묘사하고 그 가사를 소개한 다음, "此吾東第一墮淚時也"(이는 우리나라에서 제일 눈물 나는 순간이다)라고 평하고 있다.

今張福, 親非父子, 義非主臣, 情非男婦, 交非朋友, 而其生離之苦如此, 則亦非獨江海河梁爲之地也. 異國異鄉, 無非別地.

이제 장복은 나와는 친분상 부자간도 아니요, 의리상 군신간도 아니며, 정분상 부부간도 아니고, 교분상 친구간도 아닌데, 그래도 그와 생이별하는 고통이 이러하거늘, 그로 보면 역시 강과 바다나 강 위의 다리만이 이별에 적합한 장소인 것은 아니다. 낯선 나라 낯선 고장은 그 어느 곳이나 이별의 적지인 것이다.

그런데 우리 민요 「배따라기」에 관한 상념을 매개로 하여, 연암은 장복과 이별하는 현재의 순간으로 되돌아오면서, 앞서의 논지를 새로운 차원으로 지양한다. 남남이나 다름없는 장복과의 이별이 이토록 고통을 자아내는 것을 보면, 인생에서 가장 괴로운 이별은 실은 이국땅에서 겪게 되는 생이별이라는 것이다. 그리하여 연암의 상념은 다시, 호란 이후 소현세자가 중국 심양에 인질로 끌려와 억류되었던 당시의 역사로 비약한다. 이 대목에 이르러 그는 가장 격정적인 어조로 비분강개한 심정을 토로하면서, 동시에 이제까지 자못 분방하게 개진해 온 이별론을 최종 수습하고 있다.

> 嗚呼痛哉! 昭顯世子之在瀋陽邸第也, 當時臣僚去留之際, 使价往來之時, 何以爲懷? 主辱臣死, 猶屬從容, 何留何去, 何忍何捨? 此吾東第一痛哭時也.
> 嗚呼痛哉! 蟻虱微臣, 試一念之於百年之後, 猶令魂冷如烟, 骨酸欲摧, 而況當時離筵拜辭之際乎? 而況當時畏約無窮, 嫌疑旣深, 忍淚吞聲, 貌藏慘沮乎? 而況當時從留諸臣之遙望行者, 遼野茫茫, 瀋樹杳杳, 人行如荳, 馬去如芥, 眼力旣窮, 地端水倪, 接天無垠, 日暮掩館, 何以爲心?
> 于斯別也, 亦何必水爲之地? 亭可也, 閣可也, 山可也, 野可也. 亦何必嗚咽之河波, 曀霾之日光, 爲吾之苦情乎? 亦何必將崩之危橋, 欲禿之老樹, 爲吾之別地乎? 雖畫棟繡闥, 春靑白日, 盡爲吾別離之地, 盡爲吾痛哭之時. 于斯時也, 雖有石人回頭, 鐵腸盡銷. 此吾東第一情死時也.

아아 슬프다! 소현세자께옵서 심양의 저택에 계실 적에 당시 신하들이 머물다가 떠날 때나 사신들이 왔다가 갈 적마다 그 심회들이 어떠했을까? 임금이 욕을 당하면 신하로서는 죽는 것이 오히려 당연한 일에 속하거늘, 누구는 머물고 누구는 떠나며, 누구는 참고 견디며 누구는 버려둔단 말인가? 이야말로 우리나라에서 가장 통곡해 마지않았을 때이다.

아아 슬프다! 이나 벼룩같이 하찮은 신하인 이 몸이 그로부터 100년이 지난 오늘에 잠시 한 번 생각만 해보아도 넋이 연기처럼 싸늘하게 사그라지고 뼈가 저리어 부스러질 것만 같은데, 하물며 연석(筵席)을 떠나서 작별 인사를 올릴 때에랴? 하물며 당시는 두려움으로 무한히 움츠려야 했고 내통한다는 혐의를 깊이 받고 있어, 눈물을 참고 울음을 삼키며 얼굴에 슬픈 기색을 감추어야 했음에랴? 하물며 당시 세자를 따라 남게 된 신하들이 떠나가는 이들을 멀리까지 바라볼 적에, 요동 벌판은 한없이 아득하고 심양의 수목들은 아스라이 멀며, 사람 가는 것은 콩알만 하고 말이 떠나는 것은 겨자씨 같다가, 마침내 시력이 한계에 달해, 땅 끝과 강물 끝이 하늘과 맞닿아 하나가 되어 버릴 적에 해는 저물어 숙소 문을 닫아야 했을 터이니 그 심정이 어떠했으랴?

바로 이러한 이별에도 하필이면 물이라야 적지가 되랴? 정자라도 좋고 누각이라도 좋고 산이라도 좋고 들이라도 좋을 것이다. 또한 하필 흐느껴 우는 강물결, 음산하기 짝이 없는 햇빛만이 우리의 고정(苦情)을 자아내랴? 또한 하필 무너질 것 같은 위태로운 다리, 잎이 다 지려는 늙은 나무만이 우리의 이별 장소로 적합하랴? 비록 채색한 기둥과 아름답게 꾸민 소문(小門), 푸르른 봄날과 한낮이라 해도, 죄다 우리의 이별을 위한 적지가 되는 것이며, 죄다 우리가 통곡해 마지않을 순간이 되는 것이다. 바로 이러한 순간에는 비록 돌부처라 해도 고개를 돌릴 것이며, 철석같은 심장이라 해도 죄다 녹아 버릴 것이다. 이야말로 우리나라에서 가장 상심하여 죽고 싶어지는 때이리라.

장복과의 이별을 계기로 촉발된 연암의 사색은 굽이굽이 이어져, 마침내는 이국땅에 억류된 소현세자 일행을 남겨 두고 이별하던 때야말로 "가장 통곡해 마지않을 때"요 "가장 상심하여 죽고 싶은 때"였으리라는 결론에 도달하고 있다. 요컨대 연암의 이별론은 자유분방한 사색 끝에 그의 대청관(對淸觀)이 지닌 또 다른 주요한 일면인 민족적 저항의식의 우회적인 표출에 귀착하고 있다. 그가 진정으로 토로하고 싶었던 바는 바로 여기에 있었던 것이다.

그러므로 이 마지막 대목에서 연암의 어조는 열정에 찬 웅변으로 고양되고 있다. 즉, 그는 "嗚呼痛哉" "此吾東第一(…)時也" "于斯(…)也" "以況當時(…)乎" "亦何必(…)乎" 등과 같은 구문을 거듭 반복함으로써 격양된 분위기를 한껏 고조시켜 나간다. 여기에 가세하여, "何留何去, 何忍何捨" "魂冷如烟, 骨酸欲摧" "忍淚吞聲, 貌藏慘沮" "遼野茫茫, 潘樹杳杳" "人行如荳, 馬去如芥" 등과 같은 지극히 주정적(主情的)인 표현으로 된 4자구의 리듬이 깊은 호소력으로 심금을 울린다.

뿐만 아니라 연암은 이국땅은 그 어디나 이별의 최적지라는 결론을 더욱 강조하기 위해 앞서 주장한바 물가야말로 이별의 슬픔을 돋우는 곳이라는 견해를 돌연히 번복하면서, 그와 더불어 이별을 논할 때 구사했던 앞서의 어구들을 정반대의 문맥에서 되풀이하는 기교를 구사한다. 예컨대 "其地也非亭非閣, 非山非野, 遇水爲地" 같은 문장을 "何必水爲之地? 亭可也, 閣可也, 山可也, 野可也"로 변형하여, 이들 문장을 전후로 교묘하게 대응시켜 나감으로써 앞서의 방만했던 논의를 수습하고 있다. 이와 같은 점들에서 「막북행정록」 중 연암의 이별론은 『열하일기』의 고문체가 지닌 또 하나의 주요 특징을 극명하게 보여 주는 실로 탁월한 문장이라 하지 않을 수 없는 것이다.

이상과 같은 대조적인 사례를 통해 살펴본 바에 의하면 『열하일기』 중의 고문체 문장은 서사(敍事)를 위주로 하여 간결체를 구사한 경우와, 의론(議論)을 위주로 하여 만연체를 구사한 경우로 크게 나누어 볼 수 있다. 전자의 경우, 연암은 대상에 대한 세부 묘사를 가급적 억제하고 그 핵심 요소만을 언급하는 지극히 간고(簡古)하고 생략적인 표현을 추구하고 있다. 이에 따라 그는 평이하고 질박한 느낌을 주는 문자를 주로 사용하면서도, 한 자 한 자가 최대의 의미를 함축하도록 용자(用字)에 극도의 신중을 기함으로써, 매우 중후하고 시적인 여운을 남기는 문체에 도달하고 있다. 앞서 분석한 「야출고북구기」와 더불어 「일야구도하기」 등은 그 대표적인 예이다.

이에 반하여 후자의 경우, 연암은 간결하고 응축적인 표현보다는 달의(達意)와 웅변을 추구한다. 즉, 그는 자신의 의사를 남김없이 토로하기 위해 분방하고도 솔직한 평포직서(平舖直敍)의 표현을 즐겨 구사하며, 그 결과 도도한 웅변조와 요설적(饒舌的)인 경향의 문체를 보여 주고 있는 것이다. 「도강록」 중의 '호곡장론'(好哭場論)이라든가, 이미 고찰한바 「막북행정록」 중의 '이별론', 그리고 「상기」 등은 그 좋은 예라 할 수 있다. 물론 『열하일기』 중의 고문체 문장에서 이와 같은 양극적인 경향은 상호 배타적으로만 나타나는 것은 아니다. 때로 이들은 개개의 작품, 개개의 대목마다 비중을 달리하여 혼연일체를 이루어 나타남으로써 『열하일기』의 문체적 다양성을 더욱 고조시키고 있는 것이다.

3. 우언과 해학

유득공이 지은 「열하일기서」(熱河日記序)는 『장자』와 대비하여 『열하일기』의 저술 방법을 논하고 있는 흥미로운 글이다.[46] 이에 의하면, 일반적으로 저술에는 '우언'(寓言)과 '외전'(外傳)의 두 가지 방법이 있다. 『주역』과 같이 '담리'(談理: 이치를 논함)를 위주로 하되 저자의 견해를 은밀하게 드러내는 방식을 추구하면 우언으로 되고, 『춘추』처럼 '기사'(記事: 사실을 기록함)를 위주로 하되 논란의 여지가 있는 미묘한 사실까지 기록할 때에는 외전으로 된다. 장주(莊周)는 이 두 가지의 수법을 모두 잘 구사했으므로 "저서가의 웅(雄: 우두머리)"이라 할 만하다. 그런데 『열하일기』는 『장자』와 동일한 저술 방법에 의거하면서도 더욱 뛰어난 면을 보여 주고 있다. 즉, 『열하일기』 역시 외전의 수법으로 중국의 지리·인물·풍속·동식물 등에 관한 진기한 사실들을 풍부히 기록하고 있지만, 『장자』처럼 진실과 허구를 뒤섞지 않고 오로지 진실만을 전하고 있다. 또한 『열하일기』는 우언의 수법을 겸하여 이치를 담론하고 있는 점에서도 『장자』와 마찬가지이나, 『장자』처럼 허황된 공담(空談)에 그치지 않고 중국의 민요와 풍속 등 치란(治亂)에 관계되는 내용과 성곽·건물·농업·목축업·도업(陶業)·제련업(製鍊業) 등 "일체의 이용후생지도(利用厚生之道)"를 담고 있다는 것이다.[47]

이와 같이 유득공의 「열하일기서」가 『열하일기』의 주요한 문예적 특징의 하나로 우언적 수법의 구사를 들고 있는 것은 정곡을 찌른 견해라 생각된다. 또한 유득공은 『고운당필기』(古芸堂筆記)에서도 『열하일기』에 대해 "희소노매(嘻笑怒罵: 장난치며 웃거나 성내며 꾸짖음)하는 사이사이에 우언을 섞었다"고 지적했다.[48] 박종채의 『과정록』에서도 당시의 독자들은 대개 『열하일기』를 전기(傳奇: 기이한 이야기)나 해학적인 작품으로만 알았으므로, 이재성이 연암에 대한 제문(祭文)에서 "공(公: 연암)을 좋아한다는 이들도 참모습을 좋아한 건 아니었지요. 기침이나 침처럼 내뱉은 걸 주워다가 진기한 보배로 여기고, 우언이나 해학을 힘껏 전파하려 했지요"라고 비통해했다고 한다. 그리고 중년 이후의 연암 문학에 대해 "왕왕 우언과 해학으로 된 유희적인 작품으로서 도가와 불가에 출입한 것이 없지 않았다"고 증언하였다.[49]

그런데 이러한 발언들에서 유의할 것은, 『열하일기』 중의 우언적 수법이 해학적 수법과 함께 거론되고 있는 점이다. 『열하일기』의 한 특색이 풍부한 해학성에 있음은 사실이며, 이는 또한 발표 당시부터 세간의 정평이기도 했다. 그러나 『열하일기』에서 해학적 수법은 단순히 해학을 위한 해학, 작자의 해학 취향에 따른 실없는 웃음만을 자아내기 위한 것은 아니다. 그것은 작자의 진보적이고 비판적인 사상을 효과적으로 피력하기 위한 방편으로도 활용되고 있으며, 바로 이러한 점에서 『열하일기』 중의 해학은 우언과 동일한 기능을 발휘하고 있는 것이다. 그러므로 『열하일기』의 문예적 특징을 논할 때 이 양자는 같은 차원에서 다루어질 필요가 있다고 본다.

주지하다시피 우언이란 『장자』 「우언」 편에서 유래한 용어로, 상대방을 더욱 잘 설득하기 위해 자기 견해를 직접 주장하는 대신 허구적인 이야기를 빌려 간접적으로 주장하는 글을 가리킨다. 이러한 우언은 선진(先秦) 시대의 제자서(諸子書)에 풍부히 포함되어 있거니와, 그중에서도 특히 『장자』는 우언으로 일관해 있다 해도 과언이 아니다. 『장자』에서 볼 수 있듯이, 우언은 대체로 주객(主客) 간에 주고받는 대화 형식을 취하므로 '우언'(偶言)이라고도 한다.[50] 그리고 이때 화자와 청자는 실제 인물인 경우도 있지만 의인화된 동식물이나 사물까지 포함하여 가공적인 인물인 경우가 많으며, 실제 인물이라 해도 그들이 등장하는 작중 배경과 대화 내용 자체는 전적으로 허구이다.

그러나 우언 중의 허구적인 이야기는 수사(修辭)의 일종이며 작자의 사상을 강조하기 위한 비유로 사용될 뿐이므로, 우언은 소설처럼 허구 자체의 흥미를 추구하는 적극적인 허구는 아닌 점에 유의할 필요가 있다. 즉, 우언은 작자의 분신인 작중화자가 개진하는 도도한 변론과 그 논리성에 보다 많은 관심을 가지는 반면, 소설이 중시하는 등장인물의 형상화나 배경에 대한 세부 묘사, 교묘한 사건 구성 등에 대해서는 그러한 대화 내용을 부각시키는 데 필요한 최소한의 배려를 할 따름인 것이다.

『열하일기』에서 이와 같은 우언적 특성이 가장 잘 드러나 있는 부분은 다름 아닌 「호질」과 「옥갑야화」라고 할 수 있다. 종래의 연구에서는 이 두 작품을 소설로만 다루어 왔다. 그러나 후술할 바와 같이, 『열하일기』 중 소설과는 거리가 먼 일기체 서술 부분에 소설적인 특성들이 약여하게 나타나 있는 반면, 가장 소설과 가까운 듯한 「호질」과 「옥갑야화」에는 도리어 소설적 속성만으로는 설명되기 어려운 고유의 특징이 다분한데, 이는 우언의 견지에서 접근할 때 비로소 온전히 이해될 수 있으리라 본다.

「관내정사」 7월 28일 기사 중에 수록되어 있는 「호질」은 옥전현(玉田縣)을 지나던 연암이 그곳의 한 가게에서 발견하여 전사(轉寫)했다는 글이다. 말미에 붙인 후지에서 연암은 이 작품을 "절세의 기문(奇文)"으로 칭찬하면서 "근세의 중국인이 비분을 느껴 지은 글"로 추정하고 있지만, 한편 이를 작품으로 완성하는 과정에서 자기 의사대로 대폭 손질을 가했다고도 밝히고 있다.[51] 여기에서 「호질」의 작자를 문면 그대로 익명의 중국인으로 보아야 할 것인가, 아니면 실질적으로는 연암으로 보아야 할 것인가 하는 문제가 제기되며, 그중 어떤 견해를 취하느냐에 따라 작품에 대한 해석도 판이하게 달라진다. 따라서 작자 문제는 「호질」을 논함에 있어 선결되어야 할 과제가 아닐 수 없다.[52]

우선 「호질」이 『열하일기』의 일부로서 존재한다는 엄연한 사실에 유념한다면, 그 작자 문제도 『열하일기』의 전체적인 문맥에 비추어서만 제대로 해결될 수 있으리라 생각된다. 앞서도 언급했듯이 연암은 여행 도중 각종 공문서와 도서 목록·비문·주련·신간 서적 등 가치 있다고 판단되는 자료들을 부지런히 수집했는데, 「호질」도 일단 그러한 자료 수집의 일환으로 채록된 글로 볼 수 있다.

당시 연암은 이 글을 동행인 정 진사와 함께 나누어 적었는데, 나중에 보니 정 진사가 맡은 부분에는 오서(誤書)·낙자(落字)가 많아 전혀 문리가 통하지 않았다는 것이다.[53] 이에 대해 일부 논자들은 채록 경위에 대한 그와 같은 해명은 자신이 이 작품을 창작한 사실을 은폐하기 위해 연암이 둘러댄 말이라 의심하고 있다. 즉, 상당한 교양과 학식을 갖추었을 정 진사가 그처럼 무수한 오류를 범했을 리가 없으며, 설령 그랬다 하더라도 「호질」이 진정 근세 중국인이 지은 '절세의 기문'이었다면 연암은 원작에 자의적인 가필을 하기보다는 다음 날 다시 찾아가서 이를 정정·보완했으리라는 것이다.[54]

그러나 정 진사는 이미 통원보(通遠堡)에서도 그곳의 한 서당 선생으로부터 입수한 도서목록을 연암과 함께 나누어 베낀 적이 있을뿐더러, 『열하일기』에서 그는 달을 해로 착각할 정도로 시력이 나쁜 데다가 다소 경솔한 성품의 소유자로 소개되어 있다.[55] 이러한 그가 가는 글씨로 된 장문의 글을 촛불 밑에서 옮겨 적자면 무수한 실수를 빚었을 법도 한 일이다. 게다가 일행은 만수절 날짜에 대어 가기 위해 강행군을 무릅쓰던 차라 다음 날 새벽같이 출발하지 않으면 안 되었으므로, 연암은 미비한 채록본을 보정(補正)할 겨를을 갖지 못했으리라 짐작된다.[56]

이와 아울러 유의할 것은, 정 진사에 이어 연암도 가게 주인 심유붕(沈由朋)을 「호질」의 작자로 의심하고 그에게 재차 질문을 던졌다는 점이다. 얼핏 생각하면, 이들이 「호질」과 같은 '절세의 기문'을 일개 상인이 지었을지도 모른다고 생각했다는 사실은 납득하기 어려운 일로서, 이 역시 연암이 자신의 창작 사실을 은폐하기 위해 지어낸 것으로 보일지 모른다. 그러나 당시의 조선과는 달리 중국에서는 상업 종사에 아무런 신분상의 제약이 없었을뿐더러 상인을 천시하지도 않았으므로, 이족(異族) 통치에 불만을 품은 한인(漢人) 사족(士族) 가운데에는 벼슬길을 거부하고 상인으로 숨어 지내는 사람들도 적지 않았다.[57] 이러한 당시 중국의 실정을 감안할 때 연암이나 정 진사가 「호질」을 상인인 심유붕이 지은 것으로 일단 의심했던 것은 오히려 자연스러운 일로서, 나아가 이들이 「호질」의 내용을 반청적(反淸的)인 불온한 것으로 파악했으리라는 추측을 가능케 한다.

일본 동양문고(東洋文庫) 소장 『연휘』(燕彙) 중 『연암설총』(燕巖說叢)의 『연행음청』(燕行陰晴: 『열하일기』의 처음 명칭)에는 「호질」의 제목 아래에 작자를 "무명씨"(無名氏)라고 명기하여, 「호질」이 연암의 창작이 아님을 강조했다. 또한 연암 자신도 「호질」에 대한 후지에서 "당시에 수수께끼 같은 말로써 작자의 숨은 뜻을 가탁했으니, 아마도 '호'(虎: 虎의 속자)와 '호'(胡)의 발음이 비슷하고 '호'(虎)와 '제'(帝)의 글자가 유사한 때문이었을 것이다. 글 중에 '동쪽이 훤히 밝았고 범은 이미 가 버리고 없었다'고 한 것은, 명나라 홍무제(洪武帝)가 하루아침에 천하를 맑고 밝게 만드니 원나라 황제가 북방으로 도망한 것과 같은 경우를 말한 것"이라고 하면서, 이 글이 명나라를 잊지 못한 지사(志士)의 작품일 것으로 보았다.[58]

「호질」이 연암의 전적인 창작으로 당시 조선의 사회 현실을 풍자한 작품이라는 주장은 작중의 등장인물들을 검토해 보더라도 성립되기 어렵다. "손수 교열한 책이 1만 권이요, 구경(九經)을 해설한 저서는 1만 5천 권"이나 되는, 위선적인 대학자 '북곽선생'(北郭先生)은 조선의 타락한 선비라기보다는 고증학풍(考證學風)에 매몰되어 만주족이 통치하는 현실에 안주하는 한족 선비를 형상화한 것으로 보는 것이 더 타당할 것이다. 그는, 「황교문답」에서 '광사'(狂士) 추사시가 경전에 대한 고증과 훈고를 무기삼아 이설(異說)을 강변하고 남의 학설을 공격하기에 급급한 자들로 매도한, 바로 그러한 유형의 선비에 가깝다.[59] 또한 고증학풍을 선도(先導)한 청나라 초의 저명한 문인 학자로『열하일기』에 소개되어 있는 모기령이나 전겸익은 인격과 처신 면에서 세평이 좋지 못한 인물들로서, 특히 전겸익은 명나라의 유신(遺臣)으로 훼절(毁節)하여 청나라에 출사한 적이 있을 뿐 아니라 애첩 유여시(柳如是)와의 관계 때문에 세인의 지탄을 면치 못했다.[60] 이러한 사실들은 과부 '동리자'(東里子)와 놀아난 북곽선생과 같은 부류의 타락한 선비가 당시 중국 현실에 실제로 존재했으리라는 점을 시사해 주고 있다.

그와 아울러, 소문난 절부(節婦)임에도 불구하고 실은 성(姓)이 다른 자식을 다섯이나 둔 동리자도 당시 조선 여성의 실태를 반영한 인물이라고는 도저히 보기 힘들다. 「태학유관록」에서 연암은 조선의 자랑거리를 묻는 왕민호의 질문에 답하여, 그중의 하나로 "여자가 두 지아비를 섬기지 아니함"을 들고 있다. "명색이 사족(士族)이라 하면, 설사 지독히 가난하고 삼종지도가 다 끊겼다 해도 수절 과부로 평생을 마치는데, 이것이 비천한 노비 하인들에까지 퍼져 저절로 나라의 풍속을 이룬 지가 400년이나 된다"는 것이다.[61] 또한 연암은 중원을 장악한 청나라가 민심을 수습하기 위한 방편으로 전 명나라의 충신들을 표창하고 효자와 노인에게 특전을 베푸는 등 유교식의 예치(禮治)를 강화해 왔음을 지적한 바 있다.[62] 그러므로 「호질」에서 천자가 가짜 절부인 음녀(淫女) '동리자'에게 정문(旌門)

까지 세워 주며 표창한 것으로 되어 있음은 청나라의 위선적인 예치주의(禮治主義)를 풍자하기 위한 것으로 보아야 할 것이다.

『열하일기』의 전체적인 문맥에 비추어 본 이상의 검토에 의하면, 「호질」이 연암의 전적인 창작이 아닌 것만큼은 분명하다고 생각된다. 즉, 연암이 현지에서 채록했던 「호질」의 원문은 익명의 중국 문사가 지은 것으로서, 우언의 형식을 빌려 청조 중국의 현실을 풍자한 작품이었음에 틀림없다. 그러나 한편으로 「호질」이 『열하일기』에서 보는 바와 같은 모습으로 완성되고 전승될 수 있었던 공은 전적으로 연암에게 속하는 것이다. 연암이 이 작품에 가필한 흔적은 도처에서 찾아볼 수 있다.

「호질」의 첫머리에서 천하무적인 범을 잡아먹는다는 특이한 동물들로 비위(狒胃)·죽우(竹牛)·박(駁)·오색사자(五色獅子)·현백(玆白)·표견(酌犬)·황요(黃要)·활(猾)·추이(酋耳)·맹용(猛㺔) 등을 열거하고 있다. 이는 모두 왕사정의 『향조필기』 중 범에 관한 기사에 소개된 동물들이다.[63] 이미 살펴보았듯이 「금료소초」 편을 비롯하여 『열하일기』의 도처에서 『향조필기』를 인용하고 있는 점으로 미루어, 연암은 「호질」에서도 『향조필기』의 관련 기사를 활용하여 그 첫머리를 서술했음이 분명하다.

또한 '의'(醫)란 곧 의심스러울 '의'(疑)요, '무'(巫)는 속일 '무'(誣)이며, '유'(儒)란 아첨할 '유'(諛)라는 조선식 한자음에 따른 어희(語戲)라든가, "범도 상주는 잡아먹지 않는다"는 구절같이 조선 속담을 차용한 표현 등은 연암의 가필에 의한 것일 가능성이 짙다.[64] 그리고 범이 전래의 오행상생설(五行相生說)을 비판하거나 인성(人性)과 물성(物性)의 동일을 주장하고 있는 대목은 연암의 평소 지론과 그

대로 합치하는 것이다.[65] 그러므로 연암은 「호질」의 단순한 전사자
(傳寫者)가 아니라 적극적인 개작자로서, 익명의 원작자에 못지않은
지위를 누려 마땅하다 하겠다.

더욱이 당대의 독자들에게 「호질」은 어디까지나 연암의 작품
으로 받아들여졌다. 유한준(兪漢雋)의 아들인 유만주(兪晩柱, 1755~
1788)의 『흠영』(欽英) 병오년(1786) 일기에 의하면, 근자에 연암이
「호질」을 지었다는 소문을 들었으며, 몇 달 뒤에는 벗 권상신(權常
愼)과 민경속(閔景涑), 김상임(金相任) 등에게 필사한 「호질」을 보여
주고 이들과 함께 논평을 주고받았다고 한다.[66] 유득공의 『고운당
필기』에서도 『열하일기』 중 「호질」은 「상기」 「야출고북구기」 「일야
구도하기」 등과 아울러 극히 광대하고 기이한 작품으로, 당대의 사
대부들이 돌려가며 베껴 쓰고 서로 빌려서 읽어보았노라고 증언했
다.[67]

이와 같은 「호질」의 작자 문제는 이 작품의 의미를 해석하는
데 적지 않은 혼란을 초래하고 있는 것이 사실이다. 「호질」 중의 어
느 부분이 중국인의 원작대로이고, 어느 부분이 연암의 개작에 해
당되는 것인지를 명백히 가리는 일은 근본적으로 불가능하기 때문
이다. 그러나 바로 이러한 근원적 애매성이야말로 연암이 의도한
바라는 사실을 간과해서는 안 된다. 『열하일기』에서 연암은 시휘(時
諱)를 범하여 물의를 야기할 우려가 다분한 주제를 표현하고자 할
때에는 이를 정면으로 다루는 대신에, 철저히 남의 글이나 남의 이
야기에 가탁하는 방식을 택하고 있다. 그 결과 야기된 창작 주체와
주제의 애매성을 통해 자신의 사상은 사상대로 전하면서 비난의 표
적이 됨을 모면하고자 하는 것이다. 요컨대 「호질」은 연암의 작품

이 아니면서 동시에 연암의 작품이다. 이와 아울러 「호질」은 기존의 우언(寓言)에 개작을 통해 새로운 주제가 덧붙여짐으로써, 우언이 거듭 우언화되어 그 본래적 속성인 의미의 중층성(重層性) 내지 다의성(多意性)이 극대화된 작품인 것이다.

「호질」을 우언으로서 볼 때 작품의 중점은 의인화된 범과 가공적인 인물 북곽선생 간의 대화에 놓여 있다고 할 수 있다. 범의 앞장을 서서 먹잇감을 찾아 준다는 악귀들이 범과 문답을 나누는 서두부와, 동리자와 밀회 중이던 북곽선생이 그녀의 자식들에게 들켜 도망치다가 두엄 웅덩이에 빠지는 이야기는 범과 북곽선생이 상면하게 되는 사전 배경으로 설정된 것이다. 악취를 풍기는 북곽선생 앞에 홀연히 나타난 범이 그를 한바탕 준열하게 꾸짖고 사라지는 「호질」의 핵심부는, 연암이 그 후지에서 지적한 바와 같이[68] 『장자』의 「거협」(胠篋) 편이나 「도척」(盜跖) 편을 연상시킨다. 예컨대 사람을 잡아먹는 사나운 범이 위선적인 대학자 북곽선생을 논변(論辯)으로 압도한다는 작품의 기본 구조는, 유명한 도적 괴수로 '사람의 간을 회를 쳐서 먹으며' '새끼 가진 범'같이 포악한 도척이 '노(魯)나라의 협잡꾼' 공자를 도도한 논변 끝에 퇴치해 버렸다는 「도척」 편 중의 한 일화에서 유래한 것이 분명하다. 또한 「호질」에서 범은 북곽선생을 상대로 하여, 인의(仁義) 도덕을 표방하면서도 실은 사욕을 위해 있는 지혜를 다 짜내어 약탈과 살육을 자행해 온 인간의 문명을 규탄하고 있거니와, 이러한 역설적인 논변 자체도 유가를 비난하면서 인류 문명의 역사를 불의와 살상의 역사로 전면 부정하고 있는 「거협」·「도척」 편과 뚜렷한 유사성을 보여 준다.[69]

「호질」의 작중 배경은 춘추 시대에 풍속이 음란했던 것으로 소

문난 정(鄭)나라로 설정되어 있으며, 등장인물들의 성도 '북곽'(北郭)
이니 '동리'(東里)니 하는 고대 중국의 복성(複姓)으로 되어 있다.[70]
그러나 이는 당시 한인(漢人)들의 비판적인 언론에 대한 청나라의
가차 없는 탄압을 의식한 조치이며, 실제로 「호질」이 이러한 작중
배경과 인물 설정을 통해 풍자하고자 하는 것은 청나라 치하의 중
국 현실이다. 작품의 초두에서 범을 소개하며, "예성문무 자효지인
웅용장맹"(睿聖文武慈孝智仁雄勇壯猛: 지극히 현명하시고 문무를 다 갖추었으
며, 자애롭고 효성스럽고 슬기롭고 인자하시며, 웅장하고 용맹하신)이라 예찬
한 문구는 황제에게 바치는 존호(尊號)를 익살맞게 모방한 패러디
로, 범이 작자를 대변하는 존재일 뿐 아니라 동시에 포악한 청나라
황제를 상징하고 있음을 암시한다. 또한 이어서, 천하무적이라는
범에게도 그를 잡아먹는 비위(狒胃)·죽우(竹牛) 등 갖가지 맹수들이
있다고 한 것은, 천하 막강의 대청(大淸) 황제도 강성한 주변 민족들
의 발호를 두려워하여 몽골의 추장들이나 티베트의 판첸 라마를 극
진히 대우하지 않을 수 없는 실정을 암암리에 풍자한 것이라 볼 수
있다.[71]

　「호질」에서 우언의 묘미가 특히 잘 드러나 있는 부분은 범이
먹잇감을 천거하는 악귀들과 문답을 나누는 대목과 북곽선생을
준엄하게 질책하는 대목으로, 여기서 작자는 역설적인 논리와 온
갖 다채로운 고사를 종횡무진으로 구사하고 있다. 특히 주목할 것
은 『시경』『서경』『주역』『예기』『맹자』『대학』 같은 유교 경전 중
의 유명한 문구들을 대거 패러디하여, 다름 아닌 유학자를 풍자하
는 데 활용하고 있는 점이다. 이는 『장자』에서도 볼 수 없었던 기발
한 수법으로, 그 통렬한 풍자적 효과는 작품의 결미에서 절정에 달

하고 있다. 즉, 땅에 엎디어 사죄하는 시늉을 하고 있다가 뒤늦게야 범이 사라진 사실을 깨닫게 된 북곽선생은 때마침 밭을 갈러 나온 농부가 어째서 새벽부터 들판에서 절을 하고 있느냐고 묻자, 시치미를 떼고 "하늘이 어찌 높지 않으냐 하지만 감히 몸을 굽히지 않을 수 없고, 땅이 어찌 두텁지 않으냐 하지만 감히 조심스레 걷지 않을 수 없네"라는『시경』의 한 구절로 답변을 얼버무리고 만다.[72] 북곽선생은 난세를 당해서는 언행을 신중히 해야 한다는 의미의 이 시구를 끌어다 엉뚱하게도 제 자신의 비굴한 행동을 합리화하고 있거니와, 이로써 곡학아세하는 유학자의 추태는 더욱 적나라하게 폭로되고 있는 것이다.

이와 아울러「호질」에서 풍자는 연암의 상대주의적 인식론에 의해 뒷받침됨으로써 더욱 통렬한 효과를 거두고 있다. 앞서 언급했듯이 연암은 관점에 따른 인식의 상대성을 강조하면서 관점의 일대 전환을 통해 인식의 확대를 추구할 것을 역설했는데,「호질」에서는 이러한 그의 인식론이 곧 풍자의 방법론으로 전화(轉化)되어 있는 것이다. 작품의 서두에서 악귀의 하나인 '굴각'(屈閣)이 범에게 먹이로서 인간을 천거하는 대목은 그 좋은 예이다. 여기서 굴각은 인간을 "뿔 달린 것도 아니고 날개 달린 것도 아니요 대가리가 새까만 동물인데, 눈 속에 발자국이 나기를 가다 서다 한 듯 듬성듬성 났고, 꼬리를 살펴보았더니 머리에 있어서 꽁무니를 가리지도 못한" 존재로 묘사하고 있다.[73] '인'(人)과 '물'(物)의 차이를 절대시하는 유교적·인간중심적 관점에서 탈피하여 양자를 똑같이 먹이로 보는 범의 관점에 설 때, 인간의 우월성은 더 이상 존립할 수 없으며 도리어 그 추악상이 드러나고 마는 것이다.

중국 여행 당시 연암이 옥전현의 한 상점에 게시되어 있던 「호질」의 원작에 주목한 이유는 무엇보다도 그 반청적인 내용에 이끌린 때문이었으리라 본다. 그러나 이와 함께, 일찍부터 조선 선비 사회의 풍조에 대해 비판적인 견해를 품고 있던 연암으로서는 「호질」 원작 중의 통렬한 유학자 비판에 대해서도 깊이 공감했을 것이다. 물론 여기에서 풍자되고 있는 '북곽선생'은 구체적으로는 청조 통치에 안주하는 한인(漢人) 사대부를 상징하고 있지만, 우언의 속성상 풍자의 의미를 그와 같이 제한할 수만은 없다. 북곽선생은 고대 정나라의 대학자로 설정된 가공적인 인물이며, 그에 대한 범의 질책도 인류 문명과 인간중심주의에 대한 비판이라는 외관을 취하고 있기 때문에, 이 작품에서 이루어진 풍자는 당시 조선의 선비들에 대해서도 확대 적용될 수 있는 여지를 머금고 있는 것이다. 연암은 바로 이 점에 착안하여 작품의 개작에 임했으리라 생각된다.

그리하여 예컨대 범이 북곽선생더러, 너희 인간들은 온갖 살상용 무기를 만들어 낸 것만으로도 모자라서,

> …則乃吮柔毫, 合膠爲鋒, 體如棗心, 長不盈寸, 淬以烏賊之沫, 縱橫擊刺. 曲者如矛, 銛者如刀, 銳者如劍, 歧者如戟, 直者如矢, 彀者如弓. 此兵一動, 百鬼夜哭. 是猶不足, 以肆其暴焉, 則或歌而殺焉; 或哭而殺焉; 或看而殺焉; 或笑中有刀. 其相食之酷, 孰甚於汝?

…마침내 부드러운 털을 입으로 빤 다음 아교를 섞어 뾰족하게 만든다. 그 모양은 대추씨 같고 길이는 한 치가 채 되

지 않는데, 그것을 오징어의 먹물에 적셨다가 거침없이 칼처럼 찔러댄다. 구부러진 것은 끝이 꼬부라진 창 같고, 날카로운 것은 외날의 칼 같고, 예리한 것은 양날의 칼 같고, 끝이 갈라진 것은 갈래창 같고, 꼿꼿한 것은 화살 같고, 힘껏 당겨진 것은 활과 같다. 이 무기가 한 번 움직였다 하면 온갖 귀신들이 한밤에 통곡한다. <u>이것도 오히려 부족하여 마구 포학하게 구는데, 혹은 노래를 부르며 죽이기도 하고 혹은 상중(喪中)에 곡할 때를 틈타 죽이기도 하고, 혹은 구경거리로 만들어 죽이기도 하고 혹은 웃음 가운데 칼을 품기도 한다.</u> 그러니 잔혹하게 서로 잡아먹기로는 누가 너희들보다도 심하겠느냐?(밑줄 — 인용자)[74]

라고 신랄하게 규탄한 대목 같은 것은, 피비린내 나는 당쟁을 일삼아 온 조선의 선비 사회에 대한 비판의 의미로도 읽힐 수 있게끔 되어 있다. 이 작품이 당시 국내의 독자들에게 주로 그러한 측면에서 커다란 반향을 불러일으켰으리라는 점은, 「호질」이 「허생전」과 아울러 유림(儒林)으로부터 격렬한 비방을 받아 왔다는 사실로도 입증된다.[75]

* * *

「허생전」이란 제목으로 더욱 널리 알려져 있는 「옥갑야화」는 『열하일기』 25편 중의 한 편이자 동시에 그 자체로 완결된 작품을 이루고 있다. 이는 크게 보아 당시의 역관과 중국 무역에 관한 일화들로 된 서두부와, '허생'이란 일개 궁유(窮儒)가 매점매석으로 번 거금으로 이상촌을 건설하여 빈민들을 구제한 이야기, 그리고 어영대장 이완(李浣)을 만난 허생이 북벌을 추진하던 당시 집권 사대부층의 무위무능을 추궁한 결말부로 구성되어 있다. 그런데 이 세 부분은 상호 유기적인 관련을 맺고 있으므로 통일적으로 파악되어야 하며, 종래와 같이 그중 서두부를 임의로 배제한 채 이를 「허생전」이라는 소설로만 다루는 것은 원작을 존중하는 태도라고 하기 어렵다.

「옥갑야화」를 전체적으로 고찰해 볼 때, 이 작품에서 허생의 활약상을 그린 대목에 못지않게 중시되어야 할 것은 허생과 어영대장 이완의 만남을 다룬 결말부이다. 「옥갑야화」의 결말부는 소설론의 견지에서 보자면 일종의 사족(蛇足)이요, 허생의 활약상을 그린 앞부분의 이야기를 보충하는 후일담 정도의 의의밖에 지니지 않는 것으로 보일 수도 있으나, 바로 이 부분이야말로 「옥갑야화」의 핵심을 이루는 곳이자 연암이 특별히 심혈을 기울인 대목인 것이다.

이는 우선 작품의 구성 자체가 결말부로 향하여 집중되어 가는 방식을 취하고 있는 점으로 미루어 알 수 있다. 다소 장황한 느낌조차 주는 「옥갑야화」의 결말부에 비할 때, 그 서두부는 국중(國中) 갑부인 변씨(卞氏)의 등장을 예비하기 위한 최소한의 조치로서 간단한 일화들을 나열하는 데 그치고 있다. 또한 이에 뒤이어, 변씨에게 빌린 자금으로 허생이 펼치는 활약상을 다채롭게 그린 부분에서도 한양·안성(安城)·제주·변산(邊山) 등지의 국내 각처와 해외의 섬들까지 포함한 광대한 공간과 5년여라는 긴 시간을 배경으로 하고 있음에도 불구하고, 그 속에서 전개되는 개개의 사건들에 대해서는 매우 간략하게 서술하고 있을 따름이다.

이는 작자의 주된 의도가 그러한 허구적인 사건들이 자아내는 흥미를 추구하는 데 있는 것이 아니라, 그를 통해 허생을 경세제민(經世濟民)의 역량을 갖춘 인물로 부각시키는 데 있음을 뜻한다. 그리하여 「옥갑야화」는 그와 같이 뛰어난 인물로 전제되어 있는 재야의 숨은 선비 허생이 당시 조정의 실력자인 어영대장 이완을 상대로 열변을 토하는 결말부에 최대의 관심이 집중되도록 짜여 있는 것이다.

이러한 사실은 또한 「옥갑야화」의 후지에서 연암이 밝힌 그 창작 경위를 살펴볼 때 더욱 분명해진다. 작중에서 밝히고 있듯이, 「옥갑야화」 중 서두부의 일화들은 연암이 동행한 여러 비장(裨將)들로부터 들은 이야기를 거의 그대로 소개한 것이나, 허생과 관련된 부분들은 예전에 윤영(尹映)이란 노인으로부터 들은 적이 있는 설화를 바탕으로 그가 재창작한 것이다. 「옥갑야화」의 후지에 의하면, 연암은 1756년 글공부를 하고 있던 봉원사(奉元寺)에서 윤영을 처음 만나 허생 이야기를 포함한 많은 설화를 듣고 감명받은 적이 있었는데, 그 후 1773년에 평안도 일대를 유람 중 우연히도 그를 다시 만날 수 있었다. 그때 윤영은 연암에게 "자네가 예전에 창려(昌黎) 한유(韓愈)의 글을 읽더니만 응당 글이 능숙해졌겠지"라고 하면서, 일찍이 자신이 한 이야기를 듣고 작심한 대로 허생의 전(傳)을 지었는지를 물었으나, 연암은 아직껏 짓지 못했음을 사과했다고 한다.[76]

이와 같이 연암이 청년시절에 접한 허생 이야기를 그 후 오랜 세월이 흐른 뒤까지도 전으로 완성하지 못하다가, 연행 이후에 비로소 「옥갑야화」의 형태로 작품화할 수 있었던 것은 그의 사상적 성장과 긴밀한 관련이 있다. 앞서 언급했듯이 연암이 뜻을 같이하는 우인 문생들과 더불어 청조 중국의 발달된 문물을 연구하면서 새로운 사회개혁 사상으로 북학론을 정립할 수 있었던 것은 1770년대 후반에 이르러서였다. 따라서 그가 운영에게서 들은 허생 고사를 은사(隱士)에 관한 상투적인 야담이나 전의 차원을 넘어서, 이를 통해 자신의 북학론을 피력하는 문제적인 작품으로 완성할 수 있었던 데에는 그러한 사상적 성장을 위한 장구한 세월이 필요했던 것이다. 예컨대 「옥갑야화」의 결말부에서 허생은 변씨를 상대로 자신의 축재의 비결이 도고(都庫: 매점매석)에 의한 독점적 상업술에 있음을 밝히고 이는 선박과 수레에 의한 상품 유통이 원활하지 못한 국내의 상업적 여건을 악용한 수법임을 갈파하고 있거니와, 그것은 『열하일기』 「일신수필」 중의 유명한 「차제」(車制)에서 주장한 연암 자신의 견해와 합치하는 것이다.[77] 또한 이러한 사실은 연암이 허생 고사를 「옥갑야화」와 같은 작품으로 발전시키면서 그의 사상을 집약적으로 표현하고 있는 결말부의 처리에 가장 고심했으리라는 점을 추측케 해 준다.

「옥갑야화」의 서두부에서 연암은 연행에 종사한 역관들이 밀무역으로 축재하여 종종 거부가 되기도 했던 당시의 현실을 배경으로 한 일련의 일화들을 소개하고 있다. 이러한 역관배의 치부담(致富談)을 통해 연암이 제기하고 있는 문제는 '신'(信)과 '부'(富)의 관계, 즉 상업적 신용의 문제이다. 예컨대 그는 중국 상인을 속여 치부한 어느 역관이 결국은 패가망신한 이야기를 빌려 신의를 저버리고 부도덕한 방법으로 모은 부는 온전할 수 없음을 시사하는 한편, 선조(宣祖) 때의 유명한 역관 홍순언(洪純彦)이 중국의 일개 창기의 하소연을 믿고 거액을 희사하여 그녀를 구해 준 결과 막대한 금은 보화로 보답받게 된 미담을 통해서는 국경과 신분을 초월한 신의의 극치를 예찬하고 있다. 이와 같이 연암은 봉건 윤리의 하나인 '신'을 상업적 신용의 의미로 확대 해석하고, 그에 바탕을 둔 국제 무역의 발달을 윤리적인 견지에서 긍정적으로 묘사하고 있는 것이다.[78]

그런데 이러한 「옥갑야화」의 서두부는 역관 출신의 거부 변승업(卞承業)에 관한 일화를 매개로 하여 허생 이야기와 자연스럽게 접맥된다. 변씨 집안이 국중 갑부로 되기에 이른 내력과 관련해서 보자면, 변승업의 조부가 허생이란 이인(異人)에게 거금 일만 냥을 빌려주었다가 열 배의 이득을 본 사건이 곧 허생 이야기인 것이다. 부자 변씨가 허생과 처음 상면하는 대목은 상업적 신용에 관한 앞서의 모티프를 계승하고 있다. 변씨는 거지꼴을 하고 그를 찾아온 허생이 비범한 인물임을 알아채고 요구대로 단번에 1만 냥을 빌려주는데, 이로써 그들 사이에는 '신'(信)에 기초한 일종의 계약이 이루어진 셈이다. 허생은 그 돈으로 "과일을 몽땅 매수하여 온 나라가 잔치나 제사를 치르지 못하게 하는" 등 매점매석의 수법을 써서 폭리를 취할 뿐 아니라, 그리하여 더욱 늘어난 자금으로 당시 변산 일대에 준동하던 "도적들을 몽땅 매수하여 온 나라가 경계할 일이 없어지도록"한다.[79] 즉, 그는 자신의 막대한 재력을 쏟아 건설한 이상촌에 도적들을 정착시킴으로써, 봉건적 토지 소유 제도의 모순에서 생겨난 유랑 농민들의 군도화(群盜化) 현상을 그 나름으로 해결하고자 한 것이다.[80] 그 후 허생은 그곳에서 생산한 쌀을 일본의 나가사키(長崎)에 수출하여 벌어들인 거금을 가지고 나라 안의 빈민들을 두루 구제한 다음, 남은 돈 10만 냥을 변씨에게 돌려준다. 마침내 그는 변씨에 대한 신의를 지킨 동시에, 자신이 지닌 경세제민의 역량을 입증해 보인 것이다.

변씨와 허생이 재회하는 대목을 매개로 해서 이야기는 결말부로 접어든다. 앞서의 사건을 계기로 허생과 교분을 맺게 된 변씨는 그가 비상한 인재임을 더욱 확신하고, 때마침 북벌에 대비하여 숨은 인재를 찾고 있던 어영대장 이완에게 그를 천거하나, 허생은 집권 사대부들의 안일함을 규탄하는 일대 변론으로써 몸소 그를 찾아온 이완을 퇴치한 뒤 종적을 감추고 만다.

이와 같은 「옥갑야화」의 결말부는 그 우언적 수법에서 앞서 논한 「호질」과 뚜렷한 공통점을 보여 준다. 우선 범과 북곽선생이 대립하는 「호질」의 기본 구조는 「옥갑야화」의 결말부에서 허생과 어영대장 이완의 대좌(對坐)라는 변형된 모습으로 나타난다. 물론 「호질」의 가공적인 등장인물들과는 달리, 이완(1602~1674)은 17세기의 실존 인물이며 허생조차도 실재했을 가능성을 전적으로 배제할 수는 없다. 그러나 이들이 대담을 벌이는 시공은 다분히 허구적이다. 허생이 이완과 상면하기에 앞서 변씨가 그에게 은둔하지 말고 벼슬길에 나서기를 권유하자, 허생은 조성기(趙聖期, 1638~1689)와 유형원(柳馨遠, 1622~1673) 같은 인물들이 불우하게 생애를 마친 예를 들어 위정자들이 인재 등용에 등한함을 개탄하고 있다.[81] 그런데 여기서 거론되고 있는 조성기와 유형원은 실은 모두 이완보다 이삼십 세 연하의 인물로서, 예컨대 이완이 어영대장으로 발탁된 효종 초에 조성기는 겨우 십대의 소년이었으며, 그는 또한 이완보다도 10여 년이나 뒤늦게 별세했다.[82] 이러한 모순은 작중의 사건이 사실(史實)과는 무관한 우언의 성격을 띠고 있음을 말해 주는 것이다. 그러므로 심재(深齋) 조긍섭(曺兢燮)도 「허생전」은 우언인 듯하니, 실제 사건이 반드시 있진 않았을 것"이라고 보았다.[83]

이미 언급한 대로 「호질」이 지닌 우언으로서의 묘미는 역설적인 논리와 온갖 고사를 구사하여 북곽선생을 질타하는 범의 도도한 웅변 그 자체에 있었다. 그와 마찬가지로 「옥갑야화」에서도 우언적 수법은 어영대장 이완의 무능을 추궁해 들어가는 허생의 날카로운 변설에서 그 정채(精彩)를 발하고 있다. 즉, 허생은 호란의 치욕을 씻고 명나라를 위해 복수하려는 북벌 계획의 총수 이완을 상대로, 국왕이 인재 기용을 위해 헌신적으로 나설 것과, 조선에 망명해 온 명나라의 유민(遺民)들을 파격적으로 우대할 것을 차례로 제안하나, 이완은 그에 대해 모두 난색을 표명함으로써 북벌에 대한 집권층의 소극적인 실천 의지를 노출하고 만다. 이에 허생은 최후의 가장 현실적인 방안으로, 국중의 자제들을 선발하여 만주족의 의관(衣冠) 제도를 따르게 한 뒤 유학과 무역의 명목으로 청나라에 보내어 정세를 탐지하는 한편 현지의 반청(反淸) 세력들과 연대할 것을 주장하지만, 이완은 이번에도 미온적인 반응을 보일 뿐이다. "사대부들이 모두 예법을 엄수하고 있는 터에 누가 기꺼이 머리를 깎고 오랑캐 옷을 입으려 하겠느냐"는 것이다.[84]

그러자 격노한 허생은 「호질」에서 범이 북곽선생을 꾸짖듯이, 이완을 향해 "크게 꾸짖는다."(大叱)

　　　　所謂士大夫, 是何等也? 産於彛貊之地, 自稱曰士大夫, 豈非
　　　　駭乎! 衣袴純素, 是有喪之服, 會撮如錐, 是南蠻之椎結也. 何
　　　　謂禮法? 樊於期欲報私怨, 而不惜其頭, 武靈王欲强其國, 而

不恥胡服, 乃今欲爲大明復讐, 而猶惜其一髮, 乃今將馳馬, 擊
劍刺鎗, 抨弓飛石, 而不變其廣袖, 自以爲禮法乎?

소위 사대부란 어떤 자들이냐? 동쪽 오랑캐인 예맥(濊貊)
의 땅에서 태어났으면서도 사대부라 자칭하니, 이 어찌 어
리석지 않으랴! 바지저고리는 순전히 흰색이니 이는 초상
이 났을 때 입는 옷이요, 머리털을 한데 모아 송곳처럼 쫒
는 상투는 바로 몽치처럼 머리털을 묶은 남만(南蠻: 중국 남
방의 소수 민족)의 머리 모양인데, 어찌 그것을 예법이라 부
르는가?
번오기(樊於期)는 개인적 원수를 갚고자 제 머리를 아낌없
이 바쳤으며, 무령왕(武靈王)은 제 나라를 강국으로 만들고
자 오랑캐 옷 입기를 부끄러워하지 않았다. 그런데 이제
대명(大明)을 위해 복수하고자 하면서도 도리어 머리털 한
올도 아까워하고, 이제 장차 말을 치달리고 칼로 치며 창
으로 찌르고 활시위를 울리며 돌을 던져야 할 터인데도,
그 헐렁한 옷소매를 고수하면서 스스로 예법을 행한다고
여긴단 말이냐?[85]

이와 같이 허생은 북벌을 부르짖으면서도 안일하게 허례허식
과 자존자대(自尊自大)에 빠져 있던 당시 조선의 사대부들을 실로
통렬하게 비판하고 있거니와, 이러한 비판의 내용은 「호질」에서 범
이 인의 도덕을 표방하면서도 불의를 자행하는 유학자들을 규탄하
고 있는 것과 상통한다. 또한 범이 유가적·인간중심적 관점에서 벗

어나 인간과 인간 이외의 동물을 균등하게 대하는 더욱 고차원의 관점에서 유학자의 위선을 풍자하고 있듯이, 허생은 당시 조선인들이 자부해 마지않던 고유의 풍속을 주변 이민족들의 풍속과 다를 바 없는 것으로 보는 독특한 관점을 취함으로써 소중화주의와 그에 근거한 북벌론의 모순을 폭로하고 있다. 「옥갑야화」와 「호질」은 유학자의 폐단을 풍자하는 그 주제 의식뿐 아니라, 상대주의적 인식론에 의거한 풍자적 수법에서도 뚜렷한 공통점을 보여 주고 있는 우언인 것이다.

『열하일기』 중의 이러한 우언적 특성들은 돌연히 나타난 것이 아니라, 초기작 이래 연암의 작품 세계에서 꾸준히 증대되어 온 경향 중의 하나라고 할 수 있다. 『방경각외전』 중의 「마장전」(馬駔傳)에서 송욱(宋旭)·조탑타(趙闒拖)·장덕홍(張德弘)이라는 세 명의 거지를 등장시켜 참다운 우정에 대하여 토론을 벌이게 하는 수법은, 예컨대 『장자』 「대종사」(大宗師) 편에서 자사(子祀)·자여(子輿)·자려(子犂)·자래(子來) 네 사람이 모여 생(生)과 사(死)의 문제를 토론하는 대목을 연상시킨다. 또한 「예덕선생전」(穢德先生傳)에서도 입전(立傳)의 대상인 엄행수의 삶은 직접적으로 묘사되는 것이 아니라, 다분히 허구적 인물인 '선귤자'(蟬橘子)와 그의 제자 '자목'(子牧)이 진정한 교우에 관해 주고받는 대화를 통해서 간접적으로만 소개되고 있을 뿐이다.[86] 이러한 초기의 전들 외에, 전동(典洞) 시절의 산문들 가운데에도 「영재집서」(泠齋集序) 「낭환집서」(蜋丸集序) 등과 같이 가공적인 인물들 간의 역설적 문답 형식을 취한 우언적 성격의 작품이 적지 않다.[87]

『열하일기』에서 이와 같은 우언적 성격이 가장 뚜렷한 부분은

물론 「호질」과 「옥갑야화」이나, 그 개념을 확장한다면 우언적 요소
는 이 두 작품에 국한되지 않고 『열하일기』의 곳곳에서 찾아볼 수
있다. 예컨대 화담(花潭) 서경덕(徐敬德, 1489~1546)의 고사를 끌어와
감각과 주체적인 사고의 관계를 논하고 있는 「환희기」의 후지는 연
암이 한 청나라 관리와 대화하는 가운데 화담과 어느 장님이 나누
었다는 문답을 전하는 방식을 취하고 있다.[88] 따라서 이는 우언이
독립적으로 제시된 것은 아니지만, 실제의 대화를 기록한 대목 속
에 용해되어 있는 것이라 볼 수 있다. 또한 매사를 선험적(先驗的)인
'리'(理)로써 합리화하는 고루한 사고방식을 역설적인 논리로 풍자
하고 있는 「상기」라든가, 불의(不義)의 재물에 대한 인간의 탐욕을
온갖 고사를 동원하여 풍자하고 있는 「황금대기」(黃金臺記) 같은 글
은[89] 우언을 구성하는 두 축인 화자와 청자의 대립 구조가 잠재화
된 채로 화자의 도도한 변론만이 돌출되어 있는 형태를 취한 것이
라 하겠다. 우언적인 수법은 『열하일기』의 도처에서 이처럼 다채로
운 변형을 통해 구현되어 있는 것이다.

* * *

이상에서 논한 우언적 수법과 아울러 『열하일기』에서 연암은 자
신의 견문과 사상을 보다 효과적으로 전달하기 위해 해학적인 수
법 또한 즐겨 구사하고 있다. 박종채의 『과정록』에서도 『열하일기』
의 해학성에 대해 "저들의 풍속이 우리네와 달랐을뿐더러 그에 따
라 새로운 견문이 생겨났으니, 그 정황을 자세히 묘사하자면 해학
을 섞어 넣는 것은 어쩔 수 없는 일이었다"고 변호하였다. 그리고

그 대표적인 사례로, 「관내정사」 7월 25일 기사 중 무령현(撫寧縣)을 지나던 조선 사행이 진사 서학년(徐鶴年)의 집에서 서화와 골동품을 함부로 감상하며 소동을 피운 대목, 「성경잡지」 7월 13일 기사 중 참외 파는 늙은이의 감쪽같은 거짓말에 속아서 바가지를 쓴 사건, 「성경잡지」 7월 13일과 14일 기사 중 전당포나 수식포(首飾舖)에서 연암이 '기상새설'(欺霜賽雪: 서리나 눈처럼 희다는 뜻)이란 엉뚱한 액자 글씨를 써 준 사건, 「성경잡지」 7월 14일 기사 중 요란하게 풍악을 울리는 청나라의 이색적인 상가(喪家) 풍속을 묘사한 대목 등을 들었다.[90]

물론 『열하일기』에 나타나 있는 이와 같이 풍부한 해학성은 일차적으로 연암의 천성적인 해학 취향과 무관하지 않다. 그는 여행 도중에 목격한 아무리 사소한 사건일지라도 웃음을 자아낼 만한 것이면 이를 놓치지 않고 기록하고 있을 뿐 아니라, 수시로 주위 사람들을 폭소케 하는 자신의 익살스러운 언동에 대해서도 기탄없이 그리고 있다.[91] 그러나 『열하일기』에서 해학은 그러한 가벼운 웃음, 유희적인 웃음으로서만 존재하는 것은 아니다.

우선 『열하일기』에는 북학론을 중심으로 한 진지하고도 장황한 논의가 자주 전개되고 있는데, 그때마다 연암은 자못 지리하기 쉬운 그러한 논의를 해학담으로 끝맺음으로써 긴장을 완화시키고 논의 자체의 흥미를 돋우는 수법을 구사한다. 「도강록」 6월 28일 기사 중 연암이 동행한 정 진사를 상대로 벽돌 사용의 이점을 역설하는 대목은 그 좋은 예이다. 여기에서 그는 축성(築城)에는 벽돌보다 바윗돌이 낫다는 정 진사의 견해를 반박하며, 바윗돌로만 쌓은 조선의 재래식 성제(城制)의 문제점과 대비하여 중국처럼 벽돌로 성을 쌓을 때의 이점을 조목조목 논한 다음, "고로 벽돌 한 장의 견고함이야 바윗돌만 못한 것이 사실이지만, 바윗돌 한 개의 견고함도 또한 엉겨 붙은 수만 장의 벽돌에는 미치지 못하는 것인즉, 이로써 벽돌과 바윗돌 중 어느 것이 낫고 편리한가를 쉽게 판단할 수 있다"고 결론짓는다. 그러나 이처럼 연암이 장광설을 펴는 사이에 정 진사는 한창 졸고 있었다. 이를 알아차린 연암이 부채로 그의 옆구리를 찌르며 "어른이 말씀하시는데 어째서 졸며 아니 듣는 게요!" 하고 큰소리로 나무라자, 그제야 잠에서 깨어난 정 진사는 웃으며 대꾸하는 것이었다. "내 이미 다 들었소. 벽돌은 바윗돌만 못하고, 바윗돌은 잠만 못하다면서."[92]

　이와 같이 진지하고 긴장된 대목에 갑자기 해학적인 한담(閑談)을 덧붙임으로써 여유와 활기를 불어넣는 수법은 『열하일기』에서 되풀이하여 나타난다. 「도강록」 7월 2일 기사에서도 연암은 벽돌로 만든 중국 가마(窯)의 장점을 길게 논한 뒤에, 이어서 동행들이 벌인 노름판에 뛰어들어 운 좋게도 연승을 거두었다는 해학적인 이야기로 화제를 돌리는가 하면, 7월 5일 기사 중 중국의 독특한 난방 제도인 캉(炕)과 우리나라 온돌의 장단점을 장황히 비교 분석한 대목에서도 조선 사행의 숙소에 잠입하다 붙잡힌 청나라 군졸이 어설픈 조선말로 제 정체를 해명하는 포복절도할 사건을 잇따라 서술하고 있다.[93]

　또한 「막북행정록」 8월 7일 기사에서도 열하 여행 중 한밤중에 말을 탄 채 위험한 강을 누차 건너야만 했던 연암은 이와 관련하여 우리나라의 어마법(御馬法)의 문제점을 여덟 가지 조목에 걸쳐 상세히 논하고 난 다음, 동행들과의 익살스러운 문답으로 그 논의를 마무리 짓고 있다. 즉, 수역(首譯) 홍명복이 이날 밤에 일행이 겪었던 위난(危難)을 두고 "장님이 애꾸눈 말을 타고 밤중에 깊은 못가에 임한 경우"나 다름없이 위태로웠다고 하자, 연암은 이 말을 되받아 "장님을 바라보는 사람은 눈이 있는지라 장님을 보고서 제 스스로 마음에 위태로움을 느끼는 것이지, 장님이 위태로움을 아는 것은 아닐세. 장님은 위태로움을 눈으로 보지 못하는데, 무엇이 위태롭다는 말인가?"라고 재치 있게 응수함으로써 동행들을 폭소케 하는 것이다.[94]

『열하일기』 중의 필담들이 여느 연행록의 경우와는 달리 비상한 흥미를 자아내는 이유 중의 하나도 바로 이러한 해학적 수법 때문이다. 『열하일기』에서 연암은 필담의 내용을 단순히 소개하는 데 그치지 않고 그 구체적인 진행 상황을 사실적으로 묘사함으로써 생생한 현장감을 불러일으키고 있을 뿐 아니라, 나아가 적재적소에 해학담을 삽입하여 진지한 논의에 따르는 긴장된 분위기를 쇄신하는 효과를 거두고 있다.

예컨대 「황교문답」에서 그는 학성(郝成)·왕민호·추사시와 필담을 나누던 중, 추사시가 청 황제의 비호를 받고 있던 판첸 라마에 대해 원대(元代)의 악명 높은 승려 양련진가(楊璉眞珈)의 후신이요 "사람을 잡아먹는 자"라고까지 매도하는 바람에 빚어진 좌중의 어색한 분위기를 생생하게 묘사하면서, 자연스럽게 해학담을 곁들이는 것을 잊지 않는다. 즉, 시휘를 범한 추사시의 과격한 필담 내용에 놀란 학성은 황급히 그 종이를 찢어 입에 넣고 씹으면서 연암 몰래 그에게 눈짓으로 주의를 주다 들키자, 난처함을 모면할 겸 연암에게 "貴國馬生得何脊?"(귀국의 말은 나면서부터 어찌 그리 작습니까?)라고 써서 묻는다. 그러자 '宵' 자를 작을 '소'가 아닌 밤 '소'로 해석한 연암은 "귀국의 말은 어느 날 밤에 낳습니까?"라는 뜻으로 오해하고는, "말 낳는 시간을 무슨 수로 알겠습니까?" 하고 동문서답하여 좌중을 웃기고 있는 것이다.[95]

『열하일기』에서 해학적 수법은 이처럼 무미건조하기 쉬운 논의를 흥미롭고 활기 있게 만드는 데뿐 아니라, 당시의 고정관념이나 지배적인 편견을 타파하는 데에도 탁월한 효과를 발휘하고 있다. 앞서 언급한 바와 같이, 「관내정사」 7월 27일 기사에서 연암이 백이·숙제와 고사리에 관련된 일련의 해학담을 통해 시대착오적인 북벌론을 완곡히 풍자하고 있는 대목은 그 좋은 예라 할 수 있다.[96]

또한 연암은 한인(漢人)들과의 대화에서도 그들이 은연중에 드러내는 대국의식(大國意識)의 허점을 해학적인 필담으로 가차 없이 풍자하고 있다. 「태학유관록」 8월 10일 기사 중 연암과 함께 조(朝)·중(中) 양국의 풍속에 관해 필담을 나누던 왕민호는 이 세상에는 세 가지 액(厄), 즉 전족(纏足)으로 여자들의 발을 조이는 '족액'(足厄)과 담배를 피우느라 부시와 불로 입을 괴롭히는 '구액'(口厄)과, 망건으로 이마를 졸라매는 '두액'(頭厄)이 있다는 재담(才談)을 소개하면서, 망건을 쓰고 있던 연암의 이마를 가리키며 "이게 바로 두액이지요"라고 조롱한다. 명나라 초에 제정·보급된 이 망건은 그 불편함 때문에 애초부터 논란이 많았는데, 유독 조선인들만은 명나라가 망한 이후에도 그 유제(遺制)인 망건을 고수하고 있음을 넌지시 풍자한 것이다.[97] 그러자 연암이 즉시 이를 맞받아, 변발(辮髮)한 왕민호의 이마를 가리키며 "이 번쩍번쩍하는 것은 또 무슨 액인가요?"라고 반문하니, 그는 비참한 표정으로 고개를 끄덕일 수밖에 없었다.[98] 고루한 조선인들보다 청나라의 강제에 의해 망건 제도를 버리고 변발을 하게 된 한인들이 더 나을 것도 없다는 예리한 풍자를 통해, 연암은 대국 의식 속에 매몰되어 있던 왕민호의 민족적 자존심을 일깨웠던 것이다.

이와 같이 촌철살인적 풍자를 함축한 해학적인 필담의 예는 「망양록」에서도 찾아볼 수 있다. 예컨대 함께 음식을 나누며 필담 중이던 왕민호는 연암이 양고기를 먹지 않는 것을 보고 "선생은 제(齊)·노(魯) 같은 대국(大國)을 즐기지 않습니까?" 하고 농담을 했는데, 이는 후위(後魏)의 왕숙(王肅)이 양고기를 제·노와 같은 대국에 비유한 고사를 이용하여, 연암이 소국에서 왔기 때문에 대국의 음식 맛을 모른다고 놀리는 말이었다. 이에 연암은 무심코 "대국은 노린내가 나서요"라고 응수함으로써 왕민호를 무안케 하고 만다. 양고기는 노린내가 나서 싫다는 뜻의 해학적인 답변이 곧 청은 대국이지만 노린내 나는 오랑캐의 나라라는 풍자로도 되어 버려, 이민족에 의한 통치를 감수하며 살고 있던 한인 왕민호의 민족의식을 다시금 자극하게 되었던 것이다.[99]

한편 『열하일기』에서 연암은 고정관념이나 편견을 타파하기 위해 또 하나의 해학적 표현 수법을 구사하고 있는데, 이는 그의 인식론적 견해와 밀접한 관련을 맺고 있다. 앞서 살펴본 바와 같이, 연암은 참다운 인식에 도달하기 위해서는 먼저 인간의 인식이 지닌 불가피한 상대성과 일면성을 철저히 자각함으로써 자기중심적인 사고에서 벗어나야 하며, 이와 아울러 대상을 인식할 때 관점의 일대 전환을 통해 자신의 제한된 관점을 보다 고차원의 관점으로 지양해 나가지 않으면 안 된다고 보았다.[100] 이러한 그의 인식론은 소중화주의에 사로잡혀 청조 중국의 새로운 현실을 객관적으로 인식하지 못하던 당시 조선인들의 통폐를 비판하는 데에 비상한 효력을 보여 주고 있거니와, 그중 특히 자국의 풍속에 대한 조선인들의 터무니없는 우월감을 비판하는 대목에서 연암은 해학적인 수법을 탁월하게 구사하고 있다.

이미 언급한 대로 「막북행정록」 8월 6일 기사에서 연암이 이국인의 관점을 빌어 조선인의 풍속을 해학적으로 묘사하는 수법을 구사하고 있는 것은 그 좋은 예이다. 여기에서 연암은 한밤중에 숙소를 찾아 들이닥친 조선 사행을 자다가 얼결에 맞이했을뿐더러 조선인이라고는 난생 처음 본 한 중국 청년의 시선을 통해 조선 사행의 행태를 거리를 두고 묘사함으로써, 조선인들이 자부하는 고유의 예법이라는 것이 관점에 따라서는 얼마나 우스꽝스러운 것으로 비칠 수 있는지를 잘 보여 주고 있는 것이다.[101]

이와 유사한 해학적 수법은 「성경잡지」 7월 14일 기사 중 중국의 이색적인 상례(喪禮)를 묘사한 대목에서도 발견된다. 당시 중국에서는 초상이 나면 대문 앞에 삿자리로 만든 패루(牌樓)를 세우고 그곳에 악공들을 두어 조객이 올 때나 안에서 곡할 때마다 요란스레 풍악을 울리는 관습이 있었다. 십강자(十扛子)란 곳에서 정 진사·변 주부와 함께 시내 구경을 하던 연암은 바로 그러한 패루를 발견하고 걸음을 멈추었다. 그러자 갑자기 울려 퍼지는 요란한 풍악 소리에 정 진사과 변 주부는 혼비백산해서 달아나 버리고, 연암도 "두 귀가 멍멍하여 손을 내저어 소리를 멈추게 하려 했지만" 악공들은 "전혀 들은 척도 하지 않고 마냥 악기를 불어대고 두드려댈 따름이다." 내친 김에 중국의 상가 제도를 구경하고자 연암이 그 집

대문 안으로 다가서니,

門裏走出一個喪人, 號哭突至面前, 放了竹杖, 再伏再起. 伏則
以頭頓地, 起則以足蹈地, 淚如雨下, 無數哀號. 變起倉卒, 罔
知攸措. 喪人背後隨著五六人, 皆白巾, 雙擁余臂, 進入門裏,
喪人亦止哭跟後. 適逢乾糧馬頭二同自內方出, 余喜甚, 忙問
曰: "此將奈何?" 二同曰: "小人與亡者同甲, 素相親善, 俄者
入弔其妻." 余問: "弔禮如何?" 二同曰: "執喪人手曰: '爾父歸
天.'"

문 안에서 상제 한 사람이 달려 나와 소리쳐 통곡하다가,
불쑥 면전까지 다가와서는 대나무 지팡이를 내던지고 두
번 엎드렸다 두 번 일어난다. 엎드릴 때에는 머리를 땅에
닿도록 조아리고 일어서서는 발로 땅을 꽝꽝 구르는데, 눈
물이 비 오듯 하면서 무수히 슬프게 부르짖는다. 창졸간에
당한 변이라 어떻게 대처해야 좋을지 모를 노릇이다. 상
제 뒤에는 대여섯 사람이 수행하고 있으며 모두 흰 두건을
썼는데, 양쪽에서 나의 팔을 부축하여 문 안으로 들어가니
상제도 곡을 멈추고 뒤를 따른다. 이때 마침 그 집에서 막
나오던 건량 마두 이동(二同)이와 마주치게 되었으므로, 나
는 너무나 기뻐서 그에게 바삐 물었다.
"이 일을 장차 어쩌면 좋다지?"
"쇤네는 고인과 동갑으로 평소 친하게 지냈던 터라, 아까
들어가서 그 처를 조문했습지요."

"조문의 예(禮)는 어떻게 하는 건가?"

"상제의 손을 붙잡고 '얼후우 꿰이렌'(춘부장께서 별세하시다니) 하면 됩니다."

그리하여 졸지에 그 집의 조문객이 된 연암은 상제로부터 주과(酒果)를 대접받고, 또한 이동이 임시변통으로 마련한 약간의 부의로 간신히 예의를 차릴 수 있었다. 나중에 연암이 일행에게 그 사건을 이야기했더니 "모두들 크게 웃었다."[102]

앞서 든 예와 마찬가지로, 여기서도 연암은 전혀 생소한 사태에 직면한 사람의 관점을 상정하고 이를 통해 익히 잘 알려진 대상을 묘사함으로써 그에 대해 거리감을 가지고 보다 객관적으로 볼 수 있도록 하는 수법을 구사하고 있다. 관혼상제에 주자가례(朱子家禮)를 고수하던 조선과는 달리, 청조 치하의 중국에서는 풍속이 크게 변하여 대부분 속례(俗禮)를 따랐는데, 그중에서도 특히 상가에서 풍악을 쓰는 것은 극히 해괴한 풍속으로 여겨져 조선인들의 비난의 표적이 되었다.[103] 연암은 연행 이전부터 청나라의 실정에 밝았던 만큼 그러한 중국의 독특한 상례에 대해 사전 지식을 가지고 있었음에 틀림없다. 뿐만 아니라 그는 자신이 조문객으로 오인받은 사건의 전말을 다 알고 있음에도 불구하고, 『열하일기』의 해당 기사에서는 일체의 논평을 배제하고 짐짓 뭐가 뭔지 모를 일이라는 듯이 낯선 눈길로 이 사건을 묘사함으로써 해학을 수반한 각성을 유발하고 있다. 고도의 아이러니를 구사한 근대소설에서나 찾아볼 수 있는 이와 같은 수법은 당시의 독자로 하여금 소중화주의에 따른 고루한 편견에서 벗어나, 예법이란 민족과 지역마다 상이할 수

밖에 없으며, 따라서 그 사이에 우열을 논할 수는 없다는 인식에 도달할 수 있도록 하는 데에 그 어떤 직접적인 논설보다도 효과적이었을 것이다.

4. 소설적 형상화

일찍이 김택영은 자신이 편한 『연암속집』에 『열하일기』의 일부를 수록하면서, 그 서두에서 『열하일기』 중 "처음 7권은 여로의 왕복을 서술하고 있는데 순전히 패체(稗體)를 사용하여 취할 만한 것이 없으나, 그 외의 17권은 거의 모두가 후세에 전할 만하다"고 평한 바 있다.[104] 즉, 그는 고문가(古文家)의 견지에서 『열하일기』의 근간인 「도강록」 이하 「환연도중록」에 이르는 일기체 부분이 패관소설 식의 문체로 일관되다시피 한 점을 비판적으로 지적한 것이다. 또한 박은식(朴殷植)은 김택영 편 『연암집』의 발문에서 연암의 글이 "천년절조"(千年絶調)인 『사기』의 정수를 계승한 것으로 고평한 다음, "요새 사람들은 간혹 『열하일기』만을 보고는 선생의 글이 패관(稗官)에 가까운 것으로 의심하지만, 이는 한유(韓愈)가 지은 속하문자(俗下文字: 속되고 평범한 문장)를 보고서 마침내 한유가 속문(俗文: 통속적인 글)을 지었다고 말하는 것과 같을 따름이니 어찌 옳겠는가?"라고 했다.[105] 그 역시 『열하일기』에 패관소설적인 요소가 다분하다는 세평을 수용한 위에서 연암의 문학을 옹호한 것이다.

이와 같이 『열하일기』, 그중에서도 특히 일기체로 된 7편이 '패체'로 되어 있어 '패관'에 가깝다는 견해는 『열하일기』의 대단히 중요한 일면을 지적한 것으로 생각된다. 다만 김택영이나 박은식은 조선 시대 대다수의 문사들과 마찬가지로 소설을 천시하는 뿌리 깊은 편견 때문에 『열하일기』가 지닌 이러한 패관소설적인 특징들에 대해 더 이상 구체적인 언급을 하지 않았다. 그러나 당대 현실에 대한 창의적 표현으로서의 '창신'(創新)을 강조해 마지않은 연암 자신의 문학관과 아울러, 소설이라는 장르가 근대문학의 대표적 존재로까지 성장하기에 이르는 문학사의 일반적 추세 등을 고려할 때, 『열하일기』의 소설적인 특징들을 부정적으로만 보는 고문(古文) 위주의 복고적 문학관은 시대착오적인 것이라 하지 않을 수 없다. 그러므로 『열하일기』의 문예적 특징을 온전히 파악하기 위해서는, 「도강록」 이하의 일기체 부분을 중심으로 『열하일기』에 뚜렷이 나타나 있는 소설적 형상화의 경향을 긍정적인 시각에서 좀 더 치밀하게 고찰할 필요가 있으리라 본다.

『열하일기』가 지닌 소설적 특징 중 첫째로 들 수 있는 것은 여느 연행록들처럼 여행 도상의 체험을 평면적으로 서술하는 것이 아니라, 장면 중심의 입체적인 묘사를 추구함으로써 이를 더욱 생생하게 전달하려 하고 있다는 점이다. 예컨대 「성경잡지」 7월 10일 기사에서 연암은 숙소의 주인 내외와 담소하는 장면을 중심으로 중국 서민 가정의 분위기를 그림처럼 묘사하고 있다.

> 進至後堂, 主人鬚下, 忽作數聲犬嘷. 余大驚却立, 主人微笑請坐. 主人長鬚斑白, 兀自炕上踞短脚床. 炕下對椅, 坐一老嫗, 頭上揷朶紅白葵花, 衣一領鴉靑桃花繡裙. 老嫗胸前又作犬嘷, 益猛. 主人徐自懷中, 捧出一個猧狗, 大如兎子, 毫長一寸, 絲

絲雪白, 脊上淡靑色, 眼黃嘴紅. 老嫗又披襟, 拿出猣兒, 遞與
余看, 毛色一樣.

뒤채에 들어서니 주인의 수염 아래에서 갑자기 서너 번
개 짖는 소리가 난다. 내가 깜짝 놀라 뒤로 물러서자 주인
이 미소 지으며 앉기를 청한다. 주인은 수염이 길고 머리
가 반백인데, 캉(炕) 위의 다리 짧은 침상에 여전히 걸터앉
아 있다. 캉 아래의 맞은 편 의자에는 한 노파가 앉아 있는
데, 머리에 붉고 흰 접시꽃을 꽂았으며 복숭아꽃을 수놓은
검푸른 빛 치마를 입고 있다. 이 노파의 가슴께에서도 개
짖는 소리가 나는데 더욱 사납다. 그러자 주인이 품속에서
천천히 삽살개 한 마리를 두 손으로 받들어 꺼낸다. 크기
가 토끼만 하고 털은 길이가 한 치나 되는데, 아주 가늘고
눈처럼 희며 등 쪽은 엷은 청색이고, 눈은 노랗고 주둥이
는 빨갛다. 노파도 또한 품을 헤치고 삽살개를 끄집어내어
번갈아 내게 보이는데 털빛이 똑같다.[106]

이어서 주인 부부는 노년에 무료한 나머지 소일 삼아 이 강아
지들을 품고 논다고 변명하면서, 자기네의 가족 상황을 소개한다.
서른한 살 난 맏아들은 성경장군(盛京將軍)의 시종무관(侍從武官)인
장경(章京)이며, 열아홉 살 난 둘째 아들과 열여섯 살 난 막내아들은
서당에 글 읽으러 갔고, 아홉 살짜리 손자 놈은 매미를 잡으러 나가
종일토록 얼굴 보기도 힘들다는 것이다.

少焉, 主人之小孫, 手提喇叭, 氣息喘喘, 走入堂裏, 抱老公項, 要買喇叭. 老公慈意滿面曰: "這個不中用." 小兒眉眼清明, 披一領杏子黃紋紗襖子. 弄嬌呈癡, 東跳西梁. 老公囑小孫, 向余叩頭, 軍牢張目, 趨入堂裏, 奪其喇叭, 大聲索鬧.

조금 있자 주인의 손자가 나팔을 손에 들고 숨을 헐떡이며 집 안으로 달려 들어오더니, 노인의 목을 끌어안고 나팔을 사 달라고 조른다. 노인은 자애 넘치는 얼굴로,
"이건 쓸데없는 거란다."
라고 타이른다. 아이는 얼굴이 맑고 총명하게 생겼으며, 노란 살굿빛의 무늬 있는 비단 저고리를 입었다. 재롱을 떨고 어리광을 부리면서 이리 뛰고 저리 뛰며 수선을 피운다. 노인이 어린 손자더러 나를 향해 절을 하라고 시키는 참인데, 군뢰(軍牢)가 눈을 부라리며 집 안으로 달려 들어와, 그 나팔을 빼앗고 큰 소리로 소동을 피운다.[107]

이에 주인 영감은 손자를 대신하여 사과하고, 연암은 군뢰의 지나친 행동을 나무란다. 연암이 화제를 돌려 개에 관해 묻자, 주인 영감은 이 강아지들은 희귀한 운남산(雲南産)으로 각각 '옥토아'(玉兔兒)와 '설사자'(雪獅子)라 부른다고 답한 다음, "옥토아더러 절을 하도록 시키니까, 강아지는 일어서서 앞발을 마주 들어 읍(揖)하는 시늉을 하고는, 곧이어 땅에 대고 머리를 조아린다."(主人叫玉兔兒叩頭, 狗子起立, 雙拱前足, 爲拜揖狀, 便據地叩頭.)[108] 주인 영감은 그 강아지를 연암에게 정표(情表)로 주려고 하나 연암은 사양하고, 사행의 출발

을 알리는 첫 번째 나팔이 벌써 불었으므로 급히 자리를 뜬다.

　이는 물론 당시의 중국 여행 중에 다반사로 마주치는 지극히 평범한 사건의 하나에 불과하다. 여느 연행록에서라면 이와 같이 대수롭지 않은 일상적인 사건 따위는 작자의 관심을 끌기는커녕, 거의 전적으로 무시되어 버렸을 것임에 틀림없다. 그러나 연암은 숙소 주인네의 애견을 구경했다는 이 단순하기 짝이 없는 사건을 일련의 유기적인 장면들로 재구성하고, 여기에 치밀한 세부 묘사를 곁들이고 있다. 우선 그는 주인 부부가 삽살개를 키우고 있다는 사실을 곧바로 서술하지 않고, 무슨 영문인지 두 사람의 품 안에서 잇따라 개 짖는 소리가 나는 괴이한 장면에서부터 이야기를 시작함으로써 독자의 호기심을 자아내게 한다. 이윽고 그들이 차례로 품 안에서 강아지를 꺼내 보이며 변명조로 말하는 장면을 통해 노부부의 한가롭고도 고적한 생활상이 잘 드러나면서, 이야기의 초점은 자연스럽게 손자에게로 옮아간다.

　그때 마침 주인네 손자가 나타나는 장면에서도 연암은 그 아이가 군뢰의 나팔을 훔쳐 갖고 온 사실을 잠시 덮어둔 채 조부모의 사랑 속에 천진난만하게 뛰노는 아이의 모습을 묘사하다가, 느닷없이 등장한 군뢰의 성난 언동을 통해 그 사실이 밝혀지도록 함으로써 흥미를 고조시킨다. 그리고 이야기는 다시 손자에서 강아지로 옮아가서, 강아지가 깜찍하게 묘기를 부리는 장면에 이어 군뢰의 출발 나팔 소리에 연암이 주인네와 석별하는 장면으로 깔끔하게 완결되고 있다. 이와 아울러 당시 조선의 풍습과는 판이한 주인 노파의 화려한 차림새라든가 그들 부부가 키우는 영리한 희귀종 애견에 대한 치밀한 묘사를 통해 중국 서민들의 여유 있는 살림살이가 구체적으로 드러난다. 또한 손자에 대한 따스한 육친애라든지 애지중지하는 개를 초면의 외국인에게 아낌없이 선물하려는 주인 영감의 행동을 통해서는 그의 화목한 가정이나 인정 많은 성품이 잘 부각되어 있다고 할 수 있다.

이와 같이 『열하일기』의 도처에서 연암은 여행 중에 보고 겪은 사건들을 아무리 사소한 것일지라도 무심히 보아 넘기지 않고 세심하게 관찰하고 있을 뿐 아니라, 이를 교묘한 장면 구성을 통해 풍부하고도 흥미 있는 체험담으로 재현해 내고 있다. 그리하여 『열하일기』는 살아 숨 쉬는 중국인들의 구체적인 생활상을 그 어떤 연행록보다도 실감나게 전달하는 데 탁월한 경지를 보여 주고 있는 것이다.

그런데 일반적으로 장면 묘사의 수법은 이러한 일상적인 사건보다도 극적인 사건을 대상으로 할 때 더욱 큰 효과를 발휘한다. 『열하일기』에서 연암은 여행 도중에 목격한 크고 작은 소동들을 즐겨 묘사하고 있거니와, 그중에서도 특히 격투가 벌어지는 대목들은 장면 중심적인 묘사의 효과를 극대화하여 보여 주고 있다. 『열하일기』 중 연암의 붓이 득의의 대상으로 삼고 있는 것은 바로 이 같은 싸움 장면들이다. 예컨대 「관내정사」 7월 28일 기사에서 연암은 호란 때 포로로 끌려온 조선인의 후손인 고려보(高麗堡)의 주민들에게 마두배가 같은 동포임을 빙자하여 해마다 민폐를 끼친 결과, 양자 간에 불화가 심각한 실정임을 전한 다음, 그 일환으로 이날 자신이 목격한 싸움을 묘사하고 있다. 노상에서 갑자기 소나기를 만난 연암은 비를 피해 한 점포에 들어가 보았다.

舖之前堂頗廣, 中庭百餘步. 前堂婦女老小五人, 方染紅扇, 曬簷下, 刷驅一人赤身突入, 頭上只覆破敗氈笠, 腰下僅掩一片布幅, 非人非鬼, 貌樣凶惡. 堂中婦女哄堂鬨啾, 抛紅都走. 舖主傾身視之, 面發赤氣, 一躍下椅, 奮臂出去, 一掌批頰. 刷驅曰: "吾馬方虛氣, 要賣麥屑. 爾何故打人?" 舖主曰: "爾們不識禮義. 豈可赤身唐突?" 刷驅走出門外, 舖主憤猶未止, 冒雨疾追. 刷驅轉身大罵, 把胸一撲. 舖主飜橫泥中, 乃復一脚踏胸而走. 舖主動轉不得, 宛其死矣. 久而起立, 負疼蹣跚而行, 渾身黃泥. 無所發怒, 還入舖中, 怒目視余. 口雖無聲, 頭勢不好. 余視益下, 而色益壯, 凜然爲不可犯之形. 久後, 和顏謂舖主曰: "小人無禮, 甚是衝搏, 再休掛意." 舖主回怒作笑曰: "慙愧! 老爺休題."

점포의 앞채가 매우 넓으며, 중정(中庭)이 100여 보(步)나 된다. 앞채에서는 늙고 젊은 여자 다섯이 마침 부채에 붉게 물을 들여 처마 아래에서 말리고 있었는데, 쇄마구인(刷馬驅人: 짐 싣는 삯말의 몰이꾼) 하나가 거의 알몸으로 뛰어 들어왔다. 머리에는 다 떨어진 벙거지를 썼을 뿐이고 허리 아래에는 겨우 한 조각 무명천으로만 가려, 사람도 아니고 귀신도 아닌 그 꼴이 흉악스럽기 짝이 없다.

실내에서 떠들썩하게 웃고 재잘대던 여자들이 하던 일을 내동댕이치고 모두 달아나 버린다. 점포 주인이 몸을 기울여 살펴보다가는 얼굴을 붉으락푸르락하면서 의자에서 대번에 뛰어 내려와, 팔을 휘두르며 뛰쳐나가 손바닥으로

뺨을 한 차례 후려갈겼다. 쇄마구인이,

"내 말이 마침 허기가 져서 보리 기울을 사려고 한다. 너는 무슨 까닭으로 사람을 치느냐?"

고 하자, 주인은

"너희들은 예의를 모른다. 어찌 벗은 몸으로 마구 뛰어 들어올 수가 있느냐?"

하고 꾸짖는다.

쇄마구인이 문 밖으로 줄행랑을 놓으니, 점포 주인은 그래도 화가 그치지 않아 비를 무릅쓰고 날쌔게 쫓아간다. 그러자 쇄마구인은 몸을 홱 돌이켜 큰 소리로 욕을 하며 그의 가슴팍을 냅다 한 번 쳤다. 점포 주인이 진흙탕에 벌렁 나자빠지자, 다시금 한 발로 가슴을 짓밟고 나서 달아난다. 점포 주인은 꿈쩍도 못하고 흡사 죽은 듯이 보인다. 한참만에야 일어나서는 아픔에 겨워 이리 비틀 저리 비틀 걷는데 온몸이 누런 진흙투성이다.

그는 어디다 분풀이할 데가 없어, 점포로 돌아와서는 성난 눈길로 나를 쏘아본다. 입으로 말은 하지 않아도, 기색이 좋지 않다. 나는 그럴수록 시선을 더욱 내리깔고 낯빛을 한층 당당히 하여, 함부로 범하지 못할 늠름한 형세를 갖추었다. 얼마 후에 낯빛을 부드럽게 하고는 점포 주인더러 말을 붙이기를,

"하인이 무례하여 몹시 함부로 굴었구려. 다시 마음에 두지 마시오."

하니, 주인도 노여움을 돌이켜 웃음 지으며 말한다.

"부끄럽습니다! 어르신네께서는 아무 말씀 마십시오."[109]

여기에서 연암은 점포 주인과 어느 쇄마구인 간에 벌어진 싸움의 전말을 물론 잘 알고 있지만, 이를 결코 직설적으로 서술하지 않는다. 대신에 그는 이들이 사소한 오해로 인해 그처럼 격돌하지 않을 수 없었던 배후의 원인으로 고려보 주민들과 마두배 사이의 해묵은 불화에 대해 먼저 언급한 다음, 곧바로 점포의 평온한 분위기를 깨뜨리고 갑자기 쇄마구인 하나가 뛰어드는 장면부터 묘사하기 시작한다. 그 쇄마구인이 제 말의 먹이를 구하려는 일념에서 오랜 여행으로 찌든 자기 몰골도 잊은 채 이 점포를 급히 찾아든 것이라는 사실은, 그의 외모에 대한 세밀한 묘사나 점포 주인과의 언쟁을 통해 간접적으로만 밝혀지고 있다. 이어서 억수같이 퍼붓는 소나기 속에 점포 주인과 쇄마구인이 서로 쫓고 쫓기다가, 달아나던 쇄마구인이 가한 뜻밖의 반격을 받고 주인이 진흙탕에 나뒹구는 싸움 장면의 묘사는 실로 압권이다. 또한 간신히 점포로 돌아온 주인이 연암과 대화하는 장면에서는 주인의 원망어린 태도에 대처하는 연암의 기지 있는 행동이라든가, 연암의 위로하는 말에 이내 화를 푸는 점포 주인의 넓은 도량이 잘 그려져 있다.

이와 아울러 연암은 장면 중심적인 묘사를 추구하는 대목들에서는 대화를 매우 적실(的實)하게 구사하여 이를 더욱 생생하게 하고 있다. 이와 같이 육성을 방불케 하는 생기 있는 대화를 빈번히 구사하고 있는 점은 『열하일기』가 지닌 소설적 성향 중의 또 다른 주요 특색으로, 다른 연행록들에서는 거의 찾아보기 힘든 면이라 할 수 있다.

연암은 특히 『열하일기』 중의 문답 장면에서 우리말 대화는 문어체의 고문으로 표현하되, 중국말 대화는 굳이 구어체인 백화문으로 표현하고 있다. 이는 언어의 차이를 부각함으로써 중국 여행에 따른 이국적인 정취를 한층 더 실감나게 전하기 위한 의도적인 조치로 보인다. 그러므로 백화체로 된 문답 부분들은 번역할 때 중국 어음(語音)으로 표기해야만 작가의 의도를 제대로 살리는 셈이된다. 앞서 든 인용문들 가운데에도 생생한 구어체 대화가 다수 포함되어 있거니와, 이를테면 앞서 언급한 「성경잡지」 7월 10일 기사 중 숙소 주인이 나팔을 사달라고 조르는 자기 손자에게 중국말로 "이건 쓸데없는 거란다"라고 타이르는 대목은 실은 "쩌거 뿌중용"(這箇不中用)으로 그 원음을 표기해 줄 때 한결 실감이 나게 될 것이다.[110]

「도강록」 6월 27일 기사는 『열하일기』 중의 백화체 대화 부분이 이색적인 여행 체험을 얼마나 효과적으로 표현하고 있는지를 잘 보여 주는 일례라고 할 수 있다. 이날 총수(葱秀)를 떠나 책문으로 향하던 중에 마두배가 수자리 살러 가던 중국인들에게 심심풀이로 시비를 거는 장면이라든가, 책문에 당도하자 몰려든 중국인들이 역관과 마두배에게 다투어 안부 인사를 건네고 조선 사행의 방물과 짐 보따리를 구경하며 자기네들끼리 떠들썩하게 지껄이는 장면, 그리고 마두 득룡(得龍)이 책문 통과시의 예물 때문에 중국인들과 다투는 장면들에는 실로 유창한 백화체 대화가 풍부히 구사되어 현장감을 살리고 있는 것이다.

이러한 인상적인 장면들에 이어서, 연암이 어의(御醫)인 주부(主簿) 변관해(卞觀海)와 함께 책문의 한 술집을 찾아드는 대목에서도 변 주부의 마두 대종(戴宗)과 술집 주인이 주고받는 수작이 다음과 같이 여실하게 표현되어 있다.

> 柳陰中挑出一竿青帘，相携而入，東人已彌滿其中矣．赤脚突鬢，騎椅呼呶，見余蓋奔避出去．主人大怒，指着卞君道："不解事的官人，好妨人賣買．" 戴宗撫其背曰："哥哥不必饒舌！兩位老爺略飲一兩杯，便當起身．這等鱸鮍那敢横椅？暫相回避，卽當復來．已飮的計還酒錢，未飲的暢襟快飲．哥哥放心！先斟四兩酒！" 主人堆着笑臉道："賢弟，往歲不曾瞧瞧麽？這等鱸鮍於鬧攘裏都白喫，一道煙走了罷，那地覓酒錢？" 戴宗曰："哥哥勿慮！兩位老爺飲後卽起，弟當盡驅這厮回店賣買．" 店主曰："是也．兩位都斟四兩麽，各斟四兩麽？" 戴宗道："每位四兩！"

버드나무 그늘로부터 죽간(竹竿)에 매달린 푸른 주기(酒旗) 하나가 튀어나와 있기에 서로 동무하여 들어가 보니, 조선 사람들이 벌써 그 속을 그득 채우고 있다. 맨 종아리에 아무렇게나 내뻗친 구레나룻을 하고 의자에 걸터앉아 마냥 떠들어대다가, 우리를 보자 죄다 바삐 피해 달아나 버린다. 주인이 몹시 화를 내어 변군을 가리키며,
"뿌지에스떠 꾸안르언 하오황 르언마이마이."(사리를 모르는 관인官人이 몹시도 남의 영업을 방해하는군.)
라고 투덜댄다. 대종이 그자의 등을 어루만져 주면서,
"꺼꺼, 뿌삐 라오서! 량웨이 라오예 뤼에인 이량 뻬이, 삐엔땅 치선. 저떵 깐까 나깐 헝이? 짠시앙 훼이삐, 지땅 후

라이. 이인떠 지후안 지우첸, 웨이인떠 츠앙진 콰이인. 꺼
꺼, 팡신! 시엔전 쓰량 지우!"(형님, 잔소리 마시우! 두 어
른께서는 대충 한두 잔 드시고 이내 떠나실 거요. 저 망나
니들이 어찌 감히 방자하게 앉아 있겠수? 잠시 서로 피해
달아났다가 이내 다시 와서, 이미 마신 자는 술값을 치르
고 아직 안 마신 자는 마음껏 유쾌히 마실 거요. 형님, 안
심하시우! 우선 넉 냥 술을 따라 주시구랴!)

라고 달랜다. 그러자 주인이 웃는 낯을 지으며 말한다.

"시엔띠, 왕쒜이 뿌청챠오챠오마? 저떵 깐까 위나오랑리
떠우 빠이츠, 이따오옌 쩌우러빠, 나띠 미 지우첸?"(아우
님, 지난 해에도 본 적이 있지 않소? 저 망나니들이 소란
을 피우면서 모두들 공짜로 먹고서는 연기처럼 새어 버릴
텐데, 어디서 술값을 받는단 말이오?)

"꺼꺼, 우뤼! 량웨이 라오예 인허우 지치, 띠 땅 진취 저쓰,
훼이띠엔 마이마이."(형님, 염려 마슈! 두 어른께서 마신
후 곧 일어나시거든, 아우가 응당 저놈들을 몽땅 몰아다가
가게로 돌아와 거래하도록 하겠소.)

"스예. 량웨이 떠우전 쓰량마? 꺼전 쓰량마?"(좋소. 두 분
합해 넉 냥을 따르리까? 각기 넉 냥을 따르리까?)

"메이웨이 쓰량!"(한 분마다 넉 냥으로!)[111]

이상의 대화에는 '的'(적) '麼'(마) '了'(료) '罷'(파) 등의 조사와
아울러, '好'(매우) '哥哥'(형님) '兩位'(두 분) '老爺'(어르신네) '起身'(떠
나다) '這等'(이들, 저들) '魑魅'(망나니, 수상한 자) '放心'(안심하다) '瞧

瞧'(보다) '一道煙'(연기처럼 재빠른 모양) '這厮'(이놈, 저놈) 따위의 주로 구어에서 쓰이는 어휘들이 많이 포함되어 있음을 볼 수 있다. 이와 같이 생생한 백화체 대화를 통해, 연암은 마두배의 평소 행태라든가 그들에 대한 중국 상인들의 불신감, 그리고 이미 6~7차나 중국에 다녀온 바 있어 중국어에 능통할 뿐 아니라 현지 상인들의 생리를 잘 아는 대종이 술집 주인을 노련하게 구슬리는 솜씨 등을 실로 절묘하게 그려 내고 있는 것이다. 그러나 이어서, 중국에서는 술을 중량(重量)에 따라 파는 줄 미처 알지 못한 변 주부가 대종에게 "넉 냥 술을 누가 다 마신단 말이냐?"라고 꾸짖자, 대종이 웃으며 "넉 냥이란 술값이 아니오라 술 무게올시다"라고 대답하는 우리말 대목은 다시금 문어체로 전환되어 있다.[112]

　다른 한편 『열하일기』에서 연암은 이처럼 중국인과의 대화를 구어체로 직사(直寫)하는 방법을 활용하여 대단히 해학적인 효과를 거두고 있다. 중국인이 우리말을, 또는 조선인이 중국말을 서투르게 구사하는 바람에 빚어진 오해와 의사 불통의 희극적인 상황은 연암이 즐겨 묘사하는 장면 중의 하나이다. 「일신수필」 7월 17일 기사 중 중국 측 조선어 통역관 쌍림(雙林)이 허튼수작 삼아 연암의 하인 장복과 서로 언어를 바꾸어 문답하는 대목은 그 좋은 예라 할 수 있다. 쌍림은 조선어 수석(首席) 통역관인 오림포(烏林哺)의 아들로 제법 우리말을 잘한다고 하나 존대법을 전연 모를뿐더러 발음조차 시원찮은데, 장복 역시 아는 중국말이라야 이번 초행길에 얻어 들은 것이 전부인지라, 이들의 대화는 가관일 수밖에 없다. "하나는 우리말을 하는데 세 살 먹은 애가 '밥' 달라는 말을 '밤' 달라는 것처럼 하고, 하나는 중국말을 하는데 반벙어리가 이름을 부르는 듯

노상 '애' 소리만 거듭하니, 곁에서 함께 구경하는 사람이 없는 것이 한스러울' 지경이다. 이를테면 쌍림이 장복더러 "너 우리 아버님(父主) 보았음마?" 하면, 장복은

出勑時吾瞧瞧了. 大監好鬍子. 吾爲步從, 連爲勸馬聲, 大監滿瞼堆笑道: "你聲好, 不住的連唱!" 吾不住的唱, 大監連道: "好好!" 行到郭山, 親手掇賜了茶啖.

추츠스, 우 챠오챠오러. 대감(大監) 하오 후쯔. 우 웨이뿌총, 리엔웨이 권마성(勸馬聲), 대감 만리엔 뛔이샤오따오, "니 성 하오, 뿌주떠 리엔창!" 우 뿌주떠 창, 대감 리엔따오, "하오 하오!" 싱따오 곽산(郭山), 친셔우 뚜오츠러 다담(茶啖).

(칙사勅使 나올 때, 나 보았소. 대감은 수염이 멋졌소. 내가 걸어서 따라가며 계속 권마성을 부르니까, 대감이 얼굴 가득 웃음 지으며, '네 목소리 좋다, 쉬지 말고 계속 외쳐라!' 했소. 내가 쉬지 않고 외치니, 대감은 계속 '좋다 좋다!' 했지요. 곽산에 이르러서는 손수 다담을 내려줍디다.)

라고 허풍을 떨며, 우리말을 뒤섞은 서툰 중국어로 응답한다. 또한 쌍림은 쌍림대로 짧은 조선어 실력으로 장복에게 "너, 장가들었냐?" 하고 묻는가 하면, 가난해서 아직 못 들었다는 장복의 대답에 연방 "불쌍하다 불쌍해!" 라고 말하여 웃음을 자아내게 하는 것이다.[113]

뿐만 아니라 『열하일기』 중의 대화 부분들은 장면 중심적으로 묘사된 대목에 등장하는 인물들의 개성을 형상화하는 데에도 탁월한 기능을 발휘하고 있다. 그러한 대목들에서 연암은 용의주도하게도 해당 인물의 신분이나 성격에 걸맞은 말투를 재현하고 있는 것이다. 예컨대 「환연도중록」 8월 20일 기사를 보면, 연암을 따라 열하에 다녀온 창대가 북경에 남아 있던 장복과 재회하는 장면이 대화 위주로 실감나게 그려져 있다.

> 昌大見張福, 不敍其間離索之苦, 直言: "汝有別賞銀帶來." 張福亦未及勞苦, 笑容可掬, 問: "賞銀幾兩?" 昌大曰: "一千兩, 當與爾中分." 張福曰: "汝見皇帝否?" 昌大曰: "見之. 皇帝眼似虎狼, 鼻如火爐, 脫衣赤身而坐." 張福問: "所冠何物?" 曰: "黃金頭盔. 招我, 賜酒一大杯, 曰: '汝善陪書房主, 不憚險而來, 奇特矣!'"

창대가 장복을 보더니, 그동안 서로 헤어져 있던 고통은 말하지 않고, 대뜸

"너에게 줄 특별 상은(賞銀)을 가지고 왔다."

하니, 장복 역시 미처 수고했다는 말도 하지 않고, 애교 넘치는 얼굴로 묻는다.

"상은이 몇 냥이냐?"

"1천 냥이다. 의당 너하고 반씩 나누어야지."

"너 황제를 보았냐?"

"보고말고. 황제는 눈이 범이나 이리 비슷하고 코는 화로

같은데, 옷 벗고 알몸으로 앉아 있더라."

"머리에 무얼 썼더냐?"

"황금 투구를 썼더군. 나를 불러 큰 잔으로 술 한 잔을 하
사하면서, '네가 서방님을 잘 모시고 위험도 마다 않고 왔
으니, 기특하다!' 하더라."[114]

이러한 재회 장면에서 연암은 하층 신분인 두 사람의 무식하면
서도 꾸밈없는 말투를 생생하게 표현하고 있다. 그리고 이를 통해,
열하에서 특별 상은을 받기는커녕 황제를 구경조차 못한 주제에 장
복을 보자마자 마구 허튼소리를 늘어놓는 창대의 허풍스럽고도 장
난기 심한 성격이나, 특별 상은을 갖고 왔다는 말에 기쁜 나머지
그간의 노고를 위로하는 인사도 잊은 채 창대의 거짓말을 경청하
는 장복의 순진하다 못해 미욱스런 성격을 잘 부각시키고 있는 것
이다.

『열하일기』의 소설화 경향은 장면 중심적인 묘사나 대화의 빈
번한 구사와 아울러, 그 유기적인 구성에 있어서도 뚜렷이 드러난
다. 앞서 언급한 바와 같이 『열하일기』 중의 일기체 부분은 편년체
역사서와 흡사하게 사건을 시간적 순서대로 서술하고 있으므로, 내
용상의 중복이나 산만함을 피하기 어렵다. 이러한 단점을 보완하기
위해 연암은 체제상 기사체적(紀事體的) 방식을 곁들인다거나 귀환
과정의 서술을 생략하는 외에도, 곳곳에 일종의 복선을 설정하여
가급적 사건의 서술을 짜임새 있고 흥미롭게 만들고 있다.

「성경잡지」 7월 13일과 그에 이어지는 7월 14일의 기사는 복
선 설정에 의한 유기적 구성을 잘 보여 주는 대표적 사례라고 할 수

있다. 7월 13일 연암은 신민둔(新民屯)의 한 전당포에 구경삼아 들어갔다가, 주인의 요청으로 가게 문에 내다 걸 액자를 써 주게 되었다. 그는 대로변의 가게들에 매양 '기상새설'(欺霜賽雪: 서리나 눈처럼 희다)이란 글자가 씌어 있던 것을 상기하고, 이는 아마도 상인들이 자기네의 본분과 심지(心地)가 서리나 눈에 못지않게 고결하다고 자부하는 의미일 것이라 해석하고는 그 넉 자를 써 주기로 작정했다. 먼저 '설'(雪) 자를 썼더니 구경꾼들이 일제히 "수쯔 헌 하오!"(글씨 참 좋다!)라고 소리친다. 그러나 다음에 '새'(賽) 자를 쓰니까 칭찬하는 자가 없는 것도 아니나 "가게 주인만은 안색이 자못 달라, '설' 자를 썼을 때 탄복하던 것과는 달랐다." 연암은 글씨 모양이 마음에 들지 않아 그러려니 억측하고는, 어쨌든 나머지 두 글자를 마저 써서 주자, 가게 주인은 마침내 "뿌시앙깐"(아무 상관이 없는걸) 하며 도리질을 하는 것이다. 이러한 전당포 주인의 냉담한 반응에 내심 화가 나면서도 연암은 그 원인을 분명히 알지 못한 채 그 자리를 떠날 수밖에 없었다.[115]

　다음 날 그는 소흑산(小黑山)의 한 수식포(首飾舖)에서 다시금 유사한 상황에 봉착하게 된다. 그곳에서 서예 솜씨를 발휘하여 극진한 환대를 받게 된 연암은 내친 김에 전날 전당포에서 겪은 수모를 만회하고자 가게의 액자를 써 주겠다고 자청하니, 곽생(霍生)을 비롯한 그 수식포의 동업자들이 모두 기뻐하는 것이다.

　　余遂寫出'欺霜賽雪'四字, 諸人俱面面相覷, 與當舖氣色一般
　　的殊常. 余胸裏念道: "又是怪事!"余道: "不相干麼?"舖主道:
　　"是也." 霍生曰: "俺舖專一收賣婦人的首飾, 不是麵家." 余始

覺其誤, 可謂羞前之爲. 遂曰: "我已知道了, 聊試閒筆耳." 前
日遼陽市中, '鷄鳴副珈'金字題, 驀然入想, 似是與此一般舖
子. 遂書'副珈堂'三字, 諸人尤叫歡不絕.

나는 드디어 '기상새설' 넉 자를 썼다. 모두들 서로의 얼굴
을 돌아보는 품이 전당포 주인의 기색과 매일반으로 수상
쩍다. 나는 마음속으로 "이거 또 괴상한 일이로군" 하고
중얼거리며, 점포 주인들에게 물었다.

"뿌시앙깐마?"(아무 상관이 없는 건가요?)

"스예."(그렇습니다.)

곽생이 덧붙이기를,

"안푸 주안이 셔우마이 후런뗘 셔우스, 뿌스 멘지아."(저
희 가게는 오로지 부인네의 장신구만 사고 팔 뿐으로, 국
수집이 아닙니다.)

라 한다. 나는 그제야 잘못을 깨달았으니, 가위 '전에 한
일이 부끄럽다' 하겠다. 나는 마침내 둘러대기를,

"워 이 즈따오러, 랴오스 시엔삐얼."(나도 이미 알고 있었
지만, 잠시 심심풀이삼아 써 보았을 따름이오.)

이라 하고 나니, 요전 날 요양(遼陽) 시중에서 본 금빛 글자
로 '계명부가'(鷄鳴副珈)라 쓴 제호가 얼른 떠오른다. 아마
이것과 일반인 점포였으리라. 드디어 '부가당'(副珈堂) 석
자를 써 주니, 모두들 더욱 환성을 지르기를 그치지 않는
다.[116]

연암은 이와 같이 전당포에 이어서 수식포에서도 국수집에나 어울릴 엉뚱한 액자를 써 주는 실수를 범했다가 임기응변으로 망신을 모면한 해학적인 사건을 서술하면서, 소설적인 구성의 묘미를 십분 살리고 있다. 물론 그는 몸소 체험한 이 사건의 전말을 잘 알고 있음에도 불구하고, 서술 과정에서는 일체의 직접적인 설명을 배제하고 있다. 7월 13일의 기사에서 연암은, 자신이 차례로 글자를 써 나가자 처음에는 그토록 기뻐하던 전당포 주인이 무슨 영문인지 점차로 마땅찮은 기색을 하다가 마침내는 노골적으로 불만을 표시하는 과정을 객관적으로 그려 보이고만 있다. 이로써 독자의 궁금증을 유발시켜 놓은 뒤에, 그는 다음 날짜의 기사에서 이와 비슷한 사건을 재차 묘사하는 과정을 통해 진실이 저절로 밝혀지도록 하는 수법을 취하고 있는 것이다. 그리하여 별개로 처리될 수도 있는 두 개의 에피소드가 인과관계에 의해 탄탄히 결합되면서, 한층 흥미로운 이야기로 변모되고 있음을 볼 수 있다.

또한 「막북행정록」 8월 5일 기사에서도 연암은 조선 사행의 열하행(熱河行)이 결정되는 경위를 유사한 수법으로 흥미진진하게 묘사하고 있다. 그는 북경에 가까스로 도착한 조선 사행에게 만수절에 대어 급히 열하로 오라는 황제의 명이 떨어져 일대 소동이 벌어지는 이 사건을 직설적으로 서술하지 않는다. 우선 정사 박명원이 열하로 떠나는 이상한 꿈을 꾸었다고 이야기하는 장면부터 설정해 놓은 다음, 한밤중의 숙소에 난데없는 소동이 일어나 그 원인을 알지 못한 동행들이 법석을 피우고, 중국 측 통역관들이 어쩔 줄 몰라 하며 허둥대는 모습을 자못 해학적으로 묘사하고 있다. 그런 연후에야 비로소 연암은 조선 사신의 열하행이 갑작스레 결정되기에 이른 배후의 사정을 밝히고 있는 것이다.[117] 이처럼 짜임새 있는 구성을 통해 은폐되어 있던 진실이 드러나도록 함으로써 서술의 흥미를 고조시키는 것은 전형적인 소설적 기법의 하나이다.『열하일기』에서 연암은 편년체적 서술 체제에서 피하기 어려운, 단편적인 인상의 두서없는 나열과 지리멸렬함을 극복하기 위해 최대한으로 에피소드들을 조직하려는 노력을 분명히 보여 주고 있는 것이다.

* * *

이상에서 언급한『열하일기』의 소설적 특징들은 근원적으로는『사기』와의 영향 관계 속에서 이해될 수 있으리라 본다. 앞서 지적한 바와 같이 사마천의『사기』는 연암의 문학 전반에 걸쳐 심대한 영향을 미쳤거니와,『열하일기』에서도 연암은 음양으로『사기』를 빈번히 인용하고 있다.[118] 그러나『열하일기』에서『사기』의 문학적 영향은 더욱 심층적인 차원에서도 발견되는데, 그중의 하나가 바로 소설적인 형상화 경향이다. 주지하다시피『사기』에서 사마천은 사건들을 평면적으로 기술하는 것이 아니라, 이를 몇 개의 주요 장면들로 재구성하여 입체적으로 보여 주는 수법을 자주 구사하고 있다. 다시 말해 그는 극적인 충돌로 인해 긴장이 고조되는 장면들을 중심으로 사건이나 인물들을 형상화하고자 하는 경향을 뚜렷이 보여 주고 있는 것이다. 「항우본기」(項羽本紀) 중의 홍문연(鴻門宴)이나 해하(垓下) 포위 장면, 「자객열전」 중 형가(荊軻)가 진왕(秦王)을 살해하려는 장면 등은 이러한 극적인 장면 묘사의 기법을 보여 주는 유명한 예들에 속한다고 할 수 있다.[119]

또한 사마천은 이와 같이 장면 중심적으로 묘사된 대목에서 생생한 구어체 대화를 빈번히 구사하고 있다. 예컨대 「진섭세가」(陳涉世家)에서 고농(顧農) 출신이나 출세하여 왕이 된 진섭을 찾아온 옛 친구 하나가 그의 궁궐을 보고는 초(楚)나라 방언으로 무식하게 "굉장하다! 섭이가 왕이 되더니만 그윽한 데서 사는구나!"라고 말하게 하는가 하면, 「장승상열전」(張丞相列傳) 중 주창(周昌)이 한 고조(漢高祖)에게 직언하는 대목에서는 그의 강직한 성품과 평소 말을 더듬는 버릇을 잘 살려 "신(臣)은 입으로 말을 잘할 줄은 모릅니다. 그러나 신은 기, 기필코 그 일이 불가(不可)함은 압니다. 폐하께서 비록 태자를 폐(廢)하고자 하실지라도, 신은 기, 기필코 조명(詔命)을 받들지 못하겠습니다"라고 표현하고 있다.[120] 이처럼 『사기』에서 사마천은 직접적인 설명을 가급적 피하고 그 대신에 대화를 적절히 구사함으로써, 등장인물들의 성격이라든가 인물 상호 간의 관계와 충돌을 표현하는 데 비상한 성공을 거두고 있는 것이다.

이와 아울러 사마천은 특히 '열전'에서 대상 인물의 생애와 관련된 개개의 에피소드를 용의주도하게 조직하여, 인간성이나 도덕적 진실에 대한 통찰을 주제로 한 한 편의 잘 짜인 이야기를 추구하는 경향도 명백히 드러내고 있다. 그리고 이러한 경우에는 「이사열전」(李斯列傳)이나 「회음후열전」(淮陰侯列傳)에서 보는 바와 같이, 일견 사소한 듯한 젊은 시절의 에피소드를 서두에 배치하여 그 인물의 장래를 예견케 하는 일종의 복선으로서 기능하도록 하는 수법을 즐겨 구사하고 있는 점도 한 특색이다.

사마천의 『사기』는 후대의 역사와 문학에 지대한 영향을 끼쳐, 한편으로 그 기전체(紀傳體) 서술 방식은 중국 역대 정사의 체제로 정착되었으며, 다른 한편 열전 형식은 역사로부터 분화하여 당·송 이후 고문가들에 의해 전(傳)·장(狀)·비(碑)·지(誌)의 전기문학(傳記文學)으로 계승되었다. 그러나 위에서 언급한『사기』의 여러 특징들은 정사라든가 전·장·비·지의 고문보다는 후대의 소설 문학에서 더욱 충실히 수용 발전되었다고 할 수 있다. 특히『삼국지연의』『수호전』『서유기』『금병매』(金甁梅) 등 명대 소설의 걸작들은『사기』에 맹아적으로 내재한 소설적 형상화의 경향을 고도로 구현한 작품들이다. 그러므로『열하일기』의 표현 형식에서 두드러지게 나타나는 장면 중심적 묘사라든가 생동하는 대화의 빈번한 구사와 에피소드의 용의주도한 조직화라는 특징들은 이들 명대 소설과의 관련 속에서도 조명될 수 있을 것이다.

연암과 동시대의 인물인 이규상(李奎象, 1727~1799)은『열하일기』에 대해 "글재주를 부린 글이 많고 자못 연의소설(演義小說)의 어투를 띠고 있어, 한양에서 회자(膾炙)되었다"고 증언한 바 있거니와,[121] 명대 소설 중에서도 특히『수호전』은『열하일기』에 깊은 영향을 미쳤던 것으로 보인다. 연암이『수호전』에 정통해 있었다는 사실은『열하일기』에서 여러모로 확인될 수 있다. 예컨대「도강록」6월 24일 기사에서, 비만한 연암을 등에 업고 강을 건너던 중국인이 관화(官話)로 "흑선풍(黑旋風)의 엄마가 이처럼 무겁게 매달린다면 기풍령(沂風嶺)을 오르지 못했을 걸"이라고 농담을 하자, 연암은 "저 어리석은 놈이 강혁(江革)은 모르고 이규(李逵)만 아는구나"라고 응수하고 있다.[122] 또한「도강록」중「관제묘기」(關帝廟記)에서 연암은 직업적인 설서인(說書人)이 낭독하는 것을 보니,『수호전』중 노지심(魯智深)이 와관사(瓦官寺)에 방화하는 대목을 펴 놓고서는 실

제로는 엉뚱하게도 『서상기』(西廂記)를 외우고 있더라고 전하고 있다.[123]

『서상기』 등 원(元) 잡극(雜劇)의 대표작들과 함께 중국 구어 문학의 최고봉을 이루는 소설로 평가되고 있는 『수호전』은 주로 대화를 통해 등장인물들의 신분이나 기질을 표현하고 있으며, 또한 그 대화는 살아 있는 일상 구어를 탁월하게 재현하고 있다. 뿐만 아니라 『수호전』은 주인공들이 우여곡절 끝에 차례로 의적 집단에 가담하게 되는 과정을 서술하면서 곳곳에 적절한 복선을 설정하여 개개의 에피소드를 상호 유기적으로 조직하는 한편, 이러한 이야기들의 클라이맥스에는 생생하게 묘사된 크고 작은 소동이나 격렬한 싸움 장면을 배치함으로써 흥미를 가일층 고조시키는 수법을 구사하고 있다.

어느 의미에서 『수호전』은 여행을 다룬 소설이라고도 할 수 있다. 주인공들은 유형(流刑)을 당하거나 범죄 끝에 관(官)에 쫓기거나, 또는 복수를 하기 위해서 등등 각종 이유로 하나같이 길을 떠나게 된다. 이러한 여행 도상에서 그들은 주루(酒樓)와 다방(茶房)과 반점(飯店)·객점(客店) 등을 수시로 드나들면서, 그곳에서 온갖 신분의 인물들과 마주치게 되며 갖가지 음식과 술들을 먹고 마시며 웃고 떠들어댄다. 뿐만 아니라 『수호전』에 매우 빈번히 묘사되어 있는 격투 장면들 역시 으레 노상이 아니면 연도의 상점들을 무대로 전개되고 있다. 그리하여 북송(北宋) 말을 시대 배경으로 하고 있는 『수호전』은 이와 같은 주인공들의 여행 과정을 통해 수도 변경(卞京)의 번영상과 서민 사회의 활기를 탁월하게 반영하고 있는 것으로 평가된다.[124]

이러한 측면에서 『수호전』과 『열하일기』는 주목할 만한 유사성을 보여 준다. 물론 『수호전』에 비해 『열하일기』는 한층 더 순수한 여행의 문학이다. 연암은 북경을 거쳐 열하까지 이르는 기나긴 여정에서, 객점과 주점·전당포·수식포·약포·금단포(錦緞舖)·골동포(骨董舖) 등등 연도의 수많은 상점과 크고 작은 시장들을 경과하며, 이러한 과정에서 각계각층의 중국인들과 접촉하게 되고 갖가지 이색적인 체험을 겪게 되는 것이다. 또한 『열하일기』에서 연암은 그와 같은 여행의 경위를 평면적으로 기술하지 않고, 『수호전』의 경우처럼 극적인 사건들을 중심으로 입체적으로 묘사해 보임으로써, 18세기 말 청조 중국의 사회상을 생생하고 흥미진진하게 전달하는 성과를 거두고 있다.

『수호전』과 『열하일기』의 유사성은 무엇보다도 양자 모두 여행 도상에서 벌어지는 크고 작은 소동과 싸움을 즐겨 묘사하고 있는 데에서 단적으로 드러난다. 그리고 이러한 장면들에서 『열하일기』는 『수호전』과 마찬가지로, 직접적인 설명 대신에 대립 충돌하는 인물들 간의 욕설 섞인 대화와 치고받는 격렬한 행동을 위주로 묘사하여, 인물들의 개성과 현장감을 살리는 데 성공하고 있다. 「도강록」 6월 27일 기사 중, 책문에서 마두 득룡이 국경을 통과할 때 지불하는 예단의 물량을 놓고 중국인들과 다투는 대목은 이 점에서 특히 인상적인 예라 할 수 있다. 이날 상판사(上判事)의 마두 상삼(象三)이가 책문과 봉성(鳳城)의 상하 관원을 위한 예단을 분배하는 것을 구경하던 중국인들 가운데 불만을 품은 어느 작자가 그에게 트집을 잡자, 같은 상판사 마두인 득룡이 가로막고 나선다.

得龍奮髯張目, 直前揪其胸, 揮拳欲打, 顧謂衆胡曰:「這個潑皮好無禮! 往年大膽偸老爺鼠皮項子, 又去世欺老爺睡了, 拔俺腰刀, 割取了鞘綬, 又割了俺所佩的囊子, 爲俺所覺, 送與他一副老拳, 作知面禮. 這個萬端哀乞, 喚俺再生的爺孃. 今來年久, 還欺老爺不記面皮, 好大膽高聲大叫. 如此鼠子輩, 拿首了鳳城將軍!」衆胡齊聲勸解, 有一老胡, 美鬚髯, 衣服鮮麗, 前抱得龍腰曰:「請大哥息怒.」得龍回怒作哂曰:「若不看賢弟面皮時, 這部截筒鼻, 一拳歪在鳳凰山外!」其舉措恇攘可笑.

득룡은 수염을 곤두세우고 눈을 부릅뜨며 곧장 달려들어 그자의 가슴팍을 거머쥐고 때릴 듯이 주먹을 휘두르면서, 뭇 되놈들을 돌아보고 말했다.

"이 못된 놈, 너무도 무례하구나! 수년 전에는 대담하게시리 나리의 서피(鼠皮) 휘양을 훔치는가 하면, 또 작년에는 주무시는 나리를 속이고 나의 요도(腰刀)를 빼어다 채찍의 장식 끈을 잘라 가졌으며, 또 내가 차고 있는 주머니를 자르다가 나한테 발각됐지. 두 주먹을 날려 보내 인사를 해주었더니, 요 작자는 만단(萬端)으로 애걸하며 나를 목숨을 살려주신 부모 같은 분이라 불러 놓고는, 이제 오랜만에 오니까 또다시 얼굴을 기억 못 하는 나리를 속이고 너무도 대담하게시리 목청을 높여 소리치다니, 이 쥐새끼 같은 놈아! 봉성 장군(鳳城將軍)께 머리채를 끌까 부다."

뭇 되놈들이 이구동성으로 놓아 줍시사 한다. 그중 어떤 나이 든 되놈 하나는 멋진 수염에 의복이 말쑥하고 고왔는

데, 다가가 득룡의 허리를 끌어안으며,

"형님께서 제발 화를 푸십시오."

한다. 득룡은 화난 낯을 돌이켜 빙그레 웃으며 말했다.

"만약에 아우님의 체면만 생각하지 않는다면, 요놈의 절통비(截筒鼻)[125]는 주먹 한 방에 비뚤어져 봉황산(鳳凰山) 너머에 가 있을 거요."

그 하는 짓거리가 하도 야단스러워 웃음을 자아낸다.[126]

당시에 조선 사행이 책문을 통과할 때면 중국 측의 관원들이 예단에 대해 트집을 잡아 여러 날을 지체하게 하는 경우가 적지 않았는데, 이번 연행에는 득룡의 노련한 수완으로 이를 모면할 수 있게 된 경위가 대화 위주로 생생하게 묘사되어 있다. 무려 30여 차나 연행하여 경험이 풍부한 득룡은 이런 경우에는 초장부터 기를 꺾어 놓아야만 함을 잘 알고, 그중 시비를 걸어오는 자에게 먼저 터무니없는 죄목을 씌워 으름장을 놓음으로써 사태를 수습한 것이다.

여기에서 득룡이 그자에게 퍼붓는 욕지거리와 만류하는 중국인의 말은 물론 모두 중국어로서, 원문에는 백화문으로 표기되어 있다. 그런데 그중 '潑皮'(무뢰배) '一副老拳'(두 주먹) '爺孃'(부모) '面皮'(얼굴) '大哥'(형님) '賢弟'(아우님) 등은 『수호전』에서도 낯익은 구어체 어휘이다. 또한 "請…息怒"(…께서는 제발 화를 푸십시오)라든가 "若不看…面皮時"(만약 …의 체면만 생각하지 않는다면) 같은 어구 역시 『수호전』 중의 대화 장면에서 자주 쓰이고 있는 관습적인 표현이다.[127] 뿐만 아니라 이어지는 대목에서, 연암이 역관 조달동(趙達東)에게 조금 전에 본 득룡의 활약상을 이야기하자, 조달동은 웃으며 "그게 바로 살위봉법(殺威棒法)입지요"라고 말한다. 여기서 말하는 '살위봉법' 역시 『수호전』과 관련된 은어(隱語)로서, 득룡의 하는 수작이 『수호전』에 거듭 나오는바 새로 온 죄수에 대해 간수가 불문곡직하고 '살위봉'이란 몽둥이찜질로 기를 죽이는 수법과 같다는 뜻인 것이다.[128]

이상에서 『열하일기』에 나타난 소설적 형상화의 경향이 근원적으로는 『사기』와, 좀 더 직접적으로는 『수호전』과의 영향 관계 속에서 이해될 수 있으리라 추정해 보았다. 물론 그렇다고 해서 이는 『열하일기』가 양자를 모방했다는 의미로 해석되어서는 안 될 것이다. 『열하일기』는 근본적으로 『사기』와 같은 역사서도 아니요, 장르상 『수호전』과 같은 소설도 분명 아니기 때문에 이들을 간단히 모방할 수는 없는 것이다. 그러나 연암은 청조 중국의 실상과 자신의 북학론을 더욱 생생하고 설득력 있게 전달하기 위한 방편으로, 『사기』와 『수호전』 등에 구현되어 있는 소설적 기법들을 체득하여 이를 탁월하게 활용하고 있다. 이러한 점에서도 연암은 '법고창신'이라는 그 자신의 문학론을 충실히 실천하고 있는 것으로 볼 수 있다.

5. 사실주의적 묘사

『열하일기』에 두드러지게 나타나 있는 또 하나의 문예적 특징으로는, 극히 정밀한 세부 묘사를 통해 대상의 본질을 구체적이고도 객관적으로 드러내려는 경향을 들 수 있다. 『열하일기』에서 연암은 중국의 이색적인 풍토와 각종 문물, 그리고 여행 중에 마주친 온갖 부류의 인간들을 가능한 한 세밀하고 정확하게 묘사하려는 노력을 뚜렷이 보여 준다. 물론 이러한 사실주의적 묘사의 추구는 앞서 언급한 소설적 형상화의 경향과 무관한 현상이 아니라 그와 불가분의 관련성을 지닌 것이다.『열하일기』에서와 같이 등장인물들을 생동하는 인간으로서 개성 있게 형상화하고 그들의 환경을 상세히 재현하는 데 치중하는 것은 다름 아닌 소설의 중요한 장르적 특성이기도 한 때문이다. 그러나 사실주의의 전통이 상대적으로 미약하다고 할 수 있는 한문학의 특성에 비추어 볼 때,『열하일기』에 구현되어 있는 고도의 사실주의적 묘사는 그 자체로서도 충분히 주목할 만한 가치가 있다고 본다.

　　대다수의 연행록들은 여행 당시의 기후라든가 경과한 지역의 자연 풍경에 관해서는 필요한 최소한의 기술에 그치고 있다. 이에 비할 때『열하일기』의 도처에서 연암이 연로의 이국적인 자연 풍경과 기상 변화를 놓치지 않고 자세히 묘사하고 있는 것은 확실히 이례적이라 할 수 있다.『열하일기』에 빈번히 나타나 있는 이러한 풍경과 일기(日氣)의 묘사는 이역만리의 낯선 땅을 여행하는 실감을 자아내는 데 매우 효과적이거니와, 때로는 여행 도상에서 겪게 되는 사건들의 배경으로서도 훌륭한 기능을 하고 있다. 예컨대「성경잡지」7월 13일 기사의 서두를 보면, 꼭두새벽에 숙소를 출발하여 신민둔으로 향하던 도중의 풍경을 다음과 같이 묘사하고 있다.

> 曉起盥櫛, 厭莫甚焉. 月初落矣. 滿天星顆互瞬, 村鷄迭鳴. 行不數里, 白霧漫漫, 大野浸成水銀海. 一隊灣商相語而行, 朦朧如夢中讀奇書, 不甚了了, 而靈幻則極矣. 少焉, 天色向曙, 萬

柳秋蟬, 一時發響. 非渠來報, 已知午天酷炎矣. 野霧漸收, 遠
村廟堂前旗竿如帆檣. 回看東天, 火雲滃潗, 盪出一輪紅日, 半
湧半沈於蜀黍田中, 遲遲冉冉, 圓滿遼東, 而野地上, 去馬來
車, 靜樹止屋, 森如秋毫, 皆入火輪中矣.

새벽에 일어나 낯을 씻고 머리를 빗는데, 이보다 더 하기
싫은 일이 없다. 달이 막 졌다. 하늘에 가득 찬 별들이 서
로 깜빡거리며 눈짓하고, 마을 닭들이 번갈아가며 울음을
운다. 몇 리 못 가서 뽀얀 안개가 끝없이 펼쳐지매, 광야는
차츰차츰 수은(水銀) 바다를 이루었다. 의주 상인 한 무리
가 서로들 지껄이며 지나가는데, 이들의 몽롱한 말소리가
마치 꿈속에서 기서(奇書)를 읽는 듯, 그다지 분명치는 않
으나 지극히 환상적이었다.

얼마 안 있어 하늘빛이 밝아 오기 시작하니, 수만 그루의
버드나무에서 가을 매미들이 일시에 울음소리를 낸다. 저
것들이 알려주지 않아도 한낮이 찌는 듯이 더우리라는 것
쯤은 짐작하고 있는 터이다. 벌판의 안개가 점점 걷히자,
멀리 있는 마을의 묘당(廟堂) 앞 깃대가 돛대처럼 드러난
다. 동녘 하늘을 돌아보니, 뜨거운 적운(赤雲)이 용솟음치
면서 둥그런 붉은 해를 밀어 올린다. 해가 옥수수밭 가운
데에서 반쯤은 솟아나고 반쯤은 잠긴 채로 느릿느릿 차근
차근 요동 벌판을 구석까지 채워 나가자, 평지 위로 오고
가는 말과 수레며 조용히 서 있는 나무와 집들, 이처럼 털
끝같이 미세하게 줄지어 늘어선 것들이 모조리 불덩이 같

은 해 속에 들게 되었다.[129]

여기에서 연암은 북중국(北中國)의 여름날 농촌 풍경을 대단히 생생하게 그려 보이고 있다. 해뜨기 직전의 하늘에는 달마저 져 버려 별빛이 더욱 반짝거리고, 이에 호응하듯 지상의 마을에서 연이어 들려오는 닭 울음소리. 그리고 새벽안개로 인해 '수은 바다'처럼 보이는 드넓은 요동 벌판과, 안개 속을 통과하느라 몽롱한 말소리만 들려 "꿈속에서 기서를 읽는 듯"한 환상을 자아내는 의주 상인들의 모습.[130] 날이 밝자 걷혀 가는 안개 바다 너머로 먼 마을의 깃대는 '돛대처럼' 드러나고, 한낮의 폭염을 예고하는 듯 연도의 수많은 버드나무로부터 일제히 들려오는 따가운 매미소리와, 끝없이 펼쳐진 옥수수밭 위로 서서히 이동하며 이글거리는 붉은 태양. 이러한 선명한 이미지들을 절묘하게 구사함으로써, 연암은 중국의 광활한 대지와 무더운 여름 날씨, 그리고 짙은 안개와 폭염 속을 강행군하는 조선 사행의 고충을 구체적으로 느낄 수 있게끔 묘사하고 있는 것이다.

뿐만 아니라 연도의 자연 풍경에 대한 이 같은 묘사는 뒤이어 벌어지는 사건과 자연스럽게 연결되면서, 이를 위한 일종의 복선의 구실도 하고 있다. 신민둔에 도착한 연암은 한 전당포에 들어갔다가 글씨를 요청받고는 엉뚱하게도 '기상새설'(欺霜賽雪)이라는 국수집에나 합당한 액자를 써 주어 냉대를 받고 나온다. 나중에 밝혀지듯이, 연암이 이러한 실수를 저지르게 된 직접적인 원인은 물론 '기상새설'이란 문구의 의미를 오해한 데 있었다. 그러나 이날 그는 세수하기도 귀찮을 만큼 피곤한 몸으로 꼭두새벽부터 일어나 폭염 속을 여행해야 했기 때문에, 신민둔에 도착하자마자 더위를 피하고 휴식도 취할 겸 그 전당포에 들어갔던 것이며, 또한 그곳에서 냉차를 대접받은 답례로 글씨를 써 주게 되었던 것이다. 아울러, 그처럼 심신이 지쳐 있지 않았던들 연암은 점포 주인의 이상한 반응을 통해 자신의 실수를 즉각 깨달을 수도 있었을 터이다. 이렇게 볼 때 신민둔에 이르는 연도의 풍경 묘사는 전당포에서 실수한 사건이 발생하지 않을 수 없었던 배경으로서도 적절히 제시되어 있는 것이다.

또한 연암은 「관내정사」 7월 26일 기사에서 일기 변화에 대한 탁월한 묘사를 바탕으로 해서 한 편의 짜임새 있고 흥미로운 이야기를 엮어 내고 있다.

自夷齊廟先發, 未及野鷄坨數里, 天氣暴烘, 無一點氛埃. 與盧·鄭·周·卞, 後先行語, 手背忽落一鍾冷水, 心骨俱凄. 四顧無潑水者. 又有拳大水塊, 下打昌大帽簷, 其聲宕, 又墮盧笠. 皆攑頭視天, 日傍有片雲, 小如碁子, 殷殷作碾磨聲. 俄傾〔頃〕四面野際, 各起小雲如烏頭, 其色甚毒. 日傍黑雲, 已掩半輪, 一條白光, 閃過柳樹. 少焉, 日隱雲中, 雲中迭響, 如推碁局, 如裂帛. 萬柳沈沈, 葉葉繁電. 一齊促鞭而行, 背後萬車爭驅, 山狂野顚, 樹怒木酗. 從者手脚忙亂, 急出油具, 堅不脫袋. 雨師·風伯·雷公·電母, 橫馳竝鶩, 不辨咫尺. 馬皆股栗, 人皆氣急. 遂聚馬首, 環圍而立. 從者皆匿面馬鬣下. 時於電光中, 見盧君, 寒戰搖搦, 緊閉兩目, 氣息將絶. 少焉, 風雨小歇, 面面相視, 皆無人色. 始見兩沿盧舍, 不過四五十步, 而方其雨時,不知避焉. 諸人曰:"差遲半刻, 則幾乎窒死." 遂入店中, 小憩. 雨快霽, 風日清麗. 小飲卽發. 路値副使, 問:"避雨何處?" 副使曰:"轎窓爲風所落, 雨脚橫打, 無異露立. 雨點之大, 幾如酒鉢. 大國雨點亦可畏也."

이제묘(夷齊廟)에서 먼저 떠나다. 야계타(野鷄坨)에 몇 리 못 미쳐서, 날씨는 찌는 듯이 덥고 구름기 한 점 없다. 노(盧)·정(鄭)·주(周)·변(卞)과 더불어 앞서거니 뒤서거니 이야기하며 가는데, 손등에 갑자기 한 종지의 냉수가 떨어지니 심신이 함께 써늘하다. 사방을 둘러보았으나 물을 끼얹은 자는 없었다. 다시 주먹만 한 물 덩어리가 창대의 모자챙을 내려치니, 그 소리가 '탕!' 하고 난다. 또다시 노군(盧君)의 갓에도 떨어진다. 모두들 머리를 쳐들고 하늘을 살펴본즉, 해 옆에 조각구름이 있는데 바둑돌처럼 조그맣고 요란스러이 맷돌 가는 소리를 냈다. 잠깐 사이에 사방의 지평에서 각기 까마귀 대가리 같은 작은 구름들이 생겨나는데, 그 빛깔이 지독히 새까맣다. 해 옆에 있던 먹구름은 벌써 해 둘레를 절반쯤 가렸다. 한 줄기 흰빛이 번쩍하고 버드나무를 스쳐 간다. 조금 있자 해는 구름 속으로 숨어 버리고 구름 속에서는 잇따라 소리가 나는데, 바둑판을 밀치는 듯 비단을 찢는 듯하다. 수만 그루 버드나무가 침침해지면서 잎사귀마다 번갯불이 뒤엉킨다.
일제히 말 채찍질을 다그쳐 가니, 등 뒤에서 수만 대의 수레가 다투어 쫓아오고 산과 들이 미쳐 날뛰며, 나무들은 성이 난 듯 술주정을 부리는 듯했다. 종자들은 손발을 덜덜 떨며 급히 우장(雨裝)을 꺼내려 하나, 뻣뻣하여 부대를 벗기지 못한다. 비 귀신, 바람 귀신, 천둥 귀신, 번개 귀신이 마구잡이로 치닫고 한꺼번에 내달으니, 지척을 분간할 수 없다. 말들은 모두 다리를 달달 떨고 사람들은 다 숨을 헐떡인다. 마침내 말들의 머리를 한데 모으고서, 빙 둘러싸고 멈추어 섰다. 종자들은 모조리 말갈기 털 밑에 얼굴을 감추고 있다. 때마침 번쩍이는 번갯불에 노군을 바라보았더니, 추위로 떨며 몸을 잔뜩 웅크리고 두 눈을 꼭 감고 있는데 숨이 곧 끊어질 것만 같았다.

얼마 후에 비바람이 조금 그쳤다. 서로들 얼굴을 살펴본즉 모두 제 얼굴이 아니다. 그제야 양쪽 길가의 집들을 발견했다. 불과 사오십 보 떨어져 있었는데도 한창 비가 쏟아질 적에는 그리로 피할 줄을 몰랐던 것이다. 사람들은 모두 "반각(半刻)만 늦었던들 하마터면 숨 막혀 죽을 뻔했다"고들 했다. 드디어 가게에 들어가 조금 쉬었다. 비가 상쾌히 그치니 바람은 맑고 날씨는 화창했다. 술을 조금 마시고 즉시 출발했다. 길에서 부사를 만났기에 물어보았다.

"어디서 비를 피하셨소이까?"

"가마 창문이 바람에 떨어져 나가, 빗발이 마구 후려쳐서 노천에 서 있는 거나 진배없었소. 빗방울 크기가 거진 술사발만 합디다. 대국은 빗방울도 역시 겁나게 크구료."[131]

이상과 같이 여느 연행록에서라면 노상에서 뜻밖에 폭우를 만나 고생했다고 간단히 기술하고 말았을 이 단순한 사건을, 연암은 치밀한 세부 묘사를 통해 생생한 체험담으로 변모시키고 있다. 여기에서 그는 청천백일에서 순식간에 사나운 폭풍우로 돌변하는 기상 변화와 이에 직면한 일행들이 겁에 질려 허둥대는 장면들을 대단히 사실적으로 묘사하여 이를 직접 체험하는 듯한 느낌을 불러일으키고 있다. 이와 아울러 유달리 굵은 중국의 빗방울에 관한 다소 과장되고 해학적인 표현들을 통해, 광대무변하고 변화무쌍한 대륙의 풍토를 실감나게 해 주고 있는 것이다. 이어지는 마지막 대목에서 연암은 위기를 모면하여 여유를 되찾은 동행들과 농담을 나눈다. 즉, 무시무시한 천둥 번개를 실제로 겪고 보니, 『사기』에서 항우의 질타성(叱咤聲)과 부릅뜬 눈빛을 천둥 번개에 비유한 대목들이 너무나 과장이 심한 것을 알겠다는 그의 농담에 모두들 한바탕 웃음을 터뜨리는 것이다.[132] 그리하여 이날의 기사는 일기 묘사를 중심으로 한 편의 재미있는 일화로서 훌륭히 완결되어 있다.

이미 언급한 바와 같이 『열하일기』에서 연암은 청조 중국의 발달된 문물을 다각도로 관찰하고 있을 뿐 아니라, 이를 대단히 치밀하게 묘사하고 있다. 예컨대 「일신수필」 중의 「차제」(車制)에서 그는 각종의 수레들을 위시하여 차륜(車輪)을 이용한 기계들의 구조와 작동법을 자세히 기술하고 있는데, 그중 수레에 소화용(消火用) 밀펌프를 탑재한 수총차(水銃車)에 대하여 다음과 같이 묘사하고 있다.

> 四輪車上置一座大木槽, 槽中置大銅器. 銅器中置兩座銅筒,
> 銅筒中間立乙頸水銃. 水銃爲兩股, 通于左右兩筒. 兩筒有短
> 脚, 而底有暗戶, 以銅葉爲扉, 令隨水開闔. 兩筒之口, 有銅盤

爲蓋, 圓經〔徑〕緊適筒口. 盤之正中串鐵柱, 架木以壓盤, 亦以
擧盤, 盤之出入升降, 隨木架焉. 乃灌水銅盆中, 數人互踏木
架, 則筒口銅盤, 一陷一湧. 大約納水之妙在於銅盤. 銅盤湧齊
筒口, 則筒底暗戶, 倏翕自開, 以吸外水. 銅盤陷入筒裏, 則筒
底暗戶, 弸盎自闔. 於是筒裏之水, 澎漲無所歸, 乃自銃脚走入
乙頸, 忿薄上衝而噴之. 直射爲十餘仞, 橫嘆可三四十步.

네 바퀴의 수레 위에 커다란 나무 물통 하나를 설치했으
며, 물통 안에는 큰 구리 그릇을 두었다. 구리 그릇 안에
두 개의 구리 통이 놓여 있고, 구리 통들 사이에 목이 을자
(乙字)로 된 수총(水銃)이 서 있다. 수총은 아래가 두 가닥으
로 되어 좌우의 두 구리 통에 통하고 있다. 두 구리 통에는
짧은 다리가 있으며, 밑바닥에는 보이지 않는 구멍이 있고
얇은 동판(銅版)이 밸브를 이루고 있어서, 물에 따라 여닫
히게 되어 있다.

두 구리 통의 주둥이에는 구리 원반이 있어 뚜껑을 이루는
데, 둥근 테두리가 주둥이와 꼭 들어맞게 되어 있다. 원반
의 정중앙에 쇠기둥을 꿰고 나무를 가로 대어 원반을 누르
기도 하고 들기도 하니, 원반의 출입과 상하 운동은 가로
댄 나무에 따르는 것이다. 물을 구리 그릇에 붓고 여러 사
람이 가로 댄 나무를 교대로 밟으면 구리 통 주둥이의 구
리 원반이 가라앉았다 솟아올랐다 한다.

대체로 물을 끌어들이는 묘법은 구리 원반에 달려 있다.
구리 원반이 솟아올라 구리 통의 주둥이와 수평이 되면,

구리 통 바닥의 보이지 않는 구멍은 (밸브가) 갑자기 당겨져 자동으로 열리면서 바깥의 물을 흡수하는 것이다. 구리 원반이 구리 통 속으로 잠겨들면, 구리 통 바닥의 보이지 않는 구멍은 (물로) 가득 차서 자동으로 닫히게 된다. 이리하여 구리 통 속의 물은 팽창하여 어디로 나갈 데가 없으니, 마침내 (연결된) 수총의 다리 부분을 거쳐 을자형 목으로 흘러 들어가 세차게 위로 치솟아서 내뿜게 되는 것이다. (그 물이) 곧장 뻗치기는 십여 길이나 되고, 옆으로 살포되기는 삼사십 보 가량이나 된다.[133]

두 개의 실린더로 된 피스톤식 펌프를 갖춘 수총차는 예수회 선교사들을 통해 중국에 수용된 서양 기술의 하나로서, 17세기 초경부터 이용되기 시작한 후 중국의 소방 제도에서 불가결한 기구가 되었다.[134] 신광녕(新廣寧)의 교외에서 불이 나 출동한 이 수총차를 직접 관찰하고, 이처럼 효율적인 소방 기구가 국내에서도 제작·사용되기를 희망한 연암은 이와 같이 고도의 과학적 엄밀성을 갖추어 그 구조를 상세히 묘사했던 것이다.[135]

그런데 사실주의적인 묘사의 효과는 평범한 사물보다는 기이한 사물을 대상으로 할 때 극대화된다고 할 수 있다. 있을 수 없는 일이 목전의 현실로 제시되는 충격은 사실주의적 세부 묘사에 의거할 때 가일층 증대되는 것이다. 『열하일기』 중 「산장잡기」와 「환희기」는 이와 같이 그로테스크한 대상에 치밀한 세부 묘사를 부여함으로써 충격적인 현실감을 자아내는 데 성공한 점에서 단연 압권이라 할 만하다.

열하의 광피사표패루(光被四表牌樓)에서 경연 중이던 마술을 관람하고 그 놀라운 묘기에 깊은 인상을 받았던 연암은 「환희기」에서 스무 종에 달하는 마술들을 소개하고 있는데, 공중에 던졌다가 떨어지는 칼을 삼키는 묘기도 그중의 하나이다.

幻者以白土一塊畫地爲一大圈, 衆人環坐圈外. 幻者于時脫帽解衣, 以沙礪劍, 發出光色, 揷于地上. 復以竹筋搨刺項上, 欲破鷄卵. 據地一嘔, 卵竟不出. 乃拔其劍, 左揮右旋, 右揮左旋, 仰空一擲, 承劍以掌. 又一高擲, 張口向天, 劍頭直落, 揷入口中. 于時衆人變色齊起, 錯愕無言. 幻者仰面, 垂其兩手, 挺挺久立, 不瞬雙目, 直視靑天. 須臾呑劍, 如倒甁飮. 頸腹相應, 如蟾懷忿, 劍環掛齒, 不沒惟靶. 幻者四據, 以柄築地, 齒環相格, 閤閤有聲. 又復起立, 拳擊柄頭, 一手捫腹, 一手握柄, 亂攬腹中, 劍行皮間, 如筆畫地. 衆人寒心, 不忍正視, 小兒怖啼, 背走顚仆. 于時幻者鼓掌四顧, 毅然正立. 乃徐拔劍, 雙手捧持, 遍向衆人, 直前爲壽, 劍尖血滴, 煖氣蒸蒸.

마술사가 한 덩이의 백토(白土)로 땅에 금을 그어 커다란 원을 만드니, 구경꾼들은 그 원 밖에 빙 둘러 앉았다. 마술사는 그제야 모자를 벗고 상의를 벗은 다음, 모래로 칼을 갈아 광택을 번쩍번쩍 내더니 땅 위에다가 꽂았다. 다시 대젓가락으로 목덜미를 찔러대면서, (아까 마술을 부리다 목에 걸린) 계란을 깨뜨리려고 했다. 땅에 대고 크게 한 번 토했으나 계란은 끝내 나오지 않았다. 마침내 그 칼을 뽑아들어 좌로 휘두르며 우로 돌다가 우로 휘두르며 좌로 돌더니, 공중을 쳐다보며 한 번 내던졌다가 떨어지는 칼을 손바닥으로 받았다. 다시 한 번 높이 내던지고는 입을 활짝 벌리고 하늘을 향하니, 칼끝이 곧장 떨어져 입 속에 내리꽂힌다. 그러자 구경꾼들은 낯빛이 싹 변하여 일제히 벌떡 일어나더니 놀란 나머지 아무 말도 못 하는 것이었다.

마술사는 얼굴을 치켜들고 두 손을 늘어뜨린 채 꼿꼿이 한참이나 서서는 두 눈 하나 깜박이지 않고 푸른 하늘을 직시한다. 잠시 있다가 칼을 삼키기 시작하는데, 마치 병을 거꾸로 기울여 무엇을 마시는 듯하다. 흡사 두꺼비가 잔뜩 성이 난 것처럼 목과 배가 서로 불룩거린다. 칼코등이가 이빨에 걸려, 칼자루만은 넘어가지 않았다. 마술사가 사지를 땅에 버리고 칼자루로 땅을 쾅쾅 다지니, 이빨과 칼코등이가 서로 부딪혀 그때마다 탁탁 소리를 내었다. 다시 일어서서 주먹으로 칼자루 끝을 친 다음, 한 손으로 배를 어루만지면서 또 한 손으로는 칼자루를 잡고 뱃속을 마구 휘젓는다. 칼이 살가죽 사이로 움직이는 것이 마치 종이에 자획을 긋는 것 같다. 구경꾼들은 속이 떨려 차마 바로 보지 못하고, 아이들은 무서워 울음을 터뜨리며 뒤로 달아나다가 나자빠진다.

그때서야 마술쟁이는 손뼉을 치며 사방을 돌아보고는 의연하게 똑바로 섰다. 그러고 나서 천천히 칼을 뽑아 두 손으로 받들어 모시고는, 구경꾼들을 두루 향하면서 곧장 나아가 축수(祝壽)를 올리는 것이었다. 뾰족한 칼끝에 묻은

핏방울에서 더운 김이 모락모락 피어오른다.[136]

여기에서 연암은 마술사가 연출하는 능숙하면서도 정확히 계산된 동작과, 이에 완전히 홀리어 경악을 금치 못하는 관중들의 반응을 눈앞에서 보는 것처럼 생생하게 제시하고 있다. 공중에서 떨어지는 칼이 곧바로 마술사의 입 속에 내리꽂히고, 마술사가 이를 삼켰다가 도로 끄집어내자 칼끝에 더운 김이 나는 핏방울이 묻어나오는 대목의 묘사는 특히 충격적이다. 이와 같이 엽기적인 장면을 중심으로 한 치밀한 세부 묘사는 「환희기」의 전편에 일관되어 있거니와, 이러한 표현 기법은 연암 자신의 사상을 보다 효과적으로 피력하기 위해서도 적절한 것이었다고 생각된다. 즉, 그는 이 세계가 우리의 제한된 감각적 인식만으로는 이해하기 어려운 경이로운 현상들로 가득 차 있음을 충격적으로 보여 줌으로써, 일체의 선입견을 버리고 개방적인 자세로 현실을 인식할 것을 촉구하고자 한 것이다.

* * *

『열하일기』에 나타난 사실주의적 묘사와 관련하여 또 한 가지 주목할 만한 것은 그 생동하는 인물 묘사이다. 『열하일기』에서 연암은 중국의 풍토와 각종 문물뿐 아니라, 바로 그 속에서 살아가는 인간들에 대해서도 지대한 관심을 표명하고 있다. 그리하여 『열하일기』는 일종의 열전이라 해도 무방하리만큼, 당시 청조 사회의 각계각층에 속하는 다양한 인간군상을 실로 생생하게 형상화하고 있는 것이다.

　우선『열하일기』에는 황육자(皇六子) 영용(永瑢), 황질(皇姪) 예왕(豫王), 판첸 라마와 몽골 및 위구르의 여러 왕들, 그리고 한인(漢人) 예부상서 조수선(曹秀先)과 건륭제의 총신(寵臣)으로 유명한 당시 호부상서 화신(和珅) 등 연암이 몸소 목격한 최상층 인물들의 모습이 단편적이기는 하나 매우 사실적으로 묘사되어 있다.[137] 그리고「황교문답」을 비롯한 필담들에서는 그와 대화를 나눈 여러 유형의 중국 사대부들이 매우 개성 있게 형상화되어 있다. 출세한 한인 관리의 전형인 전 대리시경 윤가전, 그와 반목하는 만족(滿族) 출신의 안찰사 기풍액, 무인임에도 문필이 뛰어난 도사(都司) 학성, 그리고 특히 이민족 통치에 대해 불만을 품고 있는 불우한 한족 사인(士人)의 전형인 거인 왕민호의 모습 등이 필담의 전개 과정과 연암의 보충 서술을 통해 거울처럼 드러나 있는 것이다. 연암의 처남이자 지기인 이재성이「황교문답」에 대해, 소위 활불(活佛)이란 자의 술법의 내력만 소상히 탐지해 낸 것이 아니라 그에 관해 함께 대화한 사람들의 성품과 학식·용모·말씨까지도 생생히 그려 내었다고 한 것은 실로 정곡을 찌른 평어라 할 수 있다.[138]

　또한 연암은『열하일기』의 곳곳에서 조선 사행과 동행한 중국 측 통역관들의 오만 불손하며 경망스러운 행태를 묘사하고 있는데, 그중 가장 개성 있게 형상화되어 있는 인물은 쌍림이다.「일신수필」7월 17일 기사에서 연암은 쌍림이 정사에 대한 결례(缺禮) 문제로 항의하는 박내원과 언쟁을 벌이는 장면과, 그가 연암과 사귀고 싶어 접근해 오는 과정, 그리고 연암의 하인 장복과 장난삼아 서로의 언어를 바꾸어 주고받는 우스꽝스러운 대화를 중심으로, 그의 일면 교만하면서도 천진스러운 성격을 속속들이 그려 내고 있다.[139] 그리하여 이 기사는 한 편의 「쌍림전」(雙林傳)이라 해도 좋을 만큼 중국 통관(通官)의 한 전형을 탁월하게 묘사하고 있는 것이다.

『열하일기』에서 연암은 청나라의 지배층에 속하는 인물들에 못지않게 하층 민중들에 대해서도 깊은 관심과 애정을 기울여 묘사하고 있다. 조선 사행이 거쳐 간 숙소들의 주인과 그 가족, 심양의 예속재(藝粟齋)와 가상루(歌商樓)의 상인들을 비롯한 연도의 각종 장사꾼들, 설서인(說書人)과 마술사 등 직업적인 연희인들, 시골 훈장, 점쟁이, 도사, 승려, 창기, 하녀, 거지떼 등등 여행 도중에 마주친 다양한 신분의 중국 민중들을 각기 개성 있는 인물들로 생생히 그려 내고 있는 것이다.

예컨대 「성경잡지」 7월 13일 기사 중 연암이 참외 파는 늙은이의 거짓말에 속아 바가지를 쓰게 된 전말을 서술한 대목을 보면, 교활하기 짝이 없는 그 늙은이의 언동이 대단히 실감나게 묘사되어 있다. 여기에서 연암은 '老身'(노인의 자칭) '一口兒'(한 사람) '些'(약간) '你們'(너희들)' '怎生'(어떻게) 등의 구어체 어휘를 사용하여, 참외 파는 늙은이의 호들갑스런 말투를 생생히 재현하고 있다. 이와 같이 생동하는 백화체 대화와 아울러 결말부에 가서야 사태의 진상이 드러나도록 한 교묘한 구성을 통해, 연암은 한인(漢人) 장사꾼들의 교활한 행태를 형상화하는 데 탁월한 솜씨를 보여 주고 있는 것이다.[140] 이 밖에도 그는 수백 마리의 나귀 떼를 몰고 가던 시골 노파며, 한 곡 더 부르라는 손님의 요청에 눈을 흘기며 "야채 사러 왔수? 더 달라게" 하고 쏘아붙이는 진자점(榛子店)의 창기 유사사(柳絲絲), 그리고 노하(潞河)의 한 선상(船上)에서 "연뿌리 같이 하얀 팔"을 드러내고 주방 일을 하던 미모의 처녀 등 중국의 하층 여성들에 대해서도 기탄없이 생생하고 구체적인 묘사를 보여 주고 있다.[141]

이와 같이 사실적인 필치는 여행 중에 마주친 각계각층의 중국인들뿐만 아니라 조선 사행의 구성원들에 대한 묘사에서도 드러나고 있다. 특기할 만한 것은 연암이 사행 중 상층에 속하는 인물들보다 하층 인물들에 대해 더욱 큰 관심을 쏟고 있다는 점이다. 물론 『열하일기』에는 사신의 직무를 근실하게 수행하는 정사 박명원이나, 연암과 단짝이 되어 허물없이 농담을 주고받는 진사 정각, 춘추존양의리(春秋尊攘義理)의 화신이라 할 수 있는 참봉 노이점 같은 인물들의 개성이 인상적으로 그려져 있는 것이 사실이다. 또한 「관내정사」 7월 25일 기사 중 진사 서학년의 집을 방문한 비장들이 무식하게 그 집에 진열된 서화와 골동품들을 함부로 다루면서 법석을 떠는 장면이라든가, 「태학유관록」 8월 10일 기사 중 판첸 라마를 알현하라는 뜻밖의 황명(皇命)에 황제의 처사를 오랑캐 짓으로 성토하는 비장들과 춘추대의를 논할 때가 아니라며 그들을 편잔하는 수역(首譯) 간에 벌어진 소동 장면 등은 상층 인물들의 행태를 여실하게 묘사한 경우라 할 수 있을 것이다.[142]

그러나 『열하일기』에서 연암은 그들보다도 군뢰(軍牢)나 마두·쇄마구인 등 자신과는 신분상 현격한 차이가 나지만 이역만리에서 고락을 함께하며 정이 든 하천배의 모습을 한층 더 애정 어린 시선으로 묘사하고 있다. 예컨대 「도강록」 6월 24일 기사에서 그는 삼사(三使)의 명을 받아 사행의 행동을 통제하고 죄인을 다루는 소임을 맡고 있는 병졸인 군뢰들의 야단스러운 복색과, 건장한 체구에 어울리지 않게 반부담마(半負擔馬: 절반은 짐짝을 실은 말)에 간신히 걸터앉아 가는 희극적인 모습, 그리고 누차 호출이 떨어져야 마지못해 달려가는 능청스러운 행동거지를 따뜻한 시선으로 치밀하게 관찰·묘사하고 있다.[143]

그런데 이에 못지않게 생생하고도 빈번하게 묘사되어 있는 인물은 마두와 쇄마구인들이다. 본래 사행에 동원된 역마를 모는 마두는 관서(關西) 지방의 역졸들이 맡도록 되어 있었으나, 실제는 주로 청천강 이북의 부랑배가 역졸의 이름을 빌려 이에 충당된 지 오래였다. 이들이 관에서 받는 것이란 겨우 열 냥의 상은(賞銀)밖에 없었는데도 온갖 고초가 기다리는 사행 길에 자원해 나서는 것은 밀무역으로 일확천금을 노린 까닭이며, 이를 위해 그들은 속이고 훔치는 짓을 능사로 했다. 관에서도 그 폐단을 알고 있었지만, 관화(官話)를 할 줄 알고 고생을 마다 않는 자들을 구하기가 힘들어 부득이 그들을 고용하지 않을 수 없었던 것이다. 이와 유사한 부류로, 사행의 짐을 운반하는 삯말(貰馬)을 모는 쇄마구인(일명 세마구인貰馬驅人)들은 의주(義州) 출신인데, 오로지 연행으로 생계를 삼았다. 그러나 의주부(義州府)에서 지급한 노자는 1인당 백지(白紙) 60권에 불과해, 이들은 연도에서 절도를 한다든지, 삯말을 고의로 죽게 하여 그 가죽과 고기를 파는 등의 짓을 하지 않으면 다녀올 방도가 없었다. 풀어헤친 맨머릿바람에 다 떨어진 옷차림의 추악한 모습을 한 이 쇄마구인들은 압록강만 넘었다 하면 우리 쪽 사람이건 중국인이건 가리지 않고 시비를 붙고 욕설과 싸움과 절도를 일삼아 사행의 큰 골칫거리였다고 한다.[144]

이와 같은 마두와 쇄마구인들의 온갖 행패라든가 그들이 겪는 처참한 고초에 대해서는 다른 연행록들도 간간이 언급하고 있다.[145]

그러나 『열하일기』는 사행의 최하층에 속하는 그들을 부정적으로
만 보지 않고, 오히려 한편으로는 그들의 생기발랄한 행동에 찬탄
을 금치 못하면서 야성적인 그들의 개성을 적극 형상화하고 있다는
점에서 단연 이채를 발하고 있다. 「도강록」 6월 27일 기사 중 마두
와 쇄마구인들이 심심풀이로 길에서 마주친 중국인들에게 골탕을
먹이는 대목은 사실적인 필치로 그들의 생동하는 모습을 그려 낸
좋은 예라 할 수 있다. 이날 일행은 책문으로 향하던 도중에 남루하
고 초췌한 모습으로 조그만 당나귀를 타고 가던 봉성(鳳城)의 갑군
(甲軍)들을 만났는데, 그들은 품삯을 받고 남을 대신해서 수자리를
살러 가는 길이라 했다.

> 馬頭及刷馬驅人輩喝令下驢, 前行兩胡下驢側行, 後行三胡不
> 肯下驢. 馬頭輩齊聲叱下, 則怒目直視曰: "爾們的大人, 干我
> 甚事?" 馬頭直前, 奪其鞭, 擊其赤脚曰: "吾們的大人陪奉是
> 何等物件, 賫來是何等文書? 黃旗上明明的寫着萬歲爺御前上
> 用, 爾們好不患瞎, 還不忍過了皇上御用的?" 其人下驢, 伏地
> 稱死罪. 一人起, 抱咨文馬頭腰, 滿面歡笑曰: "老爺息怒! 小
> 人們該死的." 馬頭輩皆大笑, 叱令叩頭謝罪, 皆跪伏于泥中,
> 以首頓地, 黃泥滿額. 一行皆大笑, 叱令退去. 余曰: "聞汝輩入
> 中國, 多惹鬧端云, 吾今目睹, 果驗前聞. 俄者亦涉不緊, 此後
> 切勿因戲起鬧." 皆對曰: "不如此, 長途永日, 無以消遣."

마두와 쇄마구인들이 호통을 치면서 당나귀에서 내리라
고 하니 앞에 가던 되놈 둘은 당나귀에서 내려 한쪽으로

비켜서 가는데, 뒤에 가던 세 되놈은 당나귀에서 내리려고 하지 않았다. 마두들이 일제히 소리치며 내리라고 꾸짖으니, 성난 눈길로 똑바로 쳐다보며,

"얼먼떠 따르언 깐워 선스?"(너네들의 나리가 나와 무슨 상관이 있느냐?)

라고 한다. 마두가 곧장 다가가서 그자의 말채찍을 빼앗아 맨 종아리를 후려갈기면서 말했다.

"우먼떠 따르언 페이휭 스 허떵 우젠, 지라이 스 허떵 원수? 황치상 밍밍떠 시에자오 완쮀이예 위첸상용, 얼먼 하오 뿌환시아, 하이 뿌런꿔러 황상 위용떠?"(우리 나리께서 받들어 모신 것이 어떤 물건이며, 지니고 오신 것이 어떤 문서인 줄 아느냐? 황기黃旗에 명명백백하게 '만세야 어전상용'萬歲爺御前上用이라고 써 놓았는데, 너희들은 몹시도 눈이 멀었구나. 아직도 황제께서 쓰시는 것을 몰라보았다는 거냐?)

그자는 당나귀에서 내려 땅에 엎디어 죽을죄를 지었다고 한다. 한 사람이 일어나서, 자문(咨文) 마두의 허리를 껴안으며 만면에 웃음을 띠고 말했다.

"라오예 시누! 샤오런먼 까이쓰떠."(어르신네께서 화를 푸십시오! 소인들은 죽어 마땅합니다.)

마두들이 다 함께 한바탕 웃고 나서, 머리를 땅에 조아려 사죄하라고 꾸짖자, 모두들 진흙 구렁에 무릎을 꿇고 엎드린 다음 머리를 땅에 조아리니, 이마가 온통 누런 진흙투성이이다. 일행은 모두 한바탕 웃고 나서, 물러가라고 꾸

짖었다. 내가,

"너희들은 중국에 들어오면 야단을 많이 일으킨다고 들었는데, 내가 이제 직접 눈으로 보니 과연 전에 듣던 소문대로구나. 아까 일도 역시 긴요치 않은 것이었은즉, 차후로는 결코 희롱삼아서 야단을 일으키지 말라!"

고 했더니, 입을 모아 대답했다.

"이렇게라도 하지 않으면, 머나먼 길과 길고 긴 날에 소일할 게 없습니다요."[146]

이와 마찬가지로, 「성경잡지」 7월 10일 기사 중 쇄마구인들이 수레를 몰고 가던 몽골인들의 모자를 장난삼아 빼앗아 달아나다가 쫓아오는 몽골인을 쓰러뜨려 입에다 흙을 처넣는 장면 역시 마두와 쇄마구인들의 거칠고 대담무쌍하며 장난기 심한 행태를 여실하게 보여 준다.[147]

『열하일기』에서 연암은 이러한 집단적인 행태뿐 아니라, 그들 중 경험 많고 노련한 인물들의 개성도 탁월하게 묘사하고 있다. 앞서도 언급한 바와 같이 40여 년이나 중국을 출입하여 사행의 대소사(大小事)에 달통한 상판사 마두 득룡이 책문에서 예단으로 인한 분규를 솜씨 좋게 처리한다든가, 이미 6~7차나 연행하여 중국 물정을 잘 아는 마두 대종이 술값을 치르지 않고 달아난 마두배 때문에 격분한 중국인 술집 주인을 능숙하게 구슬리는 장면 등은 그 좋은 예이다.

이와 아울러 연암 자신의 마두요 가장 측근의 동반자인 창대와 장복 역시 매우 개성 있게 형상화되어 있다. 『열하일기』 도처에서 연암은 이 두 사람의 하인에 대해 깊은 애정을 기울여 묘사하고 있는데, 연소한데다 연행에 처음 따라나선 장복의 어수룩하고 어릿 광대 같은 모습은 특히 생생하게 그려져 있다. 예컨대 연암은 「도강 록」에서 날짜상으로는 동떨어진 두 개의 에피소드를 상호 조응시 켜, 장복의 개성을 탁월하게 형상화하고 있다. 6월 27일 책문 교외 에서 행장을 정돈하다가 자루의 자물쇠 하나가 없어진 사실을 발견 한 그는 장복을 단단히 꾸짖었다.

"汝不存心行裝, 常常遊目, 纔及柵門, 已有闕失. 諺所謂三三 〔日〕程, 一日未行, 若復行二千里, 比至皇城, 還恐失爾五臟. 吾聞舊遼東及東岳廟, 素號姦細人出沒處, 汝復賣眼, 又未知 幾物見失." 張福閔然搔首曰: "小人已知之. 兩處觀光時, 小人 當雙手護眼, 誰能拔之?"

"너는 행장에 유의하지 않고 노상 한눈을 팔더니만, 겨우 책문에 이르러 벌써 분실 사건이 났구나. 속담에 이른바 사흘 길 하루도 아니 가서 탈난다더니, 만약 다시 2천 리 를 가서 황성(皇城: 북경)에 거의 닿을 즈음이면 네 오장(五 臟)조차 잃어버릴라. 내가 들으니 구요동(舊遼東)과 동악묘 (東岳廟)는 평소에 간사한 자들이 출몰하는 곳으로 호(號)가 나 있다는데, 네가 또 한눈을 팔면 무슨 물건을 잃게 되는 지 모르겠다."

그러자 장복은 민망한 듯이 머리를 긁적이며,

"쇤네도 이미 알고 있습니다요. 그 두 곳을 관광할 때 쇤

네는 응당 두 손으로 눈알을 꼭 지킬 터이니, 누가 빼어 갈
수 있겠습니까?"
하고 말하는 것이었다.

연암은 먼 여행길에 이런 자를 의지하고 가야 할 것을 생각하
니 저절로 한심한 생각이 들었으나, "오냐, 그래라" 하고 대꾸하고
말았다.[148]

7월 8일 일행은 드디어 좀도둑이 들끓는 곳으로 유명한 요양
에 도착했다. 왕년에도 조선 사행이 유람 중에 값비싼 안장이며 등
자(鐙子) 따위를 도난당한 적이 있었다는 곳이다.

張福忽頭帽鞍甲, 腰佩雙鐙, 立侍于前, 全無愧色. 余笑叱曰:
"何不掩爾雙目?"見者皆大笑.

그러자 장복은 갑자기 머리에 안장을 이고 허리에 한 쌍의
등자를 차고 내 앞을 모시고 서서는 전혀 부끄러워하는 기
색이 없다. 내가 웃으며 꾸짖기를,
"어째서 너의 두 눈알은 가리지 않느냐?"
하니, 보는 이들이 모두 크게 웃었다.[149]

이러한 일련의 해학적인 사건 외에도 연암은 앞서 언급한바,
장복이 길에서 주위들은 서투른 중국말로 호행통관(護行通官) 쌍림
과 농담을 주고받는 장면과, 열하에서 황제를 알현하고 거액의 특
별 상은(賞銀)을 받아 왔노라는 창대의 터무니없는 거짓말에 속아

넘어가는 대목 등을 통해, 주인을 시종하며 미욱스런 언동으로 계속 웃음을 자아내는 어릿광대 같은 하인상을 탁월하게 창조해 내고 있다.

『열하일기』에 등장하는 무수한 인물들 가운데 가장 잘 형상화되어 있는 사람은 다름 아닌 바로 연암 자신이다. 여기에서 그는 자신을 단순한 관찰자나 보고자로 한정하지 않고, 작중의 다른 인물들과 마찬가지로 거리를 두고 대상화하여 그 내면 심리와 언동을 적나라하게 표현하고 있다. 그리하여 『열하일기』의 전편(全篇)에 걸쳐 연암은 누구보다도 풍부한 개성의 소유자로서 은연중에 형상화되어 있는 것이다.

이미 살펴본 바와 같이, 『열하일기』에서 연암은 우선 경세제민의 원대한 포부를 품고 조선의 현실을 개혁하고자 부심하는 우국(憂國)의 선비이자, 예리한 통찰력과 진취적이고 포용적인 자세를 갖춘 박학다식의 선비로 그 모습을 드러내고 있다. 뿐만 아니라 그는 여행 도중 위난(危難)을 겪을 적마다 도덕적인 성찰을 잊지 않는 수신(修身)의 선비이기도 하다. 예컨대 그는 무심코 오미자 몇 알을 맛보았다가 좀도적으로 몰려 봉변당할 뻔하자 지푸라기 하나라도 의(義)가 아니면 주고받지 말라는 맹자의 말씀을 상기하며 자신의 수양이 얕음을 심각히 반성하는가 하면, 한밤중에 위험한 격류를 아홉 번이나 건너야 했던 경험을 통해서는 이목(耳目)을 통한 감각에 교란됨이 없이 사물을 차분히 인식할 때에만 격류보다 더 험난한 이 인생도 올바로 살아갈 수 있으리라는 깨달음에 도달하고 있다.[150]

그런데 『열하일기』에 그려진 연암의 자화상은 이와 같이 근엄하고 진지한 선비의 모습에만 국한되어 있지는 않다. 『열하일기』의 도처에서 연암은 소탈하고 인정미 있으며 풍류와 해학을 즐기는 자신의 성품을 대단히 솔직하고 자연스럽게 노출하고 있다. 그는 비장과 역관들이 벌인 노름판에 뛰어드는 등 일행 중의 누구와도 허물없이 어울리며, 마두배를 따라 들어간 한 창루(娼樓)에서 창기의 노래를 감상하는가 하면, 숙소의 주인들이나 각종 상인들을 비롯한 중국의 하층민들과도 격의 없는 대화를 나눈다.[151] 또한 연암은 북경에 장복을 남겨 둔 채 창대만을 데리고 열하로 떠나게 되자 장복과 생이별하는 고통을 장황히 토로하는가 하면, 열하 여행 중 피로와 추위와 허기로 지친 창대를 말에 태우고 그 대신에 자기는 걸어가기도 하는 등 매우 인정이 풍부한 인물이기도 하다.[152]

뿐만 아니라 연암은 고생스런 여행의 와중에도 풍류를 즐기는 여유를 잃지 않는다. 닷새 밤낮을 쉬지 않고 강행군한 끝에 숙소인 열하의 태학에 도착하자 일행은 상하 할 것 없이 모두 깊은 잠에 빠졌으나, 그만은 아름다운 달밤을 그냥 보내기가 아쉬워 홀로 뜰을 배회하면서 "이 좋은 밤, 이 좋은 달을 위해 함께 즐길 이가 없음을 애석해"하는 것이다.[153] 이와 아울러 『열하일기』에서 연암은 천성적으로 풍부한 해학 기질의 소유자로 그려져 있다. 그는 지루하고 힘든 여행의 도상에서, 혹은 동행이나 중국인들과의 열띤 논의 도중에 수시로 농담을 던져 폭소를 자아내게 하며, 『열하일기』는 도처에서 솟구쳐 오르는 이러한 웃음들로 인해 비상한 활기에 차 있는 것이다.

「태학유관록」 8월 11일 기사 중 열하의 한 주루(酒樓)에서 연암이 몽골 및 위구르인들과 합석하여 술을 마셨던 일을 서술한 대목은 이상과 같은 연암의 성품을 집약적으로 드러내 주고 있다. 사신을 따라 피서산장으로 갔다가 혼자 숙소로 돌아오던 연암은 도중에 멋진 술집을 발견하고 들어가 보니, 무려 수십 쌍이나 되는 몽골인과 위구르인들이 그들 고유의 괴상망측한 의관(衣冠)을 하고 떠들썩하게 술을 마시고 있었다.

> 無論滿漢, 無一中國人在樓上者. 兩虜皆寧醜, 雖悔上樓, 而業已喚酒矣. 遂揀一好椅而坐. 酒傭問: "飮幾兩酒?" 蓋秤酒重也. 余敎斟四兩酒, 傭去湯〔燙〕, 余叫: "無用湯湯〔燙燙〕! 生酒秤來!" 酒傭笑而斟來, 先把兩小盞, 舖卓面. 余以烟竹掃倒其盞, 叫: "持大鍾來!" 余都注, 一吸而盡, 群胡面面相顧, 莫不驚異. 蓋壯余飮快也.

만인(滿人)·한인(漢人)을 막론하고 주루 위에는 단 한 명의 중국인도 없다. 두 오랑캐들은 모두 사납고 추악하게 생겨 주루에 올라온 것이 후회스러웠으나, 이미 술을 주문한 터였다. 마침내 좋은 의자 하나를 골라 앉으니, 술 시중꾼이 와서

"인 지량 지우?"(술 몇 냥을 마시겠습니까?)

하고 묻는다. 대개 술 무게를 달아 파는 까닭이다. 내가 술 넉 냥을 따라 오도록 시켰더니, 시중꾼이 술을 데우러 가기에 나는 크게 소리쳤다.

"우용 탕탕! 성지우 청라이!"(데울 거 없어! 찬 술 그대로 달아 와!)

술 시중꾼이 웃으면서 술을 따라 와서는, 먼저 작은 술잔 두 개를 집어 탁자 위에 벌여 놓는다. 나는 담뱃대로 그 잔들을 쏟아 엎어 버리면서 소리쳤다.

"츠 따종 라이!"(큰 잔을 가져와!)

나는 그 잔에 술을 모조리 붓고는 단숨에 마셔 버렸다. 뭇되놈들은 서로의 얼굴을 돌아보며 놀라지 않는 자가 없다. 아마도 내가 통쾌하게 마시는 것을 대단하게 여기는 눈치다.[154]

연암이 이처럼 호기 있게 넉 냥이나 되는 찬 술을 단숨에 마셔 버린 것은 술집 안의 오랑캐들을 겁주기 위해서였다. 중국에서는 술을 반드시 데워서 작은 잔으로 조금씩 마시며 중국 주변 오랑캐들의 음주법도 이와 비슷하므로, 연암의 그러한 행위는 그들을 놀라게 하기에 충분한 것이었다. 그러나 연암은 그들이 두려워서 도리어 대담한 척한 것이니, 이는 스스로 시인하고 있듯이 "실은 겁쟁이 짓이지 용기가 아니었다."[155]

余囊出八葉錢, 計與酒傭. 方起身, 群胡皆降椅頓首, 齊請更坐一坐. 一虜起, 自虛其椅, 扶余坐. 彼雖好意, 余背已汗矣. ⋯. 一胡起, 斟三盞, 敲卓勸飮. 余起潑椀中殘茶於欄外, 都注三盞, 一傾快嚼, 回身一揖, 大步下梯, 毛髮淅淅然, 疑有來追也. 出立道中, 回望樓上, 猶動喧笑, 似議余也.

내가 주머니에서 엽전 여덟을 꺼내 술 시중꾼에게 계산을 치르고 막 떠나려 하자, 뭇 되놈들이 의자에서 내려와 머리를 굽실대며 일제히 다시 자리에 앉기를 청한다. 오랑캐한 놈이 일어나 스스로 제 의자를 비우고는 나를 부축해 앉혔다. 저는 비록 호의로 했을지나, 내 등에는 이미 땀이 배었다. ….

되놈 하나가 일어나 술 석 잔을 따르고는 탁자를 두들기며 마시기를 권한다. 나는 일어나 주발에 남아 있던 차를 난간 너머로 뿌리고 나서 술 석 잔을 모조리 붓고는 단번에 기울여 시원스레 마시고, 몸을 돌려 한 번 읍(揖)한 다음 큰 걸음으로 층계를 내려오는데, 머리털이 으스스하니 누군가 뒤쫓아 올 것만 같았다. 길 가운데 나와 서서 주루 위를 돌아다보니, 아직도 웃고 떠드는 소리가 나는 것이 아마도 나에 관해 논하는 듯하다.[156]

여기서 연암은 엄청난 주량을 과시하여 술집 안의 우락부락하게 생긴 오랑캐들을 압도해 버린 무용담을 서술하면서도 전혀 과장하지 않는다. 오히려 그는 『열하일기』 중의 여타 인물들에 대해서와 마찬가지로 자기 자신에 대해서도 거리를 유지하면서, 자신이 실상 속으로는 그들을 얼마나 두려워했는지를 다소 풍자적으로 드러내는 한편, 오랑캐들의 반응을 의식한 자신의 계산된 언동을 그 내면 심리로부터 치밀하게 묘사하고 있을 따름이다. 그러나 이러한 솔직하고도 절제된 필치로 인해, 연암의 소탈한 인간성은 한결 매력적으로 부각되었다고 할 수 있을 것이다.

이상에서 『열하일기』에 나타난 사실주의적 인물 묘사에 관해 살펴
보았거니와, 다른 연행록들에서도 이러한 생동감 있는 인물의 형상
이 더러 발견됨은 사실이다. 예컨대 김창업의 『연행일기』 중 장난
을 좋아하고 호색적인 비장 유정장(柳貞章)이나, 노래 솜씨와 소리
흉내 등으로 인기 있는 마두 직산(稷山), 그리고 『연기』 중 홍대용의
단짝으로 소탈하나 겁 많고 허풍이 센 자제군관 김재행(金在行)이
라든가, 홍대용이 북경까지 타고 온 삯수레를 끌었던 무식한 중국
인 차부(車夫) 왕문거(王文擧) 등은 비교적 개성 있게 형상화된 인물
들이라 할 수 있을 것이다. 아울러, 이들 연행록에서도 저자 자신의
호기심 많고 구경 좋아하는 성격 등이 어느 정도 부각되어 있다고
볼 수 있다.[157] 그러나 이와 같이 간헐적이고 단편적인 성과에 그친
여타 연행록들과 비교할 때, 우선 『열하일기』는 남녀 귀천을 막론
한 청조 치하의 수많은 중국인들은 물론, 조선 사행의 상하층 구성
원들까지 망라하여 광범위하고도 생생하게 묘사한 점에서 다른 연
행록들의 추종을 불허하고 있다.

　또한 『열하일기』는 상층보다는 하층의 민중들에 대해 더욱 많
은 관심과 애정을 기울여 묘사하고 있는 점에서도 이색적이다. 다
른 연행록들에서는 거의 무시되어 있는 사행 중의 군뢰이며 마두와
쇄마구인들, 연도의 중국인 점주(店主)와 시골 훈장, 잡상인, 창기,
거지, 도사, 점쟁이 등의 하찮은 인물들을 놓치지 않고 온정적인 눈
으로 묘사하고 있는 것이다. 뿐만 아니라 마두 득룡이나 대종, 연암
의 하인 장복과 창대, 통원보(通遠堡)의 훈장 부도삼격(富圖三格), 진

자점(榛子店)의 창기 유사사(柳絲絲), 열하의 태학에서 왕민호에게 글을 배우던 영리한 아동 호삼다(胡三多) 등의 경우에서 볼 수 있듯이, 『열하일기』는 상층 인물들에 대해서와 마찬가지로 하층 민중들에 대해서도 그 이름을 밝혀 주면서 각기 개성을 지닌 인물로 형상화하고 있다.

하층 민중에 대한 연암의 관심은 초기 저작인 『방경각외전』에서부터 이미 분명히 나타나 있었다. 『방경각외전』에서 그는 천인 역부(役夫)인 '엄행수'나 거지 출신의 '광문'과 같은 하천배의 가식 없고 건실한 삶을 예찬하면서, 명색이 사대부라면서 그들만도 못한 양반들의 윤리적 타락상을 통렬히 풍자했다. 그리고 이러한 견지에서 하층 민중의 삶을 여실하게 묘사하고자 속어·속담 등을 사용한 민중들의 소박한 일상 어투의 재현에도 힘을 기울인 바 있다. 따라서 『열하일기』에 나타난 하층 민중들의 생동감 있는 묘사는 초기작 이래 연암의 지속적인 관심과 노력의 소산이라 할 수 있다.[158]

다른 한편 이와 같은 『열하일기』의 특징들은 앞서 언급한 『사기』 및 『수호전』과의 영향 관계 속에서 이해될 수도 있으리라 생각된다. 주지하다시피 『사기』는 역대 제왕·후비(后妃)·귀족·관리·정치가·군인·학자·시인뿐 아니라, 아래로는 자객·유협(游俠)·은자·토호(土豪)·상인·의사·점술가·배우·남색(男色)·가기(歌妓) 등에 이르기까지 다종다양한 인간들을 실로 광범위하게 묘사하고 있다. 그와 아울러 이들을 각기 그 출신 계층의 한 전형으로 특징 있게 형상화함으로써 해당 시대의 사회상을 생생하고 구체적으로 반영하고 있다. 이처럼 대상 인물을 대폭 확장하고 또한 이를 각 계층의 전형으로 형상화한 점에서 『사기』는 『좌전』(左傳) 『전국책』(戰國策) 『국어』(國語) 등 그 이전 선진(先秦) 시대 문학의 수준을 훨씬 능가하고 있을뿐더러, 후세의 문학에 대해서도 도달하기 어려운 전범으로 남아 있는 것이다.[159]

연암의 문학에 대해서도 이러한『사기』의 탁월한 인물 묘사는 깊은 영향을 주었다.『과정록』에 의하면 일찍이 연암은 "고인(古人)의 이른바 '얼굴이 둥글면 모나게 그리고, 얼굴이 길면 짧게 그려라'라고 한 것"이야 말로 사마천의 전(傳)과 한유(韓愈)의 비문(碑文)이 읽을수록 맛이 나는 비결인데도, 당시 사람들은 이를 이해하지 못하고 천편일률의 상투적인 비지문(碑誌文)만 짓고 있다고 비판했다고 한다. 다시 말해 인간을 묘사할 때는 사마천이나 그의 표현 정신을 계승한 한유처럼 대상 인물의 본질을 창의적으로 표현해야만 한다는 것이 그의 평소 지론이었던 것이다.[160] 연암이「민옹전」「광문전」등의 초기 전이나,「백자 증정부인 박씨묘지명」(伯姉贈貞夫人朴氏墓誌銘)과 같은 연행 이전의 비지문에서 이미 인간의 개성을 묘사하는 데 뛰어난 기량을 보여 줄 수 있었던 것도 이와 무관하지 않다. 그리고『열하일기』에서 인간의 다양한 개성에 대해 지대한 관심을 가지고 이를 사실적으로 형상화하는 데 심혈을 기울이게 된 것도 근원적으로는『사기』의 영향에서 연유한 것이라 할 수 있을 것이다.

특히 초기작 이래의 연암 문학에서 뚜렷이 부각되어 있는 하층 민중들의 형상은 일찍이『사기』에서 고도의 예술적 표현을 얻은 바 있다. 사마천은 당시 지배층으로부터 간과되고 멸시되고 적대시되었던 서민 출신의 반항적인 인물들을 유달리 애호하여,「자객열전」이나「유협열전」「화식열전」(貨殖列傳) 등에서 그들을 강렬한 개성의 소유자로 묘사했다. 『사기』의 이러한 측면은 『한서』(漢書) 이후의 정사 열전에서 점차 약화되었다가 관료제가 확립된 송대 이후의 정사 열전에서는 거의 자취를 감추게 되며, 계통을 달리하는 소설 문학에 계승되기에 이른다. 예컨대 『사기』 열전 중의 자객과 유협의 형상은 당·송 전기(傳奇) 중의 협객(俠客)을 거쳐, 『수호전』의 주인공들로 이어지는 것이다.[161]

따라서 『열하일기』에 하층 민중이 대거 등장하고 그들의 야성적인 삶이 생생하게 그려져 있는 사실은 『수호전』과 같은 명대 소설과의 관련에 비추어서도 이해될 필요가 있다. 명대의 중국 소설에는 『삼국지연의』의 장비(張飛)라든가 『서유기』의 손오공과 아울러 『수호전』 중의 노지심(魯智深)·무송(武松)·이규(李逵) 등과 같이 조야(粗野)하면서도 순진한 행동파의 인물들이 다수 등장하고 있다. 이들은 타고난 기질대로 생기발랄하게 살아가는 야인(野人)이요 자연인이며, 특히 『수호전』과 같은 소설은 그들의 야성에 대한 찬미로 충만해 있는 작품인 것이다. 종전의 중국소설사에서는 희귀한 유형에 속하는 이러한 서민적 영웅이 『수호전』 등의 명대 소설에 대거 출현하게 된 것은 송대 이후 성장 일로에 있던 서민 사회의 활기가 작중에 반영된 결과로 해석된다.[162]

이와 마찬가지로 『열하일기』는 하천배인 군뢰와 마두와 쇄마구인들의 거칠지만 순박한 행동을 따뜻하고 경이에 찬 눈으로 묘사하고 있을 뿐 아니라, 그중 특히 득룡이나 대종 같은 노련한 마두들의 개성을 적극적으로 형상화하고 있다. 『방경각외전』에서 연암은 하층 민중들을 양반에 못지않은 덕성의 소유자요 더불어 우정을 나눌 만한 인격적 존재로 간주하고 있거니와, 이는 그가 당시 조선에서 민중 세력의 사회적 성장을 일찍부터 간취했다는 증거이다. 나아가 그는 중국 여행을 통해 청조의 번영을 그 저변에서 떠받치고 있는 중국 민중들의 삶을 목격할 수 있었으며, 마두나 쇄마구인 같은 하천배와 고락을 함께하면서 사행의 온갖 천역(賤役)을 도맡는 그들의 고초와 대담무쌍하고 분방한 생태를 이해하게 되었다.『열하일기』에서 연암은 생동하는 인물 형상을 통해 자신의 이러한 진보적 민중관을 구체화하고자 노력했으며, 그 과정에서『사기』로부터『수호전』으로 이어지는 중국문학사의 건강한 민중적 전통을 흡수하게 되었던 것이라 생각된다.

끝으로,『열하일기』는 저자 자신의 개성을 적나라하게 표출하고 있는 점에서도 연행록 중에서는 유례가 드문 작품이다. 그는 일행 중의 하천배나 중국의 하층 민중들과 허물없이 어울릴뿐더러 중국의 여성들에 대해서도 기탄없이 관찰하는 자신의 행동을 숨김없이 그리고 있거니와, 다른 연행록들에서는 이와 같은 대담한 자기 노출은 거의 찾아보기 힘든 것이다.『열하일기』의 어떤 이본들은 그러한 대목에 대해 가차 없이 손질을 가하고 있는데, 이는『열하일기』에 나타난 연암의 자유방달(自由放達)한 개성과 그에 대한 솔직한 표현이 당시의 문학적 관행상 얼마나 파격적인 것이었던가를 단적으로 말해 주고 있다. 그러나 그 결과『열하일기』에서 연암은 도학자적 엄숙주의에서 초탈한 풍부한 인간성의 소유자로서, 작중의 그 어떤 인물보다도 생생하게 형상화될 수 있었던 것이다.『열하일기』의 문학적 근대성은 이와 같이 연암의 자화상에 나타난 적나라한 개성의 표출에서도 찾을 수 있으리라고 본다.

5장 | 당대 문단에 끼친 영향

1. 연행 이후의 저술

1780년(정조 4년) 10월 말, 약 5개월간에 걸친 중국 여행을 마치고 귀국한 연암은 즉시로 『열하일기』의 저술에 착수했다. 당시 한양 평계(坪溪)에 있는 처남 이재성의 집에 우거하고 있던 그는 수시로 황해도 금천의 연암협을 왕래하면서, 연행 중에 기록한 원고들을 정리·보완하는 데 수년 동안 심혈을 기울였다. 그리하여 「도강록」의 서문을 지었던 1783년경에는 『열하일기』를 1차 탈고했던 것으로 짐작된다.

1786년(정조 10년) 7월 연암은 음보(蔭補)로 종9품의 선공감 감역(監役)에 제수됨으로써 처음으로 벼슬길에 오르게 되었다. 이후 그는 종6품의 평시서(坪市署) 주부로 승진했으며 다시 의정부 도사로 전보되었다가, 종5품의 제릉 영(齊陵令)을 거쳐 1791년에는 한성부 판관이 되었다.[1] 이와 같이 반남 박씨가의 저명 문인인 연암이 뒤늦게나마 음직을 얻어 관계에 진출하자, 벽파(僻派)의 심환지(沈煥之)·정일환(鄭日煥) 등이 그의 거취를 예의주시하며 자파로 끌어들이려 했다. 그러나 연암은 그들의 권유를 완곡히 거절했으며, 음관(蔭官)을 대상으로 한 과거에도 번번이 불응함으로써 출세에는 뜻이 없음을 보여 주었다.[2] 태조비(太祖妃) 신의왕후(神懿王后)의 능을 관리하는 제릉 영으로 있을 적에 지은 시 「재거」(齋居)에서, 연암은 말단 벼슬아치로서 유유자적하게 지내는 자신의 모습을 자못 해학적으로 노래하고 있다.[3]

그런데 연암이 오랜 가난과 은둔의 생활을 청산하고 비로소 출사하게 된 이 시기는 한편으로 친지와 우인이 잇따라 사거(死去)하는 불행과 슬픔의 시기이기도 했다. 1781년에는 석치 정철조가 병사했으며, 1783년에는 담헌 홍대용이 별세했다. 또한 1787년에는 처 전주 이씨에 이어 형 박희원(朴喜源)이 사망하고 이듬해에는 맏며느리의 상을 당하는 등 가족의 죽음이 잇따랐으며, 1790년에는 일족 중에서 누구보다도 연암을 아껴 주던 삼종형 박명원이 서거했던 것이다.[4] 정철조와 홍대용의 죽음을 애도한 「제정석치문」(祭鄭石痴文)과 「홍덕보 묘지명」(洪德保墓誌銘), 생전의 형을 추모한 한시 「연암억선형」(燕巖憶先兄), 그리고 정조의 어명을 받들어 지은 「삼종형 금성위 증시충희공 묘지명」(三從兄錦城尉贈諡忠僖公墓誌銘) 같은 작품들은 이러한 불행을 맞이한 연암이 자신의 슬픔을 예술로 승화시킨 명작이라 할 수 있다.[5]

그중에서도 특히 「제정석치문」과 「홍덕보 묘지명」은 『열하일기』에 나타난 바와 같은 연암의 사상과 문체적 특징을 약여하게 보여 준다는 점에서 주목을 요하는 글이다. 『열하일기』 「알성퇴술」(謁

聖退述)의 「관상대」(觀象臺) 조에서 연암은 정철조와 홍대용이 황도 (黃道)와 적도(赤道), 남북극에 관해 밤새워 토론하던 모습을 추억하고 있거니와,[6] 이 두 사람은 모두 연암의 막역한 벗이자 천문·역법에도 조예가 깊은 문인 학자였다. 정철조는 급제 후 사간원 정언을 지냈으며 서화에 뛰어났는데, 술을 잘 마실 뿐 아니라 해학을 즐기며 예속(禮俗)에 구애되지 않는 호방한 성품으로 인해 연암과 의기투합하는 사이였다.[7] 「제정석치문」에서 연암은 이러한 정철조의 생전 모습을 되살리는 데 치력하여, 통상의 제문에서는 있을 수 없는 해학조의 서술로 일관하고 있다.

> 生石癡, 可會哭, 可會吊, 可會罵, 可會笑, 可飮之數石酒, 相嬴裸體毆擊, 酩酊大醉, 忘爾汝, 歐吐頭痛, 胃翻眩暈, 幾死乃已, 今石癡眞死矣!

살아 있는 석치라면 함께 모여서 곡을 할 수도 있고 함께 모여서 조문을 할 수도 있다. 함께 모여서 욕을 할 수도 있고 함께 모여서 웃을 수도 있다. 그리고 여러 섬의 술을 마실 수도 있어서, 서로 벌거벗은 몸으로 치고받고 하면서 꼭지가 돌도록 크게 취하여 너니 내니도 잊어버리다가, 마구 토하고 머리가 짜개지며 속이 뒤집어지고 어찔어찔하여 거의 죽게 되어서야 그만둘 터이다. 그런데 지금 석치가 참말로 죽었구나![8]

이와 같이 파격적인 서두에 이어 연암은 그의 죽음에 대해서도 매우 이색적인 해석을 내린다. "세상에는 진실로 이 세상을 꿈으로 여기고 인간 세상에서 유희하듯이 사는 이가 있을 터이다. 그가 석치가 죽었다는 말을 들으면 석치가 본래의 상태로 돌아갔다 여기고, 진실로 한바탕 웃어 젖혀 입에 머금은 밥알이 나는 벌떼처럼 튀어나오고 갓끈이 썩은 나무 꺾어지듯 끊어지리라"는 것이다.⁹ 그리하여 이 제문에서 연암의 벗 정철조는 생사의 한계를 초탈한 도가적 자유인으로 형상화되고 있다.

홍대용(자 덕보德保)은 1780년 영천(榮川) 군수로 부임한 뒤에도 연암에게 소와 농기구, 돈과 공책 등속을 보내 주면서 후세에 남을 저서에 힘쓰라고 그를 격려해 주었는데, 1783년 노모를 모시기 위해 사직·귀향한 후 급서(急逝)하고 말았다. 이에 연암은 빈소를 차리고 염습하는 일을 챙기는 한편 홍대용의 중국인 벗들에게도 부고를 보냈다.¹⁰ 이러한 지기지우(知己之友)의 죽음을 애도하고 있는 「홍덕보 묘지명」은 묘지명의 일반적인 격식에서 벗어난 그 파격적인 서술에서 「제정석치문」과 상통하고 있다.¹¹ 여기에서 연암은 고인의 가계(家系)와 가족 사항, 생전 경력과 언행 등을 차례로 충실히 적어 나가는 대신에, 그 자신이 작중에 직접 화자로 등장하여 영구(靈柩) 앞에서 통곡하며 고인의 생애를 회상하는 방식을 취하고 있는 것이다. 그리고 이처럼 고인을 가장 잘 아는 친구의 비통한 내면 독백을 통해 그의 생애를 서술함으로써, 연암은 사실의 객관적 기록에서 오는 무미건조함을 극복하고 홍대용의 삶을 한층 생생하고 감동적으로 증언하는 데에 성공하고 있다.

뿐만 아니라 연암은 홍대용의 생애 사적 가운데에서, 그가 죽는 날까지 엄성(嚴誠) 등 중국의 문사들과 변함없는 우정을 나누었던 사실을 가장 중시하고 이를 중심으로 서술하고 있다. 연암은 일찍부터 당시 조선의 양반 사회가 당파와 당쟁으로 분열되어 선비 간의 우도(友道)가 날로 타락하던 현실을 통탄하고 명리(名利)를 초월한 진정한 우정을 갈망했던 만큼, 이 묘지명에서도 홍대용과 중국 문사들 간의 국경을 초월한 교우를 찬양해 마지않은 것이다.[12] 또한 그러한 국제적 교우를 통해 홍대용의 학식과 명성이 멀리 중국 강남 지방까지 알려졌던 사실은, 천문·역법에 정통하여 독창적인 지구 자전설을 수립했을 뿐 아니라 나라의 재정과 외교·국방을 담당할 만한 인재였던 그가 일개 지방 관리로서 생애를 마쳐야 했던 사실과 암암리에 대비됨으로써 현실 비판적인 의미를 함축하고 있다.

* * *

1791년(정조 15년) 12월 연암은 안의(安義) 현감 직을 제수받고 이듬해 정월 안의에 부임했다. 그로부터 1796년 3월 교체되어 그곳을 떠날 때까지 5년 동안은 연암의 불우했던 생애에서 비교적 행복하고 득의에 찬 시절이라 할 수 있다. 안의는 영호남의 경계에 위치한 지리산 중의 작은 고을로서 거창현과 함양군을 이웃에 두고 있었으며, 당시 인구는 5천여 호였다. '화림'(花林)이라고도 불리었던 이곳은 화림동(花林洞)·심진동(尋眞洞)·원학동(猿鶴洞)·수승대(搜勝臺) 등의 명승지를 지닌 산수 좋은 고장이었으나, 무신년 이인좌의 난 때 사족뿐 아니라 양민들까지 적극 호응한 지역이었던 관계로 한동안 고을이 혁파된 적이 있었다. 따라서 연암이 부임하던 당시에도 민

심이 사납고 교활하며, 도적이 극성하고 아전들의 농간이 심했다고
한다.13

이러한 고을의 수령이 된 연암은 부임 즉시 엄정한 판결로 송
사(訟事)를 처리하여 백성들 간에 사소한 문제로 분쟁을 일삼던 풍
조를 바로잡고, 아전들의 상습적인 환곡 횡령을 근절했으며, 관아
에까지 침범하던 도적을 퇴치했다. 뿐만 아니라 그는 이웃 함양군
의 제방공사에 동원된 고을 백성들을 일사불란하게 지휘하여 공사
를 효율적으로 완수하는가 하면, 혹심한 가뭄이 고을을 휩쓸자 자
신의 녹봉을 털어 수많은 기민(飢民)들을 구제했다. 조정에서 혜경
궁 홍씨의 환갑 기념으로 고령자들에게 내린 관계(官階)를 하사받게
된 고을 노인들을 모아 성대한 경로잔치를 베풀어 주기도 했다.

이 같은 선정(善政) 외에도, 그는 고을의 솜씨 있는 공장(工匠)으
로 하여금 자신이 중국에서 관찰한 바 있던 양선(颺扇)·직기(織機)·
용미차(龍尾車)·용골차(龍骨車)·물레방아 등의 이기(利器)들을 제
작케 하여 시험 삼아 사용해 보았으며, 관아의 빈터에 하풍죽로당
(荷風竹露堂)·연상각(烟湘閣)·백척오동각(百尺梧桐閣) 같은 정각을 짓
고 담을 쌓을 때에도 중국의 제도를 본받아 벽돌을 구워 썼다고 한
다.14

한편 연암은 공무의 여가를 틈타, 이재성·박제가·이희경(李喜
經)·양상회(梁尙晦)·한석호(韓錫祜) 등 우인과 문생들을 초빙하여, 하
풍죽로당 등의 신축한 정각에서 시문(詩文)과 술을 즐기는 모임을
벌이기도 했다. 또한 그는 그동안 쇠퇴했던 관아의 기악(妓樂)을 재
건하는 데에도 힘썼으며, 경암(警菴)과 역암(櫟菴) 같은 산승(山僧)과
도 왕래가 있었는데, 멀리 한양과 송도에서 찾아온 우인·문생들을

대접하는 자리에는 이러한 기악을 곁들이고 산승을 참여케 하여 운치를 돋우었다고 한다.[15]

　이와 같이 비교적 여유 있고 안정된 안의 현감 시절에 연암은 대단히 왕성한 창작력을 발휘하여 연이어 주옥같은 작품들을 써내었다.『연암집』중의『연상각선본』(烟湘閣選本)과『공작관문고』(孔雀館文稿)는 연암이 이 시절의 창작들을 중심으로 자신의 구고(舊稿)를 정리한 것이다.

　안의 시절의 연암 문학은『열하일기』에서 이룩한 사상적·문예적 성과를 계승하여 더욱 발전시키고 있는 점에서 주목된다. 당시 경상 감사 정대용(鄭大容)의 부탁으로 도내의 의옥(疑獄)을 심리하는 과정에서 썼던「답순사 논함양장수원 의옥서」(答巡使論咸陽張水元疑獄書) 등의 답변서들과,「안의현 사직단신우기」(安義縣社稷壇神宇記)「거창현 오신사기」(居昌縣五愼祠記) 등 고을 원으로서 안의현과 이웃 고을의 사당·누각·정려(旌閭) 등에 붙인 다소 공적인 글들을 논외로 하더라도, 이 시기의 대부분의 작품들은 난숙기에 접어든 연암의 사상과 문학을 잘 보여 주고 있는 것이다.

　그중「홍범우익서」(洪範羽翼序)는 연암이 안의 출신의 학자 우여무(禹汝楙, 1595~1657)가『상서』(尙書)의「홍범」편에 대해 논한『홍범우익』이란 저서를 접하고 지은 서문이다.[16] 그에 의하면, 한대(漢代) 이후 오행(五行)은 만물을 낳는 원소로 간주되어 만사를 이로써 설명·예언하려는 미신적인 풍조가 성행하게 되었으나, 원래 오행이란 인민들의 일용생활에 불가결한 이용후생의 도구를 다섯 가지 범주로 총괄한 개념이다. 따라서 저수한 물로 농토에 물을 대고, 갑문을 만들어 배가 다니도록 하며, 불에 달구어 각종 기구를 제작하

고, 황무지 개간과 광물(鑛物) 생산, 영림(營林) 사업 등에 힘쓰는 것
이야말로 오행을 포함한 홍범구주(洪範九疇)의 이치를 올바로 이해
하고 실천하는 길이 된다는 것이다.

『열하일기』에서 이미 연암은 진보적 천문학설인 지구지전설에
입각하여 전통적인 음양오행설을 비판한 바 있거니와, 여기서도 그
는 새로운 오행 개념에 입각하여 종래의 오행상생설(五行相生說)을
비판함과 아울러, 정덕(正德)에 앞서 이용후생에 힘쓸 것을 역설하
고 있다.[17] 이 글에서 연암은 그러한 견해를 젊은 시절에 마을의 어
느 훈장으로부터 들었다면서 그 훈장과 자신 간의 문답 형식을 빌
려 이를 서술하고 있으나, 아마도 이것은 속유(俗儒)들의 비난을 피
하기 위한 일종의 우언적(寓言的) 수법으로 보아야 할 것이다.[18]

흔히 소설로 다루어지고 있는 「열녀함양박씨전 병서」(烈女咸陽
朴氏傳幷序)는 안의 고을 아전 집안의 한 여성이 함양으로 시집갔다
가 이내 병사한 남편을 따라 순절한 사실을 전하면서, 그녀의 절행
(節行)을 추모한 글이다. 따라서 이는 소위 열녀전의 부류에 속하는
작품이지만, 본전(本傳)에 못지않은 긴 서문이 병설되어 있을뿐더러
거기에서는 본전과는 달리 당시 여성들의 순절 풍습을 완곡히 비판
하고 있어 그 형식과 주제 면에서 모두 특이한 문제작이다.

『열하일기』에서 연암은 중국인 왕민호 등과 필담을 나눌 적에,
조선의 자랑거리 중의 하나로 귀천을 막론하고 과부가 된 여성은
모두 평생 수절하는 풍습을 든 바 있다.[19] 이와 같이 그도 대다수의
당대인들과 마찬가지로 여성의 수절을 당연시하고 예찬했으며, 이
러한 윤리관은 대제학 오재순(吳載純, 1727~1792)의 맏며느리 김씨
가 남편을 따라 죽은 사실을 기록한 「김유인 사장」(金孺人事狀)이나,

연암의 문하생 박경유(朴景兪)의 누이에 이어 그 처도 순절하여 거듭 조정에서 정려(旌閭)가 내린 사실을 기린 「열부이씨 정려음기」(烈婦李氏旌閭陰記) 등에서도 일관되고 있다.[20] 그러나 앞서 든 『열하일기』의 한 대목에서 왕민호는 그와 같이 연암이 조선 여성의 평생 수절을 미풍양속으로 자랑하는 데 대해 비판하고 있다.

> 中國此俗亦成痼弊. 或有納采而未醮, 合巹而未媾, 不幸有故, 終身守寡, 此猶之可也. 至於通家舊誼, 指腹議親, 或俱在髫齔, 父母有言, 不幸而至有飮鴆投繯, 以求殉祔, 非禮莫大. 君子譏其尸奔, 亦名節淫. 國憲申嚴父母有罪, 而遂以成俗, 東南尤甚. 故有識之家, 女子及笄, 然後始通媒妁. 此皆叔季事也.

중국에서도 이런 풍속은 고질이 되었지요. 혹은 납채만 하고 초례를 치르지 않았거나 혼례만 행하고 첫날밤은 치르지 않았어도 불행히 유고(有故)가 생기면 종신토록 과부로 수절하는데, 이는 차라리 괜찮은 편입니다. 심지어는 대대로 집안끼리 교의(交誼)가 있어 태중(胎中)에 있을 때부터 혼담을 논했다거나 혹은 양자가 모두 아이 적에 부모끼리 말이 있었다 하여, 불행한 일이 일어나면 독약을 먹거나 목을 매어 뒤따라 묻히기를 추구하니, 이보다 더 예(禮)에 어긋나는 일은 없을 것입니다. 군자는 이를 '시분'(尸奔)이라 비난하고, 또 '절음'(節淫)이란 딱지를 붙였지요.[21] 국법(國法)은 그 부모를 처벌한다고 엄히 규정하고 있는데도 마침내 풍속을 이루고 말았으며, 동남 지방이 더욱 심합니다. 그래서 식견 있는 집안에서는 여자가 15세가 되어야 비로소 중매를 넣습니다. 이는 모두 말세의 일이지요.[22]

『열하일기』에서 연암은 이러한 왕민호의 발언을 아무런 반박이나 논평 없이 소개하고 있다. 이는 연암이 그의 비판에 전적으로 동의하지는 않았을지라도, 과부의 순절을 무조건 찬양·고무하던 당시 조선의 풍속을 반성하는 계기로 그의 견해를 받아들였으리라는 점을 시사한다.[23]

「열녀함양박씨전 병서」의 본전에서 연암은 열녀전의 관례에 따라 박씨녀(朴氏女)의 인적 사항을 먼저 밝히고 그녀의 순절 사실을 시간적 순서에 따라 직서(直書)하는 것이 아니라, 고을 원인 자신이 아전들을 상대로 문답을 나누는 과정에서 그 사실이 점차로 드러나도록 하는 다소 색다른 서술 방식을 취하고 있다. 그런데 말미의 논평에 해당하는 부분에서는 그도 역시 "아! 박씨녀가 성복(成服)을 하고도 죽음을 참은 것은 장사 지낼 일이 남아 있었기 때문이요, 장사를 지내고도 죽음을 참은 것은 소상(小祥)이 남았기 때문이요, 소상을 지내고도 죽음을 참은 것은 대상(大祥)이 남았기 때문이었다. 대상이 끝났으니 삼년상이 다한지라, 남편이 죽은 한날한시에 따라 죽어 마침내 애초에 마음먹은 뜻을 완수하였다. 어찌 열녀가 아니겠는가!"라고 하여, 통념과 부합되는 찬사를 덧붙이고 있다.[24]

그러나 이와 대조적으로, 본전의 서두에 첨부된 서문에서 연암은 당시 조선 여성들의 순절 풍습에 대해 "열녀는 열녀지만 어찌 지나치지 않은가!"라고 완곡하게 비판하고는,[25] 이를 뒷받침하고자 명문 사대부가의 한 과부가 평생토록 수절하기 위해 겪어야 했던 눈물 겨운 이야기를 소개하고 있다. 여기서도 그는 이 설화를 그대로 옮기는 대신에, 그 과부가 장성한 아들들을 앞에 두고 지난날 자신이 견뎌내야 했던 남모르는 고충을 실토하는 극적인 장면과 대화를 중심으로 재구성하는 소설적 수법을 취하고 있다. 작중에서 그 과부는 고관(高官)인 아들 형제가 어떤 사람의 선대에 불미스런 풍문이 있는 과부가 있다는 이유만으로 그 사람의 벼슬길을 막으려 하자, 이를 나무라며 닳고 닳은 동전 하나를 품속에서 꺼내 보인다. 그리고 영문을 몰라 하는 아들들을 향해 "이것은 네 어미가 죽음을 참아 낸 부적이다"라고 하면서,[26] 예전에 자기가 이 동전을 밤새도록 굴리고 찾아내기를 반복함으로써 젊은 날의 고독과 정욕을 누를 수 있었다는 내밀(內密)한 사연을 들려주는 것이다.

여기에서 연암은 그 과부의 입을 빌어, "무릇 사람의 혈기는 음양에 뿌리를 두고, 정욕은 혈기에 모이며, 그리운 생각은 고독한 데에서 생겨나고, 슬픔은 그리운 생각에 기인하는 것이다. 과부란 고독한 처지에 놓여 슬픔이 지극한 사람이다. 혈기가 때로 왕성해지면 어찌 혹 과부라고 해서 감정이 없을 수 있겠느냐?"라고 대담한 주장을 편다.[27] 즉, 그는 정욕이란 궁극적으로 생명의 근원인 음양에서 유래하는 것이라 봄으로써 이를 무조건 죄악시하고 부정하는 것은 반생명적(反生命的)이자 비인간적인 윤리임을 암암리에 주장하고 있는 것이다. 이러한 주장에 뒤이어 과부가 지난날의 고뇌를 회상조로 술회하는 대목은 연속적인 4자구의 리듬과 극도로 시적인 표현을 통해 깊은 정서적 호소력을 얻고 있다.

殘燈吊影, 獨夜難曉. 若復簷雨淋鈴, 窓月流素, 一葉飄庭, 隻
雁叫天, 遠鷄無響, 稚婢牢鼾, 耿耿不寐, 訴誰苦衷?

가물거리는 등잔불에 제 그림자를 위로하며[28] 홀로 지내
는 밤은 지새기도 어렵더라. 또 처마 끝에서 빗물이 똑똑
떨어지거나 창에 비친 달빛이 하얗게 흘려들며, 잎새 하나
가 똑 떨어져 뜰에 날리거나 외기러기 하늘에서 울며 날아
가고, 멀리서 닭 울음소리도 들리지 않고 어린 종년은 세
상모르고 코를 골면, 이런저런 근심으로 잠 못 이루니 그
고충을 누구에게 호소하랴?[29]

이와 같이 「열녀함양박씨전 병서」는 연암이 시대적 통념과 배
치되는 자신의 진보적 윤리관을 교묘한 방식으로 피력하면서, 이를
인간의 본성과 심리에 대한 원숙한 통찰과 세심한 표현을 통해 감
동적으로 전달하고 있는 탁월한 작품이라 할 수 있다.

안의 시절에 창작된 연암의 소품 산문 중에는 일체의 모방과
가식을 거부하고 대상의 본질을 사실적으로 포착하려는 그의 법고
창신론을 훌륭히 구현하고 있는 우수작들이 많다. 예컨대 「공작관
기」(孔雀館記)에서 그는 공작관의 주변 풍경을 운치 있게 표현하고
나서, 이 정각을 그 같은 이름으로 부르게 된 경위와 관련하여 자신
이 연행 당시 관찰한 바 있던 공작새의 모습을 매우 사실적으로 묘
사하고 있다.[30]

그런데 연암은 공작새의 몸집과 기다란 꼬리며 붉은 다리와 검
은 부리에 이어 수시로 황홀하게 변하는 그 찬란한 깃털을 극히 치

밀하게 묘사한 후, "제아무리 화려한 문장일지라도 이것보다 낫지는 않을 것"이라면서 공작새의 눈부신 아름다움을 올바로 파악하는 문제와 연관지어 특유의 문학론을 펼친다. "무릇 색깔(色)이 빛(光)을 낳고, 빛이 빛깔(輝)을 낳고, 빛깔이 찬란함(耀)을 낳고, 찬란한 후에 환히 비치게(照) 되는 법이다. 환히 비친다는 것은 빛과 빛깔이 색깔에서 떠올라 눈에 넘실거리는 것이다. 그러므로 글을 지으면서 종이와 먹을 떠나지 못한다면 바른말이 못 되고, 색깔을 논하면서 마음과 눈으로 미리 정한다면 바른 소견이 못 된다"는 것이다.[31] 실제의 사물에 대한 적극적이고도 편견 없는 관찰을 강조하는 이 같은 견해는 연암의 문학론 중 불변적인 핵심 요소의 하나라고 할 수 있다.[32]

안의 시절의 소품 산문 중 적지 않은 편수를 차지하고 있는 서간문도 연암 문학의 특징을 잘 보여 준다. 예컨대 도내에서 아사자(餓死者)들이 속출한 사건으로 인해 귀양살이하던 전라 감사 이서구(李書九)에게 보낸 편지에서 연암은 그를 위로하는 한편, 자신의 근황을 전하면서 연로하여 이가 빠지고 흔들거리며 치통으로 고생하는 자신의 모습을 극히 소상하고도 해학적으로 묘사하고 있다.[33]

또한 박제가가 조강지처의 상을 당한 뒤에 이어 다시 이덕무와 같은 절친한 벗의 상을 만나게 된 것을 애통해하며 쓴 편지[34]에서는 특유의 문체로 극단적인 우정 예찬론을 펴고 있다. 즉, 그는 우정의 의미를 강조하는 나머지, 친구를 잃은 슬픔은 아내를 잃은 슬픔과는 비교할 수 없을 정도로 고통스럽다는 주장을 편다. 상처(喪妻)의 고통이란 재혼을 통해 얼마든지 치유될 수 있지만, 자신과 함께 아름다운 대상을 바라보고 아름다운 소리를 듣고 맛있는 음식을 맛보고 아름다운 향기를 맡으며 진리를 깨우치는 등 일체의 감각과 취향과 사색을 공유하므로 '제2의 나'라고 할 수 있는 지기지우를 잃은 경우에는 도저히 그럴 수가 없다는 것이다.[35]

그리하여 연암은 다시 얻을 수 없는 벗과 사별하게 된 슬픔을 한층 절실하게 표현하기 위해, 춘추시대에 백아(伯牙)가 자신의 음악을 참으로 이해했던 벗 종자기(鍾子期)가 죽자 거문고 줄을 끊어 버리고 다시는 연주하지 않았다는 유명한 고사를 끌어와 가상적인 문답을 전개하고 있다.

> 鍾子期死矣, 爲伯牙者, 抱此三尺枯梧, 將向何人鼓之, 將使何
> 人聽之哉? 其勢不得不拔佩刀, 一撥五絃, 其聲戛然. 於是乎,
> 斷之, 絶之, 觸之, 碎之, 破之, 踏之, 都納竈口, 一火燒之, 然
> 後乃滿於志也. 吾問於我曰: "爾快乎?", 曰: "我快矣." "爾欲
> 哭乎?", 曰: "吾哭矣." 聲滿天地, 若出金石, 有水焉, 迸落襟
> 前, 火齊瑟瑟. 垂淚擧目, 則空山無人, 水流花開. "爾見伯牙
> 乎?", 吾見之矣!

> 종자기가 세상을 떠났으니, 백아가 길이 석 자의 오동나무 고목(오동나무로 만든 오현금—인용자)을 끌어안고 장차 누구를 향하여 연주하며 장차 누구로 하여금 듣게 하겠는가? 그 형세로 보아 부득불 차고 있던 칼을 뽑아 단번에 다섯 줄을 튕겨, 그 소리가 쟁그르르 하고 났을 걸세. 그렇게 하여 줄을 자르고, 끊고, 부딪고, 깨고, 부수고, 짓밟아서 모조리 아궁이에 밀어 넣고 단번에 불태워 버린 뒤에야

마음이 후련했을 걸세.

그리고 제 자신과 이렇게 문답했겠지.

"네 속이 시원하냐?"

"시원하고말고."

"울고 싶으냐?"

"울고 싶고말고."

그러자 울음소리가 천지에 가득하여 종이나 경쇠에서 울려 나오는 듯하고, 눈물이 솟아나 옷깃 앞에 옥구슬처럼 떨어졌을 걸세. 눈물을 드리운 채 눈길을 들어 바라보노라면, 빈 산에는 사람 하나 없는데 물은 절로 흐르고 꽃은 절로 피어 있네.

"네가 백아를 보았느냐"고 물을 테지. 암, 보았고말고![36]

이와 같이 연암은 백아의 가상적인 내면 독백을 통해 지기를 잃은 이의 심경을 호소력 있게 그려 내면서, 그 공허한 심경의 극치를 소식(蘇軾)의 「십팔대아라한송」(十八大阿羅漢頌)에 나오는 "공산무인(空山無人) 수류화개(水流花開)"라는 유명한 구절로써 절묘하게 표현하고 있다.

안의 시절의 문학적 성과로서 또 한 가지 간과할 수 없는 것은 유명한 합천 해인사(海印寺)를 구경하고 지은 5언 198행의 장편시 「해인사」이다.[37] 연암은 비록 과작(寡作)이기는 하나 그 나름의 독특한 경지를 보여 주는 우수한 시들을 남겼는데, 이 작품은 초기작인 「총석정 관일출」(叢石亭觀日出)과 더불어 그의 시 세계를 대표하는 명작이라 할 수 있다.

천둥 같은 폭포 소리 높은 골짝 짜개고

온갖 샘물 용솟음쳐 한군데로 쏟아지네

후려치고 물어뜯다 놀라서 서로 합치고

부딪치고 싸우다가 물러섰다 도로 내닫네

물의 성질 본래는 유순하지만

수많은 험한 돌과 서로 만나면

한 치도 선선히 양보하지 않아

마침내 수천 년을 성낸 채 내려오네

남은 여울물은 모래톱에 엎디어 울며

사람 향해 흐느끼며 하소연하네

모를레라 저 물이랑 저 돌은

서로 무슨 질투가 있다는 건지

물이 돌에 부딪치지 않는다면

돌도 원망하며 거역하지 않을 텐데

부디 돌이 조금만 양보한다면

물도 편평하게 퍼지며 흘러갈 것을

어쩌자고 힘자랑 밀치고 다투어

밤낮으로 야단법석 일삼는 건고[38]

飛霆轟高峽, 百泉湧傾注.

搏噬驚相合, 觸鬪郤還赴.

水性本柔順, 犖角石與遇.

不肯一頭讓, 遂成千古怒.

餘湍伏沙鳴, 幽咽向人訴.

不知水於石, 有何相嫉妒.

使水不相激, 石應無怨忤.

願言石小遜, 水亦流平鋪.

奈何力排爭, 日夜事喧嘑?

　이 시의 서두에서 연암은 해인사로 향하는 도중의 계곡 물과 울창한 숲, 그리고 그 속에서 뛰노는 새·짐승 등을 대단히 사실적으로 묘사하고 있다. 그중 특히 위에서 인용한바 폭포수를 묘사한 대목은 참신한 비유를 통해 자연 묘사와 도덕적 성찰을 하나로 융합하는 뛰어난 기량을 보여 주고 있다. 이어서 그는 자신이 탄 가마를 메고 가는 산승(山僧)이 몹시 힘이 들어 헐떡이는 모습과 그들의 고달픈 신세에 대해 노래하며 연민을 표시한 다음, 사천왕문과 대웅전·장경각(藏經閣) 등 절문 안을 들어서면서 본 해인사의 정경을 다각도로 소상히 그리고 있다. 특히 그 입구에서 마주친 사천왕상(四天王像)과 풍허(楓魖)·죽소(竹魈)·괴룡(乖龍)·한발(旱魃)·뇌공(雷公)·비렴(飛廉) 등 온갖 요괴들의 소상(塑像)을 치밀한 세부 묘사로써 그로테스크하게 그린 대목은 가위 일품이다. 이에 곁들여 연암은 불교의 불상 숭배를 비판하는가 하면, 해인사 부근 학사대(學士臺)의 최치원 전설과 관련하여 신선 사상을 풍자하는 등 이단 사조에 대한 비판도 잊지 않고 있다.[39]

　이상에서 살핀 바와 같이 안의 현감 시절에 연암은 여유 있는 생활환경 속에서 난숙기에 달한 자신의 창조 역량을 유감없이 발휘할 수 있었다. 그러나 다른 한편, 그가 국왕 정조로부터 견책을 받는 등 『열하일기』의 문체로 인한 일련의 파란에 휩싸이게 되는 것도 바로 이 시절의 일이었다.

2. 정조의 문예정책과 문체 파동

국왕 정조가 당시 문단에 신문체(新文體)를 유행시킨 장본인으로 연
암을 지목하고 그에게 『열하일기』의 문체에서 탈피한 순정(醇正: 순
수하고 올바름)한 문체로 자송(自訟: 반성)하는 글을 지어 바치도록 명
한 것은 『열하일기』의 문단적 영향을 운위할 때 반드시 거론되는
유명한 사건이다. 이 사건은 그 당시 『열하일기』의 성가와 영향력
이 어느 정도였는지를 단적으로 보여 줄 뿐만 아니라, 정조의 복고
적 문예정책과 그로 인해 더욱 강화된 보수적 문풍 속에서 『열하일
기』의 문예적 성과가 후대에 적극 계승되지 못한 사정을 이해할 수
있게 해 준다는 점에서 특히 주목된다.
　　정조의 문예정책의 배경과 그 구체적 추진 과정에 대해서는 일
찍이 다카하시 도오루(高橋亨)·리가원·정형우 등에 의해 개척적인
연구가 이루어진 바 있다.[40] 이러한 선행 업적들을 계승한 위에서,
정조의 문예정책은 탕평책의 일환으로 보아야 한다는 견해가 제기
되었다. 즉, 당시 집권층인 노론을 중심으로 형성된 문풍을 비판함
으로써 노론 벽파(僻派)를 시파(時派)로 전환시키려는 정치적 포석
에서 나온 정책이라는 것이다.[41] 벌열층(閥閱層)인 노론 일파를 견제
함으로써 왕권을 강화하려는 정치적 의도를 내포한 것이 정조의 문
예정책이었다고 보는 견해 역시 이와 상통하는 주장이라 하겠다.[42]
　　한편 이른바 '진산(珍山)사건'으로 불거진 서학(西學) 즉 천주교

문제에 대한 대응으로 정조의 문예정책이 추진되었다고 보고, 이는 정조가 서학 문제를 '문체' 문제로 치환함으로써 노론 벽파의 공격으로부터 남인 시파를 보호하려 한 정략의 소산이라 보는 주장도 제기되었다.[43] 또한 정조의 문예정책은 중국의 최신 문풍과 학풍에 물든 '경화세족'(京華世族)이 주류 이념인 성리학으로부터 이탈하지 않도록 새로운 사유와 표현에 대해 탄압을 가한 조치로 비판되기도 했다.[44] 근자에는 정조의 문예정책을 긍정적으로 재평가하는 견해도 제기되고 있다. 중국의 최신 사조들을 전면 배격한 것이 아니라 비판적으로 수용함으로써, 경세(經世)에 기여하는 '실용적인' 방향으로 '경화사족'(京華士族)의 학풍과 문풍을 유도하고자 한 정책이었다는 것이다.[45]

그런데 이와 같은 기존 연구는 정조의 문예정책이 지닌 정치적·사상적 성격을 밝히는 데 치중하여, 이를 문학적인 논의와 관련시키려는 노력은 부족했다고 할 수 있다. 특히 정조가 문풍의 타락을 초래한 장본인으로까지 지목했던 연암의 문체적 특성에 대한 분석이 뒤따르지 못한 것은 연구상의 큰 취약점이라 하지 않을 수 없다. 그러므로 이 절에서는 『열하일기』의 표현 형식에 관한 본서 1부 4장의 논의에 의거하여, 정조가 연암에게 문체에 관한 견책을 내리기에 이른 경위와 이러한 조치에 직면한 연암의 대응을 면밀하게 살펴보고자 한다.

정조의 문예정책과 그에 따른 일련의 조치들은 우선 역대 군주 중 유례가 드물 정도로 깊은 학문적 소양을 갖추었으며 '군사'(君師: 임금이자 스승)를 자처했던 정조 자신의 문학관에 비추어서 이해될 필요가 있다. 『홍재전서』(弘齋全書) 『일득록』(日得錄)에 잘 나타나 있는 그의 문학관은 철두철미 경학(經學)에 근거한 문학을 주장하는 도문일치론(道文一致論)과 경국(經國)에 기여하는 실용적인 문학을 높이 평가하는 비평관으로 요약될 수 있다.[46] 따라서 정조가 모범적인 문학으로 존숭하고 있는 것은 바로 육경(六經)을 위시한 유가 경전과 사마천과 반고로 대표되는 양한(兩漢) 문학, 모곤(茅坤)이 뽑은 당송팔가문(唐宋八家文), 그리고 육지(陸贄)의 주의(奏議)와 주자의 서간문 등이다. 반면에 정조는 왕세정(王世貞)·이반룡(李攀龍) 등 명나라 칠자(七子)의 의고주의 문학과, 이에 대립한 서위(徐渭)·원굉도(袁宏道) 등 만명(晚明)의 공안파(公安派)와 종성(鍾惺)·담원춘(譚元春) 등 경릉파(竟陵派)의 문학을 모두 배격하면서, 나아가 청조의 문학 역시 명대 문학의 유풍을 답습하고 있는 것으로 간주하여 배척하였다.[47]

이와 아울러 조선조의 문학에서도 정조는 국초 이후 중기에 이르는 권근(權近)·서거정(徐居正)·이정귀(李廷龜)·장유(張維) 등 관각문학(館閣文學)의 대가들의 작품을 주로 칭찬하는 한편, 자신의 치세를 포함한 최근 문학에 대해서는 명·청 문학의 나쁜 영향에 물들어 타락한 문체를 구사하고 있는 것으로 혹평했다. 그리고 그는 이러한 타락한 문체의 특징으로 난삽하고 기괴함(간극궤탄艱棘詭誕·유험기교幽險奇巧·기벽奇僻), 섬세하고 나약함(섬미纖靡·위미委靡·눈약嫩弱), 경박함(부박浮薄·경부輕浮), 비속함(비미卑靡·비리卑俚), 자질구레함(쇄쇄頊碎·쇄쇄조추頊頊啁啾·경교파쇄傾巧破碎), 지나치게 날카로움(첨사尖斜·첨박尖薄), 성조(聲調)가 급촉함(초쇄噍殺·촉박促迫·촉급促急) 등을 들고, 이와 같은 문체의 글은 '치세지음'(治世之音: 잘 다스려지는 세상의 소리)이 아닌 '난세번촉지성'(亂世煩促之聲: 어지러운 세상의 번거롭고 촉급한 소리)이요, 임금과 어버이로부터 버림받은 '고신얼자'(孤臣孼子)들의 문학이라 매도하였다.[48] '난삽하고 기괴함'은 주로 명 칠자의 의고주의 문학을, '섬세하고 나약함'은 주로 원굉도 등 공안파의 문학을, '성조가 급촉함'은 주로 종성 등 경릉파의 문학을 비판한 말이다.

정조가 이처럼 최근 문학의 문체에 대해 가혹한 진단을 내리고 있는 것은, 그것이 당시 한양을 중심으로 한 사대부 사회의 문란한 풍기를 반영하는 것이자 동시에 이를 조장하는 것으로 보았기 때문이다. 그에 의하면, 근자에 사대부들은 과거 공부에만 급급하여 경서를 멀리할 뿐 아니라, 대청(對淸) 무역을 통해 다투어 중국의 값비싼 골동품과 서화·집기류를 구입·향유하는가 하면, 이와 더불어 유입된 명말 청초의 최신 문집들을 탐독함으로써 "송유(宋儒: 송대 성리학자)를 지목하여 진부하다 하고, 당송 팔가를 상투적이라고 비웃게 된 지가 대략 100여 년이 되었다"는 것이다.[49]

그런데 이러한 정조의 문학관에서 주목되는 점은, 그가 명·청 소품문(小品文)을 '사학'(邪學)으로 규탄받고 있던 서학과 동렬에 놓고 비판하고 있다는 사실이다. 정조는 서학이 학문으로서 그릇된 것이라면 명·청 소품문은 문학으로서 그릇된 것이며, 양자는 모두 인륜의 부정(否定)에 귀착하는 점에서 상통할 뿐 아니라, 소품문에 대한 탐닉은 반드시 서학 신봉으로 발전하게 된다고 보고 있다. 따라서 서학의 유행을 막으려면 그보다 먼저 소품문의 유행을 막아야 하며, 글 짓는 자들은 소품문을 서학에 못지않게 두려워해야만 '이적(夷狄: 야만인)과 금수(禽獸)'로 타락함을 면할 수 있다는 것이다.[50] 사실은 직접적인 관련이 희박한 서학과 소품문을 이와 같이 동일시하기 위해, 정조는 청조의 고증학풍에 대해서도 비판을 가했다. 즉,

고증학은 지엽적인 사실들에 집착하여 박식과 창견(創見)을 과시하는 데에만 치중하고 있으므로, 이는 곧 소품문의 일종이며 고증학이 전락하면 서학으로 빠지게 된다는 것이다.[51]

이러한 '소품문과 서학의 일체론'은 소품문에 대한 지나치게 가혹한 평가를 전제로 하고 있어 다소 부당하다는 느낌을 준다. 정작 사교(邪敎)로 단죄된 서학에 대해서는 주자학을 부식(扶植)하는 것만이 최선책이라 하여[52] 미온적인 대응을 보인 정조가, 명·청 소품문에 대해서는 그 해악을 서학보다 더 위험시하면서 우선적으로 대처해야 할 것으로 강조하고 있음은 아무래도 형평을 잃은 처사로 보이는 것이다. 따라서 이는 정조의 문예정책이 모종의 정치적 의도를 띤 것임을 시사하는 것이라 하겠다.

한편 정조는 1784년과 1789년에 시책(試策)으로 「문체책」(文體策)을 냄으로써 문체 문제에 대한 그의 각별한 관심을 나타내고 있거니와, 그중 두 번째 「문체책」에 대한 규장각 초계문신(抄啓文臣) 이서구의 책문은 정조의 문예정책에 대한 노론 측의 비판적 반응을 대변하고 있어 주목된다. 이 글에서 이서구는, 정조가 문체는 '세도'(世道: 세상을 올바로 이끄는 도리)와 밀접한 상관관계에 있어, 한 시대의 문체는 그 시대의 세도에 따라 변화할 뿐 아니라 역으로 이를 변화시킨다고 전제한 데 대해 비판하고 있다. 문체가 세도에 좌우됨은 사실이나 세도가 문체에 좌우되는 것은 아니므로, 문체의 변화를 통제하기보다는 세도부터 바로잡아야 하며, 이러한 세도의 만회는 전적으로 군주 자신의 노력 여하에 달려 있다는 것이다. 또한 그는 문장의 도(道)를 건축에 비유하여, 글이란 '의리'를 제도로 하고 '사실'을 재료로 삼아 이루어지는 것이기 때문에 문체의 쇠퇴보

다는 사실의 미비(未備)와 의리의 불명(不明)을 더욱 우려해야 한다고 주장하고 있다.[53]

이러한 이서구의 책문은 그와 마찬가지로 당시 초계문신으로서 「문체책」에 답한 정약용(丁若鏞)의 책문과 매우 대조적이다. 남인계인 정약용이 정조의 문예정책을 적극 지지하면서, 명·청 패관 소품에 대해 철저한 금서 조치를 취하고 관각(館閣)의 응제문(應製文)과 과거(科擧) 문체에 대해서도 통제를 가할 것 등을 촉구한 데 반해,[54] 이서구는 도리어 국왕의 책임을 물으면서 문체 개혁보다는 의리와 사실의 확립을 통한 세도의 만회가 선결 과제임을 주장하고 있는 것이다. 여기서 그가 추상적으로만 언급하고 있는 '의리'와 '사실'이란 곧 신임사화(辛壬士禍)로 희생된 노론계 지도자들의 명예 회복과 소론 일파에 대한 철저한 숙청을 통해 충역(忠逆) 시비를 분명히 가림으로써 군신(君臣)의 의리를 확립하라는 노론의 탕평(蕩平) 반대론을 암시하고 있다고 볼 때, 그의 주장이 지닌 당파성은 더욱 분명해진다.[55]

이와 아울러 이서구의 책문은 연암의 문학론과 일부 상통하는 내용을 보여 주고 있는 점에서도 흥미롭다. 이를테면 그는 "어찌 고정 불변의 문체가 존재한 적이 있었으리요"라고 하면서, "춥고 더운 절서가 바뀌면 시물(時物: 계절에 따른 경치)이 절로 변하고, 산천이 지방을 달리하면 민속도 따라서 다른데, 하물며 천하의 사변(事變)은 무궁하고 사람의 재지(才智)란 각기 다른 법인즉, 문체가 시대와 더불어 변하는 것은 다름 아닌 상리(常理)"라고 하여,[56] 복고적인 고문 숭배에 반대하고 시대와 환경의 차이에 따른 문체의 변화를 긍정하는 연암과 견해를 같이하고 있다.

또한 이서구는 진(秦)·한(漢) 시대의 문학을 삼대(三代: 하夏·상商·주周)의 고경(古經: 고문古文으로 된 경서)의 모방에 불과한 것으로 혹평하면서, "비유컨대 우맹(優孟: 초楚나라의 명배우)이 작고한 손숙오(孫叔敖: 초나라의 재상)를 흉내 내어 손뼉을 치며 이야기하는 것과 같아서, 비슷하기는 비슷하지만 그를 재상 자리에 앉혀 초나라를 다스리게 한다면 목상(木像: 목각 인형) 노릇을 할 따름이다. 더욱이 그 소위 '비슷하다'는 것도 반드시 진짜로 비슷한 것은 아님에랴!"라고 말하고 있다.[57] 이러한 표현은 연암이 이서구의 『녹천관집』(綠天館集)에 써 준 서문이나 이덕무의 『영처고』(嬰處稿)에 써 준 서문 등에서 되풀이하여 역설한 내용과 혹사하다.[58] 요컨대 이서구는 한편으로 노론의 당파적 입장과, 다른 한편 연암과 공유한 진보적 문학관에 입각하여 정조의 「문체책」에 대해 비판적인 책문을 제출한 것이다.

* * *

이와 같이 일각에서 다소 반발이 없지 않았음에도 정조의 보수적 문예정책은 그의 치세 말년까지 견지되었거니와, 그중 특히 1792년(정조 16년) 10월부터 이듬해 초까지 패관소품체(稗官小品體: 소설과 소품문의 문체)에 물든 일부 문신과 성균관 유생들에 대해 잇달아 견책과 징계 처분을 내린 것은 큰 파문을 일으킨 사건이었다. 기존 연구에서는 간과되었으나, 이러한 문체 파동의 정치적 배경으로 무엇보다 먼저 주목할 것은 '신기현(申驥顯)·윤영희(尹永僖) 사건'이다.

1789년(정조 13년) 사도세자의 혈육이자 정조의 이복동생인 은

언군(恩彦君)이 정조의 은밀한 부름을 받고 강화도 유배지를 탈출한 소동이 벌어졌다. 그때 당파를 막론하고 거의 모든 신하들이 은언군을 규탄했으나, 홀로 사간원 정언 신기현만은 정조의 뜻을 무시하고 정순왕후(영조의 계비)의 분부에 따라 은언군을 체포하여 유배지로 압송한 의금부 당상관들을 처벌하라는 상소를 올렸다가 유배되었다. 그리고 신기현의 상소를 사주한 혐의로 판서 이재간(李在簡)도 유배 도중 물고(物故)되었다. 신기현은 그의 동생이 상계군(常溪君: 은언군의 아들)의 처사촌이어서 은언군과 인척간이며, 이재간은 소론계 대신인 영의정 이재협(李在協)의 사촌동생이었다.[59]

그런데 1791년(정조 15년) 성균관 사성 윤영희가 '적신'(賊臣) 신기현의 아들을 조흘강(照訖講: 강경講經)에 합격시키고 나서, 동료 시관(試官)인 심상규(沈象奎) 등도 이를 묵인했다고 주장해서 한바탕 물의를 일으켰다. 그 뒤 지방관으로 나간 윤영희는 1792년(정조 16년) 금령을 어기고 소나무를 베어 낸 죄목으로 고발당해 유배되었으나, 그해 9월 초 좌의정 채제공(蔡濟恭)이 도리어 윤영희를 고발한 상관의 처벌을 요청함에 따라 유배지에서 석방되었다. 이처럼 채제공이 줄곧 윤영희를 두둔했으므로, 윤영희에 대한 성토가 채제공에 대한 공격으로 비화되었다. 게다가 때마침 이가환(李家煥)이 성균관 대사성에 이어 개성 유수로 특별 임명되자 그도 함께 공격을 받았다.[60]

그해 9월 18일 사헌부 지평 이상황(李相璜)은, 윤영희를 성토한 신하들을 처벌하고 이가환을 파격적으로 중용한 정조의 조치를 비판하는 상소를 올렸다. 이로 인해 이상황이 정조로부터 문책을 입자, 곧 도승지 심환지(沈煥之)가 이상황의 상소를 적극 옹호하는 상소를 올렸다. 신기현의 '혈맹'(血盟)인 윤영희를 두둔한 채제공과 '역적' 이잠(李潛)의 종손(從孫)인 이가환을 성토하면서, 이상황의 상소야말로 '가위 젊은이의 기상'을 보여 주었다고 칭찬했다. 동지사의 정사로 임명된 전 우의정 박종악(朴宗岳)도 윤영희를 비호하고 이가환을 중용한 정조의 조치를 비판하는 데 가세했다. 원래 윤영희는 남인이어서 소론인 신기현과 당색이 다르고 서로 전혀 모르는 사이였는데도 그와 내통한 무리로 몰렸고, 채제공은 자신의 오촌 조카인 윤영희를 편파적으로 두둔한 죄로 10월 8일 정승 직에서 물러나야 했다.[61]

다음으로 주목할 것은, 1791년 전라도 진산(珍山)의 양반 천주교도인 윤지충(尹持忠)과 그의 외사촌 권상연(權尙然)이 유교식 제사를 폐한 사실로 고발되어 처형당한 이른바 '진산사건'이다. 두 사람의 소행이 알려진 초기에 정조는 천주교에 대해 강경 조치를 내리는 대신, 서학을 금하려면 패관소품부터 금하고 패관소품을 금하려면 명말 청초의 문집부터 금해야 하며, 사학(邪學: 천주학)을 물리치려면 정학(正學: 유학)을 밝히는 것이 최선책이라는 지론을 거듭 천명하였다.[62] 이에 따라 정조는 사건에 연루된 이승훈(李承薰)·권일신(權日身)·최필공(崔必恭) 등에게 관대한 처분을 내렸다. 특히 천주교도 중 "중인(中人)의 괴수"인 혜민서 의원(醫員) 최필공이 옥중에서 완강히 버티다가 마침내 회개하자, 그를 석방하여 경상도와 관서(關西)의 심약(審藥)으로 파송하기까지 했다.[63] 이 같은 정조의 온건한 교화 정책 덕분에 '진산사건'은 대대적인 옥사로 번지지 않고 일단 무마되었다.

진산사건으로 위축된 남인들은 1792년 이른바 '영남 만인소(萬人疏)' 운동을 벌여 세력을 만회하고자 했다. 이에 앞서 '유성한(柳星

漢)·윤구종(尹九宗) 사건'이 불거졌다. 사간원 정언 유성한은 정조가 경연(經筵)을 게을리 하면서 광대와 여악(女樂)을 가까이한다고 무함하는 상소를 올렸고, 그를 두둔한 정언 윤구종은 혜릉(惠陵: 경종의 원비元妃의 능)을 지날 적에 불경스럽게도 하마(下馬)하지 않았다고 해서 규탄되었다.[64]

그해 윤4월과 5월 두 차례에 걸쳐 경상도 유생 만여 명은 사도세자 사망 30주기를 맞이하여 세자의 억울함을 풀어달라고 청원하는 연명 상소를 올리면서, 바로 유성한·윤구종 사건을 거론했다. 사도세자를 무함한 세력을 토벌하지 않은 탓에 유성한·윤구종 같은 무리가 나타났으니 이들의 소굴과 뿌리를 근절해야 한다고 주장했다. 그러자 우의정 박종악도 가세하여, 국왕과 왕실을 모독한 유성한·윤구종의 배후로 전 우의정 김종수(金鍾秀)를 지목하고 거듭 공격했다. 이에 반발한 김종수는 자신의 결백을 줄기차게 주장하면서 정조에게 진상규명을 요청했다.[65]

이상과 같이 1792년에는 영남 만인소 운동에 힘입은 채제공과 박종악 등이 유성한 사건을 구실로 김종수를 공격한 '시파와 벽파의 갈등'에다, 심환지·박종악 등이 윤영희 사건을 구실로 채재공과 이가환을 공격한 '노론과 남인의 갈등'이 겹치면서 복잡한 정국이 조성되었다. 당시 소론은 유성한 사건에서는—서유린(徐有隣)의 경우에 보듯이—시파에 가담하여 벽파를 공격했으며,[66] 윤영희 사건에서는—이상황의 경우에 보듯이—노론에 가세하여 남인을 공격했다. 그해 10월부터 정조가 문예정책과 관련하여 취한 일련의 조치들은 이러한 복잡한 정국을 배경으로 한 것이었다.

1792년 10월 8일 정조는 좌의정 채제공에 대한 신하들의 성토에 못 이겨, 윤영희를 두둔한 채제공의 잘못을 물어 관직을 삭탈한 뒤 도성 밖으로 추방했다. 그 뒤 다시 삼사(三司)의 건의를 받아들여 그를 중도부처(中途付處)했으나, 도성과 가까운 지방에 부처하도록 배려했을뿐더러 한 달도 못 되어 석방하였다. 10월 18일 신임 우의정 김이소(金履素)가 신기현과 윤영희를 엄중 처단할 것을 건의했으나, 정조는 도리어 신기현을 승지로 발탁하고 양사(兩司)에 대해 윤영희 문제로 더 이상 건의하지 말도록 명했다.[67]

이와 같이 1792년 정조는 윤영희 사건으로 궁지에 몰린 채제공을 비호하려고 애쓰는 가운데 자신의 문예정책을 추진하였다. 10월 19일 정조는 북경으로 떠나는 동지 정사 박종악에게 과문(科文)에 서조차 패관소품체를 모방하는 폐단을 발본색원하기 위해 모든 중국 서적의 반입을 철저히 단속하도록 지시했다. 그리고 성균관 대사성에게도 시권(試卷)에 패관소품체를 쓰는 유생을 적발하여 응시자격을 박탈하라고 명하면서, "일개 한미한 유생"인 이옥(李鈺)과 더불어, 정조의 사부인 남유용(南有容)의 아들이자 규장각 초계문신인 남공철을 지목하여 견책과 징계 처분을 내렸다. 이옥은 응제문(應製文)에 순전히 소설체를 썼으므로 일과로 사륙문(四六文: 변려체) 50수를 짓도록 하여 종전의 문체를 고친 후에야 과거 응시 자격을 회복시키고, 남공철도 책문 중에 "고동서화"(古董書畵)와 같은 소품체의 어휘를 일부 구사했으니 그가 겸임한 지제교(知製敎) 직함을 삭탈하라는 것이었다. 또한 그 밖에 문신들 중에서도 패관소품체를 몹시 좋아하여 이를 구사하는 자들을 조사해서, 유생들을 가르치는 사학(四學: 중학·동학·서학·남학)의 교수(종6품)로 추천하지 말도록 명했다.[68]

이러한 조치의 연장선상에서 10월 24일 정조는 당시 서학 교수를 겸임하고 있던 이상황(李相璜)을 지목하여 직함을 삭탈한 뒤 그를 심문하여 보고하도록 했다. 이상황은 1787년(정조 11년) 무렵 김조순(金祖淳)과 함께 예문관에서 숙직 중 당송백가소설(唐宋百家小說)과 청나라 초의 장회체(章回體) 연애소설『평산냉연』(平山冷燕)을 읽다가 발각되어 책을 몰수·소각당하고 정조의 엄한 질책을 받은 적이 있었다. 정조는 남공철의 사례로 미루어 이상황도 예전 버릇을 완전히 버리지는 못했으리라 의심하고, 먼저 그의 서학 교수 직함을 삭탈한 뒤 심문하게 했던 것이다.[69] 게다가 지난 9월 이상황이 윤영희와 이가환을 싸잡아 성토하는 상소를 올린 일로 문책당한 사실을 감안하면, 정조의 이 같은 조치에는 남인에 대한 공격을 견제하려는 정치적 의도도 담겼을 가능성이 있다.

　　당일 이상황은 심문에 대한 답변서에서, 패관소설이 '신기하고' '고상(高爽: 상쾌)하며' '묘사가 핍진하다'고 여겨 이를 탐독한 적이 있노라고 시인했다. 하지만 연전에 소설을 읽다가 발각되어 정조의 질책을 받은 후로는 대오각성하여, 소설의 심각한 해악을 깨닫고 정조의 문예정책을 따르고자 소설을 멀리한 지 이미 여러 해 되었다고 아뢰었다. 그리고 지난 19일 패관소품체에 관해 정조의 지엄한 하교가 있었고 오늘 또 심문·보고의 하명을 받은 만큼, 예전에 지은 허물의 만분의 일이라도 속죄하고자 더욱 노력하겠노라고 다짐했다.[70]

　　이러한 이상황의 답변서에 대해 정조는 '개과천선의 진심이 드러나 있다'고 칭찬하고 그에게 도로 서학 교수직을 맡기도록 명하면서, "직급이 낮은 최필공에게도 칭찬과 장려를 베풀었는데, 하물며 경연(經筵)에 참여한 신하이겠는가"라고 말했다.[71] 진산사건에 연루된 천주교도 최필공조차 회개하자 석방하고 종9품의 심약으로 파송했는데, 이상황은 사관(史官)으로서 자신을 측근에서 보필한 신하였던 만큼 더욱 칭찬과 장려를 아끼지 않겠다는 뜻이었다. 이는 문체 문제를 서학 문제에 못지않은 심각한 사안으로 간주하면서도 양자를 모두 온건한 교화 정책으로 해결하겠다는 의중을 드러낸 말이라 하겠다. 이어서 이날 정조는 남공철에 대해서도 심문한 뒤 보고하도록 규장각에 지시했다.[72]

10월 25일 남공철은 심문에 대한 답변서에서, "문(文)과 도(道)는 본래 둘이 아니다"라고 하여 도문일치를 주장한 주자학적 문학관을 전제한 위에서, 정조의 문예정책을 예찬했다. 그리고 책문에 소품체를 쓴 일로 정조의 견책을 받고 심문에 답하라는 명까지 받아 황송하다고 아뢴 뒤, 패관소품에 대한 비판론을 자못 길게 피력했다. 패관소품의 유폐(流弊)는 유학을 배반하고 모욕하는 점에서 이단 사학(邪學)과 마찬가지라고 규탄하면서, 앞으로는 패관소품체에 물든 글을 절대로 쓰지 않겠노라고 맹세했다.[73] 이 글 자체도 대구(對句)를 빈번하게 구사한 변려문 스타일의 고풍스런 문체로 일관했다.

이러한 남공철의 답변서에 대해 정조는 "답변한 말이 장황한 듯하나, 문체가 소품문을 모방하지는 않았다"고 평하면서도, 그에게 우선은 지제교 직함을 돌려주지 말도록 지시했다. 이와 아울러 남공철에 대한 심문·보고를 명한 전교(傳敎)와 남공철의 답변서를 조보(朝報)에 게재함으로써, 규장각 각신조차 견책당한 사실을 널리 알려 특히 성균관 유생들이 경각심을 갖게 하라고 명했다.[74] 또한 정조는 남공철에게 자송문(自訟文) 한 편을 지어 바치도록 해서, 이후로는 감히 그렇게 하지 않겠다고 언약한 뒤에야 직무를 맡게 허용하라고 명했다.[75] 그리하여 남공철은 답변서와 별도로 자송문도 지어 바쳤던 듯하다.

10월 30일 정조는 이상황·남공철과 마찬가지로 패관소품체에 물들었음에도 요행히 심문을 면한 문신으로 김조순과 심상규를 지목했다. 당시 동지사의 서장관으로 한양을 떠난 김조순이 국경을 건너기 전에 그에게도 이상황·남공철과 똑같이 심문하는 공문을 보내어 답변서를 바치게 하고, 이와 아울러 자송(自訟)하는 한시나 산문을 지어 바치도록 해서 일전에 남공철이 지어 바친 자송문과 함께 게시하여 두루 보게 하라고 명했다. 뿐만 아니라 규장각 대교(待敎) 심상규에 대해서도 심문하여 답변서를 받도록 규장각에 지시했다.[76] 앞서 언급했듯이 심상규는 전년 9월 신기현의 아들을 조흘강에 합격시킨 일로 윤영희와 서로 잘못을 다투다가 처벌된 적이 있기에, 이상황의 경우와 마찬가지로 정조가 그를 특별히 지목하여 문체 문제를 추궁한 것 역시 정치적 의도가 담긴 조치일 수 있다.

11월 3일 규장각은 심상규에 대한 심문 결과를 보고하면서 그의 답변서를 첨부해 올렸다. 심상규는 장문의 답변서에서, 정조가 총애했던 그의 부친 심염조(沈念祖)가 일찍 작고한 뒤, 요행히 과거에 급제하게 되자 못다 한 효성을 임금에 대한 충성으로 바꾸어 다하고자 노력해 왔다고 아뢰었다. 그리고 연전에 정조가 문학은 치란(治亂)과 세도(世道)에 영향을 미치니 신중하게 배우고 그 폐해를 두려워해야 한다고 한 전교와, "무릇 글 짓고 글씨 쓸 때에는 기운이 충만하고 이치가 지극해야 하며" 이러한 '기운'과 '이치'는 무엇보다도 '실학'(實學)과 '실용'(實用)을 통해서만 갖추어질 수 있다고 한 전교[77]를 직접 인용하고 나서, 정조의 문예정책을 장황하게 예찬했다. 또한 심상규는 어린 시절에 패관잡서를 "첨신(尖新: 참신)해서 즐겁다"고 여겨 몹시 좋아했음을 시인한 뒤, 연전에 부(賦) 짓는 시험에서 체제(體制: 형식과 격조)가 좋지 못하다고 정조의 엄한 질책을 받은 이후로는, 급속히 잘못을 자책하고 임금의 말씀을 밤낮으로 외우면서 임금의 권위를 실추하는 일이 없도록 다짐했노라고 밝혔다. 이어서 그는 패관소품을 맹렬히 비난하면서, 이를 통렬하게 끊고 준엄하게 물리침으로써 정조의 문예정책을 받들어 나가는 데 힘을 다하겠다고 맹세했다.[78]

이러한 심상규의 답변서에 대해 정조는 "글이 거칠고 서툴러서 구두(口讀)가 떨어지지 않는다"고 질책하고 현토(懸吐)해서 올리라고 명했다. 이에 심상규가 황송해서 감히 현토할 수 없다고 아뢰자, 정조는 당직한 규장각 검서가 현토하여 들이라고 재차 명했다. 그리하여 유득공(柳得恭)이 심상규의 답변서에 현토하여 올렸으나, 정조는 "현토를 해도 문장의 뜻을 이해할 수 없으니 다시 언문으로 번역하고 또 주해를 달아 올리라"고 지시해서, 곤욕을 치르게 했다. 심상규가 글자 한 자마다 주해를 달아서 글을 올린 이후, 정조는 경연에 참여한 신하들에게 그의 글재주를 자주 칭찬했다고 한다.[79]

이와 같이 측근의 연소한 문신들에 대한 정조의 견책 처분이 잇따라 떨어지는 가운데, 11월 6일 소론인 홍문관 부교리 이동직(李東稷)이 이가환의 문체를 성토하는 상소를 올렸다. 이 상소에서 이동직은 우선 "이재간과 신기현의 후신이자 채제공의 앞잡이"인 '역적' 윤영희에 대해 양사(兩司)의 성토를 중지시킨 정조의 조치를 비판하면서 윤영희를 빨리 처형하라고 건의했다. 또한 같은 당파의 윤영희를 두둔한 채제공에 대해 도성과 가까운 지방에 중도부처하는 가벼운 처벌만 내린 데에도 불만을 토로했다. 이어서 이동직은 최근 대사성에 이어 개성 유수로 특별 임명된 이가환에 대해서도 채제공의 일당으로 지목하고 그의 관직들을 삭탈할 것을 촉구하면서, 그 이유의 하나로 문체 문제를 거론했다. 즉, 이가환이 비록 문장이 뛰어나다는 평판을 얻고 있으나, "이런 자들이 말하는 문장이란 그 학문이 대부분 이단 사설(邪說)에서 나온 것이고, 그 문체는 오로지 패관소품을 숭상하고 있어서" 유교 경전조차 무용지물로 치부하고 있다. 따라서 "이단을 물리치고 정학(正學)을 지켜야 하는 오늘날" 이런 무리를 그냥 둘 수 없다는 것이다.[80] 진산사건 이후 그 심각성이 드러난 천주교 문제를 기화로, 이가환에게 서학 신봉과 패관소품 숭상의 죄목을 한꺼번에 씌워 공격을 가한 것이다.

이동직의 상소에 대해 정조는 장문의 비답을 내렸다. 여기에서 정조는 최근 자신이 측근의 연소한 문신들에 대해 견책 처분을 내린 의도를 해명하면서 이가환을 옹호했다. 즉, 남공철·김조순·이상황·심상규 등은 모두 명문대가 출신의 장래가 촉망되는 인재들로 장차 성균관 대사성과 홍문관·예문관 제학(提學)에 기용될 것은 기정사실이나 다름없는데, 패관소품체에 물든 이런 자들로 하여금 과거 시험을 주재하게 하고 나라의 문장을 담당하게 한다면 선비들을 오도하고 왕언(王言)을 욕되게 할 것이기 때문에 미리 경종을 울려 선도하지 않으면 안 된다.[81] 그런데 노론과 소론 명문가의 자제인 이들과 달리, 이가환은 그의 가문이 당쟁으로 몰락하여 100년 동안이나 벼슬길에서 밀려나자 스스로를 버림받은 초야의 신세로 체념한 탓에 자연히 그의 문장이 비분강개한 어조를 띠게 된 것이요 패관소품을 즐기는 무리와 의기투합하게 된 것이니, 이는 그 스스로가 좋아서 한 것이라기보다는 조정에서 그렇게 하도록 만든 것이나 다름없다는 것이다.[82]

이처럼 이가환의 문체에 대해서는 그 정상을 다분히 참작해야 한다고 옹호한 정조는 다음으로 이동직을 향해 역공을 가했다. 즉, 이가환은 정조 자신이 선왕 영조의 유지를 계승하여 열성적으로 추진하고 있는 탕평책에 따라 초야에서 발탁한 궁유(窮儒) 중의 한 사람에 불과하다. 그런데도 "지금 남공철 등과 같이 돌연 상도(常道)를 어긴 자들과 비교하여 함께 배척한다면, 이가환은 어찌 원통하지 않겠느냐. 또 더구나 배척해야 마땅한 저자들은 배척하지 않고, 배척해서는 안 될 이 사람만 단독으로 배척한다면 가당하겠느냐"는 것이다.[83] 일견 대립하고 있는 정조와 이동직이 남인 세력을 어떻게 다룰 것인가 하는 정치적 관점에서 문체 문제를 논하고 있는 점에서는 서로 공통됨을 알 수 있다.

또한 정조는 탕평책의 일환으로 이가환 같은 소수 당파의 인물뿐 아니라, 서얼 출신의 문인들을 기용한 조치에 대해서도 해명하는 말을 덧붙였다. 이는 이동직의 상소에서는 거론되지 않은 문제였으나, 정조가 성대중(成大中)·이덕무·박제가·유득공 등 서얼 출신들을 교서관 교리나 규장각 검서로 특채하여 총애하는 데 대한 불만 여론을 의식한 발언이라 할 수 있다.[84]

정조는 서얼들이 재주와 포부가 있어도 펴지 못하며 양반 자식으로 인정받지 못하고 관직에도 제한이 있는 자신들의 처지에 대한 불만으로 인해 『수호전』 같은 소설을 탐독하고 패관소품체에 물들게 된 것인즉, 이 역시 조정의 책임이지 그들의 죄는 아니라고 보았다. 따라서 정조는 서얼 출신 관원 중에서 성대중과 오정근(吳正根)이 순정한 문체를 따르는 것을 평소 기꺼이 여겨, 친시(親試)에서 그들의 응제문(應製文)에 동등하게 이중(二中)이라는 우수한 성적을 부여하고 포상하는 윤음을 내렸던 것이며, 반면 패관소품체에 물든 박제가와 이덕무 같은 경우는 단점을 버리고 장점을 살리게 함으로써 장차 임금의 은총을 기대할 수 있는 길을 열어 주려 했다는 것이다. 그리고 "성대중·박제가 등은 차치하고, 다행히도 입신양명한 자로 위항(委巷)에 또 최립(崔岦) 같은 이가 있지만, 이는 오히려 먼 옛 일이라 하겠다"고 하여, 출세한 서얼 출신 문인의 선례로 선조 때 활약한 최립(1539~1612)을 언급함으로써 성대중 등을 관직에 발탁한 조치를 정당화하였다.

이어서 정조는 "하늘이 인재를 낼 때 신분에 제한을 두지 않는 법이다. 또한 최필공이 자신을 그르치고 그 무리까지 무수히 그르친 일을 보고, 어찌 반성하지 않는가"라고 하면서, 서얼들에 대한 이 같은 우대 조치야말로 "새든 물고기든 저들의 본성을 거스르지 않고, 둥근 것이든 모난 것이든 각자 그릇에 맞도록 해 줌으로써, 모두가 탕탕평평(蕩蕩平平)한 왕도(王道)에 귀의하기를 기대하는 묘책"이라고 역설했다.[85] 최필공 같은 중인 출신 천주교도에 대해서와 마찬가지로, 패관소품체에 물든 서얼 출신 문인들에 대해서도 교화와 장려 정책을 폄으로써 이들이 사회적 불만 세력으로 남지 않고 탕평책을 따르도록 하겠다는 뜻이었다.

부교리 이동직이 상소를 올린 바로 그날, 규장각은 심상규에 이어 김조순에 대해서도 심문 결과를 보고하면서 그의 답변서를 첨부해 올렸다. 김조순은 답변서에서, 자신은 성년이 되도록 오로지 유교 경전과 선진·양한의 고문만을 공부했으나, 소년등과(少年登科)한 후 병석에서나 공무의 여가에 심심풀이 삼아 패관소설을 접하게 되었다고 변명했다. 하지만 연전에 예문관 숙직 중 소설을 읽다가 발각되어 정조의 질책을 받은 이후로는 심각하게 자책하고 패관잡서에 눈길도 주지 않았으며, 모든 글에서 유교 경전과 어긋나는 설을 논한 적이 없다고 하면서, 차후로도 과거와 같은 잘못을 다시는 범하지 않을 것임을 맹세했다.[86]

이러한 김조순의 답변서에 대해 정조는 "문체가 바르고 우아하며 구상(構想)이 해박하여, 무한한 취지가 담겨 있음을 자못 깨닫겠다"고 극찬했다. 그리고 "나긋나긋하게 쓰려다가 도리어 졸렬해진" 남공철, "경박하고 듣기 좋게만 쓴" 이상황, "난삽해서 이해하기 힘든" 심상규 등의 억지 답변서보다 낫다고 평하면서, 김조순에게 안심하고 연행을 잘 다녀오되 연행 도중에 수창조(酬唱調)나 염정시풍(艶情詩風)의 한시 따위를 짓지 말라고 훈계하였다. 또한 이와 아울러 이동직의 상소에 대한 비답을 동지사의 정사와 부사에게 반드시 전달하여 자신의 문예정책을 더욱 널리 알리라고 분부했다.[87] 그 뒤 11월 19일 정조는 김조순이 지어 바친 자송문에 대해서도 "산문은 평이하고 담백하며, 한시도 맑고 투명하다. 지난날의 잘못을 깨달았을뿐더러 새로운 효험을 드러내고 있다. 차후로 더욱 노력하라"고 칭찬하는 교시를 내렸다.[88]

한편 정조는 성균관 유생들의 문체에 대해서도 지속적으로 큰 관심을 쏟았다. 지난 10월에 생원 이옥의 문체에 대해 견책을 내린 데 이어, 생원 홍호연(洪祜淵)에 대해서도 그의 문체를 지적하고 일

과로 책(策) 20편을 지어 바치도록 명했다. 이러한 정조의 하교에
따라 11월 14일 성균관은 홍호연이 지어 바친 책문들을 검토한 뒤
정조에게 올렸다. 며칠 뒤인 11월 20일(양력 1793년 1월 3일) 이옥이
표(表) 50수를 완성하여 바치자 정조는 그의 응시 자격을 회복시켜
주었다.[89]

하지만 그 뒤 12월 16일(양력 1793년 1월 27일) 정조는 성균관 유
생을 대상으로 한 친시에서 홍호연과 이옥 및 생원 김려(金鑢)의 시
권을 지목하여 질책하고 이들에게 징계를 내렸다. 홍호연에게는 매
일 부(賦)를 다섯 수씩 지어 50수를 채우게 하고, 이옥에게는 시권
중 "권점(圈點)을 친 구절들은 모두 저속하다"고 질책하면서 열흘
안에 사운(四韻) 율시(오언율시나 칠언율시) 100편을 지어 바치게 하되
그래도 문체를 고치지 못하면 경기도 연안 고을의 수군(水軍)에 편
입시키라고 명했다. 또한 김려에게도 "금지하는 전교를 내렸는데도
이를 어기고 시권에 소품체를 썼고, 필체 역시 마찬가지다"라고 질
책하면서 수개월 안에 스스로 문체를 고치기 전에는 응시하지 못
하도록 했다. 이러한 정조의 하교에 따라, 성균관은 12월 27일(양력
1793년 2월 7일) 이옥이 율시 100편을 채우고 홍호연도 부 50수를 채
웠음을 보고했다.[90]

홍호연·이옥·김려 3인에 대해 징계 처분을 내린 다음 날인 12월
17일(양력 1793년 1월 28일), 정조는 그 전날 친시에서 합격한 성균관
유생들에게 재시험을 보인 뒤 성적에 따라 시상하였다. 그리고 승
지와 사관, 성균관의 당상관 및 숙직한 병조의 당상관과 당하관, 규
장각 검서와 교서관 교리 등에게도 부(賦)를 지어 바치게 해서 성대
중·유득공 등 6인을 우등으로 뽑았으며, 성대중을 3품 외직 후보로

추천하라고 명했다. 우등으로 뽑힌 신하들은 그다음 날 정조로부터 친히 상을 받았으며, 성대중은 도정(都政)에서 북청(北靑) 부사로 임명되었다.[91]

또한 12월 24일(양력 1793년 2월 4일) 정조는 일전 규장각 초계문신에 대한 추가 시험에서 남공철이 지어 바친 시권이 "여전히 자질구레하여"(依舊唧啾) 문체가 전중(典重)하지 못하다는 이유로, 그에게 70대의 장형(杖刑)에 해당하는 속전(贖錢: 벌금)을 바치게 하고 그 돈을 북청 부사 성대중의 송별연 주식비로 쓰도록 명했다.[92] 이러한 정조의 하명에 따라 남공철은 규장각에 송별연을 마련하고 직각 서영보(徐榮輔), 승지 이서구, 검서 이덕무·유득공 등과 함께, 임지로 떠나는 성대중을 축하해 주었다.[93]

첨언할 것은 금성위 박명원의 서자인 박종선(朴宗善)도 정조로부터 문체에 대한 견책을 받았다는 사실이다. 1792년 4월 박종선이 부친상을 마친 뒤에 정조의 명에 따라 자신의 시문(詩文)을 바쳤더니, 이를 읽은 정조는 "최근에 측근 문신 중 시문에 괴벽스러운 문체를 숭상하는 자들이 있음을 발견하고 내가 몹시 꾸짖었거니와, 너는 너희 집안의 사람으로서 어찌 이런 험각(險刻: 난삽)한 시어를 써서 경박한 신진(新進)들의 과오를 본받느냐? 빨리 고치라"고 질책했다고 한다. 박종선이 한시에서 잘 쓰이지 않는 난해한 어휘와 전고를 즐겨 구사함을 지적한 것이다. 그 뒤 9월 초 정조는 박종선을 작고한 금성위의 아들이라는 이유로 특별히 시험을 면제하여 규장각 검서로 발탁하고 그를 접견했을 적에도 "너의 문체가 험벽(險僻: 난삽)하니 반드시 즉각 회개하고 고치라"고 재차 질책했다고 한다. 이에 박종선은 그때까지 지은 자신의 시문을 모두 불살라 버렸으나, 정조가 이미 어람(御覽)한 시들만은 '임금이 인준한 악시(惡詩)'라는 뜻의『준칙고』(准勅稿)라는 시집으로 엮어 반성하는 의미로 보존해 두었다고 한다.[94]

문체 문제와 관련한 정조의 조치는 다음 해까지도 이어졌다. 1793년(정조 17년) 1월 3일(양력 2월 13일), 당시 부여 현감이던 박제가는 규장각으로부터 지난 연말에 그에게도 자송문을 지어 바칠 것을 명한 정조의 전교를 통보받았다. 이 일과 관련하여 이덕무는 박제가에게 보낸 1월 5일자 편지에서, 최근 성대중이 응제문으로 인해 북청 부사로 특별 제수되고 어명에 의한 송별연까지 받게 된 사실 등을 전하면서, 전년 11월 이동직의 상소에 대한 비답에서 천명한바 서얼 문인에 대한 우대 조치의 일환으로 정조는 북청 부사로 부임한 성대중과 보령(保寧) 현감으로 재직 중인 오정근에게 감은문(感恩文: 임금의 은혜에 감사하는 글)을 바치게 하는 한편, 박제가에게는 자송문을 바치도록 지시한 것이라고 알려주었다. 따라서 소설이나 명말 청초에 유행한 저속하고 경박한 문체를 피하고 극도로 순수하고 품위 있는 문체로 글을 지어 바치는 것이 좋으리라고 박제가에게 충고하면서, "남공철과 이상황 두 학사(學士: 규장각 각신)도 이미 사도(邪道)와 이단을 물리치는 시문을 지어 올렸다 하니 형도 다 짓게 되면 공문을 갖추어 빨리 규장각에 바치시오"라고 재촉하였다.[95]

1월 5일 북청 부사 성대중은 규장각의 공문을 통해 "고금의 문체 중 어느 것이 옳고 그른지 조목별로 의견을 제시하고, 아울러 임금의 은혜에 감사하는 산문과 한시를 지어 바치라"는 정조의 하교를 전달받았다. 이에 그는 장문의 서문을 갖춘 오언고시인 「감은시서」(感恩詩叙)를 지어 바쳤다. 그 서문에서 성대중은 역대 중국의 산문 문체와 시풍(詩風)에 관해 일가견을 장황하게 피력한 다음, "최고의 문장은 육경"이므로 한 시대의 선비들을 모두 육경으로 향하도록 한다면 문풍이 저절로 올바르게 되고 세도가 저절로 순정해질 것이라고 주장했다.[96]

보령 현감 오정근도 규장각의 공문을 통해 이동직의 상소에 대한 정조의 비답과 아울러 감은문을 지어 바치라는 하명을 전달받고, 서문을 곁들인 칠언고시를 지어 바쳤다. 그 서문에서 오정근은 자신에게 거듭 내려진 정조의 은총에 감사하고 서얼 문인에 대한 우대 조치를 예찬했다. 또 이동직의 상소에 대한 비답에서 정조가 주장한 바를 따라, 주자의 글을 최고의 문장으로 칭송하고 양명학의 말류가 패관소설의 선구가 되었다고 비판했다.[97]

한편 1월 3일 박제가는 규장각의 공문을 통해 남공철·김조순 등 "여러 문신들이 자송(自訟)하는 시문을 바친 사례에 의거하여" 자신에게도 한시와 산문을 지어 바치라고 한 정조의 특명을 하달받은 뒤에, 장문의 서문을 갖춘 4언 72구의 운문인 「비옥희음송」(比屋希音頌)을 자송문으로 지어 바쳤다. 송(頌)의 제목은 전년 11월 이동직의 상소에 대한 정조의 비답 중 자신의 전교를 듣고 신민(臣民)들이 감화되어 "집집마다 태평성세를 노래하는 희대미문의 음악이 들리기를"(比屋有希音) 바란다고 한 말에서 따온 것이었다. 그 서문에서 박제가는 자신의 글이 명나라의 문풍을 따른다는 세간의 비방이 부당함을 역설하고, 규장각의 공문 중 정조의 전교를 부연하면서 자신에게 '허물을 뉘우쳐 스스로 혁신하라'(改過自新)고 한 데 대해서도 반론을 폈다.[98]

그런데 박제가에 뒤이어 1월 20일에는 이덕무에게도 그의 글이 패관소품에 가깝다고 하여 자송문을 지어 바치라는 어명이 하달되었다. 당시 이덕무는 병세가 위독해서 글을 지을 수 없는 형편이었다. 닷새 뒤인 1월 25일 임종하기 직전까지도 그는 응제(應製)가 늦어짐을 걱정했다고 한다. 그리고 아들에게 명하여 『어정팔자백선』(御定八子百選)의 글 몇 편을 낭독하게 하고 손으로 장단을 맞추다가 임종을 맞았다고 한다. 이덕무는 자송문을 짓지 못한 대신, 정조가 모곤의 『당송팔대가문초』에서 100편을 손수 엄선하여 편찬한 그 책의 낭독을 경청하는 것으로써 정조의 문예정책에 부응하려는 최후의 노력을 다했다고 볼 수 있다.[99]

* * *

안의 현감으로 재직 중이던 연암이 규장각 직각 남공철로부터 문체와 관련한 정조의 어명을 전해 받은 것은 이와 같이 박제가와 이덕무에게까지 견책 처분이 떨어지던 무렵인 1793년 1월 16일의 일이었다. 남공철은 연암에게 보낸 지난 해 12월 28일자 서신에서, 명·청의 문체를 배웠다고 하여 자신과 심상규 등이 근자에 정조의 견책을 받은 한편, 성대중은 문체가 순수하고 바르다는 이유로 북청 부사로 임명되고 남공철의 속전(贖錢)으로 마련한 송별연까지 즐기는 은총을 입었음을 알리고 나서, 정조가 다음과 같이 연암에게도 자송문을 지어 바치도록 하교했음을 전하였다.

> 近日文風之如此, 原其本, 則莫非朴某之罪也. 熱河日記, 予旣
> 熟覽, 焉敢欺隱? 此是漏網之大者, 熱河記行于世後, 文體如

此, 自當使結者解之! …斯速著一部純正之文, 卽卽上送, 以贖
熱河記之罪, 則雖南行文任, 豈有可惜者乎? 不然則當有重罪.

요즈음 문풍이 이와 같이 된 것은 그 근본을 따져 보면 모
두 박 아무개의 죄이다. 『열하일기』는 내가 이미 익히 보
았으니 어찌 감히 속이고 숨길 수 있겠느냐? 이자는 법망
에서 빠져나간 거물이다. 『열하일기』가 세상에 유행한 뒤
에 문체가 이와 같이 되었으니, 당연히 결자해지(結者解之)
하게 해야 한다.
…신속히 순수하고 바른 글 한 편을 지어 급히 올려 보냄
으로써 『열하일기』의 죗값을 치르도록 하라. 그러면 음직
으로 문임(文任)이라도 주기를 어찌 아까워하겠는가? 그렇
지 않으면 마땅히 중죄를 내릴 것이다.

즉, 정조는 당시 문단에 패관소품체를 유행시킨 장본인으로 연
암과 그의 『열하일기』를 특별히 지목하여 문책함과 동시에, 자신의
문예정책에 순응할 경우 문과 급제자만이 맡을 수 있는 홍문관과
예문관의 제학에 이례적으로 중용할 수도 있다는 뜻을 비친 것이
다. 남공철은 이러한 정조의 하교를 전하면서, 명·청의 학술을 배
척하는 내용의 저작이나 순정한 문체로 지은 영남 지방의 산수기
(山水記)를 두어 달 안에 지어 바칠 것을 촉구했다.[100]
『열하일기』에는 정조가 패관소품체라고 비판한 문체적 특징들
이 두드러지게 나타나 있는 것이 사실이다. 앞서 살펴보았듯이 『열
하일기』의 문체는 대단히 다채로우며, 따라서 그중에는 고문의 전

통과 규범에서 벗어나지 않는 문체도 다분히 포함되어 있다. 그러나『수호전』등 명대 소설들에서 볼 수 있는 유창한 백화체를 능숙하게 구사하고 있다든가, 조선식의 한자어와 속담을 사용하여 토속어의 맛을 살리면서 해학적인 효과도 거두고 있는 점 등은 패관소품체의 현저한 예라 할 수 있다. 또한 비천한 인간들이나 하잘것없는 사물들에 이르기까지 대상의 귀천을 가리지 않고 세밀하게 묘사하고자 하며, 가급적 사건을 극적인 장면 위주로 짜임새 있고 흥미롭게 서술하려 한다든가, 해학적 표현과 통렬한 풍자를 즐겨 구사하는 경향 등도 패관소품적인 문체의 특징으로 들 수 있다.『열하일기』의 도처에서 찾아볼 수 있는 이러한 특징들은 곧 정조가 경박하고 비속하고 자질구레하고 지나치게 날카롭다고 배척한 문체에 그대로 해당된다. 그러므로 정조는 한편으로 연암의 문학적 재능을 높이 평가하면서도, 자신의 문예정책에 부응하지 못하는 그의 문체에 대해 엄중한 경고를 내리지 않을 수 없었던 것이다.

정조의 하교를 전하는 남공철의 서신을 받은 연암은『열하일기』의 문체에 대한 변명과 반성의 취지를 담은 정중한 답서를 그에게 보냈다. 여기에서 연암은 정조가 자신의 보잘것없는 저서에 관심을 가지고 한양에서 천 리나 동떨어진 하읍(下邑)의 일개 천신(賤臣)인 자기에게까지 견책 처분을 내렸을뿐더러, 엄벌에 처하지 않고 순정한 글을 바쳐 속죄할 수 있게 한 데에 극도의 감사를 표한 다음, 자신의 지나온 문학 활동에 대해 심각히 자책하였다.

> …況如僕者, 中年以來, 落拓潦倒, 不自貴重, 以文爲戲, 有時
> 窮愁無聊之發, 無非駁雜無實之語, 自同俳優, 資人諧笑, 固已

賤且陋矣. 性又懶散, 不善收檢, 未悟調蟲畫蘆之技, 旣自誤而
人誤〔誤人〕, 致令覆瓿糊籠之資, 或以訛而傳訛. 駸尋入稗官
小品, 則莫知爲而爲, 轉輾爲委巷所慕, 則不期然而然. 文風由
是而不振, 士習由是而日頹, 則是固傷化之災民, 文苑之棄物
也. 其得免明時之憲章, 亦云幸矣.

…더구나 나 같은 자는 중년 이래로 불우하게 지내다 보니
자중하지 아니하고 글로써 유희를 삼아 때때로 곤궁한 시
름과 따분한 심정을 드러냈으니 모두 조잡하고 실없는 말
이요, 스스로 배우처럼 굴면서 남에게 웃음거리를 제공했
으니 진실로 이미 천박하고 누추하다 하겠소. 게다가 본성
마저 게으르고 산만해서 수습하고 단속할 줄 몰라, 자기도
모르는 사이에 '조롱박이나 본떠서 그리고, 벌레 모양의
글자나 아로새기는' 따위의 잔재주가 이미 자신을 그르치
고 또한 남까지 그르쳤으며, '항아리의 덮개로 삼거나 농
이나 바르기에 족한' 하찮은 글(『열하일기』―인용자)로 하여
금 때로 와전에 와전을 거듭하도록 버려두었습니다.
(또한 이 글이) 패관소품에 점차 빠져든 것은 저도 모르게
그렇게 된 것이요, 이리 저리 굴러다니다가 위항(委巷: 민
간)에서 흠모를 받게 된 것도 그러길 바라지 않았는데 그
렇게 되고 만 것이었습니다. 문풍이 이로 말미암아 진작되
지 못하고 선비의 풍습이 이로 말미암아 날로 퇴폐해진다
면, 이는 진실로 임금의 교화를 해치는 재앙스런 백성이요
문단의 폐물이라, 현명한 군주가 통치하는 이 시대에 형벌

을 면한 것만도 다행이라고 하겠지요.[101]

이와 같이 연암은 자신의 문학이 유희로 흘러 해학적으로 되고 세세한 사실의 재현에 기울게 된 것은 궁핍한 환경 탓이었다고 하면서, 『열하일기』에 대해서도 처음부터 패관소품체를 의도한 것은 아니며 공표하여 세인의 주목을 끌려고 한 것도 아니었는데, 퇴고도 하지 않고 전사(傳寫)되는 것을 방치해 둔 결과 그러한 부작용을 야기하게 된 것이라고 변명했다. 이어서 그는 순정한 문체 대신에 "벌레 울고 새 지저귀는 소리"와 같은 패관소품체를 "옛사람들은 듣지도 못한 것"이라 하여 좋아하게 된 것은 "그 본심을 따져 보자면 비록 잔재주에 놀아난 결과이기는 하지만 이는 실로 무슨 심보였던가요? 스스로 종아리를 치며 단단히 잘못을 기억하려 하오"라며 변명조의 반성을 되풀이한 후, 정조의 이번 견책 처분을 계기로 다시는 '태평성세의 죄인'이 되지 않겠노라고 다짐하는 것으로 글을 맺었다.[102]

앞서 언급한 바와 같이 정조는 탕평책의 일환으로 보수적인 문체정책을 적극 추진했던 만큼, 노론 명문가 출신의 저명 문인으로 당시 사대부 사회와 문단에서 적잖은 영향력을 지니고 있던 연암에 대해 상당한 관심을 가졌던 것으로 보인다. 연암이 말단의 중앙 관직에 있던 무렵 정조는 감제(柑製)를 실시하며 음관 및 과거를 폐한 사람들로 하여금 빠짐없이 응시하도록 명한 적이 있었는데, 그때 연암이 응시했는지를 알고자 응시자 명단을 친히 점검해 보았으나, 연암이 시권을 제출하지 않고 퇴장해 버려 명단에서 누락되었음을 알았다고 한다. 또한 정조는 1789년 화성(華城: 수원)으로 옮긴 사도

세자의 능을 참배하러 가는 편의를 위해 한강에 주교(舟橋) 설치를 명하고 그 주교가 완성되자 문무백관이 참여하는 성대한 낙성연을 벌였는데, 여기에 음관으로는 유일하게 연암을 참석토록 하는 은총을 베풀었다고 한다. 그 밖에도 정조는 문효세자(文孝世子: 정조의 죽은 맏아들)의 효창묘(孝昌墓) 행차 시에 연암이 고훤랑(考喧郞)으로 수행하면서 휴대한 화살에 자기 이름을 새기지 않은 실수로 인해 처벌받게 되었으나, 특별히 면죄해 주도록 했다고 전한다.[103]

이러한 세심한 배려와 아울러, 정조는 연암의 문학에 대해서도 깊은 관심을 표명하고 그 수준을 높이 평가했던 듯하다. 예컨대 1791년 정조는 규장각 검서 이덕무와 박제가가 편찬한 『병지』(兵志)를 들여오게 하여 살펴보는 자리에서, 이덕무가 지은 「비왜론」(備倭論) 등을 가리키며 "제편(諸篇)이 모두 원만하고 좋다"고 하면서, "이는 연암의 문체로구나"라고 말했다고 한다.[104] 이 같은 정조의 평언(評言)은 이덕무의 문체를 비난한 것이라기보다는, 앞서 『열하일기』를 자세히 보았다고 한 발언과 아울러 그만큼 정조가 연암의 문장에 남다른 관심을 가졌음을 단적으로 드러내 보인 것이라 할 수 있다. 뿐만 아니라 영조의 부마로서 생전에 사도세자의 보호에 힘썼을뿐더러 사도세자의 천릉(遷陵) 사업을 열심 성의로 감독함으로써 정조의 두터운 신임을 받았던 박명원이 별세하자, 정조는 손수 그의 신도비(神道碑)를 짓기로 하고, 연암에게는 그의 묘지명을 짓도록 위촉했다.[105]

이 같은 사정들을 감안해 볼 때 정조가 『열하일기』의 문체와 관련하여 연암에게 내린 견책 처분은 징계보다는 회유의 성격이 더 강한 것이었다고 할 수 있다. 유득공의 『고운당필기』에 의하면, 당시 정조는 남공철의 서신을 통해 전한 하교에서 "『열하일기』는 을람(乙覽)을 이미 마쳤다. 얼른 다시 우아하고 바른 글을 짓되, 분량이 『열하일기』에 비견할 만하고 『열하일기』처럼 인구에 회자될 수 있어야 한다. 그렇지 않으면 벌을 내릴 것이다"라고 말했다고 한다. 그런데 "연암은 지금 한양에서 멀리 떨어진 안의 고을에 있고 상자 안에는 전에 써 둔 원고가 한 장도 없는 데다가, 갑자기 장중한 글을 짓고자 한다면 어찌 『열하일기』처럼 20권을 채울 수 있겠는가? 장중한 글은 또 인구에 회자되기 쉽지 않으며, 연암이 후세에 길이 전할 것으로 자부하는 글(『열하일기』)은 '임금이 인준한 악시'(准勅惡詩)나 거의 마찬가지이니, 이 세상에서 연암보다 더 낭패를 본 사람은 없을 것이라, 나는 이덕무와 함께 한바탕 웃었다"고 한다.[106] 이러한 해학적인 일화는 당시의 사정을 누구보다 잘 아는 유득공과 이덕무에게, 연암에 대한 정조의 견책 처분이 징계라기보다는 연암의 작가적 능력을 인정하고 자신의 문예정책에 호응하도록 유도하려는 뜻이 담긴 조치로 받아들여졌음을 말해 준다.

연암과 친한 한양의 지인들도 전년에 정조가 『병지』에 수록된 이덕무의 글을 칭찬하면서 '연암의 문체'라고 언급한 사실을 들어, 남공철이 전한 정조의 하교는 분노하여 내린 것이 아니라 파격적인 은총을 베풀려는 의도가 담긴 것이라고 보았다. 즉, 정조가 그 문체를 질책한 사람들 중에 특히 연암을 거론해서 "죄인 중의 우두머리"라고 한 것은 "지나친 점을 억제하여 바른 길로 나아가게 함"(抑而進之)으로써 문임(文任)을 맡기려는 의중을 드러낸 것이고, 게다가 『열하일기』를 거론하여 '진장'(眞贓: 패관소품체를 구사한 범죄의 확실한 증거물)으로 간주하면서도 "이를 익히 읽었다"는 말을 덧붙이신 것은 총애함을 나타낸 것으로 보아, 다들 속히 글을 지어 바치라고 권하는 편지를 연암에게 보냈다고 한다.

　연암의 처남 이재성도 연암에게 저술을 권하는 편지를 보냈다. 이 편지에서 이재성은, 사람들이 고문의 법도를 지킨 연암의 글들은 보지 못하고 『열하일기』만 세상에서 널리 읽힌 탓에 연암이 명·청 소품체의 유행을 낳은 장본인이라는 오해가 빚어졌다고 안타까워하면서, 일부 농담조만 제거한다면 『열하일기』야말로 '순수하고 바른' 저술이라고 연암을 옹호하였다.[107]

　당시 연암의 초청으로 안의에 놀러 와 관아에 머물고 있던 문사들도 남공철의 서신 내용을 알고는 몹시 기뻐하면서, 작품의 필사와 고증(考證)의 일을 대신함으로써 연암이 자송문 짓는 것을 돕고자 했다.[108] 그러나 연암은 남공철에게 보낸 답서 외에는 아무런 글도 지어 바치지 않았다. 이는 남공철·김조순 등 그에 앞서 견책 처분을 받은 여러 문인들이 다투어 자송문을 바쳤던 데에 비하면 매우 의외로운 처사라 하지 않을 수 없다.

　『과정록』에 의하면, 연암은 자신에게 자송문 짓기를 권하면서 이를 돕겠다고 나선 문사들을 다음과 같은 취지의 말로 만류했다고 한다. 즉, 신하로서 국왕의 견책 처분을 달게 받고 근신해야 마땅한 터에, 순정한 문체로 글을 지어 이전의 허물을 가리려고 하는 것은 부당할 뿐 아니라, 문임으로 중용할 수도 있다는 말에 의기양양하여 글을 지어 바친다면 이는 분수 밖의 것을 바라는 짓이다. 따라서 자신은 새로 저작하여 바치는 대신에, 구작(舊作) 및 안의에서 지은 글 몇 편을 골라 몇 권의 책자로 만들어 두었다가, 만약 재차 자신의 글을 찾는 국왕의 하교가 있게 되면 마지못해 응하여 신하 된 도

리를 지킬 뿐이라고 말했다는 것이다.[109]

이와 달리 「박연암선생전」에서 김택영은 연암이 남공철에게 보낸 답서에서 극히 미려(美麗)하고 공교(工巧)한 표현으로 속죄의 뜻을 나타내었기 때문에, 정조는 남공철이 바친 그 서신을 보고는 연암의 재능에 감탄하며 불문에 붙였다고 전하고 있다.[110] 요컨대 정조는 연암에게 자송문의 진상을 독촉하지 않았고, 연암 역시 이에 적극 호응하지 않았던 것만큼은 분명하다. 아마도 이러한 사정 때문에 연암이 정조의 하교를 끝끝내 받들지 않았다고 보는 설도 나오게 된 것이라 생각된다.[111]

정조는 패관소품체를 구사한 박제가와 이덕무, 그리고 『열하일기』의 작가인 연암에게까지 잇달아 자송문을 지어 바치라고 명하는 한편, 성균관 유생들의 문체도 계속 단속하였다. 예컨대 정조는 홍호연의 응제문이 거칠고 경박한 것은 책을 읽지 않은 까닭이니 그로 하여금 한 가지 경서를 잘 외우게 하라고 명했다. 이러한 정조의 하명에 따라 1793년 2월 12일 성균관은 홍호연이 이제는 경서를 잘 외운다고 보고했으나, 정조는 "문체가 종전과 변함이 없다"(體作依舊)는 이유로 다시 한 가지 경서를 더 외우게 하고 두 경서 중 십 수 편을 대사성이 시험해 본 뒤 합격하면 보고하라고 명했다. 반면 김려에 대해서는 전년 12월 이후 일과로 지은 부(賦) 5수, 표(表) 7수, 20운(韻)의 과시(科詩), 배율(排律) 8수를 검토한 결과 문체를 고칠 가망이 있어 보인다는 성균관의 보고에 따라, 그의 응시 자격을 회복시켜 주었다.[112]

2월 17일 정조는 성균관 유생을 대상으로 친시를 실시하고 응제 시권을 채점했는데, 김려 등 4인은 '갱'(更), 진사 강이천(姜彝天)

은 '갱지갱'(更之更)의 최하등 성적으로 불합격되었으며, 이옥은 발거(拔去: 합격 취소)되었다. 이날 정조는 "이미 소품체를 금했으니 혼나서 조심하는지 여부를 알아보려고" '박접회'(撲蝶會)라는 경박하고 요염한 시제(詩題)로 시험해 보았더니, 대다수 유생들이 "여전히 소품체에 미련을 두고 있어 작품이 난삽하고 필체가 춤추는 듯하며 심지어 인용구에 저속한 말이 많이 섞여 있다"고 질책했다.[113]

그다음 날 또 정조는 홍호연이 응제 시권에 "저속하고 자질구레한 문체"(俚瑣之體)를 썼다는 이유로 응시 자격을 중지시켰을 뿐 아니라, 성균관 유생 명부인 『청금록』(靑衿錄)에서 이름을 삭제하라고 명했다. 이에 따라 성균관은 홍호연을 더 이상 선비로 대우할 수 없으므로 그에게 표(表) 100수를 짓도록 한 과제를 정지하겠다고 아뢰어 윤허를 받았다. 홍호연은 전년 12월에 문체로 인해 견책을 받고 부 50수를 지어 바친 바 있는데, 그 뒤에 다시 일과로 표를 지어 100수를 채우도록 하는 징계를 받았던 듯하다.[114]

3월 18일 성균관 유생을 대상으로 한 삼일제(三日製)에서 강이천은 배율(排律)로 수석을 차지하고 회시에 바로 응시할 수 있는 특전을 입었다. 그다음 날 합격한 유생들을 알현하는 자리에서 정조는 강이천에게 "너는 근래 그 문체를 고쳤느냐? 이번 과거에서 지은 글은 전보다 조금 낫구나. 후일에도 신중히 짓고 패관소설체를 쓰지 말라"고 훈계했다.[115]

당시 성균관 유생 중에서 이옥은 문체 문제로 가장 자주, 그리고 가장 가혹한 징계를 받은 경우였다. 2월의 친시에서 합격 취소를 당한 그는 계속 정조의 주시를 받았던 것 같다. 같은 해 10월 이옥은 송(頌)으로 응제하여 차석의 성적을 받았으나, 합격한 유생들을 접견한 자리에서 정조는 그에게 "네가 지은 글은 끝내 문체를 고치지 않았더구나. 이번에는 높은 성적을 얻었으니 합격을 취소하지는 않겠다마는 이후로는 이와 같이 짓지 말아야 한다"고 각별히 훈계했다.[116]

그 뒤 1795년(정조 19년) 8월 이옥은 임금의 성균관 행차를 맞아 지은 응제 시권의 문체가 괴상하다는 죄목으로 특명에 의해 충청도 정산현(定山縣: 충남 청양군 정산면)에 유배되어 군적(軍籍)에 편입되었다. 이어서 9월에도 그는 경과(慶科)에 응시했다가, 엄벌을 받은 이후에도 "문체의 촉박함이 더욱 심하다"(噍殺尤甚)는 이유로 좀 더 먼 곳에다 충군(充軍)하라는 정조의 하명에 따라, 경상도 삼가현(三嘉縣: 경남 합천군 삼가면)으로 유배되었다.[117]

이옥은 한양을 출발하여 정산을 거쳐 새 유배지인 삼가에 도착하기 직전인 9월 26일 경상도 안의현에 이르러 이틀을 묵었다. 당시 그는 안의현의 명승지인 화림동을 유람하고 「수유」(水喩)를 지었으며, 연암이 관아의 빈터에 벽돌을 일부 사용해서 신축한 하풍죽로당을 보고 「옥변」(屋辨)을 지었다. 이 글에서 이옥은 사또 연암이 말하기를, "내가 이 집을 지었더니, 소문을 들은 자들이 '중국식이다'라고 하면서 대단히 분개하더라"고 하기에, 그런 말을 하는 자들은 이 세상의 모든 집들이 예부터 중국에서 유래한 줄을 모르는 자들이라고 공박하면서 연암을 옹호했다.[118] 정조가 패관소품체 유행의 장본인으로 지목한 문단의 거물 연암과, 정조의 거듭된 징계에도 불구하고 패관소품체를 고수한 신예 문사 이옥이 지리산중의 작은 고을 안의에서 만나 의기투합한 장면을 글에 담은 것이다.[119]

3. 『열하일기』에 대한 문단의 반응

『열하일기』는 완성되기도 전에 이미 초고의 일부가 널리 전사되었을 정도로 연암의 문명(文名)을 드높이면서 당시의 문단에 커다란 반향을 불러일으켰다.[120] 독서광이었던 유만주의 일기 『흠영』을 보면 『열하일기』가 당시 한양의 사대부 사회에서 뜨거운 관심사로 떠오른 사실을 엿볼 수 있다.[121]

1783년 11월 24일 일기에서 유만주는 '『열하일기』 권1, 「막북행정록」'을 열람했다고 하였다. 『열하일기』의 제1권은 「도강록」인데 그는 특이하게도 「막북행정록」이 제1권으로 편성된 초기의 이본을 구해 본 모양이다.[122] 며칠 뒤인 11월 30일 일기에서 유만주는 "왕민호·학성(郝成)·파로회회도(破老回回圖)·경순미(敬旬彌) 등 여러 사람의 필담", 즉 「황교문답」을 읽은 소감을 피력했다. "저들이 비록 대국인이라고는 하지만, 왕민호는 일개 늙은 훈장이요 학성은 일개 무인(武人)이고 파로회회도와 경순미는 몽골 종자인데도 필담이 이처럼 볼만하구나"라고 감탄하면서, 그에 비하면 우리나라의 사대부들은 교만하기만 하고 무식하기 짝이 없다고 개탄했다.[123] 2년 뒤인 을사년 12월 25일(양력 1786년 1월 24일) 일기에서 유만주는 김창업의 『연행일기』와 대비하면서 『열하일기』를 "대(大) 문장"이 아니라 "소품"으로 폄하하는 논평을 남겼다.[124]

『흠영』 1786년도 일기에는 『열하일기』가 더욱 자주 등장한다. 그 해 2월 5일 일기에서 유만주는 "틈틈이 『열하기』를 열람했다"고 적고 있다. 당시 그는 책 제목이 '열하기'로 된 『열하일기』 이본을 입수했던 듯하다.[125] 4월 23일 일기에서는 한강의 마포에 있던 금성위 박명원의 별장이자 명승지인 세심정(洗心亭)으로 배를 타고 놀러 갔다가 그곳의 청사암(淸斯菴)에서 『연행음청기』1, 2책을 구경했는데 모두 잔글씨로 쓴 초본(草本)이더라고 전하였다.[126] 책 제목이 '연행음청기'로 되어 있는 초기의 『열하일기』 이본을 보았던 모양이다.[127]

같은 해 윤7월 26일 일기에서 유만주는, 연암이 "또 근자에 「호질」을 지어 이 세상 인간들을 두루 꾸짖었는데 작품이 아주 기발하다"는 소문을 들었다고 했다.[128] 그리고 9월 24일 일기에서는 그의 벗 이안중(李安中, 1752~1791)이 찾아와 연암이 지은 「유리창기」(琉璃廠記)를 낭송하여 전해 주었다고 하면서, 그중에 "반남(潘南) 박씨를 천하(중국)에서 누가 알리오?"라고 한 구절은 "대단히 기발한 말"이라고 찬탄하였다.[129] 이안중이 낭송했다는 「유리창기」는 『열하일기』 「관내정사」 8월 4일 기사를 가리킨다. 이 기사는 모두 27만 칸이나 된다는 어마어마한 규모의 유리창을 관광하면서 연암이 이방인으로서 느낀 고독감을 토로한 명문이다. 여기에서 연암은 "천하에서 한 사람의 지기만 만나도 족히 한이 없을 것"이라고 한탄하면서, 자신의 본관이자 조선의 명문거족인 "반남 박씨는 중국인들이 들어본 적도 없다"고 자조(自嘲)하였다.[130] 「관내정사」 중의 「호질」처럼, 이 「관내정사」 8월 4일 기사도 '유리창기'라는 제목의 독립된 작품으로 유포되었던 듯하다.

또 10월 25일 일기에서 유만주는 「일신수필」을 미처 다 읽기도 전에 재종형 유준주(兪駿柱)가 소매에 넣어 가져가 버렸다고 아쉬워했다.[131] 절친한 벗이기도 한 유준주로부터 「일신수필」 필사본을 빌려 읽었음을 알 수 있다. 그다음 날 일기에는 『연행음청기』 제

1, 2책을 읽었다고 적었다.[132]

11월 1일 유만주는 그의 벗 권상신(權常愼)에게 「호질」 필사본을 보라고 보내 주었다. 그러자 이튿날 권상신은 「호질」을 돌려주면서 이 글이 "문장은 기이하나 견해가 심히 좋지 않다"는 비평을 편지로 보내왔다. 유만주가 다시 벗 민경속(閔景涑)에게 「호질」을 보라고 보내 주었더니, 그 역시 「호질」을 돌려주면서 "이 글은 선공감 감역인 연암의 수법과 혹사하다"는 평을 담은 편지를 보내왔다. 「호질」은 『열하일기』에서 중국의 무명씨가 지은 것으로 소개되었으나 그 창작 수법으로 보아 틀림없이 연암의 작품일 것으로 단정한 것이다.[133] 11월 14일 유만주는 그를 찾아온 벗 김상임(金相任)에게 「호질」을 보여 주고 나서, 일기에다 이 글이 신기한 것만 좋아하여 아정(雅正)하지 못하다고 혹평했다.[134]

11월 26일 일기에서 유만주는 그를 찾아온 김상임과 함께 『열하일기』에 관해 나눈 대화를 장황하게 기록하고 있다. 김상임은 전날 밤 계동(桂洞)에서 연암을 만나 중국에 관한 흥미진진한 이야기를 들었다고 했다.

당시 연암은 손수 필사한 「곡정필담」을 가지고 왔으며, "중국의 규모와 제도"에 비해 크게 낙후한 조선의 실정을 "수인씨(燧人氏)의 흡연"에 비유하여 풍자했다고 한다. 즉, 조선인들은 담배 피울 때 부시로 단번에 불씨를 얻지 못하니, 양손으로 번갈아 나무를 비벼서 닷새만에야 겨우 불씨를 얻었다는 상고시대의 수인씨처럼 "우둔하고 졸렬하다"는 것이다. 또한 연암은 자신의 문장에 대해 자부하기를, 그의 글에는 『좌전』(左傳)과 『공양전』(公羊傳)을 모방한 것, 『사기』와 『한서』(漢書)를 모방한 것, 한유(韓愈)와 유종원(柳宗元)을 모방한 것, 원굉도(袁宏道)와 김성탄(金聖歎)을 모방한 것 등 다양한 글들이 있는데, 사람들이 그중에서 유독 원굉도와 김성탄을 모방한 글만 좋아하여 전파하는 바람에 자신의 글이 원굉도·김성탄 류의 소품문으로만 일컬어지고 있다고 불만을 표했다고 한다. 그리고 나서 『공양전』과 『곡량전』(穀梁傳)의 문체를 본뜬 "『연행음청』의 권수에 붙인 서문" 즉 책 제목이 '연행음청'으로 된 『열하일기』 초기 이본의 「도강록」 서문을 보여 주면서 이 글은 소품문이 아니라 고문이라고 주장했다고 한다.[135]

김상임이 전달한 이러한 연암의 주장에 대해 유만주는, 연암의 글 중에서 "『공양전』과 『곡량전』을 본뜬 것은 좋지 못하나 원굉도와 김성탄을 본뜬 것은 좋으니, 이는 그의 재주가 김성탄 류의 문장에는 능하지만 순박하고 정대한 문장에는 능하지 못하기 때문이다"라고 논평을 가하고 있다.[136] 또 만물을 잘 형용해서 그에 의거하여 능히 제조할 수 있어야 참된 문장이라 할 수 있는데, 연암의 『연행음청기』의 문장은 무소불능한 것 같지만 이와는 거리가 멀다고 비판했다. 예컨대 캉(炕)의 제도나 벽돌의 제조법을 분명하게 설명하지 못해서 그에 의거해서는 캉이나 벽돌을 만들기가 어렵다고 했다.[137] 이는 「도강록」 6월 28일 기사 중 벽돌 제조법을 소개한 대목이나 7월 5일 기사 중 중국의 난방 제도인 캉을 소개한 대목의 묘사가 정밀하지 못하다고 비판한 것이다.

유만주의 『흠영』에서 엿볼 수 있는 바와 같이 『열하일기』는 절찬리에 유포되고 있었으나 동시에 그에 대한 비판적인 반응도 만만치 않았다. 남공철이 그의 절친한 벗이자 연암의 족손인 박남수(朴南壽, 1758~1787, 자 산여山如)의 묘지명에서 술회한 사건은 이를 말해 주는 또 하나의 좋은 예라 할 수 있다. 연암이 생전의 박남수와 이덕무·박제가·남공철을 상대로 『열하일기』를 낭독했을 때 박남수는 "선생의 문장이 비록 정교하다고 하나 패관기서(稗官奇書: 기이한 소설들)를 좋아하니, 이로부터 고문이 흥하지 못할까 걱정입니다"라고 비판했으며, 그런데도 연암이 이를 묵살하고 낭독을 계속하자 취중의 그는 촛불로 그 원고를 불사르려고까지 했다는 것이다. 이에 연암은 몹시 분노했으나, 나중에는 스스로 화를 풀고 그를 불러다가, "나는 세상에서 곤궁한 지 오래여서, 문장을 빌려 마음속에 첩첩 쌓인 불평불만의 기분을 한바탕 쏟아내고, 마음껏 유희해 보려 한 것일 따름"이라면서, 자네는 부디 내 글을 본받지 말고 "정학"(正學: 유학)을 일으켜 나라를 빛내는 문신(文臣)이 되라고 당부했다고 한다.[138]

남공철이 전한 이 일화는 장차 연암이 『열하일기』의 문체로 인해 겪게 될 파란을 예고한 것이라 할 수 있다. 박남수의 조부 도원(道源)은 영조 때 대사헌을 역임했고 부친 상면(相冕)은 사간원 정언을 지냈으며, 박남수 자신은 1785년(정조 9년) 진사 급제 후 성균관 장의(掌議)로서 역적을 성토하는 상소를 올리고 사직한 뒤로는 불우하게 지냈다. 이와 같이 그는 명문대가인 반남 박씨가의 일원이자 노론의 당파적 입장에 투철했던 인물인데, 일찍부터 연암을 종유(從遊)하여 『열하일기』에는 중국으로 떠나는 연암에게 증정한 그의 송별 시도 수록되어 있는 터였다.[139]

그러나 한유의 고문을 숭상하던 박남수로서는 『열하일기』 중의 패관소품적인 요소에 대해 그 의의를 제대로 인식할 수 없었음은 물론, 심한 반발을 느꼈을 것이 당연하다. 연암은 이러한 박남수의 비판에 직면하여, 『열하일기』는 현실에 대한 불만을 유희적으로 토로한 작품에 불과하다며 소극적으로 변명하는 데 그치고 있다. 이는 아마도 연암이 고루한 당시 조선의 문단에서는 『열하일기』의 진정한 가치가 온전히 이해될 수 없을 것으로 미리 체념한 때문이라 여겨진다.

* * *

1796년(정조 20년) 3월 안의 현감 직에서 교체되어 한양으로 돌아온 연암은 그 이듬해 윤6월 충청도 면천(沔川) 군수에 임명되어, 1800년(순조 즉위년) 8월 강원도 양양(襄陽) 부사로 임명될 때까지 약 3년간 재직했다. 안의 현감 시절과 마찬가지로, 연암은 면천군에서도 고을 백성들 간의 극심했던 소송 분쟁을 진정시키고 흉년에는 녹봉을 털어 굶주린 백성을 구제하는 등 선정(善政)에 힘썼다.[140] 그런데 군수로서 연암이 당면한 가장 큰 문제는 천주교에 관한 대책이었다. 당시 충청도 일대에는 천주교가 성행하고 있었으며, 면천군 역시 예외가 아니었다. 연암이 면천 군수로 임명된 것도 천주교 문제를 우려한 정조의 의중에 따른 것이었다고 한다. 연암은 천주교도로 적발된 자들을 엄벌에 처하는 대신, 유교의 인륜 도덕으로 반복 설득하여 개심하도록 한 뒤 모두 풀어 주었다. 천주교 문제로 충청감사와 주고받은 편지들에서도 연암은 관에 자수하여 개전(改悛)의 정을 나타낸 천주교도를 다시 중죄로 다스리는 것은 부당함을 역설했다. 이러한 온건한 대책이 주효하여 자수하는 자들이 속출했으며, 그 결과 1801년(순조 1년, 신유辛酉) 대대적인 천주교 탄압이 벌어

졌을 때에도 도내에서 면천군만은 평온할 수 있었다고 한다.[141]

이처럼 연암이 면천 군수로 재직하면서 천주교 문제로 한창 고심하고 있던 1798년에서 1799년 무렵, 그가 안의 현감 시절에 '오랑캐의 옷을 입고 백성들을 대했다'(胡服臨民)는 유언비어와 함께, 『열하일기』에 대해서도 '오랑캐의 호칭을 쓴 원고'(虜號之稿)라는 비방이 경중(京中)에 나돌아 하마터면 큰 사건이 될 뻔했다. 앞서 언급했듯이 연암은 평소 우리나라 부인네의 복식이나 동자(童子)의 변발이 고려 말 이래 몽골 오랑캐의 풍속을 답습한 것이므로 고례(古禮)에 의거하여 이를 개혁해야 한다고 보고 있었다.[142] 그러던 차 안의에 부임해 보니 유처일(柳處一)이라는 그 고장 선비가 당시의 복식과는 다른 고풍스런 학창의(鶴氅衣)를 입고 있었으므로, 이를 고아한 제도로 보고 그에 따라 만든 연복(燕服: 사복)을 가끔 관아에서 입어 보았다. 또한 유처일이 안의 출신인 동계(桐溪) 정온(鄭蘊, 1569~1641)의 고사를 들어 역설한 대로, 연암은 아들 박종채와 지인동자(知印童子)로 하여금 변발을 풀고 고례와 같이 쌍계(雙髻: 쌍상투)를 하고 곁에서 시중을 들게 했다.

이처럼 연암은 안의 부임을 계기로 오랑캐 풍속에 물들기 이전의 옛 제도를 일부 시험해 본 것에 불과했으나, 하풍죽로당 등을 벽돌로 지어 과객(過客)이나 이웃 수령들로부터 청나라 오랑캐의 제도를 따른다는 의심을 받고 있던 차에, 당시의 풍속과는 동떨어진 고례를 실천한 것은 오해를 살 법도 한 일이었다. 그리하여 연암이 고을을 잘 다스린다는 소문이 자자함을 평소 시기하던 이웃 고을 수령이 이를 빌미로 '호복임민'(胡服臨民)의 설을 지어내어 한양에 전파했던 것이다.[143]

이와 같은 모함은 청나라에 대한 반감이 여전하던 당시의 사회 풍조에 편승해서 상당히 주효했으며, 마침내는 『열하일기』에 대한 비방으로까지 비화하게 되었다. 즉, 『열하일기』는 명나라의 숭정(崇禎) 연호를 쓰지 않고 강희(康熙)·건륭(乾隆) 등 청나라의 연호를 그대로 썼으므로, 명나라에 대한 의리를 망각하고 오랑캐인 청을 추종하는 '노호지고'라는 것이었다. 『과정록』에 의하면, 『열하일기』에 대한 이 같은 비방 사건은 연암과 경쟁 관계에 있던 문인 유한준(兪漢雋, 1732~1811, 호 창애蒼厓)이 배후 주동이 되어 일으킨 것이라 한다. 유한준은 일찍부터 자못 문명을 얻고 있었으나 연암으로부터는 인정을 받지 못하여 항상 불만이던 차에, 연암이 문체로 인해 정조의 견책을 받는 한편 장차 중용될 것 같자 이를 질투한 나머지 때마침 나도는 '호복임민'의 유언비어에 가세하여 '노호지고'의 넉 자로써 그의 일당을 사주해 파란을 조장했다는 것이다.[144]

유한준은 노론 명문가인 기계 유씨(杞溪兪氏) 집안 출신으로, 그의 고조는 병자호란 당시 척화파로 유명한 충간공(忠簡公) 유황(兪榥)이다. 증조는 우암 송시열의 문하생으로 당쟁 끝에 우암이 사사(賜死)되자 평생 은거하여 출사하지 않았으며, 조부도 무신란 이후에야 기용되어 현감을 지냈을 뿐이고, 부친 역시 평생을 포의로 지냈다. 유한준은 이와 같이 비타협적인 당론을 지지하여 불우해진 집안의 출신이었던 만큼, 노론의 당파적 의리에 매우 투철했다. 한편으로 그는 봉록(鳳麓) 김이곤(金履坤)과 뇌연(雷淵) 남유용(南有容)의 문하에서 문학 수업을 했으며, 과거에 누차 응시했으나 진사에 그쳤다. 음보(蔭補)로 출사한 후 관운은 그다지 좋은 편이 못 되었으나 일찍부터 고문의 대가라는 평판을 얻었으며, 주위로부터는 '일

세를 독보(獨步)하는 문단의 거장'으로까지 추앙받았던 인물이다.[145]

젊은 시절의 유한준은 사장파(詞章派)의 입장에서 문예의 독자적 가치를 옹호하면서, 이러한 문예의 모범을 진(秦)·한(漢)의 고문에 두는 의고문주의자(擬古文主義者)였다. 즉, 그는 도(道)와 문(文)의 일치를 주장하는 성리학적 문학론에 반대하고, 문은 기(氣)로써 주(主)를 삼으며 기가 문을 통솔하지 못하면 문이 비속하고 나약해진다는 견지에서, 문예의 모범은 이러한 기가 유례없이 창성한 사마천과 반고의 문장이지 육경이나 성리서(性理書)는 아니라고 보았던 것이다. 따라서 유한준은 진·한의 고문을 모방하는 데 진력하여 사마천과 같이 도도하고 기운찬 문장을 구사한다는 칭송을 들었으나, 그를 아끼는 주위의 인사들로부터 수사(修辭)에 치중하고 도학을 경시한다는 비판을 받기도 했다. 이 같은 주위의 영향으로 만년의 그는 마침내 성리학적 문학관에 귀의하여 철저한 신봉자가 되었다.[146]

연암과 유한준은 가문과 교유상의 얽히고설킨 연고로 인해 젊은 시절부터 교분이 있었던 것으로 보인다. 이는 또한 젊은 시절의 연암이 유한준에게 답한 편지가 『연암집』에 아홉 편이나 수록되어 있는 사실로도 미루어 알 수 있다. 그러나 다른 한편 이 편지들은 법고창신을 주장하는 연암과 의고주의를 고수하는 유한준 사이에 일정한 대립이 있었음을 보여 주고 있다. 특히 유한준이 글을 지어 보내어 평을 청한 데 대한 답서에서 연암은 다소 혹독한 비평을 내린 바 있다.

> 文章儘奇矣. 然名物多借, 引據未襯, 是爲圭瑕, 請爲老兄復之也. …官號地名, 不可相借. 擔柴而唱鹽, 雖終日行道, 不販一

薪. 苟使皇居帝都, 皆稱長安, 歷代三公, 盡號丞相, 名實混淆, 還爲俚穢. 是卽驚座之陳公, 效顰之西施.

문장이 몹시 기이하다 하겠으나, 사물의 명칭에 빌려 온 것들이 많고 인용한 전거들이 적절치 못하니 그 점이 옥의 티라 하겠기에, 노형을 위해 아뢰는 바요. …벼슬 이름이나 지명은 남의 나라 것을 빌려 써서는 안 되오. 땔나무를 지고 다니면서 소금을 사라고 외친다면 하루 종일 길에 다녀도 땔나무 한 다발 팔지 못할 것이오. 이와 마찬가지로 황제가 거처하는 곳이나 제왕의 도읍지를 모두 '장안'(長安)이라 일컫고 역대의 삼공(三公)을 모조리 '승상'(丞相)이라 부른다면, 명칭과 실상이 뒤죽박죽되어 오히려 속되고 지저분해지고 말지요. 이는 곧 좌중을 놀라게 한 가짜 진공(陳公)이나 눈 찌푸림을 흉내 낸 가짜 서시(西施)와 같소.[147]

이와 같이 연암은 유한준의 글이 시대적 현실의 차이를 무시하고 고전에 나오는 용어와 고사를 차용하기에 급급한 점을 비판하고 나서, 오늘날의 속어를 적극 활용하여 독창적인 표현을 추구해야 한다고 주장했다. "글 짓는 사람은 아무리 명칭이 지저분해도 이를 꺼리지 말고, 아무리 실상이 속되어도 이를 숨기지 말아야 하오. 맹자가 이르기를, '성은 같이 쓰지만 이름은 제각기 쓰는 것이다'라고 했소. 그러니 또한 '문자는 같이 쓰지만, 글은 홀로 쓰는 것이다'라고 하겠소"라고 했다.[148]

문학관뿐만 아니라 대청(對淸) 인식에서도 유한준은 연암과 뚜렷한 대립을 보여 주고 있다. 예컨대 1752년에 지은 「송종형지헌공부연서」(送從兄持憲公赴燕序)에서 그는, 영조가 진하사(進賀使)의 서장관인 그의 종형 유한소(兪漢蕭)에게 청나라에서 금서로 되어 있는 여유량(呂留良, 1629~1638, 호 만촌晚村)의 저서를 구입해 오라는 밀명을 내린 데 대해 감격적인 어조로 찬양하고 있다. 즉, 그는 "오호라! 명이 망한 후 사해(四海)가 청나라에 조회(朝會)하는데 오직 조선만이 마음으로는 복종하지 않았으므로, 대궐의 동쪽에 대보단(大報壇)을 세워 삼제(三帝: 명 태조·신종·의종)를 제사지내니, 천하가 그 의리에 감화되었다"고 하면서, "우리나라가 나라는 작고 힘이 약해 마침내 천하에 뜻있는 사업을 할 수는 없"지만 명을 사모하는 정성만은 열렬하여 임금의 이런 하교가 있게 되었다는 것이다.[149]

　　유한준은 1787년 그의 족부(族父)인 유언호(兪彦鎬)가 동지 겸사은사(冬至兼謝恩使)로 연행할 때 증정한 송서(送序)에서도, 지금 청이 조선 사신을 융숭하게 대우하는 것은 결코 조선을 예의지국으로 존중해서가 아니라는 점을 강조했다. 그리고 조선에 비우호적인 황자(皇子) '통치선우'(通齒單于)가 즉위하게 되면 무슨 일이 벌어질지 예측할 수 없다며, 청나라의 정세에 대해 심히 우려하고 있다.[150]

　　『열하일기』를 '노호지고'라고 모함한 유한준의 비방은 이와 같은 그의 경직되고 적개심에 찬 대청 인식의 소산이었다. 초기의 의고주의적 사장파의 입장으로부터 성리학적 도문일치론자로 변신해 간 유한준의 보수적 문학관과 적대적인 대청관에 비해 볼 때, 연암은 같은 노론계임에도 불구하고 문학사의 새로운 동향과 청나라의 선진 문물 수용에 대해 진취적이고 포용력 있는 태도를 지녔음이 한층 선명하게 부각된다. 바로 이러한 양자 간의 문학관 및 현실 인식상의 근원적인 대립이 『열하일기』에 대한 비방 사건으로 분출하게 되었던 것이다.

당시 물의를 빚고 있던 이러한 비방 사건에 맞서, 연암은 처남 이재성에게 보낸 편지에서 다음과 같은 논지로 자신의 입장을 옹호했다. 우선 『열하일기』는 기행잡록(記行雜錄)에 불과하므로 이를 사필(史筆)의 경우처럼 춘추 의리로써 논단함은 옳지 않다. 또한 토지나 가옥을 매매할 때처럼 일상생활에서는 편의상 소위 노호(虜號)를 널리 쓰고 있는 실정이다. 뿐만 아니라 청나라 연호 사용의 미묘한 문제에 대해서는 물의를 염려하여 『열하일기』의 첫머리인 「도강록」의 서문에서 미리 해명해 둔 바 있다.

만약에 연행록의 제목으로 '열하'(熱河)라는 오랑캐 땅의 지명을 붙였다고 트집 잡는 것이라면 이는 더욱 부당하다. 중국이 오랑캐의 땅이 된 것은 오늘날뿐만이 아닌데, 그렇다면 그런 경우 모조리 오랑캐로 간주하여 당시의 지명들을 일절 사용하지 말았어야 옳다. 그리고 지금 중국이 오랑캐에게 점령되었다 해도 그 성곽과 인민, 궁실과 정덕(正德)·이용(利用)·후생(厚生)의 도구, 최(崔)·노(盧)·왕(王)·사(謝)의 명문 씨족, 관중(關中)·낙양(洛陽)·복건(福建) 지방의 학문(즉 성리학)은 훌륭히 계승되고 있으므로, 이에 관해 남김없이 저술하여 나라의 이용이 되게 해야 한다. 요컨대 연암은 자신의 지론인 '청조와 청조 문물의 분리론'에 입각하여 청조 문물의 적극적인 수용을 다시금 역설하는 것으로 결론을 삼고 있는 것이다.[151]

이상에서 『열하일기』의 문체로 인한 파동과 문단의 비판적 반응을 살펴보았거니와, 끝으로 이 같은 시련 속에서 연암의 만년(晩年) 문학이 어떻게 변모되어 갔는지를 검토해 보고자 한다. 앞서 살펴본 것처럼, 문체로 인해 국왕의 견책을 받은 대다수의 문인들은 그에 순응하여 즉각 변신하는 기민성을 보였다. 이는 그들의 경우 새로운 문체의 구사라는 것이 한갓 유행과 취미의 차원에 속하는 것일 뿐, 현실 문제에 대한 고뇌와 새로운 사상의 모색에서 우러나온 필연적 소산이 아니었기 때문이다. 그리하여 남공철·김조순·이상황·심상규 등은 충실한 문이재도론자(文以載道論者)가 되어 순조 이후의 관각문학(館閣文學)을 주도해 나갔다.

그중 남공철은 젊은 시절에 연암을 종유하면서 참신한 문체와 진보적인 문학론에 영향을 받았던 인물이다. 그가 이덕무·박제가와 함께 박남수의 집에 모여 연암이 낭독하는 『열하일기』를 경청했던 사실은 이미 언급하였다. 또한 1784년경 남공철은 이덕무에게 보낸 초대 편지에서도 "박미중(朴美仲: 연암) 선생도 그대가 온다는 말을 들으면 얼른 합석하실 터입니다. 더욱이 그분으로부터 열하에 관한 기이한 견문을 듣고 『청비록』(淸脾錄)을 확충한다면 이 또한 운치 있는 일이겠지요"라고 하였다. 그 뒤 유득공과 함께 연암을 방문하고 지은 시에서도 "오로지 『열하기』(熱河紀) 3권이 있어 그대 성명 천하에 전할 줄 알겠노라"라고 격찬하는가 하면, 「만주미인도」(滿洲美人圖)에 붙인 글에서는 「곡정필담」 중의 한 대목을 인용하고 있어, 『열하일기』로부터 적지 않은 영향을 받았음을 드러내고

있다.[152]

하지만 남공철은 책문에서 '고동서화'라는 패관소품적인 표현을 사용했다는 이유로 정조의 엄중 문책을 받은 후로는 근신하여 명·청 소품문을 본뜬 문체를 척결하기에 힘썼다.[153] 예컨대 규장각 초계문신 시절에 남공철은 교서관 교리 성대중과 문장에 관해 논한 편지에서, 삼대(三代) 이후 도와 문이 분리되었기 때문에 『시경』 『서경』 『역경』과 같은 훌륭한 문학이 다시는 나오지 않게 되었다면서, 이러한 삼대의 옛 경전과 같은 경지가 너무 고원하다 해서 기이한 것만 숭상한다면 이는 '도(道)의 죄인'이 되는 것인즉, 문장을 지으면서 이러한 경전들을 좇아 섬기면 바라는 경지에 거의 도달할 수 있다고 하여, 진부한 도문일치론을 되풀이하고 있을 따름이다. 또한 자찬(自撰) 묘지명에서도 남공철은 그의 평생을 돌아보며, "문예 창작에서는 사마천과 한유와 구양수의 책을 몹시 즐겨 읽었으며, 패관소설을 힘껏 배척함을 자신의 소임으로 삼았다"고 술회하였다.[154]

정조의 문예정책에 호응하여 가장 빛을 본 문인은 서얼 출신의 성대중이었다. 그는 과거 급제 후 공령체(功令體)를 버리고 고문으로 나아가, 진·한 시대의 글이 아니면 배우지도 않았다고 하는 철저한 의고문주의자(擬古文主義者)로서, 그의 문학론은 정조의 복고적 문학론과 거의 그대로 일치하고 있다. 즉, 그는 고문(古文)과 금문(今文)을 획일적으로 구분하고 후자를 부정 일변도로 특징지은 다음, 이 같은 금문을 고문의 경지로 진작시키려면 육경을 근본으로 하면서 제자백가서(諸子百家書)를 참조하고, 진·한 고문, 한유와 소식의 고문, 정주서(程朱書)의 장점들을 흡수해야만 한다고 주장했다. 또한 고문에서 절대로 구사해서는 안 될 것으로 패사체(稗史體), 어록체, 속어투와 해학조(諧謔調)를 들고, 이 세 가지 문체를 제거하지 않으면 고문은 부흥될 수 없다는 것이 그의 평소 지론이었다고 한다.[155] 또한 성대중은 순정한 문체로 정조의 인정을 받고 북청 부사에 특별 임명된 데 감사하여 지어 바친 「감은시서」(感恩詩敍)에서도 육경을 최고의 전범으로 삼는 동일한 문학론을 피력하였다. 이와 같은 성대중의 문학론이 연암의 법고창신론과 정면으로 대립하는 것임은 말할 것도 없다.

그러나 이들과는 달리, 견책 처분을 입었음에도 불구하고 정조의 문예정책과 배치되는 문체를 쉽사리 포기하지 못한 예외적인 경우도 없지 않았다. 예컨대 박제가는 자송문으로 지어 바친 「비옥희음송」(比屋希音頌)의 서문에서 자신의 문체에 대한 변호를 시도하고 있어 주목된다. 여기에서 그는 규장각에서 보내온 공문 중에 "잘못을 고쳐 스스로 혁신하라"(改過自新)고 한 구절을 중심으로 변론을 펼치고 있다. 즉, 자신의 학문이 지극하지 못한 것은 실로 잘못이나, 본성이 남과 다른 것은 잘못이 아니라는 것이다. 이를 음식에 비유해 말하자면, 소금과 매실과 개자(芥子)와 차의 맛이 각각 다른 것이나 마찬가지이다. 짜지도 시지도 맵지도 쓰지도 않다고 해서 소금과 매실과 개자와 차를 각각 문책한다면 옳지만, 소금이 소금답고 매실이 매실다우며 개자가 개자답고 차가 차다운 것을 문책한다면 천하의 맛이란 모조리 없어지게 되듯이, "문장의 도(道)란 일정한 규율로 논의할 수는 없다"는 것이다.[156] 이처럼 박제가는 창조적 개성을 내세워, 소위 순정한 문체로의 획일화에 소극적으로나마 저항했다.

앞서 언급한 대로 연암은 남공철의 편지를 통해 정조의 하교를 통고받고도 남공철에게 정중한 답서를 보낸 외에는 따로 자송문을 진상하지 않았다. 그러나 그 후로도 정조는 연암에 대해 계속 관심을 표명하여, 이덕무가 병사하자 어명으로 그의 문집을 간행토록 하면서 연암에게 그의 행장(行狀)을 지으라는 특명을 내렸다. 또한 연암이 면천 군수로 임명되어 사은차(謝恩次) 입시했을 때, 정조는 "너의 재주에 대해 들은 지 오래였으나 아직 한 번도 시험해 보지 못했다. 너의 문체는 지금 과연 개선되었느냐"고 물은 뒤에 "너와 같은 재주를 가지고 하필이면 이 같은 문체를 구사하려는가. 방금 좋은 소재가 있어서 너를 시켜 글 한 편을 짓게 하려 한다"고 하면서, 최근 제주도 사람 이방익(李邦翼)이 해상을 표류하다 중국 각지를 전전한 끝에 극적으로 귀환한 사건을 친히 설명하고 이를 글로 짓도록 지시했다. 연암은 이러한 어명에 따라 「서이방익사」(書李邦翼事)를 지어 바치고 정조의 칭찬을 받았다고 한다.[157]

뿐만 아니라 1799년(정조 23년) 봄에 연암은 농업 장려를 위해 널리 농서(農書)를 구한다는 정조의 윤음을 받들어 『과농소초』와 부록으로 「한민명전의」(限民名田議)를 진상했다. 『과농소초』는 연암이 연암협 은둔 시절에 서광계(徐光啟)의 『농정전서』(農政全書)를 비롯한 중국과 우리나라의 농서들을 두루 구해 읽고 초록해 둔 것에다가 1780년 중국 여행 중에 관찰한 중국의 선진적인 농사법과 농기구, 수리(水利) 시설 등에 관한 지식을 보태어 엮은 것이다. 「한민명전의」는 지방 수령으로서의 다년간의 치정(治政) 경험을 바탕으로 농업 문제의 근본 모순을 토지 소유 제한을 통해 해결하는 방안을 제시한 것이었다. 정조는 『과농소초』에 대해 '좋은 경륜문자(經綸

文字)'를 얻었다고 칭찬하고 장차 농서대전(農書大全)의 편찬은 연암에게 맡겨야 되겠다고까지 말했다고 한다.[158] 이 밖에 연암은 당시 좌승지였던 이서구의 요청으로 정유왜란 당시 공로를 세운 명나라 장수 양호(楊鎬)와 형개(邢玠)의 제문(祭文)을 대작(代作)했는데, 이때에도 연암이 이를 짓게 하라는 정조의 은밀한 지시가 있었다고 한다.[159]

이와 같이 정조가 문단의 거물인 연암에게 자신의 문예정책에 부응하도록 부단한 관심을 기울이는 가운데, 연암의 글에서도 예전의 작품들에서는 볼 수 없었던 변화의 조짐이 나타나는 것은 사실이다. 우선 주목되는 것은 안의 시절 이후 연암이 육지(陸贄)의 상주문(上奏文)과 주자의 서간문을 애독했다는 점이다. 이는 정조가 문장의 모범으로 존중해 마지않은 글들로, 그 때문에 정조는 『육주약선』(陸奏約選) 『육고수권』(陸稿手卷) 『주자회선』(朱子會選) 『주자선통』(朱子選統) 『주서백선』(朱書百選) 『주자서절약』(朱子書節約) 등을 잇달아 편찬하게 했던 것이다.[160]

안의 현감 시절에 연암이 이웃 고을 수령인 단성(丹城) 현감을 상대로 기민(飢民)을 올바로 구휼하는 문제에 대해 논한 「답단성현감이후논진정서」(答丹城縣監李侯論賑政書) 같은 편지는 그 간명하고 준절한 논조가 주자의 서간문을 방불케 한다. 그러므로 이를 읽어본 사람들은 "주자의 글과 같은 법도가 있다"고 칭송했으며, 이재성도 "선생이 평소 육선공(陸宣公: 육지)을 몹시 즐겨 읽으셨는데 지금 이 편지를 읽어 보니 특히 자양(紫陽: 주자)과 닮은즉, 그렇다면 자양부자(紫陽夫子)도 육선공의 글을 좋아하셨던 게 아닐까"라고 평했던 것이다.[161] 『과정록』에서 박종채가 연암의 문학적 생애를 초년·중년·만년으로 구분하면서, "만년에는 가의(賈誼)와 육지의 상주문과 주자가 정사(政事)를 논한 서간문을 가장 좋아하시어 공무로 쓰거나 사적으로 쓴 편지들이 대부분 그 영향을 받았다"고 한 것도 그 같은 사정을 증언한 것이라 할 수 있다.[162]

이러한 사실을 보면 연암의 문학이 『열하일기』로 인한 일련의 파란에 영향받아 점차로 보수화되어 간 듯한 인상을 받게 된다. 하지만 과연 그렇다고 해서 연암의 문학이 본질적으로 변모했다고 보아야 하는가. 이 점은 재고의 여지가 있다. 앞서 주자의 서간문의 영향을 드러내고 있는 글로 「답단성현감이후 논진정서」를 들었거니와, 거의 동시에 쓴 「답대구판관이후 논진정서」(答大邱判官李侯論賑政書)는 전자와 매우 대조적인, 연암 특유의 해학적인 필치로 되어 있음을 볼 수 있기 때문이다. 이 편지에서 연암은 대구 판관 이단형(李端亨)이 기민(飢民) 구제의 고충을 토로하는 편지를 보내온 데 대해 은근히 나무라고, 그 고충을 억지로 참으려면 얼굴부터 찡그려져 "두 눈썹 사이에 내 '천'(川) 자가 그려지고 이마 위에는 북방 '임'(壬) 자를 그리게 될 터인즉", 그러지 말고 기민 구제 사업을 즐기라고 하면서, 이 편지를 받아 보게 되면 "그대도 필시 입 안에 머금은 밥알을 내뿜을 정도로 웃음을 참지 못할 터이니, 나를 '소소선생'(笑笑先生: 껄껄선생)이라 불러 준대도 사양하지 않겠소"라고 끝맺고 있는 것이다.[163]

또한 정조의 어명을 받들어 지은 이덕무(자 무관懋官, 호 형암炯菴)의 행장에서도 연암은 고인의 문학적 생애를 평하는 가운데 은연중 자신의 종래 문학관을 피력하고 있다. 여기서 유의할 것은, 현전하는 「형암행장」(炯菴行狀) 중 왕명으로 간행된 『아정유고』(雅亭遺稿)에 수록된 글과 『연암집』에 수록된 글이 내용상 상당한 차이를 드러내고 있다는 사실이다. 『아정유고』 중의 행장에서 연암은 "무관은 유학자로 자처한 적이 없지만, 그의 행실을 공정히 논하자면 정주(程朱)의 문호(門戶)를 근실히 지켜 조금도 어긋나지 않았으며, 문장을 지을 때에도 눈부신 화려함으로 치닫기를 추구하지 않고 말과 이치가 잘 통하고 묘사도 간결하여 스스로 일가를 이루었다"고 평하고 있다.[164] 즉, 성리학을 신봉하는 이덕무의 유학자다운 인품을 반영하여 그의 문학도 담백하고 간명했던 것으로 칭송하고 있는 것이다.

그런데 아마도 연암의 초고에 더 가까운 것으로 보이는 『연암집』 중의 「형암행장」에서는 이와 달리, 이덕무의 문학이 성취한 고도의 사실성(寫實性)과 독창적 표현을 주로 칭송하고 있다. "문장을 지을 때면 반드시 옛사람의 취지를 추구하되 답습하거나 거짓으로 꾸며서 표현하지 않았으며, 한 글자 한 구절도 모두 인정과 도리에 접근하여 진경(眞境)을 그려 냈으니, 한 편 한 편이 모두 묘미가 곡진하여 읽어 볼 만하였다"는 것이다. 그리고 "문장을 지을 때에는 제자백가의 책에서 널리 취재하여 스스로 일가를 이루었고, 독창적인 경지를 홀로 추구하고 진부한 것을 따라 배우지 않았다. 기이하고 날카로우면서도 진실되고 절실함에서 벗어나지 않았으며, 순박하고 성실하면서도 졸렬하거나 평범한 수준으로 떨어지지 않았으니, 수백 수천 년이 지난 뒤라도 한번 읽어 보기만 하면 완연히 눈으로 보는 것과 같을 것이다"라고 하여, 독창성과 사실성을 거듭 강조하고 있다.[165] 요컨대 연암은 『아정유고』에 수록된 공적인 행장에서는 공공연히 밝힐 수 없었던, 이덕무의 문학에 대한 자신의 진정한 가치 평가를 여기에서 드러낸 것이라 생각된다.

앞서 언급했듯이 연암은 삼종형 박명원의 묘지명을 비롯하여 「형암행장」「서이방익사」『과농소초』 등 여러 차례에 걸쳐 어명으로 글을 지어 바쳤다. 그중에서 특히 『과농소초』는 누차 정조의 칭찬을 받았는데, 이는 경세제민에 기여하는 실용적인 논의를 순정하고 유창하며 사리에 맞게 표현한 때문일 것이다. 그러므로 김택영은 연암이『열하일기』의 문체에 대해 속죄하는 뜻으로 이같이 순정한 글을 지어 바쳤다고 보기도 했다.[166] 하지만 이런 평가를 받은 『과농소초』에서조차 속어를 대담히 구사하는 등 종래의 연암 문학다운 특성이 불식되지 않은 점은 주목할 만하다. 정조의 윤음을 받들어 지어 바친 김상임(金相任)의 농서(農書)에 붙인 발문에서 남공철이, 수백 종에 달하는 농서 중 "세간에서는 유한준과 박지원의 저작을 가장 유명하다고 일컫지만, 유한준은 문장이 기묘하고 웅장하나 실무에 어둡고, 박지원은 속어를 섞어 써서 자못 염증이 난다"고 비판한 것은 바로 그러한 측면을 지적한 것이라 할 수 있다.[167]

이상에서 살핀 바와 같이 연암은 그의 회심의 역작인『열하일기』로 인해 당시 문단으로부터 찬사와 비난이 뒤섞인 커다란 반향을 불러일으키게 되었다. 그중에서도『열하일기』를 친람(親覽)한 정조가 이를 자신의 문예정책에 크게 위배되는 저술로 보아 견책 처분을 내린 사건은 연암에게 적지 않은 영향을 끼쳤을 것이 분명하다. 따라서 안의 시절 이후 연암의 만년 문학에서 육지의 상주문과 주자의 서간문의 영향이 일부 감지되는 것은 그러한 변화의 조짐으로 해석될 수도 있을 것이다. 그러나 이러한 다소의 변모 양상에도 불구하고, 일찍이『열하일기』에서 성취된 연암 문학의 특질은 의연히 보존되고 있는 것도 또한 부인할 수 없는 사실이라 하겠다.

6장 | 결론

『열하일기』는 조선 후기의 대문호이자 실학의 일파인 북학파의 중심인물 연암 박지원의 문학을 대표하는 저작으로서, 조선 시대 한문학의 유산 중 근대 지향적인 성격이 가장 뚜렷한 작품이라 할 수 있다. 그럼에도 불구하고 연암 문학에 대한 종래의 연구는 이른바 한문소설에 속하는 몇몇 단편적인 작품들 위주로 이루어져 왔으며, 반면에 연암의 필생의 역작인 방대한 규모의 『열하일기』에 대해서는 깊이 있는 논의가 이루어지지 못한 실정이다. 이에 본서에서는 한문 '소설'만이 아닌 연암 문학의 전체적인 맥락을 염두에 두면서, 한편으로 17세기 이후 조선조 말까지 이어져 온 연행록의 전통과, 다른 한편 연암과 함께 활동한 북학파 인사들의 대표적 저술들과의 관련성에 비추어 『열하일기』를 다각도로 고찰해 보았다.

① 연행 이전의 연암 문학은 『열하일기』에서 더욱 발전된 형태로 나타나는 사상적·문예적 특질들을 다분히 함축하고 있다. 「양반

전」을 포함한 9편의 전으로 이루어진 『방경각외전』은 연암의 초기 문학을 대표하는 것으로, 『사기』의 영향을 뚜렷이 드러내고 있다. 이 작품들에서 연암은 무명의 하층 민중들을 입전(立傳)의 주 대상으로 삼아 그들의 건실한 삶을 사실적으로 묘사하는 한편, 이에 비추어 양반들의 윤리적 타락상을 신랄하게 풍자하고 있다. 그 결과 『방경각외전』은 소설적인 형상화, 우언적(寓言的)인 문답체, 해학조와 속어투 등 종래의 인습적인 전들에서는 보기 드문 파격적인 경향을 보여 주고 있다.

번민 끝에 과거를 포기한 후 한양 전동(典洞)의 우사(寓舍)에 은거해 있던 시기의 연암은 '법고창신'(法古創新)을 골자로 한 특유의 문학론을 정립하고, 이에 따른 참신한 소품 산문들을 왕성하게 창작했다. 고문의 참 정신을 본받아 당대의 현실을 창의적으로 표현해야 한다는 그의 문학론은 각기 '법고'와 '창신'에만 치우친 명(明) 칠자(七子)의 의고주의 문학과 만명(晩明)의 공안파 문학의 폐단을 이론적으로 극복하고 있을 뿐 아니라, 조선한문학에 있어 민족문학적 개성의 추구를 역설한 점에서 높이 평가되어야 할 것이다. 이와 아울러 전동 시절에 창작된 그의 산문들은 작자의 개성과 생활상을 사실적이고 해학적으로 그리고 있는가 하면, 역설적인 논리와 우언적인 수법 등에서 『장자』의 영향을 적지 않게 보여 주고 있다. 뿐만 아니라 우정을 논한 산문들에서는 서학서인 마테오 리치의 『교우론』의 영향도 엿볼 수 있다.

1780년(정조 4년) 청 건륭제의 70회 탄신을 축하하기 위한 진하 겸 사은사가 파견되자, 연암은 팔촌형인 정사 박명원의 자제군관으로 사행에 참여해서 북경뿐 아니라 그 이전의 조선 사행이 한 번도

가본 적 없던 열하까지 다녀올 수 있었다. 마침 당시 열하에는 건륭제의 초청으로 티베트 불교의 지도자 판첸 라마가 방문하여 타실훈포사에 묵고 있었다. 조선 사행은 황명에 의해 강제되어, 판첸 라마를 예방하고 그로부터 동불(銅佛) 등을 하사받았다. 또한 황제가 피서산장에서 판첸 라마를 위해 베푼 연회와 만수절의 하례식에 참석하는 한편, 황제와 판첸 라마가 동석한 가운데 공연된 만수절 축하 연회 '구구대경'(九九大慶)과 불꽃놀이·등불놀이 등을 관람하기도 했다.

연암은 자신보다 먼저 중국을 다녀온 김창업 등 선배 문인과 홍대용·이덕무·박제가 등 우인들의 연행 경험을 충분히 숙지한 위에서 연행에 나섰다. 그에게 연행이란 단순한 유람이 아니라, 우인들과 함께 연구하고 토론했던 바를 현지에 가서 확인해 본다는 '실사구시'의 의미를 지닌 것이었다. 또한 연암은 사행에 동참한 대다수 인사들과 달리 적대적인 대청관(對淸觀)에서 벗어나 중국의 실정을 적극적으로 탐구하고자 했다. 그는 청나라의 발달한 문물에 접할 적마다 조선의 후진성을 극복할 수 있는 방도를 모색했으며, 거인(擧人) 왕민호(王民皞) 등과 친밀하게 교유하면서 청나라의 새로운 지적 동향을 파악하려고 애썼다.

연암은 중국의 실정을 제대로 관찰하기 위한 그 나름의 방법론을 지니고 있었다. 그는 연행할 때 '다섯 가지 망령된 처신과 여섯 가지 불가한 일'(五妄六不可)을 피해야 한다고 역설했다. 외국인으로서 단기간의 여행 중에 중국의 실정을 파악하는 것이 얼마나 어려운지를 먼저 자각해야 한다는 것이다. 뿐만 아니라 중국인들과 대화를 시도하면서 연암은 만주족의 지배하에 억눌린 한인(漢人) 사대부들의 진심을 엿볼 수 있도록 용의주도한 필담술을 구사하였다.

『열하일기』는 여느 연행록처럼 유람의 부산물이 아니라, 이와 같은 뚜렷한 목적의식과 남다른 노력의 소산이었다. 연암은 귀국 직후 저술에 착수하여 1783년에 일단 『열하일기』를 탈고했다. 그런데 현전하는 『열하일기』의 이본들을 검토해 보면, 그 어느 것이나 『열하일기』의 정본이라 하기 어려울뿐더러 상호 간에 의미심장한 차이를 드러내는 부분이 적지 않음을 알 수 있다. 즉, 이러한 이본들은 편차상의 부분적 착종(錯綜), 본문 중에 언급된 일부 작품들의 누락, 같은 내용의 중출(重出) 내지 부연(敷衍), 서술상의 일부 오류와 미완성 부분 등 공통적인 미비점들을 드러내고 있다. 게다가 일부 이본들에서는 양반의 체모에 다소 어긋나는 연암의 소탈한 언동을 솔직하게 표현한 대목, 여성들의 아름다운 외모나 중국의 남성 동성애 풍속 등과 관련된 외설적인 묘사, 당시 조선의 반서학(反西學)·반청(反淸) 풍조에 저촉될 우려가 다분한 내용, 지나친 소설식 세부 묘사나 해학적 표현들에 대해 수정을 가한 경우가 적지 않게 발견된다.[1]

이러한 사실들은 연암이 『열하일기』를 일단 탈고한 연후에도 누차 이를 수정·보완하고자 노력했으리라는 점을 말해 준다. 특히 국왕 정조로부터 『열하일기』의 문체로 인해 견책을 받는 등 파란을 겪게 된 이후에는 가급적 물의를 피하고자 문제가 될 듯한 부분들을 손질했을 것으로 추측된다. 그러나 연암은 이와 같이 개고(改稿)를 거듭한 『열하일기』를 자신의 손으로 교열·간행하지는 못한 채 타계하고 말았다. 이 때문에 현전하는 이본들에는 공통적인 미비점들이 남게 된 것이며, 또한 그의 생전부터 다양한 경로로 유포되기 시작한 필사본들과 이를 바탕으로 한 후대의 신활자본 등 여러 이본 간에 부분적인 차이가 나타나게 되었던 것으로 보인다.

[2] 『열하일기』는 청조 중국의 현실에 대한 연암의 견문과, 이에 기초하여 전개된 그의 북학론으로 그 내용을 재구성해 볼 수 있다. 연암은 종전의 연행 인사들과는 달리, 국경 도시인 열하까지 여행하는 행운을 누렸을 뿐 아니라, 남다른 열의와 식견을 가지고 청조 문명과 동아시아의 국제 정세를 관찰했다. 그리하여 『열하일기』에서 연암은 청조의 번영과 안정의 이면에는 한인(漢人)의 민족적 저항과 몽골·티베트 등 주변 이민족들의 발호를 제압하려는 고심에 찬 노력이 경주되고 있음을 꿰뚫어 보고 있다. 또한 그는 상업을 중심으로 청조 문물의 발달상을 다각도로 증언하면서, 이로부터 조선의 낙후된 경제 현실을 타개할 구체적인 방안들을 끌어내고 있다.

한편 연암은 고염무(顧炎武)·주이준(朱彝尊)·모기령(毛奇齡)·전겸익(錢謙益)·왕사정(王士禎) 등을 중심으로 한 청조의 고증학풍과 문단 동향에 대해서도 소개하고 있다. 뿐만 아니라 서학에 대해서도 소개하면서 『기하원본』이나 『천주실의』의 영향을 은연중에 드러내고 있다. 이와 관련하여 피력된 연암의 학문관과 문학론은 자신의 사상적 주체를 견지하면서도 새로운 사조에 대해 개방적 자세를 잃지 않는 그의 일관된 태도를 잘 보여 주고 있다.

『열하일기』에서 제시된 연암의 북학론은 청조 문물의 적극 수용을 근간으로 한 부국강병책으로서, 청(淸)은 비록 '이'(夷)이나 중화 문명을 계승·보존하고 있는 그 문물은 '화'(華)로 보아야 한다는 논리를 전제하고 있다. 이와 같이 화이(華夷) 변별의 기준으로 인종적·지리적 측면보다 문화적 측면을 강조하는 문화 중심적 화이관을 전제하고 있는 점에서, 그의 북학론은 조선은 비록 '이'이지만 그 문물은 '화'라는 북벌론자들의 소중화주의와 일맥상통하고 있다. 또한 연암은 당시 중국인의 의관이 '호속'(胡俗)으로 변한 것을 개탄하면서도, 명나라의 유제(遺制)를 보존하고 있다고 자부하는 조선의 의관 제도에도 호속이 남아 있으므로 이를 개혁해야 할 것이라 하여, 우암 학파의 주장에 연원을 둔 의관 제도 개혁론을 피력하고 있다. 이와 아울러 고대의 북방 영토와 실지 회복에 대한 깊은 관심 등을 볼 때, 북학론은 흔히 인식되고 있는 것처럼 북벌론과 전적으로 대립하는 것이라기보다는, 청이 세계적인 대국으로 발전하는 새로운 국제 정세에 직면하여 좀 더 현실적인 부국강병책을 제시한 점에서 종래의 북벌론을 비판적으로 계승하고 있다고 할 수 있을 것이다.

연암의 북학론은 이를 뒷받침하고 있는 연암 특유의 사유 구조로 인해, 다른 북학파 인사들의 주장에서는 보기 힘든 커다란 계몽적 효과를 거두고 있다. 연암은 사물을 인식할 때 선입견과 감각에 좌우되지 않는 차분한 마음가짐(冥心)과, 광대무변하고 변화무쌍한 현실 세계를 편견 없이 탐구하려는 개방적 자세를 강조한다. 또한 그는 관점에 따른 인식의 상대성을 철저히 자각한 위에서, 관점의 대담한 전환을 통해 자기중심적인 편협한 사고로부터 탈피할 것을 역설하고 있다. 지구중심적인 종래의 비과학적 천문학설을 타파한 그의 지구지전설, 그리고 청조 문물의 발달을 직시할 뿐 아니라 이를 가능케 한 배후의 추동력인 철저한 이용후생의 정신을 배울 것을 주장한 '중국 제일 장관론' 등은 모두 이러한 인식론적 견해를 구체화한 것이라 할 수 있다.

이와 같은 연암의 사유 구조는, 사물의 차별성을 관점의 차이에 따른 가상(假象)으로 간주하고 광활한 우주에 비해 인간과 중국과 지구의 왜소함을 강조하면서 만물을 평등하게 인식하고자 한 도가 사상에 깊이 영향받은 것으로 보인다. 한편 연암은 '천'(天)이 장인(匠人)처럼 만물을 질서 있게 창조했다는 『천주실의』의 주장을 비판하고, 정자와 주자처럼 '맷돌'의 비유를 들어 만물은 무질서하게 자연적으로 발생할 뿐이라고 주장했다. 이처럼 그는 도가 사상과 주자학적 우주론을 매개로 해서, 무한한 우주 공간에서 지구가 스스로 회전한다는 진보적인 천문학설을 받아들였다.

연암은 매사를 선험적인 '리'(理)로써 설명하려는 경직된 주자학적 사고를 비판하기도 했다. 하지만 그의 독특한 '만물진성설'(萬物塵成說)이나 「호질」에서 인성(人性)과 물성(物性)의 동일을 주장한 것 등은 주자학적 사유를 계승한 것이다. 요컨대 연암은 기존의 사상적·학술적 전통에 내재한 진보적인 여러 요소들을 통합함으로써 그 특유의 사상을 정립할 수 있었던 것이라 생각된다.

③ 『열하일기』는 그 풍부한 내용과 다채로운 표현 형식에도 불구하고, 기본적으로 연행록의 범주에 드는 작품이다. 기존의 연행록들은 김창업의 『연행일기』와 같이 여행의 경위를 일기 형식으로 기록하는 '편년체적' 유형과, 홍대용의 『연기』와 같이 사항 별로 본말을 갖추어 기록하는 '기사체적' 유형으로 나눌 수 있다. 『열하일기』는 이 두 유형의 연행록이 지닌 장점들을 종합하면서, 아울러 그 나름의 창안을 가미한 독특한 체제의 연행록이다. 김경선이 그의 『연원

직지』에서 이를 '입전체적' 유형으로 규정한 것은, 청조 사회의 다양한 인간 군상을 생생하게 묘사하면서 그와 관련된 논평 형식으로 진보적 사상을 적극 개진하고 있는 『열하일기』의 특성을 간파한 탁견이라 생각된다.

『열하일기』의 문예적 특징 중 무엇보다 먼저 들 수 있는 것은 그 문체의 다양성이다. 『열하일기』에서 연암은 자신의 여행 체험과 청조 중국의 실정을 보다 생생히 전달하고자, 정통 고문체와 패관 소설체를 망라한 다채로운 문체를 구사하고 있다. 『열하일기』 중의 소설적인 문체로는 우선 중국인과의 대화 장면에서 빈번히 구사되고 있는 유창한 백화체를 들 수 있다. 중국인의 일상 회화에 바탕을 둔 구어체로서 원곡(元曲)과 명대 소설에 이르러 문학적 언어로 수용된 이러한 백화체는 『열하일기』 중의 필담과 사건을 서술하는 지문에서도 부분적으로 발견된다.

관화(官話)에 미숙했던 연암이 이와 같이 백화체로 된 대목들에서 『수호전』 등에서 익히 볼 수 있는 소설적인 표현들을 능숙하게 구사하고 있음은, 평소 『수호전』과 같은 소설들을 탐독하여 그 문체에 숙달되지 않고서는 거의 불가능한 일이라 생각된다. 이와 함께 연암은 문언체인 고문으로 표현된 우리말 대화 장면에서는 정통 고문에서 금기시하는 조선식 한자어와 조선 고유의 속담을 즐겨 구사하여 토속어의 정취를 돋우면서 해학적 효과도 도모하고 있다.

한편 『열하일기』는 고문체로 쓰인 탁월한 산문이라는 점에서도 높이 평가되어야 할 저작이다. 「야출고북구기」 「일야구도하기」 「상기」 등과 같은 유명한 소품 산문들은 물론, 연행 기사 중에도 고문체의 명문장들이 풍부히 내포되어 있다. 이러한 면에서 보자면

『열하일기』는 『사기』에서 한유와 소식의 문장으로 이어지는 정통 고문의 정수를 계승하면서도, 기존의 작법에 구애됨이 없이 자유자재로 변화를 추구한 '소탕'(疏宕)하고 '기기'(奇氣) '기변'(奇變)에 넘치는 글이라 할 수 있다. 『열하일기』에서 연암은 「야출고북구기」와 같이 서사를 위주로 할 경우 극히 간결하고 응축적인 문체를 구사하는가 하면, 「막북행정록」 중 '이별론'을 피력한 대목에서처럼 의론을 위주로 할 경우 도도한 웅변조와 요설적인 경향의 문체를 구사함으로써 그때마다 적절하면서도 다채로운 표현을 보여 주고 있다.

다음으로, 『열하일기』는 진보적이고 비판적인 사상을 피력하기 위한 효과적인 수단으로 우언과 해학을 즐겨 구사하고 있다. 「호질」과 「옥갑야화」 중의 「허생전」은 가공적인 인물 간의 문답 형식이 작품의 핵심 구조를 이루고 있으며, 이를 통해 작자의 분신인 작중화자가 역설적인 논리와 온갖 고사를 동원하여 펼치는 도도한 변론에 흥미의 초점을 두고 있는 점에서 우언적인 특성을 뚜렷이 보여 준다. 연암은 『장자』에서 유래한 이러한 우언 형식을 빌려, 가급적 물의를 피하면서도 당시 사대부들의 위선과 무능을 통렬히 풍자하는 한편, 자신의 북학론을 더욱 설득력 있게 전달하는 데 성공하고 있다.

또한 『열하일기』는 북학론을 중심으로 한 진지한 사상적 논의들이 전개될 때마다 지리해지기 쉬운 그러한 대목들에 돌연 해학적인 한담(閑談)을 덧붙임으로써 여유와 활기를 불어넣는 수법을 구사하고 있다. 이와 같은 해학적 수법은 시대착오적인 존명배청주의라든가, 청조 치하 한인(漢人)들의 대국의식(大國意識) 등과 같은 시대적 편견이나 고정관념을 타파하는 데에도 탁월한 기능을 발휘하고 있다. 이와 아울러 『열하일기』에서 연암은 관점에 따른 인식의 상대성을 강조하는 그 자신의 인식론적 견해에 입각하여, 전혀 생소한 사태에 직면한 사람의 관점을 상정하고 이를 통해 익히 잘 알려진 대상을 묘사하는 독특한 수법을 종종 구사하고 있다. 이처럼 일체의 설명을 배제하고 짐짓 뭐가 뭔지 모를 일이라는 듯이 낯선 눈길로 대상을 묘사함으로써 해학을 수반한 각성을 유발하는 수법은 소중화주의에 사로잡혀 청조 중국의 새로운 현실을 객관적으로 보지 못하던 당시 조선인들의 통폐를 풍자하는 데 비상한 효과를 거두고 있다.

『열하일기』는 여행 도상의 견문을 여느 연행록들처럼 평면적으로 서술하는 것이 아니라, 장면 중심의 입체적인 묘사를 통해 생생하게 전달하고 있다. 이러한 장면 중심적 묘사의 효과는 특히 『열하일기』에서 즐겨 그리고 있는 바 크고 작은 소동이 벌어지는 대목들에 두드러지게 나타나 있다. 또한 『열하일기』는 이처럼 장면 묘사를 추구하는 대목에서 육성을 방불케 하는 생기 있는 대화를 빈번히 구사하고 있다. 그중에서도 중국인과의 대화는 반드시 백화체로 표현하여 그 실감을 더하게 하고 있으며, 대화를 통해 등장인물들의 개성을 부각하는 효과도 거두고 있다. 뿐만 아니라 『열하일기』는 일기체 서술에서 피하기 어려운 단편적인 사건의 나열과 지리멸렬함을 극복하기 위해, 곳곳에 일종의 복선을 설정하여 가급적 사건의 서술을 짜임새 있고 흥미롭게 만들고 있다.

『열하일기』에 나타나 있는 이와 같은 소설화의 경향은 연암의 문학적 성장에 심대한 영향을 끼친 『사기』에서도 찾아볼 수 있다. 한편으로 이는 『사기』에 맹아적으로 내재한 소설적인 특질들을 발전적으로 계승한 명대 소설들의 영향과도 무관하지 않을 것이다. 그중 특히 『수호전』은 주인공들의 여행 과정을 통해 당대의 사회 현실과 다양한 인간 군상을 여실히 그리고 있을 뿐 아니라, 이들이 야기하는 여행 도상의 크고 작은 소동들을 즐겨 다루고 있는 점에서 『열하일기』와 인상적인 유사성을 드러내고 있다. 요컨대 연암은 청조 중국의 실상과 자신의 북학론을 더욱 생생하고 설득력 있게 전달하기 위한 방편으로, 『사기』와 『수호전』 등에 구현되어 있는 소설적 기법들을 체득하여 이를 탁월하게 활용한 것으로 보인다.

이와 아울러 『열하일기』는 정밀한 세부 묘사를 통해 대상의 본질을 구체적이고 객관적으로 표현하려는 경향도 뚜렷이 보여 주고 있다. 『열하일기』의 도처에서 연암은 연로의 이국적인 자연 풍경과 기상 변화를 이례적으로 자세히 묘사하고 있거니와, 이는 이역만리의 낯선 땅을 여행하는 실감을 자아내게 하는 데 매우 효과적이다. 또한 연암은 각종의 수레를 비롯하여 차륜(車輪)을 이용한 기계류, 벽돌을 사용한 건축물, 선박과 교량 등 청조의 발달된 문물에 대해서도 과학적 엄밀성을 갖추어 상세히 묘사하고 있다. 뿐만 아니라 그는 열하에서 목격한 "사해 만국의 기금 괴수(奇禽怪獸)"와 온갖 신비로운 마술 등 그로테스크한 대상들을 생생하게 묘사함으로써, 이 세계가 우리의 제한된 감각적 인식만으로는 이해하기 어려운 경이로운 현상들로 가득 차 있음을 충격적으로 보여 주고 있다.

이와 같은 사실주의적 경향은 청조 사회의 각계각층을 망라한 다양한 인간 군상과 조선 사행의 상하층 인물들에 대한 묘사에서 더욱 뚜렷이 드러나 있다. 그중 특히 주목되는 것은 각종 상인, 직업 연희인, 시골 훈장, 점쟁이, 도사, 승려, 창기, 하녀, 거지, 일행 중의 군뢰와 마두배, 연암의 하인 장복과 창대 등, 다른 연행록들에서는 거의 무시되어 있는 하층 민중들이 자못 애정 어린 시선으로 묘사되어 있는 점이다. 그러나 『열하일기』 중의 무수한 인물들 가운데 가장 탁월하게 형상화되어 있는 것은 다름 아닌 연암 자신이라 할 수 있다. 『열하일기』에서 연암은 자기 자신에 대해서도 거리를 두고 그 내면 심리와 언동을 여실하게 묘사하고 있으며, 그 결과 그는 도학자적 엄숙주의에서 초탈한 풍부한 개성의 소유자로 생생하게 형상화되어 있는 것이다.

『열하일기』에 나타난 사실주의적 인물 묘사는 앞서 언급한 『사기』와 『수호전』 같은 명대 소설들의 영향과 무관하지 않을 것이다. 특히 하층 민중들이 대거 등장하고 그들의 야성적인 삶이 긍정적으로 그려져 있는 점은 『수호전』을 연상시킨다. 일찍이 『방경각외전』에서 하층 민중들을 양반에 못지않은 덕성의 소유자요, 더불어 교우할 만한 인격을 갖춘 존재로까지 형상화한 바 있던 연암은 중국 여행을 통해 청조의 번영을 그 저변에서 떠받치고 있는 중국 민중들의 삶에 접하게 되었으며, 사행의 온갖 고역을 도맡는 하천배의 대담무쌍하고 분방한 생태에 대해서도 온정적인 눈으로 보게 되었다. 연암은 자신의 이러한 진보적 민중관을 생동하는 인물 형상을 통해 제시하는 과정에서, 『사기』로부터 『수호전』으로 이어지는 중국문학사의 민중적 전통을 수용하게 되었던 것이라 생각된다. 또한 그는 자신의 자유 방달한 성품을 대단히 솔직하게 묘사하고 있거니와, 『열하일기』의 문학적 근대성은 이와 같이 연암의 자화상에 나타나 있는 적나라한 개성의 표출에서도 찾을 수 있으리라 본다.

④ 연행에서 돌아온 이후 음보로 뒤늦게 출사한 연암이 현감으로 재직하던 안의 시절은 그가 비교적 여유 있는 환경 속에서 난숙기에 달한 자신의 창조 역량을 유감없이 발휘할 수 있었던 시기이다. 「홍범우익서」, 「열녀함양박씨전 병서」 등을 비롯하여 이 시절에 창작된 많은 작품들은 『열하일기』에서 이룩한 사상적·문예적 성과를 계승하여 가일층 발전시키고 있다.

그러나 바로 이 안의 시절에 연암은 『열하일기』로 인해 국왕 정조의 견책을 받는 등 일련의 파란을 겪게 된다. 즉위 이후 정조는 왕권 강화를 위한 탕평책의 일환으로 보수적 문예정책을 추진하였다. 1792~1793년 정조는 이가환 등 남인과 성대중·오정근·박제가·이덕무 등 서얼들을 관직에 발탁하는 데 대한 반발을 무마하는 한편, 패관소품체에 젖은 일부 문신들과 성균관 유생들의 문풍을 바로잡고자 했다. 그 일환으로 정조는 남공철·이상황·김조순·심상규 등 규장각의 초계문신들과 이옥·홍호연·김려·강이천 등 성균관 유생, 그리고 규장각 검서 박제가와 이덕무에 이어 당시에 커다란 문단적 영향력을 지니고 있던 연암에게까지 이들의 문체가 패관소설적인 경향을 띠었다고 하여 엄중한 견책 처분을 내렸다. 이를 계기로 문단의 일각에서 일던 신흥의 기운은 사라지고 문풍은 더욱 보수화되었다.

일부 문사들이 『열하일기』를 '노호지고'(虜號之稿)라 비방한 사건은 이와 같은 정조의 보수적 문예정책과 당시의 반청(反淸) 풍조에 편승하여 발생한 것으로 적지 않은 물의를 일으켰다. 이를 배후에서 주동한 유한준은 연암과 경쟁 관계에 있던 저명 문인으로서, 주위로부터 '일세를 독보하는 문단의 거장'으로까지 추앙받았던 인물이다. 그러나 그는 진·한의 고문을 모범으로 삼는 의고문주의(擬古文主義)를 고수하다가 만년에는 성리학적 도문일치론에 귀의한 보수적 문인이자, 척화파로 유명한 유황(兪榥)의 후손으로서 적대적인 대청관(對清觀)의 소유자였다. 따라서 그는 『열하일기』의 진정한 가치를 인식할 수 없었을뿐더러, 이에 대해 극력 비방하게 되었던 것이다. 『열하일기』를 에워싼 이러한 파동을 겪게 된 연암은 정조가 문장의 모범으로 존숭해 마지않던 육지(陸贄)의 상주문과 주자의 서간문의 영향이 감지되는 글을 일부 남기기도 했다. 그러나 이러한 다소의 변모 양상에도 불구하고, 연암은 만년에 이르도록 『열하일기』에서 확립한 자신의 문학 세계를 의연히 지켜 나갔던 것으로 생각된다.

이상의 고찰을 통해 연암 박지원의 『열하일기』가 지닌 문학사적 의의는 한층 분명해졌으리라 본다. 『열하일기』는 연암 문학의 명실상부한 대표작으로서, 여기에는 연암의 위대한 창조 역량이 평생에 걸쳐 이룩한 모든 예술적 성과들이 집약되어 있다고 해도 과언이 아니다. 즉, 초기의 『방경각외전』에 나타나 있는바 하층 민중들의 건실한 삶에 대한 생생한 묘사와, 속어·속담의 활용, 양반들의 위선과 무능을 비판하기 위한 우언적·해학적 수법, 그리고 전동 시절의 산문들이 보여 주는바 작자 자신의 사람됨을 기탄없이 표출하려는 경향과, 『장자』류의 상대주의적 인식론에 따른 역설적인 표현 수법 등은 모두 『열하일기』에서 합류하여 고도의 예술적 성취를 이루고 있는 것이다. 또한 전동 시절에 확립된바 '법고창신'을 골자로 한 그의 독창적인 문학론은 『열하일기』에서도 배후의 창작 방법론으로서 그 전편에 관철되어 있다고 할 수 있다.

이와 아울러 『열하일기』에서 연암은 청조 중국의 현실에 대한 심오한 통찰과 그에 입각한 혁신적인 경세책, 진보적인 천문학설과 과학적 세계관을 제시하면서, 대화 중심의 극적인 장면 묘사와 유기적인 구성을 추구하는 소설적 수법, 백화체와 고문체를 망라한 다양한 문체들을 구사하고 있다. 안의 시절을 중심으로 한 연행 이후의 연암 문학에 있어 예컨대 「열녀함양박씨전 병서」에 나타나 있는바 통념과 배치되는 진보적 윤리관을 교묘히 피력하고 있는 파격적인 서술 방식이라든가, 인간의 심리에 대한 원숙한 통찰과 극히 섬세한 표현 등은 『열하일기』의 사상적·문예적 성과를 더욱 발전시켜 나가는 가운데에서만 비로소 가능했던 것이라 하겠다.

다음으로, 『열하일기』는 북학파의 사회개혁 사상을 집대성하고 있을 뿐 아니라, 다채로운 표현 기법과 특유의 사유 구조를 통해 이를 효과적으로 제시한 점에서도 주목되어야 하리라 본다. 즉, 북학파 인사들의 여러 저술 중에서 『열하일기』는 완고한 시대적 편견에 맞선 그들의 주장을 가장 설득력 있게 전달하고 있어, 일종의 계몽문학으로서도 공전의 성공을 거둔 저작이라 할 수 있는 것이다. 뿐만 아니라 『열하일기』는 단순한 견문 기록에 그쳤던 대부분의 연행록들과는 달리, 청조 중국의 현실을 그 속에서 살아가는 민중들의 구체적인 삶을 중심으로 생생하게 묘사하는 한편, 그와 관련하여 저자 자신의 혁신적인 사상을 적극 피력하고 있다. 이와 같이 『열하일기』는 개인적인 여행 보고서에서 크게 벗어나지 못했던 종래의 연행록에, 탁월한 표현 기량을 발휘한 문예 작품이자 사회적 경륜을 피력한 사상서로서의 성격을 겸비할 수 있게 함으로써, 조선 후기의 대표적 기행문학인 연행록을 새로운 차원으로 고양시킨 작품이라는 점에서도 높이 평가되어야 할 것이다.

물론 『열하일기』에도 그 나름의 한계나 문제점들이 없지 않은 것은 사실이다. 우선, 연암은 조선 사행에 참여했던 역대의 모든 연행 인사들과 마찬가지로, 지정된 조공로를 따라 북경에 이르는 연변(沿邊)의 극히 제한된 지역밖에는 관찰하지 못했기 때문에, 청조 중국의 현실을 전체적으로 조감할 수는 없었다. 그리하여 그는 강남(江南) 지방에 비하면 상대적으로 낙후되어 있던 북부 중국의 일면만을 접하고서도 상업을 중심으로 한 그 경제적 발달상을 일방적으로 예찬한 반면, 이를 가능케 했던 더욱 근원적 요인인 농업 생산력의 발전과 농민층에 대한 상업자본의 착취·수탈 관계 등 당시 중국의 심각한 농민 문제와 농촌 실태의 파악에는 다소 둔감했다고 볼 수 있다.

또한 연암은 청조의 선진 문물 수용과 적극적인 해외무역 등을 통해 조선의 낙후된 현실을 타개할 것을 주장하면서도, 이러한 사회개혁의 주체로서는 실질적 능력을 갖춘 역관이나 상인 계층의 참여를 배제한 채 오로지 '각성된 사대부'만을 상정하고 있을 따름이다. 이와 아울러 그는 하층 민중들의 삶을 자못 생생하고도 온정적으로 묘사하고 있지만, 그렇다고 해서 이들을 사회개혁의 주체로까지 성장할 수 있는 세력으로 인정했던 것은 아니었다.

그리고 지구지전설이나 '만물진성설'과 같은 그의 진보적 학설 역시 기발한 주장에 머물고 있을 뿐, 이를 더욱 철저히 발전시켜 지구 중심·인간 중심·중국 중심의 차등주의적 세계관에 근거한 기존의 보수적 사고의 틀을 완전히 타파하는 데에는 이르지 못하고 있다. 또한 연암은 유감스럽게도 현지에서 당대의 제일급에 속하는 유명 문인 학자들과 교유하는 행운을 만나지는 못했던 관계로, 고증학을 중심으로 한 건륭 시대의 최신 학풍과 문단 동향을 본격적으로 소개하지는 못했다. 이 밖에도 연암은 조선 한문학이 언어상의 근본적인 차이로 인해 중국문학에 비해 현격한 수준차를 면할 수 없음을 올바로 통찰했으면서도, 언어와 문자의 불일치에서 초래한 이러한 한계를 불가피한 것으로 전제한 위에서 제한적으로 민족문학적인 개성을 추구하는 데 그쳤다.

하지만 『열하일기』의 이러한 문제점들은 연암의 개인적 한계에서 유래한 것이라기보다는 궁극적으로 시대적 제약에서 기인한 것이었다고 할 수 있다. 연암은 청조 중국을 중심으로 한 동아시아의 새로운 국제 현실에 대해 남다른 식견을 가지고 사회개혁의 방도를 진지하게 모색했던 그 시대의 선구적 지식인이었다. 그러나 그가 살았던 18세기의 조선은 심각한 갈등과 모순에도 불구하고 양반 지배층이 존명배청주의를 견지하면서 폐쇄적이고 구태의연한 체제를 유지할 수 있었던 사회였기 때문에 연암은 자신의 진보적 사상과 문학을 자유로이 발전시켜 나갈 수가 없었던 것이다. 따라서 『열하일기』가 드러내고 있는 이러한 한계는 곧 다음 시대의 사상과 문학이 맡아 해결하지 않으면 안 될 역사적 과제였다고도 볼 수 있다.

이렇게 볼 때 연암의 사후 19세기의 사상사 및 한문학사에서 『열하일기』의 사상적·문예적 성과가 어떻게 계승 발전되어 갔는지를 구명하는 작업은 앞으로의 중요한 과제라고 하지 않을 수 없다. 연암 손자 박규수(朴珪壽)의 문학과 사상이나 19세기의 수많은 연행

록들에서 『열하일기』의 심대한 영향을 찾아볼 수 있을 것이다.[2]

2부

「도강록」'호곡장론'의 문체 분석

『열하일기』는 연암 박지원의 명실상부한 대표작이며, 그를 중심으로 한 이른바 북학파의 사상적·문예적 성과를 집대성하고 있는 저작이다. 그러므로 지난 1970년대 이후 학계에서 조선 후기에 새로이 대두한 진보적 학풍이자 문풍으로서의 실학에 관한 연구열이 고조됨에 따라,『열하일기』도 다각적인 학문적 조명을 받게 되었다. 그러나 종래의 연구에서는 『열하일기』를 주로 북학론을 피력한 사상서로 다루거나, 그중 「호질」과 「옥갑야화」 같은 일부 작품들만 중시한 결과,『열하일기』 전반에 구현되어 있는 문예적 진보성을 충분히 규명하지 못해 온 것이 사실이다.

사상서이자 동시에 문학작품으로서『열하일기』가 지닌 특징은 무엇보다도 먼저 그 문체에서 찾을 수 있다. 복고적 문예정책을 추진하던 국왕 정조가 1793년(정조 17년) 문풍의 타락을 초래한 장본인으로 연암을 지목하고, 그에게『열하일기』의 문체에서 탈피한 순정(醇正)한 문체로 글을 지어 속죄하도록 명한 사건은 이를 단적으로 입증해 준다. 또한 정조는 그 전에도 연암의 문인으로 당시 규장각 검서(檢書)였던 이덕무(李德懋)와 박제가(朴齊家)가 편찬한『병지』(兵志) 중 이덕무가 지은 일부 논설에 대해 '연암체'(燕巖體)를 구사했다는 지적을 내렸다고 한다.[1] 이러한 일화 역시『열하일기』가 연암 특유의 개성적인 문체로 인해 문단에 얼마나 커다란 영향을 끼쳤던가를 단적으로 말해 주는 것이라 할 수 있다.

그런데 이와 같이『열하일기』의 문체가 발표 당시부터 이 저작의 가장 현저한 특징의 하나로 인식되어 왔음에도 불구하고, 그에 대한 본격적인 연구는 지금까지 거의 시도된 바 없다고 해도 과언이 아니다. 이에 필자는『열하일기 연구』의 초판에서『열하일기』를 중심으로 연암의 문학과 사상에 관한 총체적 연구를 시도하면서, 그 일환으로『열하일기』의 문체에 대해서도 논급(論及)하였다. 즉『열하일기』의 문체적 특성과 그 의의는, 연암이 자신의 여행 체험과 청조 중국의 실정을 보다 생생히 전달하고 혁신적인 북학론을 더욱 설득력 있게 개진하기 위해 고문체(古文體)와 패관소설체를 망라한 다채로운 문체를 자유자재로 구사한 데에 있다는 것이다.[2]

그러나『열하일기 연구』의 초판에서는 저술의 전체적인 균형을 감안한 나머지 이러한 견해를 구체적인 사례들을 통해 충분히 논증하기는 어려웠다. 따라서 본고에서는『열하일기』중의 한 명문(名文)으로 널리 평가되어 온 '호곡장론'(好哭場論)을 정밀하게 분석함으로써,『열하일기』의 문체에 관한 앞서의 잠정적인 결론을 검증하는 한편 이를 일층 심화하고자 한다. 단 여기서 말하는 '호곡장론'이란『열하일기』「도강록」(渡江錄) 7월 8일 기사의 전반부를 한 편의 독립된 글로 간주한 것으로, 이 글에서 연암이 요동(遼東) 벌판이야말로 통곡하기에 좋은 장소라는 기론(奇論)을 전개하고 있기 때문에 그 같은 가칭을 부여한 것이다.

평생을 좁은 강토에 갇혀 지내야만 했던 조선의 사대부들이 연행에 참여하는 요행을 얻어 중국 땅에 발을 들여놓았을 때 목도하게 되는 최초의 장관은 사행로를 따라 천여 리에 걸쳐 펼쳐져 있는 광활한 요동 벌판이었다. 그러므로 대다수의 연행록들에서는 요동 벌판이 시작되는 지점을 통과한 사실을 거의 예외 없이 기록해 놓고 있음을 볼 수 있다. 예컨대 1712~1713년에 연행을 다녀온 김창업(金昌業)의 『연행일기』(燕行日記)를 보면,

> 삼사(三使: 정사·부사·서장관)는 구요동(舊遼東)을 들러 영안사(永安寺)와 백탑(白塔)을 구경하고자 했다. 식사 후 나는 먼저 출발하여 7, 8리를 가서 한 골짜기를 빠져나오니, 야경(野景)이 아득아득하여 가이없다. 이것이 바로 요동벌이다. 여기서부터 백탑이 보이기 시작한다. 탑은 요양(遼陽)의 서문 밖에 있으며 30리 거리라 한다.[3]

고 적고 있다. 그리고 1765~1766년에 연행을 다녀온 홍대용(洪大容)의 『연기』(燕記)에서도,

> 석문(石門) 이동(以東)은 산골짜기가 좁고 험하여 종일 골짜기 가운데를 누비고 가야 했다. 석문을 빠져나오자 비로소 앞이 거침없이 툭 트이면서, 하늘과 벌판이 마주 받들어 아득아득하고 넓디너르다. 오직 보이는 것은 요양의 백탑

이 자욱한 구름 속에 우뚝 솟아 있는 것뿐이니, 연행에서 첫째가는 장관이다.[4]

라고 하고 있으며, 1778년에 연행을 다녀온 이덕무의 『입연기』(入燕記)에서도 역시,

냉정(冷井) 이후부터는 산들이 모두 펀펀하고 멀리 있었으며, 푸른 사초(莎草)를 두르고 있어 파릇파릇하니 물들 것 같았다. 광대한 벌판이 펼쳐지기 시작하자 산세가 점점 더 낮아지다가, 저도 모르는 사이에 홀연히 산이 사라지고 말았다. 광대한 벌판은 편평하게 펼쳐져 시야가 다하도록 끝이 없은즉, 일행의 인마(人馬)는 마치 개미떼가 줄지어 기어가는 듯했다.[5]

고 기술하고 있는 것이다.

그러나 이상의 예들에서 볼 수 있듯이, 대다수의 연행록들은 요동 벌판에 접한 작자의 인상을 극히 간략하게 표현하고 있을 따름이다. 이에 비할 때 『열하일기』 중의 해당 기사에서 연암은 자신의 필력을 유감없이 발휘하여 요동 벌판을 처음 본 감격을 도도한 웅변으로 토로하고 있다. 이는 참으로 이색적이라 하지 않을 수 없으며, 여기에서 여타 연행록들의 추종을 불허하는 『열하일기』의 드높은 문학성을 재삼 확인하게 된다.

그러므로 김경선(金景善, 1788~1853)은 역대의 저명한 연행록들을 참조하여 종합적인 연행 지침서로서 저술한 그의 연행록 『연원

직지』(燕轅直指) 중 요동 벌판에 처음 들어선 순간을 기록한 기사에서 『열하일기』를 거론하고 있을 뿐 아니라, 별첨(別添)한 「요동대야기」(遼東大野記)에서는 호곡장론의 거의 전문(全文)을 전재(轉載)하고 있을 정도이다.6 또한 추사(秋史) 김정희(金正喜, 1786~1856)도 요동 벌판을 두고 읊은 시에서,

> 천추의 일대 통곡장이란
> 익살스런 그 비유가 신묘한 법문일세
> 비유를 하자면 갓난아이가
> 세상에 태어나며 울음 먼저 우는 셈

> 千秋大哭場, 戲喩仍妙詮.
> 譬之初生兒, 出世而啼先.

이라고 하였다.7 그리고 신좌모(申佐模, 1799~1877)도 1860년(철종 11년) 북경으로 떠나는 동지 정사 신석우(申錫愚)에게 지어 준 송별 시에서 "부디 그대는 두 눈의 눈물을 죄다 기울여, 요동 전역의 호곡장에 후련하게 쏟아 버리시게"(煩君一副傾眶淚, 快瀉全遼好哭場)라고 노래하고는, "연암의 『열하일기』에 '요동 벌판은 통곡하기에 좋은 장소다'라고 했다"는 주석을 붙였다.8 이처럼 호곡장론을 일종의 고사(故事)로서 인용하고 있음을 보면, 『열하일기』 중의 이 글이 후세의 문인 학자들에게 깊은 감명을 주었음을 알 수 있다.

한편 일제강점기에 경성제국대학 대륙문화연구회에서 열하와 북경 일대를 답사한 후 펴낸 한 보고서를 보면, 다름 아닌 『열하일

기』중의 호곡장론을 인용하는 것으로 결론을 대신하고 있다. 즉, 보고서의 결론으로서 답사 여행에 따른 총괄적 감개(感慨)를 서술하는 대신 『열하일기』「도강록」중의 일절(一節)인 이 글을 인용하겠노라고 하면서, "무릇 그것은 나(보고자)만의 감개일 뿐 아니라, 고래(古來) 열하·북경에 다녀온 반도(半島)의 사인(使人)들이 압록강을 건넌 이후 최초로 발하는 경탄의 소리이자, 또한 사행하는 동안의 가장 커다란 감개의 하나였으리라고 믿기 때문"이라고 술회했다.[9]

요컨대 호곡장론은 후세의 문인 학자들은 물론 일본인 관학자(官學者)조차도 인정해 마지않은 명문인 것이다. 따라서, 비록 소편(小篇)이기는 하지만 이 글은 『열하일기』의 문체적 특색을 규명하는 데 더없이 적절한 대상의 하나라고 할 수 있다.

* * *

1780년(정조 4년) 청나라 건륭제(乾隆帝)의 70회 탄신을 축하하기 위한 진하별사(進賀別使)에 참여한 연암은, 그해 7월 8일 일행과 더불어 낭자산(狼子山)의 숙영지(宿營地)를 출발하여 신요양(新遼陽)의 영수사(映水寺)에 이르는 70리 길을 여행했다. 『열하일기』「도강록」의 해당 기사는 이날의 여행에서 특기할 만한 사건으로 광활한 요동 벌판을 처음 본 것과 구요양(舊遼陽)의 번화한 성시(成市)를 구경한 것, 그리고 태자하(太子河)를 건널 때 고생한 것을 들고, 이를 중심으로 서술하고 있다. 그런데 그중에서도 요동 벌판의 장관을 논한 부분인 호곡장론은 기사의 첫머리를 장식하고 있을뿐더러 그 기사의 절반에 이를 만큼 큰 비중을 차지하고 있어, 연암이 이 대목에 각별히 심혈을 기울였던 것을 알 수 있다.

「도강록」 7월 8일 기사에서 연암은 요동 벌판을 처음 목격한 순간을 매우 극적으로 표현하고 있다. 이날 그가 삼류하(三流河)를 건넌 후 냉정(冷井)이란 곳에서 아침을 먹고, 10리 남짓을 갔을 때였다.

> 轉出一派山脚, 泰卜忽鞠躬趨過馬首, 伏地高聲曰: "白塔現身
> 謁矣!"

> 산기슭 일대를 돌아 나오는데, 태복이가 갑자기 공손히 허리를 굽히고 재빠른 걸음으로 말 머리를 지나서는, 땅에 넙죽 엎드리며 소리 높여 외쳤다.
> "백탑이 현신합신다 아뢰오!"[10]

여기서 태복이 말하는 백탑은 구요양의 성문 밖 광우사(廣祐寺)의 터에 자리 잡고 있는 팔각(八角) 십삼첨(十三簷)의 벽돌 탑으로, 요대(遼代) 이후 건조된 것으로 추정되는 "만주 동부에 있어서 최고(最高) 최대의 불탑(佛塔)"이다.[11] 따라서 이는 거침없이 펼쳐져 있는 요동 벌판에 들어섰을 때 지평선상에 돌출해 있는 것으로는 가장 먼저 눈에 뜨이는 존재이자, 조선 사행이 으레 들르는 관광 명소 중의 하나였다. 진사 정각(鄭珏)의 마두인 태복은 비록 나이는 어리지만 이미 일곱 차례나 중국을 다녀와 연행에 관한 범백사(凡白事)에 익숙한 터라,[12] 바로 이 백탑이 장차 시야에 나타나리라는 사실을 남보다 먼저 알고, 이를 상전에게 앞질러 보고하고자 했던 것이다.

호곡장론의 도입부에 해당하는 위의 문장은 연암의 사실적인 필치를 잘 보여 준다. 여기에서 연암이 하천한 마두인 태복의 다소 호들갑스러운 언행을 간결한 몇 마디 말로써 실감나게 그려 내는 솜씨는 가위 일품이다. 이 점은 예컨대 1855(철종 6년)~1856년에 중국을 다녀온 바 있는 서경순(徐慶淳)의 연행록 『몽경당일사』(夢經堂日史) 중의 유사한 대목과 비교해 볼 때 확연해진다. 『몽경당일사』에서 일행이 요동 벌판에 들어서는 대목을 보면, "아미장을 지나자, 마두가 기꺼워하며 아뢰기를 '백탑이 보입니다'고 했다"(過阿彌庄, 馬頭欣然告曰: '白塔見矣.')라고 하여,[13] 사실만을 간단히 기록하고 있을 뿐이다. 그러나 『열하일기』에서는 이와 대조적으로, 마두가 상전 앞에 나서려고 하기 전에 취하는 특징 있는 동작과 하인배의 독특한 말투를 놓치지 않고 묘사하고 있는 것이다.

이와 아울러 마두라고만 지칭하는 대신에 굳이 그 이름을 명기하고 있는 것도, 『열하일기』에 하층 민중들이 대거 등장할뿐더러 그들의 개성이 생생하게 형상화되어 있는 사실[14]과 관련하여 주목되는 점이다. 또한 이처럼 마두배(馬頭輩)의 언행을 구체적으로 묘사하고자 한 결과, 당시 조선에서 천민들의 이름으로 흔히 쓰인 '태복'(泰卜)이라든가 아랫사람이 윗사람을 처음 찾아뵐 때 썼던 '현신(現身)하다'와 같은 조선식 한자어 표현이 고문체(古文體) 문장에 섞이게 되었다.

이어지는 문장에서 연암은 요동 벌판의 이루 형용하기 어려운 장관을 직접 묘사하는 대신, 난생 처음 그 앞에 직면한 자신의 반응을 인상적으로 표현함으로써 이를 간접적인 방식으로 드러내는 서술의 묘를 발휘하고 있다. 태복이의 보고에도 불구하고, 여전히 산기슭이 가로막아 백탑은 보이지 않았으므로, 연암이 더욱 빨리 말을 몰아 산기슭을 막 벗어난 순간이었다.

眼光勒勒, 忽有一團黑毬, 七升八落. 吾今日始知, 人生本無依附, 只得頂天踏地而行矣!

눈이 어찔어찔하면서 갑자기 눈앞에 한 무더기의 흑점들이 어지럽게 오르내린다. 나는 오늘에사 깨달았노라, 인간의 삶이란 본래 의지할 데가 없으며, 오직 하늘을 머리에 이고 땅을 발로 디디면서 살아갈 수밖에 없는 것임을!

위에서 인용한 문장 중 '일단흑구'(一團墨毬)의 '一團'(한 무더기), 그리고 '칠상팔락'(七上八落) 또는 '칠상팔하'(七上八下)와 같은 뜻인 '칠승팔락'(七升八落: 혼란스런 모양)이라든가 '지득'(只得: 다만 ~할 수밖에 없다) 등은 어록체와 같은 백화투의 문장에서 주로 쓰이는 표현들이다.[15]

이처럼 시각(視覺)과 심리상에 일어난 충격적인 반응을 통해 일망무제(一望無際)한 요동 벌판의 인상을 효과적으로 표현한 위에서, 연암은 호곡장론을 본격적으로 펼쳐 나간다. 여기에서 그는 다소 장황한 느낌을 줄 수도 있는 이러한 논의를 정 진사와의 문답 형식으로 전개하고 있는데, 이는 일방적인 언설에서 오는 지리함을 피하고 흥미와 변화를 도모하려고 한 때문이라 할 수 있다. 요동 벌판에 접한 연암이 설령 정 진사와 『열하일기』에 실려 있는 것과 같은 요지의 대화를 실제로 나누었다 할지라도, 그 구체적인 내용과 표현은 전적으로 연암의 창작으로 보아야 한다. 한편, 대화의 상대로 설정되어 있는 진사 정각은 상방 비장(上房裨將) 즉 정사의 군관(軍官)으로 연암과는 동행 중 가장 친숙한 사이였는데, 『열하일기』에서는 소탈하지만 약간 경망한 성품에다 극도로 눈이 나쁘며 이가 빠져 발음이 분명치 않은 등 다분히 희극적인 인물로 그려져 있다. 따라서 그는 진지하고 심각한 논의에 등장하여 그에 따른 긴장을 완화하고 분위기를 전환하도록 하는 데 적격인 인물이다.[16]

연암과 정 진사의 문답 형식으로 전개되는 호곡장론은 두 개의 명제로 구성되어 있으므로, 이를 다시 두 부분으로 나눌 수 있다. 명제의 제기와 전환을 유도하는 것은 정 진사의 질문이다. 그 전반부는 '사람은 슬프기 때문에 통곡한다'는 상식에 대한 반론으로서, 사람의 감정은 그 어느 것이든 극에 달할 경우 통곡으로 표출될 수 있다는 주장을 펴고 있다.

요동 벌판을 마주한 연암이 저도 모르게 "好哭場! 可以哭矣."(통곡하기 좋은 장소로다! 통곡할 만하구나)라고 감탄한 데 대해, 정 진사가 이처럼 천지간의 위대한 광경에 직면하여 통곡을 생각하다니 대체 어찌된 영문이냐고 따져 묻자, 연암은 다음과 같이 응수한다. "唯唯, 否否."(그렇기도 하오만, 꼭 그렇지만은 않소) 즉, 『사기』 「태사공자서」(太史公自序)에서 사마천이 호수(壺遂)의 비판적 질문에 응답했던 방식대로,[17] 연암도 일변 수긍하는 것처럼 애매하게 대꾸하면서 자신의 주장을 완곡하게 펼쳐 나간다. 그에 의하면, 자고로 영웅은 울기를 잘하고 미인은 눈물이 많다고 한다. 그러나 이들은 진정으로 슬퍼서가 아니라 상대를 감동시키려고 우는 것이므로,[18] 그 울음은 기껏해야 "두어 줄기의 소리 없는 눈물"(數行無聲眼水)이 옷깃 앞에 굴러 떨어짐에 불과할 뿐, 곡성이 천지에 가득 차서 종이나 경쇠에서 울려 나오는 듯한 통곡은 아니라는 것이다.[19]

여기에서 '소리 없는 눈물'을 '무성안수'(無聲眼水)라는 조선식 한자어 표현으로 절묘하게 전환한 솜씨를 눈여겨볼 만하다.[20] 아울러, 김경선의 『연원직지』「요동대야기」에 인용되어 있는 호곡장론에는 '수행 무성안수'(數行無聲眼水)를 '수행적 무성안수'(數行的無聲眼水)라고 하여, 수식어인 '수행'(數行) 뒤에 백화체에서 사용하는 조사(助詞) '적'(的)을 덧붙이고 있는 점도 주목할 필요가 있다.『연원직지』중의 호곡장론은 문맥 소통을 위해 '정 진사'를 '동반자'(同伴者), '여왈'(余曰)을 '대왈'(對曰)로 고친 것을 제하고는 원문을 그대로 전재하고 있을 뿐이다. 따라서 문언체 문장에서라면 불필요한 조사 '적'이 첨가된 것은 김경선의 가필에 의한 것이 아니라, 원문 자체가 그러했을 가능성이 높다고 보아야 할 것이다.[21]

人但知七情之中, 惟哀發哭, 不知七情, 都可以哭. 喜極則可以哭矣; 怒極則可以哭矣; 樂極則可以哭矣; 愛極則可以哭矣; 惡極則可以哭矣; 欲極則可以哭矣.

사람들은 단지 칠정 중에 오직 슬픔만이 통곡을 유발하는 줄 알고, 칠정 모두가 통곡할 만한 줄은 모르오. 기쁨이 극에 달하면 통곡할 만하고, 분노가 극에 달하면 통곡할 만하고, 즐거움이 극에 달하면 통곡할 만하고, 사랑이 극에 달하면 통곡할 만하고, 미움이 극에 달하면 통곡할 만하고, 욕망이 극에 달하면 통곡할 만하다오.

칠정(七情)은 『예기』「예운」(禮運) 편에 이른바 사람의 천성적인 일곱 가지 감정 즉 희(喜)·노(怒)·애(哀)·구(懼)·애(愛)·오(惡)·욕(欲)을 가리키나, 여기서는 구(懼) 대신 낙(樂)이 거론되고 있다. 그러므로 "오직 슬픔만이 통곡을 유발한다"(惟哀發哭)는 구절은 "희·노·애·락이 아직 발동하지 않은 상태를 중(中)이라 이른다"(喜怒哀樂之未發, 謂之中)고 한 『중용』의 유명한 구절을 염두에 둔 표현이다. 정진사처럼 사람들은 슬픔만이 통곡을 유발하는 줄 알고 있으나, 이는 평범한 사람들의 상정(常情)일 뿐이다. 감정이 극도로 고조된 상황에 이르면, 미처 발동하지 못한 채 억눌린 감정은 그 종류를 불문하고 통곡으로 터져 나올 수가 있다는 것이다. 연암은 이러한 이색적인 주장을 강조하기 위해, 감정의 종류에 따라 동일한 구문의 문장을 일곱 차례나 반복하고 있다.

그런데 이처럼 사람의 모든 감정이 극한 상태에서는 하나같이 통곡으로 표출될 수 있다는 점에서 보자면, 통곡은 더 이상 특수한 감정 표현은 아니다. "至情所發, 發能中理, 與笑何異?"(지극한 감정에서 발동하고, 발동한 것이 사리에 들어맞기만 하다면, 통곡이 웃음과 무엇이 다르리오?) 그럼에도 불구하고 일반인들은 이와 같은 감정의 극치를 평생 경험해 본 적이 없으므로, 사람의 감정을 일곱 가지로 나눈 뒤 그중 슬픔과만 통곡을 짝지어 놓고 있다는 것이다.

由是, 死喪之際, 始乃勉强叫喚'唉苦'等字, 而眞個七情所感, 至聲眞音, 按住忍抑, 蘊鬱於天地之間, 而莫之敢宣也.

이로 말미암아 사람들은 누가 죽어 초상을 치를 적에야 비로소 억지로 '아이고' 등의 소리를 내어 울부짖지요. 하지만 진정으로 칠정에서 우러난 지극하고 참된 목소리라면, 억누르고 꾹 참아서 하늘과 땅 사이에 가득 쌓이고 맺혔어도, 감히 이를 공공연하게 드러내지 못하는 법이오.

위의 문장 중 '애고'(唉苦)는 '애고' 또는 '아이고'라는 우리말의 곡성을 한자로 옮긴 것이다. 『열하일기』의 대다수 이본들과는 달리 박영철본만은 '후고'(嗅苦)로 표기하고 있으나, 이는 실수임이 분명하다. 또한 '면강'(勉强: 억지로, 마지못하여)이나 '진개'(眞個: 정말로, 진정코)는 앞서 언급한 '일단'(一團), '칠승팔락'(七升八落), '지득'(只得) 등과 더불어 백화투의 구어적 표현이다.

그런데 흥미로운 것은, 전남대 소장본 등 몇몇 『열하일기』 이본들에서 이 대목에 일부 손질을 가하고 있는 점이다. 즉, 이들 이본에서만은 이를 "由是, 死喪之際, 叫哀號苦而禮節間之, 不能自盡"(이로 말미암아 사람들은 누가 죽어 초상을 치를 적에 슬픔을 부르짖고 고통을 외치지만, 예절이 이를 가로막아 죄다 표출하지는 못하오)으로 고쳐 놓고 있는 것이다. 이것은 아마도 원문 중의 "始乃勉强叫喚'唉苦'等字"(비로소 억지로 '아이고' 등의 소리를 내어 울부짖는다)라는 대목이 '아이고'(唉苦)와 같은 비속한 표현을 써서 상례(喪禮)의 허식을 너무 신랄하게 풍자한 듯한 인상을 줄 것을 우려한 때문으로 여겨진다. 그러나 이와 같이 고친 결과, 전후 문맥의 연결이 어색해지고 말았다.

이어지는 대목에서 연암은 한(漢)나라 문제(文帝) 때의 저명한 문인 학자였던 가의(賈誼)의 고사를 끌어와, 호곡장론의 전반부를 마무리 짓는다.

彼賈生者, 未得其場, 忍住不耐, 忽向宣室, 一聲長號, 安得無
致人驚怪哉!

저 가생이란 이는 그러한 통곡 장소를 얻지 못하여 참다가
못 견디자, 갑자기 선실을 향해 한번 큰 소리로 울부짖었
으니, 어찌 사람들이 놀라 괴이쩍게 여기지 않을 수 있었
겠소!

선실(宣室)이란 미앙전(未央殿) 앞에 있던 천자의 정실(正室)로,
한 문제가 일시 내쳤던 가의를 다시 불러들여 귀신의 유래에 관해
물어 보았다는 곳이다. 그러나 당나라 시인 이상은(李商隱)이 그의
시「가생」(賈生)에서 "민생 문제는 묻지 않고 귀신 일을 물었네"(不問
蒼生問鬼神)라고 풍자했듯이, 이 일로 인해 한 문제는 가의의 박식을
재인식하게 되었음에도 불구하고, 그를 중용하지는 않고 양왕(梁王)
의 태부(太傅)로 삼는 데 그쳤다. 그리하여 포부를 펴지 못한 가의는
양왕이 낙마(落馬) 끝에 죽자 태부로서 책임을 통감하고, 노상 울며
통곡하다가 뒤이어 곧 요절했다고 한다.[22] 따라서 위의 인용문에서
가의가 선실을 향해 한번 통곡했다고 한 것은 실제의 사실이 아니
라, 그가 양왕 태부로 있으면서 문제에게 상소한 글로 유명한「치안
책」(治安策) 중의 일절에 부쳐 연암이 지어낸 말이다. 즉,「치안책」의
첫머리에서 가의가 "臣竊惟事勢, 可爲痛哭者一, 可爲流涕者二, 可爲
長太息者六"(신이 천하 형세를 가만히 살피건대, 통곡할 만한 일이 하나요, 눈
물 뿌릴 만한 일이 둘이요, 장탄식할 만한 일이 여섯이옵니다)이라 한 구절을
염두에 둔 일종의 패러디인 셈이다.

한편 이 가의의 고사는 『열하일기』 「곡정필담」(鵠汀筆談)에서도 거론되고 있다. 여기에서 청나라의 문인 왕민호(王民皥)는 종래의 사평(史評)과는 달리, 한 문제가 가의보다 훨씬 현명하고 생각이 깊었다는 이색적인 주장을 편다. 그에 따르면, 문제도 실은 나라의 위급한 형세를 통찰하고 있었으며, 또한 가의가 인재임을 모르는 바 아니었다. 그러나 당시 상황이 가의가 건의한 치안책을 추진하기 힘든 실정임을 감안한 한 문제는 그의 재주가 좀 더 노성하기를 기다려 중용하려 했다는 것이다. 따라서 왕민호는 가의의 처사를 의롭다고 보기는커녕 혹독하게 비판한다. 즉, 가의는 그러한 한 문제의 깊은 의중을 헤아리지 못하고, 조급함을 참지 못한 나머지 발분하여 통렬한 상소를 올리고 통곡하며 탄식했으니, 이는 "소위 잠깐 서서 이야기하는 사이에 별안간 남을 위해 통곡하는 격이라, 과연 그러고도 남을 놀라게 하고 당혹스럽게 하지 않을 수가 있겠느냐"는 것이다.[23]

그런데 호곡장론에서 연암은 왕민호와 마찬가지로 가의의 언동이 사람들을 경악케 했으리라고는 보면서도, 이를 정반대로 해석한다. 가의의 통곡은 천하를 경륜하려는 자신의 원대한 포부를 끝내 펴지 못한 데에서 터져 나온 쌓이고 쌓인 울분의 표출이었으므로, 평범하고 일상적인 삶을 살아가는 보통 사람들로서는 그러한 지극한 감정의 표출을 이해할 수 없었을 것이 당연하다고 보는 것이다. 결국 우회적인 논의 끝에, 요동 벌판에 직면한 연암이 느닷없이 통곡하고 싶어 한 이유의 일단이 이와 같은 가의에 대한 공감을 통해 암시되고 있다. 그것은 저 가의와 마찬가지로, 천하의 대사(大事)를 누구보다 먼저 근심하는 투철한 선비 의식의 소유자로서, 남다른 포부를 지닌 연암이 바로 그로 인해 느껴야 했던 고독과 비분(悲憤) 때문이다.

* * *

호곡장론의 후반부는 이러한 연암의 우회적이고 암시적인 대답에 충분히 납득하지 못한 정 진사가, 그렇다면 이 광활한 벌판을 보고 칠정 중의 어떤 감정이 격앙되었기에 통곡하고자 하는가 하고 재차 묻는 것으로 시작된다. 그러자 연암이 답한다.

> 問之赤子! 赤子初生, 所感何情? 初見日月, 次見父母, 親戚滿前, 莫不歡悅. 如此喜樂, 至老無雙, 理無哀怒, 情應樂笑, 乃反無限啼叫, 忿恨彌中. 將謂人生, 神聖愚凡, 一例崩殂, 中間尤咎, 患憂百端, 兒悔其生, 先自哭吊, 此大非赤子本情.

> 갓난아이한테 물어보시오! 갓난아이가 처음 태어날 적에 어떤 감정을 느꼈겠소? 처음으로 해와 달을 보고, 다음으로 부모를 보게 되며, 친척들은 눈앞에 가득 모여 기뻐하고 즐거워하지 않는 이가 없지요.
> 이와 같은 기쁨과 즐거움은 태어나서 늙을 때까지 둘도 없으니, 슬픔이나 노여움이 있을 리가 없고 응당 즐겁고 웃음이 나오는 게 인정인데, 도리어 한없이 울부짖으며 분노와 원망이 속에 가득하오. 이는 아마도 인간이란 신성한 제왕이든 어리석은 백성이든 예외 없이 죽기 마련이고, 살

아 있는 동안에는 실수나 죄를 저지르고 온갖 근심 걱정을 겪게 되니, 아이가 제가 태어난 것을 후회하여 미리 스스로 통곡하며 애통해하는 것이라고 생각할 수도 있소.

하지만 이것은 결코 갓난아이의 본심이 아니오.

이 대목에서 연암의 말은 현저히 4자구의 리듬을 띠고 있다. 중간에 "내반무한제규"(乃反無限啼叫)를 제하고는 거의 대부분의 구가 넉 자로 일관해 있을뿐더러, "초견일월(初見日月), 차견부모(次見父母)" "리무애노(理無哀怒), 정응락소(情應樂笑)"와 같은 대구(對句)적 표현도 들어 있어 운문에 가까운 느낌을 준다. "내반무한제규"(乃反無限啼叫)라는 구절은 의미의 전환을 강조하기 위해, 4자구의 연속적인 리듬을 차단하고 '반'(反: 도리어, 반대로)이라는 부사뿐 아니라, 같은 뜻의 뉘앙스를 지닌 조자(助字) '내'(乃)를 그 앞에 하나 더 첨가한 결과 6자구로 된 것이다. 그러나 이 역시 짝수로 이루어진 리듬을 유지하고 있으며, '내반'(乃反)을 제외한 '무한제규'(無限啼叫)는 다시 그다음의 '분한붕중'(忿恨弸中)과 짝을 이루고 있는 4자구라 할 수 있다.

여기에서 연암은 이처럼 막힘없이 이어지는 율동적인 문체를 구사함으로써, 갓난아이가 태어날 적에 우는 이유에 관한 하나의 기발한 주장을 호소력 있게 소개하는 효과를 거두고 있다. 19세기의 저명한 위항(委巷) 시인 정지윤(鄭芝潤, 일명一名 정수동鄭壽銅)이 지은 것으로 전하는 한 시에서 "그대는 아는가, 아이가 태어나며 우는 까닭, 한번 인간 세상에 떨구어지면 만 가지 시름 생긴다오"(兒生便哭君知否, 一落人間萬種愁)라고 노래했듯이, 갓난아이가 인생을 미리 비관하여 운다고 보는 것은 그 나름의 철리(哲理)를 함축한 주장으로, 인생에 대한 일정한 달관을 표현한 것이라 볼 수 있다. 이처럼 현세의 삶을 고통으로 여기는 염세주의적 인생관은 마테오 리치의 『천주실의』(天主實義)에서 기원한 것으로 보인다. 『천주실의』에서 마테오 리치는 "사람은 태어날 때 어미가 고통을 맛보고, 모태에서 벗어난 갓난아이는 입을 열자 먼저 울어대니, 세상살이가 힘들다는 것을 이미 스스로 아는 것처럼 보인다"고 주장했다.[24]

연암은 이러한 기론(奇論)을 4자구의 연속적인 리듬에 실어 유창하게 표현함으로써, 마치 연암 자신의 견해를 피력하고 있는 듯한 착각을 주면서 독자의 공감을 불러일으킨다. 그러나 마지막 문장에 이르러 그는 돌연히 4자구의 흐름을 차단한 뒤, "이것은 결코 갓난아이의 본심이 아니다"(此大非赤子本情)라고 하여, 앞서의 견해를 완전 번복해 버리고 있다. 이 같은 충격적인 전환을 통해 연암은 독자의 관심을 한껏 고조시키면서, 점입가경으로 더욱 기발한 그 자신의 견해를 제시하는 것이다.

> 兒胞居胎處, 蒙冥沌塞, 纏糾逼窄, 一朝迸出寥廓, 展手伸脚, 心意空闊, 如何不發出眞聲, 盡情一洩哉! 故當法嬰兒聲無假做, 登毘盧絶頂, 望見東海, 可作一場; 行長淵金沙, 可作一場.

아이가 막에 싸여 태중에 있을 적에는 어둠 속에 갇혀서 얽매이고 짓눌리다가, 하루아침에 텅 비고 드넓은 데로 솟구쳐 나와 손을 펴고 다리를 뻗게 되며 정신이 시원스레 트이니, 어찌 참된 소리를 내질러서 감정을 남김없이 한바탕 쏟아 내지 않으리오!

그러므로 당연히 갓난아이의 가식 없는 울음소리를 본받아서, 비로봉 꼭대기에 올라 동해를 바라보며 그곳을 통곡 장소로 삼을 만하고, 장연의 금사산에 가서 그곳을 통곡 장소로 삼을 만하오.

위의 문장은 연암의 심중에서 솟구쳐 나오는 말을 분방한 그대로 표현하고 있는 듯한 느낌을 자아내고 있다. 즉, 앞서와 같이 4자구로 일관하여 표현을 정제(整齊)하는 대신에, 사이사이에 불규칙한 5자구, 6자구와 아울러 "어찌 참된 소리를 내질러서 감정을 남김없이 한바탕 쏟아 내지 않으리오!"(如何不發出眞聲盡情一洩哉), "그러므로 의당 갓난아이의 가식 없는 울음소리를 본받아야 한다"(故當法嬰兒聲無假做)와 같은 긴 문장을 삽입하여, 거침없는 평포직서(平鋪直敍)의 어조를 살리고 있는 것이다. 또한 "영아성 무가주"(嬰兒聲無假做)의 '가주'(假做)는 가식(假飾), 가작(假作)이라는 뜻의 백화체 표현이다. '비로'(毘盧)니 '장연 금사'(長淵金沙)니 하는 조선의 고유 지명을 그대로 열거하고 있는 점도 주목된다.

여기에서 연암은 갓난아이가 태어날 적에 우는 까닭은 슬픔 때문이 아니라 기쁨 때문이라는 기론(奇論)을 펴고 있다. 사람의 감정은 그 어느 것이든 극에 달하면 통곡으로 표출될 수 있으며, 또한 그러한 경우의 통곡이란 웃음과 하등 다를 바 없다고 한 앞서의 주장에 대한 가장 좋은 예증이 바로 갓난아이의 울음이라는 것이다. 오랫동안 태중에 갇혀 지내다가 드넓은 세상으로 나오게 된 해방의 기쁨이 극에 달하여 마침내 참을 수 없는 통곡으로 터져 나온 것,

그것이 갓난아이의 울음이다. 따라서 연암은 상례(喪禮)를 치를 적에 억지로 짜내는 울음이 아니라, 이러한 갓난아이의 가식 없는 울음을 본받아 한바탕 통곡할 것을 권하면서, 통곡하기에 좋은 장소로 금강산 비로봉과 장연의 금사산을 든다.

그런데 이처럼 호곡장의 하나로 우선 비로봉이 거론되고 있는 것은 그것이 유명한 금강산의 최고봉일뿐더러, 청년 시절에 연암이 이 일대를 두루 유람하고 깊은 감명을 받은 바 있기 때문이다.[25] 또 하나의 호곡장인 금사산은 1768년(영조 44년) 이덕무가 한양에서 황해도 장연(長淵)까지 왕복한 여정을 기록한 여행 일기인『서해여언』(西海旅言)에 나오는바 장산곶 백사장의 모래로 된 산봉우리로, 그곳에 오르면 서해가 멀리까지 보인다고 한다. 연암은 그의 처남이자 지기였던 이재성에게 보낸 한 해학적인 편지에서, '매탕'(梅宕: 이덕무의 일호)이 장연에 있을 적에 금사산에 올라 큰 바다가 하늘에 닿을 듯이 파도치는 것을 보고는 자신의 왜소함을 깨닫고 탄식하다가 갖가지 망념에 빠졌다는 일화를 전하고 있다.[26] 따라서 금사는 연암 자신이 답사한 곳은 아니었을지라도 이덕무의 여행 체험을 통해 익히 알고 있던 명소였던 것이다.

그리하여 마침내 논의는 호곡장론의 결론부에 도달한다. 이 대목에 이르자 연암은 다시금 요동 벌판으로 서술의 초점을 돌려 이제까지의 방만했던 논의를 수습하고 있다.

今臨遼野, 自此至山海關一千二百里, 四面都無一點山, 乾端坤倪, 如黏膠線縫, 古雨今雲, 只是蒼蒼, 可作一場.

이제 요동 벌판에 임하여 보니, 여기서부터 산해관까지는 일천이백 리나 되는데 사방 어느 곳이든 산 한 점 없으며 하늘가와 땅끝이 풀로 붙인 듯 실로 꿰맨 듯 맞닿아 있고, 예나 지금이나 비 뿌리고 구름 피어나는 가운데 오직 끝없이 아득할 뿐이라, 이곳을 통곡 장소로 삼을 만하구려.

여기에서 문체는 일변하여 시적이고 여유로운 표현으로 전환하고 있다. 이는 마치 도도하게 흐르던 강물이 바다에 다다르면 완만해지는 것과 같은 이치이다. 만주로부터 중국 내륙으로 진입하는 관문인 산해관에 이르기까지 천여 리에 걸쳐 펼쳐진 요동 벌판의 광활함은 하늘가와 땅끝이 "풀로 붙인 듯, 실로 꿰맨 듯 맞닿아 있다"는 시적인 비유로써 묘사되고 있다. 아울러 이와 같이 광활한 공간에 있는 것이라고는 다만 고금을 통해 부단히 생성소멸 하는 비와 구름뿐이라는 "고우금운(古雨今雲), 지시창창(只是蒼蒼)"이란 표현은 무한한 감개와 여운을 함축한 명구라 하지 않을 수 없다. 그중 '지시'(只是: 다만 ~할 따름이다)는 앞서 언급한 '지득'(只得) 등과 마찬가지로 백화투의 구어적 표현이다.

『열하일기』「관내정사」(關內程史)에서 연암은 영평부(永平府)의 성루에 올라 벌판을 바라보며, 대동강(大洞江)을 노래한 김황원(金黃元)의 유명한 시구를 상기하고 이를 풍자한 바 있다. 김황원이 40리에 불과한 대동강 일대의 평야를 두고 "대야동두점점산"(大野東頭點點山) 즉, 동쪽 머리에는 점 같은 산들뿐인 광대한 벌판이라 표현한 것은 너무도 과장이 심해, 중국의 칙사가 이 시를 본다면 '대야'(大野) 두 자에 필시 조소를 금치 못하리라는 것이다.[27]

그런데 이처럼 협소한 국내의 한 벌판을 보고도 그 형세를 남김없이 표현하지 못해 통곡하며 부벽루(浮碧樓)를 내려왔다는 김황원과는 달리, 이제 연암은 사방을 둘러보아도 산 한 점 없는 중국의 진짜 '대야'에 직면하여 한바탕 통곡하고자 한다. 일견 이해하기 어려운 이 통곡의 이유는 지금까지 도도히 전개된 논의를 통해 저절로 드러났다고 할 수 있다. 그것은 이 세상에 갓 태어난 아이처럼, 드디어 좁은 강토에서 벗어나 광대한 세계 문명의 중심지로 나아가게 된 해방의 기쁨이 극에 달한 때문이다. 그러나 통곡으로밖에 표출될 수 없는 이 같은 기쁨은 동시에, 자신의 원대한 포부를 펴기에는 너무나 옹색하고 고루하기 짝이 없는 조선의 현실에 대한 비애의 다른 표현이기도 하다. 마지막 문장의 "고우금운(古雨今雲), 지시창창(只是蒼蒼)"은 연암이 요동 벌판이라는 거대 공간에서 느꼈던 이러한 착잡한 심경을 운치 있게 표현한 것이라 볼 수 있을 것이다.

* * *

이상에서 살펴본 바와 같이 호곡장론은 『열하일기』의 문체적 특색을 잘 보여 주는 명문이다. 『열하일기』의 문체를 고문체가 바탕을 이루고 있는 경우와, 패관소설체가 약여하게 나타나 있는 경우로 대별한다면, 호곡장론의 문체는 물론 전자에 속한다. 그러나 이처럼 문어체인 고문체를 기조(基調)로 하면서도, 호곡장론은 적재적소에 조선식 한자어나 백화투의 구어적 표현을 가미하여 다채로운 문체를 보여 주고 있다. 순수한 고문을 주장하는 이들이 비판했던 것처럼 소위 '미순'(未醇: 불순)한 요소를 다분히 머금고 있는 것이다.

뿐만 아니라 호곡장론은 간결하고 사실적인 묘사, 동일 구문의 반복, 4자구의 연속과 돌연한 차단, 기발하고도 적절한 비유, 시적이며 여운 있는 결말 처리 등 다양한 기법을 구사함으로써 기기(奇氣)와 기변(奇變)에 넘치는 글을 이루고 있다.

호곡장론의 이러한 문체적 특색은 그 주제와 불가분의 관계에 있는 것이다. 얼핏 보면 이 글은 조선 사행이 요동 벌판에 처음 들어선 사실과 관련하여, 통상의 기사에다 다소 장황한 대화를 덧붙여 놓은 것에 지나지 않는다. 그러나 호곡장론이, 비록 실제 인물들이기는 하나 주객(主客) 간의 역설적이고 정교로운 문답 형식을 취하고 있음은, 이 글이 기사의 일부로 위장된 일종의 우언(寓言)임을 시사해 주고 있다.

이렇게 볼 때 여기에서 연암이 진정으로 표현하고자 한 것은 요동 벌판의 장관 자체가 아니라, 이를 통해 촉발된 그의 남다른 감회였다고 할 수 있다. 조선의 낙후된 현실을 개혁하고자 하는 원대한 포부를 안고 청조 중국의 선진 문물을 연구해 오던 연암은 마침내 숙원인 연행의 기회를 얻어 요동 벌판으로 표상되는 거대한 중국 문명의 실체와 마주하게 되었다. 그때 그의 심중으로부터 복받쳐 오른 것은 기쁨이자 동시에 슬픔인 극도의 착잡한 감정이었으며, 따라서 그것은 웃음처럼 터져 나오는 통곡으로밖에는 표출될 수가 없었다. 호곡장론의 독특한 문체는 이와 같이 복합적이고 격앙된 심경을 유감없이 표현하고자 한 노력의 결과인 것이다.

「일신수필」 서문과 동·서양 사상의 소통

머리말

필자는 조선 후기 실학(實學)이 서학(西學)을 주체적으로 수용함으로써 유학을 혁신하고자 한 학술 운동이었다는 견지에서 연암 박지원의 실학사상에 미친 서학의 영향을 고찰한 바 있다. 특히 마테오리치의 『교우론』과 『천주실의』 및 『기하원본』이 미친 영향을 중심으로 연암의 작품들을 분석하여, 동·서양 사상의 소통을 통해 사상적 혁신을 추구했던 연암의 새로운 면모를 부각하고자 했다.[1] 본고는 그 연장선상에서 『열하일기』의 「일신수필」(馹汛隨筆) 서문을 집중 분석해 보고자 한다. 연암이 사상적 혁신을 위해 동·서양 사상의 소통을 남달리 적극적으로 추구한 사실은 「일신수필」 서문에서도 확인할 수 있다. 그런 점에서 이 서문은 대단히 문제적인 성격의 중요한 글인데도 지금까지 제대로 주목을 받지 못했다.[2]

『열하일기』 중 「일신수필」은 1780년 음력 7월 15일부터 23일까지 중국 요녕성(遼寧省)의 소흑산(小黑山)에서 산해관에 이르는 9일간의 여정을 기록한 부분이다. 제목 중의 '일신'(馹汛)은 '역신'(驛汛)과 같은 말로, 청나라의 녹영병(綠營兵)이 방수(防戍)하던 역참(驛站)을 가리킨다. 명(明)·청(淸) 교체기의 격전지였던 이 지역에는 많은 역참들이 있었으므로 그 역참들을 통과하면서 견문한 내용을 기록했다는 뜻이다.[3]

「일신수필」에서 연암은 청나라의 진정한 장관(壯觀)은 '기와 조각'이나 '똥거름'에 있다는 '중국 제일 장관론'(中國第一壯觀論)을 피력했다. 즉, 이처럼 보잘것없는 물건일지라도 버리지 않고 알뜰하게 활용하는 '이용후생'(利用厚生)의 정신이야말로 청나라 번영의 비결이라고 역설했다.[4] 또한 「차제」(車制)에서 중국의 각종 편리한 수레 제도를 상세히 논하는가 하면, 극장(戲臺)·시장·점포·다리(橋梁) 등을 인상 깊게 소개했다. 고루한 존명배청 사상에서 벗어나 청나라의 발전상을 직시해야 한다는 연암의 실학사상이 선명하게 드러난 부분이 바로 「일신수필」인 것이다.

그런데 정작 「일신수필」의 서문은 미완성일 뿐만 아니라 난해하기까지 하다. 『열하일기』를 구성하는 25개의 편(編) 중에서 「도강록」「일신수필」「막북행정록」「경개록」「황교문답」「행재잡록」「망양록」「곡정필담」「환희기」「피서록」「앙엽기」「동란섭필」「금료소초」 등 모두 13개 편에 서문이 있는데, 그중 유독 「일신수필」의 서문만 미완성 상태이다. 더욱이 『열하일기』의 이본에 따라 서문의 일부가 상당히 다르게 되어 있다. 이는 텍스트의 형성과 전사(傳寫) 과정에서 개작이 이루어진 증거이다. 따라서 어떤 이본을 기본 텍스트로 삼느냐에 따라 서문의 해석이 크게 달라질 수도 있기 때문에, 본격적인 논의에 앞서 반드시 서지적 검토를 할 필요가 있다.

또한 「일신수필」 서문은 한자로 800여 자밖에 안 되는 짧은 글이지만, 정밀하게 독해하지 않으면 이해하기 어렵다. 얼핏 보면 서문을 구성하는 단락들이 논리정연하게 연결되어 있지 않아, 횡설수설하면서 궤변을 펴고 있는 듯하다. 게다가 동·서양 사상을 넘나들며 철학적인 논의를 벌이다가 글이 미완성인 채로 끝났기에 더욱 난해하게 느껴진다. 하지만 바로 거기에 연암의 사상적 모색과 고심이 드러나 있음을 알아야 한다. 그러므로 본고에서는 텍스트를 있는 그대로 정밀하게 독해하면서 연암이 구태여 「일신수필」에 서문을 쓰고자 한 이유를 규명해 보고자 한다.

1. 텍스트에 대한 서지적 검토

현재까지 필자가 조사·검토한 바에 의하면 국내외에 있는 『열하일기』 이본은 50여 종에 달하는데 이들은 다음의 네 가지 계열로 나눌 수 있다.

> (가) 초고본 계열: 가장 이른 시기에 필사되었으며, 아직 『열하일기』의 독립적인 체제가 갖추어지지 못한 이본들.
> (나) 『열하일기』 계열: 『열하일기』의 체제가 갖추어지고 독자적인 권차(卷次)도 부여되었으나, 아직 『연암집』에는 통합되지 않은 이본들.
> (다) 『연암집』 외집(外集) 계열: 『열하일기』를 『연암집』의 '외

집'으로 통합하고자 한 이본들.

(라) 『연암집』 별집(別集) 계열: 『열하일기』가 『연암집』의 '별
집'으로 통합되면서, 『연암집』의 권차가 부여된 이본들.

이 중 (가)에 속하는 이본으로 「일신수필」을 수록하고 있는 필
사본은 단국대 도서관 연민문고 소장 『행계잡록』(杏溪雜錄)(2)와 중
국 북경대학 도서관 소장 『황도기략』(黃圖紀略)이다. 『행계잡록』(2)
에 필사되어 있는 「일신수필」은 현재까지 알려진 가장 초기의 텍스
트라고 할 수 있지만, 여기에는 아직 서문이 없다. 반면 북경대 소장
『황도기략』에는 「일신수필서」(馹迅隨筆序)만 초록되어 있다.[5] 그런데
(나)에 속하는 대다수의 필사본들부터 서문이 갖추어지기 시작해
서, 그 이후 (다)와 (라)에 속하는 이본들에도 모두 서문이 있다.

하지만 이와 같이 서문을 갖춘 이본들도 세부적으로는 적지 않
은 차이를 드러내고 있다. 우선, 서문의 제목이 「서」(序)라고만 표
기된 경우가 있는가 하면,[6] 「일신수필서」라고 명시된 경우도 있고,[7]
아무런 제목 표시가 없는 경우도 있다.[8]

더욱 중요한 이본 간의 차이는 서문의 마지막 대목이 다음의
두 가지 유형으로 나뉘는 점이다.

Ⓐ 本爲此身現在而屬之過境, 境過而不已, 則昔之所憑以爲學
問者, 亦無所取徵故耳. 今吾此行

Ⓑ 蓋以耳聞目見而屬之過境, 境過而不已, 則昔之所憑以爲學
問者, 亦無所取徵. 故强爲著書, 欲人之必信. 見吾儒闢異之
論, 則綴拾緖餘, 强效斥佛. 悅佛氏堂獄之說, 則哺啜糟粕, (缺

幾字) 故耳. 今吾此行 (밑줄은 Ⓑ와 차이나는 부분)

앞서 말한 (가) (나) (다)의 대다수 이본들은 위의 Ⓐ 유형을
취하고 있으나, (나)에 속하는 국립중앙도서관 온재문고(溫齋文庫)
소장『열하일기』와 (라)『연암집』별집 계열의 모든 이본들은 Ⓑ 유
형을 취하고 있다. 이로 미루어『연암집』편찬을 전후하여 Ⓐ에서
Ⓑ로 의미심장한 개작이 이루어졌음을 짐작할 수 있다. 그리고 Ⓑ
로 개작된 뒤에도 개작된 부분의 몇 자를 삭제하는 조치가 가해졌
음을 알 수 있다. 위의 인용문 Ⓑ 중 '缺幾字'(몇 자가 빠짐)는 이를 표
시한 것이다.

또한 Ⓐ와 Ⓑ를 막론하고 모두 "今吾此行"(그런데 지금 나는 이번
여행에서)이라고 하여 미완성인 채 문장이 끊어졌다. 그런데 그다
음에 아무런 표시를 안 한 경우,⁹ '결'(缺)이라고 표시한 경우,¹⁰ 또
는 '미졸편'(未卒編)이라고 표시한 경우¹¹로 이본 간에 차이가 있다.
특이하게도, (다)에 속하는 연세대 및 미국 버클리(Berkeley)대 소
장『연휘』(燕彙)의『열하일기』와 조선광문회(朝鮮光文會)의 신활자본
『열하일기』(1911)에만 '미졸편' 다음에 "以下三泉補"(이하 삼천이 보충
함)라고 하여 모두 142자의 한자가 추가되어 있다. '삼천'이 누구의
호인지 알 수 없으나, 이는 연암이 아닌 누군가가 후대에 자의로 보
충한 부분이라 짐작된다.

끝으로, 자구(字句) 차원에서도 이본 간의 차이가 더러 발견된
다. 예컨대 석가의 "설산고행"(雪山苦行)이 (다)에 속하는 전남대 소
장『열하일기』, 성호기념관(星湖紀念館) 소장『열하일기』, 대만(臺
灣) 중화총서위원회(中華叢書委員會) 영인(影印)『열하일기』(1956), 일

본 동경도립도서관(東京都立圖書館) 소장 『열하일기』 등에는 "설산고행"(雪山高行)으로 표기되어 있다. 또한 공자가 '종적을 감추었다'는 뜻의 "삭적"(削迹)이 성호기념관본·대만 중화총서본·동경도립도서관본에는 "삭적"(削籍: 파면되었다는 뜻)으로 표기되어 있다. 이러한 자구상의 차이도 작품 해석에 미묘한 차이를 낳을 수 있으므로, 어느쪽이 더 문맥에 적합한지 판단해야 할 것이다.

　　이상과 같은 이본 간의 차이 중에서 가장 중요한 것은 서문의 마지막 대목이 두 가지 유형으로 나뉘는 점이다. Ⓐ 유형을 취한 (가) (나) (다)의 이본들에 수록된 「일신수필」 서문이 원본에 가깝고, Ⓑ 유형을 취한 (라)의 이본들에 수록된 서문은 이를 개작한 수정본이라고 판단된다. 따라서 본고에서는 전자를 기본 텍스트로 삼아 면밀하게 분석한 다음, 후자에 나타난 개작 양상에 대해서도 고찰해 보고자 한다.

2. '천하장관'의 인식과 서학

『열하일기』「일신수필」의 서문은 비록 짧은 글이기는 하지만 내용이 난해하므로, 네 개의 단락으로 세분하여 고찰하기로 한다. 그중 첫째 단락은 처음부터 "吾誰與語天地之大觀哉?"(나는 누구와 함께 천하의 장관을 이야기할 것인가)까지로, '천하의 장관'을 이야기할 상대가 없음을 개탄한 대목이다. 둘째 단락은 그다음부터 "豈不哀哉?"(어찌 딱하지 않겠는가)까지로, 『춘추』(春秋)를 들어 세월의 무상함을 말한 대목이다. 셋째 단락은 그다음부터 "況聖人之觀天下哉!"(더구나 성인

께서 천하를 바라보심에랴)까지로, 묘향산(妙香山) 여행 경험을 이야기
한 대목이다. 이상 3개의 단락은 모두 감탄이나 반문의 어기(語氣)
를 표현하는 허사(虛辭)인 '재'(哉) 자로 끝나고 있다. 동일한 허사로
끝나는 문장으로 각 단락을 맺음으로써 단락의 구분과 전환을 분
명하게 하려고 한 연암의 의중을 엿볼 수 있다. 마지막 넷째 단락은
그다음부터 미완으로 끝난 대목까지인데, 미완성인 상태로만 보아
도 가장 긴 단락이자 가장 심각한 논의를 개진하고 있는 부분이다.

　『열하일기』 중 서문을 갖춘 편들을 보면, 그 서문들은 대개 저
술 동기를 밝히고 편명(編名)을 해설하는 내용으로 되어 있다. 그런
데 「일신수필」의 서문은 이와 달리 첫째 단락부터 시종 독자적인
논의를 펴고 있다. 즉 저술 동기나 '일신수필'이라고 명명한 이유를
밝히는 대신에, 공자와 석가와 '태서인'(泰西人: 서양인)을 함께 거론
하고 유가와 불교와 서학을 아우르면서 철학적인 논의를 펴고 있는
것이다.

> 徒憑口耳者, 不足與語學問也. 況平生情量之所未到乎! 言聖
> 人登太山而小天下, 則心不然而口應之; 言佛視十方世界, 則
> 斥爲幻妄; 言泰西人乘巨舶, 遠出地球之外, 叱爲恠誕. 吾誰與
> 語天地之大觀哉?

단지 입과 귀만을 의지하는 자들과는 학문을 이야기할 것
이 못 된다. 더구나 평소 그들의 정량(情量)이 미치지 못한
대상에 관해서는 말해 무엇하랴! ①"성인(聖人: 공자─인용
자)이 태산(太山)[12]에 올랐더니 천하가 작아 보였다"고 말

하면 그들은 속으로는 그렇지 않으리라고 생각하면서도 입으로는 그렇겠다고 말한다. ② 하지만 "부처가 시방세계(十方世界)를 두루 본다"고 말하면 허망하다고 배척하고, ③ "서양인들은 거대한 선박을 타고 둥근 지구의 저편에서 빙 돌아서 나왔다"고 말하면 터무니없다고 질책한다. 그러니 나는 누구와 함께 천하의 장관을 이야기할 것인가?[13]

이와 같이 「일신수필」 서문의 첫째 단락에서 연암은 '입과 귀만을 의지하는 자'들은 학문적 논의 상대가 되지 못한다고 단언했다. 이는 『순자』(荀子) 「권학」(勸學) 편에서 "소인의 학문은 귀로 들어가서 입으로 나온다"(小人之學也, 入乎耳, 出乎口)고 한 말에 출처를 둔 것이다. 이로부터 '구이지학'(口耳之學)이라는 성어가 생겼다. 길거리의 뜬소문을 듣고 전하는 수준의 천박한 학문이라는 뜻이다. 연암에 의하면, 이처럼 '입과 귀만을 의지하는 자'들은 그들의 '정량'(情量)이 미치는 한계 안에 사고가 갇혀 있기 때문에 이를 넘어선 고차원의 세계를 도저히 이해할 수 없다는 것이다.

여기서 연암이 말한 '정량'은 '미망(迷妄)에서 벗어나지 못한 중생들의 주관적인 인식'이라는 뜻의 불교 용어이다.[14] 『열하일기』 「산장잡기」 중의 「상기」(象記)에서도 연암은 이 용어를 써서 유사한 주장을 폈다. 즉, 코끼리가 음식물을 씹는 데 아무 쓸모없는 기다란 어금니를 지닌 이유를 사람들이 제대로 설명하지 못하는 것은, "정량이 미치는 대상이 오직 소나 말이나 닭이나 개와 같은 가축들이요, 용이나 봉황이나 거북이나 기린 같은 영물(靈物)에는 미치지 못한 때문이다"라고 했다. 그리고 우리가 눈으로 볼 수 있는 코끼리에게도 이처럼 불가사의한 점이 많은데, 천하 만물 중에는 코끼리보다 수만 배나 더 큰 것들이 있다고 했다.[15] 요컨대 극히 제한된 일상적 경험에 근거한 선입견을 버리고, 보다 개방적인 자세로 천하 만물의 무궁한 변화를 탐구해야 한다는 것이다.

이어서 연암은 태산에 올랐던 공자의 경험을 거론했다. 이는 『맹자』「진심」(盡心) 상(上)에 언급되어 있다. 여기에서 맹자는, "공자가 동산(東山)에 올랐더니 노(魯)나라가 작아 보였고, 태산에 올랐더니 천하가 작아 보였다"(孔子登東山而小魯, 登太山而小天下)고 하면서, 그와 마찬가지로 '성인'(聖人) 즉 공자의 문하에서 배운 사람들에게는 다른 학파들의 주장이 매우 하찮아 보인다고 했다. 유가의 학설이 최고의 진리임을 주장하기 위해, 광대한 세계를 보고 안목이 달라졌던 공자의 경험을 예로 든 것이다.[16] 하지만 머나먼 중국의 태산은 그들의 '정량'이 미치지 못하는 대상이기에, '입과 귀만을 의지하는' 조선의 고루한 선비들은 공자의 경험조차 불신한다. 다만 맹자가 한 말이라 수긍하는 체할 따름이다.

또한 연암은 『맹자』에 이어 불경을 인용했다. 대승불교에 의하면, 우리 인간이 살고 있는 사바세계(娑婆世界) 외에도 사방과 사유(四維: 사방의 중간) 및 상하를 합친 10개 방향, 즉 모든 방위에 걸쳐 '무량무변'(無量無邊)한 무한 공간인 시방세계(十方世界)가 있으며 그곳에는 무수한 부처가 출현한다고 한다. 예컨대 『대승밀엄경』(大乘密嚴經) 상권에서 석가는 "불안(佛眼)으로 시방세계의 모든 보살중(菩薩衆)을 두루 보시며 일체의 불법을 일러 주셨다"(以佛眼遍視十方諸菩薩衆, 告一切佛法)고 하였다.[17] 그러므로 「일신수필」 서문에서 '부처가 시방세계를 두루 본다'고 한 것은, 『열하일기』「도강록」 6월 27일 기사에서 언급한바 석가여래가 시방세계를 '평등안'(平等眼)으로 본다는 것[18]과 상통하는 말이다. 하지만 사바세계 너머에 있는 광대무변한 시방세계란 그들의 '정량'이 미치지 못하는 대상이기에, 고루한 선비들은 이를 허망한 소리로 배척해 버린다는 것이다.

이와 아울러 연암은 서양인들이 지구 저편에서 거대한 선박을 타고 온 사실을 거론했다. 이는 당시 조선에서는 서학서를 접해야만 알 수 있던 특별한 정보였다. 마테오 리치가 지구의 극서쪽에서 8~9만 리를 항해하여 마침내 중국에 온 사실은 연암이 접한 『교우론』이나 『천주실의』 등에도 밝혀져 있다.[19] 이는 마테오 리치가 1578년 3월 포르투갈의 리스본에서 출발하여 아프리카의 희망봉을 돌아 그해 9월 인도의 고아에 도착한 제1차 여행과, 1582년 4월 고아에서 출발하여 말라카를 거쳐 그해 8월 마카오에 도착한 제2차 여행을 합쳐서 말한 것이다. 제1차 여행 때 마테오 리치는 수십 문의 대포를 갖춘 포르투갈의 무장 상선을 탔는데 그 배는 두 개의 큰 돛과 높은 선미(船尾) 및 선수(船首)를 갖춘 900톤의 대범선(大帆船)이었다고 한다. 제2차 여행 때에는 마카오로 가는 포르투갈의 정기 범선을 탔는데 이는 수백 명을 실을 수 있는 서양의 중형(中型) 선박에 속했다고 한다.[20]

뿐만 아니라 마테오 리치에 뒤이어 중국에 온 천주교 신부 줄리오 알레니(Giulio Aleni, 애유략艾儒略)가 세계의 인문지리에 관해 저술한 서학서인 『직방외기』(職方外紀)에는 '각룡'(閣龍: 콜럼버스)의 아메리카 탐험과 '묵와란'(墨瓦蘭: 마젤란)의 세계 일주 항해 사실이 소개되어 있다. 또 『직방외기』에는 서양의 거대한 선박에 관한 자세한 정보와 함께 서양에서 중국에 이르는 해로가 소개되어 있는데,

도중에 적도를 두 번이나 통과하며 천문을 관측하고 나침반과 해도(海圖)를 이용해 방향을 찾는다고 했다.[21]

조선에서도 마테오 리치의 항행(航行)은 일찍이 『지봉유설』(芝峯類說)이나 『어우야담』(於于野談) 등에 소개되었다. 홍대용(洪大容)도 『연기』(燕記)에서 그 사실을 언급하며 "마테오 리치가 죽은 뒤에도, 항해하여 동으로 온 자들이 항상 끊이지 않았다"고 했다. 한편 이덕무(李德懋)는 벗 윤가기(尹可基)에게 보낸 편지에서, "속된 선비 중에 유람할 뜻을 품은 자들은 매번 대서양(大西洋)의 마테오 리치가 국내외를 널리 유람하던 일을 말하면서, '대장부라면 이처럼 해야 한다!' 하고 손목을 불끈 쥐며 그 일을 장하게 여긴다"고 풍자했다.[22]

줄리오 알레니의 『직방외기』는 1630(인조 8년)~1631년 정두원(鄭斗源)이 명나라에 사신으로 다녀올 때 처음 국내에 유입된 것으로 알려져 있다. 이익(李瀷)은 『직방외기』에 대한 발문에서, 바다가 지구를 사방으로 둘러싸 막힘이 없으므로 "서양의 선비들은 서쪽 끝까지 항해하여 마침내 동양으로 다시 나왔다"고 하면서, 『직방외기』에 의거하여 콜럼버스와 마젤란의 세계 일주 항행을 소개했다.[23] 연암이 「우상전」(虞裳傳)에서 소개한 이언진(李彦瑱)의 시 「해람편」(海覽篇)에도 '사급(思及: 알레니의 자字)의 도설(圖說)', 즉 세계지도를 갖춘 『직방외기』가 언급되어 있다. 또한 연암은 『열하일기』에서 새로운 지원설(地圓說)을 주장하면서도 종래의 천원지방설(天圓地方說)을 완전히 부정하지는 않았다. '지방설'(地方說)이 지구의 형체를 말한 것이 아니라 그 도덕적 의미가 방정(方正)함을 말한 것으로 본다면 '지원설'과 양립할 수 있다고 보았다. 이는 바로 『직방외기』에서 알레니가 한 주장을 수용한 것이다.[24]

이와 같이 마테오 리치의 항행이나 마젤란 등의 세계 일주는 서학서를 접한 일부 문인 학자 사이에 알려져 있었지만, 그들의 '정량'의 한계에 갇혀 있는 조선의 고루한 선비들은 이를 황당무계한 소리라고 꾸짖기 일쑤이다. 그러므로 연암은 '천하의 장관'을 더불어 논할 만한 사람이 없다고 개탄한 것이다.

여기에서 각별히 주목할 것은 '천하의 장관'을 경험한 사례로서 공자 및 부처와 아울러 서양인을 거론한 점이다. 『열하일기』 「도강록」 6월 24일 기사 중 압록강을 건너며 '도'(道)를 논한 대목에서 유가 경전과 불경과 서학서인 『기하원본』이 모두 양 극단에 치우치지 않는 '경계(境界)의 철학'을 설파한 것으로 보았듯이,[25] 여기에서도 연암은 유가와 불교와 서학이 일상적 경험의 한계를 초월한 거대 세계에 대한 개방적 인식을 촉구하고 있는 점에서는 서로 일치한다고 본 것이다. 그리고 「일신수필」 서문에 바로 이어지는 7월 15일 기사에서 '중국 제일 장관론'을 개진하고 있는 점을 보면, 이처럼 서문의 첫째 단락에서 '천하의 장관'을 거론한 연암의 의도를 짐작할 수 있다. 즉 '천하의 장관'에 속하는 청나라의 발전상을 제대로 인식하기 위해서는 종래의 편협한 사고에서 벗어나야 한다는 뜻을 암시하고자 한 것이 아닌가 한다.

그런데 「일신수필」 서문의 둘째 단락에서 연암은 돌연 화제를 바꾸어 세월의 무상함을 논했다. '성인'(聖人: 공자)이 노나라의 역사를 기술한 책의 이름을 '춘추'(春秋)라고 지은 까닭은, 장구한 시간의 차원에서 보자면 240년에 걸친 노나라의 역사도 봄이 가을로 변하는 짧은 기간이나 다름없기 때문이라고 했다. 또한 연암 자신이 지금 글을 쓰며 먹물 한 번 찍는 이 짧은 순간에 하나의 '작은 지금'(小今)이 '작은 옛날'(小古)로 변하니, '옛날 시대'(一古)와 '지금 시대'(一今)도 하나의 '거대한 순식간'으로 볼 수 있다고 했다.[26] 따라서 연암은 이처럼 순식간이나 다름없는 세월 동안에 명예나 사업을 추구하는 것은 부질없는 딱한 짓이라고 비판했다. 둘째 단락에서 연암이 왜 갑자기 이런 기발한 상대주의적 시간론을 제기했는지는 넷째 단락에 가서 비로소 알게 된다.

그다음, 셋째 단락에서 연암은 다시 화제를 바꾸어, 자신의 묘향산 여행 경험을 매우 시적인 필치로 서술했다. 이 단락은 연암의 탁월한 문학적 기량이 발휘된 부분이기도 하다. 여기에서 그는 일찍이 묘향산의 한 암자에서 유숙할 때 바로 그 아래 세상에서는 폭우로 홍수가 난 줄도 모른 채 밝은 달빛을 즐기다가 잠들었던 경험을 예로 들면서,[27] 중국의 태산에 비하면 작은 언덕에 불과한 묘향산조차 이처럼 고하에 따라 그 경계가 판이한 점을 보더라도 '성인'이 태산에 올랐을 때 천하가 작아 보였을 것은 틀림없다고 했다. 이는 첫째 단락의 논점으로 돌아가, 천하의 장관을 개방적인 자세로 인식하라는 주장을, 추상적 사변 대신 자신의 구체적 경험에 근거하여 보강한 것이다.

3. 서학의 유불 비판에 대한 반론

「일신수필」 서문의 마지막 넷째 단락은 다시 화제를 바꾸어 새로운 논의를 전개하고 있는데, 구문이 복잡하고 문맥이 잘 통하지 않을뿐더러 미완성의 글이어서 주지(主旨)를 파악하기가 쉽지 않다. 게

다가 이 단락은 『열하일기』 이본들 간에 상당한 차이가 있기까지
하다. 기존의 『열하일기』 국역서들에서도 특히 번역이 부정확한 부
분이므로, 이를 다시 몇 개의 소단락으로 나누고(숫자 첨가) 정확한
번역문을 제시한 뒤에 논하도록 하겠다.

> ① 彼雪山苦行者, 非能逆覩於孔門之三黜, 伯魚之早沒, 魯衛
> 之削迹, 而爲此出世也. 誠以地水風火, 轉眼都空, 此可寒心.
> ② 彼又謂聖人與佛氏之觀, 猶未離地, 則按球步天, 捫星而行,
> 自以其觀勝於二氏. ③ 然異方學語, 白頭習文, 以圖不朽者,
> 何也? 本爲此身現在, 而屬之過境, 境過而不已, 則昔之所憑
> 以爲學問者, 亦無所取徵故耳. ④ 今吾此行, …

① 설산(雪山)에서 고행한 저 사람(석가 — 인용자)[28]은 공자
의 집안에서 세 번이나 처를 내쫓고, 공자의 아들 백어(伯
魚)가 공자보다 일찍 죽고, 공자가 노(魯)나라와 위(衛)나라
에서 종적을 감추었던 일들[29]을 미리 내다볼 수 있어서,
이 때문에 출가한 것이 아니다. 만약 지(地)·수(水)·풍(風)·화
(火)가 눈 깜짝할 사이에 모두 공(空)이 된다는 이유로 그렇
게 했다면, 이는 한심스럽다고 하겠다.
② 저들(서양인들)은 또 말하기를, 성인(聖人: 공자)과 불씨
(佛氏: 석가)의 관찰은 아직 지구를 떠나지 못했다고 한다.
그런즉 천구(天球)에 의거해서 천체의 운행을 관측하고[30]
별들을 어루만지면서 항행하므로, 자기들의 관찰이 이씨
(二氏: 공자와 석가)보다 낫다고 자부한다.

③ 하지만 저들이 이국(異國)에서 말(중국어)을 배우며 백발이 되도록 글(한문)을 익혀서 불후의 저술을 남기려고 함은³¹ 어째서일까? (저들은) 본래 이 몸이 현재에 존재한다고 여기지만, 그것은 과거의 상황에 속하고 상황은 부단히 과거가 되므로, 예전에 입과 귀에 의존하여³² 학문이라 여겼던 것들 역시 증거를 취할 데가 없는 까닭이다.

④ 그런데 지금 나는 이번 여행에서…

연암은 셋째 단락에서 자신의 묘향산 여행 경험을 이야기한 뒤 다시 화제를 바꾸어, 여기에서는 '서양인' 즉 중국에 온 서양의 천주교 신부들이 불교와 유가를 비판한 내용에 대해 논란을 벌인다. 위의 인용문 중 ①은 불교를 비판한 내용인데, 비판의 주체가 명시되어 있지 않아 연암이 그와 같이 비판한 것처럼 읽힐 수 있다. 하지만 ②에서 첫 문장의 주어인 '저들'(彼)이 서양인들을 타자화하여 지칭한 것임은 내용으로 보아 자명하다. '저들은 또 말하기를'(彼又謂)이라고 하여, 서양인들은 석가를 비판할 뿐 아니라 '또' 공자와 석가를 싸잡아 비판한다고 했다. 따라서 ①과 ②는 모두 서학서에서 불교와 유가에 대해 비판한 내용을 연암이 자기 나름으로 이해하고 요약해서 소개한 대목으로 보아야 할 것이다.³³

연암에 의하면, 서양인들은 공자가 겪었던 것과 같은 현세의 고통을 예견하고 석가가 출가했던 것은 아니라고 비판했다.³⁴ 또 그들은 지·수·화·풍이 모두 순식간에 공(空)이 된다는 이유로 석가가 출가했다면 몹시 한심스럽다고 비판했다. 지·수·화·풍은 불교에서 말하는 만물의 네 가지 원소로 '사대'(四大)라고 한다. 『원각

경』(圓覺經) '보안보살'(普眼菩薩) 장에서 석가는 '사대'로 이루어진 우리 육신은 죽으면 해체되어 각기 지·수·화·풍으로 돌아가므로, 실체가 없어 허공의 꽃과 같다고 했다. 이처럼 사람이 죽으면 심신 (心身) 일체가 없어진다는 불교의 교설에 대해, 육신은 썩어 없어지나 영혼은 영원히 죽지 않는다는 천주교의 영혼불멸설에 입각하여 비판을 가한 것으로 볼 수 있다.[35]

뿐만 아니라 서양인들은 공자와 부처의 관찰이 지구를 벗어나지 못했다고 비판했다. 그 두 사람은 모두 지상에서 천하나 시방세계를 바라보았을 뿐이라는 것이다. 이에 비해 자신들은 "천구(天球)에 의거해서 천문을 관측하고 별을 어루만지면서 다니므로" 훨씬 더 고차원의 세계인 우주를 인식할 수 있다고 주장했다. 여기에서 '천구에 의거해서 천문을 관측한다'는 것은, 관측자를 중심으로 구형(球形)의 하늘인 천구를 가정하고, 황도와 적도, 지평선과 자오선, 천정(天頂)과 남북 양극 등을 기준으로 해서 어떤 천체의 천구상 위치와 그 시간적 변화를 측정하는 것을 말한다.[36]

한편 '별들을 어루만지며 항행한다'는 것은 쉽게 이해되지 않는 구절이다. 원래 '별들을 어루만진다'(捫星)는 것은 손으로 별들을 만질 수 있을 만큼 높은 곳에 올랐다는 뜻으로 쓰는 시적인 표현이다.[37] 따라서 이는 아마 서양인들이 망원경으로 별들을 관측하며 항행한 사실을 그렇게 표현한 것이 아닌가 한다. 서양의 망원경을 통하면 하늘 높은 곳에 있는 별들이 손에 잡힐 듯이 가까워 보이기 때문이다. 『직방외기』에 의하면, 서양의 거대한 선박에는 천문 관측을 전담하는 '역사'(歷師: 역사曆師)가 있어서, "낮에는 해를 관측하고, 밤에는 별들을 관측한다"고 했다.[38] 『면양잡록』(沔陽雜錄)(4)의

「일신수필서」에는 "'문성'(捫星)이란 비례척(比例尺)·규비(規髀)·혼개통헌의(渾盖通憲儀)·간평의(簡平儀)·선기옥형(璇璣玉衡) 등으로 혼중성(昏中星: 일몰시 하늘 정남향에 보이는 별들)을 관측하는 방법이다"라는 두주가 있다.[39]

이와 같이 서양인들은 과학적인 방법으로 천문을 관측하므로 자신들의 관찰이 공자나 석가보다 낫다고 여긴다고 했다. 마테오 리치는 『천주실의』에서 불경(佛經)의 비과학성을 신랄하게 비판했다. "해가 밤에 수미산(須彌山) 뒤에 숨는다"든가, 네 개의 대륙이 바다 위에 떠 있다는 사대부주설(四大部洲說)이라든가, "아함(阿函)이 좌우의 손으로 해와 달을 가리면 일식과 월식이 된다"는 설 등을 들고, 이처럼 인도에서는 원래 천문지리학이 발달하지 못했기 때문에 "우리 서양의 선비들은 그것을 비웃으며, 토론할 가치도 없다고 여긴다"고 했다.[40] 홍대용도 『연기』에서 "지금 서양의 방법은 수학으로써 근본을 삼고 천문 의기로써 참작하여 온갖 현상을 관측하므로, 무릇 천하의 원근과 고저와 대소와 경중을 눈앞에 모두 모으기를 손바닥 가리키듯 쉽게 하니, 한(漢)·당(唐) 이래 중국에 없던 것이라 말해도 망언이 아니다"라고 했다.[41]

「일신수필」 서문 중 마지막 넷째 단락의 ①과 ②에서 연암은 유가와 불교에 대한 서양인들의 비판을 소개하는 데 그치고 있으므로, 그 역시 이러한 비판에 일정하게 공감한 것으로 볼 수밖에 없다. 뿐만 아니라 ③에서도 연암은 서양인들의 비판에 대해 적극적으로 반론을 제기하는 대신, 그들이 중국에 와서 종신토록 중국어와 한문을 학습하여 불후의 저술을 남기려고 애쓰는 이유에 대해 추측할 따름이다. 그리고 그 이유는 아마도 현재란 부단히 과거로 변해 버리기 때문에 입과 귀로만 전해서는 조만간 사라질 수밖에 없는 학문적 증거를 남기고자 해서일 것이라고 본다.

하지만 둘째 단락의 논의를 상기하면, 넷째 단락의 ③에는 완곡하나마 서양인 천주교 신부들의 중국 선교 활동에 대한 비판이 함축되어 있음을 알 수 있다. 앞서 둘째 단락에서 연암은 상대주의적 시간론에 입각하여, 순식간이나 다름없는 세월 동안에 '명예나 사업을 추구하는 것'(立名立事)은 부질없는 딱한 짓이라고 했다. 이제 넷째 단락의 논의와 연결시켜 보면, 이는 뜬금없는 주장이 아니라, 선교 활동의 일환으로 서양인들이 한문으로 서학서를 저술하고자 하는 데 대해 세월의 무상함을 거스르는 헛된 노력이라고 비판하기 위한 포석이었음을 깨닫게 된다.[42]

넷째 단락의 마지막 문장인 "今吾此行"을 소단락 ④로 나눈 것은, 한문에서 '今'이라는 시간 부사는 흔히 단락 전환의 의미도 내포하고 있기 때문이다. 그래서 "그런데 지금…"이라고 번역하고 일단 별개의 소단락에 소속시켰다. 추측건대 연암은 여기에서 다시 한 번 화제를 바꾸어 「일신수필」 서문을 마무리하는 내용으로 새 단락을 서술하고자 했을 듯하다. 하지만 그 전까지 개진했던 심각한 철학적 논의를 수습하기가 도무지 쉽지 않았기 때문에 여기에서 글을 중단하고 만 것이 아니었을까 한다.[43]

4. 서문의 개작과 보충

앞서 언급한 바와 같이 『연암집』 별집 계열에 속하는 이본들을 보

면,「일신수필」서문의 넷째 단락 중 ③이 아래와 같이 고쳐져 있다
(개작된 부분을 밑줄로 표시함).

> 然異方學語, 白頭習文, 以圖不朽者, 何也? 葢以耳聞目見而
> 屬之過境, 境過而不已, 則昔之所憑以爲學問者, 亦無所取徵.
> 故强爲著書, 欲人之必信. 見吾儒闢異之論, 則綴拾緖餘, 强
> 效斥佛. 悅佛氏堂獄之說, 則哺啜糟粕, (缺幾字)故耳. 今吾此
> 行…

> 하지만 저들이 이국에서 말을 배우며 백발이 되도록 글을
> 익혀서 불후의 저술을 남기려고 함은 어째서일까? 이는
> 대체로 귀로 듣고 눈으로 본 것은 과거의 상황에 속하고
> 상황은 부단히 과거가 되므로, 예전에 입과 귀에 의존하여
> 학문이라 여겼던 것들 역시 증거를 취할 데가 없기 때문일
> 것이다. 그러므로 애써 저서를 남겨서 사람들이 반드시 믿
> 게 하려고 한다. 우리 유가에서 이단을 배격하는 논의를
> 보고는 그 나머지를 주워 모아 애써 불교 배척을 흉내 내
> 지만, 불씨(佛氏)의 천당지옥설을 좋아하여 그 술지게미를
> 먹고, (원주: 몇 자가 빠짐) 까닭이다.
> 그런데 지금 나는 이번 여행에서…

이와 같이『연암집』별집 계열 이본들에는 "본래 제 몸이 현재
에 존재한다고 여기지만"이라는 구절이 "대체로 귀로 듣고 눈으로
본 것은"으로 전혀 다르게 고쳐져 있을뿐더러, "그러므로 애써 저서

를 남겨서… 그 술지게미를 먹고" 운운하여 한자로 38자가 넘는 새
로운 구절이 추가되어 있다. 그 결과, 서양인들이 한문으로 서학서
를 저술한 의도를 추측하면서 완곡한 비판을 함축하는 데 그쳤던
애초의 내용이, 유가의 견지에서 서학에 대해 근본적인 비판을 가
한 내용으로 변모하게 되었다. 마테오 리치는『천주실의』에서 불교
를 배척하는 한편 천당지옥설을 폈는데,[44] 이와 같은 서학의 주장
에 대해 유가의 이단 배격론과 불교의 천당지옥설을 모방한 것이라
고 비판하고 있는 것이다.

　『열하일기』「곡정필담」(鵠汀筆談)에서 연암은 청나라 선비 왕민
호(王民皞)와 서양의 천주교에 대해 토론을 벌였다. 왕민호가 천주
교의 성립 경위와 그 주요 교리를 간략히 소개하면서 "불교를 배격
하면서도 윤회를 독신(篤信)한다"고 천주교를 비판하자, 연암은 예
수가 한(漢)나라 애제(哀帝) 때 대진국(大秦國: 로마제국)에서 태어나
'서해'(西海: 서양) 너머까지 천주교를 포교했다는 마테오 리치의 설
[45]에 대해 의문을 제기하면서, "윤회를 독신하여 천당지옥설을 만
들었으면서도, 부처를 헐뜯고 배격하여 원수처럼 공격하는 것은 어
째서인가?"라고 물었다. 또 불교의 제법환망설(諸法幻妄說)과 천주교
의 인격신론(人格神論)이『시경』의 구절과 어긋나는 점을 지적한 뒤,
"이 두 종교 중 어느 것이 나은가?" 하고 물었다.[46] 그러자 왕민호는
불교가 '서학'보다 훨씬 오묘하다고 하면서, '예수교'란 본래 불교
의 아류에 불과한데도 중국에서 숭유배불(崇儒排佛)함을 보고는 이
를 본받아 불교를 배척하고, 유가 경전에서 '상제'(上帝) 등의 용어
를 찾아내 유가에 아부하는 것이라고 비판했다.

　또한 연암은『열하일기』「황도기략」(黃圖紀略)의「풍금」(風琴) 조

에서 다음과 같이 천주교를 비판했다.

天主者, 猶言天地萬物之大宗主也. 西洋人善治曆. 以其國之
制, 造屋以居. 其術絶浮僞, 貴誠信. 昭事上帝爲宗地, 忠孝慈
愛爲工務, 遷善改過爲入門, 生死大事, 有備無患爲究竟, 蓋謂
追遠溯本之學. 然立志過高, 爲說偏巧, 不知返歸於矯天誣人
之科, 而自陷于悖義傷倫之臼也.

'천주'라는 것은 '천지 만물의 대종주(大宗主)'라는 말과 같
다. 서양인들은 역산(曆算)을 잘한다. 자기 나라(서양국 — 인
용자)의 제도로써 집(천주당)을 짓고 산다. 그들의 학설은
허위를 끊어 버리고 성실을 귀하게 여긴다. 상제를 부지런
히 섬김을 으뜸으로 삼고, 충효와 자애를 의무로 삼으며,
개과천선함을 종교의 입문으로 삼고, 생사의 큰일에 유비
무환함을 궁극 목적으로 삼는다. 대체로 만물의 근본까지
밝혀낸 학문이라고 하겠다. 하지만 목표가 지나치게 고원
하고 주장이 너무 교묘해서, 결국 하늘과 사람을 속이는
죄를 범하고 도의와 윤리를 해치는 구렁에 스스로 빠지게
됨을 알지 못한다.[47]

여기에서 연암은 '풍금' 즉 파이프 오르간을 중심으로 북경의
천주당 건물을 소개하면서 천주교에 대해서도 비교적 객관적으로
소개했다.[48] 하지만 연암 역시 천주교가 유가 윤리와는 양립할 수
없다고 보았다.

그런데 위의 인용문은 단국대 연민문고 소장 『연행음청』(燕行陰晴)과 북경대학 소장 『황도기략』, 일본 궁내청(宮內廳) 서릉부(書陵部) 소장 『유화문견』(遊華聞見) 등 초고본 계열의 필사본들에 의거한 것으로, 『열하일기』의 여타 이본들에서는 적잖이 개작되었다. 우선 원래의 소제목인 '천주당'이 '풍금' 또는 '풍금기'(風琴記)로 바뀌었으며, 본문에서도 '서양'과 '천주'라는 글자가 삭제되거나 고쳐지기도 했다.[49] 그리하여 『연암집』 별집 계열 이본들을 예로 들면, "'천주'라는 것은 '천지 만물의 대종주'라는 말과 같다. 서양인들은 역산을 잘한다"는 애초의 대목이, "'천주'라는 것은 천황씨(天皇氏)니 반고씨(盤古氏)니 하는 명칭과 같은 말이다. 단 그 사람은 역산을 잘한다"(天主者, 猶言天皇氏盤古氏之稱也. 但其人善治曆)로 바뀌어 글 뜻이 상당히 왜곡되었다. 또 천주교에 대해 "대체로 만물의 근본까지 밝혀낸 학문이라고 하겠다"고 한 구절도 "만물의 근본까지 밝혀낸 학문이라 자칭한다"(自謂窮原溯本之學)로 바뀌어 비판적인 어조가 가미되었다.[50]

이와 같은 「황도기략」 중의 「풍금」 조의 개작은 아마도 신유사옥(辛酉邪獄: 1801년 천주교 탄압 사건) 이후에 『연암집』을 편찬하는 과정에서 천주교와 관련된 내용이 물의를 빚을까 염려하여 취했던 조치의 하나로 짐작된다. 이로 미루어 볼 때 「일신수필」 서문에서도 넷째 단락의 ③이 서학에 대한 비판적 논조를 강화하는 방향으로 개작된 것은 의미심장하다고 하겠다. 게다가 개작된 부분에는 다시금 "缺幾字"(몇 자가 빠짐)라고 하여, 삭제 조치가 추가되기도 했음을 알 수 있다. 『연암집』에서 '결'(缺)로 처리된 부분은 내용상 문제가 있어 삭제된 경우임이 종종 있다. 대표적인 사례로 「사장애사」(士章

哀辭)를 보면 글의 전반부에 "缺百六字"(106자가 빠짐)라고 되어 있는데, 이는 신유사옥 때 천주교 배후 세력으로 숙청당한 홍낙임(洪樂任, 1741~1801, 혜경궁 홍씨의 남동생)이 등장하는 부분을 삭제한 때문이라 판단된다.[51] 따라서 「일신수필」 서문 중 개작 부분에도 그와 유사한 조치가 취해져 있음을 간과해서는 안 될 것이다. 추측건대 '서양'이나 '천주'와 같이 서학과 관련된 글자가 포함된 구절을 삭제한 결과, "그 술지게미를 먹고, …까닭이다"와 같이 맥락이 닿지 않는 문장의 파탄을 피할 수 없게 된 것이 아닌가 한다.

「일신수필」 서문에서 확인한 이러한 개작과 삭제 조치를 누가 했는지는 추정하기 쉽지 않다. 신유사옥 직후 말년의 연암이 조신하느라 그 같은 조치를 취했을 가능성을 생각해 볼 수 있다. 하지만 개작이 『연암집』 별집 계열에 속하는 이본들에서만 확인되는 점으로 보면, 『연암집』 편찬을 주관한 연암의 아들 박종채나 그 사업을 이어받은 손자 박규수와 같은 후인이 했을 가능성도 있다.[52] 누구의 손에 의해서였든 간에 「일신수필」 서문이 서학 비판을 강화하는 쪽으로 수정됨으로써, 원본에서 견지했던 서학에 대한 사상적 개방성이 크게 퇴색한 것만은 엄연한 사실이다.

끝으로, 「일신수필」의 미완성 서문을 '삼천'(三泉)이 보충한 부분에 대해 언급해 두고자 한다. 이는 특이하게도 『연암집』 외집 계열에 속하는 연세대 및 버클리대 『연휘』본과 광문회본에만 있다. 여기에는 개작되지 않은 원래의 서문이 수록되어 있는데 그 끝에 다음과 같은 내용이 보충되어 있는 것이다.

今吾此行(未卒編. 以下三泉補), 雖未能登太山, 見十方, 乘巨

舶出地球之外, 然往復萬里, 瓌奇詭異雄特之觀, 殆令人心醉
目眩, 口不暇喩而筆不勝書. 自夫鄕里童觀者觀之, 洵亦可謂
壯觀, 而及其返吾斗室, 守吾枯淡, 街巷之外, 漠若天涯過境.
皆夢幻也, 又何足多乎哉? 噫! 吾夫子不云乎, 博之以文, 約之
以禮? 彼乃終身於夢囈羇旅者耳. 惟不爲夢囈與羇旅也, 斯可
以語學問, 又可以語天下之大觀.[53]

그런데 지금 나는 이번 여행에서(주: 편이 끝나지 않음. 이하
는 삼천이 보완함) 비록 태산에 오르거나, 시방세계를 바라
보거나, 거대한 선박을 타고 지구의 저편에서 돌아 나오거
나 할 수는 없었다. 하지만 만 리를 왕복하는 동안, 진기하
고 괴상하고 웅대한 구경거리들이 거의 사람의 마음을 취
하게 하고 눈을 현혹시켜, 입으로 표현할 겨를이 없었고
붓으로 이루 다 쓰지 못했다. 저 시골에 사는 유치한 자의
눈으로 보자면, 진실로 또한 장관이라 이를 만했다. 하지
만 마침내 나의 오두막집으로 돌아와서 나의 고담(枯淡)한
삶을 고수하노라니, 길거리 너머조차 천애과경(天涯過境)[54]
처럼 무관심해졌다. 모두가 몽환(夢幻)이다. 또 어찌 대단
스레 여길 가치나 있겠는가.

아아! 우리 부자(夫子: 공자)께서 말씀하지 않으셨던가, "문
헌을 널리 배우고 예법으로 행동을 단속하라"고. 저들(서
양인)은 평생 잠꼬대나 하면서 이국에서 방랑하는 자들일
뿐이다. 잠꼬대와 방랑을 그만두어야만, 학문을 말할 수
있고 천하의 장관도 이야기할 수 있을 것이다.

여기에서 '삼천'은 청나라의 눈부신 번영을 인정하면서도, 이를 '천하의 장관'으로 여기는 것은 촌놈의 유치한 생각이라고 풍자했다. 그리고 귀국한 뒤 선비 본연의 청빈한 생활로 돌아와 차분히 생각해 보니 중국에서 본 모든 것이 몽환에 불과하더라고 했다. 「일신수필」 중의 '중국 제일 장관론'에서 연암은 하급 선비로 자처하면서, 연행을 다녀온 인사들이 중국에서 본 장관을 이야기하면, 상급 선비는 청나라는 짐승 같은 오랑캐인데 무슨 볼만한 게 있느냐고 통박하고 중급 선비도 북벌을 성취한 뒤에나 장관을 논할 수 있다고 주장한다고 하여, 선입견에 사로잡혀 중국 실정을 알려고조차 하지 않는 조선의 고루한 선비들을 풍자했다. 그런데 「일신수필」 서문에서 '삼천'이 보충한 내용은 연암이 '중국 제일 장관론'에서 풍자한 바로 그러한 고루한 선비들의 사고에 가깝다고 하지 않을 수 없다.

뿐만 아니라 '삼천'은 서양인 천주교 신부들에 대해 잠꼬대 같은 소리나 하며 이국에서 방랑하는 자들이라고 비난하고, '박문약례'(博文約禮)라는 진부한 공자 말씀을 들어 훈계하는 것으로 글을 맺고 있다. 「일신수필」의 원래 서문에서 '천하의 장관'을 경험한 드문 인물로 공자 및 석가와 아울러 서양인들을 들면서, 유가와 불교와 서학이 일상적 경험의 한계를 초월한 거대 세계에 대한 개방적 인식을 촉구하는 점에서는 일치한다고 보았던 연암의 본지와 심히 배치되는 결론을 내리고 있는 것이다. 이와 같이 동·서양 사상의 소통을 완강하게 거부하고 있는 점에서 '삼천'에 의한 서문 보충은 앞서 살펴본 서문 개작과 마찬가지로 사상적 한계를 드러내고 있다고 하겠다.

맺음말

「금료소초」를 포함하여 『열하일기』를 구성하고 있는 25개의 편 중 13개의 편에 서문이 있으며, 그 서문들은 대체로 저술 동기나 편명을 해설하는 내용으로 되어 있다. 하지만 그중에는 「도강록」「황교문답」「환희기」 등의 서문처럼 독자적인 논의를 펴는 경우도 더러 있다. 「도강록」 서문에서 연암은 『열하일기』에서 청나라의 연호를 사용한 데 따른 물의를 우려하여 그에 대해 해명하는 논의를 폈고, 「황교문답」 서문에서는 청나라의 실정을 엿보기 어려운 여섯 가지의 이유와 자신이 열하에서 엿본 다섯 가지의 천하 형세를 논했다. 또 「환희기」 서문에서 연암은 중국에서 민간의 오락으로 요술이 성행하는 현상이 청나라 황제의 교묘한 통치술과 관련이 있다는 기발한 견해를 제시하기도 했다. 본고에서 논한 『열하일기』 「일신수필」의 서문 역시 '천하의 장관'에 대한 개방적 인식을 촉구하는 논의를 펴고 있어, 이와 같은 몇몇 서문들과 성격을 같이하는 글이다.

『열하일기』의 초기 필사본인 『행계잡록』(2)에는 아직 「일신수필」의 서문이 없었다. 아마도 연암은 「일신수필」의 첫머리인 7월 15일 기사에서 피력한 '중국 제일 장관론'에 대한 독자들의 이해를 돕기 위해 그 서론격으로 별도의 글을 집필할 필요를 느끼고, 나중에 「일신수필」의 서문을 집필한 것이 아닌가 한다. '중국 제일 장관론'에서 연암은 한편으로 웅장한 건물이나 번창하는 시장 등 겉으로 드러난 청나라의 번영상에서 중국의 장관을 찾는 연행 인사들과, 다른 한편으로 청나라는 짐승 같은 오랑캐라 볼 것이 없으니 북벌을 성취한 뒤에나 중국의 장관을 논하자는 존명배청론자들을 모두 비판했다. 그는 이러한 양 극단의 견해를 넘어서, 중국의 제일 장관은 '기와 조각'이나 '똥거름'에서 찾을 수 있다고 주장했다. 쓸모 없는 물건이라도 알뜰하게 활용하는 철저한 '이용후생'의 정신이야 말로 청나라의 번영을 가져온 진정한 장관이라는 것이다. 연암은 이와 같은 자신의 기발한 주장이 당시 조선의 고루한 선비들에게 쉽게 받아들여질 수 없으리라 우려하고, 그에 앞서 사고의 근본적 전환을 촉구하는 철학적인 논의를 전개하고자 했던 것이라 짐작된다.

그리하여 「일신수필」에 추가한 그 서문에서 연암은 일상적 경험에 근거한 편협한 사고를 버리고 '천하의 장관'을 제대로 인식할 수 있는 열린 마음을 갖출 것을 역설하였다. 이를 위해 그는 『열하일기』 「도강록」에서 '경계의 철학'을 피력했을 때와 마찬가지로, 유학에서 출발하여 불교와 서학까지 포용하는 논법을 구사했다. 오직 공자만 '성인'으로 지칭한 점으로도 알 수 있듯이, 연암은 어디까지나 유학자로서 불교뿐 아니라 서학에 대해서도 비판적이었다.[55] 하지만 그는 유학의 혁신을 위해 과감하게 동·서양 사상의 소통을 시도했다. 유가 경전과 불경과 서학서에서 '경계의 철학'을 이끌어냈듯이, '천하의 장관'을 인식한 사례로 공자뿐 아니라 부처와, 나아가 서양인까지 거론함으로써 고차원의 개방적 인식을 촉구하고자 했던 것이다.

「일신수필」 서문의 마지막 단락에서 연암은 불교와 유가에 대한 서양인 천주교 신부들의 비판을 자기 나름으로 요약하여 소개한 뒤, 그들이 한문 서학서의 저술에 힘쓰는 데 대해 완곡한 비판을 덧붙였다. 그런데 『열하일기』의 일부 이본들에서는 이 대목을 개작하여, 서학이 유가를 흉내 내어 불교를 배척하면서도 불교의 천당지옥설을 모방하고 있다고 신랄하게 반박했다. 이러한 이본들에서는 서학에 대해 배타적인 유학자들의 전형적인 비판 논리를 취하고 있는 것이다. 뿐만 아니라 여기에서도 「일신수필」 서문은 여전히 미완성인 채로 남아 있다. 이와 같은 사실을 통해 서학과 적극적으로 소통하려던 연암의 애초의 의욕이 점차 퇴색되어 간 사정을 엿볼 수 있다. 유학을 기반으로 하되 서학을 비판적으로 수용함으로써 사상적 혁신을 추구한 연암의 노력이 이처럼 더 이상 뻗어 나가지 못하고 만 것은 조선 후기 실학의 발전을 위해 안타까운 일이라 하지 않을 수 없다.

『열하일기』 이본의 특징과 개작 양상

머리말

조선 시대의 한문학 작품 중 『열하일기』만큼 수많은 이본들이 생성
된 경우도 흔치 않을 것이다. 연암 스스로 『열하일기』를 계속 수정
보완했을 뿐 아니라 그의 사후에 후손들이 『연암집』을 편찬하면서
『열하일기』에 수차 손질을 가하였다. 또한 『열하일기』가 인기리에
널리 전사(傳寫)되는 과정에서도 적잖은 개변이 이루어졌으리라 짐
작된다. 그 결과 수많은 이본들이 생겨나 국내외에 전하고 있는데,
현재까지 알려진 이본만도 50여 종에 달한다. 이와 같이 많은 이본
들 중 어느 것을 정본(定本)으로 삼을 것인가. 이는 한갓 서지학의
관심사에 그치지 않고, 『열하일기』의 정확한 번역이나 사상적·문
예적 특징 해명에 직결되는 매우 중요한 문제라고 할 수 있다.

현전하는 이본들 중에서는 1932년 박영철이 편찬한 신활자본
『열하일기』가 가장 정비된 텍스트에 속하지만, 여기에도 일부 미비

한 점들이 남아 있다. 뿐만 아니라 박영철본과 마찬가지로『열하일기』가『연암집』의 일부, 즉 '별집'(別集)으로 편성되어 있으면서 정본에 가까운 필사본들이 다수 현전하는데도 이들에 대한 검토가 충분히 이루어지지 않았다. 또한 단국대 도서관 연민문고에 소장되어 있는『열하일기』의 초기 필사본들이 2012년 대거 영인·공개됨에 따라, 이 새 자료들을 포함하여『열하일기』이본들의 계통과 정본을 추정하는 문제가 새로운 연구 과제로 떠오르게 되었다.

　　『열하일기』의 이본에 관한 연구는 1990년을 전후하여『열하일기』가 '북학'을 집대성한 사상서로서만이 아니라 조선 후기 한문학의 최고봉을 이루는 문예 작품으로 주목받기 시작하면서 본격적으로 시도되었다. 강동엽은 '광문회본'(光文會本) 등 11종의『열하일기』이본을 신활자본과 비교하는 시도를 했다.[1] 하지만『열하일기』의 편차를 대조한 표를 제시하는 데 그쳤다. 이러한 편차 대조만으로 "『열하일기』내용을 충실하게 수록한 필사본"은 국회도서관본·충남대본·전남대본이라고 주장한 것은 속단이라 하지 않을 수 없다.

　　필자는『열하일기 연구』의 초판에서『열하일기』의 주요 이본으로 신활자본과 광문회본 등 7종을 선정하여, 편차뿐 아니라 본문의 세부적인 차이까지 검토했다.[2] 그 결과 특정 이본들에서 중요한 개작이 이루어진 사실을 발견하고, 이러한 개작 여부에 따라 이본들을 '초고본 계열'과 '개작본 계열'로 나누어 그 특징을 고찰했다. 결론적으로, 위의 이본들은 어느 것도 정본이라 하기 어렵지만, 초고본 계열에서는 충남대본이『열하일기』의 초고에 가장 가깝고, 개작본 계열에서는 신활자본이 가장 정비된 텍스트라고 보았다. 이와 아울러 주로 양반 체모에 어긋난 연암의 언동이라든가, 서학과 청나라 배척 풍조에 저촉되는 내용, 그리고 과도한 세부 묘사와 해학적 표현 등에 대해 개작이 이루어진 사실을 밝힘으로써, 이본 연구가 서지적 고찰에 그치지 않고 『열하일기』의 사상적·문예적 특징을 해명하는 데에도 기여할 수 있음을 보여 주었다.

하지만 당시 필자로서는 주요 이본들에 대한 집중적 분석을 시도하다 보니 비교 대상을 더 이상 확대하기 어려웠고, 『열하일기』에 대한 종합적 연구의 일부로서 이본 비교를 시도한 것이었기에 충분히 논할 지면상의 여유도 갖지 못했다. 그러한 관계로 필자 스스로 미흡함을 느끼고 있던 차, 리가원 선생이 단국대에 기증한 『열하일기』 이본들 중 일부를 열람할 수 있게 됨에 따라 종전의 연구 결과를 수정 보완할 필요를 더욱 절실히 느끼게 되었다. 그러나 이본 연구는 그 성과에 비해 시간과 품이 유달리 많이 드는 고단한 작업이다. 그래서인지 필자 이후 오랫동안 『열하일기』 이본 연구에 나서는 사람이 없었다. 필자도 『열하일기 연구』 집필 당시 주요 이본 7종을 검토하는 작업에만 꼬박 2년이 걸렸던 경험이 있었기에, 다시 이본 연구에 착수하는 것을 주저하지 않을 수 없었다.

2000년대 말에 서현경은 『열하일기』의 정본을 탐색하는 시도를 했다.[3] 즉, 단국대 연민문고 소장본 일부 등을 포함하여 비교 대상을 확대하고 자구상의 차이를 비교함으로써, '원(原)초고본 계열'→'초고본 계열'→'개작본 계열'과 '비(非)개작본 계열'→'정본 계열'로 이본들의 계통을 추정했다. 또 '개작본 계열'에서는 전남대본을, '정본 계열'에서는 일본 동양문고본(東洋文庫本)을 중시하고, 동양문고본이 전남대본을 바탕으로 한 『열하일기』의 정본이라고 주장했다.

이와 같은 서현경의 시도는『열하일기』이본 연구에서 새로운 진전을 이루었다고 할 수 있다. 그러나 편차나 자구상의 차이에 한정하여 텍스트를 비교했고, 이른바 '비개작본 계열'에 속하는 이본들은 상대적으로 소홀하게 다루었다. 또한 '정본 계열'에 속하는 이본들도『열하일기』만 검토했는데, 이 필사본들은『연암집』의 일부로서 존재하는 만큼,『열하일기』뿐 아니라『연암집』전체로 확대해서 비교해야만 그중의 어느 것이 과연 정본인지, 또는 정본에 가장 가까운지를 확실하게 판단할 수 있을 것이다.

양승민은 경기도 안산시의 성호기념관(星湖紀念館)에 소장된『열하일기』필사본(이하 '성호기념관본'으로 약칭)을 학계에 소개했다.[4] 그는 성호기념관본은 '정초본(定草本) 계열' 즉 '정본 계열'에 가장 가까운 '개수교정본'(改修校訂本)으로서, 이와 유사한 이본인 전남대본보다 먼저 필사되었다고 주장했다.

필자는 이와 같은 신진 학자들의 의욕적인 연구에 자극받는 한편, 2009년부터 '단국대 소장 연민문고 「동장귀중본」(東裝貴重本) 해제사업'에 참여하게 된 것을 계기로『열하일기』텍스트 연구에 다시 착수하게 되었다. 필자가 참여하여 해제를 맡은 필사본 중에는 당시까지 공개되지 않은『열하일기』이본들이 다수 포함되어 있었다. 본고에서는 이러한 귀중본들과 아울러 해외에 있는 이본들까지 널리 수집하여 총 58종에 달하는 이본들을 검토함으로써 종전의 수준을 넘어서는 연구 성과를 추구하고자 한다.[5]

『열하일기』이본들의 계통을 올바로 추정하기 위해서는 우선 비교 기준을 확립해야 한다. 첫째는 체제를 살펴보는 것이다. 서명(書名)이 '열하일기'가 아닌 다른 제목으로 되어 있는가, 각 권에 권수제(卷首題)와 권차(卷次)가 제대로 부여되어 있는가, 『연암집』에 통합된 경우라면 『연암집』의 '외집'(外集)으로 편성되어 있는가, 아니면 '별집'(別集)으로 편성되어 있는가, 총목(總目)과 각 편의 서문을 제대로 갖추었는가, 「망양록」「곡정필담」「피서록」「동란섭필」 등에서 각 편(編)을 구성하는 단락들이나 「구외이문」「황도기략」「알성퇴술」「앙엽기」 등에서 세부 항목들을 완벽하게 갖추었는가 등을 따져 볼 필요가 있다.

둘째는 편차를 살펴보는 것이다. 「도강록」이하 모두 몇 개의 편으로 구성되어 있으며 각 편은 또 어떠한 순서로 배치되어 있는가 하는 전체적인 차원뿐만 아니라, 「구요동기」(舊遼東記) 등 4편의 기(記)가 어느 편에 소속되어 있으며 「야출고북구기」(夜出古北口記)를 비롯한 9편의 글이 「산장잡기」(山莊雜記) 편으로 통합되어 있는가 하는 등 국부적인 차원에서도 편차를 따져 보아야 한다.

셋째는 개작된 부분을 살펴보는 것이다. 내용상 중요한 부분은 물론이고, 서명·편명·작품명, 각 편의 세부 항목들의 소제목, 글에 대한 후지(後識)나 평어(評語) 등까지 개작 여부를 샅샅이 검토할 필요가 있다.

넷째는 오탈자를 포함하여 자구 수준에서 차이를 살펴보는 것이다. 이는 축자적(逐字的)으로 아주 미세한 차이를 추적하는 고된 작업이다.

이와 같이 체제와 편차, 개작 여부 및 자구상의 차이 등을 두루 포함하는 다각도의 기준에 비추어 보면, 국내외에 현전하는 『열하일기』 이본들은[6] 다음과 같은 네 가지 계열로 크게 나눌 수 있다. 이를 각각 '초고본 계열 이본', '『열하일기』 계열 이본', '『연암집』 외집 계열 이본', 『연암집』 별집 계열 이본'으로 명명하고자 한다.

(가) 초고본 계열 이본: 가장 초창기에 필사되었으며, 아직 『열하일기』의 독립적인 체제를 갖추지 못한 이본들.

(나) 『열하일기』 계열 이본: 『열하일기』의 체제를 갖추어 독자적인 권차도 부여되었으나, 아직 『연암집』에는 통합되지 않은 이본들.

(다) 『연암집』 외집 계열 이본: 『열하일기』를 『연암집』의 '외집'으로 통합하고자 한 이본들. 권수제(卷首題)에 "연암집 외집"이라 명기되어 있다. 그러나 실제로는 통합이 이루어지지 않아 아직 『연암집』의 권차가 부여되지 못한 경우가 대부분이며, (나)에 대해 부분적 또는 전면적 개작을 시도했다.

(라) 『연암집』 별집 계열 이본: 『열하일기』가 『연암집』의 '별집'으로 통합되면서, 『연암집』의 권차가 부여된 이본들. 권수제에 "연암집 별집"이라 명기되어 있다. (다)에서 이루어진 부분적 또는 전면적 개작을 따르고 있으며, 정본에 가장 가깝다고 할 수 있다.

이와 같은 계열별 이본들의 특징을 면밀히 검토해 보면, 『열하일기』의 이본들은 초고본 계열→『열하일기』 계열→『연암집』 외집 계열→『연암집』 별집 계열로 진화했음을 알 수 있다. 그리고 『열하일기』가 『연암집』에 처음 통합되는 '외집' 단계에서 1차로 개수(改修)되었고, 최종적인 '별집' 단계에서 2차로 개수되었던 것으로 추정된다. 여기서 말하는 '개수'란 텍스트를 개작할 뿐 아니라 편차를 조정한다든가 주석을 추가하는 등 『열하일기』를 다각도로 정비했다는 의미로, '개작'보다 광범한 개념이다.

1. 초고본 계열 이본

초고본 계열에 속하는 이본으로는 다음과 같은 필사본들이 있다.

    ① 『행계잡록』(杏溪雜錄)(1)·(2)·(3)·(5)·(6)[7]

    ② 『행계집』(杏溪集)[8]

    ③ 『잡록』(雜錄)(上)·(下)[9]

    ④ 『열하일기』(元)·(亨)·(利)·(貞)[10]

    ⑤ 『연행음청』(燕行陰晴)(乾)[11]

    ⑥ 『황도기략』(黃圖紀略)(1)·(2)[12]

    ⑦ 『양매시화』(楊梅詩話)[13]

    ⑧ 『고정망양록』(考定忘羊錄)[14]

    ⑨ 『열하피서록』(熱河避暑錄)[15]

이상은 단국대 연민문고 소장 필사본들이다. 그중에서 『행계잡록』(1)·(2)·(3)·(5)·(6)과 『열하일기』(원)·(형)·(리)·(정) 및 『황도기략』(1)·(2)는 『열하일기』의 일부 글들을 중복 수록하고 있어 독자적인 여러 종의 이본들로 볼 수도 있으나, 논의의 편의상 각각 한 종류의 이본으로 간주하였다. 초고본 계열에 속하는 연민문고 소장 이본들은 연암의 친필로 짐작되는 독특한 해서체(楷書體)로 필사된 경우가 많다. 그중 『황도기략』과 『고정망양록』 『열하피서록』
은 '연암산방'(燕岩山房)이란 판심제(版心題)가 새겨진 연암의 목판
사고지(私稿紙)에 필사되어 있어 더욱 주목된다.

그리고 해외의 이본으로는,

⑩ 북경대본: 중국 북경대학 도서관 소장 『황도기략』, 초본(抄
本) 1책[16]

⑪ 『유화문견』(遊華聞見), 일본 궁내청(宮內廳) 서릉부(書陵部) 소
장 초본 1책[17]

등이 있다.

그 밖의 필사본으로,

⑫ 『연암산고』(燕巖散稿)(2)[18]

⑬ 『연암집(가제假題)』(100장)[19]

⑭ 박공서본(朴公緖本) 『열하일기』[20]

등이 있다.

초고본 계열에 속하는 주요 이본들의 편성을 박영철본과 비교
하여 표로 제시하면 다음과 같다.

박영철본	초고본 계열 이본	비고
1 도강록	① 행계잡록(1)·(3)	

2 성경잡지	① 행계잡록(1)	
3 일신수필	① 행계잡록(2)	⑩ 북경대본은 「일신수필서」만 초록. ⑪ 유화문견은 「姜女廟記」「將臺記」「山海關記」만 초록.
4 관내정사	① 행계잡록(2)	⑪ 유화문견은 「虎叱」「夷齊廟記」「灤河泛舟記」만 초록.
5 막북행정록	① 행계잡록(3)	
6 태학유관록	① 행계잡록(3)	
7 환연도중록	③ 잡록(하), ④ 열하일기(정)	
8 경개록	① 행계잡록(6)	
9 황교문답	① 행계잡록(6), ⑩ 북경대본, ⑪ 유화문견, ⑭ 박공서본	
10 반선시말	① 행계잡록(6)	⑭ 박공서본은 미완에 그침.
11 찰십륜포	② 행계집	
12 행재잡록	① 행계잡록(6), ⑭ 박공서본	⑩ 북경대본과 ⑪ 유화문견은 서문만 초록.
13 망양록	② 행계집, ③ 잡록(상), ④ 열하일기(원), ⑧ 고정망양록, ⑩ 북경대본, ⑬ 연암집(가제)	
14 심세편	② 행계집, ③ 잡록(상), ④ 열하일기(원), ⑩ 북경대본	② 행계집의 편명은 '필담의례'.
15 곡정필담	② 행계집, ③ 잡록(하), ⑩ 북경대본	⑪ 유화문견은 일부만 초록.

16 산장잡기	③ 잡록(하), ④ 열하일기(정): 「夜出古北口記」 등 7편 수록	① 행계잡록(5)·(6)은 「象記」만 초록. ① 행계잡록(6)과 ⑭ 박공서본은 「戱本名目」만 초록. ⑩ 북경대본과 ⑪ 유화문견은 「夜出古北口記」만 초록. ⑬ 연암집(가제)는 「야출고북구기」와 「일야구도하기」만 초록.
17 환희기	① 행계잡록(5)·(6)	
18 피서록	① 행계잡록(5)·(6), ⑨ 열하피서록	⑪ 유화문견은 일부만 초록.
19 구외이문	③ 잡록(하), ④ 열하일기(정)	⑭ 박공서본은 일부만 초록. ⑩ 북경대본은 「羅約國書」만 초록. ⑪ 유화문견은 「曹操水葬」만 無題로 초록.
20 옥갑야화	② 행계집, ③ 잡록(하), ④ 열하일기(정), ⑪ 유화문견	
21 황도기략	⑤ 연행음청, ⑥ 황도기략(1)·(2), ⑩ 북경대본	⑪ 유화문견과 ⑭ 박공서본은 일부만 초록. ⑬ 연암집(가제)는 「黃金臺記」만 수록.
22 알성퇴술	⑥ 황도기략(1)·(2), ⑩ 북경대본, ⑪ 유화문견	⑫ 연암산고(2)는 「文丞相祠」만 수록.
23 앙엽기	⑥ 황도기략(1)·(2), ⑩ 북경대본, ⑪ 유화문견	
24 동란섭필	① 행계잡록(5)·(6), ④ 열하일기(형)·(리), ⑩ 북경대본	⑪ 유화문견은 일부만 초록.
25 금료소초	③ 잡록(하), ④ 열하일기(정)	
보유	⑦ 양매시화	⑫ 연암산고(2)는 「천애결린집」과 「(열하)태학기」(미완)를 수록.

초고본 계열의 이본들은 『열하일기』의 특정한 편들을 수록하

고 있되 권차조차 아직 부여되지 않은 경우가 대부분이다. 각 편의 전체적인 순서도 뒤죽박죽이며, 동일한 편이 하나의 책에 중복 수록된 경우도 종종 있다. 각 편을 구성하는 단락들이나 세부 항목들이 완비되지 않았고 단락이나 세부 항목의 순서도 무질서하다. 뿐만 아니라 「상기」(象記)와 「희본명목」(戱本名目)이 「산장잡기」 편에 통합되지 않은 채 하나의 독립된 편으로 취급되어 있고, 나머지 「야출고북구기」 등 7편의 기(記) 역시 아직은 「산장잡기」라는 편명 아래 묶이지 않았다.

그럼에도 불구하고 초고본 계열 이본들은 『열하일기』의 초창기 모습을 보여 주는 흥미로운 자료라고 할 수 있다. 그중 『연행음청』과 『행계잡록』을 보면, 『열하일기』의 최초의 제목이 '연행음청' 또는 '연행음청기'였음을 알 수 있다. 또한 『행계잡록』은 이러한 최초의 제목을 '열하일기'로 고치면서, 아울러 『열하일기』의 체제를 정비해 가는 과정도 보여 준다. 예컨대 『행계잡록』(1)을 보면, 「도강록」과 「성경잡지」의 권수제를 '연행음청'에서 '열하일기'로 고치면서 각각 권1과 권2라는 권차를 부여했고, 난외에 '연암외집'(燕巖外集)이라 추기하였다.[21] 이는 장차 『열하일기』를 체계적으로 편성하면서 『연암집』의 외집으로 통합하려는 의도를 드러낸 것이라 할 수 있다.

하지만 권차는 몇몇 편들에만 국한되었을뿐더러, 필사본에 따라 각기 독자적으로 부여되었던 듯하다. 『행계잡록』(3)을 보면 권수제가 '연행음청기'로 된 「도강록」에는 권차가 아직 없고, 권수제가 '열하일기'로 된 「막북행정록」과 「태학유관록」에만 각각 권1과 권2라는 권차가 부여되었다.[22] 단 이와 같은 권차는 『행계잡록』(1)

의 「도강록」 및 「성경잡지」의 권차와 상충하는 것이어서 일관성을 결여하고 있다.[23]

* * *

초고본 계열 중 『행계잡록』(1)·(3)의 「도강록」은 연암이 1783년에 쓴 서문을 갖추었으나, 『행계잡록』(2)의 「일신수필」에는 아직 서문이 없다. 북경대본은 '일신수필서'라는 제목으로 서문을 갖추었으나, "지금 나는 이번 여행에서…"(今吾此行)라는 구절로 글이 중단되었다.

초고본 계열 이본들을 보면, 연암의 동인(同人)들에 의해 평어와 비점이 가해진 사실을 알 수 있다. 『행계잡록』(5)·(6)의 「상기」에는 두주로 첨부된 약 20개의 평어와 함께 "영재왈"(泠齋曰)이라 하여 유득공의 미평(尾評)이 있고, 『행계집』 및 『잡록』(상)의 「망양록」에는 "강산왈"(薑山曰)이라 하여 이서구(李書九)의 세주(細註)가 있다. 『잡록』(하)의 「옥갑야화」 중 「허생전」에는 "차수"(次修)라고 밝힌 박제가의 두주와 함께 그의 미평이 있으며, 『열하일기』(정)의 「옥갑야화」 중 「허생전」에는 "대중"(大中)이라 밝힌 성대중(成大中)의 두주와 함께 "차수왈"(次修曰) 및 "제가"(齊家)라고 썼다가 지워진 박제가의 미평이 있다. 『유화문견』의 「허생전」(무제無題)에도 "차수왈"(次修曰)이라는 박제가의 미평이 있다. 특히 『열하일기』(리)의 「동란섭필」에는 이덕무가 쓴 평어임이 분명한, 무려 45개나 되는 두주가 있다.[24] 이와 같이 이덕무·성대중·유득공·박제가·이서구 등이 『열하일기』의 초기 필사본들에 남긴 평어나 비점은 작품 이해와 감상에 아주 요긴한 참고가 된다.

초고본 계열 이본들을 보면, 『열하일기』의 일부 편명 및 작품명·소제목 등이 수정된 사실도 알 수 있다. 예컨대 『행계집』에는 「심세편」이 '필담의례'(筆談義例)로 되어 있다. 이 글은 애초에는 「망양록」에 부속되는 필담의 범례로서 집필되었던 것이다. 그런데 『잡록』(상)은 이를 '심세편'으로 고침으로써 하나의 편으로 독립시켰다. 한편 『잡록』(하)를 보면 「만국진공기」(萬國進貢記)는 원래 제목인 '진공만거기'(進貢萬車記)를 고친 것임을 알 수 있다.

또한 『잡록』(하)를 보면, 나중에 「산장잡기」 편으로 통합되는 「야출고북구기」를 비롯한 7편의 기를 수정한 사실을 알 수 있다. 「야출고북구기」의 후지(後識)도 현전하는 필사본들과 다를뿐더러 퇴고의 흔적이 역력하다. 「일야구도하기」 역시 작품 이해에 긴요한 몇 군데에 퇴고의 흔적을 보여 준다.[25] 그리고 『잡록』(하)의 「환연도중록」 중 8월 19일과 8월 20일 기사 등은 가장 초기의 원고 상태를 보존하고 있는데, 『열하일기』(정)은 이를 크게 수정·보완하고 있음을 볼 수 있다.[26] 이러한 사실들은 연암이 문예적 저작으로서 『열하일기』의 완성도를 높이기 위해 부단히 퇴고했음을 말해 주는 것이다.

초고본 계열 이본들에서 특히 주목되는 것은 서학과 관련된 내용이 대거 삭제되거나 수정된 사실이다. 『행계집』 및 『잡록』(하)의 「곡정필담」, 『행계집』 및 『잡록』(상)의 「망양록」에서 일부 내용이 누락되었는데, 이는 「곡정필담」에서 연암이 지구지전설과 천주교의 교리 및 중국에 전래된 경위 등에 관해 토론한 내용을, 그리고 「망양록」에서 마테오 리치가 중국에 전래한 양금과 그것이 다시 조

선에 전래된 경위 등을 소개한 내용을 삭제하기 위한 조치였다.[27]

또한『연행음청』과 북경대본 및『유화문견』을 보면,「황도기략」편의「풍금」(風琴)과「양화」(洋畵)는 원래의 소제목이 각각 '천주당'과 '천주당화'(天主堂畵)였음을 알 수 있다.[28] 그런데『황도기략』(1)·(2)는「천주당」의 소제목을 '풍금'으로 바꾸고 본문도 일부 수정했다. 특히『연행음청』과『유화문견』에서 "'천주'라는 것은 '천지만물의 대종주(大宗主)'라는 말과 같다. 서양인들은 역산(曆算)을 잘한다"(天主者, 猶言天地萬物之大宗主也. 西洋人善治曆.)라고 한 중요한 구절에 대해,『황도기략』(1)은 "'천주'라는 것은 '반고씨'니 '천황씨'니 하는 칭호와 같은 말이다. 단 그 사람은 역산을 잘한다"(天主者, 猶言盤古氏·天皇氏之稱也. 但其人善治曆)로 고쳤고,『황도기략』(2) 역시 그와 거의 똑같이 고쳤다. 이처럼 '천주'를 숭상한다는 오해를 피하고자 무리하게 수정한 결과 '천주가 역산을 잘한다'는 부조리한 문장이 되었다.

뿐만 아니라『황도기략』(1)·(2)는「천주당」에 이어지는「천주당화」를 전면 삭제해 버렸다.『황도기략』(1)은「천주당화」를 삭제하면서도 "(갑자기) 구경하게 된 사람 치고 놀라서 소리치며 고개를 젖히고 손을 뻗치지 않는 이가 없으니, 떨어지는 것을 받을 양으로 그런다"([驟令]觀者, 莫不驚號錯愕, 仰首張手, 以承其隳落也)고 한 마지막 구절만 남겨 엉뚱하게도「풍금」의 말미에 붙여 놓았다. 게다가『황도기략』(1)·(2)는「풍금」의 본문에서 '서양'(西洋)과 '천주'라는 글자도 삭제했다.[29]『잡록』(하) 및『열하일기』(정) 역시「금료소초」서문에서 '서양'이라는 글자를 지웠다.[30]

이와 같은 삭제·수정 조치는 아마도 신유사옥(辛酉邪獄)과 관련이 있을 듯하다. 순조 1년 신유년(1801)에 천주교도에 대한 대대적 탄압이 벌어지자, 『열하일기』 중 천주교와 관련된 내용이 물의를 빚을까 염려하여 그러한 조치를 취했던 것이 아닌가 한다. 또한 『잡록』(하) 및 『열하일기』(정)의 「옥갑야화」 중 「허생전」에 있는 박제가의 미평에서 그의 자나 이름이 지워져 누구의 평어인지 알 수 없게 된 것도 그가 신유사옥에 연루되어 정치적 박해를 받았던 사실과 무관하지 않을 것으로 추측된다. 그 후에 대다수의 필사본들은 박제가의 자나 이름을 삭제한 채 그의 평어만 인용하거나 평어 자체를 삭제해 버렸다.

『고정망양록』과 『열하피서록』을 보면 연암의 사후에 아들 박종채와 손자 박규수가 『열하일기』의 일부 개편과 수정 작업을 맡아 추진한 사실을 알 수 있다. 『고정망양록』은 첫 장에 제목과 함께 "정묘중정 연암집"(丁卯重訂燕岩集), "탁연재"(濯研齋)라고 씌어 있다. 연암 후손가 소장 『가승』(家乘)에 의하면 탁연재는 박종채의 당호(堂號)이므로, 이는 박종채가 부친의 삼년상이 끝난 직후인 정묘년(1807)에 『연암집』 편찬의 일환으로 『열하일기』 「망양록」을 거듭 교정했다는 뜻이다.

이 책에서 박종채는 「망양록」의 본문을 종전의 35개 단락에서 42개 단락으로 재편성했을 뿐 아니라, 내용을 일부 보완하고 자구를 수정하기도 했다. 초고본 계열과 일부 『열하일기』 계열 필사본을 제외한 대다수 이본들은 이러한 『고정망양록』의 개편·수정 조치를 그대로 따르고 있다.[31] 박종채에 의해 「망양록」의 본문이 확정된 셈이다. 따라서 「망양록」의 개편 여부는 이본들의 선후 관계를 판단하고 계통을 추정하는 데 하나의 중요한 지표가 된다.

『열하피서록』은 연암이 『삼한총서』(三韓叢書)의 일부로서 편찬한 책이다. 그 표지를 보면 "피서록 수고(手稿) 반권(半卷)"이라는 제목 옆에 다음과 같은 박규수의 글이 씌어 있다.

此是先王考手藁也. 與今本小異而加詳, 未知元本出後更起此艸者歟. 當與今本參互, 更爲考定者. 庚子暮春, 孫珪壽識.

이는 작고한 조부님의 친필 원고이다. 금본(今本)과 조금 다르지만 더 상세하다. 원본(元本)이 나온 뒤에 다시 이 원고를 초하신 것인지도 모르겠다. 금본과 서로 참조하여 다시 고정(考定)해야 할 것이다. 경자(庚子) 3월 손자 규수 씀.[32]

위의 글은 박종채의 사후인 경자년(1840)에 박규수가 연암의 저작을 수습하고 교열하는 작업을 계승하여 진행하고 있었음을 증언하고 있다. 그의 부친 박종채가 「망양록」을 '고정'(考定)했듯이, 박규수도 '금본' 『연암집』 중의 「열하일기」 「피서록」을 참조하여 '원본' 「피서록」과 달라진 이본인 『열하피서록』을 '고정'하고자 했음을 알 수 있다.[33]

2. 『열하일기』 계열 이본

『열하일기』 계열 이본은 다시 두 종류로 나눌 수 있다. 첫째는 권차가 제대로 부여되지 못하고 「야출고북구기」 등의 기문이 「산장잡기」 편으로 통합되지 못한 점 등에서 초고본 계열에 가까운 필사본들이다. 여기에 속하는 이본으로는,

① 동양문고 연휘본: 일본 동양문고 소장 『연휘』(燕彙)의 『연암설총』(燕巖說叢) 8책[34]

② 일재본(一齋本): 단국대 연민문고 소장 『열하일기』 상·하[35]

③ 다백운루본(多白雲樓本): 단국대 연민문고 소장 『열하일기』 10책[36]

④ 수당본(綏堂本): 단국대 연민문고 소장 『열하일기』 낙질본(落帙本) 6책[37]

⑤ 만송문고본(晩松文庫本): 고려대 도서관 만송문고 소장 『열하일기』 5책[38]

⑥ 고도서본(古圖書本): 서울대 규장각 소장 『열하일기』(古4810-3) 10책[39]

⑦ 중국 국도본(國圖本): 중국 국가도서관 소장 『열하일기』 낙질본 10책[40]

등이 있다.

둘째는 권차가 일관되게 부여되고 「산장잡기」 편이 신설되는 등으로 『열하일기』로서 독자적인 면모를 뚜렷하게 갖춘 필사본이다. 여기에 속하는 이본으로는,

⑧ 온재문고본(溫齋文庫本): 국립중앙도서관 온재문고 소장 『열

하일기』 13책[41]

⑨ 주설루본(朱雪樓本): 단국대 연민문고 소장『열하일기』 8책[42]

⑩ 충남대본: 충남대 도서관 소장『열하일기』 12책

⑪ 규장각본: 서울대 규장각 소장『열하일기』(奎7175) 10책

⑫ 존경각본(尊經閣本): 성균관대 도서관 존경각 소장『열하일기』 낙질본 6책

등이 있다.

그 밖의 이본으로 다음과 같은 필사본들이 있다.

⑬ 고려대 도서관 소장『열하일기』 낙질본 10책[43]

⑭ 서울시 남산도서관(구舊 경성부립도서관京城府立圖書館) 소장『열하일기』 7책[44]

⑮ 단국대 고문헌실 소장『열하기』(熱河記) 낙질본 1책[45]

⑯ 국립중앙도서관 소장『도강록』 1책[46]

⑰ 숭실대 소장『관거외사(곤): 연암열하기요』(寬居外史[坤]: 燕巖熱河記要) 1책[47]

『열하일기』 계열에 속하는 주요 이본들의 편성을 박영철본과 비교하여 표로 제시하면 다음과 같다.

박영철본	① 동양문고 연휘본	② 일재본	③ 다백운루본 ④ 수당본	⑤ 만송문고본	⑥ 고도서본
1 도강록	도강록	1 도강록	도강록	도강록	도강록

2 성경잡지	성경잡지	2 성경잡지	성경잡지	성경잡지	성경잡지
3 일신수필	일신수필	3 일신수필	일신수필 (수당본: 결)	일신수필	일신수필
4 관내정사	관내정사	4 관내정사	관내정사	관내정사	관내정사
5 막북행정록	막북행정록	5 (산장잡기a)	막북행정록 (수당본: 결)	1 막북행정록	막북행정록
6 태학유관록	태학유관록	5 진덕재야화	태학유관록 (수당본: 결)	2 태학유관록	태학유관록
7 환연도중록	경개록	6 막북행정록	(산장잡기a)	(산장잡기a)	경개록
8 경개록	황교문답	7 태학유관록	진덕재야화	진덕재야화	망양록
9 황교문답	행재잡록	8 환희기	환연도중록	환연도중록	황교문답
10 반선시말	반선시말	8 상기	금료소초	금료소초	환희기
11 찰십륜포	희본명목	9 피서록	구외이문	구외이문	상기
12 행재잡록	망양록	10 경개록	(산장잡기b)	(산장잡기b)	피서록
13 망양록	필담의례	10 황교문답	경개록	경개록	환연도중록
14 심세편	찰십륜포	10 행재잡록	황교문답	황교문답	옥갑야화
15 곡정필담	환희기	10 반선시말	행재잡록	행재잡록	구외이문
16 산장잡기	상기	10 희본명목(결)	반선시말	반선시말	산장잡기
17 환희기	피서록	10 찰십륜포	희본명목	희본명목	동란섭필
18 피서록	동란섭필	11 망양록	찰십륜포	찰십륜포	황도기략

19 구외이문	곡정필담	11 심세편	망양록	망양록	알성퇴술
20 옥갑야화	(산장잡기)	12 곡정필담	심세편	심세편	앙엽기
21 황도기략	구외이문	13 환연도중록	동란섭필	동란섭필	
22 알성퇴술	금료소초	14 동란섭필	곡정필담	곡정필담	
23 앙엽기	환연도중록	15 구외이문	환희기 (수당본: 결)	환희기	
24 동란섭필		15 (산장잡기b)	상기 (수당본: 결)	상기	
25 금료소초		16 금료소초	피서록 (수당본: 결)	피서록	

박영철본	⑦ 중국 국도본	⑧ 온재문고본	⑨ 주설루본	⑩ 충남대본	⑪ 규장각본 ⑫ 존경각본
1 도강록	도강록(결)	도강록	도강록	1 도강록	1 도강록
2 성경잡지	2 성경잡지	성경잡지	성경잡지	2 성경잡지	2 성경잡지
3 일신수필	2 태학유관록	일신수필	일신수필	3 일신수필	3 일신수필
4 관내정사	3 일신수필	관내정사	관내정사	4 관내정사	4 관내정사
5 막북행정록	4 관내정사	1 막북행정록	1 막북행정록	5 막북행정록	5 막북행정록
6 태학유관록	5 막북행정록	2 태학유관록	2 태학유관록	6 태학유관록	6 태학유관록
7 환연도중록	7 경개록	환연도중록	환연도중록	7 구외이문	7 경개록
8 경개록	황교문답	금료소초	경개록	8 환연도중록	8 망양록

9 황교문답	행재잡록	옥갑야화	황교문답	9 금료소초	9 심세편 (존경각본: 결)
10 반선시말	반선시말	경개록	반선시말	10 옥갑야어	10 곡정필담 (존경각본: 결)
11 찰십륜포	희본명목	황교문답	찰십륜포	11 황도기략	11 황교문답 (존경각본: 결)
12 행재잡록	찰십륜포	행재잡록	행재잡록	12 알성퇴술	12 반선시말 (존경각본: 결)
13 망양록	망양록	반선시말	망양록	13 앙엽기	13 찰십륜포 (존경각본: 결)
14 심세편	심세편	희본명목	심세편	14 경개록	14 산장잡기 존경각본: (산장잡기)
15 곡정필담	동란섭필	찰십륜포	곡정필담	15 황교문답	15 환희기
16 산장잡기	곡정필담	망양록	산장잡기	16 행재잡록	16 피서록
17 환희기	10 환희(기)	심세편 (부록 2편)	희본명목	17 반선시말	17 행재잡록
18 피서록	상기	곡정필담	상기	18 희본명목	18 희본명목
19 구외이문	피서록	산장잡기	환희기	19 찰십륜포	19 구외이문
20 옥갑야화		환희기, 상기	피서록	20 망양록	20 환연도중록
21 황도기략		피서록	구외이문	21 심세편	21 옥갑야화
22 알성퇴술		구외이문 (산장잡기)	옥갑야화	22 곡정필담	22 황도기략
23 앙엽기		황도기략	23 황도기략	23 동란섭필	23 알성퇴술

24 동란섭필		알성퇴술	24 알성퇴술	24 산장잡기	24 앙엽기
25 금료소초		앙엽기	25 앙엽기	25 환희기	25 동란섭필
		동란섭필	26 동란섭필	26 피서록	26 금료소초

• 권차가 있는 경우 편명 앞에 숫자로 표시함. (결)은 결권(缺卷)의 약칭임.
• '(산장잡기)'는 편명 없이 기문(記文)만 수록한 경우임. 기문들을 두 개의 그룹으로 나누어 수록한
경우는 각각 '(산장잡기 a)'와 '(산장잡기 b)'로 구별함.

　『열하일기』 계열 이본들의 특징을 살펴보기로 한다. 우선, 동양
문고 연휘본은 「도강록」 이하 「관내정사」까지 처음 4개 편의 책 제
목이 여전히 '연행음청'으로 되어 있다. 초고본 계열의 『연행음청』
이나 『행계잡록』과 마찬가지인 것이다. 다백운루본 및 수당본과 만
송문고본 등은 책 제목이 '열하기'(熱河記)로 되어 있다. 남공철의 한
시나 유만주의 일기 『흠영』 등에 의하면, 이 역시 『열하일기』의 초
기 제목의 하나였다.[48] 현전하는 『열하일기』 한글본의 책 제목도
'열하기'이다.

　동양문고 연휘본·일재본·다백운루본·수당본·고도서본은 전
편(全篇)에 걸쳐 아직 권차가 부여되지 않았다.[49] 만송문고본과 온
재문고본은 「막북행정록」과 「태학유관록」에만 각각 권1과 권2의
권차가 부여되었다. 중국 국도본은 「황교문답」 등 8편에 권차가 부
여되지 않았다. 게다가 일재본과 다백운루본 및 수당본, 만송문고
본은 공통적으로 「황도기략」 「알성퇴술」 「앙엽기」 등 3편을 갖추지
못했다. 동양문고 연휘본은 이 3편 외에도 「옥갑야화」가 없고, 중국
국도본은 「환연도중록」 등 5편이 더 없다. 고도서본은 「황도기략」
등 3편은 갖추었으나, 그 대신 「반선시말」 등 7편이 없다. 주설루본

은 거의 전편을 갖추었으되 「금료소초」가 없다.

뿐만 아니라 편차도 상당히 혼란스럽다. 동양문고 연휘본은 엉뚱하게도 「환연도중록」을 마지막 편으로 배치했으며, 일재본은 「관내정사」와 「막북행정록」 사이에 나중에 「산장잡기」로 통합되는 3편의 기문과 '진덕재야화'(進德齋夜話)라는 편명으로 「옥갑야화」를 배치했다. 다백운루본 및 수당본, 만송문고본도 「금료소초」를 중간에 배치하고 그 대신 「피서록」을 마지막 편으로 배치했다. 고도서본도 「옥갑야화」 다음에 「구외이문」과 「산장잡기」를 배치하고, 중국 국도본도 「성경잡지」와 「일신수필」 사이에 「태학유관록」을 배치했으며, 온재문고본 역시 「환연도중록」과 「옥갑야화」 사이에 「금료소초」를 배치한 등으로 불합리한 편차를 보여 준다.

주설루본은 원래 6편에만 권차가 부여되었다.[50] 즉 「막북행정록」과 「태학유관록」에 각각 권1과 권2, 그리고 「황도기략」 「알성퇴술」 「앙엽기」 「동란섭필」에 차례로 권23, 권24, 권25, 권26이라는 권차가 부여되었다. 이처럼 「막북행정록」과 「태학유권록」에 부여된 특이한 권차는 앞서 언급한 『행계잡록』(3) 및 만송문고본·온재문고본과 일치하는 것이다.[51] 반면에 「황도기략」 등 4편의 권수제에는 "연암집 외집"이라 명기되어 있어, 초고본 계열의 『행계잡록』(1)과 마찬가지로 장차 『열하일기』를 『연암집』의 외집으로 통합하려는 기획을 보여 주고 있다. 실제로 주설루본의 「황도기략」 등 4편의 권차는 전남대 소장 『열하일기』 등 『연암집』 외집 계열 이본들의 권차와 정확히 일치한다. 주설루본의 전체적인 편차도 『연암집』 외집 계열 이본들과 거의 합치하는 방향으로, 훨씬 더 정연하게 되어 있다.

충남대본, 규장각본 및 존경각본은 「금료소초」를 포함하여 전 26편의 권차를 완비하고 있다. 그러나 충남대본은 열하 체류 중의 견문을 기술한 편들과 북경으로 귀환한 뒤의 견문을 기술한 편들이 뒤죽박죽으로 섞여 있고, 최후에 배치되어야 할 「금료소초」가 제9권 으로 편성되어 있는 등 편차가 여전히 혼란스럽다.[52]

그에 비하면 규장각본 및 존경각본은 서사(敍事)의 시간적 순서 에 따른 가장 완정한 편차를 갖추고 있다. 즉, 「태학유관록」 다음에 「경개록」이 배치되고 「구외이문」과 「옥갑야화」 사이에 「환연도중 록」이 배치되어, 실제의 여정과 부합하는 체제를 갖춘 것이다.[53] 연 암집 외집 계열과 별집 계열 이본들이 이와 같은 편차를 따르지 않 은 것은 아쉬운 점이라 하겠다.

앞서 언급했듯이 초고본 계열의 『행계잡록』(1)·(3)은 「도강 록」의 서문을 갖추었고, 북경대본은 「일신수필서」를 갖추었으나, 동양문고 연휘본은 「도강록」과 「일신수필」의 서문을 모두 갖추지 못했다. 한편 일재본은 「황교문답」의 서문을 갖추지 못했다.[54]

반면 『열하일기』 계열 이본들 중 동양문고 연휘본을 제외한 대 다수의 필사본들은 「도강록서」라는 「도강록」의 서문을 갖추었다. 단 규장각본은 '서'(序)라고만 했고, 충남대본은 '열하일기서'라고 명명했다. 특이하게도 온재문고본은 「도강록서」 앞에 별도로 「열하 일기서」를 배치했다. 이 서문은 필자가 밝혀져 있지 않지만, 유득공 의 문집에 동일한 글이 실려 있는 점으로 보아[55] 유득공이 지은 것 이 분명하다. 『열하일기』의 독특한 저술 방법을 『장자』(莊子)와 대 비하여 논한 명문이므로, 그 전문을 번역·소개하고자 한다.

立言設教, 通神明之故, 窮事物之則者, 莫尙乎易·春秋. 易微
而春秋顯. 微主談理, 流而爲寓言; 顯主記事, 變而爲外傳. 著
書家有此二塗. 嘗試言之.

훌륭한 글을 지어 사람들을 교화함에 있어서 신령(神靈)의
이치에 통달하고 세상사의 법칙을 궁구한 저술로는『주
역』과『춘추』보다 뛰어난 것이 없다.『주역』은 은미(隱微)하
지만『춘추』는 현시(顯示)한다. 은미함은 이치에 관한 담론
을 위주로 하는데 이것이 변하면 우언(寓言: 우화)이 된다.
현시함은 사실에 관한 기록을 위주로 하는데 이것이 변하
면 외전(外傳: 정사正史가 아닌 전기)이 된다. 저술가에게는
이 두 가지 길이 있다. 나는 전에 그에 대해 시험 삼아 다
음과 같이 논한 적이 있다.

易六十四卦所言物, 龍·馬·鹿·豕·牛·羊·虎·狐·鼠·雉·隼·
龜·鮒, 將謂有其物耶? 無之矣. 其在于人, 笑者·泣者·咷者·
歌者·眇者·跛者·臀無膚者·列其寅〔黄〕者, 將謂有其人耶?
無之矣. 然而揲蓍布卦, 其象立見, 吉凶悔吝, 應若桴鼓者, 何
耶? 由微而之顯故也. 爲寓言之文者, 因之.

『주역』의 64괘에서 용·말·사슴·돼지·소·양·범·여우·쥐·꿩·
매·거북·붕어 등의 동물을 언급하고 있는데, 그런 동물이
실재한다고 말하려는 것일까? 그런 것들은 실재하지 않는
다.[56] 사람의 경우에도 웃는 자, 우는 자, 통곡하는 자, 노

래하는 자, 한쪽 눈이 먼 자, 다리를 저는 자, '엉덩이에 살이 없는 자',[57] '척추의 살을 베어 낸 자'[58] 등을 언급하고 있는데, 그런 인물이 실재한다고 말하려는 것일까? 그런 자들은 실재하지 않는다. 그렇지만 점을 칠 때 시초(蓍草)를 헤아려 괘를 벌려 놓으면, 그와 관련된 상징물이 즉시 나타나고 길흉과 회한(悔恨)의 예언이 북을 치듯 빠르게 호응함은 어째서인가? 은미함으로부터 현시함으로 나아간 까닭이다. 우언의 저자들은 이를 이어받았다.

春秋二百四十二年之間, 郊禘蒐狩, 朝聘會盟, 侵伐圍入, 悉有其事矣. 然而左·公·穀·鄒·夾之傳各異, 從而說者彼攻我守, 至今未已者, 何也? 由顯而入微故也. 爲外傳之文者, 因之.

『춘추』에 기록되어 있는 242년간의 역사에서 하늘과 시조에게 제사 드리며 봄가을로 사냥을 하고, 조공을 바치고 알현하며 회합하여 동맹을 맺고, 침범하고 정벌하며 포위하고 점거하는[59] 등의 사건은 모두 실제로 있었던 사실이다. 그렇지만 『좌전』(左傳) 『공양전』(公羊傳) 『곡량전』(穀梁傳) 『추씨전』(鄒氏傳) 『협씨전』(夾氏傳)[60]의 해설이 각기 다르며, 이에 따라 논자들도 지금까지 그치지 않고 서로 공방을 벌여 온 것은 어째서인가? 현시함으로부터 은미함으로 들어간 까닭이다. 외전의 저자들은 이를 이어받았다.

是故, 曰: "蒙莊善著書." 莊書中, 帝王賢聖, 當世君相, 處士辨〔辯〕客, 或可補正史. 匠石·輪扁, 必有其人. 至若副墨之子, 洛誦之孫, 此是何人? 罔兩·河伯, 亦果能言歟? 以爲外傳也, 則眞假相混; 以爲寓言也, 則微顯迭變, 人莫測其端倪, 號爲弔詭, 而其說終不可廢者, 善於談理故也. 可謂著書家之雄也.

이런 까닭에 "장주(莊周)는 저서를 잘한다"고 말하는 것이다. 『장자』(莊子)에 보이는 제왕과 성현, 당세의 임금과 재상, 은거한 선비나 유세객들의 사적은 간혹 정사(正史)를 보완할 수도 있다. 솜씨 좋은 목수 장석(匠石)이나 수레를 잘 만드는 윤편(輪扁)도 반드시 그런 인물이 실재했을 것이다. 하지만 '부묵(副墨: 문자를 의인화한 인물)의 아들'이니 '낙송(洛誦: 언어를 의인화한 인물)의 손자'니 하는 이 같은 경우는 도대체 어떤 사람이었을까?[61] '망량'(罔兩: 도깨비)이나 '하백'(河伯: 황하의 수신水神)도 과연 사람처럼 말을 할 수 있었을까? 『장자』를 '외전'이라고 한다면 진실과 허구가 뒤섞여 있고, '우언'이라고 한다면 은미함과 현시함이 번갈아 변하니, 사람들은 아무도 그 두서를 짐작할 수 없어 이를 '조궤'(弔詭: 궤변)라고 불렀던 것이다.[62] 그런데도 장주의 주장을 끝내 폐기할 수 없었던 것은 이치에 관한 담론을 잘한 까닭이었다. 장주는 '저술가의 우두머리'라고 부를 만하다.

今夫燕巖氏之熱河日記, 吾未知其爲何書也. 涉遼野, 入渝關, 倘佯乎金臺之墟, 由密雲, 出古北口, 縱觀乎灤水之陽, 白檀之

北, 則眞有其地矣; 與之辯者, 鴻儒韻士, 眞有其人矣. 四夷殊
形詭服, 呑刀呑火, 黃禪·短人, 雖若可怪, 而未必罔兩·河伯
也. 珍禽奇獸, 佳花異樹, 亦無不曲寫情態, 而何嘗言其背千
里, 其壽八千歲耶?

그런데 지금 나는 연암씨의 『열하일기』가 어떤 저서인지
잘 모르겠다. 연암씨는 요동 벌판을 건너서 유관(渝關: 산
해관)[63]에 들어선 뒤 북경의 황금대(黃金臺) 옛터를 배회하
다가, 밀운성(密雲城)을 경유하여 고북구(古北口)를 나선 뒤
에 난하(灤河) 이북과 백단현(白檀縣) 이북[64]을 마음껏 관광
했는데, 진짜로 그런 지역들이 있다. 그와 함께 토론한 이
들은 대학자거나 고상한 선비였는데, 진짜로 그런 인물들
이 있었다. 외모가 다르고 복장이 괴상한 중국 사방의 이
민족들, 칼을 삼키고 불을 삼키는 마술사들, 황교(黃敎: 티
베트 불교의 한 분파)의 판첸 라마나 난쟁이[65] 따위도 비록
괴이한 듯하기는 하지만, 반드시 망량이나 하백 같은 존재
는 아니었을 것이다. 그리고 진기한 짐승들이며 아름답고
특이한 꽃과 나무들 역시 모두 그 실태를 곡진하게 묘사했
으니, 등의 길이가 천 리나 된다는 붕새라든가 8천 년이나
장수한다는 거대한 참죽나무[66] 따위를 언제 말한 적이 있
던가?

始知莊生之爲外傳, 有眞有假, 燕巖氏之爲外傳, 有眞而無假.
其所以兼乎寓言, 而歸乎談理則同. 比之霸者, 晉譎而齊正也.

又其所謂談理者, 豈空談恍惚而已耶? 風謠習尙, 有關治忽,
城郭宮室, 耕牧陶冶, 一切利用厚生之道, 皆在其中, 始不悖於
立言設敎之旨矣.

나는 비로소 알겠다. 장주가 지은 외전에는 진실도 있고
허구도 있지만, 연암씨가 지은 외전에는 진실만 있고 허구
는 없음을. 하지만 우언을 겸함으로써 이치에 대한 담론
으로 귀결하는 점은 양자가 동일하다. 춘추 시대의 패자에
비유하자면, 장주는 진(晉)나라의 문공(文公)처럼 간교하고,
연암씨는 제나라의 환공(桓公)처럼 정당하다고 하겠다. 게
다가 이치에 대한 담론이란 것도 어찌 장주처럼 헛된 이야
기를 모호하게 늘어놓았을 뿐이겠는가? 중국의 민요와 풍
속은 치란(治亂)에 관련되고, 성곽과 건물, 농업·목축업·도
업(陶業)·제련업(製鍊業) 등 이용후생(利用厚生)의 모든 방법
이『열하일기』안에 다 담겨 있으니, 훌륭한 글을 지어 사
람들을 교화한다는 취지에 비로소 어긋나지 않았다고 하
겠다.

또한 동양문고 연휘본을 제외한 대다수의『열하일기』계열 이
본들은「일신수필」의 서문을 갖추었다. 충남대본과 일재본, 규장각
본은 이 서문을 '서'(序)로, 다백운루본·만송문고본·온재문고본·
중국 국도본·주설루본·고도서본·존경각본 등은 '일신수필서'로
명명하였다. 그런데「일신수필」의 서문은 "지금 나는 이번 여행에
서…"(今吾此行)라는 구절로 그치고 있는 미완성의 글이다. 따라서

주설루본은 끝에 '결'(缺) 자를 추기하고,[67] 충남대본·고도서본·규장각본·존경각본 등은 '미졸편'(未卒編)이라는 소주를 추기하여 그 사실을 밝히고 있다.

그런데 특이하게도 온재문고본은 "뒤를 잇기는 했으나 끝내 마치지 못해서 우선 붙여 둔다"(屬之而竟未卒, 姑附之)고 쓴 부전(附箋)과 함께, 미완성 서문의 마지막 대목을 고쳐서 제시했다. 즉, 서양인 선교사들이 중국어를 배우고 한문을 익혀서 불후의 저술을 남기려 한 이유는 "본래 이 몸이 현재에 존재한다고 여기지만, 그것은 과거의 상황에 속하고 상황은 부단히 과거가 되므로, 예전에 입과 귀에만 의존하여 학문이라 여겼던 것들 역시 증거를 취할 데가 없는 때문일 뿐이다. 그런데 지금 나는 이번 여행에서"(本爲此身現在, 而屬之過境, 境過而不已, 則昔之所憑以爲學問者, 亦無所取徵故耳. 今吾此行)라고 한 대목에 이어서, 바로 그 대목을 수정한 글을 다음과 같이 제시했다.

> 蓋以耳聞目見而屬之過境, 境過而不已, 則昔之所憑以爲學問者, 亦無所取徵. 故强爲著書, 欲人之必信. 見吾儒闢異之論, 則綴拾緖餘, 强效斥佛. 悅佛氏堂獄之說, 則哺啜糟粕,…

이는 대체로 귀로 듣고 눈으로 본 것은 과거의 상황에 속하고 상황은 부단히 과거가 되므로, 예전에 입과 귀에 의존하여 학문이라 여겼던 것들 역시 증거를 취할 데가 없기 때문일 것이다. 그러므로 애써 저서를 남겨서 사람들이 반드시 믿게 하려고 한다. 우리 유가에서 이단을 배격하는 논의를 보고는 그 나머지를 주워 모아 애써 불교 배척을

흉내 내지만, 불씨(佛氏)의 천당지옥설을 좋아하여 그 술지
게미를 먹고,…

아마도 연암은 「일신수필서」의 미완성 초고에 불만을 품고, 부
전에서 밝힌 대로 이를 수정 보완하고자 했으나 역시 미완성에 그
쳤던 것으로 보인다. 하지만 온재문고본에서 이루어진 이와 같은
수정 보완은 후술하듯이 『연암집』 별집 계열 이본들의 「일신수필」
서문에 계승되고 있다.

동양문고 연휘본·일재본·다백운루본·수당본·만송문고본·중
국 국도본·온재문고본·주설루본·충남대본의 「망양록」은 모두 서
문과 35개 단락의 본문으로 구성되어 있다. 초고본 계열의 『행계
집』·『잡록』(상)·『열하일기』(원) 등과 마찬가지로 『고정망양록』의
이전 단계에 머물러 있는 것이다. 단 온재문고에는 대개 이재성이
붙인 것으로 보이는 50여 개나 되는 많은 두주가 있다.[68]

그에 비해 고도서본·규장각본·존경각본의 「망양록」은 『고정
망양록』과 마찬가지로 서문과 42개 단락의 본문을 완비하고 있다.
반면 『고정망양록』에서 이루어진 단락들의 재편성과 수정 보완 조
치를 따른 결과, 고도서본·규장각본·존경각본에는 초고본 계열 이
본들과 『열하일기』 계열의 대다수 이본들에는 보존되어 있는 중요
한 내용이 유실되기도 했다. 즉, 연암이 윤가전으로부터 양금(洋琴)
연주를 부탁받았으나 악기가 없어 대신 구음(口音)을 들려주었더니,
합석한 왕민호도 양금의 중국식 구음을 연암에게 들려주었다는 다
음과 같은 대목이 사라진 것이다.

亨山問: "先生能解弄否?" 目招侍者, 囑云云. 似覺天琴也. 余
曰: "略會彈法. 不識傍近有是器否. 當爲大人一鼓." 亨山曰:
"已覓諸舖中矣." 頃之, 侍者還曰: "無有." 亨山曰: "求之不得,
敢請先生口誦." 余爲誦(琴訣云云, 笙訣云云). 尹・王皆閉目
良久, 開目相視, 鵠汀向亨山語, 亨山點頭. 鵠汀請再誦, 余
誦如前. 鵠汀閉目, 已而開視, 曰: "不會也罷." 余請鵠汀誦,
鵠汀整容端坐, 誦云云. 問曰: "會否?" 余曰: "不會也罷."

형산(亨山: 윤가전의 호)이 "선생은 능히 연주할 수 있나요?"
라고 물으면서, 시종을 눈짓으로 불러 뭐라뭐라고 부탁하
는데 아마 천금(天琴: 양금)을 찾는 듯하다. 내가 "대략 연주
법을 압니다. 근처에 이 악기가 있는지 모르겠군요. 당연
히 어르신을 위해 한 번 연주하렵니다"라고 말하자, 형산
은 "점포에 있는지 이미 찾고 있습니다" 한다. 한참 있으
니 시종이 돌아와서, "없습니다"라고 말했다. 형산은 "구
했으나 얻지 못하니, 감히 선생께 구송(口誦)을 청합니다"
라고 하므로, 나는 구송을 했다(양금의 구음을 운운하고, 생
황의 구음을 운운했다).
윤가전과 왕민호는 모두 한참 동안 눈을 감고 있다가 눈을
떠 서로 바라보고는, 곡정(왕민호의 호)이 형산에게 무언가
말을 하니 형산이 고개를 끄덕거렸다. 곡정이 구송해 주기
를 재청하므로, 나는 조금 전과 마찬가지로 구송했다. 곡
정이 눈을 감고 있다가 이윽고 눈을 뜨고는, "아무래도 모
르겠군요" 한다. 내가 곡정에게 구송을 청했더니, 곡정이

용모를 가다듬고 단정히 앉아서 뭐라뭐라고 구송하고는 "알겠나요?"라고 묻기에, 나는 "아무래도 모르겠군요"라고 말했다.[69]

동양문고 연휘본의 「심세편」은 편명이 초고본 계열의 『행계집』과 마찬가지로 '필담의례'로 되어 있다. 나머지 대다수의 『열하일기』 계열 이본들은 초고본 계열의 『잡록』(상)·『열하일기』(원)·북경대본 등과 마찬가지로 이를 '심세편'으로 고쳤다. 편명이 확정된 셈이다.

특이하게도 온재문고본은 「심세편」의 부록으로 1799년 건륭제가 임종할 때 남겼다는 조서인 「건륭황제유조」(乾隆皇帝遺詔)와 건륭제의 사후에 그의 총신인 화신(和珅)의 죄악을 성토한 「화신죄안」(和珅罪案)이란 글을 수록했다. 「화신죄안」은 제목 아래에 "당보에서 나온 것"(塘報所出)이라고 주를 붙여, 글의 출처가 청나라의 당보(塘報: 관보官報)임을 밝혔다. 그런데 이 두 편의 글은 유득공의 『고운당필기』(古芸堂筆記) 제6권에 실린 「청태상황제유조」(淸太上皇帝遺詔) 및 「화신이십대죄」(和珅二十大罪)와 대동소이하다.[70] 이는 유득공이 지은 「열하일기서」가 온재문고본에만 수록되어 있는 사실과 부합한다.

또한 「관내정사」 7월 27일 기사 중 백이 숙제의 사당인 이제묘(夷齊廟)에 관한 두주에서 "내가 성청묘(聖淸廟: 이제묘)를 배알하고 지은 시가 있다"(余謁聖淸廟, 有詩曰)고 하면서 소개한 시 역시 유득공이 1790년 연행 당시에 지은 「성청묘」(聖淸廟)라는 시이다.[71] 이어서 진자점(榛子店)의 창기(娼妓)에 관한 두주에서도 "이들은 토기(土妓)

라고 불리는데 표자(嫖子)라고도 일컫는다"(此屬謂之土妓, 亦稱嫖子)고
하면서 내각중서(內閣中書) 이정원(李鼎元: 호 묵장墨莊)에게 '표자'가
무슨 뜻이냐고 물었던 일을 술회했는데, 이는 1801년에 재차 북경
을 다녀온 유득공의 『연대재유록』(燕臺再遊錄)에 소개되어 있는 사
실이다.[72]

   그리고 「산장잡기」 편 중 「야출고북구기」의 후지에 붙인 두주
에서도 "경술년 가을에 내가 고북구를 통과하며 시가 있다"(庚戌秋,
余過古北口, 有詩云)고 하면서 소개한 시도 유득공이 경술년(1790) 음
력 7월 고북구를 통과하며 지은 시이다.[73] 「동란섭필」에는 유득공
이 붙인 것이 분명한 두주가 많은데, 그중 강녀묘(姜女廟)에 관한 기
사의 두주에서 1790년 그곳을 지나며 부사(副使) 서호수(徐浩修)의
시에 차운하여 지었던 자신의 시를 소개하고 있다.[74] 이와 같은 사
실들로 보아 온재문고본은 유득공이 깊숙이 관여한 매우 특별한 이
본임을 알 수 있다.

   한편 온재문고본은 앞서 언급한 「망양록」뿐 아니라 「곡정필
담」에도 근 70개에 달하는 아주 많은 두주가 있다. 이 역시 「망양
록」의 두주와 마찬가지로 거의 대부분 이재성이 붙인 것으로 추정
된다.[75] 온재문고본은 유득공과 아울러 이재성도 적극 관여한 이본
이라 할 수 있다.

   동양문고 연휘본과 고도서본의 「피서록」은 초고본 계열의 『행
계잡록』(6)과 마찬가지로 황정견(黃庭堅)의 시에 관한 기사로 끝나
고 있다.[76] 총 56개 단락으로 구성된 박영철본에 비해 마지막 4개
의 단락이 부족하다. 일재본과 다백운루본·만송문고본·중국 국도
본·주설루본·존경각본은 거기에 2개의 단락을 추가하여 『일하구

문』(日下舊聞)을 인용한 기사로 끝나고 있다.[77] 충남대본은 거기에
다시 한 단락을 추가하여, 연암이 지은 누님과 형수 묘지명의 글씨
를 중국인이 써 주었다는 기사로 끝나고 있다. 온재문고본·규장각
본·존경각본은 「피서록」의 마지막 단락으로 거인(擧人) 오조(吳照)
의 시를 소개한 기사까지 비로소 완비하고 있다.[78]

「구외이문」은 모두 60개의 세부 항목으로 구성되어 있는데, 동
양문고 연휘본과 다백운루본 및 수당본, 만송문고본은 그중 열 번
째 항목인 「초사」(樵史)까지만 수록하고 있으며 각 항목의 소제목도
없다.[79] 이는 초고본 계열의 『잡록』(하)와 마찬가지이다.[80] 반면에
온재문고본·주설루본·고도서본·규장각본·존경각본은 첫 번째 항
목인 「반양」(盤羊)부터 마지막 항목인 「천불사」(千佛寺)까지 소제목
과 함께 완비하고 있다.[81] 「구외이문」 중 37번째 항목인 「옹노후」(雍
奴侯)부터 마지막 「천불사」까지는 연암이 면천(沔川) 군수 시절(1797
~1800)에 편찬한 『면양잡록』(沔陽雜錄)의 「연상우필」(烟湘偶筆)에서
선록된 것이다.[82] 이로 미루어 보면 연암은 「구외이문」의 세부 항목
중 상당수를 자신의 만년에 이르러서야 추가했던 듯하다.

『열하일기』 계열에 속하는 대다수 이본들의 「동란섭필」은 총
85개의 단락을 완비하고 있다. 이는 초고본 계열의 『행계잡록』
(5)·(6), 『열하일기』(형)·(리) 등과 마찬가지이다. 「동란섭필」의 본
문이 일찍부터 확정되었음을 알 수 있다.[83] 다백운루본 및 수당본
과 만송문고본, 중국 국도본에는 공통적으로 다섯 군데에 이덕무의
것이 분명한 두주가 있다. 이는 초고본 계열의 『열하일기』(형)과 똑
같다.[84] 한편 온재문고본의 『동란섭필』에는 유득공의 것이 분명한
두주가 15개나 있다.[85]

동양문고 연휘본을 비롯하여 『열하일기』 계열 이본들은 모두 「성경잡지」 7월 11일 기사 다음에 「성경가람기」(盛京伽藍記) 등 9편의 글을 일괄하여 수록했다. 이는 초고본 계열의 『행계잡록』(1)과 마찬가지이다. 그중 「요동백탑기」 「광우사기」(廣祐寺記) 「구요동기」(舊遼東記) 「관묘기」(關廟記) 등 5편은 내용상 「도강록」 편에 수록되어야 합당한데, 이는 나중에 『연암집』 별집 계열 이본들에 이르러서야 바로잡힌다.[86]

동양문고 연휘본은 「희본명목」과 「상기」를 별도로 수록하고, 「산장잡기」라는 편명 없이 「야출고북구기」 등 7편의 기문들을 하나의 그룹으로 수록했다. 일재본과 다백운루본 및 수당본, 만송문고본 역시 「희본명목」과 「상기」를 별도로 수록하되, 「야출고북구기」 등 7편의 기들을 두 개의 그룹으로 분산하여 수록한 점이 특징이다. 게다가 「야출고북구기」를 '도고북구하기'(渡古北口河記), 「만국진공기」를 '진공만거기'(進貢萬車記)로 명명한 것도 특이하다.[87] 초고본 계열의 『잡록』(하)에 의하면 '진공만거기'가 「만국진공기」의 원래 제목이었듯이, 「야출고북구기」의 원래 제목도 '도고북구하기'였을 것이다. 온재문고본과 주설루본은 이 7편의 기문들을 「산장잡기」 편으로 통합하기는 했으나, 여전히 「희본명목」과 「상기」를 별도로 수록했다.[88] 나아가, 충남대본과 규장각본은 「희본명목」을 여전히 별도로 수록하되, 「상기」를 「산장잡기」 편에 통합했다.[89]

* * *

동양문고 연휘본·일재본·다백운루본·수당본·만송문고본은 「도강록」7월 1일 기사의 가장 초기 모습을 간직하고 있다. 특히 숙소의 뜰에 오가는 닭들을 묘사한 마지막 대목이 그러하다.

雞皆拔去尾羽, 兩翼間氄毛, 抽鑷一空, 往往肉鷄蹣跚. 所以助長也, 且禁虱也. 夏月雞生黑虱, 緣尾附翼, 必生鼻病, 口吐黃水, 喉中痰響, 謂之雞疫. 故拔其毛羽, 疎通凉氣云. 其形醜惡不忍見.

닭들은 모두 꽁지깃을 뽑아 버리고 양 날개 사이의 솜털을 족집게로 뽑듯이 모조리 없애 버려 왕왕 맨살 덩어리 닭들이 뒤뚱거리며 다닌다. 이것은 닭이 빨리 자라게 돕고 또 이[虱]를 막기 위함이다. 여름철에 닭에게 새까만 이가 생겨나 꼬리와 날개에 달라붙으면, 반드시 콧병이 생기고 입으로 누런 물을 토하며 목구멍에서 가래 끓는 소리가 나니, 이를 계역(雞疫: 닭 역병)이라 부른다. 그러므로 닭의 털과 깃을 뽑아 버려 시원한 공기를 통하게 한다고 한다. 그 외형이 추악해서 차마 눈 뜨고 볼 수 없다.

이는 중국의 독특한 양계법(養鷄法)을 소개한 것이다.[90] 초고본 계열의 『행계잡록』(3)에도 이와 같이 서술되어 있다. 그런데 주설루본·충남대본·고도서본·규장각본·존경각본은 이 대목을 "닭들은 모두 꽁지깃이 탈락하여 족집게로 뽑은 것과 똑같다. 왕왕 맨살 덩어리 닭들이 뒤뚱거리며 다닌다. 그 외형이 추악해서 차마 눈 뜨고 볼 수 없다"(雞皆尾羽脫落, 一如抽鑷, 往往肉鷄蹣跚. 其形醜惡不忍見)로 축약·수정했다. 그 결과 북학과 관련된 중요한 내용이 상실되고 말 았다. 이는 초고본 계열의 『행계잡록』(1)에서 퇴고한 대로 따른 것 이다.[91]

특이하게도 온재문고본은 7월 1일 기사를 더욱 대폭으로 개작 했다. 즉, "정 진사, 주 주부, 변군, 내원, 주부 조학동(원주: 상방 건량 판사)과 더불어 심심풀이 겸 술값 내기 지패 노름을 했다. 이들은 내 가 노름에 서툴다고 노름판에서 내쫓으며, 편안히 앉아 술이나 마 시라고 당부했다"(與鄭進士·周主簿·卞君·來源·趙主簿學東[上房乾粮判事] 賭紙牌以遣閒, 且博飮資也. 諸君以余手劣, 黜之座, 但囑安坐飮酒)고 한 첫 대 목 중 "정 진사 …와 더불어"(與鄭進士…)에서 '더불어'라는 뜻의 '與' 자를 지우고, "지패 노름을 했다"(賭紙牌)를 "한창 바둑을 두었다"(方 圍棊)로 고쳤다. 연암 자신은 애초부터 노름판에 끼어들지 않았고, 동행들도 지패 노름이 아니라 바둑을 두었던 양으로 고친 것이다. 뿐만 아니라 그다음에 이어지는 "우리 속담에 '굿이나 보고 떡이나 먹으라'는 뜻이다"(諺所謂觀光但喫餅也)부터 마지막까지 문장을 모조 리 삭제해 버렸다. 이에 따라 숙소의 닭들을 자세히 묘사한 대목도 사라졌다.

또한 다음 날인 7월 2일의 기사 말미에서도 "옆 캉(炕)에서 한 창 모여 지패 노름을 하며 시끄럽게 다투는 소리가 들렸다. 나는 마 침내 재빨리 노름판에 뛰어들어 다섯 차례나 연승을 거두고, 100여 푼을 따서 술을 사서 실컷 마셨으니"(聞傍炕方會紙牌, 叫呶爭鬧. 余遂躍 然投座, 連勝五次, 得錢百餘, 沽酒痛飮)라고 한 구절 중 "지패"를 "바둑"(圍 棊)으로 고치고, "100여 푼을 따서 술을 사서 실컷 마셨으니"(得錢百 餘, 沽酒痛飮)를 지워 버렸다. 양반의 체모에 어긋나게 도박을 했던 사실을 은폐하고자 한 것이다.

이처럼 온재문고본은 『열하일기』 계열의 여타 이본들과 달리, 「도강록」 7월 1일과 2일 기사뿐 아니라 그 밖의 여러 군데에서 본문을 고친 흔적을 보여 주고 있다. 오직 온재문고본에만 보이는 이와 같은 독특한 수정은 후술하듯이 『연암집』 외집 계열의 이본들에 계승되고 있다. 온재문고본은 『연암집』 외집 계열의 이본들에서 이루어진 중요한 개작들을 예고하고 있는 점에서도 매우 특별한 이본이라 할 수 있다.

동양문고 연휘본·일재본·다백운루본·수당본·만송문고본·중국 국도본은 「일신수필」 7월 17일 기사의 가장 초기 모습을 보여 준다. 즉, 청나라 통역관 쌍림(雙林)의 하인들을 소개하면서 "모두 나이가 갓 열아홉 살로 다들 아름다운 용모를 지녔는데 쌍림의 용양미동(龍陽美童: 동성애 상대 미소년)이라고 한다"(皆年方十九歲, 俱有首面, 雙林之龍陽美童云)고 밝혔다. 또 쌍림이 연암의 하인 장복(張福)과 장난삼아 서로 서투른 조선말과 중국말로 언어를 바꾸어 대화하는 해학적인 대목에서도 외설적인 농담을 가감 없이 전달하고 있다.

> 雙林曰: "你尚未丈家時, 紫的不怨否?" 張福大笑曰: "吾巴其不時間起立時, 吾乃以一拳頭打煞了, 郁巴其呌了一聲唧, 都吐了一口胎裏乳, 攛入那龜甲裡去, 三年不出頭."

쌍림이 말하기를,
"너 아직 장가들지 않았으면 자지가 원망하지 않더냐?"
하니, 장복이 큰 소리로 웃으면서,

"내 자지가 불시에 불끈 일어설 때, 내가 곧 한 주먹으로 죽어라 때렸더니, 그 자지가 한 번 찍 소리를 내지르며 배냇젖(정액—인용자) 한 모금을 죄다 토해 버리고, 저 거북 등껍질(귀두 포피) 속으로 후닥닥 들어가서는 3년이나 대가리를 내밀지 않습디다."

라고 말했다.[92]

이어서 쌍림이 의주(義州)에 예쁜 기생들이 많으냐고 묻자, 장복은 양귀비(楊貴妃)나 서시(西施) 같은 미인도 있으며 "춘운이란 기생은 구름도 멈출 정도로 사람의 마음을 찢어 놓는 노래 솜씨가 있고, 명경이란 기생은 열여덟 가지의 좋은 잠자리 기술이 있습니다"(有名春雲的, 也有停雲斷腸的唱; 有名明卿的, 也有十八般好本事)라고 허풍을 떨었다. 그리고 "만약 한번 만나 보면 대감들은 높은 하늘의 구름 너머로 넋이 달아나서, 수중에 있던 만 냥의 문은자(紋銀子: 중국의 은화)를 저절로 잃어버리고, 육신의 용광로에서 녹아 버려 물로 변할 터이니 이 압록강을 건너오지 못하리다"(若一看見時, 大監們魂飛九霄雲外, 手裡自丟了萬兩紋銀子, 肉冶裏鎔得化成水, 渡不得這鴨綠江來哩)라고 응수했다.[93]

그런데 이와 같은 대목들에 대해 온재문고본·주설루본·충남대본·고도서본·규장각본·존경각본 등은 수정을 가하고 있다. 즉, 쌍림의 하인들을 소개하는 대목에서 노골적으로 동성애의 뜻을 드러낸 '용양미동'(龍陽美童) 대신에 비록 같은 뜻의 말이기는 하지만 '행권'(行眷)이라는 다소 애매한 용어로 바꾸었을 뿐 아니라,[94] 위에서 인용한 외설적인 농담을 포함하여 쌍림과 장복이 주고받은 구체적인 대화 장면을 거의 대부분 삭제했다. 이에 따라 의주 기생과 관련한 장복의 발언 중 '명경이란 기생은 열여덟 가지의 좋은 잠자리 기술이 있다'든가, '육신의 용광로에서 녹아 버려 물로 변한다'든 가 하는 음란한 표현들도 잘려 나갔다. 이는 초고본 계열의『행계잡록』(2)에서 이루어진 수정 조치를 따른 것으로 보인다.[95]

동양문고 연휘본의「관내정사」는「호질」의 가장 초기 모습을 보존하고 있어 주목된다. 초고본 계열의『행계잡록』(2)에는「호질」중 "이 무기가 한번 움직였다 하면 온갖 귀신들이 한밤에 통곡한다"(此兵一動, 百鬼夜哭) 다음에 30자, 그리고 후지(後識)에서 "지금 이 글을 읽어 보니, 말이 이치에 어긋난 경우가 많고『장자』의「거협」(胠篋) 편 및「도척」(盜跖) 편과 취지가 똑같다. 그러나"(今讀其文, 言多悖理, 與胠篋盜跖同旨. 然) 다음에 50자가 지워져 있다. 모든 이본들이 이러한 수정 조치를 따르고 있는데, 오직 동양문고 연휘본만은 삭제되지 않은 최초의 원문을 보존하고 있는 것이다.[96]

동양문고 연휘본·일재본·다백운루본·수당본·만송문고본의 「환연도중록」8월 20일 기사는『잡록』(하)와 마찬가지로 가장 초기의 원고 상태를 보여 준다. 예컨대 연암이 자신의 술친구인 '이주민'(李朱民)을 소개한 대목을 보면 그를 '이성흠'(李聖欽)으로 부르고 있다. 따라서 종래 누구인지 알 수 없었던 '이주민'은 '이성흠' 즉 이희명(李喜明)임을 알 수 있다. 이희명은 연암의 문하생으로 이희경(李喜經)의 동생인데 그의 자(字)가 성흠이었다. '주민'은 그의 또 다른 자로 짐작된다. 그리고 술주정이 심하다는 이유로 함께 연행을 오지 못한 이성흠을 그리워한 대목이라든가 북경의 숙소로 귀환한 뒤의 일화들이 서술되어 있지 않은 등으로, 초고본 계열의『열하

일기』(정)이나 주설루본·충남대본·고도서본·온재문고본·규장각
본·존경각본 등에 비해 훨씬 간략하다.[97] 이로 미루어 『잡록』(하)
를 필사한 이후의 어느 시기에 연암은 「환연도중록」 8월 20일 기
사에서 '이성흠'을 '이주민'으로 고치고 내용도 크게 보완했음을 알
수 있다.

* * *

동양문고 연휘본을 비롯한 『열하일기』 계열 이본들의 「경개록」 역
시 초기의 모습을 간직하고 있다. 왕민호(王民皞)부터 왕삼빈(王三賓)
까지 열하에서 교제한 11명의 중국인을 차례로 소개한 「경개록」에
서, 윤가전(尹嘉銓)이 연암에게 자신의 북경 집 주소를 가르쳐 준 대
목, 왕신(汪新)이 연암에게 이금(泥金) 부채를 선물하겠노라고 언약
한 사실 등을 포함하여, 나중에 다른 이본들에서 삭제되거나 수정
되기 이전의 초고 상태를 보여 준다. 이는 초고본 계열의 『행계잡
록』(6)과 마찬가지이다.[98]

　그중 특히 주목되는 것은 왕삼빈을 소개한 마지막 단락이다.
동양문고 연휘본은 열 번째 인물인 조수선(曹秀先)까지만 소개했으
며 왕삼빈을 소개한 마지막 단락이 아예 없다.[99] 그러나 다백운루
본·수당본·만송문고본·중국 국도본·충남대본은 연암의 하인 창
대(昌大)의 목격담을 중심으로 왕삼빈을 자세하게 소개하고 있다.

　　王三賓, 閩人也. 年二十五, 似是尹亨山僕從也, 或奇麗川僕
　　也. 昌大言: "昨朝偶在明倫堂右門屏下, 麗川與三賓結臂騈項,

蔽槐樹, 立良久, 接口咂舌, 如殿上繡項鵓鳩,[100] 不知有人在.
屏間偷看, 三賓巧弄無數淫態. 再昨曉持書往尹大人炕, 三賓
在尹衾中, 擧頭受書也." 鵠亭僕鄂亦似其美童, 非但貌美, 能
解書工畫.

왕삼빈은 복건성(福建省) 사람이다. 나이는 스물다섯인데
형산(亨山) 윤가전의 겸종(廉從)인 듯하다. 혹은 여천(麗川)
기풍액(奇豊額)의 하인 같기도 하다.

창대가 말하기를,

"어제 아침에 우연히 명륜당의 우측 문병(門屛: 문 앞에 세운
작은 담) 아래에 있었더니, 여천과 삼빈이가 팔을 서로 끼
고 목을 바싹 붙이고 홰나무에 몸을 가린 채 한참 동안 서
서는, 입을 맞대고 혀를 빨기를 궁중의 채색 무늬 목을 가
진 비둘기들처럼 굴면서, 사람이 있는 줄도 모릅디다요.
담 사이로 훔쳐보니까 삼빈이는 무수히 음란한 행태를 능
숙하게 벌입디다. 그제 새벽에는 편지를 가지고 윤 대인
(尹大人: 윤가전)의 캉에 갔더니, 삼빈이가 윤(尹)의 이불 속
에서 머리를 치켜 들고 편지를 받더군요."

라고 했다.

악씨(鄂氏) 성을 가진 곡정(鵠亭) 왕민호의 하인도 그의 미
동(美童: 동성애 상대 미소년)인 듯한데, 비단 외모가 아름다
울뿐더러 글을 읽을 줄 알고 그림을 잘 그렸다.

앞서 언급한 쌍림의 하인들처럼, 왕삼빈도 기풍액이나 윤가전

의 동성애 상대요 왕민호의 하인도 역시 그런 것 같다고 밝힌 것이다. 이는 명나라 후기 이후 널리 유행한바 상류층 남성들이 자신의 시동(侍童)으로 청소년들을 돈 주고 사들여 동성애 상대로 삼곤 했던 풍조가 청 건륭 말엽인 당시에도 여전히 성행하고 있음을 적나라하게 보여 준다.[101]

그런데 일재본은 왕삼빈을 소개한 단락에서 창대의 충격적인 목격담을 잘라내고 대폭 줄였다. 즉 "왕삼빈은 복건성 사람이다. 나이는 스물다섯인데 형산 윤가전의 겸종인 듯하다. 혹은 여천 기풍액의 하인 같기도 하다. 외모가 아름다우며 글을 읽을 줄 알고 그림을 잘 그린다. 악씨 성을 가진 곡정 왕민호의 하인 역시 미동이다"(王三賓, 閩人也. 年二十五, 似是尹亨山傔從也. 或奇麗川僕也. 貌美而能解書工畵. 鵠亭僕鄂亦美童)라고 하여, 글의 뜻도 조금 달라졌다. 왕민호의 하인이 아니라 왕삼빈이 미남이고 글 읽을 줄 알며 그림을 잘 그리는 것으로 바뀌었다. 고도서본·온재문고본·주설루본·규장각본·존경각본 등은 이를 더욱 줄여, "악씨 성을 가진 곡정 왕민호의 하인 역시 미동이다"(鵠亭僕鄂亦美童)라는 마지막 문장도 삭제함으로써 남성 동성애의 흔적을 깡그리 지워 버렸다.[102] 『연암집』 외집 계열과 별집 계열의 이본들은 모두 고도서본·온재문고본·주설루본·규장각본·존경각본 등에서 이루어진 수정을 따르고 있다.

『열하일기』 계열 이본들 중 동양문고 연휘본을 제외한 대다수 필사본들의 「행재잡록」은 초고본 계열의 『행계잡록』(6)에 수록된 초기의 「행재잡록」을 수정 보완했으며, 이는 이후의 모든 이본들에 거의 그대로 계승되었다.[103] 「행재잡록」 중 특히 크게 달라진 부분은 청나라 예부의 8월 12일자 상주문 및 조선의 삼사(三使)에게 하사한 판첸 라마의 선물 목록에 대해 연암이 덧붙인 평어들이다. 즉, 『행계잡록』(6)과 동양문고 연휘본에는 상주문에 대한 평어에서, 판첸 에르데니가 "사신들에게 동불(銅佛)과 티베트산 향과 티베트산 양탄자를 주었다"(使臣等給以銅佛·藏香·氆氌)고 했으며, 이에 사신들이 고두례(叩頭禮)를 올려 사은(謝恩)을 표했다고 한 상주문의 보고가 허위이기는 하나 당시 형세로 보아 "부득이했다고 생각한다. 중국의 사대부들이 판첸 라마에 관해 이야기하면서, 조선 사신들이 '활불(活佛)에게 예배했다(拜佛)'고 칭송하므로, 나 역시 감히 조선 사신들이 '예배하지 않았다'고 대답하지는 못했던 것이다. 예배했는지, 하지 않았는지를 가리려고 많은 말을 할 필요는 없겠고, 단지 내가 직접 본 것에 의거해서 상세히 기록한다"(想不得不爾. 中原士大夫語班禪, 則稱拜佛, 余亦不堪不以不拜對之. 拜與不拜, 不必多辨, 而第據吾所目睹者詳錄之)고 했다.[104] 그런데 대다수의 『열하일기』 계열 이본들은 각각 "사신들에게 물건을 주었다"(給與使臣等物件), "부득이했다. 단지 내가 직접 본 것에 의거해서 상세히 기록한다"(不得不爾. 第據吾所目睹者詳錄之)고 간략하게 고쳤다.

반면 『행계잡록』(6)과 동양문고 연휘본이 판첸 라마의 선물 목록에 대한 평어에서, "지금 이 작은 불상은 법왕(法王: 판첸 라마에 대한 존칭)이 조선 사신을 위해 여행의 안전을 축원하고자 준 고급 선물이다. 사신들이 그 선물들을 모조리 역관들에게 주어 버렸더니, 역관들은 이를 뒷간의 오물과 마찬가지로 보고 제 몸이 더럽혀질 듯이 여겨서, 은 90냥에 팔아 일행의 마두들에게 나눠주고 말았으며, 이 은으로 술 한 잔도 사서 마시지 않았다고 한다"(今此小佛, 法王所以爲我使祈祝行李之上幣也. 使臣盡給其幣物於譯官, 譯官視同溷穢, 若將浼焉,

售銀九十兩, 散之一行馬頭輩, 而不以此銀, 沽飮一盃酒云)고 한 대목은 다음
과 같이 훨씬 장황하게 고쳤다.

今此小佛, 乃法王所以爲我使祈祝行李之上幣也. 然而吾東一
事涉佛, 必爲終身之累, 況此所授者乃番僧乎! 使臣盡給其幣
物於譯官, 諸譯亦視同糞穢, 若將浼焉, 售銀九十兩, 散之一行
馬頭輩, 而不以此銀, 沽飮一盃酒. 潔則潔矣, 以他俗視之, 則
未免鄕闇.

지금 이 동불은 법왕이 조선 사신을 위해 여행의 안전을
축원하고자 준 고급 선물이다. 하지만 우리나라에서는 한
가지라도 불교와 교섭한 일이 있으면 반드시 종신의 허물
이 되고 마는데, 하물며 이것을 준 자가 티베트의 중임에
랴! 사신들이 북경으로 돌아온 뒤 그 선물들을 모조리 역
관들에게 주어 버렸더니, 역관들도 이를 똥이나 마찬가지
로 보고 제 몸이 더럽혀질 듯이 여겨서, 은 90냥에 팔아 일
행의 마두들에게 나눠주고 말았으며, 이 은으로 술 한 잔
도 사서 마시지 않았다. 이는 깨끗하다면 깨끗한 처사이
겠으나, 다른 나라의 풍속으로 보자면 꼭 막힌 시골뜨기의
행동임을 면치 못할 것이다.[105]

또한 건륭제가 만수절 예식에서 베푼 우대 조치에 감사를 표하
기 위해 바친 조선 사신의 상주문을 청나라의 행재소(行在所) 예부
가 북경의 예부에 전달하면서 "성승(聖僧: 판첸 라마)을 우러러 바라

뵙고, 복을 내려 보우하심을 누렸습니다"(瞻望聖僧, 獲沾福祐)라는 등
의 말을 보탠 데 대한 연암의 평어 역시 장황하게 고쳤다. 즉, 『행계
잡록』(6)과 동양문고 연휘본에서는 "사신이 담당 역관을 보내어 조
방(朝房: 예부의 대기실)에 있던 낭중(郎中)에게 따지기를, '무슨 까닭
으로 원본을 완전히 고치고 알리지도 않는가?' 했더니, 낭중이 화
를 내며 '너희의 정문(呈文: 상급 관청에 올린 공문)은 사실을 은폐했으
므로, 예부 상서가 고쳐서 이미 위에다 아뢰었다. 이것이 얼마나 중
대한 일인데 이토록 말이 많으냐' 운운했다"(使臣令任譯往詰郎中之在朝
房者曰: "何故全改原本, 不令相知?" 郎中怒曰: "爾們呈文沒實, 故尙書改之, 已爲禀
下. 此胡大事, 而如是多言"云云)고 한 부분을, 대다수의 『열하일기』 계열
이본들에서는 다음과 같이 개작했다.

> 蓋禮部轉奏時添改也. 使臣大駭之, 令任譯先往禮部朝房, 詰
> 其由曰: "何故潛改呈文, 而不令相知?" 郎中大怒曰: "儞們呈
> 文, 全沒事實. 故禮部大人爲你國周旋, 已禀下. 儞們不知爲
> 德, 而乃反盛氣來詰, 何耶?"

대개 예부에서 상주문을 전달할 때 첨가하고 고치는 법인
듯하다. 사신은 이에 크게 놀라서, 담당 역관을 먼저 예부
의 조방에 보내어,
"무슨 까닭으로 정문을 몰래 고치고도 알리지 않는가?"
라고 그 이유를 따졌더니, 낭중이 크게 화를 내며,
"너희의 정문은 사실을 완전히 은폐했으므로, 예부의 대
인(大人: 상서의 존칭)께서 너희 나라를 위해 잘되도록 힘을

써서 이미 위에다 아뢰었다. 너희는 은덕을 입은 줄도 모르고 도리어 오만하게 와서 따지는 것은 어째서냐?"
라고 말했다.

게다가 『행계잡록』(6)과 동양문고 연휘본에서는 이 평어를 본문 끝에 소주(小注)의 형식으로 첨가했는데, 『열하일기』 계열의 대다수 필사본들은 이를 독립된 단락의 본문으로 전환하여 강조하고자 했다.106

이와 같은 개작은 사신들이 판첸 라마가 하사한 불상을 받아온 일로 인해 귀국 직후 국내에서 비난 여론이 비등했던 사건을 다분히 의식한 조치로 보인다.107 연암은 당시 조선 사행이 판첸 라마의 선물들을 얼마나 더럽게 여기고 받지 않으려 했는지를 증언하는 한편, 이처럼 배타적이고 편협한 태도 역시 반성할 필요가 있음을 시사한 것이다. 또한 외교문서 변조를 서슴지 않은 청나라 예부와의 갈등을 부각함으로써, 귀국 후 곤경에 처했던 정사 박명원을 옹호하고자 한 의도도 엿볼 수 있다.

동양문고 연휘본·일재본·다백운루본·수당본·만송문고본·중국 국도본·충남대본의 「곡정필담」은 초고본 계열의 『행계집』, 『잡록』(하), 북경대본 등과 마찬가지로 가장 초기의 원고 상태를 보여준다. 예컨대 건륭제의 칙유(勅諭)에 대해 연암이 "성스러운 칙유를 공손히 읽고 나서, 대성인(大聖人)의 참된 학문이 백왕(百王)의 으뜸이 됨을 우러러 알았습니다. 위(衛)나라 임금 무공(武公)이 스스로 경계하기 위해 지었다는 『시경』 대아(大雅)의 「억」(抑)일지라도 더 보탤 내용이 없겠습니다"(恭讀聖諭, 仰認大聖人眞個學問, 卓冠百王, 衛武抑

戒, 無以加之)라고 극도로 찬양한 구절이 보존되어 있다. 그런데 온재문고본·주설루본·규장각본·존경각본은 그 구절에서 "성스러운 칙유를 공손히 읽고 나서, 대성인의 참된 학문이 백왕의 으뜸이 됨을 우러러 알았습니다"라고 한 문장을 삭제해 버렸다. 또한 동양문고 연휘본·일재본·다백운루본·수당본·만송문고본·중국 국도본·충남대본을 보면 청나라의 통치에 대해 연암이 "성스러운 청나라는 문화를 통한 교화 정책을 천하 각국에 두루 펴고 있습니다"(聖淸文教訖于四海)라고 예찬하고 있으나, 온재문고본·주설루본·규장각본·존경각본은 그 문장에서 "성스러운 청나라"(聖淸)를 "상국"(上國)으로 고쳐 버림으로써 청나라를 노골적으로 찬양하는 어감을 약화시키고 있다.[108]

또한 온재문고본은 「곡정필담」 중 연암이 서양인들을 만나고 싶었는데 지금 갑자기 열하에 오느라 "미처 (북경의) 천주당을 보지 못했다"(未及觀天主堂)고 아쉬움을 표한 문장을 삭제했다. 이는 천주교와 관련된 내용을 약화하기 위한 의도로 보인다.

이 밖에도 동양문고 연휘본·다백운루본·만송문고본·중국 국도본·충남대본을 보면 청나라 강희 연간의 저명한 주자학자 이광지(李光地, 호 용촌榕村)에 대해 연암이 "용촌은 휘(諱)가 이광지로, 한쪽 눈이 멀었지요?"(榕村, 諱李光地, 眇一目否)라고 물었다. 이는 초고본 계열의 『행계집』과 『잡록』(하)를 따른 것이다. 그러나 온재문고본·주설루본·규장각본은 이 문장을 "용촌 선생은 휘가 이광지이지요?"(榕村先生, 諱李光地也否)라고 고쳤다.[109] 이광지를 '선생'으로 존대하면서 그의 신체적 장애를 숨긴 것이다. 『연암집』 외집 계열의 이본들은 모두 이 같은 개작을 따르고 있다.

동양문고 연휘본·일재본·다백운루본·수당본·만송문고본의 「도고북구하기」 즉 「야출고북구기」는 초고본 계열의 『잡록』(하)가 퇴고의 흔적을 역력히 보여 주고 있는 데 반해, 가장 초기의 본문과 후지(後識)를 고스란히 보존하고 있다. 특히 그 후지는 「야출고북구기」에 대해 연암 스스로 느낀 작가적 불만을 진솔하게 토로한 내용으로 끝나고 있어, 여타 이본들과 전혀 다르다.

所可恨者, 硯小筆纖, 石蘚墨焦, 未能大書題名, 且不及題詩爲長城故事也. 所謂大書者特大言耳. 擬作是記, 往返七千餘里之間, 未嘗一日不念句鍊字, 而及其一篇纔圓, 其所成就如是其衰弱懦孱. 今讀是記, 全無夜出雄關之氣, 始知作文之難如是. 余於是倂錄之, 而識當時遇景之奇作文之難. 燕岩識.

…유감스러웠던 것은 벼루가 작고 붓이 가늘며 돌에 이끼가 끼고 먹은 말라붙어 큰 글씨로 성명을 쓸 수 없었던 데다 시를 써서 남겨 만리장성의 고사가 되게 하지 못한 점이다. (「막북행정록」에서 — 인용자) '큰 글씨로 썼다'고 한 것은 다만 과장한 말일 뿐이다.[110] 이 기문을 지으려고 준비하면서, 7천 리가 넘는 거리를 왕복하는 동안에 단 하루도 마음속으로 구절을 숙고하고 글자를 다듬지 않은 적이 없었으나, 한 편의 글로 겨우 마무리하고 나니 이룬 성과가 이처럼 쇠잔하고 나약하다. 이제 이 기문을 읽어 보면 한밤중에 웅장한 관문 밖으로 나서는 기상이 전혀 없으니, 글짓기가 이토록 어려움을 비로소 알

겠다. 이에 나는 본문과 후지를 함께 기록하고, 당시에 마주친 기이한 경관과 글짓기의 어려움을 적는 바이다. 연암이 쓰다.[111]

고도서본·온재문고본·주설루본·충남대본·규장각본·존경각본에는 위의 인용문에 해당하는 대목이 "우리나라로 돌아오자 마을 사람들이 다투어 술병을 들고 찾아와 고생을 위로하고 게다가 열하까지의 노정을 묻기에, 대신 이 기문을 꺼내 보였더니 그들은 머리를 서로 맞대고 한번 읽더니만 앞다투어 책상을 치며 기발하다고 외쳤다"(及東還之日, 里中爭以壺酒相勞, 且問熱河行程. 爲出此記, 聚首一讀, 競拍案叫奇)로 바뀌어 있다. 이는 초고본 계열의 『열하일기』(정)과 마찬가지이다.[112]

일재본·다백운루본·수당본·만송문고본의 「일야구도하기」는 가장 초기의 본문을 보존하고 있다. 예컨대 "나는 그 사람들이 고개를 쳐들고 하늘을 향해 기도를 드리나 보다 하였다"(余意諸人者仰首黙禱于天)는 구절 다음에, "그럼으로써 경각에 달린 목숨을 살려달라고 비는 것이다. 전에 대낮에 강을 서너 번 건널 적에 수레와 기마가 일렬로 줄을 지었는데 내 앞에 있던 사람들은 그때마다 모두 하늘을 쳐다보았다"(以祈其須臾之命也. 嘗晝日四三渡, 而車騎如貫魚, 在吾前者, 輒皆視天)라는 구절이 더 있다.

더욱 중요한 사례는 "용이든 도마뱀붙이든 그(우禹 임금—인용자)의 앞에서는 대소(大小)를 논할 것이 못 되었다"(龍與蝘蜓不足大小於前也)는 구절 다음에, "이천(伊川: 정이程頤) 선생이 부강(涪江)을 배로 건널 때에도 이와 같았을 따름이다. 그리고 순(舜)은 광대한 산림에

2부

들어갔을 때 폭풍과 뇌우에도 미혹되지 않았으니, 이는 다름이 아니라 그것에 몸을 맡긴 때문이었다"(伊川先生之渡涪, 若是而已矣. 舜入大麓, 烈風雷雨不迷. 此無他, 任之也)라는 구절이 더 있는 점이다.[113] 「일야구도하기」에서 연암이 역설한 '명심'(冥心)에 대해서는 해석이 구구한데, 정이(程頤)의 고사를 인용한 이 구절을 보면 그것이 성리학과 관련된 개념임을 알 수 있다.

그런데 이와 같은 구절들이 초고본 계열의 『잡록』(하)에는 먹으로 지워졌다. 고도서본·온재문고본·주설루본·충남대본·규장각본·존경각본의 「일야구도하기」는 이러한 『잡록』(하)의 퇴고를 따르고 있다.[114]

동양문고 연휘본의 「상기」에는 초고본 계열의 『행계잡록』(6)과 동일한 19개의 두주가 있고, 고도서본의 「상기」에는 초고본 계열의 『행계잡록』(5)와 동일한 20개의 두주가 있다. 이는 누구의 평어인지 알 수 없으나, 작품 감상에 적지 않은 도움이 된다. 또 동양문고 연휘본과 고도서본에는 『행계잡록』(5)·(6)과 마찬가지로, "영재(泠齋)는 말한다. '이 글은 이 세상에서 가장 기이한 문장이다.'"(泠齋曰: "天下至奇之文")라고 한 유득공의 미평이 보존되어 있다.[115]

철학적인 산문인 「상기」에서 핵심 개념어의 하나인 '리'(理)와 관련하여, 동양문고 연휘본·중국 국도본·온재문고본·주설루본·고도서본·규장각본 등은 "사람들은 '이것이 그 리이다'라고 말할 것이다"(人將曰: "此夫理也.")로 되어 있다. 이는 『행계잡록』(5)·(6)과 마찬가지이다. 그런데 이와 달리 일재본·다백운루본·만송문고본·충남대본은 "사람들은 '이것이 천리이다'라고 말할 것이다"(人將曰: "此天理也.")로 되어 있다. 그리고 『행계잡록』(5)·(6)과 아울러 모든 『열하일기』계열의 이본들에서 "논자들도 리설(理說)을 고수할 수 없어…"(說者不能堅守理說)라고 되어 있는 구절이, 후술하듯이『연암집』별집 계열 이본들에는 "논자들도 초설(初說)을 고수할 수 없어…"(說者不能堅守初說)로 고쳐져 있다.[116] '부리'(夫理)와 '천리'(天理), 그리고 '리설'(理說)과 '초설'(初說)은 사소한 의미 차이밖에 없는 듯이 보이지만, '천리'와 '리설'을 택하면 성리학에 대한 비판이 좀 더 분명하게 드러난다. 반면 '부리'와 '초설'을 택한 이본들은 이러한 비판적 어조를 누그러뜨리고자 한 것이다.

동양문고 연휘본은 「피서록」의 일부 기사에서 가장 초기의 모습을 보여 준다. 즉, 계문란(季文蘭)의 시에 관한 기사의 말미에 인용된 기풍액(奇豊額)의 시 본문이 누락되어 있음은 초고본 계열의『행계잡록』(5)와 마찬가지이다. 또 반정균(潘庭筠)의 시를 소개한 기사의 말미가 "반(정균)은 이곳(열하)에서 황제를 수행하고 있을 게 틀림없는데 상봉할 길이 없으니 실로 한스럽다"(潘必陪扈此中而無由相逢, 良可恨也)로 되어 있다. 이는 초고본 계열의『행계잡록』(6)과 마찬가지이다.[117]

이에 비해 일재본·다백운루본·만송문고본·중국 국도본·온재문고본·주설루본·규장각본·존경각본은『행계잡록』(6)과 마찬가지로 기풍액의 시 본문을 보충했으며,『행계잡록』(5)의 수정 조치를 따라서 반정균의 시에 관한 기사 말미를 "형산(亨山: 윤가전) 등 여러 분들에게 이 시를 보였더니 마음 아파하면서 눈물을 뿌리지 않는 이가 없었다"(以示亨山諸公, 莫不感傷揮涕)로 고쳤다.[118]

고도서본도 기풍액의 시 본문을 보충했으나,[119] 반정균의 시에 관한 기사의 말미는 여전히『행계잡록』(6)이나 동양문고 연휘본과 마찬가지로 되어 있다. 또한 고도서본은『전당시』(全唐詩)에도 누락된 당 현종(玄宗)의 시가『삼국사기』에 전한다고 한 기사의 말미에 "내가 이 시를 기록하여 황포(黃圃) 유세기(兪世琦)에게 보이면서 당시(唐詩)의 유주(遺珠: 잊힌 훌륭한 작품)로 삼게 했더니, 황포가 아주 기뻐했다"(余錄此示兪黃圃, 以作唐詩遺珠, 黃圃大喜.)라는 구절을 보존하고 있다. 이는『행계잡록』(5)·(6)에도 없는 구절이다.

* * *

일재본·다백운루본·수당본·만송문고본의「옥갑야화」는 편명이 '진덕재야화'(進德齋夜話)로 되어 있는 점이 특이하다. 본문의 첫머리도 "비장(裨將)·역관들과 진덕재에서 밤에 대화를 나누었는데 이런 이야기가 있었다"(與諸裨譯夜話進德齋, 有言)로 되어 있어, 여타 이본들과 다르다. 또한 예전에 윤영(尹映)이 변승업(卞承業)의 부(富)에 대해 "그의 재산에는 유래가 있었다"(其貨財有自來)라고 말한 문장 다음에 "승업의 조부 때에는 돈이 수만 냥에 불과했다. 그런데 허씨 성을 가진 선비에게 은(銀) 10만 냥을 얻고 나서는 마침내…"(承業祖父時, 錢不過數萬. 嘗得許姓士人銀十萬, 遂)라는 구절이 더 있다.[120] 이는「옥갑야화」의 처음 제목이 '진덕재야화'였으며, 일재본 등의「진덕재야화」야말로 초고에 가장 가까운 텍스트임을 말해 주는 것이다. 충남대본은 편명을 '옥갑아어'(玉匣夜語)라고 했는데, 이는 초고본 계열의『잡록』(하) 및『열하일기』(정)의 편명을 따른 것이다. 그러나 초고본 계열의『행계집』과『유화문견』에 이미 '옥갑야화'라고 되어 있고, 대다수의 이본들은 이를 따르고 있다.[121]

「옥갑야화」의 말미에는 연암이 쓴 두 종류의 후지가 있다. 하나는 허생의 정체를 논하면서, 예전에 경상 감사 조계원(趙啟遠)이 조선에 망명하여 중으로 위장한 명나라 장수들을 만났다는 야담을 소개한 것이다. 이는 초고본 계열의 『행계집』과 『잡록』(하) 및 『열하일기』(정), 『유화문견』뿐 아니라, 온재문고본·주설루본을 비롯한 대다수의 이본들에 수록되어 있어 널리 알려진 글이다.[122]

또 하나의 후지는 「허생전」을 창작하게 된 경위를 밝히면서, 연암이 윤영(尹映)이라는 이인(異人)을 만난 사실을 기록한 것이다.

余年二十時, 讀書奉元寺. 有一客能少食, 終夜不寐, 爲導引法. 至日中, 輒倚壁坐, 少合眼, 爲龍虎交. 年頗老, 故貌敬之. 時爲余談許生事及廉時度·裵是晃·完興郡夫人, 亹亹數萬言, 數夜不絶, 詭奇怪譎, 皆可足聽. 其時自言姓名爲尹映. 此丙子冬也.

내 나이 스무 살 때 봉원사(奉元寺)에서 글을 읽고 있었는데, 절에 묵고 있던 손님 중에 능히 소식(少食)을 하고 밤새도록 잠을 자지 않으며 도인법(導引法: 도가의 수련법)을 행하는 사람이 있었다. 그는 정오가 되면 매번 벽에 기대어 앉아 눈을 살짝 감고 용호교(龍虎交: 도인법의 일종)를 행하였다. 워낙 연로했으므로, 나는 그를 공경히 대하였다. 그는 이따금 나에게 허생(許生)의 고사와 염시도(廉時道), 배시황(裵是晃), 완흥군 부인(完興君夫人)[123] 등에 관해 이야기해 주었는데, 지칠 줄 모르고 수만 마디 말을 했으며 며칠 밤이나 끊이지 않았다. 그가 한 이야기들은 몹시 기이해서 모두 족히 들을 만했다. 당시 그는 자신의 성명을 말하기를 '윤영'이라 하였다. 이는 병자년(1756) 겨울의 일이다.

그로부터 십 수 년이 지난 계사년(1773) 봄에 연암은 평안도 유람 도중 우연히 윤영을 다시 만났는데, 그때 윤영은 "자네가 전에 창려(昌黎) 한유(韓愈)의 글을 읽더니만 당연히 문장이 능숙해졌을 테지"(子前讀昌黎文, 當熟), "자네가 전에 허생을 위해 전을 짓고자 하더니 글은 당연히 이미 완성되었겠지?"(自前欲爲許生立傳, 文當已就否)라고 물었다고 한다. 결론적으로 연암은 허생이 허구적 인물이 아니라 윤영과 같은 이인일 것으로 추측하면서, "평계(平谿)의 국화 꽃 아래에서 술을 조금 마시고 붓을 들어 쓴다. 연암이 쓰다"(平谿菊下少飮, 援筆書之. 燕巖識)라고 후지를 끝맺고 있다.[124] 한양 평계의 처남 이재성 집에 우거하던 때에 썼음을 밝힌 것이다.

이와 같은 후지가 수록된 이본은 일재본·다백운루본·수당본·만송문고본 등 소수의 필사본에 국한되어 있다. 단국대 연민문고 소장 『연암집초고보유』(燕岩集草稿補遺)(9)에는 바로 이 후지가 '서허생사후'(書許生事後)라는 제목으로 수록되어 있다. 이는 '연암산방'이라는 판심제가 있는 목판 사고지에 필사된 것이어서 연암의 친필 원고로 판단된다.[125] 연암은 이 후지를 먼저 썼다가, 앞서 언급한바 허생의 정체를 명나라의 유민(遺民)으로 추측하는 새로운 후지로 교체했던 것이 아닌가 한다.

「옥갑야화」의 말미에는 연암의 후지 외에도 원래 다음과 같은 박제가의 평어가 있었다.

次修曰: "大略以蚓蟊客配貨殖, 而中有重峰封事·柳氏隨錄·
李氏僿說所不能道者. 行文尤踈宕悲憤, 鴨水東有數文字."

차수(次修: 박제가의 자)는 말한다.
"이 글은 대체로 「규염객전」(虯髯客傳)을 「화식열전」(貨殖列
傳)에 배합한 작품으로, 중봉(重峯: 조헌의 호)의 『동환봉사』
(東還封事)와 유씨(柳氏: 유형원)의 『반계수록』(磻溪隨錄)과 이
씨(李氏: 성호)의 『성호사설』(星湖僿說)에서도 말하지 못했던
내용을 포함하고 있다. 글을 써 나간 것은 더욱이나 호탕
하고 비분강개하여, 압록강 이동(조선 — 인용자)에서 손꼽
을 만한 문장이다."

이처럼 박제가는, 연암의 「옥갑야화」 중 「허생전」이 진취적인
영리(營利) 활동을 통해 거부가 된 인물들의 전기인 『사기』 「화식열
전」의 전통을 계승하는 한편으로, 주인공이 나라를 다스리려는 웅
지를 품고 은밀히 활동하다가 결국 해외로 진출한다는 당나라의 전
기소설(傳奇小說) 「규염객전」과 같은 기본 서사를 취한 작품임을 예
리하게 지적했다.[126] 그리고 국정 개혁을 논한 『동환봉사』나 『반계
수록』·『성호사설』 등과 같은 뛰어난 저술들보다 풍부하고 새로운
사상적 내용을 담고 있으며, 우리나라 문학 중 최고 수준의 작품이
라고 극찬했다.
  고도서본·온재문고본·충남대본·규장각본·존경각본에는 이러
한 박제가의 평어가 보존되어 있다. 이는 초고본 계열의 『잡록』(하)
및 『열하일기』(정), 『유화문견』과 마찬가지이다.[127] 그러나 일재본·

다백운루본·수당본·만송문고본·주설루본 등에는 초고본 계열의 『행계집』과 마찬가지로 박제가의 평어가 없다. 이는 후술하는 『연암집』 별집 계열의 이본들도 마찬가지이다. 이처럼 박제가의 평어가 사라지고 만 것은 이른바 신유사옥 이후의 경색된 정국에 기인하는 것으로 추측된다.

앞서 언급했듯이 초고본 계열의 『연행음청』과 『유화문견』에 필사된 「황도기략」이 「천주당」과 「천주당화」의 소제목과 본문을 보존하고 있는 데 비해, 『황도기략』(1)·(2)는 「천주당」의 소제목을 '풍금'으로 바꾸고 본문도 일부 수정했을뿐더러 「천주당화」는 전면 삭제해 버렸다. 특히 『황도기략』(1)은 「천주당화」를 삭제하면서 그 마지막 구절만 남겨 「풍금」의 말미에 붙여 놓았다.

충남대본의 「황도기략」은 「천주당」의 소제목을 보존하고 있으며, 본문 중 "'천주'라는 것은 '천지 만물의 대종주(大宗主)'라는 말과 같다. 서양인들은 역산(曆算)을 잘한다"(天主者, 猶言天地萬物之大宗主也. 西洋人善治曆)와 같은 중요한 구절도 『연행음청』과 『유화문견』을 따르고 있다. 하지만 「천주당」의 본문이 『연행음청』 및 북경대본·『유화문견』과 일부 달라지고, 삭제된 「천주당화」의 마지막 구절이 그 끝에 덧붙여진 점에서는 『황도기략』(1)을 따르고 있다.

충남대본과 달리 고도서본·온재문고본·규장각본·존경각본은 「천주당」의 소제목을 '풍금'으로 고쳤으며, 「천주당화」는 '양화'로 고치고 본문을 보존하였다. 단 「풍금」의 본문은 초고본 계열의 『황도기략』과 마찬가지로 일부 수정되어 있다. '천주'를 설명한 중요한 구절도 "'천주'라는 것은 '천황씨'(天皇氏)니 '반고씨'(盤古氏)니 하는 칭호와 같은 말이다. 서양인은 역산을 잘한다"(天主者, 猶言天皇氏·

盤古氏之號也. 西洋人善治曆)로 수정되어, 『황도기략』(1)·(2)와 거의 비슷하게 되었다. 그리고 「양화」의 본문 역시 첫머리에 한자로 108자나 추가하고 일부 구절을 수정하여 종교적 색채를 약화함으로써, 『연행음청』·『유화문견』의 「천주당화」와 적지 않게 달라졌다.[128]

한편 주설루본은 「천주당」과 「천주당화」의 소제목을 각각 '풍금기'와 '양화'로 고쳤다. 그와 아울러 이 두 항목의 본문도 고도서본·온재문고본·규장각본·존경각본과 마찬가지로 수정되었다. 다만 「풍금기」에서 '천주'를 설명한 구절만은 "'천주'라는 것은 '반고씨'니 '천황씨'니 하는 칭호와 같은 말이다. 단 그 사람은 역산을 잘한다"(天主者, 猶言盤古氏·天皇氏之稱也. 但其人善治曆)라고 하여, 『황도기략』(1)의 수정을 따르고 있다.[129]

「동란섭필」 중 중국의 희성(稀姓)에 관한 기사를 보면, 동양문고 연휘본을 비롯한 대다수의 『열하일기』 계열 이본들은 "상고시대에 이루(離婁)란 사람이 있었으니, 이씨(離氏)와 감씨(坎氏)가 혼인을 하고 저씨(杵氏)와 구씨(臼氏)가 짝을 짓는다면 가위 하늘이 정한 부부라 하겠다"(古有離婁, 離氏與坎氏爲婚, 杵氏與臼氏作配, 則可謂天定伉儷)로 되어 있다. 이는 성적(性的)인 비유를 끌어 농담을 한 대목이다. 초고본 계열의 『행계잡록』(5)·(6), 『열하일기』(형)·(리), 북경대본과 『유화문견』에도 그와 같이 되어 있다.[130] 이(離)와 감(坎)은 『주역』의 괘 이름으로 음괘와 양괘가 반대로 교차되어 있어 음양이 상호 조응하고, 저(杵)와 구(臼)는 각각 절굿공이와 절구로서 절구질은 흔히 성교(性交)의 은유로 쓰인다.

그런데 온재문고본은 이 대목을 삭제했으며,[131] 주설루본은 이 대목을 "우리나라에도 희성이 있으니, 부씨(夫氏)와 양씨(良氏)는 모두 탐라(제주도)에서 유래했다. 또 뼘씨(乀氏)와 귁씨(喬氏)가 있는데 성만 드물 뿐 아니라 글자도 알 길이 없으니 괴상하기 짝이 없구나"(我東亦有稀姓, 夫氏·良氏皆出自耽羅. 又有乀氏·喬氏, 非但爲姓稀, 字亦無攷, 惟哉!)로 크게 고쳤다. 『연암집』 외집 계열과 별집 계열 이본들은 「동란섭필」의 해당 기사에서 대체로 주설루본을 따르고 있다.[132]

끝으로, 온재문고본은 「금료소초」에서 "장양방"(壯陽方: 양기를 북돋우는 처방)을 소개한 마지막 단락을 삭제했다. 즉, 정력제로 복용하면 자식을 낳을 수 있고 노인이라도 젊은 여자와 성교할 수 있다는 환약을 만드는 비법을 소개한 내용을 제거한 것이다. 이 역시 외설적인 내용으로 간주된 때문이 아닌가 한다.

3. 『연암집』 외집 계열 이본

『연암집』 외집 계열 이본들은 주로 「도강록」 이하 「환연도중록」에 이르는 일기 부분의 기사에 대해서 부분적 또는 전면적 개작을 시도한 점이 큰 특징이다. 그중 '부분적 개작'을 시도한 이본으로는,

① 연세대 연휘본: 연세대 도서관 소장 『연휘』(燕彙)의 『열하일기』, 4책[133]
② 버클리대 연휘본: 미국 버클리(Berkeley)대 동아시아도서관 소장 『연휘』의 『열하일기』, 12책[134]
③ 연세대 12책본: 연세대 도서관 소장, 『열하일기』, 12책[135]
④ 장서각본(藏書閣本): 한국학중앙연구원 장서각 소장 『열하일

기』, 12책

⑤ 영남대본: 영남대 도서관 동빈문고(東濱文庫) 소장『열하일기』, 12책[136]

⑥ 광문회본(光文會本): 조선광문회,『연암외집(燕巖外集) 열하일기』, 신활자본, 1911

등이 있다.

그리고 '전면적 개작'을 시도한 이본으로는,

⑦ 중화총서본(中華叢書本): 대만(臺灣) 중화총서위원회 영인, 1956, 6책[137]

⑧ 전남대본: 전남대 도서관 소장『열하일기』, 12책

⑨ 구주대본(九州大本): 일본 구주대 소장『열하일기』, 12책[138]

⑩ 성호기념관본(星湖紀念館本): 경기도 안산시 성호기념관 소장『열하일기』, 12책

⑪ 동경도립도서관본(東京都立圖書館本): 일본 동경도립도서관 소장『열하일기』, 12책[139]

등이 있다.

그 밖의 필사본으로는,

⑫ 육당문고본(六堂文庫本): 고려대 도서관 육당문고 소장『열하일기』, 낙질본 6책[140]

⑬『연암집(15): 외집 열하일기(9)』: 단국대 연민문고 소장[141]

⑭ 『열하일기』(乾·坤): 국립중앙도서관 소장[142]

⑮ 『연패초산』(燕稗抄刪): 서울대 규장각 소장 한국은행 기탁도서, 1책[143]

⑯ 『열하일기초』(熱河日記抄): 버클리대 동아시아도서관 소장, 1책[144]

등이 있다.

『연암집』 외집 계열에 속하는 주요 이본들의 편성을 박영철본과 비교하여 표로 제시하면 다음과 같다.

박영철본	① 연세대 연휘본 ② 버클리대 연휘본 ③ 연세대 12책본 ④ 장서각본 ⑤ 영남대본 ⑥ 광문회본	⑦ 중화총서본	⑧ 전남대본 ⑨ 구주대본	⑩ 성호기념관본 ⑪ 동경도립도서관본
1 도강록	1 도강록	1 도강록	1 도강록	1 도강록
2 성경잡지	2 성경잡지	2 성경잡지	2 성경잡지	2 성경잡지
3 일신수필	3 일신수필	3 일신수필	3 일신수필	3 일신수필
4 관내정사	4 관내정사	4 관내정사	4 관내정사	4 관내정사
5 막북행정록	5 막북행정록	5 막북행정록	5 막북행정록	5 막북행정록
6 태학유관록	6 태학유관록	6 태학유관록	6 태학유관록	6 태학유관록
7 환연도중록	7 환연도중록	7 환연도중록	7 환연도중록	7 환연도중록
8 경개록	8 경개록	8 경개록	8 경개록	8 경개록

9 황교문답	9 황교문답	9 황교문답	9 황교문답	9 황교문답
10 반선시말	10 반선시말	10 반선시말	10 반선시말	10 반선시말
11 찰십륜포	11 찰십륜포	11 찰십륜포	11 찰십륜포	11 찰십륜포
12 행재잡록	12 망양록	12 행재잡록	12 행재잡록	12 행재잡록
13 망양록	13 심세편	13 망양록	19 희본명목	13 희본명목
14 심세편	14 곡정필담	14 곡정필담	12 망양록	14 망양록
15 곡정필담	15 산장잡기	15 산장잡기	13 심세편	15 심세편
16 산장잡기	16 환희기	16 환희기	14 곡정필담	16 곡정필담
17 환희기	17 피서록	17 피서록	15 산장잡기	17 산장잡기
18 피서록	18 행재잡록	10 희본명목	16 환희기	18 환희기
19 구외이문	19 희본명목	심세편	17 피서록	19 피서록
20 옥갑야화	20 구외이문	20 구외이문	20 구외이문	20 구외이문
21 황도기략	21 옥갑야화	21 옥갑야화	21 옥갑야화	21 옥갑야화
22 알성퇴술	22 금료소초	22 금료소초	22 금료소초	22 금료소초
23 앙엽기	23 황도기략	23 황도기략	23 황도기략	23 황도기략
24 동란섭필	24 알성퇴술	24 알성퇴술	24 알성퇴술	24 알성퇴술
25 금료소초	25 앙엽기	25 앙엽기	25 앙엽기	25 앙엽기
	26 동란섭필	26 동란섭필	26 동란섭필	26 동란섭필

『연암집』외집 계열 이본들은 「희본명목」과 「금료소초」를 포함하여 모두 26편을 완비하고 있으며, 전편에 걸쳐 권차를 부여하고 있다.[145] 그러나 권수제에 '연암집' 또는 '연암집 외집'이라 하여 『열하일기』를 『연암집』의 일부로 통합하고자 하면서도, 장서각본·영남대본·광문회본을 제외한 대다수는 『연암집』의 권차를 아직 부여하지 않았다.[146] 이는 통합이 실제로는 이루어지지 않았음을 시사한다.

우선, 단국대 연민문고 소장 『연암집(15): 외집 열하일기(9)』는 『연암집』의 제15권으로 편입된 『열하일기』 제9권으로, 그 표제만 보아도 『연암집』 외집 계열의 이본임이 분명하다. 그런데 여기에 필사된 「행재잡록」 「희본명목」 「구외이문」 「환연도중록」의 권차를 보면 각각 권17, 18, 19, 20에서 권18, 19, 20, 7로 수정되어 있다. 즉 「환연도중록」을 「태학유관록」(권6) 다음으로 재배치함으로써 나머지 편들의 권차도 따라서 바뀌게 된 것이다.[147]

이처럼 「행재잡록」 등 4편의 원래 권차가 각각 권17, 18, 19, 20으로 부여된 이본은 『열하일기』 계열의 규장각본과 존경각본이다. 그리고 「행재잡록」 등 4편의 권차가 각각 권18, 19, 20, 7로 부여된 이본은 『연암집』 외집 계열에 속하는 연세대 연휘본·버클리대 연휘본·연세대 12책본·장서각본·영남대본·광문회본이다. 그렇다면 『연암집(15)』는 규장각본 등 『열하일기』 계열 이본의 권차를 일부 수정하고자 한 필사본이고, 『연암집』 외집 계열의 연세대 연휘본 등은 이러한 『연암집(15)』의 수정 조치를 따른 이본들이라 하겠다.

뿐만 아니라 연세대 연휘본·버클리대 연휘본·연세대 12책본·장서각본·영남대본·광문회본은 「행재잡록」의 편명 아래에 "편차는 열두 번째로, 「찰십륜포」 다음이 되어야 마땅하다"(編次當爲第十二, 札什倫布下)라는 주석을 붙였다. 즉 「행재잡록」(권18)을 「찰십륜포」(권11) 다음에 재배치해야 한다고 지시한 것이다. 그런데 전남대본·구주대본·성호기념관본·동경도립도서관본 등은 이러한 수정 지시에 따라 「행재잡록」을 제12권으로 편성한 이본들이다.[148]

또한 장서각본·영남대본·광문회본은 「희본명목」의 편명 아래에 이 편을 "정본은 「산장잡기」 중에 넣었다"(定本入於山莊雜記中)라는 주석을 붙였고, 「금료소초」의 편명 아래에도 이 편을 "정본은 제거했다"(定本脫去)라는 주석을 붙였다.[149] 그런데 「희본명목」을 「산장잡기」 중의 「희본명목기」로 포함하고 「금료소초」를 『열하일기』에서 제거한 것은 『연암집』 별집 계열의 필사본들이므로, 이것은 장서각본·영남대본·광문회본이 나중에 별집 계열 이본들을 『열하일기』의 정본으로 간주하고 이를 참조했음을 시사한다. 한편 전남대본과 구주대본도 「희본명목」의 편명 아래에 "이 편은 「산장잡기」 중에 넣어 첨부함"(此編入附山莊雜記中)이라는 주석을 붙였다. 「상기」와 마찬가지로 「희본명목」도 「산장잡기」 중에 기문의 하나로 통합해야 한다는 인식을 이 계열의 여러 이본들에서 확인할 수 있다.

『연암집』 외집 계열 이본들은 편차가 대체로 정연하다. 「도강록」(권1)부터 「찰십륜포」(권11)까지는 공통적인 편차로 확정되었으며, 「곡정필담」부터 「피서록」까지 4편의 편차와 「구외이문」부터 「동란섭필」까지 7편의 편차도 서로 완전히 일치하고 있다. 나머지 「망양록」 「심세편」 「행재잡록」 「희본명목」 등 4편을 어떻게 배치했는가에 따라 이본들의 편차가 약간 달라졌을 뿐이다.

단 중화총서본은 「피서록」(권17) 다음에 배치된 「희본명목」에 '권10'의 권차를 부여함으로써 「반선시말」(권10)과 권차가 중복되고, 「희본명목」 다음에 배치된 「심세편」에는 권차를 부여하지 않은 결과, '권18'과 '권19'에 해당하는 편이 없는 등으로 미비한 점을 남기고 있다. 또한 전남대본과 구주대본도 「행재잡록」(권12) 다음에 배치한 「희본명목」에 '권19'의 권차를 부여하고, 「희본명목」 다음에 배치한 「망양록」에는 「행재잡록」과 동일한 '권12'의 권차를 중복해서 부여한 결과, '권18'에 해당하는 편이 없는 등으로 미비한 점을 남기고 있다. 이처럼 전남대본과 구주대본의 『희본명목』과 「망양록」에 불합리한 권차가 부여된 까닭은, 바로 연세대 연휘본·버클리대 연휘본·연세대 12책본·장서각본·영남대본·광문회본의 「행재잡록」(권18)과 「희본명목」(권19)을 각각 제12권과 제13권으로 재배치하면서 「행재잡록」의 권차는 제대로 수정했으나, 부주의하여 「희본명목」(권19)과 「망양록」(권12) 이하 「피서록」(권17)까지의 권차는 수정하지 않은 채 종전대로 남겨 둔 탓이다.

이에 비해 성호기념관본과 동경도립도서관본은 전남대본과 구주대본에서 잘못 부여한 권차를 시정하여 「희본명목」과 「망양록」에 각각 '권13'과 '권14'의 권차를 부여하고 있다. 그리하여 이 두 필사본은 「희본명목」과 「금료소초」만 제외한다면 『연암집』 별집 계열 이본들과 완전히 일치할 만큼 아주 정연한 편차를 갖추고 있다.

『연암집』 외집 계열 이본들의 「망양록」은 『열하일기』 계열의 고도서본·규장각본·존경각본과 마찬가지로 서문과 아울러 모두 42개의 단락을 완비하고 있다. 그리고 「구외이문」도 『열하일기』 계열의 고도서본·온재문고본·주설루본·규장각본·존경각본 등과 마찬가지로 「반양」부터 「천불사」까지 모두 60개의 세부 항목을 완비하고 있다. 하지만 「피서록」은 『열하일기』 계열의 충남대본과 마찬가지로, 연암 누님과 형수의 묘지명 글씨에 관한 기사로 그치고 있다. 예외적으로 광문회본과 성호기념관본만은 『열하일기』 계열의 온재문고본·규장각본·존경각본과 마찬가지로, 마지막 단락인 오조(吳照)의 시에 관한 기사까지 완비하고 있다.[150] 또한 영남대본·광문회본·중화총서본·전남대본·구주대본·성호기념관본·동경도립도서관본은 「황도기략」 중 「천주당」의 소제목을 '풍금'이 아니라 '풍금기'로 고치고, 천주를 설명한 구절도 『열하일기』 계열의 주설루본을 따르고 있어 주목된다.[151]

* * *

『연암집』 외집 계열의 이본들은 「망양록」 「곡정필담」 「구외이문」 「옥갑야화」 「동란섭필」 등에 두주들이 첨가된 점이 큰 특징이다. 특히 「망양록」에는 비교적 장문으로 된 다수의 두주를 포함하여 통틀어 27개나 되는 많은 두주가 첨가되어 있어 주목된다.[152] 이러한 두주는 이재성이 붙인 것으로, 거의 모두 『열하일기』 계열 온재문고본의 「망양록」에 있던 것들이다. 『연암집』 외집 계열의 이본들은 온재문고본의 수많은 두주들 중 일부를 각기 선별하여 수록한 것으로 보인다.

「망양록」의 서문에 첨가된 첫 번째 두주는 연세대 연휘본·버클리대 연휘본·연세대 12책본, 영남대본에만 있는 반면,[153] "'지금 음악이나 옛 음악이나 똑같다'고 맹자가 이미 말했다"(今樂猶古樂,

孟子已言之) 운운한 세 번째 두주는 영남대본·전남대본·구주대본·
성호기념관본에만 있다. 또 연세대 연휘본·버클리대 연휘본·연세
대 12책본·영남대본·광문회본·성호기념관본에는 "이상은 시를 논
함"(以上論詩) "이상은 덕을 논함"(以上論德) "이상은 세상을 논함"(以上
論世) "이상은 풍속을 논함"(以上論風) "이상은 운세를 논함"(以上論運)
등 5종의 두주가 연달아 첨가되어 있으나,[154] 전남대본과 구주대본
에는 "이상은 시를 논함"과 "이상은 운세를 논함"이라는 2종만 첨가
되어 있다. 또 "형산(윤가전의 호)은 박아하다"(亨山博雅)라고 한 두주
는 오직 버클리대 연휘본·연세대 12책본·영남대본·전남대본·구
주대본에만 있다. 이와 같은 두주들의 미세한 차이는 『연암집』 외
집 계열 이본들 간의 친연성(親緣性)을 가늠하는 잣대를 제공한다.

영남대본·전남대본·구주대본·성호기념관본은 「곡정필담」 중
왕민호가 명나라 왕조에 대해 "건국한 처음부터 멸망한 마지막까지
끝내 광명정대했으며 하나도 구차하지 않았다"(始終本末, 終是光明, 無
一苟且)고 예찬한 구절과 관련하여, "천지 사이에 세워 놓아도 천지
의 도(道)에 어긋나지 않고, 귀신에게 점을 쳐서 물어보아도 의심할
게 없으니 아아, 잊지 못하겠네"(建諸天地, 質諸鬼神, 於戲不忘)라는 두
주를 첨가했다. 『중용』(中庸) 제29장에서 천자(天子)가 갖추어야 할
도덕을 논한 구절과, 『시경』(詩經) 주송(周頌) 「열문」(烈文)에서 훌륭
하게 통치한 전대의 왕들을 잊지 못하겠노라고 노래한 구절을 따와
합쳐서, 왕민호의 명나라 예찬에 대해 깊은 공감을 표한 것이다. 존
명(尊明) 의식을 선명하게 드러낸 두주라고 하겠다.

영남대본은 「피서록」 중 열하의 주루(酒樓)들에서 본 제벽시(題
壁詩)를 소개한 단락에서 유하정(流霞亭)과 취구루(翠裘樓)의 제벽시

에 대해, 각각 "향산(香山)의 시와 흡사하다"(似香山詩), "방옹(放翁)의 시이다"(放翁詩也)라는 두주를 첨가했다. 그런데 취구루의 제벽시는 육유(陸游: 호 방옹放翁)의 시 「음촌점야귀」(飲村店夜歸)가 맞지만, 유하 정의 제벽시는 백거이(白居易: 호 향산香山)가 아니라 원나라 말 명나 라 초의 학자 섭자기(葉子奇)의 시 「만흥」(漫興)이다.[155]

전남대본·구주대본·성호기념관본·동경도립도서관본의 「구외 이문」에도 3개의 두주가 첨가되어 있다.[156] 그중 「계원필경」(桂苑筆 耕)에 "『계원필경』은 마침 우리 집에 현재 있는데도, '여러 저술가들 이 인용한 책들에 서명이 보이지 않는다'고 한 것은 역시 괴상스럽 다. 병자년에 임피(臨陂)의 관아에서 쓰다"(桂苑筆耕, 適於吾家見在, 而諸 家引用書無見, 亦是可恠. 丙子書于臨陂衙軒)라는 두주가 있다.[157] 최치원(崔 致遠)의 문집인 『계원필경』이 『신당서』(新唐書) 「예문지」(藝文志) 이후 로는 저술가들의 인용 서목에 전혀 등장하지 않는 점으로 보아 중 국과 조선에서 절판된 지 오래였을 것이라고 한 연암의 주장에 대 해 의문을 표한 것이다. 실은 고려 시대에 간행된 『계원필경』이 희 귀하나마 국내에 전해 오고 있었다.[158] 이 두주를 붙인 이는 1816년 병자년에 전라도 임피의 현령을 지낸 사람이거나 그의 자제였을 것 으로 추정된다.

또한 전남대본·구주대본·성호기념관본·동경도립도서관본의 「옥갑야화」에는 허생이 당대의 불우한 인재로 거론한 졸수재(拙修 齋) 조성기(趙聖期)에 대해 "인조(仁祖) 계미년(癸未年: 1643) 이완(李浣) 이 어영대장(御營大將)일 때, 조성기는 나이가 겨우 여섯 살이었다. 이공(李公: 이완)은 갑인년(甲寅年: 1674)에 사망했으며, 향년 일흔셋이 었다. 조공(趙公: 조성기)은 기사년(己巳年: 1689)에 사망했으며, 나이

쉰둘에 늙어 죽었다. 아마도 가탁한 말일 것이다"(仁廟癸未李浣御將時, 趙聖期年纔六歲. 李公卒于甲寅, 年七十三. 趙公卒于己巳, 年五十二云云. 盖托辭也)라는 두주가 첨가되어 있다. 허생이 자신과 동시대의 인물로 어영대장 이완과 함께 조성기를 거론했으나 조성기는 이완보다 30년 이상이나 연하이므로, 작중의 사건은 사실(史實)을 빌려 꾸며 낸 이야기라고 본 것이다. 이는 「허생전」의 우언적(寓言的) 특징을 정확하게 짚은 두주라고 생각된다.

이와 관련하여 첨언하자면, 『연암집』 외집 계열 이본들은 초고본 계열 및 『열하일기』 계열의 몇몇 이본들과 마찬가지로 「옥갑야화」의 말미에 박제가의 평어를 여전히 보존하고 있다. 단 연세대 연휘본을 제외한 대다수는 '차수'(次修)라는 박제가의 자를 지워 버려 누구의 평어인지 알 수 없게 되었다.

장서각본·영남대본·전남대본·구주대본·성호기념관본의 「동란섭필」에도 통틀어 8개의 두주가 첨가되어 있다. 그중 「공후인」(箜篌引)의 창작 시기를 추정하고 곽리자고(霍里子高)와 여옥(麗玉)이 중국인일 것으로 본 두주, 담헌 홍대용이 연행(燕行) 당시 도포 차림으로 인해 걸승(乞僧)으로 불렸는데 자신도 연행 당시 치포관(緇布冠)을 썼다가 청나라의 서반(序班)에게 도사(道士) 같다는 비웃음을 당했다는 두주, 중국 민가의 정원(庭園)을 우리나라의 경우와 비교한 두주, 강희제의 출생 연월일시를 밝힌 두주, 중국의 유명한 서화들을 건륭제가 모조리 수장(收藏)하고 있다는 두주, 명나라 때 왕월(王越)의 시권(試券)이 바람에 날아가 류큐(琉球)에 떨어졌다는 전설을 소개한 두주는 바로 초고본 계열의 『열하일기』(형)에 이미 있던 것들이다.[159] 『열하일기』 계열에서는 다백운루본·수당본·만송문고본·중국 국도본이 이 두주들을 계승한 데 이어, 『연암집』 외집 계열에서는 장서각본·영남대본·전남대본·구주대본·성호기념관본이 이를 계승·보존하고 있는 것이다.

그런데 병란을 피할 수 있는 복지(福地)를 논한 기사에서 "유린"(蹂躙)을 "유란"(蹂躙)으로 표기한 데 대해 "'란'(躙) 자는 상고하건대 '린'(躙) 자인 듯하다"(躙, 考似躙)고 교정한 두주는 영남대본·전남대본·구주대본·성호기념관본에만 첨가되어 있다. 그리고 건륭제의 칙유에서 명나라 장수 양호(楊鎬)가 후금(後金)과의 전투 중에 죽었다고 한 데 대해 "양호는 옥에 갇혀 죽었다"(楊鎬下獄死)고 정정한두주는 전남대본·구주대본·성호기념관본에만 첨가되어 있다.[160]이와 같이 전남대본 등은 기존의 두주를 계승하는 데 그치지 않고새로운 두주를 첨가하기도 했음을 알 수 있다.

『연암집』 외집 계열 이본들은 소주(小註)를 첨가하여 본문의 이해를 돕기도 했다. 예컨대 「도강록」 7월 6일 기사 중 '답동'(畓洞)이란 지명에 대해 중화총서본·성호기념관본·동경도립도서관본은"'답'(畓)은 본래 없는 글자다. 우리나라 서리들의 장부에서 '수'(水)자와 '전'(田) 자를 합서하여 회의자(會意字)를 만들고 '답'(畓) 자의음을 빌린 것이다"(畓本無字. 我東吏簿, 水田二字, 合書作會意, 借音畓)라는 소주를 첨가했다. 이 소주는 초고본 계열의 이본들에는 없던 것으로, 『열하일기』 계열 이본 중에는 고도서본과 온재문고본에 이와흡사한 두주가 보인다. 전남대본과 구주대본은 이 두주를 조금 수정하여 역시 두주로 첨가했는데, 중화총서본·성호기념관본·동경도립도서관본은 후자의 두주를 소주로 전환하여 본문에 첨가한 것이다.[161]

또한 연세대 연휘본·버클리대 연휘본·연세대 12책본을 제외한 대다수의『연암집』외집 계열 이본들은「피서록」에서 학성(郝成)이 명나라 장수 척계광(戚繼光)의 시를 소개하며 작중에 나오는 고대 중국의 무기인 '현과'(玄戈)를 '원과'(元戈)로 고친 데 대해, "강희의 이름이 현엽(玄曄)이라고 해서 청나라 사람들은 '현'(玄) 자를 피하고 '원'(元) 자를 빌려 쓴다"(以康熙諱玄曄 淸人諱玄借元)라는 소주를 첨가했다. 이는『열하일기』계열 이본 중 충남대본에 있던 소주를 계승한 것이다.[162]

이 밖에도 중화총서본·전남대본·구주대본·성호기념관본·동경도립도서관본은「관내정사」7월 27일 기사 중 일찍이 명나라 의종(毅宗)의 120주기 순사일(殉社日)에 우암 송시열의 후손 집을 찾아가 효종이 우암에게 북벌할 때 입으라고 하사했다는 초구(貂裘: 담비 가죽옷)를 배견(拜見)한 추억담을 서술한 대목에 "초구에 관한 사실은 원집(原集)의「초구기」(貂裘記)에 보인다"(貂裘事實見原集貂裘記)는 소주를 첨가했다.[163] 진자점(榛子店)에 당도해서 예전에 계문란(季文蘭)이 썼다는 시를 찾아보았으나 보이지 않았다고 한 구절에도 "시를 쓴 사실은「피서록」에 보인다"(題詩事實見避暑錄)는 소주를 첨가했다.

그리고「태학유관록」8월 11일 기사 중 학성의 처소에서 술을 마셨다고 한 구절에도 "그때 나눈 이야기는「황교문답」에 실렸다"(話載黃敎問答)는 소주를 첨가하고, 8월 13일 기사 중 기풍액과 술 마시며 이야기를 나누었다고 한 구절에도 똑같은 내용의 소주를 첨가했다.[164] 이와 같은 소주들은 모두 초고본 계열이나『열하일기』계열의 이본에는 없던 것들로, 독자를 위해 일종의 상관참조주(相關參照註: cross-reference)를 새로 덧붙인 셈이다.

* * *

『연암집』 외집 계열 이본 중에서 연세대 연휘본·버클리대 연휘본·
연세대 12책본·장서각본·영남대본·광문회본은 여러모로 뚜렷한
공통점을 보여 주는 이본들이다. 앞서 언급한 바와 같이 이들은 편
차가 서로 완전 일치할 뿐 아니라「행재잡록」의 편명 아래에다「찰
십륜포」다음에 재배치하라는 주석을 공통적으로 붙였다. 또 장서
각본·영남대본·광문회본은「희본명목」과「금료소초」의 편명 아래
에 각각 '정본'의 조치를 언급한 주석을 붙였다.

  뿐만 아니라 연세본 연휘본·버클리대 연휘본·광문회본은「일
신수필」의 서문이 매우 특이하다. 원래 미완성 상태인 이 서문의 끝
에 장서각본·영남대본·중화총서본은 아무런 표시를 하지 않았으
나, 전남대본·구주대본·성호기념관본·동경도립도서관본 등은『열
하일기』계열의 이본들과 마찬가지로 "미졸편"(未卒編)이라는 소주
를 덧붙였다.165 그런데 연세본 연휘본·버클리대 연휘본·광문회본
만은 나아가 그 소주에 이어서 "이하는 삼천이 보충함"(以下三泉補)
이라고 밝히면서 모두 142자의 한자를 추가했다. '삼천'이 누구의
호인지는 알 수 없으나, 연암을 대신하여 누군가가「일신수필」의
서문을 보충한 것이다.

  한편 전남대본과 구주대본은 '연암산방'이라는 판심제와 계선
(界線)이 있는 연암의 목판 사고지는 아니지만, 그 대신 백지로 된
매 엽(葉)의 판심 부분에 '연암산방'이라고 명기한 점이 특징이다.
이와 아울러, 여기에다「일신수필」「관내정사」「옥갑야화」에는 "장
관"(壯觀) "차제"(車制) "관일시"(觀日詩) "호"(虎) "허생전"(許生傳) 등

주제나 작품명 약칭을, 그리고 「막북행정록」부터 「희본명목」까지 및 「환희기」에는 "막행"(漠行) "희본"(戲本) "환"(幻) 등 편명 약칭을, 「산장잡기」에는 "산장"(山莊)이라는 편명 약칭뿐 아니라 "고북기"(古北記) "구도하"(九渡河) "상"(象) 등 작품명 약칭을 병기한 점도 특이하다. 성호기념관본 역시 전남대본·구주대본과 거의 마찬가지로 판심 부분이 독특하게 되어 있다.[166]

이와 같은 사실은 전남대본·구주대본·성호기념관본이 상호 밀접한 관계에 있는 이본들임을 시사한다. 전남대본과 구주대본에만 「희본명목」의 편명 아래에 "이 편은 「산장잡기」 중에 넣어 첨부함"이라는 주석이 붙어 있을뿐더러, 판심 부분에 공통적으로 작품명이나 편명의 약칭과 함께 '연암산방'을 명기한 점에서도 알 수 있듯이, 이 두 필사본은 거의 동일한 이본으로 판단된다. 구주대본은 전남대본의 곳곳에 남아 있는 퇴고의 흔적이 없이 깨끗하게 필사되어 있고, 전남대본에서 두주를 통해 지시한 바에 따라 본문의 글자가 교정되어 있어, 전남대본을 정서한 필사본이 아닌가 한다.[167]

성호기념관본 역시 판심 부분의 특징을 공유하고 있으며, 전남대본과 같은 퇴고의 흔적 없이 본문이 필사되어 있고, 전남대본의 두주에 따라 글자가 교정되어 있는 점 등은 구주대본과 마찬가지이다. 그러나 전남대본 및 구주대본과 달리 「희본명목」의 편명 아래에 「산장잡기」로의 편입을 지시한 주석이 없으며, 「망양록」에 첨가된 두주들도 차이가 있고, 전남대본의 퇴고에 따라 구주대본에도 없어진 일부 구절을 보존하고 있기도 하다.[168]

뿐만 아니라 성호기념관본은 필사 실수로 인한 오탈자를 바로잡는 데 그치지 않고 도처에서 본문의 글자들을 교정했으며, 전남대본 및 구주대본에는 없는 내용을 크게 보완했다. 예컨대 「일신수필」의 서문을 일부 고치고, 「황교문답」「반선시말」「찰십륜포」「행재잡록」의 말미에 "중존씨왈"(仲存氏曰)이라 하여 이재성의 평어를 추기(追記)했다. 또 「피서록」에서 "종간근안"(宗侃謹按) 운운한 박종채의 주석을 두주로 추가하고, 전남대본 등에는 없는 마지막 단락 즉 오조의 시에 관한 기사를 추기했다. 그리고 「황도기략」의 「황금대」(黃金臺)는 전남대본 등과 마찬가지로 원래의 소제목을 보존했으나, 「알성퇴술」의 「문승상사」(文丞相祠)는 '문승상사당기'(文丞相祠堂記)로 제목을 고쳐 수록하고, 마지막 편인 「동란섭필」의 끝에다 별도의 글인 「문승상사」와 「황금대」를 추기했다.[169] 이와 같은 성호기념관본의 수정 보완 조치들은 모두『연암집』별집 계열 이본들과 합치하는 것이다. 이로 보아 성호기념관본은 원래 전남대본 및 구주대본과 동일한 계통에 속하는 이본이었으나, 나중에『연암집』별집 계열의 이본을 참고하여 부분적으로 수정 보완함으로써 일종의 교합본이자 별종의 이본이 된 필사본이라 판단된다.

이상의 검토를 바탕으로,『연암집』외집 계열 이본들은 연세대 연휘본·버클리대 연휘본·연세대 12책본·장서각본·영남대본·광문회본 등을 하나의 그룹으로 하고, 중화총서본·전남대본·구주대본·성호기념관본·동경도립도서관본 등을 또 하나의 그룹으로 하는 두 개의 부류로 나눌 수 있음을 추론할 수 있다. 이 점은 「도강록」 이하 일기 부분의 기사에 대한 개작 양상을 살펴보면 더욱 분명해진다.

중화총서본·전남대본·구주대본·성호기념관본·동경도립도서관본은 「도강록」 6월 27일 기사 중 숙소 주인의 노모를 묘사하면서, 머리에 가득 꽃을 꽂았으며 얼굴이 어여뻐 "젊은 시절의 용모를 상상할 수 있다"(可想靑春光景矣)고 한 구절을, "듣자하니 자손들을 아주 많이 두었다고 한다"(聞其子孫滿前云)로 고쳐 놓았다.[170] 여성의 미모에 대한 묘사를 절제한 것이다. 또한 유람하고 숙소로 늦게 돌아온 연암에게 그의 하인 창대가 술과 계란볶음을 바치면서, "어딜 가셨습니까? 저를 속 태워 죽이시려나 보다 했습니다요"라고 말한 대목에 이어서, "그가 짐짓 어리광 부리며 충성을 바치는 양이 얄밉고도 가소롭다. 허나 술은 내가 즐기는 것이요, 게다가 계란볶음도 내가 먹고 싶었던 게 아닌가."(其故作癡態, 以納忠款, 可憎可笑. 然酒我所耆也, 況卵炒亦我所欲乎?)라고 한 구절도, "그가 어리광 부리며 충성을 바치는 양이 얄밉고도 가소롭다. 하지만 윗사람과 아랫사람이 서로 의지하다 보니 정든 것이 한집 식구나 마찬가지라 형세상 그럴 법도 한즉, 도리어 가련하구나"(其逞痴納款, 可憎可笑. 然而上下相靠, 情同眷屬, 其勢則然, 還可憐也)로 고쳐 놓았다.[171] 연암이 자신의 심정을 솔직하게 드러낸 구절을 좀 더 점잖은 표현으로 바꾼 것이다.

앞서 언급했듯이 「도강록」 7월 1일 기사 중 숙소의 닭들을 묘사한 대목이 초고본 계열의 『행계잡록』(1)과 주설루본·충남대본·규장각본 등 『열하일기』 계열의 몇몇 이본들에서는 축약·수정되었다. 『연암집』 외집 계열 중 연세대 연휘본·버클리대 연휘본·연세대 12책본·장서각본·영남대본·광문회본도 이러한 부분적 개작을 따르고 있다. 그러나 중화총서본·전남대본·구주대본·성호기념관본·동경도립도서관본은 여기에 그치지 않고, 7월 1일 기사와 더불어 그다음 날 기사까지 전면적으로 개작했다. 즉, 7월 1일 기사에서는 연암이 숙소에서 동행들이 벌인 투전판을 구경하다가 벽 너머로 들려온 숙소 주인마누라의 아리따운 음성에 끌려 담뱃불을 붙이는 척 부엌에 들어가 외모를 훔쳐보고는 크게 실망한 이야기와, 그에 못지않게 추악하게 생긴 처녀 하나가 조선인들이 거처하는 방에 들어와 태연히 식사하는 모습을 자세히 묘사한 대목을 모조리 삭제해 버리고, "정군·변군 등 및 박내원과 더불어 책을 보거나 한담하는 것으로 하루해를 보냈다"(與鄭·卞諸君及來源, 或看書, 或閑話送曙)는 짧은 문장으로 대체했다.[172] 『열하일기』 계열의 온재문고본보다 더욱 과감하게 해당 기사를 개작한 것이다.

숙소의 닭들을 묘사한 마지막 단락 역시 연세대 연휘본·버클리대 연휘본·연세대 12책본·장서각본·영남대본·광문회본 등과 마찬가지로 축약·수정했을 뿐만 아니라, 이를 엉뚱하게도 7월 2일 기사의 말미에 갖다 붙였다. 7월 2일 기사의 마지막 단락은 동행들의 투전판에 뛰어든 연암이 요행히 연승을 거두어 큰돈을 땄다는 이야기인데, 이 단락을 삭제해 버리고 그 대신 7월 1일 기사 중 숙소의 닭들을 묘사한 대목을 옮겨다 메꾼 것이다. 양반의 체모에 어긋나는 연암의 언동을 가급적 축소하려다가 이처럼 지나치게 무리한 개작을 했던 것으로 짐작된다.[173]

또한 중화총서본·전남대본·구주대본·성호기념관본·동경도립도서관본은 「도강록」 7월 3일 기사 중 신랑 집에서 신부를 맞이해오는 행차를 묘사하면서, 한 수레에 탄 젊은 여자 세 사람은 바지를 입고 "모두 치마를 걸치지 않았는데, 그중의 젊은 여자 하나는 매우 아름다운 용모를 지녔다"(都不繫裳, 其中一少女, 頗有姿色)고 묘사한 구절을, "상의는 통이 좁은 적삼인데 제도가 우리나라에 있는 당의(唐衣)를 닮았으나 조금 길다"(上衣狹衫, 制類我東所有唐衣而稍長)로 고쳤다.[174] 이 역시 여성의 미모에 대한 언급을 피하고 그와 무관한 복식(服飾) 묘사로 대체한 것이다.[175]

뿐만 아니라 연암이 시골의 늙은 서당 선생인 만주인 부도삼격(富圖三格)과 수작하는 대목에서 "내가 말하기를, '황제가 만약 접견하신다면 내가 응당 어르신을 천거하여 하찮은 봉록이나마 보낼 수 있게 해 드리겠소'라고 하니, 부(富)는 말하기를, '만약 이처럼 될 수만 있다면, 박공의 큰 은덕은 결초보은으로도 갚기 어렵겠습니다'라고 했다"(余曰: "皇上萬一接見時, 吾當保奏儴老, 得添微祿麼." 富曰: "儻得如此時, 朴公大德, 結草難報.")는 대목 역시, 부도삼격이 "또 말하기를, '황제가 만약 접견하신다면, 어르신은 응당 우리를 천거하여 하찮은 봉록이나마 누릴 수 있게 해 주시겠지요. 천행으로 이처럼 될 수만 있다면, 박공의 큰 은덕은 결초보은으로도 갚기 어려겠습니다'라고 했다"(又曰: "皇上萬一接見時, 儴老當保奏我們, 得沾微祿麼. 天幸儻得如此時, 朴公大德, 結草難報.")로 고쳤다.[176] 황제에게 천거하여 벼슬을 얻게 해 주겠다는 연암의 허풍스런 말을, 부도삼격이 연암에게 간청하는 말로 바꾸어 버린 것이다.

7월 3일 기사의 말미에서도 연암이 정사(正使)의 마두인 시대(時大)를 보내어 부도삼격에게 빌려 온 중국 서점의 도서 목록을 베낀 뒤에 다시 시대를 보내어 돌려주면서 "또한 그를 시켜 말하기를"(且令語之曰) '이런 책들은 모두 우리나라에도 있기 때문에 우리 나으리는 이 도서 목록을 열람하지 않았소'라고 했다는 대목을, "시대가 허투루 말하기를"(時大漫語曰) 운운으로 고쳤다. 보잘것없는 도서 목록을 빌려주는 대가로 진품 청심환과 고급 조선 부채를 요구한 부도삼격이 괘씸해서 한 거짓말이기는 하지만, 양반의 체모상

손상이 되므로 시대가 꾸며낸 말로 바꾸어 버린 것이다.

중화총서본·전남대본·구주대본·성호기념관본·동경도립도서관본은 「도강록」 7월 8일 기사 중 연암이 요동 벌판이야말로 통곡하기에 좋은 장소라는 '호곡장론'(好哭場論)을 피력한 대목에서도, 사람들은 슬픔만이 통곡을 유발하는 줄로 알고 있다고 하면서 "이로 말미암아 사람들은 누가 죽어 초상을 치를 적에야 비로소 억지로 '아이고' 등의 소리를 내어 울부짖는다"(由是, 死喪之際, 始乃勉强叫喚'唉苦'等字)고 한 대목을, "이로 말미암아 사람들은 누가 죽어 초상을 치를 적에 슬픔을 부르짖고 고통을 외치지만, 예절이 이를 가로막아 죄다 표출하지는 못한다"(由是, 死喪之際, 叫哀號苦, 而禮節間之, 不能自盡)로 고쳤다.[177] 억지로 통곡하는 상례(喪禮)의 허식(虛飾)을 풍자하는 듯한 어조를 완화하려 한 것이다.

또한 중화총서본·전남대본·구주대본·성호기념관본·동경도립도서관본은 그에 이어지는 7월 9일 기사를 크게 개작했다. 조선 사행의 행차를 구경하려고 집집마다 뛰쳐나온 여자들을 묘사하며, 한족(漢族) 여자들은 "용모가 만주족 여자들에 미치지 못한다. 만주족 여자들은 꽃다운 얼굴에 달 같은 자태의 미녀가 많다"(姿色不及滿女, 滿女多花容月態)고 한 구절을 다음과 같이 고쳤다.

> 未嫁女髻髮, 中分縮上, 以此爲辨. 盖漢人男子薙髮, 而婦女服飾, 仍前明之舊制, 無所變改. 我人一向認以胡服而嗤之, 反以東國辮髮窄襦爲法制, 足爲寒心, 亦多先輩辨說.

미혼녀들은 쪽을 찌는데 가운데를 나누고 위를 묶는 것으로써 기혼녀와 구별을 삼는다. 대개 한족 남자들은 만주식으로 머리를 깎으나, 부인네의 복식은 이전 명나라의 옛제도를 그대로 따르며 개변된 것이 없다. 우리나라 사람들은 한결같이 이를 오랑캐 옷으로 간주하여 비웃지만, 도리어 우리나라에서 땋은 머리와 통이 좁은 저고리를 모범적인 제도로 삼는 것이 한심스럽기 그지없으니, 이 문제에 관해서는 선배 학자들의 변설 역시 많았다.

조선 여성의 복식 개혁을 주장하는 다소 장황한 글로 대체한 것이다.[178] 뿐만 아니라 지루한 여행의 심심풀이 삼아 비장과 역관들이 길에 오가는 만주족과 한족 여자를 먼저 발견한 사람이 자기 첩으로 삼는다고 선언하는 소위 '구첩'(口妾) 놀이를 소개한 대목은 완전히 삭제해 버렸다. 여성의 미모에 대한 언급을 절제하는 한편 비장과 역관들이 청나라 여성을 희롱하는 잡스러운 놀이를 했다는 대목을 제거하고자 한 결과, 이처럼 장황하고 학구적인 내용을 부적절하게 삽입했던 것으로 보인다.[179]

이와 같은 개작은 「성경잡지」에서도 확인된다. 「속재필담」(粟齋筆談)을 보면, 숙소에서 몰래 외출하여 중국 상인들과 필담으로 밤을 새우고 돌아온 연암이 들킬세라 "허겁지겁 정사의 방으로 가보았더니"(忙往上房), 아무도 이를 눈치 챈 사람이 없어 "마음속으로 몰래 기뻐했다"(心裏暗喜)는 대목과, 연암이 다시 상인 비생(費生: 비치費穉)을 만나 필담을 나누던 중 일행이 다가오므로 시치미 떼고 일어서자, 비생이 "대문에 이르러 음밀히 나의 손을 잡아"(臨門陰握余手) 다시 또 만나자는 뜻을 표했다는 대목이 있다. 중화총서본·전남대본·구주대본·성호기념관본·동경도립도서관본은 이러한 대목들에서 양반의 체모에 어긋나는 경박한 행동을 해학적으로 표현한 '허겁지겁'(忙) '마음속으로 몰래 기뻐했으며'(心裏暗喜) '음밀히'(陰)라는 자구들을 삭제해 버렸다.

앞서 언급했듯이 「일신수필」7월 17일 기사 중 청나라 통역관 쌍림의 하인이자 동성애 상대이기도 한 젊은이들을 소개한 대목과, 외설적인 농담을 포함하여 쌍림과 연암의 하인 장복이 주고받은 대화 장면이 『열하일기』 계열의 온재문고본·주설루본·충남대본·규장각본 등에서는 크게 수정되었다. 이와 같은 수정 조치를 『연암집』 외집 계열의 이본들도 대체로 따르고 있다. 단 연세대 연휘본·버클리대 연휘본·연세대 12책본·장서각본·영남대본·광문회본은 『열하일기』 계열의 주설루본 등과 마찬가지로 쌍림의 하인들에 대해 "모두 나이가 갓 열아홉 살로 다들 아름다운 용모를 지녔는데 쌍림의 행권(行眷: 동성애 상대)이라고 한다"(皆年方十九歲, 俱有首面, 雙林之行眷云)고 고치는 데 그쳤으나, 중화총서본·전남대본·구주대본·성호기념관본·동경도립도서관본은 『열하일기』 계열의 온재문고본과 마찬가지로 "모두 나이가 갓 열아홉 혹은 스무 살로, 다들 살찌고 피부가 희며 다부지고 얄밉게 생겼다"(皆年方十九或二十歲, 俱肥白頑健可憎)로 고쳐서 동성애의 흔적을 완전 말소했다.

중화총서본·전남대본·구주대본은 「관내정사」7월 25일 기사 중 연암이 한 민가를 구경하려다가 냉대를 당하고 멋쩍게 되돌아 나오는 길에 "장복을 돌아다보니 그의 귀밑머리 아래 검은 점이 요새 점점 커지고 있다"(顧視張福, 其鬢下黑子, 近日稍大)는 구절을 삭제해 버렸다. 이러한 소설식 세부 묘사가 불필요하다고 판단해서 그랬을 것이다.

「관내정사」 7월 27일 기사는 앞서 살펴본 「도강록」 7월 1일 및 2일 기사나 7월 9일 기사에 못지않게 크게 개작된 경우이다. 이 기사에서 연암은 예전에 건량관(乾糧官)이 고사리를 챙겨 오지 않은 실수로 인해 이제묘(夷齊廟)에서 곤장을 맞고는 백이·숙제를 원망했다는 이야기 끝에, 마두 태휘(太輝)가 '숙제'를 '숙채'(熟菜: 삶은 나물)로 잘못 알아듣고 "백이·숙채가 사람 잡네!"라고 외쳐대어 웃음바다가 된 일화를 소개하고 있는데, 중화총서본·전남대본·구주대본·성호기념관본·동경도립도서관본은 이 해학적인 일화를 삭제해 버렸다. 또한 그에 이어, 십 수 년 전 명나라 의종의 순사일에 우암 송시열의 후손 집을 예방한 뒤 향선생(鄕先生)이 주관한 음주례(飮酒禮) 자리에서 학동들이 춘추 의리와 백이·숙제의 절사(節死)를 풍자하는 시를 지어 좌중을 폭소하게 했다는 추억담을 소개한 대목 역시 삭제해 버렸다.[180] 절의의 화신으로 숭앙되는 백이·숙제에 대한 풍자가 도를 넘어 불경스럽다고 본 때문이 아닌가 한다.

뿐만 아니라 같은 날의 기사 중 창관(娼館)으로 유명한 진자점(榛子店)에 당도한 연암이 마두 재봉(再鳳)과 상삼(象三)을 뒤따라 들어가 유사사(柳絲絲)와 요청(幺靑) 등 세 창기(娼妓)가 부르는 「계생초」(鷄生草) 「답사행」(踏莎行) 「서강월」(西江月) 등을 듣고, 합석한 중국 상인 왕용표(王龍標)가 적어 준 그 창사(唱詞)를 소개한 대목 역시 크게 개작했다. 이 대목은 원래 소설의 한 장면처럼 생생하게 그려져 있었다. 즉, 재봉과 상삼이 진자점의 뒤채로 들어서다가 연암에게 발각되자 미묘한 웃음을 짓고 사라지니 연암은 그 의도를 알아차리고 몰래 뒤따라 들어가 문틈으로 엿보았다. 상삼은 한 창기를 끼고 앉아 있고 비파를 연주하는 두 청년과 봉적(鳳笛)을 부는 여자, 단판(檀板)을 손에 쥔 여자가 있었으며, 한 노인이 나와서 재봉에게 인사를 건넸다. 연암이 마침내 큰 기침을 내뱉어 인기척을 알렸더니, 방안에 있던 사람들이 모두 깜짝 놀라고 재봉과 상삼이 웃으며 연암을 맞이해 들어갔다. 연암이 "하오"(好: 안녕하세요)라고 하자 노인과 두 청년 및 세 창기가 모두 인사에 화답했다. 재봉과 상삼은 연암에게 창기 유사사와 요청의 내력을 소개했으며, 나머지 한 창기는 그들도 모르는 초면이라고 했다. 노인은 창관의 주인이고 두 청년은 산동(山東) 출신의 객상(客商)이었다. 연암은 삼상에게 눈짓으로 창기들의 악기 연주를 청해 보라고 했다.

이처럼 장면 중심의 사실적 세부 묘사로 일관된, 한자로 300자가 넘는 긴 대목을 중화총서본·전남대본·구주대본·성호기념관본·동경도립도서관본은 아주 짧게 고쳐 버렸다. 즉, "뒤채에서 악기 연주 소리가 들리기에 소리 나는 곳을 찾아갔더니 한 노인과 두 청년이 있었다. 또 창기 세 사람이 있었는데 각자 현악기와 관악기를 손에 쥐고 있었다. 나를 보고는 일제히 일어나 웃으며 맞이한다. 늙은이는 바로 창관의 주인이고 두 청년은 모두 산동의 객상이라 한다. 나는 하인 상삼을 시켜 연주를 청했다"(聞後堂有彈吹, 尋聲進入, 有一老漢兩少年. 又有三妓, 各執絲竹, 見余齊起笑迎. 老者乃館主, 兩少年皆山東客商云. 余使從者象三, 請其彈吹)라고 개작했다. 그 결과 창관을 몰래 찾아가는 마두들의 뒤를 밟은 연암이 문틈으로 그 내부를 한참이나 엿보다가 마침내 동참하여 수작을 나누는 구체적인 장면들이 모두 제거되었다.

이어서 상인 왕용표와 세 창기의 노래와 연주를 듣는 대목에서도 창기들의 이름을 밝히지 않고 "한 창기"(一妓)라고만 지칭했다. 특이한 것은 「계생초」「답사행」「서강월」 외에, 여타 이본들에는 없는 「심원춘」(沁園春)의 창사(唱詞)를 소개한 점이다.[181] 이와 아울러 원래는 그 대목의 첫머리에 있던 설명문, 즉 강희제 이후 엄금 조치를 내렸음에도 불구하고 진자점만은 창관을 유지하고 있으며 '양한지'(養漢的)라 일컫는 창기들은 대개 용모가 아름답고 악기 연주를 할 줄 안다고 소개한 부분을 상삼의 말로 고쳐서 대목의 말미로 돌려 버렸다.[182] 그리고 원래 그 자리에 있던 문장, 즉 예전에 "식암(息庵) 김석주(金錫胄)가 진자점에서 보았다고 한 계문란이 쓴 시를 찾아보았으나 보이지 않았다"(尋息菴所觀季文蘭題詩, 而不可見矣)는 문장을 대목의 첫머리로 옮겼다. 이렇게 함으로써, 진자점에 당도하자마자 연암이 창관부터 찾아간 사실이 강조되지 않게 하려 했던 듯하다.[183]

중화총서본·전남대본·구주대본·성호기념관본·동경도립도서관본은 「관내정사」 7월 28일 기사 중 고려보(高麗堡)의 한 점포 주인이 연암에게 자기 딸의 의부(義父: 양부)가 되어 달라고 간청하는 것을 물리친 대목도, 연암과의 대화를 연암 하인 창대와의 대화로 바꾸어 점포 주인이 창대에게 간청한 일로 개변했다.[184] 연행을 자주 다니는 하천한 마두들이 연로의 숙소나 점포 주인의 자녀들을 양자, 양녀로 삼음으로써 서로 편의를 주고받던 관행이 있었으므로 고려보의 점포 주인은 연암에게도 의부가 되어 달라는 간청을 했던 것이나, 이는 양반의 체모에는 전혀 걸맞지 않는 일이었기 때문이다.

또한 「관내정사」 7월 30일 기사 중 연암이 삼하현(三河縣)에 이르러 홍대용이 부탁한 편지와 선물을 전달하기 위해 홍대용의 벗인 용주(蓉洲) 손유의(孫有義)의 집을 찾아간 대목에서도, 주렴 너머로 들려온 손유의의 부인의 음성이 "제비나 꾀꼬리 소리처럼 맑고 고왔다"(燕鶯嬌囀)고 묘사한 구절을 "몹시 분명치 않다"(殊不了了)로 고쳤다. 손유의의 딸에 대해서도 "얼굴이 하얗고 목이 희었다"(皓面素項)고 묘사한 구절을, "단정한 용모가 아름다웠다"(端容婉婉)로 고쳤다.[185]

이어지는 8월 1일 기사에서도 노하에 정박 중인 한 선박의 주방에서 일하던 처녀를 묘사한 대목을 고쳤다. 즉, "한 처녀가 있는데 나이는 열여섯쯤이고 월등히 어여쁘게 생겼다. 손님을 보고도 전혀 낯가림을 하지 않고, 얌전하고 차분하며 일을 천연덕스럽게 하는데, 주름진 비단 옷은 안개가 서린 듯하고, 하얀 팔뚝은 연뿌리처럼 생겼다. 아마도 진씨(秦氏) 집안의 시녀가 아침 반찬을 장만하려는 듯하다"(有一個處女, 年可二八, 佳麗無雙, 見客小無羞澀之態, 窈窕幽閒, 執事天然, 而縐縠如霧, 皓腕若藕, 似是秦家叉鬟, 爲具朝饌也)라고 자세히 묘사한 대목을, "한 처녀가 솥과 주전자 따위로 한창 불 피워 밥 짓고 있는 중이다. 아마 진씨 집안의 여종이 아침 반찬을 장만하려는 듯하다. 취사법은 땔나무를 쓰지 않고 오로지 석탄을 태워 음식을 끓이고 굽고 한다. 비단 배 안에서만 그런 것이 아니라 시골 점포에서도 석탄불을 쓰는 게 관행이다"(有一處女, 以鐺罐之屬, 執炊爨, 似是秦家女奴, 爲具朝饌. 炊法不用樵薪, 只熾石炭湯煮, 非但舟中爲然, 邨店裏亦皆慣用炭火)라고 아주 다르게 고쳐 버렸다.[186] 이와 같은 개작은 젊은 여성에 대한 관심이 드러남을 꺼려 그 외모 묘사를 가급적 기피하고자 한 것이다.

중화총서본·전남대본·구주대본·성호기념관본·동경도립도서

관본은 「태학유관록」 8월 10일 기사 중 연암이 열하의 피서산장 밖에서 몽골의 왕들을 구경하는 대목에서도, 마두 득룡(得龍)이 "멀리서 나를 부르매, 내가 뭇사람들을 밀어 헤치고 가서 구경했다"(遙呼余, 余排辟衆人往觀)고 한 구절을, "내가 구경할 수 있도록 인도하게 하니, 득룡은 뭇사람들을 밀어 헤쳤다"(使之導余觀玩, 得龍排辟衆人)로 고쳤다.[187] 양반의 체모를 돌보지 않을 만큼 연암의 지나친 관광벽(觀光癖)이 드러난 구절을 손질한 것이다.

또한 같은 날, 판첸 라마를 알현하라는 황제의 갑작스러운 명령으로 인해 일대 소동이 벌어지는 대목에서, 만약 조선 사신이 명령을 거역하여 유배를 가게 되면 자신도 그 덕분에 중국의 머나먼 지역까지 유람할 수 있으리라는 상상에, 연암이 "나는 속으로 기쁨을 억제하지 못해 곧장 밖으로 달려 나가 동쪽 곁채 아래에 서서는 이동(二同: 건량 마두의 이름)을 불러, '얼른 가서 술을 사와라! 너는 돈을 아끼지 말 것이니, 이제부터 너와는 이별이다'라고 말했다. 술을 마시고 들어왔더니"(余暗喜不自勝, 直走出外, 立東廂下, 呼二同[乾糧馬頭名]曰: "趣買沽酒來! 爾無慳錢, 從此與爾別矣." 飲酒而入) 운운하여, 연암의 경망스러운 언동을 여실하게 그린 구절도 고쳐 버렸다. 즉, "내가 나와서 동쪽 곁채 아래에 서 있으니, 영돌(永突)이 와서 점심이 다 되었다고 아뢴다. 나는 아침밥도 아직 완전히 소화되지 않은 터라 갖다가 창대에게 주라고 했다. 영돌이 다시 소주를 바치므로 연거푸 여러 잔을 기울인 뒤 한참 배회하다 들어와 보니"(余出立東廂下, 永突來告午饍. 余朝食猶未快下, 命撤賜昌大. 永突更進燒露, 連傾數杯, 徘徊久之而入) 운운하여 무난한 내용으로 고친 것이다.[188]

한편 중화총서본·전남대본·구주대본·성호기념관본·동경도립도서관본은 「환연도중록」 8월 19일 기사 중 연암이 관제묘(關帝廟)를 구경하면서 당시 중국에서 관우(關羽)를 도덕과 학문을 겸비한 성인(聖人)으로까지 숭배하는 현상을 비판하는 논의를 편 대목에서 도리어 관우를 더욱 존숭하는 방향으로 글을 고쳤다. 즉, 강희제가 친필로 쓴 관제묘의 편액 중 '좌성'(左聖)이란 것은 "관운장(關雲長: 운장은 관우의 자)이다"라는 구절을 "관공(關公)이다"로 고쳐서 관우를 높여 불렀고, 관제묘의 주련(柱聯)들은 그의 도덕과 학문을 "크게 과장했다"(盛誇)고 한 구절을[189] "크게 칭송했다"(盛頌)로 고쳤다. 그리고 관우 숭배가 시작된 명나라 초 이후 심지어 관우의 이름을 부르기를 꺼리어 "패관기서(稗官奇書)에서는 모두 '관모'(關某)라고 일컬었다"(稗官奇書皆稱關某)고 한 문장과, 이어서 명나라와 청나라의 중간 시기에는 공문과 문서에서—공자를 '공성'(孔聖), '공부자'(孔夫子)라 하듯이—관우를 심지어 '관성'(關聖), '관부자'(關夫子)라 일컬으니 "이런 오류와 누습이 답습되는 바람에…"(因謬襲陋)라는 문장을 삭제했다.[190]

또한 관우가 학문을 갖추었다고 오늘날 칭송받는 이유는 그가 『춘추』의 의리에 밝아서 황제를 참칭한 오(吳)나라 손권과 위(魏)나라 조조를 엄하게 대했기 때문인데도, 그를 '관제'(關帝)라고 부른다면 "역시나 망령되게 높인 황제 칭호에 어찌 스스로 편안할 수 있겠는가"(亦安可自安於妄尊之帝號哉)라고 한 구절을, "망령되게 높인 황제 칭호에 아마 혹시라도 스스로 편안할 수 없었을 것이다"(恐或不自安於妄尊之帝號哉)라고 고쳐 비판적인 어조를 완화했다. 게다가 관우의 후손인 관씨(關氏)로서 박사(博士)에 임명된 자들을 성인의 후예라 하여 주공(周公)이나 공자와 같은 성인의 후예인 한나라 때의 오경

박사(五經博士)와 대등한 예우를 받게 하는 것은 "심히 부당하다"(甚無謂也)고 한 문장도 정반대로 고쳐서, "그들이 오직 『춘추』의 학문을 갖춘 때문일 것이다"(其惟春秋學乎)라고 하여 이를 긍정하는 글로 바꾸었다.[191] 임진왜란 이후 국내에서도 각처에 관왕묘를 세워 널리 숭배하던 관우를 지나치게 혹평한 글로 비난받을 소지를 줄이고자 이처럼 개작한 것이 아닌가 한다.

이상에서 살펴본 바와 같이, 『연암집』 외집 계열의 이본들은 편차를 더욱 정연하게 조정하고 본문의 이해를 돕는 두주나 소주를 새로 첨가했을 뿐만 아니라, 「도강록」 이하 「환연도중록」에 이르는 일기 부분의 기사를 개작하는 등 1차 개수 작업을 했다. 그중 일기 부분 기사를 개작한 정도에 따라, '부분적 개작'에 그친 연세대 연휘본·버클리대 연휘본·연세대 12책본·장서각본·영남대본·광문회본 등과, 『열하일기』 계열의 온재문고본을 계승하여 '전면적 개작'을 시도한 중화총서본·전남대본·구주대본·성호기념관본·동경도립도서관본 등으로 이본들을 나누어 볼 수 있다. 이러한 두 부류의 『연암집』 외집 계열 이본들은 『연암집』 별집 계열의 이본들에도 각자 영향을 미쳐서, 후자 역시 크게 두 부류로 분화됨을 주목할 필요가 있다.

4. 『연암집』 별집 계열 이본

『연암집』 별집 계열 이본은 『연암집』 외집 계열의 1차 개수에 이어 2차로 개수가 가해져, 『열하일기』의 정본에 거의 가깝게 정비된 이본이다. 그런데 이는 다시 『연암집』 외집 계열 중 '부분적 개작'에 그친 필사본을 계승한 이본들과, '전면적 개작'을 시도한 필사본을 계승한 이본들로 나누어 볼 수 있다. '부분적 개작'을 계승한 이본으로는,

① 용재문고본(庸齋文庫本): 연세대 도서관 소장 『연암집』(20책)의 『열하일기』[192]

② 자연경실본(自然經室本): 숭실대 한국기독교박물관 소장 『연암전서』(燕巖全書)(낙질본 13책)의 『열하일기』[193]

③ 중지도본(中之島本): 일본 대판(大阪) 중지도도서관 소장 『열하일기』, 12책[194]

④ 박영철본: 신활자본 『연암집』(6책)의 『열하일기』, 1932

등이 있다.

그리고 '전면적 개작'을 계승한 이본으로는,

⑤ 계서본(溪西本): 단국대 연민문고 소장 『연암집』(낙질본 20책)의 『열하일기』[195]

⑥ 동양문고본: 일본 동양문고 소장 『연암집』(낙질본 18책)의 『열하일기』[196]

⑦ 국회도서관본: 국회도서관 소장 『연암집: 열하일기』, 24권 11책[197]

⑧ 승계문고본(勝溪文庫本): 국립중앙도서관 승계문고 소장 『연암집』(낙질본 21책)의 『열하일기』[198]

등을 들 수 있다.

그 밖의 필사본으로,

⑨ 온재문고본: 국립중앙도서관 온재문고 소장『연암집』, 낙질본 9책[199]

⑩ 실학박물관본: 경기도 실학박물관 소장『연암집』, 낙질본 3책[200]

⑪ 신암문고본(薪菴文庫本): 고려대 도서관 신암문고 소장『열하일기』, 낙질본 1책[201]

등이 있다.

자연경실본·계서본·승계문고본 등을 기준으로,『연암집』별집 계열에 속하는 이본의 편성을 표로 제시하면 다음과 같다.

책수	권수		편명	비고
연암집1		연암집 편차총목		
	연암집 권1·2	연상각선본 권1·2		
연암집2	연암집 권3·4	연상각선본 권3·4		
연암집3	연암집 권5·6	연상각선본 권5·6		② 자연경실본은 결권임.
연암집4	연암집 권7·8	공작관문고 권1·2		② 자연경실본, ⑤ 계서본, ⑥ 동양문고본은 결권임.
연암집5	연암집 권9·10	공작관문고 권3·4		② 자연경실본은 결권임.

연암집6	연암집 권11	영대정잡영		② 자연경실본은 결권임.
	연암집 권12	영대정잉묵		② 자연경실본은 결권임.
	연암집 권13	서이방익사		② 자연경실본은 결권임. 이하는 별집임.
연암집7	연암집 권14·15	종북소선 권1·2		
	연암집 권16	방경각외전		
연암집8	연암집 권17	열하일기 총목		말미에 「보유」가 있음.
		열하일기 권1	도강록	
연암집9	연암집 권18	열하일기 권2	성경잡지	② 자연경실본은 결권임.
	연암집 권19	열하일기 권3	일신수필	② 자연경실본은 결권임.
연암집10	연암집 권20	열하일기 권4	관내정사	⑥ 동양문고본, ⑧ 승계문고본은 결권임.
	연암집 권21	열하일기 권5	막북행정록	⑥ 동양문고본, ⑧ 승계문고본은 결권임.
연암집11	연암집 권22	열하일기 권6	태학유관록	
	연암집 권23	열하일기 권7	환연도중록	
연암집12	연암집 권24	열하일기 권8	경개록	
	연암집 권25	열하일기 권9	황교문답	
	연암집 권26	열하일기 권10	반선시말	
	연암집 권27	열하일기 권11	찰십륜포	

연암집12	연암집 권28	열하일기 권12	행재잡록	
연암집13	연암집 권29	열하일기 권13	망양록	
	연암집 권30	열하일기 권14	심세편	
연암집14	연암집 권31	열하일기 권15	곡정필담	
	연암집 권32	열하일기 권16	산장잡기	
연암집15	연암집 권33	열하일기 권17	환희기	② 자연경실본은 결권임.
	연암집 권34	열하일기 권18	피서록	② 자연경실본은 결권임.
연암집16	연암집 권35	열하일기 권19	구외이문	
	연암집 권36	열하일기 권20	옥갑야화	
연암집17	연암집 권37	열하일기 권21	황도기략	⑥ 동양문고본은 결권임.
	연암집 권38	열하일기 권22	알성퇴술	⑥ 동양문고본은 결권임.
	연암집 권39	열하일기 권23	앙엽기	⑥ 동양문고본은 결권임.
연암집18	연암집 권40	열하일기 권24	동란섭필	
연암집19	연암집 권41~44	과농소초 권1~4		② 자연경실본은 결권임.
연암집20	연암집 권45~48	과농소초 권5~8		② 자연경실본은 결권임.
연암집21	연암집 권49~55	과농소초 권9~15		
연암집22	연암집 권56	고반당비장		⑥ 동양문고본은 결권임.
	연암집 권57	엄화계수일		⑥ 동양문고본은 결권임.

『연암집』별집 계열 이본들은 대부분『연암집』전체의 편차 총목과 아울러『열하일기』의 총목을 갖추었다.『열하일기』총목의 말미에는「보유」(補遺)라 하여 장차 찾아서 보충해야 할 글로「천애결린집」(天涯結隣集)「양매시화」(楊梅詩話)「금료소초」「열하궁전기」(熱河宮殿記)「열하태학기」(熱河太學記)「단루필담」(段樓筆談) 등 6종을 소개했다. 그중「금료소초」는 초고본 계열과『열하일기』계열 및『연암집』외집 계열 이본들에 두루 포함되어 있음에도 불구하고 '보유'로 간주되었다.

편차 총목에 의하면『연암집』은 일반 시문(詩文) 18권과『열하일기』24권,『과농소초』15권 등 총 57권으로 편성되어 있다. 단 용재문고본·자연경실본·계서본은 그중 연암협(燕巖峽)의 은거지에 남겨진 시문들을 수습한『고반당비장』(권56)과『엄화계수일』(권57)을 실제로는 필사하지 않아, 총 55권으로 편성되어 있다. 이는 박종채가『과정록』말미의 추기(追記)에서, 1831년 당시 그의 집안에 소장되어 있던『연암집』은 문고(文稿) 16권과『열하일기』24권 및『과농소초』15권을 포함하여 모두 55권이라고 한 진술과 부합한다. 그러므로 적어도 그 무렵까지『고반당비장』과『엄화계수일』은 기획만 되어 있다가, 동양문고본과 승계문고본에서 보듯이 그 이후의 어느 시기에 실제로 필사되어『연암집』에 최종적으로 통합되었을 것이다.[202]

『열하일기』중「산장잡기」의「일야구도하기」「야출고북구기」「상기」,「황도기략」의「황금대기」,「알성퇴술」의「문승상사당기」는『연암집』의 일부로 통합된『연상각선본』에도 원래 수록되어 있던 글들이다. 따라서『연암집』별집 계열의 필사본들은『연암집』중

「연상각선본」 제2권의 목록에 여전히 이 글들을 열거하면서 각각 「산장잡기」, 「황도기략」, 「알성퇴술」을 보라고 지시하는 소주를 붙여 놓았다.[203] 『연상각선본』을 『연암집』에 통합할 때 『열하일기』와 중복하여 수록된 글들을 배제했으면서도 목록에는 그 흔적을 남겨둔 것이다.

『연암집』 별집 계열 이본들은 뚜렷한 공통점들을 지니고 있다. 우선, 다른 계열의 이본들에서는 하나의 편으로 독립되어 있던 「희본명목」을 「산장잡기」에 「희본명목기」로 포함시켰으며, 연암의 순수한 저작이라 보기 어려운 「금료소초」를 제거했다. 그리하여 다른 계열 이본들에서는 총 26편이던 『열하일기』가 총 24편으로 정비되고, 「도강록」 이하 「동란섭필」에 이르기까지 공통된 편차를 갖추었다. 분책(分冊)의 차이에 따라 『연암집』의 책수만 조금 다를 뿐이다.[204]

또한 다른 계열 이본들에는 「성경잡지」에 포함되어 있는 「구요동기」 「요동백탑기」 「관제묘기」 「광우사기」 등 4편의 기문을 「도강록」의 말미로 적절하게 재배치했다.[205] 그뿐만 아니라 「황도기략」에서 「황금대」를 '황금대기'(黃金臺記)로 제목을 바꾸고 그 앞에 새 글인 「황금대」를 추가했으며, 「알성퇴술」에서도 「문승상사」를 '문승상사당기'(文丞相祠堂記)로 제목을 바꾸고 그 앞에 새 글인 「문승상사」를 추가했다. 다른 계열의 이본들에서는 찾아볼 수 없는 두 편의 중요한 기문을 발굴하여 추가한 것이다.

『연암집』 별집 계열 이본들은 공통적으로 일부 기사를 개작하기도 했다. 예컨대 「도강록」 6월 24일 기사 중 연암을 등에 업어 배에 태우던 청국인 뱃사공이 "흑선풍(黑旋風: 『수호전』에 나오는 이규의 별호)의 엄마가 이처럼 무겁게 매달린다면 기풍령(沂風嶺)을 오르지 못했을 걸"이라고 중국말로 농담을 하자, "저 어리석은 놈이 강혁(江革: 동한東漢 초의 유명한 효자)은 모르고 이규(李逵)만 아는구나"라고 연암이 응수한 대목이 있다. 이 대목에 이어서, 다른 계열 이본들에는 역관 조명회(趙明會)와 연암의 다음과 같은 대화가 더 있다.

> 趙君曰: "彼語中帶意無限. 其語本謂李逵母如此其重, 則雖李逵神力, 亦不得背負踰嶺. 且李逵母爲虎所噉, 故其意則以爲如此好肉, 可畀餒虎." 余大笑曰: "彼安能開口成許多文義?"

조군이 말하기를,
"그의 말 속에 무한한 뜻이 담겨 있지요. 그 말은 본래 '이규의 어미가 이처럼 무겁다면 이규의 초인적인 힘으로도 등에 업고서 고개를 넘을 수는 없었을 것이다'라고 말한 것이지만, 게다가 이규의 어미는 범에게 잡혀 먹혔기 때문에 그 뜻인즉 '이처럼 좋은 고깃덩이는 굶주린 범에게 주면 좋겠다'라는 것이지요."
라고 하자, 나는 크게 웃으며,
"그가 어찌 이처럼 허다한 뜻을 지닌 말을 할 수 있단 말인가?"
라고 했다.[206]

이와 같이 연암의 비만한 몸을 조롱한 청국인 뱃사공의 농담을 두고 조명회와 연암이 나눈 해학적인 대화가 초고본 계열 및『열하일기』계열과『연암집』외집 계열의 이본들에는 보존되어 있다.²⁰⁷ 그러나 용재문고본을 제외한『연암집』별집 계열 이본들은 이를 삭제해 버렸다. 신체에 관한 농담이 지나치다고 여겨서 그랬던 것이 아닌가 한다.

또한「도강록」6월 27일 기사에서 책문(柵門)의 청국 상인들 중 한 사람이 조선 사행의 부사를 가리켜 '얼따렌'(乙大人)이라 부르고 "서장관을 가리키며, '샨따렌으로 한림 출신이야'"(指書狀曰: "山大人, 翰林出身的")라고 말한 대목 다음에, 연암은 "'얼'(乙)'은 이(二)라는 뜻이고, '샨'(山)은 삼(三)이란 뜻이며, '한림 출신'이란 문관(文官)이란 뜻이다"(乙者二也, 山者三也, 翰林出身者文官也)라는 설명을 덧붙였다. 그런데 용재문고본을 제외한『연암집』별집 계열의 이본들은 "서장관을 가리키며 '산따렌'이라 부른다. 모두 한림 출신의 문관을 가리키는 명칭이다"(指書狀曰: '三大人,' 俱翰林出身的文官之稱也)라고 간결하게 고쳐 놓았다.²⁰⁸ 이는 이질적인 백화체(白話體) 표현을 줄이려는 의도로 짐작되나, 그 결과 문장의 뜻이 조금 달라지고 말았다.

「도강록」7월 5일 기사 중 청나라의 한 갑군(甲軍)이 밤에 조선 사행의 숙소를 순찰하다가 도둑으로 오인받아 쫓겨나는 소동을 그린 대목을 보면, 연암이 누구냐고 소리쳐 묻자 그 갑군이 엉겁결에 서투른 조선말로 "소인은 되놈이오"라고 답했다는 해학적인 장면이 있다. 다른 계열의 이본들은 대개 '되놈이오'를 '도이노음이오'(都爾老音伊吾)로 표기했으나, 용재문고본을 제외한『연암집』별집 계열 이본들은 이를 '도이노음이요'(擣伊鹵音爾幺)라고 한자로 달리 표기했을뿐더러, '도이'(되)는 "아마 '도이'(島夷: 섬나라 오랑캐)가 와전된 것 같다. '노음'(놈)은 비천한 자를 지칭하는 말이고, '이요'는 연장자에게 아뢰는 어투이다"(盖島夷之訛也. 鹵音者, 卑賤之稱; 爾厼者, 告於尊長之語訓也)라는 설명문을 추가했다.[209]

용재문고본을 제외한 『연암집』 별집 계열 이본들은 「일신수필」의 서문도 개작했다. 앞서 언급했듯이 이 글은 미완성 상태로 수록되었으므로, 『연암집』 외집 계열에 속하는 연세대 연휘본 및 버클리대 연휘본과 광문회본은 '삼천'(三泉)이란 호를 지닌 사람의 글로 보충하기도 했다. 『연암집』 별집 계열 이본들은 이와 같은 보충을 하지는 않았으나, 『열하일기』 계열의 온재문고본과 마찬가지로 서문의 마지막 대목을 고쳤다. 즉, 서양인 선교사들이 중국어를 배우고 한문을 익혀서 불후의 저술을 남기려 한 이유는 "본래 이 몸이 현재에 존재한다고 여기지만, 그것은 과거의 상황에 속하고 상황은 부단히 과거가 되므로, 예전에 입과 귀에만 의존하여 학문이라 여겼던 것들 역시 증거를 취할 데가 없는 때문일 뿐이다"(本爲此身現在, 而屬之過境, 境過而不已, 則昔之所憑以爲學問者, 亦無所取徵故耳)라고 한 대목을 다음과 같이 수정 보완하고자 했다.

> 葢以耳聞目見而屬之過境, 境過而不已, 則昔之所憑以爲學問者, 亦無所取徵. 故强爲著書, 欲人之必信. 見吾儒闢異之論, 則綴拾緒餘, 强效斥佛. 悅佛氏堂獄之說, 則哺啜糟粕(缺幾字)故耳.

이는 대체로 귀로 듣고 눈으로 본 것은 과거의 상황에 속하고 상황은 부단히 과거가 되므로, 예전에 입과 귀에 의존하여 학문이라 여겼던 것들 역시 증거를 취할 데가 없기 때문일 것이다. 그러므로 애써 저서를 남겨서 사람들이 반드시 믿게 하려고 한다. 우리 유가에서 이단을 배격하는 논의를 보고는 그 나머지를 주워 모아 애써 불교 배척을 흉내 내지만, 불씨(佛氏)의 천당지옥설을 좋아하여 그 술지게미를 먹고(원주: 몇 자가 빠짐) 때문일 뿐이다.

『열하일기』 계열의 온재문고본에서 이루어진 수정 보완을 거의 그대로 계승하여, 서양인 선교사들이 한문 서학서를 저술한 의도를 추측하는 데 멈추지 않고 그들이 서학서를 통해 주장한 천주교 교리를 적극적으로 비판하려 한 것이다.[210]

「망양록」 중 형산(亨山) 윤가전이 부채에 손수 그림을 그려 연암에게 증정했다는 기사를 보면, 초고본 계열 이본들과 다백운루본·충남대본 등 『열하일기』 계열의 몇몇 이본들에는 연암이 윤가전의 그림 솜씨를 극찬하자 "형산이 크게 웃었다"(亨山大笑)는 문장으로 글이 끝난다. 하지만 『열하일기』 계열의 고도서본·규장각본 등은 그 기사를 일부 수정했을 뿐 아니라, 크게 웃고 난 윤가전이 부채에 제화시(題畫詩)를 쓰고 낙관을 찍어 주었다는 내용을 추가했다. 여기에 더하여 『연암집』 외집 계열 이본들은 기사 말미에 윤가전의 제화시 전문을 별도로 소개했다. 이는 『고정망양록』에서 이루어진 수정 보완을 따른 것이다. 그런데 용재문고본을 포함하여 『연암집』 별집 계열 이본들은 해당 기사의 말미에 추가된 윤가전의 제화시를 본문 한가운데에 포함하는 수정을 가했다.[211] 이는 『연암집』 별집 계열의 이본들에 이르기까지 『열하일기』에 대한 개수 작업이 부단히 이루어지고 있었음을 증명하는 사례라 하겠다.

이와 같이 기사 중의 한시를 수정·보완한 사례는 「피서록」에서도 찾아 볼 수 있다. 연암이 자제군관으로 연행을 따라온 자신의 처지를 풍자하여 지은 「마상구호」(馬上口號)란 시를 소개한 기사에서, 『열하일기』 계열과 『연암집』 외집 계열의 이본들은 대체로 그 시의 첫 구 중 "翠翎銀頂"(푸른 깃에 은정자銀頂子) 다음의 석 자를 공란으로 비워 놓았다. 이는 초고본 계열의 『행계잡록』(5)를 따른 것이다. 예외적으로 『열하일기』 계열의 동양문고 연휘본과 고도서본은 "窄靑袪"(좁고 푸른 옷소매)라고 석 자를 메꾸어 놓았는데, 이는 『행계잡록』(6)을 따른 것이다. 그런데 용재문고본과 중지도본을 제외한 『연암집』 별집 계열의 이본들은 "翠翎銀頂武夫如"(푸른 깃에 은정자 달린 모자 쓰니 완전히 무인 같구나)라고 하여, 『연암집』의 「영대정잡영」에 실린 「마상구호」와 일치되게 시구를 보완했다.[212]

또한 대다수의 이본들은 경상도 성주(星州)의 목사를 지내고 임진왜란 때 의병 활동을 벌이다가 전사한 제말(諸沫)이 잠시 환생하여 남겼다는 오언절구 중 전반부를 소개하는 데 그쳤다. 그러나 동양문고본은 "원본에는 '쓸쓸한 성산(성주의 옛 이름)의 객관에 죽은 이의 넋은 남아 있는지 모르겠네'가 또 있다"(原本又有'寂寞星山館, 幽魂有也無.')라는 두주를 붙여, 그 시의 후반부까지 마저 찾아서 보완하려는 노력을 보여 준다.[213]

「피서록」 중 금강산 정양사(正陽寺)의 벽에 적혀 있었다는 호음(湖陰) 정사룡(鄭士龍)의 한시를 소개한 기사에서도, 『행계잡록』(5)·(6)과 동양문고 연휘본·고도서본 등 일부 『열하일기』 계열 이본들에는 세 번째 시구가 "蕭蕭風雨正陽夜"(쓸쓸히 비바람 부는 정양사의 밤에)로 되어 있다. 그러나 대다수의 『열하일기』 계열 및 『연암집』외집 계열 이본들에는 "正陽寺裏燃燈夜"(정양사에서 등불 밝힌 밤에)로 고쳐졌는데, 용재문고본을 포함하여 『연암집』별집 계열 이본들은 모두 이를 다시 "正陽寺裏燒香夜"(정양사에서 향불 피우던 밤에)로 고쳤다. 정사룡의 원시(原詩)와 가급적 부합하도록 수정한 것이다.[214]

『연암집』별집 계열 이본들은 사실 관계의 오류를 바로잡으려는 노력도 보여 준다. 『열하일기』계열의 고도서본·주설루본·충남대본·규장각본·존경각본과 『연암집』외집 계열 이본들은 「구외이문」 중 「동의보감」(東醫寶鑑)에서 이 책의 편찬자의 한 사람으로 정작(鄭碏)을 거론하면서 그의 호를 '북창'(北窓)이라고 잘못 소개했다. 그의 형인 정염(鄭礦)의 호가 북창이고, 정작의 호는 고옥(古玉)이다.[215] 『연암집』별집 계열 이본 중 용재문고본·중지도본·계서본 역시 이러한 오류를 답습했고, 동양문고본·국회도서관본·승계문고본은 "정북창(鄭北窓)[소주: 염礦]"이라 하여 호와 이름을 일치시키기는 했지만, 정염은 『동의보감』 편찬에 참여하지 않았으므로 이역시 오류가 된다. 그런데 자연경실본과 박영철본은 "정고옥(鄭古玉)[소주: 작碏]"으로 이를 바로잡았다.

「구외이문」 중 「주한·주앙」(周翰·朱昂)을 보면, 북송(北宋)의 저명한 문신인 양억(楊億)이 젊은 시절에 한림원의 동료인 양주한(梁周翰)과 주앙(朱昂)에 대해 늙은이라고 늘 모욕을 주었다가 제가 도리어 쉰 살도 못 되어 죽었다는 고사가 소개되어 있다. 이 고사의 출전은 왕사정(王士禎)의 『향조필기』(香祖筆記, 권6)인데, 「구외이문」에서는 소제목과 본문에서 모두 '양주한'을 '주한'으로 잘못 표기했다. 그런데 『연암집』별집 계열 이본 중 동양문고본은 쪽지를 붙여 '양주한'으로 고치도록 지시했고, 국회도서관본은 '양주한'으로 바로 잡았다.

「구외이문」 중 「계원필경」(桂苑筆耕)을 보면, 대다수의 이본들은 『당서』「예문지」에 『계원필경』 "4권"이 기록되어 있으나 그 이후 저술가들의 인용 서목에 전혀 보이지 않는 점으로 보아 "책이 사라진 지 응당 오래였을 것이다"(書亡當久)라고 서술했다. 이는 『면양잡록』의 「연상우필」(烟湘偶筆)을 따른 것이다.[216] 그런데 『신당서』「예문지」에는 『계원필경』이 "20권"이라고 명기되어 있다. 또한 앞서 언급했듯이 전남대본 등 몇몇 『연암집』 외집 계열 이본들에는 『계원필경』이 자신의 집에도 소장되어 있는 사실을 들어, 이 책이 오래 전에 없어졌을 것이라는 연암의 주장에 의문을 표한 두주가 붙어 있다. 이와 같은 문제점을 깨닫고, 『연암집』 별집 계열 이본 중 동양문고본·국회도서관본·승계문고본 등은 『계원필경』이 '20권'이라고 바로잡았을 뿐 아니라, "우리나라에 비록 목판본이 있기는 하지만, 중국에는 책이 사라진지 응당 오래였을 것이다. (소주) 또 그의 사륙문(四六文) 2권이 『신당서』「예문지」에 실려 있다"(吾東雖有刊本, 中國則書當亡久 [소주] 又四六二卷載藝文志)고 해당 문장을 수정 보완했다.[217]

『연암집』 별집 계열 이본들은 시휘(時諱)와 관계되는 표현들도 세심하게 개작했다. 다른 계열의 이본들은 「성경잡지」의 첫머리에서 "4년 경자년(소주: 청 건륭 45년) 추(秋) 7월 초(初)10일 병술일(丙戌日)"이라고 날짜를 표시했으나, 『연암집』 별집 계열 이본들은 "추 7월 초10일 병술일"이라고만 했다. 「관내정사」에서도 다른 계열의 이본들에서는 "성상(聖上: 정조) 4년 경자년(소주: 청 건륭 45년)

추 7월 24일 경자일, 맑음. 이날은 처서였다"(聖上四年庚子[소주: 淸乾
隆四十五年]秋七月二十四日庚子, 晴. 是日處暑.)라고 한 첫 문장을 "추 7월
24일 경자일, 맑음"(秋七月二十四日庚子, 晴)으로 간략하게 고쳐 버
렸다. 「막북행정록」의 첫머리에서도 다른 계열의 이본들은 "건륭
45년 경자년 8월 초5일 신해일(辛亥日)"이라고 날짜를 표시했으나,
『연암집』 별집 계열 이본들은 "추(秋) 8월 초5일 신해일"이라고만
했다.[218]

　　이와 같은 개작은 '건륭'이라는 청나라의 연호를 가급적 제거
하기 위한 것이다. 당시 조선의 지배적 이념이던 존명배청주의(尊明
排淸主義)에 저촉될 것을 우려하여 날짜 표시 부분을 개작했던 것으
로 짐작된다. 뿐만 아니라 「행재잡록」의 서문 중 청나라의 "천자"(天
子)를 "황제"로 고친 것이나, 「알성퇴술」의 「역대비」(歷代碑)에서 명
나라 태조의 연호인 "홍무"(洪武) 앞에 "황명"(皇明) 두 자를 첨가한
것, 그리고 「앙엽기」에서 "성화"(成化) "명 선덕"(明宣德) "명 경태"(明
景泰) "만력"(萬曆) "정덕"(正德) "명 헌종황제"(明憲宗皇帝) 등 명나라의
연호나 묘호(廟號) 앞에 일일이 '황'(皇) 또는 '황명'을 첨가한 것 등
도 『열하일기』가 청나라를 숭상하는 저술로 오해될 소지를 줄이고
자 한 조치였을 것이다.[219]

　　이와 함께 주자학과 서학(西學), 티베트 불교 등과 관련된 표현
도 개작의 대상이 되었다. 다른 계열의 이본들은 「곡정필담」 중 모
기령(毛奇齡)의 『서하집』(西河集)에 대해 연암이 "경전의 뜻에 관해
주자를 공박한 대목에 간혹 일리가 없지 않습니다"(其經義駁朱處, 或
不無意見也)라고 긍정적으로 평가한 구절을 보존하고 있으나, 『연암
집』 별집 계열 이본들은 "경전의 뜻을 고증한 대목에 간혹 일리가

없지 않습디다"(其經義攷證處, 或不無意見也)로 고쳤다.[220] 이는 연암이 모기령의 주자학 비판에 공감한 듯한 오해를 피하기 위해서였을 것이다. 앞서 언급했듯이 「산장잡기」 중 「상기」를 보면, 핵심 개념어인 '리'(理)와 관련하여 이본들에 따라 "부리"(夫理)와 "천리"(天理)로 표현이 나뉜다. 『연암집』 별집 계열은 대부분 전자를 취하고 있을 뿐더러 다른 계열의 이본들에는 "리설"(理說)로 되어 있던 것을 "초설"(初說)로 바꾸었는데, 이 역시 주자학에 대해 비판적인 어조를 완화하고자 한 것이라 볼 수 있다.[221]

또한 「구외이문」 중 「심의」(深衣)를 보면, 선비의 평복인 심의를 논하면서 "우리나라의 유학자들은 특히나 심의를 중히 여겨서, 그림을 그리고 설을 지어 어지럽게 시비를 다투며 소매와 옷깃의 치수에 대해 사소한 학설의 차이를 고집하면서도, 마포(麻布)와 면포(綿布) 중 어느 것을 옷감으로 삼는지는 알지 못한다"고 비판했다.[222] 그다음에, 『열하일기』 계열의 충남대본과 『연암집』 외집 계열 이본들은 "심의의 중대한 본바탕(즉 옷감)부터 이미 옛 법과 어긋났는데도 고루한 유학자와 속된 선비들은 분별하지 못하니 개탄스럽다"(深衣之大本大質, 已乖古法, 而拘儒俗士, 莫之辨焉可歎)라고 글을 맺었다. 조선 중기 이후 『주자가례』(朱子家禮)가 보급되면서 김장생(金長生)·한백겸(韓百謙) 등을 위시하여 많은 유학자들이 심의의 제작법을 논해 왔는데,[223] 이러한 선배 학자들에 대해 연암은 심의의 본질도 모르는 고루하고 속된 선비들이라고 통렬한 비판을 가한 셈이다. 그러나 『연암집』 별집 계열 이본들은 『열하일기』 계열의 고도서본·주설루본·규장각본·존경각본과 마찬가지로 "어찌 몹시도 가소롭지 않은가"(豈非可笑之甚者乎)라는 짧은 문장으로 글을 맺었다.[224]

이 역시 비판의 수위를 낮춘 조치라 할 수 있다.

앞서 언급했듯이 「황도기략」 중 북경 천주당의 파이프 오르간과 벽화를 소개한 「천주당」과 「천주당화」는 『열하일기』 계열 및 『연암집』 외집 계열의 이본들에서 소제목이 각각 '풍금' 또는 '풍금기'와 '양화'로 바뀌고 본문도 일부 수정되었다. 『연암집』 별집 계열 이본들 역시 해당 항목의 소제목을 「풍금」과 「양화」로 바꾸었으며 수정된 본문을 계승하고 있다. 「풍금」 중 '천주'에 대해서도 "'천주'라는 것은 '천황씨'니 '반고씨'니 하는 칭호와 같은 말이다. 단 그 사람은 역산을 잘한다"(天主者, 猶言天皇氏·盤古氏之稱也. 但其人善治曆)라고 고침으로써, 천주를 '천지만물의 대종주(大宗主)' 즉 창조주로 설명하고 '서양인'의 천문 역법이 우수하다고 평한 원래의 의미를 은폐하고 왜곡했다.

또한 「태학유관록」 8월 11일 기사를 보면, 다른 계열의 이본들에는 연암이 판첸 라마를 예방하러 떠난 사신들을 찾아 나섰더니 사신들은 이미 "활불"(活佛)의 거처에 가 있었으며, 숙소로 돌아오자 중국의 사대부들은 모두 연암이 "활불"을 만나 본 것을 영광으로 여기고 부러워했다고 되어 있다. 그러나 『연암집』 별집 계열 이본들은 '활불'을 모두 '반선'(班禪)으로 고쳤다.[225] 연암이 판첸 라마를 살아 있는 부처로 떠받드는 티베트 불교의 신앙에 동조한 양으로 오해받지 않게 한 것이다.

그 밖에 『연암집』 별집 계열 이본들은 서인(西人)-노론계 인물에 대한 당색(黨色) 차원의 배려도 베풀고 있다. 「태학유관록」 8월 9일 기사 중 연암이 윤가전을 상대로 『명시종』(明詩綜)의 조선 관련 기사에 보이는 오류를 지적한 대목에서, 다른 계열의 이본들은 "저희

나라의 선배 유학자로 이이(李珥)가 있는데 호가 율곡입니다"(敝邦先儒有李珥, 號栗谷)라고 했으나,『연암집』별집 계열 이본들은 '이이'를 "이이 선생"(李先生珥)으로 고쳐 존경의 의미를 더했다.226

또한「옥갑야화」중 허생이 어영대장 이완에게 조선으로 망명해 온 명나라 유민들을 우대하라고 제안한 대목을 보면, 다른 계열의 이본들에는 대개 "김류와 장유의 집을 빼앗아서 이들이 거처하도록 하겠는가"(奪金瑬·張維家以處之乎)라고 하거나, "이귀와 김류의 집을 빼앗아서 이들이 거처하도록 하겠는가"(奪李貴·金瑬家以處之乎)로 되어 있다. 서인의 영수인 이귀와 김류와 장유는 모두 율곡 이이의 학통에 속하며 인조반정의 공신이었으나, 병자호란 때 강화를 주장한 주화파(主和派)였기에 허생이 이들을 거명한 것이었다. 그런데『연암집』별집 계열 이본들은『열하일기』계열의 주설루본과『연암집』외집 계열의 장서각본·영남대본·육당문고본·광문회본 등과 마찬가지로 "훈척(勳戚)과 권귀(權貴)의 집을 빼앗아서 이들이 거처하도록 하겠는가"(奪勳戚權貴家以處之乎)라고 하여, 구체적 인명을 들지 않고 비판의 대상을 애매하게 표현했다.227

* * *

『연암집』별집 계열 이본들은 본문의 이해를 돕기 위한 소주를 다른 계열의 이본들보다 훨씬 많이 첨가했다. 예컨대「도강록」7월 7일 기사 중 연암이 말을 타고 위험한 강물을 건널 때 겁에 질린 하인 창대(昌大)의 "말 모는 소리가 그야말로 '오호!'였다"(其囑馬之聲, 正是嗚呼)고 한 문장 다음에, "말 모는 소리는 본래 '호호'이지만 우리나

라의 한자음으로는 '오호'와 비슷하다"(囑馬聲本'好護', 而東音與'鳴呼'
相近)는 소주를 덧붙였다. 위기의 순간을 해학적으로 표현한 의도
를 간과하지 않도록 친절하게 설명을 베푼 것이다.228 「막북행정록」
8월 7일 기사 중 예전에 이일(李鎰) 장군 휘하의 한 군관이 좌우에
견마를 잡힌 채 말을 타고 왜군의 적정을 살피려 나갔다가 복병에
게 피살된 일화를 소개한 다음에도 "만력 임진년에 왜가 침략했을
때의 일이다"(萬曆壬辰倭寇時事)라고 설명하는 소주를 덧붙였다.229

　　용재문고본은 「망양록」 중 악기의 변화가 아니라 곡조의 변화
에 따라 음악에 "고대와 현대의 차이, 아정함과 음란함의 구별"(古
今之異, 正蛙之別)이 생겨났다는 왕민호의 주장과 관련하여, "개구리
'와'(蛙) 자는 음란하다는 뜻이다. 「왕망전」 중의 '자색와성'(紫色蛙
聲)에 대한 주석에 '와성'은 '음탕한 소리'라고 했다."(蛙, 淫也. 王莽傳
'紫色蛙聲'註, "淫蛙聲也.")는 소주를 붙였다.230 계서본과 국회도서관
본·승계문고본은 「동란섭필」 중 풍시가(馮時可)의 『봉창속록』(篷窓續
錄)을 인용하여 중국과 조선의 접부채를 논한 대목에, "중국의 접부
채는 최근에 점점 정교해지고 있어 도리어 조선 제품보다 훨씬 더
낫다"(中原摺扇, 近漸精緻, 反勝東製遠甚矣)는 소주를 붙였다.231

　　국회도서관본은 「동란섭필」 중 양녕대군(讓寧大君)의 외손자인
박영(朴英)이 중국에서 비둘기를 사 왔다는 기사와, 왕세정(王世貞)
의 『완위여편』(宛委餘編)에 의거하여 군관이나 장군이 된 역대 중국
여성들을 소개한 기사 사이에, 건륭제의 『어제계묘집』(御製癸卯集)의
주석을 인용하면서 청 황제가 정월 초하룻날 반드시 배알한다는 당
자(堂子)의 정체에 관해 논한 별도의 기사를 삽입하고 있다. 그런데
박영의 비둘기 구입 기사 바로 앞에, 당자가 명나라 장수인 등좌(鄧

佐) 또는 유정(劉綎)을 모신 사당이라는 설을 소개한 기사가 있으므로, 이는 원래 그 기사에 대한 소주였던 것이 실수로 본문에 삽입된 것이 아닌가 한다. 또한 이는 서호수(徐浩修)의 『연행기』(燕行紀) 중 1790년 7월 25일 기사에서 당자를 소개한 대목에 붙은 소주와 똑같다.232 서호수는 『연행기』에서 건륭제의 『어제계묘집』을 여러 번 인용했다. 따라서 「동란섭필」 중 당자에 관한 국회도서관본의 특이한 기사는 서호수의 『연행기』에서 전재한 소주였을 것이다.

한편 「도강록」 7월 8일 기사를 보면, 구(舊) 요동에 당도한 대목에서 "별도로 「요동기」가 있다"(別有遼東記)고 하고, 이어서 백탑(白塔)을 구경한 대목에서도 "별도로 「백탑기」가 있다"(別有白塔記)고 했다. 그다음에 용재문고본·계서본·동양문고본 등은 다른 계열의 이본들과 마찬가지로 아무런 소주를 붙이지 않았으나, 자연경실본·중지도본·국회도서관본은 "두 기문은 「성경잡지」에 보인다"(二記見盛京雜識)라는 소주를 붙였다. 중지도본은 두 기문을 「성경잡지」에 그대로 두었으므로 이 소주가 합당하지만, 자연경실본과 국회도서관본은 두 기문을 「도강록」으로 재배치했으므로 이 소주를 수정해야 마땅하다. 박영철본은 "두 기문은 아래에 보인다"(二記見下)라고 소주를 붙여, 「도강록」의 말미에 각각 「구요동기」와 「요동백탑기」로 첨부한 사실을 제대로 알렸다.233

이와 같이 『연암집』 별집 계열 이본들은 상관참조(相關參照)의 기능을 하는 소주를 곳곳에 붙였다. 「막북행정록」 8월 7일 기사에서 "별도로 「야출고북구기」가 있다"고 하면서 "「산장잡기」에 있다"(在山莊襍記)고 소주를 붙였고, 또 "별도로 「일야구도하기」가 있다"고 하면서 동일한 소주를 붙였다. 8월 8일 기사에서도 "별도로

「만방진공기」(萬方進貢記)가 있다"고 하면서 역시 동일한 소주를 붙였다.[234] 그리고 「황도기략」 중 「상방」(象房)의 말미에도 "또 「상기」가 있다"(又有象記)는 소주를 붙여, 「산장잡기」의 「상기」를 참조하도록 했다. 「환연도중록」 8월 15일 기사 중 청나라 예부에서 문서를 변조한 일로 조선 사신들이 따지는 사건이 벌어진 대목에도 "이 사건은 「행재잡록」에 상세하게 나온다"(本事詳見行在雜錄)는 소주를 붙였다.[235]

『열하일기』는 「도강록」부터 「환연도중록」까지 각 편의 편명 다음에 해당 구간의 여행에 소요된 날짜와 출발지 및 도착지, 총 거리 등을 알려 주는 소주를 붙였다. 다른 계열의 이본들에는 「막북행정록」과 「태학유관록」 및 「환연도중록」만 그와 같은 소주가 없었는데, 『연암집』 별집 계열 이본들은 모두 이 3편에도 소주를 첨가하여 체제를 완비했다. 즉, 「막북행정록」에도 "신해일부터 을묘일까지 모두 5일이요, 황성부터 열하까지다"(起辛亥, 止乙卯, 凡五日, 自皇城至熱河)라는 소주를 붙였으며, 「태학유관록」에도 "앞 편(즉 「막북행정록」)의 을묘일과 연계되어 경신일까지 모두 6일이다"(系前篇乙卯, 止庚申, 凡六日)라는 소주를 붙였고, 「환연도중록」에도 "신유일부터 병인일까지 모두 4일이다"(起辛酉, 止丙寅, 凡四日)라는 소주를 붙였다.[236]

그 밖에 『연암집』 별집 계열 이본들은 인명을 소개하는 소주를 첨가하기도 했다. 「도강록」 6월 28일 기사 중 서장관과 부사가 찾아와 연암과 처음 대면하여 인사를 나누는 대목에 주를 첨가하여, 두 사람의 인명이 각각 '조정진'(趙鼎鎭)과 '정원시'(鄭元始)임을 밝혔다. 또 "김자인(金子仁)이 형의 이번 여행에 관해 말해 주었으나, 우리나라 경내에서는 바쁘고 소란스러워 미처 방문하지 못했소이다"(金子仁爲道兄此行, 而我境冗擾, 未及相訪)라는 부사의 인사말에 나오는 '김자인'의 다음에도 '문순'(文淳)이란 주를 붙여, 부사 정원시의 친구인 그의 이름을 밝혔다. 단 김문순(1744~1811)의 자는 '재인'(在仁)인데 연암이 조금 부정확하게 기억했던 듯하다. 「관내정사」7월 27일 기사에서도 풍윤성(豊潤城) 부근의 숙소에 당도하자 정사 박명원이 정유년(丁酉年: 1777)의 사행 길에도 이 집에서 묵었던 인연을 이야기하면서, "서장관 신형중(소주: 사운)과 이 집의 버드나무 아래에서 정담을 나누었다고 한다"(與書狀申亨仲[소주: 思運]坐柳下穩談云)고 하여, '형중'이라는 자(字)로 부른 그 서장관의 이름이 '사운'임을 밝힌 주를 첨가했다.

「태학유관록」8월 14일 기사 중 '정석치'(鄭石痴)와 함께 우리나라의 목마술(牧馬術)을 비판한 대목에서도 그에 대해, "이름은 '철조'요 관직은 정언을 지냈다. 술을 잘 마시고 서화에 뛰어나다"(名喆祚, 官正言, 善飮酒, 工書畵)고 소개하는 주를 첨가했다. 그리고 「환희기」중 말똥으로 가짜 사과를 만드는 마술과 관련하여 덧붙인 소주에서 "동평위"(東平尉)가 중국에 사신으로 갔다가 사과나무의 가지를 접붙여서 갖고 온 이후로 국내에도 사과가 재배되기 시작했다는 설을 소개하면서, 역시 '동평위' 다음에 "정공재륜"(鄭公載崙) 넉 자를 첨가하여 국내에 최초로 중국의 사과를 전파한 동평위가 효종의 부마인 정재륜(1648~1723)임을 밝혔다.[237]

반면 인명에 관해 다른 계열의 이본들에서 첨가한 소주를 삭제한 경우도 있다. 「막북행정록」8월 5일 기사 중 "변군"(卞君)과 "내제"(來弟)에 대해 "변군의 이름은 '관해'인데 어의로서 왕명을 받들어 정사를 수행하며 보호하고, '내원'은 서계(庶系) 팔촌 동생으로 정사의 군관인데, 모두 나와 같은 캉에서 지냈다"(卜君名觀海, 以御醫奉命隨護正使, 來源庶三從弟, 上房裨將, 皆與余同炕)고 한 소주와, '시대'(時大)에 대해 "정사의 마두 이름인데 순안 사람이다"(上房馬頭名, 順安人)라고 한 소주, 그리고 장복과 창대에 대해 "장복은 나의 마두인데 곽산 사람이고, 창대는 나의 마부인데 선천 사람으로 금남군 정충신의 서얼 쪽 후손이다"(張福, 余馬頭, 郭山人; 昌大, 余馬夫, 宣川人, 錦南君 鄭忠信孽孫也)라고 한 소주가 없다. 서얼이나 천민에 속하는 인물이라 하여 그에 대해 소개한 소주를 삭제한 것이 아닌가 한다.

『연암집』별집 계열 이본 중 자연경실본과 동양문고본은 자구(字句) 차원에서 세세하게 교정을 지시한 두주를 다수 포함하고 있다. 예컨대「도강록」6월 27일 기사를 보면 '사흘 길 하루도 아니 가서'라는 우리말 속담을 한문으로 표현한 "삼삼정 일일미행"(三三程, 一日未行) 중 두 번째 '삼'(三) 자에 대해, 동양문고본은 "아마도 '일'(日) 자일 것이다"(恐是日)라는 두주를 붙여 "삼일정 일일미행"(三日程, 一日未行)으로 교정하도록 했다.[238] 또 연암이 미욱스런 하인 장복을 두고, 머나먼 여행길에 이런 자를 의지하다니 "아이고, 분통하다"(噫嘻痛矣)고 한 구절에 대해, 자연경실본은 "원본은 '가위한심'으로 되어 있다"(元本, '可謂寒心')는 두주를 붙여, 원본과 마찬가지로 "가위 한심스럽다"(可謂寒心)로 고치도록 지시했다.[239]

「도강록」7월 3일 기사에서도 서당 선생인 부도삼격에게 빌려온 도서 목록 중 청나라 문인 오진방(吳震方)의 『설령』(說鈴)에 대해, 자연경실본은 "『설령』은 『설부』(說郛)인 듯하니, 재고하라"(說鈴似是說郛, 更考)는 두주를 붙였다.『연암집』별집 계열 이본 중 오직 박영철본만『설령』이『설부』로 되어 있으니, 이는 자연경실본의 두주를 따른 셈이다. 단『설부』는 원말 명초의 문인 학자인 도종의(陶宗儀)가 편찬한 총서이므로, 자연경실본의 두주는 부정확한 판단을 내린 것이다.

용재문고본과 국회도서관본은「곡정필담」에 본문의 이해를 돕는 두주를 네 군데 첨가하고 있다.[240] 우선, 왕민호가 기풍액으로부터 전해 들은 연암의 세 가지 천문 학설, 즉 달에도 지구와 흡사한 월세계가 있다는 설과 지구는 우주의 작은 별에 불과하다는 설과 지구도 빛이 있어 달을 두루 비춘다는 설에 관해 설명을 청한 대목에, "특이한 정보와 신기한 말이요, 기이한 사람과 기이한 만남이다. 먼저 곡정의 입을 빌어 세 가지 중요한 주제를 제기했다"(異聞新語, 奇人奇遇. 先從鵠汀口中提出三大目)는 두주를 붙였다. 그리고 무식을 자처하며 자세한 설명을 사양하는 연암에게 왕민호가 지나친 겸손을 하지 말라고 하면서, 지구에 빛이 있다면 태양의 빛을 반사한 것인지 아니면 스스로 발광한 것인지를 질문한 대목에도, "친절한 질문이다. 어째서 지구의 빛을 먼저 언급했는가. 지금 나와 그대가 여기에 앉아 있다 해도, 하학상달(下學上達: 쉬운 것부터 배워 심원한 이치에 도달함)이요 유근급원(由近及遠: 가까운 곳부터 거쳐 먼 곳에 도달함)이라 어쩔 수 없을 것이다"(問得親切. 胡爲先及地光? 今吾與子坐在這裏, 下學上達, 由近及遠, 不得不爾)라는 두주를 붙였다. 연암이 제기한 세 가지 천문 학설 중에서 상대적으로 이해하기 쉬운 세 번째 설부터 차근차근 토론을 시작했다는 뜻이다.

또한 왕민호가 자신도 독자적인 소견이 있으나, 천하의 식자들을 "하찮은 일로 크게 놀라게"(大驚小怪) 할까 보아 발언을 참았더니 울화증이 생겼노라고 실토한 대목에도, "하찮은 일로 크게 놀라게 할 거라는 설이 어떤 것인지 급히 듣고 싶게 함으로써, 사람들이 먼저 자발적으로 관심을 기울이게 했다"(要急聞'大驚小怪'是何等說, 所以令人先自傾倒)는 두주를 붙였다. 이어서, 연암이 왕민호의 발언을 촉구하고 왕민호가 겸사하는 사이에 음식이 차려지자 중국과 조선의 식사법 차이에 관한 해학적인 대화와 왕민호의 울화증에 대한 농담이 이어진 끝에 비로소 천문 학설에 관한 필담이 본격적으로 시작된다. 이 대목과 관련해서도, "각자가 상대방의 설을 급히 듣고 싶어 했지만 갑작스럽게 될 수는 없으므로, 마침내 이처럼 무수한 곡절을 두어 한가롭고 장난스러운 수작을 나눈 것이다"(各欲急聞其說而不可造次, 乃有此無數層折閒酬漫酢)라는 두주를 붙였다.[241] 이와 같은 두주들은 「곡정필담」의 서술 수법을 분석한 훌륭한 평어라고 할 수 있다.

『연암집』별집 계열 이본들은 공통적으로 「황교문답」「반선시말」「찰십륜포」「행재잡록」의 말미에 이재성의 평어를 추가했다.[242] 그중 「행재잡록」에 대한 평어를 보면, 「행재잡록」의 후지에서 연암이 오랑캐인 청국인과 접촉하기를 기피하는 조선 사신들이 외교 실무를 역관들에게 일임한 결과 빚어진 문제점들을 논한 데 대해, "중존씨는 말한다. '이 모두 깊은 걱정과 멀리를 내다본 생각에서 나온 말이다. 정사(政事)를 맡은 이들은 이 편 및 원집(原集) 중 은화(銀貨)를 논한 일단(一段)의 글을 정독해야 할 것이다'"(仲存氏曰: "俱是深憂遠慮. 此編及原集中所論銀貨一段, 有司者宜熟講.")라고 했다. 여기서 '은화를 논한 일단의 글'이란 은(銀)의 중국 유출 방지책을 논한 「우의정 김이소를 축하하는 편지」(賀金右相履素書)의 별지를 가리킨다. 이는 원래 『연상각선본』에 포함된 글로, 『연암집』을 편찬할 때 『연상각선본』이 원집(原集)의 일부로 통합되면서 더불어 수록된 것이다.

또한 이재성의 평어는 『연암집』에 수록된 글들의 말미 곳곳에 기명(記名) 또는 무기명으로 실려 있는데, 기명의 경우 「백자 증정부인 박씨묘지명」(伯姊贈貞夫人朴氏墓誌銘)과 「백수공인 이씨묘지명」(伯嫂恭人李氏墓誌銘)에서 보듯이 '중존'(仲存)이라는 그의 자만 적혀 있다. 그런데 「황교문답」 등에 추가된 평어들에는 '중존'이라는 이재성의 자칭 대신에 '중존씨'라고 하여 존대하는 호칭을 썼다. 이처럼 이재성의 평어에서 이미 『연암집』의 원집과 별집의 구분이 드러날 뿐더러 그가 존칭으로 일컬어진 점 등으로 미루어, 『연암집』 별집 계열 이본들은 적어도 1805년 연암의 사후에 『연암집』의 편찬 작업이 착수되고 1809년 이재성 역시 별세한 이후의 시기에 필사되었음을 알 수 있다.

『연암집』에는 편찬자 박종채의 초명인 '종간'(宗侃) 명의로 된 후지(後識)가 다수 있다. 예컨대 「방경각외전」의 말미를 보면 「역학대도전」과 함께 「봉산학자전」이 유실된 까닭을 밝히고, 아울러 연암의 초기 습작에 불과한 「양반전」 등의 구전(九傳)을 굳이 『연암집』의 별집에 수록한 이유를 해명하면서 "아들 종간이 삼가 쓰다"(男宗侃謹書)라고 글을 맺었다.[243] 이와 마찬가지로, 「피서록」에 소개된 연암 문인 한석호(韓錫祜)의 송별 시 중 "바람결에 만 리를 항해하여, 중국의 유명한 누각 두루 올라보길 노상 원했네"(常願風漂萬里舟, 遍登天下有名樓)라는 구절에 대해서도, "종간(宗侃)이 삼가 살피건대 이 두 구절은 원집 중에 있는 구절인데 혜당(惠堂: 한석호의 호)이 인용한 것이다"(宗侃謹按, 此二句乃原集中句, 惠堂引用)라고 하여 박종채의 소주를 덧붙이고 있다.[244] 『연암집』 별집 계열 이본들이

『열하일기』의 정본에 가장 가까운 텍스트라는 점은 이처럼 연암의 처남인 이재성의 평어 및 연암 아들 박종채의 소주가 추가되어 있는 사실로도 입증될 수 있을 것이다.

* * *

이상 살펴본 바와 같이 『연암집』 별집 계열 이본들은 다른 계열 이본들과 구별되는 특징들을 공유하고 있으나, 세부적인 면에서는 상호간에도 적지 않은 차이를 보여 주고 있다. 특히 「도강록」 이하 일기 부분의 기사에 대한 개작 양상에서 『연암집』 외집 계열 중 '부분적 개작'에 그친 이본들을 계승한 그룹과, '전면적 개작'을 시도한 이본들을 계승한 그룹으로 크게 양분됨을 알 수 있다.

　　「도강록」 6월 27일 기사 중 숙소 주인의 노모를 묘사한 대목에서 용재문고본·자연경실본·중지도본은 "젊은 시절의 용모를 상상할 수 있다"고 한 원래의 구절을 유지했으나, 계서본·동양문고본·국회도서관본·승계문고본·박영철본은 "듣자하니 자손들을 아주 많이 두었다고 한다"로 고쳐 놓았다.[245] 이는 『연암집』 외집 계열의 전남대본 등에서 이루어진 개작을 따른 것이다. 또한 하인 창대가 연암에게 술과 계란볶음을 바치는 대목에서 용재문고본·자연경실본·중지도본·박영철본은 "그가 짐짓 어리광 부리며 충성을 바치는 양이 얄밉고도 가소롭다. 허나 술은 내가 즐기는 것이요, 게다가 계란볶음도 내가 먹고 싶었던 게 아닌가"라고 하여 원래의 구절을 유지했으나, 계서본·동양문고본·승계문고본은 "그가 어리광 부리며 충성을 바치는 양이 얄밉고도 가소롭다. 하지만 윗사람과 아랫사람이 서로 의지하다 보니 정든 것이 한집 식구나 마찬가지라 어찌 그립지 않을 수 있으랴"(其逞痴納款, 可憎可笑. 然而上下相靠, 情同眷屬, 安得無相戀?)로 고쳤다. 이는 『연암집』 외집 계열의 전남대본 등에서 이미 개작한 구절을 조금 손질한 데에 불과하다.[246]

「도강록」 7월 1일 기사는 동행들이 벌인 투전판을 구경하고 숙소의 주인마누라와 한 처녀를 관찰하며 뜰에 오가는 털 뽑힌 닭들을 구경한 내용으로 되어 있다. 『연암집』 외집 계열 중 '부분적 개작'에 그친 이본들은 이 기사 중 닭들의 추악한 모습을 묘사한 대목을 축약 수정하는 데에 멈추었으며, 『연암집』 별집 계열 이본 중 용재문고본도 이를 따르고 있다. 자연경실본·중지도본·박영철본 역시 이러한 부분적 개작을 따르면서도, 벽 너머로 들려온 숙소 주인마누라의 아리따운 음성을 듣고는 절세미인인가 싶어 "나는 일부러 긴 담뱃대에 불을 붙이는 척하고 부엌에 들어갔다"(余故托爇烟粧草入廚)는 구절을 "집과 방들을 두루 구경하고자 할 즈음에"(及爲歷翫堂室)로 고치고, "나는 일부러 한참동안 재를 뒤적거리며 눈동자를 이리저리 굴려 그 부인을 곁에서 훔쳐보았다"(余故久撥灰流眼, 傍睨那夫人)는 구절을 "나는 일부러 지체하면서 부인의 복식 제도를 감상하고자 했다"(余故遲, 爲玩其服飾制度)로 고쳤다.[247]

그런데 계서본·동양문고본·국회도서관본·승계문고본은 여기에 그치지 않고, "새벽에 큰비가 내려 사행을 멈추었다"(曉大雨, 留行)는 첫 문장만 남기고 기사 전체를 삭제해 버렸다. 이는 『연암집』 외집 계열 중 '전면적 개작'을 시도한 이본들이 첫 문장 이하의 기사를 "정군·변군 등 및 박내원과 더불어 책을 보거나 한담하는 것으로 하루해를 보냈다"는 짧은 문장으로 대체한 것보다 한 걸음 더 나아간 것이다. 이어지는 7월 2일 기사에서도 연암이 투전판에 뛰어들어 큰돈을 땄다는 마지막 단락을 없애고, 그 대신 7월 1일 기사 중 숙소의 닭들을 묘사한 대목을 옮겨다 메꾸었다.[248] 이 역시 『연암집』 외집 계열 중 '전면적 개작'을 시도한 이본들을 따른 것이다.

「도강록」 7월 3일 기사에서도 용재문고본·자연경실본·중지도본·박영철본은 신부를 맞이해 오는 행차 중 수레에 탄 여자들에 대해 "모두 치마를 걸치지 않았는데, 그중의 젊은 여자 하나는 매우 아름다운 용모를 지녔다"고 하여, 『연암집』 외집 계열 중 '부분적 개작'에 그친 이본들을 따랐다. 그러나 계서본·동양문고본·국회도서관본·승계문고본은 "상의는 통이 좁은 적삼인데 제도가 우리나라에 있는 당의를 닮았으나 조금 길다"로 고쳐서, 『연암집』 외집 계열 중 '전면적 개작'을 시도한 이본들을 따랐다.[249]

뿐만 아니라 연암이 서당 선생 부도삼격과 수작하는 대목에서도 용재문고본·자연경실본·중지도본·박영철본과 달리, 황제에게 그를 천거하여 벼슬을 얻게 해 주겠다고 한 연암의 허풍스러운 말을, 부도삼격이 연암에게 간청하는 말로 고쳤다.[250] 이 역시 『연암집』 외집 계열 중 '전면적 개작'을 시도한 이본들을 따른 것이다. 그에 이어서, 연암이 마두 시대(時大)를 시켜 부도삼격에게 도서 목록을 돌려주면서 이 목록을 보지도 않았다는 거짓말을 전하게 한 대목도, 계서본·동양문고본·국회도서관본·승계문고본은 『연암집』 외집 계열의 전남대본 등과 마찬가지로, 연암이 아니라 시대가 거짓말을 꾸며낸 것으로 고쳤다.

「도강록」 7월 4일 기사에서 용재문고본·자연경실본·중지도본은 연암이 "혹은 지패 노름을 하며 소일하기도 했다"(或紙牌消閒)고

하여 원래의 구절을 유지했으나, 계서본·동양문고본·국회도서관본·승계문고본·박영철본은 "혹은 바둑을 두며 소일하기도 했다"(或圍碁消閒)로 고쳤다.251 이 역시 『연암집』 외집 계열 중 '전면적 개작'을 시도한 이본들을 따른 것이다.

「도강록」 7월 8일 기사 중 연암이 '호곡장론'(好哭場論)을 피력한 대목에서도, 용재문고본·자연경실본·중지도본·박영철본은 "이로 말미암아 사람들은 누가 죽어 초상을 치를 적에야 비로소 억지로 '아이고' 등의 소리를 내어 울부짖는다"고 하여 원래의 구절을 유지했으나, 계서본·동양문고본·국회도서관본·승계문고본은 "사람들은 누가 죽어 초상을 치를 적에 슬픔을 부르짖고 고통을 외치지만, 예절이 이를 가로막아 죄다 표출하지는 못한다"로 고쳤다.252 『연암집』 외집 계열 중 '전면적 개작'을 시도한 이본들을 따르면서, "이로 말미암아"(由是)라는 문장의 첫 어절도 마저 없앤 것이다.

「도강록」 7월 9일 기사에서도 용재문고본·자연경실본·중지도본·박영철본은 조선 사행의 행차를 구경하는 여자들 중 한족 여자들은 "용모가 만주족 여자들에 미치지 못한다. 만주족 여자들은 꽃다운 얼굴에 달 같은 자태의 미녀가 많다"는 원래의 구절을 유지했으나, 계서본·동양문고본·국회도서관본·승계문고본은 조선 여성의 복식 개혁을 주장하는 장황한 글로 이를 대체했다.253 뿐만 아니라 비장과 역관들의 '구첩'(口呫) 놀이를 소개한 대목도 삭제해 버렸다. 이는 모두 『연암집』 외집 계열 중 '전면적 개작'을 시도한 이본들을 따른 것이다.

「성경잡지」 중 「속재필담」에서도 계서본·동양문고본·국회도서관본·승계문고본은 『연암집』 외집 계열의 전남대본 등과 마찬가지로, 연암이 "허겁지겁"(忙) 정사의 방으로 가보았더니, 아무도 외출을 눈치챈 사람이 없어 "마음속으로 몰래 기뻐했으며"(心裏暗喜), 중국 상인 비생(費生)이 "음밀히"(陰) 악수하며 또 만나자는 뜻을 표했다는 대목에서 '허겁지겁' '마음속으로 몰래 기뻐했으며' '음밀히'라는 표현을 삭제했다.²⁵⁴

「일신수필」 7월 17일 기사 중 청나라 통역관 쌍림의 하인이자 동성애 상대이기도 한 젊은이들을 소개한 대목에서, 용재문고본은 『연암집』 외집 계열의 전남대본 등과 마찬가지로 "모두 나이가 갓 열아홉 살로 다들 아름다운 용모를 지녔는데 쌍림의 행권(行眷: 동성애 상대)이라고 한다"(皆年方十九歲, 俱有首面, 雙林之行眷云)고 고쳤으며, 이와 비슷하게 중지도본·박영철본도 "모두 나이가 갓 열아홉 살로 얼굴이 사랑스러운데 쌍림의 행권이라고 한다"(皆年方十九歲, 眉目可愛, 雙林之行眷云)고 고쳤다.

이와 달리, 계서본·동양문고본·승계문고본은 "모두 나이가 갓 열아홉 혹은 스무 살로 얼굴이 모두 희어서 사랑스럽다"(皆年方十九或二十歲, 眉目俱白晳可愛)로 고치고, 국회도서관본은 "모두 나이가 갓 열아홉 혹은 스무 살로, 다들 살찌고 피부가 희며 눈이 가늘고 다부져서 얄밉게 생겼다"(皆年方十九或二十歲, 俱肥白細眼, 頑健可憎)로 고쳤다. 이는 "모두 나이가 갓 열아홉 혹은 스무 살로, 다들 살찌고 피부가 희며 다부지고 얄밉게 생겼다"(皆年方十九或二十歲, 俱肥白頑健可憎)로 고친 『연암집』 외집 계열의 전남대본 등과 마찬가지로 동성애의 흔적을 완전 말소하고자 한 것이다.

「관내정사」 7월 27일 기사에서 용재문고본·자연경실본·중지도본·박영철본은 마두 태휘가 "백이·숙채가 사람 잡네!"라고 외쳐

대어 웃음바다가 된 일화와, 학동들이 백이·숙제의 절사(節死)를 풍자하는 시를 지어 좌중을 폭소하게 했다는 추억담을 소개한 대목을 유지하고 있다.[255] 동양문고본과 승계문고본은 결권(缺卷)이라 실상을 알 수 없으나, 계서본과 국회도서관본은『연암집』외집 계열의 전남대본 등과 마찬가지로 백이·숙제와 관련된 일화와 추억담을 모두 삭제했다.

뿐만 아니라 그날 연암이 진자점의 창관(娼館)에서 창기들의 노래를 감상한 사실을 소설식으로 자세하게 묘사한 대목도 아주 짧게 고쳤으며, 그 대목의 첫머리와 말미도 서로 바꾸어 계문란의 한시를 찾아본 사실을 첫머리에 적고, 진자점에는 악기를 연주할 줄 아는 예쁜 창기들이 있다는 설명을 말미로 돌렸다. 이러한 개작도『연암집』외집 계열 중 '전면적 개작'을 시도한 이본들을 따른 것이다.[256] 이어지는 7월 28일 기사 중 자기 딸의 의부(義父)가 되어 달라는 어느 점포 주인의 간청을 물리친 대목도 계서본과 국회도서관본은 점포 주인이 연암이 아니라 그의 하인 창대에게 간청한 일로 개변했다. 이 역시『연암집』외집 계열의 전남대본 등과 마찬가지이다.[257]

용재문고본·자연경실본·중지도본은「관내정사」7월 30일 기사에서 손유의(孫有義)의 부인의 음성이 "제비나 꾀꼬리 소리처럼 맑고 고왔다"고 하여 원래의 구절을 유지했으나, 계서본·국회도서관본·박영철본은 "몹시 분명치 않다"로 고쳤다. 이는『연암집』외집 계열의 전남대본 등을 따른 것이다. 손유의의 딸에 대해서도 용재문고본·자연경실본·중지도본·박영철본은 "얼굴이 하얗고 목이 희었다"고 하여 원래의 구절을 유지했으나, 계서본과 국회도서관본

은 『연암집』 외집 계열의 전남대본 등과 마찬가지로 "단정한 용모가 아름다웠다"라고 고쳤다.[258]

「관내정사」 8월 1일 기사를 보면, 용재문고본·자연경실본·중지도본·박영철본은 선박에 올라 보니 "장막 안에서 네 사람이 한창 지패 노름을 하고 있어, 내가 다가가 살펴보았더니"(帳裏四人方投紙牌, 余就視之)라고 하여 원래의 구절을 유지했다. 그러나 『연암집』 외집 계열 중 중화총서본·전남대본·동경도립도서관본 등은 "장막 안에서 네 사람이 한창 지패 놀음을 하는 곳이 모두 세 군데였다"(帳裏四人方投紙牌者, 凡三處)로 고쳐, 연암이 도박에 적극적인 관심을 보인 사실을 은폐했다. 이와 유사하게, 계서본은 "내가 다가가 살펴보았더니"(余就視之)에서 '나'(余)라는 주어를 삭제했으며, 국회도서관본은 이 구절 자체를 삭제했다. 이어서 선박의 주방에서 일하는 처녀를 묘사한 대목도 용재문고본·자연경실본·중지도본·박영철본은 그녀가 아주 예쁘게 생겼다고 하면서 일하는 모습과 옷차림, 드러난 하얀 팔뚝 등을 묘사한 원래의 구절을 유지했으나, 계서본과 국회도서관본은 그녀의 외모에 대한 자세한 묘사를 삭제하고 그 대신에 석탄을 사용하는 중국의 취사법을 소개했다.[259] 이 같은 개작은 『연암집』 외집 계열의 전남대본 등을 따른 것이다.

「태학유관록」 8월 10일 기사 중 연암이 몽골의 왕들을 구경하는 대목에서도, 용재문고본·자연경실본·중지도본·박영철본은 마두 득룡이 "멀리서 나를 부르매, 내가 뭇사람들을 밀어 헤치고 가서 구경했다"라고 하여 원래의 구절을 유지했다. 그러나 계서본·동양문고본·국회도서관본·승계문고본은 "내가 구경할 수 있도록 인도하게 하니, 득룡은 뭇사람들을 밀어 헤쳤다"로 고쳤는데, 이는 『연암집』외집 계열의 전남대본 등을 따른 것이다. 또한 용재문고본·자연경실본·중지도본·국회도서관본·박영철본은 몽골의 귀인들에게 읍례를 올리며 수작을 붙이던 "득룡이 나에게 자신의 행동을 따라해 보라고 권했다"(得龍勸我效渠之爲)고 하여 원래의 구절을 유지했다. 그런데 이 구절을 『연암집』외집 계열의 전남대본 등은 "득룡이 나에게 자신의 행동을 따라하기 바란다고 아뢰었다"(得龍告我欲效渠爲)고 하여, 연암과 득룡의 상하 관계를 강조하는 쪽으로 살짝 고쳤다. 계서본·동양문고본·승계문고본은 한 걸음 더 나아가, "나는 그의 행동을 따라하고 싶었다"(余欲效渠之爲)로 고쳐 연암의 주체성을 강조하고자 했다.[260]

이어서 판첸 라마를 알현하라는 황제의 명령이 내려 소동이 벌어지는 대목에서도, 용재문고본·자연경실본·중지도본·박영철본은 황제의 명령을 거역해 사신이 유배가게 되면 덩달아 중국의 변방까지 유람할 수 있으리라고 상상한 연암이 기쁨을 억제하지 못하고 마두 이동(二同)을 시켜 술을 사 오게 해서 마셨다고 하여, 원래의 구절을 유지하고 있다. 그러나 계서본·동양문고본·국회도서관본·승계문고본은 영돌(永突)이 차린 점심을 창대에게 물려주고 영돌이 바친 소주를 마셨다고 하여, 연암의 경망스러운 언동이 드러나지 않도록 고쳤다.[261] 이 역시 『연암집』외집 계열의 전남대본 등을 따른 것이다.

용재문고본·자연경실본·중지도본·박영철본은 「태학유관록」 8월 12일 기사 중 연암이 열하의 궁중에서 벌어지는 연희를 구경하고자 담장 밑에 의자를 딛고 선 모양이 "마치 오리가 횃대에 오른 것 같았다"(如鳧乘架)고 하여 스스로를 풍자한 원래 구절을 보존하고 있다. 그러나 계서본·동양문고본·국회도서관본·승계문고본은 "뒤뚱거려 불안했다"(麑尲不安)로 고쳤다. 이는 『연암집』 외집 계열의 전남대본·성호기념관본·동경도립도서관본 등에서 "뒤뚱거려 균형을 잡지 못했다"(麑尲不平)라고 고친 것을 거의 그대로 따른 셈이다.[262]

「환연도중록」 8월 19일 기사 중 관우(關羽)를 성인으로까지 숭배하는 현상을 비판한 대목에서 용재문고본·자연경실본·중지도본·박영철본이 원래의 구절을 유지한 것과 달리, 계서본·동양문고본·국회도서관본·승계문고본은 "관운장"(關雲長)을 "관공"(關公)으로 고치고, 관제묘의 주련(柱聯)들이 관우의 도덕과 학문을 "크게 과장했다"(盛詡)고 한 구절을 "크게 칭송했다"(盛頌)로 고쳤다. 또한 관우의 이름을 부르기를 꺼리어, "패관기서(稗官奇書)에서는 모두 '관모'(關某)라고 일컬었다"고 한 문장과, 심지어 관우를 '관성'(關聖), '관부자'(關夫子)라 일컫는데 "이런 오류와 누습이 답습되는 바람에"(因謬襲陋)라는 문장을 "그래서"(因而)로 고쳤다. 그리고 관우를 '관제'(關帝)라고 부른다면 관우 "역시나 망령되게 높인 황제 칭호에 어찌 스스로 편안할 수 있겠는가"라고 한 구절을, "망령되게 높인 황제 칭호에 아마 혹시라도 스스로 편안할 수 없었을 것이다"라고 고쳐 비판적인 어조를 완화했다. 또한 관우의 후손을 주공(周公)이나 공자의 후예와 대등한 예우를 받게 하는 것은 "심히 부당하다"고 비판한 문장도 고쳐서, "그들이 오직 『춘추』의 학문을 갖춘 때문일 것이다"라고 긍정하는 글로 바꾸었다.[263]

이상의 인상적인 사례들에서 보듯이, 『연암집』 별집계 이본들은 공통 특징을 지니면서도 「도강록」 이하 일기 부분의 개작 양상에서 양분되는 경향이 뚜렷하다. 대체로 용재문고본·자연경실본·

중지도본·박영철본은 초고본 계열 이본들에서 『열하일기』 계열 이본들을 거쳐 『연암집』 외집 계열 중 '부분적 개작'에 그친 이본들로 이어지는 계통을 따르고 있어, 『열하일기』의 원래 모습을 간직하고 있는 경우가 많다. 이에 비해 계서본·동양문고본·국회도서관본·승계문고본은 대체로 『연암집』 외집 계열 중 '전면적 개작'을 시도한 이본들을 계승하고 있어, 『열하일기』의 원래 모습과는 다소 거리가 멀어진 경우가 많다. 이와 같이 『연암집』 별집 계열 이본들 상호 간에도 차이가 적지 않은 만큼, 이들이 『열하일기』의 정본에 가장 가까운 텍스트인 것은 분명하지만, 정본은 아직 확정되지 않았다고 보아야 할 것이다.

맺음말

『열하일기』는 현재까지 알려진 이본만도 무려 50여 종에 달한다. 체제와 편차(編次), 개작 여부 및 자구의 차이 등 다각적인 기준에 비추어 보면, 이러한 이본들은 '초고본 계열', '『열하일기』 계열', '『연암집』 외집 계열', '『연암집』 별집 계열'로 크게 나누어 볼 수 있다. 그에 따라 계열별 이본들의 특징을 검토해 보면, 『열하일기』의 이본들은 초고본 계열→『열하일기』 계열→『연암집』 외집 계열→『연암집』 별집 계열로 진화했음을 알 수 있다. 또한 『열하일기』가 『연암집』에 처음 통합되는 '외집' 단계에서 1차로 개수(改修)되었고, 최종적인 '별집' 단계에서 2차로 개수되었던 것으로 추정된다. 따라서 『연암집』 별집 계열에 속하는 이본들은 『열하일기』의 정본에 가장 근접한 텍스트로 볼 수 있다. 하지만 이 계열의 이본들 간에도 차이가 적지 않을뿐더러 공통적인 미비점을 드러내고 있는 만큼, 『열하일기』의 정본은 확정되지 않았다고 보아야 할 것이다. 장차 『열하일기』의 원전(原典)에 관한 치밀한 연구를 바탕으로 연암 문학의 특색을 최대한 살린 완벽한 교합본이 나오기를 기대해 본다.

『열하일기』의 이본들에 나타난 개작의 사례들을 총괄해 보면 다음과 같은 몇 가지 경우로 대별할 수 있다. 첫째로 들 수 있는 것은, 양반으로서의 체모에 크게 구애되지 않는 연암 자신의 소탈한 언동을 솔직히 드러낸 부분을 좀 더 무난한 표현으로 고친 경우이다. 예컨대 「도강록」 6월 27일 기사 중 유람을 나갔다가 숙소로 늦게 돌아온 연암에게 하인 창대가 애교를 부리며 주식(酒食)을 바치자, 자신이 좋아하는 술과 계란볶음을 보고 기뻐하는 심정을 솔직하게 드러낸 구절을, 창대의 충성을 갸륵하게 여기는 점잖은 표현으로 바꾸었다. 7월 3일 서당 선생 부도삼격과 수작하는 대목에서는 연암이 황제에게 그를 천거하여 벼슬을 얻게 해 주겠다고 한 허풍스런 말을, 부도삼격이 연암에게 간청하는 말로 바꾸었다. 그리고 부도삼격에게 빌려 온 도서 목록을 베낀 뒤 마두 시대를 시켜 돌려주면서, 이 목록을 전혀 보지 않았다고 거짓말을 전하게 한 대목도 시대가 꾸며낸 말로 바꾸었다.

또한 「도강록」 7월 1일 기사에서는 동행들이 벌인 투전판을 구경하던 연암이 벽 너머로 들려온 숙소 주인마누라의 아리따운 음성에 끌려 담뱃불을 붙이는 척 부엌에 들어가 외모를 훔쳐보고는 실망한 이야기를 크게 수정하거나 삭제했다. 7월 2일 기사 중 연암이 투전판에 뛰어들어 큰돈을 땄다는 대목과 7월 4일 기사 중 지폐 노름을 하며 소일했다는 대목, 「관내정사」 8월 1일 기사 중 선박에 올라 중국인들의 지패 노름을 구경한 대목들처럼 연암이 도박에 가담하거나 관심을 드러낸 경우를 모두 수정하거나 삭제했다.

이와 아울러 체모를 돌보지 않을 만큼 지나친 연암의 관광벽(觀光癖)이 적나라하게 드러나 있는 경우에도 흔히 손질이 가해지고 있다. 「성경잡지」의 「속재필담」 중 연암이 중국 상인들을 만나기 위해 몰래 야간 외출을 하고 돌아온 대목에서, 정사의 방에 '허겁지겁' 갔다가 외출을 눈치챈 사람들이 없자 '마음속으로 몰래 기뻐했으며' 중국 상인 비생(費生)이 또 만나자는 뜻으로 '음밀히' 악수했다는 등의 표현을 삭제했다. 「태학유관록」 8월 10일 기사 중 연암이 몸소 인파를 헤치고 가서 몽골의 왕들을 구경한 대목도, 마두 득룡이 인파를 헤치고 연암을 인도한 것으로 고쳤다. 또한 판첸 라마를 알현하라는 황제의 명령을 거역해 사신이 유배가게 되면 중국의 변방까지 유람할 수 있으리라고 상상한 연암이 기쁨을 참지 못하고 마두 이동을 시켜 술을 사 오게 하여 마신 대목도 이러한 경망스러운 언동이 드러나지 않도록 고쳤다. 「태학유관록」 8월 12일 기사 중 열하의 궁중에서 벌어진 연희를 구경하고자 담장 밑에 의자를 딛고 선 자신의 모습이 '마치 오리가 홰대에 오른 것 같았다'고 풍자한 구절을 고친 것도 마찬가지 이유에서였을 것이다.

둘째로, 연암이 중국의 여인들을 자세히 관찰하고 그 아름다움을 기탄없이 표현한 대목들에서 여인의 미모를 비롯하여 성적(性的)인 연상(聯想)과 관련될 수 있는 표현들은 거의 예외 없이 개작의 대상이 되고 있다. 「도강록」 6월 27일 기사 중 숙소 주인의 노모를 보니 머리에 가득 꽃을 꽂았으며 얼굴이 어여뻐 '젊은 시절의 용모를 상상할 수 있다'고 한 구절이나, 7월 3일 기사 중 수레에 탄 젊은 여자 하나가 몹시 예쁘더라고 한 구절, 7월 9일 기사 중 만주족 여자가 한족 여자보다 예쁘며 미인이 많다고 평한 구절, 「성경잡지」 7월 14일 기사 중 상갓집에서 본 어느 여인의 용모가 빼어나더라고 한 구절, 「관내정사」 7월 30일 기사 중 손유의(孫有義)의 부인의 음성이 새 소리처럼 아름답게 들렸고 그의 딸도 '얼굴이 하얗고 목이 희었다'고 묘사한 구절, 8월 1일 기사 중 선박의 주방에서 일하는 아름다운 처녀의 외모를 묘사한 구절 등을 모두 무난한 표현으로 고쳤다. 그리고 「도강록」 7월 9일 기사 중 길에 오가는 여자를 먼저 발견한 사람이 자기 첩으로 삼는다고 선언하는 비장과 역관들의 '구첩' 놀이 대목도 삭제했다.

이와 함께 당시 중국의 남성 동성애 풍속과 관련된 내용도 삭제했다. 「일신수필」 7월 17일 기사 중 청나라 통역관 쌍림의 젊은 하인들이 그의 동성애 상대이기도 하다는 사실을 밝힌 구절, 「경개록」 중 왕삼빈이 기풍액과 몰래 동성애를 나누는 장면 등을 삭제했다. 또한 「동란섭필」 중 중국의 희성(稀姓)을 논하면서 "이씨(離氏)와 감씨(坎氏)가 혼인을 하고 저씨(杵氏)와 구씨(臼氏)가 짝을 짓는다면 가위 하늘이 정한 부부라 하겠다"고 하여 성적(性的)인 비유를 끌어와 농담을 한 대목도 수정했다.

셋째로, 서양 문물이나 오랑캐인 청에 대해 편견 없이 서술함으로써 당시 조선의 반서학(反西學)·반청(反淸) 풍조에 저촉될 우려가 있는 내용들도 개작의 주요 대상이 되었다. 「일신수필」의 서문을 보면 서양인 선교사들이 한문 서학서를 저술한 의도를 추측하는 데 그친 대목을 고쳐, 천주교 교리를 적극 비판하는 내용으로 바꾸었다. 「황도기략」에서는 「천주당」과 「천주당화」의 소제목을 각 각 「풍금」과 「양화」(洋畫)로 수정하고 본문도 크게 고쳤다. 특히 천 주를 '천지만물의 창조주'로 설명하고 서양인의 천문 역법을 높이 평가한 구절을 수정했다. 이와 같은 개작은 신유사옥(辛酉邪獄) 이후 경색된 사회 분위기에서 『열하일기』 중의 천주교 관련 내용이 물의 를 빚을까 염려하여 취한 조치로 보인다. 「옥갑야화」의 「허생전」에 있던 박제가의 평어를 삭제한 것도 그와 무관하지 않은 듯하다.

　앞서 언급했듯이 『열하일기』에서 '숭정'(崇禎)이라는 명나라 연 호 대신에 청나라의 연호를 사용한 것 때문에 '오랑캐의 호칭을 쓴 원고'(虜號之稿)라고 비방한 사건이 일어나 적지 않은 물의를 야기 했다. 「성경잡지」 「관내정사」 「막북행정록」의 초두에서 날짜를 표 시하며 '건륭'이라는 청나라 연호를 삭제하고 월일(月日)만 표기 한 것은 이러한 당시의 반청(反淸) 분위기를 의식한 조치로 보인다. 「알성퇴술」이나 「앙엽기」 등에서 명나라의 연호나 묘호(廟號) 앞에 "황"(皇) 또는 "황명"(皇明) 자를 꼬박꼬박 추가한 것도 『열하일기』가 청나라를 숭상하는 저술로 오해될 소지를 줄이려는 고심에서 나온 것이다. 「곡정필담」에서도 연암이 건륭제의 칙유(勅諭)를 읽고 나서 그를 '위대한 성인(聖人)'으로 지칭하며 역대 제왕 중에 학문이 으뜸 이라고 극찬한 구절을 삭제했다. 또 청나라의 대외 정책을 예찬하 면서 '성스러운 청나라'(聖淸)라고 일컬은 것을 '상국'(上國)으로 고 쳐, 노골적인 찬양의 어감을 없앴다.

　뿐만 아니라 「관내정사」 7월 27일 기사에서 시대착오적인 존 명배청주의를 풍자한 일련의 소화(笑話) 중 지나치게 신랄한 두 개 의 삽화를 전면 삭제한 것도 가급적 물의를 피하고자 한 조치라 생각된다. 즉, 마두 태휘가 백이·숙제와 고사리에 관한 이야기를 잘 못 알아듣고 "백이·숙채(熟菜)가 사람 잡는다!"고 외쳐 웃음바다가 되었다는 이야기와 명나라 의종(毅宗)의 순사(殉社) 기념일에 학동 들이 백이·숙제를 풍자한 시를 지어 좌중을 폭소하게 했다는 추억 담을 모두 삭제해 버린 것은, 절의의 화신인 백이·숙제에 대한 풍 자가 당시의 지배적 이념이던 존명배청주의에 대한 비판으로 받아 들여질 것을 우려한 때문으로 보인다. 「환연도중록」 8월 19일 기사 중 연암이 관제묘(關帝廟)를 구경하면서 당시 중국에서 관우를 도덕 과 학문을 겸비한 성인으로까지 숭배하는 현상을 비판한 대목을 도 리어 관우를 더욱 존숭하는 방향으로 고친 것 역시, 임진왜란 이후 국내에서도 숭배의 대상이 된 관우를 혹평한 글로 비난받을 소지를 줄이고자 한 것이 아닌가 한다.

이와 아울러 존명배청주의를 뒷받침하는 주자학에 대한 비판 을 완화하고자 한 노력도 보인다. 「도강록」 7월 8일 기사 중 '호곡 장론'(好哭場論)을 피력한 대목을 일부 고쳐서, 억지로 통곡하는 상 례(喪禮)의 허식을 풍자하는 듯한 어조를 완화했다. 「산장잡기」의 「상기」에서 주자학의 핵심 개념어인 '천리'(天理)란 표현을 피하고 '리설'(理說)을 '초설'(初說)로 고친 것도, 이 글이 주자학을 직접 겨 냥하여 비판한 글로 읽히지 않도록 세심하게 배려한 것으로 볼 수 있다. 「곡정필담」에서도 연암이 모기령(毛奇齡)의 『서하집』(西河集) 에 대해 '주자를 공박한 대목에 간혹 일리가 없지 않다'고 평한 구 절을 '고증한 대목에 간혹 일리가 없지 않다'로 고쳐, 모기령의 주 자학 비판에 동조한 듯한 오해를 피하고자 했다. 「구외이문」의 「심 의」(深衣)에서 조선 후기 이후 유학자들이 심의의 제작법을 두고 벌인 논쟁을 통렬하게 비판한 구절을 고친 것도 비판의 수위를 조절한 것이라 할 수 있다.

이와 관련하여 유학자들이 이단으로 배격한 티베트 불교에 대한 서술도 개작의 대상이 되었다. 「태학유관록」 8월 11일 기사 중 판첸 라마를 '활불'(活佛)로 지칭한 구절을 모두 '반선'(班禪)으로 고쳐서, 판첸 라마를 살아 있는 부처로 떠받드는 티베트 불교의 신앙에 동조한 양으로 오해받지 않도록 했다. 또한 「행재잡록」 중 청나라 예부의 상주문 및 판첸 라마의 선물 목록에 대해 연암이 덧붙인 평어들을 고친 것은, 당시 사신들이 판첸 라마가 하사한 불상을 받아온 일로 인해 비난 여론이 비등했던 사건을 다분히 의식한 조치로 보인다.

넷째로, 산문 문체 면에서 소설식의 과도한 세부 묘사나 백화체 대화, 그리고 지나친 해학과 풍자를 수정한 경우를 흔히 볼 수 있다. 이는 모두 정통 고문(古文)에서 금기시하는 표현들이기 때문이다. 「도강록」 7월 1일 기사를 보면, 추악하게 생긴 처녀가 조선인들이 거처하는 방에 들어와 태연히 식사하는 모습을 그린 대목이나, 뜰에 오가는 털 뽑힌 닭들의 추악한 모습을 묘사한 대목을 수정하거나 삭제했다. 「관내정사」 7월 25일 기사 중 우연히 하인 장복을 돌아보았더니 그의 귀밑머리 아래에 있는 점이 점점 커지고 있더라고 한 구절도 삭제했다. 지엽적이고 불필요한 세부 묘사로 간주한 듯하다. 그리고 「관내정사」 7월 27일 기사에서도 연암이 마두들의 뒤를 밟아 창관(娼館)을 몰래 찾아가 그곳의 여러 사람들과 수작을 나누며 창기들의 노래를 듣는 구체적인 장면들을 축약하거나 삭제했다. 이는 진자점(榛子店)에 당도하자마자 창관부터 찾아간 행동이 양반의 체모에 어긋난 탓도 있겠지만, 소설식의 자세한 장면 묘사를 피하고자 함이었다.

「도강록」6월 24일 기사에서『수호전』의 표현을 빌려 연암의 비만한 몸을 조롱한 청국인 뱃사공의 농담을 두고 역관 조명회와 연암이 나눈 해학적인 대화가 삭제된 것은,『수호전』과 관련된 백화체 표현이 섞인 데다 신체에 관한 농담이 지나치다고 여긴 때문이다.「일신수필」7월 17일 기사에서도 쌍림과 장복이 장난삼아 서로 서투른 조선말과 중국말로 언어를 바꾸어 대화를 주고받은 해학적인 대목을 축소했다. 이 두 사람이 주고받은 외설적인 농담을 포함하여 구체적인 대화 장면을 많이 삭제한 것이다.

이상과 같이『열하일기』의 이본들은 도학자적 엄숙주의에서 벗어난 연암의 소탈한 언동을 기탄없이 생생하게 묘사한 부분들과 당시 조선의 반청 풍조에 저촉될 우려가 다분한 내용들을 대폭 개작했으며, 이와 아울러 지나치게 해학적이거나 세부 묘사에 치중하여 소설적인 취향을 드러내고 있는 구절들을 보다 무난한 표현으로 수정했다. 이와 같은 조치는 아마도『열하일기』에 대한 보수적 문인들의 비판이 거세어지자, 이를 의식한 연암 자신에 의해 일차적으로 이루어졌을 것이다. 연암의 사후에는『연암집』의 편찬을 맡은 그의 아들 박종채나 손자 박규수 등에 의해서도 적잖은 개작이 시도되었을 것으로 짐작된다.『열하일기』에 비평과 주석을 가하기도 했던 후대의 필사자들도 여기에 동참했을 가능성을 배제할 수 없다.

『열하일기』의 현전하는 이본들에 대한 서지적 고찰을 통해 확인된 이러한 다양한 개작 양상은 당대 문단에서『열하일기』의 어떤 측면이 특히 문제시되었던가를 구체적으로 알 수 있게 해 준다. 뿐

만 아니라 이는 『열하일기』가 사상과 문예의 면에서 이룩한 진보적
성과 등 『열하일기』의 본질을 구명하는 데에도 대단히 소중한 단서
를 제공하는 것이라 하겠다.

- 박영철 편, 신활자본 『연암집』(1932)은 '『연암집』'으로 약칭하고
  서지 사항을 생략하며 『연암집』 중의 『열하일기』를 인용할 때는 서
  명을 생략하고 편명만 표기함.
- 단국대 동양학연구원 편, 『연민문고 소장 연암박지원작품필사본총
  서』(문예원, 2012)는 '『총서』'로 약칭하고 서지 사항을 생략함.

1장 서론

1 『中國歷史文化名城詞典』(上海辭書出版社, 1985), 129~131면; 杉村勇造, 『乾隆皇帝』(東京: 二玄社, 1961), 17~18면, 227~234면, 237~246면; 京城帝國大學 大陸文化硏究會 報告 제5책, 『熱河·北京の史的管見』(1939), 36~38면 등 참조.

2 『燕巖集』 권11, 「渡江錄」, 6월 24일, 장1b~2a.

3 金允植, 『雲養集』 권10, 「燕巖集序」.

4 '鵠汀筆談'을 초판에서는 '혹정필담'으로 표기했다. '鵠'은 과녁을 뜻할 때에는 '곡(gǔ)'으로 읽지만, 고니를 뜻할 때에는 '혹(hú)'으로 읽는다. '鵠汀'은 '고니가 날아온 물가'라는 뜻이므로 '혹정'이라 읽어야 정확하나, 뜻을 구별하지 않고 '곡'으로 읽는 관행을 따르기로 한다.

5 金澤榮, 『金澤榮全集』(아세아문화사, 1978) 貳, 114~116면, 123면, 133면, 186~192면 참조.

6 김택영 편, 『重編朴燕巖先生文集』, 「朴燕巖先生年譜」, 六十九歲 조; 김택영 편, 『燕巖續集』 권1, 장1b 등 참조.

7 김태준, 『조선한문학사』(조선어문학회, 1931), 176~179면; 『조선소설사』(증보판, 학예사, 1939), 167~180면.

8 홍기문, 「박연암의 예술과 사상」, 『조선일보』, 1937. 7. 27.~8. 1.(홍기문, 『홍기문 朝鮮文化論選集』, 김영복·정해렴 편역, 현대실학사, 1997, 303~316면)

9 리가원, 『연암소설연구』, 을유문화사, 1965.

10 이우성, 『한국의 역사상』(창작과비평사, 1982), 9~79면, 106~115면 참조.

11 분단 이후 북한의 선구적인 연암 문학 연구 성과로 김하명의 『연암 박지원』

(평양: 국립출판사, 1955)을 들 수 있다. 시대적 배경과 실학파의 사상, 연암의 생애, 그의 철학사상과 사회사상, 문학사상을 차례로 논한 뒤, 소설을 중심으로 한시도 포함하여 연암의 문학을 개관했다. 『열하일기』에 대해서는 그 전체가 "하나의 완결된 작품"인 "여행기"로 보면서도(296면), 그중의 「호질」과 「허생전」을 논하는 데 그쳤다. 결론에서, 연암은 실학사상과 사실주의 문학의 발전에 크게 기여했다고 하면서 "애국주의 사상과 농민해방의 이념을 결합시킨 공로자의 한 사람"으로 높이 평가했다(382면).

12 강동엽, 『열하일기 연구』, 일지사, 1988.

13 이종주, 「『열하일기』의 인식 논리와 서술 방식」, 한국고전문학연구회 편, 『근대문학의 형성과정』, 문학과지성사, 1983.

14 임형택, 「연암의 주체의식과 세계인식—『열하일기』 분석의 시각」, 제3회 동양학국제학술회의논문집, 성균관대 대동문화연구원, 1985; 임형택, 『실사구시의 한국학』, 창작과비평사, 2000 재수록.

15 김윤식·김현, 『한국문학사』, 민음사, 1973, 48~50면.

16 조동일, 『한국문학통사』 제3권, 지식산업사, 1984, 199면, 394~400면, 465~467면.

17 朴宗采, 『過庭錄』 권4, 『총서』 20, 240면.
박종채의 『과정록』은 경기도 실학박물관 소장본(초고본), 서울대 규장각 소장본(수정본), 단국대 연민문고 소장본(완성본) 등이 있다. 서울대 규장각본은 『과정록』 전4권 중 제1·2권 1책으로 되어 있는데 『한국한문학연구』 6집(1982)에 영인 수록되었다. 여기에 누락된 제3·4권의 내용을 실학박물관본에서 발췌·淨書한 것이 『한국한문학연구』 7집(1984)에 수록되었다. 단국대 연민문고본은 전4권 2책으로, 『열상고전연구』 8집(1995)과 『총서』 20(2012)에 영인 수록되었다. 『과정록』의 역주본으로 김윤조 역주, 『역주 과정록』(태학사, 1997)과 박희병 옮김, 『나의 아버지 박지원』(돌베개, 1998)이 있다.

18 "所以遠慕牧隱, 近效稼齋, 一鞭輕裝, 萬里在前."(『연암집』 권2, 「答李仲存書」(3), 장31b) 번역문 중 괄호 안의 내용은 인용자가 보충한 것임.

1   박종채,『過庭錄』권1,『총서』20, 86면; 朴宗薰,『潘南朴氏世譜』(奎章閣圖
    書, No.1929) 卷2, 第4編, 장32b~33a.

2   『연암집』권1,「陜川華陽洞丙舍記」; 권2,「族孫贈弘文正字朴君墓誌銘」.

3   『연암집』권9,「大考 資憲大夫 知敦寧府事 贈諡章簡公 府君家狀」; 박종채,
    『과정록』권1,『총서』20, 86면; 권4,『총서』20, 261면.

4   박종채,『과정록』권1,『총서』20, 87~88면.

5   南公轍,『金陵集』권18,「遺安處士李公墓表」; 洪直弼,『梅山集』권25,「遺
    安處士李公輔天行狀」; 권37,「杞園魚先生有鳳墓誌銘」;『연암집』권3,「祭
    外舅處士遺安齋李公文」; 박종채,『과정록』권1,『총서』20, 106~107면; 권
    4,『총서』20, 274~276면.

6   박종채,『과정록』권1,『총서』20, 89면, 93면;『연암집』권5,「與成伯」(2);
    一齋本『열하일기』(1),「進德齋夜話」,『총서』5, 576면;『燕岩集草稿補遺』
    (9),「書許生事後」,『총서』14, 233면.

7   박종채,『과정록』권1,『총서』20, 93면;『연암집』권8,「민옹전」, 장6a,「書
    廣文傳後」, 9b,「金神仙傳」, 장12b.

8   『연암집』권3,「不移堂記」,「祭榮木堂李公文」; 洪樂純,『大陵遺稿』, 禮,『大
    陵雜書』권1,「送李功甫謫中序」; 李胤永,『丹陵遺稿』권12,「祭李功夫文」;
    李麟祥,『凌壺集』권4,「李校理功甫(亮天)哀辭」.

9   『방경각외전』에 수록된 작품들은 연암의 나이 20세 전후에서 30대 초에
    걸쳐 창작된 것으로 추정된다. 그중「광문전」은 가장 이른 시기에 속하는
    1754년 작이고「민옹전」은 1757년 작이다. 나머지 작품들의 정확한 창작
    연대는 알 수 없다.「광문전」의 후일담인「書廣文傳後」는 廣文(일명 達文)
    이 역모 사건에 연루되어 귀양 갔다가 풀려난 1765년 이후의 글이고,「김신
    선전」역시 연암이 금강산 유람을 다녀온 1765년 이후의 작품이며,「우상
    전」은 이언진이 작고한 1766년 이후의 작품이다.

10 '방경각'은 연암이 1772년경 거주하던 한양 典洞의 寓舍에 붙인 堂號이고
    (『연암집』권5,「映帶亭賸墨」自序, 장1b), '외전'이란 紀傳體 史書의 일부
    인 正傳과 구별되는 것으로, 사관이 아닌 外史氏에 의해 저술된 전을 가리
    킨다.

11 박영철 편『연암집』등에 '廣文者傳'이라고 제목이 표기되어 있으나, '者'

는 衍字로 판단된다. 일본 東洋文庫 소장 『연암집』이나 국립중앙도서관 勝 溪文庫 소장 『연암집』에는 '者' 자가 없다. 박종채의 『과정록』에도 "穢德·廣 文·兩班三傳"이라고 했다(권1, 『총서』 20, 92면).

12 실전된 「易學大盜傳」과 「鳳山學者傳」 역시 이 점에서는 마찬가지이다. 李 德懋의 『耳目口心書』(『靑莊館全書』 권50)에는 金弘基('金洪器'로 표기되 어 있음)의 事蹟과 아울러, 鳳山의 어느 무식한 농민이 한글밖에 모르지만 『小學諺解』를 읽고 그의 모든 언행을 이에 준해 행했다는 기사를 소개하고 있다. 박종채의 『과정록』에 의하면 「역학대도전」도 실존 인물을 입전의 대 상으로 한 것임을 알 수 있다(권1, 『총서』 20, 92면).

13 박종채, 『과정록』 권1, 『총서』 20, 94~95면; 『연암집』 권11, 「도강록」, 6월 27일, 장8b; 권12, 「성경잡지」, 7월 20일, 장20a~21a; 권14, 「산장잡기」, 「象記」, 장36b, 「피서록」, 장57b, 장62b.

『방경각외전』의 「김신선전」에는 연암이 금강산을 유람한 시기가 "癸未年" 다음 해 가을 즉 甲申年(1764, 28세) 가을로 되어 있고 박종채의 『과정록』 초고본에도 "二十八歲"로 되어 있으나, 규장각본과 연민문고본 『과정록』에 는 '乙酉秋'로 고쳐져 있다. 당시의 금강산 유람을 언급한 연암의 「觀齋記」 나 兪彦鎬의 「祭仲氏墓文」(『燕石』 제9책), 金基長의 「病忱憶四仙亭詩序」 (『在山集』 권9) 등 관련 자료에도 모두 "乙酉"로 되어 있다.

금강산 유람 중 연암이 강원도 고성 삼일포에서 四仙亭에 올라 동행한 兪 彦鎬·유언호 형제 및 신광온과 함께 지은 「四仙亭聯句」가 일본 동양문고본 『연암집』에 전한다(김명호, 『연암 문학의 심층 탐구』, 돌베개, 2013, 102~ 104면 참조).

14 『연암집』 권4, 장1a.

15 『燕岩集草稿補遺』(九), 「司鑰行」, 『총서』 14, 189면.

16 김명호, 『연암 문학의 심층 탐구』, 앞의 책, 23~43면 참조.

17 『연암집』 권3, 「謝黃允之書」.

18 박종채, 『과정록』 권1, 『총서』 20, 100~101면.

19 『연암집』 권5, 「賀北隣科」.

20 『연암집』 권7, 「念齋記」. 狂士 宋旭은 「마장전」에 등장하는 바로 그 인물이 다.

21 박종채, 규장각본 『과정록』 권1, 『한국한문학연구』 6집, 1982, 16~18면; 연 민문고본 『과정록』 권1, 『총서』 20, 97~99면.

22 『영조실록』, 47년 5월 26일, 6월 1일, 6월 27일; 『연암집』권3, 「李夢直哀辭」, 題後; 김윤조, 「연암의 '李夢直哀辭'에 대하여」, 『한문교육연구』 2권 4호, 한국한문교육연구회, 1990; 정길수, 「이희천론」, 『규장각』 27, 서울대 규장각한국학연구원, 2004; 정병설, 『조선시대 소설의 생산과 유통』, 서울대 출판문화원, 2016, 「『명기집략』과 서적유통 처벌」, 76~84면 참조.

23 『영조실록』, 48년 3월 24일, 49년 5월 20일; 『연암집』권3, 「李夢直哀辭」, 題後, 장52b; 俞彦鎬, 『燕石』제6책, 「自誌」, 제8책, 「夫人遺事」; 김윤조, 「강산 이서구의 생애와 문학」, 성균관대 박사논문, 1991, 30~31면; 김백철, 「영조 만년의 초월적 권위와 대탕평—영조 48년(1772) 김치인 사건을 중심으로」, 『역사학보』 214, 역사학회, 2012 참조.

24 박종채, 『과정록』권1, 『총서』 20, 101~102면; 『연암집』권1, 「髮僧菴記」.
白東修(1743~1816, 字 永叔, 號 野餕·靷齋)는 武班으로 壯勇營 將官, 庇仁 현감 등을 지냈으며, 이덕무의 처남이다. 『과정록』에서는 그가 연암과 동갑인 것으로 적고 있으나(권4, 292면), 착오인 듯하다. 그에 대해서는 박제가, 『貞蕤集』권1, 「送白永叔麒麟峽序」; 成大中, 『靑城集』권8, 「靷說 贈白永叔官之庇仁」; 이덕무, 『청장관전서』권3, 「野餕堂記」; 成海應, 『硏經齋全集』, 本集 1, 「書白永叔事」 등 참조.
한편 연암은 1772년 10월 상순에 편찬한 『映帶亭謄墨』 自序에서 이미 '燕巖居士'라는 호를 사용하고 있다(『연암집』권5, 장1b).

25 박종채, 규장각본 『과정록』권1, 『한국한문학연구』 6집, 1982, 19~21면.

26 연암의 손자 朴珪壽도 그의 시 「呈徐楓石致政尙書」에서 일찍이 연암을 從遊했던 徐有榘의 傳言을 빌어 "公言昔拜燕巖丈, 洗劍亭子秋江潭. 文章千古豈細事, 雅俚眞贗勤訂叅. 法古能變創新能典, 斯道從來無二三."이라 했다 (박규수, 『瓛齋集』권3, 장9a; 김명호, 『환재 박규수 연구』, 창비, 2008, 219~220면 참조).

27 "此有明諸家於法古創新, 互相訾警, 而俱不得其正, 同之並墮于季世之瑣屑."(『연암집』권1, 장3b~4a)

28 金台俊, 『朝鮮漢文學史』(朝鮮語文學會, 1931), 133~175면; 吉川幸次郎, 『元明詩槪說』(岩波書店, 1971), 214~215면, 233~235면 등 참조.

29 "余方力爲文章, 作爲此傳, 傳示諸公長者, 一朝以古文辭, 大見推詡."(『연암집』권8, 「書廣文傳後」, 장9b) 예컨대 약방 점원으로 고용된 광문이 돈을 훔쳤다는 의심을 받고도 이를 참고 견딘 끝에 진실이 밝혀져, 주인으로부터

더욱 신임을 얻게 되고 정직한 인물로 소문이 난다는 모티프는 「萬石君傳」에 나오는 塞候 直不疑의 일화와 흡사하다. 또한 貴人들의 酒宴에 불청객인 광문이 上席을 차지하고 앉은 「광문전」 말미의 장면 역시 「魏公子傳」의 대목을 연상케 한다(김명호, 「연암 문학과 『사기』」, 『이조한문학의 재조명』, 송재소 외, 창작과비평사, 1983, 56면 참조).

30 "我見世人之, 譽人文章者. 文必擬兩漢, 詩則盛唐也. …我亦聞此譽, 初聞面欲赧. 再聞還絶倒, 數日酸腰髁. 盛傳益無味, 還似蠟札齟."(『연암집』 권4, 장2a)

'左蘇山人'은 徐有榘의 형인 徐有本(1762〜1822)의 호로 알려져 있으나, 젊은 시절 이덕무의 수많은 호 중의 하나이기도 하다. 단국대 연민문고 소장 『燕岩草稿』(八) 중 『碧梅園小選』(일명 『碧梅園雜錄』)에 수록된 「蟬橘堂記」의 평어에 "曰炯菴, 曰靑飮館, 曰塔左人, 曰聯眜道人, 曰左蘇山人, 曰眔宕, 曰靑莊散士, 曰嬰處子, 曰蟬橘堂, 皆懋官也."라고 했다(『총서』 14, 64면).

31 『연암집』 권7, 「嬰處稿序」, 장8a, "假像衣冠, 不足以欺孺子之眞率矣.";『연암집』 권7, 「綠天館集序」, 장9b, "…所異者形, 所同者心故耳. 繇是觀之, 心似者志意也, 形似者皮毛也.";『연암집』 권5, 「答京之」(3), "足下讀太史公, 讀其書, 未嘗讀其心耳. 何也? 讀項羽, 思壁上觀戰; 讀刺客, 思漸離擊筑. 此老生陳談, 亦何異於廚下拾匙? 見小兒捕蝶, 可以得馬遷之心矣.…"

「녹천관집서」는 1769년 작이며, 「영처고서」와 함께 『연암집』 권7, 『鍾北小選』에 수록되어 있다. 『종북소선』은 연암이 鍾北 곧 鍾樓 북쪽의 典洞에 살던 시기에 쓴 소품 산문들을 모은 것이다. 그리고 「答京之」는 『연암집』 중 1772년 이전의 서간문들을 모은 제5권 『영대정잉묵』에 수록되어 있다.

32 "文以寫意, 則止而已矣. 彼臨題操毫, 忽思古語, 强覓經旨, 假意謹嚴, 逐字矜莊者, 譬如招工寫眞, 更容貌而前也. …爲文者, 惟其眞而已矣."(『연암집』 권3, 장1a)

연암은 1769년 겨울에 『孔雀館集』을 편찬하고 「孔雀館集序」를 지었다. 이 글은 尹光心이 편찬한 『幷世集』과 이덕무가 1772년에 편찬한 『鍾北小選』, 그리고 연민문고 소장 『燕岩草稿』(八)과 『謙軒漫筆』(坤) 등에도 수록되어 있는데, 『연암집』에 수록된 「孔雀館集自序」는 이 글을 나중에 수정한 글로 보인다.

33 이와 흑사한 표현이 이덕무의 『이목구심서』(耳目口心書)에도 보인다. 이덕

582

무의 어린 동생이 제 귀가 갑자기 운다고 하면서, "그 소리가 별처럼 동글동
글해서 빤히 보고 주울 수 있을 듯해요"(其聲也團然如星, 若可覩而拾也)라
고 말했다고 한다. 이에 대해 이덕무는 "형상을 가지고 소리를 비유하다니,
이는 어린애가 무언중에 타고난 지혜다"(以形比聲, 此小兒不言中根天慧
識)라고 평하였다.

34 『연암집』 권3, 장1ab.

35 『연암집』 권7, 「綠天館集序」, 장9b, "蒼頡造字, 倣於何古?"; 『연암집』 권
7, 「鍾北小選 自序」, 장1a, "庖犧氏作易, 不過仰觀俯察, 奇偶加倍, 如是而
畵矣. 蒼頡氏造字, 亦不過曲情盡形, 轉借象義, 如是而文矣."; 『연암집』 권
5, 「答京之」(2), 장2a, "讀書精勤, 孰與庖犧? 其神精意態, 佈羅六合, 散在萬
物. 是特不字不書之文耳."

36 "天地雖久, 不斷生生, 日月雖久, 光輝日新."(『연암집』 권1, 「초정집서」, 장
3b)
다만 유의할 것은, 이러한 세계관은 근대적인 진보사관과는 無緣한 것으로,
주자학의 기본 입장이기도 하다는 점이다. 주자학은 불교적 윤회관에 맞서,
天地가 萬物을 '生生'한다는 道家的 세계관을 취함과 동시에, 이러한 '天地
生生之道'가 다름 아닌 '理'라고 본다. 따라서 조선 초기의 대표적 주자학자
의 한 사람인 金時習 역시 「生死說」(『梅月堂集』 권5)에서 "天地之間生生不
窮者, 道也"라든가, "天地生生之道, 不過日無妄, 惟實理而已"라 말하고 있
다(김명호, 「연암 문학사상의 성격─朱子 사상과 관련하여」, 『박지원 문학
연구』, 성균관대 대동문화연구원, 2001, 160~161면 참조).

37 "書不盡言, 圖不盡意."(『연암집』 권1, 「초정집서」, 장3b)
이는 주자가 「濂溪先生畵像贊」에서 한 말이다(朱熹, 『晦庵集』 권85, 「六先
生畵像贊」, 「濂溪先生」). 또 『주역』 「繫辭傳」 上에서 공자가 말하기를 "문
자는 말을 다 표현하지 못하고, 말은 뜻을 다 표현하지 못한다"(書不盡言 言
不盡意)고 했다. 여기에서 말한 '書'는 文語, '言'은 口語를 뜻하며, 이는 의
사 표현에 있어서 언어 문자의 한계성에 대한 고대 중국인의 인식을 나타낸
것으로 해석된다(吉川幸次郎, 『中國散文論』, 筑摩書房, 1969, 21~25면 참
조). 그런데 『열하일기』 「太學留館錄」 8월 11일 기사에서 "吾夫子, 先已歎
息於此二者曰: '書不盡言, 圖不盡意.'"라고 한 점을 보면(『연암집』 권12, 장
82b), 연암은 주자의 말을 공자의 말로 잘못 기억한 듯하다.

38 『연암집』 권5, 「答京之」(2), 장2a, "彼空裏飛鳴, 何等生意, 而寂寞以一鳥字

抹殺, 沒却彩色, 遺落容聲, 奚異乎赴社邨翁杖頭之物耶?";「答蒼厓」(3), 장
4a, "里中孺子, 爲授千字文, 呵其厭讀, 曰: '視天蒼蒼, 天字不碧. 是以厭耳.'
此兒聰明, 餒煞蒼頡."

39 『연암집』 권5, 「答蒼厓」(1), 장3b~4a, "苟使皇居帝都, 皆稱長安, 歷代三公,
盡號丞相, 名實混淆, 還爲俚滅."; 권7, 「영처고서」, 장8a, "羨隣人之貂裘, 借
衣於盛夏者."

40 『연암집』 권4, 「증좌소산인」, 장2a, "莫謂今時近, 應高千載下."; 권7, 「영처
고서」, 장8a, "古人自視, 未必自古, 當時觀者, 亦一今耳. …然則今者, 對古
之謂也."; 「녹천관집서」, 장9b, "殷誥·周雅, 三代之時文, 丞相·右軍, 秦·晉
之俗筆."

41 "其法益高而意實卑, 體益似而言益僞耳." "字其方言, 韻其民謠, 自然成章,
眞機發現."(『연암집』 권7, 「영처고서」, 장8ab)

42 『연암집』 권1, 「騷壇赤幟引」, 장29a, 30a. "善爲文者, 其知兵乎. 字譬則士
也, 意譬則將也. …苟得其理, 則家人常談, 猶列學官, 而童謳里諺, 亦屬爾雅
矣.";「초정집서」, 장3a~b, "古之人有善爲文者, 淮陰侯是已, 何者? …背水
置陣, 不見於法, 諸將之不服, 固也. 乃淮陰侯則曰, 此在兵法. 顧諸君不察
兵法, 不日置之死地而後生乎? 故 …增竈述於減竈, 虞升卿之知變也."; 권4,
「증좌소산인」, 장2a~b, "孫·吳人皆讀, 背水知者寡."

「소단적치인」은 연암의 처남이자 知己인 李在誠이 우리나라의 우수한 古今
科詩를 모아 편찬한 『騷壇赤幟』에 붙인 '引' 곧 序이다. '騷壇'은 시단이란
뜻이고, '赤幟'는 淮陰侯 韓信이 井陘口 전투에서 성 위의 趙나라 기를 뽑
고 한나라의 붉은 기를 세우는 기만전술로 대승한 고사에서 따온 용어이다
(『사기』, 「淮陰侯傳」). 이재성이 이러한 용어를 책의 제목으로 삼은 이유는
"科與戰, 一也"라 했듯이(朴準源, 『錦石集』 권6, 「答宗慶」, 장14b), 당시인
들은 文을 겨루는 과거를 武를 다투는 전투에 항용 비겨 말했기 때문이다.
예컨대 박제가도 「比屋希音頌(幷引)」에서 "夫布衣者流, 崛起詞垣, 樹赤幟
於一方, 以號令天下" 운운이라 했다(박제가, 『貞蕤閣文集』 권1). 그러므로
연암이 이 글에서 창작을 전투에 비유한 것은 『소단적치』라는 그 책 제목을
염두에 둔 까닭이다. 따라서 이 글의 요점 역시 흔히 오해되고 있는 것처럼
전투하듯이 글을 쓰라는 것이 아니라, 격식에 얽매이지 말고 창의를 발휘해
서 글을 쓰라는 데 있다.

43 "然陳言之務袪, 則或失于無稽; 立論之過高, 則或近乎不經." "與其刱新而巧

也, 無寧法古而陋也."(『연암집』권1, 「초정집서」, 장3b~4a)

44 『연암집』권3, 「與人書」, 장32b.
일본 東洋文庫 소장 『연암집』권9, 『공작관문고』권3, 「與人」에 "當作'與李洛瑞'"라는 頭籤이 있어, 이 글이 이서구에게 보낸 편지임을 추정할 수 있다. '비평소품'은 批點과 評注를 가한 짧은 산문으로, 명나라 말 청나라 초에 유행했다.

45 임형택, 「허균의 문예사상」, 『한국문학사의 시각』, 창작과비평사, 1984; 김도련, 「한국고문의 발전과정과 특성」, 『중국학논집』1집, 국민대 중국문제연구소, 1984 등 참조.

46 "蓋于鱗輩雄健, 中郎輩退步矣. 中郎輩超悟, 于鱗輩退步矣. 各自背馳, 俱有病敗."(이덕무, 『청장관전서』권48, 『이목구심서』(1))

47 "創新者患不經."(『연암집』권1, 「초정집서」, 장3a)

48 원굉도가 의고주의자들을 "處嚴冬而襲夏之葛者"라고 풍자하고(「雪濤閣集序」) 이에 대비하여 가식 없는 童心을 강조한다든가, 貴古賤今의 관념에 대해 "夫以後視今, 今猶古也"라고 비판한 점(「與友人論時文書」), 그리고 創新을 강조하면서 "是故減竈背水之法, 迹而敗, 未若反而勝也"라고 병법에 비유한 점(「敍竹林集」) 등등은 그 현저한 사례이다(郭紹虞, 『中國文學批評史』하권, 文史叢刊, 264~283면; 郭紹虞 編, 『中國歷代文論選』중권, 中華書局, 396~407면 참조).

49 김명호, 「연암 문학사상의 성격―朱子 사상과 관련하여」, 앞의 책, 155~157면 참조.

50 『연암집』권3, 「酬素玩亭夏夜訪友記」("今年未四十, 已白頭"라 한 점으로 미루어 창작 시기가 1776년 이전임을 알 수 있다.); 권10, 「答南壽書」("吾年未四十, 已白頭"라 한 점으로 보아 1776년 이전 작임이 분명하다).

51 '獒犬', 또는 '사자개'라고도 한다. 藏獒(Tibetian mastiff), 蒙古獒(Mongolian mastiff) 등이 있다. 「醉踏雲從橋記」중 중국의 맹견에 관한 정보는 홍대용의 『연기』「畜物」에 의거한 것으로 보인다(홍대용, 『담헌서』외집 권10, "狗有多種, 其鄂羅斯所蓄絶大, 而嚙人如虎, 疑是旅獒之類也. 其出蒙古者, 亦鷙悍難馭. 畜之者鐵鎖繫其頸, 使之守門而已. 其體樣則只常狗而體大, 東人所稱'胡伯', 是別種也. 惟産於白塔堡, 其矯捷善獵者, 價銀爲十數兩云. 其稱'勃勃'者, 雖小如猫, 狡黠解人意, 故小民家近畜之如猫. 見外人, 則磔鬐振尾咆吼, 猛於蒙狗也."). 홍대용은 『을병연행록』 1766년 3월 19

일 기사에서도 이 맹견에 관해 언급하였다. 1760년 연행에 나선 李商鳳(李義鳳)의 『北轅錄』에도 유사한 정보가 소개되어 있다(권1, 「山川風俗總論」, "鷄狗與我國所産一樣, 而犬之大者如小驢, 俗謂之'胡白', 能獲獐鹿, 又善噬人. 小者如小猫, 俗謂之'勃勃', 在人懷中. 然見生人, 輒吠而嚙, 寺觀必畜此狗.").

52 "戀官悵然東向立, 字呼豪伯, 如知舊者三."(『연암집』 권10, 「醉踏雲從橋記」, 장2b)

이 글에는 연암의 손님으로 "徐參判元德" 즉 徐有隣이 등장하는데, 그는 영조 51년(1775) 8월에 처음 병조참판이 되었다(『승정원일기』, 영조 51년 8월 25일). 따라서 이 글의 창작 시기는 1776년경으로 추정된다.

53 『연암집』 권3, 「李夢直哀辭」, 「祭梧川處士李丈文」.

李漢柱(1749∼1774, 字 夢直)는 박제가의 처남이기도 하다. 그는 武班으로서 習射 중 流矢에 맞아 절명했다(박제가, 『정유각문집』 권3, 「祭李夢直文」).

54 『연암집』 권2, 「伯姉贈貞夫人朴氏墓誌銘」.

맏누님 박씨(1729∼1771)는 1744년 李宅模(개명 李顯模)에게 출가했다. 이 묘지명에 대해 李在誠이, "인정을 따른 것이 지극한 禮가 되었고, 눈앞의 광경을 묘사한 것이 참문장이 되었다. 문장에 어찌 일정한 법이 있었던가?"(緣情爲至禮, 寫境爲眞文, 文何嘗有定法哉)라고 변호하고 있는 것도(권2, 장46a) 이 글의 파격적인 성격을 인정하는 발언으로 참고할 만하다. 연암협 시절의 작품인 「伯嫂恭人李氏墓誌銘」(『연암집』 권2) 역시 이 작품과 마찬가지 특성을 약여하게 보여 주고 있다(이동환, 「박연암의 홍덕보 묘지명에 대하여」, 『이조한문학의 재조명』, 송재소 외, 창작과비평사, 1983 참조).

55 張志淵 編, 『大東詩選』 권7, 朴趾源, 「輓趙淑人」(아세아문화사 영인, 1980, 下, 219∼220면); 국립중앙도서관 勝溪文庫本, 『연암집』 권57 말미 追記, 「輓趙淑人」; 兪晩柱, 『欽英』 제3책, 丁酉(1777) 5월 22일(서울대 규장각 영인, 권1, 354∼355면), "…此挽趙淑人詩也. …第二篇, 倣白詩而挽之変体也."; 김명호, 『연암 문학의 심층 탐구』, 돌베개, 2013, 44∼66면 참조.

염정시풍은 '艶體'나 '香奩體'라고도 하는데, 젊고 아름다운 여인의 행태나 신변을 관능적·감각적으로 묘사하는 시풍을 가리킨다.

56 『연암집』 권3, 「夏夜宴記」, 장6b; 권10, 「桃花洞詩軸跋」, 장4b.

57 『연암집』권5,「答某」, 장9a.
    예컨대『莊子』「秋水」편에서도 "夫自細視大者不盡, 自大視細者不明"이라
    했다.

58 『연암집』권7,「泠齋集序」,「蜋丸集序」; 김명호,『연암 문학의 심층 탐구』,
    앞의 책, 168면 참조.
    『연암집』권7에 함께 수록된「綠鸚鵡經序」,「菱洋詩集序」,「蟬橘堂記」같은
    글도 이러한 예로 추가할 수 있을 것이다.

59 "達矣哉, 洪君之爲友也! 吾乃今得友之道矣. 觀其所友, 觀其所爲友, 亦觀其
    所不友, 吾之所以友也."(『연암집』권1,「회우록서」)

60 利瑪竇,『交友論』, 제7장, "交友之先宜察; 交友之後宜信.", 제52장, "友友之
    友, 仇友之仇, 爲厚友也.(注: 吾友必仁, 則知愛人, 知惡人. 故我據之.)"(朱維
    錚 主編,『利瑪竇中文著譯集』, 復旦大學出版社, 2007, 108면, 111면)

61 "古之言朋友者, 或稱第二吾, 或稱周旋人. 是故造字者, 羽借爲朋, 手又爲友.
    言若鳥之兩羽而人之有兩手也."(『연암집』권3,「繪聲園集跋」)
    『열하일기』의 초기 필사본인 단국대 연민문고 소장『熱河避暑錄』을 보면
    그중「澹園八詠」조에「회성원집발」의 초고로 짐작되는 글이 소개되어 있
    다. 이 글의 첫머리는 "『漢書』에 붕우를 '주선인'이라 했으며, 서양인은 붕우
    를 '제2의 나'라고 불렀다"(漢書以朋友爲周旋人, 泰西人呼友朋曰第二吾)
    고 하여, 마테오 리치의『교우론』을 전거로 삼았음을 좀 더 분명하게 드러
    내고 있다(『열하피서록』,『총서』5, 272~273면).

62 利瑪竇,『交友論』, 제1장, "吾友非他, 卽我之半, 乃第二我也. 故當視友如己
    焉.", 제56장의 주, "友字, 古篆作爻, 卽兩手也, 可有而不可無. 朋字, 古篆作
    羽, 卽兩习也. 鳥備之, 方能飛. 古賢者視朋友, 豈不如是耶?"(朱維錚 編, 앞
    의 책, 111면)

63 김명호,『연암 문학의 심층 탐구』, 앞의 책, 117~126면 참조.

64 『과정록』권1,『총서』20, 107면에는 "戊戌, 避世挈家, 入燕巖峽"이라 하여
    1778년의 일로 기록되어 있으나, 관련 사실들을 면밀히 검토해 보면 1777년
    의 일로 보아야 옳을 것 같다. 유언호는 1777년 6월에 개성 유수에 임명되
    어, 1779년 3월까지 재임했다. 따라서 그가 조정에서 홍국영의 반응을 보고
    연암에게 피신할 것을 충고했다는 시기는 그 전에 行都承旨인 홍국영의 측
    근에서 우승지로 재임하던 1777년 4월부터 5월까지로 좁혀진다. 또 연암의
    장인 이보천은 1777년 4월에 별세했다.

65   "名高還避世, 身老且爲農."(李書九,『惕齋集』권3,「送朴丈美仲歸燕巖」)

66   『潘南朴氏世譜』권2, 제4편, 장18a~b, 朴在源 조;『정조실록』, 즉위년 11월 19일, 1년 9월 10일, 2년 6월 5일, 3년 11월 5일, 4년 3월 9일, 6월 22일, 박재원 卒記; 丁若鏞,『與猶堂全書』(新朝鮮社 新活字本) 권17,「樊翁遺事」, 장22b, "方洪國榮顯柄時, 校理朴在源上疏, 論坤殿患候, 請議藥餌, 由此枳廢以終. 及公爲相, 嘗因藥院議藥奏言: '在源頃年一疏, 言則見施, 身則窮死, 善類無不愍惻, 請施貤贈之典.' 公之扶植名義如此.";南公轍,『歸恩堂集』권10,「吏曹判書朴公謚狀」, 장18b~19a; 申大羽,『宛丘遺集』권5,「弘文校理特贈副提學朴公墓碣銘」; 徐榮輔,『竹石館遺集』제3책,「贈吏曹判書朴公謚狀」; 박종채,『과정록』권4,『총서』20, 273면; 최성환,「正祖代 蕩平政局의 君臣義理 연구」, 서울대 박사논문, 2009, 213면 참조.

   『과정록』에 의하면 兪彦鎬가 피신하도록 충고한 것으로 되어 있으나(권1, 『총서』20, 107~108면), 김택영의「박연암선생전」에는 백동수가 "자네의 벗 홍낙성은 작고한 세자(사도세자)의 원수 당파로 남들에게 지목당하고 있네. 홍이 위험하면 자네도 안전하기 어려운데 어찌 은신하지 않는가?"(子友洪樂性, 以先世子讐黨爲人所目, 洪危則子亦難安, 盍隱焉?:『金澤榮全集』, 아세아문화사, 1978, 권2, 187면)라고 말한 것으로 서술했다. 洪樂性(1718~1798)은 洪象漢의 장남이며, 홍상한은 魚有鳳의 사위로 연암의 장인과는 동서지간이다(洪直弼,『梅山集』권37,「杞園魚先生有鳳墓誌銘」참조).

67   박종채,『과정록』권1,『총서』20, 101~102면;『연암집』권3,「答洪德保書」(4), 장36a; 권14,「避暑錄」, 장64a ; 권15,「銅蘭涉筆」, 장39a.

68   박종채,『과정록』권1,『총서』20, 107~111면;『연암집』권3,「琴鶴洞別墅小集記」,「答兪士京書」,「謝留守送惠內宣二橘帖」.

69   박종채,『과정록』권1,『총서』20, 114면;『연암집』권4,「山中至日書示李生」.

70   박종채,『과정록』권1,『총서』20, 121~123면;『연암집』권3,「答洪德保書」(3).

71   박종채,『과정록』권1,『총서』20, 115면.

72   『潘南朴氏世譜』에 의하면, 朴來源(1745~1799)은 仁川府使 朴師衡의 庶子로 관직은 僉知兼五衛將에 그쳤다(권2, 4편, 장12a~b).

73   주명신(1729~1798)은 名醫로서 정조 8년(1784)『醫門寶鑑』을 편찬했으

며, 내의원 醫官, 積城 현감 등을 지냈다. 그가 남긴 『玉振齋詩稿』에는 1780
년 연행 당시에 지은 「鴨綠江次朴燕巖韻」 등의 시가 수록되어 있다(유준
상·김남일, 「『의문보감』의 편찬과 주명신의 행적에 대한 연구」, 『대한한의
학원전학회지』 26권 2호, 대한한의학원전학회, 2013; 김동석, 『장서각 소장
『玉振齋詩稿』연구—1780년 周命新의 북경 기행시를 중심으로」, 『장서각』
32, 한국학중앙연구원, 2014 참조).

74 노이점(1720~1788)은 서얼 출신으로 진사 급제 후 長陵 참봉 등을 지냈는
데 그 역시 『隨槎錄』이라는 연행록을 남겼다(노이점, 『열하일기와의 만남
그리고 엇갈림, 수사록』, 김동석 옮김, 성균관대출판부 2015; 김동석, 『노이
점의 『수사록』연구—『열하일기』와 비교연구의 관점에서』, 보고사, 2016).

75 대다수의 『열하일기』 이본들에는 "卞君, 名觀海, 以御醫奉命, 隨護正使, 來
源, 庶三從弟, 上房裨將, 皆與余同炕."이란 小註가 첨부되어 있다(「漠北行
程錄」, 8월 5일). 또한 이덕무의 『士小節』에서는 변관해에 대해 "卞生觀海,
醫人也. 居母喪, 非甚病, 不脫経帶, 不妄言笑, 富貴家屢邀之, 而三年不出
門, 予以爲難."이라 칭송하고 있다(권2, 「士典」 2, 「動止」).

76 반당은 원래 종, 하인, 수행원이란 뜻의 중국어로서 半當·半僧·伴黨·伴
儻·伴倘 등으로도 표기한다. 연행록에서는 사신의 비공식 수행원, 즉 사신
이 自費로 데리고 간 종자(從者: 子弟, 門客, 隨從 하인 포함)를 뜻한다. 그
중 사신의 자제만을 特稱하여 '자제군관'이라고 불렀다. 이들은 아무 직함
이 없었으나, 軍官이나 譯官보다 신분이 높아 사신 버금가는 대우를 받았다
(『연암집』 권14, 「避暑錄」, 장51a, "從使者入中國, 須有稱號, 譯官稱從事,
軍官稱裨將, 閒遊如余者稱伴當.").

77 대다수의 『열하일기』 이본들에는 "張福, 余馬頭, 郭山人. 昌大, 余馬夫, 宣
川人, 錦南君鄭忠信孽孫也."라는 小註가 첨부되어 있다(「漠北行程錄」, 8월
5일). 「도강록」 6월 24일 기사에 "昌大前控, 張福後囑"이라 하여(권11, 장
2a), 창대가 앞에서 견마(牽馬)를 하고 장복이 뒤에서 소리 지르며 말을 몰
았던 것 같다("後囑"의 '囑'은 '囑馬之聲'의 '囑'이다. '囑馬'는 '促馬'와 같은
뜻이다. 「도강록」 7월 7일 기사 참조). 한편 연암의 손자 박규수는 1861년
熱河問安使行의 副使로 북경에 갈 적에 張福의 후손을 찾아내어 함께 데리
고 간 것을 기뻐했다. 장복은 본명이 張命福인데, 수역 홍명복과 감히 이름
을 같이 쓸 수 없어 '장복'으로 행세했던 것이라 한다(박규수, 『환재집』 권8,
「與溫卿」(1), 장10a; 김명호, 『환재 박규수 연구』, 창비, 2008, 394~395면

참조).

78 『연암집』 권14, 「山莊雜記」, 「夜出古北口記」, 「一夜九渡河記」.

79 『燕巖散稿』(2), 「大學記」, 『총서』 14, 315~316면; 김명호, 『연암 문학의 심층 탐구』, 돌베개, 2013, 195~198면 참조.

80 『승정원일기』, 정조 4년 9월 17일, 進賀兼謝恩正使錦城尉朴明源·副使行副司直鄭元始狀啓, "臣等入館舍後, 皇帝特遣軍機章京素林, 諭臣等曰: '使臣等之着來行在, 卽前所未有, 而該國以朕萬壽奉表陳賀, 故使臣等使之前來行禮, 而正使序於二品之末, 副使序於三品之末, 係朕格外之恩'云云, 晩後禮部尙書送通官, 以爲朝鮮使臣之與天朝二三品大臣, 同爲行禮, 實是皇上曠絶之恩, 使臣當以叩謝之意, 呈文本部, 以爲轉奏之地是如爲白去乙, 臣等以爲, 皇恩曠絶, 感謝之忱, 已不可言, 而陪臣之私謝恩命, 事體屑越, 不敢呈文, 是如言送矣. 禮部又以爲, 皇上遣官, 特諭於使臣, 則使臣何可不以文字先爲叩謝, 速速撰呈之意, 屢屢不已, 而觀其屢度催逼之狀, 似不專出於禮部之意, 故臣等不得已, 略以叩謝之意, 書送呈文,…"; 『연암집』 권12, 「태학유관록」, 8월 10일, 장72b~73a; 권13, 「行在雜錄」, 장41b~42a; 『同文彙考』(原編) 권15, 進賀 9, 己亥(正祖三年)賀皇上七旬表及方物付進年貢使咨, 禮部抄錄行在禮部原奏咨, 「原奏」, 장14a.

81 『승정원일기』, 정조 4년 9월 17일, 進賀兼謝恩正使錦城尉朴明源·副使行副司直鄭元始狀啓, "…則知道旨下之後, 禮部卽令臣等, 詣闕謝恩, 故臣等曉入闕中, 則皇帝頒賜三器饌是白遣, 臣等謝恩後, 仍歸館次矣."; 『연암집』 권12, 「태학유관록」, 8월 11일, 장74b~75a; 권13, 「행재잡록」, 장41b~42a.

82 『연암집』 권12, 「태학유관록」, 8월 10일, 장78a~79b.

83 『淸高宗實錄』, 乾隆 45년 8월 11일, "上御避暑山莊宮門, 土爾扈特汗策凌納木扎勒等七人及朝鮮使臣錦城尉朴明源等三人入觀."
    토르구트는 오이라트 몽골 즉 西蒙古의 4대 부족 중 하나로, 러시아의 볼가 강 하류로 이주했다가, 1771년 우바시 칸(渥巴錫汗)의 영도 하에 대이동 작전을 벌여 천신만고 끝에 고토인 일리(伊犁)로 돌아와 건륭제에게 귀순했다. 1775년 우바시 칸이 천연두에 걸려 죽자 장남인 策凌納木扎勒이 왕위를 계승했다. 연암이 "위구르족 태자"(回子太子)라고 잘못 전달한 인물(『연암집』 권12, 장83b)은 토르구트 부족의 새로운 칸으로 임명된 당시 열네 살의 策凌納木扎勒(1767~1792)이었을 것이다.

84 『승정원일기』, 정조 4년 9월 17일, 進賀兼謝恩正使錦城尉朴明源·副使行副

司直鄭元始狀啓, "十一日曉, 提督以爲, 今日則皇帝必當引見云, 故詣闕等待矣. 又頒三器饌. 卯時, 皇帝出御宮門. 禮部淸尙書德保, 引三使臣及三譯官, 進跪御座前. 皇帝問曰: '國王平安乎?' 臣謹對曰: '平安矣.' 又問曰: '此中能有滿洲語者乎?' 通官未達旨意, 蹋躇之際, 淸學尹甲宗對曰: '略曉矣.' 皇帝微笑, 仍命退出. 臣等以皇帝未及還內之故, 立於班行, 皇帝使軍機章京問: '爾國亦敬佛乎? 寺刹有幾處, 而亦有關帝廟乎?' 臣等對曰: '國俗本不崇佛, 而寺刹則外方或有之, 關帝廟則城外有兩處矣.'";『연암집』권12,「태학유관록」, 8월 11일, 장83b~84a.

정사 박명원·부사 정원시가 보낸 先來狀啓와 달리,『열하일기』에는 황제가 먼저 "軍機大臣"을 시켜 조선에 절과 관제묘가 있는지를 하문한 뒤에, 직접 국왕의 안부를 묻고 만주어를 할 줄 아는 역관이 있는지 물었다고 하여 사건의 서술 순서가 뒤바뀌어 있다. "軍機大臣"은 "軍機章京"의 오류일 것이다. 또 조선에서도 불교를 숭상하느냐는 황제의 첫 번째 질문이 생략되었다. 반면 시위 무사들의 활쏘기 시범은『열하일기』에만 기록되어 있다.

85 『연암집』권12,「태학유관록」, 8월 11일, 장81b, 83b, 84ab; 권13,「札什倫布」, 장36b~39a.
『열하일기』「행재잡록」에 수록된 禮部의 상주문에는 조선의 사신들이 판첸 라마를 예방한 날이 8월 12일로 기록되어 있다(『연암집』권13, 장42a;『同文彙考』(原編) 권15, 進賀 9, 己亥[正祖三年]賀皇上七旬表及方物付進年貢使咨, 禮部抄錄行在禮部原奏咨,「原奏」, 장14b). 그러나 티베트 측의 사료인『六世班禪洛桑巴丹益希傳』에 의하면 판첸 라마는 8월 11일에 조선 사신을 접견했음이 분명하다("是日, 皇帝的屬國東方高麗國派三名官貴及其他幾人前來參加皇帝萬壽大慶. 皇帝招見博大臣與留保柱大臣等人, 諭曰: '高麗使者要拜謁班禪額爾德尼', 兩位大臣恭禮領旨, 帶領使者拜謁班禪大師. 大師摩頂加持, 與使者用茶交談, 由一名大臣作飜譯. 爾後, 傳授經典, 厚賜使者." 嘉木央·久麥旺波,『六世班禪洛桑巴丹益希傳』, 許得存·卓永强譯, 祁順來·李鍾霖 校, 拉薩: 西藏人民出版社, 1990, 501면. 柳森,「六世班禪額爾德尼研究」, 중국 中央民族大學 박사논문, 2012, 207면에서 재인용). 정사 박명원·부사 정원시가 보낸 先來狀啓에는 8월 11일 판첸 라마를 예방한 건은 보고되어 있지 않다. 이는 아마도 그 사건이 국내에 알려지면 물의를 야기할까 염려한 때문이었을 것이다. 先來 군관과 역관 편에 보낸 別單에는 판첸 라마 예방과 그가 하사한 銅佛에 관한 보고가 담겨 있었을 것

이다. 그러나 銅佛(『정조실록』 및 『승정원일기』에는 '金佛'로 기록됨)은 황제가 하사한 것으로 전해졌으며, 정조는 이를 묘향산의 절에 두도록 명했다고 한다. 정조의 명에 따라 사신들이 귀환 도중 불상을 묘향산의 절에 송치했음에도 불구하고, 성균관 유생들은 불상을 받아온 데 항의하여 捲堂을 했다고 한다. 兪晩柱의 일기 『欽英』에도 정사 박명원 등이 "淸人所賜佛象"을 갖고 나온다는 소문(庚子, 10월 13일)과 정사 박명원이 한양에 들어온 사실(10월 27일), 그 뒤 성균관 유생들이 "使臣受來佛童子事"에 대한 所懷를 진상하면서 "奉佛"이라고 비난한 데 대해 해명하고자 박명원 등이 올린 상소문의 등사본을 보았다는 기록(11월 14일)이 보인다(『정조실록』, 4년 9월 17일, 11월 8일, 12일; 『승정원일기』, 정조 4년 10월 23일, 27일, 11월 8일, 12일; 兪晩柱, 『欽英』 3, 서울대 규장각 영인, 1997, 244면, 256면, 261면; 김윤조, 「유만주가 본 연암」, 이지형교수 퇴임기념논총, 『한국의 經學과 한문학』, 태학사, 1996, 691~692면; 구범진, 「조선의 건륭 칠순 진하특사와 『열하일기』」, 『인문논총』 70, 서울대 인문학연구원, 2013, 20~24면, 26~30면 참조).

86　『淸高宗實錄』, 乾隆 45년 8월 12일, "上御卷阿勝境, 賜班禪額爾德尼及扈從王公大臣, 蒙古王公·貝勒·額駙·台吉, 杜爾伯特汗瑪克蘇爾扎布等五人, 土爾扈特汗策凌納木扎勒等九人, 烏梁海散秩大臣伊素特等三人, 回部郡王霍集斯等及阿奇木伯克貝子色提巴爾第等十一人, 喀什噶爾四品噶匝納齊伯克愛達爾之子烏魯克等三人, 朝鮮使臣錦城尉朴明源等三人, 金川木坪宣慰土司嘉勒燦囊康等四十四人宴."; 『승정원일기』, 정조 4년 9월 17일, 進賀兼謝恩正使錦城尉朴明源·副使行副司直鄭元始狀啓, "十二日皇帝御戲臺設戲, 使文武三品以上, 入班觀光, 而朝鮮三使臣, 亦令一體觀戲. 故當日曉頭, 臣等隨入班次, 卯時而設, 未正而罷. 皇帝賜觀戲諸臣緞疋囊子有差, 而亦賜臣等."; 『연암집』 권12, 「태학유관록」, 8월 12일; 王曉晶, 「六世班禪進京史實研究」, 중국 中央民族大學 박사논문, 2011, 122면 참조.
　두르베트와 우량카이는 몽골의 부족들, 回部 伯克(beg)은 신강 위구르족의 토착 수령, 金川 土司는 四川省의 티베트계 소수민족의 수령이다.

87　『淸高宗實錄』, 乾隆 45년 8월 13일, "上御澹泊敬誠殿. 扈從王公大臣·官員及蒙古王公·貝勒·額駙·台吉, 杜爾伯特汗瑪克蘇爾扎布等五人, 土爾扈特汗策凌納木扎勒等九人, 烏梁海散秩大臣伊素特等三人, 回部郡王霍集斯等並阿奇木伯克貝子色提巴爾第等十一人, 喀什噶爾四品噶匝納齊伯克愛達爾

之子烏魯克等三人, 朝鮮使臣錦城尉朴明源等三人, 金川木坪宣慰司嘉勒燦
囊康等四十四人, 行慶賀禮."

만수절 하례식의 구체적인 절차는 『열하일기』「행재잡록」에 자세히 소개되
어 있다(『연암집』권13, 장43a~b, "禮部謹奏爲禮儀事. 恭照乾隆四十五年
八月十三日皇上七旬萬壽聖節行慶賀禮,…").

88 石濱由美子, 「パンチェンラマと乾隆帝の會見の背景にある佛教思想につ
    いて」, 『內陸アジア言語の研究』9, 1994, 36면, 40~41면; 王曉晶, 앞의 논
    문, 122면; 柳森, 앞의 논문, 161면 참조.

89 『淸高宗實錄』, 乾隆 45년 8월 13일, "…命隨至卷阿勝境賜宴, 至壬戌(8월
    16일―인용자)皆如之."; 『승정원일기』, 정조 4년 9월 17일, 進賀兼謝恩正
    使錦城尉朴明源·副使行副司直鄭元始狀啓, "十三日臣等隨班參賀禮, 又入
    戱場, 又有壺茶之賜, 未正退出."; 『연암집』권12, 「태학유관록」, 8월 13일,
    장86a.

90 『승정원일기』, 정조 4년 9월 17일, 進賀兼謝恩正使錦城尉朴明源·副使行副
    司直鄭元始狀啓, "十四日旨下謝恩, 又入戱場. 蓋聞設戱之規, 準五日乃罷
    云, 而未正退出, 則又令往待於後園理砲處, 皇帝御帳殿, 觀火砲及雜戱, 昏
    後始罷."; 『연암집』권12, 「태학유관록」, 8월 14일, 장88a, 93a; 권13, 「찰십
    륜포」, 장39ab; 권14, 「산장잡기」, 「乘龜仙人行雨記」, 「萬年春燈記」, 「梅花
    砲記」; 王曉晶, 앞의 논문, 88~89면, 122면; 구범진, 앞의 논문, 46~48면
    참조.
    서장관 조정진의 귀환 보고에 의하면, 만수절의 '九九大慶'은 5막에 각 16장
    으로 총 80종의 연희로 구성되었으며, 5일에 걸쳐 1막씩 공연되었고 조선
    사신은 그중 3일의 공연을 참관했다. 「八佾舞虞庭」, 「華封三祝」, 「盛世崇
    儒」 등을 관람했다고 한다(『승정원일기』, 정조 4년 11월 5일, 回還進賀兼謝
    恩使書狀官兼司憲府掌令趙鼎鎭聞見事件, "熱河戱臺, 在於行宮之東墻內,
    而兩層樓閣, 宏傑廣敞, 欄檻楹楣, 盡用彩畵爲三神山, 左右木刻假山, 高與
    閣齊, 仙果珠樹, 剪綵爲之, 蒼翠交映是白遣. 戱本有五, 一本共有十六技, 卯
    而始未而罷, 凡五日而止, 臣等參班只三日, 故所見止於三本, 而大抵多祝壽
    之辭是白遣. …如虞庭八佾, 只有武舞武士六十四人, 皆着金盔錦甲, 右手持
    釰, 左手執戈, 爲坐作擊刺之狀是白遣. 甚至於以堯·舜爲戱, 乘之黃屋, 着以
    冕服, 爲華封蒼梧巡幸之狀, 以儒生巾服, 作倡優戱, 而稱以聖世崇儒是白遣.
    左右假山及楹檻所畵, 日易而新之, 窮奢極侈, 有難盡記是白齊."). 「산장잡

기」의 「戲本名目記」는 당시 내빈들에게 나눠 준 小帖에 적힌 '九九大慶'의 총목록을 소개한 것이다(柳得恭, 『熱河紀行詩註』, 「扮戲」 참조, "回回王子有持戲目小帖者, 取見之, 都是獻壽祝喜之辭"). 여기에다 梅花砲의 불꽃놀이를 합치면, 『열하일기』 「산장잡기」 중 「매화포기」에서 말한 것처럼 '구구대경'은 모두 81종의 연희가 된다.

또 서장관 조정진이 보고한 당시의 불꽃놀이와 등불놀이는 1782~1783년 동지 정사로 연행을 다녀온 鄭存謙이 그의 『燕行日記』에서 소개한 '花盒燈', '淸平五福戲', '耍龍戲' 등에 해당하는 것으로 판단된다. 연암의 「萬年春燈記」는 그중 淸平五福戲를 기록한 것이 아닐까 한다(『승정원일기』, 정조 4년 11월 5일, "皇帝出御後苑, …埋砲與我國軍門埋砲無異是白遣. 紅門高可十丈, 上懸四方黃色函一座, 函底垂引火索一條而燃其端, 火走索上, 須臾函底燒盡, 自函內垂下鐵簾子, 簾面多篆壽福字, 着火靑瑩玲瓏, 良久火滅落地簾落之後, 又自函中, 垂下聯珠燈百餘索, 一索所懸爲四十餘顆, 而燈中之燭, 次第自燃, 一時明亮是白遣. 數百人錦袍班巾, 各持丁字木一介, 兩頭各懸小紅燈一顆, 一字列立, 初變而爲三峯, 再變而爲方陣, 忽作天下太平四字, 又作萬年春三字, 眩幻百出, 變態無窮是白遣. 又有兩龍燈, 塗以靑紗中, 置三四箇小燈, 揭之長竿, 轉搖空中, 鱗角腰尾, 蜿蜒飛動, 而燈不滅是白遣. 又立兩紅柱而空其中, 柱上置筒, 柱下爇火, 火自柱中燃上, 砲從筒內飛出, 轟雷震地, 流星滿空, 亦是埋砲之類, 而製造極巧是白遣. 其他雜戲, 亦無可觀是白齊."; 이창숙, 「연행록에 실린 중국 연희와 그에 대한 조선인의 인식」, 『한국실학연구』 20, 한국실학학회, 2010, 146~149면 참조).

91　"…噫, 此豈徒吾二人者, 得之於目擊而後然哉? 固嘗硏於雨屋雪簷之下, 抵掌於酒爛燈灺之際, 而乃一驗之於目爾."(『연암집』 권7, 「북학의서」, 장 6a)

92　홍대용, 『湛軒書』 外集 권1, 「與潘秋庫庭筠書」, "…以六月十五日而筆談及遭逢始末, 往復書札, 幷錄成, 共三本, 題之曰乾淨衕會友錄."

93　『연암집』 권1, 「會友錄序」; 권3, 「答洪德保書」(3), 장35a, "奇遊一段, 已於乾淨錄中, 耳染目濡, 實如足踏."; 박제가, 『정유각문집』 권4, 「與徐觀軒書」, "會友記送去耳. 僕常時非不甚慕華中原也, 乃見此書, 乃復忽忽如狂, 飯而忘匙, 盥而忘洗 …嗟乎! 吾東三百年, 使价相接, 不見一名士而歸耳. 今湛軒先生, 一朝結天涯知己, 風流文墨, 極其翩翩."

94　『연암집』 권3, 「繪聲園集跋」; 권4, 「澹園八詠」.

『열하일기』「避暑錄」에서는 郭執桓에 대해 소개하고, 「담원팔영」을 재수록하고 있다(『연암집』권14, 장51b~52b). 기타 홍대용, 『湛軒集』內集 권3, 「繪聲園詩跋」; 이덕무, 『雅亭遺稿』2, 「澹園八詠」, 박제가, 『정유각문집』권4, 「與郭澹園書」등 참조.

95 『정조실록』, 즉위년 11월 7일; 『연암집』권14, 「피서록」, 장58b~59a.
　　羅杰(1735~1780)은 그의 형 羅烈(1731~1803)과 함께 연암과 절친한 사이였다(『과정록』권3, 『총서』20, 207면). 이들 형제에 대해서는 成大中, 『靑城集』권5, 「答羅子晦書」, 「羅仲興杰經序」; 권9, 「敦寧都正羅公墓誌銘」; 洪元燮, 『太湖集』권7, 「羅海陽哀辭」; 成海應, 『研經齋全集』권49, 「世好錄」등 참조.

96 『연암집』권12, 「關內程史」, 7월 27일, 장39a, 8월 3일, 장54a; 권14, 「피서록」, 장47a, 장50b; 권15, 「盎葉記」, 「法藏寺」, 장29a, 「隆福寺」, 장31a 등.

97 『열하일기』에서 거론되고 있는 저술로는 尹根壽와 金尙憲의 朝天錄, 麟坪大君·金昌業·李器之·閔應洙 등의 燕行錄을 들 수 있다. 김창업의 「연행일기」는 『연암집』권11, 「渡江錄」, 6월 28일, 장16b, 7월 2일, 장23a; 권14, 「鵠汀筆談」, 장27ab; 권14, 「피서록」, 장54a, 장63b; 권15, 「黃圖紀略」, 「風琴」, 장9b~10a, 「大光明殿」, 장15a; 「앙엽기」, 「法藏寺」, 장29a 등에서 거듭 언급되고 있다.

98 홍대용, 『담헌집』外集 권7, 『燕記』, 「衙門諸官」; 이덕무, 『청장관전서』권35, 『淸脾錄』4, 「農岩三淵慕中國」; 권66, 『入燕記』上, 정조 2년 4월 14일, 29일; 권67, 『입연기』下, 5월 29일 등 참조.

99 『연암집』권13, 「還燕道中錄」, 8월 15일, 장1b; 권14, 「산장잡기」, 「夜出古北口記」, 장29b~30a.

100 『연암집』권13, 「행재잡록」, 장45b~46a; 권14, 「口外異聞」, 「羅約國書」, 장79b; 권15, 「황도기략」, 「武英殿」, 장6a.

101 『연암집』권11, 「도강록」, 7월 8일, 장29a~30a.
　　金景善은 그의 연행록 『燕轅直指』에서 이 대목을 轉載하면서 "진실로 요동벌판을 훌륭하게 평했다"(眞遼野善評也)고 격찬했다(권1, 出疆錄, 「遼東大野記」, 『燕行錄選集』上, 大東文化研究院, 1960, 966~967면).

102 『연암집』권11, 「도강록」, 6월 27일, 장10a.
　　『欽定盛京通志』에도 "地近東陲, 民氣淳樸, 通商貿易, 廛井富殷"이라 했다(권105, 風俗, 奉天府各屬, 「鳳皇城」).

103 『연암집』 권11,「도강록」, 7월 5일, 장26b, "我念吾東家貧好讀書百千兄弟
等, 鼻端六月恒垂晶珠, 願究此法, 以免三冬之苦."; 권12,「馹迅隨筆」, 7월
15일,「車制」, 장9a, "我東婦女, 一簁數斗之輪〔麵〕, 則一朝鬢眉晧白, 手腕
麻軟, 其勞逸得失, 比諸此法, 何如也?"; 韓弼敎,『隨槎錄』권4,「風俗通考」,
「車輜」, '篩麵車' 조 참조.

104 『연암집』 권14,「피서록」, 장58b.

105 『연암집』 권11,「盛京雜識」, 7월 10일, 장38ab, 7월 11일, 장39b;「粟齋筆
談」;「商樓筆談」.

106 "來源曰: '實無可觀. 譬如廣州生員初入京, 左右顧眄, 應接不暇, 輒爲京人
所唾, 今吾輩亦何異於此? 吾則再來, 尤爲無味也.'"(『연암집』 권11,「성경잡
지」,「속재필담」, 장45a)

107 "盧君以漸, 在國以經行稱, 素嚴於春秋尊攘之義, 在道逢人, 無論滿漢, 一例
稱胡, 所過山川樓臺, 以其爲腥膻之鄕而不視也."(『연암집』 권15,「황도기
략」,「黃金臺」, 장12b)

108 "勑是後若逢初見之物, 雖値眠値食, 必爲提告."(『연암집』 권11,「성경잡지」,
7월 12일, 장51a)

109 『연암집』 권12,「太學留館錄」, 8월 11일, 장81b~82a.

110 『연암집』 권11,「도강록」, 6월 24일, 장3ab; 권14,「곡정필담」, 장28ab.

111 "天下得一知己, 足以不恨."(『연암집』 권12,「관내정사」, 8월 4일, 장55a)

112 이들 중에서 초팽령은 나중에 直臣으로 명성을 얻고 누차 승진하여 兵部尙
書까지 역임했다(『淸史稿』 권355,「列傳」142). 유세기는『열하일기』「앙
엽기」에는 閩中人(福建省 출신)으로 소개되어 있으나, 본적은 浙江 紹興으
로 뒤에 順天 宛平으로 본적을 옮겼다. 그는 順天府學 庠生을 거쳐 四庫全
書謄錄官과 廣東 海陽縣丞을 지냈다(兪明震,『觚庵詩存』, 上海古籍出版社,
2008, 前言, 1면, 153면, 478면). 馮秉健(일명 馮秉驤)은 자가 建一이며, 通
州 출신의 擧人이었다(黃景仁,『兩當軒集』, 上海古籍出版社, 1983, 314면,
635면). 박종채의『과정록』에 연암이 북경 체류 중에 사귄 문사의 한 사람
으로 소개된 선가옥(1746~1814, 자 夢璞, 호 師亭)은 山東 高密 출신의 저
명한 시인으로, 衛輝府 通判을 지냈다. 문집으로『容安齋詩鈔』와『萊鷗亭
詩餘』가 있다(徐有林 等 纂修,『民國高密縣志』,『中國地方志集成 · 山東府
縣志輯 41』, 鳳凰出版社 · 上海書店 · 巴蜀書社, 2004, 480면, 486면, 496면).
단국대 연민문고 소장『楊梅詩話』는『열하일기』'補遺'의 하나인「양매시

화」의 초고로 추정되는데, 이는 연암이 북경에 체류할 때 楊梅書街에 있던 段氏의 白膏藥鋪에서 유세기와 그의 벗인 능야·고역생·초팽령·왕성·풍병 건 등과 일곱 차례나 만나 나눈 필담을 정리한 것이다.

또 단국대 연민문고 소장 『燕巖散稿』(2)에 수록된 『天涯結隣集』 역시 『열 하일기』 '補遺'의 하나인 「천애결린집」의 초고로 추정되는데, 여기에는 북 경 체류 당시 연암에게 보낸 풍병건의 편지 3통, 선가옥의 편지 3통, 그리 고 유세기의 편지 2통이 수록되어 있어 당시의 교유를 파악하는 데 소중한 자료가 된다(김명호, 『연암 문학의 심층 탐구』, 앞의 책, 185~194면, 198~ 209면 참조).

113 1790년과 1801년 두 차례에 걸쳐 함께 중국을 다녀온 박제가와 유득공의 당시 교유에 대해서는 유득공의 『熱河紀行詩註』(『灤陽錄』)와 『燕臺再遊 錄』 참조.

114 '五妄六不可'란 용어는 「黃敎問答」에 대한 李在誠의 평어(『연암집』 권13, 장31b) 중에서 취한 것이다. 한편 이 「황교문답」의 서문과 「審勢編」은 『燕 轅直指』에 全文이 재수록되어 있으며, 저자 金景善은 이에 대해 "盖其遊覽 交際之間, 自各有節次, 而此爲甚悉, 故全篇移錄, 以修攷覽云云"이라 밝히 고 있다(『燕行錄選集』 上, 大東文化硏究院, 1960, 1188면).

115 『연암집』 권14, 「심세편」, 장1ab.

116 『연암집』 권13, 「황교문답」, 장17ab.

117 『연암집』 권14, 「심세편」, 장2ab; 박종채, 『과정록』 권1, 『총서』 20, 116~ 117면.

118 연암의 玄孫 朴泳範 翁이 소장한 서적 가운데, 연암의 저술로서 『燕行陰 晴』이라 하여 1780년 음력 5월 10일부터 9월 30일까지, 즉 거의 전 여정에 걸치는 일기가 있다고 한 점으로 보아(리가원, 「『연암집』 逸書·逸文 및 부 록에 대한 小攷」, 『국어국문학』 39·40 합병호, 1968, 166면), 아마도 이것 이 『열하일기』 중 日記體 부분의 바탕이 되었을 것으로 생각된다.

119 『연암집』 권13, 「환연도중록」, 8월 20일, 장13ab.

120 단 「야출고북구기」의 後識는 "우리나라로 돌아오자 마을 사람들이 다투어 술병을 들고 찾아와 고생을 위로하고 게다가 열하까지의 노정을 묻기에, 대 신 이 기문을 꺼내 보였더니 그들은 머리를 서로 맞대고 한 번 읽더니만 앞 다투어 책상을 치며 기발하다고 외쳤다"(及東還之日, 里中爭以壺酒相勞, 且問熱河行程, 爲出此記, 聚首一讀, 競拍案叫奇)고 한 점으로 보아(『연암

집』권14, 장30ab) 귀국 후에 추가된 것으로 보인다.

121 『연암집』권14, 「避暑錄」, 장51a에 수록된 칠언절구 1수는『연암집』권4,
『映帶亭雜咏』, 장9ab에「馬上口號」라는 제목으로 재수록되어 있다. 이 밖
에도『영대정잡영』에는 燕行時 창작으로「勞軍橋」「露宿九連城」「滯雨通
遠堡」「遼野曉行」「留宿潼關」「吟得一絶」및 無題의 絶句 4수가 수록되어
있다.

122 『연암집』권14, 「심세편」, 장4a, "罨溪花下少飮, 閱次忘羊錄及鵠汀筆談, 因
滋筆花露, 爲此義例.", 「곡정필담」, 장28b, "罨溪雨屋謾書", 「산장잡기」, 「萬
國進貢記」, 장35a, "平溪雨屋燕巖識";『연암집초고보유』(9), 「書許生傳後」,
"平谿菊下小飮, 援筆書之. 燕岩識"(『총서』14, 235면);『楊梅詩話』序, "罨
溪暇日, 繙閱累朝, 始能第次."(『총서』5, 325면)

123 『연암집』권15, 「황도기략」, 장2a.

124 『연암집』권11, 「도강록」, 장16b〜19a.

125 『연암집』권14, 「심세편」, 장4a.

126 예컨대『연암집』권13, 「망양록」, 장66b에서 小字로 '缺'이라 표시한다든
가,『연암집』권14, 「곡정필담」, 장16a에서 "이 아래 몇 문단이 사라져 말이
이어지지 않는다"(此下數段失之, 語不相屬)고 밝히고 있다.

127 『熱河日記』(利),『총서』4, 233면, "歐邏鐵絃琴, 吾東謂之西洋琴, 西洋人稱
天琴, 中國人稱番琴, 亦稱天琴. 此器之出我東, 未知何時, 而其以土調解曲,
始于洪德保. 乾隆壬辰六月十八日, 余坐洪軒, 酉刻立見其解此琴也. 槪見洪
之敏於審音, 而雖小事〔藝〕, 旣系刱始, 故余詳錄其日時. 其傳遂廣, 于今九
年之間, 諸樂師無不會彈."(밑줄은 비점을 가한 부분을 표시하고, 괄호 안의
'藝'는 박영철본『연암집』에 고쳐진 글자를 표시한 것임), 229면, 두주, "…
余於今夏, 校閱內閣詩講義."; 이덕무, 『청장관전서』권70, 『年譜』上, 癸卯
(1783) 5월 5일, "在衙, 校毛詩講義時, …"

128 『연암집』권11, 「도강록」, 장1ab.

129 『연암집』권2, 「答李仲存書」, 장32a; 박종채, 『과정록』권1, 『총서』20, 119면.

130 "惟有熱河三卷紀, 知君天下姓名傳."(『金陵集』권1, 「同柳惠甫〔得恭〕自龍山
溯舟訪朴監役〔趾源〕亭居」) 金魯謙(1781〜1853)도 연암의 저술 중 "熱河
記"가 가장 성행하여 인구에 회자되었다고 했다(김노겸, 『性菴集』권8, 부
록, 「囈述」).

131 "著熱河日記五卷, 後增五卷."(李奎象, 『幷世才彦錄』권3, 文苑錄, 『韓山世

稿』권30, 『一夢稿』; 이규상, 『18세기 조선인물지』, 민족문학사연구소 한문
분과 옮김, 창작과비평사, 1997, 111면)

132 유득공, 『고운당필기』권3, 「열하일기」, "著日記二十卷."(『雪岫外史 外二
種』, 아세아문화사 영인, 1986, 319면)

133 『연암집』권2, 「答李仲存書」(3)에서 연암은 『열하일기』의 원고에 대해 "중
간에는 우환과 초상으로 간수해 둘 겨를조차 없었고, 또 벼슬길에 나선 이
후로는 더욱더 유실되어 겨우 그 이름만 남아 있었으니 樽杌과 같은 가증스
러운 존재가 되고 말았소. 이것이 이른바 '오랑캐의 호칭을 쓴 원고'라는 거
지요"(中間憂患死喪, 未遑收弃, 又自宦遊以來, 益復散失, 只存其名, 樽杌可
憎, 此其所謂虜號之藁也)라고 했다(장32a).
『과정록』에 의하면 1798년에서 1799년 무렵 연암이 안의 현감으로 있던
시절에 "오랑캐 옷을 입고 백성들을 대했다"(胡服臨民)는 유언비어와 함
께 『열하일기』에 대해서도 "오랑캐의 호칭을 쓴 원고"(虜號之稿)라는 비방
이 일어나 하마터면 큰 사건이 날 뻔했다고 한다(권2, 『총서』20, 176~177
면). 또한 편지 본문에서도 연행을 다녀온 뒤 "20년이 흐르는 사이에"(悠悠
卄載之間) 운운한 점으로 미루어, 「答李仲存書」(3)은 연암이 면천 군수로
재직하던 1799년경에 쓴 것으로 판단된다.
한편 『과정록』에 의하면 1787년에는 연암의 처와 형 박희원이 사망하고 익
년 봄에는 온 가족이 역병에 걸려 맏며느리가 죽고 맏아들 宗儀가 죽다 살
아나는 등으로 가족의 불행이 잇따랐으며, 한편으로는 1787년 繕工監 監
役을 시작으로 하여 만년에 이르기까지 10여 년간의 관직 생활이 이어졌다
(박종채, 『과정록』권1, 『총서』20, 126~130면).

134 1793년 정조의 견책 처분을 전한 남공철의 편지에 대한 답신에서도 연암은
"본성 또한 게으르고 산만해서 수습하고 단속할 줄 몰라… 항아리 덮개로
삼거나 농이나 바르기에 족한 하찮은 글로 하여금 때로는 訛傳에 와전을 거
듭하게 만들었습니다"(性又懶散, 不善收檢… 致令覆瓿糊籠之資, 或以訛而
傳訛)라고 변명하고 있다(『연암집』권2, 「答南直閣公轍書」, 장11b).

135 『열하일기』의 저술 과정에서 세 번째 단계에 해당하는 이 개작 과정에 대해
서는 본서 2부에 수록한 「『열하일기』이본의 특징과 개작 양상」에서 자세히
논하였다.

136 『燕巖續集』권1, 「熱河日記」, 장1b, "首七卷, 叙程路往返, 純用稗體, 不足
取, 其外十七卷, 幾盡可傳."

137　서울대 규장각 소장 수정본 『과정록』 권1, 『한국한문학연구』 6, 한국한문학연
　　 구회, 1982, 부록, 2~3면. 그러나 단국대 연민문고 소장 완성본에는 1816년
　　 에 탈고한 것으로 고쳐져 있다(『총서』 20, 85~86면). 또한 규장각본이든 연
　　 민문고본이든 『과정록』 권1에서 "著熱河日記, 凡二十五編"이라 했으나, 연
　　 민문고본 『과정록』 권4의 발문에서 박종채는 "熱河日記二十四卷"이라 적고
　　 있다(『총서』 20, 317면). 이는 박종채가 나중에 「금료소초」를 탈거한 24편
　　 (24권) 체제로 『열하일기』를 개편했음을 시사한다.

138　박종채, 『과정록』 권4, 발문, 『총서』 20, 317~318면.
　　 朴瑄壽가 지은 박규수의 行狀에는 익종이 『연암집』의 진상을 명한 시기가
　　 '戊午春'으로 되어 있는데(박규수, 『瓛齋集』 권1, 「節錄瓛齋先生行狀草」,
　　 장4b), 이는 '戊子春' 즉 1828년 봄의 잘못이 분명하다. 그러나 박규수의
　　 사후인 1877년 이후에 박선수가 지은 행장보다는 『연암집』을 진상한 시기
　　 와 멀지 않은 1832년에 박종채가 쓴 『과정록』 발문의 기록이 더 정확하리
　　 라 본다.

139　金澤榮, 『重編朴燕巖先生文集』 卷首 「朴燕巖先生年譜」, "先生, 平日於著
　　 述, 不加收定. 沒後, 家人始收而次之, 名曰燕巖集, 亦頗蕪亂."

140　『杏溪集』, 『총서』 3, 165면(표제에는 "筆談義例 卽審勢編"이라 적혀 있음);
　　 일본 동양문고 소장 『燕彙』 제17책, 『燕巖說叢』, 『열하일기』, 「망양록」, "筆
　　 談義例附." 『雜錄』(上)은 "筆談義例附"를 나중에 "審勢編"으로 고친 흔적이
　　 역력하다(『총서』 3, 280면).

141　『연암집』 권12, 「관내정사」, 장33b, 「막북행정록」, 장71a.

142　김명호, 『연암 문학의 심층 탐구』, 돌베개, 2013, 181~221면 참조.

143　『연암집』 권13, 「찰십륜포」, 장39ab.

144　王曉晶, 「六世班禪進京史實硏究」, 중국 中央民族大學 박사논문, 2011, 88
　　 ~89면, 122면.

145　『연암집』 권12, 「태학유관록」, 8월 14일, 장92b~93a.

146　『승정원일기』, 정조 4년 9월 17일, 進賀兼謝恩正使錦城尉朴明源·副使行副
　　 司直鄭元始狀啓, "十四日旨下謝恩, 又入戲場. 蓋聞設戲之規, 準五日乃罷
　　 云, 而未正退出, 則又令往待於後園理砲處, 皇帝御帳殿, 觀火砲及雜戲, 昏
　　 後始罷."

147　『연암집』 권14, 「곡정필담」, 장12ab, 小注, "昨日余隨三使入謁聖廟時, 王鵠
　　 汀及鄒擧人舍是爲主人前導.", 장27b, "余曰: '昨謁聖廟, 朱子陞配殿上.'"

「망양록」은 필담 날짜가 명시되어 있지 않으나, "昨聽皇上御前鼓樂", "但於牆外聽之"라고 한 점으로 보아 8월 13일의 필담임을 알 수 있다(『연암집』권13, 「망양록」, 장51b~52a. 「태학유관록」에 의하면 연암은 8월 12일 피서산장의 담장 너머로 연희를 구경했다). 「곡정필담」 역시 필담 날짜가 명시되어 있지 않으나, "昨日語尹公所, 不覺竟日. 尹公時時睡, 以頭觸屛."이라 하여 「망양록」 중 "亨山自午, 於椅上熟寐"와 부합할 뿐 아니라 "前夜" 즉 8월 13일 밤에 奇豊額에게 地轉說을 이야기한 사실을 거론하고 있으므로, 8월 14일의 필담임을 알 수 있다(『연암집』권14, 장4a~5a, 장8a).

148 구범진, 「조선의 건륭 칠순 진하특사와 『열하일기』」, 『인문논총』 70, 서울대 인문학연구원, 2013, 45~50면 참조. 이 논문에서는 「찰십륜포」의 후반부에서 불꽃놀이 날짜를 명시하지 않는 것이나 「태학유관록」 8월 14일 기사에서 삼사의 불꽃놀이 참석 대신 대성전 배알로 바꾸어 기술한 것은 실수가 아니라, 연암이 고의로 그렇게 했으리라고 보았다. 즉, 판첸 라마를 알현하고 동불을 받아온 일로 인해 귀국 후 성균관 유생들로부터 "奉佛之使"로 성토되었던 정사 박명원을 변호하고자 그와 같이 관련 기사를 변조했을 것으로 추정했다.

149 東北門을 '朝陽門'이라 한 것은 東直門의 잘못이고, 西南門을 '平澤門'이라 한 것은 平則門 또는 阜成門의 잘못이며, 北東門을 '德勝門'이라 하고 北西門을 '安定門'이라 한 것은 서로 뒤바뀐 것이다(『연암집』권12, 장52b).

150 단 「황도기략」에서도 北東門의 명칭만은 '定安門'으로 오기되어 있다(『연암집』권15, 장1a). 이 밖에도 藤琴居士란 호를 가진 乾隆의 第五子(『연암집』권12, 「태학유관록」, 8월 10일, 장75b)가 다른 곳에서는 '皇三子'로 되어 있는가 하면(『연암집』권14, 「피서록」, 장63a), 馮明齋가 '漏明齋'로 오기되어 있다(『연암집』권15, 「동란섭필」, 장60a). '明齋'는 馮秉健의 호이다(『연암집』권14, 「피서록」, 장67b; 김명호, 『연암 문학의 심층 탐구』, 앞의 책, 200면, 215면 참조). 오직 『열하일기』의 초기 필사본인 단국대 연민문고 소장 『杏溪雜錄』(6)에만 '馮明齋'로 바르게 적혀 있다(『총서』 2, 485면).
연암이 방문한 천주당은 당시 북경의 동서남북 네 곳에 있던 천주당 중 南堂임에도 『열하일기』에는 "西天主堂"으로 기술되어 있다(『연암집』권15, 「황도기략」, 「風琴」, 장10b). 그러나 이는 오류가 아니다. 북경의 천주교 남당은 초창기에는 東堂과 짝을 이룬 '西堂'이었기 때문에, 1703년 北堂이 건립되자 '남당'으로 개칭되고 그 뒤에 별도의 서당이 건립된 이후에도 관습적으로 여전히 '서천주당'으로도 불렸다. 홍대용의 『을병연행록』에서도 천주교 남당을 '서천주당'이라 불렀으며(『을병연행록』, 1766년 1월 24일), 연암과 연행을 함께한 盧以漸의 『隨槎錄』에도 남당을 '서천주당'이라 지칭했다(노이점, 『열하일기와의 만남 그리고 엇갈림, 수사록』, 김동석 옮김, 성균관대출판부 2015, 248면).

151 『연암집』 권14, 「곡정필담」, 장12a.

152 그러므로 박종채도 『열하일기』에 대해 "盖其實未完之書耳"라고 했다(『과정록』 권1, 『총서』 20, 121면).

3장 중국 현실의 인식과 북학론

1 杉村勇造, 『乾隆皇帝』, 東京: 二玄社, 1961; 白新良, 『乾隆傳』, 遼寧教育出版社, 1990; 周遠廉, 『乾隆皇帝大傳』, 河南人民出版社, 1994; 馮明珠 主編, 『乾隆皇帝的文化大業』, 臺北: 國立故宮博物院, 2005 등 참조.

2 金昌業, 『燕行日記』, 壬辰(1712) 12월 15일, 癸巳(713) 1월 22일, 3월 4일; 洪大容, 『湛軒書』 外集 권7, 『燕記』, 「蔣周問答」, 「宋擧人」, 「張石存」, 「宋家城」; 외집 권8, 『연기』, 「周學究」; 외집 권9, 「圓明園」, 「五塔寺」; 李德懋, 『靑莊館全書』 권66, 『入燕記』 上, 정조 2년(1778) 5월 10일; 권67, 『입연기』 下, 6월 3일, 6월 21일 등 참조.

3 김창업, 『연행일기』 壬辰(1712) 12월 7일, 癸巳(1713) 1월 17일, 24일, 2월 6일, 7일; 홍대용, 『담헌서』 외집 권7, 「연기」, 「藩夷殊俗」; 외집 권9, 『연기』, 「西山」, 「城北遊」; 이덕무, 『청장관전서』 권66, 『입연기』 상, 정조 2년(1778) 4월 27일, 5월 1일, 6일 등 참조.

4 『燕巖集』 권12, 「太學留館錄」, 8월 9일, 장73a; 권13, 「還燕道中錄」, 8월 15일, 장1ab, 「行在雜錄」, 장44a~45a.

5 『연암집』 권12, 「태학유관록」, 8월 12일, 장85ab; 권15, 「銅蘭涉筆」, 장36b~37a.

6 『연암집』 권11, 「渡江錄」, 장30a; 권13, 「환연도중록」, 8월20일, 장11ab.

7 "今昇平百餘年, 四境無金革戰鬪之聲, 桑麻菀然, 鷄狗四達, 休養生植, 乃能如是, 漢·唐以來所未嘗有也."(『연암집』 권13, 「환연도중록」, 8월 17일, 장5b)

8 『연암집』 권12,「馹汛隨筆」, 7월 18일, 장18a,「將臺記」, 장26ab,「漠北行程錄」, 8월 6일, 장62b, 63b; 권14,「審勢編」, 장1b; 권15,「黃圖紀略」,「體仁閣」, 장5a,「謁聖退述」,「朝鮮館」, 장26a.

9 "其紀律之嚴有如是者, 以此法臨軍陣, 天下孰敢嬰之哉?"(『연암집』 권14,「山莊雜記」,「萬年春燈記」, 장32b)

10 『연암집』 권15,「알성퇴술」,「學舍」, 장21b,「試院」, 25b,「동란섭필」, 장43a.

11 "余曰: '貌樣不雅, 行步不便, 何故若是?' 鵠汀曰: '恥混韃女.' 卽抹去. 又曰: '抵死不變.'"(『연암집』 권12,「태학유관록」, 8월 10일, 장77a)

12 『연암집』 권14,「鵠汀筆談」, 장10a~11a.

13 『연암집』 권12,「태학유관록」, 8월 13일, 장87b; 권13,「黃敎問答」, 장28a; 권14,「避暑錄」, 장45b~46a.

14 『연암집』 권14,「口外異聞」,「別單」, 장72ab,「羅約國書」, 장79a.

15 『연암집』 권12,「태학유관록」, 8월 10일, 장77b; 권13,「傾盖錄」, 장15a,「황교문답」, 장18b, 20a, 22ab, 28a, 29ab,「班禪始末」, 장35b~36a,「忘羊錄」, 장60a, 68b; 권14,「곡정필담」, 장11a, 16a, 18b, 24a,「피서록」, 장50a.

16 김창업,『연행일기』, 癸巳(1713) 2월 7일.

17 『연암집』 권12,「태학유관록」, 8월 14일, 장92b; 권14,「심세편」, 장2b~3a,「곡정필담」, 장27b.

18 『연암집』 권14,「피서록」, 장46ab,「구외이문」,「王振墓」, 장69b~70b; 권15,「동란섭필」, 장45a~46a, 49b~50a, 58ab.

19 "淸之立國, 專以表賢癉惡之典, 服天下心."(『연암집』 권14,「구외이문」,「楊貴妃祠」, 장70b)
淸이 對漢人 정책의 일환으로 충효 사상을 고취했던 사실에 대해서는, 東亞研究所 編,『異民族の支那統治史』(東京: 講談社, 1945), 286~288면, 296~301면; 岡本さえ,『淸代禁書の硏究』, 東京大 東洋文化硏究所, 1996, 552~553면 참조. 건륭 41년(1776) 황제는 명조를 위해 순절한 다수의 충신들에게 시호를 추증하고 그 기록을『高宗御製勝朝殉節諸臣錄』으로 남겼다.

20 『연암집』 권14,「심세편」, 장3ab, "嗚呼, 其愚天下之術, 可謂巧且深矣."; 「곡정필담」, 장11a.
이와 같은 견해는 이덕무,『盎葉記』 권3,「四庫全書」 조에도 피력되어 있으

며, 현대에 와서는 通說로 받아들여지고 있다. 蕭一山, 『淸代通史』, 臺北:商務印書館, 1976, 제2권 57~58면; 岡本さえ, 『淸代禁書の硏究』, 위의 책, 제1부 참조.

21 『연암집』 권12, 「막북행정록」, 장62a, 68ab, 70ab; 권14, 「산장잡기」, 「萬國進貢記」, 장33b~34a, 「구외이문」, 「哈密王」, 장81b.

22 『연암집』 권13, 「황교문답」, 장30a~31b.

23 『연암집』 권12, 「막북행정록」, 서문, 장56b; 권13, 「황교문답」, 장17b; 권14, 「심세편」, 장3b.
이와 동일한 견해는 1790년 건륭제의 팔순 축하 사행의 일원으로 열하에 갔던 柳得恭의 『熱河紀行詩註』 중 「熱河」와 「蒙古諸王」 조에도 보인다. 이는 『열하일기』로부터 영향받은 것임이 분명하다.

24 『淸世祖實錄』, 順治 9년 12월 15일, 順治 10년 1월 11일, 16일, 2월 18일, 21일; 中國邊疆歷史語文學會 編, 『西藏硏究』, 中國邊疆歷史語文學會叢書之一, 臺北: 1960; 札奇斯欽, 『蒙古與西藏歷史關係之硏究』, 臺北: 正中書局, 1978; 이블린 S. 로스키, 『최후의 황제들―청 황실의 사회사』, 구범진 옮김, 까치, 2011, 제7장 「궁정의 샤머니즘과 티베트 불교」, 315~338면 참조.

25 『淸高宗實錄』, 乾隆 45년 7월 21일, 24일, 25일, 8월 12일, 28일; 魏源, 『聖武記』 권5, 「國朝撫綏西藏記下」; Sven Hedin, Jehol, die Kaiserstadt, 『熱河』, 黑川武敏 譯(東京:地平社, 1943), 100~147면; 王曉晶, 「六世班禪進京史實硏究」, 중국 中央民族大學 박사논문, 2011, 77~90면, 103~111면; 柳森, 「六世班禪額爾德尼硏究」, 中國 中央民族大學 박사논문, 2012, 199~202면 참조.
또한 이 사실은 『승정원일기』, 정조 4년 4월 22일, 동지사 서장관 洪明浩의 聞見事件과 11월 5일 進賀使 서장관 趙鼎鎭의 聞見事件에도 언급되어 있다.

26 『연암집』 권12, 「태학유관록」, 8월 11일, 장82ab; 권13, 「札什倫布」, 장37a.

27 『연암집』 권13, 「찰십륜포」, 장37a~38a.

28 본서 1부 2장, 「3. 『열하일기』의 저술 과정」에서 언급했듯이, 건륭제가 만수원에서 판첸 라마와 함께 불꽃놀이와 등불놀이를 참관한 것은 8월 11일이 아니라 8월 14일의 사건이다. 8월 14일에 연암은 사신들을 뒤따라가지 않고 왕민호의 숙소로 가서 寅時(오전 3~5시)부터 酉時(오후 5~7시)까지

필담을 나누었다(『연암집』 권14, 「곡정필담」, 장 4b). 따라서 연암은 피서산
장의 불꽃놀이와 등불놀이를 직접 목격한 것이 아니라 누군가로부터 전해
듣고 쓴 것이다. 즉, 「찰십륜포」의 후반부뿐 아니라 「산장잡기」 중 「乘龜仙
人行雨記」, 「萬年春燈記」, 「梅花砲記」는 모두 傳聞을 기록한 것이다. 「매화
포기」에서 "正使云…"이라 한 점으로 미루어(권14, 장33a) 연암은 정사 박
명원으로부터 해당 사건을 전해 들었을지도 모른다.

29　"乘轝至, 班禪徐起移步, 立榻上東偏, 笑容欣欣, 皇帝離四五間降轝, 疾趨至,
　　兩手執班禪手, 兩相搖捥, 相視笑語. …日旣暮, 皇帝起, 班禪亦起, 與皇帝偶
　　立. 兩相握手, 久之, 分背降榻."(『연암집』 권13, 「찰십륜포」, 장39ab)
　　이와 같이 건륭제는 6세 판첸 라마에 대해 臣禮를 요구하지 않고 대등한 예
　　로 대했다. 판첸 라마는 황제가 타는 黃轎를 탔으며, 궁중을 출입할 적에는
　　황제의 幸行 때와 동일한 음악이 연주되고 동일한 儀仗 행차가 늘어섰다.
　　황제와 가장 가깝고 동등한 높이의 寶座에 앉았고, 황제가 입장하거나 퇴장
　　할 때 맞이하거나 배웅하는 수고를 면제받았다. 황제에게 叩頭禮를 하지는
　　않았으나, 跪拜之禮를 행했는지에 대해서는 논란이 있다(石濱由美子, 「パ
　　ンチェンラマと乾隆帝の會見の背景にある佛敎思想について」, 『內陸アジ
　　ア言語の硏究』9, 1994, 43～46면; 柳森, 앞의 논문, 175～178면 참조).

30　『연암집』 권12, 「태학유관록」, 8월 11일, 장84ab; 권13, 「반선시말」; 권15,
　　「앙엽기」, 장33b, 「眞覺寺」.

31　『연암집』 권13, 「황교문답」; 권15, 「동란섭필」, 장36b, 47b.

32　『연암집』 권12, 「태학유관록」, 8월 10일, 장79a; 권13, 「황교문답」, 장17b～
　　18a; 권14, 「심세편」, 장3b.
　　盧以漸의 『隨槎錄』도 열하를 다녀온 일행의 傳聞을 수록하고 있어 참고
　　가 된다. 1780년 8월 20일 기사에 의하면, 건륭제는 판첸 라마를 師父로 대
　　우하고 皇子와 王들이 그에게 고두례를 올렸으며, "건륭은 판첸 에르데니
　　와 좌석을 나란히 하고 앉아 예우가 몹시 극진했으니 무슨 의도인지 모르겠
　　다"(乾隆與德昵垃席而坐, 禮貌甚贄, 未知其何意也)고 했다. 그리고 청나라
　　는 몽골을 가장 두려워하는데 판첸 라마를 몽골이 숭배하므로 그를 특별히
　　초치하여 "그의 신령함을 빙자하여 몽골인을 진압하려는 것"(要藉其靈, 以
　　鎭蒙人)이라는 설이 그럴듯하다고 했다. 또한 판첸 라마의 기적담과 외모
　　등을 소개했으며, 건륭제의 강요로 판첸 라마를 예방한 조선 사신이 그로부
　　터 "童佛" 등을 하사받고, "聽戱堂"(淸音閣)에서 「鶴舞呈瑞」, 「華封三祝」 등

연희를 보고 기타 등불놀이와 매화포 불꽃놀이를 구경한 사실을 전했다(김동석 옮김, 『열하일기와의 만남 그리고 엇갈림, 수사록』, 성균관대출판부, 2015, 286~292면).

33　閔斗基, 「『烈河日記』에 비친 淸朝統治의 諸樣相」, 『中國近代史硏究』, 一潮閣, 1986, 68~75면.

34　『연암집』 권14, 「산장잡기」, 장38ab.

35　임형택, 「박지원의 주체의식과 세계인식」, 『실사구시의 한국학』(창작과비평사, 2000) 참조.
　　연암의 투철한 선비 의식은, 그가 「황교문답」 後識에서 몽골에 의한 禍亂을 예언하면서, "…30년이 지나지 않아서, 천하의 근심을 근심할 줄 아는 이는 당연히 내가 오늘 한 말을 다시 상기할 것이다"(不出三十年, 有能憂天下之憂者, 當復思吾今日之言也)라고 한 대목(『연암집』 권13, 장31ab)이라든가, 「行在雜錄」 序에서 "이에 나는 그 상주문과 칙유를 함께 기록하면서, 천하의 근심을 누구보다 앞서 근심하는 이를 기다린다"(吾於是倂錄其奏單及勅諭, 以俟夫先天下之憂而憂者)라고 한 대목(장41a)에 잘 드러나 있다. 이러한 선비 의식은 또한 일찍이 1770년대 초 蒼厓 兪漢雋에게 답한 편지(『연암집』 권5, 「答蒼厓」(6), 장4b)에서도 표명된 바 있으며, 死後 유고인 「原士」(『연암집』 권10)에 이르기까지 일관되어 있다.

36　李圭景의 『五洲衍文長箋散稿』 중 「西藏紅黃兩敎辨證說」 조에서도 이 방면에 관해 비교적 상세히 논하고 있으나 『열하일기』에서 이미 소개한 내용에 크게 의존하고 있다. 成海應의 『燕中雜錄』 중 「異敎」 조와 『外夷雜錄』 중 「準噶爾」, 「烏斯藏」 등에서 언급하고 있는 내용(『硏經齋全集』 外集, 권66, 권70)도 『열하일기』에 비하면 소략하다. 중국 내의 티베트 불교 사원에 관해서는 선행 연행록들에서도 간간이 언급되었다(김창업, 『연행일기』, 壬辰[1712] 12월 8일, 癸巳[1713] 1월 26일, 2월 5일, 6일, 9일, 3월 5일; 崔德中, 『燕行錄』, 癸巳[1713] 2월 6일; 李商鳳[李義鳳], 『北轅錄』 권4, 辛巳[1761] 1월 5일; 홍대용, 『담헌서』 외집 권9, 『연기』, 「雍和宮」, 「弘仁寺」, 외집 권10, 「연기」, 「寺觀」, 「巾服」; 이덕무, 『청장관전서』 권67, 「입연기」 하, 정조 2년[1778] 5월 22일).

37　판첸 라마의 열하 방문에 관해서는 '판첸 라마의 自願說'과 '건륭제의 招請說'이 대립하고 있다. 건륭제의 「御製須彌福壽之廟碑」에는 "昔達賴喇嘛之來, 實以敦請, 玆班禪額爾德呢之來觀, 則不固指致, 而出於喇嘛之自願" 운

운했으나, 실상은 당시 인도에 진출해 있던 영국 동인도회사의 티베트 접근을 우려한 황제가 판첸 라마를 적극 초빙한 것으로 보는 견해가 유력하다 (中國邊疆歷史語文學會 編, 앞의 책, 67~69면; Sven Hedin, 앞의 책, 119~123면; 村田治郎, 『滿洲の史蹟』, 東京:座右寶刊行會, 1944, 499~501면; 王曉晶, 앞의 논문, 38~52면; 柳森, 앞의 논문, 134~136면 참조).

38 "緩步出門, 繁華富麗, 雖到皇京, 想不更加, 不意中國之若是其盛也. 左右市廛, 連互輝耀, 皆彫窓綺戶, 畫棟朱欄, 碧榜金扁."(『연암집』 권11, 「도강록」, 6월 28일, 장15a.)

39 『연암집』 권11, 「도강록」, 6월 28일, 장19a, 6월 29일, 20b, 「盛京雜識」, 7월 10일, 장38b~39a, 7월 13일, 53a, 7월 14일, 57a; 권12, 「일신수필」, 7월 15일, 「市肆」, 장10ab.

40 『연암집』 권11, 「도강록」, 장33a, 「성경잡지」, 장38a, 39a, 40b~49b ; 권13, 「환연도중록」, 장13a.

41 崇貴는 1776년 弔慰 및 冊封 勅行의 副使로 조선에 파견된 적이 있으며, 몽골 正黃旗 출신이다. 연암이 이덕무의 『입연기』에 의거하여 그를 만주인이라 소개한 것은 오류이다(『정조실록』, 즉위년 10월 27일, "淸勑來. …副使, 經筵講官·武英殿總裁·內閣學士兼禮部侍郎·署鑲藍旗蒙古副都統加一級嵩貴[原註: …嵩貴, 蒙人也]."; 박원길, 『조선과 몽골—최덕중·박지원·서호수의 여행기에 나타난 몽골 인식』, 소나무, 2010, 553~554면 참조).

42 『연암집』 권15, 「앙엽기」, 「隆福寺」, 장31ab.
    이덕무의 이 일화는 그의 『입연기』 下, 6월 10일 조에 기술되어 있으며, 朴齊家의 『北學議』 「商賈」 조에도 언급되어 있다.

43 "연암집』 권11, 「성경잡지」, 7월 14일, 장55b, "二百里兩沿, 如引一繩, 可見其制作之精一矣."; 권13, 「환연도중록」, 8월 17일, 장2b, "詩云: '周道如砥', 今治道, 眞求如砥."

44 『연암집』 권12, 「일신수필」, 7월 15일, 「橋梁」, 장11ab, 「關內程史」, 8월 1일, 장50a; 권13, 「환연도중록」, 8월 17일, 장2b.

45 "…車馬塞路, 不可行. 旣入東門, 至西門, 五里之間, 獨輪車數萬塡塞, 無回旋處."(『연암집』 권12, 「관내정사」, 8월 1일, 장49b)

46 『연암집』 권12, 「일신수필」, 장5b~10a.
    수레바퀴를 이용한 기계들의 종별에 대해서는, 宋應星, 『天工開物』 권2, 「治絲」, 권4, 「攻麥」; Joseph Needham, *Science and Civilisation in China*,

vol.4(Cambridge University Press, 1965), pp.107~108, pp.195~196, pp.205~207, p.220, p.222; 陸敬嚴·華覺明 主編, 『中國科學技術史』, 機械卷, 北京: 科學出版社, 2000, 65~69면, 73~74면, 337~338면, 345~348면 참조.

47 『연암집』 권11, 「도강록」, 6월 24일, 장5a; 권12, 「관내정사」, 8월 1일, 장48b; 권13, 「환연도중록」, 8월 18일, 장9ab.

48 『연암집』 권15, 「황도기략」, 「皇城九門」, 장2a, "九門正而九衢直, 一正都而天下正矣.", 「廟社」, 장7a, "於是乎, 王者之制度大備矣."
    북경의 도시계획상의 특징에 대해서는 Joseph Needham, 『中國の科學と文明』, 권10, 田中淡 外 譯, 東京: 思索社, 1979, 96~102면 참조.

49 『연암집』 권11, 「도강록」, 6월 28일, 장15a~16b.
    이러한 주택 구조상의 특징에 대해서는 Joseph Needham, 『中國の科學と文明』, 위의 책, 76~79면 참조.

50 『연암집』 권11, 「도강록」, 6월 28일, 장16b, "不須許多土木, 不煩鐵冶堊工, 鬻一燔而屋已成矣.", 장19a, 7월 2일, 22b~23a, 7월 5일, 26a~27a; 권13, 「환연도중록」, 8월 17일, 장4b~5a.

51 『연암집』 권11, 「도강록」, 6월 28일, 장14b~15a, 22a; 권15, 「동란섭필」, 장36a.

52 『연암집』 권12, 「관내정사」, 7월 25일, 장30a, 「막북행정록」, 8월 6일, 장64a, 65a.

53 『연암집』 권11, 「도강록」, 「關帝廟記」, 장33b~34a; 권12, 「일신수필」, 7월 22일, 장24b, 7월 23일, 장25ab, 「관내정사」, 7월 26일, 장33b, 7월 28일, 장40b, 7월 30일, 장47b.

54 『연암집』 권11, 「도강록」, 6월 27일, 장12b, 13b, 7월 3일, 장23b; 권12, 「일신수필」, 7월 15일, 「戲臺」, 장10a, 7월 22일, 장24b.

55 그중에서 특히 홍대용의 『연기』는 관찰이 치밀하고 풍부한 정보를 담고 있는 점에서 결코 『열하일기』에 뒤지지 않는다. 예컨대 수레 제도와 선박 구조, 북경 시가와 건축의 특색 등에 관한 기술은 『열하일기』의 해당 부분을 보완할 수 있는 내용을 다분히 지니고 있으며, 천문 관측기구나 運河의 水閘法 등에 대한 자상한 소개는 『연기』에서만 볼 수 있다(홍대용, 『담헌서』 외집 권8, 『연기』, 「京城記略」; 권9, 「京城制」, 「觀象臺」; 권10, 「器用」 등 참조).

56 바로 이 점에서 『열하일기』는 박제가의 『북학의』와 현저한 일치를 보여 준다.

57 홍대용, 『담헌서』 외집, 권8, 『연기』, 「沿路記略」, "遼東太子河邊, 積材木, 亘數里, 大皆連抱, 不知其幾巨萬株. 每堆小者數十株, 多或百株, 皆長短無分寸參差, 堆垜齊整, 兩面如削. 標號印烙, 秩然不可亂. 可謂大規模細心法也." "永平府以西, 野田半是楮桑. 聞葉飼蠶, 皮爲紙, 種之可以代耕云. 其列植整直, 無纖毫委曲. 此中華素性, 不由安排. 其大規模細心法, 豈易言哉?"

58 『연암집』 권11, 「도강록」, 6월 27일, 장10a, "閭閻皆高起五樑, 苫艸覆盖, 而屋脊穹崇. 門戶整齊, 街術平直, 兩沿若引繩然, 墻垣皆甎築. 乘車及載車, 縱橫道中. 擺列器皿皆畵瓷. 已見其制度絶無邨野氣. 往者洪友德保甞言大規模細心法. 柵門, 天下之東盡頭, 而猶尙如此.", 「성경잡지」, 7월 14일, 장55b, "…今淸家數幸盛京. 故自永安橋, 編木爲梁, 以禦潦淖, 而至古家舖前始止. 二百餘里之間, 一梁爲路. 非但物力之富壯, 木頭無一參差, 二百里兩沿, 如引一繩, 可見其制作之精一矣. 故民間尋常制作, 能相視效, 規模大同. 德保所稱大國心法最不可當者, 正在此等也."; 권12, 「관내정사」, 7월 30일, 장47b; 권15, 「황도기략」, 「五鳳樓」, 장8b, 「九龍壁」, 장16b.

59 『연암집』 권11, 「도강록」, 6월 27일, 장12b, "無一事苟且彌縫之法, 無一物委頓雜亂之形, 雖牛欄豚柵, 莫不疎直有度, 柴堆糞痔, 亦皆精麗如畵.", 7월 1일, 장21b, "錯成九苞飛鳳, 以禦泥淖, 其無棄物, 推此可知."

60 『연암집』 권12, 「일신수필」, 7월 15일, 장3b.

61 『연암집』 권12, 「관내정사」, 7월 27일, 장37a, "有驅猪數千頭而去者, 其驅策之法, 如牧馬牛."; 「태학유관록」, 8월 14일, 장88b; 권14, 「피서록」, 장62b ~63a.
다만 1799년(정조 23년)의 저술인 『課農小抄』에는 중국의 발달된 농사법과 농기구류 등 농업 면에 대한 연행 당시의 견문이 보다 자세히 소개되어 있다(『연암집』 권16, 『과농소초』, 「農器」, 「耒耜」, 장46b~47a, 「礰礋」, 「礰礋」, 장50b~51a, 「鐵搭」, 장52b, 「櫌鋤」, 장54a, 「碓」, 장56b~57a, 「礳」, 「颺扇」, 장58ab, 「耕墾」, 장66b; 권17, 「糞壤」, 장5ab, 「水利」, 장13a, 14a ~18a, 「收穫」, 장54b~55a).

62 田中正俊, 『中國近代經濟史硏究序說』, 배손근 역, 인간사, 1983, 96~97면; Frederic Wakeman, Jr., *The Fall of Imperial China*, 『중국 제국의 몰락』, 金宜慶 譯, 예전사, 1987, 44~46면; 이화승, 『중국의 고리대금업』, 책세상,

2000, 100～122면 참조.

63 蕭一山, 『淸代通史』(臺北: 商務印書館, 1976), 제1권, 942～945면; 靑木正
兒, 「淸代文學評論史」, 『靑木正兒全集』, 東京: 春秋社, 1983, 제1권 참조.

64 『연암집』권12, 「태학유관록」, 8월 9일, 장71b～72a; 권13, 「傾盖錄」, 장
13b～14a; 권14, 「곡정필담」, 장28ab, 「口外異聞」, 「〔梁〕周翰·朱昻」(국회
도서관본 『연암집』에 의거해 '梁周翰'으로 바로잡음), 장82b.

65 『연암집』권12, 「태학유관록」, 8월 14일, 장92b; 권13, 「경개록」, 장14a; 권
14, 「황교문답」, 장20a～23b.

66 『연암집』권12, 「태학유관록」, 8월 9일, 장71b～72a; 권13, 「경개록」, 장
14ab, 「忘羊錄」, 장49a, 55b; 권14, 「피서록」, 장53b; 『淸史稿』권308, 「列
傳」95, '尹會一'; 張舜徽, 『淸人文集別錄』(臺北: 明文書局, 1983) 권5, 「健
餘先生文集十卷」(尹會一).

67 蕭一山, 앞의 책, 제2권, 31면; 原北平故宮博物院文獻館 編, 『淸代文字獄
檔』(上海書店, 1986), 第6輯, 「尹嘉銓爲父請諡並從祀文廟案」, 下, 551～
654면; 郭成康·林鐵鈞, 『淸朝文字獄』, 北京: 群衆出版社, 1990, 淸朝文字
獄要案始末, 「21. 道學先生尹嘉銓的悲劇」, 260～266면; 岡本さえ, 앞의 책,
60면, 89면, 380면, 420～421면, 618～620면; 『정조실록』, 6년 4월 9일; 『同
文彙考』補編, 권6, 使臣別單, 「(辛丑)冬至行書狀官林錫喆聞見事件」.

68 『연암집』권13, 「망양록」. 특히 왕민호의 음악론(장61a～62a)에 대해 윤가
전은 "無數打圈曰: '發前人未所發'"(장61a)이라고 격찬하고 있다. 전남대본
『열하일기』와 연세대 『燕彙』중 『燕巖說叢』의 해당 부분에도 "如此一篇至
妙文字, 決非半的眴沈吟所可鑄出, 不知鵠汀胸中具何等神理. 如某鈍根, 雖
三年伏讀, 恐不能窮其旨."라는 두주가 붙어 있다.
「망양록」의 음악론에 관해서는 崔玉花·羅旋, 「論朴趾源「忘羊錄」中的音樂
美學思想」, 『延邊大學學報: 社會科學版』50권 제1기, 2017; 張曉蘭, 「論朴
趾源『熱河日記』中的樂學思想」, 『民族文學研究』37권 제4기, 2019; 김수현,
「『열하일기』의 음악 대담 「망양록」 연구」, 『온지논총』58, 온지학회, 2019
등 참조.

69 『연암집』권14, 「곡정필담」, 장11b～12a, 장22a, "吾儒所說天命, 跳不出氣
數二字."

70 『연암집』권13, 「망양록」, 장69ab.

71 "今之儒者, 絶可畏也. 怕也怕也. 敝平生不願學儒也."(『연암집』권13, 「황교

문답」, 장21ab)

72 『연암집』 권13, 「망양록」, 장63ab.
이러한 왕민호의 비판은 명대 후기에 楊愼(1488∼1559)이 처음 제기한 이래 毛奇齡 등에 의해 계승된 학설과 상통한다. 양신은 주자가 정풍의 시들을 모두 음시로 간주한 것은 『논어』에서 한 공자의 말씀을 오독한 것으로, 공자 말씀은 정나라의 음악 소리가 '淫하다' 즉 過度하다는 뜻이지 정나라의 시가 음란하다는 뜻은 아니라고 주자를 공박했다. 이러한 양신의 비판은 매우 설득력 있는 설로서 청대 고증학자들에게 받아들여졌다(『欽定詩經傳說彙纂』권5, 「鄭風」, 集說, "楊氏愼曰: '鄭聲淫'者聲之過也. 水溢於平日淫水, 雨過於節日淫雨, 聲溢於樂日淫聲, 一也. 非謂鄭詩皆淫也.'"; 毛奇齡, 『白鷺洲主客說詩』, "丙曰: '然則'鄭聲淫', 何也?' 乙曰: '鄭聲非鄭詩也. 子夏對文侯曰: '今君之所問者樂也, 所好者音也.' 樂與音本一類而尙不同. 若詩與聲, 則眞不同之極者. 虞書, '詩言志, 聲依永', 聲與詩, 分明兩事. 故丹鉛錄曰: '論語'鄭聲淫', 淫者之過也. 水溢于平日淫, 雨過于節日淫, 聲濫于詩〔樂〕日淫,' 聲能溢詩, 詩豈能溢聲乎?").

73 "未知上世何許道學先生, 坐在州校里塾, 開下等理學全書, 敎如此是形而上者, 如此是形而下者."(『연암집』 권13, 「망양록」, 장60b)

74 "所謂無極而太極, 不知怎地話, 一筆句之, 可也."(『연암집』 권14, 「곡정필담」, 장24b)

75 『연암집』 권13, 「망양록」, 장68b, "君子之不黨, 亦難矣." "漢兒文弱, 朱子分過."; 권14 「곡정필담」, 장12a.

76 1777년의 저술인 이덕무의 『禮記臆』에서 『日知錄』을 빈번히 인용하고 있으며, 그의 『입연기』 하, 정조 2년(1778) 6월 21일 기사에도 북경의 유리창五柳居 서점에서 금서로 지목된 고염무의 『亭林集』을 구득한 書狀官 沈念祖가 귀로에 이를 읽고 감탄했다는 기사가 보인다. 이덕무가 『일지록』을 친필로 초록한 『日知錄略』이 있다.

77 『연암집』 권12, 「막북행정록」, 序, 장57a, "按顧炎武昌平山水記, 自古北口駟置, 北出五十六里日靑松爲一站.…"; 권14, 「피서록」, 장46b∼47a, "顧亭林斥官唧地名借用古號, 然亦多效之者."

78 『연암집』 권14, 「피서록」, 장52b∼53a.
그러나 『일지록』에는 관련 내용이 없다. 유세기가 실제로 인용한 책은 『일지록』이 아니라 주이준의 『經義考』나 『靜志居詩話』였을 것이다(朱彝尊,

『經義考』권76, 孔氏(安國)『尙書傳』, "又按: 安國書傳於'賄肅愼之命'注云: '東海駒驪·夫餘·馯貊之屬, 武王克商, 皆通道焉.' 考周書王會篇, 北有稷愼, 東則濊良而已. 此時未必卽有句驪扶餘之名. 且駒麗主朱蒙, 以漢元帝建昭二年始建國號, 載東國史略, 安國承詔作書傳時, 恐句驪·扶餘之稱, 尙未通於上國. 況武王克商之日乎? 此又一疑也."; 朱彝尊, 『靜志居詩話』권24, "濔, 平壤大同館題壁云: '高句驪起漢鴻嘉, 宮殿遺墟草樹遮. 惆悵乙支文德死, 國亡非爲後庭花.' 按書序'賄肅愼之命', 孔安國傳云: '海東諸夷駒驪·扶餘·馯貊之屬, 武王克商, 皆通道焉.' 按: 駒驪主朱蒙, 漢元帝建昭二年始建國號."(이는『明詩綜』권95, 박미,「平壤大同館題壁」의 後註에 전재되어 있다.)

79   『연암집』권13,「망양록」, 장60a, 68b.
다만『고려사』를 칭찬한 것은 주이준인데, 왕민호가 착각한 듯하다. 李圭景도 주이준이『고려사』를 칭찬한 사실을 언급했다(朱彝尊,『曝書亭集』권44,「書高麗史後」; 李圭景,『五洲衍文長箋散稿』, 經史篇, 史籍類, 史籍總說,「二十三代史及東國正史辨證說」,「東國正史」, "朱彝尊書高麗史後曰: '國人鄭麟趾等三十二人編纂, 以明景泰二年八月表進, 竝鏤〔板一누락〕行. 觀其體例, 有條不紊, 王氏一代之文獻有足徵者.'").
기자조선본 고문상서 위작설은『일지록』권2,「豐熙僞尙書」조 참조. 이규경도「箕子朝鮮本尙書辨證說」에서 고염무의『일지록』을 인용했다(『五洲衍文長箋散稿』, 經史篇, 經傳類,『書經』).

80   『淸史稿』권484,「열전」271, 文苑 1.

81   『연암집』권14,「피서록」, 장67; 권15,「앙엽기」,「崇福寺」, 장33b ; 권13,「망양록」, 장60a.
주이준의 고문상서 위작설은 朱彝尊,『經義考』권76, 孔氏(安國)『尙書傳』; 朱彝尊,『曝書亭集』권58,「尙書古文辨」참조.

82   『淸史稿』권481,「열전」268, 儒林 2; 蕭一山, 앞의 책, 제1권, 971~973면; 周懷文,「毛奇齡硏究」, 山東大學 博士論文, 2010 참조.

83   1757년 승지 成天柱는 모기령의 문집이 명나라 말에 조선에 처음 전해졌으며 자신도 이 책을 읽었노라고 영조에게 아뢰었다(『승정원일기』, 영조 33년 9월 24일). 그러나 모기령은 1623년생이어서 명나라 말에 벌써 그의 문집이 간행되었을 리 만무하다. 따라서 성천주의 발언을 전적으로 신뢰하기는 어려우나, 1757년 이전에 모기령의 문집이 조선에 유입된 것만은 거의

확실하다 하겠다. 이덕무는 『예기억』뿐 아니라 1778년에 완성한 『淸脾錄』에서도 모기령의 학설이나 시를 인용하고 있다. 연암도 왕민호와의 필담 중에 "『서하집』은 저 역시 한번 얼핏 본 적이 있는데 경전의 뜻을 고증한 대목에 간혹 일리가 없지 않습니다"(西河集, 愚亦曾一番驟看, 其經義巧證處, 或無不意見也. 『연암집』 권14, 「곡정필담」, 장19b)라고 하여 모기령의 문집을 보았음을 밝히고 있다. 한편 이덕무는 1777년 반정균에게 보낸 한 편지에서 모기령을 비판하면서 그에 대한 '中原의 公議'가 어떠한지를 물었다(『청장관전서』 권19, 『雅亭遺稿』 11, 書 5, 「潘秋庵庭筠」).

84 『연암집』 권13, 「망양록」, 장70ab; 권14, 「곡정필담」, 장19b.

이와 같은 왕민호의 모기령 비판이 과연 얼마나 공정한가 하는 것은 異論의 여지가 있으나, 그 내용이 『열하일기』를 통해 국내에 소개되면서 모기령에 대한 국내 학계의 평가에 일정한 영향을 끼쳤을 것으로 보인다. 丁若鏞은 『梅氏書平』에서 모기령의 『古文尙書冤詞』를 공박하며 왕민호의 비판을 轉載하고 있다(정약용, 『與猶堂全書』 제2집, 經集 권29, 『梅氏書平』(3), 冤詞, 冤詞(8), 장36b~37a).

85 『연암집』 권15, 「동란섭필」, 장39b~40a.

한나라 때 毛公이란 인물이 편찬하고 傳(주석)을 붙였다는 『毛詩』는 현존하는 『시경』의 最古本으로서 후세에 널리 통용되어 왔다. 여기에는 '詩序'라 불리는 서설이 함께 수록되어 있는데, 그중 「關雎」에 붙인 서설은 『시경』 전체의 취지를 해설한 장문이어서 '大序'라 하고, 나머지 시들에 각각 붙인 서설은 대개 짧아서 '小序'라 한다.

86 "如木瓜美齊桓, 子衿刺學校廢, 野有蔓草及刺幽王, 刺鄭忽諸詩, 皆按之經傳, 確鑿可據, 而朱子盡反之, 斷以己意, 盡廢小序."(『연암집』 권15, 「동란섭필」, 장39b)

이상의 내용은 비록 그 출처를 밝히지는 않았지만, 홍대용의 『간정동필담』 1766년 2월 8일 기사에 나오며 이덕무의 『天涯知己書』에도 발췌되어 있는 嚴誠의 발언을 인용한 것이다(홍대용, 『담헌서』 외집 권2, 『간정동필담』, 1766년 2월 8일, "如木瓜美齊桓, 子衿刺學校廢, 其他野有蔓草及刺鄭忽刺幽王諸詩, 皆按之經傳, 確鑿可據, 而朱子必盡反之."; 이덕무, 『청장관전서』 권63, 『천애지기서』, 「필담」, "力闇曰: '…如木瓜美齊桓, 子衿刺學校廢, 其它野有蔓草及刺鄭忽, 刺幽王諸詩, 皆按之經傳可據, 而朱子必盡反之.'").

엄성이 지적한대로, 주자는 『詩集傳』에서 「모과」와 「자금」, 「야유만초」를 모두 淫詩로 간주했다. 뿐만 아니라「소서」에서 정나라 태자 홀을 풍자한 시로 본「有女同車」「山有扶蘇」「蘀兮」「狡童」등의 시도 모두 음시로 간주했다. 또 주자는「소서」에서 西周의 유왕을 풍자한 시로 해석한 小雅의 시들 중「小宛」및「楚茨」이하 10편, 그리고「賓之初筵」등 여러 편을 소서와 전혀 다르게 해석했다.

87 『연암집』권15,「동란섭필」, 장40a, "宋史儒林傳, 王栢曰: '詩三百篇, 豈盡定於夫子之手乎? 所刪之詩, 或有存於閭巷浮薄之口, 漢儒取以補亡.' 此說甚似有理. 然則中土所扶小序, 亦豈無漢儒傅會哉?"
이는『천애지기서』에서 이덕무가『간정동필담』중 주자를 옹호하고 소서를 불신한 홍대용의 편지를 발췌한 뒤 붙인 논평을 역시 출처 표시 없이 전재한 것이다(이덕무,『청장관전서』권63,『천애지기서』,「필담」, "炯菴曰: '宋史儒林傳, 王柏之言曰: '[今]詩三百五篇, 豈盡定於夫子之手? 所刪之詩, 或有存於閭巷浮薄之口乎? 漢儒取以補亡.' 若如此言, 則小序固多漢儒傅會, 從而爲之詞耳.'")

88 『연암집』권15,「동란섭필」, 장40a, "詩三百, 不過當時閭巷間風謠. 歡愉疾痛喜怒哀樂之際, 不得不有此聲, 如候蟲時鳥之自鳴自吟. 觀風者採其謠, 而字而句, 而列之學校, 被之管絃. 是所謂列國之風, 而詩之名所由立也. 何從得作者姓名哉? 小序說詩, 必皆有作詩之人, 曰此某某之作, 如後世之全唐詩, 則斷可見其傅會. 如爲焦仲卿妻作及古詩十九首, 何嘗有作者姓名哉?"

89 『연암집』권15,「동란섭필」, 장40a, "謂非朱子手筆, 而必出於門人之手者, 欲放膽於門人, 而便於攻伐之計也."
『간정동필담』에서 엄성·반정균·陸飛는 모두『시집전』이 주자 문인의 所作이라는 주장을 폈다(홍대용,『담헌서』외집 권2,『간정동필담』, 1766년 2월 8일 "[力闇]又曰: '…而自來之論, 亦謂朱子好改小序, 殆出于門人之手.'"; 외집 권3,『간정동필담』, 1766년 2월 23일, "起潛曰: '…鄙意朱子注書甚多, 或不無門人手作.'…蘭公曰: '…如必以朱子自注者, 恐欲宗朱而反有累于朱也.'… 又曰: '朱子無不是者. 詩注恐出門人之作.' 力闇曰: '…此雖其細已甚. 然亦見其非出於朱子之手矣. …此決爲朱子門人手筆, 或晚年未定之本, 非如學·庸·語·孟之爲鐵板注疏也. 必以其爲朱子, 而如手足之護頭目, 遂無一語之敢議, 亦過矣.'").
그에 맞서 홍대용은『시집전』의 주자 문인 저작설은 주자와 감히 대적할 수 없자 만만한 그의 문인들을 공격함으로써 주자를 숭상한 체하면서 실은 억

614

누르려는 술책이라고 비판했는데, 연암의 주장은 이러한 홍대용의 반론을 수용한 것으로 보인다(홍대용, 『담헌서』 외집 권2, 『간정동필담』, 1766년 2월 10일, "若以集註謂非朱子手筆而出於門人之手, 則去朱子之世, 若此其未遠也, 先輩之世講, 明若燭照. 雖爲此說者, 豈不知其爲朱子親蹟? 而特以擧世尊之, 彊弱不敵, 乃遊辭僞尊, 軟地揷木, 爲陽扶陰抑之術也. 其義理之得失, 固是餘事, 卽此心術, 已不可與入於堯舜之道矣.").

90   朱彛尊, 『經義考』 권110, 詩13, 『詩辨說(或作詩疑)』; 毛奇齡, 『經問』 권15; 周懷文, 앞의 논문, 178~179면; 『四庫全書總目』 권17, 經部 17, 詩類存目 1, 王柏, 『詩疑』 참조.

91   『연암집』 권7, 「嬰處稿序」, 장8b, "嗚呼, 三百之篇, 無非鳥獸草木之名, 不過閭巷男女之語."; 朱熹, 『詩集傳』 序, "凡詩之所謂風者, 多出於里巷歌謠之作, 所謂男女相與詠歌, 各言其情者也."

    주자의 詩經論에 대해서는 友枝龍太郎, 『朱子の思想形成』, 東京: 春秋社, 1979, 563~576면; 陳才, 「朱子詩經學考論」, 華東師範大學 박사논문, 2013 참조.

92   "朱子曰: '關關雎鳩, 出在何處?' 此可爲詩學之大成."(『연암집』 권14, 장 54ab)

    연암이 인용한 주자의 말은 『朱子語類』 권140, 「論文」 下(詩)에 나온다("或言今人作詩, 多要出處. 曰: '關關雎鳩, 出在何處?'"). 이는 주자가 출처를 이리저리 따지고 생소한 표현을 추구한 江西派의 시풍에 대해 불만을 표시한 말이라고 한다(成復旺 외 2인, 『中國文學理論史』(二), 北京出版社, 1991, 409~410면).

    金昌翕은 주자의 이 말을 인용하면서, "不佞嘗聞朱子之論詩矣. …至答或之問, 則曰: '關關雎鳩, 出自何處?' 快哉, 斯言! 可以破千古膠固之見, 而足爲聲病家活句矣."라고 칭송했다(김창흡, 『三淵集』 권23, 「何山集序」). 이덕무도 김창흡의 이 발언을 인용하며 공감을 표했다(이덕무, 『청장관전서』 권51, 『이목구심서』 4, "三淵翁言論亦如此. …又序何山集曰: '…至答或人之問則曰: '關關雎鳩, 出自何處?' 快哉, 斯言! 可以破千古膠固之見, 而足爲聲病家活句矣.'").

93   『연암집』 권13, 「환연도중록」, 8월 19일, 장10ab, "…聖道益遠, 夷狄迭主中夏, 各以其道, 交亂天下, 正學茫茫, 不絶如帶. 安知千載之後, 不以水滸傳爲正史耶?"

94 『연암집』권14,「심세편」, 장3b~4a, "朱子之道, 如日中天, 西方萬國, 咸所 出瞻睹, 皇帝私尊, 何累朱子?";『연암집』권13,「망양록」, 장68b, "薰同朱子, 固所甘心."

95 박세채는 연암의 고조 朴世橋의 종형제로 연암의 증조 朴泰吉이 그를 師事 했으며, 박필주는 연암의 조부 朴弼均과 절친한 종형제로 연암의 季父 師近 을 양자로 삼았다. 연암은 이 두 사람을 儒學으로 가문을 빛낸 "二祖"로 추 앙했다(『연암집』권9,「大考章簡公府君家狀」; 권10,「與族弟準源書」).

96 『연암집』권15,「동란섭필」, 장40a, "余甞與初翰林彭齡·高太史栻生, 飮段 家樓, 紛紛以小序相質. 余大言曰: '詩三百, 不過當時閭巷間風謠. …小序說 詩, 必皆有作詩之人, 曰此某某之作, 如後世之全唐詩, 則斷可見其傅會. 如 爲焦仲卿妻作及古詩十九首, 何甞有作者姓名哉?' 諸人皆默然, 貌似不然 之."

97 『연암집』권15,「동란섭필」, 장59b, "鄭曉古言云: '歐陽永叔毁繫辭, 司馬君 實詆孟子, 王介甫非春秋, 二程子改古大學, 晦菴先生不用子夏詩序, 皆不可 解云.' 余竊有所感於此也."
   이는 왕사정의『香祖筆記』권2 중의 기사를 인용한 것이다(『筆記小說大 觀』, 江蘇廣陵古籍刻印社, 1983, 제16책,『香祖筆記』, 12면).

98 『연암집』권15,「동란섭필」장39b, "中原人以詩小序必不可廢. 阮亭說頗公. 其言曰: '程子謂: '小序必是當時人所傳國史, 明乎得失之迹者是也. 不得此, 何緣知此篇是甚意思? 大序則是仲尼所作, 要之皆得大意.' 朱子學宗二程, 而于小序獨不然, 何也? 郝楚望之每一詩, 必駁朱注, 亦自不可. 常熟顧大韶 仲恭, 欲刊定一書, 用毛傳爲主. 毛必不可通, 然後用鄭; 毛·鄭必不可通, 然 後用朱; 毛·鄭·朱皆不可通, 然後網羅群說, 而以己意折衷之. 嚴粲詩緝, 作 于朱注之後, 獨優于諸家. 大全之作, 敷衍朱註, 全無發明, 用覆醬瓿可也.'"
   이 역시 왕사정의『香祖筆記』(권2) 중의 기사를 발췌한 것인데, 왕사정이 소개한 顧大韶의 견해는 기사 말미의 "見牧齋顧仲子傅."이라는 小注에서 밝히고 있듯이, 錢謙益의『初學集』권72,「顧仲恭傅」에 처음 소개된 것이 다. 四庫全書本『향조필기』의 小注에는 '牧齋' 두 자가 삭제되었다.

99 "斯文亂賊之討, 雖莫遠施於中土, 容黙異端之過, 固難見恕於士林."(『연암 집』권14,「심세편」, 장4a)

100 『연암집』권12,「태학유관록」, 8월 9일, 장71b~72a; 권14「피서록」, 장 47a, 55ab.

101 『연암집』 권14, 「피서록」, 장63a~64b.

이는 『청장관전서』 권34, 『청비록』 권3, 「李益齋」 조를 인용한 것이다.

102 『연암집』 권14, 「피서록」, 장47a, 53a, 57b; 이덕무, 『청장관전서』 권53, 『이
목구심서』 6, "淸儒尤侗, 字展成, 號悔庵, 長洲人也. 作外國竹枝詞百餘篇,
各道其風俗, 又有注脚. 試觀咏朝鮮者, 凡四首, 掇拾風聞, 多所訛謬, 今皆記
之. 中國最近者如此, 則其餘遐裔可推也.···"; 권32, 『청비록』 권1, 「崔簡易
堂」.

또한 연암은 王世貞의 『宛委餘篇』 중 여자로서 兵官을 역임한 사례를 열
거한 기사를 소개하고 그 疏漏함을 비판하면서, 이와 같은 내용을 이덕무
의 『이목구심서』에서 읽었다고 밝히고 있으나(『연암집』 권15, 「동란섭필」,
장59b), 아마도 『앙엽기』와 혼동한 듯하다(『청장관전서』 권54, 『앙엽기』 1,
「女子爲男子官」).

103 『淸史稿』 권484, 「열전」 271, 文苑 1; 狩野直喜, 『淸朝の制度と文學』, 東京;
みすず書房, 1984, 94~103면 참조.

104 전겸익의 문집이 국내에 유행했던 사정에 대해서는 『연암집』 권15, 「동란섭
필」, 장50b 참조("我東先輩, 不知受之之失身, 徒見其有學·初學等集, 未嘗
不爲之傷惜."). 또한 이덕무도 族姪 李光錫에게 준 한 편지에서 "余看科臼
之士, 只借東坡·牧齋等集."이라 하고 있다(『청장관전서』 권15, 『아정유고』
7). 한편 연암은 이덕무의 『이목구심서』와 홍대용의 『간정동필담』 등을 통
해, 전겸익이 당시의 漢人 사대부들 간에 젊은 시절에는 '黨魁'가 되고 말년
에는 '降臣'이 된 인물로 비판받고 송나라 때의 李邦彦과 행실이 비슷하다
하여 '浪子'라는 별명으로 불리고 있음을 알고 있었다(『청장관전서』 권49,
『이목구심서』 2, "錢東磵, 平生半漢半胡, 學問乍佛乍儒, 文章非譎非謎, 畢
竟狼失後脚, 狠失前脚."; 『담헌서』 외집 권2, 1766년 2월 17일; 『연암집』 권
15, 「동란섭필」, 장50b, "錢牧齋謙益, 字受之, 其身世半華半胡, 其文章半儒
半佛, 其名節掃地, 終不免浪子之號.···").

105 전겸익이 예로 들어 혹평한 "國內無戈坐一人"은 "陪臣"(제후국인 조선의 신
하)의 시구가 아니라 칙사 華察의 시구이다(『己亥皇華集』 권2, 華察, 「是日
頒詔 作東坡體一絶」. 『중종실록』에 의하면 화찰은 1539년 음력 4월 10일
에 황제의 조서를 반포했다). 연암은 이 시구를 당시 遠接使의 從事官이었
던 金安國의 作으로 단정하고 그의 문집의 "本集에 보인다"고 했으나, 김안
국의 『慕齋集』 권8, 「次正使效東坡體韻」에는 "元韻" 즉 화찰이 지은 시의

起句로 수록되어 있다. 연암과 마찬가지로, 전겸익도 "國內無戈坐一人"을 華察이 아니라 陪臣 즉 김안국의 시구로 오인했는지는 불분명하다. 연암이 전겸익의 글을 오독했을 가능성을 배제할 수 없다(심경호, 『조선시대 漢文學과 詩經論』, 일지사, 1999, 99~108면; 김하라, 「兪晩柱의 錢謙益 수용」, 『한국문화』 65, 서울대 규장각한국학연구원, 2014, 30~39면 참조).

106 『연암집』 권15, 「동란섭필」, 장51a, "…至於東國詩文, 則尤爲抹摋. 其跋皇華集曰: '本朝侍從之臣, 奉使高麗, 例有皇華集. 此則嘉靖十八年己亥, 上皇天上帝泰號·皇祖皇考聖號, 錫山華修撰察, 頒詔播諭而作也. 東國文體平衍, 詞林諸公不惜貶調就之, 以寓柔遠之意, 故絶少瑰麗之詞. 若陪臣篇什, 每二字含七字意, 如'國內無戈坐一人'者, 乃彼所謂東坡體耳. 諸公勿與酬和可也.' 我東文體, 誠如所論, 而何乃卑薄若是! 吾故詳錄之, 以見牧齋毁我異於東坡."; 권14, 「피서록」, 장57a, "錢受之所云: '國內无戈坐一人,' 卽金慕齋作也, 見本集. 受之之跋皇華集, 擧此以譏之. 然其實華鴻山察, 頒詔時所作俑也. 如'廣野無邊水, 長天一點鴻', 野字寫得廣, 天字寫得長, 水字去傍爲無邊, 鴻字打批爲一點, 此所謂二字含意也. 故陪臣遠接龍灣, 必妙選詞學之士從事, 以備應卒, 而詔使在道, 必出此等, 意在困迫接伴. 當時接伴諸人, 亦必預習此等, 遂以爲例, 而非所樂爲也."

이덕무도 전겸익의 『有學集』 중 「跋皇華集」을 인용하고 나서, 중국인들이 조선을 업신여기는 풍조를 비판했다(『청장관전서』 권56, 『앙엽기』 3, 「東坡體」). 전겸익의 「跋皇華集」은 「跋高麗板柳文」과 나란히 『有學集』 권46에 수록되어 있다.

107 단국대 연민문고 소장 『杏溪雜錄』(5)에 필사된 『열하일기』 권11, 「銅蘭涉筆」에는 건륭제의 조서를 인용하면서 상단에 "王民皥倩郝志亭錄示"라고 添記하여, 왕민호가 郝成을 시켜 그 조서를 베껴서 연암에게 보여 준 것으로 밝히고 있다(『총서』 2, 63면).

108 『연암집』 권15, 「동란섭필」, 장46a, "(乾隆四十年乙未十一月二十日, 內閣奉上諭) …至若錢謙益之自詡淸流, 靦顔降附; 金堡·屈大均輩, 倖生畏死, 詭托緇徒, 均屬喪心無恥. 若輩果能死節, 今日亦當在予表旌之列. 乃旣不能捨命, 而猶假言語文字, 以自圖掩飾其偸生." 장50b, "今見乾隆詔, 斥受之, 謂其自詡淸流, 靦顔降附, 詭託緇徒, 喪心無恥, 可謂愧殺錢謙益." 장51b, "今皇帝斥錢謙益詔, 有曰: '猶假借文字, 以自圖掩飾其偸生'者, 可謂洞照其姦情矣. 如跋高麗板柳文之類是也. 其跋語: '高麗[國]刻唐柳先生集, 繭紙堅緻, 字畫

瘦勁, 在中華亦爲善本. 陪臣南秀文跋尾, (중략) (跋之)前後, 敬書'正統戊午夏·正統四年冬十一月', 尊正朔·大一統之意, 肅然著見于簡牘. 蓋〔李氏雖簒弑得國〕, 箕子之風敎故在, 而明〔我〕皇家文命誕敷, 施及蠻貊, 信非唐家〔宋〕所可比倫也. 〔嗚呼!〕天傾地仄, 八表分崩〔同昏〕, 高麗久不作同文夢矣〔久作下句麗矣〕. 摩挲此本, 潛然隕涕. 陪臣奉敎編次者, 集賢殿副提學崔萬里, 直提學金鑌, 博士李永瑞, 成均司藝趙須等, 而南秀文應敎署啣, 則云朝散大夫·集賢殿應敎·藝文應敎·知製敎經筵檢討官兼春秋館記注官, 幷書之以存東國故事.'(발문은 여기에서 끝남) 東人每以'同文夢'一語爲故實, 作科體詩題, 陋甚陋甚!"(校勘本『유학집』이 인용문과 다른 부분을 괄호 안에 표시함. 특히 밑줄 친 부분은 조선에 대한 무고와 멸시가 심한 대목임. 『錢牧齋全集』陸, 上海古籍出版社, 2003, 1528면 참조.)

109 吉川幸次郎, 「錢謙益と淸朝'經學'」, 『吉川幸次郎全集』, 東京: 筑摩書房, 1985, 제16권 참조.

110 『國朝詩別裁集』에 붙인 건륭제의 御製序는 이덕무의『입연기』상, 5월 22일 기사에 소개되어 있다. 또한 전겸익의 저술에 대한 건륭 41년의 禁書令은 이덕무의『앙엽기』3, 「四庫全書」조의 小注에 소개되어 있다. 건륭조의 금서 조치에 대해서는 彬村勇造, 『乾隆皇帝』, 東京: 二玄社, 1961, 85~92면; 岡本さえ, 『淸代禁書の硏究』, 東京大 東洋文化硏究所, 1996, 第4部 淸代社會と「乾隆禁書」, 449~569면 참조.

111 蕭一山, 『淸代通史』, 臺北: 商務印書館, 1976, 제1권, 1061~1064면, 제2권, 28~29면; 吉川幸次郎, 「錢謙益と東林」, 앞의 책, 12~13면 참조.
전겸익의 『有學集』에는 南明 정부의 사료를 대량 보존하고 있는 작품들이 많다. 이를 통해 전겸익의 抗淸活動 및 관련 인물들의 事迹, 兩朝에 출사한 데 대한 참회 등을 엿볼 수 있다(『錢牧齋全集』壹, 「出版說明」, 4~5면).

112 『四庫全書總目』권171, 集部 別集類 26, 「精華錄」; 권182, 別集類存目 9, 「漁洋文略」; 권190, 總集類 5, 「唐賢三昧集」등 참조.

113 왕사정의『감구집』에 김상헌의 시가 실린 사실이 홍대용의『간정동 회우록』(개칭『간정동필담』)을 통해 처음 국내에 알려지자, 이덕무와 이서구 등은 편찬자인 왕사정의 시에 대해 열렬한 관심을 표명했다. 이덕무는 왕사정의『帶經堂集』을 읽고 심취하여 유득공·박제가·이서구 등에게 적극 소개한 결과, 이들도 모두 왕사정 문학의 애호자로 되어 그 영향을 깊이 받게 되었다고 한다(홍대용, 『담헌서』외집 권2 , 「간정동필담」, 1766년 2월 3일,

"潘生聞平仲之姓, 問曰: '君知貴國金尙憲乎?' 余曰: '金是我國閣老, 而能詩能文, 又有道學節義. 尊輩居八千里外, 何由知之耶?' 嚴生曰: '有詩句選入中國詩集, 故知之.' 嚴生卽往傍炕, 持來一冊子示之, 題云'感舊集.' 盖淸初王漁洋集明淸諸詩, 而淸陰朝天時, 路出登·萊, 與其人有唱酬, 故選入律絶數十首焉. 余乃曰: '我們此來, 非偶然也.'"; 이덕무, 『청장관전서』 권10, 『아정유고』 2, 詩 2, 「秋日讀帶經堂集」; 권34, 『청비록』 3, 「王阮亭」; 권53, 『이목구심서』 6, "阮亭池北偶談, 載淸陰先生詩十餘聯, 甚稱美之. 今見阮亭帶經堂集, 有戲效元遺山論詩絶句三十六首, 自建安至崇禎末, 歷敍詩人, 第三十三詩曰: '澹雲微雨小姑祠, 菊秀蘭衰八月時. 記得朝鮮使臣語, 果然東國解聲詩.' 注曰: '明崇禎中, 朝鮮使臣過登州作'云. 葢首二句, 淸陰詩也.'"; 권63, 『천애지기서』, 「筆談」, "炯菴曰: '張延登, 齊人, 明之宰相, 而王阮亭士禛之妻祖也. 淸陰先生, 水路朝京時, 與張甚好. 張爲刻朝天錄而序之, 淸陰集亦載之. 阮亭池北偶談, 詳言之, 且抄載淸陰佳句數十, 盛言格品之矣. 阮亭又晩年, 輯明末淸初故老詩, 爲感舊集八卷. 起虞山錢謙益, 止其兄考功郎王士祿, 淸陰詩亦入.'"; 李書九, 『白鶴山樵小笈』, 「讀王貽上詩[有序]」, 李書九, 『薑山全書』, 성균관대 대동문화연구원, 2005, 93~94면).

114 『연암집』 권14, 「피서록」, 장49a~50a, "琉璃廠中六一齋, 初遇兪黃圃世琦字式韓. …及與兪筆語之際, 爲寫柳惠風送其叔父彈素詩'佳菊衰蘭映使車, 澹雲做雨九秋餘. 欲將片語傳中土, 池北何人更著書?' 黃圃問: '池北何人是誰?' 余曰: '此用阮亭著池北偶談, 載敝邦金淸陰事也.' 黃圃曰: '感舊集中有諱尙憲字叔度.' 余曰: '是也. 淡雲輕雨小姑祠, 佳菊衰蘭八月時.'淸陰作. 阮亭論詩絶句, '淡雲微雨小姑祠, 菊秀蘭衰八月時. 記得朝鮮使臣語, 果然東國解聲詩.' 惠風此作, 倣阮亭也.'"; 유득공, 『冷齋集』 권2, 「恭呈家叔父游燕(六首)」중 첫 수.

115 『연암집』 권14, 「피서록」, 장64b~65a, "感舊集載淸陰先生詩. …貽上爲海內詩宗, 而士大夫於貽上, 隻字片言, 如茶飯, 津津牙頰間, 故无不識淸陰姓名者. 然先生亘古大節, 莫能知焉."; 이덕무, 『청장관전서』, 권34, 『청비록』 3, 「王阮亭」.
『열하일기』 중의 한 編이나 실전된 것으로 알려진 『楊梅詩話』에서도 연암은 『감구집』에 選錄된 김상헌의 시를 소개하면서 왕사정에 의해 原詩가 크게 개작된 실상을 소상하게 논했다(『총서』 5, 327~330면; 김명호, 『연암 문학의 심층 탐구』, 앞의 책, 185~188면 참조).

116　王士禎,『香祖筆記』,『筆記小說大觀』, 江蘇廣陵古籍刻印社, 1983, 제16책, 권8, 1～2면, 3면, 6면, 9면; 권9, 9면; 권10, 7면, 8면; 권11, 3면, 4면, 7면, 9면 등 참조.

117　『연암집』 권14, 「구외이문」, 〔梁〕周翰·朱昻」, 장82ab ; 권15, 「동란섭필」, 장37b, "兩山墨談(陳霆著)云: '長淮爲南北大限,…'"; 王士禎, 『香祖筆記』 권6, 장2a, "朱昻·梁周翰與楊億同爲翰林學士, 時梁·朱二公年老, 而楊甚少, 每輕侮之. 然考二公, 蓋宋初最有文譽者, 而楊以後進乃敢輕侮. …後大年(楊億의 字 ―인용자)竟夭死, …或亦少時輕薄之報耶?", 장6a, "兩山墨談(陳霆著)云: '長淮爲南北大限,…'"

『宋史』 文苑傳(권439, 列傳 제198, 文苑 1)에 오른 저명한 문인인 梁周翰 (929～1009)과 朱昻(925～1007)을 늙은이라고 모욕했던 楊億이 이 두 사람보다 먼저 요절했다는 고사는 宋 阮閱의 『詩話總龜』(권39, 詼諧門〔下〕)나 王暐의 『道山淸話』(元 陶宗儀, 『說郛』 권45下) 등에 보인다. 『열하일기』 「구외이문」의 「周翰·朱昻」 중 제목과 본문에 나오는 '周翰'에 대해 일본 동양문고본은 '梁周翰'으로 수정하도록 지시했으며, 국회도서관본은 이에 따라 수정했다. 기존의 『열하일기』 국역본들은 모두 박영철본의 오류를 답습하고 있다.

118　『연암집』 권15, 「동란섭필」, 장42b, "徐渭路史云: '唐時, 高麗貢松烟墨, 和麋鹿膠造墨, 名隃麋.' 王阮亭辨漢縣名隃麋, 地出石墨, 與高麗無涉, 而獨不辨唐時元無高麗, 何也?…", 장57b, "康熙中, 王士禎在刑部, 日閱爱書, 有姓妙氏·島氏·盤氏·民氏 …. 坎氏·榻氏·欖〔攬〕氏·慈氏, 皆中國稀姓也…" 장59b～60a, "人不可以自誇博雅, 妄有紀述. 康熙中, 王士禎著書最富, 其筆記云: '風俗通, 漢有太守顧先井者(其自註: 井音膽), 自以爲姓名三字, 二字不通.'…"; 王士禎, 『香祖筆記』 권1, 장5b, "徐渭路史一條云: '唐時, 高麗貢松烟墨, 和麋鹿膠造墨, 名隃麋.' 此說杜撰陋甚. 按隃麋, 漢縣名, 地出石墨, …且與高麗無涉."; 권3, 장4b, "風俗通, '漢有太守顧先井(音膽), 有井春, 今誤作自以爲姓名三字, 二字不通.' 近在部, 見爱書, 有妙姓·島姓·盤姓·民姓 …. 坎姓·榻姓·攬姓·慈姓.'"

119　『연암집』 권11, 「도강록」, 6월 28일, 장14ab, 「성경잡지」, 7월 11일, 「粟齋筆談」, 장40b～41a, 42b; 권12, 「일신수필」, 7월 16일, 장12b, 7월 21일, 장23a.

홍대용도 '念書'와 '講書'를 분리해서 전자를 먼저 가르치는 중국의 교육 과정에 대해 주목한 바 있다(『담헌서』 외집 권8, 『연기』, 「周學究」, 「王文擧」, 「沿路記略」 참조).

120 『연암집』 권11, 「도강록」, 6월 24일, 장5b, "稗官奇書, 皆其牙頰間常用例語."; 권14, 「곡정필담」, 장28b, "蓋鵠汀敏於酬答, 操紙輒下數千言, 縱橫宏肆, 揚扢千古, 經史子集, 隨手拈來, 佳句妙偈, 順口輒成, 皆有條貫, 不亂脈絡. …及入皇京, 與人筆談, 無不犀利, 又見所作諸文篇, 則皆遜於筆語, 然後始知我東作者之異於中國也. 中國直以文字爲言, 故經史子集皆其口中成語, 非其記性別於人也. 爲之强作詩文, 則已失故情, 言與文判爲二物故也."; 「피서록」, 장63b, "經史子集, 乃其牙頰間巷談."

121 『연암집』 권14, 「곡정필담」, 장28b, "故我東作文者, 以齟齬易訛之古字, 更譯一重難解之方言, 其文旨凱昧, 辭語糊塗, 職由是歟? 吾歸而遍語之國人, 則多不以爲然, 良足慨然也已矣.", 「피서록」, 장59b, "固多名句, 而間不成律."; 권15, 「동란섭필」, 장38b, "原始秘書曰: '高麗之學, 始於箕子. …自中國流衍外夷, 數千年間, 其文皆不免於夷狄之風, 窘竭鄙陋, 不足以續聖敎者. 蓋其聲音不同, 其奇妙幽玄之理, 非筆舌之可傳, 故不相合.' 此可謂切論…"

122 물론 연암만이 이 문제를 통찰한 것은 아니다. 선배 柳馨遠도 『磻溪隨錄』에서 언어와 문자의 괴리에서 야기되는 각종 불편과 문화적 낙후성을 지적하고, 이를 극복하기 위한 방안으로 양반 사대부들에게 중국어 학습을 실시하도록 제의한 바 있으며, 박제가는 『북학의』에서 전 국민이 조선어 대신 중국어를 사용하도록 하는 것이 이상적이라는 제안을 하고 있다(柳馨遠, 『磻溪隨錄』 권25, 續篇 上, 「言語」; 박제가, 『북학의』, 內篇, 「漢語」). 또한 李喜經도 중국의 언문일치 현상에 주목하고, 중국의 선진 문물을 배우려면 중국어의 습득이 시급함을 역설하고 있다(李喜經, 『雪岫外史』, 아세아문화사 영인, 1986, 40~43면; 진재교 외 옮김, 『북학 또 하나의 보고서, 설수외사』, 성균관대 출판부, 2011, 「말 따로 글자 따로」, 74~76면). 홍대용도 귀환 도중 孫有義와 만났을 적에 "저희 나라는 중국을 흠모하고 숭상하여 의관문물이 중화의 제도와 방불합니다. 그래서 예부터 중국에서 간혹 '소중화'라고 일컬어졌는데, 오직 언어만은 여전히 오랑캐 풍속을 면치 못해 부끄럽게 여깁니다"(弊邦慕尙中國, 衣冠文物彷彿華制, 自古中國或見稱以小中華. 惟言語尙不免夷風爲可愧)라고 말했다. 그 역시 조선의 의관 제도뿐 아니라 심지어 언어조차 중국을 따르는 것이 바람직하다고 생각했음을 알 수 있다(홍대용, 『담헌서』 외집 권7, 『연기』, 「孫蓉洲」).

123 "所謂漁人爲指江城近, 一塔船頭看漸長, 不知畫者不知詩.…"(『연암집』권 11, 「성경잡지」, 7월 10일, 장36b)

124 『연암집』권12, 「관내정사」, 7월 25일, 장30b~31a, "世傳金學士黃元登浮 碧樓, 得句曰'長城一面溶溶水, 大野東頭點點山', 因苦吟意涸, 痛哭下樓. … 余常以此謂非佳句. 溶溶非大江之勢, 東頭點點之山, 遠不過四十里耳, 烏得 稱大野哉? 今以此句, 爲練光亭柱聯, 若敕使登亭一覽, 則必笑'大野'二字."

125 『연암집』권14, 「피서록」, 장64ab, "淸脾錄(李德懋著)云: '三韓人遍踏中土 者, 無如李益齋(名齊賢). …其足跡所到, 皆偉壯, 有非東人之所及. 其詩當爲 東方二千年來名家, 華艶昭雅, 快脫三韓僻滯之習.' …余嘗一再至書院, 讀其 遺集, 益信淸脾錄所評爲鐵論."; 이덕무, 『청장관전서』권34, 『청비록』권3, 「李益齋」 참조.

126 예컨대 「嬰處稿序」에서는 "'비슷하다'는 것은 그 상대인 '저것'과 비교하는 말이다. 무릇 '비슷하다'고 하는 것은 비슷하기만 한 것이니, 저것은 저것일 뿐이요, 서로 비교하는 이상 이것은 저것이 아니다. 나는 이것이 바로 저것 이 되는 경우를 본 적이 없다"(似者, 方彼之辭也. 夫云似也似也, 彼則彼也, 方則非彼也, 吾未見其爲彼也.)고 했으며, 「綠天館集序」에서도 "어째서 비 슷하기를 추구하는가? 비슷하기를 추구하는 것은 참이 아님을 자인하는 셈 이다. 이 세상에서 이른바 서로 같은 것을 말할 때 '몹시 닮았다'고 일컫고, 분별하기 어려운 것을 말할 때 '참에 아주 가깝다'고 말한다. '참에 가깝다' 고 말하거나 '닮았다'고 말할 때에는 그 말 속에 '거짓되다'나 '다르다'는 뜻 이 이미 내재되어 있는 것이다"(夫何求乎似也? 求似者非眞也. 天下之所謂 相同者, 必稱酷肖, 難辨者, 亦曰逼眞. 夫語眞語肖之際, 假與異在其中矣)라 고 했다(『연암집』권7, 장8a, 9ab).

127 "君不知江山, 亦不知畫圖… 故凡言似·如·類·肖·若者, 諭同之辭也. 然而 似諭似者, 似似而非似也."(『연암집』권12, 「관내정사」, 7월 26일, 「灤河泛舟 記」, 장35b~36a)

128 『연암집』권13, 「환연도중록」, 8월 20일, 장11b~12a, "相逢意氣爲君飮, 繫 馬高樓垂柳邊… 益知古人作詩, 不過古用卽事, 而眞意宛然.";『연암집』권4, 「贈左蘇山人」, 장2a, "卽事有眞趣, 何必遠古抯?"

129 홍대용, 『담헌서』외집 권7, 「연기」, 「劉鮑問答」; 외집 권9, 「연기」 「觀象臺」; 김명호, 『홍대용과 항주의 세 선비』(돌베개, 2020), 2부 2장 「천주당과 서양 천문학 수용」 참조.

130 홍대용, 『담헌서』 외집 권7, 『연기』, 「劉鮑問答」, 「兩渾」.

131 홍대용, 『담헌서』 외집 권2, 『간정동필담』, 1766년 2월 17일.

132 『을병연행록』, 1766년 1월 7일(소재영 외 주해, 태학사, 1997, 257면).

133 『연암집』 권14, 「곡정필담」, 장8b~9a, "余曰: 鄙人萬里開關, 觀光上國. 敝
邦可在極東, 歐羅乃是泰西, 以極東·泰西之人, 願一相逢. 今遽入熱河, 未及
觀天主堂, 自此奉勅東還, 則不可復入皇都. 今幸忝遊大人先生之間, 多承敎
誨, 雖適我大願, 然於泰西遠人, 無路相尋, 是爲鄙人所恨. 今聞西人從駕亦
在是中云, 願蒙指敎, 或有相識, 幸爲紹介."; 권15, 「황도기략」, 「風琴」, 장
10b, 「양엽기」, 「利瑪竇塚」, 장33b~34a.
「황도기략」 중 「풍금」에서 연암은 "堂毁於乾隆己丑(1769), 所謂風琴無存
者."라고 했으나, 천주교 남당의 파이프 오르간은 1775년 화재 때 소실되었
다. 마테오 리치의 묘는 현재 북경시 西城區 中共北京市委黨校(北京行政學
院) 경내 外國傳敎士墓地에 있다.

134 "仰視藻井, 則無數嬰兒, 跳盪彩雲間, 纍纍懸空而下, 肌膚溫然, 手腕脛節,
肥若綠絞, 驟令觀者, 莫不驚號錯愕, 仰首張手, 以承其隤落也."(『연암집』 권
15, 「황도기략」, 「洋畫」, 장11b)
서양의 畫法에 대해서는 Joseph Needham, 『中國の科學と文明』, 권10, 田
中淡 外 譯, 東京; 思索社, 1979, 140~148면; A. 하우저, 『문학과 예술의 사
회사』, 근세편 上, 백낙청·반성완 역, 창작과비평사, 1980, 17~19면, 86~
87면 참조.

135 『연암집』 권14, 「구외이문」, 「順濟廟」, 장84b.
媽祖는 중국의 민간 신앙에서 숭배하는 항해의 수호신으로, 북송 초에 태어
난 福建省 출신의 林默郎이란 무당을 신격화한 것이라고 한다. 역대 중국
황제들이 마조에게 '天妃' 또는 '天后'라는 封號를 하사했다.

136 『연암집』 권13, 「황교문답」, 장26a, "泰西人居敬甚篤, 攻佛尤力, 而猶爲堂
獄之說. 彼見吾道之一心對越, 曰臨曰監曰視曰聽, 明有主宰, 則得一降殃祥
之降字以自罔也. 大約佛家並無輪回說, 中原人飜經時, 言殊文異, 難以形容,
則繹爲報應輪回之說, 並與因果而累之, 後世禪說者, 且恥言因果, 以爲佛氏
之糟粕. 此不可不察也."
마테오 리치는 『천주실의』에서 불교를 배척하는 한편 천당지옥설을 폈다.
즉, 『천주실의』 제3편에서 석가가 천주교의 천당지옥설을 차용했으며, 제
5편에서 불교의 윤회설은 피타고라스의 학설을 이어받은 것이라고 주장했

다. 제6편에서는 천주교의 천당지옥설이 불교의 윤회와 극락왕생설과 다르다고 주장했다.

137 『연암집』 권14, 「곡정필담」, 장9b〜10a. "…名雖闢佛, 篤信輪回." "…彼耶蘇教, 本依俙得釋氏糟粕. 旣入中國, 學中國文書, 始見中國斥佛, 乃反效中國斥佛, 於中國文書中, 討出'上帝'·'主宰'等語, 以自附吾儒. 然其本領, 元不出名物度數, 已落在吾儒第二義."

138 "…然立志過高, 爲說偏巧, 不知返歸於矯天誣人之科, 而自陷于悖義傷倫之曰也."(『연암집』 권15, 「황도기략」, 「風琴」, 장10b)

139 "泰西人辨幾何一畫, 以一線論之, 不足以盡其微, 則曰: '有光無光之際'."(『연암집』 권11, 「도강록」, 6월 24일, 장4b)

140 利瑪竇, 『幾何原本』 卷一之首, 「界說三十六則」, 第二界, "線有長無廣. (註解) 試如一平面, 光照之, 有光無光之間, 不容一物. 是線也."

141 "將謂人生神聖愚凡, 一例崩殂, 中間尤咎, 患憂百端, 兒悔其生, 先自哭弔."(『연암집』 권11, 「도강록」, 7월 8일, 장29a)

142 "人之生也, 母嘗痛苦, 出胎赤身, 開口先哭, 似已自知生世之難."(利瑪竇, 『天主實義』, 上卷, 第三編 「論人魂不滅大異禽獸」, 朱維錚 主編, 앞의 책, 23면)

143 김명호, 『연암 문학의 심층 탐구』, 앞의 책, 136〜144면, 155〜174면 참조.

144 『연암집』 권11, 「도강록」, 6월 27일, 장12b〜13a, 7월 1일, 장22b〜23a, 7월 4일, 26a〜27a.

벽돌 사용론은 일찍이 李恒福·김창업 등이 제기한 바 있으며, 연암의 우인 李匡呂나 박제가·이희경 등의 지론이기도 하다(이광려, 『李參奉集』[奎章閣 所藏本] 권4, 「與洪判書漢師書」; 박제가, 『북학의』 內編, 「甓」; 이희경, 『雪岫外史』, 아세아문화사 영인본, 1986, 61〜63면, 70〜73면; 진재교 외 옮김, 『북학 또 하나의 보고서, 설수외사』, 성균관대 출판부, 2011, 「만리장성과 황성」, 102〜105면, 「벽돌」, 117〜120면 참조). 연암의 벽돌 사용론은 金景善의 『燕轅直指』 권6, 「留館別錄」, 「城郭市肆」 「公私第宅」 「土産諸物」 조에 재수록되어 있다.

145 『연암집』 권12, 「일신수필」, 「車制」, 장6b〜8a.

여기에서 연암은 수레의 국가적 필요성을 역설하면서 "故周禮問國君之富, 數車以對."라고 했으나 이는 착오인 듯하다. 『禮記』 「曲禮」 下에 "問國君之富, 數地以對"라 하였고 "問士之富, 以車數對"라고 했다. 또 연암은 車制에 관해 홍대용, 이광려와 논의한 적이 있다고 했다. 『과정록』에도 연암이 길을 지나가다가 이광려의 집에 잘 만들어진 수레가 있음을 우연히 보게 된 것을 계기로 두 사람 사이에 당색을 초월한 교분이 맺어진 사실을 증언하고 있다(권1,『총서』20, 124~125면).

수레 통용론은 17세기 이후 개혁적인 관료와 학자들이 잇달아 제기했다. 金堉·南九萬 등은 평안도의 민폐 해소를 위해 수레 보급을 주장했고, 柳壽垣·이광려·홍대용·박제가·박지원·이희경·洪良浩 등은 청나라 선진 문물을 받아들여 국내의 상업을 발전시키기 위한 방안의 하나로 수레 보급을 주장했으며, 趙顯命·朴文秀·정약용 등은 토목공사에서 노동력을 절약하기 위해 수레 보급을 주장했다(박제가,『북학의』內篇,「車」; 이희경,『설수외사』, 아세아문화사 영인본, 1986, 51~54면; 진재교 외 옮김, 앞의 책,「수레바퀴의 통일」, 87~90면; 윤용출,「조선 후기 수레 보급 논의」,『한국민족문화』47, 부산대 한국민족문화연구소, 2013 참조). 연암의「車制」는『연원직지』권6,「유관별록」,「器用」조에 재수록되어 있다.

146 『연암집』권11,「도강록」, 장9ab,「성경잡지」, 장41b~42a; 권12,「일신수필」, 장24a; 권14,「구외이문」, 장77b~78a; 권15,「동란섭필」, 장36b.

147 『연암집』권16,『과농소초』,「農器」,「耒耜」, 장46b~47a,「礰礋」, 장51b,「鐵搭」, 장52b,「秧馬」, 장53b,「耰鋤」, 장54b,「碓」, 장56b~57a,「颺扇」, 장58b~59a; 염정섭,「연암의『과농소초』에 대한 종합적 검토」, 임형택 외 4인,『연암 박지원 연구』, 성균관대출판부, 2012, 199~207면 참조.

148 『연암집』권12,「태학유관록」, 8월 14일, 장88b~91a.
이는 박제가의『북학의』內篇,「馬」조와 흡사한 내용이다.『열하일기』와『북학의』에서『周禮』와『禮記』「月令」, 秦蕙田의『五禮通考』등을 인용한 부분은 문구까지 동일하다.
조선의 馬政에 대한 연암의 비판은『연원직지』권6,「유관별록」,「禽獸」조에 재수록되어 있다.

149 『연암집』권12,「막북행정록」, 8월 6일, 장62b~63a, 8월 7일, 67ab.
이 내용은『연원직지』권6,「유관별록」,「禽獸」조에 재수록되어 있다. 당시 조선의 御馬法에 대한 비판은 유득공의『古芸堂筆記』권4,「東人御馬」, 홍대용의『燕記』,「巾服」·「畜物」, 박제가의『북학의』內篇,「馬」등에도 보인다.

150 『연암집』권13,「행재잡록」, 장45a~46a; 권14,「구외이문」,「別單」, 장72ab,「明璉子封王」, 장75ab,「羅約國書」, 장78a~79b; 권15,「동란섭필」,

장56b.

151 연암은 "실제적인 공로를 추구한 管仲과 商鞅의 학문에도 진실로 취할 만한 것이 있다"고 매번 말했으며, "내가 관중과 상앙에게서 취하는 것은 이들이 제도를 수립하고 법령을 실행한 점을 취할 뿐이다"라고 말했다고 한다 (박종채, 『過庭錄』 권4, "每言: '管·商功實之學, 固有可取者.'" "吾之所取於管·商者, 只取其立制度行法令而已." 이는 경기도 실학박물관 소장 초고본에만 있는 내용임).

152 『연암집』 권12, 「일신수필」, 7월 15일, 장3ab, "尊周自尊周, 夷狄自夷狄." 청나라 치하에서도 중국의 영토·士族·典籍·道義 등 중화 문명의 精粹는 보존되어 있다는 견해는 연행 이전의 글인 「會友錄序」(『연암집』 권1, 장2b)에도 나타나 있다. 이와 같은 청조 문물 수용의 논리는 『북학의』 外篇, 「尊周論」과 구체적인 표현까지 합치하고 있다. 또한 이희경의 『설수외사』에서도 排淸論을 반박하면서 동일한 논리를 개진하고 있다(『설수외사』, 아세아문화사 영인본, 13~17면; 진재교 외 옮김, 앞의 책, 「다섯 번 중국을 드나든 사연」, 33~37면).

153 『연암집』 권12, 「관내정사」, 8월 1일, 장50b~52a, "…亦奚特中華之族如此哉? 夷狄之主函夏者, 未嘗不襲其道而有之矣."

154 『연암집』은 「심세편」에서 "今函夏, 雖變而爲胡, 其天子之號未改也."라고 하면서 청나라 관원들에게 외교상의 예의를 준수하도록 촉구했다(『연암집』 권14, 장1ab). 또한 건륭제가 「月令」의 일부 내용을 개정하도록 한 데 대해서도 "惟天子可以議禮, 今皇帝改月令, 可徵焉."(『연암집』 권14, 「구외이문」, 「塵角解」, 장71ab)이라고 긍정하는가 하면, "自伏羲氏至今乾隆皇帝, 正統天子總二百五十"(권15, 「동란섭필」, 장48a)이라 하여, 청조를 정통 왕조로 분명히 인정하고 있다.

155 渡邊浩, 『近世日本社會と宋學』, 東京大學出版社, 1985, 49~52면; 坪井善明, 「ヴェトナム阮朝の世界觀」, 『國家學會雜誌』 96권 9·10호(1983); 유인선, 『베트남사』, 민음사, 1984, 17~18면; 조성을, 「조선 후기 사학사 연구현황」, 『한국중세사회 해체기의 諸問題』, 한울, 1987, 상권, 284~290면 참조.

156 『연암집』 권12, 「관내정사」, 7월 27일, 장36a~37a.

157 "維我先王, 亦維有君, 大明天子, 我君之君, …先王有仇, 維彼建州, 豈獨我私? 大邦之讐."(『연암집』 권3, 「초구기」, 장8a)

158 "…乃大聲呼慟曰: '伯夷熟茱殺人, 伯夷熟茱殺人!' 叔齊與熟茱音相近, 一堂

哄笑."(『연암집』 권14, 「관내정사」, 7월 27일, 장36b)

『연원직지』 권2, 12월 14일, 「夷齊廟記」에는 『열하일기』 중 백이·숙제를 원망했다는 건량관의 고사를 인용한 뒤, "至此, 憶此語, 相與一笑. 盖今則供薇亦廢已久矣."라고 전하고 있다.

159 예컨대 이덕무의 『입연기』 상, 4월 18일 기사에서는 봉림대군이 瀋陽으로 갈 때 지나갔다는 會寧嶺에서 "宛想當時, 不禁涕泗之橫襟"이라 서술하고 있으며, 4월 24일 기사에서도 호란 당시 끌려온 조선인 인질들의 거처였던 심양의 朝鮮館을 지나면서 "彷徨躑躅, 不勝悲憤"이라 술회하고 있다.

160 『연암집』 권14, 「피서록」, 장64b~65a, "亘古大節"; 권15, 「동란섭필」, 장46ab, "髮動脈跳".

161 "主辱臣死, 猶屬從容, 何留何去, 何忍何捨? 此吾東第一通哭時也."(『연암집』 권12, 「막북행정록」, 장61a)

162 『연암집』 권15, 「동란섭필」, 장50ab, "余過松山, 作文以吊士龍之魂."
이 제문은 『열하일기』에 수록되어 있지 않고, 성균관대 소장 『煙湘閣集』의 「熱河日記補遺目錄」에 「祭李士龍文」이라는 제목만 전하고 있다.
이 밖에도 연암은 명나라 말의 역사를 비분강개조로 서술한 禁書인 『樵史』 (江左樵子 編輯, 『樵史通俗演義』)를 구득하여 "與正使讀之, 不覺涕零"하고 있으며(『연암집』 권14, 「구외이문」, 「樵史」, 장71a), 명 의종이 목을 매어 자살한 곳인 북경의 萬壽山(萬歲山 즉 景山의 오류임) 壽皇亭을 보려 했으나 금지당하고는 "嗚呼, 痛哉!"라고 탄식하고 있다(『연암집』 권15, 「황도기략」, 「萬壽山」, 장3b~4a).

163 『연암집』 권13, 「행재잡록」, 장39b~41a.

164 김창업, 『연행일기』, 壬辰(1712) 12월 11일, 12일, 19일, 癸巳(1713) 1월 22일, 2월 3일, 13일, 22일; 홍대용, 『담헌서』 외집 권7, 『연기』, 「鄧汝軒」, 「孫蓉州」, 외집 권10, 『연기』, 「方物入闕」; 이덕무, 『입연기』 상, 5월 22일; 葛兆光, 『想像異域 ─ 讀李朝朝鮮漢文燕行文獻札記』, 中華書局, 2014, 제7장 「大明衣冠今何在?」, 144~149면 등 참조.

165 『연암집』 권12, 「관내정사」, 8월 3일, 장54b~55a, 「태학유관록」, 8월 10일, 장74b, "我使衣冠, 譬彼帽服, 可謂燁如仙人", 장77b, "筆指余額曰: '這是頭厄.' 余笑指其額曰: '這個光光, 且是何厄?' 鵠汀慘然點頭."; 권14, 「피서록」, 장66b, "…而我使衣冠, 可謂燁如仙人. 然街兒驚怪, 反謂場戲的一樣, 悲夫!"; 권15, 「황도기략」, 「武英殿」, 장6a, "豈非吾東尊攘之義, 亦根於皂隷之

賤, 而秉彝之所同, 得有不可誣也耶!"

166 "東俗之多天載笠, 雪裏把扇, 爲他國所笑."(『연암집』 권15, 「동란섭필」, 장 35ab)

중국인들이 겨울에도 부채를 갖고 다니며 갓 쓰고 도포 입는 조선인을 비웃는다는 사실은 홍대용, 『담헌서』 외집 권10, 『연기』, 「巾服」; 이덕무, 『앙엽기』 8, 「論諸笠」 등에도 언급되어 있다.

167 『연암집』 권14, 「심세편」, 장1a, 3b, 「玉匣夜話」, 장95b; 권15, 「동란섭필」, 장60ab.

168 趙憲, 『東還封事』, 先上八條疏, 「貴賤衣冠」; 柳馨遠, 『磻溪隨錄』 권25, 續篇上, 「衣冠」; 宋時烈, 『宋子大全』 권35, 書, 「答鄭晏叔」(戊戌二月二十七日), "我東婦人首制, 卽同猱子, 重峯先生慨然請革者. 老兄家, 以喬木餘矩, 先從出谷之義, 則亦有從之者. 幸令小嫂及佳婦, 略從華制如何?"; 권207, 「重峯趙先生行狀」; 附錄 권18, 語錄, 崔愼錄(下), "先生慨然有意於唐虞三代之風, 而立朝則以尊攘爲急務. 居家則以遵用華制, 爲變俗之漸. 國內婦人及童子未冠者之辮髮, 皆胡俗也. 先生家童子之雙紒(卽雙髻)而不辮髮者, 業已久矣. 晩來又令婦人皆從華制而作髻爲首飾, 不以駭俗爲嫌. 蓋純用華夏, 盡變夷風, 馴致比屋可封之俗者, 實先生志也."; 『宋子大全隨箚』 권4, 隨箚 권35, 五版, "略從華制(嘗聞崇禎末有宮人屈氏, 避亂東出. 先生得其髻制行之家間, 而近日廢而不行, 未詳其制. 聞洪川金氏家, 得於吾家, 自先世行之至今云.)"; 宋文欽, 『閒靜堂集』 권7, 「婦人服飾攷」; 朴珪壽, 『瓛齋叢書』, 성균관대 대동문화연구원, 1997, 제4책, 『居家雜服攷』 권1, 「外服」, 79~81면, "尤齋宋先生嘗令學徒去笠着冠曰: '冠是華制, 而笠則俗也.'"; 권2, 「內服」, 337면, "昔尤菴先生有云: '東方婦人之服, 尙襲猱子之俗. 先自一二大家, 變而歸正, 則自可轉相效法, 久而化之.'"

169 연암의 5대조 박미의 妣 貞安翁主가 중국식 上服을 착용한 이래, 族高祖 朴世采는 이를 일가의 禮로 확정했으며, 조부 박필균도 집안 부녀자들에게 이를 따르도록 했다. 그리고 연암의 장인 이보천의 禮學을 계승한 처남 이재성도 부인의 首飾과 복식 제도의 개혁을 논한 『髻結議』를 저술하는 등 이 문제에 큰 관심을 지니고 있었다(박종채, 실학박물관 소장 초고본 『과정록』 권4, "又曰: '章簡公〔박필균 ― 인용자〕家法甚嚴, …婦女謁見時, 皆圓衫.'"; 박규수, 『환재총서』, 성균관대 대동문화연구원, 1997, 제4책, 『거가잡복고』 권2, 「內服」, 339~341면, 「芝溪李公〔在誠〕髻結議」, 353~365면).

170 연암은 「自笑集序」에서 고려 말에 들어온 '蒙古胡制'를 고수하고 있는 당시의 女服을 비난하면서, 예전의 華制가 妓服에만 남아 있음을 개탄했다(『연암집』 권3, 장5b). 또한 박제가의 『북학의』 內編 「女服」에서도 부인복을 華制로 바꾸고 동자의 辮髮을 古禮에 따라 雙髻로 고칠 것을 역설하면서, 이재성의 『체결의』를 高評하고 있다. 의관 제도 개혁에 대한 이러한 관심은 홍대용의 『연기』, 「巾服」 조와 『담헌서』 외집 권1, 杭傳尺牘, 「與鐵橋書」(2), 「與孫蓉洲有義書」 등에 이미 나타나 있으며, 이덕무의 『앙엽기』 8, 「女服從華制」, 「笠當改造」, 「笠弊」 조 및 이희경의 『설수외사』(아세아문화사 영인본, 26~30면; 진재교 외 옮김, 앞의 책, 「조선 여인의 예복」, 55~58면) 등에도 보인다.

171 조광, 「조선 후기의 邊境意識」, 『백산학보』 16, 백산학회, 1974; 박광용, 「기자조선에 대한 인식의 변천」, 『한국사론』 6집, 서울대 국사학과, 1980; 허태용, 『조선 후기 중화론과 역사인식』, 아카넷 2009, 107~112면, 161~184면; 이명종, 「17·18세기 조선에서 '만주＝故土' 의식의 출현과 전개」, 『동아시아문화연구』 58, 한양대 동아시아문화연구소, 2014 참조.

172 연암이 「도강록」 6월 28일 기사에서 열거한 중국 측 문헌들 중 "又地志, 古安市城在蓋平縣東北七十里"라고 한 것은 『明一統志』를 인용한 것으로 보인다. 단 '蓋州衛'를 淸代의 지명인 蓋平縣으로 바꾸어 인용했다(南九萬, 『藥泉集』 第二, 詩, 「鳳凰山」[幷序], "取考大明一統志, …又云: '安市廢城在蓋州衛東北七十里.'"; 丁若鏞, 『與猶堂全書』 제6집, 『我邦疆域考』 其三, 「丸都考」[安市附], "安市者, 遼東之古縣也, 在今蓋平縣東北七十里. [註] …一統志云: '安市廢縣在蓋州衛東北七十里.'"). 『淸一統志』에도 "安市故城在蓋平縣東北"이라 했다(권39, 奉天府[二], 古蹟).

또 高麗가 본래 孤竹國으로 箕子의 封地였다는 裴矩의 上奏는 『舊唐書』와 『新唐書』의 裴矩傳에 모두 보이나, 연암이 인용한 것은 그중 『신당서』이다. 단 『신당서』에는 "漢分四郡"이 아니라 "漢分三郡"이라 했다(『新唐書』 권1, 列傳第二十五, "高麗本孤竹國, 周以封箕子, 漢分三郡.").

또 연암은 "金史及文獻通考, 俱言廣寧·咸平皆箕子封地"(星湖紀念館 소장 『열하일기』나 일본 東洋文庫 소장 『연암집』 중의 『열하일기』에는 '咸平'이 '永平'으로 되어 있음)라고 했으나, 咸平府가 고조선의 땅으로 기자의 봉지였다는 설은 『金史』가 아니라 『元史』에 보인다(권59, 志第十一, 地理二, "咸平府, 古朝鮮地, 箕子所封, 漢屬樂浪郡."). 그런데 『文獻通考』에는 해당 기록이 보이지 않는다. 이규경의 『五洲衍文長箋散稿』, 「東國疆域辨證說」에 "續文獻通考云: '咸平路, 箕子封地.'"라고 했으나, 『續文獻通考』에도 그런 기록이 보이지 않는다.

한편 『明一統志』는 永平府 境內에 있는 古蹟인 朝鮮城에 대해 "箕子受封之 地"라는 전설을 기록했다(권5, 「永平府」, 古蹟, 朝鮮城). 그러나 『四庫全書 總目』에서는 『日知錄』(권31, 「大明一統志」)에 의거하여 그러한 전설은 사 실과 어긋난다고 비판하고 있다(史部, 地理類, 總志之屬, 「明一統志」). 韓致 奫도 『海東繹史』에서 永平이 기자의 봉지였다는 『明一統志』의 기록과 이 를 비판한 『일지록』의 해당 기사를 소개했다(續集 권2, 地理考 2, 「朝鮮」).

173 『연암집』 권11, 「도강록」, 6월 27일, 장12b~13a, "點心後, 與來源及鄭進士 出行觀翫. 鳳凰山離此六七里, 看其前面, 眞覺奇峭. 山中有安市城舊址, 遺 堞尙存云, 非也. 三面皆絶險, 飛鳥莫能上, 惟正南一面稍平, 周不過數百步, 卽此彈丸小城, 非久淹大軍之地, 似是句麗時小小壘堡耳.", 6월 28일, 장16b ~19a, "方新築鳳凰城. 或曰: '此則安市城也.…' 其說頗似有理." "唐太宗失 目於安市, 雖不可攷, 蓋以此城爲安市, 愚以爲非也." "後世拘泥之士, 戀慕平 壤之舊號, 徒憑中國之史傳, 津津隋唐之舊蹟, 曰: '此浿水也,' '此平壤也,' 已 不勝其逕庭. 此城之爲安市爲鳳凰, 惡足辨哉?"

安市城의 옛터에 대한 관심은 김창업, 『연행일기』, 壬辰(1712) 11월 28일, 홍대용, 『燕記』, 「鳳凰山」, 이덕무, 『입연기』 상, 4월 14일, 유득공, 『열하기행 시주』(『난양록』) 「鳳城」 조 등에 지속적으로 보인다. 김경선의 『연원직지』 권5, 「回程錄」, 「安市城記」에서는 『연행일기』와 『연기』를 인용하고 있으며, 청국인 博明의 『鳳城瑣錄』에도 安市城에 관한 고증을 소개하고 있다(『遼海 叢書』本, 장5a). 노이점의 『수사록』 6월 28일 기사에도 鳳凰城이 곧 안시성 이라는 설을 소개하고 있다(김동석 옮김, 『열하일기와의 만남 그리고 엇갈 림, 수사록』, 성균관대출판부, 2015, 86면).

174 『연암집』 권11, 「도강록」, 6월 28일, 장17a~19a, "或指大同江爲浿水, 是朝 鮮舊疆, 不戰自蹙矣." "…然必以今大同江爲浿水者, 自小之論耳."; 「성경잡 지」, 7월 10일, 장38a, "瀋陽本朝鮮地. 或云漢置四郡爲樂浪治所, 元魏·隋· 唐時屬高句麗, 今稱盛京."; 권12, 「일신수필」, 7월 15일, 장4a, "或云廣寧, 箕子國, 古有箕子冠冔塑像, 皇明嘉靖間燬於兵.", 「관내정사」, 7월 26일, 「夷 齊廟記」, 장35a, "我國海州, 亦有首陽山, 以祠夷齊, 而天下之所不識也. 余 謂箕子東出朝鮮者, 不欲居周五服之內, 而伯夷義不食周粟, 則或隨箕子而

來, 箕子都平壤, 夷齊居海州歟?"

175 『연암집』권11,「도강록」, 6월 24일, 장5b, "卽向九連城, …獨立高阜, 擧目
四望, 山明水淸, 開局平遠, 樹木連天, 隱隱有大邨落, 如聞鷄犬之聲, 土地肥
沃, 可以耕墾. 浿江以西, 鴨綠以東, 無與此比, 合置巨鎭雄府, 彼我兩棄, 遂
成閒區. 或云: '高句麗時, 亦嘗都此.'…"; 권15,「동란섭필」, 장46b, "未及遼
東, 有王祥嶺, 踰嶺十餘里, 有冷井, 使行時設幕朝飯處也. …每我東使行時,
泉必滔滔湧出, 而東人去則立竭, 蓋遼東本朝鮮地, 故氣類相感而然云."
정약용은『疆域考』권4,「九連城考」에서『열하일기』를 인용하고 있다.

176 『연암집』권12,「관내정사」, 7월 28일,「虎叱」, 장44b~45b, "世入於長夜,
而夷狄之禍甚於猛獸.""…以俟中州之淸焉."

177 연암의 사고에서 발견되는 당파적 경향에 대해서는 김명호,『박지원 문학
연구』, 성균관대 대동문화연구원, 2001, 113면 참조.
渼湖 金元行의 門人인 홍대용도 우암 송시열을 祭享하는 華陽書院의 齋任
을 맡은 적이 있을 뿐 아니라(홍대용,『담헌서』內集 권2,『桂坊日記』, 甲午
[1774], 12월 19일), 병자호란 당시의 主和論을 통박하고 斥和論을 옹호한
다든가, 탕평책을 비판하고 南人을 혹독하게 비난하고 있음을 볼 수 있다
(『담헌서』內集, 권3,「與鄭光鉉書」,「與蔡生書」,「答韓仲由書」,「與人書」,
「贈周道以序」). 그의 모친이 錦平尉 朴弼成의 손녀였던 이덕무도「謁尤菴
宋文正公影幀」등의 시에서 우암 송시열에 대한 극도의 숭배를 드러내고
있다(『雅亭遺稿』권3).

178 『연암집』권12,「일신수필」, 7월 15일,「車制」, 장7b, "請問其故, 車奚不行?
一言而蔽之, 曰士大夫之過也. 平生讀書則曰周禮, 聖人之作也, 曰輪人·曰
輿人·曰車人·曰輈人, 然竟不講造之之法如何, 行之之術如何, 是所謂徒讀,
何補於學哉?";「태학유관록」, 8월 14일, 장91a, "我東士大夫, 不親庶事. 古
有衆會, 戒僕益馬荳, 見枳於銓郞. 近有一學士, 性頗癖馬, 其相馬之術, 無異
伯樂. 論之者以爲古有爛羊都尉, 今有理馬學士. 其嚴如此, 不慮有國之大政,
而以爲羞恥, 付之僕隷之手."

179 유득공,『古芸堂筆記』권4,「用車」.

180 천관우,「箕子攷」,『東方學志』15, 연세대 국학연구원, 1974; 김상호,「고조
선문제를 둘러싼 논쟁과 금후의 과제」,『창작과비평』61, 1988 가을; 노태
돈,「古朝鮮 중심지의 변천에 대한 연구」,『한국사론』23, 서울대 국사학과,
1990; 박대재,「고조선 이동설에 대한 비판적 검토」,『동북아역사논총』55,

동북아역사재단, 2017, 20~22면 참조.

181 『연암집』 권14, 「산장잡기」, 「一夜九渡河記」, 장30b~31b; 박지원 지음, 김 명호 편역, 『지금 조선의 시를 쓰라』, 돌베개, 2007, 「하룻밤에 아홉 번 강을 건너다」, 282~286면.

182 예컨대 '감성 인식'의 한계를 넘어선 '이성 인식'이라는 설(임형택, 「박연암 의 인식론과 미의식」, 『한국한문학연구』 11집, 한국한문학연구회, 1988, 18 ~23면), 『장자』에서 연원한 主客合一, 物我一體의 심경이라는 설(박희병, 「연암사상에 있어서 언어와 冥心」, 이지형교수 퇴임기념논총, 『한국의 經 學과 한문학』, 태학사, 1996, 662~663면), 「華山記」에 나타난 袁宏道의 사 유방식에 공감한 결과로서 "마음의 靈活性을 회복시키"는 것이라는 설(심 경호, 「조선 후기 한문학과 袁宏道」, 『한국한문학연구』 34, 한국한문학회, 2004, 141~143면), 감각기관에 대한 不信을 주장한 원굉도의 『廣莊』 「齊 物論」에서 차용한 것이라는 설(강명관, 『공안파와 조선 후기 한문학』, 소명 출판, 2007, 378~379면) 등이 제기되었다.

183 김명호, 『연암 문학의 심층 탐구』, 돌베개, 2013, 151~154면 참조.

184 『연암집』 권14, 「환희기」, 장43b~44a.
화담 서경덕과 장님의 문답은 연암이 일찍이 1770년대 초에 蒼厓 兪漢雋에 게 보낸 한 편지에도 보인다(『연암집』 권5, 「答蒼厓」, 장4a).

185 『연암집』 권11, 「도강록」, 6월 27일, 장9b~10a.

186 유득공, 『고운당필기』 권4, 「象記」.

187 김명호, 『연암 문학의 심층 탐구』, 앞의 책, 145~151면 참조.

188 박영철본(『연암집』 권14, 「산장잡기」, 장37b)과 광문회본에는 "於是乎, 說 者不能堅初說, 稍屈所學."이라 되어 있으나, 전남대본을 비롯한 여러 이본 들에서는 모두 '理說'로 되어 있다. 뿐만 아니라 『고운당필기』 권4, 「상기」 조에 인용된 그 全文에서도 '理說'로 되어 있음(아세아문화사 영인본, 398 면)을 보면, 원래는 '理說'로 되어 있던 것을 나중에 주자학을 공박하는 어 조로 오해될까 염려하여 '初說'로 고친 것이라 추측된다.

189 『연암집』 권14, 「산장잡기」, 장36b~37b, "是情量所及, 惟在乎馬牛鷄犬, 而 不及於龍鳳龜麟也."
강명관, 앞의 책, 376~378면에서는 「상기」에서 연암이 사용한 '情量'이란 말은 사전에도 나오지 않는 원굉도 특유의 표현으로서, 연암은 원굉도의 『廣莊』 「逍遙遊」로부터 그 말을 차용했을 것으로 단정했다. 하지만 '情量'

은 원래 불교 용어로 "마음으로써 헤아리는 것, 분별에 의한 추측, 凡人의 妄念分別, 상식적인 생각" 등을 뜻한다(中村元 編著, 『圖說佛敎語大辭典』, 東京: 東京書籍, 1988, 상권, 739면).

190 『연암집』 권11, 「성경잡지」, 7월 12일, 장50b~51a, "以爲馬也, 則蹄是兩歧 而尾如牛; 以爲牛也, 則頭無雙角而面似羊; 以爲羊也, 則毛不卷曲而背有二 峯…"; 권13, 「환연도중록」, 8월 17일, 장8a; 권14, 「산장잡기」, 「蠟嘴鳥記」, 장33a~34a.

또한 호랑이를 잡는 새매와 새를 잡는 나비, 네덜란드에서 진상한 주먹만한 작은 사슴, 난치병을 다스린다는 타조 알, 사자, 공작 등도 소개되고 있다(『연암집』 권14, 「구외이문」, 「彩鵪蝴蝶」, 장68b~69a, 「荷蘭鹿」, 71b, 「鮓 荅」, 72a, 「獅子」, 85ab; 권15, 「황도기략」, 「孔雀圃」, 장15b).

191 『연암집』 권14, 「산장잡기」, 「萬國進貢記」, 장34b~35a; 권15, 「동란섭필」, 장54a~55b, "…益知天下之大無物不有也."

192 "…言聖人登泰山而小天下, 則心不然而口應之; 言佛視十方世界, 則斥爲幻 妄; 言泰西人乘巨舶, 遠出地球之外, 叱爲怪誕, 吾誰與語天地之大觀?"(『연 암집』 권12, 장1ab)

193 『연암집』 권12, 「태학유관록」, 8월 13일, 장87b.
연암은 김석문에 대해 "金殁已百年, 其字號並不記憶, 亦未曾有所著."(『연 암집』 권14, 「곡정필담」, 장8a)라고 부정확하게 소개하고 있다.
『易學圖解』에 피력된 김석문의 우주론에 대해서는 민영규, 「十七世紀 이조 학인의 지동설」, 『동방학지』 16집, 연세대 국학연구원, 1975; 小川晴久, 「地 轉(動)說에서 宇宙無限論으로」, 『동방학지』 21집, 1979 참조.

194 예컨대 수성·금성·화성·목성·토성 등 5개 혹성은 태양 둘레를 공전하고 태양과 달은 지구 둘레를 공전하는 것으로 본 홍대용의 티코 브라헤(Tycho Brache)식 우주관이 『열하일기』에는 분명히 제시되어 있지 않다. 반면에 만물이 먼지로부터 생성된 것이라는 연암의 萬物塵成說은 「의산문답」에 보이지 않는다(홍대용의 우주관에 대해서는 전상운, 「담헌 홍대용의 과학사 상」, 『실학논총』, 전남대 출판부, 1975; 이용범, 「李翼의 지동설과 그 논거」, 『진단학보』 34호, 진단학회, 1972; 박성래, 「홍대용의 과학사상」, 『한국학 보』 23호, 일지사, 1981, 여름 등 참조).
이에 대해, 연행 당시의 연암이 그 존재를 알지 못했던 점으로 미루어 「의산 문답」은 홍대용의 晩年의 저술일 가능성이 높으며, 따라서 연암은 아직 다듬어지지 않은 홍대용의 초기 견해를 대변했기 때문에 그러한 차이가 생겼을 것이라는 반론도 가능하다. 그러나 홍대용이 연행을 마치고 돌아온 이듬해인 1767년 중국의 陸飛에게 보낸 한 시에서 「의산문답」에서와 똑같은 지구지전설을 피력하고 있음을 보더라도(홍대용, 『담헌서』 내집 권3, 시, 「寄陸篠飮飛」), 연암이 연행에 나서기 이전에 이미 홍대용은 지구지전설에 관한 일가견을 확립하고 있었던 것으로 추측된다. 이 시의 自註에서 홍대용이 제시한 지구지전설의 논거들은 그의 「의산문답」 중의 주장과 완전히 일치한다.

195 "胸中不字之書, 空裏無音之文, 日可數卷."(『연암집』 권14, 장28a)
연암은 동행인 盧以漸에게도 地轉說을 역설했다. 노이점은 이를 연암의 독창적인 학설로 받아들였다(노이점, 『隨槎錄』, 9월 3일, "夜, 燕巖來過, 論天地之運轉. 燕巖曰: '不但天與日月轉動, 地亦轉旋.' 余則守朱子之說, 苦爭其不轉. 燕說, 雖近無稽, 而頗有獨得之妙. 故作西館問答序而與之.", 「西館問答序」, "疇昔之夜, 與不佞論天地日月星辰之轉運, 四海六合八荒之遼濶, 而其言新奇宏博, 闖前人之所未闖, 顧不偉歟! 雖世有奧於吾之所聞者, 而嘉其超然獨出於芻狗之外. 遂識其言而叙之.", 김동석 옮김, 『열하일기와의 만남 그리고 엇갈림, 수사록』, 성균관대출판부 2015, 344면, 450면 참조).

196 "由此地觀", "隨地測影", "自星望地", "自日望地"(『연암집』 권12, 「태학유관록」, 8월 13일, 장86b)
다만 박영철본에는 "自星望地" 다음에 "其規有爛, 若鍼孔乎? 日月東昇而復西沈, 自日望地"의 20자가 인쇄 실수로 누락되어 있다(광문회본, 108면 참조).

197 "自彼滿天星宿, 視此三丸, 其羅點太空, 自不免瑣瑣小星."(『연암집』 권14, 「곡정필담」, 장8b)
홍대용도 「의산문답」에서 "自星界觀之, 地界亦星也. …自地界觀之, 近地而人見大者, 謂之日月, 遠地而人見小者, 謂之五星, 其實俱星界也."라고 했다.

198 태양으로부터 지구를 바라본다는 관점은 예수회 선교사 우르시스(Sabbatino de Ursis, 熊三拔)의 『表度說』에 보인다. 第三題에 "地球小于日輪, 從日輪視地球, 止於一點."이라고 했다.

199 "若自月中世界, 望此地光,"(『연암집』 권14, 「곡정필담」, 장6a)

200 "塵蒸氣鬱, 乃化諸蟲, 今夫吾人者, 乃諸蟲之一種族也." "環此大地, 定不知幾處鱗皇幾位毛帝, 則以地料月, 其有世界, 理或無怪."(『연암집』 권14, 「곡

정필담」, 장6b~7a)

홍대용도 「의산문답」에서 태양과 달에 각각 고등 생명체가 살고 있을 것으로 보았다(홍대용, 『담헌서』 내집 권4, 「의산문답」, 장23b~24a).

201 『연암집』 권12, 「태학유관록」, 장86b.

地球說에 대한 이러한 논증과 지구에 상하가 있을 수 없다는 견해는 「의산문답」과 일치하는 대목이다(홍대용, 『담헌서』 내집 권4, 장19a~20b).

202 『연암집』 권12, 「태학유관록」, 8월 13일, 장86b, "謂地方者, 論義認體, 說地毯者, 信形遺義. 意者, 大地其體則圓, 義則方乎?"; 권14, 「곡정필담」, 장7b, "大抵其形則圓, 其德則方. 事功則動, 性情則靜."

마테오 리치는 『乾坤體義』 卷上 「天地渾儀說」에서 "有謂地爲方者, 語其德靜而不移之性, 非語其形體也."라고 했고, 알레니(G. Aleni, 중국명 艾儒略)도 『職方外紀』 卷首 「五大洲總圖界度解」에서 "可見天圓地方, 乃語其動靜之德, 非以形論也."라고 했다. 페르비스트(F. Verbiest, 중국명 南懷仁)는 『坤輿圖說』 卷上에서 마테오 리치와 알레니의 말을 인용하여 "有謂地爲方者, 語其德定而不移之性, 非語其形體也."라 하고, 「地體之圜」 조에서 "世謂天圜而地方, 此蓋言其動靜之義方圓之理耳, 非言其形也."라고 했다. 연암은 이러한 서학서의 주장을 알고 있었던 듯하다(김명호, 『환재 박규수 연구』, 창비, 2008, 166면 참조).

203 『연암집』 권12, 「태학유관록」, 8월 13일, 장86b, "日月右旋, 翻轉如輪. 圈有大小, 周有遲疾, 歲朞月朔, 各有其度. 左旋繞地, 匪井觀乎?"

天은 左旋하고 日月五星은 右行한다고 보는 중국 천문학자들의 통설과는 달리, 張載와 주자는 一氣의 回轉에 따른 天 및 日月五星의 左旋說을 주장했다(山田慶兒, 『朱子の自然學』, 岩波書店, 1978, 43~45면, 242~250면 참조).

204 이 대목은 필자가 보충한 것이다. 『열하일기』의 원문에는 태양 및 달의 右旋說과 지구의 자전설을 병렬하고 있을 뿐이다. 연암에게 영향을 준 김석문은 張載의 『正蒙』과 자코모 로(Giacomo Rho, 중국명 羅雅谷)가 편찬한 『五緯曆指』를 독창적으로 해석하여, 주자학파가 따르던 좌선설을 비판하고 전통적인 우선설을 지전설과 결합하여 더욱 발전시켰다고 한다(구만옥, 「조선 후기 실학적 자연인식의 대두와 전개」, 연세대 국학연구원 편, 『한국실학사상연구 4: 과학기술편』, 혜안, 2005, 136~138면). 박규수에 의하면, 홍대용도 「毉山實言」(「의산문답」의 異本)에서 지구가 하루에 1회 右轉함

에 따라 해도 右行하지만 지구의 자전이 해의 운행보다 몹시 빠르므로 사람
들이 지구의 자전을 깨닫지 못하고 해가 서쪽으로 지는 줄로 안다고 비판했
다 한다(김명호, 『환재 박규수 연구』, 앞의 책, 164면).

205 『연암집』 권12, 「태학유관록」, 8월 13일, 장87a, "…然則日月本無昇沉, 本無
往來, 篤信地靜, 謂無動轉, 乃其惑乎?"

206 『연암집』 권12, 「태학유관록」, 8월 13일, 장87a, "求說不得, 則謂此地春夏秋
冬各隨方游, 謂其游者, 謂有進退, 謂有昇降, 與其游方, 寧無轉乎?"
四遊說에 대해서는 Joseph needham, *Science and Civilsation in China*,
vol. 3(Cambridge University Press, 1959) p. 224; 山田慶兒, 앞의 책, 179
~183면 참조.

207 『연암집』 권12, 「태학유관록」, 8월 13일, 장87a.
또한 연암은 지구의 회전에도 불구하고 생물들이 둥근 지표에 붙어 있을 수
있는 것은 개미와 벌이 벽을 타고 오르거나 천정에 거꾸로 매달려 있는 것
과 마찬가지의 이치라고 설명하고 있다. 이런 식의 설명에 대해서는 이미
李瀷이 올바르게 비판한 바 있다(李瀷, 『星湖僿說』 권2, 天地門, 「地毬」).
이 밖에도 연암은 지구가 자전하는 증거로 고양이의 눈동자 모양이 12시간
마다 변하는 것으로 시간을 정할 수 있다는 전래의 속설(猫眼定時法)을 추
가하고 있으나(『연암집』 권14, 「곡정필담」, 장8a), 이 역시 그릇된 논증임은
물론이다.

208 "圓者之必轉"(『연암집』 권 14, 「곡정필담」, 장7b)

209 『연암집』 권14, 「곡정필담」, 장7b, "…事功則動, 性情則靜."; 권14, 「곡정필
담」, 장8a.
종래의 天運說에 대한 이러한 타협 절충은 「의산문답」에도 보인다(홍대용,
『담헌서』 내집 권4, 장22a, "地靜天運, 人之常見也, 無害於民義, 無乖於授
時, 因以制治, 不亦可乎? 在宋張子厚, 微發此義. 洋人亦有以舟行岸行, 推說
甚辨, 及其測候, 專主天運, 便於推步也.").

210 『연암집』 권12, 「태학유관록」, 8월 13일, 장87ab.
음양오행설에 대한 비판은 「虎叱」에도 나타나 있으며(『연암집』 권12, 「관내
정사」, 장42ab), 안의 현감 시절에 지은 「洪範羽翼序」에서 연암은 더욱 치
밀한 논리로써 五行相生說을 비판하고 있다(『연암집』 권1, 장6b~8b).
홍대용의 「의산문답」에서도 이와는 다른 논거에서이기는 하나 음양오행설
을 비판하고 있으며(홍대용, 『담헌서』 내집 권4, 장30ab), 박제가의 進疏本

『북학의』「五行汩陳之義」조에서도 「홍범우익서」와 마찬가지로 종래의 오행설을 비판하면서 새로운 해석을 제시하고 있다.

211 "今吾人者, 坐在一團水土之際, 眼界不曠, 情量有限, 則乃復妄把列宿, 分配九州. 今夫九州之在四海之內者, 何異黑子點面?"(『연암집』권12, 「곡정필담」, 장8b)
　　홍대용의 「의산문답」에서도 동일한 논리에 의거하여 分野說을 비판하고 있다(『담헌서』내집 권4, 장25b∼26b).

212 "…余所著笠, 如氈笠(所謂笠範巨只), 飾鏤銀, 頂懸孔雀羽, 頷結水精纓. 彼兩虜眼中以爲如何?"(『연암집』권12, 「태학유관록」, 8월 11일, 장80b)

213 『연암집』권13, 「行在雜錄」, 장42b∼43a, "吾東一事涉佛, 必爲終身之累, 況此所授者乃番僧乎!", "潔則潔矣, 以他俗視之, 則未免鄕闍."

214 『연암집』권12, 「막북행정록」, 8월 6일, 장64a, "頂張黑傘", "翩翩欲舞", "其聲或喃喃, 或呢呢, 或閣閣", "彼必不識同國同來, 想應分視南蠻·北狄·東夷·西戎, 都入渠家."

215 김경선은 그의 『연원직지』에서 연암의 중국 제일 장관론의 전문을 소개한 다음, "夫前人之評壯觀, 斯已盡矣, 無容更贅."라고 하면서 극찬하고 있다(권6, 「留館別錄」, 「眺覽交游」).

216 『연암집』권12, 「일신수필」, 장2b.

217 『연암집』권12, 「일신수필」, 7월 15일, 장3b.
　　중국에서 가축의 분뇨를 잘 활용하여 농업 생산력을 提高하고 있는 실정 자체에 대한 관심은 김창업, 『연행일기』, 1712년 12월 19일; 홍대용, 『연기』, 「沿路記略」; 박제가, 『북학의』외편, 「糞」조 등에도 나타나 있다.

218 연암은 『課農小抄』「糞壤」조에서도 "莊生所謂道在糞壤者, 良覺是矣"라 하고 있다(『연암집』권17, 장5ab). 단 『장자』「知北遊」에서는 "(道)在屎溺"라고 했다.

219 "計四海之在天地之間也, 不似礨空之在大澤乎? 計中國之在海內, 不似稊米之在太倉乎? 號物之數謂之萬, 人處一焉, …此其比萬物也, 不似毫末之在於馬體乎?"
　　연암은 「곡정필담」중 중국이 四海에 비해 極小함을 말하면서 "所謂大澤礨空者是也"라 하여 『장자』를 인용하고 있다(『연암집』권14, 장8b).

220 본서 1부 2장, 「1. 연행 이전의 저술」, 59∼60면 참조.

221 "以道觀之, 物無貴賤; 以物觀之, 自貴而相賤."(『莊子』, 「秋水」)

222 "六合之外, 聖人存而不論; 六合之內, 聖人論而不議."(『莊子』,「齊物論」)

연암은 지구지전설을 소개하면서 "雖漆園翁之玄妙曠達, 至於六合之外, 則存而不論…"이라 하여 『장자』의 해당 구절을 의식하고 있음을 보여 준다(『연암집』 권12,「태학유관록」, 8월 13일, 장87b).

223 『연암집』 권14,「곡정필담」, 장7b.

왕민호는 지구가 달과 마찬가지로 태양빛을 받아 빛난다는 연암의 견해에 대해서도 이의를 제기하고, 지구는 스스로 發光한다면서 "譬如君子, 和順積中, 英華發外"라는 식의 도학적 논리를 펴고 있다(『연암집』 권14,「곡정필담」, 장6b).

224 丸山眞男, 『日本政治思想史硏究』(東京大學出版會, 1975), 20~30면 참조.

225 구만옥,「조선 후기 실학적 자연인식의 대두와 전개」, 연세대 국학연구원 편, 앞의 책, 131~133면; 김영식, 『주희의 자연철학』, 예문서원, 2005, 257~265면 참조.

226 "天下未有無理之氣, 亦未有無氣之理."(『朱子語類』 권1, 理氣 上, 太極天地上, 銖錄)

227 山田慶兒, 앞의 책, 398~399면; 김영식,「중국 전통과학 연구의 문제들」, 김영식 편, 『중국 전통문화와 과학』, 창작과비평사, 1986, 100~104면 참조.

228 이용범,「김석문의 地轉論과 그 사상적 배경」, 『진단학보』 41집, 진단학회, 1976; 小川晴久,「東アジアにおける地轉(動)說の成立」, 『동방학지』 23·24호, 연세대 국학연구원, 1980; 山田慶兒, 앞의 책, 42~43면, 171~183면 참조.

229 연암의 만물진성설이 Giordano Bruno(1548~1600)의 학설과 흡사하거나(席澤宗,「朝鮮朴燕岩『熱河日記』中的天文學思想」, 『科學史集刊』 第8輯, 1965, 74~75면), Demokritos의 원자설과 유사한 것으로 보는 견해도 있다(今村與志雄 譯, 『熱河日記』, 東京: 平凡社, 1978, 권2, 188면, 주14).

그러나 김석문의 『역학도해』에도 "故夫星·日·月·地, 次第圓轉不息… 且夫其中也最疾, 旣爲勞濁矣. 濁久而發塵, 塵久而成土, 土隨氣轉, 以發於內…" 운운하여 만물진성설의 단초를 드러내고 있음을 보면(『동방학지』 19호 [1975], 29면), 연암의 만물진성설은 외래적 영향보다는 주자학의 비판적 계승을 통해 대두할 수 있었던 것이라 생각된다.

230 『연암집』 권12, 장43ab, "夫天下之理, 一也. 虎誠惡也, 人性亦惡也; 人性善, 則虎之性亦善也.", "自天所命而視之, 則虎與人乃物之一也." 또한 연암은

「태학유관록」에서도 馬政 改革을 논하면서, "凡物之性, 亦與人同" 운운이라 하고 있다(『연암집』권12, 장90a).

홍대용의 「의산문답」에서도 "以人視物, 人貴而物賤; 以物視人, 物貴而人賤. 自天而視之, 人與物均也."라고 하고 있다(홍대용, 『담헌서』내집 권4, 장18b). 연암이 「호질」에서 말한 "自天所命而視之"는 홍대용이 「의산문답」에서 말한 "自天而視之"와 상통한다. "自天而視之"는 "自天視之"와 같은 말로, "自天視之" 또는 "自天觀之"는 宋·明代의 중국 유학자들이 흔히 쓰던 표현이다. 宋 時瀾은 『書經』을 해설하며 "下地"에 대해, "指當世而言, 自天視之, 則爲下也."라고 했고(『增修東萊書說』권18, 周書, 「金縢」), 明 賀良勝도 『中庸衍義』에서 "自天視之, 則祖宗莫非天之胤也"라고 했다(권6, 「達道之義」). 또 주자는 『孟子』「盡心」(上) 中 "莫非命也"章과 관련된 질문에 답해 "若是'惠迪吉從逆凶', 自天觀之, 也得其正命"이라고 했고(『朱子語類』권60), 宋 衛湜 撰 『禮記集說』(권153)에서도 『맹자』에서 말한 바 "見賢而不能擧, 擧而不能先"에 대해 "雖過也, 自天觀之, 命也"라는 陸佃의 설을 소개했다.

이상의 용례들에서도 보듯이, '天'은 天空(하늘), 天地自然, 天道(天理), 天命(上帝) 등 다양한 의미를 함축하고 있는 개념으로 쓰였다(溝口雄三 외 2인 編, 『中國思想文化辭典』, 東京大學出版會, 2001, 「天」, 8~9면; 고지마 쓰요시, 『송학의 형성과 전개』, 신현승 옮김, 논형, 2004, 69~94면; 김영식, 앞의 책, 183~193면 참조). 그리고 "自天視之"라는 관점은 華夷論 비판에도 활용되었다. 明 陸楫은 "中國·夷狄, 自天視之, 則皆其所覆載也, 皆其所生育也."라고 했으며, 謝肇淛도 分野說을 비판하면서 "人有華夷之別, 而自天視之, 覆露均也, 何獨詳於九州而略於四裔也?"라고 했다(陸楫, 『蒹葭堂稿』권3, 「華夷辯」; 謝肇淛, 『五雜組』권3, 「地部 一」; 조성산, 「연암 그룹의 夷狄 논의와 『春秋』」, 『한국사연구』172, 한국사연구회, 2016, 234면 참조). 한편 조선 후기에 安鼎福은 "以人觀之, 雖有華夷之分, 自天視之, 豈有彼此之別乎?"라고 하며 元과 淸을 각각 宋과 明을 계승한 중국의 정통 왕조로 보아야 한다는 주장에 대해 이는 夷狄이 천하를 겁탈한 것뿐이라고 반박을 가했다(安鼎福, 『順菴集』권12, 「橡軒隨筆[上]」, 「華夷正統」).

231 홍대용도 「心性問」에서 "珠玉之理, 卽糞壤之理; 糞壤之理, 卽珠玉之理也."라 하고 있다(홍대용, 『담헌서』내집 권1, 장2a).

1　김문식, 『조선 후기 지식인의 대외인식』, 새문사, 2009, 382~393면, 부록
「조선 후기 연행사 목록」(1637년~1863년)과 原田環, 『朝鮮の開國と近代
化』, 廣島: 溪水社, 1997, 46~55면, 表「朝鮮遣淸使一覽」(1834년~1894년)
에 의거하면, 對淸 사행은 총 494회 파견되었다(단 이는 연행록과는 무관한
齎咨行, 齎奏行, 皇曆行 등은 제외한 횟수이다. 1650년 6월 護行使 元斗杓
의 파견도 제외했다).

　　임기중 편, 『燕行錄叢刊』(2016년 6차 개정증보판, 누리미디어 DB), 임기
중·夫馬進 편, 『연행록전집 日本所藏編』(동국대 한국문학연구소, 2001),
『燕行錄選集 補遺』(성균관대 대동문화연구원, 2008), 『燕行錄續集』(상서
원, 2008) 등으로 영인·출판된 연행록이 오백수십 종에 달하며, 현존하는
연행록은 통틀어 600여 종은 족히 될 것으로 추산된다(김영진, 「연행록의
체계적 정리 및 연구방법에 관한 시론」, 『대동한문학』 34, 대동한문학회,
2011, 69면; 임영길, 「19세기 前半 연행록의 특성과 朝·淸 문화 교류의 양
상」, 성균관대 박사논문, 2017, 13면 참조. 단 한문과 한글로 표기된 기행
'산문'으로 연행록의 범주를 엄격히 제한할 경우 현존 연행록 숫자는 상당
히 감소할 것이다).

2　이 사실을 처음 언급한 연구자는 洪起文이다(홍기문, 「연암집에 대한 해
제」, 홍기문 역, 『박지원 작품선집 1』, 평양: 국립문학예술서적출판사, 1960,
20~21면). 『燕彙』는 현재 여러 종이 전하고 있는데 그중 일본 東洋文庫 소
장본에 『稼齋說叢』, 『湛軒說叢』과 함께 수록된 『燕巖說叢』, 즉 『열하일기』
는 『열하일기』의 초기 필사본을 저본으로 한 가장 이른 시기의 이본으로 판
단된다(노경희, 「『燕彙』의 이본 검토를 통한 조선 후기 연행록의 유통과 전
승」, 『규장각』 41, 서울대 규장각한국학연구원, 2012, 52~53면 참조).

3　"適燕者多紀其行, 而三家最著, 稼齋金氏·湛軒洪氏·燕巖朴氏也. 以史例則
稼近於編年而平實條暢; 洪沿乎紀事而典雅縝密; 朴類夫立傳而贍麗閎博,
皆自成一家而各擅其長. 繼此而欲紀其行者, 又何以加焉? …義例則就準於
三家, 各取其一體, 卽稼齋之日繫月, 月繫年也; 湛軒之卽事而備本末也; 燕
巖之間以己意立論也."(『燕行錄選集』上, 大東文化硏究院, 1960, 933면)

4　이 같은 폐단 때문에 김창업의 『연행일기』는 전체적으로 일기 형식을 취하
면서도, 중요한 사항들에 대해서는 「一行人馬渡江數」 이하 「往來總錄」에

이르는 별도의 항목들을 설정하여 기록하는 편법을 취하고 있다.

5 홍대용이 집안 여성들에게 자신의 흥미로운 중국 여행담을 들려주기 위해 따로 지은 한글본『을병연행록』에서는 종전의 일기 형식을 답습하고 있는 것도 이 때문이라 할 수 있다.

6 『연암집』권12,「일신수필」, 7월 15일, 장4a~11b,「북진묘기」,「차제」,「戲臺」,「店舍」,「橋梁」, 7월 23일, 장25b~27b,「姜女廟記」,「將臺記」,「산해관기」.

7 이 밖에도 박영철본의 목록에 의하면, '補遺'해야 할 篇의 하나로「楊梅詩話」가 있다고 한다. 단국대 연민문고 소장『楊梅詩話』는 바로 이「양매시화」의 초고로 추정된다. 이는 연암이 북경에 체류할 때 楊梅書街에 있던 段氏의 白膏藥鋪에서 兪世琦와 그의 벗인 凌野·高棫生·初彭齡·王晟·馮秉健 등과 일곱 차례나 만나 나눈 필담을 정리한 것이다. 32장의 필사본 1책으로, 서문과 32개 단락의 본문으로 구성되어 있다(김명호,『연암 문학의 심층 탐구』, 돌베개, 2013, 185~194면 참조).

8 본서 1부 3장,「2. 학술과 문예의 동향」, 120~129면 참조.

9 이 밖에도 박영철본의 목록에 의하면, '補遺'해야 할 편의 하나로「段樓筆談」이 있다고 한다. 이는 연암이 열하에서 북경으로 돌아온 뒤 양매서가에 있던 段家樓, 즉 단씨의 백고약포에서 유세기·고역생·초팽령·풍병건 등과 나눈 필담을 정리한 것으로 짐작되나, 실전되었다(김명호,『연암 문학의 심층 탐구』, 앞의 책, 214~217면 참조).

10 예외적으로, 홍대용은『연기』에서 자신의 연행 경험을 주제별로 항목화하여 서술하는 한편, 엄성·반정균·육비와의 필담을 별도의 저술로 기획하여『乾淨衕筆談』(일명『乾淨筆譚』)을 편찬했다.

11 『연암집』권11,「盛京雜識」,「粟齋筆談」, 장40ab; 권13,「傾蓋錄」, 장13b~17b.
홍대용의『간정동필담』에서는 그 말미에 배치된「乾淨錄後語」(홍대용,『담헌서』외집 권3)가 이와 같은 인물 소개 기능을 하고 있다.

12 서현경은『열하일기』필담 부분의 서술 기법을 자세히 분석했다. 즉, 연암은 필담 참석자에 관한 인물 정보를 필담의 첫머리에 제시하는 희곡적 방식을 사용했으며, 필담을 정리할 때에도 유사한 주제끼리 묶거나 중간에 요약 및 논평을 가하고, 갑자기 에피소드를 삽입하거나 희곡처럼 동작 지시문을 넣는 등, 편집자로서 적극 개입했다고 보았다(서현경,『『열하일기』定本의 탐

색과 서술 분석」, 연세대 박사논문, 2008, 280~296면).

13 『연암집』 권15, 「金蓼小抄」序, 장60b~61a.
   의약 수준의 향상에 대한 관심은 朴齊家의 『北學議』 內篇, 「藥」 조에도 나
   타나 있다. 「금료소초」의 초두에서 연암이 "吾東醫方未博, 藥料不廣, 率皆
   資之中國, 常患非眞. 以未博之醫, 命非眞之藥, 宜其病之不效也."라 했듯이,
   박제가도 "我國醫術, 最不可信, 貿藥於燕者, 苦患非眞. 以不可信之醫, 命非
   眞之藥, 宜其病之不效也."라 하고 있다.
   「금료소초」에 대한 종래의 번역에는 한의학 지식 부족으로 인한 오역이 적
   지 않다. 이에 대해서는 박상영 외 2인, 「『熱河日記』所載 「金蓼小抄」 번역
   에 관한 연구」, 『대한한의학원전학회지』 25권 1호, 대한한의학원전학회,
   2012 참조.

14 「금료소초」는 단국대 연민문고 소장 『雜錄(下)』와 『열하일기』(貞), 一齋本,
   충남대본, 국립중앙도서관 溫齋文庫 소장본, 서울대 규장각본, 성균관대 尊
   經閣本, 한국학중앙연구원 藏書閣本, 연세대 소장 『燕彙』本, 光文會本, 전
   남대본, 星湖紀念館本, 臺灣本(中華叢書委員會本), 東京道立日比谷圖書館
   소장본 등에만 있고, 정본에 가까운 필사본들에는 모두 제거되어 없다. 박
   영철본은 광문회본으로부터 「금료소초」를 보충했다고 目錄 끝에 밝히고 있
   다.

15 金澤榮 撰, 『燕巖集』 및 『燕巖續集』 말미의 諸家 跋文 참조. 또한 김택영은
   「編燕巖集序」에서 "其文欲爲先秦則斯爲先秦, 欲爲遷則斯爲遷, 欲爲愈與軾
   則斯爲愈與軾."(『金澤榮全集』 권1, 아세아문화사 영인, 1976, 509면)이라
   평하고 있으며, 「朴燕巖先生傳」에서도 같은 견해를 피력하고 있다(『金澤榮
   全集』 권2, 186면).

16 예컨대 李在誠은 『열하일기』가 明淸의 小品體를 본떴다는 세간의 비방에
   맞서 "愚意則就日記中, 揀別其一分詼氣而去之, 則此便是純正之書."라 옹
   호했다(박종채, 『過庭錄』 권1, 「총서」 20, 172~173면).
   『열하일기』의 문체를 논한 주요 논문으로 이동환, 「'夜出古北口記'에 있어
   서 연암의 自我」, 『한국한문학연구』 8집, 한국한문학연구회, 1985(이동환,
   『실학시대의 사상과 문학』, 지식산업사, 2006, 132~141면); 김도련, 「'夜出
   古北口記'의 함축미와 意境」, 국어국문학회 편, 『고전산문 연구 1』, 태학사,
   1998; 정민, 「「黃金臺記」로 본 연암의 글쓰기 방식」, 『고전문학연구』 20, 한
   국고전문학회, 2001(정민, 『고전 문장론과 연암 박지원』, 태학사, 2010, 137

~167면); 서현경, 앞의 논문, 4장, 149~296면 등을 들 수 있다.

17 『연암집』 권13, 「還燕道中錄」, 8월 17일, 장6b~7b.
이하 본문에서 인용한 원문 중 백화 어투가 분명한 부분에 대해서는 밑줄을
그어 두었음.

18 『연암집』 권11, 「粟齋筆談」, 장43a, 「商樓筆談」, 장49b~50a; 권13, 「黃敎
問答」, 장26b, 「忘羊錄」, 장69a; 권14, 「鵠汀筆談」, 장22a.

19 『연암집』 권13, 「망양록」, 장70b.

20 『연암집』 권11, 「渡江錄」, 6월 27일, 장12a, 7월 1일, 장22a, 7월 3일, 장
23b, 24b, 「盛京雜識」, 7월 13일, 장53a, 54a, 7월 14일, 장56a, 57a, 58a;
권12, 「關內程史」, 7월 27일, 장37b.

21 『연암집』 권11, 「성경잡지」, 7월 13일, 장53a.

22 白斗鏞 撰, 『註解語錄總覽』, 태학사 영인, 1978, 5~8면, 11~14면, 17~19면,
21면, 24면, 29~31면, 40면 참조.

23 『重刊老乞大諺解』, 홍문각 영인, 1984, 32, 99, 112, 140, 178, 180, 187,
234, 256, 277, 289면; 『朴通事新釋諺解』, 홍문각 영인, 1985, 1, 11, 15, 17,
20, 31, 33, 35, 38, 43, 50, 65, 69, 87, 116, 117면 참조.

24 『연암집』 권11, 「도강록」, 6월 27일, 장9a; 『重刊老乞大諺解』, 위의 책, 277면.

25 『연암집』 권11, 「도강록」, 6월 27일, 장10b, 12a, 「성경잡지」, 7월 10일, 장
35b, 37b, 7월 14일, 장58a; 권12, 「일신수필」, 7월 16일, 장12a, 7월 17일,
장15a, 7월 18일, 장18a, 「관내정사」, 7월 28일, 장40a; 권13, 「환연도중
록」, 8월 17일, 장7a, 7월 20일, 장11b; 권14, 「곡정필담」, 장16b, 22a; 陸澹
安 編, 『小說詞語匯釋』, 北京: 中華書局, 1964, 4, 8, 13, 64, 178, 404, 651,
739, 792, 797면; 龍潛庵 編, 『宋元語言詞典』, 上海: 上海辭書出版社, 1985,
924면; 白斗鏞 撰, 『註解語錄總攬』, 앞의 책, 50, 51, 53, 54, 61, 77, 82, 85,
90, 122, 210, 212면; 金聖嘆 70回本 『水滸傳』, 臺北: 三民書局, 1984, 15,
34, 68, 177, 219, 257, 305, 456, 459면 등 참조.

26 『연암집』 권11, 「도강록」, 6월 24일, 장5b, "余呼一胡曰: '位!', 蓋俄者纔學于
時大也.", 6월 28일, 장14a, "問'讀書否?', 對曰: '已誦四書, 未尙講義.'", 7월
1일, 장21a, "道了'叔叔千福', 余答道: '托主人洪福.'"; 「성경잡지」, 「상루필
담」, 장48b, "余曰: '諸公知此龍何名?' 或曰應龍, 或曰旱魃. 余曰: '否也. 此
名罡鐵.⋯.' 裵生曰: '龍名古奇. 我生之初, 乃丁是辰, 罡鐵之秋, 如何不貧?'
乃長吟曰罡處. 余呼曰罡鐵, 裵生復呼曰罡賤. 余笑曰: '非音賤也, 如饕餮之

644

鐵.'東野大笑, 仍大呼曰罡靑, 一坐都笑. 盖華音曷·月諸韻, 不能轉聲也.";
권12,「관내정사」, 7월 27일, 장38b, "沿路數千里間, 婦女語音, 盡是燕鶯,
絕不聞鸁厲之聲, 所謂'不識家人何處在, 隔簾疑是畫眉聲.'";「태학유관록」,
8월 10일, 장75a, "德甫笑語云云, 而語音類咀嚼者, 貯在喉間, 甕盎不暢. 大
抵滿人, 類多如是.", 76a, "得龍遍向貴人一揖而語, 則無不答揖而回話者. 得
龍勸我效渠之爲, 而非但吾初學生澁, 且不會官話, 無可奈何"; 권13,「환연
도중록」, 8월 17일, 장3a, "一美少年脫帽光頭, 走出戶外, 見余, 笑迎曰: '辛
苦!'蓋勞苦之語也. 余應曰: '好阿!'如吾東問安之語也. 階上雕欄, 欄下有兩
椅, 中設紅卓, 請余'坐著'. 主人見客, 或稱'請坐請坐', 或稱'坐著坐著,'或稱
'請請請'. 連呼者, 鄭重款曲也. 沿路每入人家, 則其主人莫不如此, 蓋待客之
禮也.";「망양록」, 장70a, "鵠汀笑而大聲高咏曰: '木枕十字裂.'亨山軒息卽
止, 須臾更軒, 余乃大咏'木枕十字裂', 鵠汀手拿小冊, 瞪曰: '會也.', 謂能爲
漢語也."; 권14,「곡정필담」, 장16b, "余曰: '使個鴛鴦脚踢倒支離疏.'鵠汀大
笑曰: '先生亦會使官話?'(…余於路聞通官雙林責其僕與人爭詰, 有鴛鴦脚云
云. …此刻語次, 以華音用此語, 而口鈍不成聲, 鵠汀不識爲何語. 余書之, 鵠
汀大笑, 有此譏.)" 등 참조.

홍대용은 연행 이전에 수년간 중국어를 학습하여 官話를 잘했으며, 박제가
도 연행 당시 북경에서 祝德麟·潘庭筠 등과 직접 회화가 통할 정도의 중국
어 실력을 지녔다. 유득공 역시 북경서 만난 孔憲培로부터 중국어를 잘한
다고 칭찬을 받은 바 있다(홍대용, 『담헌서』 외집 권7,「연기」,「衙門諸官」,
1766년 1월 3일, "時楊通官·烏林哺·徐宗顯·朴寶玉·朴寶樹諸通官皆來坐,
余各擧手爲禮, 諸通官問于李瀷, 皆驚起答之, 及聞余爲漢語, 不住稱奇. 徐
宗顯謂李瀷曰: '公子語多文話, 豈非讀書人乎?'李瀷從旁以浮辭稱說不已.",
3월 1일, "余仍以漢語及漢音質之, 雙林幷欣然答之, 笑曰: '朝鮮堂官, 或有
能語, 皆庸賤雜話, 尊卑倒施, 全失體貌, 豈知此等語法?'",「鋪商」, "余笑曰:
'我貧無銀, 欲白拿去.' '白拿去'者, 不償直, 徒然取去之意. 烏商亦笑曰: '公
子拿去, 我何價爲?'",「拉助敎」, "余幷以華語略答之, 助敎顧其諸子曰: '初
入中國, 語音明白, 眞聰明人也.'"; 외집 권8, 『연기』,「周學究」, "平仲讀詩經
一章, 皆笑曰: '此何聲?'余以漢音讀一章, 諸童驚曰: '能會!'一童持孟子令
讀, 余又讀數行.",「沿路記略」, "余宿有一遊之志, 略見譯語諸書, 習其語有年
矣."; 박제가, 『북학의』 內篇,「譯」; 유득공, 『灤陽錄』,「衍聖公」 참조). 그럼
에도 불구하고 홍대용이나 유득공의 연행록들에서는 백화체를 별로 구사하

고 있지 않는 데 반해,『열하일기』에서는 백화체를 적극 구사하고 있다.

27 『연암집』권11,「도강록」, 6월 27일, 장11b, 6월 28일, 장16b, 7월 4일, 장
26b,「성경잡지」,「상루필담」, 장48b; 권12,「일신수필」, 7월 17일, 장15a,
「막북행정록」, 8월 5일, 장60b, 8월 7일, 장67b,「태학유관록」, 8월 11일,
장80b; 권13,「환연도중록」, 8월 17일, 장8b, 8월 18일, 장9a; 권14,「피서
록」, 장51a.
한편 연암은「황도기략」「綵鳥舖」조에서 뱁새를 그대로 한글로 '밥새'라
표기하는 과감한 표기법을 시도하고 있다(『연암집』권15, 장19a). 이와 같
은 시도는 나중에『課農小抄』에서 조선의 農具와 種子를 기술할 때 본격적
으로 나타난다.

28 『연암집』권11,「도강록」, 6월 27일, 장11a,「성경잡지」,「상루필담」, 장45b,
7월 13일, 장54b; 권12,「일신수필」, 7월 17일, 장14a, 14b, 15a; 권13,「환
연도중록」, 8월 20일, 장11b.
이 점에 대해서는 홍기문의「박연암의 예술과 사상」에서도「허생전」을 일
례로 들어 언급한 바 있다. 즉,「허생전」에 나오는 政丞·御營大將·判書·監
司·大監 따위의 俚俗한 조선식 官號는 古文家들이라면 기피했을 표현이라
는 것이다(홍기문,『홍기문 朝鮮文化論選集』, 김영복·정해렴 편역, 현대실
학사, 1997, 307면).

29 『연암집』권11,「도강록」, 6월 27일, 장9b, 7월 1일, 장21a,「성경잡지」,「속
루필담」, 장45a,「상루필담」, 장48b; 권12,「일신수필」, 7월 17일, 장14b,
「막북행정록」, 8월 5일, 장57b, 61a; 권14,「곡정필담」, 장16b.

30 『연암집』권1,「騷壇赤幟引」, 장29b, "苟得其理, 則家人常談猶列學官, 而童
謳里諺亦屬爾雅矣."

31 柳得恭,『古芸堂筆記』권3,「熱河日記」, "其象記·虎叱·夜出古北口·一日
〔夜〕九〔渡 — 누락〕河等篇, 極恢奇, 一時士大夫傳寫借看."
김택영은 자신이 편찬한『연암집』에 이 세 작품을 수록하면서, 각각 "結有
風捲, 雲飛之勢", "一敍一論, 縱橫錯落, 不可端倪", "雄辯神品"이라 고평하
고 있으며, 다시『麗韓十家文鈔』에도 빠뜨리지 않고 뽑아 놓고 있다.

32 『연암집』권11,「도강록」, 6월 24일, 장3ab, 7월 2일, 장22b~23a, 7월 4일,
장26a~27a, 7월 8일, 장29a~30a; 권12,「일신수필」, 7월 15일, 장2a~3b,
「관내정사」, 8월 1일, 장50b~52b, 8월 4일, 장55ab,「막북행정록」, 8월 5일,
장59a~61b, 8월 7일, 장67ab.

33   김택영, 『韶濩堂文集』권8, 「雜言」.

34   『연암집』권14, 장29a~30b.

35   "羅壁識遺曰: '燕北百里外有居庸關, 關東二百里外有虎北口.'"는 『識遺』권 3, 「封略自然之險」의 관련 내용을 요약하여 간접 인용한 것으로 보인다. 이 어지는 구절, 즉 "自唐始名古北口. 中原人語長城外皆稱'口外'. '口外'皆唐時 奚王牙帳. 按金史, '國言稱留幹嶺', 乃古北口也."는 顧炎武, 『昌平山水記』 卷下, "古北口自唐始名. …奚王牙帳也. 金史, 古北口, 國言曰留幹嶺."에 의 거한 서술이다. 그 뒤에 나오는 "皇明洪武時, 立守禦千戶所." 역시 『창평산 수기』권하, "洪武十一年, 立千戶守禦所."를 인용한 것이다.

36   『연암집』권12, 「막북행정록」, 8월 7일, 장66b.

37   단국대 연민문고 소장 一齋本 『열하일기』 등 일부 이본들에는 원래 "測其 高下, 城可五六丈. 出囊中筆硯, 嗅酒磨墨, 撫城而題之"라고 되어 있던 것을 더욱 간결하게 퇴고한 것이다(일재본 『열하일기』(1), 『총서』 5, 561면).

38   "書生頭白入皇京, 服着依然一老兵. 又向熱河騎馬去, 眞如貧士就功名."(『燕 巖集』권4, 장9a, 「〔缺〕吟得一絶」)

39   『연암집』권13, 「환연도중록」, 8월 17일 기사에서도 연암은 열하에서 북경 으로 돌아오는 길에 다시 고북구를 통과하면서 『사기』 「몽염열전」의 고사 를 거듭 상기하고 있다(장4b).

40   텡기스(唐其勢)는 반란을 일으킨 원나라 권신 엘 티무르(燕帖木兒)의 아들 이고, 사돈(撒敦)은 엘 티무르의 동생이다. 투겐 티무르(禿堅帖木兒)는 원 나라 태자를 공격한 반군의 장수이다. 알탄(俺答)은 명나라를 침략한 몽골 타타르족의 추장이다.
      『연암집』권13, 「환연도중록」, 8월 17일 기사에서도 연암은 고북구를 중심 으로 벌어진 송·원·명대의 전투들을 회고하고 있다(장5ab).

41   "後唐莊宗之取劉守光也, 別將劉光濬克古北口; 契丹太宗之取山南也, 先下 古北口. 女眞滅遼, 希尹大破遼兵, 卽此地也; 其取燕京也, 蒲莧敗宋兵, 卽此 地也. 元文宗之立也, 唐其勢屯兵於此, 撒敦追上都兵於此. 禿堅帖木兒之入 也, 元太子出奔此關, 趨興松. 明嘉靖時, 俺答犯京師, 其出入皆由此關." 바 로 이 대목은 고염무의 『창평산수기』권하, "唐莊宗之取幽州也, 遣劉光濬 克古北口; 遼太祖之取山南也, 先下古北口. 金之滅遼, 希尹大破遼兵於古北 口. 其取燕京也, 蒲莧敗宋兵於古北口. 元文宗之立也, 唐其勢屯兵於此, 撒 敦追上都兵於古北口. 禿堅帖木兒之入也, 太子出光熙門東走古北口, 趨興

松. 嘉靖二十九年, 俺答之犯京師也, 入古北口, 出古北口."에 의거한 것이다. 단 "遼太祖之取山南也"가 「야출고북구기」에는 "契丹太宗之取山南也"로 되어 있다.

42 김도련, 「'夜出古北口記'의 함축미와 意境」, 앞의 책, 325~327면.

43 『연암집』 권13, 「환연도중록」, 8월 17일, 장5b.

44 李穡, 『牧隱詩藁』 권4, 「還家」; 李瀷, 『星湖全集』 권4, 「天鵝行」, "誰云不離鳥? 明哲乃賢德. 書此天鵝頌, 用規世人溺."
이색의 「還家」에 등장하는 '鴻'은 『詩經』 중의 '鴻'과 마찬가지로, 떼를 지어 나는 기러기가 아니라 고니 즉 鴻鵠(天鵝)을 뜻한다(陸機, 『毛詩草木鳥獸蟲魚疏』 卷下, 「鴻飛遵渚」, "鴻鵠… 今人直謂鴻也."; 朱謀㙔, 『詩故』 권6, 小雅, 「鴻鴈」, "今之所謂天鵝則鴻也.").

45 『연암집』, 권12, 「막북행정록」, 8월 5일, 장59a~61a.

46 유득공, 『泠齋書種』(修綆室 소장) 제1책, 『泠齋集』 권8, 「熱河日記序」; 김영진, 「유득공의 생애와 교유, 연보」, 『대동한문학』 27, 대동한문학회, 2007, 22면, 주44; 김혈조 역, 『열하일기 1』, 개정신판: 2017, 「열하일기서」, 26~29면 참조.
이 글은 리가원 선생에 의해 작자 불명의 글로 학계에 처음 소개·번역되었다(李家源, 「『燕巖集』 逸書·逸文 및 附錄에 관한 小考」, 『국어국문학』 39·40합병호, 국어국문학회, 1968; 리가원 역, 『국역 열하일기』, 민족문화추진회, 1968. 단 원문의 오탈자가 적지 않음). 현전하는 『열하일기』 이본들 중에서는 오직 국립중앙도서관 溫齋文庫 소장 『열하일기』(13책)에만 「열하일기서」가 수록되어 있다.

47 본서 2부, 「『열하일기』 이본의 특징과 개작 양상」, 468~472면 참조.

48 "…著日記二十卷, 嘻笑怒罵, 雜以寓言."(柳得恭, 『古芸堂筆記』 권3, 「熱河日記」)

49 『과정록』 권1, 『총서』 20, 118면, "讀者不知要領, 往往認之以傳奇諧笑之作."芝溪公祭先君文所謂'彼好公者, 亦非其眞. 咳唾之棄, 拾以爲珍. 寓言諧笑, 盛爲播傳…'者是也."; 권3, 『총서』 20, 240면, "中年以後, 脫略世綱, 隱居遠遊, 往往寓言諧笑遊戱之作, 出入莊·佛二家者有之."

50 『史記』 권63, 「老子韓非列傳」에서는 莊子에 대해 "其著書十餘萬言, 大抵率寓言也."라고 했으며, 이에 대해 『史記索隱』에서는 "其書十餘萬言, 率皆立主客, 使之相對語, 故云偶言."이라 풀이했다.

51 『연암집』권12, 「관내정사」, 7월 28일, 장41a, 「호질」, 後識, 장44b.

52 「호질」의 작자 문제는 일찍이 창강 김택영에 의해 제기되었다. 창강은 네 가지 이유를 들어 연암 창작설을 주장했다(金澤榮, 『重編朴燕巖先生文集』권5, 「虎叱跋」). 연암 창작설과 중국인 원작설을 대표하는 견해로는 각각 리가원, 『연암소설연구』(을유문화사, 1965, 484~489면)와 이우성, 「'호질'의 작자와 주제」(『창작과비평』 11호, 1968 가을)를 들 수 있다. 이후의 논저와 논점들에 대해서는 성현경, 「호질 연구」, 『한국고전소설연구』, 이상택·성현경 편, 새문사, 1983; 박기석, 「호질의 작자」, 『한국문학사의 쟁점』, 집문당, 1986 등 참조.

53 『연암집』권12, 「관내정사」, 7월 28일, 장41b.

54 이재선, 『한국단편소설연구』, 일조각, 1975, 115~116면.

55 『연암집』권11, 「도강록」, 7월 3일, 장26a, "與鄭進士分錄, 以爲書肆攷求之資."; 권12, 「일신수필」, 7월 16일, 장11b, 「관내정사」, 7월 25일, 장31b.

56 「관내정사」 7월 29일 기사에 "自玉田曉發"이라 했으며(장45b), 이날 조선 사행은 무려 97리나 여행했던 것으로 되어 있다(『연암집』권12, 장45b~46b).

57 홍대용의 『燕記』에 소개된 沙河所의 店主 郭生이나 三河縣의 鹽商 鄧師閎(홍대용, 『담헌서』 외집 권7, 『연기』, 「沙河郭生」; 외집 권8, 「연기」, 「孫進士」), 그리고 『열하일기』 중 왕민호의 친구인 茶商 介休然 같은 이들(『연암집』권14, 「곡정필담」, 장10b)이 바로 그러한 예에 속한다. 또한 「성경잡지」중의 「속재필담」과 「상루필담」은 裴寬·田仕可 등 중국 상인들의 학식과 문장력이 상당한 수준임을 보여 주고 있다.

58 "今讀其文, 言多悖理, 與胠篋·盜跖同旨. 然時爲瘦〔廋〕辭以寓微意, 盖庿與胡音相似也; 庿與帝字相類也. 其曰'東方明矣, 虎則已去'者, 謂如 洪武之會朝清明, 而元帝北去也. 天下有志之士, 豈可一日而忘中國哉!"(일본 동양문고 소장 『燕彙』 제14책, 『燕巖說叢』, 『燕行陰晴』, 「虎叱」[無名氏]) 인용문 중 밑줄 친 부분은 오직 동양문고본 「호질」에만 보존되어 있다. 초기의 『열하일기』 필사본인 『杏溪雜錄』(2)에는 이 부분이 먹물로 지워져 있다(『총서』 1, 363~364면). 인용문 중 '會朝清明'은 『시경』 大雅 「大明」에 나오는데, 姜太公이 周武王을 도와 商나라를 정벌한 결과 하루아침에 천하가 清明해졌다는 뜻이다.

59 『연암집』권13, 「황교문답」, 장21a.

60   본서 1부 3장, 「2. 학술과 문예의 동향」, 115면, 122면; 張潮 編, 『虞初新志』
      권5, 「柳夫人小傳」 참조.

61   "名爲士族, 則雖甚貧窮, 三從旣絶, 而守寡終身, 以至婢僕皂隸之賤, 自然成
      俗者四百年."(『연암집』 권12, 「태학유관록」, 8월 10일, 장76ab)

62   본서 1부 3장, 「1. 청조 통치의 실상」, 94~95면 참조.

63   王士禎, 『香祖筆記』, 『筆記小說大觀』, 江蘇廣陵古籍刻印社, 1983, 제16책,
      권5, 25면, "虎爲西方猛獸, 毛族皆畏之. 然觀傳記所載, 能制虎者不一而
      足.…"; 李學堂, 「『열하일기』 중의 필담에 관한 연구」, 성균관대 석사논문,
      2000, 27면; 정학성, 「「호질」에 대한 재성찰」, 『한국한문학연구』 40, 한국한
      문학회, 2007, 220~224면 참조.
      '현백'(玆白)은 玄白 즉 黑白이라는 뜻인데 기존의 국역서들에는 '자백'(玆
      白)으로 잘못 판독되었다. '玆' 자가 '茲' 자와 흡사하여 혼용되어 온 탓이
      다. 『玆山魚譜』의 '玆山'도 黑山島를 뜻하는 '현산'이 아니라 아무 의미 없
      는 '자산'(玆山)으로 잘못 읽혀 왔다. 현백은 『逸周書』 등에 의하면 고대 중
      국 서쪽의 오랑캐 나라인 義渠國에서 난다는 짐승으로, 백마처럼 생겼으
      며 톱니 같은 이빨로 범과 표범을 잡아먹는다고 한다. '박'(駮)이 곧 현백(玆
      白)이라는 설도 있다. 이는 박도 백마처럼 생겼고 "白身黑尾"로 흑백이 뒤
      섞여 있다고 알려졌기 때문이다.

64   『연암집』 권12, 「관내정사」, 「호질」, 장42a, "虎奮髥作色曰: '醫者疑也. …巫
      者誣也.", 장43a, "虎叱曰: '毋近前! 曩也吾聞之, 儒者諛也, 果然.'", 장44a,
      "衰服者不食."
      "醫者疑也"와 같이 어떤 글자에 대해 그것과 발음이 같거나 비슷한 글자를
      끌어와 뜻을 풀이하는 방식을 중국의 전통적인 문자학에서 聲訓이라 한다.
      연암은 이러한 성훈을 풍자의 수단으로 활용한 것이다(또 한의학 서적류에
      서 자주 인용되는 "醫者意也"라는 唐代 名醫 許胤宗 등의 말을 패러디한 것
      이기도 하다). 그런데 '儒'와 '諛'는 중국어로는 각각 '루'(rú)와 '위'(yú)로
      발음되므로, '醫'와 '疑', '巫'와 '誣' 같은 정확한 동음이의어가 아니다. '범도
      상주는 잡아먹지 않는다'가 조선 속담이라는 주장은 김택영, 앞의 책, 「虎叱
      跋」 참조("又其'衰服者不食'一句, 卽本國之諺也. 余疑中國亦或有此言, 試
      叩之淮南文士, 皆以未聞答之. 此又可知其爲先生之作者, 四也.").

65   『연암집』 권12, 「관내정사」, 「호질」, 장42ab, 43ab; 김택영, 앞의 책, 「虎叱
      跋」, "其中五行定位, 未始相生, 卽先生平日所常持之新論而無於故者, 此三

也."; 본서 1부 3장, 「3. 북학론과 그 사유 구조」, 163면, 171~172면 참조.

66　『欽英』제22책, 丙午(1786) 윤7월 26일, "浩至傳, 祗(박지원)又近著虎叱一
文, 歷詆世之爲人者, 其製甚詭奇云."; 11월 1일, "書于絅(權常愼), 送示虎
叱."; 11월 2일, "虎叱還書云: '文非不奇, 意甚不佳. 一覽而止, 足矣.' 復書于
凜(閔景涑), '…送示虎叱,'"凜還虎叱, 書云: '此文絶似將作(繕工監. 연암은
당시 선공감 감역이었음)手段."; 11월 14일, 瑛(金相任)至. …示虎叱. 議. 淵
源, 好新者也. 故近又惑此文字, 頃有規之者云. 今也固譽不虛口矣, 後也必
罵不絶聲. 另議. 名教中, 自有樂陵, 何必乃爾? 引朱子評梅宛陵詩(『朱子語
類』권140에 보임), 爲'裸衣上門, 罵人父祖'. 盖譏其不雅正也. 今是文字, 洵
難免得此目矣."(서울대 규장각 영인, 『흠영』6, 303면, 407면, 408면, 415~
416면. 괄호로 추가한 내용은 인용자의 註임)

67　유득공, 『고운당필기』권3, 「열하일기」, "其象記·虎叱·夜出古北口·一夜九
〔渡―누락〕河等篇極恢奇, 一時士大夫傳寫借看."
　　金魯謙(1781~1853)도 『열하일기』중 특히 「허생전」, 「호질」, 「象房記」(즉
「象記」)를 사람들이 모두 칭찬했다고 하여, 「호질」을 연암의 창작으로 간주
했다(김노겸, 『性菴集』권8, 부록, 「囈述」).

68　『연암집』권12, 「호질」, 후지, 장45a, "今讀其文, 言多悖理, 與胠篋·盜跖同
旨."

69　이재수, 『한국소설연구』, 형설출판사, 1978, 368~372면 참조.

70　北郭氏의 예로는 『左傳』에 나오는 齊 大夫 北郭子車, 『晏子春秋』에 나오는
안자의 친구 北郭騷 등을 들 수 있다. 『韓詩外傳』(권9)에도 楚莊王의 초빙
에 불응한 '北郭先生'과 그의 현명한 부인의 이야기가 나온다. 東里氏는 『論
語』「憲問」편에서 '東里子産'이라 했듯이, 大夫 子産이 거처한 鄭나라 城
中의 里名에서 유래한 姓氏이다.

71　『연암집』권12, 「관내정사」, 「호질」, 장41b; 본서 1부 3장 「1. 청조 통치의
실상」, 95~99면 참조.
　　이재수, 앞의 책, 331면이나 김영동, 『박지원소설연구』(태학사, 1988), 153면
에서도 동일한 견해를 밝히고 있다. 이 밖에 倀鬼 '鴞渾'의 제안에 대해 범
이 "짐도 이름은 들었다만, 그는 어떤 자인가"(朕聞如何)라고 말한 대목
(『연암집』권12, 장42a)도 범이 황제를 상징하고 있음을 은연중에 암시하
고 있다.

72　"謂天蓋高, 不敢不局, 謂地蓋厚, 不敢不蹐."(『연암집』권12, 『관내정사』, 「호

질」, 장44b)

이는 『시경』 소아 「正月」 제6장의 일부이다.

73   "非角非羽, 黔首之物, 雪中有跡, 彳亍疎武, 瞻尾在腦, 莫掩其尻."(『연암집』,
    권12, 『관내정사』, 「호질」, 장42a)

    머리에 붙은 '꼬리'란 청나라 사람의 변발이나 조선 사람의 총각머리를 풍
    자한 말인 듯하다.

74   『연암집』 권12, 『관내정사』, 「호질」, 장44b.

    인용문 중 밑줄 친 부분은 일본 동양문고 소장 『燕彙』 『燕巖說叢』의 「호질」
    에만 보존되어 있다. 『杏溪雜錄』(2)에는 지워져 있다(『총서』 1, 362면). 밑
    줄 친 부분은 모두 고사를 인용한 것이다. "或歌而殺焉"은 東漢 安帝 때 虞
    詡가 朝歌에서 도적 수백 명을 살해한 고사(『後漢書』 권58, 「虞傳蓋臧列
    傳」)를 패러디한 듯하다. "或哭而殺焉"은 五胡十六國의 成(漢) 武帝 사후
    에 그의 조카 李班이 즉위하자 武帝의 친자 李期가 殯宮에서 밤에 곡할 때
    를 틈타 그를 시해하고 황제에 즉위한 사건을 가리킨다(『通鑑節要』 권27,
    「晉紀」, 顯宗成皇帝 甲午九年). "或看而殺焉"은 西晉의 명사로 미남자였
    던 衛玠가 그를 구경하러 몰려든 군중에게 시달린 끝에 병사했다는 고사를
    가리킨다. 이로 인해 "看殺衛玠"라는 성어가 생겼다(『世說新語』 卷下, 「容
    止」). "或笑中有刀"는 唐 高宗 때의 간신 李義府와 관련된 "笑中有刀"라는
    고사성어를 인용한 것이다.

75   金澤榮, 『重編朴燕巖先生文集』, 「朴燕巖先生年譜」, "太上皇初, 孫右相珪壽
    之爲平安監司也, 其弟判書瑄壽請刊之, 右相公, 以虎叱文·許生傳之屬, 素
    被儒林譏謗, 不從之."

76   "子前讀昌黎文, 當熟."(일재본 『열하일기』(1), 『총서』 5, 576면; 『연암집초
    고보유』(9), 『총서』 14, 233~234면)

    이 後識는 단국대 연민문고 소장 일재본, 다백운루본 및 수당본 『열하일기』
    와 『연암집초고보유』(9), 日本 京都大學 소장 『許生傳』 등에만 수록되어
    전한다. 아울러, 『열하일기』 「謁聖退述」 「石鼓」 조에 "余年十八, 始讀昌黎·
    東坡石鼓歌, 奇其文辭."(『연암집』 권15, 장23a)라 했으므로, 윤영의 이 말
    은 사실과 부합됨을 알 수 있다.

77   『연암집』 권12, 「일신수필」, 「차제설」, 장7ab; 권14, 「옥갑야화」, 장94ab.

78   이에 대한 좀 더 상세한 논의는 김명호, 「연암의 현실인식과 傳의 변모양
    상」, 『박지원 문학 연구』, 성균관대 대동문화연구원, 2001, 65~68면 참조.

79 "許生權菓, 而國中無以宴祀.""許生權盜, 而國中無警."(『연암집』 권14, 「옥갑야화」, 장92b, 93b)

이와 같이 상이한 두 상황에 대해 동일한 '權' 자를 쓴 데 대하여, 深齋 曹兢燮(1873~1933)은 "'權'字'固未當, 而改之爲'收', 亦覺神氣頓索. 若以'括'字易之, 似稍穩."이라 하여 비판하고 있으나(조긍섭, 『巖棲集』 권6, 「答金滄江」), 이는 연암의 풍자적 수법이 그러한 세부적 표현에까지 관철되어 있음을 이해하지 못한 소치라 생각된다.

80 「옥갑야화」에 나타난 이러한 유토피아 문학적 측면과 그에 내재한 현실 인식상의 문제점에 대해서는 김명호, 「연암의 현실인식과 傳의 변모양상」, 앞의 책, 69~71면, 76~77면 참조.

81 "許生曰: '古來沉冥者何限? 趙聖期(拙修齋)可使敵國, 而老死布褐, 柳馨遠(磻溪居士)足繼軍食, 而逍遙海曲. 今之謀國政者, 可知已.'"(『연암집』 권14, 「옥갑야화」, 장94b)

82 전남대 소장 『열하일기』 등 일부 이본들은 허생이 조성기를 거론한 부분에 "仁廟癸未李浣御將時, 趙聖期年纔六歲. 李公卒于甲寅, 年七十三. 趙公卒于己巳, 年五十二云云. 盖托辭也."라는 두주를 붙여 사실 관계의 오류를 지적하고 史實에 가탁한 허구라고 보았다.

83 "許生傳似是寓言, 未必有實事."(조긍섭, 『巖棲集』 권6, 「答金滄江」)

84 "李公憮然曰: '士大夫皆謹守禮法, 誰肯薙髮胡服乎?'"(『연암집』 권14, 「옥갑야화」, 장95b)

85 『연암집』 권14, 「옥갑야화」, 장95b~96a.

樊於期와 武靈王의 고사는 각각 『사기』의 「刺客列傳」과 「趙世家」에 나온다.

86 '선귤자'는 이덕무(1741~1793)의 수많은 호 중의 하나이므로 이덕무를 가리키고, '자목'은 李書九의 사촌동생으로 이덕무의 문하에서 수학한 李鼎九(1756~1783)의 자가 仲牧이므로 이정구를 가리키는 것으로 볼 수 있다. 하지만 두 사람은 우언 속의 인물처럼 설정되어 있고 그들의 문답 자체는 허구적으로 창작된 것이다.

87 본서 1부 2장, 「1. 연행 이전의 저술」, 59~60면 참조.

88 『연암집』 권14, 「幻戱記」, 장44ab.

89 『연암집』 권14, 「산장잡기」, 「상기」, 장36b~37a; 권15, 「황도기략」, 「황금대기」, 장13a~14a.

90 박종채, 『과정록』권1, 『총서』20, 117~118면, "盖風謠旣殊, 見聞隨生, 曲寫 情態, 襍以諧笑, 有不得不然."

91 「도강록」중 책문을 통과할 때 변 주부가 缺禮하여 봉변을 당할 뻔한 사건 (6월 27일), 渡江 대책을 논의할 때 연암이 농담을 한 대목(7월 2일), 겁에 질려 급류를 건너는 우스꽝스러운 모습(7월 7일), 배를 세 내어 간신히 강 을 건넌 사건(7월 8일), 「성경잡지」중 「상루필담」에서 중국 상인들과 龍에 관해 우스갯소리를 나눈 대목, 「일신수필」중 연암이 눈이 나쁜 정 진사를 놀린 사건(7월 16일), 「관내정사」중 정 진사의 별명이 '炒卵公'이 된 사연 (7월 25일), 부사와 비장이 선박을 구경하다가 미끄러지는 소동(8월 1일), 「태학유관록」중 허난설헌의 호 景樊堂에 얽힌 笑話로 다함께 웃고, 일행이 곤히 잠든 모습을 해학적으로 묘사한 대목(8월 9일), 황제의 하사품인 荔支 汁을 술로 오인한 일(8월 13일), 「황교문답」중 연암이 윤가전의 시를 혹평 한 기풍액을 놀린 대목, 「망양록」중 洋琴에 대한 연암의 농담과 윤가전의 코 고는 소리를 흉 본 왕민호의 말을 연암이 흉내 낸 대목, 「곡정필담」중 식사할 때 수저의 사용 여부로 농담을 주고받는 대목과 백 살이 넘도록 과 거에 응시한 黃章의 고사로 한바탕 웃는 대목, 「환희기」중 마술사가 준 사 과를 먹었더니 말똥이었다는 기사와 구경꾼의 품속에 호로병을 몰래 숨겼 다가 꺼내는 마술에 대한 기사, 「피서록」에서 연암을 가리키는 중국인들의 호칭이 세 번이나 물고기 명칭으로 변했다는 농담과 湖陰 鄭士龍의 탐학한 행적에 관한 농담, 「구외이문」「武烈河」에서 어느 章京이 만주 문자를 써서 지리를 설명하여 난처했던 대목, 「황도기략」「太和殿」에서 堯舜이 桀紂를 겸해야만 득의한 천자가 될 수 있겠다는 연암의 농담 등을 그 예로 들 수 있 다.

92 "故一甀之堅, 誠不如石, 而一石之堅, 又不及萬甀之膠. 此其甔與石之利害 便否, 所以易辨也.", "余以扇搦其脅, 大罵曰: '長者爲語, 何睡不聽!' 鄭笑曰: '吾已盡聽之, 甔不如石, 石不如睡也.' 余忿欲毆之, 相與大笑."(『연암집』권 11, 「도강록」, 6월 28일, 장20a)

93 『연암집』권11, 「도강록」, 7월 2일, 장23ab, 7월 5일, 27ab.

94 "盲人騎瞎馬, 夜半臨深池.""視宕者, 有目者也. 視盲者而自危於其心, 非盲者 知危也. 盲者不見所危, 何危之有?"(『연암집』권12, 「막북행정록」, 8월 7일, 장67b~68a)

여기서 홍명복이 인용한 비유는 『世說新語』下卷, 「排調」에 나오는 말이다.

95 "馬生時辰, 何以知之?"(『연암집』권13, 「황교문답」, 장22a)

96 본서 1부 3장, 「3. 북학론과 그 사유 구조」, 141~143면 참조.

97 망건의 문제점에 대해서는 홍대용, 『간정동필담』(『담헌서』外集, 권2, 장 26a); 이덕무, 『天涯知己書』(『청장관전서』권63), 『앙엽기』 1, 「망건」 조 (『청장관전서』권54)에서도 언급하고 있다.

왕민호의 소위 三厄論은 이희경의 『설수외사』에도 인용되어 있다(아세아문화사 영인본, 33면; 진재교 외 옮김, 『북학 또 하나의 보고서, 설수외사』, 성균관대출판부, 2011, 「전족」, 64면).

98 "這是頭厄." "這個光光, 且是何厄?"(『연암집』권12, 「태학유관록」, 8월 10일, 장77b)

99 "鵠汀曰: '先生不書齊・魯之大邦耶?' 余笑曰: '大邦贈脧.'"(『연암집』권13, 「망양록」, 장66b)

100 본서 1부 3장, 「3. 북학론과 그 사유 구조」, 157~161면 참조.

101 본서 1부 3장, 「3. 북학론과 그 사유 구조」, 165~166면 참조.

102 "余亦兩耳響塞, 搖手止聲, 而全不採聽, 只顧吹打. …路中, 余爲言俄刻弔喪 之禮, 皆大笑."(『연암집』권11, 「성경잡지」, 7월 14일, 장55b~56b)

103 李器之의 『一菴燕記』庚子(1720) 9월 17일 기사(조융희 외 옮김, 『일암연 기』, 한국학중앙연구원출판부, 2016, 역주편, 192~193면), 그리고 홍대용 의 『간정동필담』 및 『연기』, 「吳彭問答」(『담헌서』 외집, 권2, 장7b; 외집 권 7, 장3a) 등 참조.

104 "首七卷, 紋程路往返, 純用稗體, 不足取, 其外十七卷, 幾盡可傳…"(김택영 편, 『燕巖續集』권1, 장1b)

105 "…乃今世之人, 或徒見熱河日記, 而疑先生之文近於稗官, 是猶覩昌黎所作 俗下文字, 而遂謂昌黎爲俗文耳, 焉可哉?"(김택영 편, 『燕巖集』坤, 跋, 「讀 燕巖集」, 장3b; 『朴殷植全集』下, 221면)

106 『연암집』권11, 장35b.
원문 중 '兀自'는 백화체로 '한결같이', '여전히' 등의 뜻이다.

107 『연암집』권11, 장 35b~36a.
원문 중 '索鬧' 역시 백화체로 '수다스럽다', '귀찮게 하다'는 뜻이다.

108 『연암집』권11, 장36a.
원문 중 '叫'는 백화체로, '~하도록 하다'는 사역 동사로 쓰였다.

109 『연암집』권12, 「관내정사」, 7월 28일, 장40ab.

110 기존 국역서 중 이러한 번역의 원칙에 비교적 충실한 경우로는, 비록『열하
　　일기』의 일부에 국한된 것이지만 李允宰 역의『도강록』(『文章』1939.11～
　　1940.12; 대성출판사, 1946)을 들 수 있다. 이하 중국어 원음 표기는 최영
　　애·김용옥 표기법을 참조했다(김용옥,『동양학 어떻게 할 것인가』, 민음사,
　　1985, 239～271면 참조).

111 『연암집』권11, 장12ab.

112 "卞君罵曰: '四兩酒, 誰盡飮之?' 戴宗笑曰: '四兩非酒錢也, 乃酒重也.'"(『연
　　암집』권11, 장12b)

113 "一個東話的, 三歲兒索飯似覓栗; 一個漢語的, 半啞子稱名, 常疊'艾', 可恨
　　無人參見." "其謂張福曰: '你見吾父主麼?' 張福曰: '….'" "雙林曰: '你入丈
　　否?' …雙林連道: '不詳!' 不詳者, 東話傷歎之辭也."(『연암집』권12, 장14b
　　～15a)

114 『연암집』권13, 장11b.

115 "書字狠好!" "但舖主氣色頗異, 未若'雪'字時叫絶." "不相干."(『연암집』권11,
　　장53b)

116 『연암집』권11, 장58ab.

117 『연암집』권12, 장58ab.

118 『연암집』권12, 「일신수필」, 7월 26일, 장34ab, "余謂季涵曰: '吾今日益不
　　信史傳也.' 鄭進士鞭馬出前而問曰: '何謂也?' 余曰: '項羽暗啞叱咤, 何如雷
　　霆之聲? 史記言赤泉侯人馬辟易數里, 此妄也. 項羽雖瞋目, 不如電光, 則呂
　　馬童墮馬, 尤非傳信.' 皆大笑.", 장66a, "昔蘇秦說燕文公曰: '燕北有棗栗之
　　利, 謂之天府.'"; 권13, 「환연도중록」, 8월 17일, 장4b, "恬言: '起臨洮, 屬之
　　遼東, 城塹萬餘里, 此其中不能無絶地脈?' 司馬遷適北邊, 觀恬所爲秦築長
　　城亭鄣, 塹山壩谷, 貴其輕用民力. 然則此城非蒙恬所築, 而非燕趙古城耶?";
　　권15, 「盎葉記」, 「報國寺」, 장27b, "余謂史記蘇秦說齊王曰: '臨淄之道, 車
　　轂擊, 人肩磨, 揮汗成雨, 連袵成帷.' 始以爲過矣. 今觀於九門信然.", 「大隆
　　善護寺」, 장32b, "昔司馬遷稱張子房貌類婦人, 余於未見此像時, 意其有滔
　　天殺氣, 今不然矣.", 「동란섭필」53ab, "昔南越王尉佗, 逢陸賈, 大悅. 留與飮
　　數日, 曰: '越中無足與語, 至生來, 令我日聞所不聞.' 耳聞如此, 况眞乃目見
　　乎?" 등등.
　　이 밖에 「도강록」6월 24일 기사에서 연암이 荊軻의 고사를 빌려 연행에 임
　　한 자신의 심경을 암시적으로 표현한 대목(『연암집』권11, 장3a)은 실은

『사기』「자객열전」중의 일부 문장을 전후 순서만 바꾸어 놓은 것이다. 또한 「성경잡지」7월 14일 기사 중 어느 점포에서 술을 대접받게 되자 연암이 재치 있게 응답하여 좌중을 폭소케 한 "扈酒安足辭!"란 말(『연암집』권11,장 58a)은 「項羽本紀」의 유명한 鴻門宴 장면에서 樊噲가 한 말의 패러디이다.

119 이하『사기』에 관해서는 文史哲雜誌編輯委員會 編,『司馬遷與史記』,中華書局, 1958; Burton Watson,『司馬遷』,東京; 筑摩書房, 1965; 林田愼之助,『司馬遷』,東京: 集英社, 1984; 민두기 편,『중국의 역사인식』상, 창작과비평사, 1985; 李少雍,『『史記』紀傳體對我國小說發展的影響」, 中國社會科學院文學研究所 古代文學研究室 編,『中國文學史研究集』, 上海古籍出版社, 1985 등 참조.

120 『史記』권48,「陳涉世家」, "顆頤! 涉之爲王沈沈者!";『史記』권96,「張丞相列傳」, "臣口不能言, 然臣期期知其不可. 陛下雖欲廢太子, 臣期期不奉詔."

121 "多舞文, 頗有演義口氣, 膾炙都城."(李奎象,「韓山世稿」권30,『一夢稿』,『幷世才彦錄』권3, 文苑錄; 이규상,『18세기 조선인물지』, 민족문학사연구소 한문분과 옮김, 창작과비평사, 1997, 111면)

122 "黑旋風媽媽這樣沈挑時, 巴不得上了沂風嶺."; "彼鹵漢不知江革, 但知李達."(『연암집』권11, 장5b)
沂風嶺은 '沂嶺'의 오류인 듯하다. 黑旋風 李達가 모친을 업고 沂嶺을 넘다가 모친이 범에게 잡혀 먹히자 복수로 범 네 마리를 죽인 이야기는『수호전』제42회「假李達翦徑劫單身 黑旋風沂嶺殺四虎」에 나온다. 江革은 중국 東漢 初의 유명한 孝子로, 다리가 불편한 모친을 업고 피난을 다녔다는 '江革負母'의 고사가 있다.

123 『연암집』권11, 장33b~34a.

124 中國文學史研究委員會,『新編中國文學史』(昕晟社 영인본, 1985), 제3책, 266~268면; 이혜순,『수호전 연구』, 정음사, 1985, 159~168면 참조.

125 截筒鼻는 관상학 용어로, 대나무 통을 반으로 절단하여 엎어 놓은 듯 콧등이 높고 일직선으로 뻗은 코를 말한다. 쓸개를 거꾸로 매단 듯한 懸膽鼻와 아울러 복을 타고난 관상으로 여긴다.

126 『연암집』권11, 장10b~11a.

127 예컨대 "吳用便說道, 頭領息怒… 請頭領息怒, 我等自去罷休."(金聖嘆 70回本『수호전』제18회), "魯智深喝道: '…不看兄弟面皮時, 把你這兩個都剁做肉醬! 且看兄弟面皮, 饒你兩個生命!'"(제8회) 등등.

128 "這是殺威棒法."(『연암집』권11, 장11a)

'殺威棒'의 용례로는 김성탄 70회본 『수호전』 제36회 중 "這個新配到犯人 宋江聽着. 先朝太祖武德皇帝聖旨事例, 但凡新入流配的人須先打一百殺威 棒." 같은 경우를 들 수 있다.

129 『연암집』권11, 장52b~53a.

130 이에 해당하는 원문 즉, "滿天星顆互瞬, 村鷄迭鳴. 行不數里, 白霧漫漫, 大 野浸成水銀海. 一隊灣商相語而行, 朦朧如夢中讀奇書, 不甚了了, 而靈幻則 極矣."는 바로 이덕무의 『西海旅言』, 戊子(1768) 10월 22일 기사 중 "郡鷄 喔喔, 星瞬月走, 白霧漫漫, 曠野如水. 人語朦朧, 如夢中讀奇書, 不甚了了, 而靈幻則異常也."와 아주 유사한 표현으로 되어 있다(이덕무, 『청장관전서』 권62). 이와 같이 연암의 작품 중에는 이덕무의 착상과 표현을 빌려온 글이 종종 있다. 「旬稗序」나 한시 「輓趙淑人」, 「漁翁」 등이 이덕무의 『蟬橘堂濃 笑』의 영향을 드러내고 있는 것은 그 단적인 예라 할 수 있다(김명호, 『연암 문학의 심층 탐구』, 돌베개, 2013, 57~59면, 93~95면 참조).

131 『연암집』권12, 장33b~34a.

132 『연암집』권12, 장34ab.

133 『연암집』권12, 장8ab. 괄호 안의 번역문 보충은 필자에 의함.

134 수총차는 鄧玉函(J.Terrenz) 撰 『奇器圖說』 권3, 「水銃」 편에 최초로 소 개되었다(Josep Needham, *Science and Civilisation in China*, vol. 4, Cambridge University Press, 1965, p.218, pp.220~222 참조).

이기지는 『일암연기』권2, 庚子(1720) 9월 18일 기사에서 이를 "水壺筒"으 로 부르고 그 구조와 작동 원리를 상세히 묘사하면서 "서양인의 방법으로 만든다더라"(以西洋人法造之云)고 전했다(조용희 외 옮김, 앞의 책, 199~ 200면). 洪大容의 『燕記』「器用」 조에도 '灑水銅車'라는 명칭으로 자세히 소개되어 있다(『담헌서』 외집 권10, 장17ab).

135 「黃圖紀略」 중 「風琴」 조에서 연암은 일찍이 홍대용이 김창업의 연행록 중 에 북경 천주당의 파이프오르간의 구조를 묘사한 대목이 엉성함을 비판하 던 일을 회상하고 있다(『연암집』권15, 장9b~10a). 실로 청조 및 서양 문 물에 대한 과학적인 세부 묘사의 정밀성에 있어서 『열하일기』에 비견될 만 한 연행록으로는, 「劉鮑問答」 중 북경 천주교당의 파이프오르간을 묘사한 대목에서 보듯이 홍대용의 『연기』를 들 수 있을 따름이다.

136 『연암집』권14 장39b~40a. 괄호 안의 번역문 보충은 필자에 의함.

이러한 「환희기」의 마술 묘사는 張潮 編, 『虞初新志』 중 口技(성대모사)를 묘사한 林嗣環의 「秋聲詩自序」와 같은 소품문의 영향을 보여 준다고 할 수 있다.

137 『연암집』 권12, 「태학유관록」, 8월 10일, 장75ab(永瑢), 8월 12일 장 85ab(和珅); 권13, 「환연도중록」, 8월 16일 및 17일, 장2ab(豫王), 「傾蓋 錄」, 장16a～17a(曹秀先), 「札什倫布」, 장37ab(판첸 라마); 권14, 「구외이 문」, 장81ab, 「哈密王」.

138 『연암집』 권13, 「황교문답」, 장31b, "不特所謂活佛者法術來歷, 可以鉤距探 取, 卽晤語諸人之性情學識容貌辭氣, 躍躍然都顯出來."

139 『연암집』 권12, 장13a～15b.
쌍림은 그의 부친인 烏林哺와 함께 일찍부터 조선 사행의 護行通官을 맡아 왔으므로, 홍대용이나 이덕무의 연행록 등에도 그의 무례하고 간교한 언동 에 대한 언급이 있을 만큼 당시 조선의 연행 인사들에게는 익히 알려진 인 물이었다(홍대용, 『연기』, 「衙門諸官」, 3월 1일; 이덕무, 『입연기』, 4월 28일 기사 참조).

140 『연암집』 권11, 장54ab.

141 『연암집』 권11, 「성경잡지」, 7월 12일, 장51a; 권12, 「관내정사」, 7월 27일, 장37b～38a, "絲絲流眼曰: '買荣乎? 求益也.'" 8월 1일, 장49b, "皓腕若藕."

142 『연암집』 권12, 「일신수필」, 7월 16일, 장11b(鄭珏), 「관내정사」, 7월 25일, 장29ab(비장들), 장31b～32a(鄭珏), 「막북행정록」, 장57b～58a,(정사), 「태학유관록」, 8월 10일, 장78ab(비장들과 수역); 권15, 「황도기략」, 「黃金 臺」, 장12b(노이점).

143 『연암집』 권11, 장6ab.
『燕轅直指』 중의 「一行服色記」에서 김경선은 군뢰의 복색에 관해 기술하는 대신 『열하일기』의 이 대목을 그대로 轉載한 후, "眞是善形容矣."라 찬탄하 고 있다(권1, 11월 21일조).
이 밖에 연암은 숙소의 주인 여자라든가 나귀 떼를 모는 시골 노파, 걸식하 는 떠돌이 도사며 閭陽 시장에서 만난 영리한 童子 등의 차림새에 대해서 도 대단히 세밀하게 묘사고 있다(『연암집』 권11, 「도강록」, 7월 1일, 장21a, 「성경잡지」, 7월 12일, 장51a; 권12, 「일신수필」, 7월 16일, 장12b, 7월 22 일, 장24ab). 이와 같이 『열하일기』가 등장인물들의 차림새에 대해 거의 습 관적으로 치밀한 세부 묘사를 가하고 있는 점은 『수호전』과 『열하일기』 간에 영향 관계를 상정해 볼 수 있는 또 하나의 유력한 증거라고 할 수 있다. 당송 傳奇小說이 등장인물의 복색에 관해 극히 간단히 언급하고 있음에 비해, 話本의 전통을 계승한 『수호전』은 그에 관해 비상한 주의를 기울여 매우 정밀하게 묘사하는 경향을 보여 주고 있기 때문이다(이혜순, 『수호전 연구』, 앞의 책, 123~125면 참조).

144 柳得恭, 『熱河紀行詩註』 권2, 「鳳城」; 김경선, 『연원직지』 권1, 11월 1일; 『연암집』 권12, 「일신수필」, 7월 18일, 장18ab.
『정조실록』, 16년 10월 12일 기사에 쇄마의 수를 절반으로 줄이는 방안을 논하면서, "이전에 사신이 북경에 갈 때면 모두가 쇄마(원주: 각 고을의 역말)를 이용해 짐을 운반하는데, 驅人들이 대부분 무뢰배이거나 떠돌이 부류여서 책문에 들어간 뒤면 연도에서 싸움과 도둑질을 일삼으나 사신과 역관이 금지할 수 없었다. 중국인들이 그들을 도둑처럼 여겨서 사행에 수치를 끼쳤으므로, 전후로 사행이 복명할 때면 그 폐단을 많이 말했다"고 한 뒤, 의주 부윤의 보고를 인용해 "북경에 가는 쇄마는 모두 82필로 한 필당 삯이 은화로 환산해 7냥이며, 구인 82명에게는 한 사람당 여비로 쓸 종이와 帽子稅 중에서 으레 은화 7냥 3전 1푼 5리를 지급한다. 말 값과 여비를 합하면 모두가 순은으로 1,515냥 9전 4푼이나 든다"고 하였다.

145 김창업, 『연행일기』 壬辰(1712) 12월 6일, 13일, 癸巳(1713) 1월 5일, 30일; 홍대용, 『연기』, 「衙門諸官」, 1월 20일, 21일; 박제가, 『북학의』 內篇, 「車」 참조.

146 『연암집』 권11, 장8a.

147 『연암집』 권11, 장35a.

148 "責張福曰: '…' 余不覺寒心, 乃應之曰: '善哉!'"(『연암집』 권11, 장9b)

149 『연암집』 권11, 장30a.

150 『연암집』 권13, 「환연도중록」, 8월 17일, 장7b~8a; 권14, 「산장잡기」, 「一夜九渡河記」, 장31b.

151 『연암집』 권11, 「도강록」, 장21a, 22a, 23a~24a, 「성경잡지」, 장41a~50a; 권12, 「관내정사」, 장37b~38a.

152 『연암집』 권12, 「막북행정록」, 8월 5일, 장59b~61a, 8월 8일, 장69a.
박원길, 『조선과 몽골』(소나무, 2010)에서는 「막북행정록」에서 연암은 발을 다쳐 서럽게 우는 창대를 잔인하게 내버려 두고 떠났으며 정작 그를 구해 준 사람은 청나라의 提督이었다고 지적했다. 또 조선 시대의 중국 여행기에서 종들의 처지에 대해 동정을 나타낸 기록은 좀처럼 찾아보기 힘들다고 하면서, 연암조차 춥고 굶주려서 혼수상태에 빠진 종들을 "채찍으로 갈겨 깨우며"(手鞭醒之) 매정하게 대했다고 비판했다(41면 주10, 368면 주35). 그러나 이는 지나친 비난이자 곡해라고 생각된다.

「막북행정록」 중 창대와 관련된 기사는 8월 6일, 7일, 8일에 잇달아 나온다. 8월 6일 기사에서 연암은 황제의 탄신일에 늦지 않게 열하에 도착해야 했으므로, 발을 다친 창대에게 "비록 잔인하지만 계책이 없어, 기어서라도 따라오라고 타이르고"(雖殘忍, 不知爲計, 飭以匍匐隨來) 떠나면서도 "창대가 굶주리기도 하고 춥기도 하며 아프기도 하고 졸립기도 한 데다가, 차가운 계곡 물까지 건널 것이 몹시 염려스럽다"(昌大又饑又寒, 又病又睡, 又涉寒溪, 極可慮也)고 걱정했다. 8월 7일 기사에서 연암은 도중에 말을 얻어 타고 뒤따라 온 창대에게 나귀를 세내어 타라고 돈과 청심환을 주었다. 8월 8일 뒤처져 있던 창대가 홀연 앞에 나타나자 연암은 "놀랍고 다행함을 이기지 못했다."(不勝奇幸) 그리고, 창대가 뒤쫓아 올 수 있도록 노새를 빌려주는 등 호의를 베푼 청나라 제독의 인후한 마음씨와 조선 사행을 보호하는 직책을 수행하는 그의 성실하고 근면한 자세에 대해 극찬했다. 그날 밤 연암과 수역은 각자의 병든 하인을 대신 말에 태우고 숙소까지 걸어서 갔다. 연암은 "흰 담요를 꺼내 창대의 온몸을 둘러싸 주고 띠로 꽁꽁 싸매어, 수역의 마두더러 잘 부축하게 해서 먼저 보냈다"(出白氈, 衛裹昌大全體, 以帶緊束, 令首譯馬頭, 扶護先送)고 되어 있다. 또 8월 6일 기사 중 연암이 인사불성이 된 종들을 채찍질로 일깨우려 한 것은 임기응변의 조치였을 뿐이다. 연암은 평소에 종들을 그런 식으로 학대한 적이 없다.

153 "可惜良宵好月, 無人共玩."(『연암집』 권12, 「태학유관록」, 8월 9일, 장73b ~74a)

154 『연암집』 권12, 장80b~81a.

155 "余叫酙生酒, 一吸四兩, 所以畏彼, 特大膽如是, 眞怯而非勇也."(『연암집』 권12, 장81a)

156 『연암집』 권12, 장81a.

157 김창업, 『연행일기』, 壬辰(1712) 12월 15일, 癸巳(1713) 1월 11일, 15일, 2월 5일, 26일, 27일, 3월 3일, 4일, 7일, 8일 등; 홍대용, 『연기』, 「王文擧」, 「盤山」 「桃花洞」, 「鳳凰山」, 「天象臺」, 「城北遊」 등 참조.

158 「광문전」 말미의 「書廣文傳後」에서 거지 광문이 한양 市井의 유명한 무뢰

배였던 表鐵柱와 상봉하여 왕년을 회고하는 대목 같은 것은 그 좋은 예이다(『연암집』권8, 장10ab). 앞서 언급한바『열하일기』중 열하에 다녀온 창대가 장복과 재회하는 장면 등에 탁월하게 재현되어 있는 하천배의 말투를 그러한 광문과 표철주의 대화 장면에서 이미 찾아볼 수가 있는 것이다.

159 殷孟倫,「略談司馬遷現實主義的寫作態度」, 文史哲雜誌編纂委員會 編,『司馬遷與史記』, 北京: 中華書局, 1958, 59~63면 참조.

160 "古人所謂'貌圓方寫, 貌長短寫'者, 馬傳·韓碑所以可讀, 而今人不知此義. 但取累累滿紙陳談死句, 曰: '如此然後可謂典實,' 吾不知此爲何許文法."(박종채,『과정록』권4,『총서』20, 237~238면)
'貌圓方寫, 貌長短寫'란 淸의 유명한 화가 戴蒼(號 葭湄)의 畵論에서 유래한 말이다. 이재성도 연암이 지은「族孫贈弘文正字朴君墓誌銘」에 대한 평어에서 "千古寫照之文, 莫如司馬遷."이라고 하면서, 연암과 마찬가지로 "貌圓而以方寫之, 貌長而以短寫之."라는 대창의 말이야말로 사마천의 인물 묘사의 要諦를 말해 주는 것이라 전제한 다음, 연암의 이 묘지명은 이를 잘 체득한 작품이라 고평하고 있다(『연암집』권2, 장45ab).

161 吉川幸次郎,「『中國散文選』解說 傳記篇」,『吉川幸次郎全集』권1, 東京: 筑摩書房, 1984, 158~162면; 李少雍, 앞 논문, 202~205면 참조.

162 小川環樹,『中國小說史の硏究』, 東京: 岩波書店, 1968, 17~19면, 49~51면, 106~113면 참조.

5장　당대 문단에 끼친 영향

1 박종채,『過庭錄』권1,『총서』20, 126~127면; 권2,『총서』20, 135~145면.

2 박종채,『과정록』권1,『총서』20, 131~132면; 권2,『총서』20, 140~141면.

3 『연암집』권4, 장10ab.

4 박종채,『과정록』권1,『총서』20, 121~123면, 127~131면; 권2,『총서』20, 174면.

5 李德懋는「燕巖憶先兄」시에 대해「伯姊贈貞夫人朴氏墓誌銘」의 銘詞인 칠언절구와 더불어 저절로 눈물을 자아내게 하는 명시라고 절찬했다고 한다(『과정록』권1,『총서』20, 130~131면). 그리고『과정록』과 국립중앙도서관 勝溪文庫 소장『연암집』(권11,『映帶亭雜咏』, 말미 追記) 등에서는 연암

이 아내의 죽음을 애도한 悼亡詩로 절구 20수를 남겼다고 하나 전하지 않는다고 밝혔다. 그런데 그중의 일부인 2수가 兪晩柱의 『欽英』에 전하고 있다. 연암의 부인 전주 이씨가 작고한 지 한 달 남짓된 1787년 2월 15일 일기에 유만주는 그의 벗 金相任이 전한 연암의 도망시 2수를 기록하고, 2월 19일 일기에서도 거론하고 있다(유만주, 『흠영』 권6, 482면, 486면; 김하라, 「兪晩柱가 만난 李安中: 1786년 9월, 남산의 문학청년들」, 『한국한문학연구』 69, 한국한문학회, 2018, 106면 주93면 참조). 연암의 도망시에 대해서는 김명호, 『연암 문학의 심층 탐구』, 돌베개, 2013, 67～73면에서 집중적으로 논했다.

6   『연암집』 권15, 장25a.

7   『연암집』 권5, 「與石痴書」; 권12, 「太學留館錄」, 장88b～89a; 『과정록』 권1, 103～104면; 朴齊家, 『貞蕤閣初集』, 「戲倣王漁洋歲暮懷人」, 「鄭石癡(喆祚)」; 鄭寅普, 『薝園文錄』 下, 「鄭石痴歌」(『薝園鄭寅普全集』 권5, 延世大出版部, 1983, 308～310면); 오수경, 『연암그룹 연구』, 수정증보판: 월인, 2013, 259～284면 참조.

8   『연암집』 권10, 장5ab.

9   "世固有夢幻此世, 遊戲人間, 聞石癡死, 固將大笑, 以爲歸眞, 噴飯如飛蜂, 絶纓如拉朽."(『연암집』 권10, 장5b)

10   박종채, 『과정록』 권1, 『총서』 20, 121～123면.

11   이 점은 鄭寅普의 지적대로, 연암의 이 묘지명을 고문의 격조와 체제를 준수하여 지은 李淞의 「洪湛軒墓表」와 비교해 보면 더욱 분명해진다(『薝園文錄』 下, 「書李西林所著洪湛軒墓表後」, 연세대출판부, 『薝園鄭寅普全集』 권6, 427면). 또한 이동환, 「박연암의 「홍덕보묘지명」에 대하여」, 송재소 외, 『이조한문학의 재조명』, 창작과비평사, 1983(이동환, 『실학시대의 사상과 문학』, 지식산업사, 2006, 재수록) 참조.

12   『연암집』 권1, 「會友錄序」; 권3, 「繪聲園集跋」, 「答洪德保」(2); 권8, 「放璚閣外傳 自序」, 「馬馹傳」, 「穢德先生傳」 등 참조.

13   『과정록』 권2, 『총서』 20, 145～146면, 162면, 166면; 『연암집』 권2, 「賀三從姪拜相因論寺奴書」, 「李處士墓碣銘」; 『승정원일기』, 정조 15년 12월 22일, 23일; 『嶺南邑誌』 제1책, 「安義」(아세아문화사 영인, 『邑誌』 2, 慶尙道 2, 26면); 박규수, 『瓛齋集』 권1, 「花林歌 寄安義金得禹(幷序)」(아세아문화사 영인, 上, 72～73면) 참조.

14 박종채, 『과정록』 권2, 『총서』 20, 145~150면, 154~164면, 166면, 181~
182면, 184~185면.

연암은 일찍이 호조 판서 徐有隣의 부탁으로, 李喜經과 함께 궁내의 축대
공사에 쓸 벽돌을 중국의 立窯法을 써서 제작한 바 있으며, 안의 현감 직에
서 해임된 이후 한양 桂山洞에 寓居할 草堂을 지을 적에도 흙벽돌을 만들
어 썼다고 한다(박종채, 『과정록』 권1, 『총서』 20, 133~134면; 권3, 『총서』
20, 191면).

15 박종채, 『과정록』 권2, 『총서』 20, 167~170면, 177~178면; 권4, 『총서』 20,
304면; 『연암집』 권3, 「答金季謹書」; 박규수, 『瓛齋集』 권1, 「花林歌 寄安義
金得禹(幷序)」.

서울대 박물관 소장 『槿域書彙』에 수록된 연암의 한 편지를 보면, 警菴은
'敬菴'이라 되어 있으며, 의술에 뛰어난 咸陽의 중으로 소개되어 있다(『韓國
의 美』 권6, 중앙일보사, 1981, 107면 참조).

16 우여무의 『홍범우익』은 李佑成 선생에 의해 발굴되어 1993년 성균관대 대
동문화연구원에서 전 5책으로 영인·간행되었다. 총 42권의 방대한 책인데
그중 제9, 10, 22, 23권이 결락되었다(『홍범우익』, 이우성, 「해제」).

17 『연암집』 권1, 「홍범우익서」, 장6b~8a; 권12, 「관내정사」, 「호질」, 장42ab,
「태학유관록」, 8월 13일, 장87ab.

18 金澤榮도 『燕巖續集』 제3권에 이 글을 수록한 후 평하기를, "其塾師云云者,
盖借主立喩, 以避世儒之譏耳. 如眞有其人, 則豈肯沒其名哉?"라고 했다.

19 『연암집』 권12, 장76ab.

20 『연암집』 권1, 장31b~32a; 권10, 장1ab; 초고본 『과정록』 권4, 『한국한문
학연구』 7, 77면 참조.

이 밖에도 「朴烈婦事狀」「李烈婦事狀」(『연암집』 권10) 같은 글들이 있다.

21 '尸奔'은 시체에 대한 淫奔, '節淫'은 정절을 핑계로 한 淫行이란 뜻이다.

22 『연암집』 권12, 장76b.

23 洪大容도 1766년 연행 당시 반정균·엄성과 과부의 개가 문제를 논한 바 있
다. 반정균에 의하면 중국에서도 士大夫家에서는 개가하지 않으나, 가난하
고 자식이 없으면 개가해도 무방하다고 했다. 또 반정균과 엄성은 폐백을
받은 뒤에 약혼자가 죽은 경우조차 개가하지 않는 풍속은 情義나 예법에 어
긋난다고 비판했다. 이에 대해 홍대용은 가난하고 자식이 없는 과부의 개
가 여부는 본인의 선택에 맡길 도리밖에 없다고 수긍했다. 또한 조선에서

는 禮敎가 엄하여 과부가 失節을 하면 처형되고 그 父兄과 近族도 모두 벼슬길이 막힌다고 하면서, 이는 천하의 偏邦인 조선답게 편협한 조치이기는 하나 그래도 무방하다고 말했다(홍대용, 『湛軒書』外集 권2, 『乾淨衕筆談』, 2월 12일). 이덕무는 『天涯知己書』에서 필담 중의 이 대목을 발췌한 뒤에, 남편을 뒤따라 죽는 부인은 烈婦이기는 하지만, 喪中에 너무 슬퍼하다가 죽은 효자의 경우처럼 정상적인 도리는 아니라고 논평했다(이덕무, 『靑莊館全書』권63, 『천애지기서』, 「필담」).

24 "噫! 成服而忍死者, 爲有窆窆也; 旣葬而忍死者, 爲有小祥也; 小祥而忍死者, 爲有大祥也. 旣大祥則喪期盡, 而同日同時之殉, 竟遂其初志, 豈非烈也!"(『연암집』권1, 장34b)

25 "烈則烈矣, 豈非過歟?"(『연암집』권1, 장33a)

26 "此汝母忍死符也."(『연암집』권1, 장33a)

27 "大抵人之血氣, 根於陰陽, 情欲鍾於血氣, 思想生於幽獨, 傷悲因於思想. 寡婦者, 幽獨之處, 而傷悲之至也. 血氣有時而旺, 則寧或寡婦而無情哉?"(『연암집』권1, 장33ab)

28 인용한 원문의 "弔影"은 아무도 없고 자신의 몸과 그림자만이 서로를 위로한다는 뜻이다. 의지할 데 없는 외톨이 신세를 '形影相弔'라고 한다.

29 『연암집』권1, 장33b.

30 『열하일기』「黃圖紀略」「孔雀圃」(『연암집』권15, 장15b) 참조.
김택영은 『연암속집』제3권에 이 글을 수록하면서, 題下에 小注로 "自喩文章境界, 而文似晩明."이란 評語를 첨부해 놓았다. 또한 이 글은 연암의 손자인 朴珪壽의 後識와 함께, 『嶺南邑誌』제1책, 「安義」, 「公廨」(『邑誌』2, 慶尙道 2, 아세아문화사 영인본, 10~11면)에도 수록되어 있다.

31 "蓋文章之極觀, 莫尙於此. 夫色生光, 光生輝, 輝生耀, 耀然後能照. 照者光輝之泛於色, 而溢於目者也. 故爲文而不離於紙墨者, 非雅言也; 論色而先定於心目者, 非正見也."(『연암집』권1, 장18a)

32 이와 혹사한 견해는 박명원의 庶長子 朴宗善(1759~1819)의 시집에 붙인 서문으로서 까마귀를 예로 들어 문학을 논한 「菱洋詩集序」에서도 찾아볼 수 있다. 그 말미에 "燕巖老人, 書于烟湘閣"이라 한 점으로 보아(『연암집』권7, 장5a), 이 글 역시 안의 시절의 작품으로 추정된다. 단 「능양시집서」는 1772년 연암이 이덕무의 사촌동생인 李鼎九의 시집에 지어 주었던 「蘚書齋集序」(단국대 연민문고 소장 『謙軒漫筆』坤)를 겨우 몇 자만 고쳐서 박종선

에게 준 글이다(김영진, 「박지원의 필사본 小集들과 작품 창작년 고증」, 『대동한문학』23, 대동한문학회, 2005, 58~59면 참조).

33 『연암집』권3, 「答李監司誧中書」, 장44a.
『惕齋集』의 연보에 의하면, 李書九는 정조 19년(1795) 6월 경상도의 寧海府 巢谷으로 유배가서, 동년 11월에 방면되었으므로 연암의 이 편지도 그 해에 쓴 것으로 판단된다.

34 이 편지는 "與人"이라고 하여 수신인을 익명으로 처리했으나, 李喜英(1757~1801)에게 보낸 편지로 추정된다. 이희영이 辛酉迫害 때 천주교도로 처형되었기 때문에 그의 성명을 감춘 듯하다.

35 이와 같은 연암의 우정 예찬론에서 마테오 리치의 『교우론』의 영향을 느낄 수 있다. 『교우론』제2장에서도 "벗과 나는 비록 몸은 둘이지만, 두 사람의 몸 안에 있는 그 마음은 하나일 따름이다"라고 했고, 제57장에서는 "천하에 벗이 없으면 아무 즐거움이 없다"고 했으며, 제66장에서는 "훌륭한 벗과 사귀는 재미는 그를 잃은 뒤에 더욱 느낄 수 있다"고 했다. 또 제79장에서는 "세상에 벗이 없는 것은, 하늘에 해가 없고 몸에 눈이 없는 것과 같다"고 했다(김명호, 『연암 문학의 심층 탐구』, 앞의 책, 126~128면 참조).

36 『연암집』권10, 「與人」, 장6b~7a.

37 송재소, 「연암시 「해인사」에 대하여」, 『한국한문학연구』11집, 한국한문학연구회, 1988 참조.

38 『연암집』권4, 장4a.

39 불교나 도교에 대한 이 같은 비판은, 어느 지인에게 지리산의 아름다움을 소개하며 安義로 놀러 오기를 청한 「與人書」, 이서구가 지은 『綠鸚鵡經』에 붙인 「綠鸚鵡經序」, 기타 「愛吾廬記」 같은 글들에서도 찾아볼 수 있다(『연암집』권3, 「與人」, 장39b~40a; 권7,「綠鸚鵡經序」, 장3ab, 「愛吾廬記」, 장13b~14a).

40 高橋亨, 「弘齋王の文體反正」, 『青丘學叢』7호, 青丘學會, 1932; 리가원, 『연암소설연구』, 을유문화사, 1965, 446~481면; 정형우, 「정조의 문예부흥정책」, 『동방학지』11집, 연세대 국학연구원, 1970.
다카하시 도오루(高橋亨)가 정조의 문예정책을 '文體反正'으로 규정한 이래 이 용어가 학술 용어로 굳어졌으나, 이는 여러모로 부적절하기 때문에 본서에서는 사용하지 않기로 한다. '반정'이란 원래 왕조 시대의 궁정 쿠데타를 미화한 정치적 용어이므로, 이를 국가의 문교 정책에 적용하는 것 자

체가 어불성설이다. 게다가 정조는 자신의 문예정책을 따르도록 臣民들을
교화하기 위해 본보기로 몇몇 문신과 성균관 유생들에게 견책과 징계를 내
린 데에 불과하다.

41 정옥자, 『조선 후기 문화운동사』, 일조각, 1988, 58~161면.

42 김혈조, 「燕巖體의 성립과 정조의 문체반정」, 『한국한문학연구』 6집, 한국
한문학연구회, 1982.

43 윤재민, 「문체반정의 재해석」, 『고전문학연구』 21, 한국고전문학회, 2002.

44 강명관, 「문체와 국가장치: 정조의 문체반정을 둘러싼 사건들」, 『문학과 경
계』, 2001년 가을호, 문학과경계사, 2001.

45 안세현, 「문체반정을 둘러싼 글쓰기와 문체 논쟁」, 『어문논집』 54, 고려대
민족어문학회, 2006; 강혜선, 「정조의 문체반정과 京華文化」, 『한국실학연
구』 23, 한국실학학회 2012.

46 『弘齋全書』 권50, 『策問』, 「俗學」; 권161, 『日得錄』, 「文學」, "我朝立國規模,
專倣有宋, 非但治法之相符, 文體亦然. 如歐·蘇等文, 皆可謂黼黻皇猷之文,
足驗治世氣象矣. 至於明·淸文集, 專事藻繪, 無一可觀. 今人之喜看明·淸文
者, 誠莫曉其故也." "今人都不解古文體裁, 却就明·淸諸家中艱棘詭誕處, 學
得恠體來, 便自相詡曰: '我學唐', '我學宋', '我先秦·兩漢也.' 此殆一場夢囈
之歸矣, 何可與論於佩玉冠冕之文哉? …爲文之道, 當本之六經, 以立其綱,
翼以諸子, 以極其趣, 灌之以義理, 發之以英華, 上可以鳴國家之盛, 下可以
垂後世之範, 此乃作家宗旨也. 近之學古文者, 曾不理會此妙, 徒欲以區區字
句, 依樣畵葫, 得不爲具眼者竊笑乎?"; 권163, 『일득록』, 「문학」, "文章有道
有術, 道不可以不正, 術不可以不愼. 學文者, 當宗主六經, 羽翼子史, 包括上
下, 博極今古, 而卒之會極於朱子書, 然後其辭醇正, 而道術庶幾不差誤." "專
治乎文章而不本諸經術, 這便是異端."; 권164, 『일득록』, 「문학」, "文章强記,
詞賦筆翰, 豈不是游藝之美事, 而專治則這便是異端."

47 『홍재전서』 권51, 『책문』, 「八家文」, 「八子百選」; 권161, 『일득록』, 「문학」,
"皇明文章, 滄·臯諸子過於摸擬." "明·淸以來, 文章多險怪尖酸, 予不欲觀."
"今人多愛明·淸文集, 此甚可怔."; 권162, 『일득록』, 「문학」, "邵長蘅藻, 雖
求之樵翹, 恐無愧, 而但乏元氣. 魏禧, 沈鬱忼慨. 侯方域, 悲峭怨慕. 顧寧人,
委曲悽惋. 屈大勻, 往復叱咤. 可以見其文之各有攸長, 而亦可以見其世, 直
令人髮森森. 如李光地·王士禎·朱彝尊·尤侗·常安之徒, 稍用工於鉛槧, 也
不易得. 然文體日就噍殺, 全無治世之意, 不足輕重於文章家." "枯瘠苦澁,

棘喉滯吻, 讀之不復可句, 此王·李之自詫西漢, 而其實非漢而明而已."; 권163, 『일득록』, 「문학」, "今之學者, 不必泛博於諸子, 只取陸宣公奏議·朱書節要二書, 熟讀得力, 可以爲文章, 可以做事業.""陸宣公文章, 莫切於奏議文字. 朱子工夫, 盡在於書牘諸篇. 今欲鈔集, 合爲一通冊子. 蓋其切於事情處, 文氣亦有相似者, 學者最堪多讀."; 권164, 『일득록』, 「문학」, "史記·陸奏·八子·朱書之選, 取舍之際, 雖有參差之論, 而或專主乎義理, 或兼取其文章, 存拔與奪, 各有權衡, 有非淺見薄識所可輕議.""史記之選, 旣選經書與朱書矣. 羽翼經傳者, 惟史是已. 且今人文體太嫩弱, 其顚倒如風中之絮, 其浮輕如漚上之花, 故爲此英選, 以爲詞垣之赤幟, 而漢書則典嚴莊密, 故以夏侯勝·蕭望之·梅福諸傳附其下."; 권165, 『일득록』, 「문학」, "所謂鍾·譚評選文歸·詩歸, 纔一對眼, 陰森百怪, 如入山林而逢不若, 令人不愁而顰. 此等書, 最合以秦炬遇之."; 권181, 群書表記, 「陸稿手圈二卷」, 「八家手圈八卷」.

48 『홍재전서』 권163, 『일득록』, 「문학」, "詩者, 關世道, 係治忽. 雋永沖瀜者, 治世中和之音也; 春容典雅者, 冠冕珮玉之資也; 瑣碎尖斜者, 亂世煩促之聲也; 幽險奇巧者, 孤臣孼子之文也.""徐四佳·崔太虛, 文章未甚工, 而元氣沖瀜, 風流弘長, 如長江大河, 滔滔不竭, 可見國初靈長亨嘉氣象""近日操觚家, 最推息菴·藥泉爲鴻工巨匠. 槩息菴策論之豪邁雄健, 藥泉疏箚之明白剴切, 當作館閣之指南津筏."; 권164, 『일득록』, 「문학」, "近來詩文, 皆促迫輕浮, 絕無敦厚淵永之意. 功令之作, 尤違古道. …我東詩學, 世不乏人, 而挹翠軒朴闇之天成, 訥齋朴祥之沈鬱, 皆盛世風雅之遺, 非後來擅名詞垣者之比也.""文章與世道上下, 代各不同, 而至於明末之文, 噍殺促急, 傾巧破碎, 不忍正視. 此專由於時勢風氣之使然, 觀其文而想其時, 不覺毛髮竦然, 而近來搢紳子弟, 多有喜學其體者. 勿論其文體之如何, 此果何等時而反欲效之, 是誠何心哉? 其爲害於世道, 反有甚於邪學, 爲其父兄者, 何不痛禁之乎?"
단 정조는 최근의 작가 중에서 자신의 師傅였던 南有容이나, 『明陪臣考』의 저자인 黃景源 등에 대해서는 예외적으로 칭찬을 아끼지 않고 있다(『홍재전서』 권161, 『일득록』, 「문학」, "雷淵文章亦可意, 其體格專務典嚴, 不踰繩墨, 絕無夸浮閃倐之態, 詩亦沉著老實, 驟看若無別般新奇, 屢讀便有無限意趣.""近來無古文, 獨黃景源陪臣考, 最耐讀. …陪臣考, 能出自家機軸, 深造古人藩籬, 較諸宋歐史, 縱未必全勝, 似不放出一頭."; 권163, 『일득록』, 「문학」, "黃江漢文章, 人或以蹈襲陳言雌黃, 而深得八家體段, 今人有不可及.")

49 『홍재전서』 권50, 『책문』, 「俗學」, "目宋儒爲陳腐, 嗤八家爲依樣者, 且百餘

年矣.";권51,『책문』,「經術」,"予所以禁購新書, 豈得已也? 惟其涉獵之學,
無賴於實得; 浮薄之習, 叵耐於近裏, 則推之爲文辭也行檢也, 無往非此箇
樣子, 而堆案之稗官小說, 略無愧色; 匝席之珍玩淫技, 認作雅致. 風俗由此
日乖,奢侈職是日盛.";권162,『일득록』,「문학」,"我朝禮樂文物, 本是中華制
度, 今不必更求糟粕, 而今人多不務實, 競尙浮靡, 詩體筆畫, 強學唐樣. 甚至
文房服飾之具, 恥用國中所產, 綺紈子弟靡然從之. 此不可不痛加裁抑. 至於
明·淸文集及稗官雜記之害, 尤難勝言. 士子必欲爲文, 六經諸子足矣. 浮夸
不經之說, 適足以壞人心, 病文風, 害世道耳.";권163,『일득록』,「문학」,"近
日嗜雜書者, 以水滸傳似史記; 西廂記似毛詩. 此甚可笑, 如取其似而愛之,
何不直讀史記·毛詩?""今世之爲文者, 學不充才, 因難生厭, 乃反下學於明·
淸小品, 沾沾自喜者, 相率爲瑣瑣啁啾之語, 此豈世道之福哉?""文字貴於意
順而辭達, 近日所謂奇巧警拔云者, 以予觀之, 則其不涉於噍殺鄙俚者鮮矣.
此所以禁貿稗書, 而必以變文體爲眷眷也. 如韓愈歐陽脩者, 得來何處?";
권175,『일득록』,「訓語」,"近來士夫間, 習尙甚怪, 必欲脫却我國規模, 遠學
唐人所爲. 書冊姑無論, 至於尋常器皿什物, 亦皆用唐產, 以此競爲高致. 如
墨屛·筆架·交椅·卓子·鼎彝·樽榼等種種奇巧之物, 布列左右, 啜茶燃香,
強作疎雅態者, 不可殫述. 此輩旣生於我東, 當守我東本色, 豈必竭死力,
效嚬唐人耶? 是亦侈風之一端, 而末流之弊, 將有不可言不可捄者, 實非尋常
之憂也.";권176,『일득록』,「훈어」,"唐學有三種: 有多蓄明淸間小品異書者,
有專尙西洋曆數之學者, 有衣飾器皿之喜用燕市之物者, 其弊則一也."

50 『홍재전서』권164,『일득록』,「문학」,"西洋之學, 學而差者也; 小品之文, 文
而差者也. 原其始, 豈欲自陷於詖淫邪遁之地, 一轉而甚於洪水猛獸. 且其勢
必自小品, 浸浸入於邪學. 路脈雖殊, 線絡相引. 今之攻文者, 畏小品如畏邪
學, 然後可免夷狄禽獸之歸也.""予嘗言:'小品之害甚於邪學.'人未知其信
然, 乃有向日事矣. 蓋邪學之可闢可誅, 人皆易見, 而所謂小品, 初不過文墨
筆硯間事, 年少識淺薄有才藝者, 厭常喜新, 爭相摸倣, 駸駸然如淫聲邪色之
蠱人心術, 其弊至於非聖反經蔑倫悖義而後已. 況小品一種, 卽名物考證之
學, 一轉而入於邪學. 予故曰:'欲祛邪學, 宜先祛小品.'"
1797년(정조 21년)의 유언비어 옥사는 이와 같은 정조의 소신이 옳았음을
입증하는 사례로 볼 수 있다. 이 옥사에 연루된 姜彛天과 金鑢, 그리고 이들
과 절친한 李鈺 등은 공교롭게도 모두 1792~1793년 정조가 패관소품체를
집중적으로 단속했을 때 성균관 유생 중 그러한 문체를 구사한 대표적인 인

물로 지목되어 견책을 받은 자들이었다. 정조는 이자들이 옥사에 걸려든 것은 패관소품의 해악에서 말미암은 것으로, 패관소품체를 중지하지 않을 경우 결국은 邪學과 다름없게 된다고 질타하였다(『승정원일기』, 정조 21년 11월 12일, "上曰: '渠輩所謂文體與筆法, 無非不經, 今番所坐, 雖不可直斷之邪學之科, 畢竟歸趣, 自與邪學無間矣.'"; 11월 20일, "上曰: '俄已言小品之害矣, 此輩所以致此, 亦由於小品之害, 小品之不已而越一層, 則將爲邪學, 言念世道, 豈非大爲憂慮者乎?'").

51 『홍재전서』 권50, 『책문』, 「속학」, "淹博之學也, 則察於名物, 泥於考證, 耽舐雜書曲說, 而猖恣穿鑿之風, 楊愼·季本輩爲之倡焉."; 권51, 『책문』, 「經術」, "今之所謂經術者, …鶩於物名, 詳於器械, 泥於考證, 膠於辯博, 而曾莫能究其大義之所歸, 以獲作者之心."
   이 점에서 고증학에 대해 포용적인 자세를 보인 연암과 매우 대조적이다(본서 1부 3장 「2. 학술과 문예의 동향」, 119~120면 참조).

52 『홍재전서』 권165, 『일득록』, 「문학」, "勿患邪學之害吾學, 惟患吾學之不足禦邪學. 苟吾所讀者經傳, 所行者孝悌, 無一事虛僞, 有十分眞實, 居家如此, 在鄕如此, 立朝如此, 表裏洞澈, 言行一致, 則根本已立, 何憂乎外邪哉?"

53 『홍재전서』 권49, 『책문』, 「文體」(甲辰: 三日製); 권50, 『책문』, 「문체」(己酉: 抄啓文臣親試); 李書九, 『척재집』 권7, 對策, 「文體」, "…竊嘗觀夫近日之文, 蓋其可憂者二, 其不必憂者亦二. 文氣之衰弱不必憂, 而事實之無足記爲可憂也; 文風之委靡不必憂, 而義理之不能明爲可憂." "由是論之, 文體之高下, 專由於世道之汙隆; 世道之汙隆, 不係於文體之高下." "…臣愚死罪, 願殿下毋責於當世之士, 先思所以自反之道也. 何則? 夫人之使工師爲宮室也, 必先定其制度, 先聚其材具. …爲文之道, 亦猶是焉. 何謂文之制度? 曰理義是也. 何謂文之材具? 曰事實是也. 是故理義旣明, 事實旣美, 則雖欲文之不文, 不可得也. 今殿下欲使當世學者, 一變文體者, 固無異於使工師而爲宮室也, 制度尙有所未定, 材具尙有所未聚. 此其故何也?"

54 丁若鏞, 『與猶堂全書』 제1집, 권8, 「文體策」.

55 이서구는 탕평책과 戚臣 정치에 반대한 노론 '淸流'에 동조하여 權臣 洪鳳漢과 洪國榮의 전횡을 비판하고 소론 徐命善, 남인 蔡濟恭 등의 중용을 반대했으며, 金鍾秀·沈煥之 등 노론 벽파와 친했다(남재철, 『강산 이서구의 삶과 문학세계』, 소명출판, 2005, 149~171면; 유봉학, 『개혁과 갈등의 시대―정조와 19세기』, 신구문화사, 2009, 93~105면 참조).

670

56 "何嘗有一定不易之體也哉.""…寒暑易序, 時物自改, 山川異方, 民俗亦殊. 況乎天下之事變無窮, 人生之才智不同, 則文體之與世迭降, 乃理之常也."(이서구,『척재집』권7, 대책,「문체」)

57 "譬如優孟之學孫叔敖, 抵掌談語, 似則似矣, 使之居相位而治楚國, 則木偶而已矣. 況其所謂似者, 未必是眞似者乎!"(위의 글)

58 『연암집』권7,「嬰處稿序」, 장8a,"似者方彼之辭也. 夫云似也似也, 彼則彼也, 方則非彼也, 吾未見其爲彼也.";「綠天館集序」, 장9a, "夫何求乎似也? 求似者非眞也."

59 『정조실록』, 13년 9월 26일, 27일, 10월 14일, 신기현의 상소(『승정원일기』, 정조 13년 10월 15일), 15일, 16일, 17일, 22일, 23일, 신기현, 珍島 유배, 24일, 三司 合啓, "驥賊之弟龜顯, 卽逆湛之妻四寸也.";14년 1월 10일, 兩司 合啓.
   1792년 신기현은 3년 전에 이재간의 사주를 받아 상소를 올렸노라고 자백하여 큰 파문을 일으켰다(『정조실록』, 16년 11월 23일, 24일, 12월 4일, 8일).

60 『정조실록』, 15년 8월 16일,"拿問照訖講試官尹永僖, 摘奸史官洪樂游·徐有聞. 永僖上疏言:…";『승정원일기』, 정조 15년 8월 16일, 윤영희의 상소;『일성록』, 정조 15년 8월 16일,「命司成尹永僖事過後拿勘」,「命摘奸史官拿治兩所試官事過後拿處」,「司成尹永僖陳疏自引賜批」;『정조실록』, 15년 9월 2일,"下試官尹永僖·金羲淳于獄, 尋釋之. …命永僖保放, 羲淳放. 仍命象奎·有聞拿來, 與永僖對質.";『승정원일기』, 정조 15년 9월 2일,"義禁府啓目, 照訖試官尹永僖原情云云…";『정조실록』, 15년 9월 19일,"命尹永僖事, 依申驥顯例設禁.… 敎曰: '…設令永僖眞有護逆之跡, 越梌者旣冒厥目, 則受單之徐有聞, 講確之沈象奎, 焉逌知情不告之律乎?'", 12월 30일, 윤영희, 加里浦僉使 補任; 정조 16년 9월 5일, 全羅右水使 李恒林이 가리포 첨사 윤영희의 비리를 고발한 사건에 대한 좌의정 채제공의 上奏, 9월 14일, 지평 金羲淳의 상소, 9월 17일,"罷大司成金方行職, 中批李家煥代之.", 9월 18일, "特補大司成李家煥開城留守."

61 『정조실록』, 16년 9월 18일, 이상황의 상소;『일성록』, 정조 16년 9월 18일,「持平李相璜上疏賜批 仍命永刊三司之望 敍前僉使尹永僖」;『정조실록』, 16년 9월 20일,"承旨沈煥之上疏曰: '…且李相璜之疏, 可謂年少風采, 而殿下不少假借.'", 9월 25일, 판중추부사 박종악의 箚子, 10월 4일,"(金)文淳曰: '永僖卽左相之五寸姪也.'", 10월 8일,"命左議政蔡濟恭削奪官爵, 門外黜

送.'"

62 『정조실록』, 15년 10월 24일, "予嘗語筵臣曰: '欲禁西洋之學, 先從稗官雜記禁之; 欲禁稗官雜記, 先從明末淸初文集禁之.'", 10월 25일, "上謂左議政蔡濟恭曰: '…' 乃命飭使行, 明·淸文集等冊子, 毋得購來.", 11월 7일, "上曰: '…蓋此事, 難以刑政專治. 闢邪學, 莫如明正學, 故日前策題, 以明末淸初文集事, 盛言之. 大體明·淸之文, 噍殺奇詭, 實非治世之文. 袁中郞集爲其最矣.'"

63 『승정원일기』, 정조 15년 11월 11일, "傳曰: '…至於詿惑中人之魁首, 無出於(崔)必恭. …大抵中人輩, 非兩班, 非常人, 居於兩間, 最是難化之物, 卿等知此意, 各別查究.'", 11월 12일, "傳曰: '…班之魁(權)日身, 中之首(崔)必恭, 若痛自尤悔, 歸於正學, 則其徒不過遇風之鴻毛, 卿等益思對揚此意之道, 可也.'", 11월 29일, "傳曰: '…頑如必恭者, 不惟革面, 乃能革心, 又不惟革心, 其言外之意, 油然有眞箇披覩之良心. 從前罪狀, 雖曰殺無赦, 向化歸正之後, 追理前罪, 甚非大學所謂新民之義, 爲先放送.'", 12월 7일, "傳曰: '…自今永爲放送, 許作良民. 渠之役名卽醫生, 而前判堂主按此事, 備志顚末, 適兼醫司之任, 望所養, 望恒心, 制以恒産之方, 使之留心, 以爲人望人之地事, 申飭該司, 可也.'", 12월 23일, "以惠民署薦狀, 慶尙道審藥崔必恭差送事判付內,…"
『승정원일기』, 정조 16년 3월 23일 기사 중 귀환한 동지 부사 李祖源에게 정조가 "到平壤時, 見崔必恭乎?"라고 묻자, 이조원이 "問於松留, 則以爲人有可取云矣."라고 답한 점으로 보아, 최필공은 경상도 심약으로 파송된 이후 다시 關西의 심약으로 파송되었던 것으로 짐작된다.

64 『정조실록』, 16년 4월 18일, 유성한의 상소, 윤4월 13일 윤구종의 자백 사실을 아뢴 의금부의 啓辭; 윤4월 15일, "罪人尹九宗徑斃."

65 『정조실록』, 16년 윤4월 27일, "慶尙道幼學李堣等一萬五十七人上疏. 略曰: '…雖然, 臣等之千里跋涉, 相率呼籲, 非直爲一星漢, 實星漢之窩窟根柢是憂也; 非直爲窩窟根柢之是憂, 睿誣尙今未辨, 是痛是恨.'", 5월 7일, "慶尙道參奉李堣等一萬三百六十八人再疏. 略曰: '…星漢之究覈窩窟, 九宗之亟行追律, 倂允臺請, 無或一日稽遲.'", 5월 24일, "罷右議政朴宗岳職, 敦諭于前右議政金鍾秀. 宗岳上疏曰:…", 6월 27일, "判中樞府事朴宗岳上疏曰:…", 11월 9일, "判中樞府事金鍾秀上疏曰:…"; 金鍾秀, 『夢梧集』,「年譜」권1, 정조 16년 壬子, 閏四月, "跋嶺儒李堣等入侍筵本."

66 『정조실록』, 16년 5월 5일, "司直徐有隣上疏曰: ⋯." (참조) 『순조실록』, 즉
위년 11월 8일, "掌令李安默疏, 論徐有隣兄弟. 略曰: ⋯", 11월 18일, "水原
留守徐有隣, 陳疏自辨. 略曰: ⋯"

67 『정조실록』, 16년 10월 8일, "命左議政蔡濟恭削奪官爵, 門外黜送.", 10월
14일, "濟恭之發配也, 上密下封書于押去都事曰: '至長湍府啓之.' 都事至長
湍啓視, 乃密諭也.", 10월 18일, "次對. 上謂右議政金履素曰⋯", 11월 9일,
"放長湍府付處罪人蔡濟恭."

68 『정조실록』, 16년 10월 19일, "召見冬至正使朴宗岳·大司成金方行. 上教宗
岳曰⋯. 上謂大司成金方行曰⋯"

위의 기사에 의하면 정조는 이옥의 시권에 대해 "純用小說"이라 질책하고
남공철의 대책에 대해서는 "有數句引用小品處"라고 질책했다고 한다. 그런
데 『정조실록』, 16년 10월 24일 기사에는 "日前見抄啓文臣南公轍對策, 引
用稗官文字, 上齋生李鈺表作, 純倣小品體裁"라고 하여, 남공철은 '소설체'
를 구사하고 이옥은 '소품체'를 모방한 것으로, 정반대로 기술되어 있다. 하
지만 이어서 남공철이 '古董' 등의 용어를 인용했다고 지적했고 史官의 설
명에도 "南公轍對策, 用小品語"라고 했다. 또 『승정원일기』, 정조 16년 11월
20일 기사에도 "李殷模, 以成均館同知館事意啓曰: '因生員李鈺應製呈劵,
引小說體用常文字'" 운운하였다.

이옥은 1790년 증광시에서 생원 급제했으며, 1792년 9월 九日製에서 수석
을 차지하여 會試에 直赴되었다(『승정원일기』, 정조 16년 9월 15일). 이옥
에 대해 "一寒微儒生"이라고 한 정조의 말은 『정조실록』, 16년 10월 24일
기사에 보인다("承政院以西學教授李相璜緘答啓, 教曰⋯"). 이옥의 집안은
小北系의 武班 출신 庶族이었다(김영진, 「이옥 연구(1)―가계와 교유, 명·
청 小品 閱讀을 중심으로」, 『한문학연구』 18, 한국한문교육학회」, 2002).
남공철의 대책에 "古董書畫"라는 표현을 썼다는 사실은 규장각의 심문에
대한 남공철의 답변서에 처음 보인다(『일성록』, 정조 16년 10월 25일, "乃
於向日對策中'古董書畵'等語, 意則在於詆攻, 迹則歸於蹈襲."). 남공철은
1792년 3월 殿試에 丙科 1등으로 합격하고, 규장각 초계문신과 규장각 직
각 겸 교서관 교리·知製敎에 임명되었다. 玉堂을 거치지 않고 바로 규장각
각신에 임명된 것은 그가 처음이었다고 한다. 朝夕으로 御札을 받고 수시
로 入對하여 機密을 들었을 만큼 정조의 각별한 총애를 받았다고 한다(南
公轍, 『歸恩堂集』, 「宜陽子年譜」[附], 正宗十六年壬子). 참고로, 南人으로

쉰두 살에야 남공철과 같은 해에 문과 급제한 尹愭는 "내가 급제한 임자년 (1792)의 문과 급제자는 59인이었는데 그중에 정승과 재상 집 자제들은 합격자 발표 뒤에 즉시 규장각·홍문관의 관직에 제수되었고, 京華世族의 젊은이들은 모두 초계문신에 들었다. 초계문신은 극히 명예로운 관직으로, 녹봉 말고도 하사품이 줄줄이 이어지고 교외로 나갈 때면 일산을 받치고 역말을 타며 각 고을에서 편의를 제공받지만, 그 나머지 노쇠하고 권세 없는 자들과 시골의 생원 출신들은 녹봉 받는 벼슬은 물론이고 분관(分館: 승문원·성균관·교서관에 분산 배치)조차 기약 없이 연기되었다"고 당시 실태를 풍자했다(尹愭,『無名子集』, 文稿 제3책,「戱語合識」).

69 『정조실록』, 16년 10월 24일, "承政院以西學敎授李相璜縅答啓, 敎曰:…"
"丁未年間"(1787년경) 이상황과 김조순이 예문관 숙직 중 "唐宋百家小說及平山冷燕"을 읽다가 정조가 승정원 注書를 시켜 시찰한 결과 발각되어 책을 소각당하고 정조의 견책을 받은 사건은 위의 기사 중 史臣의 설명에서 처음 구체적으로 언급된 사실로, 여타 문헌들에는 보이지 않는다. 같은 날짜의 『정조실록』과 『일성록』 중 정조의 하교에는 "且以李相璜等之年前亦有嚴飭之擧"라고만 되어 있다. 또 『일성록』, 정조 16년 10월 24일, 이상황의 답변서에도 "幸於年前待罪翰苑也, 至以此事, 致勤匪怒之敎, 矜其愚蒙而下敎而詔諭之, 愍其迷溺而焚冊而嚴禁之."라고 언급되어 있을 따름이다. 또 『승정원일기』 및 『일성록』, 정조 16년 11월 6일, 김조순의 답변서에도 "年前翰苑待罪日, 幸蒙聖上, 愍其愚駿, 慮其浸染, 火書於殿庭, 布誨筵席, 玉成之盛意, 旣勤懇惻, 匪怒之恩敎, 不啻丁寧."이라고만 언급되어 있다.
이상황과 김조순이 읽었다는 "唐宋百家小說"은 각각 唐代와 宋代의 패관소품문(筆記小說類)을 집대성한 『唐人百家小說』(明 桃源居士 編)과 『宋人百家小說』(明 桃源溪父 編)을 가리키는 듯하다. 그중 『송인백가소설』은 서울대 규장각에 낙질본 19책이 소장되어 있다. 표지의 제목은 "宋百家小說"이다.
이상황은 그 사건을 겪은 뒤 "戊申"년(1788)에 문답체 寓言인「詰稗」및 칠언절구 30수의 "斥稗詩"를 지었다.「詰稗」의 말미에서 그는 정조의 견책을 받은 데 대한 반성으로 이 글과 斥稗詩를 지었노라고 창작 동기를 밝혔다 (李相璜,『桐漁遺集』, 규장각 소장; 김경미,「李相璜의 소설 의식―배척과 옹호의 길항」,『한국고전연구』4, 한국고전연구학회, 1998; 안순태,「李相璜의 '詰稗'에 대한 연구」,『국문학연구』8, 국문학회, 2002 참조).

70 『일성록』, 정조 16년 10월 24일, 「命李相璜仍任西學教授仍命抄啓文臣, 南
公轍令內閣發緘取招以聞」, "政院啓言: '問于李相璜, 則以爲: 臣幼時學習,
卽不過經傳外史等書, 而自始功令以後, 得見稗官小說. 蓋其弔詭者, 誤看以
新奇; 浮誕者, 錯認以高爽; 至若街談俚語之點化形容處, 亦謂之摸寫逼眞.
臣果披閱涉獵, 終不免耽看之歸矣.…'"
이상황의 답변서는 『일성록』에만 수록되어 있다.

71 "卑秩之崔必恭猶施嘉奬, 況出入經幄之臣乎?"(『정조실록』, 16년 10월 24일)
그러나 정조는 沈煥之에게 보낸 1798년 4월 28일자 비밀 어찰에서, 소론
중에 이상황은 "소품문의 괴수"(小品之魁)라 칭하면서 그를 擬望하지 말라
고 했다(『정조어찰첩』上, 성균관대 출판부, 2009, 3帖, 305, "至於李相璜,
卽小品之魁, 何可擬論耶?"). 정조는 이상황이 여전히 패관소품체에서 탈피
하지 못했다고 보고 있음을 알 수 있다.

72 "更思, 公轍亦不可置之亂昧之中, 令內閣發緘, 取招以聞!"(『정조실록』, 16년
10월 24일)

73 『일성록』, 정조 16년 10월 25일, 「判下副司果南公轍緘答, 仍命泮試復效稗
官者隨輕重施罰」, "內閣啓言: '副司果南公轍處, 依傳旨發緘, 取招公轍. 答
通以爲: 臣幼而失學, 倖竊科第, 尋常功令之體, 亦不能隨人畫葫, 而若其
一二及聞於家庭者則有之. 文與道本無二, 致浸灌乎義理之源, 羽翼於經傳
之旨, 雖博極群書, 泛濫諸子, 要其歸, 則一於道而已.…'"
남공철의 답변서 역시 『일성록』에만 수록되어 있다.

74 『정조실록』, 16년 10월 25일, "批曰: '對辭雖似張皇, 體作不效小品. …發緘
之傳敎, 答通之供招, 當頒諸朝紙, 塗之十日! … 惟今處分, 意豈徒然? 文風
關世道, 欲以南公轍一人, 爲多士他山之石也.'"

75 『홍재전서』권163, 『일득록』, 「문학」, "一日賤臣對抄啓策問, 妄用稗官雜記
語, 下敎切責, …又命製進自訟文一篇, 言後不敢, 然後乃許供職."(檢校直閣
臣南公轍壬子錄)

76 『정조실록』, 16년 11월 3일, "敎于內閣曰:…"
『승정원일기』및 『일성록』에 의하면 이러한 정조의 傳敎는 10월 30일에 내
려진 것이다. 이에 따라 규장각은 평안 감사 洪良浩에게 공문을 보내어, 그
로 하여금 원임 규장각 제학이자 동지 부사인 徐龍輔가 당도한 곳에 통지하
여 서장관 김조순을 取招하게 했다고 한다(『승정원일기』, 정조 16년 11월
6일, "奎章閣檢校提學臣吳載純·檢校直提學臣徐有防·檢校直提學臣李秉

模·檢校直提學臣朴祐源·檢校直閣臣徐榮輔等謹啓爲發緘事…";『일성록』,
정조 16년 11월 6일,「判下書狀官金祖淳緘答, 命馳撥行會. 又以玉堂李東
稷疏批, 謄書下送」, "內閣啓言: '十月三十日本閣敬奉傳敎…'").

77   이 두 번째 전교는『홍재전서』권162,『일득록』,「문학」에 수록되어 있다
("凡作文寫字, 要須氣足理到…"[檢校待敎臣沈象奎辛亥(1791)錄]). 이에
의거하여『일성록』의 기록을 교정하였다.

78   『일성록』, 정조 16년 11월 3일,「命前待敎沈象奎緘答, 懸吐翻諺, 又爲註解
以入」, "內閣啓言: '十月三十日敬奉傳敎… 故依傳敎, 發緘取招, 則前待敎
沈象奎答通以爲: …仍伏念, 往在童年, 頗好稗書. 蓋以其淺俚易解, 遂謂之
尖新可喜. …乃於年前試賦, 以體製之不善, 責敎截嚴, 詔牖鄭重…'"
     심상규의 답변서도『일성록』에만 수록되어 있다.

79   『일성록』, 정조 16년 11월 3일,「命前待敎沈象奎緘答, 懸吐翻諺, 又爲註解
以入」, "敎以鹵莽所致, 不接句讀, 判下次, 懸吐以入. 內閣, 以象奎'伏承不敢
聞之敎, 萬萬惶懍, 不敢懸吐'啓, 命入直檢書官懸吐以入. 又敎曰: '雖懸吐,
無以解見文義, 更爲翻諺, 仍又註解以入!'(入直檢校直閣臣徐榮輔·兼檢書
官臣柳得恭)";『정조실록』, 16년 11일 3일, "上曰: '以句讀不接, 命諺翻註解
以進,' 蓋欲困之也. 象奎逐字自註以進, 上亟稱其才於筵臣."
     소론 명문가 출신인 심상규는 그의 부친 沈念祖가 정조로부터 '涵齋'라는
호를 하사받았던 것처럼, 1790년 그도 '象圭'라는 이름과 '穉敎'라는 자를
하사받았을 만큼 정조의 총애를 입었다. 그러나 그는 1796년 홍문관 부교
리로서 올린 사직 상소의 문체가 난삽하다는 이유로 정조의 견책을 받고 熊
川(충남 공주) 현감으로 좌천되었다(『정조실록』, 20년 1월 13일, "特補副校
理沈象奎熊川縣監, 以辭疏文體之夏澁云.";『승정원일기』, 정조 20년 1월 13
일, "命肇源書傳敎曰: '名敎中, 自有樂地, 何必爲鄭·衛·桑間·濮上噍殺之
音於堂堂奎署·玉堂之間哉? 何況勞薾之體, 夏滷(澁)之作, 所關者在於用
變, 而前此飭敎何如? 渠亦我國之人, 宜知率敎之方, 而乃敢背馳常經, 甘歸
化外, 觀於昨日疏本, 而愈莫掉焉.…'").

80   『정조실록』, 16년 11월 6일, "副校理李東稷上疏曰:…";『일성록』, 정조 16년
11월 6일,「副校理李東稷上疏賜批, 仍以原疏付丙」, "疏略曰: '…苟究其脈
絡源委, 則此賊卽簡·驥之後身, 濟恭之前茅. …況此輩所謂文華, 其學則多
出異端邪說, 其文則專尙稗官小品, 至於經傳菽粟, 每視以弁髦, 亦不可以文
華言也. 今當闢異衛正之日, 如此之類, 不可置而不論.'"

81 　『승정원일기』, 정조 16년 11월 6일, "答副校理李東稷疏曰: '…予於近日, 欲聞治世之希音, 首擧一二年少文臣而撕警之者, 南公轍之世掌絲綸, 金祖淳之家傳詩禮, 李相璜·沈象奎之冑筵舊僚之子, 濡染者軒冕之作, 誦習者詞命之體也. 俯就跂及, 固各隨其才分, 萬有一捨宋而適越, 用夏而變夷, 捷徑窘步, 貪鳥錯人, 則其爲賊于敷文, 忝厥先武, 豈特無妄之小過? 渠曹以崔·盧赫閥, 瞬焉之頃, 當臥占國子大司成·弘藝文館提學矣. 貢擧而誤多士, 潤色而辱王言, 是所謂朱絃下里, 黃流瓦缶, 而黌序館閣之上, 一任此輩廝壞, 則有北之投, 何足以贖乎?'"
위의 단락이『정조실록』, 16년 11월 6일 기사에는 삭제되었다.『홍재전서』에는 그중 "南公轍之世掌絲綸, 金祖淳之家傳詩禮, 李相璜·沈象奎之冑筵舊僚之子, 濡染者軒冕之作, 誦習者詞命之體也. 俯就跂及, 固各隨其才分"이 삭제되었다(『홍재전서』권43, 批,「副校理李東稷論李家煥疏批[壬子]」). 정치적으로 민감한 내용이었기 때문일 것이다.

82 　"批曰: '…彼家煥, 未嘗非好家數, 而落拓百年, 斲輪而貫珠, 自分爲羈旅草莽. 發之爲聲者, 悲吒忼慨之辭也, 求而會意者, 齊諧索隱之徒也. 跡愈陝而言愈詖, 言愈詖而文愈詭. 絺繡五采, 讓與當陽, 離騷·九歌, 假以自鳴, 豈家煥之樂爲? 伊朝廷之使然.'"(『정조실록』, 16년 11월 6일)

83 　"肆予遵箕聖斂時敷福之範, 承先王聖功神化之緖, 特書燕寢之扁曰蕩蕩平平室, 而'庭衢八荒'四大字, 遍題八窓之楣, 昕夕顧諟, 作我息壤. 於是乎篳路藍縷, 披自草萊, 家煥特其中一人耳. 今也, 與公轍輩瞥地悖常者流, 比而同斥, 家煥獨不茹菀? 又況彼山可斥而不斥, 此而不可斥但單斥, 其可乎?"(『승정원일기』및『일성록』, 정조 16년 11월 6일)
위의 인용문 중 밑줄 친 부분이『정조실록』에는 삭제되었다.『홍재전서』에는 "公轍輩"가 "一二人", "單斥"이 "斥之"로 고쳐져 있다(『홍재전서』권43, 批,「副校理李東稷論李家煥疏批[壬子]」). 이 역시 정치적으로 민감한 내용이었기 때문일 것이다.

84 　정조의 비답 중 이 부분은『정조실록』에는 삭제되었다. 1797년에도 정조는 이와 유사한 해명을 규장각 각신들에게 하였다(『홍재전서』권165,『일득록』,「문학」, "李德懋·朴齊家輩文體, 全出於稗官小品, 以予置此輩於內閣, 意予好其文, 而此輩處地異他, 故欲以此自標, 予實俳畜之. 如成大中之純正, 未嘗不亟奬之."[原任直閣臣李始源丁巳錄]).

85 　"更有餘意之攪之者, 有才而等於蔑如, 齎志而無以自衒, 甘與草木同腐者, 俗

所謂一名是已. 欲識人倫之常稱, 則反慕千里不同俗之俗; 自知彙征之莫混, 則嗜看十七子發憤之譚. 至于咳唾揮弄之末, 而動相描畫, 洈洈竊竊, 鮮有能超然聳拔於那裏, 斯亦朝廷之責, 非渠之罪也. 如成大中·吳正根之恭移〔趨〕塗轍, 予雅好之, 等書'二中', 褒加十行, 如朴齊家·李德懋, 棄尺朽而用寸長, 開示向陽之牖. 且置大中·齊家輩, 幸而揚名者, 間有崔岦若而人, 尙云逖矣. 天之生才, 亦〔不〕限地分, 盍亦反觀於崔必恭自誤, 而誤其類之不億乎? 此皆所謂不拂其性, 各適其器, 以期其咸底會歸之妙也."(『승정원일기』, 정조 16년 11월 6일.『일성록』에 의거해 교정함)

위의 비답 중 "十七子發憤之譚"의 '十七子'가 『홍재전서』에는 '十六子'로, 『靑莊館全書』에는 '七十子'로 되어 있다(『홍재전서』 권43, 批, 「副校理李東稷論李家煥疏批[壬子]」; 이덕무, 『청장관전서』 권71, 부록, 『年譜』下, 癸丑, 1월 5일). 한문에서 보통 '十七子'는 맹자의 제자, '七十子'는 공자의 七十二弟子를 가리킨다. 그런데 비답 중의 '十七子'는 '七十子'의 오류로서 '七十二煞' 즉 『수호전』에 나오는 72명의 두령을 가리키는 것으로 보인다. 「忠義水滸傳序」에서 李贄는 "水滸傳者, 發憤之所作也."라고 주장했다. 또 비답 중의 "間有崔岦若而人"이 『홍재전서』에는 "委巷別有崔岦若而人"으로 되어 있어 이에 따라 번역했다.

吳正根은 서얼 출신으로 문과 급제 후 興德 현감을 지냈으나, 실세하여 오랫동안 재야에 묻혀 있다가, 1789년 五衛將으로서 성대중·이서구 등이 참여한 親試에서 賦를 지어 수석을 차지하여 정조의 인정을 받았다. 정조의 배려로 1791년 6월 保寧 현감에 임명되었으며, 1794년 해임된 뒤 사망했다 (成大中, 『靑城集』 권10, 「吳伯深哀辭」; 成海應, 『硏經齋全集』 권49, 『世好錄』, 「吳正根」; 『일성록』, 정조 15년 6월 24일).

86 『승정원일기』, 정조 16년 11월 6일, "奎章閣檢校提學臣吳載純·檢校直提學臣徐有防·檢校直提學臣李秉模·檢校直提學臣朴祐源·檢校直閣臣徐榮輔等謹啓爲發緘事, …'依傳敎, 發關於平安監司洪良浩, 使之知委於原任直閣多至副使徐龍輔所到處, 依例取招於書狀官金祖淳矣. 節答通內, 檢校待敎金祖淳, 年二十八白等,…'";『일성록』, 정조 16년 11월 6일, 「判下書狀官金祖淳緘答, 命馳撥行會. 又以玉堂李東稷疏批, 謄書下送」, "內閣啓言:'十月三十日本閣敬奉傳敎… 答通內, 檢校待敎金祖淳供以爲…'"

그러나 예문관 숙직 중 소설을 읽은 일로 정조의 질책을 받은 이후에도 김조순은 1792년 무렵 그의 벗인 金鑢와 더불어, 淸 문인 張潮가 명말 청초의 패관소품문을 편찬한『虞初新志』를 읽고 몹시 좋아하여 이를 모방한 작품들을 함께 지어『虞初續志』를 편찬하기도 했다(나중에 김려는『우초속지』중 김조순이 지은 傳 6편을『古香屋小史』로 엮었다). 또한 김조순은『閨人觀外史』라는 野史集도 저술했다고 한다(김려,『薄庭遺稿』권9,「題丹良稗史卷後」, 권10,「題古香屋小史卷後」;『薄庭叢書』권14,「思牖樂府」上, 제92수, 小註; 홍진옥,「김려의『丹良稗史』연구」, 서울대 석사논문, 2014, 24~25면, 주59 참조).

87 『승정원일기』, 정조 16년 11월 6일, "奎章閣檢校提學臣吳載純·檢校直提學臣徐有防·檢校直提學臣李秉模·檢校直提學臣朴祐源·檢校直閣臣徐榮輔等謹啓爲發緘事,… '傳教內辭緣, 惶恐遲晚教味白齊, 旣有發緘取招之命, 上裁, 何如? 判付啓,… '";『일성록』, 정조 16년 11월 6일,「判下書狀官金祖淳緘答, 命馳撥行會. 又以玉堂李東稷疏批, 謄書下送」, "內閣啓言: '十月三十日本閣敬奉傳教… 旣有發緘取招以聞之命, 請上裁.' 批以'…觀此緘答, 文體爾雅, 意匠汎濫, 頗覺有無限旨趣. …彼南公轍軟軟反拙之對, 李相璜沾沾悅耳之辭, 沈象奎軋軋難解之供, 特皆從唇皮口角間, 强勉自明中出來, …萬有一歸囊貯句, 或涉於唱調, 或關於艶語, 則是亦欺予, 渠之頂上, 常若予之照臨之意.'"

김조순의 답변서에 대한 정조의 비답이『정조실록』에는 16년 11월 8일 기사에 수록되어 있다("內閣以冬至書狀官金祖淳緘辭啓, 批曰:…").

88 『정조실록』, 16년 11월 19일, "書狀官金祖淳製進自訟詩文, 回諭曰: '觀此所進詩文, 文是菽粟, 詩亦錦貝. 旣覺昨非, 又見新效, 此後益加勉勉!'";『일성록』, 정조 16년 11월 19일,「書狀官金祖淳製進自訟詩文」, "敎曰: …"

89 『승정원일기』, 정조 16년 11월 14일, "鄭致淳, 以成均館大司成意啓曰…";『일성록』, 정조 16년 11월 14일,「大司成方行以生員洪祐淵課策考劵啓」, "成均館官員以大司成意啓言: '生員洪祐淵課策二十篇考入事命下矣. 依下教, 加點抹以入.'";『승정원일기』, 정조 16년 11월 20일, "李殷模以成均館同知館事意啓曰: '生員李鈺課表五十首考入事, 命下矣. 臣謹依聖教, 點抹以入, 而李鈺停擧, 旣伏承課表畢製後解罰之筵中聖教, 今方解停之意, 敢啓.' 傳曰: '知道.'";『일성록』, 정조 16년 11월 20일,「同成均李秉鼎以生員李鈺課表考入」.

『司馬榜目』에 의하면 洪祐淵은 본관이 南陽(唐洪)이며 1756년생이다. 1780년 생원시에 급제했다. 인조 때 영의정을 지낸 洪瑞鳳의 후손이나, 조부 洪應麟이 進士 급제 후 현감을 지냈을 뿐이다(『韓國系行譜』, 寶庫社, 1992, 地, 南陽洪氏, 1719면).

90 『일성록』, 정조 16년 12월 16일, 「考下上齋儒生應製試券」, "以生員洪祜淵 試券, 敎曰: '同成均出(賦 一누락)題, 限五十首, 每日五首式製呈後, 粘連草 記!' 以生員李鈺試券, 敎曰: '圈下之句, 無非下里. 飭禁之下, 爲敢冒犯, 使渠 限十日, 製進百篇律. 若不頓改, 圻沿水軍充定. 以四韻律製呈後, 粘連草記!' 以生員金鑪試券, 敎曰: '飭敎之下, 犯用小品體, 筆亦如之. 限數朔, 俾渠自新 後, 大司成取見所作, 草記, 其前莫敢赴擧!'";『승정원일기』, 정조 16년 12월 27일, "徐榮輔以成均館大司成意啓曰: '…臣依聖敎, 招入李鈺, 使之留接於 泮中, 日捧四韻律十首, 今已滿百篇矣. 粘連以入之意, 敢啓!' 傳曰: '考入!' 徐榮輔以成均館同知館事意啓曰: '…臣謹依聖敎, 招入洪祜淵, 使之留接齋 舍, 連出賦題, 日捧五首, 今已滿五十首矣. 粘連以入之意, 敢啓.' 傳曰: '考 入!'"

91 『일성록』, 정조 16년 12월 17일, 「考下上齋儒生更試試券, 幷與殿講入格儒 生, 施賞有差」, 「考下禁直諸臣應製試券, 施賞有差」, 12월 18일, 「御熙政堂, 受禁中諸臣應製優等人謝箋」, 「行都政于熙政堂」; 柳得恭, 『古芸堂筆記』권 3, 「進箋」; 성해응, 『연경재전집』本集 1, 권10, 「先府君行狀」.

92 『일성록』, 정조 16년 12월 24일, 「判下抄啓文臣南公轍議處啓目, 命以贖錢 辦備酒食, 饋送北靑府使成大中」, "先是檢校提學吳載純啓言: '敬奉抄啓文 臣南公轍試券判下傳敎: 飭墨未乾, 依舊嘲啾, 紙尾間空, 太欠敬謹, 檢校提 學議處事命下矣. 御題應製, 何等至重, 而今番追試製進, 文體殊欠典ရ. 向 來飭敎之後, 全不致意, 尙遵舊習, 至於券尾空間, 不但有違格例, 太無敬謹 之意. 揆以事體, 極爲可駭, 請以此照律. 至是, 敎以不知飭敎本意, 豈知渠祖 先之功議乎? 以不應得爲而爲, 及制書有違, 兩罪俱發, 律從重論杖七十, 公 罪收贖, 而犯禁者, 所捧之贖錢, 宜用於不犯禁者, 辦備酒食, 招致北靑府使 成大中饋送.'"

93 성대중, 『청성집』권3, 詩, 「內閣餕席得恩字 恭紀榮感之私」; 이덕무, 『청장 관전서』권12, 『雅亭遺稿』4, 詩, 「內閣公燕 與李承旨 徐直閣 南直閣 柳檢 書 得恩字 送別成都護士執之任北靑」; 刊本『雅亭遺稿』권7, 「與朴在先(齊 家)書」⑥; 유득공, 『泠齋集』권5, 「擒文院公讌 徐南二學士 薑山承旨 懋官寮 兄 同賦得恩字 贈北靑成都護」; 이서구, 『척재집』권2, 「成秘書(大中)應旨 獻賦 出守北靑 命諸近臣 設餕賦詩 以侈其行 同徐令慶世(榮輔) 用恩字爲

贈」.

94   朴宗善,『菱洋詩集』권1,『准勅稿』, 自序, "敎曰: '近見近臣中詩文體有以奇
     僻相尙者, 予斥之甚, 爾以爾家之人, 安用此險刻語, 效尤於浮薄新進? 爲其
     速改之!' 臣聞命震剝, 旣而蒙恩, 特授閣郞, 召至丹陛, 敎曰: '爾之文體險僻,
     須卽悛革!' 臣惶汗浹背, 退而盡焚平生所爲詩文."; 이덕무,『청장관전서』권
     71, 부록,『연보』下, 壬子 8월 26일, "檢書官薦單子判付, '是誰之子? 除取
     才, 以朴宗善差下!'";『승정원일기』, 정조 16년 9월 2일, "檢書官朴宗善, …
     竝單付."(박종선은 눈병으로 사임한 박제가의 후임이었다.); 이현일,「능양
     박종선의 초기 시 연구―『藕實幼學稿』와『准勅稿』를 중심으로」,『대동문
     화연구』99, 2017, 354~366면 참조.
     박종선은 1792년 10월 동지 정사 박종악의 자제군관으로 연행을 따라갔다.

95   박제가,『貞蕤閣文集』권1,「比屋希音頌(幷引)」; 이덕무, 간본『아정유고』
     권7,「與朴在先齊家書」⑥, "南·李兩學士, 已撰闢邪斥異之文與詩入啓云耳.
     兄其撰訖, 以報牒馳呈于閣中也."; 이덕무,『청장관전서』권71, 부록,『연보』
     하, 癸丑 1월 5일.
     박제가는 1792년 8월 부여 현감에 임명되었다.

96   성대중,『청성집』권5,「感恩詩敍」, "夫文章莫盛於六經, …苟能驅一世之士,
     盡趨之於六經, 則文風自正, 世道自醇, 而三代不難復也.";『通塞撮要』권4,
     正祖, "癸丑月, 北靑府使成大中奉敎製進感恩日: …"

97   『통색촬요』권4, 정조, "通政大夫行保寧縣監吳正根, 恭奉內閣膽頒弘文館校
     理李東稷疏批一通, 繼下有旨內, 令臣製進感謝之作. 臣誠惶誠恐, 稽首稽首,
     謹奉詩竝序附進者.… 逮自漢·唐·宋·明以來, 尤見險易奇正之別. 遷史固
     壯, 帶燕市劍歌之風; 韓子稍醇, 露龍門斧鑿之跡, 不有紫陽眞儒者出, 誰見
     黃鍾大樂之全?… 夫何蔥嶺異學之流, 轉爲稗官野說之倡?"

98   박제가,『정유각문집』권1,「比屋希音頌(幷引)」, "又於本年正月初三日, 伏
     奉內閣關文, 依諸文臣自訟詩文之例, 特命臣撰進詩頌者.";『통색촬요』권4,
     정조, "扶餘縣監朴齊家奉敎製進訟愆文曰:…"; 박종선,『능양시집』권5, 小
     酉齋豹直稿,「三哀詩」, 朴永平, 其二, "希音比屋頌依依(원주: 先朝壬子, 上
     以時人文體之多尙明·淸間小品, 勅禁近臣, 使之自新, 仍各製進誦罪詩文.
     盖匪怒之敎也.…)"
     「比屋希音頌(幷引)」은 단국대 연민문고 소장 燕巖山房本『流觴曲水亭集』
     (坤)(『총서』10, 153~160면)에도 수록되어 있어, 안의 현감 시절의 연암이

중요한 글로 판단하여 참고용으로 選錄했음을 알 수 있다.

99 이덕무,『청장관전서』권71, 부록,『연보』하, 癸丑 1월 20일, "有自訟文製進
之命. 壬子冬, 上命扶餘倅朴公齊家製進自訟文. 至是, 又命公製進. 公疾篤,
未能製. 雖至臨終, 猶以應製差晚爲憂."; 이덕무, 간본『아정유고』권8,「先
考府君遺事」, 236면, "時上以先君之文或近稗官, 有自訟文製進之命. 屬纊前
一日, 以應製差晚爲憂… 是夜精神猶未昏, 命不肖, 誦御定八子百選文數篇,
手自擊節, 及臨終, 更整衣冠而臥."

참고로, 1792년 7월 정조는『奎章全韻』의 완성을 기념하여 규장각 각신과
검서관에게「文字策」을 짓게 했는데, 이덕무의「문자책」은 "必欲務新, …索
隱極可厭惡"(原任 提學 채제공), "病在好奇"(원임 제학 李福源), "詭奇"(홍
문관 제학 徐有隣), "語多警發, 過於奇峭"(예문관 제학 李秉模)라는 혹평을
받았다. 패관소품체로 비판받은 것이다(이덕무,『청장관전서』권71, 부록,
『연보』하, 壬子 7월 9일).

100 『연암집』권2,「答南直閣公轍書」附 原書.

101 『연암집』권2,「答南直閣公轍書」.

102 『연암집』권2,「答南直閣公轍書」, "悅蟲鳥啾啾之音曰: '昔人之無聞知,'" "究
厥本情, 雖伎倆之所使, 是誠何心? 自楚撻而爲記."

위의 인용문 중 "自楚撻而爲記"의 '記'는 '기억한다'는 뜻이다.『尙書正義』
에『書經』「益稷」중 "撻以記之"에 대해 "笞撻不是者, 使記識其過."라 하였
다.

참고로,「答南直閣公轍書」는『百尺梧桐閣集』(坤),『映帶亭集』(乾)(坤),『雲
山萬疊堂集』등에도 필사되어 있다.『백척오동각집』(곤)의 말미에는 "…其
答南直閣書, 辭氣婉異, 約入繩矩, 已見其非昨日之燕岩. 大聖人作成之功,
不惡而嚴, 過化之神, 不疾而速(在誠)"이라는 李在誠의 평어가 있다.『영대
정집』(건)(곤)에도 이와 거의 동일한 평어가 있다. 또『백척오동각집』(곤)
에는 상단 여백에 "無非遲晚之供招, 亦是自明之愛辭. 人有如此才, 落拓至
此, 安得不以文爲戱乎? 大聖人, 一轉移之間, 可知一變而之道"라는 평어가
적혀 있다. 연암의 글이 정조의 교화를 받아 순정한 문체로 일변했다고 칭
찬한 것이다. 그러나『운산만첩당집』에는 "조금 순정하고자 했으나 오히려
『맹자』에 나오는 馮婦처럼 예전 솜씨를 다시 발휘하려는 버릇에서 벗어나
지 못했으니,『장자』에서 말한바 '제 그림자를 피하려고 하면서도 해를 향
해 달려가는 자'가 아니겠는가?"(稍欲醇正, 而猶不脫攘臂下車習氣, 無乃畏

影而走日中者耶)라고 비판한 평어가 있다.

103 박종채,『과정록』권1,『총서』20, 131~132면; 권2,『총서』20, 135~136면, 137~138면.

104 "先是, 上進覽武藝圖譜通志, 指李德懋所著禦倭諸論, 敎曰: '諸篇皆圓好', 又敎曰: '此燕巖體也.'"(박종채,『과정록』권2,『총서』20, 172면)
이덕무가 지었다는 '禦倭諸論'은 1791년(정조 15년) 어명에 의해 그가 유득공·박제가와 함께 편찬한『兵志』에 붙인「周軍制論」「唐軍制論」「明軍制論」「備倭論」을 가리킨다(이덕무,『청장관전서』권24, 編書雜稿 4,『兵志』; 권71, 부록,『연보』하, 辛亥 7월 16일). 따라서 위의 인용문 중『무예도보통지』는『병지』의 착오임이 분명하다.

105 『과정록』권2,『총서』20, 174면; 권4,『총서』20, 273~274면;『연암집』권3,「三從兄錦城尉墓誌銘」;『弘齋全書』권15, 碑,「錦城尉朴明源神道碑銘(幷序)[庚戌]」.

106 유득공,『고운당필기』권3,「熱河日記」, "是日南直閣以聖旨折簡, 諭安義縣監朴趾源. 若曰: '熱河日記, 乙覽已訖. 能復爲雅正之文, 編帙比熱河日記, 膾炙若熱河日記, 則可也. 不然, 有罪.'…燕巖, 余輩素所周旋, 方其著日記也, 悉削前日所爲文, 意以謂有此記, 則餘不足傳也. 今在下邑, 巾篋中, 旣無一葉舊藁, 忽欲爲壯語, 烏能滿二十卷? 莊語又未易膾炙, 所恃以不朽者, 則殆同準勅惡詩. 天下狼狼人, 莫如燕巖. 余與懋官, 一場葫蘆."
참고로 李肇의『唐國史補』中卷에 "杜太保在淮南, 進崔叔淸詩百篇, 德宗謂使者曰: '此惡詩焉用進?' 時呼爲'准敕惡詩'."라고 했다.

107 박종채,『과정록』권2,『총서』20, 172~173면.

108 박종채,『과정록』권2,『총서』20, 173면.
『과정록』에 의하면, 1793년 봄에 연암은 金箕懋, 처남 이재성, 사위 이종목과 李謙秀, 문하생 이희경·尹仁泰·韓錫祜·梁尙晦 등을 안의로 초청했다고 한다(권2,『총서』20, 167~168면). 단, 김기무는 그의 시집에 의하면 1794년 연말에 안의를 처음 방문했던 것으로 밝혀졌다(김윤조,「[자료소개] 金箕懋의『雲嶠詩集』」,『한문학연구』21, 계명한문학회, 2008).

109 『과정록』권2, 173~174면.
현전하는 연암 작품 필사본 중『煙湘閣集』『百尺梧桐閣集』『荷風竹露堂集』등은 안의 현감 시절에 연암이 이와 같은 목적 아래 自撰한 선집으로 추정된다. 그중『연상각집』은 현재 序(7편)와『열하일기』의「夜出古北口記」

「一夜九渡河記」「文丞相祠堂記」「黃金臺記」「象記」를 포함한 記(21편)로 편성된 1책과 墓銘(10편) 1책이 전하고 있다. 박영철본『연암집』중『煙湘閣選本』제1권과 제2권은『연상각집』에서『열하일기』중의 記 5편을 제외하고, 면천 군수 시절의 書 몇 편을 추가한 것으로 판단된다(김영진,「박지원의 필사본 小集들과 작품 창작년 고증」,『대동한문학』23, 대동한문학회, 2005, 61~64면 참조).

110　김택영,『合刊韶濩堂集』, 文集定本 권9,「朴燕巖先生傳」(『金澤榮全集』, 아세아문화사, 1978, 貳, 189면); 김택영,『重編燕巖集』,「朴燕巖先生年譜」, 五十七歲 癸丑.

111　洪翰周,『智水拈筆』권3,"正廟又嘗以燕巖朴公文尙浮薄, 命南金陵, 使之勸喩朴公, 別裁典重文字製進, 而朴公終不奉敎."(홍한주,『19세기 견문지식의 축적과 지식의 탄생(상) ― 지수염필』, 김윤조·진재교 옮김, 임완혁 윤문, 소명출판, 2013, 236면)

112　『일성록』, 정조 17년 2월 12일,「命生員洪祐淵, 使之更誦一經, 金鑢第令觀光」,"成均館啓言:'因生員洪祐淵應製句作麤率不讀之故, 一經能誦後, 草記有命矣. 依下敎, 使之居齋, 申飭讀書, 而今已能誦云矣.'敎曰:'一經能誦, 體作依舊, 使之更誦一經後, 卿其試捧兩經十數篇, 俱得通栍, 然後草記!'又啓言:'因生員金鑢應製, 犯用小品體, 筆亦如之, 限數朔, 俾渠自新後, 大司成取見所作, 草記, 其前莫敢赴擧事, 有命矣. 臣另加嚴飭, 今已滿數朔之限, 而取見其所作, 則賦五首, 表七首, 詩二十韻, 排律八首, 庶有自新之望矣.'敎以試券入之. 又以鑢試券考入啓, 敎以第令觀光."(『승정원일기』, 정조 17년 2월 12일 조에는 김려에 대한 기사만 실려 있다.)

1792년 2월 말 진사시에 급제한 김려는 3월 초 성균관 유생으로서 古詩를 應製하여 수석을 차지하고 정조로부터 글뿐만 아니라 사람도 淸秀하다고 칭찬을 받았다. 그러나 그해 연말 응제 시권의 문체로 인해 정조의 징계를 받은 뒤, 1793년 2월 그동안 일과로 지은 글들을 바쳐 응시 자격을 회복한 직후에 치른 친시에서도 불합격 판정을 받은 것이다. 그 뒤 김려는 1793년 七日製에 賦로 응제하여 차석으로 합격하고 정조를 알현했다. 또 1796년에는 각각 李白과 杜甫를 모방한 오언 10韻의 고시 2수를 지어 바쳐 정조의 칭찬을 받기도 했다고 한다. 그러나 그 이듬해 11월 姜彛天의 유언비어 옥사에 연루되었을 때 정조는 강이천과 마찬가지로 김려·金鑢 형제도 "역시 평소 소품에 빠진 자들로 일컬어진다"(亦素稱小品中人也)고 질타했다

(김려, 『담정유고』 권3,「題擬唐別薰卷後」, 권10,「題絅錦小賦卷後」;『일성록』, 정조 16년 2월 28일,「行生進放榜于仁政殿」, 3월 1일,「考下泮儒應製試券」, "古詩, 進士柳遠鳴·幼學金鑢二下, 同等居首.", 3월 2일,「召見泮製入格儒生于熙政堂, 宣醞賜饌, 仍命聯句識喜」;『승정원일기』, 정조 17년 8월 4일).

113 『일성록』, 정조 17년 2월 17일,「考下上齋儒生應製四試試券, 居首之次施賞有差, 仍飭趙鍾永等多讀經傳, 俾有自得之效」, "以撲蝶會爲七言二十韻排律題, 命儒生四試. …更, 生員金鑢·安光集·進士朴喜進·徐有鎭. 更之更, 進士姜彛天. 外, 進士安光宇. 違, 進士洪樂玄·權晙·趙鍾永. 拔去, 生員李鈺. 科次訖. 教曰: '旣禁小品之體, 欲識懲羹與否, 出此輕艶之題, 以試之矣. 一二本來實才外, 依舊回戀, 其作夐澁, 其畫婆娑, 以至引用句語, 多雜稗俚.…'"
박접회(撲蝶會)는 음력 2월 보름에 남녀가 나비를 잡으며 노는 중국의 옛 풍속이다.

114 『승정원일기』, 정조 17년 2월 18일, "南公轍, 以成均館官員, 以同知館事行大司成意啓曰: '因應製儒生洪祐淵試券, 莫重奏御試券, 焉敢用理(俚)瑣之體? 停擧猶歇矣, 靑衿錄, 付標其名事, 命下矣. 洪祐淵, 依聖敎, 先施停擧之罰, 仍爲付標於靑衿錄, 而臣秉鼎, 旣伏承暗百首課表之命, 連爲出題矣. 今則祐淵有不可以士子待之, 課表一款, 更無可論, 停止之意, 敢啓.' 傳曰: '知道.'";『일성록』, 정조 17년 2월 18일,「施洪祐淵靑衿錄付黃之罰」.
그 뒤 홍호연은 8월에 七日製에서 箋으로 응제하여 차석으로 합격했으며, 1795년 10월에도 製述에서 '次上'으로 상을 받고 정조를 알현했다(『승정원일기』, 정조 17년 8월 18일;『일성록』, 정조 17년 8월 18일,「仍行七日製科次于誠正閣, 箋取十人, 賦取三十人」;『일성록』, 정조 19년 10월 21일,「考下上齋生製述試券, 施賞有差. 命入格儒生明日待令」, 10월 22일,「命京畿監司沈頤之肅拜辭朝, 召見上齋生等及廣州留守徐有隣于春塘臺」).

115 『승정원일기』, 정조 17년 3월 18일, "…仍命民始等, 考試三日製儒生試券訖. 命書傳敎曰: '三日製, 賦居首三下一進士李日煒, 排律居首三下一進士姜彛天, 直赴會試.'"; 3월 19일, "彛天奏姓名訖. 上曰: '汝近來改其文體乎? 今番科作, 少勝於前矣. 後日亦爲愼之, 勿用稗說焉.'"
강이천은 豹菴 姜世晃의 손자로 小北系 명문가 출신이다. 1786년 불과 18세에 진사 급제 후 성균관 유생으로서 1792년 七夕製에 策問으로 응제하여 3등으로 합격했으며, 秋到記에 책문으로 차석 합격하고 정조의 칭찬을 받았다.

같은 해 9월에는 箋文으로 응제하여 수석 합격하고, 이듬해 3월에도 箋文으로 응제하여 차석으로 합격했다. 같은 달에 排律로 수석을 차지했으되 정조의 견책을 입은 뒤에도 그는 1795년 三日製에 古詩로 응제하여 차석 합격하고, 1797년 人日製에 책문으로 차석 합격했다. 그러나 같은 해 11월 유언비어 사건으로 인해 제주도로 유배되었는데 정조는 강이천의 범행이 소품문에 잘못 빠져든 결과로 보았다(『승정원일기』, 정조 16년 7월 22일, 23일, "上曰: '爾之文有才分, 須着實工夫, 充其才, 可也.'", 9월 14일; 정조 17년 3월 13일; 정조 19년 3월 9일; 정조 21년 1월 4일, 11월 12일, "上曰: '姜哥之爲人, 予亦一再見之, 已料輕薄無行矣. 恃其才華, 全不讀書, 故誤入小品, 以至於此. 渠亦世祿之家, 何苦有怨國之心耶?'; 강이천, 『重菴稿』 冊一, 詩, 「農人告余以春及 [押農. 癸丑三製居魁. 卄韻排律.]」, 「遲遲臺 [押遲. 乙卯三製居二.]」, 冊二, 箋, 「擬本朝楊抱父老民人等謝行幸之日 朝官年七十士庶年八十以上各加一資 百歲加給米肉 儒武試取제第 受糶者蠲租 [壬子九月應製, 御考居魁.]」, 「擬周召虎請天子萬年 [癸丑三月泮製, 御考居第二]」, 策, 「七七之數」, "王若曰云云 [壬子七夕製入格]", 「樂」, "王若曰問云云 [壬子秋到記第三策, 序居二.]", 「三代之學」, "王若曰云云 [丁巳正月人日製, 序居二.]"; 방현아, 「重菴 姜彝天의 「漢京詞」 연구」, 성균관대 석사논문, 1994, 11~16면 참조).

116 『승정원일기』, 정조 17년 10월 11일, "頌, 居首三下一, 生員李東萬, 直赴殿試, 之次, 生員李鈺·趙冕鎭·進士宋翼淵·南巖老·趙經鎭, 各給二分.", 10월 12일, "上敎鈺曰: '爾之所作, 終不改體, 而今番則旣已高捷, 故雖不使拔去, 後勿如是爲作, 可也.'"; 『일성록』, 정조 17년 10월 11일, 「行科次于誠正閣」, 10월 12일, 「召見入格儒生及太學掌議閔章顯于誠正閣」.

117 『일성록』, 정조 19년 8월 7일, 「考下迎鑾儒生應製試券, 施賞有差. 命儒生李鈺以體怪特命克軍」; 『승정원일기』, 정조 19년 8월 10일, "李殷模以刑曹言啓曰: '卽接成均館移文, 則今八月初七日觀旂橋迎鑾儒生應製時, 生員李鈺試券, 以體怪, 充軍題下, 故如是移文云矣. 李鈺, 忠淸道定山縣, 充軍定配所, 卽爲押送之意, 敢啓.' 傳曰: '知道.'"; 『일성록』, 정조 19년 8월 10일, 「充軍李鈺于定山縣」; 『일성록』, 정조 19년 9월 11일, 「移充定山縣充軍罪人李鈺于三嘉縣」, "刑曹啓言: '卽接成均館移文, 則定山縣充軍罪人李鈺, 今番應製時試券, 以嚴勘之後, 嗤殺尤甚, 稍遠地移充事, 命下矣. 李鈺三嘉縣充軍定配, 使卽押送事, 發關分付于該道臣.'"; 李鈺, 『鳳城文餘』, 「追記南征始

686

末」, 실시학사 고전문학연구회 옮기고 엮음, 『完譯 李鈺全集』, 휴머니스트, 2009, 4 자료편-원문, 191면.

118 이옥, 『南征十篇』, 「敍文」, "甲戌, …宿于安陰, 感水, 作'水喩', 有新屋, 作'屋辨'.", 「水喩」, "水之上民曰: '是安陰之花林洞也.'", 「屋辨」, "侯曰: '我作室家, 人聞之者曰: '華之制', 其嘖大.'… 係曰: '…以吾觀於世, 皆華也. 爲是言者, 亦不知其所從矣.'"(『完譯 李鈺全集』, 4 자료편-원문, 105면, 111~113면) 「屋辨」에서 연암이 신축한 이 小屋은 기둥이 모두 열둘로, "東西三, 南北四" 라고 했는데 이는 연암이 「荷風竹露堂記」에서 "堂東面, 橫四楹, 縱三楹"이 라고 기술한 것과 합치한다(『연암집』 권1, 장19a). 『과정록』에 의하면, 벽 돌로 쌓은 하풍죽로당을 난생 처음 본 자가 '이는 오랑캐의 제도가 아니냐' 고 희롱하기도 했으나, 연암은 웃어넘기고 시비를 가리지 않았다고 한다(권 2, 『총서』 20, 176면). 당시 이옥은 안의 관아의 연못가에 모인 콩새(蠟嘴 鳥) 떼를 본 사실을 기록한 글을 남기기도 했다(『白雲筆』, 筆之甲, 「談鳥」, "嘗見安義官池邊有鳥群集者, 蓋蠟嘴也.", 『完譯 李鈺全集』, 4 자료편-원문, 334면).

119 그 후로도 이옥의 시련은 계속되었다. 1796년 2월의 別試 初試에서 이옥 은 文二所의 榜首로 뽑혔으나, 정조는 그의 策文이 "근래의 격식에 어긋난 다"는 이유로 榜末로 강등시켰다. 또한 이옥은 1800년 2월에야 삼가현의 充 軍 유배에서 姑放(임시 석방)되었다. 하지만 그해 5월 말에 그는 다시 機張 縣으로 유배되는 형벌을 받았다(『승정원일기』, 정조 20년 2월 6일, "上曰: '李鈺文體, 屢有飭敎, 而終不改, 故至有充軍之擧, 而此人爲壯元, 則其所試 取可知, 而全榜之不善出, 從可推也.'"; 『일성록』, 정조 20년 2월 6일, 「別試 初試, 文一二所試官詣闕出榜, 召見一所上副試官于重熙堂; 李鈺, 『鳳城文 餘』, 「追記南征始末」, "至明年二月, 赴別試初試, 濫居榜首, 上以策有違近 格, 命降付榜末.", 『完譯 李鈺全集』, 4 자료편-원문, 191~192면; 『승정원일 기』, 정조 24년 2월 24일, "柳憲周以刑曹言啓曰: '因慶尙監司申晝放未放修 啓冊子… 三嘉李鈺, 姑放事, 書下矣.'"; 『일성록』, 정조 24년 2월 24일, 「放 嶺南·湖南定配罪人等, 命黑山島定配罪人度謙移配金甲島」, "未放秩, 刑曹 所管充軍罪人三嘉李鈺, 姑放."; 金鑢, 『藫翁遺稿』 6, 「題鳳城文餘卷後」; 승 정원일기』, 정조 24년 5월 26일, "崙壽讀奏慶尙監司申晝啓本罪人李鈺機張 縣到配事, 命書判付."; 이현우, 「이옥, 소외문인의 자아와 그 문학」, 『반교어 문연구』 20, 반교어문학회, 2006, 「이옥 연보」, 97~98면 참조).

120 박종채,『과정록』권1,『총서』20, 119면, "… 誰料脫藁未半, 人已傳寫, 遂至遍行一世, 莫可收藏?"

121 유만주의『흠영』중 연암과『열하일기』에 관한 기사에 대해서는 김윤조, 「유만주가 본 연암」, 이지형 교수 퇴임기념논총,『한국의 經學과 한문학』, 태학사, 1996; 김하라, 「유만주의『흠영』연구」, 서울대 박사논문, 2011, 175~195면 참조.

122 "閱熱河日記, 卷之一日漠北行程錄, 熱河, 淸皇帝所在."(兪晩柱,『欽英』제16책, 癸卯[1783] 11월 24일; 서울대 규장각 영인, 권5, 98면. 단 전문이 삭제 표시되어 있음.)
『杏溪雜錄』(3)과 일본 동양문고 소장『燕彙』의『燕巖說叢』에 필사된 「막북행정록」과 「태학유관록」은 각각 "熱河日記卷之一", "熱河日記卷之二"로 권수가 표기되어 있다.

123 "觀乎王·郝·回·敬諸人筆譚, 益知本國人士之不博不雅, 全沒品格也. 彼雖曰大國人, 王是一老學究也, 郝是一武人也, 回·敬是一箇蒙古之産也, 乃其筆譚如是可觀. 本國之自號爲士大夫, 驕倨無雙, 而矇無識解者, 寧不愧殺?"(유만주,『흠영』제16책, 癸卯[1783] 11월 30일; 서울대 규장각 영인, 권5, 103면. 밑줄 친 구절에 삭제 표시가 되어 있음.)

124 "見議祇記, 知之爲知, 不知爲不知. 體段果固有之. 弟說家記錄, 此亦一種道理也. 吾且以小品觀之, 初不看作大文章. 稼記, 止記載纖悉而已, 初不可以文章法制論也. 見而知之甚易, 但聞欲如見, 是以影影."(유만주,『흠영』제20책, 乙巳[1785] 12월 21일; 서울대 규장각 영인, 권6, 101면)

125 "間閱熱河記."(유만주,『흠영』제21책, 丙午[1786] 2월 5일; 서울대 규장각 영인, 권6, 152면)
『열하일기』이본 중 책 제목이 '열하기'로 된 필사본은 단국대 고문헌실 소장본, 연민문고 소장 多白雲樓本 및 綏堂本과 고려대 晩松文庫 소장본 등이다.

126 "已乘稍大舟, 溯江水而止, 轉過抱淸樓, 上心亭, 以臨江色, 錦莊也. 入淸斯菴, 壁上詩畫, 中國居多. 見燕行陰晴記一二冊, 皆艸本細書."(유만주,『흠영』, 위의 책, 212면)
그 무렵 연암은 박명원의 배려로 세심정에서 처남 이재성과 함께 우거하고 있었다(박종채,『과정록』권1,『총서』20, 125면, "與芝溪公寓居于三浦之洗心亭, 亭卽錦城都尉江樹而世稱第一名區者也."). 「도강록」의 서문에서 연암이 '洌上外史'(한강 변에 사는 문사)라고 自號한 것도 이 때문이다.

127　책 제목이 '연행음청기'로 된『열하일기』이본은 현전하는 필사본 중에서
는『행계잡록』(3)에 필사된「도강록」이 유일하다(『행계잡록』(3), 『총서』1,
405면, 409면).

128　"浩至, 傳祗又近著虎叱一文, 歷詆世之爲人者, 其製甚詭奇云."(유만주, 앞의
책, 303면)

129　"安平誦傳祗製琉璃廠記. '潘南之朴, 天下誰知?'者, 儘怪奇語. 此人文章, 輒
以意外語爲佳."(같은 책, 367면)

130　『연암집』권12,「관내정사」8월 4일, 장55ab, "天下得一知己, 足以不恨.",
"潘南之朴, 天下之所未聞也."; 배기표,「通園 兪晩柱의 문학론—『흠영』을
중심으로」, 성균관대 석사논문, 2001, 61~62면; 김하라, 앞의 논문, 190~
191면 참조.

131　"閔駏汎隨筆未了, 而從伯袖去."(유만주,『흠영』, 앞의 책, 404면)

132　"閔燕行陰晴記第二(云云, 別部) 夜閱燕行陰晴記第一."(위의 책, 404면)

133　『흠영』제22책, 丙午(1786) 11월 1일, "書于絅, 送示虎叱."; 11월 2일, "虎
叱, 還書云: '文非不奇, 意甚不佳. 一覽而止, 足矣.' 復書于凜, '…送示虎
叱,'""凜還虎叱, 書云: '此文絶似將作手段.'"(같은 책, 407면, 408면)

134　"瑛至. …示虎叱. 議. 淵源, 好新者也. 故近又惑此文字, 頃有規之者云. 今也
固譽不虛口矣, 後也必罵不絶聲. 另議. 名敎中, 自有樂地, 何必乃爾? 引朱子
評梅宛陵詩, 爲'裸衣上門, 罵人父祖'. 蓋譏其不雅正也. 今是文字, 洵難免得
此目矣."(같은 책, 415~416면)

135　"瑛至. 聞先夜會祗于桂, 聞其中州說話, 詭異可聽云. 携其所記鵠亭筆譚, 訂
東人之鈍劣云: '燧人氏將吸烟一竹, 以左右手交鑽取火, 五日僅得之. 及後
世, 人將唐火石, 名鐵硝爆, 一擊獲火(원주: 句一구두 표시), 于吸烟, 無難事
也, 則比之是上國規制, 而東土則乃燧人氏吸烟. 議. 可藏二酉, 眼昧一丁, 雖
李·柳·程·袁, 難得比儷, 信乎其不可當也. 其自許文章也, 則云: '吾之文有
撫(=模)左·公者焉, 有撫馬·班者焉, 有撫韓·柳者焉, 有撫袁·金者焉. 人見
其摹馬摹漢, 則便爾睫重思睡, 而特于其摹袁·金者, 眼明心快, 傳道不置. 于
是, 吾之文以袁·金小品稱焉, 此固世人之爲也.' 仍示其所序陰晴卷首效公穀
者, 曰: '是古文也.'"(같은 책, 424면)

이처럼『연행음청』제1권에「도강록」과 그 서문이 수록된 이본은 현전하는
필사본 중에서는『행계잡록』(1)의「도강록」이 그에 가장 가깝다.『행계잡

록』(1)의「도강록」은 "燕行陰晴卷之"라고 쓴 원래의 권수제를 "燕岩集 外集 / 熱河日記卷一"로 고쳤다(『총서』1, 29면).

136 金魯謙(1781~1853)도『열하일기』는 문장이 해학적이고 근엄한 내용은 적어 세간에서는 '소품'으로 지목하기도 한다고 하면서, "소동파 이후 김성탄이 있고, 김성탄 이후에 연암이 있으니, 김성탄은 소동파의 孽子요, 연암은 김성탄의 後身이다"라는 농담을 전하고 있다. 그리고『課農小抄』를 보면 그 문장이『열하일기』에는 미치지 못하는데 이는 연암의 문장도 단점이 있기 때문이라고 평했다(김노겸,『性菴集』권8, 부록,「囈述」).

137 "議. 效公穀者不佳, 效袁金則佳. 是其才長於貫華之文章, 而短於純古正大文字也. 議. 以文字而能形容萬物萬事, 能俾後之人, 無此形器, 茫昧制度, 而能因其文字之形容而製造之, 不異親見其按行, 則此始可謂之眞文章, 文章之能事亦畢矣, 方始見文章之功用也. 祇之記陰晴, 雖若无所能, 而于此道則顧遠矣. 故書炕制甕制, 竟未能分曉說去, 誠使按其記而製之, 故難能也."(유만주, 앞의 책, 424면)

138 "先生文章雖工, 好稗官奇書, 恐自此古文不興." "吾窮於世久矣, 欲借文章, 一瀉出傀儡不平之氣, 恣其游戱爾."(南公轍,『金陵集』권17,「朴山如墓誌銘」, 장31ab. 원문 중 "傀儡"는 '磈磊'와 같은 뜻이다.)
이 묘지명은 남공철의『귀은당집』권8에도 재수록되어 있다. 李景學의『隨示錄』坤에도 이 일화는 하나의 미담으로 소개되어 있다(단 朴趾源을 '朴性源'으로 오기함).

139 남공철,『금릉집』권10,「與朴山如」第二書; 권17,「朴山如墓誌銘」;『연암집』권10,「答南壽書」; 권14,「避暑錄」, 장65ab; 朴宗薰,『潘南朴氏世譜』권2, 장3ab, 60b~61a; 김상홍,「진사 박남수의 哀祭文學 연구」,『한문학논집』12, 단국한문학회, 1994 참조.

140 박종채,『과정록』권3,『총서』20, 202~203면;『연암집』권2,「答巡使論賑政書」(1), (2).

141 박종채,『과정록』권3,『총서』20, 192~198면;『연암집』권2,「上巡使書」, 附「兵營報草」,「答巡使書」(1), (2);『燕巖散稿』(2),「巡營報草」,『총서』14, 397~405면.

142 본서 1부 3장,「3. 북학론과 그 사유 구조」, 146~147면 참조.

143 『과정록』권2,『총서』20, 175~177면;『연암집』권2,「答李仲存書」(1),「答李仲存書」(2).

144 박종채, 「과정록」 권2, 『총서』 20, 176면; 권3, 『총서』 20, 223~224면.

145 兪漢雋, 『著菴集』 권1, 「家傳」, 권4, 「自銘」; 洪直弼, 『梅山集』 권52, 「著菴兪公漢雋遺事」; 남공철, 『금릉집』 권41, 「祭著菴兪公文」; 성대중, 『청성집』 권6, 「兪汝成蒼崖稿序」; 洪元燮, 『太湖集』 권4, 「答兪通判書」.

146 유한준, 『저암집』 권1, 「家傳」, 권4, 「自銘」; 유한준, 「自著」 序, 권4, 古詩 「吾友」, 권20, 「與朴永叔書」, 「答朴永叔書」; 朴胤源, 『近齋集』 권10, 「答兪汝成書」, 「與兪汝成書」; 朴準源, 『錦石集』 권5, 「上伯氏書」.

유한준의 문학관과 산문을 긍정적으로 평가한 논의로 박경남, 「유한준의 道文分離論과 산문 세계」(서울대 박사논문, 2009)를 들 수 있다. 이 논문에서는 유한준이 道文分離論을 견지함으로써 성리학적 이념으로 裁斷할 수 없는 다양한 개인들의 삶을 산문으로 표현할 수 있었다고 높이 평가했다. 또한 유한준은 만년에도 도문분리론의 핵심은 보존하면서 道文一致論을 받아들였다고 보았다.

147 『연암집』 권5, 「答蒼厓」(1), 장3b~4a.

陳公의 고사는 『漢書』 「遊俠傳」에 나온다. 진공은 유명한 협객 陳遵으로, 그의 자는 孟公이다. 당시 진준과 성과 자가 같은 제후가 있었다. 진준은 남의 집을 방문할 때 언제나 '陳孟公'이 왔노라고 알렸는데, 좌중이 깜짝 놀라 일어나 보면 그들이 생각했던 그 제후가 아니었다. 이 때문에 당시 사람들은 진준을 가리켜 '陳驚座'라고 불렀다고 한다.

148 "故爲文者, 穢不諱名, 俚不沒迹. 孟子曰: '姓所同也, 名所獨也.', 亦唯曰: '字所同而文所獨也.'"(『연암집』 권5, 「答蒼厓」(1), 장4a)

149 "嗚呼! 自明亡, 四海朝於淸, 獨朝鮮心不下, 故建大報壇於禁苑之東, 以祀三帝, 天下風其義." "惟我國, 國小力弱, 卒莫可有爲於天下."(유한준, 『저암집』 권2, 「送從兄持憲公赴燕序」)

呂留良에 대해서는 김명호, 『홍대용과 항주의 세 선비―홍대용의 북경 기행 새로 읽기』, 돌베개, 2020, 236~256면 참조.

150 유한준, 『저암집』 권2, 「送止軒相國赴燕序」.

151 『연암집』 권2, 「答李仲存」(3).

152 남공철, 『금릉집』 권10, 「與李懋官」(2), "朴仲美先生聞足下來, 亦宜盍簪. 益得熱河奇觀異聞, 俾博淸脾一部, 亦一雅事也."; 권1, 「同柳惠甫(得恭) 自龍山溯舟 訪朴監役(趾源)亭居」, "惟有熱河三卷紀, 知君天下姓名傳."; 남공철, 『귀은당집』 권5, 「書滿洲美人圖後」, "鵠亭筆談稱, 自淸統一, 無論滿漢, 男子

皆紅帽蹄袖, 而惟獨漢女, 纏足不得變. …鵠亭此語, 有激而發也."

153 남공철이 책문에 '古董書畫' 등의 용어를 사용한 데 대해 정조는 "만약 그런 학문을 즐기지 않았다면 그런 책을 보았을 리가 있겠느냐"(若不嗜其學, 豈有見其書之理乎)고 질책했는데(『정조실록』, 16년 10월 24일), "그런 학문"이란 "鑑賞學"을 말한다. 연암은 「筆洗說」에서 "書畫古董"에는 收藏家와 鑑賞家가 있는데 신라와 고려 시대의 선비들은 중국에 유학한 관계로 "鑑賞之學"에도 출중했다고 하였다(『연암집』 권3, 장22b~23a). 남공철은 '古董閣', '書畫齋', '古董書畫閣' 등으로 명명한 건물에 다량의 골동품과 서화를 수장했을 정도로 이를 애호했다(남공철, 『금릉집』 권23, 書畫跋尾, 「米南宮眞蹟橫軸紙本」, 「蘇·黃二名士卷眞蹟絹本」, 「水精宮道人法書墨刻」). 남공철의 고동서화 취미에 대해서는 김성진, 「조선 후기 문인들의 생활상과 소품체 산문―남공철의 예를 중심으로」, 김도련 편, 『한국 고문의 이론과 전개』, 태학사, 1998; 강명관, 『조선시대 문학예술의 생성 공간』, 소명출판, 1999, 「조선 후기 경화세족과 고동 서화 취미」; 황정연, 「조선시대 서화 수장 연구」, 한국학중앙연구원 한국학대학원 박사논문, 2007, 429~435면 등 참조.

남공철의 대책 중 특히 문제가 되었던 표현은 '古董'이라는 어휘이다. 王士禎의 『香祖筆記』 권7에도 인용되어 있는바, 明 劉積의 『霏雪錄』에는 "骨董乃方言, 初無定字. 東坡嘗作骨董羹, 晦菴先生語類, 只作汩董. 今亦稱古董." 이라 했으며, 淸 梁章鉅의 『稱謂錄』 「商賈」 '骨董' 조에는 "明人說部, 貨古玩者爲骨董, 俗作古董, 非."라 했다. 즉, '古董'은 明 이후 쓰이게 된 속어인 것이다. 따라서 정조는 주자와 마찬가지로, '古董' 대신 '汩董'이란 표현을 쓰고 있다(『홍재전서』 권163, 『일득록』, 「문학」, "嘗敎諸閣臣曰: '文章有道有術. …又就明淸諸子, 蹈襲奇僻, 自爲標實, 曰我學先秦兩漢, 而非先秦兩漢矣; 曰我學唐宋, 而非唐宋矣, 都是假汩董·贋法帖之錮人賞鑒者也.") 반면에 『열하일기』에는 '古董舖子' '古董錄'(『연암집』 권11, 「盛京雜識」, 7월 10일, 장39a, 「古董錄」, 장51a), 『北學議』 內編에는 '古董書畫' 조와 같은 표현이 구사되어 있다.

154 남공철, 『금릉집』 권10, 「與成校理大中論文章書」; 남공철, 『穎翁續藁』 권5, 『思穎居士自誌』, "爲文章, 酷嗜太史公·韓愈·歐陽脩之書, 力斥稗官小說爲己任."

1797년 남공철의 문집 원고를 구해 본 정조는 그의 글이 "雅潔하고 古法을 갖추었으니, 오늘날 쓰기엔 알맞지 않을지라도 그 나름으로 볼만한 점이 있다"고 칭찬했다고 한다(남공철, 『歸恩堂集』 附 「宜陽子年譜」, 正祖二十二年 丁巳, "徵見文稿, 敎以南某之文, 雅潔有古法, 雖不適用, 而亦自有可觀矣."). 남공철의 문학관에 대해서는 이경아, 「남공철의 문학사상」, 성균관대 석사논문, 1997; 안순태, 「남공철 산문 연구」, 서울대 박사논문, 2011, 34~53면; 안순태, 「남공철의 袁宏道 문학 수용 양상과 그 의미」, 『어문학』 120, 한국어문학회, 2013 등 참조.

155 성해응, 『연경재전집』 본집 1, 권10, 「先府君行狀」; 성대중, 『청성집』, 趙寅永 序, 권5, 「古文軌範序」; 남공철, 『금릉집』 권4, 「成北靑士執軿」; 『홍재전서』 권163, 『일득록』, 「문학」, "成大中, 文體最雅馴, 無迫促意, 甚喜之."

156 朴齊家, 『貞蕤閣文集』 권1, 「比屋希音頌(幷引)」, "夫文章之道, 不可一槪論也."

157 『승정원일기』, 정조 21년 윤6월 27일: "上曰: '久聞爾才華, 而未能一試矣. 爾之文體, 今果善變乎?' 趾源曰: '伏承下敎, 惶恐, 不知所達矣.' 上曰: '以若才華, 何必爲如是文體乎? 方有好材料, 欲令爾作一文字. 濟州漂海人李邦翼事蹟甚奇, 爾聞之乎?' 趾源曰: '略聞其事矣.'"; 박종채, 『과정록』 권2, 『총서』 20, 174면; 권3, 『총서』 20, 192~193면, "吾向以文體變改之意爲飭矣, 果變改乎?" "吾近得一好題目, 欲使汝製出一編好文字者久矣."; 『연암집』 권6, 「書李邦翼事」; 김택영, 『合刊韶濩堂集』, 文集定本 권9, 「朴燕巖先生傳」(『金澤榮全集』, 아세아문화사, 1978, 貳, 189~190면); 유득공, 『고운당필기』 권6, 「李邦翼漂海日記」.

158 박종채, 『과정록』 권3, 『총서』 20, 205~206면; 염정섭, 「18세기 말 정조의 '農書大全' 편찬 추진과 의의」, 『한국사연구』 114, 한국사연구회, 2001; 염정섭, 「연암의 『과농소초』에 대한 종합적 검토」, 임형택 외 4인 공저, 『연암 박지원 연구』, 사람의무늬, 2012 참조.

159 박종채, 『과정록』 권3, 『총서』 20, 192면.
『연암집』 권9의 「楊經理鎬致祭文」과 「邢尙書玠致祭文」은 이서구의 『척재집』 권9에 각각 「經理楊公(鎬)祭文」과 「尙書刑公(玠)祭文」으로 윤색되어 수록되었다.

160 박종채, 『과정록』 권3, 『총서』 20, 206면, "在衙朱墨有暇, 常讀朱書·陸奏.", 225면, "…恒使不肖讀資治通鑑·朱子·陸宣公章奏等書, 臥而聽之而已."; 『홍재전서』 권163, 『일득록』, 「문학」, "朱子之簡語, 浩瀚正大, 陸宣公之奏

議, 切於時務, 予每好之." "今之學者, 不必泛博於諸子, 只取陸宣公奏議·朱書節要二書, 熟讀得力, 可以爲文章, 可以做事業." "命編朱書百選. 教曰: '今之爲士者, 不膏肓於明淸嚆殺之學, 則卽乾沒於功令應副之文, 未聞有能讀朱子書者. 予將以此編爲丕變一世之權輿, 而必以百選者, 今人之患, 在於博而寡要, 擇而不精. 故欲令其先從約處下手, 亦升高自卑, 行遠自邇之意也.'" "陸宣公文章, 莫切於奏議文字; 朱子工夫, 盡在於書牘諸篇. 今欲鈔集, 合爲一通冊子. 蓋其切於事情處, 文氣亦有相似者, 學者最堪多讀."; 권165, 『일득록』, 「문학」, "陸宣公奏議, 論事處太纖悉. 故或有支離煩瑣, 令人厭看. 若倣朱書節要例, 就句節中, 刪節去取而爲一書, 則必當於看讀, 要切有益." "予於唐以後文章, 最喜陸內翰奏議, 爲其明白剴切, 無意於文而文莫加焉也. 章疏之文, 苟能善學此體, 當爲最上地位." 등 참조.

161 박종채, 『과정록』권2, 『총서』20, 158면, "後與隣宰論賑政曰: …有長牘在文集中, 讀者以爲有朱文典則."; 『연암집』권2, 「答丹城縣監李侯論賑政書」, 장9b, "先生平日, 酷嗜陸宣公, 而今讀此書, 特類紫陽, 無亦紫陽夫子亦好宣公耶?"

162 "晚年最好賈·陸奏議之文·朱子論事之書, 公私書牘, 多出於此."(박종채, 『과정록』권4, 『총서』20, 240면)

163 "發函之日, 足下亦必噴飯, 號我以笑笑先生, 亦所不辭."(『연암집』권2, 「答大邱判官李侯論賑政書」, 장11a)
   李端亨은 연암의 선조인 冶川 朴紹의 外裔이다(『연암집』권1, 「陜川華陽洞丙舍記」참조).

164 "懋官未嘗以儒者自命, 夷考其行, 謹守程朱門戶, 不失尺寸, 爲文章, 不求馳騁震耀, 辭達理到, 刻畵簡潔, 自成一家."(간본『雅亭遺稿』권8, 附錄, 「行狀」)

165 "爲文章, 必求古人旨趣, 不爲踏襲虛僞之辭, 一字一句, 皆切近情理, 模寫眞境, 每篇可讀, 曲盡其妙." "其爲文, 博采百氏, 自成一家, 匠心獨詣, 不師陳腐, 奇峭而不離於眞切, 樸實而不墮於庸凡, 使千百載下一讀, 而宛然如目擊也."(『연암집』권3, 「炯菴行狀」, 장18a, 장20ab)

166 김택영, 『合刊韶濩堂集』, 文集定本 권9, 「朴燕巖先生傳」(아세아문화사, 1978, 貳, 190면), "所論皆醇乎剴切. 蓋又以自贖也."; 김택영 撰, 『燕巖集』, 「年譜」, "進課農小抄, 以贖日記之罪."

167 "世稱兪蒼崖·朴燕巖之作爲最著, 兪文章奇崛, 而闊於事務, 朴雜以俚語, 頗

可厭."(남공철,『금릉집』권13,「金知縣相任農政書跋」)

6장   결론

1   『열하일기』의 이본들에 나타난 이 같은 수정에 관해서는 본서 2부,「『열하
     일기』이본의 특징과 개작 양상」에서 자세히 논했다.
2   김명호,『환재 박규수 연구』, 창비, 2008, 제1부 수학기; 許放,「철종시대 연
     행록 연구」, 서울대 박사논문, 2016, 267∼279면; 임영길,「19세기 前半 연
     행록의 특성과 朝·淸 문화 교류의 양상」, 성균관대 박사논문, 2017, 181∼
     198면 참조.

「도강록」·'호곡장론'의 문체 분석

1   『연암집』권2,「答南直閣公轍書」附 原書; 박종채,『과정록』권2,『총서』20,
    172면, "先是, 上進覽武藝圖譜通志, 指李德懋所著禦倭諸論, 敎曰: '諸篇皆
    圓好', 又敎曰: '此燕巖體也.'"(인용문 중『武藝圖譜通志』는『兵志』의 오류
    임.)

2   본서 1부 4장,「2. 문체의 다양성」참조.

3   "三行欲過舊遼東, 觀永安寺及白塔. 飯後, 余先行七八里, 出一谷, 野色茫茫
    無際, 此乃遼野. 自此白塔已見. 塔在遼陽西門外, 相去三十里云."(金昌業,
    『燕行日記』권2, 12월 4일)

4   "石門以東, 山磧險隘, 終日由谷中行, 出石門, 始豁然通曠, 天野相承, 漭漭
    蕩蕩. 惟見遼陽白塔, 特立烟雲中, 北行第一壯觀也."(洪大容,『燕記』,「沿路
    記略」)

5   "自冷井以後, 山皆平遠, 衣以綠莎, 葱倩可染, 大野將坼, 山勢有漸而卑, 使
    人不覺, 忽然山盡. 大野平鋪, 極目無際, 一行人馬, 如玄駒之撲地."(李德懋,
    『入燕記』上, 4월 19일)

6   金景善,『燕轅直指』권1, 11월 28일.

7   金正喜,『阮堂集』권9,「遼野」; 辛鎬烈 편역,『국역 완당전집』Ⅲ, 민족문화
    추진회, 1986, 48면.

8   申佐模,『澹人集』권5,「贈海藏申尙書(錫愚)之燕」, 제5수, 주, "燕巖日記曰:
    '遼野可作好哭場.'"

9   京城帝國大學 大陸文化研究會 報告 제5책,『北京·熱河の史的管見』, 1939,
    54면.

10 『연암집』권11, 장29a(이하 '호곡장론'을 인용할 시 주석을 생략함).

11 『연암집』권11,「渡江錄」,「遼東白塔記」, 장33ab; 村田治郎,『滿洲の史蹟』,
    東京: 座右寶刊行會, 1944, 452~464면 참조.

12 『연암집』권11,「도강록」, 7월 8일, "盖泰卜雖年少, 已七次燕行, 凡百慣熟."
    「馹汛隨筆」, 7월 16일 기사(『연암집』권12, 장12a)에는 '太卜'으로도 표기
    되어 있다.

13 徐慶淳,『夢經堂日史』編一, 11월 5일.

14 본서 1부 4장, 「5. 사실주의적 묘사」, 284~291면 참조.

15 白斗鏞 編, 『註解語錄總覽』, 太學社 1978, 20면, 89면; 龍潛庵 編, 『宋元語言詞典』, 上海辭書出版社, 1985, 27면 참조. 단 "眼光勒勒" 중 '勒勒'의 정확한 의미는 未詳이다. 문맥을 감안하여 의역했다.

16 『연암집』 권11, 「도강록」, 7월 28일, 장19a~20a; 권12, 「일신수필」, 7월 16일, 장11b, 「관내정사」, 7월 25일, 장31a~32b, 7월 28일, 장40a~41b. 『司馬榜目』에 의하면, 정각은 1721년생으로 본관은 昌原이고 자는 季明이며 1744년 진사 급제하였다. 연행 당시 그는 육순의 고령이었다.

17 "壺遂曰: '孔子之時, 上無明君, 下不得任用, 故作春秋, 垂空文以斷禮儀, 當一王之法. 今夫子上遇明天子, 下得守職, 萬事旣具, 咸各序其宜, 夫子所論, 欲以何明?' 太史公曰: '唯唯, 否否, 不然…'"(『史記』, 北京: 中華書局, 1959, 3299면)

18 『연암집』 권8, 「馬駔傳」, 장2b, "夫烈士多悲, 美人多淚. 故英雄善泣者, 所以動人."

19 『莊子』 「讓王」에 曾子가 衛나라에 있을 때 몹시 가난하게 살면서도 초연하게 『詩經』의 「商頌」을 노래하니 "그 소리가 천지에 가득 차서 종이나 경쇠에서 울려 나오는 듯했다"(聲滿天地, 若出金石)고 하였다.

20 단국대 동양학연구소 편, 『漢韓大辭典』(2008)은 '眼水'의 용례로 『儒林外史』 제24회의 지문을 인용했다. 그러나 이는 아주 희귀한 경우로 보인다. 대체로 중국이나 조선의 古文에서는 '眼水'가 아니라 '淚' 또는 '眼淚'라는 표현을 썼다.

21 『연원직지』는 『열하일기』의 초기 이본을 참조한 것으로 추정된다. 예컨대 『연원직지』 권6, 「留館別錄」, 「人物謠俗」 조를 보면, "其後一車載兩個老婆, 不廢粉飾, 髻上滿揷花朶, 兩耳垂璫, 玄衣黃裳. 又一車載三四少女, 頗有姿色, 衣皆黑色, 袴或朱或綠, 而都不繫裳."이라 하여, 『열하일기』, 「도강록」, 7월 3일 기사 중 "一車共載兩個老婆, 面俱老醜, 而不廢朱粉, 顚髮盡禿, 光赭如匏, 寸髻北指, 猶滿揷花朶, 兩耳垂璫, 黑衣黃裳. 一車共載三少婦, 朱袴或綠袴, 都不繫裳. 其中一少女, 頗有姿色."이란 대목(『杏溪雜錄』(1), 『총서』 1, 101~102면)을 발췌하여 轉載하고 있다. 그런데 전남대본 등은 "一車共載三少婦, 朱袴或綠袴, 都不繫裳. 其中一少女, 頗有姿色."을 "一車共載三少婦, 朱袴或綠袴, 上衣狹衫, 制類我東所有唐衣而稍長."으로 고쳤으며, 박영철본 등은 "兩個老婆"를 "四個老婆"로 고쳤으나, 『연원직지』는 이를 따르지

않고 있다.

22 『漢書』권42, 「賈誼傳」.

23 "所謂立談之間, 遽爲人痛哭, 果作如何駭惑人?"(『연암집』권14, 「곡정필담」, 장13b～14a)

24 "人之生也, 母嘗痛苦, 出胎赤身, 開口先哭, 似已自知生世之難."(利瑪竇, 『天主實義』, 上卷, 第三編 「論人魂不滅大異禽獸」, 朱維錚 主編, 『利瑪竇中文著譯集』, 復旦大學出版社, 2007, 23면)

25 박종채, 『과정록』권1, 『총서』20, 94～95면, "乙酉秋, 東遊金剛.…"; 김명호, 「박지원의 금강산 유람과 창작」, 『한국문화』76, 서울대 규장각한국학연구원, 2016 참조.

26 이덕무, 『靑莊館全書』권62, 『西海旅言』, 10월 12일; 박지원, 『연암집』권5, 「與仲存」, 장10b～11a.

27 『연암집』권12, 「관내정사」, 7월 25일, 장30b～31a.

「일신수필」 서문과 동·서양 사상의 소통

1 김명호, 「연암의 실학사상에 미친 서학의 영향」, 임형택·김명호·염정섭·리
   쉐탕·김용태, 『연암 박지원 연구』, 실시학사 실학연구총서 4, 사람의무늬,
   2012, 79~146면(김명호, 『연암 문학의 심층 탐구』, 돌베개, 2013, 113~
   177면 재수록).

2 선행 연구로 노윤영, 「『열하일기』 중 「일신수필」의 서술 양상과 전략」, 한
   양대 교육대학원 석사논문, 2010, 19~28면; 박기석, 「『일신수필』에 나타난
   연암의 관심사: 북학을 중심으로」, 『인문논총』 24, 서울여대 인문과학연구
   소, 2012, 9~16면에서 「일신수필」 서문에 대해 논했다. 노윤영은 「일신수
   필」 서문이 「일신수필」 전체의 복선 역할을 한다고 보았고, 박기석은 「일신
   수필」 서문이 '학문하는 올바른 자세'라는 문제를 제기한 것으로 보았다.

3 기존의 『열하일기』 국역서들에는 「일신수필」의 의미가 제대로 설명되어 있
   지 않다. 김혈조 역, 『열하일기』에서는 "말을 타고 가듯 빠르게 쓴 수필"(돌
   베개, 개정신판: 2017, 1권, 261면)이라고 풀이했다. 그러나 '馹'은 驛傳을
   뜻하고, '汛'은 明淸 때 군대가 방수하던 汛地를 뜻한다. 이 경우 '汛'은 '訊'
   의 假借로, 여행자를 검문한다는 의미이다(今村與志雄 譯, 『熱河日記 1』,
   東京: 平凡社, 1978, 171~172면 주4 참조). 예컨대 『皇朝通典』 권72, 兵 5,
   綠營兵制 下, 「陝西·甘肅」 조를 보면, '郭城驛汛'에 把摠 1인, 兵 50명이 주
   둔한다고 했다. 한편 燕行 사절은 압록강을 건넌 뒤 모두 30여 개소의 역
   참을 통과하는데, 그중 소흑산에서 산해관 사이에 소흑산, 新廣寧, 十三山,
   小凌河, 高橋堡, 寧遠衛, 東關驛, 兩水河, 산해관 등 10개소의 역참이 집중
   되어 있다(崔德中, 『燕行錄』, 「路程記」; 李宜顯, 『庚子燕行雜識』 下 참조).
   『열하일기』 「避暑錄」 중 辛慶衍이 소년 시절에 명나라 勅使를 상대로 장승
   을 소재로 한시를 지어 칭찬받은 고사를 소개한 대목에 붙인 주에서, 연암
   은 우리나라의 장승과 유사한 것으로 중국에는 長亭이 있다고 하면서, "이
   제 열하로 향하는 古北口 이북 지역에 와 보니 장정에 '汛' 자를 많이 썼는
   데 무엇을 가리켜 말한 것인지 모르겠다"(今來熱河口外, 長亭多書汛字, 未
   知何稱也)고 했다(『연암집』 권14, 장61a). 여기서 말한 長亭의 '汛' 자 역시
   검문소를 뜻한다.

4 『연암집』 권12, 「일신수필」, 7월 15일, 장3b.

5 『杏溪雜錄』(2), 『총서』 1, 223~303면; 北京大學圖書館 編, 『北京大學圖書

館藏朝鮮版漢籍善本萃編』, 重慶: 西南師範大學出版社, 2014, 제7책, 『黃圖
紀略』, 「일신수필서」.

6　(나)에 속하는 단국대 연민문고 소장 一齋本 『열하일기』, 충남대 소장 『열
하일기』, 서울대 규장각 소장 『열하일기』, (라)에서는 연세대 도서관 庸齋文
庫 소장 『연암집』 중의 『열하일기』 등.

7　(가)에 속하는 북경대 소장 『황도기략』, (나)에 속하는 단국대 연민문고 소
장 多白雲樓本 및 朱雪樓本 『열하일기』, 고려대 도서관 晩松文庫 소장 『열
하일기』, 국립중앙도서관 溫齋文庫 소장 『열하일기』, 서울대 도서관 古圖書
本 『열하일기』, 성균관대 尊經閣本 『열하일기』, 중국 國家圖書館 소장 『열
하일기』, 그리고 (다)에 속하는 대다수의 이본들.

8　(라)에 속하는 거의 모든 이본들. 『연암집』을 편찬할 때 제목이 없는 여타
編들의 서문과 형식을 통일하기 위해 일률적으로 제목을 붙이지 않은 듯하
다.

9　(가) 북경대 도서관 소장 『황도기략』, (나) 단국대 연민문고 소장 一齋本 및
多白雲樓本 『열하일기』, 중국 국가도서관 소장 『열하일기』, (다) 한국학중
앙연구원 藏書閣 소장 『열하일기』, 臺灣 中華叢書委員會 影印, 『열하일기』
(1956) 등. 단 一齋本에는 '落' 자가 붉은 글씨로 추기되어 있다.

10　(나) 단국대 연민문고 소장 朱雪樓本 『열하일기』, (라) 국회도서관 소장
『연암집』의 『열하일기』, 일본 大阪 中之島圖書館 소장 『열하일기』, 박영철
편, 신활자본 『연암집』의 『열하일기』 등.

11　(나) 서울대 고도서본 및 규장각본 『열하일기』, 성균관대 존경각 소장 『열
하일기』, 충남대본 『열하일기』, (다) 연세대 소장 『燕彙』의 『열하일기』, 전
남대 소장 『열하일기』, 일본 九州大學 소장 『열하일기』, 星湖紀念館 소장
『열하일기』, 일본 東京都立圖書館 소장 『열하일기』, (라) 연세대 庸齋文庫
소장 『연암집』 중의 『열하일기』, 단국대 연민문고 소장 溪西本 『연암집』의
『열하일기』, 국립중앙도서관 勝溪文庫 소장 『연암집』의 『열하일기』, 일본
동양문고 소장 『연암집』의 『열하일기』본 등 대다수의 이본들.

12　광문회본, 국회도서관본, 신활자본(박영철본) 등 몇몇 이본들에는 '太山'이
'泰山'으로 표기되어 있다. 뜻은 같으나, 『맹자』의 해당 원문에는 '太山'으로
되어 있다.

13　인용문의 숫자와 밑줄은 필자가 추가했다. 기존 국역서들에는 밑줄 친 부분
이 대개 부정확하게 번역되어 있다. 예컨대 리상호 역, 『열하일기』는 "서양

사람들이 큰 배를 타고 지구 밖으로 튀어 나갔다"고 했다(보리, 2004, 상권, 221면). 반면 今村與志雄 역, 『열하일기』는 "서양인이 큰 배를 타고 지구의 바깥을 빙 돌아왔다"고 번역하고, "이른바 대항해시대의 콜럼버스, 마젤란 등의 사적을 가리킨다"고 풀이했다(東京: 平凡社, 1978, 1권, 165면, 171면 주1). 그런데 『職方外紀』권2, 「以西把尼亞」(에스파냐) 조에 마젤란의 세계 일주와 관련하여, "此國人自古虔奉天主聖教. 最忍耐, 又剛果, 且善遠遊海上, 曾有遍大地一周者."라고 했다(艾儒略 原著, 謝方 校釋, 『職方外紀校釋』, 北京: 中華書局, 1996, 76면). 「일신수필」서문 중의 "遠出地球之外"란 곧 『직방외기』중의 "遠大地一周"와 같은 뜻이다. 李圭景, 『五洲衍文長箋散稿』「地球辨證說」에도 『직방외기』를 인용하여 마젤란이 "遍遠大地一周"했다고 소개했다.

14 예컨대 『新華嚴經論』권6에 "如此華嚴經大義, 本無凡聖, 情與非情, 全眞法體, 爲一佛智境界, 更無餘事. 莫將凡夫情量, 妄作斟量."이라 했다. 불교사전에서는 '정량'을 "마음으로써 헤아리는 것. 분별에 의한 추측. 凡人의 妄念分別. 상식적인 생각"이라고 풀이하고 있다(中村元 編著, 『圖說佛敎語大辭典』, 東京: 東京書籍, 1988, 상권, 739면). 또 명나라 문인 袁宏道의 『廣莊』「逍遙游」에도 용례가 보인다(『漢語大詞典』, 上海: 漢語大詞典出版社, 1993, 제7권, 583면).

15 박영철 편, 신활자본 『연암집』권14, 「산장잡기」, 「상기」, 장37b, "是情量所及, 惟在乎馬牛鷄犬, 而不及於龍鳳龜麟也."
『열하일기』에서 연암은 '情量'이란 용어를 즐겨 구사했다. 「곡정필담」에서 연암이 월세계를 논하며 "未必人情眞切如是, 雖鄙人情量設辭, 然亦安有許大成形, 比德於陽, 配體於日, 而獨無一物氣聚蠕化乎?"라고 하자, 필담의 한 상대인 郝成 역시 지구상에도 "非情量所及"하는 별별 기괴한 나라들이 있다고 했다. 그리고 연암은 分野說에 대해 "今吾人者坐在一團水土之際, 眼界不曠, 情量有限, 則乃復妄把列宿, 分配九州"라고 비판하기도 했다. 「구외이문」의 「佛書」에서도 "世間所有佛書, 都是南華經箋註, 南華經乃道德經之傳疏. 彼皆天資超絶, 情量卓異, 豈不知仁義禮樂俱爲治天下之大經哉?"라고 했다(『연암집』권14, 「곡정필담」, 장7a, 장8b, 「구외이문」, 「佛書」, 장80a).

16 『맹자』「진심」(상)의 해당 구절에 대해, 『孟子注疏』에서 趙岐는 "큰 것을 보는 사람은 뜻이 크고, 작은 것을 보는 사람은 뜻이 작다"(所覽大者意大, 觀小者志小也)는 의미로 풀이했다.

17 '佛眼'은 이른바 '五眼'의 하나로, 차별을 초월하는 慈悲의 눈을 말한다. '菩
    薩衆'은 출가 보살과 재가 보살이 함께하는 대승불교의 僧團을 가리킨다.

18 『연암집』 권11, 「도강록」, 6월 27일, 장10a, "若以如來慧眼, 遍觀十方世界,
    無非平等, 萬事平等, 自無妒羨. …余大悟曰: '彼豈非平等眼耶?'"

19 利瑪竇, 『天主實義』, 馮應京, 「天主實義序」, "利子周遊八萬里, 高測九天, 深
    測九淵, 皆不爽毫末."; 『交友論』, 「友論引」, "竇也, 自最西航海入中華.", 馮應
    京, 「刻交友論序」, "西泰子間關八萬里, 東遊於中國, 爲交友也."
    그 밖에 徐光啓의 「跋二十五言」이나 李之藻의 「刻畸人十篇」 등에도 동일
    한 사실이 기술되어 있다(朱維錚 主編, 『利瑪竇中文著譯集』, 復旦大學出版
    社, 2007, 98면, 107면, 116면, 136면, 501면).

20 빈센트 크로닌, 『서방에서 온 현자―마테오 리치의 생애와 중국 전교』, 이
    기반 역, 분도출판사, 1994, 35~36면, 45면; 조너서 D. 스펜스, 『마테오 리
    치, 기억의 궁전』, 주원준 역, 이산, 1999, 96~97면; 艾儒略 原著, 謝方 校
    釋, 앞의 책, 156면 참조.

21 艾儒略 原著, 謝方 校釋, 위의 책, 권2, 「以西把尼亞」, 76면; 권4, 「亞墨利加
    總說」, 119~121면, 「亞墨利加諸島」, 139면, 「墨瓦臘尼加總說」, 141~142
    면; 권5, 「海舶」, 「海道」.

22 洪大容, 『湛軒書』 外集 권7, 『燕記』, 「劉鮑問答」, "利瑪竇死後, 航海而東者
    常不絶."; 李德懋, 『靑莊館全書』 권16, 「雅亭遺稿」8, 書 2, 「尹曾若(可基)」,
    "世儒之志夫遊歷者, 每談大西洋利瑪竇博遊乎方之內外, 未嘗不扼腕壯之
    曰: '大男兒當如此!'"

23 李瀷, 『星湖先生全集』 권55, 「跋職方外紀」, "故西洋之士, 航海窮西, 畢竟復
    出東洋."
    여기서 말한 '동양'은 필리핀 군도와 보르네오섬 해역을 가리킨다(『四庫全
    書』, 史部 11, 地理類 10, 張燮, 『東西洋考』 권5, 「東洋列國考」 참조). 호남
    의 실학자 魏伯珪(1727~1798)도 『직방외기』에 의거하여 「西洋諸國圖」를
    제작하고 서양 각국의 사정을 자세히 기술한 글을 남겼다(천기철, 「『직방외
    기』의 저술 의도와 조선 지식인들의 반응」, 줄리오 알레니, 『직방외기』, 천
    기철 역, 일조각, 2005, 361~362면).

24 『연암집』 권12, 「태학유관록」, 8월 13일, 장86b, "謂地方者, 論議認體, 說地
    毬者, 信形遺義. 意者, 大地其體則圓, 義則方乎?"; 권14, 「곡정필담」, 장7b,
    "大抵其形則圓, 其德則方."; 艾儒略 原著, 謝方 校釋, 앞의 책, 卷首, 「五大

洲總圖界度解」, 27면, "可見天圓地方, 乃語其動靜之德, 非以形論也."
마테오 리치도 『乾坤體義』上, 「天地渾儀說」의 초두에서 "有謂地爲方者, 乃
語其德靜而不移之性, 非語其形體也."라고 유사한 주장을 했다(朱維錚 主
編, 『利瑪竇中文著譯集』, 復旦大學出版社, 2007, 518면).

25 김명호, 『연암 문학의 심층 탐구』, 앞의 책, 155~174면 참조.

26 여기에서 연암이 "一瞬一息之頃, 奄成小古小今, 則一古一今, 亦可謂大瞬大
息矣."라고 한 것은, 이덕무가 1760년대 후반에 저술한 『蟬橘堂濃笑』에서
"一古一今, 大瞬大息, 一瞬一息, 小古小今. 瞬息之積, 居然爲古今."이라고
한 것과 혹사하다(이덕무, 『청장관전서』 권63). 이덕무의 영향을 감지할 수
있는 대목이라 하겠다.

27 연암은 1771년 과거를 폐한 뒤 국내 명산을 유람하던 중 묘향산에 오른 적
이 있다(『연암집』, 권1, 「髮僧菴記」, 장27b, "其後余遊歷方內名山, 南登俗
離·伽倻, 西登天摩·妙香."; 박종채, 『과정록』 권1, 『총서』 20, 102면, "遍遊
方內名山, 西而平壤·妙香, 南而俗離·伽倻·華陽·丹邱諸勝, 無不歷覽.").

28 석가가 설산에 들어가 6년간 고행했다는 것은 대승불교에서 생긴 전설이
다. 석가의 일대기를 그린 「八相圖」중에 「雪山修道相」이 있다. 전남대본·
성호기념관본·대만본·동경도립도서관본 등 몇몇 이본들에는 '雪山高行'으
로 표기되어 있다.

29 공자(또는 공자의 부친 叔梁紇)와 아들 伯魚와 손자 子思가 모두 처를
내쫓았다는 '孔氏三世出妻'설이 『禮記』「檀弓」(上)이나 『孔子家語』「後序」
등에 근거해서 널리 퍼졌다. 백어는 쉰 살에 죽었는데 당시 공자는 나이
예순 아홉이었다고 한다(『孔子家語』 권9, 「本姓解」). 『장자』의 「天運」「山
木」「讓王」「漁父」「盜跖」등에 공자가 "노나라에서 두 번 쫓겨났고 위나라
에서 자취를 감추었다"(再逐於魯, 削迹於衛)고 했다. 『史記』 권47, 「孔子世
家」에 의하면, 공자는 노나라에서 大司寇에 임명되었으나 齊나라의 이간책
으로 인해 의심을 받고 위나라로 달아났는데, 위나라에서도 참소를 당해 위
협을 느끼고 달아나야 했다고 한다. 따라서 성호기념관본·중화총서본·동
경도립도서관본 등 몇몇 이본들에서 '削迹'을 '削籍'으로 표기한 것은 잘못
이다.

30 "按球步天"에 대해 기존 국역서들은 "이 지구를 어루만지고 공중으로 달리
며"(리가원 역, 대양서적, 1973, 상권, 178면), "땅덩이는 제쳐 두고 허공을
성큼성큼 걸어"(리상호 역, 보리, 2004, 상권, 223면), "지구를 어루만지며

허공으로 걸어 다니고"(김혈조 역, 돌베개, 개정신판: 2017, 1권, 264면) 등
으로 오역했다. '步天'은 천체의 운행을 관측한다는 뜻이다. 三垣 二十八宿
에 속하는 별들을 7언 시가 형식으로 소개한 「步天歌」가 있다. 『沔陽雜錄』
(4)의 「일신수필서」에 "'보천'이란 천문 역법을 推算하는 것이다"(步天者推
步也)라는 두주가 있다(『총서』12, 188면).

31 '不朽'는 『左傳』 襄公 24년 조에 나오는 말이다. "최상은 덕을 행하는 것이
고, 그다음은 공을 세우는 것이며, 그다음은 말을 남겨 놓는 것이다. 이렇게
하면 죽은 지 오래 되어도 없어지지 않으니, 이를 일러 '썩지 않는다'고 한
다"(大上有立德, 其次有立功, 其次有立言, 雖久不廢, 此之謂不朽)고 했다.
그리하여 '立德', '立功', '立言'을 '三不朽'라고 하는데, 「일신수필」 서문에
서는 특히 '立言'(저술)을 가리켜 한 말이다.

32 "昔之所憑" 다음에 '口耳'가 생략된 것으로 보았다. 「일신수필」 서문 첫머리
에서 "徒憑口耳者, 不足與語學問也"라고 했기 때문이다.

33 ① "彼雪山苦行者"의 '彼'와 ② "彼又謂…"의 '彼'가 상이한 주체, 즉 각각 석
가와 서양인을 가리키는 바람에 해석상 혼란을 자아낸다. 만약 ① "彼雪山
苦行者"를 "彼謂雪山苦行者"로 수정하면, ② "彼又謂…"와 호응하면서 '彼'
가 일관되게 서양인들을 가리키게 되어 문리가 순탄해질 것이다. 아마 연암
의 원래 의도 역시 그렇지 않았을까 짐작하지만, 현전하는 어떤 이본에서도
이처럼 ①의 '彼' 다음에 '謂' 자를 추가한 수정은 발견되지 않는다.

34 이는 '十方三世' 즉 과거와 현재와 미래에 걸친 모든 시간과 공간을 두루 보
는 부처의 신통력을 부정한 말인 듯하다. 반면 마테오 리치는 천주의 全知
全能을 주장하면서, "그의 지력은 우매함도 없고 오류도 없어서, 만세 이전
의 과거든 만세 이후의 미래든, 마치 눈을 마주하듯이 어떤 일도 그의 지력
을 피할 수 없다"(其知也, 無昧無謬, 而已往之萬世以前, 未來之萬世以後,
無事可逃其知, 如對目也)고 했다(朱維錚 主編, 앞의 책, 『天主實義』, 首篇,
15면). 또 줄리오 알레니는 고대 유대인들이 거주한 팔레스타인 지역을 소
개하면서, "이 지역에는 종래 천주의 명을 받아 미래의 일을 미리 알 수 있
는 성현들이 많았다"(此地從來聖賢多有受命天主, 能前知未來事者)고 하면
서 그러한 선지자들의 예언대로 예수가 탄생했다고 했다(艾儒略 原著, 謝
方 校釋, 앞의 책, 권1, 「如德亞」, 53면).

35 『천주실의』의 제3편과 제4편에서 영혼 불멸설을 자세하게 논했다. 『직방외
기』에서도 예수의 교의를 소개하면서, "사람에게는 육체가 있고 영혼이 있

704

다. 육체는 사라질 수 있어도 영혼은 사라질 수 없다"(人有形軀, 有靈魂; 形軀可滅, 靈魂不可滅)고 했다(艾儒略 原著, 謝方 校釋, 위의 책, 권1, 「如德亞」, 54면).

36 줄리오 알레니의 『직방외기』 卷首, 「五大洲總圖界度解」에서 천구의 남북 양극, 황도와 적도 등을 설명하고 있다.

37 이를테면 李白의 시에 "夜宿峰頂寺, 舉手捫星辰."이라고 했다(『李太白集注』 권30, 「題峰頂寺」).

38 艾儒略 原著, 謝方 校釋, 앞의 책, 권5, 「海舶」, 157면, "歷師專掌窺測天文, 晝則測日, 夜則測星."
서양의 망원경, 즉 千里鏡은 1631년 鄭斗源이 서양인 신부에게서 얻어 국내에 처음 가지고 왔는데, "천문을 관측하고 100리 밖에서 적을 탐지할 수 있다고 한다"(能窺測天文, 覘敵於百里外云)고 했다(『인조실록』, 9년 7월 12일).

39 "捫星者, 如比例尺·規筓〔髀〕·渾盖通原〔憲〕(儀)·簡平儀·玉衡, 窺測昏中諸星之法也."(『총서』 12, 188면) 선기옥형을 제외한 비례척·규비·혼개통헌의·간평의는 모두 『渾蓋通憲圖說』 등 서학서에 소개된 것들이다(李圭景, 『五洲衍文長箋散稿』, 「勾股筓器辨證說」 「規髀求作辨證說」 「渾蓋通憲儀辨證說」 「簡平儀辨證說」 등 참조).

40 朱維錚 主編, 앞의 책, 『천주실의』 제7편, 83면, "如曰'日輪夜藏須彌山之背'; 曰'天下有四大部洲, 皆浮海中, 半見半浸'; 曰'阿函以左右手掩日月, 爲日月之蝕.' 此乃天文地理之事, 身毒國原所未達, 吾西儒笑之, 而不屑辯焉." '阿函'은 '阿含'으로 音譯되는 Āgama를 가리키는 듯하다. 그러나 이는 '傳', '敎', '法歸' 등으로 漢譯되는 개념으로, 인명이 될 수는 없다. 藍克實·胡國楨 譯註, 英譯 『天主實義』(臺北: 利氏學社, 1985), 395면에서는 이를 'Arhan' 즉 阿羅漢으로 고쳐 번역했다.

41 "今泰西之法, 本之以算數, 參之以儀器, 度萬形, 窺萬象, 凡天下之遠近·高深·巨細·輕重, 擧集目前, 如指諸掌, 則謂漢唐〔以來〕所未有者, 非妄也."(홍대용, 『담헌서』 외집 권7, 『연기』, 「劉鮑問答」)

42 그렇기는 하지만, 묘향산 여행 경험을 이야기한 셋째 단락으로 인해 논의의 흐름이 끊겼다가 재개되는 바람에 전후 맥락이 잘 연결되지 않는 느낌을 주는 것은 사실이다. 연결 고리 역할을 하는 표현이 추가되고, 서양인 선교사들의 한문 저술 활동에 대한 비판이 좀 더 분명하게 서술되었더라면 좋았을

것이다.

43 이마무라 요시오(今村與志雄)는 "잃어버린 부분에는 아마도 「일신수필」이라고 명명한 이유의 설명이 있었음에 틀림없다. 그것이 박지원의 글쓰기 방식이기 때문이다"라고 추측했다(今村與志雄 譯, 앞의 책, 주4, 171~172면). 여기에서 그가 '잃어버린 부분'이라고 판단한 것은, 대다수의 『열하일기』 이본들에서 "未卒編"이라고 표시했듯이 실은 미완성된 부분이다. 그리고 '일신수필'이라고 명명한 이유를 설명하는 정도의 내용이었다면, 연암이 이 부분을 미완성으로 중단했을 리는 없다고 본다.

44 『천주실의』 제2편에서는 불교의 '空'을 공박했고, 제3편에서는 석가가 천주교의 천당지옥설을 차용했다고 주장했으며, 제4편에서는 부처의 '一切唯心造'와 '唯我獨尊'설을 비판했다. 제5편에서는 불교의 윤회설과 살생 금지 계율을 집중적으로 논박했다. 윤회설은 피타고라스의 학설을 이어받은 것이라고 했다. 제6편에서는 천주교의 천당지옥설이 불교의 윤회와 극락왕생설과 다르다고 주장했다. 제7편에서는 불상 예배와 讀經과 염불 등을 비판했다.

45 그러나 마테오 리치는 『천주실의』 제8편에서 예수는 한나라 哀帝 元壽 2년에 동정녀에게서 태어나 西土를 널리 교화한 뒤 33년 만에 승천했다고만 했다(朱維錚 主編, 앞의 책, 『천주실의』, 94면). 연암이 전한 마테오 리치의 설은 실은 黃景源(호 江漢, 1709~1787)이 한 말이다. 황경원은 「耶穌像災記」(『江漢集』 권10)에서 "瑪竇稱: '漢哀帝元壽二年, 耶穌生於大秦國, 行敎於西海之外.'"라고 했다.

46 『연암집』 권14, 「곡정필담」, 장9b~장10a, "雖闢佛, 篤信輪回.", "篤信輪回, 爲天堂地獄之說, 而詆排佛氏, 攻擊如仇讐, 何耶?", "這二敎孰優也?"
이상과 같은 연암의 발언은 黃景源의 「耶穌像災記」를 거의 그대로 인용한 것이다. 연암의 선배 문인인 황경원은 송시열의 학통을 계승한 성리학자 李縡의 문인으로서 尊明思想에 투철했다. 연암은 젊은 시절에 당시 대제학이던 황경원에게 문장 실력을 인정받았으며, 그의 從弟인 黃昇源과 절친한 사이였다.

47 『燕行陰晴』, 『총서』 4, 464면, 481면. 여타 이본들과 다른 부분을 밑줄로 표시했다.

48 그중 "상제를 부지런히 섬김을 으뜸으로 삼고, 충효와 자애를 의무로 삼으며, 개과천선함을 종교의 입문으로 삼으며, 생사의 큰일에 유비무환함을 궁

극 목적으로 삼는다"고 한 대목은 앞서 언급한 「곡정필담」에서 왕민호가 한 말을 거의 그대로 옮긴 것이다. 「곡정필담」에서 왕민호는 "其所爲敎, 以昭事爲宗, 修身爲要, 忠孝慈愛爲工務, 遷善改過爲入門, 生死大事, 有備無患爲究竟."이라 했다(『연암집』 권14, 「곡정필담」, 장9b).

49 '천주당'이 (나)단국대 연민문고 소장 朱雪樓本 『열하일기』와 (다)영남대 도서관 東賓文庫 소장 『열하일기』, 광문회본, 중화총서본, 전남대본, 일본 九州大 소장 『열하일기』, 성호기념관본, 동경도립도서관본 등에는 '風琴記'로, 여타의 대다수 이본들에는 '風琴'으로 바뀌었다.

50 『연암집』 권15, 「황도기략」, 「풍금」, 장10b.

51 신호열·김명호 옮김, 『연암집』, 개정판; 돌베개, 2012, 하, 339면 주5 참조. 또한 이로 미루어 『연암집』에 연암의 한시 「輓趙淑人」이 수록되지 않고 누락된 것도, 연암이 홍낙임의 작고한 부인인 趙淑人을 위해 만시를 지었을 만큼 홍낙임과 친분이 두터웠던 사실을 은폐하고자 한 결과로 추측된다(김명호, 『연암 문학의 심층 탐구』, 앞의 책, 44~48면 참조).

52 단국대 연민문고 소장 『考定忘羊錄』을 보면, 1807년 박종채가 『열하일기』 중의 「忘羊錄」을 대폭 개작했음을 알 수 있다. 또 단국대 연민문고 소장 『熱河避暑錄』을 보면, 1840년 박규수가 『열하일기』 중의 「피서록」에 해당하는 이 책을 교열했음을 알 수 있다. 일본 동양문고 소장 『연암집』은 수많은 附箋을 통해 원문을 수정 보완하고 있는데 이는 박규수와 같은 후인에 의한 것으로 추정된다(김명호, 『연암 문학의 심층 탐구』, 위의 책, 258~260면, 262~264면, 280~293면 참조).

53 조선광문회 편, 『열하일기』, 45면.
'童觀'은 『주역』, 觀卦, 初六의 爻辭에 나오는 말로, 어린애처럼 유치하고 천박한 관찰을 뜻한다. "博之以文, 約之以禮"는 『논어』 「雍也」 중 "子曰: '君子博學於文, 約之以禮, 亦可以弗畔矣夫.'"라고 한 구절에 출처를 둔 표현이다.

54 '과거에 지나간 아주 먼 지역'이란 뜻으로, 이미 過去之事가 되어 버린 燕行을 가리킨다.

55 『열하일기』 「口外異聞」 중 「佛書」에서 연암은 불교가 수입되기 전에 이미 중국에는 그와 유사한 道가 있었다고 하여, 불교를 老莊의 아류로 폄하했다.

『열하일기』 이본의 특징과 개작 양상

1   강동엽, 『열하일기 연구』, 일지사, 1988, 23∼29면.

2   김명호, 『열하일기 연구』, 창작과비평사, 1990, 27∼47면.

3   서현경, 「『열하일기』 정본의 탐색과 서술분석」, 연세대 박사논문, 2008.

4   양승민, 「燕巖山房 교정본 『열하일기』의 발견과 그 자료적 가치」, 한국고전
문학회 학술발표회 자료집, 2009. 6. 27.

5   『열하일기』의 이본과 관련된 최근의 연구로 김혈조, 「『열하일기』 정본화 작
업의 제문제―신자료 소개를 겸하여」(『한국한문학연구』 71, 한국한문학회
2018)와 정재철, 「박종채의 『열하일기』 교정과 편집―연암산방본을 중심
으로」(『대동한문학』 59, 대동한문학회, 2019)를 들 수 있다.

6   한글본 『열하일기』로 명지대 한국학연구소 소장 『열하기』와 일본 東京大
小倉文庫 소장 『열하기』(내제: 연암열하일긔) 등이 있으나, 여기서는 일단
논외로 하였다. 그중 小倉文庫本에 관해서는 성균관대 대동문화연구원 영
인, 『燕行錄選集 補遺』(下), 2008(고려대 민족문화연구원 해외한국학자료
센터 DB); 김태준, 「『열하일기』 한글본 출현의 뜻」, 『민족문학사연구』 19,
민족문학사연구소, 2001; 조양원, 「동경대 소장 한글본 『熱河記』 연구」, 『민
족문화』 44, 한국고전번역원, 2014; 조미희, 「동경대 소장 한글본 『熱河記』
의 번역 양상」, 『열상고전연구』 49, 열상고전연구회, 2016 등 참조.

7   제4책이 빠졌다. 제1책은 「도강록」ⓐ 「성경잡지」, 제2책은 「일신수필」 「관
내정사」, 제3책은 「도강록」ⓑ 「막북행정록」 「태학유관록」, 제5책은 「동란섭
필」ⓐ 「환희기」ⓐ 「상기」ⓐ 「피서록」ⓐ, 제6책은 「경개록」 「황교문답」 「행
재잡록」 「반선시말」 「희본명목」 「환희기」ⓑ 「상기」ⓑ 「피서록」ⓑ 「동란섭
필」ⓑ를 수록했다(이하 ⓐ, ⓑ는 중복 수록된 글을 구별한 것임).

8   1책으로, 「곡정필담」 「옥갑야화」 「망양록」 「筆談義例」(즉 「심세편」) 「찰십
륜포」를 수록했다.

9   상책은 「망양록」 「심세편」을 수록했고, 하책은 「구외이문」 「산장잡기」에 속
하는 7편의 記, 「환연도중록」 「금료소초」 「옥갑야화」 「곡정필담」을 수록했
다.

10   (元)은 「망양록」 「심세편」, (亨)은 「동란섭필」ⓐ, (利)는 「동란섭필」ⓑ, (貞)
은 「구외이문」 「산장잡기」에 속하는 7편의 기, 「환연도중록」 「금료소초」
「옥갑야화」를 수록했다.

11 원래 건·곤 2책인데 건책만 남았다. 「황도기략」「學生崔公墓表陰記」「玉蝀遊錄」(「황도기략」의 初名) 「虎叱」 등을 수록했다. 단 「학생최공묘표음기」는 연암의 문인 崔鎭寬의 글이다.

12 제1책은 「황도기략」ⓐ 「알성퇴술」ⓐ 「앙엽기」ⓐ, 제2책은 「황도기략」ⓑ 「알성퇴술」ⓑ 「앙엽기」ⓑ를 수록했다.

13 1책으로, 서문과 총 32개 단락의 본문으로 구성되어 있다. 현전하는 『열하일기』 이본들에는 없는 逸編의 하나인 「양매시화」의 초고본으로 추정된다.

14 1책으로, 연암의 아들 박종채가 『연암집』을 편찬하면서 『열하일기』의 「망양록」을 교정한 것이다.

15 1책으로, 卷首에 "三韓叢書卷○/潘南朴趾源美齋輯/熱河避暑錄/潘南朴趾源美齋著"라고 씌어 있다. 연암의 친필본이자 그의 손자 朴珪壽의 교열을 거친 필사본이다. 단, 『열하피서록』의 절반만 필사되었다. 단국대 연민문고 소장본 외에 국립중앙도서관 溫齋文庫에도 동일한 三韓叢書本 『熱河避暑錄』(온재古2102-234)이 소장되어 있다. 연민문고본을 정서한 것으로 보인다.

16 北京大學圖書館 編, 『北京大學圖書館藏朝鮮版漢籍善本萃編』(重慶: 西南師範大學出版社, 2014) 제7책에 영인·수록되어 있다. 「황도기략」, 「알성퇴술」, 「앙엽기」, 「황교문답」, 「행재잡록」 서문, 「夜出古北口記」, 「동란섭필」, 「곡정필담」, 「馹迅隨筆序」, 「구외이문」, 「羅約國書」, 「망양록」을 초록했다. 마지막에 엉뚱하게도 명나라 소설인 『包公神斷(龍圖神斷公案)』의 제11회 「黃菜葉」과 제62회 「桑林鎭」을 필사한 글이 들어가 있다.

17 「일신수필」「姜女廟記」, 「구외이문」「曹操水葬」, 「許生傳」, 「虎叱」, 「피서록」(3개조), 「황도기략」, 「알성퇴술」, 「앙엽기」, 「황교문답」, 「행재잡록」 서문, 「야출고북구기」, 「동란섭필」, 「곡정필담」(1개조), 「피서록」(2개조), 「황교문답」 서문(重複), 『포공신단』의 「황채엽」과 「상림진」, 「일신수필」「將臺記」「山海關記」, 「관내정사」「夷齊廟記」, 「灤河泛舟記」, 「옥갑야화」(일부), 「피서록」(2개조)을 초록했다(일본에서 복사하여 보내준 신로사 박사에게 감사드린다).

『유화문견』은 북경대본 『황도기략』과 「알성퇴술」, 「앙엽기」, 「황교문답」, 「행재잡록」 서문, 「야출고북구기」 등 초록한 부분이 오탈자까지 포함하여 완전히 일치하고, 심지어 『열하일기』와 무관한 『포공신단』의 일부를 수록하고 있는 점으로 보아, 동일한 계통의 이본으로 판단된다. 편명이나 작품명,

소제목 등을 밝히지 않거나 원문의 축약이 심한 경우가 많으며, 일정한 기준 없이 이것저것 뒤섞어 초록하여 혼란스럽다. 그러나 「황도기략」 중 「천주당」과 「天主堂畵」에서 보듯이 『열하일기』의 가장 초기 모습을 보존하고 있는 점에서 자료 가치가 있다.

18 「文丞相祠」, 「太學記」(未完), 「天涯結鄰集」을 포함하고 있다. 현전하는 『열하일기』 이본들에는 없는 逸編의 하나인 「천애결린집」은 馮乘驥(馮秉健)·單可玉·兪世琦·荷蘭泰(滿洲人)가 북경 체류 중의 연암에게 보낸 서신들을 소개한 편으로, 권수에 '熱河日記卷之○'이라고 추기되어 있다.

19 '연암산방' 사고지에 필사되었으며, 『열하일기』 「망양록」 「黃金臺記」 「야출고북구기」 「일야구도하기」를 포함하고 있다. 「망양록」의 권수제에 "熱河日記卷之○"이라 하여 아직 권차가 부여되지 않았다. 「야출고북구기」와 「일야구도하기」에 연암의 後識가 없다.

20 抄本 1책으로, 연암의 후손인 고 박공서 선생이 소장했던 필사본인데 현재 경기도 실학박물관에 소장되어 있다. 『열하일기』 중 「口外異聞」(일부), 「황도기략」(표제 없음. 일부), 「黃敎問答」, 「戱本名目」, 「行在雜錄」, 「班禪始末」(未完)을 포함하고 있다. '연암산방' 사고지에 필사되었으며, 권수제에 "熱河日記卷之○"이라 하여 아직 권차가 부여되지 않았다. 원래는 '西藏問答'인 것을 수정하여 '黃敎問答'이라 하고, 「행재잡록」 중 명나라에 대해 원래 '宗國'이라 칭한 것을 '上國'으로 수정했다. 또 「행재잡록」 중 淸 行在所 禮部의 건륭 45년 8월 12일자 上奏文에 대한 연암의 평어가 『행계잡록』(6)과 다소 다르고, 8월 14일자 상주문과 그에 대한 연암의 평어 중 전반부가 누락된 점 등으로 보아, 『행계잡록』(6)의 「황교문답」이나 「행재잡록」보다 앞서 집필된 가장 초기의 필사본으로 판단된다.

21 『행계잡록』(1), 『총서』 1, 29면, 129면.

22 『행계잡록』(3), 『총서』 1, 409면, 509면, 557면.

23 그 밖에 『행계잡록』(5)의 「동란섭필」에 '권11', 『행계잡록』(6)의 「경개록」에 '권3', 「반선시말」과 「회본명목」에 동일한 '권4'의 권차를 부여한 것도 일관성을 결여한 불합리한 조치이다. 또 『잡록』(상)의 「망양록」에도 '권9'라는 권차가 부여되어 있다.

24 『열하일기』(리) 「동란섭필」의 두주들이 이덕무의 것이라는 증거에 대해서는 김명호, 『연암 문학의 심층 탐구』, 돌베개, 2013, 248∼250면 참조.
단국대 연민문고 소장 『연암집(가제)』에 필사된 「망양록」에도 李在誠(자 仲

存)과 李書九(자 洛瑞)의 평어가 있다(『총서』 13, 70면, 72면, 75면, 76면,
82면, 89면[이상 仲存], 107면[洛瑞], 108면[仲存]).

25 『잡록』(하), 『총서』 3, 301~310면.

26 『잡록』(하), 「환연도중록」, 8월 17일, 19일, 20일(『총서』 3, 329~349면, 352
~362면); 『열하일기』(정), 「환연도중록」, 8월 19일, 20일(『총서』 4, 371~
383면); 김명호, 『연암 문학의 심층 탐구』, 앞의 책, 244~245면, 251~252
면 참조.

27 『행계집』, 『총서』 3, 22~23면, 97면, 104~105면; 『잡록』(상), 『총서』 3,
213~214면, 『잡록』(하), 『총서』 3, 293면, 403면.

28 단 북경대본은 「천주당」의 후반부와, 그에 이어지는 「천주당화」의 전반부가
결여된 상태이다. 이는 서학에 관한 내용을 제거하고자 한 결과로 추정된
다.

29 『연행음청』, 『총서』 4, 465면, 464면, 481면(影印 실수로 면수가 뒤바뀌었
음); 『황도기략』(1), 『총서』 5, 49면, 52~54면, 『황도기략』(2), 『총서』 5,
163면, 166면, "天主者, 猶言盤古氏·天皇氏之號也. 苐其人善治曆", 167면.

30 『잡록』(하), 『총서』 3, 363~364면; 『열하일기』(정), 『총서』 4, 385~386면.

31 『고정망양록』은 "余曰: '古樂終不可復歟'"로 시작하는 30번째 단락의 초두
에서 중단되었다(『총서』 8, 54면). 그 나머지 단락들은 『열하일기』 계열의
고도서본·규장각본·존경각본과 『연암집』 외집 계열 이본들을 참고하여 계
산하면 모두 12개이다. 따라서 『고정망양록』 이후 본문이 확정된 『열하일
기』 「망양록」은 총 42개의 단락으로 구성되었음을 알 수 있다. 『연암집』 별
집 계열 필사본들에서 30번째 단락과 "亨山問曰: '貴國有樂經云. 然乎?'"로
시작하는 31번째 단락을 공란 없이 連書한 탓에, 박영철본은 30번째 단락
과 31번째 단락을 하나의 단락으로 오인하여 합쳐 놓았다.

32 『열하피서록』, 『총서』 5, 255면.

33 실제로 일부 단락의 소제목을 보면 바로 위에 ○ 표시가 있는데, 이는 『열
하일기』의 「피서록」에는 없는 단락임을 표시한 것으로 판단된다. 또한 『열
하피서록』 중 「遍踏中原」에 있는 "原本有上下端截錄, 並考."라는 두주는
『열하일기』의 「피서록」에는 그 내용이 두 개의 단락으로 나누어져 실려 있
는 사실을 지적한 것으로 짐작된다(『총서』 5, 262, 265, 266, 267, 282, 283,
285, 307면).

34 고려대 민족문화연구원 해외한국학자료센터를 통해 열람할 수 있다(노경

희, 해제 참조).

35 "一齋" "洪在德"의 장서인이 있다. 『연민문고소장 연암박지원작품필사본총서』 5에 『열하일기』(1)·(2)로 영인 수록되었다(서현경, 해제 참조).

36 韓昌洙(1862~1933)의 장서로 "多白雲樓圖書/書之庋"라는 장서인이 있다.

37 綏堂 閔泳達(1859~1924)의 장서로, 전 9책 중 제2책(「일신수필」), 제4책(「막북행정록」 「태학유관록」), 제9책(「환희기」 「상기」 「피서록」)이 없다. 「도강록」과 「성경잡지」를 分冊하여 전 10책이 된 다백운루와 달리 이 두 편을 제1책으로 合冊한 것이 다를 뿐, 다백운루본과 사실상 동일한 이본이다.

38 晩松 金完燮(1898~1975)의 장서로, 卷首題와 달리 표제는 '熱河記'로 되어 있다. 嘉慶 21~23년(1816~1818)경에 호남·충청 관내 군현의 수령들이 작성한 砲保과 漕軍 명단 및 陰晴日記 등을 成冊한 종이의 이면에 필사되었다. 제1책과 제2책에 息庵 金錫胄의 한시, 제5책에 東溟 鄭斗卿의 한시 등이 필사되어 있고, 제5책 중 몇 군데에 엉뚱한 글이 필사되어 있기도 하다(두주로 "此段非熱河記"라 밝힘).

39 책수를 특이하게도 甲乙丙丁 등 十干으로 매긴 점에서 규장각본과 일치한다. 甲卷 말미에 "癸酉三月二十三日"이라고 필사한 날짜가 씌어 있다. 1813년에 필사된 듯하다. 그러나 「관내정사」 7월 28일 기사의 일부 및 「호질」이 본래 위치에서 벗어나 「東嶽廟記」 뒤에 수록되는가 하면, 「象記」가 「환희기」 다음 및 「산장잡기」 중에 중복 수록되었으며, 결권이 많고 오자도 적지 않아 규장각본에 비하면 열악한 이본이라 하겠다.

40 許放, 「國家圖書館藏『熱河日記』論考」, 『域外漢籍硏究集刊』 17, 北京: 中華書局, 2018 참조.

41 연암의 손자 박규수의 아우인 朴瑄壽(호 溫齋)의 후손가에서 최근 국립중앙도서관에 기증한 고서에 포함되어 있다. '연암산방' 사고지에 필사되었다. 「도강록서」와 별도로 그 앞에 「열하일기서」가 있으며, 「심세편」의 부록으로 '乾隆皇帝遺詔'와 '和珅罪案'이 있고, 「관내정사」 「망양록」 「곡정필담」 「동란섭필」 등 여러 편들에 두주가 많은 점이 특색이다. 이 두주들은 유득공과 이재성 등이 가한 것으로 추정된다.

42 제2책에 "朱雪樓藏本"이라 씌어 있다. 리가원의 장서로 '犖星燕茶齋藏'이라고도 씌어 있으며, 그의 친필로 교정이 가해져 일종의 교합본처럼 되었다. 『총서』 6·7에 『열하일기』(1)~(8)로 영인 수록되었다(서현경, 해제 참조).

43 張鉉重 寄贈本으로, 전 26권 11책 중 제6책(권8 「망양록」, 권9 「심세편」)이

없다. 「금료소초」와 「동란섭필」에 각각 권12(제7책)와 권23(제10책)의 권
차가 부여되는 등 편차와 분책이 독특하다. 제9책의 초두 여백에 "韓都事宅
入納"이라 적혀 있다. 「동란섭필」「황도기략」「알성퇴술」「앙엽기」 등에 주
제나 내용을 요약한 두주가 다수 첨가되어 있다. 규장각본과 공통점이 많
다.

44　「도강록」(제1책), 「일신수필」(제2책), 「관내정사」(제3책), 「환연도중록」「옥
갑야화」「구외이문」「산장잡기」(이상 제4책), 「곡정필담」「심세편」「금료소
초」「행재잡록」(이상 제5책), 「성경잡지」(제6책), 「동란섭필」(제7책) 등 모
두 13편을 수록했다. 각 편의 권수제에 "熱河日記卷之○"이라 하여 아직 권
차가 부여되지 않았다.

45　「망양록」과 「심세편」을 수록하고 있다. "熱河日記卷之○"이라 하여 권차가
부여되지 않았다.

46　"熱河日記卷之一"이라는 권차가 있다.

47　홍대용의 손자인 洪良厚(1800∼1879, 호 寬居)가 연암의 『열하기』에서 초
록한 것이다. 연암의 북학론과 학술에 관련되는 내용을 위주로 「도강록」
「성경잡지」「관내정사」「막북행정록」「태학유관록」「환연도중록」「황교문
답」「망양록」「피서록」「동란섭필」 등에서 발췌하고, 「환희기」 後識, 「곡정
필담」 後識, 「황교문답」과 「일신수필」의 서문, 「심세편」, 「야출고북구기」 後
識를 수록했다. 편명이나 작품명, 날짜 등을 일절 밝히지 않았고, 원문을 일
부 고쳐 인용하기도 했다. 「곡정필담」의 일부 구절이나 「일신수필」 서문과
「야출고북구기」 後識 등으로 보아, 『열하일기』 계열의 필사본을 초록한 것
으로 판단된다.

48　南公轍, 『金陵集』 권1, 「同柳惠甫(得恭)自龍山溯舟訪朴監役(趾源)亭居」,
"惟有熱河三卷紀, 知君天下姓名傳.": 兪晚柱, 『欽英』 제21책, 丙午(1786)
2월 5일, "間閱熱河記."(서울대 규장각 영인, 권6, 152면).
　洪良厚가 편찬한 『燕巖熱河記要』도 『열하기』를 초록한 것으로 짐작된다.

49　일재본은 목록에는 권차가 씌어 있으나 해당 본문에는 권차가 부여되지 않
았다. 게다가 목록의 권차는 하나의 권수를 여러 편들이 공유하고 있는 경
우도 있어 실제로는 책수에 가깝다.

50　「도강록」「성경잡지」「일신수필」「관내정사」에 부여된 1∼4, 「경개록」「망
양록」「곡정필담」「피서록」에 각각 부여된 6∼9의 권차는 追記된 것이다.
이와 마찬가지로 「막북행정록」에도 '5'라는 권차가 추기되었으나 그다음 편

인「태학유관록」에는 그에 상응하는 권차의 추기가 없고 '6'이라는 권차는
「경개록」에 추기되어 있어 불합리하다.

또한 권수제에서 "潘南朴趾源美齋"라고 저자명을 표기하면서 본관의 첫 글
자인 "潘"만 적거나 연암의 자를 '美齋'가 아니라 '美仲'으로 적은 편들도 있
다. 이는 불완전한 권차와 아울러 주설루본의 미비점을 보여 주는 사례라고
할 수 있다.

51 주설루본과 마찬가지로, 중국 국도본도 특이하게「태학유관록」의 권차가
권2로 되어 있다(실제로는 권5「막북행정록」다음의 제6권이 되어야 옳다).
이는 중국 국도본 역시『행계잡록』(3)의 영향을 받은 흔적으로 보인다.

52 충남대본은 탈자를 추가하거나 字順의 倒置를 표시한 경우가 잦고 오자가
현저히 많은 점에서도 善本으로 보기 어렵다. 권16~19인「행재잡록」「반
선시말」「희본명목」「찰십륜포」의 권수제에 '潘南朴趾源美齋'라는 저자명
이 공란으로 남아 있기도 하다. 卷首마다 찍혀 있는 '朴趾源章'이라는 낙관
도 위조가 아닐까 한다.

53 규장각본은 권4「관내정사」와 권19「구외이문」의 권수제에 "燕巖集卷之○"
이라고 하여, 아직 권차는 부여하지 않았으나『연암집』의 일부로『열하일
기』를 통합하려는 의도를 보여 주고 있다. 또「환희기」의 권수제에 "르○"이
라 하여 '十五'라는 권차가 누락되어 있기도 하다.

존경각본은 원래 전 7책(26권)인데 1책(5권)이 결질이다. 규장각본과 동일
한 편차를 갖추고 있는 점 등으로 사실상 규장각본과 동일한 이본으로 판단
된다. 단「심세편」이 제3책과 제4책의 목록에 편명만 중복 소개되어 있고,
「산장잡기」는 권차와 편명 없이「상기」를 포함한 8편의 기문을 수록하고 있
으며,「행재잡록」과「옥갑야화」가 목록과 달리 본문에는 각각 '行在雜記'와
'玉匣夜語'로 표기되어 있는 등 규장각본에 비해 미흡한 점들이 없지 않다.

54 일재본『열하일기』(2),『총서』5, 673면. 일재본은「곡정필담」의 서문도 그
전반부를 축약했다(『총서』5, 717면).

55 유득공,『泠齋書種』(修綆室 소장) 제1책,『泠齋集』권8,「熱河日記序」.

56 단지 상징물일 뿐이라는 뜻이다.

57 44번째 괘인 姤卦의 세 번째 爻인 九三의 爻辭(점 풀이)에 "엉덩이에 살이
없고 걸음을 망설인다. 위태로우나 큰 허물은 없다"(臀無膚, 其行次且. 厲,
无大咎)고 했다.

58 52번째 괘인 艮卦의 세 번째 효인 九三의 효사에 "허리 부분에 멈추고 척추

714

의 살을 베어낸다. 위태로움에 속이 탄다"(艮其限, 列其夤. 厲, 薰心)고 했다.

59　『춘추』는 '侵'··'伐'··'圍'··'入' 등등의 글자로 전쟁의 형태를 구별하여 기록했다고 한다. 단 각 글자의 구체적 의미에 대해서는 해석이 구구하다.

60　『漢書』「藝文志」에 의하면, 『춘추』에 대한 해설서로 『좌전』 『공양전』 『곡량전』 『추씨전』 『협씨전』의 5종이 있었다고 한다. 이를 '春秋五傳'이라 하는데 그중 『추씨전』과 『협씨전』은 漢나라 초에 이미 상실되었다.

61　『장자』「大宗師」에 '副墨之子'와 '洛誦之孫'이라는 가공적인 인물이 언급되고 있다. 이 두 인물의 정확한 의미에 관해서는 해석이 구구하다.

62　『장자』「齊物論」에서 孔子에 관한 평을 묻는 瞿鵲子에게 長梧子가 "孔丘와 너는 모두 꿈을 꾸고 있다. 네가 꿈을 꾼다고 말하는 나도 꿈을 꾸고 있다. 이런 말을 '조궤'라고 한다"고 하였다.

63　'楡關' 또는 '渝關'이라는 역참이 臨渝縣에 있었다. 명나라 초에 이곳에 있던 관문을 옮겨 산해관을 건설했으므로, 산해관을 '楡關' 또는 '渝關'으로도 불렀다. 연암은 1780년 음력 7월 23일 산해관에 들어갔고 그다음 날 유관에서 숙박했다(『연암집』 권12, 「일신수필」, 「山海關記」; 「관내정사」, 7월 24일).

64　난하의 지류가 지나고 있어 열하를 '灤陽'이라고도 한다. 백단현은 漢나라 때 열하 지역에 설치된 두 개의 현 중 하나였다(『연암집』 권12, 「막북행정록」 서문).

65　『열하일기』의 「산장잡기」 중 「만국진공기」 後識에 소개되어 있다. 연암은 열하로부터 북경으로 돌아오던 도중 淸河의 한 시장에서 키가 두 자 남짓밖에 되지 않는 아주 요상한 난쟁이를 보았다고 한다.

66　『장자』「逍遙遊」에 등의 길이가 몇 천 리인지 알 수 없다는 붕새와, 8천 년을 봄으로 삼고 8천 년을 가을로 삼는다는 大椿이 나온다.

67　주설루본 『열하일기』(2), 『총서』 6, 197면.
　　일재본은 영인본(『총서』 5, 492면)에는 보이지 않으나, 원본에는 붉은 글씨로 '落' 자가 추기되어 있다.

68　초고본 계열 이본인 『연암집(가제)』의 「망양록」에 수록된 이재성의 평어들과 일치하는 점으로 보아, 두주의 대다수는 이재성의 것으로 판단된다. 그 밖에 유득공의 것으로 추정되는 두주 1개("我東所謂玄琴者, 彈箏也. 伽倻琴者, 搊箏也. 考諸史志可知.")와 익명인이 글자를 교정한 두주 3개와 附箋 하나가 포함되어 있다.

69 　『행계집』,『총서』3, 105면;『열하일기』(원),『총서』4, 40면; 일재본『열하일기』(2),『총서』5, 696면; 주설루본『열하일기』(5),『총서』7, 34~35면.

위의 인용문은『고정망양록』을 기준으로 하면, "余問: '歐邏銅鉉小琴, 行自何時?'"로 시작되는 11번째 단락의 일부에 해당하나,『열하일기』계열 일부 이본들에는 별도의 단락으로 독립되어 있다. 그중 중국 국도본에는 "尹·王皆閉目良久"가 "尹生皆閉目良久"로, 충남대본에는 "鵠汀閉目, 已而開視"가 "鵠汀閉目而已, 開視"로 되어 있으나, 이는 필사의 오류인 듯하다(許放·王小盾,「『熱河日記』「忘羊錄」校釋」(上),『域外漢籍硏究集刊』第20輯, 北京: 中華書局 , 2020 참조).

온재문고본은 이 대목에 다음과 같은 장문의 두주가 있다. "互相不會, 而彼曰不會, 燕岩之諺文也; 此曰不會, 北人之眞書也. 何謂北人之眞書? 北人有葬而立主者, 鄕邦之善題主者, 遠不及期. 適有京客過之, 被主人苦乞, 實不曉也. 辭不獲, 漫書曰云云. 俄而鄕人至, 稱謝無已曰: '請玩尊客所題.' 客悚懼欲逸, 旣而揭韜, 熟視良久曰: '惡, 乃眞書也.' 燕岩平生不能讀半行諺札, 然以文章名於世."

70 　「淸太上皇帝遺詔」는 정조 23년(1799) 3월 건륭제의 부음을 전하는 청나라 칙사가 조선에 와서 선포한 유조를 등사한 것이다(『일성록』, 정조 23년 3월 2일, "宣勅書於崇政殿.").「和珅二十大罪」는 같은 달에 귀환한 동지사 서장관 徐有聞의 聞見別單에서 전달한 정보이다(『정조실록』, 23년 3월 30일, "書狀官徐有聞, 進聞見別單.").

71 　유득공,『泠齋集』권4,「聖淸廟」, "東至孤竹城, 下車謁夷叔. 疎髥兩相似, 端冕何肅肅. 仰想殷周際, 再拜薦秋菊. 灤水淸而駛, 繞彼西山麓. 嚴霜萎蕨薇, 時聞哀鳴鹿. 後之稱遺民, 義自夫子俶."

조선 사행은 1790년 9월 10일 이제묘를 배알했다(朴齊家,『貞蕤閣三集』,「九月十日 謁聖淸廟」; 徐浩修,『燕行紀』권4, 9월 10일).

72 　온재문고본『열하일기』제4책,「관내정사」, 7월 27일, 두주, "曾問李墨莊中書, '嫖是何義?'墨莊曰: '妖冶也. 人由此而愛之, 嫖固罪也.' 余曰: '愛之者過爾, 嫖有何罪?' 坐皆大笑."; 유득공,『燕臺再遊錄』, "余問: '此處土妓, 謂之嫖子, 嫖是何義?'墨莊曰: '嫖爲美女之稱, 愛其美而淫之, 故嫖爲惡習.' 余曰: '愛之者過耳, 嫖豈罪也哉?'一坐大笑."

73 　유득공,『熱河紀行詩註』,「古北口」, "兩重關又兩重關, 秦代城邊漢代山. 晚向洛迦仙境憇, 碧紗窓映小屛顔."; 徐浩修,『燕行紀』권2, 7월 22일, 23일.

74 온재문고본『열하일기』,「동란섭필」, "未及山海關十餘里, 有姜女廟.", 두주,
"'秦城斷處海悠悠, 吹盡罡風淚未收. 流水征輪官道暮, 棲鴉飛葉塞垣秋. 丹
靑剝落叢祠古, 鉛粉凄涼塑像愁. 萬里行人歸不得, 至今山木怨鉤輈.' 此余姜
女廟次副使韻一首. 十餘年前事, 思而如夢境."; 유득공,『영재집』권4,「姜女
廟次使相韻」; 서호수,『연행기』권4, 9월 14일.

75 자전하는 지구를 해와 달이 右旋하고 있다는 연암의 주장에 대해 "日月左右
旋, 本亦歷家語, 所以便其推步. 今以兩曜各椿置本處, 而轉此圓球, 俾晝俾
夜, 亦無不可, 而須有善歷者, 籌側無差, 鑿鑿相當, 然後可用此說. 湛軒果嘗
爲此否?"라고 한 두주와, 왕민호가 연암에게 진심을 털어놓으며 눈물을 흘
린 대목에 대해 白居易의「琵琶引」를 인용하여 "座中泣下誰最多, 江州司
馬靑衫濕.' 燕岩此時當作何心?"이라고 한 두주 등을 보면 이재성의 것임을
추정할 수 있다. 유득공은「열하일기서」나 두주에서 연암을 '燕巖氏' 또는
'(燕巖)先生'이라 호칭했다.

76 박영철본에 비해 해당 단락의 끝에 "今逢中州諸人, 多問松扇. 盖原於山谷
此詩云."이라는 구절이 더 있다. 반면 고려를 미워한 蘇軾의 시를 인용한 그
앞 단락은 박영철본과 달리 "若使東坡見康熙所作三十三站察院, 則當又如
何也?"라는 마지막 구절이 없다(『행계잡록』(6),『총서』2, 407~408면).「피
서록」의 단락뿐 아니라 본문에도 증감이 있었음을 알 수 있다.

77 일재본은 추가된 2개 단락의 본문이 아주 간략하다. 그에 비해 다백운루
본·만송문고본·중국 국도본·주설루본은 朱昆田의 按說을 포함하여『일하
구문』을 인용한 기사 全文을 수록하고 있으나, 그 끝에 엉뚱하게도『황도
기략』의「천주당화」(즉「양화」)의 일부를 추기하고 있다(주설루본『열하일
기』(6),『총서』7, 293~294면).

78 단 온재문고본은 첫머리에서 "吳照, 錢塘人也. 字聖欽, 號白菴"을 "吳照, 江
西人也. 字照南, 號白菴"으로 고치고, 말미에서 "照, 年方三十餘, 官順天府
尹, 文集已印行二函"을 "照, 年方三十餘, 擧人."으로 고쳤다. 또한 "吳照, 字
照南, 號白菴, 江西人, 擧人. 吳聖欽, 字冲之, 江蘇人, 順天府尹."이란 두주
가 있다. 유득공이 붙인 것으로 추정되는 이 두주에 따라 본문을 수정한 것
이다. 규장각본과 존경각본은 이러한 수정을 따르고 있다.
규장각본에는 해당 기사의 말미에 "著有說文編旁考, 善寫竹. 所居室中, 環
壁墨竹, 翛翛如坐竹林中云."이라는 소주가 첨가되어 있다. 이 소주는 유득
공의『열하기행시주』,「吳白菴」조에 의거한 것이다. 정조 14년(1790) 유

득공은 進賀副使 徐浩修의 군관으로 북경에 가서 오조와 사귀었다. 연암이 『열하일기』「피서록」의 마지막 기사로 오조의 시를 소개한 것은 유득공으로부터 얻은 정보를 추가한 것임이 분명하다.

79 일재본은 소제목이 없는 채로 일곱 번째 항목인 「曹操水葬」까지만 수록하고 있으며, 그나마 중간에 「崇禎相臣」과 「伊桑阿·舒赫德」에 해당하는 기사가 누락되었다(『열하일기』(2), 『총서』5, 771~772면).

80 초고본 계열 이본인 『열하일기』(정)의 「구외이문」은 22번째 항목인 「六廳」까지 수록하고 있다. 역시 각 항목의 소제목은 없다.

81 충남대본도 세부 항목들을 완비했으나, 각 항목의 소제목을 난외에 두주로 추가했으며, 소제목도 다른 경우가 있다. 즉, 대다수의 이본들에는 「高麗珠」 「魏忠賢」「別單」「籐汁膠石」「元史天子名」「麗音離東頭登切」 등으로 되어 있는 소제목이 충남대본에는 각각 '東珠' '魏忠賢墓' '筆貼式' '黏石膠' '元天子號名' '高麗臭' 등으로 되어 있다.

82 『면양잡록』(6), 『총서』12, 321~348면(소제목 위에 점과 동그라미로 선록 대상 표시를 했다). 단 「연상우필」은 그 제목으로 보아 안의 현감 시절에 지은 烟湘閣에서 집필한 것으로 보인다.

83 예외적으로 일재본만은 마지막 단락인 「春明夢餘錄」에 관한 기사가 없을뿐더러 전체적으로 누락되거나 축약된 단락들이 적지 않다.

84 『열하일기』(亨), 『총서』4, 125~127면, 129면, 130~131면, 135면. 이 두주들은 『열하일기』(利)의 두주들을 참고한 것으로 짐작된다.

85 앞서 언급한 강녀묘에 관한 기사의 두주 외에도, 軍機大臣은 모두 만주인이라는 기사와 관련하여 열하에서 만주인 禮部侍郎 鐵保를 만난 사실을 언급한 두주("滿漢官軍機處行走, 則以爲職親地緊. 余遊熱河時, 入軍機房, 與鐵冶亭話, 首譯大驚. 然彼中人不以爲怪.")를 보면, 「동란섭필」의 두주들이 모두 유득공의 것임을 알 수 있다(유득공, 『열하기행시주』, 「鐵冶亭侍郎」; 유득공, 『고운당필기』권6, 「鐵侍郎詩」).

86 동양문고 연휘본·다백운루본·수당본·만송문고본·주설루본 등의 목록에는 「粟齋筆談」이 '粟齋夜話'로 「商樓筆談」이 '商樓夜話'로, 「舊遼東記」가 '舊遼陽記'로, 「關廟記」가 '遼東關廟記'로 적혀 있다. 이 점도 『행계잡록』(1)과 똑같다. 박영철본에는 「관묘기」가 「關帝廟記」로 되어 있다.

87 일재본 『열하일기』(1), 『총서』5, 560면, 565면.

88 단, 온재문고본은 「산장잡기」 편과 별도로 「구외이문」 편 다음에 「야출고북

718

구기」 이하 7편의 기문을 또 필사해 놓았다. 이에 대해 "此下在山莊雜記中, 不必疊錄."이란 부전이 있으며, 각 기문의 말미에도 "在山莊雜記中"이라는 追記가 있다. 이는 동양문고 연휘본과 마찬가지로 온재문고본도 처음에는 「산장잡기」라는 편명 없이 「야출고북구기」 등 7편의 기문들을 하나의 그룹으로 수록했던 흔적을 남긴 것이다.

89 고도서본은 「상기」를 별도로 수록함과 동시에 「산장잡기」 편에도 중복 수록했다. 존경각본은 권차와 '산장잡기'라는 편명도 없이 「야출고북구기」 이하 「상기」까지 8편의 기를 수록했다.

90 李圭景의 『五洲衍文長箋散稿』에도 양계법의 하나로 소개되었다. 즉 「雞辨證說」 중 "養法亦略及之."의 소주에 "入燕記, 中國之雞, 拔去尾羽兩翼間毻毛, 所以助長也, 且禁蝨也. 夏月雞生黑蝨, 緣尾附翼, 必生鼻病, 口吐黃水, 喉中痰響, 謂之雞疫. 故拔去毛羽, 疏通涼氣也…"라고 하였다(萬物篇, 鳥獸類, 鳥). 단 『열하일기』가 아니라 이덕무의 『입연기』를 전거로 제시한 것은 실수인 듯하다. 『입연기』에는 그런 내용이 없다.

91 『행계잡록』(1), 『총서』 1, 94면; 주설루본 『열하일기』(1), 『총서』 6, 86~87면. 단 고도서본은 "鷄皆脫落,…"이라 하여 '尾羽' 2자를 실수로 누락했다.

92 쌍림의 말 중 '紫的'은 한국식 한자음으로 '자지'라 읽는다.('的'은 사람을 뜻하는 접미사로 쓸 때에는 '지'로 읽음) 장복의 말 중 '巴其(bāqí, bājì)'는 '자지'를 뜻하는 방언인 '巴子(bā·zi)'를 부정확하게 발음하거나 표기한 것으로 판단된다. 일재본은 이를 '其巴'로 표현했는데, 이 역시 '자지'를 뜻하는 중국어인 '鷄巴(jī·ba)'와 발음이 아주 유사하다.

93 일재본 『열하일기』(1), 『총서』 5, 507면, 510면; 許放, 「國家圖書館藏『熱河日記』論考」, 『域外漢籍研究集刊』 17, 北京: 中華書局, 2018, 274~275면; 김혈조, 「『열하일기』 정본화 작업의 제문제─신자료 소개를 겸하여」, 『한국한문학연구』 71, 한국한문학회, 2018, 18~20면, 25~26면 참조.

94 박제가의 「燕京雜絕」 140수 중 제91수에서 "千金買行眷, 隨意可憐兒"라고 했고, 金進洙(1797~1865)의 「燕京雜詠」 중 「幻戲宴」 제5수의 自註에서도 이러한 行眷들이 나이를 먹으면 마술사로 직업을 바꾼다고 하면서 박제가의 시구를 인용했다(박제가, 『貞蕤閣四集』, 「燕京雜絕 贈別任恩叟姊兄 追憶信筆 凡得一百四十首」; 김진수, 『碧蘆集』, 碧蘆別集 권4, 「燕京雜詠」; 김영죽, 「19세기 中人層 知識人의 海外體驗 一考-碧蘆齋 金進洙의 燕行과 「燕京雜詠」을 중심으로」, 『한국한문학연구』 48, 한국한문학회, 2011, 527~

529면 참조). 온재문고본은 해당 기사에서 '行脅'이라는 표현조차 없애 버렸다.

95 『행계잡록』(2), 『총서』 1, 259면, 264면; 주설루본 『열하일기』(2), 『총서』 6, 230면, 234면.
단 『행계잡록』(2)에는 "兩人酬酌不覺絶倒" 다음에 "一個東話的, 三歲兒索飯似覓栗, 一個漢語的, 半啞子稱名常疊艾, 可恨無人參見. 雙林東話, 大不及張福之漢語, 語訓處, 全不識尊卑, 且不能轉節." 이 더 있으나, 주설루본은 이것을 마저 삭제했다. 또 삭제된 부분을 모두 리가원의 친필로 별지에 추기했다. 추기된 부분은 박영철본과 일치한다.

96 『행계잡록』(2), 『총서』 1, 362~364면; 본서 1부 4장, 3. 「우언과 해학」, 225~226면 참조.

97 『잡록』(하), 『총서』 3, 361~362면; 『열하일기』(정), 『총서』 4, 380~383면; 일재본 『열하일기』(2), 『총서』 5, 757면(동양문고 연휘본에 비해 일재본은 "如借是行, 自當亟改飲法, 良可恨也."로 끝나고, 趙明會의 방에서 골동품을 감상한 일화도 생략되었다.); 주설루본 『열하일기』(4), 『총서』 6, 489~492면.

98 "東單牌樓第二衚衕頭條第二宅, 門首有大卿扁額, 卽是鶒栖.", "自有泥金扇子, 書畵雙絶, 當來陪送."(『행계잡록』(6), 『총서』 2, 225면, 228면; 주설루본 『열하일기』(6), 『총서』 6, 501면, 505면)
일재본은 위의 두 군데를 포함하여 해당 인물에 대한 소개가 대폭 축약되어 있다(『열하일기』(1), 『총서』 5, 577면, 578면).

99 『행계잡록』(6)도 마찬가지이나, '王三賓' 석 자가 추기되었다(『총서』 2, 232면).

100 陸機의 『毛詩草木鳥獸蟲魚疏』, 「釋鳥」, 「宛彼鳴鳩」 조에 의하면 鳲鳩는 "灰色無繡項"이며, 斑鳩(일명 鶻鳩)는 鳲鳩와 비슷하게 생겼으나 그보다 몸집이 크며 "項有繡文斑然"이라고 했다. 따라서 위 인용문의 "繡項鳲鳩"는 "繡項斑鳩"의 오류가 아닌가 한다.

101 조녀선 D. 스펜스, 『마테오 리치, 기억의 궁전』, 주원준 옮김, 이산, 1999, 282~283면, 288~292면; 티모시 브룩, 『쾌락의 혼돈―중국 명대의 상업과 문화』, 이정·강인황 옮김, 이산, 2005, 303~305면: 우춘춘(吳存存), 『남자, 남자를 사랑하다』, 이월영 옮김, 학고재, 2009, 129~175면 참조.

102 일재본 『열하일기』(1), 『총서』 5, 580면; 주설루본 『열하일기』(4), 『총서』 6, 509면.
온재문고본은 "昌大言: '昨朝偶在明倫堂右門屛下, 麗川'"까지 필사하다가 글이 중단되었으며, 이 구절을 모두 지우고 "貌美而能解書工畫"로 고쳤다.

103 정재철, 「박종채의 『열하일기』 교정과 편집―연암산방본을 중심으로」, 『대동한문학』 59, 대동한문학회, 2019, 32~35면 참조.

104 『행계잡록』(6), 『총서』 2, 282면.
참고로 「태학유관록」 8월 11일 기사 중 판첸 라마를 예방한 뒤 "태학의 숙소로 돌아오자, 중국의 사대부들은 모두 내가 판첸 라마를 만나본 것을 영광스럽게 여기고 부러워하지 않는 이가 없었다"(及還舘中, 中原士大夫, 皆以余得見班禪, 莫不榮羨)고 했다. 또한 「황교문답」에서 기풍액이 "어제 조선 사신들이 저 活佛에게 예배했느냐"(昨日使臣拜彼佛乎)고 묻자, 연암은 "사신들이 사실은 활불에게 예배한 적이 없으나, 점차 따지고 들므로 감히 '예배하지 않았다'고 명언하지 못한 채, 붓을 잡고 머뭇거렸다"(使臣實未嘗拜佛, 而所詰轉深, 故不敢明言不拜, 把筆趑趄)고 했다(『행계잡록』(3), 『총서』 1, 601면; 『행계잡록』(6), 『총서』 2, 267면).
경기도 실학박물관 소장 박공서본 『열하일기』에는 8월 12일자 上奏文에 대한 연암의 평어가 『행계잡록』(6)과 조금 다르다. 즉, "使臣見班禪事, 余具載之札什倫布記, 雖夏原吉, 何以加之? 及見禮部之奏稱 '拜見', 可謂誣矣. 然而奏語事勢, 不得不爾. 中原士大夫語及班禪, 輒稱 '拜佛', 則余亦不敢以不拜對之者, 恐其嗔怪不恭. 東還之日尤當曉曉矣. 拜與不拜, 不必多辨, 而但據吾所目擊者詳錄之, 以資山中曝背一粲."으로 되어 있다(『행계잡록』(6)과 다른 부분은 밑줄로 표시함). 『행계잡록』(6)은 이를 수정한 것으로 판단된다. 김혈조 옮김, 『열하일기』 2의 번역문(개정신판: 돌베개, 2017, 276면)은 박공서본에 의거한 것이다.

105 『행계잡록』(6), 『총서』 2, 283~284면; 일재본 『열하일기』(1), 『총서』 5, 583면(생략이 심함); 주설루본 『열하일기』(4), 『총서』 6, 586~587면.

106 『행계잡록』(6), 『총서』 2, 288면; 일재본 『열하일기』(1), 『총서』 5, 586면.
이 평어와 관련한 내용은 「환연도중록」 8월 15일 기사에도 나온다. 이에 의하면, 청나라 예부의 관원이 비난한 "全沒事實"이란 "全沒叩謝之實"로서, 조선 사신들이 판첸 라마를 예방하고 선물을 받은 사실을 呈文에서 은폐했다는 뜻이다.

107 구범진, 「조선의 건륭 칠순 진하특사와 『열하일기』」, 『인문논총』 70, 서울대 인문학연구원, 2013, 24~37면 참조.

108 『행계집』, 『총서』 3, 26면, 63면; 『잡록』(하), 『총서』 3, 403면, 443면; 일재본

『열하일기』(2), 『총서』5, 726면, 741면; 주설루본『열하일기』(5), 『총서』7, 125면, 160면.

숭실대 한국기독교박물관 소장『燕巖熱河記要』에도 "恭讀聖諭, 仰認大聖 人眞個學問, 卓冠百王, 衛武抑戒, 無以加之"라는 구절이 보존되어 있다.

109 『행계집』, 『총서』3, 71면; 『잡록』(하), 452면.

온재문고본에는 "他本云: '榕村, 諱李光地, 眇一目.' 今從此."라는 두주가 있 다. 주설루본은 "榕村, 諱李光地, 眇一目."이라 씌어 있는 원래 문장에 가필 하여 "榕村先生, 諱李光地耶否"로 고쳤다(『열하일기』(5), 『총서』7, 168면).

110 『열하일기』「막북행정록」8월 7일 기사에서 연암은 고북구를 통과하며 만 리장성의 벽에다가 "乾隆四十五年庚子八月七日夜三更, 朝鮮朴趾源過此" 라고 "大書此數十字"했다고 적었다(『연암집』권12, 장66b).

111 일재본『열하일기』(1), 『총서』5, 563면.

『연암열하기요』는 책의 마지막 장에「야출고북기」의 바로 이 후지만 수록 하고 있다.

112 『열하일기』(정), 『총서』4, 323~324면; 주설루본『열하일기』(6), 『총서』7, 181면.

초고본 계열의 북경대본과『유화문견』에는 이 대목이 생략되었다.

113 일재본『열하일기』(1), 『총서』5, 564~565면.

114 『잡록』(하), 『총서』3, 308~310면; 주설루본『열하일기』(6), 『총서』7, 184 ~185면.

동양문고 연휘본은 위의 두 가지 사례 중 전자는 보존했으나 후자는 삭제하 여 절충적인 조치를 취했다.

115 『행계잡록』(5), 『총서』2, 139~143면; 『행계잡록』(6), 『총서』2, 339~342면.

116 일재본『열하일기』(2), 『총서』5, 652면; 주설루본『열하일기』(6), 『총서』7, 207~208면.

이에 해당하는『연암집』별집 계열의 이본들로 단국대 연민문고 소장 溪西 本, 일본 동양문고 소장본, 大阪中之島圖書館 芸田艸舍本, 박영철본 등이 있다.

117 『행계잡록』(5), 『총서』2, 175면(『행계잡록』(6)에는 기풍액의 시 원문이 본 문과 다른 필체로 추기되어 있다. 『총서』2, 371면), 『행계잡록』(6), 『총서』 2, 387면(『행계잡록』(5)에는 "以示亨山諸公, 莫不感傷揮涕."로 고친 흔적이 역력하다. 『총서』2, 193면).

118 일재본 『열하일기』(2), 『총서』 5, 662면(단 "問: '榛子店在何處?', 余曰: '在山海關外, 奇卽題一絶'"을 "卽題"로 축약했음), 667면; 주설루본 『열하일기』(6), 『총서』 7, 255면, 271면.

    온재문고본의 「피서록」에는 "凡爲畵圖者, 畵外而不能畵裡者, 勢也."로 시작하는 단락이 있으나, 이에 대해 두주에서 "還燕後事, 旣有黃圖紀略中洋畵, 則此可刪."이라 하여 「황도기략」 편의 「양화」 조에 있는 내용이므로 삭제하라고 지시했다.

119 단 기풍액의 시 중 轉句가 "海內奇男非孟德"으로 되어, 여타 필사본들에서 "天下男兒無孟德"이라고 되어 있는 것과 조금 다르다.

120 일재본 『열하일기』(1), 『총서』 5, 567면, 570면.

    단 일재본은 첫 문장에서 '進德齋' 석 자가 누락되었다. 다백운루본은 '進' 자가 누락되었다.

121 『행계집』, 『총서』 3, 77면; 『잡록』(하), 『총서』 3, 381면; 『열하일기』(정), 『총서』 4, 403면.

    온재문고본과 존경각본은 목록에는 '옥갑야화'로 되어 있으나 본문에는 '옥갑야어'로 되어 있다.

122 『행계집』, 『총서』 3, 94~96면; 『잡록』(하), 『총서』 3, 400~402면; 『열하일기』(정), 『총서』 4, 422~425면; 주설루본 『열하일기』(7), 『총서』 7, 376~378면.

123 염시도는 숙종 때 南人의 영수인 許積의 충직한 청지기였고, 배시황은 효종 때 羅禪(러시아) 정벌에 참전하여 큰 공을 세운 인물이다. 완흥군 부인은 崔鳴吉의 부친으로 영흥 부사를 지내고 인조반정 후 완흥군에 추숭된 崔起南(1559~1619)의 부인 全州柳氏가 아닐까 한다. 부인이 소싯적에 거미줄에 걸린 갑충을 살려주었더니 그 갑충이 꿈에 나타나 사례하며 예언한 대로 남편이 문과 급제하고 아들 형제가 모두 재상이 되었다는 이야기가 申欽의 「崔永興墓誌銘」에 전한다(申欽, 『象村集』 권25).

124 일재본 『열하일기』(1), 『총서』 5, 576면.

    일재본·다백운루본·수당본·만송문고본에는 "子前讀昌黎文, 當○"으로, 마지막 '熟' 자가 공통적으로 누락되어 문리가 통하지 않는다.

125 『연암집초고보유』(9), 『총서』 14, 233~235면.

    그 밖에 일본 京都大學 소장 『許生傳』에도 이 후지가 수록되어 있다.

126 박제가는 「戱倣王漁洋歲暮懷人」의 제3수 「朴燕巖(趾源)」에서도 "自是經

綸馳騁到, 許生不信是虯髥?"(『貞蕤閣初集』)이라 하여, 「허생전」을 「규염객전」과 비교했다.

127 『잡록』(하)의 「옥갑야어」에는 "一斤爲一金. 此所云金, 指一百錢耳. 古今輕重忒甚. 次修."라는 박규수의 친필 두주가 있다. 박제가의 평어 역시 그의 친필로 씌어진 것이다. 따라서 여기에는 첫머리의 "次修曰" 석 자가 없다. 또 "李氏僿說"이 지워져 있다(『총서』 3, 390면, 400면).

『열하일기』(정)은 "次修曰"을 지웠으며, 평어 말미에 덧붙여진 "齊家" 2자를 지웠다(『총서』 4, 425면). 온재문고본과 충남대본도 "厽家"라고 써서 이 2자를 보존하고 있다. 단 '厽'는 '齊'의 古字인 '亝'의 오기이다.

고려대 소장 張鉉重 기증본 『열하일기』(제9책), 남산도서관 소장 『열하일기』(제4책)도 "次修曰"이라 하여 박제가의 미평을 보존하고 있다.

128 『연행음청』과 『유화문견』에는 없는 "凡爲畵圖者, 畵外而不能畵裡者, 勢也. 物有隆坎·細大·遠近之勢, 而工畵者不過略用數筆於其間, 山或無皴, 水或無波, 樹或無枝, 是所謂寫意之法也. 子美詩, '堂上不合生楓樹, 怪底江山起烟霧.', 堂上非生樹之地, 不合者, 理外之事也; 烟霧當起於江山, 而若於障子, 則訝之甚者也."가 글의 첫머리에 추가되었다. 또 『연행음청』에는 "吾畏之, 始欲逡巡而退避. 彼固愛我也. 乃屛息, 整容貌而前. 五色雲中, 朱衣而正立者, 是其所謂耶蘇之像耶?"로 되어 있는 대목이 "逼而視之, 筆墨麤踈. 但其耳目口鼻之際, 毛髮腠理之間, 暈而界之, 較其毫分, 有若呼吸轉動. 葢陰陽向背, 而自生顯晦耳."로 크게 수정되어 있다. 그 밖에 『연행음청』에는 "孺子病嬴, 白眼看天, 久不轉瞳."으로 되어 있는 구절을 "孺子病嬴, 白眼直視."로 고쳤다(『연행음청』, 「황도기략」, 「天主堂畵」, 『총서』 4, 482면, 479면[영인 실수로 면수가 뒤바뀜]). 북경대본과 『유화문견』의 「천주당화」도 『연행음청』과 대동소이하나, "乃屛息, 整容貌而前. (중략) 是其所謂耶蘇之像耶?"가 "乃更屛氣息慮, 整襟肅容而前. (중략) 是其所謂蘇氏之像耶?"로 되어 있고, "白眼看天"이 "白眼看人"으로 되어 있다.

129 주설루본 『열하일기』(7), 『총서』 7, 404면, 407면, 408면.

130 『행계잡록』(5), 『총서』 2, 104면; 『행계잡록』(6), 『총서』 2, 479면; 『열하일기』(형), 『총서』 4, 198면; 『열하일기』(리), 『총서』 4, 288면(일재본에는 해당 기사가 누락되었다).

離婁는 신화시대 중국의 黃帝 때 사람으로, 彭祖의 제자로서 초인적인 시력을 지녔다고 한다.

131 온재문고본은 이 대목을 삭제한 뒤 "我東" 2자를 첨가하는 데 그쳤다.

132 주설루본 『열하일기』(8), 『총서』 7, 546면(朱墨 小字로 "古有離婁, 離氏與坎氏爲婚, 杵氏與臼氏作配, 則可謂天定伉儷"라고 추기했다. 이는 교정자인 리가원에 의한 가필로 보인다).
  『연암집』 별집 계열 이본들은 "我東亦有夫氏·良氏, 皆出自耽羅.…"라 하여 '稀姓' 2자를 삭제했을 뿐이다.

133 전남 곡성 거주 丁日宇(호 栗軒)의 장서를 기증받은 것이다.

134 연세대 연휘본과 거의 동일한 이본으로 판단된다. 고려대 민족문화연구원 한국학자료센터를 통해 열람할 수 있다.

135 『열하일기』 전 26권을 필사한 것으로, 권수제에 "燕巖集 外集"이라 되어 있으나 『연암집』의 권차는 부여되지 않았다.

136 장서각본과 거의 동일한 이본으로 판단된다. 단 영남대본은 「옥갑야화」와 「호질」 중의 29자에 대해 한글로 훈과 음을 표시한 두주를 붙였고, 「금료소초」에도 '櫞' 자에 대해 "둥근 불수감 연"이라는 두주를 붙였다. 또 「환연도중록」과 「동란섭필」의 版心 하단에 각각 '燕岩山房'과 '燕巖山房'이라고 써 넣었다. 「피서록」, 「금료소초」, 「알성퇴술」의 卷首題에는 『연암집』의 "外集"이란 글자가 누락되었다. 본문의 오자를 수정한 두주를 다수 붙였다. 「일신수필」 7월 21일 기사 중 "徐蟾圃, 諱乾學云云"에 대해 '蟾' 자를 '澹' 자로 수정한 두주를 붙였는데, 徐乾學의 一號는 '蟾圃'도 '澹圃'도 아닌, '憺園'이다.

137 臺北國立中央圖書館 소장 필사본을 영인한 것이다. 특이하게도 「도강록서」와 「일신수필서」가 각각 「도강록」과 「일신수필」의 編末에 배치되어 있다.

138 전남대본과 거의 동일한 이본이다(서현경, 「『열하일기』 정본의 탐색과 서술 분석」, 연세대 박사논문, 2008, 52면. 직접 촬영한 구주대본의 사진 파일을 제공해 준 서현경 박사에게 감사드린다).

139 小室翠雲(1874~1945)의 舊藏資料(特6904)로 '小室文庫'라는 장서인이 있다(현지에서 복사하여 보내 준 신로사 박사에게 감사드린다).

140 '燕岩山房' 私稿紙에 필사되었다. 제1책은 「도강록」, 제2책은 「성경잡지」, 제3책은 「막북행정록」과 「태학유관록」, 제4책은 「환연도중록」과 「경개록」, 제5책은 「구외이문」과 「옥갑야화」, 「금료소초」이고, 제6책은 「황도기략」 중 열 번째 항목인 「文淵閣」의 첫 행까지와 「양엽기」 및 「알성퇴술」의 목록만 필사했다. 대부분의 권수제에 연암집의 '外集'임을 명기했다. 또 『연암집』 및 『열하일기』에 부여한 권차가 장서각본·영남대본·광문회본과 거의 똑같

다. 그리고 장서각본·영남대본의『연암집』권차를 광문회본과 동일하게 수정한 흔적을 보여 준다. 즉「구외이문」은『연암집』권35로 장서각본·영남대본과 권차가 똑같고,「三學士成仁之日」중 "今覽淸人所撰淸太宗文皇帝(實錄—누락)"(박영철본)가 장서각본·영남대본과 마찬가지로 "今覽淸太宗實錄"으로 되어 있다. 하지만 그다음「옥갑야화」「금료소초」「황도기략」은 각각『연암집』권37, 권38, 권39로 광문회본과 똑같다.

141 '연암산방' 사고지에「행재잡록」「희본명목」「구외이문」「환연도중록」등 4편을 필사한 것이다.『총서』8에 영인 수록되었다(김명호, 해제 참조).

142 「도강록」「성경잡지」「막북행정록」(이상 乾),「태학유관록」「환연도중록」「경개록」「황교문답」「행재잡록」「반선시말」「찰십륜포」「희본명목」(이상 坤)을 수록했다. 乾冊의 마지막 장에 "大韓隆熙四年(1910)五月二十七日河橋申藏"이라 적혀 있다.「환연도중록」「경개록」「희본명목」등 3편의 권수제에 "燕巖集 外集"이라 명기되어 있다.

143 上卷은「도강록」「성경잡지」「일신수필」「관내정사」「막북행정록」에서 기사를 채록하고,「경개록」중 '胡三多' 부분,「성경잡지」「粟齋筆談」중 '穆春' 부분,「관내정사」중 榛子店의 唱詞 2편,「夷齊廟記」의 柱聯 등을 발췌했다. 말미에 편찬자의 後識가 있다.「곡정필담」「망양록」「황교문답」「반선시말」「찰십륜포」는 支離하거나 황당해서 수록하지 않는다고 밝혔다.
下卷은「태학유관록」「환희기」「피서록」「구외이문」「옥갑야화」「동란섭필」에서 기사를 채록했으며,「야출고북구기」「일야구도하기」「象記」,「만국진공기」후지를 수록하고,「황도기략」「黃金臺記」를 수록했다.
날짜나 작품명, 소제목, 출처 등을 밝히지 않고 원문의 축약이 심한 경우가 많으며, 편찬자가 종종 小註를 덧붙이기도 했다. 전체적으로 전남대본 등『연암집』외집 계열의 이본들과 특징을 공유하고 있다. 단「황금대기」는 '黃金臺'인 원래의 제목을 따르지 않고 박영철본 등『연암집』별집 계열 이본들과 마찬가지로 바뀌어 있다.

144 표제가 "열하일기"로 되어 있고, 내표지에 "熱河日記抄"라 씌어 있다. 편명이나 날짜 표시 없이 내용을 발췌하고 임의로 제목을 붙이기도 했다.「일신수필」7월 15일 기사 중 中國第一壯觀論(무제),「叢石亭觀日出」(「일신수필」7월 20일 기사 중 詩),「관내정사」중「호질」,「막북행정록」중「赴熱河」(8월 5일 기사 중의 離別論),「환연도중록」중「古北口」(8월 17일 기사의 일부),「심세편」,「산장잡기」중「야출고북구기」,「일야구도하기」,「觀幻戱」

(「환희기」 후지), 「일신수필」 중 「北鎮廟記」, 「姜女廟記」, 「將臺記」, 「山海關記」, 「繡錄」(「피서록」 중 '酒石'에 관한 기사), 「옥갑야화」 중 허생전 및 후지를 수록했다. 이하는 엉뚱한 글들로 채워져 있다. 고려대 민족문화연구원 해외한국학자료센터를 통해 열람할 수 있다(변구일, 해제 참조). 「허생전」 중 "許生若不聞者, 曰: '趣解君所佩壺!'", "奪動戚權貴家, 以處之乎" 등의 사례로 미루어, 그 저본이 장서각본·육당문고본·영남대본·광문회본 등 『연암집』 외집 계열에 속하는 이본이었을 것으로 추정된다.

145 단 중화총서본만은 「심세편」에 "熱河日記弖○"이라 하여 권차가 부여되지 않았다.

146 장서각본과 영남대본은 「도강록」 이하 「동란섭필」까지 『연암집』 권17부터 권40까지의 권차를 부여했다. 그러나 「회본명목」과 「금료소초」에는 권차를 부여하지 않아, 「구외이문」이 권35, 「옥갑야화」는 권36, 「황도기략」이 권37이 되었다.

광문회본은 「도강록」 이하 「동란섭필」까지 『연암집』 권17부터 권42까지의 권차를 빠짐없이 부여했다. 단 이와 같은 권차는 『연암집』 별집 계열 이본과 「찰십륜포」(권27)까지만 일치한다. 이는 광문회본의 편차가 그다음 「망양록」부터 후자의 편차와 상당히 다르기 때문이다.

147 특히 「환연도중록」의 편명 아래에 "편차로는 「태학유관록」 다음이라야 마땅하다"(篇次當在留館錄下)라고 추기하여, 제7권으로 재배치할 것을 강조했다(『연암집(15)』, 『총서』 8, 169면).

148 특히 전남대본은 「행재잡록」에 권12의 권차를 부여하면서, 연세대 연휘본 등에서 편명 아래에 있던 12자의 주석을 지운 흔적이 뚜렷하다.

149 육당문고본에도 "定本脫去"라는 소주가 있다. 육당문고본은 「회본명목」이 缺卷이나, 거기에도 "定本入於山莊雜記中"이라는 소주가 있었을 터이다.

150 그러나 광문회본과 성호기념관본은 『연암집』 별집 계열 필사본들을 참조하여 「피서록」의 마지막 단락을 추가한 것으로 짐작된다.

151 연세대 12책본은 목록에는 '풍금'으로, 본문에는 '풍금기'로 표기했다.

152 영남대본은 27개, 버클리대 연휘본은 26개, 연세대 연휘본과 연세대 12책본은 25개, 전남대본과 구주대본은 23개, 성호기념관본은 22개의 두주를 갖추었다. 광문회본은 "以上論詩" "以上論德" "以上論世" "以上論風" "以上論運" 등 겨우 5개의 두주를 갖추었다. 동경도립도서관본은 "律不須論"과 "以上論詩" 등 겨우 2개의 두주를 갖추었고, 장서각본과 중화총서본은 두주

가 전무하다.

153 "烹胹之頃, 已歷論千古制作之情. 或告朔全去, 古我無徵, 或亂石方起, 原跡
已幻. 一叩一響之間, 不知孰爲魯, 孰爲邾·莒. 第恐迷者, 以小易大, 是誠何
心?"
이는 『연암집(가제)』(『총서』13, 70면)와 온재문고본에도 첫 번째로 필사되
어 있다.

154 이상 5종의 두주는 박영철본 등 『연암집』 별집 계열 이본에 계승되어, 본문
에 소주로 첨가되어 있다.

155 이덕무, 『청장관전서』 권35, 『淸脾錄』 4, 「四時花」.

156 단 동경도립도서관본에는 그중 첫 번째 두주인 "叢考"가 없다.

157 단 성호기념관본과 동경도립도서관본은 '衙軒'이 아니라 '衙中'으로 적었
다.

158 1783년 경 연암은 徐有榘와 이야기하다가 『계원필경』이 이미 사라져 세상
에 전하지 않음을 한탄했다고 한다. 그 뒤 1833년 전라 감사로 재직 중 서
유구는 洪奭周의 집안에 전해 오던 『계원필경』을 입수하자 그 이듬해 전주
監營에서 이를 출간했다(서유구, 『金華知非集』 권3, 「與淵泉洪尙書論桂苑
筆耕書」, 「校印桂苑筆耕集序」; 홍석주, 『淵泉集』 권17, 「答徐觀察準平書」,
권19, 「桂苑筆畊後序」; 이규경, 『오주연문장전산고』, 「崔文昌事蹟辨證說」).

159 『열하일기』(형), 『총서』 4, 125~127면, 129~131면, 135면.
이 두주들 중에 곽리자고와 여옥이 중국인일 것으로 추정한 두주, 홍대용
이 도포 차림으로 인해 걸승으로 불리고 자신도 치포관을 썼다가 도사 같
다는 비웃음을 당했다는 두주, 왕월의 시권이 류큐에 떨어졌다는 전설을 소
개한 두주는 『열하일기』(리)의 「동란섭필」에 첨가된 두주들과 아주 흡사하
다(『열하일기』(리), 『총서』 4, 215면, 216면, 225면). 『열하일기』(형)은 『열
하일기』(리)의 두주를 일부 인용한 것으로 판단된다. 따라서 연행 당시 치
포관을 썼다는 두주의 필자는 이덕무였을 것이다. 이 두주가 초고본 계열의
북경대본과 『遊華聞見』에는 「동란섭필」 본문의 일부로 들어가 있다. 두주
의 필자를 연암으로 오인한 결과로 보인다.

160 단 성호기념관본은 "躝, 考似躪"란 두주에 대해서는 삭제 표시를 하고 바로
본문의 '躝' 자를 '躪' 자로 수정했다.

161 온재문고본에는 "畓訓水田, 日畓. 我東吏簿, 水田二字, 合書作會意, 借音
畓."이란 부전이 있다. 고도서본의 두주는 "畓注. 畓訓水田. 我東畓字, 彼處

水田二字. 借音沓."이라 되어 있다. 연세대 12책본의 두주는 "畓注. 水田曰. 我東吏簿, 水田二字, 合書作會意, 借音沓."으로 되어 있다. 전남대본의 두주는 "畓注"라는 冒頭語를 보존하고 있으며 글자를 수정한 흔적이 역연하다. 중화총서본의 소주는 '會意'의 '意'가 실수로 빠졌고, 성호기념관본과 동경도립도서관본은 '借音沓' 다음에 '也' 자가 더 있다.

162 광문회본에는 "以康熙諱, 借元諱玄, 玄曄淸人"으로 되어 있으나 인쇄 실수인 듯하다. 『열하일기』 계열의 규장각본 및 존경각본에도 "淸家諱玄, 故凡玄皆借元用之."라는 소주가 있으나, 『연암집』 외집 계열의 이본들은 이 소주가 아니라 충남대본의 소주를 따른 것이다.

163 「초구기」는 『연암집』 별집 계열의 필사본들에는 『연암집』 권7, 「공작관문고」 권3에 수록되어 있다. 박영철본에는 『연암집』 권3, 「공작관문고」에 수록되어 있다.

164 이 2개의 소주는 박영철본 등 『연암집』 외집 계열 이본들에 고스란히 계승되었다. 단 8월 13일 기사의 말미에 첨가된 소주는 "細酌穩話" 다음으로 위치가 이동되었다.

165 연세대 12책본은 특이하게도 "辛卯編"이라는 소주를 덧붙였다. '신묘'가 만약 1831년을 가리킨다면, 이는 연암 아들 박종채가 완성본 『과정록』의 말미에 追記한 해와 일치한다(『과정록』, 『총서』 20, 319면).

166 전남대본 및 구주대본과 완전히 같지는 않다. 예컨대 판심 부분에 "壯觀" "車制" "觀日詩" "虎" "許生傳" "幻" "古北記" 등이 없으며, 「환희기」 이하 「금료소초」까지는 아예 '燕岩山房'조차 표기하지 않고 오직 葉數만 적었다.

167 예컨대 전남대본의 「행재잡록」은 편명 아래 "編次當爲第十二, 札什倫布下"라는 주석을 지워 버린 흔적이 있으나, 구주대본은 그런 주석 자체가 없다. 또 「동란섭필」 중 "風䑺"의 '䑺' 자에 대해 전남대본은 '帆' 자로 수정하라는 두주를 붙였는데 구주대본은 그런 두주 없이 본문을 '帆' 자로 고쳐 놓았다. 단 구주대본을 善本이라 보기는 어렵다. 예컨대 「구외이문」 중 「三學士成仁之日」의 마지막 두 자인 "日也"부터 「當今名士」 「明璉子封王」 「古兒馬紅」과 「東醫寶鑑」의 전반부인 "其所刊弁卷之文頗疎"까지, 2엽에 해당하는 분량을 누락하고 있다.

168 「망양록」의 두주들 중 성호기념관본에는 있으나 전남대본 및 구주대본에 없는 두주가 3개이고, 성호기념관본에는 없으나 전남대본 및 구주대본에는 있는 두주가 4개이다. 또 「관내정사」 7월 25일 기사에서 연암이 하인 장복

의 외모를 묘사한 "顧視張福, 其鬢下黑子, 近日稍大."라는 구절을 전남대본은 먹물로 지웠고 구주대본은 이에 따라 그 구절을 삭제했으나, 성호기념관본은 이를 그대로 보존하고 있다.

169 「문승상사」에는 "當刪""此當編入文丞相祠堂記上"이라는 두주가 있다. 이를 삭제하고 「문승상사당기」의 앞으로 편입하라는 지시문이다. 「황금대」에도 "當刪""此當編入黃金臺記上"이라는 두주가 있다. 이를 삭제하고 「황금대기」 앞으로 편입하라는 지시문인데, 정작 원래의 「황금대」를 '황금대기'로 제목을 수정하지는 않았다. 마지막으로, 「피서록」 중 최종 단락인 吳照의 시에 관한 기사를 필사해 놓았으나, 이는 이미 「피서록」에 추기된 것이다. 따라서 여기에도 "當刪""重出"이란 두주를 붙여, 중복되었으므로 삭제하라고 지시한 두주가 있다.

170 『열하일기』 계열의 온재문고본도 이와 똑같이 고쳤다.

171 『열하일기』 계열의 온재문고본은 "(其)故作癡態, 以納忠款, 可憎可笑. 然酒我所耆也, 況卵炒亦我所欲乎"를 삭제하기만 했다.

172 이와 유사한 사례로 「도강록」 7월 4일 기사에서도 연암이 升庵 楊愼의 문집을 보거나 "혹은 지패 노름을 하며 소일하기도 했다"(或紙牌消閒)는 구절을 "혹은 바둑을 두며 소일하기도 했다"(或圍碁消閒)로 고쳤다. 투전보다는 무난한 오락인 바둑으로 바꾼 것이다. 『열하일기』 계열의 온재문고본은 "或臨帖消閒"으로 고쳤다.

「관내정사」 8월 1일 기사에서도 연암이 潞河에 정박한 선박에 올라 보니 "장막 안에서 네 사람이 한창 지패 노름을 하고 있어, 내가 다가가 살펴보았더니"(帳裏四人方投紙牌, 余就視之)라고 한 구절을, "장막 안에서 네 사람이 한창 지패 놀음을 하는 곳이 모두 세 군데였다"(帳裏四人方投紙牌者, 凡三處.)로 고쳤다. 연암이 도박을 구경한 사실을 삭제한 것이다. 『열하일기』 계열의 온재문고본은 "帳裏四人方投紙牌."로 고쳤다.

173 앞서 언급했듯이 『열하일기』 계열의 온재문고본은 7월 1일 기사 중 숙소의 닭들을 묘사한 마지막 단락도 삭제하는 대신에, 7월 2일 기사 중 연암이 노름판에서 연승을 거둔 이야기는―'노름'을 '바둑'으로 바꾸기는 했으나―살려 두었다.

174 『열하일기』 계열의 온재문고본은 "上衣狹衫, 制類我東所有唐衣而稍長."으로 고쳐진 구절도 삭제하고 공란으로 남겨 두었다.

175 이와 유사한 사례로 「성경잡지」 7월 14일 기사에서도 상갓집에서 본 亡者

의 막내딸을 묘사하면서, 흰 베로 머리를 감쌌으며 "매우 예쁜 용모를 지녔다"(頗有姿色)고 한 구절을 "위에 삼으로 된 수질(首経)을 얹었다"(上加麻経)로 고쳤다.

176 이 같은 수정은 『열하일기』 계열의 온재문고본에도 보인다. 온재문고본 역시 "余曰: '皇上萬一接見時, 吾當保奏儞老, 得添微祿麼.' 富曰: '儻得如此時, 朴公大德, 結草報.'"를 "皇上萬一接見時, 保奏俺, 得添微祿麼. 儻得如此時, 朴公大德, 結草難報."로 고쳐, 연암의 발언을 富圖三格의 발언으로 바꾸고 부도삼격의 발언과 합쳤다.

성호기념관본·동경도립도서관본과 달리, 중화총서본과 전남대본 및 구주대본은 "結草難報"가 "結草難保"로 되어 있으나 '保' 자는 '報' 자의 오류로 판단된다.

177 『열하일기』 계열의 온재문고본도 이와 똑같이 고쳤다.

178 「도강록」 7월 1일 기사에 "處女髻髮, 中分緇上, 以此爲辨."이라는 유사한 구절이 있다(전남대본 등은 해당 기사를 대폭 축약·수정했으므로 이 구절이 없다).

중화총서본에서 고친 대목 중 "我人一向認以胡而服噬之"라고 한 것은 필사상의 실수인 듯하다. 성호기념관은 '法制'를 '法服'으로 수정했다.

179 『열하일기』 계열의 온재문고본은 "姿色不及滿女, 滿女多花容月態"뿐 아니라 그 앞의 구절 즉, "粧花垂瑠, 略施朱粉, 口皆含烟, 手持靴底所衲, 連針帶線, 騈肩簇立, 指點嬌笑. 始見漢女, 漢女皆纏足着弓鞋"까지 삭제하기만 하고 이 부분을 『연암집』 외집 계열의 중화총서본 등처럼 수정하지는 않았다. 온재문고본에도 '口妾' 놀이 부분이 없다.

180 "遂相與賦詩" 다음에 "童子題之曰" 이하 "一坐皆大笑"까지를 삭제하고 대신 "識感" 2자를 덧붙였다. 그리고 이러한 해학적인 추억담을 삭제함에 따라, "또 백이·숙제의 고사리 때문에 이처럼 소란을 피우게 되고, 타향의 풍등(風燈) 아래에서 옛일을 기록하다 보니 잠을 이루지 못하고 말았다"(復以伯夷之薇, 致此紛紜, 異鄕風燈, 爲記故事, 因失睡)는 마무리 구절도 "타향의 풍등 아래에서 옛날을 역력히 회상하다 보니 잠을 이루지 못하고 말았다"(異鄕風燈, 感舊歷歷, 因失睡)로 고치게 되었다.

『열하일기』 계열의 온재문고본에는 "太輝者, 盧參奉馬頭也"부터 "曉發, 路逢喪車, 柩上置白雄鷄, 鷄搏翼而鳴. 連逢喪車皆置鷄, 以導魂云."까지가 없다. 즉, 마두 태휘로 인해 웃음바다가 된 일화와 학동들의 풍자시에 관한 추억담을 삭제했을 뿐 아니라, 그에 이어지는 새 단락의 일부 구절까지 삭제되었다.

181 "一妓(么靑)繼唱曰: '且盡尊中美酒, 閒聽月下高歌. 功名富貴竟如何, 莫問收場結果.' 音聲頗厲, 不如前唱之(絲絲)幽怨. 又唱詞, 名沁園春, 詞曰: '似此頭顱落落, 前途居然可知甚. 虎頭食肉, 胸羅星宿. 螭蚓簪筆, 氣貫虹蜺. 身後文章, 眼前事業. 臉上波痕鬢上絲, 浮生事儘鹿蕉, 看破駒隙時移.'"(괄호 안은 개작 이전의 원래 표현을 적시한 것임.)

182 "象三言: '此店素號畜娼, 謂之土妓. 康熙嚴禁天下娼妓, 如楊子江 · 板橋等處娼樓妓舘, 鞠爲茂艸, 獨此不絶種, 可異也.'"

183 이와 유사하게『열하일기』계열의 온재문고본도 연암이 진자점의 娼館을 찾아간 대목을 크게 고쳤다. 즉, "行至榛子店, 此店素號畜娼. 康熙嚴禁天下娼妓, 如楊子江 · 板橋等處娼樓妓舘, 鞠爲茂艸, 獨此不絶種. 謂之土妓云. 昔尋息菴金公見季文蘭題壁詩, 卽此店也. 余意其遺墨或有留存, 遂周覽諸店舍屋壁. 歷入一店, 聞其後堂微有彈絲吹竹聲, 信步進入, 有兩少年, 對椅彈琵琶. 又有一女, 對椅口橫鳳笛. 鳳咮唧金環, 環垂紅色流蘇, 再鳳立椅下, 手拊流蘇(삭제) 又有一女捲簾而出, 手持檀板, 象三 · 再鳳隨余而至. 簾裡有一老漢, 披簾而立, 向再鳳道好. 余謂再鳳曰: '此所謂土妓者耶?' 再鳳曰: '或稱土妓, 或稱養閒的.' 再鳳遂向老漢道好, 老漢及兩少年齊起含笑答好, 三個養閒的皆稱千福. 再鳳指黃襖赤袴女曰: '彼名柳絲絲, 丙申年過此時, 年二十四, 一色.(삭제) 今五年之間, 顏色頓改, 無可觀.'"으로 고쳤다.(밑줄은 고친 부분을 표시함.) 또 "余目象三, 請其彈吹"를 "余令象三, 請其彈吹"로 고쳤으며, 마지막 문장인 "尋息菴金公所觀季文蘭題詩, 而不可見矣."를 삭제했다.

184 "舖主笑曰"을 "舖主向昌大笑謂曰"로, "余笑曰"을 "昌大曰"로, "舖主堅要認爲義女, 余牢辭"를 "舖主堅要認義, 而昌大牢辭. 盖"로 고쳤다.
이와 유사하게『열하일기』계열의 온재문고본도 "余笑曰"을 "昌大曰"로, "舖主堅要認爲義女, 余牢辭"를 "舖主堅要認義, 而昌大牢辭."로 고쳤다.

185 『열하일기』계열의 온재문고본도 이와 똑같이 고쳤다. 뿐만 아니라 온재문고본은 바로 그 앞 단락 중 "此等皆皇城丐兒, 遊市肆中, 求媚遠地客商, 一宵接枕, 或給數百兩銀子云."이라는 구절을 "此等皆皇城丐兒."로 줄여서, 북경의 거지 아이들이 상인들의 동성애 상대가 되어 매춘을 하는 사실을 은폐했다. 그런데 중화총서본 · 전남대본 · 구주대본 · 성호기념관본 · 동경도립도서

관본은 이 구절에서 "一宵接枕"을 "一宵共遊"로 고치는 데 그쳤다.

186 『열하일기』 계열의 온재문고본은 원래의 대목을 삭제하고 "皆"자를 添記하는 데 그쳤다.

187 『열하일기』 계열의 온재문고본은 "是日在人叢中遙呼余, 余排辟衆人往觀, 則方"을 삭제하는 데 그쳤다.

188 『열하일기』 계열의 온재문고본은 원래의 대목을 삭제하는 데 그쳤다.

189 『잡록』(하)는 "盛稱"이라고 했으나, 『열하일기』(貞)과 충남대본 등 『열하일기』 계열의 대다수 이본들, 그리고 『연암집』 외집 계열의 연세대 연휘본·버클리대 연휘본·장서각본·광문회본 등은 "盛詡"라고 했다.(『잡록』(하), 『총서』3, 353면; 『열하일기』(정), 『총서』4, 371면)

190 중화총서본·전남대본·구주대본·동경도립도서관본은 그 대신 "而"자를 추가했고, 성호기념관본은 "因而" 2자를 추가했다.
이와 유사하게 『열하일기』 계열의 온재문고본도 "稗官奇書皆稱關某"를 삭제하고 "因謬襲陋"를 "因而"로 고쳤다.

191 『열하일기』 계열의 온재문고본도 이와 똑같이 고쳤다. 또 그 앞에 나오는 문장인 "然但今之稱公以學問者, 以公之明於春秋."를 "然今之稱公以學問者, 以公之明於春秋也."로 고쳤다. 중화총서본·전남대본·구주대본·동경도립도서관본도 이와 똑같이 고쳤다.

192 庸齋 白樂濬(1895~1985)의 장서로, 編次總目에는 제21책(『고반당비장』 『엄화계수일』)까지 필사한 것으로 되어 있으나, 표지 우측 하단 모서리에 '共二十'이라 명기했듯이 실제로는 『과농소초』의 마지막 부분인 제20책까지만 필사되었다. 또 제12책에 「망양록」과 「심세편」이 뒤섞여 필사되었다. 『연암집』 외집 계열의 특징을 다분히 공유하고 있어, 『연암집』 별집 계열 이본 중 가장 앞선 시기에 필사되었을 것으로 추정된다.

193 "自然經室藏"이라는 版心題가 있는 徐有榘(1764~1845)의 私稿紙에 필사되었다. '자연경실'은 1837~1842년경 서유구가 거처했던 樊溪山莊의 書室이다. 서유구는 젊은 시절에 연암을 從遊했을 뿐 아니라 만년에는 연암 손자 朴珪壽가 그를 종유했던 관계로, 박규수의 『居家雜服攷』 역시 자연경실본이 있다(김명호, 『환재 박규수 연구』, 창비, 2008, 214~225면 참조). 표지에 '共二十一'이라 명기했듯이, 編次總目과 달리 실제로는 제22책(『고반당비장』 『엄화계수일』)을 필사하지 않았다. 그중 제3~6책(『연상각선본』 권5~「서이방익사」), 제9책(「성경잡지」 「일신수필」) 및 제15책(「환희기」

「피서록」), 제19·20책(『과농소초』의 일부)이 낙질이다.

194 '芸田艸舍'라는 판심제가 있는 목판 私稿紙에 필사되었다. 大阪府立圖書館 장서인에 의하면 이 책은 大正 4년(1915)에 소장되었다. 권수제에 『연암집』의 권차와 저자명도 없고 『열하일기』의 권차만 권1부터 권24까지 부여되었다. 분책이 자연경실본과 동일하다. 고려대 민족문화연구원 해외한국학자료센터를 통해 열람할 수 있다.

195 계서본은 '溪西藏'이라는 판심제와 '溪西' 및 '準如'라는 장서인으로 보아, 李羲平(1772~1839, 호 溪西, 자 準如)의 소장본으로 추정된다. 이희평의 생부 李泰永은 연암과 친교가 있었다. 『총서』 15~19에 영인 수록되었다 (정길수, 해제 참조). 編次總目에는 제22책(『고반당비장』·『엄화계수일』)까지 필사한 것으로 되어 있으나, 표지에 '共二十一'이라 명기했듯이 실제로는 『과농소초』의 마지막 부분인 제21책까지만 필사되었다. 제4책(「공작관문고」 권1·2)이 낙질이다(김명호, 『연암 문학의 심층 탐구』, 앞의 책, 298~301면 참조).

196 前間恭作(1868~1942)의 장서로, '燕岩集'이라는 판심제가 있다. 표지에 '共二十四'라고 적혀 있으나 실제로는 제20책(「보유」)이 없어 全 23책이다. 그중 제4책(『공작관문고』 권1·2), 제10책(「관내정사」·「막북행정록」), 제17·18책(「황도기략」·「알성퇴술」·「앙엽기」), 제24책(『고반당비장』·『엄화계수일』)이 낙질이다(김명호, 『연암 문학의 심층 탐구』, 위의 책, 272~296면 참조). 고려대 민족문화연구원 해외한국학자료센터를 통해 열람할 수 있다.

197 표제가 '연암집' 1~11로 되어 있으나 실제로는 『열하일기』만 필사했다. 권수제에 『연암집』의 권차(권17~권40)와 함께 '별집'이라 명기되어 있다. 자연경실본·계서본과 분책이 일치한다. 「관내정사」와 「동란섭필」의 일부 기사 등이 독특하다.

198 승계문고본은 勝溪 任昌宰(1920~2009)의 장서로, 1922년 한학자 金承烈이 연암 후손가 소장 『연암집』 원본 57권 22책을 필사하면서 "正誤·補寫"했다는 필사본이다(제1책, 「本傳」, 金承烈 後識). 김택영의 『韶濩堂集』과 『重編燕巖集』으로부터 「本傳」과 작품에 대한 평어를 인용했다. 또 「알성퇴술」의 「문승상사당기」에서 보듯이 『중편연암집』에 의거해 본문을 일부 수정하기도 했다. 제10책(『관내정사』·「막북행정록」)이 낙질이다. 이병기의 『가람일기』에 鄭寅普가 김승렬이 소장하고 있는 『연암집』을 빌렸다는 기사가 보인다(이병기, 『가람일기』(I), 신구문화사, 1984, 1923년 12월 6일, 228면).

199 『연암집』제10책~제16책(권20~36), 『열하일기』권4~20, 「관내정사」부
터 「옥갑야화」까지와, 『연암집』제20·21책(권45~55), 『과농소초』권5~
15, 「農器」부터 「限民名田議」까지를 필사했다. '전면적 개작'을 시도한 계
서본·동양문고본·국회도서관본·승계문고본 등과 뚜렷한 공통점을 보인다.

200 원래 연암 후손가 소장본으로, 제13책(「망양록」「심세편」), 제15책(「환희
기」「피서록」), 제18책(「동란섭필」)만 남았다. 계서본·자연경실본과 분책이
동일하다. 『총서』8에 영인 수록되었다(김명호, 해제 참조).

201 표지에 "共十극"이라 했으나 그중 제10권(「알성퇴술」「앙엽기」「동란섭필」)
만 남았다. 권수제에 '別集'이라 표시되어 있고, 「알성퇴술」에 「文丞相祠」와
「文丞相祠堂記」가 있는 점으로 보아 『연암집』별집계 이본임이 분명하다.

202 박종채, 『과정록』, 『총서』20, 317면.
영남대 소장 『연암집』(낙질본 8책)도 『고반당비장』(제22책)과 『엄화계수
일』(제23책)을 갖추고 있다. 동양문고본과 마찬가지로 전 23책임을 알 수
있다. 영남대본 『연암집』에 대해서는 김명호, 『연암 문학의 심층 탐구』, 앞
의 책, 301~304면 참조.

203 용재문고본은 "見山莊雜記" "見謁聖退述" "見黃圖記略" 등의 소주가 없다.
영남대본은 이러한 간단한 소주를 붙이는 것 외에도, 『과농소초』의 「箕子田
記」를 포함하여 "以上六篇, 本選在選本中. 今旣蒐爲一統, 則不必疊有. 故只
存本目."이라고 추기해 두었다.

204 박영철본은 「연암집 총목록」의 編者 後識에서 밝혔듯이, 『연암집』외집 계
열의 광문회본에서 「금료소초」를 轉載하여 총 25편이 되었다. 또한 『연암
집』전체를 17권 6책으로 완전히 새롭게 편성했다. 그중 『열하일기』가 제11
권~15권, 『과농소초』가 제16·17권이 되고, 『고반당비장』과 『엄화계수일』
은 제9·10권에 재배치되었다.
용재문고본은 분책이 특이하다. 『연상각선본』권1~4를 제1책으로 묶었다.
이는 연세대 韓氏文庫本 『연암집』(16권 6책)의 분책과 합치한다. 또한 「성
경잡지」를 제7책과 제8책에 상·하로 나누어 수록했다.
중지도본은 「성경잡지」와 「일신수필」을 제2책과 제3책으로 나누었다. 동양
문고본은 「황도기략」「알성퇴술」「앙엽기」를 제17책과 제18책으로 나누었
다. 국회도서관본은 자연경실본·계서본·승계문고본과 분책이 동일하다.

205 용재문고본과 중지도본만은 예외적으로 「성경잡지」에 「구요동기」등 4편의
기를 그대로 배치했다.

206 『행계잡록』(1), 『총서』1, 42~43면.

207 『열하일기』계열의 온재문고본도 이 대화 부분을 보존하고 있으나, 삭제하라는 표시를 해 두었다.

208 『행계잡록』(3), 『총서』1, 438면.
『연암집』외집 계열 중 중화총서본·전남대본·성호기념관본·동경도립도서관본 등은 '山大人'을 '三大人'으로 고치고 '山者三也'를 삭제했다. 『연암집』별집 계열 이본들은 여기서 한 걸음 더 나아간 것이다.

209 『열하일기』계열 이본 중 온재문고본에는 "都爾者, 島夷之訛也. 老音者, 卑賤者之稱, 若漢也. 伊吾者, 告尊者之語訓."이라는 두주가 있다.
『연암집』외집 계열 이본 중 예외적으로 성호기념관본은 한자음 표기는 그대로 두고 설명문을 추가했고, 동경도립도서관본은 『연암집』별집 계열과 마찬가지로 한자음을 표기하고 설명문도 추가했다.

210 『열하일기』계열의 온재문고본은 "哺啜糟粕"에서 글이 중단되어 "(缺幾字) 故耳. 今吾此行"이 없다. 『연암집』외집 계열의 성호기념관본은 "本爲此身現在"를 "盖以耳聞目見"으로 고치고 마지막 부분인 "(故)耳. 今吾此行"을 지운 뒤 "强爲著書, 欲人之必(信)" 이하의 문장을 추기했다.

211 『잡록』(상), 『총서』3, 238면, "亨山大笑."; 『고정망양록』, 『총서』8, 54면, "亨山大笑, 因自題五言四句, 又印名字圖署於他紙, 割付左傍, 摺疊以贈余. (소주) 亨山詩, '綠竹瞻君子, 卷阿矢德音. 揮毫開便面, 握手得同心.'"; 『연암집』(13), 『총서』18, 58면, "亨山大笑, 因自題'綠竹瞻君子, 卷阿矢德音. 揮毫開便面, 握手得同心'四句, 又印名字小印於他紙, 割付左傍, 摺疊以贈余."

212 『행계잡록』(5), 『총서』2, 165면; 『행계잡록』(6), 『총서』2, 361면.
용재문고본과 중지도본은 "武夫如"를 공란으로 비워 놓았다. 『연암집』외집 계열 이본 중 광문회본과 성호기념관본·동경도립도서관본도 "翠翎銀頂武夫如"로 되어 있다.

213 초고본 계열의 『행계잡록』(6)에는 '寂寞星山館, 幽昏有也無'가 보존되어 있으나, 『행계잡록』(5)에는 그 시구가 지워져 있다(『행계잡록』(5), 『총서』2, 195면; 『행계잡록』(6), 『총서』2, 388면).

214 『행계잡록』(5), 『총서』2, 201면; 『행계잡록』(6), 『총서』2, 394면; 일재본 『열하일기』(2), 『총서』5, 670면.
『연암집』외집 계열 중 영남대본은 "正陽寺裏燃燈夜"에 대해 "一本, '蕭蕭風雨正陽夜'"라는 두주를 붙여 놓았다. 광문회본은 "正陽寺裏燒香夜"로 수정했다. 동경도립도서관본은 "正陽寺裏燃燈夜"로 되어 있으나, "一本云: '正陽寒雨燒香夜'"라는 두주를 붙여 놓았다. 실제로 정사룡의 원시는 "正陽寒雨燒香夜"로 되어 있다.

215 육당문고본은 "鄭碏, 號古玉. 北窓, 其兄也."라는 두주를 붙였다.

216 『면양잡록』(6), 『총서』 12, 347면.

217 『연암집』 외집 계열 중 성호기념관본만은 加筆하여 『계원필경』의 권수를 '四'에서 '二十'으로 고치고, "吾東雖有刊本, 中國"과 "又四六二卷載藝文志"를 追記했다.
      계서본은 『계원필경』의 권수만 '20권'으로 정정하고, "書亡當久"는 그대로 두었다. 동양문고본·국회도서관본·승계문고본 등의 소주에서 『신당서』 「예문지」에 소개된 최치원의 四六文이 '2권'이라 한 것은 '1권'의 오류이다.

218 『행계잡록』(1), 「성경잡지」, 『총서』 1, 129면, 「막북행정록」, 『총서』 1, 512면; 「행계잡록」(2), 「관내정사」, 『총서』 1, 309면.
      용재문고본의 경우 「성경잡지」의 첫머리만은 다른 계열 이본들과 마찬가지이다. 『연암집』 외집 계열 이본 중 성호기념관본은 「성경잡지」의 첫머리에서 "四年庚子(소주: 淸乾隆四十五年)"에 삭제 표시를 했다. 전남대본은 「관내정사」의 첫머리에서 "是日處暑"를 지웠다.

219 『행계잡록』(6), 「행재잡록」, 『총서』 2, 277면, "我今稱天子所在之處日行在"; 『황도기략』(1), 「알성퇴술」, 『총서』 5, 87면, "洪武三年申明學制碑一通"; 『황도기략』(1), 「앙엽기」, 『총서』 5, 219면, "自明正統·天順間"; 「報國寺」, 224면, "寺創于成化初"; 「天寧寺」, 225면, "明宣德中"; 「法藏寺」, 228면, "明景泰二年"; 「關帝廟」, 237면, "萬曆時"; 「大隆善護國寺」, 239면, "正德中"; 「火神廟」, 242면, "萬曆時"; 「眞覺寺」, 242면, "明憲宗皇帝".
      국회도서관과 박영철본만 「행재잡록」에서 '천자'를 '황제'로 고쳤다. 자연경실본은 "天子" 옆에 小字로 "皇帝"를 倂記했다. 승계문고본은 「알성퇴술」에서 '皇明'을 첨가하지 않았고, 「앙엽기」에서는 '皇'이나 '皇明'을 첨가하기도 하고 첨가하지 않기도 했다.

220 『잡록』(하), 『총서』 3, 426면.
      계서본은 "攷證"이 "攷討"로 되어 있고(『연암집』[14], 『총서』 18, 168면), 승계문고본은 "攷訂"으로 되어 있다. 『연암집』 외집 계열 중 장서각본과 광문회본도 "駁朱"를 "攷證"으로 고쳤다.

221 승계문고본은 '天理'로 되어 있다. 『열하일기』 계열의 고도서본은 '夫' 옆에

'天'이라 추기했다. 『연암집』 별집 계열의 광문회본도 '初說'로 되어 있다.

222 "我東儒家尤重深衣, 而圖之說之, 爭辨紛紜, 袪袷之間, 膠守分寸; 麻綿之間, 不識何布."(『연암집』 권14, 「구외이문」, 「심의」, 장76a)

223 成海應, 『研經齋全集』 권15, 禮類, 「深衣考」; 이규경, 『오주연문장전산고』, 人事篇, 服食類, 衣服, 「深衣辨證說」 참조.

224 동양문고본은 「심의」를 필사하지 않았다. 『열하일기』 계열의 온재문고본에 삭제하라는 지시가 있는데 이에 따라 의도적으로 누락한 것이 아닌가 한다. 승계문고본만은 『연암집』 외집 계열 이본들과 마찬가지로 글을 맺었다.

225 『행계잡록』(3), 『총서』 1, 591면, 601면; 『연암집』 권12, 장81b, 장84b.

226 『행계잡록』(3), 『총서』 1, 565면; 『연암집』 권12, 장73b.
『연암집』 외집 계열 이본 중 성호기념관본과 동경도립도서관본도 "李先生珥"로 고쳤다.

227 『행계집』, 『총서』 3, 92면, "奪金瑬·張維家以處之乎?"(『잡록』(하)는 '金瑬·張維' 넉 자를 지웠다. 『총서』 3, 398면); 『열하일기』(정), 『총서』 4, 420면, "奪李貴·金瑬家以處之乎?"; 주설루본 『열하일기』(7), 『총서』 7, 374면, "奪勳戚權貴家以處之乎?"; 계서본 『연암집』(16), 『총서』 18, 424면, "奪勳戚權貴家以處之乎?"

228 용재문고본에는 다른 계열의 이본들과 마찬가지로 이 소주가 없다.

229 이 소주는 『연암집』 외집 계열의 성호기념관본과 동경도립도서관본에도 있다.

230 용재문고본의 소주는 『漢書』 「王莽傳」의 贊 중 '紫色鼃聲'에 대한 顔師古의 주에 "鼃者樂之淫聲, 非正曲也."라고 한 대목을 인용한 것으로 보인다.

231 계서본 『연암집』(18), 『총서』 19, 39면.

232 "乾隆御製癸卯集註曰: '我國家典禮, 最重堂子祭天. 自世祖定鼎, 建堂子於京師, 每歲元朝, 率王公大臣, 先詣堂子行禮, 歷代遵行. 又有國俗立堂子, 拜天必嚴敬之'句. 堂子卽祭天之所, 而東人或謂之鄧將軍廟, 蓋遼陽城南有弘治間都指揮使鄧佐祠, 素著靈異, 遼人畏服, 遼陽卽天命東京, 故傅會之也." 단 서호수의 『연행기』에는 "乾隆御製癸卯集"이 "皇上御製癸卯集"으로, "拜天必嚴敬之"가 "拜天必以敬之"로 되어 있다. 당자에 관해서는 이규경, 『오주연문장전산고』, 天地篇, 天地雜類, 鬼神說, 「堂子辨證說」; 이철희, 「연행록에 기록된 만주족 황실의 堂子 숭배에 대한 풍문」, 『대동문화연구』 98, 성균관대 대동문화연구원, 2017 참조.

738

鄧佐는 定遼前衛指揮使로 명나라 憲宗 3년(1467) 전투에서 고군분투 끝에 자결한 인물이다(『淸一統志』 권40, 奉天府 3, 「名宦」, 「鄧左」).

233 승계문고본은 "二記見下" 넉 자를 공란으로 비워 두었다.

234 『연암집』(10), 『총서』 17, 321면, 325면, 327면.
『연암집』 외집 계열 이본 중 성호기념관본과 동경도립도서관본에도 동일한 소주가 있다. 『열하일기』 계열의 온재문고본에도 "別有一夜九渡河記" 다음에 "在山莊雜記"라는 追記가 있다.
「萬方進貢記」는 「萬國進貢記」의 오류인데도, 이는 『열하일기』 계열의 고도서본·충남대본·규장각본·존경각본에만 바로잡혀 있다.

235 『연암집』 외집 계열 이본 중 성호기념관본과 동경도립도서관본에도 동일한 주가 있다. 단 성호기념관본은 소주가 아니라 본문의 일부로 포함했다.

236 「막북행정록」에는 『연암집』 외집 계열 이본 중 성호기념관본도 그와 같은 소주를 붙였고, 「태학유관록」과 「환연도중록」에는 성호기념관본과 동경도립도서관본도 그와 같은 소주를 붙였다. 『열하일기』 계열의 규장각본은 「환연도중록」에 "係留館起日, 庚子八月"이라는 소주가 있다. 이 소주는 『연암집(15)』에 朱筆로 추기되어 있던 것이다(『연암집(15)』, 『총서』 8, 169면).

237 단 용재문고본·중지도본·계서본·동양문고본은 "鄭公載嵩"으로 되어 있다. 『연암집』 외집 계열의 성호기념관본도 "鄭公載嵩"으로 되어 있다. 그러나 정재숭은 정재륜의 형이다. 승계문고본은 '嵩' 자를 '崙' 자로 고쳤다. 박영철본은 "鄭國載崙"으로 되어 있으나, 이는 '鄭公'의 '公' 자와 뒷 문장에 나오는 '國中'의 '國' 자를 뒤바꾼 인쇄 실수이다.

238 『연암집』 별집 계열의 이본들을 포함하여 대다수의 이본들은 모두 '三三程'으로 잘못되어 있으나, 『연암집』 외집 계열 이본 중 육당문고본·광문회본·중화총서본·동경도립도서관본은 '三日程'으로 바로잡혀 있다. 영남대본에는 '三三程'의 두 번째 '三' 자를 수정하라는 표시가 있다.

239 용재문고본·중지도본은 자연경실본과 마찬가지로 "噫嘻痛矣"로 되어 있다. 계서본·동양문고본·국회도서관본·승계문고본·박영철본은 "可謂寒心"으로 되어 있다. 『연암집』 외집 계열 중 중화총서본·전남대본·구주대본·성호기념관본·동경도립도서관본도 "可謂寒心"으로 되어 있다.

240 이는 『열하일기』 계열 온재문고본의 「곡정필담」에 있는 수많은 두주들 중 첫 부분에 있는 4개의 두주를 선별하여 필사한 것으로 보인다. 온재문고본에는 그중 세 번째 두주, 즉 "要急聞 '大驚小怪' 是何等說, 所以令人先自傾

倒”가 보이지 않으나, 이는 “‘症’字, 考之字典無見. 盖‘證’字之俗用而不經. 當正以‘證’字. 後皆如此.”라는 부전에 의해 가려진 탓인 듯하다.

241 용재문고본은 ‘層折’이 ‘層節’로 되어 있으나 뜻은 똑같다.

242 이 평어들은 모두 『열하일기』 계열의 온재문고본에 두주로 첨가되어 있다. 따라서 이 두주들을 붙인 사람이 이재성임을 알 수 있다.

243 연세대의 용재문고와 韓氏文庫 소장 『연암집』에는 이 후지가 없다.

244 단 『연암집』의 原集에는 이 구절이 포함된 연암의 시가 없다. 『과정록』(권 4)에 연암이 남긴 산구(散句)의 하나로 소개되어 있을 뿐이다(『총서』 20, 299면).

245 자연경실본은 “可想靑春光景矣’七字, 元本, ‘聞其子孫滿前云’, 當從.”이라 는 두주를 붙였다. 박영철본은 이러한 자연경실본의 두주를 따른 셈이다.

246 국회도서관본은 “其逞痴納款, 可憎可笑, 然而異域相靠, 情同眷屬, 其勢則 然, 還可憐也”라고 하여 ‘上下相靠’를 ‘異域相靠’로 고쳤을 뿐, 『연암집』 외 집 계열의 개작을 거의 그대로 따랐다.

247 『연암집』 권11, 장21a.

248 계서본 『연암집』(8), 『총서』 16, 419면, 425면.
자연경실본은 “聞傍’以下, 與元本不同. 當考歸一.”이라는 두주를 붙였다.

249 자연경실본은 “頗有姿色’, 元本, ‘上衣狹衫, 唐衣而長.’이라는 두주를 붙였 다.

250 계서본 『연암집』(8), 『총서』 16, 430면.
자연경실본은 “‘且令語之’, 元本作‘時大漫語’, 當從.”이라는 두주를 붙였다.

251 계서본 『연암집』(8), 『총서』 16, 434면; 『연암집』 권11, 장26a.
자연경실본은 “元本, ‘紙牌’作‘圍碁’”라는 두주를 붙였다. 박영철본은 이 두 주를 따른 셈이다.

252 계서본 『연암집』(8), 『총서』 16, 444~445면.
자연경실본은 “由是’以下, 與家本不同.”이라는 두주를 붙였다. 연암 후손가 소장본은 “死喪之際, 叫哀號苦, 而禮節間之, 不能自盡”으로 되어 있다는 뜻 이다.

253 계서본 『연암집』(8), 『총서』 16, 450면.
자연경실본은 이 대목이 ‘家本’과 완전히 다르다고 하면서 후자를 따라야 한다는 두주를 붙였다. 계서본·동양문고본·국회도서관본·승계문고본은 『연암집』 외집 계열 중 ‘전면적 개작’을 시도한 이본들에서 ‘法制’라고 한 것을 '法服'으로 고쳤을 뿐이다.

254 『연암집』(9), 『총서』 17, 51면, 57면.
단 계서본은 "忙往上房"이 "往往上房"으로 잘못 필사되어 있다. 국회도서관본은 "忙" 자는 살렸으나 "無人覺得, 心裏暗喜, 更囑張福, 愼勿出口."를 모두 삭제했다. 박영철본은 '陰' 자만 삭제했다.

255 『연암집』 별집 계열의 온재문고본도 이 대목을 유지하고 있다.

256 계서본 『연암집』(9), 『총서』 17, 224~229면.
단 진자점의 창기와 관련된 대목에 대한 계서본과 국회도서관본의 개작은 『연암집』 외집 계열의 전남대본 등과 자구상의 세세한 차이가 적지 않으며, 계서본과 국회도서관본 상호 간에도 개작된 부분에 자구의 차이가 상당히 있다. 예컨대 국회도서관본은 계서본과 전남대본 등에서는 은폐했던 창기들의 이름을 되살려 놓았다. 『연암집』 별집 계열의 온재문고본도 이 대목을 개작했다.

257 계서본 『연암집』(9), 『총서』 17, 235면.
단 계서본은 "舖主堅要認義"의 '堅' 자가 '緊' 자로 되어 있다.

258 계서본 『연암집』(10), 『총서』 17, 259면.
단 계서본은 "端容婉婉, 可念孫蓉洲女也"를 "端容婉婉, 似是孫蓉洲女也"로 고쳤다. 이는 '可念'이 사랑스럽다는 뜻으로 해석될 여지를 차단하기 위함인 듯하다. 자연경실본은 "燕嬰嬌囀"에 테두리를 둘러 수정 지시를 했는데, 박영철본은 이 지시를 따른 셈이다. 『연암집』 별집 계열의 온재문고본도 "殊不了了", "端容婉婉"으로 고쳤다.

259 계서본 『연암집』(10), 『총서』 17, 264면.

260 계서본 『연암집』(10), 『총서』 17, 354~355면.

261 계서본 『연암집』(10), 『총서』 17, 364면.

262 『열하일기』 계열의 온재문고본은 그 앞의 구절, 즉 "余一手托其肩, 一手拄楣而立. 呈戲之人, 皆漢衣冠. 四五百迭進迭退, 齊唱樂歌."에서도 "立. 呈戲之人, 皆漢衣冠."을 삭제했다.

263 계서본 『연암집』(11), 『총서』 17, 441~443면.
단 박영철본과 국회도서관본은 "盛詡"를 "盛頌"이 아니라 "盛述"로 고쳤다.

참고문헌

1. 『열하일기』이본

1) 초고본 계열

『楊梅詩話』, 1책, 단국대 동양학연구원 편, 『淵民文庫 소장 연암박지원작품필사본 총서』 4, 문예원, 2012.

『燕巖散稿』(2), 단국대 동양학연구원 편, 『연민문고 소장 연암박지원작품필사본 총서』 14, 문예원, 2012.

『燕巖集(假題)』, 1책(100張), 단국대 동양학연구원 편, 『연민문고 소장 연암박지원작품 필사본 총서』 14, 문예원, 2012.

『燕行陰晴』(乾), 단국대 동양학연구원 편, 『연민문고 소장 연암박지원작품필사본 총서 4』, 문예원, 2012.

『熱河日記』, 抄本 1책, 경기도 실학박물관 소장 朴公緖本.

『熱河日記』, 元·亨·利·貞, 단국대 동양학연구원 편, 『연민문고 소장 연암박지원작 품필사본 총서』 4, 문예원, 2012.

『熱河避暑錄』, 1책, 단국대학교 동양학연구원 편, 『연민문고 소장 연암박지원작품 필사본 총서』 5, 문예원, 2012; 국립중앙도서관 溫齋文庫 소장 필사본 1책.

『遊華聞見』, 抄本 1책, 일본 宮內廳 書陵部 소장.

『雜錄』, 上·下, 단국대 동양학연구원 편, 『연민문고 소장 연암박지원작품필사본 총서』 3, 문예원, 2012.

『丁卯重訂燕岩集: 考定忘羊錄』, 1책, 단국대 동양학연구원 편, 『연민문고 소장 연 암박지원작품필사본 총서』 8, 문예원, 2012.

『杏溪雜錄』, 1·2·3·5·6, 단국대 동양학연구원 편, 『연민문고 소장 연암박지원작품 필사본 총서』 1·2, 문예원, 2012.

『杏溪集』, 1책, 단국대 연민문고 소장. 단국대 동양학연구원 편, 『연민문고 소장 연 암박지원작품필사본 총서』 3, 문예원, 2012.

『黃圖紀略』(1)·(2), 단국대 동양학연구원 편, 『연민문고 소장 연암박지원작품필사 본 총서』 5, 문예원, 2012.

『黃圖紀略』, 不分卷 朝鮮抄本, 北京大學圖書館 소장; 北京大學圖書館 編, 『北京大 學圖書館 藏朝鮮版漢籍善本萃編』, 重慶: 西南師範大學出版社, 2014, 제7책.

2) 『열하일기』계열

『寬居外史(坤): 燕巖熱河記要』, 필사본 1책, 洪良厚 抄錄, 숭실대 한국기독교박물

관 소장.

『渡江錄』, 필사본 1책, 국립중앙도서관 소장.

『燕彙: 燕巖說叢』, 필사본 8책, 일본 東洋文庫 소장; 고려대 민족문화연구원 해외
    한국학자료센터 DB.

『熱河記』, 낙질본 1책, 단국대 고문헌실 소장.

『熱河紀』, 필사본 10책, 단국대 연민문고 소장 多白雲樓本; 일본 大阪府立中央圖
    書館 소장 MF.

『熱河記』, 낙질본 6책, 단국대 연민문고 소장 綏堂本(玉溜山莊本).

『熱河日記』, 필사본 5책, 고려대 도서관 晩松文庫 소장.

『熱河日記』, 낙질본 10책, 고려대 도서관 소장 張鉉重 기증본.

『熱河日記』, 필사본 13책, 국립중앙도서관 溫齋文庫 소장.

『熱河日記』, 上·下, 단국대 연민문고 소장 一齋本; 『熱河日記』(1)·(2), 단국대 동
    양학연구원, 『연민문고 소장 연암박지원작품필사본 총서』 5, 문예원, 2012.

『熱河日記』, 필사본 8책, 단국대 연민문고 소장 朱雪樓本(筆星燕茶齋本); 『熱河日
    記』(1)~(8), 단국대 동양학연구원 편, 『연민문고 소장 연암박지원작품필사본
    총서』 6·7, 문예원, 2012.

『熱河日記』, 필사본 10책, 서울대 소장 古圖書本(古4810-3).

『熱河日記』, 필사본 10책, 서울대 奎章閣 소장(奎7175).

『熱河日記』, 필사본 7책, 서울시 남산도서관(舊 京城府立圖書館) 소장.

『熱河日記』, 필사본 6책, 성균관대 尊經閣 소장.

『熱河日記』, 낙질본 10책, 중국 國家圖書館 소장.

『熱河日記』, 필사본 4책, 충남대 도서관 소장.

3) 『연암집』 외집 계열

『燕巖外集 熱河日記』, 新沿活字本 1책, 朝鮮光文會, 1911.

『燕岩集(15): 外集 熱河日記(9)』, 단국대 동양학연구원 편, 『연민문고 소장 연암박
    지원작품필사본 총서』 8, 문예원, 2012.

『燕稗鈔刪: 熱河日記』, 上·下, 필사본, 서울대 규장각 소장 한국은행 기탁도서.

『燕彙: 熱河日記』, 필사본 12책, 미국 버클리대 동아시아도서관 淺見文庫 소장; 고
    려대 민족문화연구원 해외한국학자료센터 DB.

『燕彙: 熱河日記』, 필사본 4책, 연세대 도서관 소장.

『熱河日記』, 낙질본 6책, 고려대 도서관 六堂文庫 소장.

『熱河日記』, 乾·坤, 필사본, 국립중앙도서관 소장.

『熱河日記』, 필사본 6책, 臺灣: 中華叢書委員會 影印, 1956.

『熱河日記』, 필사본 12책, 星湖紀念館 소장.

『熱河日記』, 필사본 12책, 연세대 도서관 소장.

『熱河日記』, 필사본 12책, 영남대 도서관 東賓文庫 소장.

『熱河日記』, 필사본 3책, 일본 九州大 소장.

『熱河日記』, 필사본 12책, 일본 東京都立圖書館 小室文庫 소장.

『熱河日記』, 필사본 12책, 전남대 도서관 소장.

『熱河日記』, 필사본 12책, 한국학중앙연구원 藏書閣 소장.

4) 『연암집』 별집 계열

『燕巖全書』, 낙질본 13책, 숭실대 한국기독교박물관 소장 自然經室本.

『燕巖集』, 낙질본 21책, 국립중앙도서관 勝溪文庫 소장.

『燕巖集』, 낙질본 9책, 국립중앙도서관 溫齋文庫 소장.

『燕巖集』, 낙질본 20책, 단국대 연민문고 소장 溪西本; 『燕巖集』(1~3, 5~21), 단
　　국대 동양학 연구원, 『연민문고 소장 연암박지원작품필사본 총서』 15~19, 문
　　예원, 2012.

『燕巖集』, 新鉛活字本 6책, 朴榮喆 編, 1932.

『燕巖集』, 필사본 20책, 연세대 도서관 庸齋文庫 소장.

『燕巖集』, 낙질본 18책, 일본 東洋文庫 소장.

『燕巖集: 熱河日記』, 낙질본 3책, 경기도 실학박물관 소장; 『燕巖集(13·15·18)』,
　　단국대 동양학연구원, 『연민문고 소장 연암박지원작품필사본 총서』 8, 문예원,
　　2012.

『燕巖集: 熱河日記』, 필사본 11책, 국회도서관 소장.

『熱河日記』, 낙질본 1책, 고려대 도서관 莘菴文庫 소장.

『熱河日記』, 필사본 12책, 일본 大阪中之島圖書館 소장 芸田艸舍本.

『熱河日記抄』, 초본 1책, 미국 버클리대 동아시아도서관 淺見文庫 소장; 고려대 민
　　족문화연구원 해외한국학자료센터 DB.

5) 한글본

『熱河日記: 열하긔』, 필사본 1책, 명지대학교 한국학연구소 소장.

『熱河記(乾): 연암열하일긔』, 필사본 1책, 일본 東京大學 小倉文庫 소장; 성균관대

대동문화연구원 영인,『燕行錄選集 補遺』(下), 2008; 고려대 민족문화연구원
해외한국학자료센터 DB.

2. 여타 연암 관련 저작

『謙軒漫筆』, 乾·坤, 단국대 동양학연구원 편,『연민문고 소장 연암박지원작품필사
　　본 총서』9, 문예원, 2012.

『沔陽雜錄』, 2·3·4·6·7·8, 단국대 동양학연구원 편,『연민문고 소장 연암박지원
　　작품필사본 총서』12, 문예원, 2012.

『百尺梧桐閣集』, 乾·坤, 단국대 동양학연구원 편,『연민문고 소장 연암박지원작품
　　필사본 총서』11, 문예원, 2012.

『煙湘閣集』, 필사본 1책, 성균관대 尊經閣 소장.

『燕巖散稿』(4), 단국대 동양학연구원 편,『연민문고 소장 연암박지원작품필사본 총
　　서』14, 문예원, 2012.

『燕巖先生書簡帖』, 서울대 박물관 소장.

『燕巖續集』, 全史字本 1책, 金澤榮 編, 1901.

『燕巖集』, 全史字本 2책, 金澤榮 編, 1900.

『燕巖集』, 필사본 16권 6책, 연세대 도서관 韓氏文庫 소장.

『燕巖集』, 낙질본 8책, 영남대 도서관 소장.

『燕巖集 目錄』, 필사본 1책(16張), 국립중앙도서관 溫齋文庫 소장.

『燕巖集 附錄』, 필사본 1책,『연민문고 소장 연암박지원작품필사본 총서』20, 문예
　　원, 2012.

『燕岩集草稿補遺』(9), 단국대 동양학연구원 편,『연민문고 소장 연암박지원작품필
　　사본 총서』14, 문예원, 2012.

『燕岩草稿』(8), 단국대 동양학연구원 편,『연민문고 소장 연암박지원작품필사본 총
　　서』14, 문예원, 2012.

『熱河日記』, 朱瑞平 校點, 上海書店出版社, 1997.

『映帶亭集』, 乾·坤, 단국대 동양학연구원 편,『연민문고 소장 연암박지원작품필사
　　본 총서』9, 문예원, 2012.

『雲山萬疊堂集』, 필사본 1책, 경기도 실학박물관 소장.

『流觴曲水亭集』, 단국대 동양학연구원 편,『연민문고 소장 연암박지원작품필사본

총서』10, 문예원, 2012.

『重編燕巖集』, 新鉛活字本 3책, 金澤榮 編, 1917.

『許生傳』, 필사본 1책, 일본 京都大學 도서관 소장.

朴宗采, 『過庭錄』, 초고본, 경기도 실학박물관 소장(『한국한문학연구』7집 부록, 한
   국한문학연구회, 1984); 수정본, 서울대 규장각 소장(『한국한문학연구』6집
   부록, 한국한문학연구회, 1982); 완성본, 단국대 동양학연구원 편, 『연민문고
   소장 연암박지원작품필사본 총서』20, 문예원, 2012(『열상고전연구』8집 부
   록, 열상고전연구회, 1995).

3. 국내외 자료

姜彝天, 『重菴稿』, 한국고전번역원 한국고전종합DB.

金箕懋, 『雲嶠詩集』, 『한문학연구』21 부록, 啓明漢文學會, 2008.

金基長, 『在山集』, 국립중앙도서관 소장.

金魯謙, 『性菴集』, 국립중앙도서관 소장.

金鑢, 『藫庭遺稿』, 한국고전번역원 한국고전종합DB.

金鑢, 『藫庭叢書』, 학자원 영인, 2014.

金錫文, 『易學圖解』, 『동방학지』19 부록, 연세대 동방학연구소, 1975.

金時習, 『梅月堂文集』, 啓明文化社 影印, 1987.

金安國, 『慕齋集』, 한국고전번역원 한국고전종합DB.

金允植, 『雲養集』, 서울대 규장각 소장.

金正喜, 『阮堂全集』, 果川文化院, 2005.

金進洙, 『碧鷺集』, 서울대 규장각 소장.

金昌翕, 『三淵集』, 한국고전번역원 한국고전종합DB.

金澤榮, 『金澤榮全集』, 아세아문화사, 1978.

南公轍, 『歸恩堂集』, 서울대 규장각 소장.

南公轍, 『金陵集』, 서울대 규장각 소장.

南九萬, 『藥泉集』, 한국고전번역원 한국고전종합DB.

大東文化硏究院 편, 『燕行錄選集』, 성균관대 대동문화연구원, 1962.

大東文化硏究院 편, 『燕行錄選集 補遺』, 성균관대 대동문화연구원, 2008.

朴珪壽, 『朴珪壽全集』, 아세아문화사, 1978.

朴珪壽, 『瓛齋叢書』, 성균관대 대동문화연구원, 1997.

朴胤源, 『近齋集』, 서울대 규장각 소장.

朴殷植, 『朴殷植全集』, 단국대 동양학연구소, 1975.

朴齊家, 『貞蕤閣全集』, 여강출판사, 1986.

朴宗善, 『菱洋詩集』, 성균관대 대동문화원 영인, 2017.

朴宗薰, 『潘南朴氏世譜』, 서울대 규장각 소장.

朴準源, 『錦石集』, 서울대 규장각 소장.

徐榮輔, 『竹石館遺集』, 한국고전번역원 한국고전종합DB.

徐有榘, 『金華知非集』, 한국고전번역원 한국고전종합DB.

徐浩修, 『燕行紀』, 한국고전번역원 한국고전종합DB.

成大中, 『靑城集』, 여강출판사, 1985.

成海應, 『硏經齋全集』, 고려대 중앙도서관 영인, 1982.

宋文欽, 『閑靜堂集』, 한국고전번역원 한국고전종합DB.

宋時烈, 『宋子大全』, 한국고전번역원 한국고전종합DB.

申大羽, 『宛丘遺集』, 한국고전번역원 한국고전종합DB.

申佐模, 『澹人集』, 한국고전번역원 한국고전종합DB.

申欽, 『象村集』, 한국고전번역원 한국고전종합DB.

安鼎福, 『順菴集』, 한국고전번역원 한국고전종합DB.

禹汝楙, 『洪範羽翼』, 성균관대 대동문화연구원 영인, 1993.

柳得恭, 『古芸堂筆記』, 『雪岫外史 外二種』, 아세아문화사, 1986.

柳得恭, 『熱河紀行詩註』, 『雪岫外史 外二種』, 아세아문화사, 1986; 『灤陽錄』, 『遼海
　　叢書』, 신서원 영인, 1987.

柳得恭, 『泠齋書種』, 修綆室 소장.

兪晩柱, 『欽英』, 서울대 규장각 영인, 1997.

兪漢雋, 『續自著』, 서울대 규장각 소장.

兪彦鎬, 『燕石』, 한국고전번역원 한국고전종합DB.

兪漢雋, 『自著』, 서울대 규장각 소장.

兪漢雋, 『著菴集』, 서울대 규장각 소장.

柳訸, 『拜經堂詩文稿』, 서울대 규장각 소장.

柳馨遠, 『磻溪隨錄』, 한국고전번역원 한국고전종합DB.

尹愭, 『無名子集』, 한국고전번역원 한국고전종합DB.

李景曅, 『隨示錄』, 서울대 규장각 소장.

李匡呂,『李參奉集』, 서울대 규장각 소장.

李圭景,『五洲衍文長箋散稿』, 서울대 규장각 소장; 한국고전번역원 한국고전종합
DB.

李奎象,『幷世才彦錄』,『韓山世稿』 권30,『一夢稿』, 국립중앙도서관 소장.

李德懋,『靑莊館全書』, 서울대 규장각 소장; 한국고전번역원 한국고전종합DB.

李穡,『牧隱詩藁』, 한국고전번역원 한국고전종합DB.

李祘,『弘齋全書』, 藏書閣 貴重本, 太學社 影印, 1986.

李相璜,『桐漁遺集』, 서울대 규장각 소장.

李書九,『薑山全書』, 성균관대 대동문화연구원, 2005.

李書九,『惕齋集』, 서울대 규장각 소장.

李胤永,『丹陵遺稿』, 한국고전번역원 한국고전종합DB.

李瀷,『星湖全書』, 여강출판사, 1984.

李麟祥,『凌壺集』, 한국고전번역원 한국고전종합DB.

李喜經,『雪岫外史』, 아세아문화사, 1986.

임기중 편,『燕行錄叢刊』, 2016년 6차 개정증보판, 누리미디어 DB.

張志淵 編,『大東詩選』, 아세아문화사 영인, 1986.

丁若鏞,『與猶堂全書』, 여강출판사 영인, 1985.

鄭寅普,『薝園鄭寅普全集』, 연세대 출판부, 1983.

曹兢燮,『巖棲集』, 한국고전번역원 한국고전종합DB.

趙憲,『東還封事』, 한국고전번역원 한국고전종합DB.

崔德中,『燕行錄』, 한국고전번역원 한국고전종합DB.

洪樂純,『大陵遺稿』, 일본 東京大學 阿川文庫 소장; 국립중앙도서관 복사본.

洪大容 撰,『乾淨附編』, 숭실대 한국기독박물관 영인, 2018.

洪大容,『湛軒書』, 경인문화사 영인, 1970.

洪大容,『을병연행록』, 명지대 국문과 국학자료간행위원회 편, 명지대 출판부,
1983.

洪大應,『警齋存藁』, 홍대용 종손가 소장.

洪奭周,『淵泉集』, 한국고전번역원 한국고전종합DB.

洪元燮,『先稿』, 국립중앙도서관 소장.

洪元燮,『太湖集』, 서울대 규장각 소장.

洪直弼,『梅山雜識』, 서울대 규장각 소장.

洪直弼,『梅山集』, 서울대 규장각 소장.

洪翰周, 『智水拈筆』, 아세아문화사 영인, 1984.

黃景源, 『江漢集』, 한국고전번역원 한국고전종합DB.

黃胤錫, 『頤齋亂藁』, 한국정신문화연구원, 2008.

『科詩』, 단국대 연민기념관 소장.

『同文彙考』, 국사편찬위원회 편찬 한국사료총서 제24, 1978.

『承政院日記』, 국사편찬위원회 영인, 1969.

『燕行錄續集』, 상서원, 2008.

『日省錄』, 서울대 규장각한국학연구원 DB.

『正祖實錄』, 탐구당 영인, 1973.

『正祖御札帖』上, 성균관대 출판부, 2009.

艾儒略, 『職方外紀校釋』, 謝方 校釋, 北京: 中華書局, 1996.

博明, 『鳳城瑣錄』, 『遼海叢書』, 新書苑 影印, 1987.

顧炎武, 『昌平山水記』, 文淵閣四庫全書本.

顧炎武, 『日知錄集釋』, 黃汝成 集釋, 上海古籍出版社, 1984.

賀良勝, 『中庸衍義』, 文淵閣四庫全書本.

黃景仁, 『兩當軒集』, 上海古籍出版社, 1983.

焦竑, 『莊子翼』, 『漢文大系』 권9, 東京: 富山房, 1984.

黎靖德 編, 『朱子語類』, 北京: 中華書局, 1983.

利瑪竇, 『乾坤體義』, 文淵閣四庫全書本.

劉績, 『霏雪錄』, 『叢書集成』, 北京: 中華書局, 1983.

劉義慶, 『世說新語』, 『四部叢刊』, 臺灣商務印書館, 1975.

陸機, 『毛詩草木鳥獸蟲魚疏』, 文淵閣四庫全書本.

羅璧, 『識遺』, 文淵閣四庫全書本.

陸楫, 『兼葭堂稿』, 文淵閣四庫全書本.

毛奇齡, 『白鷺洲主客說詩』, 『續修四庫全書』 經部 第61冊, 『西河合集』.

毛奇齡, 『經問』, 文淵閣四庫全書本.

南懷仁, 『坤輿圖說』, 文淵閣四庫全書本.

錢謙益, 『錢牧齋全集』, 上海古籍出版社, 2003.

錢謙益, 『有學集』, 『四部叢刊』, 臺灣商務印書館, 1975.

阮閱, 『詩話總龜』, 文淵閣四庫全書本.

施耐菴, 『水滸傳』, 金聖嘆 批點 七十回本, 臺北: 三民書局, 1972.

時瀾,『增修東萊書說』, 文淵閣四庫全書本.

司馬遷,『史記』, 北京: 中華書局, 1959.

宋應星,『天工開物』, 香港: 中華書局, 1978.

陶宗儀,『說郛』, 文淵閣四庫全書本.

王士禎,『香祖筆記』,『筆記小說大觀』제16책, 江蘇廣陵古籍刻印社, 1983.

衛湜 撰,『禮記集說』, 文淵閣四庫全書本.

謝肇淛,『五雜組』, 文淵閣四庫全書本.

熊三拔,『表度說』, 文淵閣四庫全書本.

徐有林 等 纂修,『民國高密縣志』,『中國地方志集成·山東府縣志輯 41』, 鳳凰出版
　　社·上海書店·巴蜀書社, 2004.

兪明震,『觚庵詩存』, 上海古籍出版社, 2008.

張潮,『虞初新志』,『筆記小說大觀』제14책, 江蘇廣陵古籍刻印社, 1983.

張舜徽,『清人文集別錄』, 臺北: 明文書局, 1983.

昭明太子 撰,『昭明文選』, 臺北: 文化圖書公司, 1979.

朱謀㙔,『詩故』, 文淵閣四庫全書本.

朱維錚 主編,『利瑪竇中文著譯集』, 復旦大學出版社, 2007.

朱熹,『晦庵集』, 文淵閣四庫全書本.

朱熹,『詩集傳』, 文淵閣四庫全書本.

朱彝尊,『靜志居詩話』,『續修四庫全書』集部 第1698~1699冊.

朱彝尊,『經義考』, 文淵閣四庫全書本.

朱彝尊,『明詩綜』, 文淵閣四庫全書本.

朱彝尊,『曝書亭集』,『四部叢刊』, 臺灣商務印書館, 1975.

『大清高宗純(乾隆)皇帝實錄』, 臺灣: 華文書局 影印.

『皇朝通典』, 文淵閣四庫全書本.

『明一統志』, 文淵閣四庫全書本.

『欽定盛京通志』, 文淵閣四庫全書本.

『欽定詩經傳說彙纂』, 文淵閣四庫全書本.

『清皇朝文獻通考』, 浙江書局, 日本 京都大學 所藏.

『清史稿』, 北京: 中華書局, 1976.

『清一統志』, 文淵閣四庫全書本.

『四庫全書總目』, 北京: 中華書局, 1965.

原北平故宮博物院文獻館 編,『清代文字獄檔』, 上海書店, 1986.

4. 국내 연구논저

강동엽, 『열하일기 연구』, 일지사, 1988.

강명관, 『조선시대 문학예술의 생성 공간』, 소명출판, 1999.

강명관, 『공안파와 조선 후기 한문학』, 소명출판, 2007.

근대사연구회 편, 『한국중세사회 해체기의 諸問題』, 상권, 한울, 1987.

김동석, 『노이점의 『수사록』 연구-『열하일기』와 비교연구의 관점에서』, 보고사, 2016.

김명호, 『박지원 문학 연구』, 성균관대 대동문화연구원, 2001.

김명호, 『환재 박규수 연구』, 창비, 2008.

김명호, 『연암 문학의 심층 탐구』, 돌베개, 2013.

김명호, 『홍대용과 항주의 세 선비-홍대용의 북경 기행 새로 읽기』, 돌베개, 2020.

김문식, 『조선 후기 지식인의 대외인식』, 새문사, 2009.

김영동, 『박지원소설연구』, 태학사, 1988.

김영식 편, 『중국 전통문화와 과학』, 창작과비평사, 1986.

김영식, 『주희의 자연철학』, 예문서원, 2005.

김용옥, 『동양학 어떻게 할 것인가』, 민음사, 1985.

김윤식·김현, 『한국문학사』, 민음사, 1973.

金台俊, 『조선소설사』, 증보판: 학예사, 1939.

金台俊, 『朝鮮漢文學史』, 조선어문학회, 1931.

김하명, 『연암 박지원』, 평양: 국립출판사, 1955.

남재철, 『강산 이서구의 삶과 문학세계』, 소명출판, 2005.

단국대 소장 연민문고 「동장귀중본」 해제사업단, 『단국대 소장 연민문고 「동장귀중본」 해제집』, 문예원, 2012.

리가원, 『연암소설연구』, 을유문화사, 1965.

민두기, 『중국근대사연구』, 일조각, 1986.

민두기 편, 『중국의 역사인식』, 상권, 창작과비평사, 1985.

박경남, 『저마다의 길』, 18세기 개인의 발견 4, 유한준 평전, 글항아리, 2021.

박기석, 『박지원 문학 연구』, 삼지원, 1984.

박원길, 『조선과 몽골-최덕중·박지원·서호수의 여행기에 나타난 몽골 인식』, 소나무, 2010.

소재영·김태준 편, 『여행과 체험의 문학-중국편』, 민족문화문고 간행회, 1985.

심경호,『조선시대 漢文學과 詩經論』, 일지사, 1999.

오수경,『연암그룹 연구』, 수정증보판: 월인, 2013.

유봉학,『개혁과 갈등의 시대-정조와 19세기』, 신구문화사, 2009.

유인선,『베트남사』, 민음사, 1984.

이동환,『실학시대의 사상과 문학』, 지식산업사, 2006.

이상택·성현경 편,『한국고전소설연구』, 새문사, 1983.

이우성,『한국의 역사상』, 창작과비평사, 1982.

이원순,『朝鮮西學史研究』, 일지사, 1986.

이재선,『한국단편소설연구』, 일조각, 1975.

이재수,『한국소설연구』, 형설출판사, 1978.

이태진 편,『조선시대 정치사의 재조명』, 범조사, 1985.

이혜순,『수호전연구』, 정음사, 1985.

이화승,『중국의 고리대금업』, 책세상, 2000.

임기중·夫馬進 편,『연행록전집 日本所藏編』, 동국대 한국문학연구소, 2001.

임형택,『한국문학사의 시각』, 창작과비평사, 1984.

임형택,『실사구시의 한국학』, 창작과비평사, 2000.

임형택 외 4인,『연암 박지원 연구』, 성균관대 출판부·사람의무늬, 2012.

장덕순선생 퇴임기념논총 간행위원회 편,『한국문학사의 쟁점』, 집문당, 1986.

정민,『고전 문장론과 연암 박지원』, 태학사, 2010.

정병설,『조선 시대 소설의 생산과 유통』, 서울대출판문화원, 2016.

정옥자,『조선 후기 문화운동사』, 일조각, 1988.

조동일,『한국소설의 이론』, 지식산업사, 1977.

조동일,『韓國文學思想史試論』, 지식산업사, 1978.

조동일,『한국문학통사』 제3권, 지식산업사, 1984.

차용주 편,『연암연구』, 계명대 출판부, 1984.

허태용,『조선 후기 중화론과 역사인식』, 아카넷 2009.

황패강,『조선왕조소설연구』, 단국대 출판부, 1983.

강동엽,「『열하일기』의 문학적 연구」, 건국대 박사논문, 1982.

강명관,「문체와 국가장치: 정조의 문체반정을 둘러싼 사건들」,『문학과 경계』 2001년
　　　가을호, 문학과경계사, 2001.

강혜선,「정조의 문체반정과 京華文化」,『한국실학연구』 23, 한국실학학회 2012.

구만옥, 「조선 후기 실학적 자연인식의 대두와 전개」, 연세대 국학연구원 편, 『한국 실학사상연구 4: 과학기술편』, 혜안, 2005.

구범진, 「조선의 건륭 칠순 진하특사와 『열하일기』」, 『인문논총』 70, 서울대 인문학 연구원, 2013.

김경미, 「李相璜의 소설 의식-배척과 옹호의 길항」, 『한국고전연구』 4, 한국고전연 구학회, 1998.

김도련, 「韓國古文의 발전과정과 특성」, 『중국학논집』 1집, 국민대 중국문제연구 소, 1984.

김도련, 「古文의 문체 연구-燕巖體를 중심으로」, 『한국학논총』 6집, 국민대 한국학 연구소, 1984.

김도련, 「'夜出古北口記'의 함축미와 意境」, 국어국문학회 편, 『고전산문 연구 1』, 태학사, 1998.

김동건, 「『열하일기』와 「蟹山問答」의 관계 再考」, 『대동문화연구』 85, 성균관대 대 동문화연구원, 2014.

김동석, 「장서각 소장 『玉振齋詩稿』 연구-1780년 周命新의 북경 기행시를 중심으 로」, 『장서각』 32, 한국학중앙연구원, 2014.

김명호, 「연암 문학과 『史記』」, 『이조후기 한문학의 재조명』, 송재소 외, 창작과비평 사, 1983.

김명호, 「연암의 현실 인식과 傳의 변모 양상」, 『전환기의 동아시아문학』, 임형택· 최원식 편, 창작과비평사, 1985.

김명호, 「박지원과 유한준」, 『한국학보』 44집, 일지사, 1986, 가을.

김명호, 「『열하일기』의 문체에 대하여-'호곡장'론을 중심으로」, 『이우성교수 퇴임 기념논총』, 창작과비평사, 1990.

김명호, 「박지원론」, 『조선 후기 한문학작가론』, 집문당, 1994.

김명호, 「연암 문학사상의 성격」, 『한국한문학연구』 17, 한국한문학회, 1994.

김명호, 「실학파의 문학론과 근대 리얼리즘-연암의 문학론을 중심으로」, 『한국한 문학연구』 19, 한국한문학회, 1996.

김명호, 「박지원-북학을 주창한 근대리얼리즘의 선구자」, 『한국고전문학작가론』, 소명출판, 1998.

김명호, 「『연암집』 번역에 대하여」, 『대동한문학』 23, 대동한문학회, 2005.

김명호, 「열린 마음으로 드넓은 세계를 보라-박지원의 『열하일기』」, 『한국의 고전 을 읽는다 1: 고전문학 上』, 휴머니스트, 2006.

김명호, 「박지원,『열하일기』」,『한국사 시민강좌』 42, 일조각, 2008.

김명호, 「『열하일기』 이본의 재검토-초고본 계열 필사본을 중심으로」,『동양학』 48, 단국대동양학연구소, 2010.

김명호, 「일본 동양문고 소장『연암집』에 대한 고찰」,『한국문화』 21, 서울대 규장각한국학연구원, 2010.

김명호, 「연암의 우정론과 서학의 영향-마테오 리치의 '교우론'을 중심으로」,『고전문학연구』 40, 한국고전문학회, 2011.

김명호, 「『열하일기』와『천주실의』」,『한국한문학연구』 48, 한국한문학회, 2011.

김명호, 「『열하일기』「補遺」의 탐색」,『동양학』 52, 단국대 동양학연구원, 2011.

김명호, 「『열하일기』「일신수필」 서문과 동·서양 사상의 소통」,『국문학연구』 28, 국문학회, 2013.

김명호, 「박지원의 금강산 유람과 창작」,『한국문화』 76, 서울대 규장각한국학연구원, 2016.

김백철, 「영조 만년의 초월적 권위와 대탕평-영조 48년(1772) 김치인 사건을 중심으로」,『역사학보』 214, 역사학회, 2012.

김상호, 「고조선 문제를 둘러싼 논쟁과 금후의 과제」,『창작과비평』 61호, 1988, 가을.

김상홍, 「진사 박남수의 哀祭文學 연구」,『한문학논집』 12, 단국한문학회, 1994.

김성진, 「조선 후기 문인들의 생활상과 소품체 산문-남공철의 예를 중심으로」, 김도련 편,『한국 고문의 이론과 전개』, 태학사, 1998.

김수현, 「『열하일기』의 음악 대담「忘羊錄」 연구」,『溫知論叢』 58, 온지학회, 2019.

김영죽, 「19세기 中人層 知識人의 海外體驗 一考-碧蘆齋 金進洙의 燕行과「燕京雜詠」을 중심으로」,『한국한문학연구』 48, 한국한문학회, 2011.

김영진, 「이옥 연구(1)-가계와 교유, 명·청 小品 閱讀을 중심으로」,『한문학연구』 18, 한국한문교육학회」, 2002.

김영진, 「박지원의 필사본 小集들과 작품 창작년 고증」,『대동한문학』 23, 대동한문학회, 2005.

김영진, 「유득공의 생애와 교유, 연보」,『대동한문학』 27, 대동한문학회, 2007.

김영진, 「연행록의 체계적 정리 및 연구방법에 관한 시론」,『대동한문학』 34, 대동한문학회, 2011.

김용덕, 「북학사상의 源流研究」,『東方學志』 15호, 연세대 동방학연구소, 1974.

김윤조, 「연암의 '李夢直哀辭'에 대하여」,『한문교육연구』 2권 4호, 한국한문교육연구회, 1990.

김윤조, 「강산 이서구의 생애와 문학」, 성균관대 박사논문, 1991.

김윤조, 「박영철본 『연암집』의 '착오·탈락'에 대한 검토」, 『한문학논집』 10, 檀國漢文學會, 1992.

김윤조, 「유만주가 본 연암」, 이지형교수 퇴임기념논총, 『한국의 經學과 한문학』, 태학사, 1996.

김윤조, 「(자료소개) 金箕懋의 『雲嶠詩集』」, 『한문학연구』 21, 계명한문학회, 2008.

金泰俊, 「『열하일기』 한글본 출현의 뜻」, 『민족문학사연구』 19, 민족문학사연구소, 2001.

김하라, 「유만주의 『흠영』 연구」, 서울대 박사논문, 2011.

김하라, 「兪晩柱의 錢謙益 수용」, 『한국문화』 65, 서울대 규장각한국학연구원, 2014.

김하라, 「兪晩柱가 만난 李安中: 1786년 9월, 남산의 문학청년들」, 『한국한문학연구』 69, 한국한문학회, 2018.

김혈조, 「燕巖體의 성립과 正祖의 문체반정」, 『한국한문학연구』 6집, 한국한문학연구회, 1982.

김혈조, 「『연암집』 이본에 대한 고찰」, 『한국한문학연구』 17, 한국한문학회, 1994.

김혈조, 「『열하일기』 정본화 작업의 제문제-신자료 소개를 겸하여」, 『한국한문학연구』 71, 한국한문학회, 2018.

노경희, 「『燕彙』의 이본 검토를 통한 조선 후기 연행록의 유통과 전승」, 『규장각』 41, 서울대 규장각한국학연구원, 2012.

노윤영, 「『열하일기』 중 「일신수필」의 서술 양상과 전략」, 한양대 교육대학원 석사논문, 2010.

노태돈, 「古朝鮮 중심지의 변천에 대한 연구」, 『한국사론』 23, 서울대 국사학과, 1990.

두창구, 「연암 연구사에 대한 고찰(1)·(2)」, 『어문연구』 65·66, 한국어문연구회, 1990.

리가원, 「『연암집』 逸書·逸文 및 부록에 대한 小攷」, 국어국문학 39·40 합병호, 1968.

민병수, 「박지원문학의 연구사적 검토」, 『한국학보』 13집, 일지사, 1978, 겨울.

민영규, 「17세기 李朝學人의 지동설」, 『동방학지』 16호, 연세대 동방학연구소, 1975.

박경남, 「유한준의 道文分離論과 산문 세계」, 서울대 박사논문, 2009.

박광용, 「기자조선에 대한 인식의 변천」, 『한국사론』 6집, 서울대 국사학과, 1980.

박기석, 「『일신수필』에 나타난 연암의 관심사: 북학을 중심으로」, 『인문논총』 24, 서울여대인문과학연구소, 2012.

박대재, 「고조선 이동설에 대한 비판적 검토」, 『동북아역사논총』 55, 동북아역사재단, 2017.

박상영 외 2인, 「『熱河日記』所載 金蓼小抄」 번역에 관한 연구」, 『大韓韓醫學原典學會誌』 25권 1호, 대한한의학원전학회, 2012.

박성래, 「한국근세의 서구과학 수용」, 『東方學志』 20호, 연세대 동방학연구소, 1978.

박성래, 「홍대용의 과학사상」, 『한국학보』 23집, 일지사, 1981, 여름.

박희병, 「연암사상에 있어서 언어와 冥心」, 이지형교수 퇴임기념논총, 『한국의 經學과 한문학』, 태학사, 1996.

방현아, 「重菴 姜彝天의 「漢京詞」 연구」, 성균관대 석사논문, 1994.

배기표, 「通園 俞晩柱의 문학론-『흠영』을 중심으로」, 성균관대 석사논문, 2001.

서현경, 「연민 선생과 『열하일기』 번역」, 『열상고전연구』 26, 열상고전연구회, 2007.

서현경, 「『열하일기』 定本의 탐색과 서술 분석」, 연세대 박사논문, 2008.

송재소, 「燕巖詩 '해인사'에 대하여」, 『한국한문학연구』 11집, 한국한문학연구회, 1988.

심경호, 「조선 후기 古文의 형식미」, 『관악어문연구』 13집, 서울대 국문과, 1988.

심경호, 「조선 후기 한문학과 袁宏道」, 『한국한문학연구』 34, 한국한문학회, 2004.

안세현, 「문체반정을 둘러싼 글쓰기와 문체 논쟁」, 『어문논집』 54, 고려대 민족어문학회, 2006.

안순태, 「李相璜의 '詰稗'에 대한 연구」, 『국문학연구』 8, 국문학회, 2002.

안순태, 「南公轍 산문 연구」, 서울대 박사논문, 2011.

안순태, 「남공철의 袁宏道 문학 수용 양상과 그 의미」, 『어문학』 120, 한국어문학회, 2013.

양승민, 「燕巖山房 교정본 『열하일기』의 발견과 그 자료적 가치」, 한국고전문학회 학술발표회자료집, 2009. 6.27.

염정섭, 「18세기 말 정조의 '農書大全' 편찬 추진과 의의」, 『한국사연구』 114, 한국사연구회, 2001.

小川晴久, 「地轉(動)說에서 宇宙無限論으로」, 『동방학지』 21, 연세대 동방학연구소 1979.

小川晴久, 「東アジアににおける地轉(動)說の成立」, 『동방학지』 23·24, 연세대 동방학연구소, 1979.

小川晴久, 「慕華와 自尊 사이」, 『月刊朝鮮』, 1981. 7.

오수경, 「연암그룹 연구서설」, 『한국학보』 43집, 일지사, 1986, 가을.

유봉학, 「북학사상의 형성과 그 성격」, 『한국사론』 8집, 서울대 국사학과, 1982.

유준상·김남일, 「『醫門寶鑑』의 편찬과 주명신의 행적에 대한 연구」, 『大韓韓醫學原典學會誌』 26권 2호, 대한한의학원전학회, 2013.

윤재민, 「문체반정의 재해석」, 『고전문학연구』 21, 한국고전문학회, 2002.

이강옥, 「박종채 『과정록』의 내용 형성과 글쓰기 방식」, 『한국한문학연구』 39, 한국한문학회, 2007.

이경아, 「남공철의 문학사상」, 성균관대 석사논문, 1997.

이동환, 「朴燕巖의 洪德保墓誌銘에 대하여」, 『이조후기한문학의 재조명』, 송재소 외, 창작과비평사, 1983.

이동환, 「'夜出古北口記'에 있어서 燕巖의 自我」, 『한국한문학연구』 8집, 한국한문학연구회, 1985.

이동환, 「燕巖의 사유양식」, 『한국한문학연구』 11집, 한국한문학연구회, 1988.

이명종, 「17·18세기 조선에서 '만주=故土' 의식의 출현과 전개」, 『동아시아문화연구』 58, 한양대 동아시아문화연구소, 2014.

이용범, 「李瀷의 지동설과 그 논거」, 『진단학보』 34호, 진단학회, 1972.

이용범, 「金錫文의 地轉說과 그 사상적 배경」, 『진단학보』 41호, 진단학회, 1976.

이종주, 「『열하일기』의 인식 논리와 서술 방식」, 한국고전문학연구회 편, 『근대문학의 형성 과정』, 문학과지성사, 1983.

이창숙, 「연행록에 실린 중국 연희와 그에 대한 조선인의 인식」, 『한국실학연구』 20, 한국실학학회, 2010.

이철희, 「연행록에 기록된 만주족 황실의 堂子 숭배에 대한 풍문」, 『대동문화연구』 98, 성균관대 대동문화연구원, 2017.

李學堂, 「『열하일기』 중의 필담에 관한 연구」, 성균관대 석사논문, 2000.

이현우, 「이옥, 소외문인의 자아와 그 문학」, 『반교어문연구』 20, 반교어문학회, 2006.

이현일, 「능양 박종선의 초기 시 연구-『藕實幼學稿』와 『准勅稿』를 중심으로」, 『대동문화연구』99, 2017.

임영길, 「19세기 前半 연행록의 특성과 朝·淸 문화 교류의 양상」, 성균관대 박사논문, 2017.

임형택, 「燕巖의 주체의식과 세계인식-『열하일기』 분석의 시각」, 제3회 동양학 국제학술회의 논문집, 성균관대 대동문화연구원, 1985.

임형택, 「朴燕巖의 인식론과 미의식」, 『한국한문학연구』 11집, 한국한문학연구회, 1988.

전상운, 「담헌 홍대용의 과학사상」, 『實學論叢』, 전남대 출판부, 1975.

정길수, 「이희천론」, 『규장각』 27, 서울대 규장각한국학연구원, 2004.

정재철, 「박종채의 『열하일기』 교정과 편집-燕巖山房本을 중심으로」, 『대동한문학』 59, 대동한문학회, 2019.

정학성, 「「호질」에 대한 재성찰」, 『한국한문학연구』 40, 한국한문학회, 2007.

정형우, 「정조의 문예부흥정책」, 『동방학지』 11호, 연세대 동방학연구소, 1970.

조광, 「조선 후기의 변경의식」, 『백산학보』 16호, 백산학회, 1974.

조미희, 「동경대 소장 한글본 『熱河記』의 번역 양상」, 『열상고전연구』 49, 열상고전연구회, 2016.

조성산, 「연암 그룹의 夷狄 논의와 『春秋』」, 『한국사연구』 172, 한국사연구회, 2016.

조양원, 「동경대 소장 한글본 『熱河記』 연구」, 『민족문화』 44, 한국고전번역원, 2014.

천관우, 「箕子攷」, 『東方學志』 15호, 연세대 동방학연구소, 1974.

최성환, 「正祖代 탕평정국의 君臣義理 연구」, 서울대 박사논문, 2009.

최신호, 「연암의 문학론에서 본 사물인식과 창작의식」, 『한국한문학연구』 8집, 한국한문학연구회, 1985.

許放, 「철종시대 연행록 연구」, 서울대 박사논문, 2016.

洪起文, 「朴燕巖의 예술과 사상」, 『朝鮮日報』, 1937. 7. 27.~8. 1.(『한국한문학연구』 11집 부록, 한국한문학연구회, 1988)

홍진옥, 「김려의 『丹良稗史』 연구」, 서울대 석사논문, 2014.

황정연, 「조선시대 서화 수장 연구」, 한국학중앙연구원 한국학대학원 박사논문, 2007.

5. 국외 연구논저

白新良, 『乾隆傳』, 遼寧教育出版社, 1990.

成復旺 외 2인, 『中國文學理論史』(二), 北京出版社, 1991.

葛兆光, 『想像異域-讀李朝朝鮮漢文燕行文獻札記』, 中華書局, 2014.

郭紹虞, 『中國歷代文論選』, 香港: 中華書局, 1979.

郭紹虞, 『中國文學批評史』, 文史叢刊, 現代社 影印, 1982.

劉大杰, 『中國文學發達史』, 臺北: 華正書局, 1980.

陸敬嚴·華覺明 主編, 『中國科學技術史』, 機械卷, 北京: 科學出版社, 2000.

任繼愈 主編, 『中國哲學史』, 北京: 人民出版社, 1978.

文史哲雜誌編輯委員會 編, 『司馬遷與史記』, 北京: 中華書局, 1958.

蕭一山, 『淸代通史』, 臺北: 商務印書舘, 1976.

札奇斯欽, 『蒙古與西藏歷史關係之研究』, 臺北: 正中書局, 1978.

中國邊疆歷史語文研究所 編, 『西藏研究』, 中國邊疆歷史語文叢書之一, 臺北:
1960.

中國文學史研究委員會 編, 『新編中國文學史』, 昑晟社 影印, 1985.

周遠廉, 『乾隆皇帝大傳』, 河南人民出版社, 1994.

陳才, 「朱子詩經學考論」, 華東師範大學 博士論文 2013.

崔玉花·羅旋, 「論朴趾源「忘羊錄」中的音樂美學思想」, 『延邊大學學報: 社會科學
版』50권 제1기, 2017.

李少雍, 「『史記』紀傳體對我國小說發展的影響」, 中國社會科學院文學研究所 古代
文學研究室編, 『中國文學史研究集』, 上海古籍出版社, 1985.

柳森, 「六世班禪額爾德尼研究」, 中央民族大學 박사논문, 2012.

席澤宗, 「朝鮮朴燕岩『熱河日記』中的天文學思想」, 『科學史集刊』第8期, 1965.

王曉晶, 「六世班禪進京史實研究」, 中央民族大學 박사논문, 2011.

許放, 「國家圖書館藏『熱河日記』論考」, 『域外漢籍研究集刊』17, 北京: 中華書局
2018.

許放·王小盾, 「『熱河日記』「忘羊錄」校釋」(上), 『域外漢籍研究集刊』第20輯, 北京:
中華書局 , 2020.

張曉蘭, 「論朴趾源『熱河日記』中的樂學思想」, 『民族文學研究』37권 제4기, 2019.

周懷文, 「毛奇齡研究」, 山東大學 博士論文, 2010.

762

青木正兒,『淸代文學評論史』,『靑木正兒全集』卷1, 東京: 春秋社, 1983.

岡本さえ,『淸代禁書の硏究』, 東京大 東洋文化硏究所, 1996.

小川環樹,『中國小說史の硏究』, 東京: 岩波書店, 1968.

狩野直喜,『淸朝の制度と文學』, 東京: みずず書房, 1984.

杉村勇造,『乾隆皇帝』, 東京: 二玄社, 1961.

東亞硏究所 編,『異民族の支那統治史』, 東京: 講談社, 1954.

友枝龍太郞,『朱子の思想形成』, 東京: 春秋社, 1979.

原田圜,『朝鮮の開國と近代化』, 廣島: 溪水社, 1997.

林田愼之助,『司馬遷』, 東京: 集英社, 1984.

藤塚隣,『淸朝文化東傳の硏究』, 東京: 國書刊行會, 1975.

丸山眞男,『日本政治思想史』, 東京大學出版會, 1975.

村田治郞,『滿洲の史蹟』, 東京: 座右寶刊行會, 1944.

藪內淸·吉田光邦 編,『明淸時代の科學技術史』, 京都大 人文科學硏究所, 1970.

山田慶兒,『朱子の自然學』, 東京: 岩波書店, 1978.

吉川幸次郞,『吉川幸次郞全集』, 東京: 筑摩書房, 1984~1987.

渡邊浩,『近世日本社會と宋學』, 東京大學出版會, 1985.

今村與志雄,「文明開化と朴趾源の誕生」,『歷史と文學の諸相』, 東京: 勁草書房,
    1976.

石濱由美子,「パンチェンラマと乾隆帝の會見の背景にある佛敎思想について」,
    『內陸アジア言語の硏究』9, 1994.

金文子,「朴珪壽の實學」, 朝鮮史硏究會,『朝鮮歷史論集』下, 東京: 龍溪書舍,
    1976.

高橋亨,「弘齋王の文體反正」,『靑丘學叢』7호, 靑丘學會, 1932.

坪井善明,「ヴエトナム阮朝の世界觀」,『國家學會雜誌』96권 9·10호, 1983.

Eikemeier, Dieter, *Elemente im Politischen Denken des Yŏn'am Pak
    Chiwŏn(1737~1805)*, Leiden: E.J. Brill, 1970.

6. 번역서 및 기타

『국역 연행록선집』, 민족문화추진회, 1976~1977.

김정희, 『국역 완당전집』Ⅲ, 辛鎬烈 편역, 민족문화추진회, 1986.

노이점, 『열하일기와의 만남 그리고 엇갈림, 수사록』, 김동석 옮김, 성균관대출판부, 2015.

박종채, 『역주 과정록』, 김윤조 역주, 태학사, 1997.

박종채, 『나의 아버지 박지원』, 박희병 옮김, 돌베개, 1998.

박지원, 「渡江錄」, 이윤재 역, 『文章』, 1939.11~1940.12; 大成出版社, 1946.

박지원, 『박지원 작품선집 1』, 홍기문 역, 평양: 국립문학예술서적출판사, 1960.

박지원, 『연암선생서간첩』, 정민·박철상 역주, 『대동한문학』 22, 대동한문학회, 2005; 『고추장 작은 단지를 보내니』, 박희병 옮김, 개정판: 돌베개, 2006.

박지원, 『연암집』, 신호열·김명호 공역, 개정판: 돌베개, 2012.

박지원, 『열하일기』, 김혈조 역, 개정신판: 돌베개, 2017.

박지원, 『열하일기』, 리가원 역, 민족문화추진회, 1966; 대양서적, 1973.

박지원, 『열하일기』, 리상호 역, 보리, 2004.

박지원, 『열하일기』, 윤재영 역, 박영사, 1984.

박지원, 『지금 조선의 시를 쓰라』, 김명호 편역, 돌베개, 2007.

이규경, 『국역 분류오주연문장전산고』, 민족문화추진회, 1977.

이규상, 『18세기 조선인물지』, 민족문학사연구소 한문분과 옮김, 창작과비평사, 1997.

이기지, 『일암연기』, 조융희 외 옮김, 한국학중앙연구원출판부, 2016.

이덕무, 『국역 청장관전서』, 민족문화추진회, 1979.

이덕무 評選, 『종북소선』, 박희병 외 역주, 돌베개, 2010.

이옥, 『完譯 李鈺全集』, 실시학사 고전문학연구회 옮기고 엮음, 휴머니스트, 2009.

이희경, 『북학 또 하나의 보고서, 설수외사』, 진재교 외 옮김, 성균관대 출판부, 2011.

홍기문, 『홍기문 朝鮮文化論選集』, 김영복·정해렴 편역, 현대실학사, 1997.

홍대용, 『국역 담헌서』, 민족문화추진회, 1974.

홍한주, 『19세기 견문지식의 축적과 지식의 탄생(상)-지수염필』, 김윤조·진재교 옮김, 임완혁 윤문, 소명출판, 2013.

고지마 쓰요시, 『송학의 형성과 전개』, 신현승 옮김, 논형, 2004.

빈센트 크로닌, 『서방에서 온 현자-마테오 리치의 생애와 중국 전교』, 이기반 역, 분도출판사, 1994.

우춘춘(吳存存), 『남자, 남자를 사랑하다』, 이월영 옮김, 학고재, 2009.

이블린 S. 로스키, 『최후의 황제들-청 황실의 사회사』, 구범진 옮김, 까치, 2011.

조너선 D. 스펜스, 『마테오 리치, 기억의 궁전』, 주원준 옮김, 이산, 1999.

田中正俊, 『中國近代經濟史硏究序說』, 배손근 역, 인간사, 1983.

티모시 브룩, 『쾌락의 혼돈-중국 명대의 상업과 문화』, 이정·강인황 옮김, 이산, 2005.

Hauser, Arnold, *Sozial Geschichte der Kunst und Lieratur*, 『문학과 예술의 사회사』, 근세편 上, 백낙청·반성완 역, 창작과비평사, 1980.

Wakeman, Jr., Frederic, *The Fall of Imperial China*, 『중국 제국의 몰락』, 김의경 역, 예전사, 1987.

藍克實·胡國楨 譯註, 英譯 『天主實義』, 臺北: 利氏學社, 1985.

朴趾源, 『熱河日記』, 今村與志雄 譯, 東京: 平凡社, 1978.

Chiwŏn, Pak, *The Jehol Diary*, trans. by Yang Hi Choe-Wall, UK Kent Folkestone: Global Oriental, 2010.

Hedin, Sven, *Jehol, die Kaiserstadt*, 『熱河』, 黑川武敏 譯, 東京: 地平社, 1943.

Needham, Joseph, *Science and Civilisation in China*, vol. 3·4, Cambridge University Press, 1959·1965; 『中國の科學と文明』, 卷10, 田中淡 外 譯, 東京: 思索社, 1979.

Watson, Burton, *Ssu-Ma Ch'ien: Grand Historian of China*, 『司馬遷』, 今鷹眞 譯, 東京: 筑摩書房, 1965.

단국대 동양학연구소 편, 『漢韓大辭典』, 2008.

『朴通事新釋諺解』, 홍문각 영인, 1985.

白斗鏞 編, 『註解語錄總覽』, 태학사 영인, 1978.

송경록, 『북한 향토사학자가 쓴 개성 이야기』, 푸른 숲, 2000.

「燕巖關係資料」, 『韓國漢文學硏究』 11집, 韓國漢文學硏究會, 1988.

『嶺南邑誌』 제1책, 아세아문화사 영인, 1982.

이기문 편, 『속담사전』, 민중서관, 1962.

이병기,『가람일기』, 신구문화사, 1984.

『重刊老乞大諺解』, 홍문각 영인, 1984.

『通文館志』, 서울대 규장각 소장.

『韓國系行譜』, 寶庫社, 1992.

『韓國의 美』 권6, 중앙일보사, 1981.

馮明珠 主編,『乾隆皇帝的文化大業』, 臺北: 國立故宮博物院, 2005.

龍潛庵 編,『宋元語言詞典』, 上海辭書出版社, 1985.

陸澹安 編,『小說詞語匯釋』, 北京: 中華書局, 1964.

『漢語大詞典』, 上海: 漢語大詞典出版社, 1993.

『中國歷史文化名城詞典』, 上海辭書出版社, 1985.

京城帝國大學 大陸文化研究會 報告 제5책,『北京·熱河の史的管見』, 1939.

中村元 編著,『圖說佛敎語大辭典』, 東京: 東京書籍, 1988.

溝口雄三 외 2인 編,『中國思想文化辭典』, 東京大學出版會, 2001.

諸橋徹次 編,『大漢和辭典』, 東京: 大修館書店, 1984.

연
암

박
지
원

연
보

1737년(영조 13년, 丁巳), 1세

‒ 2월 5일(이하 음력) 축시(丑時: 일설 인시寅時)에 한양 서소문(西小門) 밖 반송방(盤松坊) 야동(冶洞: 풀뭇골, 지금의 중구 순화동·의주로 2가 일대)의 조부 댁에서 부친 박사유(朴師愈)와 모친 함평 이씨(咸平李氏) 사이의 2남 2녀 중 막내로 출생하다.

‒ 휘(諱)는 지원(趾源)이요, 자(字)는 중미(仲美) 또는 미중(美仲)·미재(美齋)·미암(美庵) 등이고, 널리 알려진 '연암'(燕巖)이라는 호 외에도 공작관(孔雀館)·성해(星海)·무릉(茂陵)·연상(煙湘)·겸헌(謙軒)·열상외사(洌上外史) 등의 호가 있다. 본관은 반남(潘南)이다.

1739년(영조 15년, 己未), 3세

‒ 형 박희원(朴喜源)이 한산(韓山) 이동필(李東馝)의 딸과 혼인하다.

1740년(영조 16년, 庚申), 4세

‒ 6월 이후 조부 박필균(朴弼均)이 부응교, 동부승지, 좌승지를 거쳐 도승지에 제수되고, 통정대부에 이어 가선대부에 가자(加資)되다. 9월 한성 우윤, 10월 형조 참판, 병조 참판에 제수되다.

1741년(영조 17년, 辛酉), 5세

‒ 8월 조부 박필균이 경기 감사에 제수되다. 11월 파직되다.

1742년(영조 18년, 壬戌), 6세

‒ 9월 조부 박필균이 호조 참판에 제수되다.

1743년(영조 19년, 癸亥), 7세
- 11월 조부 박필균이 한성 우윤에 제수되다.

1744년(영조 20년, 甲子), 8세
- 2월 조부 박필균이 대사헌에 제수되었으나 사직하다.
- 맏누님이 덕수 이씨(德水李氏) 택모(宅模: 초명 현모顯模)와 혼인하다. 슬하에 1녀 2남을 두다.

1745년(영조 21년, 乙丑), 9세
- 9월 조부 박필균이 한성 좌윤에 제수되다.

1746년(영조 22년, 丙寅), 10세
- 윤3월 재종조부 박필주(朴弼周: 호 여호黎湖)가 이조 판서에 제수되다.
- 6월 조부 박필균이 병조 참판에 제수되다. 11월 강원도 춘천 부사로 나가다.

1747년(영조 23년, 丁卯), 11세
- 2월 조부 박필균이 춘천 부사에서 해임되다.

1748년(영조 24년, 戊辰), 12세
- 3월 조부 박필균이 예조 참판에 제수되다.
- 윤7월 재종조부 박필주가 서거하다.
    저명한 성리학자인 박필주는 조부 박필균과 막역한 사이로, 숙부 박사근(朴師近)은 그의 양자이다.

1750년(영조 26년, 庚午), 14세

- 2월 조부 박필균이 공조 참판에 제수되고, 12월 병조 참판에 제수되다.

1751년(영조 27년, 辛未), 15세

- 7월 경주에 있는 신라 시조 박혁거세를 모신 사당인 숭덕전(崇德殿)의 위패에 '신라시조'(新羅始祖)라고만 쓰고 '왕'(王) 자를 누락한 것을 바로잡고 새로 세울 묘정비(廟庭碑)에도 '신라시조왕'이라는 칭호를 쓰게 해달라고 청한 상소에 유학의 한 사람으로 동참하다. 이 상소는 사직(司直) 박필정(朴弼正)과 영성군(靈城君) 박문수(朴文秀), 전 승지 박상덕(朴相德: 개명 종덕宗德, 박명원의 장조카)을 비롯한 전·현직 관료와 진사 및 유학(幼學) 등 박씨 성을 가진 100여 명이 연명하여 올린 것이다(『승정원일기』, 영조 27년 7월 22일).

1752년(영조 28년, 壬申), 16세

- 관례(冠禮)를 올리다.
- 전주 이씨(全州李氏) 처사(處士) 보천(輔天)의 딸과 혼인하다.
- 장인 이보천에게 『맹자』를, 처숙인 홍문관 교리 이양천(李亮天)에게 『사기』를 배움으로써 본격적인 학업을 시작했다고 한다.
- 10월 처숙 이양천이 소론계인 영의정 이종성(李宗城)을 탄핵한 일로 인해 흑산도에 위리 안치되다.
- 12월 조부 박필균이 병조 참판에 제수되다.

1753년(영조 29년, 癸酉), 17세

- 2월 조부 박필균이 병조 참판에서 해임되다.
- 6월 처숙 이양천이 위리(圍籬) 철거되어 출륙(出陸)하다.

1754년(영조 30년, 甲戌), 18세

- 3월 조부 박필균이 대사간에 제수되다.
- 이후 수년 간 심한 우울증으로 고생하다. 우울증을 다스리기 위해 골동·서화(書畵)·성가(聲歌)를 가까이 하고, 손님을 청해 우스갯소리와 옛날이야기를 즐기게 되었으며, 신선(神仙)의 방기(方技)에도 관심을 쏟았다. 「민옹전」(閔翁傳)에 나오는 민유신(閔有信)을 이 무렵 만나, 그가 이듬해에 74세로 죽기까지 연령과 신분을 초월한 우정을 나누었다. 또한 거지 출신인 한양 시정(市井)의 기인(奇人) 광문(廣文)에 관한 설화를 소재로 「광문전」(廣文傳)을 지어 선배 어른들로부터 칭찬을 받았던 것도 이 무렵의 일이다.

1755년(영조 31년, 乙亥), 19세

- 9월 처숙 이양천(호 영목당榮木堂)이 향년 40세로 별세하다. 「제영목당 이공문」(祭榮木堂李公文)은 이양천의 죽음을 애도한 글이다.

1756년(영조 32년, 丙子), 20세

- 이후 수년 동안 김이소(金履素)·이홍유(李弘儒: 개명 정유正儒)·이희문(李羲文)·한문홍(韓文洪)·홍문영(洪文泳)·황승원(黃昇源) 등과 함께 봉원사(奉元寺: 서울 서대문구 봉원동 소재) 등지에서 과거 공부에 힘쓰다.

「원조대경」(元朝對鏡)은 설날을 맞이하여 지은 시로, 당시 학업에 정진하던 연암의 모습이 잘 드러나 있다.

- 3월 대보단(大報壇)에 조선의 태조와 효종과 숙종도 배향하고, 종묘에 삼학사(三學士)와 함께 송시열을 배향하도록 해달라고 청한 상소에 형 박희원과 함께 동참하다. 이 상소는 명나라의 마지막 황제 의종(毅宗)의 기일에 즈음해서 유학(幼學) 이선제(李善濟) 등 사학(四學)의 유생 200여 명이 연명하여 올린 것이다(『승정원일기』, 영조 32년 3월 19일).

- 이 무렵 단릉(丹陵) 이윤영(李胤永)과 능호관(凌壺觀) 이인상(李麟祥)을 종유하면서 그림을 배우다. 또 이윤영에게 『주역』을 배우고, 그의 아들 이희천(李羲天)과도 교유하다.

- 9월 이윤영의 집을 방문하여 이희천·이희문(이희천의 재종제)과 함께 밤새 옛 시대의 일을 담론하다. 이때 이희천이 연암에게 화답을 구하는 오언배율 22구를 지어 증정했다(이희천, 『石樓遺稿』 권1, 「聖思歸 堂叔不返 孤坐沒趣 步出庭際 微月初升 因訪士觀所 朴趾源[美仲]適至 與之談古達曙 歸題十韻排律 以一雁孤飛體作 贈美仲要和」).

- 겨울에 봉원사에서 윤영(尹映)이란 이인(異人)을 만나 허생 고사(許生故事)를 듣고 깊은 감명을 받다.

1757년(영조 33년, 丁丑), 21세

- 가을에 「민옹전」을 짓다. 이는 무반 출신의 불우한 선비로서 풍자와 해학이 담긴 이야기를 잘했던 민유신의 일생을 서술한 전기이다.

- 이 무렵 「증계우서」(贈季雨序)를 짓다. 스승을 찾아 공부하러 떠나는 벗 계우(季雨)에게 증정한 송별의 글이다. 신광직(申光直)에게

지어 준 글로 짐작된다.

1758년(영조 34년, 戊寅), 22세

- 7월 조부 박필균이 동지돈령부사에 제수되다. 이어 박필균은 지중추부사에 특별 제수되고 기로소(耆老所)에 들어갔다.
- 12월(1759년 1월)「대은암 창수시서」(大隱巖唱酬詩序)를 짓다. 이는 이구영(李耉永: 이희천의 족숙族叔)·이서영(李舒永: 이희천의 당숙)과 함께 벗 한문홍이 거주하고 있던 북악(北岳) 기슭의 대은암(大隱巖: 남곤南袞의 유지遺趾)에 놀러 가 시를 지었던 사실을 기록한 글이다. 이희천은 그날 모임에 불참한 데 대한 속죄로 나중에 시 2수를 짓고 그 시에 대한 서문을 남겼다(이희천, 『石樓遺稿』권2, 「和白麓詩序」).

1759년(영조 35년, 己卯), 23세

- 10월 모친 함평 이씨가 향년 59세로 별세하다.

   상중에 청나라 학자 서건학(徐乾學)의 『독례통고』(讀禮通考)를 읽고 초록하다.
- 장녀 출생하다(후에 이종목李鍾穆과 혼인함).

1760년(영조 36년, 庚辰), 24세

- 7월 조부 박필균이 지돈령부사에 제수되다.
- 8월 조부 박필균이 향년 76세로 별세하다.

   『영조실록』의 졸기(卒記)에 의하면 박필균은 성품이 자못 청빈하여 임종할 때에 염하고 입관할 준비조차 갖추지 못했다고 한다(『영조실록』, 영조 36년 8월 2일).

1761년(영조 37년, 辛巳), 25세

- 9월 조모 정부인(貞夫人) 여주 이씨(驪州李氏)가 향년 79세로 별세하다.

1762년(영조 38년, 壬午), 26세

- 「증유구서」(贈悠久序)를 짓다. 벗 이영원(李英遠, 자 유구悠久)이 평안도 영유(永柔) 현령으로 부임하는 그의 부친을 따라감에 따라 송별의 글로 지어 준 것이다.

1763년(영조 39년, 癸未), 27세

- 아이종 김오복(金五福)을 시켜 신선으로 소문난 김홍기(金弘基)를 찾아보게 하다. 이를 계기로 후에 「김신선전」(金神仙傳)을 짓다.

1764년(영조 40년, 甲申), 28세

- 「초구기」(貂裘記)를 짓다. 명나라의 마지막 황제인 의종(毅宗)이 순사(殉社)한 지 세 번째 돌아오는 갑신년인 이해를 기념하여, 마을의 부형(父兄)들과 더불어 송시열(宋時烈)의 후손 댁을 예방(禮訪)하고 송시열의 유상(遺像)에 절한 후 효종이 북벌(北伐) 때에 쓰라고 하사했다는 초구를 구경한 전말을 기록한 글이다.

1765년(영조 41년, 乙酉), 29세

- 가을에 벗 유언호(兪彦鎬)·신광온(申光蘊)과 함께 금강산 일대를 유람하다. 총석정(叢石亭)에서 동해의 일출을 구경했다. 「총석정 관일출」(叢石亭觀日出)은 이때의 체험을 노래한 시이다. 그 뒤 내금강

의 장안사(長安寺)와 만폭동을 거쳐, 마하연(摩訶衍)의 백화암(白華菴)에서 준 대사(俊大師)와 불교에 관한 문답을 나누었다. 선암(船菴)에서 신선술(神仙術)을 수련한다는 선비를 찾아갔으나 만나지 못했다. 이는 「김신선전」의 소재가 되었다.

외금강의 유점사(楡岾寺)를 거쳐, 삼일포(三日浦)에서 악생(樂生)과 가기(歌妓)를 데리고 뱃놀이를 했다. 삼일포의 사선정(四仙亭)에서 강원도 금성 현령 유언선(兪彦璿: 유언호의 중형仲兄)·유언호·신광온과 함께 지은 「사선정 연구(聯句)」가 전한다. 연암은 유언호와 금강산 유람 때 처음 만나 교분을 맺은 이래 평생지기로서 변함없는 우정을 나누었다.

1766년(영조 42년, 丙戌), 30세

- 정월 대보름날 밤에 신광온과 함께 광통교(廣通橋)로 진출했다가 신광온의 소개로 홍원섭(洪元燮, 호 태호太湖)과 처음 만나 교분을 맺다(홍원섭, 『先稿』 권4, 「正月十六日寄燕巖[丁亥]」).
- 3월 장남 종의(宗儀)가 출생하다(형 박희원의 양자가 됨).
- 같은 달, 역관(譯官) 출신의 천재 시인 이언진(李彦瑱, 자 우상虞裳)이 향년 27세로 병사했다. 「우상전」(虞裳傳)은 연암이 이언진의 요절을 애도하여 지은 그의 전기이다.
- 황기후(黃基厚: 이희천의 내종숙內從叔)의 집과 초정(椒井) 등지에서 이희천과 만나 함께 시를 짓다. 경신일(庚申日) 밤 황기후의 집에서 가진 시회에는 한기진(韓箕鎭)과 김재순(金在淳: 봉록鳳麓 김이곤金履坤의 조카), 한문홍도 동참했다. 7일 뒤 초정에서 가진 시회에는 김이운(金履運: 김재순의 족질)도 추가로 동참했다(이희천, 『石樓遺稿』 권1, 「黃

叔彝溫[基厚]宅 與美仲·公履·仲寬·公履之侄元禮[文洪]守申 得情字[丙戌]」,「越
七日 又會椒井」).

　－ 이 무렵 연암이 대제학 황경원(黃景源)을 찾아가 자신의 글에 대
한 질정을 구했더니, 황경원은 "후일 나의 이 자리를 차지할 사람은
오직 자네뿐일세!"라고 경탄했다고 한다(『과정록』에 약관 시절의 일로
기록된 것은 오류임).

1767년(영조 43년, 丁亥), 31세

　－ 삼청동(三淸洞) 백련봉(白蓮峰) 아래에 있던 무신(武臣) 이장오(李章
吾)의 별장에 세를 얻어 이사하다. 찾아오는 손님들로 집이 붐볐는
데, 그중에는 연암을 자파로 끌어들이려는 조정의 고관들이 많았다
고 한다.

　－ 2월 벗 박상한(朴相漢, 자 사장士章, 서명응徐命膺의 사위)이 요절하자
그를 추모하여 「사장애사」(士章哀辭)를 짓다.

　－ 4월 중부(仲父) 박사헌(朴師憲)이 향년 61세로 별세하다. 부인은
해주(海州) 정석조(鄭錫祚)의 딸이다. 후사를 두지 못했다.

　－ 6월 부친 박사유가 향년 65세로 별세하다. 부친은 부모 슬하에
서 평생을 포의(布衣)로 지냈다. 10월 부친의 장지(葬地) 문제로 녹
천(鹿川) 이유(李濡)의 후손 집안과 산송(山訟)이 벌어졌다. 형 박희원
이 신문고를 두드리고 상소한 끝에 임금의 판결로 시비는 가려졌으
나, 상대방의 집안과 원한을 맺고 싶지 않아 부친의 유해를 딴 곳에
임시 매장한 뒤 나중에 길지(吉地)를 얻어 이장하기로 했다.

　－ 12월 계부(季父) 박사근(박필주의 양자)이 향년 53세로 별세하다.
박사근은 생원 급제 후 아산(牙山) 현감을 지냈다. 부친의 삼형제가

이해에 모두 사망했다.

1768년(영조 44년, 戊子), 32세

- 백탑(白塔: 탑골공원 석탑) 부근 대사동(大寺洞: 지금의 종로구 인사동)
으로 이사하다. 연암의 집 주변에 이덕무(李德懋)·이서구(李書九)·서
상수(徐常修)·유연(柳璉: 개명 유금柳琴)·유득공(柳得恭) 등이 모여 살
았으며, 이 무렵부터 이들과 두터운 교분을 맺게 되었다.

- 5월 문하생 박경유(朴景兪)의 누이 박씨가 순절하자, 예조에 정려
(旌閭)를 청하는 「박열부사장」(朴烈婦事狀)을 짓다.

- 12월(1769년 1월) 이덕무에게 배워서 만든 윤회매(輪回梅: 밀납으로
만든 인조 매화)를 서상수에게 팔고 매매 증서를 써 주다(『연암집』 권5,
「與人」).

- 경신일(庚申日) 밤에 이덕무·윤가기(尹可基)·유연·유득공·박제
가·이응정(李應鼎)과 함께 통소의 명인인 서상수의 서실 관재(觀齋)
에 모여 「통소 연구」(洞簫聯句)를 짓다(이덕무, 『雅亭遺稿』 1, 「庚申夜 與朴
美仲[趾源]·徐汝五·尹曾若·柳連玉[璉]·惠甫·朴在先[齊家]·李汝剛[應鼎] 賦洞
簫聯句」).

- 이덕무로부터 그가 지은 『이목구심서』(耳目口心書)를 빌려 본 뒤,
박학과 고증에 심취한 책벌레로 그를 풍자한 「산해경보」(山海經補)
를 짓다(이덕무, 『靑莊館全書』 권62, 「山海經補」).

1769년(영조 45년, 己丑), 33세

- 4월경 미호(渼湖) 김원행(金元行)을 송양정(宋養鼎)과 함께 찾아뵙
다. 당시 김원행은 장남 김이안(金履安)의 임소인 영동(永同)의 관아

에 머물고 있었다. 얼마 뒤에 그곳을 찾아온 박윤원(朴胤源)에게 김원행은 연암을 장래가 촉망되는 걸물(傑物)로 칭찬했다고 한다(박윤원, 『近齋集』권32,「渼湖金先生語錄」, 己丑四月二十四日).

- 8월 부친의 삼년상을 마치다. 「사황윤지서」(謝黃允之書)는 이 무렵 황승원(黃昇源: 자 윤지允之)이 보내온 위문편지에 대한 감사의 답신으로, 장차 시골에 은둔할 뜻을 밝히고 있다.

-「녹천관집서」(綠天館集序)를 짓다. 문하생 이서구(호 녹천관綠天館)의 문집에 붙인 서문으로, 이서구의 글이 신기(新奇)를 추구하여 당시의 의고(擬古) 풍조에서는 곧잘 비난을 받았으므로 이를 변호한 글이다.

- 대한(大寒) 날(12월 24일: 양력 1770년 1월 20일)「공작관집서」(孔雀館集序)를 짓다. 『공작관집』을 자찬(自撰)하고 그 서문으로 쓴 글이다. 글을 지을 때에는 오직 참(眞)을 그려야 한다고 역설했다.

1770년(영조 46년, 庚寅), 34세

- 2월 벗 서유린(徐有隣, 자 원덕元德)이 평안도 은산(殷山) 현감에 제수되어 임지로 떠나자, 「송서원덕 출재은산서」(送徐元德出宰殷山序)를 지어 주다.

-「녹앵무경서」(綠鸚鵡經序)를 짓다. 이는 이서구가 앵무새에 관한 각종 기록들을 모아 편찬한 『녹앵무경』의 서문으로 지어 준 것이다.

- 봄에 이덕무, 유득공과 함께 연상각(烟湘閣: 일설 선귤당蟬橘堂·가상루歌商樓)에 모여 갓을 소재로 「입연구」(笠聯句)를 짓다.

- 3월 이덕무, 유득공과 함께 나흘 동안 삼청동(三淸洞)과 남산, 태상시(太常寺) 동대(東臺)와 경복궁 옛터 등 한양의 도성 일대를 유람

하다(유득공, 『泠齋集』 권15, 「春城遊記」).

- 8월 감시(監試) 초시의 초장·종장에 모두 수석으로 합격하다. 초장에서 「논우복지협 탄성교흘우사해 이강리지오복」(論禹服之狹嘆聲敎訖于四海而疆理止五服: 우임금의 강토가 협소했음을 논하고, 명성과 교화가 사해에 미쳤으되 강토가 오복五服에 그쳤음을 탄복한다)이라는 시제(試題)로 지은 연암의 과체시(科體詩)가 전한다(단국대 연민기념관 소장 『科詩』). 당시에 임금의 특지(特旨)로 입궐하니, 영조는 침전(寢殿: 경희궁慶熙宮 집경당集慶堂)에서 도승지 구윤옥(具允鈺)에게 연암의 시권(試券)을 낭독하게 하고 칭찬했다(『승정원일기』, 영조 46년 8월 27일).

- 이해 1월 부친의 삼년상을 마치고 향리에서 상경한 홍대용(洪大容, 호 담헌湛軒)과 처음 만나 결교하다. 신광온·신광직(申光直, 호 염재念齋) 형제와 친분이 있던 홍대용이 신광직과 함께 지은 시를 연암에게 증정하였다(홍대용, 『湛軒書』 內集 권3, 「與申念齋賦 贈朴燕巖趾源」).

- 이 무렵 「회우록서」(會友錄序)를 짓다. 홍대용은 영조 42년(1766) 연행(燕行)에서 돌아온 뒤 북경에서 사귄 항주(杭州) 출신의 세 선비, 엄성(嚴誠)·반정균(潘庭筠)·육비(陸飛)와 주고받은 필담을 정리하여 『간정동 회우록』(乾淨衕會友錄: 일명 간정필담乾淨筆譚·간정동필담乾淨衕筆談)을 편찬했는데, 「회우록서」는 홍대용의 요청을 받고 지은 그 책의 서문이다. 이 글에서 연암은 당파가 다르고 신분이 다르면 서로 벗이 될 수 없는 조선의 현실을 개탄하고, 국내에서 벗을 찾지 못한 홍대용이 멀리 중국에서 엄성 등 세 사람의 항주 선비와 화이(華夷: 중국인과 외국인)의 차별을 초월하여 진정한 우정을 맺은 사실을 예찬했다.

1771년(영조 47년, 辛卯), 35세

― 영조의 칭찬을 받은 일로 인해 연암의 명성이 더욱 높아지자, 2월 회시(會試: 소과 복시覆試)에 연암을 급제시킴으로써 공(功)을 삼자는 시의(時議)가 있었다고 한다. 그러나 연암은 회시에 응하지 않거나, 마지못해 응시해도 시권을 제출하지 않았다.

― 5월 벗 이희천이 억울한 일로 처형되자 큰 충격을 받고 한동안 교제와 인사(人事)를 전폐하다시피 하다(「題李夢直哀辭後」). 이희천은 조선 태조와 인조를 모독하는 내용이 포함되어 있는 줄 모르고 청나라 학자 주인(朱璘)이 지은 『명기집략』(明紀輯略)을 구입해서 소지하고 있다가 발각되어, 그 책을 팔았던 책 거간꾼과 함께 처형되었다. 이해 이후 연암은 다시는 과거에 응시하지 않았다.

― 과거를 포기한 뒤 이덕무·백동수(白東修: 이덕무의 처남) 등과 함께 여행을 떠나다. 이덕무와는 개성에서 헤어진 뒤, 평양을 거쳐 천마산(天摩山)·묘향산 등지를 유람했다. 남으로는 속리산·가야산, 화양(華陽)·단양(丹陽) 등 여러 명승지를 유람했다. 백동수와 함께 황해도 금천군(金川郡)의 연암협(燕巖峽)을 답사한 후 장차 여기에 은둔할 뜻을 굳히고 자호(自號)를 '연암'이라 지은 것도 이때의 일이다.

― 9월 맏누님이 향년 43세로 별세하다. 「백자 증정부인 박씨묘지명」(伯姉贈貞夫人朴氏墓誌銘)은 출가한 뒤 가난과 병으로 고생하다 죽은 맏누님을 추모하여 지은 글이다.

― 같은 달 벗 홍낙임(洪樂任)의 부인 숙인(淑人) 조씨(趙氏)가 병사하자, 이를 애도하는 오언고시 「만조숙인」(輓趙淑人)을 짓다(張志淵 편, 『大東詩選』권7). 몇 년 전 연암이 어려운 형편 속에 부친의 장례를 치를 적에, 조씨는 자신의 값비싼 다리(加髢)를 전당 잡혀 빌린 100냥

의 거금을 보내어 남몰래 도와주었다고 한다.

- 10월 이덕무가 「하야연기」(夏夜讌記) 등 연암의 글 10편을 뽑아
『종북소선』(鍾北小選)을 편찬하고 서문을 짓다. 「하야연기」는 이해
의 어느 여름날 밤에 홍대용의 집에서 벌어진 음악회의 광경을 기
록한 글이다.

- 12월(1772년 1월) 벗 심염조(沈念祖, 자 백수伯修)가 강원도 낭천(狼
川) 현감에 제수되어 임지로 떠나자, 「송심백수 출재낭천서」(送沈伯
修出宰狼川序)를 지어 주다.

1772년(영조 48년, 壬辰), 36세

- 1월 삼종질(三從姪) 박종덕(朴宗德: 초명 상덕相德, 이조 판서 역임)의
아들 수수(綏壽)가 29세로 요절하다. 「족손 증홍문정자 박군묘지명」
(族孫贈弘文正字朴君墓誌銘)은 박수수의 죽음을 애도한 글이다.

- 형 박희원의 장인 이동필(호 오천梧川)이 별세하여 「제오천처사
이장문」(祭梧川處士李丈文)을 짓다.

- 이 무렵 가족을 경기도 광주(廣州) 석마(石馬: 돌마면. 지금의 성남시
분당구)의 처가로 보낸 뒤 전의감동(典醫監洞: 약칭 전동典洞. 지금의 서울
시 종로구 견지동)에 셋집을 얻어 혼자 기거하면서, 홍대용·정철조(鄭
喆祚)·이서구·이덕무·박제가·유득공 등 여러 우인 문생들과 친밀
하게 교제하는 가운데 자신의 사상과 문학을 심화해 나가다. 같은
무렵 홍대용도 남산 아래 저동(苧洞)에서 근처 동네인 죽동(竹洞)으
로 집을 사서 이사했다. 홍대용은 '건곤일초정'(乾坤一草亭)이라 명명
한 그 집에서 연암과 선배 김용겸(金用謙, 호 효효재嘐嘐齋), 벗 홍원섭
등을 초대하여 음악회를 자주 열었다.

- 6월 홍대용의 집을 방문하고, 그가 국내 최초로 향악(鄕樂) 음정에 조율하여 양금(洋琴)을 연주하는 데 성공하는 광경을 목격하다. 그 이후 양금은 향악의 합주 악기나 가곡의 반주 악기로 널리 쓰이기 시작했다(『熱河日記』, 「銅蘭涉筆」).

- 「수소완정 하야방우기」(酬素玩亭夏夜訪友記)를 짓다. 이서구(호 소완정素玩亭)의 「하야방우기」(夏夜訪友記)에 답하여, 몹시 소탈하게 지내던 자신의 당시 생활상을 해학적으로 그려 보인 글이다.

- 「초정집서」(楚亭集序)를 짓다. 박제가의 문집 『초정집』에 붙인 서문으로, '법고창신'(法古創新)의 문학론을 피력한 글이다(박제가의 『貞蕤文集』에 수록된 별도의 「서」는 1768년 작임).

- 10월 유한준(兪漢雋)·유득공·정철조·서상수·이재성(李在誠: 처남)·서중수(徐重修: 자형)·홍대용 등에게 보낸 짧은 편지들을 모은 『영대정잉묵』(映帶亭賸墨)을 편찬하고 자서(自序)를 짓다.

1773년(영조 49년, 癸巳), 37세

- 봄에 이덕무, 유득공과 함께 용산에서 마포까지 뱃놀이를 하면서 한강의 강변 풍경을 그림으로 남기다(유득공, 『영재집』 권9, 「與燕巖·懋官游麻浦」, 「書燕巖所寫春江落帆圖扇」).

- 윤3월에서 4월에 걸쳐 이덕무, 유득공 등과 함께 서도(西道)를 유람하다. 개성을 거쳐 평양에 이르러, 고조선 때 기자(箕子)가 시행했다는 정전제(井田制)의 유적을 구경하고 「기자전기」(箕子田記)를 지었다. 평안도 성천(成川)의 십이봉(十二峰) 아래에 은거 중인 이인(異人) 윤영과 우연히 재회하였다. 이를 계기로 후일 「허생전」을 완성하게 된다.

- 유득공·이서구·이정구(李鼎九: 이서구의 종제從弟)와 함께 창덕궁 북쪽의 이름난 정자인 몽답정(夢踏亭)에 모여 시를 짓다(유득공,『영재집』권1,「與燕巖·薑山·潛夫 集夢踏亭二首」).

- 이서구의 서실 소완정에서 김용겸을 모시고 이덕무, 이서구와 함께 서상수의 퉁소 연주를 감상하며 시를 짓다(이서구,『薑山初集』,「會嘐嘐先生及燕巖諸人聽簫二首」).

- 가을에 홍대용·이덕무·박제가와 함께 북한산의 승가사(僧伽寺)에 오른 뒤 북한산성 일대를 며칠 동안 유람하다(박제가,『貞蕤閣初集』,「同湛軒·燕嵒·炯庵登僧伽寺 炯庵先歸 約以歸路會普通亭 而歷北漢 遊曹溪 再合觀軒·炯庵宿 紀行之什」).

- 가을에 「회성원집발」(繪聲園集跋)과 시 「담원팔영」(澹園八詠)을 짓다. 「회성원집발」은 홍대용이 연행 중에 사귄 삼하현(三河縣)의 상인 등사민(鄧師閔)이 동향 친구 곽집환(郭執桓)의 시집인 『회성원집』에 대해 조선 명사들의 글을 요청해 왔으므로 짓게 된 글이다. 「담원팔영」은 등사민이 곽집환의 별장인 담원(澹園)의 팔경(八景)을 노래한 「담원팔영」을 부쳐 보내면서 화답을 요청했기에 그에 호응하여 지은 시이다. 이때 홍대용·이덕무·유득공·박제가·이서구·이정구 등도 각자 「담원팔영」을 지었다(홍대용 撰,『乾淨附編』1, 癸巳七月,「與汝軒書」).

1774년(영조 50년, 甲午), 38세

- 「이몽직 애사」(李夢直哀辭)를 짓다. 자형 서중수의 조카요 박제가의 매제인 이한주(李漢柱)의 요절을 애도한 글이다.

- 12월(1775년 1월) 「제이당화」(題李唐畫)를 짓다. 이는 송나라 이당(李唐)의 명화 「장하강사」(長夏江寺)가 국내에 유입된 내력을 기록한

글이다.

1775년(영조 51년, 乙未), 39세

- 「유경집애사」(兪景集哀辭)를 짓다. 벗 유정주(兪靖柱)의 아들 유성
환(兪成煥)이 요절했으므로 지어 준 글이다.
- 유언호의 문집『연석』(燕石)에 대한 서문을 짓다(『연암집』에는 「愚夫
艸序」로 수록됨).

1776년(영조 52년, 정조 즉위년, 丙申), 40세

- 7월 박제도(朴齊道: 박제가의 적형嫡兄)·이희경·이희명(李喜明)·원
유진(元有鎭: 원중거元重擧의 장남이자 이덕무의 매제)·이덕무, 참판 서유
린 등과 함께 밤에 운종교를 산책하고 「취답운종교기」(醉踏雲從橋記)
를 짓다.
- 8월 이덕무, 박제가와 함께 홍대용의 집을 방문했다가 황윤석(黃
胤錫, 호 이재頤齋)을 처음 만나고, 하룻밤을 동숙하며 학문적 대화를
나누다(황윤석, 『頤齋亂藁』 권22, 丙申 8월 8일, 9일).
- 11월 정사 박명원이 인솔하여 떠난 동지사행(冬至使行)에 벗 나
걸(羅杰)이 서장관 신사운(申思運)의 군관으로 수행하게 되었으므로,
그를 개성까지 따라가 전송하다. 그 직전에 유득공의 숙부 유금(유
연의 개명)이 사은사행(謝恩使行)에 부사 서호수(徐浩修)의 군관(軍官)
으로 참여하여 북경을 향해 떠났다.

1777년(정조 1년, 丁酉), 41세

- 4월 장인 이보천(호 유안재遺安齋)이 향년 64세로 별세하다. 「제외

구 처사유안재 이공문」(祭外舅處士遺安齋李公文)은 장인을 추모하여 지은 글이다.

− 황해도 금천군의 연암협으로 이거(移居)하다. 연암은 출세에 연연하지 않아 집안이 갈수록 어려워졌다. 뿐만 아니라 정조 즉위 초에 세도를 부리던 홍국영(洪國榮)에 대한 비판을 꺼리지 않아 신변의 위험을 느끼고, 피신 겸 은둔하여 농사를 짓고 살아갈 결심을 하게 된 것이다.

− 7월 벗 유언호가 개성 유수로 부임하자, 그의 제안과 도움으로 개성의 금학동(琴鶴洞)에 있는 양호맹(梁浩孟)의 별장에 머물면서 이현겸(李賢謙)·이행작(李行綽)·양상회(梁尙晦)·한석호(韓錫祜) 등 청년 선비들을 지도하다. 「금학동 별서소집기」(琴鶴洞別墅小集記)는 이때 양호맹의 금학동 별장으로 방문한 개성 유수 유언호와 금강산을 유람하던 옛일을 추억하며 담소한 사실을 기록한 글이며, 「만휴당기」(晩休堂記)는 금학동 별장 내의 만휴당에 붙인 기(記)이다.

1778년(정조 2년, 戊戌), 42세

− 3월 사은사행의 일원으로 북경으로 떠나는 이덕무와 박제가를 전별하다. 이덕무는 서장관 심염조(沈念祖)의 군관으로, 박제가는 정사 채제공(蔡濟恭)의 군관으로 수행하였다. 출발 전날 연암은 이서구 등과 함께 이덕무의 집을 찾아가 밤새 작별의 대화를 나누고, 출발 당일에는 유곤(柳璭: 유금의 아우)·유득공 등과 함께 홍제원(弘濟院)까지 따라가 송별 시를 지어 주며 전송했다. 그 직후에 연암은 유득공과 함께 개성을 유람했다(유득공, 『영재집』 권3, 「琴鶴洞寓舍 燕巖·耳玉同飮」). 윤6월에는 유득공이 문안사행(問安使行)의 서장관 남학문

(南鶴聞)의 군관이 되어, 만주 순행(巡幸)에 나선 건륭제를 영접하러 심양(瀋陽: 성경盛京)으로 떠났다.

- 7월 형수 이씨가 향년 55세로 별세하다. 9월 형수의 유해를 연암협으로 옮겨 집 뒤뜰에 장사지냈다. 「백수 공인이씨 묘지명」(伯嫂恭人李氏墓誌銘)은 형수의 죽음을 애도하여 지은 글이다.

- 이 무렵 개성 유수 유언호가 자주 방문하여 물심양면으로 도와주었다. 그가 연암을 만나지 못하고 간 뒤 보내온 편지에 답한 「답유사경서」(答兪士京書), 그리고 임금이 하사한 감귤을 연암에게도 나누어 준 데 대해 감사한 「사유수 송혜내선이귤첩」(謝留守送惠內宣二橘帖)은 당시에 지은 글들이다.

1779년(정조 3년, 己亥), 43세

- 3월 유언호가 이조 참판에 제수되어 개성을 떠나자, 다시 연암협으로 돌아와 자신을 따라온 이현겸 등 개성의 젊은 선비들을 지도하는 한편 사색하고 집필하는 나날을 보냈다. 동짓날을 맞아 지은 「산중지일 서시이생」(山中至日書示李生)은 문하생들을 가르치며 지내던 외로운 산중 생활이 잘 드러나 있는 시이다. 이 무렵에 우리나라와 중국의 농서(農書)를 두루 구해 읽고 초록해 두었던 것을 바탕으로, 후일 『과농소초』(課農小抄)를 저술하게 된다.

- 6월 이덕무·박제가·유득공이 규장각(奎章閣)의 외각인 교서관(校書館)의 검서(檢書)로 발탁되다(후에 규장각에 소속됨). 당시 홍대용은 태인(泰仁) 현감으로 나가 있으면서도 잊지 않고 안부를 묻는 편지를 보내왔다. 『연암집』에 수록된 4편의 「답홍덕보서」(答洪德保書)는 이에 답한 편지이다. 여기에서 연암은 마음 맞는 벗들과 동떨어

져 산중에서 홀로 지내는 외로움을 호소하는 한편, 이덕무와 유득공·박제가가 불우한 처지에서 벗어나 검서로 발탁된 사실을 기뻐했다. 또한 이덕무가 연행에서 돌아온 뒤 전달한 '연암산방'(燕巖山房)이라는 반정균의 글씨를 새겨서 산중의 서재에 걸었노라고 알리면서, 글씨 진본을 보내드리니『고항문헌』(古杭文獻: 엄성·반정균·육비의 편지를 모은 서간첩)에 첨부하기 바란다고 하였다.

─ 9월 정조가 무신(武臣) 이확(李廓, 1590~1665)에게 정려(旌閭)와 함께 '충렬'(忠烈)의 시호(諡號)를 내리다. 「이충렬공 신도비명 병서」(李忠烈公神道碑銘幷序)는 인조반정과 이괄(李适)의 난 진압에 공을 세웠을 뿐 아니라 후금(後金)에 사신으로 가서 결사 저항했던 이확의 행적을 기린 글이다.

1780년(정조 4년, 庚子), 44세

─ 2월 전횡을 일삼던 홍국영이 향리방축(鄕里放逐)됨에 따라, 비로소 한양으로 돌아와 평계(平溪: 지금의 종로구 평동)에 있는 처남 이재성의 집에 묵다.

─ 7월 차남 종채(宗采: 초명 종간宗侃)가 출생하다.

─ 청나라 건륭 황제의 칠순을 축하하기 위한 진하별사(進賀別使)의 정사에 임명된 박명원의 권유를 받고, 정사의 자제군관으로 연행에 참여하다.

5월 25일 사폐(謝陛)하고 한양을 출발하여 6월 24일 압록강을 건넜다. 8월 1일 북경에 도착하여 5일간 체류한 뒤 열하(熱河)로 떠났다. 8월 9일 열하에 도착하여 7일간 체류했다. 8월 20일 북경으로 복귀하여 근 한 달간 체류했다. 9월 17일 북경을 출발하여 10월 27

일 한양에 돌아와 복명(復命)하였다.

열하 체류 중에 당시 그곳의 타실훈포사(札什倫布寺)에 묵고 있던 티베트 불교의 지도자 판첸 라마(班禪喇嘛)를 예방하였다. 또한 열하의 숙소인 태학(太學)에서 전 대리시경(前大理寺卿) 윤가전(尹嘉銓), 거인(擧人) 왕민호(王民皞) 등과 여러 날 함께 담론하며 지구지전설(地球地轉說) 등을 소개하였다. 왕민호가 연암의 학식에 감탄하여 그를 '해상 이인'(海上異人)이라 일컬었다. 북경 체류 중에 연암은 선가옥(單可玉)·유세기(兪世琦)·초팽령(初彭齡)·풍병건(馮秉建) 등 중국 문사 십 수 인과 교제했다.

- 귀국 도중 평양에서 우연히 김홍연(金弘淵)을 만나, 그의 부탁으로 「발승암기」(髮僧菴記)를 지어 주다.
- 귀국 즉시 처남 이재성의 집과 연암협을 왕래하며 『열하일기』의 저술에 진력하다. 당시 경상도 영천(榮川: 지금의 경북 영주) 군수로 재직 중이던 홍대용은 연암에게 소 두 마리와 농기구 5종, 공책 20권과 돈 200냥을 보내면서, 밭을 사서 경작하는 한편으로 후세에 남을 만한 저술에 힘쓰도록 격려해 주었다.

1781년(정조 5년, 辛丑), 45세

- 9월 박제가의 『북학의』에 붙이는 서문인 「북학의서」(北學議序)를 짓다. 청나라를 오랑캐로 보는 배청주의(排淸主義)를 비판하고, 청나라의 선진 문물을 적극 수용할 것을 역설한 글이다.
- 12월(1782년 1월) 벗 정철조(호 석치石癡)가 향년 52세로 별세하다. 「제정석치문」(祭鄭石癡文)은 정철조의 죽음을 애도한 글이다.

1782년(정조 6년, 壬寅), 46세

– 5월 문하생 박경유의 처 이씨가 순절하자, 예조에 정려를 청하는「이열부사장」(李烈婦事狀)을 짓다.

1783년(정조 7년, 癸卯), 47세

– 1월 박경유의 순절한 처 이씨에게 정려가 내리다.「열부이씨 정려음기」(烈婦李氏旌閭陰記)는 열부 이씨의 행적을 기린 글이다.

– 10월 벗 홍대용이 항년 53세로 별세하다. 연암은 빈소를 차리고 염습하는 일을 챙기는 한편, 홍대용과 교분을 맺은 중국 항주의 인사들에게 손수 편지를 써서 부고를 알렸다. 생전에 홍대용이 그에게 당부한 대로 상례(喪禮)를 점검하여, 염습할 때 반함(飯含)을 하지 말라는 고인의 뜻을 받들게 했다.「홍덕보 묘지명」(洪德保墓誌銘)은 그의 죽음을 애도한 글이다.

–「도강록서」(渡江錄序)를 짓다.『열하일기』의 첫 편(編)인「도강록」의 서문이다.

– 이 무렵 삼종형 박명원의 배려로 삼포(三浦: 마포)의 한강변에 있는 박명원의 별장 세심정(洗心亭)으로 거처를 옮겨 독서와 저술에 힘쓰다. 처남 이재성도 세심정에 와서 함께 지냈으며, 맏사위 이종목과 개성의 문하생 한석호가 와서 머물며 글을 배웠다. 이덕무·박제가·유득공도 공무의 여가를 틈타 찾아와 머물곤 했다. 당시 연암은 우리나라와 관련된 중국 측 자료들을 집대성한『삼한총서』(三韓叢書)를 편찬하려는 큰 뜻을 품고 있었으므로, 박학다식한 이 세 검서의 방문은 자료 고증에 큰 도움이 되었다. 또한 이들과 절친한 서상수·이희경·이희명·이공무(李功懋: 이덕무의 아우)·정수(鄭琇, 자 이옥

珏) 등 서얼 문사들도 다투어 찾아와 뵈었으므로, '사람을 가리지 않고 사귄다'(交不擇人)는 비방을 입었다.

1784년(정조 8년, 甲辰), 48세
- 봄에 오윤상(吳允常: 대제학 오재순吳載純의 아들)의 처 광산 김씨(光山金氏)가 순절하자, 예조에 정려를 청하는 「김유인 사장」(金孺人事狀)을 짓다.

1785년(정조 9년, 乙巳), 49세
- 「이자후 하자시축서」(李子厚賀子詩軸序)를 짓다. 벗 이박재(李博載, 자 자후子厚)가 뒤늦게 득남을 하자 이를 축하하는 시축(詩軸)의 서문을 지어 준 것이다.
- 「족형도위공 주갑서」(族兄都尉公周甲序)를 짓다. 금성도위 박명원의 회갑을 축하한 글이다.

1786년(정조 10년, 丙午), 50세
- 5월 정조의 장남인 문효세자(文孝世子)가 병사하자, 금성도위 박명원을 대신하여 「문효세자 진향문」(文孝世子進香文)을 짓다.
- 윤7월 이조 판서 유언호의 천거로 선공감(繕工監) 감역에 제수되다. 연암이 음보(蔭補)로 처음 출사하자, 심환지(沈煥之)·정일환(鄭日煥) 등이 찾아와 자파로 끌어들이려 했으나 연암은 그때마다 소어(笑語)로 얼버무려 쫓아버렸다고 한다.
- 『송자대전』(宋子大全)의 교정 작업에 참여하다. 이때 송시열의 편지 중 윤휴(尹鑴)의 일을 논한 대목에 전아하지 못한 칭위(稱謂)가

있어 이를 삭제하자고 건의했으나, 받아들여지지 않음을 개탄했다.

1787년(정조 11년, 丁未), 51세

- 1월 부인 전주 이씨가 향년 51세로 별세하다. 경기도 장단(長湍) 송서면(松西面) 대세현(大世峴)의 선영에 장사지내다. 부인의 죽음을 애도한 「도망」(悼亡: 칠언 절구 20수)을 짓다(현재 일부만 전함).

- 7월 형 박희원이 향년 68세로 별세하다. 연암협의 집 뒤 형수 이씨의 묘에 합장하다. 「연암 억선형」(燕巖憶先兄)은 작고한 형님을 추모하여 지은 시이다.

- 11월 선공감 감역으로서 윤대(輪對)하고, 정조가 무슨 일을 담당하느냐고 하문하자 철물(鐵物)을 담당한다고 아뢰었다(『승정원일기』, 정조 11년 11월 11일).

- 이해에 영희전(永禧殿)의 내장(內墻: 경내에 세운 낮은 담)을 개축할 때 벽돌을 구워서 쌓자고 주장했다(『燕岩集草稿補遺』(9), 「用甎說」).

1788년(정조 12년, 戊申), 52세

- 3월 일가족이 모두 전염병에 걸려 맏며느리 덕수 이씨(德水李氏)가 사망하고, 장남 종의도 위독한 끝에 간신히 회생했다. 장녀(이종목의 처)도 이때 사망했다. 부인에 이어 맏며느리마저 사망하여 집안 살림을 맡길 데가 없었으므로, 주위에서는 재혼을 권유했으나 연암은 이를 마다하였다.

- 이 무렵 한양 북촌 가회방(嘉會坊)의 제생동(濟生洞: 일명 계산동桂山洞·계생동桂生洞·계동桂洞)으로 이사하다. 여호 박필주의 손자인 사촌 동생 박수원(朴綏源)이 온양(溫陽) 군수로 나간 뒤로 비어 있던 그의

집을 빌려 거처한 것이다.

- 「승지 증이조판서 나은이공시장」(承旨贈吏曹判書懶隱李公諡狀)을
짓다. 예조 판서 서유린의 부탁으로 이동표(李東標, 1644~1700)의 시
호를 청하는 글을 대신 지은 것이다. 4월 이동표에게 '충간'(忠簡)이
라는 시호가 내렸다.

- 7월 교서관 교리 성대중(成大中)의 직려(直廬: 숙직실)에서 나열(羅
烈)·이한진(李漢鎭)·이희경·이덕무·이홍상(李鴻祥)·백동수·유성한
(柳星漢)·이명연(李明淵)과 함께 종일 시주(詩酒)의 모임을 갖다(성대
중, 『靑城集』 권3, 「七夕後二日 會朱溪·京山·炯菴·李士文·白永叔[東脩]·柳原
明·玉流生 雅娛竟日 燕巖朴美仲[趾源]後至 逼昏乃散」).

- 12월 선공감 감역 임기 만료되다.

1789년(정조 13년, 己酉), 53세

- 6월 평시서(平市署) 주부로 승진하다.

- 가을에 공무의 여가를 얻어 연암협으로 돌아오다. 개성의 문하
생 최진관(崔鎭觀: 일작一作 진관鎭寬)의 청탁으로 작고한 그의 부친을
위해 「치암 최옹묘갈명」(癡菴崔翁墓碣銘)을 짓고 묘갈명의 글씨도 써
주었다.

- 교분이 있던 개성의 선비 김형백(金亨百: 호 취묵와醉黙窩)이 작고
하다. 「취묵와 김군묘갈명」(醉黙窩金君墓碣銘)은 그의 죽음을 애도한
글이다.

- 「예조참판 증영의정부군 묘표음기」(禮曹參判贈領議政府君墓表陰記)
를 짓다. 금성도위 박명원을 대신해서 그의 부친 박사정(朴師正)의
묘표 음기를 지은 것이다.

- 12월(1790년 1월) 사복시(司僕侍) 주부로 전보되었으나, 전임자(자형 서중수)와 친혐(親嫌)이 있다고 사퇴하다. 이어서 사헌부(司憲府) 감찰로 전보되었으나, 관청의 명칭이 중부(仲父: 박사헌朴師憲)의 성함과 음이 같음을 꺼리어 사퇴했다.

- 사복시 주부로서 윤대할 때 정조가 창경궁 후원(後苑)의 춘당대(春塘臺)에 축대를 쌓는 방안에 관해 소견을 묻자, 돌보다 벽돌로 쌓는 쪽이 편리하다고 아뢰다(『승정원일기』, 정조 13년 12월 11일). 그 뒤 선공감 제조 서유린을 수행하여 춘당대의 형세를 살펴보았다. 서유린이 연암의 자문에 따라 벽돌로 쌓는 방안을 아뢰자, 정조는 와서(瓦署)에 가마를 설치하여 편의대로 벽돌을 구워 만들라고 명했다. 이에 연암은 이희경과 함께 벽돌 굽는 가마를 중국식 입요(立窯)로 만들고 벽돌의 치수도 중국식을 기준으로 삼아 벽돌 수십만 개를 구워 냈다고 한다.

- 12월 정조는 현륭원(顯隆園: 화성華城으로 이전한 사도세자의 능)을 참배하러 가는 편의를 위해 한강에 설치하도록 명한 주교(舟橋)가 완성되자 문무백관이 참여하는 성대한 낙성연을 베풀었는데, 연암은 이때 음관(蔭官)으로는 유일하게 참석하는 은총을 입었다.

1790년(정조 14년, 庚戌), 54세

- 2월 의금부 도사로 전보되다.

- 3월 삼종형인 금성도위 박명원이 향년 66세로 별세하다. 정조는 '충희'(忠僖)라는 시호와 함께 300여 언(言)에 달하는 어제(御製) 제문을 내리고 손수 신도비의 비문을 지었으며, 연암에게 그의 묘지명을 짓도록 명했다. 「삼종형 금성위 증시충희공묘지명」(三從兄錦城

尉贈諡忠僖公墓誌銘)은 이러한 어명을 받들어 지은 글이다.

- 4월 경기도 개풍군(開豊郡)에 있는 태조비(太祖妃) 신의왕후(神懿王后)의 능을 관리하는 제릉 영(齊陵令)으로 전보되어 15개월간 재직하다. 능 안의 극심한 산림 도벌을 근절했으며, 한가로운 가운데 독서와 저술에 힘썼다. 그 무렵 음관을 대상으로 한 과거가 누차 있었으나, 연암은 번번이 불응하였다.

1791년(정조 15년, 辛亥), 55세

- 시 「재거」(齋居)를 짓다. 말단 벼슬아치인 제릉 영으로 유유자적하게 지내는 자신의 모습을 해학적으로 노래한 시이다.
- 7월 「차홍태화 비성아집운」(次洪太和秘省雅集韻)을 짓다. 이덕무·유득공·박제가가 규장각 검서로서 교서관에서 『국조병사』(國朝兵事)를 편찬하고 있을 때 교서관 교리 성대중이 마침 숙직을 하자, 연암은 홍원섭·이명연과 함께 교서관으로 찾아가 이틀 동안 7인이 함께 시를 짓고 놀았다. 「차홍태화 비성아집운」은 이때 홍원섭의 시에 차운하여 지은 시이다. 또한 당시 연암은 「용도」(龍圖)와 「송석도」(松石圖)를 그리기도 하고, 좌중에게 「홍덕보 묘지명」을 보여 주기도 했다고 한다(박제가, 『貞蕤閣三集』, 「辛亥七月 同靑莊·泠菴奉命纂輯國朝兵事 開局於秘省 而靑城適就直 太湖·燕巖·玉流諸公偶集」).
- 8월 한성부 판관으로 전보되다. 당시 심각한 흉년이 들어 미곡상들이 쌀을 비싸게 팔고 부자들이 사재기를 하는 바람에 한양의 쌀값이 올랐으므로, 좌의정 채제공이 시장 가격을 강제로 낮추고 사재기를 금지하는 정책을 건의하기에 앞서 공시당상(貢市堂上)과 평시서·한성부의 제거(提擧) 및 상하 관원들의 의견을 수합했다. 이

에 연암은 가격 억제와 사재기 금지 정책을 쓰면 미곡상들이 다른 지역으로 가 버릴 것이므로 한양의 식량 사정은 더욱 곤란해질 것이며 민간의 사재기 역시 흉년에 대비하여 쌀을 비축하는 효능이 있다는 이유로, 강력히 반대하는 의견을 제시했다. 시장 질서를 교란하지 말고 시장의 가격 조절 기능에 맡겨야 한다는 연암의 주장이 수용된 결과, 거듭 흉년이 들었어도 한양의 쌀값이 폭등하는 폐해가 없었다고 한다.

- 12월(1792년 1월) 안의(安義) 현감에 제수되다.

1792년(정조 16년, 壬子), 56세

- 1월 임지에 도착하다. 안의현은 영호남의 경계에 위치한 지리산 중의 작은 고을로서, 거창현과 함양군을 이웃에 두고 있었으며, 당시 인구는 5천여 호였다.

- 경상 감사 정대용(鄭大容)의 부탁으로 도내의 수많은 의옥(疑獄)들을 심리하고 소견서를 작성하다. 현풍인 유복재(兪福才) 치사(致死)사건의 범인에 대해 논한 「답순사 논현풍현살옥 원범오록서」(答巡使論玄風縣殺獄元犯誤錄書), 밀양인 김귀삼(金貴三)의 살인 의혹 사건을 논한 「답순사 논밀양김귀삼 의옥서」(答巡使論密陽金貴三疑獄書), 함양인 장수원의 살인 의혹 사건을 논한 「답순사 논함양장수원 의옥서」(答巡使論咸陽張水元疑獄書), 밀양인 윤양준(尹良俊)의 살인 의혹 사건을 논한 「답순사 논밀양 의옥서」(答巡使論密陽疑獄書), 함양인 조판열(曹判烈) 피살 사건을 논한 「답순사 논함양옥서」(答巡使論咸陽獄書) 등은 모두 이때 쓴 글이다.

- 부임 즉시 송사(訟事)를 엄정히 처리하여 고을 백성들 간에 분쟁

을 일삼던 풍조를 바로잡고 아전들의 상습적인 관곡(官穀) 횡령을 근절했으며, 관아에까지 출몰하던 도적들을 퇴치했다.

- 함양군의 제방 보수공사에 고을 백성들이 동원되자, 행군 대형을 짜서 일사불란하게 지휘하여 공사를 완벽하게 해냄으로써 매년 동원되는 폐단을 막을 수 있었다. 「답함양군수서」(答咸陽郡守書)는 이 공사에 안의 현민을 징발하는 문제로 함양 군수 윤광석(尹光碩)이 보내온 편지에 대한 답신이다.

- 관아의 황폐한 곳간을 개조하고 그 빈터의 남북에 못을 판 뒤, '백척오동각'(百尺梧桐閣), '공작관'(孔雀館), '하풍죽로당'(荷風竹露堂), '연상각'(烟湘閣)이라 명명한 정각(亭閣)들을 지었으며, 담을 쌓을 때 중국의 제도를 모방하여 벽돌을 구워 썼다. 「백척오동각기」·「공작관기」·「하풍죽로당기」는 신축한 정각들에 붙인 기문(記文)이다.

- 「증사헌부지평 예군묘갈명」(贈司憲府持平芮君墓碣銘)을 짓다. 경상도 상주의 선비 예귀주(芮歸周)가 사후인 영조 29년(1753년) 효자로 표창되고 사헌부 지평에 증직되었는데, 그의 후손이 홍원섭의 소개로 찾아와서 묘갈명을 청했으므로 지어 준 것이다.

- 삼종질(三從姪) 박종악(朴宗岳)이 우의정에 제수되다(1월). 「하삼종질종악배상 인논시노서」(賀三從姪宗岳拜相因論寺奴書)는 박종악의 우의정 취임을 축하하면서, 아울러 노비안(奴婢案)에서 누락된 시노(寺奴: 중앙 관청에 소속된 노비)들을 색출하여 신공(身貢)을 거두는 과정에서 시노의 두목들이 농간을 부려 원성이 자자한 안의현의 실태를 전하고 이 같은 폐단을 전국적으로 시정하도록 당부한 편지이다. 또한 경상 감사에게도 안의현의 시노 문제에 관해 조사한 사실을 보고하면서, 우의정 박종악에게 보낸 자신의 편지를 동봉하여 참고

하게 했다(『연암집』 권3, 「答巡使書」).

– 벗 김이소(金履素)가 우의정에 제수되다(10월). 「하김우상이소서」
(賀金右相履素書)는 김이소의 우의정 취임을 축하함과 동시에, 별지
(別紙)에서 화폐 유통을 바로잡고 은(銀)의 국외 유출을 막는 데 대
한 견해를 피력한 편지이다. 연암은 조악한 엽전(상평통보)의 남발로
화폐 가치가 떨어져 물가가 치솟는 문제를 바로잡기 위한 방안으
로, 질 좋은 구(舊) 엽전과 조악한 신(新) 엽전의 화폐 가치를 1대 2
로 규정하여 통용하게 하는 한편, 화폐 부족 현상을 이유로 당전(唐
錢: 청나라 동전)을 수입해서 쓰자는 논의를 비판하고 은이 무역 대금
으로 중국에 유출되는 폐단을 막기 위해 이를 은화로 만들어 국내
에서 유통되게 해야 한다고 주장했다.

1793년(정조 17년, 癸丑), 57세

– 1월 『열하일기』로 인해 문인들의 문체 타락을 초래한 잘못을 속
죄하기 위해 순수하고 바른 글을 지어 진상하라는 정조의 하교를
전하는 규장각 각신 남공철(南公轍)의 편지가 임소에 도착했으므로,
연암은 남공철에게 정중하고 간절한 답서를 보내어 사죄의 뜻을 표
했다(「答南直閣公轍書」).

– 같은 달, 이덕무가 향년 53세로 별세하다.

– 봄에 도내에 흉년이 든 가운데 안의현이 가장 심하여 응당 공진
(公賑)을 설치해야 했으나 연암은 자신의 녹미(祿米)를 떼어 사진(私
賑)을 설치했다. 공진의 설치를 권하는 경상 감사에 대해 이를 고사
하는 뜻을 밝힌 「답순사 논진정서」(答巡使論賑政書), 인근 고을 수령
들과 진정(賑政)에 대해 논한 「답단성현감이후 논진정서」(答丹城縣監

李侯論賑政書),「답대구판관이후 논진정서」(答大邱判官李侯論賑政書) 등
은 이때의 편지들이다.

— 봄 이후 이재성·이종목(李鍾穆: 맏사위)·이겸수(李謙秀: 둘째 사위)·
이희경·윤인태(尹仁泰)·한석호·양상회·박제가 등을 잇달아 안의로
초청하여 하풍죽로당 등에서 문주(文酒)의 모임을 갖다(『연암집』 권3,
「與人」).

— 여름에 이희경에게 편지를 보내다(『연암집』 권10, 「與人」). 이 편지
에서 연암은 지기(知己)인 이덕무를 잃은 박제가의 슬픔을 위로하면
서 우정론(友情論)을 피력했다.

— 7월 안의 출신 아전 집안의 한 여자가 함양으로 시집갔다가 요
절한 남편의 탈상 직후에 순절한 사건이 발생하다.「열녀함양박씨
전 병서」(烈女咸陽朴氏傳幷序)는 박씨의 순절을 예찬하는 한편으로,
서문을 덧붙여 당시의 지나친 수절 풍습을 완곡히 비판한 글이다.

— 11월 외읍(外邑)의 사전(祀典)을 제대로 거행하라는 정조의 엄중
한 하교와 더불어 단우 의칙(壇宇儀則)이 반포됨에 따라, 고을의 사
직단 신우(神宇)와 여단(厲壇) 신우를 정비하고「안의현 사직단신우
기」와「안의현 여단신우기」를 짓다. 또 고을 아전들이 정유재란 때
전사한 안의 현감 곽준(郭䞭)을 현사(縣祠)에 모시고 제사드리는 일
을 칭송한「안의현현사 사곽후기」(安義縣縣司祀郭侯記)를 지었다.

— 겨울에 합천군 화양동(華陽洞)에 있는 선조 야천(冶川: 박소) 선생
묘소의 병사(丙舍: 재실)가 무너지고 제전(祭田)이 결실(缺失)되었으므
로, 일가친척인 도내 수령들과 함께 성금을 모아 병사를 수리하고
제전을 마련하다.「합천화양동 병사기」(陜川華陽洞丙舍記)는 그 전말
을 기록한 글이다.

1794년(정조 18년, 甲寅), 58세

- 3월 무신란 때 정희량(鄭希亮) 도당에게 저항하다 죽은 거창의 좌수(座首) 이술원(李述原)에게 정려가 내리다. 「충신 증대사헌 이공 술원 정려음기」(忠臣贈大司憲李公述原旌閭陰記)는 그 전말을 기록한 글이다. 이와 아울러 무신란 때 순절한 신극종(愼克終) 등 거창의 아전 5인을 제사하는 오신사에 붙인 「거창현 오신사기」(居昌縣五愼祠記)를 지었다.

- 6월 정조의 생모인 혜경궁 홍씨의 육순을 맞아 사서(士庶) 중 80살 이상의 고령자에게 관계(官階)가 하사되었으므로, 안의현에서 그러한 은자(恩資)를 받게 된 50여 명의 노인들과 그 가족 친지들을 초대하여 성대한 경로잔치를 베풀었다.

- 여름에 벗 김이도(金履度, 자 계근季謹)에게 답장을 보내다(『연암집』 권3, 「答金季謹書」). 이 편지에서 연암은 벗 김이중(金履中: 김이도의 종형)과 한문홍의 죽음을 애도하는 한편, 수입만을 탐하는 당시 수령들을 '도신'(盜臣: 관청 창고의 재물을 도적질하는 관리)이라고 통렬하게 비판했다.

- 9월 차원(差員)으로 상경하다. 특명으로 입시(入侍)하여, 안의현 및 연로의 농작 상황과 도내 민정 등을 보고했다(『승정원일기』, 정조 18년 9월 15일). 당시에 호조 판서 심이지(沈頤之)가 내년에 거행할 혜경궁 홍씨 회갑연 행사 경비 조달을 위해 안의에 있는 호조의 저치미(儲置米)를 팔아 작전(作錢)하기를 제의했으나, 그에 부수입이 따르는 것을 꺼리어 거절하고 저치미를 다른 고을로 이전시켜 버렸다.

- 겨울에 당시 전라 감사로 나가 있던 이서구의 편지를 받고 답신을 보내다(『연암집』 권3, 「答湖南伯」). 이서구가 편지에서 직무 수행의

고충을 토로했으므로, 연암은 고인(古人)들처럼 오로지 정성 '성'(誠) 자에 온 힘을 다하라고 격려했다.

12월(1795년 1월) 문하생 김기무(金箕懋)가 장남 박종의와 함께 안의에 놀러와 이듬해 2월까지 묵다(김기무, 『雲嶠詩集』, 「十二月二十日 與朴子象宗儀 發嶺南之行 出南門 口號」).

1795년(정조 19년, 乙卯), 59세

― 봄에 좌의정 김이소(金履素)에게 편지를 보내다(『연암집』 권3, 「上金右相書」. '우상'右相은 '좌상'左相의 오류임). 이 편지에서 연암은 나그네처럼 홀로 지내는 고을살이의 외로움과 관직을 버리고 떠나고 싶은 심경을 드러내면서, 관직에 연연하는 자들을 독이 있는 줄도 모르고 복어 알을 먹으려 덤비는 까마귀에 비겨 신랄하게 풍자했다.

― 6월 전라 감사로 재직 중이던 이서구가 경상도 영해(寧海)로 유배되다. 도내에서 진휼(賑恤)을 제대로 하지 못해 굶어 죽은 백성들이 속출한 참사가 발생한 데 대해 책임을 진 것이다. 「답이감사 적중서」(答李監司謫中書)는 당시 유배 중이던 이서구에게 보낸 위문편지이다.

― 가을에 차남 종채가 전주 유씨(全州柳氏) 영(詠)의 딸과 혼인하다.

― 「해인사 창수시서」(海印寺唱酬詩序)를 짓다. 9월 도내를 순행하던 경상 감사 이태영(李泰永)을 수행하면서 합천 해인사에서 도내 수령들과 시주(詩酒)의 자리를 가졌던 일을 서술한 글이다. 그때 지은 「해인사 창수시」(海印寺唱酬詩: 칠언율시 2수)가 있다. 또 해인사 구경과 관련하여 지은 장편 고시(古詩)로 「해인사」가 있다.

― 「홍범우익서」(洪範羽翼序)를 짓다. 안의 출신 학자 우여무(禹汝楙,

1591~1657)의 저서인『홍범우익』에 부친 서문이다. 종래의 미신적인 오행상생설(五行相生說)을 비판하고, 오행이란 백성들의 일용생활에 불가결한 이용후생(利用厚生)의 도구를 다섯 가지 범주로 총괄한 것에 불과하다고 주장했다.

– 함양 군수 윤광석의 부탁으로, 최치원(崔致遠)의 고사가 얽힌 학사루를 수리한 전말을 기록한「함양군 학사루기」(咸陽郡學士樓記)를 짓다. 또한 함양군의 신축한 학교 홍학재에 붙인「함양군 홍학재기」(咸陽郡興學齋記)도 윤광석의 부탁으로 지은 기문이다.

– 함양 군수 윤광석이 그의 선조 윤전(尹烇: 호 후촌後村)의 문집인『후촌집』(後村集)을 간행했는데, 연암은 그중에 선조 금계군(錦溪君) 박동량(朴東亮)을 모독한 내용이 있음을 발견하고 윤광석에게 훼판(毀板)을 촉구했으나, 그가 미온적으로 나왔으므로 절교를 선언하는 편지(「與尹咸陽光碩書」)를 보냈다. 또 이 문제로 반남 박씨 문중에서 물의가 일자, 윤광석은 연암이 그 문집을 보고도 아무런 이의를 제기하지 않았다는 거짓말로 발뺌을 했기 때문에 족제(族弟) 박이원(朴彝源)이 해명을 요구하는 편지를 보내왔다.「여족제이원서」(與族弟彝源書)는 이에 답하여 사실을 해명한 편지이다.

1796년(정조 20년, 丙辰), 60세

– 야천(冶川: 박소) 선생 묘소의 병사를 수리하고 제전을 마련한 뒤 합천군의 이청(吏廳: 질청)에 소속시켜 청명절에 제사지내게 하다. 이 일로 인해 야천 선생의 묘사(墓祀)에 호장(戶長: 우두머리 아전)이 축문을 쓴다는 오해가 빚어져 문중에 적잖은 물의가 일어났다.「답족형윤원씨서」(答族兄胤源氏書)는 저명한 성리학자인 족형 박윤원(朴

胤源, 호 근재近齋)이 이 문제로 편지를 보내 따진 데 대해 사실을 해명한 편지이다.

− 2월 첫 손자(박종의의 아들 효수孝壽)를 보다. 시 「소작」(小酌)을 짓다.

− 3월 안의 현감에서 체직(遞職)되어 귀경하다. 부사과(副司果)에 임명되다(『승정원일기』, 정조 20년 3월 6일).

− 같은 달 벗 유언호가 향년 67세로 별세하다. 연암은 귀경 도중에 부음을 접하고 그를 면결(面訣)하지 못한 것을 애통해하였다.

− 산직(散職: 부사과)에 있으면서, 장차 귀전 저서(歸田著書)할 생각으로 한양 북촌 계산동(桂山洞: 지금의 종로구 계동)의 과수원을 사들여 터를 닦은 뒤, 벽돌을 사용하고 중국의 제도를 본뜬 집을 지었다. 이 집이 세간에 '당가'(唐家: 중국식 집)로 알려진 '계산초당'(桂山草堂)이다. 그 서편에 '총계서숙'(叢桂書塾)이라 명명한 작은 서실도 지었다. 계산초당에는 처음에 처남 이재성이 이사와 살았으므로, 당시 연암은 매일같이 그를 방문하여 나라를 다스리고 백성을 구제하는 실용적인 문제들에 관해 함께 토론했다. 이재성이 이사 간 뒤로는 박종채가 계산초당을 물려받아 종신토록 거주했다.

−「형암행장」(炯菴行狀)을 짓다. 전년 4월에 정조가 이덕무의 유고를 모아 『아정유고』(雅亭遺稿)를 간행하도록 명하면서 연암에게 이덕무의 행장을 짓도록 한 데 따른 것이다.

− 좌승지 이서구의 부탁으로, 정유재란 때 조선을 도운 명나라 장수 양호(楊鎬)와 형개(邢玠)를 기리는 「양경리치제문」(楊經理致祭文)과 「형상서치제문」(邢尙書致祭文)을 대신 짓다.

− 10월 제용감(濟用監) 주부에 제수되다. 곧이어 의금부 도사로 전보되고, 11월 경기도 고양군(高陽郡) 소재 경종(景宗)의 능을 관리하

는 의릉 영(懿陵令)으로 전보되었다.

1797년(정조 21년, 丁巳), 61세

― 윤6월 충청도 면천(沔川) 군수에 제수되다(『승정원일기』, 정조 21년 윤6월 26일). 충청 감사로 한용화(韓用和)가 임명됨에 따라 그와 상피 (相避) 관계에 있는 면천 군수를 교체하게 된 것이다. 한용화는 노론 벽파의 영수인 김종수(金鍾秀)의 매형이자 남공철의 장인이었다.

― 연암이 임지로 떠나기 전에 감사 인사차 대궐에 들어갔을 때, 정 조가 그에게 몇 년 전에 패관소품체를 고치라고 신칙한 바 있는데 과연 문체를 개선했느냐고 묻고는, 최근 제주도 사람 이방익(李邦翼)이 해상 표류 끝에 중국 각지를 전전하다가 극적으로 귀환한 사 건을 친히 설명하고 이를 글로 짓도록 지시했다(『승정원일기』, 정조 21 년 윤6월 27일). 「서이방익사」는 이와 같은 어명에 따라 면천에 부임 한 직후 지어 바친 글이다. 당시에 공무로 바쁘고 참고 문헌도 부족 해서, 이재성과 유득공·박제가에게 도움을 청하여 글을 완성할 수 있었다(서울대 박물관 소장, 『燕巖先生書簡帖』).

― 연암은 면천군에서도 치규(治規)를 안의 현감 시절과 마찬가지로 하여, 부임 초에 고을 백성들 간의 극심했던 소송을 진정시키고, 군 남쪽의 제방인 양제(羊堤)를 보수하여 해마다 무너지던 폐단을 막 았다. 또한 일반 환곡과 뒤섞어 보관·출납하고 있던 정리곡(整理穀) 을 별도로 엄정하게 관리하게 하였다. 이해 10월 정조는 정리곡을 돈으로 분배한 뒤 높은 이자를 붙여 거두어들임으로써 백성들을 수 탈한 아전과 수령들을 적발해서 보고하라고 명했다. 이에 따라 면 천군에도 불시에 조사 관원이 들이닥쳤으나, 도내의 다른 고을들과

달리 무사할 수 있었다고 한다.

– 8월 충청도 일대에 극심한 가뭄에 들었으므로, 충청 감사 한용화가 연암에게 조세 감면 혜택을 조정에 청하는 장계(狀啓)를 대신 지어 주도록 부탁했다. 이는 연암의 친구로 평소 연암의 논사(論事) 문자를 높이 평가한 공주 판관 김기응(金箕應: 자 응지應之)이 감사에게 연암을 적극 천거한 때문이었다. 이에 연암은 가뭄 피해로 세금이 면제되는 토지를 추가로 더 책정해 줄 것을 요청하는 「연분가청장계」(年分加請狀啓: 『연암집』에는 '무오년' 작으로 잘못되어 있음)를 지어 주었으며, 연암의 문장에 힘입어 9월에 조정의 승인이 내렸다.

그러자 충청 감사는 이어서 연암에게 도내의 옥송(獄訟)을 심리하는 직책을 맡기는 한편 은근한 뜻을 나타내면서 도내 수령의 인사고과를 함께 논하자고 했으나, 연암은 병을 핑계대고 면천으로 돌아왔다. 감사는 옥송의 심리가 끝나기도 전에 연암이 멋대로 돌아가 버렸다는 구실로, 연암을 수행한 아전을 잡아다 벌주었다. 이에 항의하여 연암이 누차 사직서를 올렸으나 받아들여지지 않았다.

– 12월(1798년 1월) 충청 감사 한용화가 연암에 대한 인사고과를 '상'(上)에서 '중'(中)으로 깎아내렸다. 「답공주판관 김응지서」(答公州判官金應之書: 모두 5편)와 「여응지서」(與應之書)는 이로 인해 중간에서 난처해진 김기응과 박지원 사이에 여러 차례 오간 편지들이다. 김기응이 연암과 충청 감사 간의 불화를 해소하려고 잇달아 편지를 보내오자, 연암은 자신의 심각한 풍비(風痺) 증세를 설명하고 아울러 부친의 묘를 이장하려는 숙원 사업을 위해서도 사직할 수밖에 없는 사정을 밝혔다.

1798년(정조 22년, 戊午), 62세

– 3월 충청 감사 한용화의 부당한 인사 고과에 대한 불만으로 병
가를 신청하고 상경했으나, 관직 복귀를 독촉하는 임금의 전교가
엄중하여 부득이 임지로 되돌아갔다(『승정원일기』, 정조 22년 3월 14일, 4
월 3일).

– 7월 충청 감사 한용화가 사직하고 후임으로 이태영(李泰永)이 제
수되다. 이태영은 연암의 죽마고우로, 연암이 안의 현감을 지낼 적
에 경상 감사로 재임한 인연이 있다.

– 충청 감사를 대신하여 「연분가청장계」를 짓다(『연암집』에는 '정사
년' 작으로 잘못되어 있음). 조정에서 책정한바 가뭄 피해를 입은 토지
에 대한 세금 면제 혜택을 공정하게 집행하겠다는 보고이다.

– 당시 충청도 일대에 천주교가 성행하였는데, 면천군 역시 한 마
을도 이에 물들지 않은 곳이 없을 정도로 심했다. 연암은 군내에서
천주교도로 적발된 자들을 엄벌에 처하는 대신, 유교의 인륜 도덕
으로 반복해서 설득하여 개심토록 한 후 방면했다. 이러한 온건한
대책이 주효하여 신유사옥(辛酉邪獄) 때에도 면천군만은 무사할 수
있었다고 한다. 이때 충청 감사 한용화에게 보낸 「상순사서」(上巡使
書), 「답순사서」(答巡使書: 『연암집』 권2; 국립중앙도서관 溫齋文庫 소장 『燕巖
集 目錄』, 「答韓監司[用和]論邪學書二首」) 등의 편지에서 연암은 관에 자
수하여 개전의 정을 나타낸 천주교도를 병영(兵營)에서 도로 잡아다
옥에 가두고, 자수한 것이 아니라 체포된 것처럼 조서를 꾸미려 하
는 데에 엄중 항의하였다.

– 이해와 그 이듬해 사이에, 연암이 '오랑캐 옷을 입고 고을 백성
들을 대했다'(胡服臨民)는 유언비어와 함께, 『열하일기』에 대해서도

'오랑캐의 호칭을 쓴 원고'(虜號之稿)라는 비방이 일어나 큰 물의를 빚었다. 연암은 안의 현감 시절에 고례(古禮)를 따라 만든 옷을 입어보곤 했는데 함양 군수 윤광석이 이를 빌미로 '호복임민'(胡服臨民)의 설을 지어 한양에 퍼뜨렸다고 한다. 이 같은 모함은『열하일기』에 대한 비방으로까지 비화했다. 연암을 시기한 유한준(俞漢雋)이 배후에서 비방을 주동했다고 한다. 당시 처남 이재성(자 중존仲存)에게 보낸 편지들(『연암집』권2, 「答李仲存書」)을 보면, 연암이 이러한 모함과 비방으로 빚어진 물의를 우려하면서도 그에 위축되지 않고 결연히 맞서 자신의 북학론을 견지하고 있음을 알 수 있다.

1799년(정조 23년, 己未), 63세

- 3월 정조가 전년에 내린 '권농정 구농서'(勸農政求農書)의 윤음(綸音)을 받들어, 연암협 시절의 구저(舊著)인『과농소초』에다 안설(按說)을 붙이고 「한민명전의」(限民名田議)를 부록으로 하여 바치다. 정조는『과농소초』를 읽고 경륜을 담은 훌륭한 저작이라고 칭찬하면서, 장차『농서대전』(農書大全)의 편찬을 연암에게 맡기겠노라고 했다.

- 이해 봄에 흉년이 들었으므로, 연암은 안의현에서 시행했던 예에 따라 사진(私賑)을 설치하여 기민(飢民)들을 구제했다. 겨울에도 충청 감사에게 공진(公賑)을 사양하고 사진(私賑)을 시행하겠다고 건의했다. 이와 관련하여 충청 감사에게 올린 글로「답순사 논진정서」(答巡使論賑政書:『연암집』권2, 2편)가 있다. 또 '정순기(鄭順己) 의옥(疑獄) 사건'과 관련하여 원범(元犯)으로 옥에 갇힌 정순기에 대해 선처를 요망한「상순사서」(上巡使書:『연암집』권3)가 있다.

- 6월 충청 감사 이태영이 도내 천주교도의 괴수로 지목되어 수

년째 감영에 구금되어 있던 이존창(李存昌: 세례명 루드비코)을 석방한 조치로 인해 조정에서 큰 물의가 일어나자, 이태영의 요청을 받고 자핵(自劾: 자책) 상소를 대신 지어 주었다. 이와 관련하여 연암이 충청 감사와 상의한 편지로 「답순사서」가 있다(『연암집』 권2, 「답순사서」 (2), 附 「監司自劾疏草」; 『燕巖集 目錄』, 「代忠淸監司辨謗疏」). 11월 충청 감사 이태영이 평안 감사로 이제(移除)되고, 김이영(金履永)이 충청 감사에 제수되었다.

- 12월 남당(南唐) 한원진(韓元震)을 황강서원(黃江書院)에 치제(致祭) 하라는 어명이 내려, 집사로 차출되었다(『승정원일기』, 정조 23년 12월 17일, 충청 감사 김이영 장계). 집사로 차출된 도내의 수령들이 한원진의 성리설이 김창협(金昌協)·이재(李縡) 등과 다르다는 이유로 병을 핑계대고 가지 않았으나, 연암은 학설의 차이를 불문하고 한원진이 충청 지방 학자들의 종주(宗主)요 위대한 독서 군자라고 하면서 제사를 거행하였다.

1800년(정조 24년, 순조 즉위년, 庚申), 64세

- 면천군의 성 동쪽 향교 앞의 언월지(偃月池)를 준설하여, 가운데에 작은 섬을 만들고 축대를 쌓은 후 '건곤일초정'(乾坤一艸亭)이라 명명한 정자를 지었다. 이로써 못 아래쪽 민전(民田) 수백 경(頃)이 관개의 혜택을 입어 가뭄 걱정을 덜게 되었으며, 연암은 공무의 여가에 이곳에서 뱃놀이를 즐길 수 있었다. 이와 관련하여 충청 감사에게 신축한 정자의 편액을 써 주기를 요청한 편지로 「답순사서」 (『연암집』 권3)가 있다.

- 이때 인척 유화(柳訸: 박종채의 처숙)가 사소한 죄로 면천에 유배되

어, 연암을 종유하면서 크게 학식을 키웠다. 연암은 건곤일초정으로 산보 갈 적마다 박종채와 유화를 함께 데리고 가서 담소하는 가운데 깊은 깨우침을 주곤 했다고 한다(유화, 『拜經堂詩集』권1, 「陪使君朴燕岩丈 飮乾坤一艸亭 亭在郡城東偃月池上 與其胤各賦一律一絶 刻揭前棟」).

－ 최진관의 청탁으로 그의 양부 최응성(崔應星)의 묘지명(「通德郞崔公墓誌銘幷序」)과 최응성 부인 박씨의 묘지명(「孺人臨淮朴氏墓誌銘幷序」)을 지어 주다(개성공단 출토 묘지).

－ 6월 정조가 승하하다. 연암은 문예의 말기(末技)로써 누차 은교(恩敎)를 입었음에도 불구하고 끝내 그에 보답하지 못했다고 하여, 상도(常度)를 넘어서 애통해하였다. 충청 감사 김이영을 대신하여 「정종대왕 진향문」(正宗大王進香文)을 지었다.

－ 8월 양양(襄陽) 부사로 승진하다. 양양은 본래 문신이 임명되는 고을로 음관이 임명되기는 연암이 처음이었다고 한다. 당시 제사 직부(除辭直赴)의 명이 내려져 있었으나, 연암은 이를 어기고 입궐하여 혼전(魂殿)에 숙배(肅拜)한 뒤 임지로 떠났다.

－ 9월 양양에 부임하다. 정해진 기한을 넘기고 부임을 지체했다고 고발한 강원 감사 이노춘(李魯春)의 장계로 인해 부임한 지 9일 만에 의금부에 끌려가 심문을 받고 풀려났다(『승정원일기』, 순조 즉위년 9월 13일, 26일, 29일).

－ 양양은 임금의 관(棺)을 만드는 데 쓰는 질 좋은 소나무인 황장목(黃腸木)이 많은 고을로 유명했다. 정조가 승하한 뒤 양양의 산하(山下) 주민과 승려들에게 장례에 쓸 소나무를 벌목하는 부역이 내리자, 진영(鎭營)의 교졸(校卒)들이 도벌을 적발 조사한다는 구실로 갖은 횡포를 부렸으므로, 연암은 강원 감사에게 이에 대해 조처

해 줄 것을 요청하는 편지(『연암집』 권3, 「上巡使書」(1))를 보내어 그들
의 횡포를 막았다. 또 연암은 황장목 벌목 사역이 끝난 뒤 전임자들
처럼 남은 목재를 자신의 관을 만드는 용도로 챙겨 두지 않고, 모
두 거두어 다리를 만드는 데 쓰도록 했다. 이와 아울러 연암은 한심
한 지경에 이른 환정(還政)을 바로잡고자 자신의 녹봉을 부어 모자
란 관곡을 솔선해서 보충해 나가니, 이에 감동한 아전들이 힘을 다
해 배상하는 한편 고을 부민(富民)들이 조납(助納)하여 마침내 부고
(府庫)가 채워지게 되었다.

— 세모(歲暮)에 족제(族弟) 박준원(朴準源: 순조의 외조가 됨)에게 편지
를 보내다(「與族弟準源書」). 그의 망형(亡兄) 박윤원의 문집인 『근재
집』(近齋集)에 안의 현감 당시 야천(冶川) 선생의 묘제(墓祭) 축사(祝
事) 문제로 주고받은 편지들(「與族弟美仲書」, 「答族兄胤源氏書」)을 수록
해 주도록 당부했다.

1801년(순조 1년, 辛酉), 65세

— 2월 '신유사옥'이 일어나다. 3월 문하생 이희영이 김건순(金建淳)
등과 함께 천주교도로 체포 처형되었다. 숙청된 윤행임(尹行恁)의
문인 임시발(任時發)의 괘서(掛書) 사건에 연좌되어, 9월 윤가기가 처
형되고 박제가는 함경도 종성(鐘城)으로 유배되었다.

— 5월 노병(老病)을 칭탁하여 사직하다(『승정원일기』, 순조 1년 5월 4
일). 양양 신흥사(神興寺)의 중들이 궁속(宮屬)들과 결탁하여 수령들
을 무고(誣告)하는가 하면 백성들을 침탈하며 구타 살상을 능사로
하는 등 행패가 자심했으므로, 감사에게 보고하여 그 중들을 징벌
하려 했으나 감사가 미온적인 태도를 취했기 때문에 칭병(稱病) 사

직한 것이다. 이와 관련한 편지로 「상순사서」(2)(上巡使書:『연암집』 권3)가 있다.

1802년(순조 2년, 壬戌), 66세

- 2월 연암협으로 들어가 계곡에 정자를 짓고 수개월 머물다 돌아오다.

- 겨울에 경기도 포천으로 조부와 부친의 묘를 옮기려다 유한준의 방해로 좌절되는 참변을 당하다. 유한준은 연암이 조부 박필균의 묘를 쓴 곳이 자기 조부 유광기(兪廣基)가 지었던 재실(齋室) '독례와'(讀禮窩)의 옛터라고 주장하고, 종손(宗孫) 계환(繼煥: 유한소兪漢蕭의 손자. 유준주兪駿柱의 아들.『과정록』에는 '계환'季煥 또는 '계환'啓煥으로 표기됨)의 묘를 바로 근처로 이장하고는 연암의 조부 묘를 파서 관을 드러냈다고 한다(權尙夏,『寒水齋先生文集』권23,「題兪孝子讀禮窩記後」; 玄尙璧,『冠峯先生遺稿』권10,「天柱精舍記」; 兪彦鎬,『燕石』7,「聖大墓表」).

연암은 이 같은 참변을 당하여 경기 감영에 소송을 제기하고자 했다(박지원,『燕巖散稿』(4),「壬戌呈單草」). 그러나 유한준이 소송에 불응할뿐더러 그의 소행이 묏자리에 대한 욕심보다는 이를 기화로 묵은 유감을 풀고자 하는 의도에서 나온 것임을 알고, 이듬해에 부조(父祖)의 묘를 경기도 양주로 이장했다.

1803년(순조 3년, 癸亥), 67세

- 손녀(박종의의 장녀)가 태어나다(나중에 청은군淸恩君 김익정金益鼎과 혼인함. 운양雲養 김윤식金允植의 숙모).

- 9월 9일 중양절에 맹원(孟園: 가회방 맹현孟峴)에 올라 시「구일 등

맹원 차두운」(九日登盂園次杜韻)을 짓다.

1804년(순조 4년, 甲子), 68세

− 여름 이후 지병인 풍비(風痺)가 더욱 위중해졌으나 연암은 약을 물리치고 더 이상 들지 않았으며, 장례를 검약하게 치르도록 아들들에게 훈계하였다. 또한 선배 학자 윤득관(尹得觀: 어유봉의 문인이자 이보천의 동문)의 견해를 좇아 장례에 면포(綿布)로 된 심의(深衣)를 사용할 것과, 홍대용의 장례 때와 마찬가지로 반함(飯含)을 하지 말 것을 당부했다. 이재성과 이희경을 종종 불러 술상을 차리고 두 사람의 대화를 듣는 것으로 낙을 삼았다.

1805년(순조 5년, 乙丑), 69세

− 1월 조부 박필균에게 '장간'(章簡)이라는 시호가 내리다. 연암은 눈이 어둡고 팔이 마비되었으므로 아들 종채에게 구술하여 조부의 행장(「大考贈諡章簡公府君家狀」)을 지었다. 이는 연암이 남긴 최후의 글이다.

− 10월 20일 진시(辰時)에 한양 가회방(嘉會坊) 재동(齋洞) 자택에서 서거하다.

− 처남 이재성·사위 이종목·문인(門人) 이현겸(李賢謙)·최진관(崔鎭觀: 이하 5인 합작)·최진함(崔鎭咸)·한석호(韓錫祜)·양현교(梁顯敎)·양학조(梁學祖)가 제문을 지었다.

− 우인(友人) 김재순(金在淳)·우인 이정유(李正儒: 초명 홍유弘儒)·유언육(兪彦鈺)·홍인모(洪仁謨: 이재성의 인척, 홍석주洪奭周의 부친)·이조원(李肇源: 1758~1832, 이민보李敏輔의 아들, 판서)·우인 황승원(黃昇源)·우

인 이희문(李羲文)·우인 이병모(李秉模: 1742~1806, 영의정)·우인 김기
응·이소(李素: 1746~1819, 교리 이명환李明煥의 장남)·임이주(任履周)·유
득공·이희경(李喜經)·후학(後學) 이정기(李正器)·사위 이종목·이노
재(李魯在: 이희천李羲天의 장남)·이우재(李愚在: 이희천의 차남)·이면구(李
冕九: 김기무金箕懋의 처남)·서능보(徐能輔: 박수원朴綏源의 사위)·유화(柳
訸)·신재식(申在植: 신광온의 아들)·윤경집(尹慶集)·이정행(李正行)·최
진관·양상회(梁尙晦)·최경필(崔景弼)·문인 이현겸·양현교·한석호·
문인 이행작(李行綽)·이용겸(李用謙)·박민수(朴民壽: 족손)·양경훈(梁
景勳) 등이 만장(挽章)을 지었다(단국대 연민문고 소장『연암집 부록』). 이
밖에 박준원의 만시(『錦石集』권4,「族兄燕巖[趾源]輓」), 홍대응(洪大應: 홍
대용의 종제)의 추만시(『警齋存藁』,「朴襄陽[趾源]追挽」) 등이 전한다.

– 12월 경기도 장단 송서면 대세현 선영에 있는 부인 이씨 묘에
합장되다.

송서면은 일제강점기에 진서면(津西面)에 통합되고, 분단 이후
이북의 개성시 판문군에 속하는 지역이 되었다. 현재 연암의 묘는
개성시 전재리 황토고개 옆에 '연암 박지원의 묘'라고 쓴 한글 비석
과 함께 보존되어 있다고 한다.

1807년(순조 7년, 丁卯)

– 9월 박종채의 장남 규수(珪壽)가 출생하다.
– 박종채가 『열하일기』「망양록」을 교정한 『고정(考定) 망양록』을
편찬하다.

1815년(순조 15년, 乙亥)

- 6월 박종의가 별세하다.

1816년(순조 16년, 丙子)

- 7월 박종채가 연암의 언행을 기록한 『과정록』(過庭錄)을 1차 완성하다.

1826년(순조 26년, 丙戌)

- 가을에 박종채가 『과정록』을 최종 완성하다(1831년 음력 1월에 추기追記함).

1829년(순조 29년, 己丑)

- 6월 박종채가 음보로 선공감 감역에 제수되다.
- 가을에 당시 대리청정하던 효명세자(孝明世子: 익종翼宗)의 명으로 연암의 유고(『연암집』 필사본)를 진상하니, 효명세자가 이를 친람(親覽)했다고 한다.

1835년(헌종 1년, 乙未)

- 11월 박종채가 경산(慶山) 현령으로서 임소에서 별세하다.

1840년(헌종 6년, 庚子)

- 3월 박규수가 연암의 친필본인 『열하피서록』을 교열하다.

1864년(고종 1년, 甲子)

- 1월 연암에게 이조 참의가 추증(追贈)되다. 이는 손자 규수가 동지의금부사에 제수됨에 따른 것이다.

1865년(고종 2년, 乙丑)

- 3월 연암에게 이조 참판이 추증되다. 이는 손자 규수가 한성 판윤에 제수됨에 따른 것이다.

1873년(고종 10년, 癸酉)

- 12월(1874년 2월) 연암에게 좌찬성이 추증되다. 이는 손자 규수가 우의정에 제수됨에 따른 것이다.

1876년(고종 13년, 丙子)

- 12월(1877년 2월) 손자 규수가 별세하다.

1900년(光武 4년, 庚子)

- 김택영(金澤榮) 편『연암집』(燕巖集)이 간행되다.

1901년(광무 5년, 辛丑)

- 김택영 편『연암속집』(燕巖續集)이 간행되다.

1910년(隆熙 4년, 庚戌)

- 8월 20일(양력) 연암에게 '문도'(文度)의 시호가 내리다.

1911년(辛亥)

– 조선광문회(朝鮮光文會) 편, 『연암외집(燕巖外集) 열하일기 전(全)』
이 간행되다.

1917년(丁巳)

– 김택영 편, 『중편 박연암선생문집』(重編朴燕巖先生文集)이 간행되다.

1932년(壬申)

– 박영철(朴榮喆) 찬(撰), 『연암집』이 간행되다.

찾아보기

ㄷ

모기령(毛奇齡)　113, 115, 116, 184, 218, 376, 545, 546, 571, 611~613, 615

『몽경당일사』(夢經堂日史)　400, 696

몽골　22, 56, 66, 67, 96, 97, 99, 100, 132, 137, 164, 193, 222, 282, 288, 292,
　　293, 352, 358, 376, 529, 563, 564, 568, 590, 592, 605~607, 647

문체반정(文體反正)　666, 667

「문체책」(文體策)　322~324, 670

민경속(閔景涑)　220, 354, 651

ㅂ

박경유(朴景兪)　309, 778, 790

박공서본(朴公緖本)『열하일기』　451~453, 710, 721

박규수(朴珪壽)　23, 389, 438, 458, 459, 573, 581, 589, 600, 629, 636, 652, 663,
　　664, 707, 709, 712, 724, 733, 813, 814

박남수(朴南壽)　355, 356, 364

박내원(朴來源)　64, 72, 201, 282, 481, 520, 552, 553, 558, 588, 589, 596, 631

박명원(朴明源)　34, 64, 65, 69, 261, 284, 302, 338, 346, 353, 371, 373, 491, 590
　　~593, 600, 601, 665, 688, 771, 785, 788, 790, 791, 793, 794

박미(朴瀰)　114, 612, 629

박사근(朴師近)　616, 770, 777

박사유(朴師愈)　34, 769, 777

박사헌(朴師憲)　777, 794

박상한(朴相漢)　777

박수수(朴綏壽)　782

박수원(朴綏源)　792, 813

「박연암선생전」　24, 349, 588

박영철본　31, 86, 405, 445, 451, 461, 463, 477, 505, 532, 543, 550, 557~566,
　　598, 621, 633, 635, 642, 643, 684, 700, 711, 717, 718, 720, 722, 726, 728,
　　729, 735, 737, 739~741

박윤원(朴胤源)　691, 779, 802, 810

박은식(朴殷植)　243, 244

박이원(朴彛源)　802

박재원(朴在源)　62, 588